# Romans

# Patrick Modiano

## Romans

Quarto **Gallimard**

## AVANT-PROPOS

La réunion, dans un seul volume, d'une dizaine de vos livres vous cause une curieuse sensation. Jusqu'à présent, chaque nouveau livre, au moment de l'écrire, effaçait le précédent au point que j'avais l'impression de l'avoir oublié. Et j'évitais de me retourner et de relire tous ces « romans » que je laissais au fur et à mesure derrière moi, tel l'équilibriste sur le fil : il doit avancer coûte que coûte. S'il hésite et s'il regarde en arrière, il risque de tomber.

Comme l'a remarqué si justement Maurice Blanchot, un écrivain ne pourra jamais être le lecteur de ses œuvres, sauf au moment de corriger quelques fautes d'orthographe et de syntaxe. Une fois achevés, ses livres se dérobent à lui et le rejettent au profit du vrai lecteur, celui qui les comprendra mieux que leur auteur et qui, par un processus chimique, les révélera à eux-mêmes.

Alors, que puis-je dire au sujet de ces « romans » réunis pour la première fois ? Pas grand-chose. Ils forment un seul ouvrage et ils sont l'épine dorsale des autres, qui ne figurent pas dans ce volume. Je croyais les avoir écrits de manière discontinue, à coups d'oublis successifs, mais souvent les mêmes visages, les mêmes noms, les mêmes lieux, les mêmes phrases reviennent de l'un à l'autre, comme les motifs d'une tapisserie que l'on aurait tissée dans un demi-sommeil.

Les quelques photos et documents reproduits au début de ce recueil pourraient suggérer que tous ces « romans » sont une sorte d'autobiographie, mais une autobiographie rêvée ou imaginaire. Les photos mêmes de mes parents sont devenues des photos de personnages imaginaires. Seuls mon frère, ma femme et mes filles sont réels. Et que dire des quelques comparses et fantômes qui apparaissent sur l'album, en noir et blanc? J'utilisais leurs ombres et surtout leurs noms à cause de leur sonorité et ils n'étaient plus pour moi que des notes de musique.

Au fond, il s'agit, pour un romancier, d'entraîner toutes les personnes, les paysages, les rues qu'il a pu observer, dans une partition musicale où l'on retrouve les mêmes fragments mélodiques d'un livre à l'autre, mais une partition musicale qui lui semblera imparfaite. Il y aura chez le romancier le regret de n'avoir pas été un pur musicien et de n'avoir pas composé les *Nocturnes* de Chopin.

Pourtant, je me souviens que certains écrivains qui m'ont fait aimer la littérature dans mon adolescence étaient de purs musiciens. Je pense aujourd'hui à Rilke et à Nerval. Je n'ai jamais oublié l'injonction poignante de Rilke dans les *Sonnets à Orphée*: «Sois toujours mort en Eurydice.» Et l'humilité et la gentillesse de Nerval qui disait de lui-même: «Il y avait là de quoi faire un poète et je ne suis qu'un rêveur en prose.»

Patrick Modiano
*Mai 2013*

«Ma mère est née en 1918 à Anvers. Son père
était ouvrier puis aide-géomètre. Son grand-père
maternel, Louis Bogaerts, docker.»

*Un pedigree*

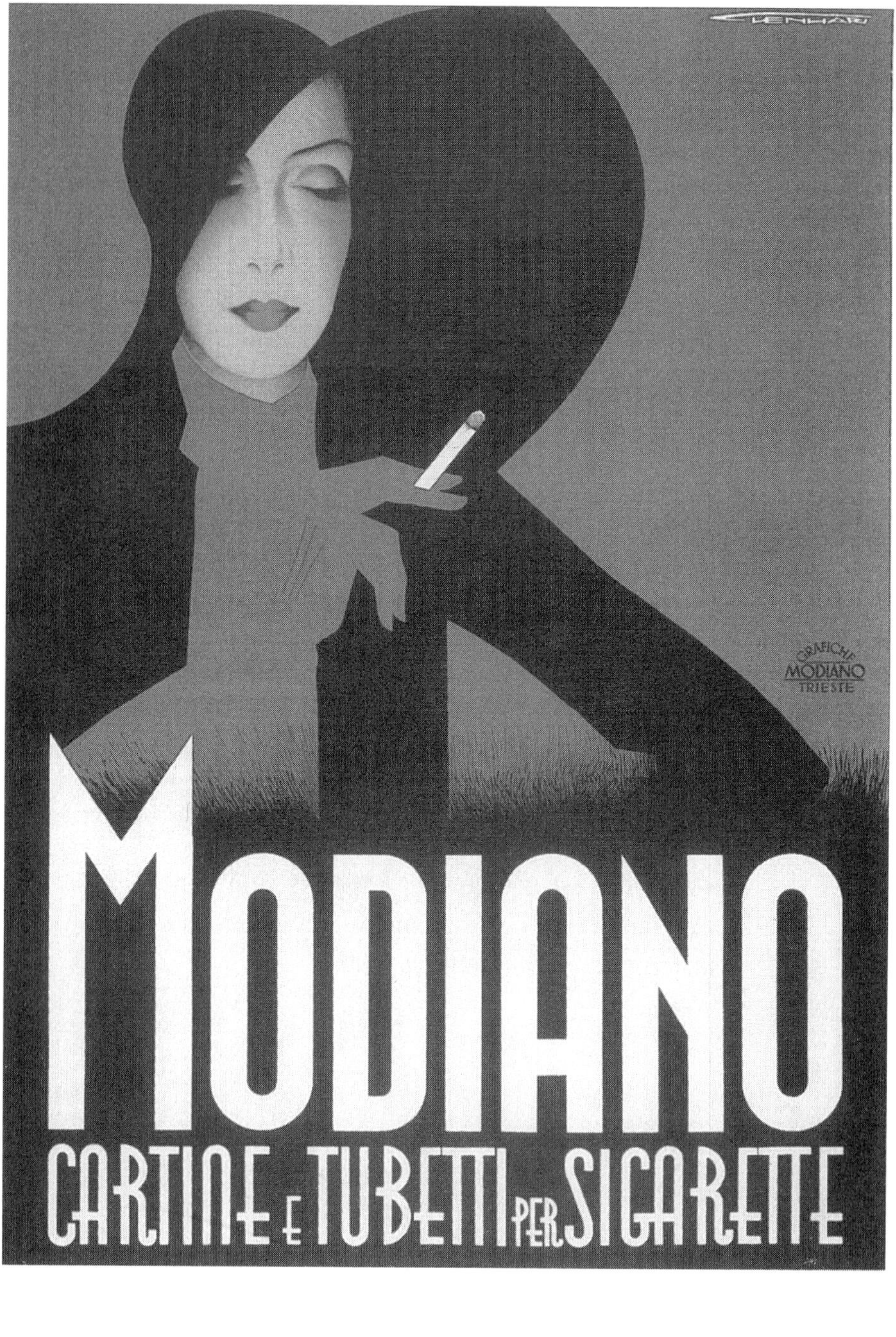
GRAFICHE
MODIANO
TRIESTE
MODIANO
CARTINE E TUBETTI PER SIGARETTE

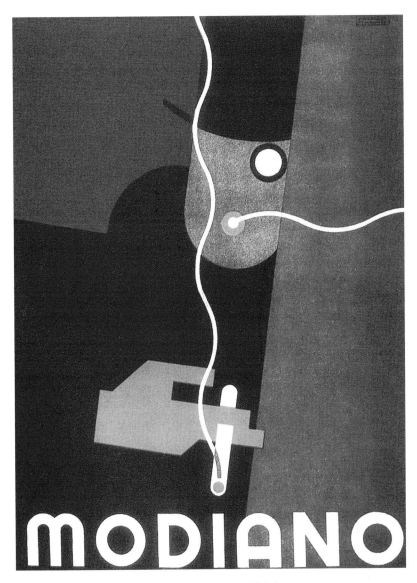

À GAUCHE ET CI-DESSUS. Affiches publicitaires des années 1930 de la société italienne de cigarettes et de jeux de cartes « Modiano » basée à Trieste depuis 1873, quand Trieste faisait encore partie de l'empire austro-hongrois. Elle possédait une succursale à Budapest.

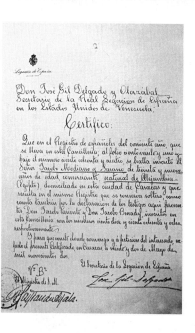

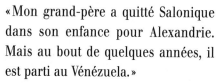

«Mon grand-père a quitté Salonique dans son enfance pour Alexandrie. Mais au bout de quelques années, il est parti au Vénézuela.»

«J'ai gardé plusieurs de ses passeports dont l'un lui avait été délivré par le consulat d'Espagne à Alexandrie.»

*Un pedigree*

**CI-DESSUS.** 1902. Le secrétaire de la légation d'Espagne à Caracas certifie que mon grand-père paternel figure dans les registres des citoyens espagnols au Vénézuela.
**CI-CONTRE.** Passeport délivré en 1903 à mon grand-père paternel par le consul d'Espagne à Alexandrie…
**CI-DESSOUS.** Le roi Farouk d'Égypte.
**PAGE DE DROITE.** Mon père avant la guerre.

«Comment lui expliquer qu'à mes yeux d'apatride, Hollywood, les princes russes et l'Égypte de Farouk semblaient bien ternes et bien fanés auprès de cet être exotique et presque inaccessible: une petite Française?»

*Villa triste*

**CI-CONTRE.** Paris 1942. Photomaton de ma mère de profil, pour sa carte de séjour.
**CI-DESSOUS, À GAUCHE.** Ma mère, « la charmante vedette de cinéma flamande ».
**CI-DESSOUS, AU CENTRE.** Affiche du film « Veel Geluk Monika » dont ma mère est la « vedette ».
**CI-DESSOUS, À DROITE.** Contrat d'engagement au théâtre de Gand..

« En 1938, elle est recrutée par le cinéaste et producteur Jan Vanderheyden pour tourner dans ses "comédies flamandes"... »
*Un pedigree*

1941
« Elle est engagée au théâtre de Gand. »
*Un pedigree*

«Elle arrive à Paris en 1942. Greven, le directeur de la maison de production Continental-Films, lui fait passer un bout d'essai aux studios de Billancourt.»

*Un pedigree*

**CI-CONTRE.** De ce bout d'essai,
il ne reste que cette photo déchirée.
**CI-DESSOUS.** Quai Conti. Janvier 1941.

«À Paris, elle habite une chambre, 15 quai Conti.»

*Un pedigree*

« Et les noms, comme celui, pourpre
et scintillant, de : "Rubirosa"... »

*Rue des boutiques obscures*

PAGE DE DROITE. Freddie
McEvoy, Megève, 1941.
Photographie de Jacques
Henri Lartigue.
EN HAUT. 1942. Porfirio
Rubirosa, un autre ami
de jeunesse de mon père.
CI-CONTRE. Juillet 1941.
Paris. Lettre du consul
d'Argentine à Paris,
R. L. de Oliveira Cezar.
Attestation que s'était
procurée mon père en
raison des lois anti-juives.
Il croyait encore pouvoir
vivre à Paris sous sa
véritable identité,
sans se faire recenser.
La loi du 2 juin 1942
prescrivait le recensement
des Juifs et exigeait
une déclaration écrite
mentionnant leur état civil.

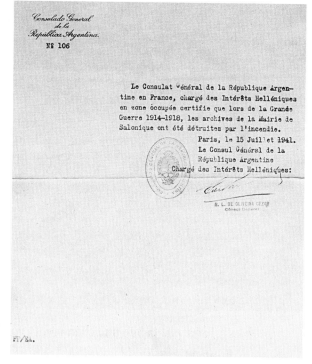

Consulado General
de la
República Argentina.
№ 106

Le Consulat Général de la République Argen-
tine en France, chargé des Intérêts Helléniques
en zone occupée certifie que lors de la Grande
Guerre 1914-1918, les archives de la Mairie de
Salonique ont été détruites par l'incendie.
    Paris, le 15 Juillet 1941.
    Le Consul Général de la
    République Argentine
Chargé des Intérêts Helléniques:

    R. L. DE OLIVEIRA CEZAR
    Cónsul General

« Les personnes que j'ai identifiées parmi toutes celles que mon père fréquentait en ce temps-là... Freddie McEvoy, un Australien champion de bobsleigh et coureur automobile avec lequel il partagera, juste après la guerre, un "bureau" sur les Champs-Élysées dont je n'ai pu découvrir la raison sociale... »

*Un pedigree*

1942. « Par quel hasard mes parents passèrent-ils le réveillon en compagnie de l'acteur Sessue Hayakawa et de sa femme Flo Nardus ? »

*Livret de famille*

**CI-DESSUS.** 1942. L'acteur japonais Sessue Hayakawa.
**CI-CONTRE.** Mai 1944. Mes parents dans une maison près de Chinon.
**PAGE DE DROITE.** 1948. Ma mère, mon petit frère Rudy et moi, jardin des Tuileries.

« Ils resteront cachés dans cette maison de Touraine, jusqu'à la Libération... »

*Un pedigree*

« — Ça, c'était les débuts d'Odette, il y a cinq ans.
Elle a été remarquée par un type important au
cours de cette soirée... Belle photo, non?»

*La Seine*

(nouvelle parue dans la *Nouvelle Revue Française*, n° 341, juin 1981)

«Puis il décide de vivre au Mexique. Les passeports sont prêts. Au dernier moment, il change d'avis. Il s'en est fallu de peu qu'il quitte l'Europe après la guerre.»

*Un pedigree*

**PAGE DE GAUCHE.** 1945. La nuit du ski.
**CI-DESSUS.** 1945. Mon père
**CI-CONTRE.** Mon premier et mon vrai prénom : Jean.

«Je suis né le 30 juillet 1945 à Boulogne-Billancourt, 11 allée Marguerite.»

*Un pedigree*

1949-1951. « Nous restons seuls, mon frère et moi, près de deux ans à Biarritz. Nous habitons la Casa Montalvo, et la femme qui s'occupe de nous est la gardienne de cette maison. »
*Un pedigree*

« Début 1952, ma mère nous confie à son amie, Suzanne Bouquerau, qui habite une maison, 38 rue du Docteur-Kurzenne, à Jouy-en-Josas. »
*Un pedigree*

CINQ MINUTES PLUS TARD...

Nous y voilà !...

PAGE DE DROITE. La maison du 38 rue du Docteur-Kurzenne.
CI-CONTRE. La même maison dessinée dans un album de Edgar P. Jacobs, *S.O.S. Météores*, 1959, dont Blake et Mortimer sont les héros.

CI-CONTRE. Zina Rachevsky
À DROITE, EN HAUT. Nicole de Rouves.
À DROITE, EN BAS. Tounette H.,
qui nous emmenait mon frère et
moi dans sa voiture de course…

«Des allées et venues de femmes étranges
au 38 rue du Docteur-Kurzenne, parmi
lesquelles Zina Rachevsky...»
*Un pedigree*

FREDE présente chaque soir :

# LA SILHOUETTE

58, RUE NOTRE-DAME-DE-LORETTE

**MONTMARTRE**

Téléph. : TRInité 64-72

CABARET-DANCING

de 11 heures à l'aube

BETTY et ses BOYS — LES MEILLEURES ATTRACTIONS

«Suzanne Baulé, dite Frede, la directrice du Carroll's, une boîte de nuit rue de Ponthieu...»

*Un pedigree*

«Et je retrouve, fugitivement, l'image que nous avions de Frede, mon frère et moi, lorsque nous la voyions dans le jardin de la maison, au retour de l'école : Il ne faisait aucun doute pour nous que Frede dirigeait un cirque à Paris, un cirque sous un chapiteau de toile blanche, rayée de rouge, qui s'appelait "le Carroll's"... je voyais le chapiteau blanc et rouge et les animaux de la ménagerie, dont Frede, avec sa silhouette mince et ses vestes cintrées, était la dompteuse.»

*Remise de peine*

«Sur le trottoir de gauche, un bâtiment avec une galerie de béton...»

C'est là aussi que se serait pendu le pharmacien, père d'un camarade de classe. (En réalité c'était un voisin du pharmacien.)

*Remise de peine*

«Le mur de l'enceinte de l'école Jeanne d'Arc, enfoui sous les feuillages des platanes» (tout ce bâtiment a été rasé et a fait place à un lotissement, seule une partie persiste visible à gauche du cliché).

*Remise de peine*

JOUY-en-JOSAS — Maison Guillotin

**CI-DESSUS.** Le collège du Montcel.

« J'ai été pensionnaire jusqu'en 1960 à l'école du Montcel. »

*Un pedigree*

« …dans mes rêves je suis l'allée principale jusqu'au château… »

*De si braves garçons*

**À GAUCHE, EN HAUT.**
Jouy-en-Josas, la rue du Temple

« …perpendiculaire à la route, l'avenue en pente douce… »

*Remise de peine*

**À GAUCHE, EN BAS.**
Jouy-en-Josas, Maison Guillotin, au 38 rue du Docteur-Kurzenne.

« Une maison d'un étage, à la façade de lierre… »

*Remise de peine*

«Les garages. Leur odeur d'ombre et d'essence.
Un demi-jour. Les bruits de voix s'y perdaient
dans un écho.»
*Un pedigree*

«Les cours de catéchisme avaient lieu dans une salle, place Furstenberg, devenue une boutique de luxe. Les visages ont changé. Je ne reconnais plus le quartier de mon enfance comme ne le reconnaîtraient plus Jacques Prévert et l'abbé Pachaud.»
*Un pedigree*

CI-DESSUS. Place Furstenberg
CI-CONTRE. Mon frère Rudy et moi
à l'école communale
de la rue du Pont-de-Lodi.
PAGE DE DROITE. Deauville, 1954.

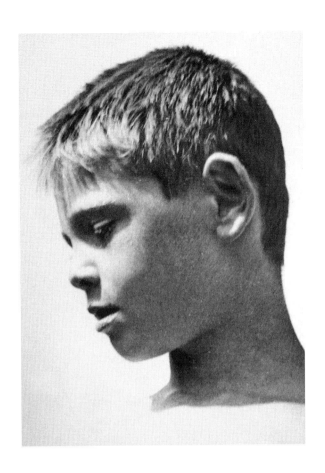

**DOUBLE PAGE SUIVANTE.**

« Cet automne 1959, ma mère joue une pièce au théâtre Fontaine... Et je me promène aux alentours. Je découvre le quartier Pigalle, moins villageois que Saint-Germain-des-Prés, et un peu plus trouble que les Champs-Élysées. C'est là, rue Fontaine, place Blanche, rue Frochot, que pour la première fois je frôle les mystères de Paris et que je commence, sans bien m'en rendre compte, à rêver ma vie. »

*Un pedigree*

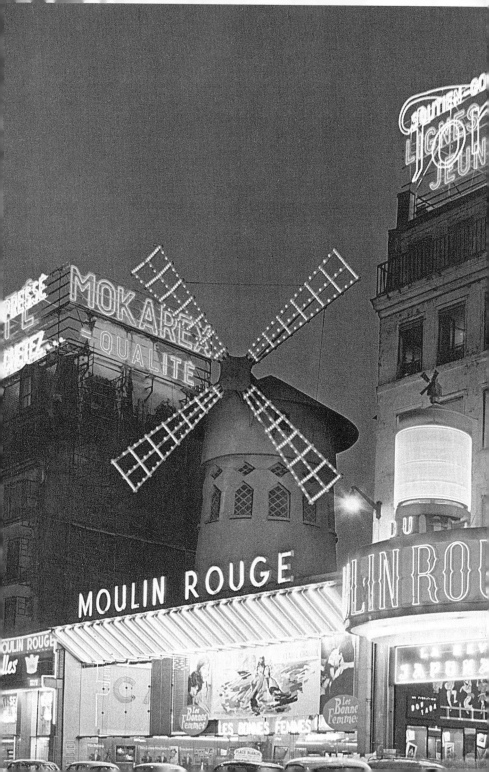

«Apparemment, on veut m'éloigner de Paris. En septembre 1960, je suis inscrit au collège Saint-Joseph de Thônes, dans les montagnes de Haute-Savoie.»

*Un pedigree*

CI-DESSUS. Le collège Saint-Joseph à Thônes, dans les années soixante.
PAGE DE GAUCHE. L'église de Thônes.

«Les mois d'août à Annecy. Les gens de mon âge que l'on voyait au Sporting et à la Taverne et que le vent emporte...»
*Un pedigree*

«Michel, lui, voulait écrire tout un roman, en s'inspirant de la femme au foulard, du lac, des montagnes. Cela s'appellerait: "Retour aux jours heureux".»
*De si braves garçons*

*Lac d'Annecy*

BEAUTÉ · HARMONIE · QUIÉTUDE

# IMPERIAL PALACE

*Annecy*

DOUCEUR DE VIVRE · VIEILLE TRADITION FRANÇAISE

PHOT. ANDRIEUX

DANS UN PARC MAGNIFIQUE - DIRECTEMENT EN BORDURE DU LAC - CADRE ENCHANTEUR
TRANQUILLITÉ - GAIETÉ - TOUS LES PLAISIRS DE L'EAU - CASINO - GOLF 18 TROUS

6 JUIN - OCTOBRE
TÉLÉGR. : IMPERIAL ANNECY

TÉL. 980-981
ALBAN DULONG (DIR.-PROP.)

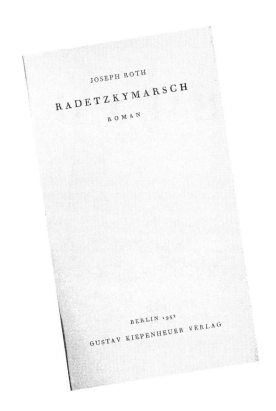

JOSEPH ROTH

RADETZKYMARSCH

ROMAN

BERLIN 1952
GUSTAV KIEPENHEUER VERLAG

«Je quitte Vienne début septembre. *Sag'beim abschied leise "Servus"*, comme dit la chanson. Une phrase de notre Joseph Roth m'évoque Vienne que je n'ai pas revue depuis 40 ans. La reverrai-je jamais ? "Ces soirs fugaces, peureux, il fallait se hâter de s'en emparer avant leur disparition et j'aimais par-dessus tout à les surprendre dans les jardins publics, au Volksgarten, au Prater, à saisir leur dernière lueur, la plus douce, dans un café où elle s'insinuait encore, ténue et légère comme un parfum..."»

*Un pedigree*

Raymond Queneau

« Le rire de Queneau. Moitié geyser, moitié crécelle. Mais je ne suis pas doué pour les métaphores. C'était tout simplement le rire de Queneau. »

*Un pedigree*

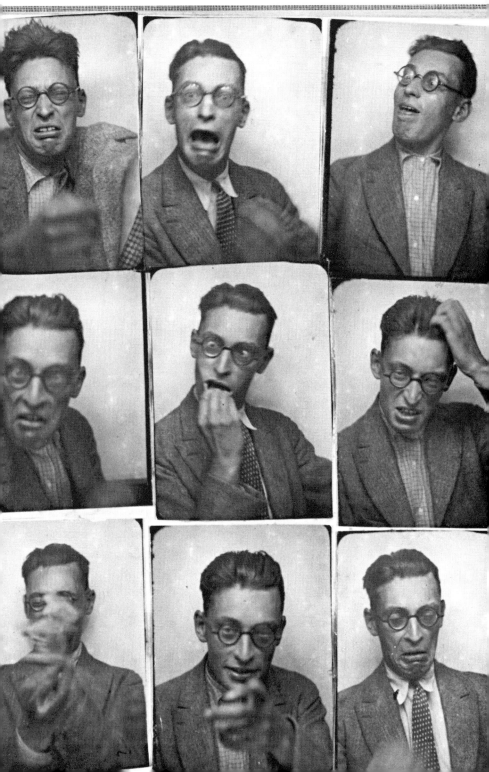

«Le printemps de 1967. Un soir de juin, au théâtre de L'Atelier... sur cette même place Dancourt où la lumière des réverbères tremble...»

*Un pedigree*

À GAUCHE, EN HAUT. 1969.
À GAUCHE, EN BAS. Ma femme Dominique.

CI-DESSUS. 1970. Avec Dominique.
PAGE DE DROITE. 1971. Avec Dominique
et le chanteur tzigane Aliocha Dimitrievitch.

**CI-DESSUS.** Rue de l'Orient. Montmartre, 1972.
**PAGE DE GAUCHE.** Avec Dominique. Montmartre,
rue de l'Orient. 1972.

Avec Dominique. 1973.

**CI-DESSUS.** 1975. Avec Emmanuel Berl, Palais-Royal.
**PAGE DE DOITE.** Avec Dominique. 1975, Palais-Royal.

À GAUCHE, EN HAUT. 1975. Avec Dominique et ma fille
Zina.
À GAUCHE, EN BAS. 1978. Avec ma fille Zina.
CI-DESSUS. Ma fille Zina.

**CI-DESSUS.** Avec ma fille Marie.
**PAGE DE DROITE.** Ma fille Marie.

Rue des Favorites.

«32 rue des Favorites. Cinq Étages. Il restait là,
sur le trottoir opposé, à contempler la façade.»
*L'Horizon*

Rue Perceval.

«Un hôtel au-dessus du café, l'hôtel Perceval, à cause de
ce nom, effacée elle aussi sous les immeubles neufs.»
*L'Herbe des Nuits*

Les rues de Paris. Toujours les
rues...

# VILLA TRISTE

---

# 1975

*Pour Rudy*
*Pour Dominique*
*Pour Zina*

*Qui es-tu, toi, voyeur d'ombres?*
DYLAN THOMAS

# I

Ils ont détruit l'hôtel de Verdun. C'était un curieux bâtiment, en face de la gare, bordé d'une véranda dont le bois pourrissait. Des voyageurs de commerce y venaient dormir entre deux trains. Il avait la réputation d'un hôtel de passe. Le café voisin, en forme de rotonde, a disparu lui aussi. S'appelait-il café des Cadrans ou de l'Avenir ? Entre la gare et les pelouses de la place Albert-Ier, il y a un grand vide, maintenant.

La rue Royale, elle, n'a pas changé, mais à cause de l'hiver et de l'heure tardive, on a l'impression, en la suivant, de traverser une ville morte. Vitrines de la librairie Chez Clément Marot, d'Horowitz le bijoutier, *Deauville, Genève, Le Touquet,* et de la pâtisserie anglaise Fidel-Berger... Plus loin, le salon de coiffure René Pigault. Vitrines d'Henry à la Pensée. La plupart de ces magasins de luxe sont fermés en dehors de la saison. Quand commencent les arcades, on voit briller, au bout, à gauche, le néon rouge et vert du Cintra. Sur le trottoir opposé, au coin de la rue Royale et de la place du Pâquier, la Taverne, que fréquentait la jeunesse pendant l'été. Est-ce toujours la même clientèle aujourd'hui ?

Plus rien ne reste du grand café, de ses lustres, de ses glaces, et des tables à parasols qui débordaient sur la chaussée. Vers huit heures du soir, des allées et venues se faisaient de table à table, des groupes se formaient. Éclats de rire. Cheveux blonds. Tintements des verres. Chapeaux de paille. De temps en temps un peignoir de plage ajoutait sa note bariolée. On se préparait pour les festivités de la nuit. À droite, là-bas, le Casino, une construction blanche et massive, n'ouvre que de juin à septembre. L'hiver, la bourgeoisie locale bridge deux fois par semaine dans la salle de baccara et le grill-room sert de lieu de réunion au Rotary Club du département. Derrière, le parc d'Albigny descend en pente très douce jusqu'au lac avec ses saules pleureurs, son kiosque à musique et l'embarcadère d'où l'on prend le bateau vétuste qui fait la navette entre les petites localités du bord de l'eau : Veyrier, Chavoire, Saint-Jorioz, Éden-Roc, Port-Lusatz... Trop d'énumérations. Mais il faut chantonner certains mots, inlassablement, sur un air de berceuse.

On suit l'avenue d'Albigny, bordée de platanes. Elle longe le lac et au moment où elle s'incurve vers la droite, on distingue un portail en bois blanc : l'entrée du Sporting. De chaque côté d'une allée de gravier, plusieurs courts de tennis. Ensuite, il suffit de fermer les yeux pour se rappeler la longue rangée de cabines et la plage de sable qui s'étend sur près de trois cents mètres. À l'arrière-plan, un jardin anglais entourant le bar et le restaurant du Sporting, installés dans une ancienne orangerie. Tout cela forme une presqu'île qui appartenait vers 1900 au constructeur d'automobiles Gordon-Gramme.

À la hauteur du Sporting, de l'autre côté de l'avenue d'Albigny, commence le boulevard Carabacel. Il monte en lacet jusqu'aux hôtels Hermitage, Windsor et Alhambra, mais on peut également emprunter le funiculaire. L'été il fonctionne jusqu'à minuit et on l'attend dans une petite gare qui a l'aspect extérieur d'un chalet. Ici la végétation est composite, et on ne sait plus si l'on se trouve dans les Alpes, au bord de la Méditerranée ou même sous les Tropiques. Pins parasols. Mimosas. Sapins. Palmiers. En suivant le boulevard à flanc de colline, on découvre le panorama : le lac tout entier, la chaîne des Aravis, et de l'autre côté de l'eau, ce pays fuyant qu'on appelle la Suisse.

L'Hermitage et le Windsor n'abritent plus que des appartements meublés. Pourtant on a négligé de détruire la porte tambour du Windsor et la verrière qui prolongeait le hall de l'Hermitage. Souvenez-vous : elle était envahie par les bougainvillées. Le Windsor datait des années 1910 et sa façade blanche avait le même aspect de meringue que celles du Ruhl et du Negresco à Nice. L'Hermitage de couleur ocre était plus sobre et plus majestueux. Il ressemblait à l'hôtel Royal de Deauville. Oui, comme un frère jumeau. Ont-ils vraiment été convertis en appartements? Pas une lumière aux fenêtres. Il faudrait avoir le courage de traverser les halls obscurs et de gravir les escaliers. Alors peut-être s'apercevrait-on que personne n'habite ici.

L'Alhambra, lui, a été rasé. Plus aucune trace des jardins qui l'entouraient. Ils vont certainement construire un hôtel moderne sur son emplacement. Un tout petit effort de mémoire : en été, les jardins de l'Hermitage, du Windsor et de l'Alhambra étaient très proches de l'image que l'on peut se faire de l'Eden perdu ou de la Terre promise. Mais dans lequel des trois y avait-il cet immense parterre de dahlias et cette balustrade où l'on s'accoudait pour regarder le lac, tout en bas? Peu importe. Nous aurons été les derniers témoins d'un monde.

Il est très tard, en hiver. On distingue à peine, de l'autre côté du lac, les lumières mouillées de la Suisse. De la végétation luxuriante de Carabacel, il ne reste que quelques arbres morts et des massifs rabougris. Les façades du Windsor et de l'Hermitage sont noires et comme calcinées. La ville a perdu son vernis cosmopolite et estival. Elle s'est rétrécie aux dimensions d'un chef-lieu de département. Une petite ville tapie au fond de la province française. Le notaire et le sous-préfet bridgent dans le Casino désaffecté. Mme Pigault également, la directrice du salon de coiffure, quarantaine blonde et parfumée au «Shocking». À côté d'elle, le fils Fournier, dont la famille possède trois usines de textiles à Faverges ; Servoz, des laboratoires pharmaceutiques de Chambéry, excellent joueur de golf. Il paraît que Mme Servoz, brune comme Mme Pigault est blonde, circule toujours au volant d'une BMW entre Genève et sa villa de Chavoire, et aime beaucoup les jeunes gens. On la voit souvent avec Pimpin Lavorel. Et nous pourrions donner mille autres détails aussi insipides, aussi consternants sur la vie quotidienne de cette petite ville, parce que les choses et les gens n'ont certainement pas changé, en douze ans.

Les cafés sont fermés. Une lumière rose filtre à travers la porte du Cintra. Voulez-vous que nous entrions pour vérifier si les boiseries d'acajou n'ont pas changé, si la lampe à l'abat-jour écossais est à sa place : du côté gauche du bar ? Ils n'ont pas enlevé les photographies d'Émile Allais, prises à Engelberg quand il remporta le Championnat du monde. Ni celles de James Couttet. Ni la photo de Daniel Hendrickx. Elles sont alignées au-dessus des rangées d'apéritifs. Elles ont jauni, bien sûr. Et dans la demi-pénombre, le seul client, un homme congestionné portant une veste à carreaux, pelote distraitement la barmaid. Elle avait une beauté acide au début des années soixante mais depuis elle s'est alourdie.

On entend le bruit de ses propres pas, dans la rue Sommeiller déserte. À gauche, le cinéma le Régent est identique à lui-même : toujours ce crépi orange et les lettres le Régent en caractères anglais de couleur grenat. Ils ont dû quand même moderniser la salle, changer les fauteuils de bois et les portraits Harcourt des vedettes qui décoraient l'entrée. La place de la Gare est le seul endroit de la ville où brillent quelques lumières et où règne encore un peu d'animation. L'express pour Paris passe à minuit six. Les permissionnaires de la caserne Berthollet arrivent par petits groupes bruyants, leur valise de métal ou de carton à la main. Quelques-uns chantent *Mon beau sapin* : l'approche de Noël, sans doute. Sur le quai n° 2, ils s'agglutinent les uns aux autres, se donnent des bourrades dans le dos. On dirait qu'ils partent au front. Parmi toutes ces capotes militaires, un costume civil de couleur beige. L'homme qui le porte ne semble pas souffrir du froid ; il a autour du cou une écharpe de soie verte qu'il serre d'une main nerveuse. Il va de groupe en groupe, tourne la tête de gauche à droite avec une expression hagarde, comme s'il cherchait un visage au milieu de cette cohue. Il vient même d'interroger un militaire, mais celui-ci et ses deux compagnons l'inspectent des pieds à la tête, narquois. D'autres permissionnaires se sont retournés et sifflent sur son passage. Il feint de n'y prêter aucune attention et mordille un fume-cigarette. Maintenant il se trouve à l'écart, en compagnie d'un jeune chasseur alpin tout blond. Celui-ci paraît gêné et jette de temps en temps des yeux furtifs vers ses camarades.

L'autre s'appuie sur son épaule et lui chuchote quelque chose à l'oreille. Le jeune chasseur alpin essaie de se dégager. Alors il lui glisse une enveloppe dans la poche de son manteau, le regarde sans rien dire et, comme il commence à neiger, relève le col de sa veste. Cet homme s'appelle René Meinthe. Il porte brusquement sa main gauche à son front, et la laisse là, en visière, geste qui lui était familier, il y a douze ans. Comme il a vieilli...

Le train est arrivé en gare. Ils montent à l'assaut, se bousculent dans les couloirs, baissent les vitres, se passent les valises. Certains chantent : *Ce n'est qu'un au revoir...* mais la plupart préfèrent hurler : *Mon beau sapin...* Il neige plus fort. Meinthe se tient debout, immobile, sa main en visière. Le jeune blondinet, derrière la vitre, le considère, un sourire un peu méchant au coin des lèvres. Il tripote son béret de chasseur alpin. Meinthe lui fait un signe. Les wagons défilent emportant leurs grappes de militaires qui chantent et agitent les bras.

Il a enfoncé ses mains dans les poches de sa veste et se dirige vers le buffet de la gare. Les deux garçons rangent les tables et balayent autour d'eux à grands gestes mous. Au bar, un homme en imperméable range les derniers verres. Meinthe commande un cognac. L'homme lui répond d'un ton sec qu'on ne sert plus. Meinthe demande à nouveau un cognac.

— Ici, répond l'homme en traînant sur les syllabes, ici, on ne sert pas les tantes.

Et les deux autres, derrière, ont éclaté de rire. Meinthe ne bouge pas, il fixe un point devant lui, l'air épuisé. L'un des garçons a éteint les appliques du mur gauche. Il ne reste plus qu'une zone de lumière jaunâtre, autour du bar. Ils attendent, les bras croisés. Lui casseront-ils la figure ? Mais qui sait ? Peut-être Meinthe va-t-il frapper de la paume de sa main le comptoir crasseux et leur lancer : «Je suis la reine Astrid, la REINE DES BELGES !», avec sa cambrure et son rire insolent d'autrefois.

# II

Que faisais-je à dix-huit ans au bord de ce lac, dans cette station thermale réputée? Rien. J'habitais une pension de famille, les Tilleuls, boulevard Carabacel. J'aurais pu choisir une chambre en ville, mais je préférais me trouver sur les hauteurs, à deux pas du Windsor, de l'Hermitage et de l'Alhambra, dont le luxe et les jardins touffus me rassuraient. Car je crevais de peur, un sentiment qui depuis ne m'a jamais quitté: il était beaucoup plus vivace et plus irraisonné, en ce temps-là. J'avais fui Paris avec l'idée que cette ville devenait dangereuse pour des gens comme moi. Il y régnait une ambiance policière déplaisante. Beaucoup trop de rafles à mon goût. Des bombes éclataient. Je voudrais donner une précision chronologique, et puisque les meilleurs repères, ce sont les guerres, de quelle guerre, au fait, s'agissait-il? De celle qui s'appelait d'Algérie, au tout début des années soixante, époque où l'on roulait en Floride décapotable et où les femmes s'habillaient mal. Les hommes aussi. Moi, j'avais peur, encore plus qu'aujourd'hui et j'avais choisi ce lieu de refuge parce qu'il était situé à cinq kilomètres de la Suisse. Il suffisait de traverser le lac, à la moindre alerte. Dans ma naïveté, je croyais que plus on se rapproche de la Suisse, plus on a de chances de s'en sortir. Je ne savais pas encore que la Suisse n'existe pas.

La «saison» avait commencé depuis le 15 juin. Les galas et les festivités allaient se succéder. Dîner des «Ambassadeurs» au

Casino. Tour de chant de Georges Ulmer. Trois représentations d'*Écoutez bien Messieurs.* Feu d'artifice tiré le 14 juillet du golf de Chavoire, Ballets du marquis de Cuevas et d'autres choses encore qui me reviendraient en mémoire si j'avais sous la main le programme édité par le syndicat d'initiative. Je l'ai conservé et je suis sûr de le retrouver entre les pages d'un des livres que je lisais cette année-là. Lequel? Il faisait un temps «superbe» et les habitués prévoyaient du soleil jusqu'en octobre.

Je n'allais que très rarement me baigner. En général, je passais mes journées dans le hall et les jardins du Windsor et finissais par me persuader que là, au moins, je ne risquais rien. Quand la panique me gagnait – une fleur qui ouvrait lentement ses pétales, un peu plus haut que le nombril – je regardais en face de moi, de l'autre côté du lac. Des jardins du Windsor, on apercevait un village. À peine cinq kilomètres, en ligne droite. On pouvait franchir cette distance à la nage. De nuit, avec une petite barque à moteur, cela prendrait une vingtaine de minutes. Mais oui. J'essayais de me calmer. Je chuchotais en articulant les syllabes : «De nuit, avec une petite barque à moteur...» Tout allait mieux, je reprenais la lecture de mon roman ou d'un magazine inoffensif (je m'étais interdit de lire les journaux et d'écouter les bulletins d'information à la radio. Chaque fois que j'allais au cinéma, je prenais soin d'arriver après les Actualités). Non, surtout, ne rien savoir du sort du monde. Ne pas aggraver cette peur, ce sentiment de catastrophe imminente. Ne s'intéresser qu'aux choses anodines : la mode, la littérature, le cinéma, le music-hall. S'allonger sur les grands «transats», fermer les yeux, se détendre, surtout se détendre. Oublier. Hein?

Vers la fin de l'après-midi, je descendais en ville. Avenue d'Albigny, je m'asseyais sur un banc et suivais l'agitation du bord du lac, le trafic des petits voiliers et des pédalos. C'était réconfortant. Au-dessus, les feuillages des platanes me protégeaient. Je poursuivais mon chemin à pas lents et précautionneux. Place du Pâquier, je choisissais toujours une table en retrait à la terrasse de la Taverne et commandais toujours un Camparisoda. Et je contemplais toute cette jeunesse autour de moi, à laquelle, d'ailleurs, j'appartenais. Ils étaient de plus en plus nombreux à mesure que l'heure passait. J'entends encore leurs rires, je me souviens de leurs mèches rabattues sur l'œil. Les filles portaient des pantalons corsaires et des shorts en vichy. Les garçons ne dédaignaient pas le blazer à écusson et le col de chemise ouvert sur un foulard. Ils avaient les cheveux courts, ce qu'on appelait la coupe «Rond-Point». Ils préparaient leurs surboums. Les filles y viendraient avec des robes serrées à la taille, très amples, et des ballerines. Sage et romantique jeunesse qu'on expédierait en Algérie. Pas moi.

À huit heures, je revenais dîner aux Tilleuls. Cette pension de famille, dont l'extérieur évoquait à mon avis un pavillon de chasse, recevait chaque été une dizaine d'habitués. Ils avaient tous dépassé la soixantaine, et ma présence, au début, les agaçait. Mais je respirais de façon très discrète. Par une grande économie de gestes, un regard volontairement terne, un visage figé – battre le moins possible des paupières – je m'efforçais de ne pas aggraver une situation déjà précaire. Ils se sont rendu compte de ma bonne volonté, et je pense qu'ils ont fini par me considérer sous un jour plus favorable.

Nous prenions les repas dans une salle à manger de style savoyard. J'aurais pu engager la conversation avec mes plus proches voisins, un vieux couple soigné qui venait de Paris, mais à certaines allusions, j'avais cru comprendre que l'homme était un ancien inspecteur de police. Les autres dînaient par couples, également, sauf un monsieur à moustaches fines et tête d'épagneul qui donnait l'impression d'avoir été abandonné là. À travers le brouhaha des conversations, je l'entendais pousser par instants des hoquets brefs qui ressemblaient à des aboiements. Les pensionnaires passaient au salon et s'asseyaient en soupirant sur les fauteuils recouverts de cretonne. Mme Buffaz, la propriétaire des Tilleuls, leur servait une infusion ou quelque digestif. Les femmes parlaient entre elles. Les hommes entamaient une partie de canasta. Le monsieur à tête de chien suivait la partie, assis en retrait, après avoir tristement allumé un havane.

Et moi, je serais volontiers resté parmi eux, dans la lumière douce et apaisante des lampes à abat-jour de soie rose saumon, mais il aurait fallu leur parler ou jouer à la canasta. Peut-être auraient-ils accepté que je sois là, sans rien dire, à les regarder?

Je descendais de nouveau en ville. À neuf heures quinze minutes précises – juste après les Actualités – j'entrais dans la salle du cinéma le Régent ou bien je choisissais le cinéma du Casino, plus élégant et plus confortable. J'ai retrouvé un programme du Régent qui date de cet été-là.

### CINÉMA LE RÉGENT

| Du 15 | au 23 juin | *Tendre et violente Élisabeth* de H. Decoin. |
|---|---|---|
| Du 24 | au 30 juin | *L'Année dernière à Marienbad* de A. Resnais. |
| Du 1er | au 8 juil. | *R.P.Z. appelle Berlin* de R. Habib. |
| Du 9 | au 16 juil. | *Le Testament d'Orphée* de J. Cocteau. |
| Du 17 | au 24 juil. | *Le Capitaine Fracasse* de P. Gaspard-Huit. |
| Du 25 juil. | au 2 août | *Qui êtes-vous, M. Sorge?* de Y. Ciampi. |
| Du 3 | au 10 août | *La Nuit* de M. Antonioni. |
| Du 11 | au 18 août | *Le Monde de Suzie Wong.* |
| Du 19 | au 26 août | *Le Cercle vicieux de M. Pecas.* |
| Du 27 août | au 3 sept. | *Le Bois des amants* de C. Autant-Lara. |

Je reverrais volontiers quelques images de ces vieux films.

Après le cinéma, j'allais de nouveau boire un Campari à la Taverne. Elle était désertée par les jeunes gens. Minuit. Ils devaient danser quelque part. J'observais toutes ces chaises, ces tables vides, et les garçons qui rentraient les parasols. Je fixais le grand jet d'eau lumineux de l'autre côté de la place, devant l'entrée du Casino. Il changeait sans cesse de couleur. Je m'amusais à compter combien de fois il virait au vert. Un passe-temps, comme un autre, n'est-ce pas? Une fois, deux fois, trois fois. Quand j'avais atteint le chiffre 53, je me levais, mais, le plus souvent, je ne me donnais même pas la peine de jouer à ce jeu-là. Je rêvassais, en buvant à petites gorgées mécaniques. Vous rappelez-vous Lisbonne pendant la guerre? Tous ces types affalés dans les bars et le hall de l'hôtel Aviz, avec leurs valises et leurs malles-cabine, attendant un paquebot qui ne viendrait pas? Eh bien, j'avais l'impression, vingt ans après, d'être un de ces types-là.

Les rares fois où je portais mon costume de flanelle et mon unique cravate (cravate bleu nuit semée de fleurs de lys qu'un

Américain m'avait offerte et au revers de laquelle étaient cousus les mots : «International Bar Fly». J'ai appris plus tard qu'il s'agissait d'une société secrète d'alcooliques. Grâce à cette cravate ils pouvaient se reconnaître les uns les autres et se rendre de menus services), il m'arrivait d'entrer au Casino et de rester quelques minutes au seuil du Brummell pour regarder les gens danser. Ils avaient entre trente et soixante ans, et l'on remarquait parfois une fille plus jeune en compagnie d'un quinquagénaire élancé. Clientèle internationale, assez «chic» et qui ondulait sur des succès italiens ou des airs de calypso, cette danse de la Jamaïque. Ensuite, je montais jusqu'aux salles de jeux. On assistait souvent à de gros bancos. Les joueurs les plus fastueux venaient de la Suisse toute proche. Je me souviens d'un Égyptien très raide, aux cheveux roux lustrés et aux yeux de gazelle, qui caressait pensivement de l'index sa moustache de major anglais. Il jouait par plaques de cinq millions et on le disait cousin du roi Farouk.

J'étais soulagé de me retrouver à l'air libre. Je revenais lentement vers Carabacel par l'avenue d'Albigny. Je n'ai jamais connu de nuits aussi belles, aussi limpides qu'en ce temps-là. Les lumières des villas du bord du lac avaient un scintillement qui éblouissait les yeux et dans lequel je discernais quelque chose de musical, un solo de saxophone ou de trompette. Je percevais aussi, très léger, immatériel, le bruissement des platanes de l'avenue. J'attendais le dernier funiculaire, assis sur le banc de fer du chalet. La salle n'était éclairée que par une veilleuse et je me laissais glisser, avec un sentiment de totale confiance, dans cette pénombre violacée. Que pouvais-je craindre ? Le bruit des guerres, le fracas du monde pour parvenir jusqu'à cette oasis de vacances devraient traverser un mur d'ouate. Et qui aurait l'idée de venir me chercher parmi les estivants distingués ?

Je descendais à la première station : Saint-Charles-Carabacel et le funiculaire continuait de monter, vide. Il ressemblait à un gros ver luisant.

Je traversais le couloir des Tilleuls sur la pointe des pieds, après avoir enlevé mes mocassins car les vieillards ont le sommeil léger.

# III

Elle était assise dans le hall de l'Hermitage, sur l'un des grands canapés du fond et ne quittait pas des yeux la porte tambour, comme si elle attendait quelqu'un. J'occupais un fauteuil à deux ou trois mètres d'elle et je la voyais de profil. Cheveux auburn. Robe de chantoung vert. Et les chaussures à talons aiguilles que les femmes portaient. Blanches. Un chien était allongé à ses pieds. Il bâillait et s'étirait de temps en temps. Un dogue allemand, immense et lymphatique avec des taches noires et blanches. Vert, roux, blanc, noir. Cette combinaison de couleurs me causait une sorte d'engourdissement. Comment ai-je fait pour me retrouver à côté d'elle, sur le canapé ? Peut-être le dogue allemand a-t-il servi d'entremetteur, en venant, de sa démarche paresseuse, me flairer ?

J'ai remarqué qu'elle avait les yeux verts, de très légères taches de rousseur et qu'elle était un peu plus âgée que moi.

Nous nous sommes promenés, ce matin-là, dans les jardins de l'hôtel. Le chien ouvrait la marche. Nous suivions une allée recouverte d'une voûte de clématites à grandes fleurs mauves et bleues. J'écartais les feuillages en grappes des cytises ; nous longions des pelouses et des buissons de troènes. Il y avait – si j'ai bonne mémoire – des plantes de rocaille aux teintes givrées, des aubépines roses, un escalier bordé de vasques vides. Et l'immense parterre de dahlias jaunes, rouges et blancs. Nous nous sommes penchés sur la balustrade et nous avons regardé le lac, en bas.

Je n'ai jamais pu savoir exactement ce qu'elle avait pensé de moi au cours de cette première rencontre. Peut-être m'avait-elle pris pour un fils de famille milliardaire qui s'ennuyait. Ce qui l'avait amusée, en tout cas, c'était le monocle que je portais à l'œil droit pour lire, non par dandysme ou affectation, mais parce que je voyais beaucoup moins bien de cet œil que de l'autre.

Nous ne parlons pas. J'entends le murmure d'un jet d'eau qui tourne, au milieu de la plus proche pelouse. Quelqu'un descend l'escalier à notre rencontre, un homme dont j'ai distingué de loin le costume jaune pâle. Il nous fait un geste de la main. Il porte des lunettes de soleil et s'éponge le front. Elle me le présente sous le nom de René Meinthe. Il rectifie aussitôt : «Docteur Meinthe», en appuyant sur les deux syllabes du mot docteur. Et il grimace un sourire. À mon tour, je dois me présenter : Victor Chmara. C'est le nom que j'ai choisi pour remplir ma fiche d'hôtel aux Tilleuls.

— Vous êtes un ami d'Yvonne?

Elle lui répond qu'elle vient de faire ma connaissance dans le hall de l'Hermitage, et que je lis avec un monocle. Décidément, ça l'amuse beaucoup. Elle me prie de mettre mon monocle pour le montrer au docteur Meinthe. Je m'exécute. «Très bien», dit Meinthe en hochant la tête d'un air pensif.

Ainsi, elle s'appelait Yvonne. Mais son nom de famille? Je l'ai oublié. Il suffit donc de douze ans pour oublier l'état civil des personnes qui ont compté dans votre vie. C'était un nom suave, très français, quelque chose comme : Coudreuse, Jacquet, Lebon, Mouraille, Vincent, Gerbault...

René Meinthe, à première vue, était plus âgé que nous. Environ trente ans. De taille moyenne, il avait un visage rond et nerveux et les cheveux blonds ramenés en arrière.

Nous avons regagné l'hôtel en traversant une partie du jardin que je ne connaissais pas. Les allées de gravier y étaient rectilignes, les pelouses symétriques et taillées à l'anglaise. Autour de chacune d'elles flamboyaient des plates-bandes de bégonias ou de géraniums. Et toujours le doux, le rassurant murmure des jets d'eau qui arrosaient le gazon. J'ai pensé aux Tuileries de mon enfance. Meinthe nous a proposé de prendre un verre et de déjeuner ensuite au Sporting.

Ma présence leur semblait tout à fait naturelle et on aurait juré que nous nous connaissions depuis toujours. Elle me souriait. Nous parlions de choses insignifiantes. Ils ne me posaient aucune question mais le chien appuyait sa tête contre mon genou et m'observait.

Elle s'est levée en nous disant qu'elle allait chercher une écharpe dans sa chambre. Elle habitait donc l'Hermitage? Que faisait-elle ici? Qui était-elle? Meinthe avait sorti de sa poche un fume-cigarette et le mordillait. Je remarquai alors qu'il était parcouru de tics. À longs intervalles, sa pommette gauche se crispait comme s'il cherchait à rattraper dans sa chute un invisible monocle, mais les lunettes noires cachaient à moitié ce tremblement. Parfois, il tendait le menton en avant et on aurait pu croire qu'il provoquait quelqu'un. Enfin son bras droit était secoué de temps en temps par une décharge électrique qui se communiquait à la main et celle-ci traçait des arabesques dans l'air. Tous ces tics se coordonnaient entre eux d'une manière très harmonieuse et donnaient à Meinthe une élégance inquiète.

— Vous êtes en vacances?

J'ai répondu que oui. Et j'avais de la chance qu'il fît un temps aussi «ensoleillé». Et je trouvais ce lieu de villégiature «paradisiaque».

— C'est la première fois que vous venez? Vous ne connaissiez pas?

J'ai perçu une pointe d'ironie dans sa voix et je me suis permis de lui demander, à mon tour, s'il passait lui-même des vacances ici. Il a hésité.

— Oh, pas exactement. Mais je connais cet endroit depuis très longtemps… – Il a tendu le bras avec nonchalance vers un

point de l'horizon, et, d'une voix lasse : — Les montagnes...
Le lac... Le lac...
Il a ôté ses lunettes noires et a posé sur moi un regard doux
et triste. Il souriait.
— Yvonne est une fille merveilleuse, m'a-t-il dit.
Mer-veil-leuse.
Elle marchait vers notre table, une écharpe verte en mous-
seline nouée autour du cou. Elle me souriait et ne me quittait
pas des yeux. Quelque chose se dilatait du côté gauche de ma
poitrine, et j'ai décidé que ce jour était le plus beau de ma vie.

Nous sommes montés dans l'automobile de Meinthe, une
vieille Dodge de couleur crème, décapotable. Nous avions
pris place tous les trois sur la banquette avant, Meinthe au
volant, Yvonne au milieu, et le chien à l'arrière. Il a démarré
de façon brutale, la Dodge a dérapé sur le gravier et elle a
presque éraflé le portail de l'hôtel. Nous suivions lentement le
boulevard Carabacel. Je n'entendais plus le bruit du moteur.
Meinthe l'avait-il coupé pour descendre en roue libre ? Les pins
parasols, de chaque côté de la route, arrêtaient les rayons de
soleil et cela faisait un jeu de lumières. Meinthe sifflotait, je
me laissais bercer par un léger roulis, et la tête d'Yvonne se
posait à chaque virage sur mon épaule.
Au Sporting, nous étions seuls dans la salle de restaurant,
cette ancienne orangerie protégée du soleil par un saule pleureur et des massifs de rhododendrons. Meinthe expliquait à
Yvonne qu'il devait se rendre à Genève, et reviendrait dans la
soirée. J'ai pensé qu'ils étaient frère et sœur. Mais non. Ils ne
se ressemblaient pas du tout.
Un groupe d'une dizaine de personnes est entré. Ils ont
choisi la table voisine de la nôtre. Ils venaient de la plage. Les
femmes portaient des marinières en tissu éponge de couleur, les
hommes des peignoirs de bain. L'un d'eux, plus grand et plus
athlétique que les autres, les cheveux blonds ondulés, parlait

à la cantonade. Meinthe a ôté ses lunettes noires. Il était très pâle, brusquement. Il a désigné du doigt le grand blond, et d'une voix suraiguë, presque dans un sifflement :

— Tiens, voilà la Carlton... La plus grande SA-LO-PE du département...

L'autre a fait semblant de ne pas entendre, mais ses amis se sont retournés vers nous, bouche bée.

— Tu as compris ce que j'ai dit, la Carlton ?

Pendant quelques secondes, il y a eu un silence absolu dans la salle de restaurant. Le blond athlétique baissait la tête. Ses voisins étaient pétrifiés. Yvonne, par contre, n'avait pas sourcillé, comme si elle était habituée à de tels incidents.

— N'ayez pas peur, m'a chuchoté Meinthe en se penchant vers moi, ce n'est rien, rien du tout...

Son visage était devenu lisse, enfantin, on n'y remarquait plus un seul tic. Notre conversation a repris et il a demandé à Yvonne ce qu'elle voulait qu'il lui ramenât de Genève. Chocolats ? Cigarettes turques ?

Il nous a quittés devant l'entrée du Sporting, en disant que nous pourrions nous retrouver vers neuf heures du soir, à l'hôtel. Yvonne et lui ont parlé d'un certain Madeja (ou Madeya), qui organisait une fête, dans une villa, au bord du lac.

— Vous viendrez avec nous, hein ? m'a demandé Meinthe.

Je le regardais marcher vers la Dodge et il avançait par secousses électriques successives. Il a démarré, comme la première fois, sur les chapeaux de roues, et de nouveau, l'automobile a frôlé le portail avant de disparaître. Il levait le bras, à notre intention, sans détourner la tête.

J'étais seul avec Yvonne. Elle m'a proposé de faire un tour dans les jardins du Casino. Le chien marchait devant, de plus en plus las. Quelquefois il s'asseyait au milieu de l'allée et il fallait crier son nom : «Oswald», pour qu'il consentît à poursuivre son chemin. Elle m'a expliqué que ce n'était pas la paresse mais la mélancolie qui lui donnait cette allure nonchalante. Il appartenait à une variété très rare de dogues allemands, tous atteints d'une tristesse et d'un ennui de vivre congénitaux. Certains même se suicidaient. J'ai voulu savoir pourquoi elle avait choisi un chien d'humeur aussi sombre.

— Parce qu'ils sont plus élégants que les autres, m'a-t-elle répliqué vivement.

Aussitôt, j'ai pensé à la famille de Habsbourg qui avait compté dans ses rangs certains êtres délicats et hypocondriaques comme ce chien. On mettait cela au compte des mariages consanguins et on appelait leur état dépressif la «mélancolie portugaise».

— Ce chien, ai-je dit, souffre de «mélancolie portugaise». Mais elle n'a pas entendu.

Nous étions arrivés devant l'embarcadère. Une dizaine de personnes montaient à bord de l'*Amiral-Guisand*. On relevait la passerelle. Accoudés au bastingage, des enfants agitaient leurs mains en criant. Le bateau s'éloignait et il avait un charme colonial et délabré.

— Un après-midi, m'a dit Yvonne, il faudra que nous prenions ce bateau. Ce serait amusant, tu ne crois pas ?

Elle me tutoyait pour la première fois, et elle avait prononcé cette phrase avec un élan inexplicable. Qui était-elle ? Je n'osais pas le lui demander.

Nous suivions l'avenue d'Albigny et les feuillages des platanes nous offraient leurs ombres. Nous étions seuls. Le chien nous précédait à une vingtaine de mètres. Il n'avait plus rien de sa langueur habituelle et marchait d'une façon altière, la tête dressée, faisant quelquefois de brusques écarts et dessinant des figures de quadrille à la manière des chevaux de carrousel.

Nous nous sommes assis en attendant le funiculaire. Elle a posé sa tête sur mon épaule et j'ai éprouvé le même vertige que celui qui m'avait pris lorsque nous descendions en voiture le boulevard Carabacel. Je l'entendais encore me dire :

«Un après-midi... nous prenions... bateau... amusant, tu ne crois pas?» avec son accent indéfinissable dont je me demandais s'il était hongrois, anglais ou savoyard. Le funiculaire montait lentement et la végétation, des deux côtés de la voie, paraissait de plus en plus touffue. Elle allait nous ensevelir. Les massifs de fleurs s'écrasaient contre les vitres et, de temps en temps, une rose ou une branche de troène était emportée au passage.

Dans sa chambre, à l'Hermitage, la fenêtre était entrouverte et j'entendais le claquement régulier des balles de tennis, les exclamations lointaines des joueurs. S'il existait encore de gentils et rassurants imbéciles en tenue blanche pour lancer des balles par-dessus un filet, cela voulait dire que la terre continuait de tourner et que nous avions quelques heures de répit.

Sa peau était semée de très légères taches de rousseur. On se battait en Algérie, paraît-il.

La nuit. Et Meinthe qui nous attendait dans le hall. Il était habillé d'un costume de toile blanche et d'un foulard turquoise noué impeccablement autour du cou. Il avait rapporté de Genève des cigarettes et tenait à ce que nous les goûtions. Mais nous n'avions pas un instant à perdre – disait-il – ou bien nous serions en retard chez Madeja (ou Madeya).

Cette fois, nous avons descendu à toute allure le boulevard Carabacel. Meinthe, son fume-cigarette aux lèvres, accélérait dans les virages, et j'ignore par quel miracle nous sommes arrivés sains et saufs avenue d'Albigny. Je me suis tourné vers Yvonne et j'ai été surpris que son visage n'exprimât aucune peur. Je l'avais même entendue rire à un moment où l'automobile avait fait une embardée.

Qui était ce Madeja (ou Madeya) chez lequel nous allions ?
Meinthe m'a expliqué qu'il s'agissait d'un cinéaste autrichien.
Il venait de tourner un film dans la région – à La Clusaz exactement – une station de ski, distante de vingt kilomètres, et
Yvonne y avait joué un rôle. Mon cœur a battu.

— Vous faites du cinéma ? lui ai-je demandé.

Elle a ri.

— Yvonne deviendra une très grande actrice, a déclaré
Meinthe en appuyant à fond sur l'accélérateur.

Parlait-il sérieusement ? Ac-tri-ce de ci-né-ma. Peut-être avais-je déjà vu sa photo dans *Cinémonde* ou dans cet *Annuaire du cinéma*, découvert au fond d'une vieille librairie de Genève et que je feuilletais au cours de mes nuits d'insomnie. Je finissais par me rappeler le nom et l'adresse des acteurs et des « techniciens ».
Aujourd'hui quelques bribes me reviennent à la mémoire :

JUNIE ASTOR : Photo Bernard et Vauclair. 1, rue Buenos-Ayres
– Paris-VIIe.

SABINE GUY : Photo Teddy Piaz. Comédie – Tour de chant
– Danse.
Films : *Les Clandestins...*, *Les pépées font la loi...*, *Miss Catastrophe...*, *La Polka des menottes... Bonjour toubib*, etc.

GORDINE (FILMS SACHA) : 19, rue Spontini – Paris-XVIe
– KLE. 77-94.
M. Sacha Gordine, GER.


Yvonne avait-elle un « nom de cinéma » que je connaissais ?
À ma question, elle a murmuré : « C'est un secret » et a posé
un index sur ses lèvres. Meinthe a ajouté avec un rire grêle
inquiétant :

— Vous comprenez, elle est ici incognito.

Nous suivions la route du bord du lac. Meinthe avait ralenti et
ouvert la radio. L'air était tiède et nous glissions à travers une
nuit soyeuse et claire comme je n'en ai jamais plus retrouvé
depuis, sauf dans l'Égypte ou la Floride de mes rêves. Le chien

avait appuyé son menton au creux de mon épaule et son souffle me brûlait. À droite, les jardins descendaient jusqu'au lac. À partir de Chavoire, la route était bordée de palmiers et de pins parasols.

Nous avons dépassé le village de Veyrier-du-Lac et nous nous sommes engagés dans un chemin en pente. Le portail était en contrebas de la route. Sur un panneau de bois, cette inscription : «Villa les Tilleuls» (le même nom que mon hôtel). Une allée de graviers assez large, bordée d'arbres et d'une masse de végétation à l'abandon menait jusqu'au seuil de la maison, grande bâtisse blanche de style Napoléon III, avec des volets roses. Quelques automobiles étaient garées les unes contre les autres. Nous avons traversé le vestibule pour déboucher sur une pièce qui devait être le salon. Là, dans la lumière tamisée que répandaient deux ou trois lampes, j'ai entrevu une dizaine de personnes, les unes debout près des fenêtres, les autres affalées sur un canapé blanc, le seul meuble, me sembla-t-il. Ils se versaient à boire et poursuivaient des conversations animées, en allemand et en français. Un pick-up, posé à même le parquet, diffusait une mélodie lente à laquelle se mêlait la voix très basse d'un chanteur répétant :

*Oh, Bionda girl...*
*Oh, Bionda girl...*
*Bionda girl...*

Yvonne m'avait pris le bras. Meinthe jetait des regards rapides autour de lui comme s'il cherchait quelqu'un, mais les membres de cette assemblée ne nous prêtaient pas la moindre attention. Par la porte-fenêtre nous avons gagné une véranda à balustrade de bois vert où se trouvaient des transats et des fauteuils d'osier. Une lanterne chinoise dessinait des ombres compliquées en forme de guipures et d'entrelacs et l'on aurait dit que les visages d'Yvonne et de Meinthe étaient brusquement recouverts de voilettes.

En bas, dans le jardin, plusieurs personnes se pressaient autour d'un buffet croulant de victuailles. Un homme très grand et très blond nous faisait signe de la main et marchait vers nous, en s'appuyant sur une canne. Sa chemise de toile beige, largement ouverte, ressemblait à une saharienne, et je pensais à ces personnages que l'on rencontrait jadis aux colonies et qui avaient un «passé». Meinthe me le présenta : Rolf Madeja, le «metteur en scène». Il se pencha pour embrasser Yvonne et posa sa main sur l'épaule de Meinthe. Il l'appelait «Menthe» avec un accent plus britannique qu'allemand. Il nous entraîna en direction du buffet et cette femme blonde aussi grande que lui, cette Walkyrie au regard noyé (elle nous fixait sans nous voir ou alors elle contemplait quelque chose à travers nous), c'était son épouse.

Nous avions laissé Meinthe en compagnie d'un jeune homme au physique d'alpiniste, et nous allions, Yvonne et moi, de groupe en groupe. Elle embrassait tout le monde et quand on lui demandait qui j'étais, elle répondait : «Un ami.» D'après ce que je crus comprendre, la plupart de ces gens avaient participé au «film». Ils se dispersaient dans le jardin. On y voyait très bien à cause du clair de lune. En suivant les allées envahies par l'herbe on découvrait un cèdre à la taille terrifiante. Nous avons atteint le mur d'enceinte derrière lequel on entendait les clapotis du lac et nous sommes restés là, un long moment. De cet endroit, on apercevait la maison qui se dressait au milieu du parc abandonné et l'on était surpris de sa présence comme si l'on venait d'arriver dans cette ancienne ville d'Amérique du Sud où, paraît-il, un opéra rococo, une cathédrale, et des hôtels particuliers en marbre de Carrare sont aujourd'hui ensevelis sous la forêt vierge.

Les invités ne s'aventuraient pas aussi loin que nous, sauf deux ou trois couples que nous discernions vaguement et qui profitaient des taillis luxuriants et de la nuit. Les autres se tenaient devant la maison ou sur la terrasse. Nous les avons rejoints. Où était Meinthe ? Peut-être à l'intérieur, dans le salon. Madeja s'était approché et avec son accent mi-britannique mi-allemand, il nous expliquait qu'il serait volontiers resté ici quinze jours de plus, mais qu'il devait aller à Rome. Il louerait de nouveau la villa en septembre «quand le montage du film serait terminé». Il prend Yvonne par la taille et je ne sais s'il la pelote ou si son geste a quelque chose de paternel :

— Elle est une très bonne actrice.

Il me fixe, et je remarque une brume dans ses yeux, de plus en plus compacte.

— Vous vous appelez Chmara, n'est-ce pas?

La brume s'est dissipée tout à coup, ses yeux brillent d'un éclat bleu minéral.

— Chmara... c'est bien Chmara, hein?

Je réponds: oui, du bout des lèvres. Et ses yeux, à nouveau, perdent leur dureté, s'embuent, jusqu'à se liquéfier complètement. Sans doute a-t-il le pouvoir de régler leur éclat à volonté comme on ajuste une paire de jumelles. Quand il veut se replier en lui-même, alors ses yeux s'embuent et le monde extérieur n'est plus qu'une masse floue. Je connais bien ce procédé car je l'emploie souvent.

— Il y avait un Chmara, à Berlin, dans le temps... me disait-il. N'est-ce pas, Ilse?

Sa femme, allongée sur un transat à l'autre extrémité de la véranda, bavardait avec deux jeunes gens, et se tourna un sourire aux lèvres.

— N'est-ce pas, Ilse? Il y avait un Chmara dans le temps, à Berlin.

Elle le regarda et continua de sourire. Puis elle détourna la tête et reprit sa conversation. Madeja haussa les épaules et serra sa canne des deux mains.

— Si... Si... Ce Chmara habitait la Kaiserallee... Vous ne me croyez pas, hein?

Il se leva, caressa le visage d'Yvonne et marcha vers la balustrade de bois vert. Il restait là, debout, massif, à contempler le jardin sous la lune.

Nous nous étions assis l'un à côté de l'autre, sur deux poufs, et elle appuyait sa tête contre mon épaule. Une jeune femme brune dont le corsage échancré laissait voir les seins (à chaque geste un peu brusque ils jaillissaient hors du décolleté) nous tendait deux verres remplis d'un liquide rose. Elle riait aux éclats, embrassait Yvonne, nous suppliait en italien de boire ce cocktail qu'elle avait préparé «spécialement pour nous». Elle s'appelait, si j'ai bonne mémoire, Daisy Marchi et Yvonne m'expliqua qu'elle jouait le rôle principal dans le «film». Elle aussi allait faire une grande carrière. Elle était connue à Rome. Déjà elle nous abandonnait en riant de plus belle et en secouant ses longs cheveux, pour rejoindre un homme d'environ cinquante ans, taille svelte et visage grêlé qui se tenait dans l'embrasure de la porte-fenêtre, un verre à la main. Lui, c'était Harry Dressel, un Hollandais, l'un des acteurs du «film». D'autres personnes occupaient les fauteuils d'osier ou s'appuyaient contre la balustrade. Quelques-unes entouraient la femme de Madeja qui souriait toujours, les yeux absents. Par la porte-fenêtre, s'échappaient un murmure de conversations, une musique lente et sirupeuse, mais cette fois-ci le chanteur à la voix basse répétait :

*Abat-jour*
*Che sofonde la luce blu...*

Madeja, lui, faisait les cent pas sur la pelouse en compagnie d'un petit homme chauve qui lui arrivait à la taille, de sorte qu'il était obligé de se baisser pour lui parler. Ils passaient et repassaient devant la terrasse, Madeja de plus en plus lourd et courbé, son interlocuteur de plus en plus tendu sur la pointe des pieds. Il émettait un bourdonnement de frelon et la seule phrase qu'il prononçait en utilisant le langage des hommes était : «Va bene Rolf... Va bene Rolf... Va bene Rolf... Vabenerolf...» Le chien d'Yvonne, assis au bord de la terrasse dans une position de sphinx, suivait leur va-et-vient en tournant la tête de droite à gauche, de gauche à droite.

Où étions-nous? Au cœur de la Haute-Savoie. J'ai beau me répéter cette phrase rassurante : «au cœur de la Haute-Savoie», je pense plutôt à un pays colonial ou aux îles Caraïbes. Sinon, comment expliquer cette lumière tendre et corrosive, ce bleu nuit qui rendait les yeux, les peaux, les robes et les complets d'alpaga phosphorescents? Tous ces gens étaient entourés d'une mystérieuse électricité et l'on s'attendait, à chacun de leurs gestes, qu'il se produisît un court-circuit. Leurs noms − quelques-uns me sont restés en mémoire et je regrette de ne pas les avoir consignés tous sur le moment : je les aurais récités le soir, avant de m'endormir, en ignorant à qui ils appartenaient, leur conso-nance m'aurait suffi − leurs noms évoquaient ces petites sociétés cosmopolites des ports francs et des comptoirs d'outre-mer :

Gay Orloff, Percy Lipitt, Osvaldo Valenti, Ilse Korber, Roland Witt von Nidda, Geneviève Bouchet, Geza Pellemont, François Brunhardt... Que sont-ils devenus ? Que leur dire à ce rendez-vous où je les ressuscite ? Déjà, à cette époque − cela va faire treize ans bientôt −, ils me donnaient le sentiment d'avoir, depuis longtemps, brûlé leur vie. Je les observais, je les écoutais parler sous la lanterne chinoise qui mouchetait les visages et les épaules des femmes. À chacun je prêtais un passé qui recoupait celui des autres, et j'aurais voulu qu'ils me dévoilent tout : quand Percy Lipitt et Gay Orloff s'étaient-ils rencontrés pour la première fois ? L'un des deux connaissait-il Osvaldo Valenti ? Par l'entremise de qui Madeja était-il entré en relation avec Geneviève Bouchet et François Brunhardt ? Qui, de ces six personnes, avait introduit dans leur cercle Roland Witt von Nidda ? (Et je ne cite que ceux dont j'ai retenu les noms.) Autant d'énigmes qui supposaient une infinité de combinaisons, une toile d'araignée qu'ils avaient mis dix ou vingt ans à tisser.

Il était tard et nous cherchions Meinthe. Il ne se trouvait ni dans le jardin, ni sur la terrasse, ni dans le salon. La Dodge avait disparu. Madeja que nous croisâmes sur le perron en compagnie d'une fille aux cheveux blonds très courts, nous déclara que « Menthe » venait de partir avec « Fritzi Trenker » et qu'il ne reviendrait certainement pas. Il éclata d'un rire qui me surprit et appuya sa main sur l'épaule de la jeune fille.

— Mon bâton de vieillesse, me déclara-t-il. Vous comprenez, Chmara ?

Puis il nous tourna le dos, brusquement. Il traversait le corridor en s'appuyant plus fort sur l'épaule de la jeune fille. Il avait l'air d'un ancien boxeur aveugle.

C'est à partir de ce moment que les choses ont pris une autre tournure. On a éteint les lampes du salon. Il ne restait plus qu'une veilleuse, sur la cheminée, dont la lumière rose était épongée par de grandes zones d'ombre. À la voix du chanteur italien, avait succédé une voix féminine, qui se brisait, devenait rauque au point qu'on ne comprenait plus les paroles de la chanson et que l'on se demandait si c'était la plainte d'une mourante ou un grognement de plaisir. Mais la voix se purifiait tout à coup, et les mêmes mots revenaient, répétés avec des inflexions douces.

La femme de Madeja était allongée en travers du canapé et l'un des jeunes gens qui l'entouraient sur la terrasse, se penchait vers elle, commençait à déboutonner lentement son chemisier. Elle fixe le plafond, les lèvres entrouvertes. Quelques couples dansent, un peu trop serrés, faisant des gestes un peu trop précis. Au passage, je vois l'étrange Harry Dressel caresser d'une main lourde les cuisses de Daisy Marchi. Près de la porte-fenêtre, un spectacle retient l'attention d'un petit groupe : une femme danse toute seule. Elle ôte sa robe, sa combinaison, son soutien-gorge. Nous nous sommes joints au groupe, Yvonne et moi, par désœuvrement. Roland Witt von Nidda, le visage altéré, la dévore des yeux : elle n'a plus que ses bas et son porte-jarretelles et continue de danser. À genoux, il essaie d'arracher les jarretelles de la femme avec ses dents, mais elle se dérobe, chaque fois. Enfin, elle se décide à enlever ces accessoires elle-même et continue de danser complètement nue, tournant autour de Witt von Nidda, le frôlant, et celui-ci se tient immobile, impassible, le menton tendu, le buste cambré, torero grotesque. Son ombre contorsionnée s'étale sur le mur, et celle de la femme – démesurément agrandie – balaie le plafond. Bientôt il n'y a plus, à travers toute cette maison, qu'un ballet d'ombres qui se poursuivent les unes les autres, montent et descendent les escaliers, poussent des éclats de rire et des cris furtifs.

Contiguë au salon, une pièce d'angle. Elle était meublée d'un bureau massif à nombreux tiroirs, comme il en existait, je suppose, au ministère des Colonies, et d'un grand fauteuil de cuir vert foncé. Nous nous sommes réfugiés là. J'ai jeté un dernier regard sur le salon et je vois encore la tête de Mme Madeja rejetée en arrière (elle appuyait sa nuque contre le bras du canapé). Sa chevelure blonde tombait jusqu'au sol, et cette tête, on aurait cru qu'elle venait d'être tranchée. Elle s'est mise à geindre. Je distinguais à peine l'autre visage, près du sien. Elle poussait des gémissements de plus en plus forts, et prononçait des phrases désordonnées : « Tuez-moi… Tuez-moi… Tuez-moi… Tuez-moi… » Oui, je me souviens de tout cela.

Le sol du bureau était couvert d'un tapis de laine très épaisse et nous nous y sommes allongés. Un rayon, à côté de nous, dessinait une barre gris-bleu qui allait d'un bout de la pièce à l'autre. L'une des fenêtres était entrouverte et j'entendais frissonner un arbre dont le feuillage caressait la vitre. Et l'ombre de ce feuillage recouvrait la bibliothèque d'un grillage de nuit et de lune. Il y avait là tous les livres de la collection du «Masque». Le chien s'est endormi devant la porte. Plus aucun bruit, plus aucune voix ne nous parvenait du salon. Peut-être avaient-ils tous quitté la villa et ne restait-il que nous? Il flottait dans le bureau un parfum de vieux cuir et je me suis demandé qui avait rangé les livres sur les rayonnages. À qui appartenaient-ils? Qui venait le soir fumer une pipe ici, travailler ou lire un des romans, ou écouter le bruissement des feuilles?

Sa peau avait pris une teinte opaline. L'ombre d'une feuille venait tatouer son épaule. Parfois elle s'abattait sur son visage et l'on eût dit qu'elle portait un loup. L'ombre descendait et lui bâillonnait la bouche. J'aurais voulu que le jour ne se levât jamais, pour rester avec elle recroquevillé au fond de ce silence et de cette lumière d'aquarium. Un peu avant l'aube, j'ai entendu une porte claquer, des pas précipités au-dessus de nous et le bruit d'un meuble qui se renversait. Et puis des éclats de rire. Yvonne s'était endormie. Le dogue rêvait en poussant, à intervalles réguliers, une plainte sourde. J'ai entrebâillé la porte. Il n'y avait personne dans le salon. La veilleuse était toujours allumée mais sa clarté paraissait plus faible, non plus rose, mais vert très tendre. Je me suis dirigé vers la terrasse pour prendre l'air. Personne non plus, sous la lanterne chinoise qui continuait de briller. Le vent la faisait osciller et des formes douloureuses, quelques-unes d'apparence humaine, couraient sur les murs. En bas, le jardin. J'essayais de définir le parfum qui se dégageait de cette végétation et envahissait la terrasse. Mais oui, j'hésite à le dire puisque cela se passait en Haute-Savoie: je respirais une odeur de jasmin.

J'ai traversé de nouveau le salon. La veilleuse y répandait toujours sa lumière vert pâle, par vagues lentes. J'ai pensé à la mer et à ce liquide glacé que l'on boit les jours de chaleur: le diabolo menthe. J'ai entendu encore des éclats de rire et leur pureté m'a frappé. Ils venaient de très loin et se rapprochaient tout à coup. Je ne parvenais pas à les localiser. Ils étaient de plus en plus cristallins, volatils. Elle dormait, la joue appuyée contre son bras droit, tendu en avant. La barre bleuâtre que projetait la lune à travers la pièce éclairait la commissure des lèvres, le cou, la fesse gauche et le talon. Sur son dos, cela faisait comme une écharpe rectiligne. Je retenais mon souffle. Je revois le balancement des feuilles derrière la vitre et ce corps coupé en deux par un rayon de lune. Pourquoi, aux paysages de Haute-Savoie qui nous entouraient, se superpose dans ma mémoire une ville disparue, le Berlin d'avant-guerre? Peut-être parce qu'elle « jouait » dans un « film » de « Rolf Madeja ». Plus tard, je me suis renseigné sur lui et j'ai appris qu'il avait débuté tout jeune aux studios de la U.F.A. En février 45, il avait commencé son premier film, *Confettis für zwei*, une opérette viennoise très mièvre et très gaie dont il tournait les scènes entre deux bombardements. Le film est resté inachevé. Et moi, quand j'évoque cette nuit-là, j'avance entre les maisons massives du Berlin d'autrefois, je longe des quais et des boulevards qui n'existent plus. De l'Alexanderplatz, j'ai marché tout droit, traversé le Lustgarten et la Spree. Le soir tombe sur les quatre rangées de tilleuls et de marronniers et sur les tramways qui passent. Ils sont vides. Les lumières tremblent. Et toi, tu m'attends dans cette cage de verdure qui brille au bout de l'avenue, le jardin d'hiver de l'hôtel Adlon.

# IV

Meinthe a regardé attentivement l'homme en imperméable qui rangeait les verres. Celui-ci a fini par baisser la tête et s'est absorbé de nouveau dans son travail. Mais Meinthe restait devant lui, figé en un dérisoire garde-à-vous. Ensuite, il s'est tourné vers les deux autres qui le considéraient, sourire méchant et menton appuyé sur la pointe du manche de leur balai. Leur ressemblance physique était frappante : mêmes cheveux blonds coupés en brosse, même petite moustache, mêmes yeux bleus en saillie. Ils penchaient leur buste l'un vers la droite, l'autre vers la gauche, de manière symétrique, si bien qu'on aurait pu croire qu'il s'agissait de la même personne, reflétée dans une glace. Cette illusion, Meinthe dut l'avoir, puisqu'il s'approcha des deux hommes, avec lenteur, le sourcil froncé. Quand il fut à quelques centimètres d'eux, il se déplaça pour les observer de dos, de trois quarts et de profil. Les autres ne bougeaient pas, mais on devinait qu'ils étaient prêts à se détendre et à écraser Meinthe sous une grêle de coups de poing. Meinthe s'écarta d'eux et marcha à reculons vers la sortie du buffet, sans les quitter du regard. Ils restaient là pétrifiés sous la clarté avare et jaunâtre que distillait l'applique du mur.

Il traverse maintenant la place de la Gare, le col de son veston relevé, la main gauche crispée sur son écharpe, comme s'il était blessé au cou. Il neige à peine. Les flocons sont si légers et si minces qu'ils flottent dans l'air. Il s'engage dans la rue

Sommeiller et s'arrête devant le Régent. On y projette un très vieux film qui s'appelle *La Dolce Vita.* Meinthe s'abrite sous l'auvent du cinéma et regarde les photos du film une à une, tout en sortant de la poche de son veston un fume-cigarette. Il le serre entre ses dents et fouille toutes ses autres poches à la recherche – sans doute – d'une Camel. Mais il n'en trouve pas. Alors, son visage est parcouru de tics, toujours les mêmes : crispation de la pommette gauche et mouvements secs du menton – plus lents et plus douloureux qu'il y a douze ans.

Il semble hésiter sur le chemin à suivre : traverser et prendre la rue Vaugelas qui rejoint la rue Royale ou continuer à descendre la rue Sommeiller ? Un peu plus bas, sur la droite, l'enseigne verte et rouge du Cintra. Meinthe la fixe, en clignant des yeux. CINTRA. Les flocons tourbillonnent autour de ces six lettres et prennent une teinte verte et rouge eux aussi. Vert couleur d'absinthe. Rouge campari...

Il marche vers cette oasis, le dos cambré, les jambes raides, et s'il ne faisait pas cet effort de tension, il glisserait certainement sur le trottoir, pantin désarticulé.

Le client à la veste à carreaux est toujours là, mais n'importune plus la barmaid. Assis devant une table, tout au fond, il bat la mesure de son index en répétant d'une petite voix qui pourrait être celle d'une très vieille femme : «Et zim... boum-boum... Et zim... boum-boum...» La barmaid, elle, lit un magazine. Meinthe se hisse sur un des tabourets et lui pose une main sur l'avant-bras.

— Un porto clair, mon petit, lui chuchote-t-il.

# V

J'ai quitté les Tilleuls pour habiter avec elle à l'Hermitage. Un soir, ils sont venus me chercher, Meinthe et elle. Je venais de dîner et j'attendais au salon, assis tout près de l'homme à tête d'épagneul triste. Les autres attaquaient leur canasta. Les femmes bavardaient avec Mme Buffaz. Meinthe s'est arrêté dans l'encadrement de la porte. Il était vêtu d'un costume rose très tendre, et de sa pochette pendait un mouchoir vert foncé.

Ils se sont retournés vers lui.

— Mesdames... Messieurs, a murmuré Meinthe en inclinant la tête. – Puis il a marché vers moi, s'est raidi : — Nous vous attendons. Vous pouvez faire descendre vos bagages.

Mme Buffaz m'a demandé, brutalement :

— Vous nous quittez ?

Je baissais les yeux.

— Ça devait arriver un jour ou l'autre, madame, a répondu Meinthe d'un ton sans réplique.

— Mais il aurait pu au moins nous prévenir d'avance.

J'ai compris que cette femme éprouvait une haine subite à mon égard et qu'elle n'aurait pas hésité à me livrer à la police, sous le moindre prétexte. J'en étais attristé.

— Madame, ai-je entendu Meinthe lui répondre, ce jeune homme n'y peut rien, il vient de recevoir un ordre de mission signé de la reine des Belges.

Ils nous dévisageaient, pétrifiés, leurs cartes à la main. Mes habituels voisins de table m'inspectaient d'un air à la fois surpris et dégoûté, comme s'ils venaient de s'apercevoir que je n'appartenais pas à l'espèce humaine. L'allusion à la « reine des Belges » avait été accueillie par un murmure général, et lorsque Meinthe, voulant sans doute tenir tête à Mme Buffaz qui lui faisait face, les bras croisés, répéta en martelant les syllabes :

— Vous entendez madame ? LA REINE DES BELGES…, le murmure s'enfla et me causa un pincement au cœur. Alors Meinthe frappa le sol du talon, il tendit le menton et lança très vite, en bousculant les mots :

— Je ne vous ai pas tout dit, madame… LA REINE DES BELGES, c'est moi…

Il y eut des cris et des mouvements d'indignation : la plupart des pensionnaires s'étaient levés et formaient un groupe hostile, devant nous. Mme Buffaz avança d'un pas et je craignais qu'elle ne giflât Meinthe, ou qu'elle ne me giflât, moi. Cette dernière possibilité me paraissait naturelle : je me sentais seul responsable.

J'aurais aimé demander pardon à ces gens, ou qu'un coup de baguette magique rayât de leur mémoire ce qui venait d'arriver. Tous mes efforts pour passer inaperçu et me dissimuler dans un lieu sûr avaient été réduits à néant, en quelques secondes. Je n'osais même pas lancer un dernier regard autour du salon où les après-dîners avaient été si apaisants pour un cœur inquiet comme le mien. Et j'en ai voulu à Meinthe, un court instant. Pourquoi avoir jeté la consternation parmi ces petits rentiers, joueurs de canasta ? Ils me rassuraient. En leur compagnie je ne risquais rien.

Mme Buffaz nous aurait volontiers craché du venin en plein visage. Ses lèvres s'amincissaient de plus en plus. Je lui pardonne. Je l'avais trahie, en quelque sorte. J'avais secoué la précieuse horlogerie qu'étaient les Tilleuls. Si elle me lit (ce dont je doute ; et d'abord les Tilleuls n'existent plus), je voudrais qu'elle sache que je n'étais pas un mauvais garçon.

Il a fallu descendre les « bagages » que j'avais préparés l'après-midi. Ils se composaient d'une malle armoire et de trois grandes valises. Elles contenaient de rares vêtements, tous mes livres, mes vieux bottins, et les numéros de *Match, Cinémonde, Music-hall, Détective, Noir et Blanc* des dernières années. Cela pesait très lourd. Meinthe, voulant déplacer la malle armoire, a failli se faire écraser par elle. Nous sommes parvenus, au prix d'efforts inouïs, à la coucher transversalement. Ensuite, nous avons mis une vingtaine de minutes pour la traîner le long du couloir, jusqu'au palier. Nous étions arc-boutés, Meinthe devant, moi derrière, et le souffle nous manquait. Meinthe s'est allongé de tout son long sur le plancher, les bras en croix, les yeux fermés. Je suis retourné dans ma chambre et, tant bien que mal, en vacillant, j'ai transporté les trois valises jusqu'au bord de l'escalier.

La lumière s'est éteinte. J'ai tâtonné jusqu'au commutateur mais j'avais beau le manœuvrer, il faisait toujours aussi noir. En bas, la porte entrouverte du salon laissait filtrer une vague clarté. J'ai distingué une tête qui se penchait dans l'entrebâillement : celle, j'en étais presque sûr, de Mme Buffaz. J'ai compris aussitôt qu'elle avait dû enlever un des plombs pour que nous descendions les bagages à travers l'obscurité. Et cela m'a causé un fou rire nerveux.

Nous avons poussé la malle armoire jusqu'à ce qu'elle soit à moitié engagée dans l'escalier. Elle restait en équilibre précaire sur la première marche. Meinthe s'est agrippé à la rampe et a lancé un coup de pied rageur : la malle a glissé, rebondissant à chaque marche, et faisant un bruit épouvantable. On aurait cru que l'escalier allait s'effondrer. La tête de Mme Buffaz s'est de nouveau profilée dans l'entrebâillement de la porte du salon, entourée de deux ou trois autres. J'ai entendu glapir : « Regardez-moi ces salopards… » Quelqu'un répétait d'une voix sifflante le mot : « Police. » J'ai pris une valise dans chaque main et j'ai commencé à descendre. Je ne voyais rien. D'ailleurs je préférais fermer les yeux et compter tout bas pour me donner du courage. Un-deux-trois. Un-deux-trois… Si je trébuchais, je serais entraîné par les valises jusqu'au rez-de-chaussée et assommé sous le choc. Impossible de faire une pause. Mes clavicules allaient craquer. Et cet horrible fou rire me reprenait.

La lumière est revenue et m'a ébloui. Je me trouvais au rez-de-chaussée, entre les deux valises et la malle armoire, hébété. Meinthe me suivait, la troisième valise à la main (elle pesait moins lourd parce qu'elle ne contenait que mes affaires de toilette) et j'aurais bien voulu savoir qui m'avait donné la force d'arriver vivant jusque-là. Mme Buffaz m'a tendu la note que j'ai réglée, le regard fuyant. Puis elle est entrée dans le salon et a claqué la porte derrière elle. Meinthe s'appuyait contre la malle armoire et se tamponnait le visage de son mouchoir roulé en boule, avec les petits gestes précis d'une femme qui se poudre.

— Il faut continuer, mon vieux, m'a-t-il dit en me désignant les bagages, continuer...

Nous avons traîné la malle armoire jusqu'au perron. La Dodge était arrêtée près du portail des Tilleuls et je devinais la silhouette d'Yvonne, assise à l'avant. Elle fumait une cigarette et nous a fait un signe de la main. Nous avons quand même réussi à hisser la malle sur la banquette arrière. Meinthe s'est affaissé contre le volant et moi je suis allé chercher les trois valises, dans le vestibule de l'hôtel.

Quelqu'un se tenait immobile face au bureau de la réception : l'homme à tête d'épagneul. Il a marché vers moi et s'est arrêté. Je savais qu'il voulait me dire quelque chose mais les mots ne passaient pas. J'ai cru qu'il allait pousser son aboiement, cette plainte douce et prolongée que j'étais sans doute le seul à entendre (les pensionnaires des Tilleuls poursuivaient leur partie de canasta ou leur bavardage). Il restait là, les sourcils froncés, la bouche entrouverte, faisant des efforts de plus en plus violents pour parler. Ou bien était-il pris de nausées et ne parvenait-il pas à vomir ? Il se penchait, il s'étouffait presque. Au bout de quelques minutes, il a retrouvé son calme et m'a dit d'une voix sourde : « Vous partez juste à temps. Au revoir, monsieur. »

Il me tendait la main. Il était vêtu d'une veste de gros tweed et d'un pantalon de toile beige à revers. J'admirais ses chaussures : en daim grisâtre avec de très, très épaisses semelles de crêpe. J'étais certain d'avoir rencontré cet homme avant mon séjour aux Tilleuls, et cela devait remonter à une dizaine d'années. Et soudain... Mais oui, c'étaient les mêmes chaussures, et l'homme qui me tendait la main celui qui m'avait tellement intrigué du temps de mon enfance. Il venait aux Tuileries chaque jeudi et chaque dimanche avec un bateau miniature (une reproduction fidèle du *Kon Tiki)*, et le regardait évoluer à travers le bassin, changeant de poste d'observation, le poussant à l'aide d'une canne quand il s'échouait contre la bordure de pierre, vérifiant la solidité d'un mât ou d'une voile. Parfois, un groupe d'enfants et même quelques grandes personnes suivaient ce manège et il leur jetait un regard furtif comme s'il se méfiait de leur réaction. Quand on le questionnait sur le bateau, il répondait en bredouillant : oui, c'était un travail très long, très compliqué de construire un *Kon Tiki.* Et tout en parlant, il caressait le jouet. Vers sept heures du soir, il emportait le bateau et s'asseyait sur un banc pour l'essuyer, à l'aide d'une serviette éponge. Je le voyais ensuite se diriger vers la rue de Rivoli, son *Kon Tiki* sous le bras. Plus tard, je devais souvent penser à cette silhouette qui s'éloignait dans le crépuscule.

Allais-je lui rappeler nos rencontres ? Mais sans doute avait-il perdu son bateau. J'ai dit à mon tour : «Au revoir, monsieur.» J'ai empoigné les deux premières valises et traversé lentement le jardin. Il marchait à mes côtés, silencieux. Yvonne était assise sur l'aile de la Dodge. Meinthe, au volant, avait la tête renversée contre la banquette et fermait les yeux. J'ai rangé les deux valises dans le coffre arrière. L'autre épiait tous mes gestes avec un intérêt avide. Quand j'ai traversé de nouveau le jardin, il me précédait et se retournait de temps en temps pour voir si j'étais toujours là. Il a soulevé la dernière valise d'un geste sec et m'a dit : «Vous permettez…»

C'était la plus lourde. J'y avais rangé les bottins. Il la posait tous les cinq mètres et reprenait son souffle. Chaque fois que je faisais un geste pour la prendre à mon tour, il me disait :

— Je vous en prie, monsieur…

Il a voulu lui-même la hisser sur la banquette arrière. Il y est parvenu avec peine, puis il est resté là. Il avait les bras ballants, le visage un peu congestionné. Il ne prêtait aucune attention à Yvonne et à Meinthe. Il ressemblait de plus en plus à un épagneul.

— Voyez-vous, monsieur, a-t-il murmuré… je vous souhaite bonne chance.

Meinthe a démarré doucement. Avant que l'automobile ne s'engageât dans le premier virage, je me suis retourné. Il était debout au milieu de la route, tout près d'un lampadaire qui éclairait sa grosse veste en tweed et son pantalon beige à revers. Il ne lui manquait, en somme, que le *Kon Tiki* sous le bras. Il y a des êtres mystérieux – toujours les mêmes – qui se tiennent en sentinelles à chaque carrefour de votre vie.

# VI

À l'Hermitage, elle disposait non seulement d'une chambre mais aussi d'un salon meublé de trois fauteuils à tissus imprimés, d'une table ronde en acajou et d'un divan. Les murs du salon et ceux de la chambre étaient recouverts d'un papier peint qui reproduisait les toiles de Jouy. J'ai fait mettre la malle armoire dans un coin de la pièce, debout, afin d'avoir à ma portée tout ce que contenaient les tiroirs. Chandails ou vieux journaux. Les valises, je les ai poussées moi-même au fond de la salle de bains, sans les ouvrir car il faut être prêt à partir d'un instant à l'autre et considérer chaque chambre où l'on échoue comme un refuge provisoire.

D'ailleurs où aurais-je pu ranger mes vêtements, mes livres et mes bottins ? Ses robes et ses chaussures à elle emplissaient toutes les armoires et quelques-unes traînaient sur les fauteuils et le divan du salon. La table d'acajou était encombrée de produits de beauté. La chambre d'hôtel d'une actrice de cinéma, pensai-je. Le désordre que les journalistes décrivent, dans *Ciné-Mondial* ou *Vedettes*. La lecture de tous ces magazines m'avait fortement impressionné. Et je rêvais. Alors j'évitais les gestes trop brusques et les questions trop précises, pour ne pas me réveiller.

Dès le premier soir, je crois, elle m'a demandé de lire le scénario du film qu'elle venait de tourner sous la direction de Rolf Madeja. J'étais très ému. Cela s'appelait : *Liebesbriefe auf der Berg (Lettre d'amour de la montagne).* L'histoire d'un moniteur de ski nommé Kurt Weiss. L'hiver, il donne des cours aux riches étrangères qui se trouvent en villégiature dans cette station élégante du Vorarlberg. Il les séduit toutes grâce à son teint hâlé et sa grande beauté physique. Mais il finit par tomber amoureux fou de l'une d'elles, femme d'un industriel hongrois, et celle-ci partage ses sentiments. Ils vont danser jusqu'à deux heures du matin au bar très « chic » de la station sous les regards envieux des autres femmes. Ensuite Kurtie et Léna finissent la nuit à l'hôtel Bauhaus. Ils se jurent un amour éternel et parlent de leur vie future dans un chalet isolé. Elle doit partir pour Budapest mais lui promet d'être de retour le plus vite possible. « Maintenant, sur l'écran, la neige tombe ; puis des cascades chantent et les arbres se couvrent de jeunes feuilles. C'est le printemps, et, bientôt, voici l'été. » Kurt Weiss exerce son vrai métier, celui de maçon, et l'on a peine à reconnaître en lui le beau moniteur bronzé de l'hiver. Il écrit chaque après-midi une lettre à Léna et attend en vain la réponse. Une jeune fille du pays lui rend visite de temps en temps. Ils vont faire de grandes promenades ensemble. Elle l'aime, mais lui pense sans cesse à Léna. Au terme de péripéties que j'ai oubliées, le souvenir de Léna s'estompe peu à peu au profit de la jeune fille (Yvonne jouait ce personnage) et Kurtie comprend qu'on n'a pas le droit de négliger une si tendre sollicitude. Dans la scène finale, ils s'embrassent sur fond de montagnes et de soleil couchant.

Le tableau d'une station de sports d'hiver, de ses mœurs et de ses habitués, me semblait très bien « brossé ». Quant à la jeune fille qu'incarnait Yvonne, c'était « un beau rôle pour une débutante ».

Je lui communiquai mon avis. Elle m'écouta avec beaucoup d'attention. J'en étais fier. Je lui demandai à quelle date nous pourrions voir le film. Pas avant le mois de septembre, mais Madeja ferait sans doute une projection à Rome d'ici quinze jours, un « bout à bout des rushes ». En ce cas, elle m'emmènerait là-bas car elle voulait tellement savoir ce que je pensais de son « interprétation »...

Oui, quand je cherche à me remémorer les premiers instants de notre « vie commune », j'entends comme sur une bande

magnétique usée nos conversations concernant sa «carrière».
Je veux me rendre intéressant. Je la flatte… «Ce film de Madeja
est très important pour vous mais il va falloir maintenant
trouver quelqu'un qui vous mette vraiment en valeur… Un
garçon de génie… Un juif, par exemple…» Elle est de plus en
plus attentive. «Vous croyez? — Oui, oui, j'en suis sûr.»
La candeur de son visage m'étonne, moi qui n'ai que dix-huit
ans. «Tu trouves vraiment?» me dit-elle. Et tout autour de nous,
la chambre est de plus en plus désordonnée. Je crois que nous
ne sommes pas sortis pendant deux jours.

D'où venait-elle? J'ai compris très vite qu'elle n'habitait pas
à Paris. Elle en parlait comme d'une ville qu'elle connaissait à
peine. Elle avait fait deux ou trois brefs séjours au Windsor-
Reynolds, un hôtel de la rue Beaujon dont je me souvenais
bien : mon père, avant son étrange disparition, m'y donnait
rendez-vous (j'ai un trou de mémoire : est-ce dans le hall du
Windsor-Reynolds ou dans celui du Lutetia que je l'ai vu pour
la dernière fois?). En dehors du Windsor-Reynolds, elle ne
retenait de Paris que la rue du Colonel-Moll et le boulevard
Beauséjour où elle avait des «amis» (je n'osais lui demander
lesquels). Par contre, Genève et Milan revenaient souvent dans
sa conversation. Elle avait travaillé à Milan et à Genève aussi.
Mais quel genre de travail?
J'ai regardé son passeport, à la dérobée. Nationalité française.
Domiciliée à Genève, 6 *bis,* place Dorcière. Pourquoi? À mon
grand étonnement, elle était née dans la ville de Haute-Savoie où
nous nous trouvions. Coïncidence? Ou bien était-elle originaire
de la région? Avait-elle encore de la famille ici? J'ai risqué une
question indirecte à ce sujet, mais elle voulait me cacher quelque
chose. Elle m'a répondu de manière très floue, me disant qu'elle
avait été élevée à l'étranger. Je n'ai pas insisté. Avec le temps,
pensai-je, je finirais par tout savoir.

Elle aussi me questionnait. Étais-je en vacances ici? Pour combien de temps? Elle avait tout de suite deviné, me dit-elle, que je venais de Paris. Je lui ai déclaré que «ma famille» (et je ressentais une grande volupté à dire «ma famille») tenait à ce que je prenne un repos de plusieurs mois, en raison de ma santé «précaire». À mesure que je lui fournissais ces explications, je voyais une dizaine de personnes très graves, assises autour d'une table, dans une pièce lambrissée: le «conseil de famille» qui allait prendre des décisions à mon sujet. Les fenêtres de la pièce donnaient sur la place Malesherbes et j'appartenais à cette ancienne bourgeoisie juive qui s'était fixée vers 1890 dans la plaine Monceau. Elle m'a demandé à brûle-pourpoint: «Chmara, c'est un nom russe. Vous êtes russe?» Alors j'ai pensé à autre chose: nous habitions, ma grand-mère et moi, un rez-de-chaussée proche de l'Étoile, plus exactement rue Lord-Byron, ou rue de Bassano (j'ai besoin de détails précis). Nous vivions en vendant nos «bijoux de famille», ou en les déposant au crédit municipal de la rue Pierre-Charron. Oui, j'étais russe, et je m'appelais le comte Chmara. Elle a paru impressionnée.

Pendant quelques jours, je n'ai plus eu peur de rien ni de personne. Et, ensuite cela est revenu. Vieille douleur lancinante.

Le premier après-midi où nous sommes sortis de l'hôtel, nous avons pris le bateau, l'*Amiral-Guisand*, qui faisait le tour du lac. Elle arborait des lunettes de soleil à grosse monture et aux verres opaques et argentés. On s'y reflétait comme dans un miroir.

Le bateau avançait paresseusement et il a mis au moins vingt minutes pour traverser le lac jusqu'à Saint-Jorioz. Je clignais des yeux, à cause du soleil. J'entendais les murmures lointains de canots à moteur, les cris et les rires des gens qui se baignaient. Un avion de tourisme est passé, assez haut dans le ciel, traînant une banderole où j'ai lu ces mots mystérieux: COUPE HOULIGANT... La manœuvre a été très longue, avant que nous abordions – ou plutôt que l'*Amiral-Guisand* se cogne contre le quai. Trois ou quatre personnes sont montées, parmi lesquelles un prêtre vêtu d'une soutane d'un rouge éclatant, et le bateau a repris sa croisière poussive. Après Saint-Jorioz il se dirigeait vers une localité nommée Voirens. Puis ce serait Port-Lusatz, et, un peu plus loin, la Suisse. Mais il ferait demi-tour à temps et gagnerait l'autre côté du lac.

Le vent rabattait sur son front une mèche de cheveux. Elle m'a demandé si elle serait comtesse, si nous nous mariions. Elle l'a dit d'un ton de plaisanterie derrière lequel je devinais une grande curiosité. Je lui ai répondu qu'elle s'appellerait «comtesse Yvonne Chmara».

— Mais c'est vraiment russe, Chmara?

— Géorgien, lui ai-je dit. Géorgien...

Quand le bateau s'est arrêté à Veyrier-du-Lac, j'ai reconnu, de loin, la villa blanche et rose de Madeja. Yvonne regardait dans la même direction. Une dizaine de jeunes gens se sont installés sur le pont, à côté de nous. La plupart d'entre eux portaient des tenues de tennis et sous les jupes blanches plissées les filles laissaient voir de grosses cuisses. Tous parlaient avec l'accent dental que l'on cultive du côté du Ranelagh et de l'avenue Bugeaud. Et je me suis demandé pourquoi ces garçons et ces filles de la bonne société française avaient les uns une légère acné et les autres quelques kilos de trop. Cela tenait sans doute à leur alimentation.

Deux membres de la bande discutaient des mérites respectifs des raquettes «Pancho Gonzalès» et «Spalding». Le plus volubile portait une barbe en collier et une chemise ornée d'un petit crocodile vert. Conversation technique. Mots incompréhensibles. Bourdonnement doux et berceur, sous le soleil. L'une des filles blondes ne paraissait pas insensible au charme d'un brun avec mocassins et blazer à écusson, qui s'efforçait de briller devant elle. L'autre blonde déclarait que «la surboum était pour après-demain soir» et que «les parents leur laisseraient la villa». Bruit de l'eau contre la coque. L'avion revenait sur nous et j'ai relu l'étrange banderole: COUPE HOULIGANT.

Ils allaient tous (d'après ce que je crus comprendre) au tennis-club de Menthon-Saint-Bernard. Leurs parents devaient

posséder des villas au bord du lac. Et nous, où allions-nous ?
Et nos parents, qui étaient-ils ? Yvonne appartenait-elle à une
« bonne famille » comme nos voisins ? Et moi ? Mon titre de
comte, c'était quand même autre chose qu'un petit crocodile
vert perdu sur une chemise blanche... « On demande monsieur
le comte Victor Chmara au téléphone. » Oui, cela faisait un beau
bruit de cymbales.

Nous sommes descendus du bateau à Menthon, avec eux. Ils
marchaient devant nous, leurs raquettes à la main. Nous suivions
une route bordée de villas dont l'extérieur rappelait les chalets
de montagne et où, depuis plusieurs générations déjà, une
bourgeoisie rêveuse passait ses vacances. Parfois ces maisons
étaient cachées par des massifs d'aubépines ou des sapins. Villa
Primevère, Villa Edelweiss, Les Chamois, Chalet Marie-Rose...
Ils ont pris un chemin, sur la gauche, qui conduisait jusqu'aux
grillages d'un court de tennis. Leur bourdonnement et leurs
rires ont décru.

Nous, nous avons tourné à droite. Un panneau indiquait : « Grand
Hôtel de Menthon ». Une voie privée montait en pente très raide
jusqu'à une esplanade semée de graviers. De là, on avait une vue
aussi vaste mais plus triste que celle qui s'offrait des terrasses de
l'Hermitage. Les bords du lac, de ce côté-ci, paraissaient abandonnés. L'hôtel était très ancien. Dans le hall, des plantes vertes,
des fauteuils en rotin, et de gros canapés recouverts d'un tissu
écossais. On venait ici, aux mois de juillet et d'août, en famille.
Les mêmes noms s'alignaient sur le registre, de doubles noms
très français : Sergent-Delval, Hattier-Morel, Paquier-Panhard...
Et quand nous avons pris une chambre, j'ai pensé que « comte
Victor Chmara » allait faire comme une tache de graisse là-dessus.

Autour de nous, des enfants, leur mère et leurs grands-parents,
tous d'une très grande dignité, se préparaient à partir pour la
plage, portant des sacs remplis de coussins et de serviettes
éponge. Quelques jeunes gens entouraient un grand brun, une
chemise kaki de l'armée ouverte sur sa poitrine, et les cheveux
très courts. Il s'appuyait sur des béquilles. Les autres lui posaient
des questions.

Une chambre en coin. L'une des fenêtres ouvrait sur l'esplanade et le lac, l'autre avait été condamnée. Une psyché et une

petite table recouverte d'un napperon de dentelle. Un lit avec des barreaux de cuivre. Nous sommes restés là, jusqu'à la tombée de la nuit.

Comme nous traversions le hall, je les ai aperçus qui prenaient leur repas du soir dans la salle à manger. Ils étaient tous en tenue de ville. Les enfants eux-mêmes portaient des cravates ou de petites robes. Et nous, nous étions les uniques passagers sur le pont de l'*Amiral-Guisand*. Il traversait le lac encore plus lentement qu'à l'aller. Il s'arrêtait devant les embarcadères vides et reprenait sa croisière de vieux rafiot harassé. Les lumières des villas scintillaient sous la verdure. Au loin, le Casino, éclairé par des projecteurs. Ce soir-là, il y avait une fête, certainement. J'aurais aimé que le bateau s'arrêtât au milieu du lac ou contre l'un des pontons à moitié écroulés. Yvonne s'était endormie.

Nous dînions souvent avec Meinthe, au Sporting. Les tables en plein air recouvertes de nappes blanches. Sur chacune d'elles, des lampes à deux abat-jour. Vous connaissez la photo qui représente le souper du bal des Petits Lits Blancs, à Cannes, le 22 août 1939, et celle que je garde sur moi (mon père y figure au milieu de toute une société disparue) prise le 11 juillet 1948 au Casino du Caire, la nuit de l'élection de Miss «Bathing Beauty», la jeune Anglaise Kay Owen ? Eh bien, les deux photos auraient pu être faites au Sporting, cette année-là, alors que nous y dînions. Même décor. Même nuit «bleue». Mêmes gens. Oui, je reconnaissais certaines têtes.

Meinthe portait chaque fois un smoking de couleur différente et Yvonne des robes de mousseline ou de crêpe. Elle aimait les boléros et les écharpes. J'étais condamné à mon unique complet de flanelle et à ma cravate de l'International Bar Fly. Les premiers temps, Meinthe nous emmenait au Sainte-Rose, une boîte de nuit au bord du lac, après Menthon-Saint-Bernard, à Voirens exactement. Il connaissait le gérant, un dénommé Pulli, dont il m'apprit qu'il était interdit de séjour. Mais cet homme bedonnant aux yeux de velours semblait la douceur en personne. Il zozotait. Le Sainte-Rose était un endroit très « chic ». On y retrouvait les mêmes riches estivants qu'au Sporting. On y dansait sur une terrasse à pergola. Je me souviens d'avoir serré Yvonne contre moi en pensant que jamais je ne pourrais me passer de l'odeur de sa peau et de ses cheveux et les musiciens jouaient *Tuxedo Junction*.

En somme, nous étions faits pour nous rencontrer et nous entendre.

Nous rentrions très tard et le chien dormait dans le salon. Depuis que je m'étais installé avec Yvonne à l'Hermitage, sa mélancolie s'aggravait. Toutes les deux ou trois heures, − régularité de métronome − il faisait le tour de la chambre, puis allait se recoucher. Avant de passer au salon, il s'arrêtait quelques minutes face à la fenêtre de notre chambre, s'asseyait, les oreilles dressées, suivant peut-être des yeux la progression de l'*Amiral-Guisand* à travers le lac ou contemplant le paysage. J'étais frappé par la discrétion triste de cet animal et ému de le surprendre dans sa fonction de veilleur.

Elle mettait un peignoir de plage aux grosses raies orange et vertes et s'allongeait en travers du lit, pour fumer une cigarette. Sur la table de chevet, à côté d'un bâtonnet de rouge à lèvres ou d'un vaporisateur, traînaient toujours des liasses de billets de banque. D'où venait cet argent? Depuis combien de temps habitait-elle à l'Hermitage? « On » l'avait installée là pour toute la durée du film. Mais maintenant qu'il était terminé? Elle tenait beaucoup − m'expliqua-t-elle − à passer la « saison » dans ce lieu de villégiature. La « saison » allait être très « brillante ».

« Villégiature », « saison », « très brillante », « comte Chmara »...
qui mentait à qui dans cette langue étrangère ?
Mais peut-être avait-elle besoin d'une compagnie ? Je me
montrais attentif, prévenant, délicat, passionné comme on est
à dix-huit ans. Les premiers soirs, quand nous ne discutions
pas de sa « carrière », elle me demandait de lui lire une ou deux
pages de l'*Histoire d'Angleterre* d'André Maurois. Chaque fois
que je commençais, le dogue allemand venait aussitôt s'asseoir
sur le seuil de la porte qui menait au salon, et me considérait
d'un œil grave. Yvonne, étendue dans son peignoir de plage,
écoutait, les sourcils légèrement froncés. Je n'ai jamais compris
pourquoi elle, qui n'avait jamais rien lu de sa vie, aimait ce
traité d'histoire. Elle me donnait des réponses vagues : « C'est
très beau tu sais », « André Maurois est un très grand écrivain ».
Je crois qu'elle avait trouvé l'*Histoire d'Angleterre* dans le hall
de l'Hermitage et que pour elle ce volume était devenu une sorte
de talisman ou de porte-bonheur. Elle me répétait de temps en
temps : « Lis moins vite », ou me demandait la signification d'une
phrase. Elle voulait apprendre l'*Histoire d'Angleterre* par cœur.
Je lui ai dit qu'André Maurois serait content s'il savait ça. Alors
elle a commencé à me poser des questions sur cet auteur. Je
lui ai expliqué que Maurois était un romancier juif très doux
qui s'intéressait à la psychologie féminine. Un soir, elle a voulu
que je lui dicte un mot : « Monsieur André Maurois, je vous
admire. Je lis votre *Histoire d'Angleterre* et j'aimerais avoir un
autographe de vous. Respectueusement. Yvonne X. »
Il n'a jamais répondu. Pourquoi ?

Depuis quand connaissait-elle Meinthe ? Depuis toujours.
Il avait lui aussi – paraît-il – un appartement à Genève et ils
ne se quittaient presque pas. Meinthe exerçait « plus ou moins »
la médecine. J'avais découvert, entre les pages du livre de
Maurois, une carte de visite gravée de ces trois mots : « Docteur
René Meinthe », et, sur la tablette de l'un des lavabos, parmi

les produits de beauté, une ordonnance à en-tête : « Docteur R. C. Meinthe » qui prescrivait un somnifère.

D'ailleurs chaque matin, quand nous nous réveillions, nous trouvions une lettre de Meinthe sous la porte. J'en ai gardé quelques-unes et le temps n'a pas effacé leur parfum de vétiver. Ce parfum, je me suis demandé s'il provenait de l'enveloppe, du papier, ou qui sait ? de l'encre que Meinthe utilisait. J'en relis une au hasard : « Aurai-je le plaisir de vous voir ce soir ? Il faut que je passe l'après-midi à Genève. Je vous téléphonerai vers neuf heures à l'hôtel. Et je vous embrasse. Votre René M. » Et celle-ci : « Excusez-moi de ne pas vous avoir donné signe de vie. Mais je ne suis pas sorti depuis quarante-huit heures de ma chambre. J'ai pensé que dans trois semaines j'aurais vingt-sept ans. Et que je serais une très vieille, très vieille personne. À très bientôt. Je vous embrasse. Votre marraine de guerre. René. » Et celle-là, adressée à Yvonne et d'une écriture plus nerveuse : « Tu sais qui je viens de voir dans le hall ? Cette salope de François Maulaz. Et il a voulu me serrer la main. Ah non, jamais. Jamais. Qu'elle crève ! » (ce dernier mot souligné quatre fois). Et d'autres lettres encore.

Ils parlaient souvent entre eux de gens que je ne connaissais pas. J'ai retenu quelques noms : Claude Brun, Paulo Hervieu, une certaine « Rosy », Jean-Pierre Pessoz, Pierre Fournier, François Maulaz, la « Carlton », un dénommé Doudou Hendrickx que Meinthe qualifiait de « porc »… Très vite, j'ai compris que ces personnes étaient originaires de l'endroit où nous nous trouvions, lieu de vacances l'été, mais qui redevenait une petite ville sans histoire fin octobre. Meinthe disait de Brun et d'Hervieu qu'ils étaient « montés » à Paris, que « Rosy » avait repris l'hôtel de son père à La Clusaz et que cette « salope » de Maulaz, le fils du libraire, s'affichait chaque été au Sporting avec un sociétaire de la Comédie-Française. Tous ces gens avaient été, sans doute, leurs amis d'enfance ou d'adolescence. Lorsque je posais une question, Meinthe et Yvonne se montraient évasifs et interrompaient leur aparté. Je me rappelais alors ce que j'avais découvert dans le passeport d'Yvonne et les imaginais tous deux vers quinze ou seize ans, l'hiver, à la sortie du cinéma le Régent.

VII

Il suffirait que je retrouve l'un des programmes édités par le syndicat d'initiative – couverture blanche sur laquelle se détachaient, en vert, le Casino et la silhouette d'une femme dessinée à la manière de Jean-Gabriel Domergue. En lisant la liste des festivités et leurs dates exactes, je pourrais me constituer des points de repère.

Un soir, nous sommes allés applaudir Georges Ulmer qui chantait au Sporting. Cela se passait, je crois, au début de juillet, et je devais habiter avec Yvonne depuis cinq ou six jours. Meinthe nous accompagnait. Ulmer portait un costume bleu clair et très crémeux sur lequel mon regard s'engluait. Ce bleu velouté avait un pouvoir hypnotique puisque j'ai failli m'endormir, en le fixant.

Meinthe nous a proposé de boire un verre. Dans la demi-pénombre, au milieu des gens qui dansaient, je les ai entendus parler de la Coupe Houligant pour la première fois. Je me suis souvenu de l'avion de tourisme et de sa banderole énigmatique. La Coupe Houligant préoccupait Yvonne. Il s'agissait d'une sorte de concours d'élégance. D'après ce que disait Meinthe, il était nécessaire, pour participer à la Coupe, de posséder une automobile de luxe. Utiliseraient-ils la Dodge ou loueraient-ils une voiture à Genève? (Meinthe avait soulevé la question.) Yvonne voulait tenter sa chance. Le jury se composait de diverses personnalités: le président du golf de Chavoire et sa femme; le président du syndicat d'initiative; le sous-préfet de Haute-Savoie; André de Fouquières (ce nom me fit sursauter et je demandai à Meinthe de le répéter: oui, c'était bien André de Fouquières longtemps surnommé l'«arbitre des élégances» et dont j'avais lu d'intéressants «Mémoires»); M. et Mme Sandoz, directeurs de l'hôtel Windsor; l'ancien champion de ski Daniel Hendrickx propriétaire de magasins de sport très chics à Megève et à L'Alpe d'Huez (celui que Meinthe qualifiait de «porc»); un metteur en scène de cinéma dont le nom m'échappe aujourd'hui (quelque chose comme Gamonge ou Gamace), et, enfin, le danseur José Torres.

Meinthe était très excité lui aussi, à la perspective de concourir pour cette Coupe en qualité de chevalier servant d'Yvonne. Son rôle se bornerait à conduire l'automobile le long de la grande allée de graviers du Sporting et à l'arrêter devant le jury. Ensuite il descendrait et ouvrirait la portière à Yvonne. Évidemment, le dogue allemand serait de la partie.

Meinthe a pris un air mystérieux et m'a tendu une enveloppe en me faisant un clin d'œil: la liste des participants de la Coupe. Ils étaient les derniers en lice, le numéro 32. «Docteur R. C. Meinthe et Mlle Yvonne Jacquet» (je viens de retrouver son nom de famille). La Coupe Houligant se décernait chaque année à la même date et récompensait «la beauté et l'élégance». Les organisateurs avaient su créer un assez grand battage publicitaire autour d'elle puisque − m'expliqua Meinthe − on en rendait parfois compte dans les journaux de Paris. Yvonne, selon lui, avait tout intérêt à y participer.

Et quand nous avons quitté la table pour danser, elle n'a pu s'empêcher de me demander ce que je pensais: devait-elle, oui ou non, prendre part à cette Coupe? Grave problème. Elle avait un regard perdu. Je distinguais Meinthe qui était resté seul devant son porto «clair». Il avait mis sa main gauche en visière devant ses yeux. Peut-être pleurait-il? Par instants Yvonne et lui semblaient vulnérables et déboussolés (déboussolés est le terme exact).

Mais bien sûr qu'elle devait participer à la Coupe Houligant. Bien sûr. C'était important pour sa carrière. Avec un peu de chance, elle deviendrait Miss Houligant. Mais oui. D'ailleurs, elles avaient toutes débuté comme ça.

Meinthe avait décidé d'employer la Dodge. Si on l'astiquait la veille de la Coupe ce modèle ferait encore bonne impression. La capote beige était presque neuve.

À mesure que les jours passaient et que nous approchions de ce dimanche 9 juillet, Yvonne donnait des signes de nervosité de plus en plus nombreux. Elle renversait les verres, elle ne tenait pas en place, elle parlait durement à son chien. Et celui-ci coulait vers elle un regard de douce miséricorde.

Meinthe et moi nous essayions de la rassurer. La Coupe serait certainement moins éprouvante pour elle que le tournage du film. Cinq petites minutes. Quelques pas devant le jury. Rien de plus. Et, en cas d'échec, la consolation de se dire que parmi toutes les concurrentes, elle était la seule à avoir déjà fait du cinéma. Une professionnelle, en quelque sorte.

Nous ne devions pas être pris au dépourvu et Meinthe nous a proposé une répétition générale, le vendredi après-midi, le long d'une grande allée ombragée, derrière l'hôtel Alhambra. Assis sur une chaise de jardin, je représentais le jury. La Dodge avançait lentement. Yvonne avait un sourire crispé, Meinthe conduisait de la main droite. Le chien leur tournait le dos et se tenait immobile, en figure de poupe.

Meinthe s'est arrêté juste devant moi, et prenant appui de la main gauche sur la portière, d'une détente nerveuse, il a sauté par-dessus. Il est retombé avec élégance, les jambes serrées, le buste raide. Après avoir esquissé un salut de la tête, il a contourné la Dodge à petites foulées et ouvert d'un geste sec la portière d'Yvonne. Elle est sortie, en serrant le collier du chien, et a fait quelques pas timides. Le dogue allemand baissait la tête. Ils ont repris leur place et Meinthe a sauté de nouveau par-dessus la portière pour se remettre au volant. J'ai admiré sa souplesse.

Il était bien décidé à renouveler son exploit devant le jury. On verrait la tête que ferait Doudou Hendrickx.

La veille, Yvonne a voulu boire du champagne. Elle a eu un sommeil agité. Elle était cette petite fille qui a presque envie de pleurer, avant de monter sur l'estrade, le jour de la fête de l'école.

Meinthe nous avait donné rendez-vous dans le hall à dix heures précises du matin. La Coupe commençait à midi mais il lui fallait du temps devant lui pour régler certains détails : examen général de la Dodge, conseils divers à Yvonne, et peut-être aussi quelques exercices d'assouplissement.

Il a tenu à assister aux derniers préparatifs d'Yvonne : elle hésitait entre un turban rose fuchsia et un grand chapeau de paille. «Le turban, chérie, le turban», a-t-il tranché d'une voix excédée. Elle avait choisi une robe-manteau en toile blanche. Meinthe, lui, était habillé d'un complet chantoung couleur sable. J'ai la mémoire des vêtements.

Nous sommes sortis, Yvonne, Meinthe, le chien et moi, sous le soleil. Une matinée de juillet comme je n'en ai plus connu depuis. Un vent léger agitait le grand drapeau fixé au sommet d'un mât, devant l'hôtel. Couleurs azur et or. À quel pays appartenaient-elles ?

Nous avons descendu en roue libre le boulevard Carabacel. Les automobiles des autres concurrents étaient déjà garées, de chaque côté de la très large allée qui menait au Sporting. Ils entendraient leurs noms et leur numéro grâce à un haut-parleur et devraient aussitôt se présenter devant le jury. Celui-ci se tenait sur la terrasse du restaurant. Comme l'allée se terminait par un rond-point, en contrebas, il aurait une vue plongeante de la manifestation.

Meinthe m'avait ordonné de me placer le plus près possible des jurés et d'observer le déroulement de la Coupe jusque dans ses moindres détails. Je devais épier surtout le visage de Doudou Hendrickx lorsque Meinthe se livrerait à son numéro de haute voltige. Au besoin, je pouvais prendre quelques notes.

Nous attendions, assis dans la Dodge. Yvonne, le front presque collé au rétroviseur, vérifiait son maquillage. Meinthe avait mis d'étranges lunettes de soleil à monture d'acier et se tamponnait le menton et les tempes avec son mouchoir. Je caressais le chien qui nous jetait à chacun, tour à tour, des regards désolés. Nous étions arrêtés en bordure d'un court de tennis où quatre joueurs – deux hommes et deux femmes – disputaient une partie et, voulant distraire Yvonne, je lui ai indiqué que l'un des tennismen ressemblait à l'acteur comique français Fernandel. « Et si c'était lui ? » ai-je suggéré. Mais Yvonne ne m'entendait pas. Ses mains tremblaient. Meinthe cachait son anxiété derrière une petite toux. Il a allumé la radio qui a couvert le bruit monotone et exaspérant des balles de tennis. Nous restions immobiles, tous les trois, le cœur battant, à écouter un bulletin d'information. Enfin, le haut-parleur a annoncé : « Les aimables concurrents de la Coupe Houligant de l'élégance sont priés de se préparer. » Puis deux ou trois minutes plus tard : « Les concurrents n° 1, Mme et M. Jean Hatmer ! » Meinthe a eu un rictus nerveux. J'ai embrassé Yvonne en lui souhaitant bonne chance, et me suis dirigé, par un chemin détourné, vers le restaurant du Sporting. Je me sentais assez ému, moi aussi.

Le jury siégeait derrière une rangée de tables en bois blanc, chacune munie d'un parasol vert et rouge. Tout autour, un grand nombre de spectateurs se pressaient. Les uns avaient la chance d'être assis et de consommer des apéritifs, les autres restaient debout dans leur tenue de plage. Je me suis glissé le plus près possible des jurés, comme le voulait Meinthe, de manière à les épier.

J'ai aussitôt reconnu André de Fouquières dont j'avais vu la photographie sur la couverture de ses ouvrages (les livres préférés de mon père. Il me les avait conseillés et j'y avais pris beaucoup de plaisir). Fouquières portait un panama, entouré d'un ruban de soie bleu marine. Il appuyait son menton sur la paume de sa main droite, et son visage exprimait une élégante lassitude. Il s'ennuyait. À son âge tous ces estivants, avec leurs bikinis et leurs maillots léopard, lui semblaient des Martiens. Personne à qui parler d'Émilienne d'Alençon ou de La Gandara. Sauf moi, si l'occasion s'était présentée.

Le quinquagénaire à tête léonine, cheveux blonds (se teignait-il?) et peau hâlée: Doudou Hendrickx, certainement. Il parlait sans arrêt à ses voisins et riait fort. Il avait l'œil bleu, et il émanait de lui une saine et dynamique vulgarité. Une femme brune, très bourgeoise d'allure, adressait à l'ancien skieur des sourires entendus: la présidente du golf de Chavoire ou celle du syndicat d'initiative? Mme Sandoz? Gamange (ou Gamonge), l'homme de cinéma, ce devait être le type à lunettes d'écaille et costume de ville: veston croisé gris avec de fines rayures blanches. Si je fais un effort, m'apparaît un personnage d'environ cinquante ans, aux cheveux gris-bleu ondulés et à la bouche gourmande. Il tendait le nez au vent, et le menton aussi, voulant sans doute paraître énergique et superviser tout. Le sous-préfet? M. Sandoz? Et le danseur José Torres? Non, il n'était pas venu.

Déjà, une 203 Peugeot décapotable de couleur grenat progressait le long de l'allée, s'arrêtait au milieu du rond-point et une femme vêtue d'une robe bouffante à la taille mettait pied à terre, un caniche nain sous le bras. L'homme restait au volant. Elle faisait quelques pas devant le jury. Elle portait des chaussures noires à talons aiguilles. Une blonde oxygénée comme devait les aimer l'ex-roi Farouk d'Égypte dont m'avait parlé si souvent mon père et auquel il prétendait avoir baisé la main. L'homme aux cheveux gris-bleu ondulés annonça: «Mme Jean Hatmer», d'une voix dentale et sa bouche moulait les syllabes de ce nom. Elle lâcha son caniche nain qui retomba sur ses pattes, et marcha en essayant tant bien que mal d'imiter les mannequins lors d'une présentation de couture: regard vide, tête flottante. Ensuite, elle reprit sa place, dans la Peugeot. Faibles applaudissements. Son mari était coiffé en brosse. Je remarquai son visage tendu. Il effectua une marche arrière puis un demi-tour habile et l'on devinait qu'il mettait un point d'honneur à conduire le mieux possible. Il avait dû lui-même astiquer sa Peugeot pour qu'elle brillât si fort. J'ai décidé qu'il s'agissait d'un jeune ménage, lui, ingénieur, issu d'une bonne bourgeoisie, elle d'extraction plus modeste : tous deux très sportifs. Et, avec mon habitude de localiser n'importe quoi, je les imaginais habitant un petit appartement « cosy » de la rue du Docteur-Blanche, à Auteuil. D'autres concurrents se succédèrent. Je les ai, hélas, oubliés sauf quelques-uns. Cette Eurasienne d'environ trente ans, par exemple, qu'accompagnait un homme gras et roux. Ils occupaient une Nash décapotable, couleur vert d'eau. Quand elle est sortie de la voiture, elle a fait un pas d'automate vers le jury et s'est arrêtée. Elle a été prise d'un tremblement nerveux. Elle jetait des regards affolés autour d'elle, sans bouger la tête. Le gros roux, dans la Nash, l'appelait : « Monique... Monique... Monique... », et l'on eût dit une plainte, une prière pour apprivoiser un animal exotique et farouche. Il est sorti à son tour et l'a tirée par la main. Il l'a poussée gentiment sur le siège. Elle a éclaté en sanglots. Alors il a démarré sur les chapeaux de roues et a failli, en tournant, balayer le jury. Et ce couple d'aimables sexagénaires dont j'ai retenu les noms : Jackie et Tounette Roland-Michel. Ils sont arrivés à bord d'une Studebaker grise et se sont présentés ensemble, devant le jury. Elle, grande rousse au visage énergique et chevalin, en tenue de tennis. Lui de taille moyenne, petite moustache, nez important, sourire goguenard, physique de vrai Français tel que peut l'imaginer un producteur californien. Des personnalités, à coup sûr, puisque le type aux cheveux gris-bleu avait annoncé : « Nos amis Tounette et Jackie Roland-Michel. » Trois ou quatre membres du jury (dont la femme brune et Daniel Hendrickx) avaient applaudi. Fouquières, lui, ne daignait même pas les honorer d'un regard. Ils ont salué en inclinant la tête, dans un mouvement synchronisé. Ils se portaient bien et avaient tous deux un air très satisfait.

« Numéro 32. Mlle Yvonne Jacquet et docteur René Meinthe. » J'ai cru que j'allais m'évanouir. D'abord, je ne voyais plus rien, comme si je m'étais levé brusquement, après avoir passé une journée entière allongé sur un divan. Et la voix qui prononçait leurs noms se répercutait de tous les côtés. Je m'appuyais sur l'épaule de quelqu'un, assis devant moi, et me suis rendu compte trop tard qu'il s'agissait d'André de Fouquières. Il s'est retourné. J'ai bredouillé de molles excuses. Impossible de décoller ma main de son épaule. J'ai dû me pencher en arrière, ramener peu à peu mon bras contre ma poitrine, en me crispant pour combattre une langueur de plomb. Je ne les ai pas vus arriver dans la Dodge. Meinthe avait arrêté l'automobile face au jury. Les phares étaient allumés. Mon malaise faisait place à une sorte d'euphorie, et je percevais les choses de manière plus aiguë qu'en temps normal. Meinthe a klaxonné trois fois et j'ai lu sur les visages de plusieurs membres du jury une légère stupéfaction. Fouquières lui-même paraissait intéressé. Daniel Hendrickx souriait mais, à mon avis, il se forçait. D'ailleurs était-ce vraiment un sourire? Non, un ricanement figé. Ils ne bougeaient pas de la voiture. Meinthe éteignait puis rallumait les phares. Où voulait-il en venir? Il a mis en marche les essuie-glaces. Le visage d'Yvonne était lisse, impénétrable. Et, tout à coup, Meinthe a sauté. Un murmure a parcouru le jury, les spectateurs. Ce saut était sans commune mesure avec celui de la «répétition» du vendredi. Il ne s'est pas contenté de passer par-dessus la portière, mais il a rebondi, s'est élevé en l'air, a écarté les jambes d'un mouvement sec, est retombé en souplesse, tout cela d'un seul élan, en une seule décharge électrique. Et je sentais tant de rage, de nervosité et de provocation chimérique là-dedans que je l'ai applaudi. Il tournait autour de la Dodge, en s'arrêtant parfois, en se figeant, comme s'il marchait à travers un champ de mines. Chaque membre du jury observait, bouche bée. On avait la certitude qu'il courait un danger et quand il a enfin ouvert la portière, certains ont poussé un soupir de soulagement.

Elle est sortie dans sa robe blanche. Le chien l'a suivie, d'une détente paresseuse. Mais elle n'a pas marché de long en large devant le jury, à la manière des autres concurrentes. Elle s'est appuyée contre le capot, et elle est restée là, à considérer Fouquières, Hendrickx, les autres, un sourire insolent aux lèvres. Et d'un geste imprévisible elle a arraché son turban et l'a jeté mollement derrière elle. Elle a passé une main dans ses cheveux pour les étaler sur ses épaules. Le chien, lui, a sauté sur l'une des ailes de la Dodge et adopté aussitôt sa position de sphinx. Elle le caressait d'une main distraite. Meinthe, derrière, attendait au volant.

Aujourd'hui, quand je pense à elle, c'est cette image qui me revient le plus souvent. Son sourire et ses cheveux roux. Le chien blanc et noir à côté d'elle. La Dodge beige. Et Meinthe que l'on distingue à peine derrière le pare-brise de l'automobile. Et les phares allumés. Et les rayons de soleil.

Lentement, elle a glissé vers la portière et l'a ouverte sans quitter des yeux le jury. Elle a repris sa place. Le chien a sauté sur la banquette arrière avec une telle nonchalance qu'il me semble, lorsque je reconstitue cette scène en détail, le voir sauter au ralenti. Et la Dodge – mais peut-être ne faut-il pas se fier à ses souvenirs – sort du rond-point en marche arrière. Et Meinthe (ce geste figure lui aussi dans un film pris au ralenti) lance une rose. Elle tombe sur la veste de Daniel Hendrickx, qui la prend et la fixe, hébété. Il ne sait quoi en faire. Il n'ose même pas la poser sur la table. Enfin, il éclate d'un rire bête et la tend à sa voisine, la femme brune dont j'ignore l'identité mais qui doit être l'épouse du président du syndicat d'initiative, ou celle du président du golf de Chavoire. Ou, qui sait? Mme Sandoz.

Avant que la voiture s'engage dans l'allée, Yvonne se retourne et agite le bras, à l'intention des membres du jury. Je crois même qu'elle leur envoie, à tous, un baiser.

Ils délibèrent à voix basse. Trois maîtres nageurs du Sporting nous ont priés poliment de nous écarter de quelques mètres, pour ne pas enfreindre le secret de la discussion. Les jurés avaient, chacun devant soi, une feuille où figuraient le nom et le numéro des diverses concurrentes. Et il fallait leur mettre une note, au fur et à mesure qu'elles passaient.

Ils griffonnent quelque chose sur des bouts de papier, les plient. Ensuite ils mettent les bulletins en tas, Hendrickx les brasse et les rebrasse, de ses toutes petites mains manucurées qui contrastent avec sa carrure et son épaisseur. Il est aussi chargé du dépouillement. Il annonce des noms et des chiffres : Hatmer, 14, Tissot, 16, Roland-Michel, 17, Azuelos, 12, mais j'ai beau tendre l'oreille, la plupart des noms ne me parviennent pas. L'homme aux ondulations et aux lèvres gourmandes inscrit les chiffres sur un carnet. Ils tiennent encore un conciliabule animé. Les plus véhéments sont Hendrickx, la femme brune et l'homme aux cheveux gris-bleu. Celui-ci sourit sans arrêt, pour exhiber − je suppose − une rangée de dents superbes et jette autour de lui des regards qu'il voudrait charmeurs : battements rapides des cils par quoi il cherche à paraître candide et émerveillé de tout. Bouche qui s'avance, impatiente. Un gastronome certainement. Et aussi ce qu'en argot on appelle un « vicelard ». Une rivalité doit exister entre lui et Doudou Hendrickx. Ils se disputent les conquêtes féminines, je serais prêt à le jurer. Mais pour l'instant, ils affectent l'air grave et responsable de membres d'un conseil d'administration.

Fouquières, lui, se désintéresse complètement de tout cela. Il gribouille sa feuille de papier, les sourcils froncés en une expression de morgue ironique. Que voit-il ? À quelle scène du passé rêve-t-il ? À sa dernière entrevue avec Lucie Delarue-Mardrus ? Hendrickx se penche vers lui, très respectueux, et lui pose une question. Fouquières répond sans même le regarder. Puis Hendrickx va questionner Ganonge (ou Gamange), le « cinéaste », assis à la dernière table vers la droite. Il revient vers l'homme aux cheveux gris-bleu. Ils ont une brève altercation et je les entends prononcer à plusieurs reprises le nom de « Roland-Michel ». Enfin le « gris-bleu ondulé » − je l'appellerai ainsi − s'avance vers un micro et annonce d'une voix glaciale :

— Mesdames et Messieurs, nous allons, dans une minute, vous donner les résultats de cette Coupe Houligant de l'élégance.

Le malaise me reprend. Tout s'embue autour de moi. Je me demande où peuvent être Yvonne et Meinthe. Attendent-ils à l'endroit où je les ai quittés, en bordure du court de tennis ? Et s'ils m'avaient abandonné ?

— Par cinq voix contre quatre – la voix du «gris-bleu ondulé» monte, monte. — Je répète : par cinq voix contre quatre à nos amis Roland-Michel (il a articulé : nos amis, en martelant les syllabes et sa voix est aussi aiguë maintenant que celle d'une femme) bien connus et appréciés de tous et dont je tiens à saluer l'esprit sportif... et qui auraient mérité – je le pense personnellement – de remporter cette Coupe de l'élégance... (il a tapé du poing sur la table, mais sa voix est de plus en plus brisée)... la Coupe a été décernée (il marque un temps), à Mlle Yvonne Jacquet qui était accompagnée de M. René Meinthe...

Je l'avoue, j'ai eu les larmes aux yeux.

Ils devaient se présenter une dernière fois devant le jury et recevoir la Coupe. Tous les enfants de la plage s'étaient joints aux autres spectateurs et attendaient, surexcités. Les musiciens de l'orchestre du Sporting avaient pris leur place habituelle, sous le grand dais rayé vert et blanc, au milieu de la terrasse. Ils accordaient leurs instruments.

La Dodge est apparue. Yvonne se tenait à moitié allongée sur le capot. Meinthe conduisait lentement. Elle a sauté à terre et s'est avancée, avec une grande timidité, vers le jury. On a beaucoup applaudi.

Hendrickx est descendu vers elle en brandissant la Coupe. Il la lui a donnée et l'a embrassée sur les deux joues. Et puis d'autres personnes sont venues la féliciter. André de Fouquières lui-même lui a serré la main et elle ne savait pas qui était ce vieux monsieur. Meinthe l'a rejointe. Il parcourait du regard la terrasse du Sporting et m'a repéré aussitôt. Il a crié : «Victor... Victor» et m'a fait de grands signes. J'ai couru vers lui. J'étais sauvé. J'aurais voulu embrasser Yvonne mais elle était déjà très entourée. Quelques serveurs portant chacun deux plateaux de coupes de champagne essayaient de se frayer un passage. L'assemblée trinquait, buvait, jacassait sous le soleil. Meinthe restait à mes côtés, muet et impénétrable derrière ses lunettes noires. À quelques mètres de moi, Hendrickx, très agité, présentait à Yvonne la femme brune, Gamonge (ou Ganonge) et deux ou trois personnes. Elle pensait à autre chose. À moi? Je n'osais pas y croire.

Tout le monde était de plus en plus gai. On riait. On s'interpellait, on se pressait les uns contre les autres. Le chef d'orchestre s'est adressé à Meinthe et à moi pour savoir quel «morceau» il devait exécuter en l'honneur de la Coupe et de la «charmante gagnante». Nous sommes restés un instant interloqués, mais comme je m'appelais provisoirement Chmara et que je me sentais le cœur tzigane, je l'ai prié de jouer *Les Yeux noirs.*

Une «soirée» avait été prévue au Sainte-Rose, pour fêter cette cinquième Coupe Houligant et Yvonne, la triomphatrice de la journée. Elle a choisi de mettre une robe en lamé vieil or.

Elle avait déposé la Coupe sur sa table de nuit, à côté du livre de Maurois. Cette Coupe était, en réalité, une statuette représentant une danseuse qui faisait des pointes sur un petit socle où l'on avait gravé en lettres gothiques : «Coupe Houligant. 1er prix.» Plus bas, le chiffre de l'année.

Avant de partir, elle l'a caressée de la main puis s'est pendue à mon cou.

— Tu ne trouves pas ça merveilleux? m'a-t-elle demandé.

Elle a voulu que je mette mon monocle et j'ai accepté, car ce n'était pas un soir comme les autres.

Meinthe portait un costume vert pâle, très suave, très frais. Pendant tout le trajet jusqu'à Voirens, il s'est moqué des membres du jury. Le «gris-bleu ondulé» s'appelait Raoul Fossorié et dirigeait le syndicat d'initiative. La femme brune était mariée au président du golf de Chavoire : oui, elle flirtait, à l'occasion, avec ce «gros bœuf» de Doudou Hendrickx. Meinthe le détestait. Un personnage, me disait-il, qui jouait depuis trente ans les jolis cœurs sur les pistes de ski. (J'ai pensé au héros de *Liebesbriefe auf der Berg,* le film d'Yvonne) ; Hendrickx avait fait en 1943 les belles nuits de *L'Équipe* et du *Chamois* de Megève mais atteignait aujourd'hui la cinquantaine et ressemblait de plus en plus à un «satyre». Meinthe ponctuait son exposé de: «N'est-ce pas Yvonne?», «N'est-ce pas Yvonne?», ironiques et lourds de sous-entendus. Pourquoi? Et comment se faisait-il qu'Yvonne et lui fussent aussi familiers de tous ces gens?

Quand nous avons débouché sur la terrasse à pergola du Sainte-Rose, quelques applaudissements mous ont salué Yvonne. Ils provenaient d'une table de dix personnes environ, parmi lesquelles trônait Hendrickx. Celui-ci nous faisait signe. Un photographe s'est levé et nous a éblouis de son flash. Le gérant, le dénommé Pulli, avançait trois chaises pour nous puis revenait et tendait avec beaucoup d'empressement une orchidée à Yvonne. Elle le remerciait.

— En ce grand jour, l'honneur est pour moi, mademoiselle. Et bravo!

Il avait l'accent italien. Il s'inclinait devant Meinthe.

— Monsieur?... me disait-il, le sourire en biais, gêné sans doute de ne pouvoir m'appeler par mon nom.

— Victor Chmara.

— Ah... Chmara...?

Il avait l'air étonné et fronçait les sourcils.

— Monsieur Chmara...

— Oui.

Il me jetait un regard étrange.

— Je suis à vous tout de suite, monsieur Chmara...

Et il se dirigeait vers l'escalier qui menait au bar du rez-de-chaussée.

Yvonne était assise à côté d'Hendrickx, et nous nous trouvions, Meinthe et moi, en face d'eux. Je reconnaissais, parmi mes voisins, la femme brune du jury, Tounette et Jackie Roland-Michel, un homme aux cheveux gris très courts et au visage énergique d'ancien aviateur ou de militaire: le directeur du golf, certainement. Raoul Fossorié se tenait au bout de la table et mordillait une allumette. Les trois ou quatre autres personnes dont deux blondes très bronzées, je les voyais pour la première fois.

Il n'y avait pas grand monde, ce soir-là, au Sainte-Rose. Il était encore tôt. L'orchestre jouait l'air d'une chanson que l'on entendait souvent et dont l'un des musiciens susurrait les paroles:

*L'amour, c'est comme un jour*
*Ça s'en va, ça s'en va*
*L'amour*

Hendrickx avait entouré de son bras droit les épaules d'Yvonne et je me demandais à quoi il voulait en venir. Je me tournai vers Meinthe. Il se cachait derrière une autre paire de lunettes de soleil, aux branches d'écaille massives et pianotait nerveusement sur le rebord de la table. Je n'osais pas lui adresser la parole.

— Alors tu es contente d'avoir ta Coupe ? a demandé Hendrickx d'une voix câline.

Yvonne me jetait un regard gêné.

— C'est un peu grâce à moi...

Mais oui, ce devait être un brave type. Pourquoi me méfiais-je toujours du premier venu ?

— Fossorié ne voulait pas. Hein, Raoul ? tu ne voulais pas...

Et Hendrickx éclatait de rire. Fossorié aspirait une bouffée de cigarette. Il affectait un très grand calme.

— Mais pas du tout, Daniel, pas du tout. Tu te trompes...

Et il moulait les syllabes d'une façon que je trouvais obscène. «Faux jeton!» s'exclamait Hendrickx sans aucune méchanceté. Cette réplique faisait rire la femme brune, les deux blondes bronzées (le nom de l'une d'elles me revient brusquement: Meg Devillers), et même le type à tête d'ancien officier de cavalerie. Les Roland-Michel, eux, s'efforçaient de partager l'hilarité des autres, mais le cœur n'y était pas. Yvonne me lançait un clin d'œil. Meinthe continuait à pianoter.

— Tes favoris, poursuivait Hendrickx, c'était Jackie et Tounette... Hein Raoul ?

Puis se tournant vers Yvonne: — Tu devrais serrer la main de nos amis Roland-Michel, tes concurrents malheureux...

Yvonne s'est exécutée. Jackie arborait une expression joviale, mais Tounette Roland-Michel a regardé Yvonne droit dans les yeux. Elle avait l'air de lui en vouloir.

— Un de tes soupirants ? a demandé Hendrickx. Il me désignait.

— Mon fiancé, a répondu crânement Yvonne.

Meinthe a levé la tête. Sa pommette gauche et la commissure de ses lèvres étaient à nouveau parcourues de tics.

— Nous avions oublié de te présenter notre ami, a-t-il dit d'une voix précieuse. Le comte Victor Chmara...

Il avait prononcé «comte» en insistant sur les syllabes et en marquant un temps d'arrêt. Ensuite, se tournant vers moi :

— Vous avez devant vous l'un des as du ski français : Daniel Hendrickx.

Celui-ci a souri, mais je sentais bien qu'il se méfiait des réactions imprévisibles de Meinthe. Il le connaissait certainement de longue date.

— Bien sûr, mon cher Victor, vous êtes beaucoup trop jeune pour que ce nom vous dise quelque chose, a ajouté Meinthe.

Les autres attendaient. Hendrickx se préparait à encaisser le coup avec une feinte indifférence.

— Je suppose que vous n'étiez pas né, lorsque Daniel Hendrickx a remporté le combiné...

— Pourquoi dites-vous des choses comme ça, René ? a demandé Fossorié d'un ton très doux, très onctueux, en moulant encore plus les syllabes, si bien qu'on s'attendait à voir sortir de sa bouche ces guimauves chantournées que l'on achète dans les foires.

— Moi j'étais là, quand il a gagné le slalom et le combiné, a déclaré l'une des blondes bronzées, celle qui s'appelait Meg Devillers, ça ne fait pas si longtemps...

Hendrickx a haussé les épaules et, comme l'orchestre jouait les premières mesures d'un slow, il en a profité pour inviter Yvonne à danser. Fossorié les a rejoints en compagnie de Meg Devillers. Le directeur du golf a entraîné l'autre blonde bronzée. Et les Roland-Michel, à leur tour, se sont avancés vers la piste. Ils se tenaient par la main. Meinthe s'est incliné devant la femme brune :

— Eh bien nous aussi, nous allons danser un peu...

Je suis resté seul à la table. Je ne quittais pas des yeux Yvonne et Hendrickx. De loin, il avait une certaine prestance : il mesurait environ un mètre quatre-vingts, quatre-vingt-cinq, et la lumière qui enveloppait la piste – bleue avec un zeste de rose – adoucissait son visage, en gommait l'empâtement et la vulgarité. Il serrait de très près Yvonne. Que faire ? Lui casser la figure ? Mes mains tremblaient. Je pouvais, bien sûr, bénéficier de l'effet de surprise et lui assener un coup de poing en plein visage. Ou bien, je m'approcherais par-derrière et lui briserais une bouteille sur le crâne. À quoi bon ? D'abord je me rendrais ridicule auprès d'Yvonne. Et puis cette conduite ne correspondait pas à mon tempérament doux, à mon pessimisme naturel, et à une certaine lâcheté qui est la mienne.

L'orchestre enchaînait sur une autre musique lente et aucun des couples ne quittait la piste. Hendrickx serrait Yvonne de plus près encore. Pourquoi le laissait-elle faire ? Je guettais un clin d'œil qu'elle m'aurait lancé à la dérobée, un sourire de connivence. Rien. Pulli, le gros gérant velouté, s'était approché prudemment de ma table. Il se tenait juste à côté de moi, il s'appuyait contre le dossier de l'une des chaises vides. Il cherchait à me parler. Moi, cela m'ennuyait.

— Monsieur Chmara... Monsieur Chmara... Par politesse, je me suis tourné vers lui.

— Dites-moi, vous êtes parent avec les Chmara d'Alexandrie ?

Il se penchait, l'œil avide, et j'ai compris pourquoi j'avais choisi ce nom, que je croyais sorti de mon imagination : il appartenait à une famille d'Alexandrie, dont mon père me parlait souvent.

— Oui. Ce sont mes parents, ai-je répondu.

— Alors, vous êtes originaire d'Égypte ?

— Un peu.

Il a eu un sourire ému. Il voulait en savoir plus, et j'aurais pu lui parler de la villa de Sidi-Birsh où j'ai passé quelques années de mon enfance, du palais d'Abdine et de l'auberge des Pyramides dont je garde un très vague souvenir. Lui demander à mon tour s'il était lui-même parent de l'une des relations louches de mon père, cet Antonio Pulli qui faisait office de confident et de « secrétaire » du roi Farouk. Mais j'étais trop occupé par Yvonne et Hendrickx.

Elle continuait de danser avec ce type sur le retour qui se teignait certainement les cheveux. Mais peut-être le faisait-elle pour une raison précise qu'elle me dévoilerait quand nous serions seuls. Ou peut-être, comme cela, pour rien ? Et si elle m'avait oublié ? Je n'ai jamais éprouvé une très grande confiance en mon identité et la pensée qu'elle ne me reconnaîtrait plus m'a effleuré. Pulli s'était assis à la place de Meinthe :

— J'ai connu Henri Chmara, au Caire... Nous nous retrouvions chaque soir Chez Groppi ou au Mena House.

On aurait dit qu'il me confiait des secrets d'État.

— Attendez... c'était l'année où on voyait le roi avec cette chanteuse française... Vous savez?...

— Ah oui...

Il parlait de plus en plus bas. Il craignait d'invisibles policiers.

— Et vous, vous avez vécu là-bas?...

Les projecteurs qui éclairaient la piste ne jetaient plus qu'une faible lumière rose. Un instant, j'ai perdu de vue Yvonne et Hendrickx, mais ils ont reparu derrière Meinthe, Meg Devillers, Fossorié et Tounette Roland-Michel. Celle-ci leur a fait une remarque par-dessus l'épaule de son mari. Yvonne a éclaté de rire.

— Vous comprenez, on ne peut pas oublier l'Égypte... Non...

Il y a des soirs où je me demande ce que je fais là...

Moi aussi, je me le demandais tout à coup. Pourquoi n'étais-je pas resté aux Tilleuls à lire mes bottins et mes revues cinématographiques? Il m'a posé une main sur l'épaule.

— Je ne sais pas ce que je donnerais pour me trouver à la terrasse du Pastroudis... Comment oublier l'Égypte?

— Mais ça ne doit plus exister, ai-je murmuré.

— Vous croyez vraiment?

Là-bas, Hendrickx profitait de la demi-pénombre et lui passait une main sur les fesses.


Meinthe revenait vers notre table. Seul. La femme brune dansait avec un autre cavalier. Il s'est laissé tomber sur sa chaise.

— De quoi parliez-vous?

Il avait ôté ses lunettes de soleil et me regardait, en souriant gentiment : — Je suis sûr que Pulli vous racontait ses histoires d'Égypte...

— Monsieur est d'Alexandrie comme moi, a déclaré sèchement Pulli.

— Vous, Victor?

Hendrickx essayait de l'embrasser dans le cou mais elle l'en empêchait. Elle se jetait en arrière.

— Pulli tient cette boîte depuis dix ans, disait Meinthe. En hiver il travaille à Genève. Eh bien, il n'a jamais pu s'habituer aux montagnes.

Il avait remarqué que je regardais danser Yvonne et il cherchait à distraire mon attention.

— Si vous venez à Genève en hiver, disait Meinthe, il faudra, Victor, que je vous emmène dans cet endroit. Pulli a reconstitué exactement un restaurant qui existait au Caire. Comment s'appelait-il déjà?

— Le Khédival.

— Quand il s'y trouve, il se croit encore en Égypte et il a un peu moins le cafard. N'est-ce pas Pulli?

— Montagnes de merde!

«Il ne faut pas avoir le cafard, chantonnait Meinthe. Jamais de cafard. Jamais de cafard. Jamais.»

Là-bas ils entamaient une autre danse, Meinthe s'est penché vers moi:

— Ne faites pas attention, Victor.

Les Roland-Michel nous ont rejoints. Puis Fossorié et la blonde Meg Devillers. Enfin Yvonne et Hendrickx. Elle est venue s'asseoir à côté de moi et m'a pris la main. Ainsi, elle ne m'avait pas oublié. Hendrickx me dévisageait avec curiosité.

— Alors, vous êtes le fiancé d'Yvonne?

— Eh oui, a dit Meinthe sans me laisser le temps de répondre. Et si tout se passe bien, elle s'appellera bientôt la comtesse Yvonne Chmara. Qu'en penses-tu?

Il le provoquait mais Hendrickx gardait le sourire.

— Ça sonne mieux qu'Yvonne Hendrickx, non? a ajouté Meinthe.

— Et que fait ce jeune homme dans la vie? a demandé Hendrickx d'un ton pompeux.

— Rien, ai-je dit en vissant mon monocle autour de l'œil gauche, RIEN, RIEN.

— Tu croyais sans doute que ce jeune homme était professeur de ski ou commerçant comme toi? continuait Meinthe.

— Tais-toi, ou je te casse en mille morceaux, a dit Hendrickx, et on ne savait pas s'il s'agissait d'une menace ou d'une plaisanterie.

Yvonne, de l'ongle de son index, me grattait la paume de la main. Elle pensait à autre chose. À quoi? L'arrivée de la femme brune, de son mari au visage énergique, celle, simultanée, de l'autre blonde, ne détendirent en rien l'atmosphère. Chacun jetait des regards de biais en direction de Meinthe. Qu'allait-il faire? Injurier Hendrickx? Lui envoyer un cendrier en plein visage? Provoquer un scandale? Le directeur du golf a fini par lui dire sur le ton de la conversation mondaine:

— Vous exercez toujours à Genève, docteur?

Meinthe lui a répondu avec une application de bon élève:

— Bien sûr, monsieur Tessier.

— C'est fou, comme vous me faites penser à votre père...

Meinthe a eu un sourire triste.

— Oh non, ne dites pas ça... mon père était beaucoup mieux que moi.

Yvonne appuyait son épaule contre la mienne et ce simple contact me bouleversait. Et elle, qui était son père? Si Hendrickx lui témoignait de la sympathie (ou plutôt s'il la serrait de trop près en dansant), je remarquais que Tessier, sa femme et Fossorié ne lui prêtaient guère attention. Les Roland-Michel non plus. J'avais même surpris une expression de mépris amusé de la part de Tounette Roland-Michel après qu'Yvonne lui eut serré la main. Yvonne n'appartenait pas au même monde qu'eux. Par contre, ils avaient l'air de considérer Meinthe comme leur égal et de lui témoigner une certaine indulgence. Et moi? N'étais-je à leurs yeux qu'un «teenager» fervent de rock and roll? Peut-être pas. Mon sérieux, mon monocle et mon titre nobiliaire les intriguaient un peu. Surtout Hendrickx.

— Vous avez été champion de ski? lui ai-je demandé.

— Oui, a dit Meinthe, mais ça se perd dans la nuit des temps.

— Figurez-vous, m'a dit Hendrickx, en posant sa main sur mon avant-bras, que j'ai connu ce blanc-bec – il désignait Meinthe – quand il avait cinq ans. Il jouait à la poupée. Heureusement, un cha-cha-cha a éclaté à cet instant-là. Il était minuit passé et les clients arrivaient par grappes. On se bousculait sur la piste de danse. Hendrickx a hélé Pulli :

— Tu vas nous chercher du champagne et prévenir l'orchestre.

Il lui faisait un clin d'œil auquel Pulli répondait par un vague salut militaire, l'index au-dessus du sourcil.

— Docteur, pensez-vous que l'aspirine soit recommandée pour les troubles circulatoires ? demandait le directeur du golf. J'ai lu quelque chose de ce genre dans *Science et Vie*.

Meinthe n'avait pas entendu. Yvonne appuyait sa tête contre mon épaule. L'orchestre s'est éteint. Pulli apportait un plateau, avec des coupes et deux bouteilles de champagne. Hendrickx se levait et agitait le bras. Les couples qui dansaient et les autres clients s'étaient retournés vers notre table :

— Mesdames et messieurs, clamait Hendrickx, nous allons boire à la santé de l'heureuse triomphatrice de la Coupe Houligant, Mlle Yvonne Jacquet.

Il faisait signe à Yvonne de se lever. Nous étions tous debout. Nous avons trinqué, et comme je sentais les regards fixés sur nous, j'ai simulé une quinte de toux.

— Et maintenant, mesdames et messieurs, reprenait Hendrickx d'un ton emphatique, je vous demande d'applaudir la jeune et délicieuse Yvonne Jacquet.

On entendait des « bravos » fuser tout autour. Elle se serrait contre moi, intimidée. Mon monocle était tombé. Les applaudissements se prolongeaient et je n'osais pas bouger d'un centimètre. Je fixais, devant moi, la chevelure massive de Fossorié, ses ondulations savantes et multiples qui s'entrecroisaient, cette curieuse chevelure bleu-gris qui ressemblait à un casque ouvragé.

L'orchestre a repris la musique interrompue. Un cha-cha-cha très lent au travers duquel on reconnaissait le thème d'*Avril au Portugal*.

Meinthe s'est levé :

— Si vous n'y voyez pas d'inconvénients, Hendrickx (il le vouvoyait pour la première fois), je vais vous quitter ainsi que cette élégante compagnie. Il s'est retourné vers Yvonne et moi :

— Je vous ramène ?

J'ai répondu par un « oui » docile. Yvonne s'est levée à son tour. Elle a serré la main de Fossorié et du directeur du golf, mais elle n'osait pas saluer les Roland-Michel, ni les deux blondes bronzées.

— Et c'est pour quand ce mariage ? a demandé Hendrickx en nous désignant du doigt.

— Dès que nous aurons quitté ce sale petit village français de merde, ai-je répondu, très vite.

Ils me regardaient tous bouche bée.

Pourquoi avais-je parlé de manière si stupide et grossière d'un village français ? Je me le demande encore et m'en excuse. Meinthe lui-même paraissait navré de me découvrir sous ce jour.

— Viens, m'a dit Yvonne en me prenant par le bras. Hendrickx restait sans voix et me considérait, les yeux écarquillés.

J'ai bousculé Pulli, sans le faire exprès.

— Vous partez, monsieur Chmara ?

Il essayait de me retenir en me pressant la main.

— Je reviendrai, je reviendrai, lui ai-je dit.

— Oh, oui, s'il vous plaît. Nous reparlerons de toutes ces choses...

Et il avait un geste évasif. Nous avons traversé la piste. Meinthe marchait derrière nous. Grâce à un jeu de projecteurs, on croyait que la neige tombait à gros flocons sur les couples. Yvonne m'entraînait et nous avions du mal à nous frayer un passage.

Avant de descendre l'escalier, j'ai voulu jeter un dernier regard vers la table que nous avions quittée.

Toute ma rage s'était dissipée et je regrettais d'avoir perdu le contrôle de moi-même.

— Tu viens ? m'a dit Yvonne, tu viens ?

— À quoi pensez-vous, Victor ? m'a demandé Meinthe et il me tapait sur l'épaule.

Je restais là, au seuil de l'escalier, hypnotisé de nouveau par la chevelure de Fossorié. Elle brillait. Il devait l'enduire d'une sorte de Bakerfix phosphorescent. Que d'efforts et de patience, pour construire, chaque matin, cette pièce montée gris-bleu.

Dans la Dodge, Meinthe a dit que nous avions perdu bêtement notre soirée. La faute en revenait à Daniel Hendrickx qui avait recommandé à Yvonne de venir, sous prétexte que tous les membres du jury seraient là, ainsi que plusieurs journalistes. Il ne fallait jamais croire ce « salaud ».

— Mais si, ma chérie, tu le sais très bien, ajoutait Meinthe d'un ton exaspéré. Est-ce qu'il t'a donné le chèque au moins ?

— Bien sûr.

Et ils m'ont dévoilé les dessous de cette si triomphale soirée : Hendrickx avait créé la Coupe Houligant cinq ans auparavant. Une fois sur deux, on la décernait en hiver, à L'Alpe d'Huez ou à Megève. Il avait pris cette initiative par snobisme (il choisissait quelques personnalités mondaines pour composer le jury), pour soigner sa publicité (les journaux qui rendaient compte de la Coupe le citaient, lui, Hendrickx, en rappelant ses exploits sportifs) et aussi par goût des jolies filles. Avec la promesse d'obtenir la Coupe, n'importe quelle idiote succombait. Le chèque était de huit cent mille francs. Au sein du jury, Hendrickx faisait la loi. Fossorié aurait bien voulu que cette « Coupe de l'élégance » qui remportait chaque année un vif succès, dépendît un peu plus du syndicat d'initiative. D'où cette rivalité sourde entre les deux hommes.

— Eh oui, mon cher Victor, a conclu Meinthe, vous voyez comme la province est mesquine.

Il s'est retourné vers moi et m'a gratifié d'un sourire triste. Nous étions arrivés devant le Casino. Yvonne a demandé à Meinthe de nous déposer là. Nous rentrerions à l'hôtel à pied.

— Téléphonez-moi demain, vous deux.

Il semblait désolé que nous le laissions seul. Il s'est penché par-dessus la portière :

— Et oubliez cette ignoble soirée.

Puis il a démarré brusquement, comme s'il voulait s'arracher à nous. Il a pris la rue Royale et je me suis demandé où il passerait la nuit.

Pendant quelques instants nous avons admiré le jet d'eau qui changeait de couleur. Nous nous approchions le plus près possible et nous recevions des gouttelettes sur le visage. J'ai poussé Yvonne. Elle se débattait en criant. Elle aussi a voulu me pousser par surprise. Nos éclats de rire résonnaient à travers cette esplanade déserte. Là-bas, les garçons de la Taverne achevaient de ranger les tables. Environ une heure du matin. La nuit était tiède, et j'ai éprouvé une sorte d'ivresse en pensant que l'été commençait à peine et que nous avions encore devant nous des jours et des jours à passer ensemble, à nous promener le soir ou à rester dans la chambre en entendant le claquement feutré et idiot des balles de tennis.

Au premier étage du Casino, les baies vitrées étaient éclairées : la salle de baccara. On apercevait des silhouettes. Nous avons fait le tour de ce bâtiment sur la façade duquel était inscrit CASINO en lettres rondes, et nous avons dépassé l'entrée du Brummel d'où s'échappait de la musique. Oui, cet été-là, il y avait dans l'air des musiques et des chansons, toujours les mêmes.

Nous suivions l'avenue d'Albigny sur le trottoir de gauche, celui qui longe les jardins de la préfecture. Quelques rares automobiles passaient dans les deux sens. J'ai demandé à Yvonne pourquoi elle laissait Hendrickx lui mettre la main sur les fesses. Elle m'a répondu que cela n'avait aucune importance. Il fallait bien qu'elle soit gentille avec Hendrickx puisqu'il lui avait fait obtenir la Coupe et lui avait donné un chèque de huit cent mille francs. Je lui ai dit qu'à mon avis on devait exiger beaucoup plus que huit cent mille francs pour se laisser « mettre la main aux fesses » et que, de toute manière, la Coupe Houligant de l'élégance n'avait aucun intérêt. Aucun. Personne ne connaissait l'existence de cette Coupe, sauf quelques provinciaux égarés au bord d'un lac perdu. Elle était grotesque, cette Coupe.

Et minable. Hein? D'abord que savait-on de l'élégance dans ce «trou savoyard»? Hein? Elle m'a répondu, d'une petite voix pincée, qu'elle trouvait Hendrickx «très séduisant», et qu'elle était ravie d'avoir dansé avec lui. Je lui ai dit — en essayant d'articuler toutes les syllabes, mais cela ne servait à rien, j'en avalais la moitié — qu'Hendrickx avait une tête de bœuf et «le cul bas, comme tous les Français. — Mais toi aussi tu es français, m'a-t-elle dit. — Non. Non. Je n'ai rien à voir avec les Français. Vous les Français, vous êtes incapables de comprendre la vraie noblesse, la vraie...» Elle a éclaté de rire. Je ne l'intimidais pas. Alors, je lui ai déclaré — et je simulais une extrême froideur — qu'à l'avenir, elle aurait tout intérêt à ne pas trop se vanter de la Coupe Houligant de l'élégance, si elle ne voulait pas qu'on se moquât d'elle. Des tas de filles avaient gagné de petites Coupes ridicules comme celle-ci avant de sombrer dans un oubli total. Et combien d'autres avaient tourné par hasard un film sans valeur, du genre de *Liebesbriefe auf der Berg...* Leur carrière cinématographique s'était arrêtée là. Beaucoup d'appelées. Peu d'élues. «Tu trouves que ce film n'a aucune valeur? m'a-t-elle demandé. — Aucune.» Cette fois-ci, je crois qu'elle avait de la peine. Elle marchait sans rien dire. Nous nous sommes assis sur le banc du chalet, en attendant le funiculaire. Elle déchirait minutieusement un vieux paquet de cigarettes. Elle posait, au fur et à mesure, les petits morceaux de papier par terre, et ils avaient la taille de confettis. J'ai été si attendri par son application que je lui ai embrassé les mains.

Le funiculaire s'est arrêté avant Saint-Charles Carabacel. Une panne apparemment, mais à cette heure, plus personne ne viendrait la réparer. Elle était encore plus passionnée que d'habitude. J'ai pensé qu'elle devait quand même m'aimer un peu. Nous regardions quelquefois par la vitre et nous nous trouvions entre ciel et terre, avec le lac tout en bas, et les toits. Le jour venait.

ROMANS

Il y a eu, le lendemain, un grand article en troisième page de *L'Écho-Liberté.*

Le titre annonçait : « LA COUPE HOULIGANT DE L'ÉLÉGANCE DÉCERNÉE POUR LA CINQUIÈME FOIS. »

« Hier, en fin de matinée, au Sporting, une nombreuse assistance a suivi avec curiosité le déroulement de la cinquième Coupe Houligant de l'élégance. Les organisateurs, ayant décerné cette Coupe l'année dernière à Megève, pendant la saison d'hiver, ont préféré cette année, qu'elle fût un événement estival. Le soleil ne manquait pas au rendez-vous. Il n'avait jamais été aussi radieux. La plupart des spectateurs étaient en tenue de plage. On remarquait parmi eux, M. Jean Marchat de la Comédie-Française, venu donner au théâtre du Casino quelques représentations d'*Écoutez bien Messieurs.*

« Le jury, comme à l'ordinaire, réunissait les personnalités les plus diverses. Il était présidé par M. André de Fouquières, qui a bien voulu mettre au service de cette Coupe sa longue expérience : on peut en effet dire que M. de Fouquières, tant à Paris qu'à Deauville, à Cannes ou au Touquet, a participé et arbitré la vie élégante de ces cinquante dernières années.

« Autour de lui siégeaient : Daniel Hendrickx, le champion bien connu et le promoteur de cette Coupe ; Fossorié, du syndicat d'initiative ; Gamange, cinéaste ; M. et Mme Tessier du golf-club ; M. et Mme Sandoz du Windsor ; M. le sous-préfet P. A. Roquevillard. On regrettait l'absence du danseur José Torres, retenu au dernier moment.

« La plupart des concurrents ont fait honneur à cette Coupe ; M. et Mme Jacques Roland-Michel, de Lyon, en villégiature, comme chaque été, dans leur villa de Chavoire, ont été particulièrement remarqués et vivement applaudis.

« Mais la palme est revenue, après plusieurs tours de scrutin, à Mlle Yvonne Jacquet, vingt-deux ans, ravissante jeune femme aux cheveux roux, vêtue de blanc, et suivie d'un dogue impressionnant. Mlle Jacquet, par sa grâce et son non-conformisme, a fait une vive impression sur le jury.

« Mlle Yvonne Jacquet est née dans notre ville et y a été élevée. Sa famille est originaire de la région. Elle vient de débuter au cinéma, dans un film tourné à quelques kilomètres d'ici par un réalisateur allemand. Souhaitons à Mlle Jacquet, notre compatriote, bonne chance et succès.

« Elle était accompagnée par M. René Meinthe, fils du docteur Henri Meinthe. Ce nom réveillera chez certains beaucoup de souvenirs. Le docteur Henri Meinthe, de vieille souche savoyarde, fut en effet un des héros et des martyrs de la Résistance. Une rue de notre ville porte son nom. »

Une grande photo illustrait l'article. Elle avait été prise au Sainte-Rose, juste à l'instant où nous y entrions. Nous étions debout, tous les trois, Yvonne et moi l'un à côté de l'autre, Meinthe légèrement en retrait. Au-dessous, la légende indiquait : « Mlle Yvonne Jacquet, M. René Meinthe et l'un de leurs amis, le comte Victor Chmara. » Le cliché était très net en dépit du papier journal. Yvonne et moi, nous avions l'air grave. Meinthe souriait. Nous fixions un point à l'horizon. Cette photo, je l'ai gardée sur moi pendant de nombreuses années avant de la ranger parmi d'autres souvenirs, et, un soir où je la regardais avec mélancolie, je n'ai pu m'empêcher d'écrire en travers, au crayon rouge : « Les rois d'un jour. »

# VIII

— Un porto le plus clair possible, mon petit, répète Meinthe.

La barmaid ne comprend pas.

— Clair?

— Très, très clair.

Mais il l'a dit sans conviction. Il passe une main sur ses joues mal rasées. Il y a douze ans, il se rasait deux ou trois fois par jour. Au fond de la boîte à gants de la Dodge traînait un rasoir électrique, mais, disait-il, cet instrument ne lui servait à rien, tant sa barbe était dure. Il lui arrivait même de casser sur elle des lames extra-bleues. La barmaid revient, avec une bouteille de Sandeman dont elle lui verse un verre:

— Je n'ai pas de porto... clair.

Elle a chuchoté «clair» comme s'il s'agissait d'un mot honteux.

— Mais ce n'est pas grave, mon petit, lui répond Meinthe.

Et il sourit. Il a rajeuni d'un coup. Il souffle dans son verre et observe les rides à la surface du porto.

— Vous n'auriez pas une paille, mon petit?

Elle la lui apporte de mauvaise grâce, le visage buté. Elle n'a pas plus de vingt ans. Elle doit se dire: «Jusqu'à quelle heure cette cloche va-t-elle rester ici? Et l'autre, au fond, avec sa veste à carreaux?» Comme chaque nuit, vers onze heures, elle vient de remplacer Geneviève, celle qui se trouvait déjà là au début des années soixante et qui, pendant la journée, tenait la buvette du Sporting, près des cabines. Une blonde gracieuse. Elle avait, paraît-il, un souffle au cœur.

Meinthe s'est retourné vers l'homme à la veste à carreaux. Cette veste est le seul élément grâce auquel il peut attirer l'attention sur lui. Sinon tout est médiocre dans son visage : petite moustache noire, nez assez grand, cheveux bruns ramenés en arrière. Lui qui se donnait, un instant auparavant, l'apparence d'un ivrogne, se tient très droit, une expression de suffisance au coin des lèvres :

— Voulez-vous me demander... (la voix est pâteuse et hésitante) le 233 à Chambéry...

La barmaid compose le numéro. Quelqu'un répond à l'autre bout du fil. Mais l'homme à la veste à carreaux demeure, tout raide, à sa table.

— Monsieur, j'ai la personne au téléphone, s'inquiète la barmaid.

Il ne bouge pas d'un millimètre. Il a les yeux grands ouverts et le menton légèrement en avant.

— Monsieur...

Il reste de marbre. Elle raccroche. Elle doit commencer à s'inquiéter. Ces deux clients sont quand même bizarres... Meinthe a suivi la scène en fronçant les sourcils. Au bout de quelques minutes, l'autre reprend d'une voix encore plus sourde :

— Voulez-vous me demander... le 233 à Chambéry...

La barmaid ne bouge pas. Il continue imperturbable :

— Voulez-vous me demander...

Elle hausse les épaules. Alors Meinthe se penche vers le téléphone et compose lui-même le numéro. Quand il entend la voix, il tend le combiné en direction de l'homme à la veste à carreaux, mais celui-ci ne fait pas un mouvement. Il fixe Meinthe de ses yeux grands ouverts.

— Allons, monsieur... murmure Meinthe... Allons... Il finit par poser le combiné sur le bar et hausse les épaules.

— Vous avez peut-être envie de vous coucher, mon petit ? demande-t-il à la barmaid. Je ne voudrais pas vous retenir.

— Non. De toute façon, ça ferme à deux heures du matin... il va venir du monde.

— Du monde ?

— Il y a un congrès. Ils vont débarquer ici.

Elle se verse un verre de Coca-Cola.

— Ce n'est pas très gai en hiver, hein? constate Meinthe.

— Moi, je vais partir à Paris, lui dit-elle d'un ton agressif.

— Vous avez raison.

L'autre, derrière, a fait claquer ses doigts.

— Est-ce que je pourrais avoir un autre dry, s'il vous plaît?

Puis il ajoute: — et le 233 à Chambéry...

Meinthe compose encore une fois le numéro et sans se retourner, place le combiné du téléphone à côté de lui sur un tabouret. La fille a un fou rire. Il lève la tête et ses yeux tombent sur les vieilles photos d'Émile Allais et de James Couttet, au-dessus des bouteilles d'apéritifs. On leur a ajouté une photo de Daniel Hendrickx qui s'est tué, il y a quelques années, dans un accident d'automobile. Sûrement une initiative de Geneviève, l'autre barmaid. Elle était amoureuse d'Hendrickx du temps où elle travaillait au Sporting. Du temps de la Coupe Houligant.

# IX

Cette Coupe, où se trouve-t-elle maintenant ? Au fond de quel placard ? De quel débarras ? Les derniers temps, elle nous servait de cendrier. Le socle qui supportait la danseuse était muni en effet d'un rebord circulaire. Nous y écrasions nos cigarettes. Nous avons dû l'oublier dans la chambre d'hôtel et je m'étonne, moi qui suis pourtant attaché aux objets, de ne pas l'avoir emportée. Au début, pourtant, Yvonne paraissait y tenir. Elle l'avait placée bien en évidence sur le bureau du salon. C'était le début d'une carrière. Ensuite viendraient les Victoires et les Oscars. Plus tard elle en parlerait avec attendrissement devant les journalistes, car il ne faisait pour moi aucun doute qu'Yvonne deviendrait une vedette de cinéma. En attendant, nous avions épinglé dans la salle de bains le grand article de *L'Écho-Liberté*.

Nous passions des journées oisives. Nous nous levions assez tôt. Le matin, il y avait souvent une brume — ou plutôt une vapeur bleue qui nous délivrait des lois de la pesanteur. Nous étions légers, si légers... Quand nous descendions le boulevard Carabacel, nous touchions à peine le trottoir. Neuf heures. Le soleil allait bientôt dissiper cette brume subtile. Aucun client, encore, sur la plage du Sporting. Nous étions les seuls vivants avec l'un des garçons de bain, vêtu de blanc, qui disposait les transats et les parasols. Yvonne portait un maillot deux pièces de couleur opale et je lui empruntais son peignoir. Elle se baignait. Je la regardais nager. Le chien lui aussi la suivait des yeux.

Elle me faisait un signe de la main et me criait en riant de venir la rejoindre. Je me disais que tout cela était trop beau, et que demain une catastrophe allait survenir. Le 12 juillet 39, pensais-je, un type de mon genre, vêtu d'un peignoir de bain aux rayures rouges et vertes, regardait sa fiancée nager dans la piscine d'Eden-Roc. Il avait peur, comme moi, d'écouter la radio. Même ici au cap d'Antibes, il n'échapperait pas à la guerre... Dans sa tête se bousculaient des noms de refuges mais il n'aurait pas le temps de déserter. Pendant quelques secondes une terreur inexplicable m'envahissait puis elle sortait de l'eau et venait s'allonger à côté de moi pour prendre un bain de soleil.

Vers onze heures, lorsque les gens commençaient à envahir le Sporting, nous nous réfugiions dans une sorte de petite crique. On y accédait de la terrasse du restaurant par un escalier effrité qui datait du temps de M. Gordon-Gramme. En bas, une plage de galets et des rochers ; un chalet minuscule, d'une seule pièce, avec des fenêtres, des volets. Sur la porte branlante, deux initiales gravées dans le bois, en lettres gothiques : G-G – Gordon-Gramme – et la date : 1903. Il avait certainement construit lui-même cette maison de poupée et venait s'y recueillir. Délicat et prévoyant Gordon-Gramme. Quand le soleil tapait trop fort nous passions un moment à l'intérieur. Pénombre. Une flaque de lumière, sur le seuil. Une légère odeur de moisi flottait à laquelle nous avions fini par nous habituer. Bruit du ressac, aussi monotone et rassurant que celui des balles de tennis. Nous fermions la porte.

Elle se baignait et s'étirait au soleil. Je préférais l'ombre, comme mes ancêtres orientaux. Au début de l'après-midi, nous remontions à l'Hermitage, et nous ne quittions pas la chambre, jusqu'à sept ou huit heures du soir. Il y avait un balcon très large au milieu duquel Yvonne s'allongeait. Je m'installais à côté d'elle, coiffé d'un feutre «colonial» de couleur blanche – l'un des rares souvenirs que je gardais de mon père et auquel je tenais d'autant plus que nous étions ensemble quand il l'avait acheté. C'était à Sport et Climat, au coin du boulevard Saint-Germain et de la rue

Saint-Dominique. J'avais huit ans et mon père s'apprêtait à partir pour Brazzaville. Qu'allait-il faire là-bas ? Il ne me l'a jamais dit. Je descendais dans le hall chercher des revues. À cause de la clientèle étrangère, on y trouvait la plupart des publications d'Europe. Je les achetais toutes : *Oggi, Life, Cinémonde, Der Stern, Confidential...* Je jetais un regard oblique sur les gros titres des quotidiens. Il se passait des choses graves en Algérie mais aussi en Métropole et dans le monde. Je préférais ne pas savoir. Ma gorge se nouait. Je souhaitais qu'on ne parlât pas trop de tout cela dans les journaux illustrés. Non. Non. Éviter les sujets importants. De nouveau, la panique me prenait. J'avalais pour me calmer un Alexandra au bar, et je remontais avec ma pile de magazines. Nous les lisions, vautrés sur le lit ou par terre, devant la porte-fenêtre ouverte, parmi les taches dorées que faisaient les derniers rayons du soleil. La fille de Lana Turner avait tué d'un coup de couteau l'amant de sa mère. Errol Flynn était mort d'une crise cardiaque et à la jeune amie qui lui demandait où elle pouvait déposer ses cendres de cigarette, il avait eu le temps de désigner la gueule ouverte d'un léopard empaillé. Henri Garat était mort, comme un clochard. Et le prince Ali Khan, dans un accident d'automobile du côté de Suresnes. Je ne me souviens plus des événements heureux. Nous découpions quelques photos. Nous les accrochions aux murs de la chambre et la direction de l'hôtel ne paraissait pas s'en formaliser.

Après-midi vides. Heures lentes. Yvonne portait souvent une robe de chambre de soie noire à pois rouges, trouée par endroits. J'oubliais d'ôter mon vieux feutre « colonial ».

Les revues, à moitié déchirées, jonchaient le sol. Des flacons d'ambre solaire traînaient partout. Le chien était couché en travers d'un fauteuil. Et nous faisions tourner des disques sur le vieux Teppaz. Nous oubliions d'allumer les lampes.

En bas, l'orchestre commençait à jouer et les dîneurs arrivaient. Entre deux morceaux, nous entendions les murmures des conversations. Une voix se détachait de ce bourdonnement

– voix de femme – ou un éclat de rire. Et l'orchestre reprenait. Je laissais la porte-fenêtre ouverte pour que ce brouhaha et cette musique montent jusqu'à nous. Ils nous protégeaient. Et puis ils se déclenchaient chaque jour à la même heure et cela voulait dire que le monde continuait de tourner. Jusqu'à quand? La porte de la salle de bains découpait un rectangle de lumière. Yvonne se maquillait. Moi, accoudé au balcon, j'observais tous ces gens (la plupart étaient en tenue de soirée), le va-et-vient des garçons, les musiciens dont je finissais par connaître chaque mimique. Ainsi, le chef d'orchestre se tenait penché, le menton presque collé contre la poitrine. Et lorsque le morceau finissait, il relevait la tête brusquement, la bouche ouverte, comme un homme qui suffoque. Le violoniste avait un gentil visage un peu porcin, il fermait les yeux et dodelinait de la tête en humant l'air. Yvonne était prête. J'allumais une lampe. Elle me souriait et prenait un regard mystérieux. Pour s'amuser, elle avait enfilé des gants noirs qui montaient jusqu'à mi-bras. Elle était debout au milieu du désordre de la chambre, le lit défait, les peignoirs et les robes éparpillés. Nous sortions sur la pointe des pieds en évitant le chien, les cendriers, le tourne-disque et les verres vides.

Tard dans la nuit, quand Meinthe nous avait ramenés à l'hôtel, nous écoutions de la musique. Nos plus proches voisins s'étaient plaints à plusieurs reprises du «tapage» que nous faisions. Il s'agissait d'un industriel lyonnais – je l'appris par le concierge – et de sa femme, que j'avais vus serrer la main de Fossorié après la Coupe Houligant. Je leur fis porter un bouquet de pivoines avec ce mot: «Le comte Chmara, désolé, vous envoie ces fleurs.»

À notre retour, le chien poussait des aboiements plaintifs et réguliers et cela durait environ une heure. Impossible de le calmer. Alors nous préférions mettre de la musique pour couvrir sa voix. Pendant qu'Yvonne se déshabillait et prenait un bain, je lui lisais quelques pages du livre de Maurois. Nous n'avions pas arrêté le tourne-disque et il diffusait une chanson frénétique. J'entendais vaguement les coups de poing que frappait contre

la porte de communication l'industriel lyonnais, et la sonnerie du téléphone. Il avait dû avertir le portier de nuit. Peut-être finiraient-ils par nous expulser de cet hôtel. Tant mieux. Yvonne avait mis son peignoir de plage et nous préparions un repas pour le chien (nous avions à cet usage toute une pile de boîtes de conserve et même un réchaud). Nous espérions qu'après avoir mangé, il se tairait. Parvenant à dominer la voix éclatante du chanteur, la femme de l'industriel lyonnais hurlait : «Mais fais quelque chose, Henri, fais quelque chose, TÉLÉPHONE À LA POLICE...» Leur balcon jouxtait le nôtre. Nous avions laissé la porte-fenêtre ouverte et l'industriel, fatigué de taper contre la cloison, nous injuriait, du dehors. Alors Yvonne ôtait son peignoir, et sortait sur le balcon, complètement nue, après avoir mis ses longs gants noirs. L'autre la fixait, congestionné. Sa femme le tirait par le bras. Elle braillait : «Ah les salauds... La putain...»
Nous étions jeunes.

Et riches. Le tiroir de sa table de nuit débordait de billets de banque. D'où lui venait cet argent? Je n'osais pas le lui demander. Un jour, comme elle rangeait les liasses les unes à côté des autres pour pouvoir refermer le tiroir, elle m'a expliqué que c'était le cachet du film. Elle avait exigé qu'on le lui payât en liquide et en billets de cinq mille francs. Elle a ajouté qu'elle avait touché le chèque de la Coupe Houligant. Elle me montrait un paquet, enveloppé de papier journal : huit cents billets de mille francs. Elle préférait les petites coupures.
Elle me proposa gentiment de me prêter de l'argent, mais je déclinai cette offre. Il traînait encore huit ou neuf cent mille francs au fond de mes valises. Cette somme, je l'avais gagnée en vendant à un libraire de Genève deux éditions «rares» achetées pour une bouchée de pain à Paris, chez un brocanteur. J'ai échangé, à la réception, les coupures de cinquante mille francs contre des billets de cinq cents francs, que j'ai transportés dans un sac de plage. J'ai vidé le tout sur le lit. Elle a rassemblé ses billets à elle, et cela formait un tas impressionnant. Nous étions

émerveillés par cette masse de billets que nous ne tarderions pas à dépenser. Et je retrouvais chez elle mon goût pour l'argent liquide, je veux dire l'argent gagné facilement, les liasses que l'on fourre dans ses poches, l'argent fou qui file entre les doigts.

Depuis que l'article avait paru, je lui posais des questions sur son enfance dans cette ville. Elle évitait de me répondre, parce qu'elle aurait aimé sans doute rester plus mystérieuse et qu'elle avait un peu honte de son extraction « modeste » dans les bras du « comte Chmara ». Et comme ma vérité à moi l'eût déçue, je lui racontais les aventures de mes proches. Mon père avait quitté la Russie très jeune, avec sa mère et ses sœurs, à cause de la Révolution. Ils passèrent quelque temps à Constantinople, à Berlin et à Bruxelles avant de s'installer à Paris. Mes tantes avaient été mannequins chez Schiaparelli pour gagner leur vie comme beaucoup de Russes belles, nobles et blanches. Mon père, à vingt-cinq ans, était parti en voilier pour l'Amérique où il épousa l'héritière des magasins Woolworth. Puis il avait divorcé en obtenant une colossale pension alimentaire. De retour en France, il avait rencontré maman, artiste de music-hall irlandaise. J'étais né. Ils avaient disparu tous deux, à bord d'un avion de tourisme, du côté du Cap-Ferrat, en juillet 49. J'avais été élevé par ma grand-mère, à Paris, dans un rez-de-chaussée de la rue Lord-Byron. Voilà.

Me croyait-elle ? À moitié. Elle avait besoin, avant de s'endormir, que je lui raconte des histoires « merveilleuses », pleines de gens titrés et d'artistes de cinéma. Combien de fois lui ai-je décrit les amours de mon père et de l'actrice Lupe Velez dans la villa de style espagnol de Beverly Hills ? Mais quand je voulais qu'à son tour, elle me parlât de sa famille, elle me disait : « Oh... ce n'est pas intéressant... » Et c'était pourtant la seule chose qui manquait à mon bonheur : le récit d'une enfance et d'une adolescence passées dans une ville de province. Comment lui expliquer qu'à mes yeux d'apatride. Hollywood, les princes russes et l'Égypte de Farouk semblaient bien ternes et bien fanés auprès de cet être exotique et presque inaccessible : une petite Française ?

# X

C'est arrivé un soir, simplement. Elle m'a dit : «Nous allons dîner chez mon oncle.» Nous lisions des magazines sur le balcon et la couverture de l'un d'eux – je m'en souviens – représentait l'actrice de cinéma anglaise Belinda Lee qui s'était tuée dans un accident d'automobile.

J'ai revêtu mon costume de flanelle, et comme le col de mon unique chemise blanche était usé jusqu'à la trame, j'ai enfilé un «polo» blanc cassé qui s'harmonisait bien avec ma cravate de l'International Bar Fly, bleue et rouge. J'ai eu beaucoup de mal à nouer celle-ci parce que le col du «polo» était trop mou, mais je voulais avoir l'air soigné. J'ai égayé ma veste de flanelle d'une pochette bleu nuit que j'avais achetée à cause de sa couleur profonde. Comme chaussures, j'hésitais entre des mocassins en lambeaux, des espadrilles ou des «Weston» presque neuves mais à épaisses semelles de crêpe. J'ai opté pour celles-ci, les jugeant plus dignes. Yvonne m'a supplié de mettre mon monocle : ça intriguerait son oncle et il me trouverait «rigolo». Mais justement, je n'y tenais pas du tout et je souhaitais que cet homme me vît sous mon véritable jour : un garçon modeste et sérieux.

Elle a choisi une robe de soie blanche et le turban rose fuchsia qu'elle portait le jour de la Coupe Houligant. Elle s'est maquillée plus longuement que d'habitude. Son rouge à lèvres était de la même couleur que le turban. Elle a enfilé ses gants qui lui montaient jusqu'à mi-bras et j'ai trouvé cela curieux, pour aller dîner chez son oncle. Nous sommes sortis, avec le chien. Dans le hall de l'hôtel, quelques personnes ont retenu leur respiration sur notre passage. Le chien nous précédait en dessinant ses figures de quadrille. Cela lui arrivait quand nous le sortions à des heures auxquelles il n'était pas habitué. Nous avons pris le funiculaire.

Nous suivions la rue du Parmelan qui prolonge la rue Royale. À mesure que nous avancions, je découvrais une autre ville. Nous laissions derrière nous tout ce qui fait le charme factice d'une station thermale, tout ce pauvre décor d'opérette où finit par s'endormir de tristesse un très vieux pacha égyptien en exil. Les magasins d'alimentation et de motocyclettes remplaçaient les boutiques de luxe. Oui c'était curieux le nombre de magasins de motocyclettes. Quelquefois il y en avait deux l'un à côté de l'autre, avec, exposées sur le trottoir, plusieurs Vespas d'occasion. Nous avons dépassé la gare routière. Un car attendait, le moteur en marche. Sur son flanc, il portait le nom de sa compagnie et ses étapes : Sevrier-Pringy-Albertville. Nous sommes arrivés au coin de la rue du Parmelan et de l'avenue du Maréchal-Leclerc. Cette avenue s'appelait «Maréchal-Leclerc» sur une petite distance car il s'agissait de la nationale 201 qui conduisait à Chambéry. Elle était bordée de platanes.

Le chien avait peur et marchait le plus loin possible de la route. Le décor de l'Hermitage convenait mieux à sa silhouette lasse et sa présence dans les faubourgs éveillait la curiosité. Yvonne, elle, ne disait rien mais le quartier lui était familier. Pendant des années et des années elle avait certainement suivi le même chemin, au retour de l'école ou d'une surprise-partie en ville (le terme «surprise-partie» ne convient pas. Elle allait au «bal» ou au «dancing»). Et moi, j'avais déjà oublié le hall de l'Hermitage, j'ignorais où nous allions mais j'acceptais d'avance de vivre avec elle, Nationale 201. Les vitres de notre chambre trembleraient au passage des camions poids lourds, comme dans ce petit appartement du boulevard Soult où j'avais habité quelques mois en compagnie de mon père. Je me sentais léger. Seules mes chaussures neuves me gênaient un peu aux talons.

La nuit était tombée et, de chaque côté, des habitations de deux ou trois étages montaient la garde, petits immeubles aux teintes blanches et au charme colonial. De tels immeubles existaient dans le quartier européen de Tunis ou même à Saigon. De place en place, une maison en forme de chalet au milieu d'un jardin minuscule, me rappelait que nous nous trouvions en Haute-Savoie.

Nous sommes passés devant une église en brique et j'ai demandé à Yvonne comment elle s'appelait : Saint-Christophe. J'aurais aimé qu'elle y eût fait sa première communion, mais je ne lui ai pas posé la question, par crainte d'être déçu. Un peu plus loin, le cinéma se nommait le Splendid. Avec son fronton beige sale et ses portes rouges à hublots, il ressemblait à tous les cinémas que l'on remarque dans la banlieue, quand on traverse les avenues du Maréchal-de-Lattre-de-Tassigny, Jean-Jaurès ou du Maréchal-Leclerc, juste avant d'entrer dans Paris. Là aussi, elle avait dû venir, à seize ans. Le Splendid affichait ce soir-là un film de notre enfance : *Le Prisonnier de Zenda* et j'ai imaginé que nous prenions à la caisse deux mezzanines. Je la connaissais depuis toujours, cette salle, je voyais ses fauteuils aux dossiers de bois et le panneau des publicités locales devant l'écran : Jean Chermoz, fleuriste, 22 rue Sommeiller. LAV NET, 17 rue du Président-Favre. Decouz, Radios, T.V., Hi-Fi, 23 avenue d'Allery... Les cafés se succédaient. Derrière les vitres du dernier, quatre jeunes garçons aux coiffures à crans jouaient au baby-foot. Des tables vertes étaient disposées en plein air. Les consommateurs qui s'y tenaient ont considéré le chien avec intérêt. Yvonne avait ôté ses gants longs. En somme, elle retrouvait son décor naturel et la robe de soie blanche qu'elle portait, on pouvait croire qu'elle l'avait mise pour aller à une fête des environs ou à un bal de 14 juillet.

Nous avons longé sur près de cent mètres une palissade de bois sombre. Des affiches de toutes sortes y étaient collées. Affiches du cinéma le Splendid. Affiches annonçant la fête paroissiale et la venue du cirque Pinder. Tête à moitié déchirée de Luis Mariano. Vieilles inscriptions à peine lisibles : Libérez Henri Martin... Ridgway go home... Algérie française... Cœurs percés d'une flèche avec des initiales. On avait planté, à cet endroit-là, des lampadaires modernes en béton, légèrement recourbés. Ils projetaient sur la palissade l'ombre des platanes et de leurs feuillages qui bruissaient. Une nuit très chaude. J'ai retiré ma veste. Nous étions devant l'entrée d'un garage imposant. À droite, sur une petite porte latérale une plaque où était gravé en lettres gothiques : Jacquet. Et un panneau où j'ai lu : « Pièces détachées pour véhicules américains. »

Il nous attendait dans la pièce du rez-de-chaussée qui devait servir à la fois de salon et de salle à manger. Les deux fenêtres et la porte vitrée donnaient sur le garage, un immense hangar.

Yvonne m'a présenté en indiquant mon titre nobiliaire. J'étais gêné, mais lui semblait trouver cela parfaitement naturel. Il s'est tourné vers elle et lui a demandé d'un ton bourru :

— Est-ce que le comte aime les escalopes panées ? Il avait un accent parisien très prononcé. — Parce que je vous ai préparé des escalopes.

Il gardait, pour parler, sa cigarette au coin des lèvres ou plutôt son mégot et plissait les yeux. Sa voix était très grave, enrouée, voix d'alcoolique ou de gros fumeur.

— Asseyez-vous...

Il nous désigna un canapé bleuâtre contre le mur. Puis il marcha à petits pas chaloupés vers la pièce contiguë : la cuisine. On entendit le bruit d'une poêle à frire.

Il revint, portant un plateau qu'il posa sur le bras du canapé. Trois verres et une assiette pleine de ces biscuits qu'on appelle langues de chat. Il nous tendit les verres, à Yvonne et à moi. Un liquide vaguement rosé. Il me sourit :

— Goûtez. Un cocktail du tonnerre de Dieu. De la dynamite. Ça s'appelle... la Dame Rose... Goûtez...

J'y trempai mes lèvres. J'en avalai une goutte. Aussitôt je toussai. Yvonne éclata de rire.

— Tu n'aurais pas dû lui donner ça, tonton Roland...

J'étais ému et surpris de l'entendre dire tonton Roland.

— De la dynamite, hein? me lança-t-il, les yeux pétillants, presque exorbités. Il faut s'y habituer.

Il s'assit sur le fauteuil qui était recouvert du même tissu bleuâtre et fatigué que le canapé. Il caressait le chien qui somnolait devant lui, et buvait une gorgée de son cocktail.

— Ça va? demanda-t-il à Yvonne.

— Oui.

Il hocha la tête. Il ne savait plus quoi dire. Il ne voulait peut-être pas parler devant quelqu'un qu'il rencontrait pour la première fois. Il attendait que j'engage la conversation mais j'étais encore plus intimidé que lui, et Yvonne ne faisait rien pour dissiper la gêne. Au contraire, elle avait sorti les gants de son sac et les enfilait lentement. Il suivait d'un regard en coin cette opération bizarre et interminable, la bouche un peu boudeuse. Il y a eu de longues minutes de silence.

Je l'observais, à la dérobée. Ses cheveux étaient bruns et drus, son teint rouge mais de grands yeux noirs et des cils très longs donnaient à ce visage lourd quelque chose de charmeur et d'alangui. Il avait dû être beau dans sa jeunesse, d'une beauté un peu trapue. Les lèvres, par contre, étaient minces, spirituelles, bien françaises.

On devinait qu'il avait soigné sa toilette pour nous recevoir. Veste de tweed gris à carrure trop large; chemise sombre sans cravate. Parfum de lavande. J'essayais de lui trouver un air de famille avec Yvonne. Sans succès. Mais j'ai pensé que j'y parviendrais avant la fin de la soirée. Je me placerais en face d'eux et les épierais simultanément. Je finirais bien par noter un geste ou une expression qui leur serait commun.

— Alors, oncle Roland, tu travailles beaucoup en ce moment?

Elle lui avait posé cette question d'un ton qui me surprit. Il s'y mêlait une naïveté enfantine et la brusquerie qu'une femme peut avoir pour l'homme avec lequel elle vit.

— Oh oui... ces saloperies d'«américaines»... toutes ces Studebaker de merde...

— C'est pas drôle, hein, tonton Roland?

Cette fois-ci, on eût dit qu'elle parlait à un enfant.

— Non. Surtout que dans les moteurs de ces saloperies de Studebaker…

Il a laissé sa phrase en suspens comme s'il se rendait compte brusquement que ces détails techniques ne pouvaient pas nous intéresser.

— Eh oui… Et toi, ça va? a-t-il demandé à Yvonne. Ça va?

— Oui, tonton.

Elle pensait à autre chose. À quoi?

— Parfait. Si ça va, ça va… Et si nous passions à table?

Il s'était levé et posait sa main sur mon épaule.

— Hé, Yvonne, tu m'entends?

La table était dressée contre la porte vitrée et les fenêtres qui donnaient sur le garage. Une nappe à carreaux bleu marine et blancs. Verres Duralex. Il m'a désigné une place: celle que j'avais prévue. Je me trouvais en face d'eux. Sur l'assiette d'Yvonne et sur la sienne des ronds de serviette en bois qui portaient leurs prénoms «Roland» et «Yvonne» gravés en lettres rondes.

Il se dirigea, de sa démarche légèrement chaloupée, vers la cuisine et Yvonne en profita pour me gratter de l'ongle la paume de la main. Il nous apporta un plat de «salade niçoise». Yvonne nous servit.

— Vous aimez, j'espère?

Puis à l'intention d'Yvonne et en articulant les syllabes:

— Le com-te ai-me vrai-ment?

Je ne discernais aucune méchanceté là-dedans, mais une ironie et une gentillesse bien parisiennes. D'ailleurs, je ne comprenais pas pourquoi ce «Savoyard» (je me rappelais la phrase de l'article concernant Yvonne: «Sa famille est originaire de la région») avait l'accent épuisé de Belleville.

Non, décidément, ils ne se ressemblaient pas. L'oncle n'avait pas la finesse de traits, les mains longues et le cou gracile d'Yvonne. À côté d'elle il semblait plus massif et taurin que lorsqu'il était assis sur le fauteuil. J'aurais bien voulu savoir d'où elle tenait ses yeux verts et ses cheveux auburn, mais l'infini respect que je porte aux familles françaises et à leurs secrets m'empêchait de poser des questions. Où étaient le père et la mère d'Yvonne?

Existaient-ils encore? Que faisaient-ils? En continuant à les observer – avec discrétion – je retrouvais pourtant, chez Yvonne et son oncle, les mêmes gestes. Par exemple, la même façon de tenir fourchette et couteau, l'index un peu trop avancé, la même lenteur pour porter la fourchette à la bouche, et par instants, le même plissement des yeux, qui leur donnait, à l'un et à l'autre, de petites rides.

— Et vous, qu'est-ce que vous faites dans la vie?

— Il ne fait rien, tonton.

Elle ne m'avait pas laissé le temps de répondre.

— Ce n'est pas vrai monsieur, ai-je bredouillé. Non. Je travaille dans... les livres.

— ... Les livres? Les livres?

Il me regardait, l'œil incroyablement vide.

— Je... Je...

Yvonne me dévisageait avec un petit sourire insolent.

— Je... j'écris un livre. Voilà.

J'étais tout étonné du ton péremptoire avec lequel j'avais proféré ce mensonge.

— Vous écrivez un livre?... Un livre?... – Il fronçait les sourcils et se penchait un peu plus vers moi : — Un livre... policier?

Il avait l'air soulagé. Il souriait.

— Oui, un livre policier, ai-je murmuré, policier.


Une pendule a sonné dans la pièce voisine. Carillon éraillé, interminable. Yvonne écoutait, la bouche entrouverte. L'oncle m'épiait, il avait honte de cette musique intempestive et déglinguée, que je ne parvenais pas à identifier. Et puis il a suffi qu'il dise : «Encore le putain de Westminster», pour que je reconnaisse dans cette cacophonie le carillon londonien, mais plus mélancolique et plus inquiétant que le vrai.

— Ce putain de Westminster est devenu complètement fou. Il sonne les douze coups à chaque heure... je vais tomber malade avec ce salaud de Westminster... Si je le tenais...

Il en parlait comme d'un ennemi personnel et invisible.

— Tu m'entends, Yvonne?

— Mais puisque je t'ai dit qu'il appartenait à maman... Tu n'as qu'à me le rendre et qu'on n'en parle plus...

Il était très rouge, tout à coup, et je craignis un accès de colère.

— Il restera ici, tu m'entends... Ici...

— Mais oui, tonton, mais oui... Elle haussa les épaules. Garde-la, ta pendule... Ton Westminster à la noix...

Elle se tourna vers moi et me fit un clin d'œil. À son tour, il voulut me prendre à témoin.

— Vous comprenez. Ça me ferait un vide, si je n'entendais plus cette saloperie de Westminster...

— Moi ça me rappelle mon enfance, a dit Yvonne, ça m'empêchait de dormir...

Et je l'ai vue dans son lit serrant un ours en peluche et gardant les yeux grand ouverts.

Nous avons encore entendu cinq notes à des intervalles irréguliers, comme les hoquets d'un ivrogne. Puis le Westminster s'est tu, on eût dit pour toujours.

J'ai respiré un grand coup et me suis tourné vers l'oncle:

— Elle habitait là quand elle était petite?

J'ai prononcé cette phrase d'une manière si précipitée qu'il n'a pas compris.

— Il te demande si j'habitais là quand j'étais petite. Tu es sourd, tonton?

— Mais oui, là. Là-haut.

Il désignait le plafond de l'index.

— Je te montrerai ma chambre tout à l'heure. Si elle existe encore, hein tonton?

— Mais oui, je n'ai rien changé.

Il se leva, prit nos assiettes et nos couverts et passa à la cuisine. Il revint avec des assiettes propres et d'autres couverts.

— Vous préférez que ça soit bien cuit? me demanda-t-il.

— Comme vous voulez.

— Mais non. Comme vous voulez, vous, monsieur le comte. Je rougis.

— Alors, vous vous décidez? cuit ou pas cuit?

Je ne parvenais plus à prononcer la moindre syllabe. Je fis un geste vague de la main, pour gagner du temps. Il était planté devant moi, les bras croisés. Il me considérait avec une sorte de stupéfaction.

— Dis donc, il est toujours comme ça ?

— Oui, tonton, toujours. Il est toujours comme ça.

Il nous a servi lui-même des escalopes et des petits pois, en précisant qu'il s'agissait de « petits pois frais, et non pas de conserve ». Il nous versait à boire aussi, du mercurey, un vin qu'il n'achetait que pour des invités « de marque ».

— Alors, tu trouves que c'est un invité de « marque » ? lui a demandé Yvonne en me désignant.

— Mais oui. C'est la première fois de ma vie que je dîne avec un comte. Vous êtes le comte comment déjà ?

— Chmara, a répliqué sèchement Yvonne, comme si elle lui en voulait d'avoir oublié.

— C'est quoi, ça, Chmara ? Portugais ?

— Russe, ai-je bégayé.

Il voulait en savoir plus long.

— Parce que vous êtes russe ?

Un accablement infini m'a saisi. Il fallait de nouveau raconter la Révolution, Berlin, Paris, Schiaparelli, l'Amérique, l'héritière des magasins Woolworth, la grand-mère de la rue Lord-Byron... Non. J'ai eu un haut-le-cœur.

— Vous vous sentez mal ?

Il posa sa main sur mon bras ; il était paternel.

— Oh non... Je ne me suis jamais senti aussi bien depuis longtemps...

Il parut étonné de cette déclaration, d'autant plus que pour la première fois de la soirée j'avais parlé distinctement.

— Allez, prenez une goutte de mercurey...

— Tu sais, tonton, tu sais... (elle marquait un temps et je me raidissais en sachant que la foudre allait tomber sur moi) tu sais qu'il porte un monocle ?

— Ah bon... non ?

— Mets ton monocle pour lui montrer...

Elle avait pris une voix espiègle. Elle a répété comme une comptine : « mets ton monocle... mets ton monocle... »

J'ai fouillé d'une main tremblante dans la poche de ma veste, et avec une lenteur de somnambule, j'ai élevé le monocle jusqu'à mon œil gauche. Et j'ai essayé de le mettre, mais les muscles n'obéissaient plus. À trois reprises, le monocle est tombé. J'éprouvais une ankylose à hauteur de la pommette. La dernière fois, il est tombé sur les petits pois.

— Et puis merde, ai-je grondé.

Je commençais à perdre mon sang-froid et craignais de proférer l'une de ces horribles choses auxquelles personne ne s'attend de la part d'un garçon comme moi. Mais je n'y peux rien, ça me prend par accès.

— Vous voulez essayer? ai-je demandé à l'oncle en lui tendant le monocle.

Il y est arrivé du premier coup, je l'ai félicité chaleureusement. Ça lui allait bien. Il ressemblait à Conrad Veidt dans *Nocturno der Liebe*. Yvonne a éclaté de rire. Et moi aussi. Et l'oncle. Nous ne pouvions plus nous arrêter.

— Il faudra revenir, a-t-il déclaré. On s'amuse bien tous les trois. Vous, vous êtes un vrai marrant.

— Ça, c'est vrai, a approuvé Yvonne.

— Vous aussi, vous êtes «marrant», ai-je dit.

J'aurais voulu ajouter: rassurant, parce que sa présence, sa manière de parler, ses gestes me protégeaient. Dans cette salle à manger, entre Yvonne et lui, je n'avais rien à craindre. Rien. J'étais invulnérable.

— Vous travaillez beaucoup? ai-je risqué.

Il a allumé une cigarette.

— Oh oui. Il faut tenir ça tout seul...

Il a eu un geste en direction du hangar, derrière les fenêtres.

— Depuis longtemps?

Il me tendait son paquet de Royale.

— On avait commencé avec le père d'Yvonne...

Il était apparemment étonné et touché de mon attention et de ma curiosité. On ne devait pas souvent lui poser de questions sur lui et son travail. Yvonne avait détourné la tête et tendait un morceau de viande au chien.

— On avait racheté ça à la compagnie d'aviation Farman...

On est devenu concessionnaires Hotchkiss pour tout le département... On travaillait avec la Suisse pour les voitures de luxe...

Il débitait ces phrases très vite et presque à mi-voix, comme s'il craignait qu'on l'interrompît, mais Yvonne ne lui prêtait pas la moindre attention. Elle parlait au chien et le caressait.

— Ça marchait bien, avec son père...

Il tirait sur sa cigarette qu'il serrait entre pouce et index.

— Ça vous intéresse ? C'est du passé, tout ça...

— Qu'est-ce que tu lui racontes, tonton ?

— Les débuts du garage avec ton père...

— Mais tu l'ennuies...

Il y avait une pointe de méchanceté dans sa voix.

— Pas du tout, ai-je dit. Pas du tout. Qu'est-ce qu'il est devenu, ton père ?

Cette question m'avait échappé et je ne pouvais plus faire machine arrière. Une gêne. J'ai remarqué qu'Yvonne fronçait les sourcils.

— Albert...

En prononçant ce prénom, l'oncle avait un regard absent. Puis il s'est ébroué.

— Albert a eu des ennuis...

J'ai compris que je n'en saurais pas plus de sa bouche et j'ai été surpris qu'il m'ait confié déjà tant de choses.

— Et toi ? Il appuyait sa main contre l'épaule d'Yvonne. — Ça marche comme tu veux ?

— Oui.

La conversation allait s'embourber. Alors, j'ai décidé de monter à l'assaut.

— Vous savez qu'elle va devenir une actrice de cinéma ?

— Vous croyez vraiment ?

— Mais j'en suis sûr.

Elle me soufflait avec gentillesse la fumée de sa cigarette au visage.

— Moi, quand elle m'a dit qu'elle allait tourner un film, je ne l'ai pas crue. Et pourtant, c'était vrai... Tu l'as fini, ton film ?

— Oui, tonton.

— Quand est-ce qu'on pourra le voir ?

— Il va sortir dans trois ou quatre mois, ai-je déclaré.

— Ça va passer ici ?

Il était sceptique.

— Certainement. Au cinéma du Casino (je parlais d'un ton de plus en plus assuré). Vous verrez.

— Alors là, il faudra qu'on fête ça... Dites-moi... Vous croyez que c'est vraiment un métier ?

— Mais bien sûr. D'ailleurs, elle va continuer. Elle va tourner un autre film.

J'étais étonné moi-même de la véhémence de mon affirmation.

— Et elle va devenir une vedette de cinéma, monsieur.

— Vraiment ?

— Mais bien sûr, monsieur. Demandez-lui.

— C'est vrai, Yvonne ?

Sa voix était un peu goguenarde.

— Mais oui, tout ce que dit Victor, c'est la vérité, tonton.

— Vous voyez bien, monsieur, que j'ai raison.

Cette fois-ci, je prenais un ton doucereux, parlementaire, et j'en avais honte, mais ce sujet me tenait trop à cœur et pour en parler, je cherchais, par tous les moyens, à vaincre mes difficultés d'élocution.

— Yvonne a énormément de talent, croyez-le bien.

Elle caressait le chien. Il m'observait, son mégot de Royale au coin des lèvres. De nouveau, cette ombre d'inquiétude, ce regard absorbé.

— Vous, vous pensez vraiment que c'est un métier ?

— Le plus beau métier du monde, monsieur.

— Eh bien, j'espère que tu y arriveras, a-t-il dit gravement à Yvonne. Après tout, tu n'es pas plus bête qu'une autre...

— Victor me donnera de bons conseils, hein Victor ?

Elle m'adressait un regard tendre et ironique.

— Vous avez vu qu'elle a gagné la Coupe Houligant ? ai-je demandé à l'oncle. Hein ?

— Ça m'a fait un coup, quand j'ai lu le journal. Il a hésité un instant : — Dites-moi, c'est important cette Coupe Houligant ?

Yvonne a ricané.

— Ça peut servir de tremplin, ai-je déclaré en essuyant mon monocle.

Il nous a proposé de boire le café. J'ai pris place sur le vieux canapé bleuâtre tandis qu'Yvonne et lui débarrassaient la table. Yvonne chantonnait en transportant les assiettes et les couverts dans la cuisine. Il faisait couler de l'eau. Le chien s'était endormi à mes pieds. Je revois cette salle à manger avec précision. Les murs tendus d'un papier peint à trois motifs : roses rouges, lierre et oiseaux (je suis incapable de dire s'il s'agissait de merles ou de moineaux). Papier peint un peu défraîchi à fond beige ou blanc. La suspension circulaire était en bois et munie d'une dizaine d'ampoules à abat-jour en parchemin. Lumière ambrée, chaude. Au mur, un petit tableau sans cadre représentait un sous-bois et j'admirais la manière dont le peintre avait découpé les arbres sur un ciel clair de crépuscule et la tache de soleil qui s'attardait au pied d'un arbre. Ce tableau contribuait à rendre l'atmosphère de la pièce plus paisible. L'oncle, par un phénomène de contagion qui fait que, lorsqu'on entend un air connu, on le reprend à son tour, chantonnait en même temps qu'Yvonne. Je me sentais bien. J'aurais voulu que la soirée se prolongeât indéfiniment pour que je puisse observer pendant des heures leurs allées et venues, les gestes gracieux d'Yvonne et sa démarche indolente, celle chaloupée de l'oncle. Et les entendre murmurer le refrain de la chanson, que je n'ose plus reprendre moi-même, parce qu'il me rappellerait l'instant si précieux que j'ai vécu.

Il vint s'asseoir sur le canapé, à côté de moi. Cherchant à poursuivre la conversation, je lui désignai le tableau :

— Très joli...

— C'est le père d'Yvonne qui l'a fait... oui...

Ce tableau devait se trouver à la même place depuis de nombreuses années, mais il s'émerveillait encore à la pensée que son frère en était l'auteur.

— Albert avait un joli coup de pinceau... Vous pouvez voir la signature en bas, à droite : Albert Jacquet. C'était un drôle de type, mon frère...

J'allais formuler une question indiscrète, mais Yvonne sortait de la cuisine en portant le plateau du café. Elle souriait. Le chien s'étirait. L'oncle avait son mégot au coin des lèvres et toussait. Yvonne se glissait entre moi et le bras du canapé et posait sa tête contre mon épaule. L'oncle versait le café en s'éclaircissant la gorge et on aurait dit qu'il rugissait. Il tendait un sucre au chien qui le prenait délicatement entre ses dents et je savais d'avance qu'il ne croquerait pas ce morceau de sucre mais qu'il le sucerait, les yeux perdus dans le vague. Il ne mâchait jamais sa nourriture.

Je n'avais pas remarqué une table derrière le canapé, qui supportait un poste de radio de taille moyenne et de couleur blanche, un modèle à mi-chemin du poste classique et du transistor. L'oncle a tourné le bouton et aussitôt une musique a joué en sourdine. Nous buvions chacun notre café, à petites gorgées. L'oncle appuyait de temps en temps sa nuque contre le dossier du canapé et faisait des ronds de fumée. Il les réussissait bien. Yvonne écoutait la musique et battait la mesure d'un index paresseux. Nous restions là, sans rien nous dire, comme des gens qui se connaissent depuis toujours, trois personnes d'une même famille.

— Tu devrais lui faire visiter la maison, a murmuré l'oncle.

Il avait fermé les yeux. Nous nous sommes levés, Yvonne et moi. Le chien nous a lancé un regard sournois, s'est levé à son tour et nous a suivis. Nous nous trouvions dans l'entrée, au pied de l'escalier, quand le Westminster a sonné de nouveau mais de manière plus incohérente et brutale que la première fois, si bien que j'avais à l'esprit l'image d'un pianiste fou tapant des poings et du front sur son clavier. Le chien, terrorisé, a gravi l'escalier et il nous a attendus au sommet de celui-ci. Une ampoule pendait du plafond et jetait une lumière jaune et froide. Le visage d'Yvonne paraissait encore plus pâle à cause de son turban rose et du rouge à lèvres. Et moi, sous cette lumière, je me sentais inondé d'une poussière de plomb. À droite une armoire à glace. Yvonne a ouvert la porte, devant nous. Une chambre dont la fenêtre donnait sur la nationale puisque j'ai entendu le bruit étouffé de plusieurs camions qui passaient.

Elle a allumé la lampe de chevet. Le lit était très étroit. D'ailleurs il ne restait plus que le sommier. Autour de celui-ci courait une étagère et le tout formait un cosy-corner. Dans le coin gauche, un lavabo minuscule surmonté d'une glace. Contre le mur une armoire en bois blanc. Elle s'est assise sur le rebord du sommier et m'a dit :

— Ça, c'était ma chambre.

Le chien avait pris place au milieu d'un tapis si usé qu'on ne distinguait plus ses motifs. Il s'est levé au bout d'un instant et a quitté la chambre. J'ai scruté les murs, inspecté les étagères en espérant découvrir un vestige de l'enfance d'Yvonne. Il faisait beaucoup plus chaud que dans les autres pièces et elle a ôté sa robe. Elle s'est allongée en travers du sommier. Elle portait des jarretelles, des bas, un soutien-gorge, tout ce dont les femmes s'encombraient encore. J'ai ouvert l'armoire de bois blanc. Peut-être y avait-il quelque chose là-dedans.

— Qu'est-ce que tu cherches? m'a-t-elle demandé en s'appuyant sur ses coudes.

Elle plissait les yeux. J'ai repéré un petit cartable au fond du placard. Je l'ai pris et me suis assis par terre, le dos appuyé contre le sommier. Elle a posé son menton au creux de mon épaule et m'a soufflé dans le cou. J'ai ouvert le cartable, glissé une main à l'intérieur et ramené un vieux crayon à moitié taillé qui se terminait par une gomme grisâtre. L'intérieur du cartable dégageait une odeur écœurante de cuir et aussi de cire – me semblait-il. Un premier soir de grandes vacances, Yvonne l'avait fermé définitivement.

Elle a éteint la lumière. Par quels hasards et quels détours étais-je à côté d'elle, sur ce sommier, dans cette petite chambre désaffectée?

Combien de temps sommes-nous restés là? Impossible de se fier au carillon de plus en plus fou du Westminster qui a sonné trois fois à minuit à quelques minutes d'intervalle. Je me suis levé et, dans la demi-pénombre, j'ai vu qu'Yvonne se retournait du côté du mur. Peut-être avait-elle envie de dormir. Le chien se trouvait sur le palier, en position de sphinx, face à la glace de l'armoire. Il s'y contemplait avec un ennui hautain. Quand je suis passé, il n'a pas bronché. Il avait le cou très droit, la tête légèrement relevée, les oreilles dressées. Parvenu au milieu de l'escalier, je l'ai entendu bâiller. Et toujours cette lumière froide et jaune qui tombait de l'ampoule et m'engourdissait. Par la porte entrouverte de la salle à manger, une musique s'échappait, limpide et glacée, de celles qu'on entend souvent à la radio, la nuit, et qui vous font penser à un aéroport désert. L'oncle écoutait, assis dans le fauteuil. Quand je suis entré, il a tourné la tête vers moi :

— Ça va ?

— Et vous ?

— Moi ça va, a-t-il répondu. Et vous ?

— Ça va.

— On peut continuer si vous voulez... Ça va ?

Il me regardait, le sourire figé, l'œil lourd, comme s'il était devant un photographe qui allait le prendre en cliché.

Il m'a tendu le paquet de Royale. J'ai gratté quatre allumettes, sans succès. Enfin, j'ai obtenu une flamme que j'ai approchée précautionneusement du bout de la cigarette. Et j'ai aspiré. J'avais l'impression de fumer pour la première fois. Il m'épiait, les sourcils froncés.

— Vous n'êtes pas un manuel, vous, a-t-il constaté avec un grand sérieux.

— Je le regrette.

— Mais pourquoi, mon vieux ? Vous croyez que c'est drôle de tripatouiller les moteurs ?

Il se regardait les mains.

— Quelquefois, ça doit donner des satisfactions, ai-je dit.

— Ah oui ? Vous pensez ?

— C'est quand même une belle invention, l'automobile...

Mais il ne m'écoutait plus. La musique s'est éteinte et le speaker – il avait des intonations anglaises et suisses à la fois et je me demandais quelle était sa nationalité – a prononcé cette phrase qu'il m'arrive encore, après tant d'années, de répéter à voix haute quand je me promène seul : « Mesdames et messieurs, les émissions de Genève-Musique sont terminées. À demain. Bonne nuit. » L'oncle n'a pas eu un geste pour tourner le bouton du poste et comme je n'osais intervenir, j'entendais un grésillement continu, un bruit de parasites qui finissait par ressembler au bruit du vent dans les feuillages. Et la salle à manger était envahie par quelque chose de frais et de vert.

— C'est une gentille fille, Yvonne.

Il a fait un rond de fumée assez réussi.

— C'est beaucoup plus qu'une gentille fille, ai-je répondu.
Il m'a fixé droit dans les yeux, avec intérêt, comme si je venais
de dire quelque chose de capital.

— Et si nous marchions un peu ? m'a-t-il proposé. J'ai des
fourmis dans les jambes.

Il s'est levé et a ouvert la porte-fenêtre.

— Vous n'avez pas peur ?

Il me désignait de la main le hangar dont les contours étaient
noyés dans l'obscurité. On distinguait, à intervalles réguliers,
la petite lueur d'une ampoule.

— Comme ça, vous visiterez le garage...

À peine avais-je mis le pied au bord de cet immense espace
noir que j'ai respiré une odeur d'essence, odeur qui m'a toujours
ému – sans que je parvienne à savoir pour quelles raisons
exactes – odeur aussi douce à respirer que celle de l'éther et
du papier argent qui a enveloppé une tablette de chocolat. Il
m'avait pris le bras et nous marchions vers des zones de plus
en plus sombres.

— Oui... Yvonne est une drôle de fille...

Il voulait amorcer la conversation. Il rôdait autour d'un sujet
qui lui tenait à cœur et qu'il n'avait certainement pas abordé
avec beaucoup de gens. Après tout, il l'abordait peut-être pour
la première fois.

— Drôle, mais très attachante, ai-je dit.

Et dans mon effort pour prononcer une phrase intelligible,
j'avais un timbre haut perché, une voix de fausset d'une préciosité inouïe.

— Voyez-vous... Il hésitait une dernière fois avant de s'épan-
cher, il me serrait le bras. — Elle ressemble beaucoup à son
père... Mon frère était une tête brûlée...

Nous avancions droit devant nous. Je m'habituais peu à peu
à l'obscurité que perçait, tous les vingt mètres environ, une
ampoule.

— Elle m'a causé beaucoup de soucis, Yvonne...

Il alluma une cigarette. Je ne le voyais plus brusquement, et,
comme il m'avait lâché le bras, je me guidais au bout incandes-
cent de sa cigarette. Il accéléra le pas et je craignis de le perdre.

— Je vous dis tout cela parce que vous avez l'air bien élevé...

Je toussotai. Je ne savais quoi lui répondre.

— Vous êtes de bonne famille, vous...

— Oh, non..., ai-je dit.

Il marchait devant moi et je quêtais du regard le bout rouge de sa cigarette. Pas la moindre ampoule aux alentours. Je tendais les bras en avant, pour ne pas buter contre un mur.

— Ce sera bien la première fois qu'Yvonne rencontre un jeune homme de bonne famille...

Rire bref. D'une voix très sourde :

— Hein, mon petit père ?

Il me serra le bras très fort, à hauteur du biceps. Il était en face de moi. Je retrouvais le bout phosphorescent de sa cigarette. Nous ne bougions pas.

— Elle a déjà fait tellement de bêtises... Il soupira. — Et maintenant, avec cette histoire de cinéma...

Je ne le voyais pas, mais j'avais rarement senti chez un être tant de lassitude et de résignation.

— Ça ne sert à rien de la raisonner... Elle est comme son père... Comme Albert...

Il me tira par le bras et nous reprîmes notre marche. Il me serrait le biceps de plus en plus fort.

— Je vous parle de tout cela parce que je vous trouve sympathique... et bien élevé...

Le bruit de nos pas résonnait à travers toute cette étendue. Je ne comprenais pas comment il parvenait à se diriger dans le noir. S'il me semait, je n'avais aucune chance de retrouver mon chemin.

— Et si nous rentrions ? ai-je dit.

— Voyez-vous, Yvonne a toujours voulu vivre au-dessus de ses moyens... Et c'est dangereux..., très dangereux...

Il m'avait lâché le biceps et pour ne pas le perdre, je serrais entre mes doigts le pan de sa veste. Il ne s'en formalisait pas.

— À seize ans, elle s'arrangeait pour acheter des kilos de produits de beauté...

Il accélérait sa marche mais je le tenais toujours par le pan de sa veste.

— Elle ne voulait pas fréquenter les gens du quartier... Elle préférait les estivants du Sporting... Comme son père...

Trois ampoules l'une à côté de l'autre, au-dessus de nos têtes, m'ont ébloui. Il bifurquait vers la gauche et caressait le mur du bout des doigts. Le bruit sec d'un commutateur. Une lumière très vive autour de nous : le hangar était éclairé entièrement par des projecteurs fixés au toit. Il paraissait encore plus vaste.

— Excusez-moi, mon petit père, mais on ne pouvait pas allumer les «projos» ailleurs qu'ici...

Nous nous trouvions au fond du hangar. Quelques voitures américaines rangées l'une à côté de l'autre, un vieux car Chausson aux pneus crevés. Je remarquai, à notre gauche, un atelier vitré qui ressemblait à une serre et à côté duquel avaient été disposés en carré des baquets de plantes vertes. Dans cet espace, on avait semé du gravier et le lierre grimpait au mur. Il y avait même une tonnelle, une table et des chaises de jardin.

— Qu'est-ce que vous pensez de ma guinguette, hein, mon petit père ?

Nous avons rapproché les chaises de la table de jardin et nous nous sommes assis l'un en face de l'autre. Il appuyait ses deux coudes sur la table et tenait son menton dans les paumes de ses mains. Il paraissait épuisé.

— C'est là que je fais des pauses quand j'en ai marre de tripatouiller les moteurs... C'est ma charmille...

Il me désignait les voitures américaines puis le car Chausson, derrière.

— Vous voyez cette ferraille ambulante ?

Il avait un geste excédé, comme s'il chassait une mouche.

— C'est terrible de ne plus aimer son métier...

Je grimaçai un sourire incrédule.

— Allons...

— Et vous, vous aimez encore votre métier ?

— Oui, ai-je dit, sans savoir très bien de quel métier il s'agissait.

— À votre âge, on est tout feu tout flamme...

Il m'enveloppait d'un regard tendre qui me bouleversait.

— Tout feu tout flamme, répétait-il, mezza voce.

Nous restions là, autour de la table de jardin, si petits dans ce gigantesque hangar. Les baquets de plantes vertes, le lierre et le gravier composaient une oasis imprévue. Ils nous protégeaient de la désolation environnante : le groupe d'automobiles en attente (l'une d'entre elles avait une aile en moins) et le car qui pourrissait au fond. La lumière que répandaient les projecteurs était froide mais non pas jaune comme dans l'escalier et le corridor que nous avions traversé avec Yvonne. Non. Elle avait quelque chose de gris-bleu, cette lumière. Gris-bleu glacé.

— Vous voulez une menthe à l'eau ? C'est tout ce que j'ai ici...

Il se dirigeait vers l'atelier vitré et revenait avec deux verres, la bouteille de menthe et une carafe d'eau. Nous trinquions.

— Il y a des jours mon vieux, où je me demande ce que je fous dans ce garage...

Décidément, il avait besoin de se confier, ce soir-là.

— C'est trop grand pour moi.

Il balayait du bras toute l'étendue du hangar.

— D'abord, Albert nous a quittés... Et puis ma femme... Et puis maintenant c'est Yvonne...

— Mais elle vient vous voir souvent, ai-je avancé.

— Non. Mademoiselle veut tourner des films de cinéma... Elle se prend pour Martine Carol...

— Mais elle deviendra une nouvelle Martine Carol, ai-je répliqué d'une voix ferme.

— Allons... Ne dites pas de bêtises... Elle est trop paresseuse...

Il avait avalé de travers une gorgée de menthe à l'eau et s'étranglait. Il toussait. Il ne pouvait plus s'arrêter et devenait écarlate. Il allait certainement suffoquer. Je lui donnai de grandes claques dans le dos jusqu'à ce que sa toux se fût calmée. Il a levé vers moi des yeux pleins de bienveillance.

— On ne va pas se faire de bile... hein, mon petit père ?

Sa voix était plus sourde que jamais. Complètement usée. Je ne comprenais qu'un mot sur deux mais cela suffisait à rétablir le reste.

— Vous êtes un gentil garçon, vous, mon petit père... Et poli...

Le bruit d'une porte qu'on refermait brusquement, bruit très lointain mais que l'écho répercutait. Cela venait du fond du hangar. La porte de la salle à manger, là-bas, à une centaine de mètres de nous. J'ai reconnu la silhouette d'Yvonne, ses cheveux roux qui lui tombaient jusqu'au creux des reins lorsqu'elle ne les coiffait pas. D'où nous étions, elle paraissait minuscule, une Lilliputienne. Le chien lui arrivait à hauteur de poitrine. Je n'oublierai jamais la vision de cette petite fille et de ce molosse qui marchaient vers nous, et reprenaient peu à peu leurs véritables proportions.

— La voilà, a constaté l'oncle. Vous ne lui répétez pas ce que je vous ai dit, hein? Ça doit rester entre nous.

— Mais bien sûr...

Nous ne la quittions pas des yeux, à mesure qu'elle traversait le hangar. Le chien marchait en éclaireur.

— Elle a l'air toute petite, ai-je remarqué.

— Oui. toute petite, a dit l'oncle. C'est une enfant... difficile...

Elle nous apercevait et agitait le bras. Elle criait: Victor... Victor..., et l'écho de ce prénom qui n'était pas le mien rebondissait d'un bout à l'autre du hangar. Elle nous rejoignait et venait s'asseoir à la table, entre l'oncle et moi. Elle était un peu essoufflée.

— C'est gentil de venir nous tenir compagnie, a dit l'oncle. Tu veux une menthe à l'eau? Fraîche? Avec de la glace?

Il nous versait de nouveau un verre à chacun. Yvonne me souriait et comme d'habitude j'en éprouvais une sorte de vertige.

— De quoi parliez-vous tous les deux?

— De la vie, a dit l'oncle.

Il a allumé une Royale et je savais qu'il la garderait au coin de la bouche jusqu'à ce qu'elle lui brûlât les lèvres.

— Il est gentil, le comte... Et très bien élevé.

— Oh oui, a dit Yvonne. Victor est un type exquis.

— Répète un peu, a dit l'oncle.

— Victor est un type exquis.

— Vous trouvez vraiment? ai-je demandé, en me tournant vers l'un et vers l'autre. Je devais avoir une expression bizarre puisque Yvonne m'a pincé la joue et m'a dit, comme si elle voulait me rassurer:

— Mais oui, tu es exquis.

L'oncle, de son côté, renchérissait.

— Exquis, mon vieux, exquis... Vous êtes exquis...

— Eh bien...

Je me suis arrêté là, mais je me souviens encore de ce que j'avais l'intention de dire: «Eh bien, pouvez-vous m'accorder la main de votre nièce?» C'était le moment idéal, je le pense encore aujourd'hui, pour la demander en mariage. Oui. Je n'ai pas continué ma phrase. Il reprenait d'une voix de plus en plus rocailleuse :

— Exquis, mon vieux, exquis... exquis... exquis...

Le chien passait une tête entre les plantes vertes et nous observait. Une nouvelle vie aurait pu commencer à partir de cette nuit-là. Nous n'aurions jamais dû nous séparer. Je me sentais si bien entre elle et lui, autour de la table de jardin, dans ce grand hangar qu'on a certainement détruit, depuis.

# XI

Le temps a enveloppé toutes ces choses d'une buée aux couleurs changeantes : tantôt vert pâle, tantôt bleu légèrement rosé. Une buée ? Non, un voile impossible à déchirer qui étouffe les bruits et au travers duquel je vois Yvonne et Meinthe mais je ne les entends plus. Je crains que leurs silhouettes ne finissent par s'estomper et pour leur conserver encore un peu de réalité...

Bien que Meinthe fût de quelques années plus âgé qu'Yvonne, ils avaient fait connaissance très tôt. Ce qui les avait rapprochés, c'était l'ennui qu'ils éprouvaient chacun à vivre dans cette petite ville, et leurs projets d'avenir. À la première occasion, ils comptaient bien quitter ce « trou » (l'une des expressions de Meinthe) qui ne s'animait que les mois d'été pendant la « saison ». Meinthe, justement, venait de se lier avec un baron belge milliardaire qui séjournait au Grand Hôtel de Menthon. Le baron était aussitôt tombé amoureux de lui et cela ne m'étonne pas car à vingt ans, Meinthe avait un certain charme physique et le don d'amuser les gens. Le Belge ne voulait plus se passer de lui. Meinthe lui présenta Yvonne comme sa « petite sœur ».

C'est ce baron qui les sortit de leur « trou » et ils m'ont toujours parlé de lui avec une affection presque filiale. Il possédait une grande villa au Cap-Ferrat et louait en permanence une suite à l'hôtel du Palais de Biarritz et une autre au Beau-Rivage de Genève. Autour de lui gravitait une petite cour de parasites des deux sexes, qui le suivait dans tous ses déplacements.

Meinthe m'a souvent imité sa démarche. Le baron mesurait près de deux mètres et avançait à pas rapides, le dos très courbé. Il avait de curieuses habitudes : l'été, il ne voulait pas s'exposer au soleil et restait toute la journée dans sa suite de l'hôtel du Palais ou le salon de sa villa du Cap-Ferrat. Les volets et les rideaux étaient fermés, la lumière allumée, et il obligeait quelques éphèbes à lui tenir compagnie. Ceux-ci finissaient par perdre leur beau bronzage. Il avait des sautes d'humeur et ne supportait pas la contradiction. Soudain cassant. Et la minute suivante, très tendre. Il disait à Meinthe, dans un soupir : « Au fond, je suis la reine Élisabeth de Belgique... la pauvre, PAUVRE reine Élisabeth, tu sais... Et toi, je crois que tu comprends cette tragédie... » À son contact, Meinthe apprit les noms de tous les membres de la famille royale belge et il était capable de griffonner en quelques secondes leur arbre généalogique au coin d'une nappe de papier. Il l'a fait à plusieurs reprises devant moi parce qu'il savait que cela m'amusait.

De là date aussi son culte pour la reine Astrid.

Le baron était un homme de cinquante ans à l'époque. Il avait beaucoup voyagé et connu des tas de gens intéressants et raffinés. Il rendait souvent visite à son voisin du Cap-Ferrat, l'écrivain anglais Somerset Maugham dont il était l'ami intime. Meinthe se souvenait d'un dîner en compagnie de Maugham. Un inconnu, pour lui.

D'autres personnes moins illustres mais « amusantes » fréquentaient assidûment le baron, attirées par ses caprices fastueux. Une « bande » s'était formée dont les membres vivaient d'éternelles vacances. En ce temps-là, on descendait de la villa du Cap-Ferrat à bord de cinq ou six voitures décapotables. On allait danser à Juan-les-Pins, ou participer aux « Toros de Fuego » de Saint-Jean-de-Luz.

Yvonne et Meinthe étaient les plus jeunes. Elle avait à peine seize ans et lui vingt. On les aimait beaucoup. Je leur ai demandé de me montrer des photos, mais ni l'un ni l'autre − prétendaient-ils − n'en avaient conservé. D'ailleurs ils ne parlaient pas volontiers de cette période.

Le baron était mort dans des circonstances mystérieuses. Suicide ? Accident d'automobile ? Meinthe avait loué un appartement à Genève. Yvonne y habitait. Plus tard, elle avait commencé à travailler, en qualité de mannequin, pour une maison de couture milanaise, mais elle ne m'a pas donné beaucoup de précisions là-dessus. Meinthe avait-il fréquenté entre-temps la faculté de médecine ? Il m'a souvent affirmé « qu'il exerçait la médecine à Genève » et chaque fois, j'avais envie de lui demander : quelle médecine ? Yvonne évoluait entre Rome, Milan et la Suisse. Elle était ce qu'on appelait : un mannequin volant. Voilà du moins ce qu'elle m'a dit. Avait-elle rencontré Madeja à Rome ou à Milan, ou du temps de la bande du baron ? Quand je lui demandais de quelle manière ils s'étaient connus, et par quel hasard il l'avait choisie pour jouer dans *Liebesbriefe auf der Berg,* elle éludait ma question.

Ni elle ni Meinthe ne m'ont jamais raconté leur vie en détail, mais par indications vagues et contradictoires.

Le baron belge qui les sortit de leur province, et les entraîna sur la côte d'Azur et à Biarritz, j'ai fini par l'identifier (ils se refusaient à me dire son nom. Pudeur ? Volonté de brouiller les cartes ?). Un jour, je rechercherai toutes les personnes qui ont fait partie de sa « bande » et peut-être y en aura-t-il une pour se souvenir d'Yvonne… J'irai à Genève, à Milan. Parviendrai-je à retrouver certains morceaux du puzzle incomplet qu'ils m'ont laissé ?

Quand je les ai rencontrés, c'était le premier été qu'ils passaient dans leur ville natale depuis bien longtemps, et après toutes ces années d'absence entrecoupées de brefs séjours, ils s'y sentaient des étrangers. Yvonne m'a confié qu'elle eût été étonnée si elle avait su, vers seize ans, qu'un jour elle habiterait l'Hermitage avec l'impression de se trouver dans une ville d'eaux inconnue. Au début, j'étais indigné par de tels propos. Moi qui avais rêvé de naître dans une petite ville de province, je ne comprenais pas qu'on pût renier le lieu de son enfance, les rues, les places et les maisons qui composaient votre paysage originel. Votre assise. Et qu'on n'y revînt pas le cœur battant. J'expliquais gravement à Yvonne mon point de vue d'apatride. Elle ne m'écoutait pas. Elle était allongée sur le lit dans sa robe de chambre de soie trouée et fumait des cigarettes Muratti. (À cause de leur nom : Muratti qu'elle trouvait très chic, exotique et mystérieux. Ce nom italo-égyptien me faisait bâiller d'ennui parce qu'il ressemblait au mien.) Je lui parlais de la nationale 201, de l'église Saint-Christophe et du garage de son oncle. Et le cinéma Splendid ? Et la rue Royale, qu'elle devait suivre à seize ans en s'arrêtant devant chaque vitrine ? Et tant d'autres endroits que j'ignorais et qui étaient certainement liés dans son esprit à des souvenirs ? La gare par exemple, ou les jardins du Casino. Elle haussait les épaules. Non. Tout cela ne lui disait plus rien.

Pourtant elle m'a emmené plusieurs fois dans une sorte de grand salon de thé. Nous y allions vers deux heures de l'après-midi, quand les estivants étaient à la plage ou faisaient une sieste. Il fallait suivre les arcades, après la Taverne, traverser une rue, suivre de nouveau les arcades : elles couraient en effet autour de deux gros blocs d'immeubles construits à la même époque que le Casino et qui évoquaient les habitations 1930 de la périphérie du XVIIe arrondissement, boulevard Gouvion-Saint-Cyr, de Dixmude, de l'Yser et de la Somme. L'endroit se nommait le Réganne et les arcades le protégeaient du soleil. Pas de terrasse comme à la Taverne. On devinait que cet établissement avait eu son heure de gloire mais que la Taverne l'avait supplanté. Nous nous installions à une table du fond. La fille de la caisse, une brune aux cheveux courts qui s'appelait Claude, était une amie d'Yvonne. Elle venait nous rejoindre. Yvonne lui demandait des nouvelles de gens dont je l'avais déjà entendue parler avec Meinthe. Oui, Rosy tenait l'hôtel de La Clusaz à la place de son père et Paulo Hervieu travaillait dans les antiquités. Pimpin Lavorel conduisait toujours comme un fou. Il venait de s'acheter une Jaguar. Claude Brun était en Algérie. La «Yéyette» avait disparu...

— Et toi, ça marche à Genève ? lui demandait Claude.

— Oh oui, tu sais... pas mal... pas mal, répondait Yvonne en pensant à autre chose.

— Tu habites chez toi ?

— Non. À l'Hermitage.

— À l'Hermitage ?

Elle avait un sourire ironique.

— Il faudra que tu viennes pour voir la chambre, proposait Yvonne... c'est marrant...

— Ah oui, j'aimerais voir ça... Un soir...

Elle prenait un verre avec nous. La grande salle du Réganne était déserte. Le soleil dessinait des grillages sur le mur. Derrière le comptoir de bois foncé, une fresque représentait le lac et la chaîne des Aravis.

— Il n'y a jamais plus personne ici, constatait Yvonne.

— Rien que des vieux, disait Claude... Elle riait d'un rire gêné.

— Ça change d'avant, hein?

Yvonne se forçait à rire, elle aussi. Puis elles se taisaient. Claude contemplait ses ongles, coupés très court et peints d'un vernis orange. Elles n'avaient plus rien à se dire. J'aurais voulu leur poser des questions. Qui était Rosy? Et Paulo Hervieu? Depuis quand se connaissaient-elles? Comment était Yvonne, à seize ans? Et le Réganne avant qu'on le transformât en salon de thé? Mais tout cela ne les intéressait plus vraiment ni l'une ni l'autre. En somme, il n'y avait que moi pour me préoccuper de leur passé de princesses françaises.

Claude nous accompagnait jusqu'à la porte tambour et Yvonne l'embrassait. Elle lui proposait encore :

— Viens à l'Hermitage quand tu veux... Pour voir la chambre...

— D'accord, un soir...

Mais elle n'est jamais venue.

Claude et son oncle exceptés, il semblait qu'Yvonne n'eût rien laissé derrière elle, dans cette ville, et je m'étonnais qu'on pût couper aussi vite ses racines quand, par chance, on en avait quelque part.


Les chambres des «palaces» font illusion, les premiers jours, mais bientôt, leurs murs et leurs meubles mornes dégagent la même tristesse que ceux des hôtels borgnes. Luxe insipide, odeur douceâtre dans les couloirs, que je ne parviens pas à identifier, mais qui doit être l'odeur même de l'inquiétude, de l'instabilité, de l'exil et du toc. Odeur qui n'a jamais cessé de m'accompagner. Halls d'hôtels où mon père me donnait rendez-vous, avec leurs vitrines, leurs glaces et leurs marbres et qui ne sont que des salles d'attente. De quoi, au juste? Relents de passeports Nansen.

Mais nous ne passions pas toujours la nuit à l'Hermitage. Deux ou trois fois par semaine, Meinthe nous demandait de dormir chez lui. Il devait s'absenter ces soirs-là, et me chargeait de répondre au téléphone et de prendre les noms et les «messages». Il m'avait bien précisé, la première fois, que le téléphone risquait de sonner à n'importe quelle heure de la nuit, sans me dévoiler quels étaient ses mystérieux correspondants.

Il habitait la maison qui avait appartenu à ses parents, au milieu d'un quartier résidentiel, avant Carabacel. On suivait l'avenue d'Albigny et on tournait à gauche, juste après la préfecture. Quartier désert, rues bordées d'arbres dont les feuillages formaient des voûtes. Villas de la bourgeoisie locale aux masses et aux styles variables, selon le degré de fortune. Celle des Meinthe au coin de l'avenue Jean-Charcot et de la rue Marlioz, était assez modeste si on la comparait aux autres. Elle avait une teinte bleu-gris, une petite véranda donnant sur l'avenue Jean-Charcot, et un bow-window du côté de la rue. Deux étages, le second mansardé. Un jardin au sol semé de graviers. Une enceinte de haies à l'abandon. Et sur le portail de bois blanc écaillé, Meinthe avait inscrit maladroitement à la peinture noire (c'est lui qui me l'a confié): VILLA TRISTE.

En effet, elle ne respirait pas la gaieté, cette villa. Non. Pourtant, j'ai d'abord estimé que le qualificatif «triste» lui convenait mal. Et puis, j'ai fini par comprendre que Meinthe avait eu raison si l'on perçoit dans la sonorité du mot «triste» quelque chose de doux et de cristallin. Après avoir franchi le seuil de la villa, on était saisi d'une mélancolie limpide. On entrait dans une zone de calme et de silence. L'air était plus léger. On flottait. Les meubles avaient sans doute été dispersés. Il ne restait qu'un lourd canapé de cuir sur les accoudoirs duquel je remarquai des traces de griffes, et, à gauche, une bibliothèque vitrée. Quand on s'asseyait sur le canapé, on avait, à cinq ou six mètres en face de soi, la véranda. Le parquet était clair mais mal entretenu. Une lampe de faïence à abat-jour jaune posée à même le sol éclairait cette grande pièce. Le téléphone se trouvait dans une chambre voisine, à laquelle on accédait par un couloir. Même absence de meubles.

Un rideau rouge occultait la fenêtre. Les murs étaient de couleur ocre, comme ceux du salon. Contre le mur de droite, un lit de camp. Accrochés à hauteur d'homme, sur le mur opposé, une carte Taride de l'Afrique-Occidentale Française et une grande vue aérienne de Dakar, cernée d'un cadre très mince. Elle semblait provenir d'un syndicat d'initiative. La photo brunâtre devait être vieille d'une vingtaine d'années. Meinthe m'apprit que son père avait travaillé quelque temps « aux colonies ». Le téléphone était posé au pied du lit. Un petit lustre avec de fausses bougies et de faux cristaux. Meinthe dormait là, je pense.

Nous ouvrions la porte-fenêtre de la véranda et nous nous allongions sur le canapé. Il avait une odeur très particulière de cuir que je n'ai connue qu'à lui et qu'aux deux fauteuils qui ornaient le bureau de mon père, rue Lord-Byron. C'était du temps de ses voyages à Brazzaville, du temps de la mystérieuse et chimérique *Société Africaine d'Entreprise* qu'il créa et dont je ne sais pas grand-chose. L'odeur du canapé, la carte Taride de l'A.O.F. et la photo aérienne de Dakar composaient une série de coïncidences. Dans mon esprit, la maison de Meinthe était indissolublement liée à la « Société Africaine d'Entreprise », trois mots qui avaient bercé mon enfance. Je retrouvais l'atmosphère du bureau de la rue Lord-Byron, parfum de cuir, pénombre, conciliabules interminables de mon père et de Noirs très élégants aux cheveux argentés... Est-ce pour cela que lorsque nous restions Yvonne et moi dans le salon, j'avais la certitude que le temps s'était arrêté pour de bon ?

Nous flottions. Nos gestes avaient une infinie lenteur et lorsque nous nous déplacions, c'était centimètre par centimètre. En rampant. Un mouvement brusque aurait détruit le charme. Nous parlions à voix basse. Le soir envahissait la pièce par la véranda et je voyais des grains de poussière stagner dans l'air. Un cycliste passait et j'entendais le ronronnement du vélo pendant plusieurs minutes. Il progressait lui aussi centimètre par centimètre. Il flottait. Tout flottait autour de nous. Nous n'allumions même pas l'électricité quand la nuit était tombée. Le lampadaire le plus proche, sur l'avenue Jean-Charcot, répandait une clarté neigeuse. Ne jamais sortir de cette villa. Ne jamais quitter cette pièce. Rester allongés sur le canapé, ou peut-être par terre, comme nous le faisions de plus en plus souvent. J'étais étonné de découvrir chez Yvonne une telle aptitude à l'abandon. Chez moi, cela correspondait à une horreur du mouvement, une inquiétude vis-à-vis de tout ce qui bouge, ce qui passe et ce qui change, le désir de ne plus marcher sur du sable mouvant, de me fixer quelque part, au besoin de me pétrifier. Mais chez elle ? Je crois qu'elle était simplement paresseuse. Comme une algue.

Il nous arrivait même de nous allonger dans le couloir et de demeurer là, toute la nuit. Un soir, nous nous sommes glissés au fond d'un débarras, sous l'escalier qui menait au premier étage et nous nous trouvions coincés entre des masses imprécises que j'ai identifiées comme étant des malles d'osier. Mais non, je ne rêve pas : nous nous déplacions en rampant. Nous partions chacun d'un point opposé de la maison et nous rampions dans l'obscurité. Il fallait être le plus silencieux possible, et le plus lent, pour que l'un des deux surprenne l'autre.

Une fois, Meinthe n'est rentré que le lendemain soir. Nous n'avions pas bougé de la villa. Nous restions allongés sur le parquet, à la lisière de la véranda. Le chien dormait au milieu du canapé. C'était un après-midi paisible et ensoleillé. Les feuillages des arbres oscillaient doucement. Une musique militaire très lointaine. De temps en temps, un cycliste passait sur l'avenue dans un bruissement d'ailes. Bientôt nous n'entendîmes plus aucun bruit. Ils étaient étouffés par une ouate très tendre. Je crois que sans l'arrivée de Meinthe, nous n'aurions pas bougé pendant des jours et des jours, nous nous serions laissés mourir de faim et de soif, plutôt que de sortir de la villa. Je n'ai jamais connu par la suite de moments aussi pleins et aussi lents que ceux-là. L'opium, paraît-il, les procure. J'en doute.

Le téléphone sonnait toujours après minuit, à l'ancienne manière, en grelottant. Sonnerie gracile, usée jusqu'à la trame. Mais cela suffisait pour créer une menace dans l'air et déchirer le voile. Yvonne ne voulait pas que je réponde. « N'y va pas », chuchotait-elle. Je rampais en tâtonnant le long du couloir, je ne trouvais pas la porte de la chambre, je me cognais la tête contre le mur. Et, la porte franchie, il fallait encore ramper jusqu'à l'appareil, sans aucun point de repère visible. Avant de décrocher, j'éprouvais un sentiment de panique. Cette voix – toujours la même – me terrifiait, dure et pourtant assourdie par quelque chose. La distance ? Le temps ? (on aurait cru parfois qu'il s'agissait d'un vieil enregistrement). Ça commençait de manière invariable par :

— Allô, ici Henri Kustiker... Vous m'entendez ?

Je répondais : « oui ».

Un temps.

— Vous direz au docteur que nous l'attendons demain à vingt et une heures au Bellevue à Genève. Vous avez compris ?...

Je lâchais un oui plus faible que le premier. Il raccrochait. Quand il ne fixait pas de rendez-vous, il me confiait des messages :

— Allô, ici Henri Kustiker... (un temps). Vous direz au docteur que le commandant Max et Guérin sont arrivés. Nous viendrons le voir demain soir... demain soir...

Je n'avais pas la force de lui répondre. Il raccrochait déjà. « Henri Kustiker » – chaque fois que nous questionnions Meinthe à son sujet, il ne répondait pas – était devenu pour nous un personnage dangereux que nous sentions rôder la nuit autour de la villa. Nous ne lui connaissions pas de visage et de ce fait, il devenait de plus en plus obsédant. Je m'amusais à terroriser Yvonne en m'éloignant d'elle et en lui répétant dans le noir d'une voix lugubre :

— Ici Henri Kustiker... Ici Henri Kustiker...

Elle hurlait. Et par contagion, la peur me gagnait, moi aussi. Nous attendions, le cœur battant, le grelottement du téléphone. Nous nous recroquevillions sous le lit de camp. Une nuit il a sonné, mais je ne suis parvenu à décrocher l'appareil qu'au bout de plusieurs minutes, comme dans ces mauvais rêves où chacun de nos gestes a une lourdeur de plomb.

— Allô, ici Henri Kustiker...

Je ne pouvais pas proférer une seule syllabe.

— Allô... vous m'entendez ?... Vous m'entendez ?...

Nous retenions nos souffles.

— Ici Henri Kustiker, vous m'entendez ?...

La voix était de plus en plus faible.

— Kustiker... Henri Kustiker... Vous m'entendez?...

Qui était-il? D'où pouvait-il téléphoner? Un léger murmure encore.

— Tiker... entendez...

Plus rien. Le dernier fil qui nous liait au monde extérieur venait de se rompre. Nous nous laissions glisser à nouveau jusqu'à des profondeurs où personne – je l'espérais – ne viendrait plus nous déranger.

# XII

C'est son troisième « porto clair ». Il ne quitte pas des yeux la grande photo d'Hendrickx au-dessus des rangées de bouteilles. Hendrickx du temps de sa splendeur, vingt ans avant cet été où j'étais furieux de le voir danser, le soir de la Coupe, avec Yvonne. Hendrickx jeune et mince et romantique – mélange de Mermoz et du duc de Reichstadt –, une vieille photo que la fille qui tenait la buvette du Sporting m'avait montrée un jour où je lui posais des questions sur mon « rival ». Il avait bien épaissi, depuis.

Je suppose que Meinthe, en contemplant ce document historique, a fini par sourire, de son sourire inattendu qui n'exprimait jamais la gaieté mais était une décharge nerveuse. A-t-il pensé au soir où nous nous trouvions tous les trois au Sainte-Rose, après la Coupe ? Il a dû compter les années : cinq, dix, douze... Il avait la manie de compter les années et les jours. « Dans un an et trente-trois jours, ce sera mon vingt-septième anniversaire... Cela fait sept ans et cinq jours qu'Yvonne et moi, nous nous connaissons... »

L'autre client s'en allait d'une démarche titubante, après avoir réglé ses « dry », mais il s'était refusé à ajouter le prix des communications téléphoniques en prétendant qu'il n'avait jamais demandé le « 233 à Chambéry ». Comme la discussion risquait de se prolonger jusqu'à l'aube, Meinthe lui avait expliqué qu'il réglerait lui-même le téléphone. Et que, d'ailleurs, c'était lui, Meinthe, qui avait demandé le 233 à Chambéry. Lui et lui seul.

Bientôt minuit. Meinthe jette un dernier regard sur la photo d'Hendrickx et se dirige vers la porte du Cintra. Au moment où il va sortir, deux hommes entrent en le bousculant et s'excusent à peine. Puis trois. Puis cinq. Ils sont de plus en plus nombreux et il en vient encore de nouveaux. Ils portent chacun, épinglé au revers de leur manteau, un petit rectangle de carton où on lit : «Inter-Touring.» Ils parlent à voix très haute, rient très fort, se donnent de grandes bourrades dans le dos. Les membres du «Congrès» dont parlait la barmaid tout à l'heure. L'un d'eux, plus entouré que les autres, fume la pipe. Ils virevoltent autour de lui et l'interpellent : «Président... Président... Président...» Meinthe tente en vain de se frayer un passage. Ils l'ont refoulé presque jusqu'au bar. Ils forment des groupes compacts. Meinthe les contourne, cherche une percée, se faufile, mais subit à nouveau leur pression et perd du terrain. Il transpire. L'un d'eux lui a posé une main sur l'épaule, croyant sans doute qu'il s'agit d'un «confrère» et Meinthe est aussitôt intégré à un groupe : celui du «président». Ils sont pressés comme à la station «Chaussée d'Antin», aux heures d'affluence. Le président, de plus petite taille, protège sa pipe en l'enveloppant avec la paume de sa main. Meinthe parvient à s'arracher à cette mêlée, donne des coups d'épaule, des coups de coude, et se jette enfin contre la porte. Il l'entrouvre, se glisse dans la rue. Quelqu'un sort derrière lui et l'apostrophe :

— Où allez-vous? Vous êtes de l'Inter-Touring?

Meinthe ne répond pas.

— Vous devriez rester. Le président offre un «pot»... Allez, restez...

Meinthe presse le pas. L'autre reprend, d'une voix suppliante :

— Allez, restez...

Meinthe marche de plus en plus vite. L'autre se met à crier :

— Le président va s'apercevoir qu'il manque un type de l'Inter-Touring... Revenez... Revenez...

Sa voix sonne clair dans la rue déserte.

Meinthe se trouve maintenant devant le jet d'eau du Casino. L'hiver, il ne change pas de couleur et monte beaucoup moins haut que pendant la «saison». Il l'observe un instant puis traverse et suit l'avenue d'Albigny sur le trottoir de gauche. Il marche lentement et fait de légers zigzags. On dirait qu'il flâne. De temps en temps il donne une petite tape contre l'écorce d'un platane. Il longe la préfecture. Bien sûr, il prend la première rue à gauche qui se nomme – si mes souvenirs sont exacts – l'avenue Mac-Croskey. Il y a douze ans, cette rangée d'immeubles neufs n'existait pas. À la place, un parc à l'abandon au milieu duquel se dressait une grande maison de style anglo-normand, inhabitée. Il arrive au carrefour Pelliot. Nous nous asseyions souvent sur l'un des bancs, Yvonne et moi. Il prend, à droite, l'avenue Pierre-Forsans. Je pourrais suivre ce chemin, les yeux fermés. Le quartier n'a pas beaucoup changé. On l'a épargné pour des raisons mystérieuses. Les mêmes villas entourées de leur jardin et de leurs petites haies, les mêmes arbres de chaque côté des avenues. Mais il manque les feuillages. L'hiver donne à tout cela un caractère désolé.

Nous voici rue Marlioz. La villa est au coin, là-bas, à gauche. Je la vois. Et je te vois qui marches d'un pas encore plus lent que tout à l'heure, et qui pousses d'un coup d'épaule le portail de bois. Tu t'es assis sur le canapé du salon et tu n'as pas allumé l'électricité. Le lampadaire, en face, répand sa clarté blanche.

«8 décembre... Un médecin d'A..., M. René Meinthe, trente-sept ans, s'est donné la mort dans la nuit de vendredi à samedi, à son domicile. Le désespéré avait ouvert le gaz.»

Je longeais – je ne sais plus pourquoi – les arcades, rue de Castiglione, quand j'ai lu ces quelques lignes dans un journal du soir. *Le Dauphiné,* quotidien de la région, offrait plus de détails. Meinthe avait les honneurs de la première page, avec le titre : «LE SUICIDE D'UN MÉDECIN DE A...» qui renvoyait à la page 6, celle des informations locales :

«8 décembre. Le docteur René Meinthe s'est donné la mort, la nuit dernière dans sa villa, 5, avenue Jean-Charcot. Mlle B., l'employée du docteur, entrant dans la maison, comme chaque matin, a été aussitôt alertée par une odeur de gaz. Il était trop tard. Le docteur Meinthe aurait laissé une lettre.

«On l'avait vu hier soir à la gare, au moment de l'arrivée de l'express à destination de Paris. Selon un témoignage, il aurait passé quelques moments au Cintra, 23 rue Sommeiller.

«Le docteur René Meinthe, après avoir exercé la médecine à Genève, était revenu depuis cinq ans à A..., berceau de sa famille. Il y pratiquait l'ostéopathie. On lui connaissait des difficultés d'ordre professionnel. Expliquent-elles son geste désespéré?

«Il avait trente-sept ans. Il était le fils du docteur Henri Meinthe qui fut l'un des héros et des martyrs de la Résistance et dont une rue de notre ville porte le nom.»

J'ai marché au hasard et mes pas m'ont conduit jusqu'à la place du Carrousel, que j'ai traversée. Je suis entré dans l'un des deux petits jardins que cerne le Palais du Louvre, avant la Cour Carrée. Il faisait un doux soleil d'hiver et des enfants jouaient sur la pelouse en pente, au pied de la statue du général La Fayette. La mort de Meinthe laisserait pour toujours certaines choses dans l'ombre. Ainsi je ne saurais jamais qui était Henri Kustiker. J'ai répété ce nom à voix haute: Kus-ti-ker, Kus-ti-ker, un nom qui n'avait plus de sens, sauf pour moi. Et pour Yvonne. Mais qu'était-elle devenue? Ce qui nous rend la disparition d'un être plus sensible, ce sont les mots de passe qui existaient entre lui et nous et qui soudain deviennent inutiles et vides.

Kustiker... À l'époque, j'avais fait mille et mille suppositions, toutes plus invraisemblables les unes que les autres, mais la vérité, je le sentais, devait être, elle aussi, bizarre. Et inquiétante. Meinthe, quelquefois, nous invitait à prendre le thé à la villa. Un après-midi vers cinq heures, nous nous trouvions au salon. Nous écoutions l'air favori de René: *The Café Mozart Waltz,* dont il passait et repassait le disque. On a sonné à la porte. Il a essayé de réprimer un tic nerveux. J'ai vu – et Yvonne aussi – deux hommes sur le palier en soutenant un troisième qui avait le visage inondé de sang. Ils ont traversé rapidement le vestibule et se sont dirigés vers la chambre de Meinthe. J'ai entendu l'un d'eux qui disait :

— Fais-lui une piqûre de camphre. Autrement cette salope va nous claquer entre les doigts...

Oui. Yvonne a entendu la même chose. René nous a rejoints et nous a demandé de partir sur-le-champ. Il a dit d'un ton sec : « Je vous expliquerai... »

Il ne nous a pas expliqué, mais il m'avait suffi d'entrevoir les deux hommes pour comprendre qu'il s'agissait de « policiers » ou d'individus ayant un rapport quelconque avec la police. Certains recoupements, certains messages de Kustiker m'ont confirmé dans cette opinion. C'était l'époque de la guerre d'Algérie et Genève où Meinthe allait à ses rendez-vous, servait de plaque tournante. Agents de toutes sortes. Polices parallèles. Réseaux clandestins. Je n'y ai jamais rien compris. Quel rôle jouait René là-dedans ? À plusieurs reprises, j'ai deviné qu'il eût aimé se confier à moi, mais sans doute me jugeait-il trop jeune. Ou simplement était-il pris, au bord des confidences, d'une immense lassitude et préférait-il garder son secret.

Un soir, pourtant, où je ne cessais de lui demander sur le mode de la plaisanterie qui était cet « Henri Kustiker » et où Yvonne le taquinait en lui répétant la phrase rituelle : « Allô, ici Henri Kustiker... » il avait l'air plus tendu que d'habitude. Il a déclaré sourdement : « Si vous saviez tout ce que ces salauds me font faire... » Et il a ajouté d'une voix brève : « Ce que je peux m'en taper, moi, de leurs histoires d'Algérie... » La minute suivante, il avait retrouvé son insouciance et sa bonne humeur et nous proposait d'aller au Sainte-Rose.

Après douze ans, je me rendais compte que je ne savais pas grand-chose sur René Meinthe et je me reprochais mon manque de curiosité à l'époque où je le voyais chaque jour. Depuis, la figure de Meinthe – et celle d'Yvonne aussi – s'étaient brouillées et j'avais l'impression de ne plus les distinguer qu'à travers une vitre dépolie.

Là, sur ce banc de square, le journal qui annonçait la mort de René à côté de moi, j'ai revu de brèves séquences de cette saison, mais aussi floues que d'habitude. Un samedi soir par exemple, où nous dînions. Meinthe, Yvonne et moi, dans une petite gargote des bords du lac. Vers minuit, un groupe de voyous entourait notre table et commençait à nous prendre à partie. Meinthe, avec le plus grand sang-froid, avait saisi une bouteille, lavait brisée contre le rebord de la table, et brandissait le goulot hérissé de pointes.

— Le premier qui s'approche, je lui laboure la gueule…

Il avait dit cette phrase d'un ton de joie méchante qui m'effrayait. Les autres aussi. Ils ont reculé. Sur le chemin du retour, René a chuchoté :

— Quand je pense qu'ils ont eu peur de la reine Astrid…

Il admirait particulièrement cette reine et gardait toujours sur lui une photo d'elle. Il avait fini par se persuader que, dans une vie antérieure, il avait été la jeune, belle et malheureuse reine Astrid. Avec la photo d'Astrid, il portait celle où nous figurions tous les trois, le soir de la Coupe. J'en ai une autre, prise avenue d'Albigny, où Yvonne me tient par le bras. Le chien est à côté de nous, très grave. On dirait une photo de fiançailles. Et puis j'en ai conservé une beaucoup plus ancienne, qu'Yvonne m'a donnée. Elle date du temps du baron. On les voit, Meinthe et elle, par un après-midi ensoleillé, assis à la terrasse du bar Basque de Saint-Jean-de-Luz.

Voilà les seules images nettes. Une brume nimbe tout le reste. Hall et chambre de l'Hermitage. Jardins du Windsor et de l'hôtel Alhambra. Villa Triste. Le Sainte-Rose. Sporting. Casino. Houligant. Et les ombres de Kustiker (mais qui était Kustiker ?), d'Yvonne Jacquet et d'un certain comte Chmara.

# XIII

Ce fut à peu près à cette époque que Marilyn Monroe nous a quittés. J'avais lu beaucoup de choses à son sujet dans les magazines et je la citais en exemple à Yvonne. Elle aussi, si elle le voulait, elle pourrait faire une belle carrière au cinéma. Franchement elle avait autant de charme que Marilyn Monroe. Il lui suffirait d'avoir autant de persévérance. Elle m'écoutait sans rien dire, allongée sur le lit. Je lui parlais des débuts difficiles de Marilyn Monroe, des premières photos pour les calendriers, des premiers petits rôles, des échelons gravis les uns après les autres. Elle, Yvonne Jacquet, ne devait pas s'arrêter en cours de route. «Mannequin volant.» Ensuite un premier rôle dans *Liebesbriefe auf der Berg* de Rolf Madeja. Et elle venait de remporter la Coupe Houligant. Chaque étape avait son importance. Il fallait penser à la prochaine. Monter un peu plus haut. Un peu plus haut.

Elle ne m'interrompait jamais quand je lui exposais mes idées sur sa «carrière». M'écoutait-elle vraiment? Au début, elle avait sans doute été surprise d'un tel intérêt de ma part, et flattée que je l'entretienne de son bel avenir avec tant de véhémence. Peut-être, par instants, lui avais-je communiqué mon enthousiasme et se prenait-elle à rêver elle aussi. Mais ça ne durait pas, je suppose. Elle était mon aînée. Plus j'y repense, plus je me dis qu'elle vivait ce moment de la jeunesse où tout va bientôt basculer, où il va être un peu trop tard pour tout.

Le bateau est encore à quai, il suffit de traverser la passerelle, il reste quelques minutes... Une douce ankylose vous prend. Mes discours la faisaient rire, quelquefois. Je l'ai même vue hausser les épaules quand je lui ai dit que les producteurs allaient certainement remarquer son apparition dans *Liebesbriefe auf der Berg*. Non, elle n'y croyait pas. Elle n'avait pas le feu sacré. Mais Marilyn Monroe non plus, au départ. Ça vient, le feu sacré.

Je me demande souvent où elle a bien pu échouer. Elle n'est certainement plus la même, et moi, je suis obligé de consulter les photos pour garder bien en mémoire le visage qu'elle avait à cette époque. Je cherche en vain, depuis des années, à voir *Liebesbriefe auf der Berg*. Les gens que j'ai questionnés m'ont dit que ce film n'existait pas. Le nom même de Rolf Madeja ne leur disait pas grand-chose. Je le regrette. Au cinéma j'aurais retrouvé sa voix, ses gestes et son regard tels que je les ai connus. Et aimés.

Où qu'elle soit – très loin j'imagine – se souvient-elle vaguement des projets et des rêves que j'échafaudais dans la chambre de l'Hermitage, pendant que nous préparions le repas du chien ? Se souvient-elle de l'Amérique ?

Car si nous traversions des jours et des nuits de délicieuse prostration, cela ne m'empêchait pas de penser à notre avenir que je voyais sous des couleurs de plus en plus précises.

J'avais en effet sérieusement réfléchi sur le mariage de Marilyn Monroe et d'Arthur Miller, mariage entre une vraie Américaine sortie du plus profond de l'Amérique et un juif. Nous aurions un destin à peu près semblable, Yvonne et moi. Elle, petite Française du terroir qui serait d'ici quelques années une vedette de cinéma. Et moi, qui finirais par devenir un écrivain juif à très grosses lunettes d'écaille.

Mais la France, brusquement, me semblait un terrain trop étroit, où je ne parviendrais pas à donner ma vraie mesure.

À quoi pouvais-je prétendre dans ce petit pays ? Un commerce d'antiquités ? Un poste de courtier en livres ? Une carrière d'homme de lettres bavard et frileux ? Aucune de ces professions ne soulevait mon enthousiasme. Il fallait partir, avec Yvonne.

Je ne laisserais rien derrière moi puisque je ne possédais d'attaches nulle part et qu'Yvonne avait rompu les siennes. Nous aurions une vie neuve.

Étais-je inspiré par l'exemple de Marilyn Monroe et d'Arthur Miller ? J'avais pensé tout de suite à l'Amérique. Là, Yvonne se consacrerait au cinéma. Et moi à la littérature. Nous nous marierions à la grande synagogue de Brooklyn. Nous rencontrerions des difficultés multiples. Peut-être nous briseraient-elles définitivement, mais si nous les surmontions, alors le rêve prendrait forme. Arthur et Marilyn. Yvonne et Victor.

Je prévoyais pour bien plus tard un retour en Europe. Nous nous retirerions dans une région montagneuse – le Tessin ou l'Engadine. Nous habiterions un chalet immense, entouré d'un parc. Sur une étagère, les oscars d'Yvonne et mes diplômes de docteur *honoris causa* des universités de Yale et de Mexico. Nous aurions une dizaine de dogues allemands, chargés de déchiqueter les visiteurs éventuels et nous ne verrions jamais personne. Nous passerions des journées à traîner dans la chambre comme du temps de l'Hermitage et de la Villa Triste.

Pour cette seconde période de notre vie, je m'inspirais de Paulette Goddard et d'Erich Maria Remarque.

Ou bien, nous restions en Amérique. Nous trouvions une grande maison à la campagne. Le titre d'un livre qui traînait dans le salon de Meinthe m'avait impressionné : *L'Herbe verte du Wyoming*. Je ne l'ai jamais lu mais il suffit que je répète : *L'Herbe verte du Wyoming* pour ressentir un pincement au cœur. En définitive, c'était dans ce pays qui n'existe pas, au milieu de cette herbe haute et d'un vert transparent, que j'aurais voulu vivre avec Yvonne.

Le projet de départ en Amérique, j'y ai réfléchi pendant plusieurs jours avant de lui en parler. Elle risquait de ne pas me prendre au sérieux. Il fallait d'abord régler les détails matériels. Ne rien improviser. Je rassemblerais l'argent du voyage. Des huit cent mille francs que j'avais escroqués au bibliophile de Genève, il me restait environ la moitié, mais je comptais sur une autre ressource: un papillon extrêmement rare que je transportais depuis quelques mois dans mes valises, épinglé au fond d'une petite boîte vitrée. Un expert m'avait affirmé que l'animal valait «au bas mot» 400 000 francs. Il en valait par conséquent le double et je pouvais en tirer le triple si je le vendais à un collectionneur. Je prendrais moi-même les billets à la Compagnie générale transatlantique, et nous descendrions à l'hôtel Algonquin de New York.

Ensuite, je comptais sur ma cousine Bella Darvi, qui avait fait carrière là-bas, pour nous introduire dans les milieux de cinéma. Voilà. Tel était, dans ses grandes lignes, mon plan.

J'ai compté jusqu'à trois et je me suis assis sur une marche du grand escalier. À travers la rampe, j'apercevais le bureau de la réception, en bas, et le portier qui parlait avec un individu chauve en smoking. Elle s'est retournée, surprise. Elle portait sa robe de mousseline verte et une écharpe de la même couleur.

— Et si nous partions en Amérique?

J'avais crié cette phrase de crainte qu'elle ne me restât au fond de la gorge ou qu'elle ne se transformât en un borborygme. J'ai respiré un grand coup et j'ai répété aussi fort:

— Si nous partions en Amérique?

Elle est venue s'asseoir sur la marche, à côté de moi, et m'a serré le bras.

— Ça ne va pas? m'a-t-elle demandé.

— Mais si. C'est très simple... C'est très simple, très simple... Nous allons partir en Amérique...

Elle a examiné ses chaussures à talons, m'a embrassé sur la joue et m'a dit que je lui expliquerais cela plus tard. Il était neuf heures passées et Meinthe nous attendait à la Resserre de Veyrier-du-Lac.

L'endroit rappelait les auberges des bords de Marne. Les tables étaient dressées sur un grand ponton autour duquel on avait disposé des treillages, des baquets de plantes vertes et d'arbustes. On dînait aux bougies. René avait choisi l'une des tables les plus proches de l'eau.

Il portait son costume de chantoung beige et nous a fait un signe du bras. Il se trouvait en compagnie d'un jeune homme qu'il nous a présenté, mais dont j'ai oublié le nom. Nous nous sommes assis en face d'eux.

— C'est très agréable, ici, ai-je déclaré pour amorcer la conversation.

— Oui, si on veut, m'a dit René. Cet hôtel est plus ou moins une maison de rendez-vous...

— Depuis quand ? a demandé Yvonne.

— Depuis toujours, ma chérie.

Elle m'a regardé de nouveau en éclatant de rire. Et puis :

— Tu sais ce que Victor me propose ? Il veut m'emmener en Amérique.

— En Amérique ?

Visiblement, il ne comprenait pas.

— Drôle d'idée.

— Oui, ai-je dit. En Amérique.

Il m'a souri d'un air sceptique. Pour lui, il s'agissait de paroles en l'air. Il s'est tourné vers son ami.

— Alors, ça va mieux ?

L'autre a répondu par un signe de tête.

— Il faut que tu manges, maintenant.

Il lui parlait comme à un enfant, mais ce garçon devait être un peu plus âgé que moi. Il avait les cheveux blonds coupés court, un visage aux traits angéliques et une carrure de lutteur.

René nous a expliqué que son ami avait concouru dans l'après-midi pour le titre de «Plus bel athlète de France». L'épreuve s'était déroulée au Casino. Il n'avait obtenu qu'une troisième place en «juniors». L'autre s'est passé une main dans les cheveux et, s'adressant à moi :

— Je n'ai pas eu de chance, quoi...

Je l'entendais parler pour la première fois, et, pour la première fois, je remarquais ses yeux d'un bleu lavande. Encore aujourd'hui, je me souviens de la détresse enfantine de ce regard. Meinthe lui a rempli son assiette de crudités. L'autre s'adressait toujours à moi et aussi à Yvonne. Il se sentait en confiance.

— Ces salauds du jury... j'aurais dû avoir le meilleur coefficient en poses plastiques libres...

— Tais-toi et mange, a dit Meinthe sur un ton affectueux.

De notre table, on voyait les lumières de la ville, au fond, et si l'on tournait légèrement la tête, une autre lumière très scintillante attirait l'attention juste en face, sur la rive opposée : le Sainte-Rose. Cette nuit-là, la façade du Casino et celle du Sporting étaient balayées par des projecteurs dont les faisceaux atteignaient les bords du lac. L'eau prenait des teintes rouges ou vertes. J'entendais une voix amplifiée démesurément par un haut-parleur mais nous étions trop loin pour saisir les paroles. Il s'agissait d'un spectacle Son et Lumière. J'avais lu dans la presse locale qu'à cette occasion un acteur de la Comédie-Française, Marchât, je crois, réciterait *Le Lac* d'Alphonse de Lamartine. C'était sans doute sa voix dont nous percevions les échos.

— Nous aurions dû rester en ville pour regarder, a dit Meinthe. J'adore les Son et Lumière. Et toi ?

Il s'adressait à son ami.

— Je sais pas, a répondu l'autre. Son regard était encore plus désespéré que l'instant précédent.

— Nous pourrions y passer tout à l'heure, a proposé Yvonne en souriant.

— Non, a dit Meinthe. Cette nuit il faut que j'aille à Genève.

Qu'allait-il donc y faire ? Qui rencontrait-il au Bellevue ou au Pavillon Arosa, ces lieux que m'indiquait Kustiker au téléphone ? Un jour, il ne reviendrait pas vivant. Genève, ville en apparence aseptisée mais crapuleuse. Ville incertaine. Ville de transit.

— J'y resterai pendant trois ou quatre jours, a dit Meinthe. Je vous téléphonerai à mon retour.

— Mais nous serons partis en Amérique, Victor et moi, d'ici
là, a déclaré Yvonne.

Et elle a ri. Je ne comprenais pas pourquoi elle prenait mon
projet à la légère. Je sentais une rage sourde me gagner.

— J'en ai marre, moi, de la France, ai-je dit sur un ton sans
réplique.

— Moi aussi, a dit l'ami de Meinthe, d'une façon brutale qui
contrastait avec la timidité et la tristesse qu'il avait montrées
jusqu'alors.

Et cette remarque a détendu l'atmosphère.

Meinthe avait commandé des alcools et nous étions les seuls
dîneurs qui restions encore sur le ponton. Les haut-parleurs,
dans le lointain, diffusaient une musique dont ne nous parvenaient que des bribes.

— Ça, a dit Meinthe, c'est la fanfare municipale. Elle est de
tous les Son et Lumière. Il s'est tourné vers nous : — Qu'est-ce
que vous allez faire, ce soir ?

— Préparer les bagages pour partir en Amérique, ai-je déclaré
sèchement.

De nouveau, Yvonne m'a considéré avec inquiétude.

— Il y tient à son Amérique, a dit Meinthe. Alors, vous me
laisseriez seul ici ?

— Mais non, ai-je dit.

Nous avons trinqué tous les quatre, comme cela, sans raison
aucune, mais parce que Meinthe nous le proposait. Son ami a
esquissé un pâle sourire et ses yeux bleus ont été traversés par
un éclair furtif de gaieté. Yvonne m'a pris la main. Les serveurs
commençaient déjà à ranger les tables.

Tels sont les souvenirs qui me restent de ce dernier dîner.

Elle m'écoutait, en fronçant les sourcils, de manière studieuse. Elle était allongée sur le lit, dans sa vieille robe de chambre de soie à pois rouges. Je lui expliquais mon plan : la Compagnie générale transatlantique, l'hôtel Algonquin et ma cousine Bella Darvi... L'Amérique vers laquelle nous voguerions d'ici quelques jours, cette Terre Promise qui me semblait à mesure que je parlais, de plus en plus proche, presque à la portée de la main. N'en voyait-on pas déjà les lumières, là-bas, de l'autre côté du lac ?

Elle m'a interrompu deux ou trois fois pour me poser des questions : « Qu'est-ce que nous ferons, en Amérique ? — Comment pourrons-nous obtenir des visas ? — Avec quel argent vivrons-nous ? » Et je me rendais à peine compte, tant j'étais pris par mon sujet, que sa voix devenait de plus en plus pâteuse. Elle avait les yeux mi-clos ou même fermés, et soudain les ouvrait tout ronds et me considérait avec une expression horrifiée. Non, nous ne pouvions pas rester en France, dans ce petit pays étouffant, parmi ces « taste-vin » congestionnés, ces coureurs cyclistes et ces gastronomes gâteux qui savaient faire la différence entre plusieurs espèces de poires. Je m'étranglais de rage. Nous ne pouvions pas rester une minute de plus dans ce pays où l'on chassait à courre. Fini. Jamais plus. Les valises. Vite.

Elle s'était endormie. Sa tête avait glissé le long des barreaux du lit. Elle paraissait avoir cinq ans de moins, avec ses joues légèrement gonflées, son sourire presque imperceptible. Elle s'était endormie comme lorsque je lui lisais l'*Histoire d'Angleterre,* mais cette fois-ci, encore plus vite qu'en m'écoutant Maurois.

Je la regardais, assis sur le rebord de la fenêtre. On tirait un feu d'artifice quelque part.

Je me suis mis à faire les bagages. J'avais éteint toutes les lumières de la chambre pour ne pas la réveiller, sauf la veilleuse de la table de nuit. J'allais chercher ses affaires et les miennes dans les placards, au fur et à mesure.

J'ai aligné nos valises ouvertes sur le parquet du « salon ». Elle en possédait six, de tailles différentes. Avec les miennes, cela faisait onze, sans compter la malle armoire. J'ai rassemblé mes vieux journaux et mes vêtements, mais ses affaires à elle étaient plus difficiles à mettre en ordre et je découvrais une nouvelle robe, un flacon de parfum ou une pile d'écharpes quand je croyais en avoir fini pour de bon. Le chien, assis sur le canapé, suivait mes allées et venues d'un œil attentif.

Je n'avais plus la force de fermer ces valises et je me suis écroulé sur une chaise. Le chien avait posé son menton au bord du canapé et m'observait par en dessous. Nous nous sommes fixés longtemps l'un et l'autre dans le blanc des yeux.

Le jour venait et un souvenir léger m'a visité. Quand avais-je déjà vécu pareil moment ? Je revoyais les meublés du seizième ou du dix-septième arrondissement – rue du Colonel-Moll, square Villaret-de-Joyeuse, avenue du Général-Balfourier – où les murs étaient tendus du même papier peint que celui des chambres de l'Hermitage, où les chaises et les lits jetaient la même désolation au cœur. Lieux ternes, haltes précaires qu'il faut toujours évacuer avant l'arrivée des Allemands et qui ne gardent aucune trace de vous.

C'est elle qui m'a réveillé. Elle considérait, bouche bée, les valises pleines à craquer.

— Pourquoi tu as fait ça ?

Elle s'est assise sur la plus grosse, en cuir grenat. Elle paraissait épuisée comme si elle m'avait aidé à faire les bagages pendant toute la nuit. Elle portait son peignoir de plage entrouvert sur ses seins.

Alors, de nouveau, à voix basse, je lui ai parlé de l'Amérique. Je me surprenais à scander les phrases et cela devenait une mélopée.

À bout d'arguments, je lui appris que Maurois lui-même, l'écrivain qu'elle admirait, était parti en 40 pour l'Amérique. Maurois. Maurois.

Elle a hoché la tête et m'a souri gentiment. Elle était d'accord. Nous partirions le plus vite possible. Elle ne voulait pas me contrarier. Mais je devais me reposer. Elle m'a passé une main sur le front. J'avais encore tant de petits détails à considérer. Par exemple, le visa du chien. Elle m'écoutait en souriant, sans broncher. J'ai parlé pendant des heures et des heures, et les mêmes mots revenaient toujours : Algonquin, Brooklyn, Compagnie générale transatlantique, Zukor, Goldwyn, Warner Bros, Bella Darvi... Elle en avait, de la patience.

— Tu devrais dormir un peu, me répétait-elle de temps en temps.

J'attendais. Que pouvait-elle bien faire ? Elle m'avait promis qu'elle serait à la gare une demi-heure avant l'arrivée de l'express pour Paris. Comme ça, nous ne risquerions pas de le manquer. Mais il venait de repartir. Et je restais debout, à suivre le défilé cadencé des wagons. Derrière moi, autour d'un des bancs, mes valises et ma malle armoire étaient disposées en demi-cercle, ma malle en position verticale. Une lumière sèche dessinait des ombres sur le quai. Et je ressentais cette impression de vide et d'hébétude qui succède au passage d'un train.

Au fond, je m'y attendais. Il aurait été incroyable que les choses se passent autrement. J'ai contemplé de nouveau mes bagages. Trois ou quatre cents kilos que je traînais toujours avec moi. Pourquoi ? À cette pensée, j'ai été secoué d'un rire acide.

Le prochain train viendrait à minuit six. J'avais plus d'une heure devant moi et je suis sorti de la gare en laissant mes bagages sur le quai. Leur contenu n'intéresserait personne. D'ailleurs, ils étaient bien trop lourds à déplacer.

J'ai pénétré dans le café en rotonde, à côté de l'hôtel de Verdun. S'appelait-il des Cadrans ou de l'Avenir ? Des joueurs d'échecs occupaient les tables du fond. Une porte de bois brun ouvrait sur une salle de billard. Le café était éclairé par des tubes de néon au rose vacillant. J'entendais le choc des boules de billard à de très longs intervalles et le grésillement continu du néon. Rien d'autre. Pas un mot. Pas un soupir. C'est à voix basse que j'ai commandé un tilleul-menthe.

Tout à coup l'Amérique m'a semblé bien lointaine. Albert, le père d'Yvonne, venait-il ici jouer au billard ? J'aurais voulu le savoir. Un engourdissement me gagnait et je retrouvais dans ce café le calme que j'avais connu chez Mme Buffaz, aux Tilleuls. Par un phénomène d'alternance ou de cyclothymie, un rêve succédait à un autre : je ne m'imaginais plus avec Yvonne en Amérique, mais dans une petite ville de province qui ressemblait étrangement à Bayonne. Oui, nous habitions rue Thiers et les soirs d'été nous allions nous promener sous les arcades du théâtre ou le long des allées Boufflers. Yvonne me donnait le bras et nous entendions le claquement de balles de tennis. Le dimanche après-midi, nous faisions le tour des remparts et nous nous asseyions sur un banc du jardin public, près du buste de Léon Bonnat. Bayonne, ville de repos et de douceur, après tant d'années d'incertitude. Il n'était pas trop tard, peut-être. Bayonne…

Je l'ai cherchée partout. J'ai essayé de la trouver au Sainte-Rose parmi les nombreux dîneurs et tous les gens qui dansaient. C'était une soirée inscrite au programme des festivités de la saison : la «Soirée scintillante», je crois. Oui, scintillante. Par averses très courtes, des confettis inondaient les chevelures et les épaules.

À la même table que celle qu'ils occupaient le soir de la Coupe, j'ai reconnu Fossorié, les Roland-Michel, la femme brune, le directeur du golf et les deux blondes bronzées. En somme, ils n'avaient pas quitté leurs places depuis un mois. Seule la coiffure de Fossorié avait changé : une première vague brillantinée formait comme un diadème autour de son front. Derrière, un creux. Et une autre vague très ample passait bien au-dessus de son crâne et s'écrasait en cascades sur la nuque. Non je n'ai pas rêvé. Ils se lèvent et marchent vers la piste de danse. L'orchestre joue un paso doble. Ils se mêlent aux autres danseurs, là, sous les averses de confettis. Et tout cela vire et volte, tourbillonne et s'éparpille dans mon souvenir. Poussières.

Une main sur mon épaule. Le gérant de l'endroit, le dénommé Pulli.

— Vous cherchez quelqu'un, monsieur Chmara?

Il me parle en chuchotant, à l'oreille.

— Mlle Jacquet... Yvonne Jacquet...

J'ai prononcé ce nom sans grand espoir. Il ne doit pas savoir qui le porte. Tant de visages... Les clients se succèdent nuit après nuit. Si je lui montrais une photo, il la reconnaîtrait certainement. Il faut toujours avoir sur soi les photos de ceux qu'on aime.

— Mlle Jacquet? Elle vient de partir en compagnie de M. Daniel Hendrickx...

— Vous croyez?

J'ai dû faire une drôle de tête, gonfler les joues comme un enfant qui va pleurer, puisqu'il m'a pris par le bras.

— Mais oui. En compagnie de M. Daniel Hendrickx.

Il ne disait pas: «avec», mais «en compagnie», et j'ai reconnu là une préciosité de langage répandue dans la bonne société cairote et alexandrine, lorsque le français y était de rigueur.

— Vous voulez que nous buvions un verre?

— Non, je dois prendre un train à minuit six.

— Eh bien, je vous accompagne à la gare, Chmara.

Il me tire par la manche. Il se montre familier mais déférent aussi. Nous traversons la cohue des danseurs. Toujours le paso doble. Les confettis tombent maintenant en pluie continue et m'aveuglent. Ils rient, s'agitent beaucoup autour de moi. Je me cogne contre Fossorié. L'une des blondes bronzées, celle qui se nomme Meg Devillers, me saute au cou:

— Oh, vous... vous... vous...

Elle ne veut plus me lâcher. Je la traîne sur deux ou trois mètres. Je parviens quand même à me dégager. Nous nous retrouvons, Pulli et moi, au seuil de l'escalier. Nos cheveux et nos vestes sont criblés de confettis.

— C'est la Nuit scintillante, Chmara.

Il hausse les épaules.

Sa voiture est garée devant le Sainte-Rose, en bordure de la route du lac. Une Simca Chambord dont il m'ouvre cérémonieusement la porte.

— Entrez dans ce tacot.

Il ne démarre pas tout de suite.

— J'avais une grande décapotable au Caire.

Et de but en blanc :

— Vos valises, Chmara ?

— Elles sont à la gare.

Nous roulions depuis quelques minutes quand il m'a demandé :

— Vous partez pour quelle destination ?

Je n'ai pas répondu. Il a ralenti. Nous ne dépassions pas le trente kilomètres-heure. Il s'est tourné vers moi :

— ... Les voyages...

Il restait silencieux. Moi aussi.

— Il faut bien se fixer quelque part, a-t-il fini par dire. Hélas...

Nous longions le lac. J'ai regardé une dernière fois les lumières, celles de Veyrier juste en face, la masse sombre de Carabacel à l'horizon, devant nous. J'ai plissé les yeux pour apercevoir le passage du funiculaire. Mais non. Nous en étions trop éloignés.

— Vous reviendrez ici, Chmara ?

— Je ne sais pas.

— Vous avez de la chance de partir. Ah ces montagnes...

Il me désignait le col des Aravis, dans le lointain, qui était visible, au clair de lune.

— On dirait toujours qu'elles vont vous tomber dessus. J'étouffe, Chmara.

Cette confidence venait droit du cœur. Elle m'a ému, mais je n'avais pas la force de le consoler. Il était plus âgé que moi, après tout.

Nous entrions dans la ville en suivant l'avenue du Maréchal-Leclerc. À proximité, la maison natale d'Yvonne. Pulli conduisait dangereusement à gauche, comme les Anglais, mais par chance, il n'y avait pas de circulation dans l'autre sens.

— Nous sommes en avance, Chmara.

Il avait arrêté la Chambord place de la Gare, devant l'hôtel de Verdun.

Nous avons traversé le hall désert. Pulli n'a même pas eu besoin de prendre un ticket de quai. Les bagages se trouvaient toujours à la même place.

Nous nous sommes assis sur le banc. Personne d'autre que nous. Le silence, la tiédeur de l'air, l'éclairage avaient quelque chose de tropical.

— C'est drôle, a constaté Pulli, on se croirait dans la petite gare de Ramleh...

Il m'a offert une cigarette. Nous avons fumé gravement, sans rien dire. Je crois même avoir fait, par défi, quelques ronds de fumée.

— Mlle Yvonne Jacquet est vraiment partie avec M. Daniel Hendrickx? lui ai-je demandé d'une voix calme.

— Mais oui. Pourquoi?

Il a lissé ses moustaches noires. J'ai soupçonné qu'il voulait me dire quelque chose de bien senti et de décisif, mais ça n'est pas venu. Son front se ridait. Des gouttes de sueur allaient certainement lui glisser le long des tempes. Il a consulté sa montre. Minuit deux. Alors dans un effort :

— Je pourrais être votre père, Chmara... Écoutez-moi... Vous avez la vie devant vous... Il faut être courageux...

Il tournait la tête à gauche, à droite, pour voir si le train arrivait.

— Moi-même, à mon âge... J'évite de regarder vers le passé... J'essaye d'oublier l'Égypte...

Le train entrait en gare. Il le suivait des yeux, hypnotisé.

Il a voulu m'aider à monter les bagages. Il me les passait au fur et à mesure et je les rangeais dans le couloir du wagon. Un. Puis deux. Puis trois.

Nous avons eu beaucoup de mal avec la malle armoire. Il a dû se déchirer un muscle en la soulevant et en la poussant vers moi, mais il y mettait une sorte de frénésie.

L'employé a claqué les portières. J'ai baissé la vitre et je me suis penché au-dehors. Pulli m'a souri.

— N'oubliez pas l'Égypte et bonne chance, old sport...

Ces deux mots anglais, dans sa bouche, m'ont surpris. Il agitait le bras. Le train s'ébranlait. Il s'est aperçu brusquement que nous avions oublié une de mes valises, de forme circulaire, près du banc. Il l'a empoignée, s'est mis à courir. Il essayait de rattraper le wagon. À la fin il s'est arrêté, haletant, et m'a fait un grand geste d'impuissance. Il gardait la valise à la main et se tenait très droit sous les lumières du quai. On aurait dit une sentinelle qui rapetissait, rapetissait. Un soldat de plomb.

# LIVRET DE FAMILLE

## 1977

*Pour Rudy*
*Pour Josée et Henri Bozo*

*Vivre, c'est s'obstiner à achever un souvenir.*

RENÉ CHAR

# I

J'observais ma fille, à travers l'écran vitré. Elle dormait, appuyée sur sa joue gauche, la bouche entrouverte. Elle avait à peine deux jours et on ne discernait pas les mouvements de sa respiration. Je collais mon front à la vitre. Quelques centimètres me séparaient du berceau et je n'aurais pas été étonné s'il s'était balancé dans l'air, en état d'apesanteur. La branche d'un platane caressait la fenêtre avec une régularité d'éventail. Ma fille occupait seule cette pièce blanc et bleu ciel qui portait le nom de «Nursery Caroline Herrick». L'infirmière avait poussé le berceau juste devant l'écran de verre pour que je puisse la voir.

Elle ne bougeait pas. Sur son minuscule visage flottait une expression de béatitude. La branche continuait d'osciller en silence. J'écrasais mon nez contre la vitre et cela faisait une tache de buée.

Quand l'infirmière reparut, je me redressai aussitôt. Il était près de dix-sept heures et je n'avais plus un instant à perdre si je voulais parvenir à la mairie, avant la fermeture de l'état civil.

Je descendis les escaliers de l'hôpital en feuilletant un petit cahier à couverture de cuir rouge, le: «Livret de Famille». Ce titre m'inspirait un intérêt respectueux comme celui que j'éprouve pour tous les papiers officiels, diplômes, actes notariés, arbres généalogiques, cadastres, parchemins, pedigrees... Sur les deux premiers feuillets figurait l'extrait de mon acte de mariage, avec mes nom et prénoms, et ceux de ma femme. On avait laissé en blanc les lignes correspondant à : «fils de», pour ne pas entrer dans les méandres de mon état civil. J'ignore en effet où je suis né et quels noms, au juste, portaient mes parents lors de ma naissance. Une feuille de papier bleu marine, pliée en quatre, était agrafée à ce livret de famille : l'acte de mariage de mes parents. Mon père y figurait sous un faux nom parce que le mariage avait eu lieu pendant l'Occupation. On pouvait lire

ÉTAT FRANÇAIS.

Département de la Haute-Savoie
Mairie de Megève
le 24 février mil neuf cent quarante-quatre, à dix-sept heures trente…

devant nous ont comparu publiquement
en la Maison commune :
Guy Jaspaard de Jonghe et
Maria Luisa C.
Les futurs conjoints ont déclaré l'un après l'autre vouloir se prendre
pour époux et nous avons prononcé au nom de la loi qu'ils sont unis par le mariage.

Que faisaient mon père et ma mère en février 1944 à Megève ? Je le saurais bientôt − pensais-je. Et ce «de Jonghe» que mon père avait ajouté à son premier nom d'emprunt ? De Jonghe. C'était bien là une idée à lui.

J'aperçus l'automobile de Koromindé, garée au bord de l'avenue, à une dizaine de mètres de la sortie de l'hôpital. Il était au volant, plongé dans la lecture d'un magazine. Il leva la tête et me sourit.

Je l'avais rencontré la nuit précédente dans un restaurant au décor basquo-béarnais, situé près de la porte de Bagatelle, l'un de ces endroits où l'on échoue quand il nous est arrivé quelque chose d'important et où l'on n'irait jamais en temps normal. Ma fille était née à vingt et une heures, je l'avais vue avant qu'on l'emmenât dans la nursery, j'avais embrassé sa mère qui s'endormait. Dehors, j'avais marché au hasard, le long des avenues désertes de Neuilly, sous une pluie d'automne. Minuit. J'étais le dernier dîneur de ce restaurant, où un homme dont je ne distinguais que le dos se tenait accoudé au bar. Le téléphone a sonné et le barman a décroché le combiné. Il s'est tourné vers l'homme :

— C'est pour vous, monsieur Koromindé.

Koromindé... Le nom d'un des amis de jeunesse de mon père, qui venait souvent à la maison lorsque j'étais enfant. Il parlait au téléphone et je reconnaissais la voix grave et très douce, le roulement des r. Il a raccroché, je me suis levé et j'ai marché vers lui.

— Jean Koromindé ?

— Lui-même.

Il me dévisageait, l'air étonné. Je me suis présenté. Il a poussé une exclamation. Puis, avec un sourire triste :

— Vous avez grandi...

— Oui, ai-je répondu après m'être voûté et comme en m'excusant. Je lui ai annoncé que j'étais père, depuis quelques heures. Il était ému et il m'a offert un alcool pour fêter cette naissance.

— Père, c'est quelque chose, hein ?

— Oui.

Nous avons quitté ensemble le restaurant, qui s'appelait l'Esperia.

Koromindé m'a proposé de me ramener chez moi en voiture et m'a ouvert la portière d'une vieille Régence noire. Pendant le trajet, nous avons parlé de mon père. Il ne l'avait pas revu depuis vingt ans. Moi-même je n'avais aucune nouvelle de lui depuis dix ans. Nous ignorions l'un et l'autre ce qu'il était devenu. Il se souvenait d'un soir de 1942 où il avait dîné en compagnie de mon père à L'Esperia justement... Et c'était là, dans le même restaurant que ce soir, trente ans plus tard, il apprenait la naissance de «cette petite enfant»...

— Comme le temps passe...

Il en avait les larmes aux yeux.

— Et cette petite enfant, je pourrais la connaître ?

C'est alors que je lui ai proposé de m'accompagner le lendemain à la mairie pour inscrire ma fille à l'état civil. Il en était enchanté et nous nous fixâmes rendez-vous à cinq heures précises devant l'hôpital.

À la lumière du jour son automobile paraissait encore plus délabrée que la veille. Il fourra le magazine qu'il lisait dans l'une des poches de sa veste et m'ouvrit la portière. Il portait des lunettes à grosses montures et à verres bleuâtres.

— Nous n'avons pas beaucoup de temps, lui dis-je. L'état civil ferme à dix-sept heures trente.

Il consulta sa montre :

— Ne vous inquiétez pas.

Il conduisait lentement, et d'une manière feutrée.

— Vous trouvez que j'ai beaucoup changé, en vingt ans ?

Je fermai les yeux pour retrouver l'image que j'avais de lui à cette époque : un homme vif et blond qui se passait sans cesse un index sur les moustaches, parlait par petites phrases saccadées et riait beaucoup. Toujours habillé de costumes clairs. Tel il flottait dans mon souvenir d'enfant.

— J'ai vieilli, non ?

C'était vrai. Son visage avait rétréci et sa peau prenait une teinte grise. Il avait perdu sa belle chevelure blonde.

— Pas tellement, ai-je dit.

Il actionnait le changement de vitesse et tournait le volant avec des gestes amples et paresseux. Comme il s'engageait dans une avenue perpendiculaire à celle de l'hôpital, il prit son virage largement et la vieille Régence buta contre le trottoir. Il haussa les épaules.

— Et votre père, je me demande s'il ressemble toujours à Rhett Butler... vous savez... *Autant en emporte le vent...*

— Moi aussi, je me le demande.

— Je suis son plus vieil ami... nous nous sommes connus à dix ans, cité d'Hauteville...

Il conduisait au milieu de l'avenue et frôla un camion. Puis il ouvrit d'un geste machinal la radio. Le speaker parlait de la situation économique qui, selon lui, était de plus en plus alarmante. Il prévoyait une crise de la gravité de celle de 1929. J'ai pensé à la chambre blanc et bleu où dormait ma fille et à la branche de platane qui oscillait, en caressant la vitre.

Korominé s'arrêta à un feu rouge. Il rêvait. Les feux changèrent trois fois de suite et il ne démarrait pas. Il restait impassible derrière ses lunettes teintées. Enfin, il me demanda :

— Et votre fille, elle lui ressemble ?

Que lui répondre ? Mais peut-être savait-il, lui, ce que faisaient mon père et ma mère à Megève en février 1944 et comment avait été célébré leur étrange mariage. Je ne voulais pas le questionner tout de suite, de peur de le distraire encore plus et de provoquer un accident.

Nous suivions le boulevard d'Inkermann à une allure de procession. Il me désigna sur la droite un immeuble de couleur sable avec des fenêtres hublots et de grands balcons en demi-cercle.

— Votre père a habité un mois ici... au dernier étage...

Il y avait même fêté ses vingt-cinq ans, mais Koromindé n'en était pas sûr : tous les immeubles où séjournait mon père, me dit-il, présentaient la même façade. C'était ainsi. Il n'avait pas oublié cette fin d'après-midi de l'été 37 et la terrasse que les derniers rayons du soleil éclairaient de rose orangé. Mon père − paraît-il − recevait torse nu sous une robe de chambre. Au milieu de la terrasse, il avait disposé un vieux canapé et des chaises de jardin.

— Et moi, je servais les apéritifs.

Il brûla un feu rouge et évita de justesse une automobile, en traversant le boulevard Bineau, mais cela le laissa indifférent. Il tourna à gauche et s'engagea dans la rue Borghèse. Où menait la rue Borghèse ? Je regardai ma montre. Seize heures cinquante et une. L'état civil allait fermer. Une panique me prit. Et si on refusait d'inscrire ma fille sur les registres de la mairie ? J'ouvris la boîte à gants, croyant y trouver un plan de Paris et de sa banlieue.

— Vous êtes sûr que vous prenez la bonne direction ? demandai-je à Koromindé.

— Je ne crois pas.

Il s'apprêtait à faire demi-tour. Mais non, mieux valait rouler tout droit. Nous rejoignîmes le boulevard Victor-Hugo, puis reprîmes le boulevard d'Inkermann. Maintenant, Koromindé appuyait à fond sur l'accélérateur. Des gouttes de sueur coulaient le long de ses tempes. Lui aussi consultait sa montre. Il me murmura, d'une voix blanche :

— Mon vieux, je vous jure que nous arriverons à temps.

Il brûla de nouveau un feu rouge. Je fermai les yeux. Il accéléra encore et klaxonna par petits coups brefs. La vieille Régence tremblait. Nous arrivions avenue du Roule. Devant l'église, nous tombâmes en panne.

Nous abandonnâmes la Régence et marchâmes au pas de charge en direction de la mairie, à deux cents mètres plus loin, sur l'avenue. Koromindé boitait un peu et je le précédais. Je me mis à courir. Koromindé aussi, mais il traînait la jambe gauche et bientôt je le distançai d'une bonne longueur. Je me retournai : il agitait le bras en signe de détresse, mais je courais de plus en plus vite. Koromindé, découragé, ralentit son allure. Il s'épongeait le front et les tempes à l'aide d'un mouchoir bleu marine. En escaladant les marches de la mairie, je lui fis de grands gestes. Il parvint à me rejoindre et il était si essoufflé qu'il ne pouvait plus émettre un seul son. Je le pris par le poignet et nous traversâmes le hall où une pancarte indiquait : «État civil − 1er étage, porte gauche». Koromindé était livide. Je pensai qu'il allait avoir une défaillance cardiaque et le soutins quand nous montâmes les escaliers. Je poussai la porte de l'état civil d'un coup d'épaule, tandis que des deux mains je maintenai Koromindé debout. Il trébucha et m'entraîna de tout son poids. Nous glissâmes et tombâmes à la renverse au milieu de la pièce, et les préposés à l'état civil nous regardaient, bouche bée, derrière les grilles du guichet.

Je me relevai le premier et me dirigeai en m'éclaircissant la gorge vers le guichet. Koromindé s'affala sur une banquette, au fond de la pièce.

Ils étaient trois : deux femmes en chemisier, la cinquantaine sévère et nerveuse, les cheveux ardoise coupés courts et qui se ressemblaient comme des jumelles. Un homme grand aux moustaches épaisses et laquées.

— Vous désirez ? dit l'une des femmes.

Elle avait un ton à la fois peureux et menaçant.

— C'est pour un état civil.

— Vous auriez pu venir plus tôt, dit l'autre femme sans aménité.

L'homme me fixait en plissant les yeux. Notre apparition brutale avait été du plus mauvais effet.

— Dites-leur que nous regrettons très véritablement ce retard, souffla Koromindé du fond de la pièce.

On devinait à ce «très véritablement» que le français n'était pas sa langue maternelle. Il me rejoignit en boitant. L'une des femmes nous glissa une feuille sous le guichet et dit d'une voix perfide :

— Remplissez le questionnaire.

Je fouillai dans mes poches à la recherche d'un stylo, puis me tournai vers Koromindé. Celui-ci me tendit un crayon.

— Pas au crayon, siffla le moustachu.

Ils se tenaient tous les trois debout, derrière la grille, à nous observer en silence.

— Vous n'auriez pas... un stylo ? demandai-je. Le moustachu parut stupéfait. Les deux jumelles croisèrent les bras sur leur poitrine.

— Un stylomine, je vous prie, répéta Koromindé, d'une voix plaintive.

Le moustachu passa un stylo-bille de couleur verte à travers le grillage. Koromindé le remercia. Les deux jumelles gardaient les bras croisés, en signe de désapprobation.

Koromindé me tendit le stylo-bille et je commençai à remplir le questionnaire à l'aide des indications du «Livret de Famille». Je voulais que ma fille s'appelât Zénaïde, peut-être en souvenir d'une Zénaïde Rachevsky, belle femme qui avait ébloui mon enfance. Koromindé s'était levé et il jetait un œil par-dessus mon épaule pour superviser ce que j'écrivais.

Lorsque j'eus fini, Koromindé prit la feuille et la lut, les sourcils froncés. Puis il la tendit à l'une des jumelles.

— Ce n'est pas dans le calendrier français, dit-elle en pointant son index sur le prénom «Zénaïde» que j'avais calligraphié en énormes lettres majuscules.

— Et alors, madame ? demanda Koromindé, d'une voix altérée.

— Vous ne pouvez pas donner ce prénom.

L'autre jumelle avait rapproché sa tête de celle de sa sœur et leurs fronts se touchaient. J'étais effondré.

— Alors, que faire, madame ? demanda Koromindé.

Elle avait décroché le téléphone et composé un numéro à deux chiffres.

Elle demandait si le prénom «Zénaïde» figurait «sur la liste». La réponse était : NON.

— Vous ne pouvez pas donner ce prénom.

Je vacillai, la gorge serrée.

Le moustachu s'approcha à son tour et prit le formulaire.

— Mais si, mademoiselle, chuchota Koromindé, comme s'il dévoilait un secret. Nous pouvons donner ce prénom.

Et il leva la main, très lentement, en signe de bénédiction.

— C'était le prénom de sa marraine.

Le moustachu se pencha et appuya son front de bélier contre les grillages.

— Dans ce cas, messieurs, il s'agit d'un problème particulier, et la chose est tout à fait différente.

Il avait une voix onctueuse qui ne correspondait pas du tout à son physique.

— Certains prénoms se transmettent dans les familles, et si curieux fussent-ils, nous n'avons rien à dire. Absolument rien.

Il moulait ses phrases et chaque mot sortait de sa bouche imprégné de vaseline.

— Va pour Zénaïde!

— Merci, monsieur. Merci!

Il eut un geste excédé en direction des deux jumelles et fit la pirouette comme un danseur avant de disparaître. On entendit quelqu'un taper à la machine dans la pièce du fond. Koromindé et moi, nous ne savions pas très bien si nous devions attendre. Les deux jumelles triaient une pile de papiers en conversant à voix très basse.

— Beaucoup de naissances, aujourd'hui, mesdames? Ça marche? demanda Koromindé, comme s'il voulait se rappeler à leur souvenir.

Elles ne répondirent pas. J'allumai une cigarette, présentai le paquet à Koromindé, puis aux deux femmes.

— Une cigarette, mesdames?

Mais elles feignirent de n'avoir pas entendu.

Enfin, le moustachu passa la tête dans l'embrasure d'une porte latérale et nous dit:

— Par ici, messieurs.

Nous nous retrouvâmes de l'autre côté du grillage, là où officiaient les deux jumelles et le moustachu. Celui-ci nous fit signe d'entrer dans la salle du fond. Les deux jumelles continuaient de brasser mécaniquement leurs piles de feuillets.

Une petite pièce en coin dont les deux fenêtres donnaient sur une rue. Des murs vides, couleur havane. Un bureau de bois sombre à nombreux tiroirs et au milieu duquel était ouvert un registre.

— Messieurs, si vous voulez relire et signer.

Le texte, tapé à la machine, sans une seule faute de frappe, précisait qu'une enfant de sexe féminin, nommée Zénaïde, était née à neuf heures du soir, le 22 octobre, de cette année... Une dizaine de lignes auxquelles avait été réservée une page entière du registre. Et les mêmes indications sur la page suivante.

— Le double, messieurs.

Cette fois, il me tendait un stylo massif, à capuchon d'or.

— Vous avez relu ? Pas d'erreurs ? demanda-t-il.

— Pas d'erreurs, répondis-je.

— Pas d'erreurs, dit Koromindé en écho.

Je pris le stylographe et lentement, d'une grande écriture saccadée, je traçai, au bas des deux pages, mes nom et prénoms.

Ce fut au tour de Koromindé. Il ôta ses lunettes teintées. Un sparadrap maintenait ouverte la paupière de son œil droit et lui donnait un air de boxeur égaré. Il signa d'une plume encore plus tremblante que la mienne : Jean Koromindé.

— Vous êtes un ami de la famille ? demanda le moustachu.

— Un ami du grand-père.

Un jour, dans vingt ans, si elle avait la curiosité de consulter ce registre – mais pourquoi l'aurait-elle ? –, à la vue de cette signature, Zénaïde se demanderait qui était ce Jean Koromindé.

— Voilà, tout est bien qui finit bien, déclara gentiment le moustachu.

Il me considérait avec un regard très doux, presque paternel, et qui me sembla même légèrement embué. Il nous tendit une main timide que nous serrâmes chacun à notre tour. Et je compris alors pourquoi il portait cette moustache. Sans elle, ses traits se seraient affaissés et il aurait certainement perdu l'autorité si nécessaire aux fonctionnaires de l'état civil.

Il ouvrit une porte.

— Vous pouvez descendre par cet escalier, nous dit-il, d'une voix complice, comme s'il nous indiquait un passage secret. Au revoir, messieurs. Et bonne chance. Bonne chance...

Sur le perron de la mairie, nous étions tout drôles. Voilà, nous avions rempli une formalité importante, et cela s'était passé simplement. Le soir tombait. Il fallait remettre la Régence en marche. Nous nous adressâmes à un garagiste qui découvrit que l'automobile avait besoin d'une réparation sérieuse. Koromindé viendrait la chercher le lendemain. Nous décidâmes de regagner Paris à pied.

Nous suivions l'avenue du Roule. Koromindé ne traînait plus la jambe et marchait d'un pas vif. Je ne pouvais m'empêcher de penser au grand registre ouvert sur le bureau. Ainsi, c'était cela, un registre d'état civil. Nous pensions à la même chose puisque Koromindé me dit :

— Vous avez vu ? C'est drôle, un registre d'état civil ? Hein ?

Et lui ? avait-il été enregistré à un état civil quelconque ? Quelle était sa nationalité d'origine ? Belge ? Allemand ? Balte ? Plutôt Russe, je crois. Et mon père, avant qu'il ne s'appelât « Jaspaard » et qu'il n'eût ajouté « de Jonghe » à ce nom ? Et ma mère ? Et tous les autres ? Et moi ? Il devait se trouver quelque part des registres aux feuilles jaunies, où nos noms et nos prénoms et nos dates de naissance, et les noms et prénoms de nos parents, étaient inscrits à la plume, d'une écriture aux jambages compliqués. Mais où se trouvaient ces registres ?

Koromindé, à côté de moi, sifflotait. La poche de son pardessus était déformée par la revue qu'il lisait dans sa voiture et dont j'apercevais le titre en caractères rouges : *Le Haut-Parleur*. De nouveau, j'eus envie de lui demander ce que faisaient mon père et ma mère à Megève en février 1944. Mais le savait-il ? Après trente ans, les souvenirs… Nous étions arrivés au bout de l'avenue du Roule. Il faisait nuit et les feuilles mortes que la pluie avait imprégnées de boue collaient aux talons. Koromindé frottait de temps en temps les semelles de ses chaussures contre la bordure du trottoir. Je guettais le passage des autos, à la recherche d'un taxi vide. Mais non, après tout, autant continuer à pied.

Nous nous engagions avenue de la Porte-des-Ternes dans ce quartier que l'on avait éventré pour construire le périphérique. Une zone comprise entre Maillot et Champerret, bouleversée, méconnaissable, comme après un bombardement.

— Un jour, je suis venu par ici avec votre père, me dit Koromindé.

— Ah bon ?

Oui, mon père l'avait emmené en automobile par ici. Il cherchait un garagiste qui lui procurerait une pièce de rechange pour sa Ford. Il ne se souvenait plus de l'adresse exacte et longtemps Koromindé et lui avaient sillonné ce quartier, aujourd'hui complètement détruit. Rues bordées d'arbres dont les feuillages formaient des voûtes. De chaque côté, des garages et des hangars qui paraissaient abandonnés. Et la douce odeur de l'essence. Enfin, ils s'étaient arrêtés devant un établissement, fournisseur de « matériel américain ». L'avenue de la Porte-de-Villiers ressemblait au mail d'une toute petite ville du Sud-Ouest, avec ses quatre rangées de platanes. Ils s'assirent sur un banc en attendant que le garagiste eût terminé la réparation. Un chien-loup était allongé en bordure du trottoir et dormait. Des enfants se poursuivaient au milieu de l'avenue déserte, parmi les flaques de soleil. C'était un samedi après-midi d'août, juste après la guerre. Ils ne parlaient pas. Mon père – paraît-il – était d'humeur mélancolique. Koromindé, lui, comprenait que leur jeunesse était finie.

Nous arrivions avenue des Ternes et Koromindé recommençait à boiter. Je lui pris le bras. Les lampadaires s'allumaient boulevard Gouvion-Saint-Cyr. C'était l'heure des longues files de voitures, de la foule, des bousculades, mais rien de tout cela ne pénétrait dans la nursery. Je revis le balancement serein de la branche contre la vitre.

En somme, nous venions de participer au début de quelque chose. Cette petite fille serait un peu notre déléguée dans l'avenir. Et elle avait obtenu du premier coup le bien mystérieux qui s'était toujours dérobé devant nous : un état civil.

## II

À quelle époque ai-je connu Henri Marignan ? Oh, je n'avais pas encore vingt ans. Je pense souvent à lui. Parfois, il me semble même qu'il fut l'une des multiples incarnations de mon père. J'ignore ce qu'il est devenu. Notre première rencontre ? Elle eut lieu au fond d'un bar étroit et rouge corail du boulevard des Capucines : Le Trou Dans Le Mur. Nous étions les derniers clients. Marignan, assis à une table voisine de la mienne, a commandé un « alcool de riz » et après en avoir goûté une gorgée a dit au barman :

— Il n'a pas le goût qu'il avait en Chine.

Alors, je lui ai demandé, à brûle-pourpoint :

— Vous connaissez la Chine, monsieur ?

Nous avons bavardé jusqu'à quatre heures du matin. De la Chine, bien sûr, où Marignan avait séjourné avant la guerre. Il était encore capable de dessiner le plan détaillé de Shanghai sur une nappe et il l'a fait pour moi, ce soir-là. J'ai voulu savoir si de nos jours un Occidental avait quelque chance de pénétrer dans ce mystérieux pays et de l'explorer en toute liberté. Il a eu une légère hésitation et d'une voix solennelle :

— Je crois que c'est possible.

Il me regardait fixement.

— Vous tenteriez le coup avec moi ?

— Bien sûr, ai-je dit.

À partir de cet instant-là, nous nous sommes vus tous les jours.

Marignan avait dépassé la soixantaine, mais paraissait vingt ans de moins. Grand, carré d'épaules, il portait les cheveux en brosse. Sur son visage, pas le moindre empâtement. Le dessin régulier des arcades sourcilières, du nez et du menton m'avait frappé. Les yeux bleus étaient traversés, par rafales, d'une expression de désarroi. Il était toujours habillé de complets croisés et avait visiblement une prédilection pour les chaussures à semelles de crêpe très souples qui lui donnaient une démarche élastique.

Au bout de quelque temps, j'ai su à qui j'avais affaire. Cela n'est pas venu de lui car il ne parlait de son passé que si je lui posais des questions.

À vingt-six ans, donc, il avait été envoyé à Shanghai par une agence de presse. Il y fonda un quotidien qui paraissait en deux éditions, l'une française et l'autre chinoise. On fit appel à lui en qualité de conseiller au ministère des Communications du gouvernement Tchang Kaï-chek et le bruit courut que Madame Tchang Kaï-chek avait succombé au charme d'Henri Marignan. Il était resté en Chine, pendant sept ans.

De retour en France, il avait publié un livre de souvenirs : *Shanghai Perdu* dont je peux réciter des pages entières. Il y dépeint la Chine des années 30, avec son pullulement de vrais et de faux généraux, ses banquiers, ses cortèges funèbres qui traversent les rues en jouant *Viens Poupoule,* ses chanteuses de treize ans aux voix de crécelle et aux bas roses brodés d'énormes papillons jaunes, ses odeurs d'opium et de pourriture et la nuit moite qui couvre de champignons les chaussures et les vêtements. Dans ce livre, il rend un hommage vibrant et nostalgique à Shanghai, la ville de sa jeunesse. Au cours des années qui suivirent, entraîné par son goût de l'intrigue, il fréquenta à la fois les Brigades internationales et des membres de la Cagoule. De 1940 à 1945, il remplit des « missions » énigmatiques entre Paris, Vichy et Lisbonne. Il disparaît, pour l'état civil, à Berlin, en avril 1945. Tel était Henri Marignan.

J'allais le chercher avenue de New York, au 52, je crois, l'un des derniers immeubles avant les jardins du Trocadéro. L'appartement était celui d'une certaine « Geneviève Catelain », une femme blonde, très distinguée et vaporeuse, dont les yeux avaient des reflets émeraude. Assise avec lui sur le canapé du salon, elle lui disait quand j'entrais :

— Voilà M. Modiano, ton complice.

À plusieurs reprises, il me fixa rendez-vous avenue de New-York vers dix heures du soir. Et chaque fois, il y avait du monde dans le salon, comme pour une fête ou un cocktail. Geneviève Catelain allait de groupe en groupe, Marignan, lui, se tenait à l'écart. Dès qu'il me voyait, il se dirigeait vers moi, le buste très raide et la démarche bondissante.

— Allons prendre l'air, me disait-il.

Nous marchions au hasard à travers Paris. Un soir, il me fit connaître le quartier chinois de la gare de Lyon, près de l'avenue Daumesnil. Les Arabes avaient remplacé les Chinois, mais demeurait encore, passage Gatbois, un hôtel à l'enseigne du Dragon Rouge. Un restaurant «chinois» occupait le rez-de-chaussée. Nous montâmes au premier étage. Une grande pièce aux murs couverts de velours grenat molletonné qui, par endroits, pendait en lambeaux. Une ampoule éclairait les trois fenêtres aux vitres sales et le parquet grisâtre. Des lattes manquaient. Dans un coin, une pile de chaises, une malle et un vieux buffet. La pièce servait de débarras.

— Ça tombe en ruine, soupira Marignan.

Il m'expliqua que, pendant l'Occupation, c'était la seule fumerie d'opium de Paris. Il y était venu un soir avec l'actrice Luisa Ferida.

Il nous arrivait de faire un détour jusqu'à la Pagode de la rue de Babylone ou de nous arrêter devant cette grande maison chinoise, rue de Courcelles, dont une plaque indique qu'elle a été construite en 1928 par un certain M. Fernand Bloch. Nous déambulions à travers les salles des musées Guimet et Cernuschi et nous allions même nous promener à Boulogne dans les jardins asiatiques de M. Albert Kahn. Marignan était pensif.

Je le raccompagnais avenue de New-York et j'essayais de savoir quel lien l'unissait à la mystérieuse Geneviève Catelain.

— Une très, très ancienne histoire d'amour, me confia-t-il un soir. Du temps où j'avais encore un état civil et où je n'étais pas un fantôme, comme aujourd'hui. Vous savez que je suis mort en 45, hein ?

Comment avait-il fait pour subsister et ne pas être reconnu ?
Il m'expliqua qu'on change de tête, à partir de quarante ans, et
qu'il avait gagné un peu d'argent en écrivant des contes pour
enfants, sous le pseudonyme d'Uncle Ronnie. Il les rédigeait en
anglais, et la série des « Uncle Ronnie' Stories » se vendait en
Grande-Bretagne et même aux États-Unis. Et puis il était un
peu courtier en objets d'art.

Mais le projet de départ pour la Chine occupait son esprit. En
pleine rue, il me posait brusquement une question :
— Vous croyez que vous supporterez le climat ?
Ou :
— Vous êtes prêt à rester un an là-bas ?
Ou :
— Vous êtes vacciné contre la diphtérie, Patrick ?

Enfin, il me confia son plan. Depuis plusieurs années, il
découpait dans les journaux et les magazines des photos représentant le ministre Chou En-laï et son entourage, à l'occasion
de banquets diplomatiques ou d'accueils de personnalités étrangères. Il avait même vu et revu des bandes d'actualité prises
au moment du voyage en Chine du président des États-Unis.
À la gauche de Chou En-laï, si prêt qu'il le touchait de l'épaule,
se tenait toujours le même homme souriant. Et cet homme,
Marignan était sûr de l'avoir connu jadis, à Shanghai.

Son débit était de plus en plus rapide, son regard absorbé,
comme s'il cherchait à retrouver le contour d'un monde
disparu. Avenue Joffre, dans la concession française, il y a le
restaurant Katchenko. Des tables recouvertes de nappes bleu
ciel et sur chacune d'elles, de petites lampes aux abat-jour
verts. Le consul de France y vient souvent. Et aussi Kenneth
Cummings, le plus riche agent de change de Shanghai. On
descend quelques marches et l'on arrive sur la piste de danse.
L'orchestre, pendant le dîner, distille de la musique douce. Les
musiciens sont tous européens sauf le pianiste, un Chinois
qui ne paraît pas plus de dix-huit ans. C'était lui, Marignan en
aurait mis sa main au feu, que l'on voyait aux côtés de Chou
En-laï. En ce temps-là, il s'appelait Roger Fu-seng. Il parlait
couramment le français parce qu'il avait fréquenté l'école des
Jésuites. Marignan le considérait comme son meilleur ami.

Roger Fu travaillait au journal et rédigeait des articles en chinois ou bien servait de traducteur. Il jouait dans l'orchestre du Katchenko jusqu'à minuit et Marignan venait le chercher chaque soir. Fu avait vingt-cinq ans, et c'était un garçon exquis. Il aimait traîner. Nuits du Casanova avenue Edouard-VII et du Ritz rue Chu-Pao-San, parmi les taxi-girls chinoises et les Russes blanches de Harbin... Roger Fu-seng finissait toujours par se mettre au piano et égrenait une mélodie de Cole Porter. Fu, c'était le Shanghai de cette époque-là.

Il fallait reprendre contact coûte que coûte avec lui, maintenant qu'il était devenu le familier de Chou En-laï. Marignan y pensait depuis des années mais, chaque fois, la difficulté de l'entreprise le faisait renoncer très vite. Il était heureux d'avoir rencontré un «jeune» de mon espèce qui pût le stimuler. En effet, j'ai l'habitude d'écouter les gens, de partager leurs rêves et de les encourager dans leurs vastes projets.

Quelques semaines passèrent et Marignan donnait sans cesse des coups de téléphone dans les cafés où nous nous rencontrions. Il ne me disait rien et quand j'osais lui poser une question, il me répondait invariablement:

— Nous allons trouver le «joint».

Un après-midi, il me pria de venir quai de New York. Il m'ouvrit lui-même la porte de l'appartement et m'entraîna au salon. Nous nous trouvions seuls au milieu de cette immense pièce blanche dont les quatre portes-fenêtres donnaient sur la Seine. Les vases de fleurs étaient plus nombreux qu'à l'ordinaire. Bouquets d'orchidées, de roses et d'iris et, tout au fond, un petit oranger.

Il me tendit l'une des cigarettes à bout doré que fumait Geneviève Catelain et m'exposa la situation. Selon lui, il n'y avait qu'un seul intercesseur pour renouer le contact avec Roger Fu-seng: l'ambassade de Chine populaire à Paris. Il suffisait de rencontrer un membre de l'Ambassade – aussi subalterne fût-il – et de se confier à lui en toute franchise. Marignan pensait que sa connaissance à peu près correcte de la langue chinoise jouerait en notre faveur. Or, il était très difficile d'entrer en rapport avec le personnel diplomatique de l'avenue George-V. Des liens existaient certainement entre la France et la Chine, des groupements officiels, une amicale franco-chinoise. Mais de quelle manière s'introduire dans ces cercles ? Alors, il avait pensé à George Wo-heu, un garçon subtil et ondoyant qui travaillait à la Shanghai Commercial and Saving Bank du temps de leur jeunesse et qui lui avait fait obtenir des fonds de divers commanditaires pour la création de son journal. Wo-heu s'était fixé à Paris depuis trente ans et exerçait la profession de diamantaire.

Nous l'attendions.

Il glissait vers nous, porté par d'invisibles patins à roulettes. Marignan me le présenta et Wo-heu me gratifia d'un sourire qui lui fendait le visage jusqu'aux tempes. Bien qu'il fût de petite taille et corpulent, il paraissait extrêmement souple. Il avait un visage de lune et des cheveux argent peignés en arrière. Son costume gris foncé à rayures était de la meilleure coupe. Il s'assit sur le divan en frottant ses mains, aux ongles vernis.

— Alors, Toto ? lança-t-il à Marignan.

Celui-ci s'éclaircit la gorge.

— Quoi de neuf, Toto ? – sa voix était mélodieuse.

Marignan, d'emblée, lui expliqua que nous projetions un voyage en Chine et qu'il était nécessaire que nous entrions en rapport le plus vite possible avec l'ambassade de Chine populaire. Aurait-il un «tuyau»?

Il éclata d'un rire qui lui fendit le visage presque jusqu'au front.

— Et c'est pour ça que tu m'as fait venir?

Il sortit une cigarette d'un étui en cuir, qu'il referma d'un geste nerveux. Il se cala au fond du divan. Là, en face de nous, tout lisse et replet, il avait l'air de sortir d'un bain parfumé. D'ailleurs, il sentait le Penhaligon's.

Il était grave, brusquement. Il fronçait les sourcils.

— Eh bien oui, je connais des gens à l'ambassade de Chine populaire, Toto. Seulement... seulement... – Et il suspendait sa phrase, comme s'il voulait nous faire languir. — Seulement, il va être difficile de leur parler de toi...

Je m'étonnais que Marignan ne fît aucune allusion à Roger Fu-seng, mais il devait avoir ses raisons.

— Il suffirait que je voie un sous-secrétaire quelconque, dit Marignan.

Wo-heu n'avalait pas la fumée et la rejetait d'un seul coup. Chaque fois, un nuage compact masquait son visage.

— Bien sûr, dit-il. Seulement, la Chine populaire n'a rien à voir avec la Chine que nous avons connue. Comprends-tu, mon Toto ?

— Oui... dit Marignan.

— J'ai des rapports avec un attaché commercial, dit Wo-heu en regardant vers les fenêtres et le fond de la pièce, comme s'il suivait le vol d'un papillon. Mais pourquoi veux-tu retourner là-bas ?

Marignan ne répondait pas.

— Tu ne reconnaîtras rien, mon Toto.

La pénombre entrait peu à peu dans la pièce. Marignan n'allumait pas les lampes. Ils s'étaient tus, l'un et l'autre. George Wo-heu fermait les yeux. Marignan avait une ride qui lui barrait la joue droite. Le bruit d'une porte qu'on refermait. Une silhouette pastel. Geneviève Catelain.

— Pourquoi restez-vous dans le noir ? demanda-t-elle.

Wo-heu s'était levé d'un bond et lui baisait la main.

— George Wo... Quelle bonne surprise...

Nous avons raccompagné Wo jusqu'à une station de taxi, avenue d'Iéna.

— Je vous téléphonerai, nous a-t-il dit. De la patience. Beaucoup de patience.

Nous avions l'impression, Marignan et moi, d'avoir fait un pas décisif.

Nous attendions les coups de téléphone de George Wo-heu, avenue de New York, dans la chambre de Marignan. On y accédait en montant un petit escalier qui partait du vestibule de l'appartement. Sur la table de nuit, une photo de Geneviève Catelain, à vingt ans, le visage lisse et le regard plus lumineux que d'habitude. Elle était coiffée d'un casque d'aviatrice d'où dépassait une mèche blonde. Marignan m'expliqua qu'elle avait jadis battu des records du monde dans de « vieux coucous impossibles ». J'étais amoureux d'elle.

George Wo-heu appelait vers le soir, mais cela pouvait être aussi bien à sept heures qu'à dix. Pour tromper notre impatience et notre anxiété, Marignan me dictait des notes, tout en consultant un vieux Bottin de Shanghai.

C. T. WANG 90 rue Amiral-Courbet 09 12 14

JEWISH SYNAGOGUE « BETH-EL » 24 Foochow Road

D. HARDIVILLIERS 2 Bubbling Well Road 07 09 01

VENUS 3 Setchouen Road 10 41 62

D'AUXION DE RUFFE 20 Zeng wou Tseng 01 41 28

ÉTABLISSEMENTS SASSOON Soochow Creck 78 20 11

GRANDS MAGASINS SINCÈRE Nanking Road 40 33 17

Un grelottement. Nous ne décrochions pas avant d'être sûrs qu'il s'agissait bien de la sonnerie du téléphone. Marignan prenait le combiné et moi l'écouteur. Les répliques échangées étaient toujours les mêmes :

— Allô, George Wo ? disait Marignan d'une voix blanche.

— Comment vas-tu Henri ?

— Bien, et toi ?

— Très bien.

Quelques secondes de silence.

— Quoi de neuf, Wo ? demandait Marignan d'un ton faussement enjoué.

— Je prends des contacts.

— Alors ?

— L'affaire suit son cours, mon Toto. Encore un peu de patience.

— Jusqu'à quand, George ?

— Je te rappellerai. Au revoir, Henri.

— Au revoir, Wo.

Il raccrochait. Et chaque fois, nous étions vraiment déçus.

Du grand salon nous parvenait un bourdonnement de conversations. Il y avait du monde, comme d'habitude. Geneviève Catelain nous faisait signe. Nous marchions vers elle à travers les petits groupes des invités mais ne parlions à personne. Elle nous accompagnait.

— À tout à l'heure, Henri, disait-elle à Marignan. Ne rentre pas trop tard.

Elle se tenait sur le pas de la porte, blonde et chargée d'une mystérieuse électricité, qui me remuait, moi.

La nuit commençait. Souvent, nous retrouvions George

Wo-heu et allions dîner tous trois à la Calavados, un restaurant nostalgique de l'avenue Pierre-1er-de-Serbie où nous restions en sa compagnie jusqu'à deux heures du matin. Cette épreuve nous laissait les nerfs à vif. En effet, il ne servait à rien de lui poser une question directe au sujet des contacts qu'il avait ou non pris pour nous à l'Ambassade. Il évitait de répondre en changeant de conversation, ou en énonçant une remarque d'ordre général, telle que : « Les ambassades sont comme les lièvres. Il faut s'approcher d'elles lentement pour ne pas les effrayer, hein, Toto ? » Son sourire lui fendait le visage. Marignan ne l'attaquait jamais de front et procédait par subtiles allusions et incidentes sournoises. George Wo-heu les esquivait une par une. À bout de forces, Marignan finissait par lui dire : « Est-ce que tu crois que nous pourrons quand même rencontrer quelqu'un de l'Ambassade ? » À quoi Wo-heu répondait invariablement : « Tu sais bien que la Chine est une longue patience, mon Toto, et qu'il faut la mériter. » Il tirait sur sa cigarette, soufflait aussitôt, et son visage disparaissait derrière un écran de fumée.

Avant de nous quitter, il nous disait :

— Je vous téléphonerai demain. Il y aura peut-être du nouveau. Au revoir.

Alors Marignan et moi, pour nous redonner espoir et courage, nous buvions un dernier verre dans la salle désertée de La Calavados. Quelle serait la réaction de Roger Fu-seng quand il apprendrait que son vieil ami Henri, du *Journal de Shanghai,* voulait le revoir ? Il ne pouvait pas avoir oublié. C'était impossible.

Une liaison allait bientôt s'établir entre la France et la Chine, à travers les kilomètres et les années. Mais Wo-heu avait sans doute raison et il ne fallait rien précipiter. On risquait de briser ce fil de la vierge.

Avenue de New York, devant la porte de l'immeuble, Marignan me serrait la main :

— Pas un mot de cette histoire de Chine à Geneviève, hein, mon vieux ? Je compte sur vous. À demain. Ne vous en faites pas. Le but est proche.

Je rentrais dans ma petite chambre du square de Graisivaudan. Je m'accoudais à la fenêtre. Pourquoi Marignan voulait-il partir en Chine? Dans l'espoir d'y retrouver sa jeunesse, me disais-je. Et moi? C'était l'autre bout du monde. Je me persuadais que là se trouvaient mes racines, mon foyer, mon terroir, toutes ces choses qui me manquaient.

Le téléphone sonnait et, contrairement à la promesse de notre intercesseur, il n'y avait jamais rien de nouveau. Nous passions maintenant nos journées à attendre dans un café de l'avenue de New York, à côté de l'immeuble. George Wo-heu venait nous y rejoindre.

Marignan buvait sec des alcools sucrés, et je me laissais aller à l'imiter. À soixante ans, il paraissait beaucoup plus résistant que moi. Il était moitié briard, moitié beauceron et son physique avait gardé une lourdeur et une solidité paysannes. Sauf le regard, bien sûr, qui trahissait un délabrement intérieur.

Il me parlait des champs de lotus de Suchow. Très tôt, le matin, nous traverserions le lac sur une barque et nous verrions les lotus s'ouvrir au lever du soleil.

Les jours passaient. Nous ne quittions plus ce café. Nous nous laissions envahir par une sorte d'accablement. Nous connaissions encore des instants d'espoir et d'euphorie, avec la certitude que nous allions partir. Mais les saisons changeaient. Bientôt, il n'y eut plus autour de nous qu'un brouillard tendre, traversé par la silhouette de moins en moins précise de George Wo.

# III

La rue Léon-Vaudoyer et quelques autres petites rues toutes semblables à elles forment une enclave incertaine entre deux arrondissements. Vers la droite commence l'aristocratique septième, vers la gauche, c'est Grenelle, l'École militaire et jadis le vacarme des brasseries à soldats de La Motte-Picquet. Ma grand-mère a habité cette rue Léon-Vaudoyer. À quelle époque? Au cours des années trente, je crois. À quel numéro? Je l'ignore, mais les immeubles de la rue Léon-Vaudoyer ont tous été construits sur le même modèle vers 1900, de sorte que les mêmes entrées, les mêmes fenêtres, les mêmes encorbellements forment de chaque côté une façade monotone d'un bout à l'autre de la rue. Dans la trouée, on voit la tour Eiffel. Sur le premier immeuble à droite, une plaque indique : « Propriété des rentiers de l'avenir ». Elle vivait là, peut-être. D'elle, je ne sais presque rien. Je ne connais pas son visage car toutes les photographies — s'il y en avait — ont disparu. Elle était la fille d'un tapissier de Philadelphie. Mon grand-père, lui, avait passé son enfance et une partie de sa jeunesse à Alexandrie, avant de partir pour le Venezuela. Par quels hasards s'étaient-ils rencontrés à Paris et avait-elle échoué, à la fin de sa vie, rue Léon-Vaudoyer?

J'ai suivi, à mon tour, le chemin qu'elle devait prendre pour rentrer chez elle. C'était un après-midi ensoleillé d'octobre. J'ai arpenté toutes les rues avoisinantes : rue César-Frank, rue Albert-de-Lapparent, rue José-Maria-de-Heredia… Dans quels magasins avait-elle ses habitudes ? Il y a une épicerie rue César-Franck. Existait-elle déjà ? Rue Valentin-Haüy, un vieux restaurant porte encore sur sa vitre l'inscription en arc de cercle : « Vins et liqueurs ». Ses deux fils l'y ont-ils emmenée, un soir ?

Je me suis engagé dans la rue Léon-Vaudoyer, d'abord en venant de l'avenue de Saxe, ensuite par la rue Pérignon, m'arrêtant devant chaque entrée d'immeuble. Dans les cages d'escalier, des ascenseurs tous semblables, et l'un d'eux était celui qu'elle prenait. Elle avait connu des fins d'après-midi paisibles comme celle-là, lorsqu'elle rentrait chez elle sous le même soleil et le long du même trottoir. Et l'on oubliait la guerre qui venait.

Au coin de l'avenue de Saxe, j'ai jeté un dernier regard sur la rue Léon-Vaudoyer. Une rue sans charme, sans arbres, comme il en existe des dizaines d'autres à la lisière des quartiers bourgeois de Paris. Tout près, avenue de Saxe, je suis entré dans une vieille librairie. Y venait-elle acheter quelquefois un roman ? Mais non, la libraire m'a dit qu'elle n'était là que depuis quinze ans, et qu'auparavant une modiste occupait ce même local. Les magasins changent de propriétaire. C'est le commerce. On finit par ne plus savoir très bien la place exacte qu'occupaient les choses. Ainsi, en 1917, quand les Berthas menaçaient Paris, ma grand-mère avait emmené ses enfants du côté d'Enghien, chez un parent à elle, un certain James Levy. On est venu le chercher un jour et personne ne l'a plus jamais revu. Ma grand-mère a écrit à la Sûreté et au ministère des Armées. Sans succès. Elle en a conclu qu'on avait fusillé James Levy par erreur, comme espion allemand.

J'ai voulu moi aussi en savoir plus, mais je n'ai pas encore trouvé la moindre trace, la moindre preuve du passage de James Levy sur la terre. J'ai même consulté des archives à la mairie d'Enghien. Était-ce du côté d'Enghien, d'ailleurs ?

# IV

À dix-huit ans, ma mère commença une carrière cinématographique dans sa ville natale d'Anvers. Jusque-là, elle avait travaillé à la Compagnie du Gaz et pris des cours de diction, mais quand un studio fut bâti sur la Pyckestraat, à l'initiative d'un certain Jan Vanderheyden, elle s'y présenta et fut engagée. Très vite, une équipe s'était formée autour de Vanderheyden qui utilisa toujours les mêmes acteurs et les mêmes techniciens. Il s'occupait à la fois de la production et de la mise en scène et tournait ses films en un temps record. Le studio de la Pyckestraat était une véritable ruche, si bien que les journalistes l'appelèrent : « De Antwerpche Hollywood », ce qui veut dire : « L'Hollywood anversois ».

Ma mère fut la très jeune vedette de quatre films de Vanderheyden. Il tourna les deux premiers : *Cet homme est un ange* et *Janssens contre Peeters* au cours de l'année 1939. Les deux suivants : *Janssens et Peeters réconciliés* et *Bonne chance, Monique* datent de 1941. Trois de ces films sont des comédies populaires et anversoises qui font de Vanderheyden – comme l'a écrit un critique de l'époque – un « Pagnol des bords de l'Escaut ». Le quatrième, *Bonne chance, Monique,* est une comédie musicale.

Entre-temps, la compagnie de production de Vanderheyden était passée sous contrôle allemand et ma mère fut envoyée pour quelques semaines à Berlin où elle tint un petit rôle dans *Bel Ami* de Willi Forst.

En cette année 1939, elle signa aussi un engagement à l'Empire Theater d'Anvers. Elle y était tour à tour « girl » et « mannequin ». De juin à décembre, on joua à l'Empire une adaptation de *No, No, Nanette* et ma mère y parut. Puis à partir de janvier 1940, elle figura dans une revue « d'actualité » qui s'appelait : *Demain, tout ira mieux*. Elle était au centre du tableau final. Tandis que les girls dansaient avec des parapluies « Chamberlain », on voyait ma mère s'élever sur une nacelle, la tête entourée de rayons d'or. Elle montait, montait et l'averse cessait, les parapluies se refermaient. Elle était l'image du soleil qui se levait et dissipait de sa lumière toutes les ténèbres de l'année 40. Du haut de sa nacelle, maman saluait le public et l'orchestre jouait un pot-pourri. Le rideau tombait. Chaque fois, les machinistes, pour lui faire une farce, l'abandonnaient sur sa nacelle, tout là-haut, dans l'obscurité.

Elle habitait au premier étage d'une petite maison proche du quai Van-Dyck. L'une de ses fenêtres s'ouvrait sur l'Escaut et sur la terrasse promenoir qui le borde, avec le grand café, au bout. Empire Theater, où chaque soir elle se maquillait dans sa loge. Bâtiment de la Douane. Quartier du port et des bassins. Je la vois qui traverse l'avenue tandis qu'un tramway passe en brinquebalant, et la brume finit par noyer sa lumière jaune. C'est la nuit. On entend les appels des steamers.

Le costumier de l'Empire s'était pris d'affection pour ma mère et voulait lui servir d'impresario. Un homme joufflu, aux grosses lunettes d'écaille, qui parlait d'une voix très lente. Mais la nuit, dans une boîte à marins du quartier grec, il faisait un numéro chantant, costumé en Mme Butterfly. Selon lui, les films de Vanderheyden, aussi charmants et aussi nombreux fussent-ils, n'assureraient pas la carrière d'une actrice. Il fallait viser plus haut, ma petite. Et justement, il connaissait des producteurs importants qui s'apprêtaient à tourner un film mais cherchaient encore une jeune fille pour le second rôle. Il leur présenta ma mère.

Il s'agissait d'un certain Félix Openfeld et de son père qu'on appelait Openfeld Senior. Ce dernier, courtier en pierres précieuses à Berlin, s'était replié à Anvers après qu'Hitler eut pris le pouvoir en Allemagne et qu'une menace eut commencé à peser sur les entreprises juives. Le fils, lui, d'abord directeur de production de la Compagnie cinématographique allemande Terra-Film, avait ensuite travaillé aux États-Unis.

Ma mère leur plut. Ils ne lui demandèrent même pas de faire un bout d'essai, mais la prièrent de jouer une scène du script, là, devant eux. Cela portait un titre : *Swimmers and Detectives (Nageuses et Détectives)* et avait été écrit sur mesure pour la jeune championne de natation olympique hollandaise Willy den Ouden qui voulait débuter au cinéma. D'après ce que m'en a dit ma mère, la trame policière assez lâche du scénario servait de prétexte à plongeons et à ballets aquatiques. Ma mère jouait le rôle de la meilleure amie de Willy den Ouden.

J'ai retrouvé le contrat qu'elle signa à cette occasion. Deux pages d'un papier bleu ciel, très épais et filigrané, à l'en-tête d'Openfeld-Films. Le O de Openfeld est très grand, avec une boucle élégante, des pleins et des déliés. À l'intérieur du O, une porte de Brandebourg miniature, finement gravée. Elle est là, je suppose, pour rappeler les origines berlinoises des deux producteurs.

Il est convenu que ma future maman recevra une somme forfaitaire de 75 000 francs belges, payable par tranches au début de chaque semaine de tournage. Et il est entendu entre les parties que ce salaire ne pourra subir aucun changement en augmentation ou en diminution jusqu'à l'expiration du contrat ou sa prolongation éventuelle. Il est bien spécifié aussi que l'on considérera le temps de maquillage et d'habillage comme travail de préparation et non comme travail effectif.

Au bas de la page, la signature appliquée de ma mère. Celle, très nerveuse, de Félix Openfeld. Et la troisième signature, encore plus hâtive et hachurée, sous laquelle on a tapé à la machine : Mr Openfeld Senior.

Le contrat porte la date du 21 avril 1940.

Ils invitèrent ma mère à dîner, ce soir-là. Le costumier était de la fête ainsi que le scénariste, Henri Putmann, dont on ne connaissait pas très bien la nationalité : Belge ? Anglais ? Allemand ? Willy den Ouden devait venir pour faire la connaissance de ma mère, mais elle fut retenue au dernier moment. Un dîner très gai. Les deux Openfeld − surtout Félix − possédaient cette courtoisie à la fois raide et enjouée, typiquement berlinoise. Félix Openfeld était optimiste pour le film. Une compagnie américaine s'y intéressait déjà. Depuis le temps qu'il essayait de les convaincre de lancer sur les écrans des comédies policières « sportives »... Au cours du dîner, ils prirent une photo, que j'ai, là, sur mon bureau. L'homme aux cheveux noirs lustrés et ramenés en arrière, avec sa moustache très fine et ses belles mains : Félix Openfeld. Les deux gros, un peu en retrait : Putmann et le costumier. Le vieux à tête de belette mais dont les yeux ont un ovale magnifique : Openfeld Senior. Enfin, la jeune fille qui ressemble à Vivien Leigh, c'est ma mère.

Au début du film, elle jouait toute seule pendant une séquence. Elle rangeait sa chambre en chantant et elle répondait au téléphone. Félix Openfeld, qui assurait la mise en scène, avait décidé de suivre l'ordre chronologique de l'histoire.

Le premier jour de tournage avait été fixé le vendredi 10 mai 1940 aux studios Sonor de Bruxelles. Ma mère s'y trouverait à dix heures et demie du matin. Comme elle habitait Anvers, elle prendrait le train très tôt.

La veille, elle reçut une avance sur son cachet grâce à laquelle elle acheta une jolie mallette de cuir et des produits de beauté d'Elizabeth Arden. Elle rentra chez elle en fin d'après-midi, travailla encore un peu à son rôle, dîna et se coucha.

Vers quatre heures du matin, elle fut réveillée par ce qu'elle crut d'abord être un coup de tonnerre. Mais cela faisait encore plus de bruit – un grondement sourd et prolongé. Des ambulances passaient sur le quai Van-Dyck, des gens se penchaient aux fenêtres. Des sirènes hurlaient dans toute la ville. Sa voisine de palier lui expliqua en tremblant que l'aviation allemande bombardait le port. Il y eut une accalmie et ma mère se rendormit. À sept heures le réveil sonna. Sans perdre de temps, elle alla attendre le tramway, sur la petite place, sa mallette à la main. Le tramway ne venait pas. Des groupes de gens marchaient en parlant à voix basse.

Elle finit par trouver un taxi, et pendant tout le trajet jusqu'à la gare, le chauffeur répétait comme une antienne : « Nous sommes foutus... foutus... foutus... »

Il y avait foule dans le hall de la gare et ma mère se fraya à grand-peine un passage jusqu'au quai de départ du train pour

Bruxelles. On entourait le contrôleur, on lui posait des questions : non, le train ne partait pas. Il attendait des instructions. Et la même phrase revenait sur toutes les lèvres : « Les Allemands ont franchi la frontière… Les Allemands ont franchi la frontière…»

À la radio, au bulletin de 6 h 30, le speaker avait annoncé que la Wehrmacht venait d'envahir la Belgique, la Hollande et le Luxembourg.

Ma mère a senti que quelqu'un lui touchait le bras. Elle s'est retournée ; Openfeld Senior, coiffé d'un feutre noir. Il était mal rasé, son visage de belette avait rétréci de moitié et ses yeux s'ouvraient démesurément. Deux immenses yeux bleus, au milieu d'une tête minuscule, de celles que collectionnent les Indiens Jivaros. Il l'entraînait hors de la gare.

— Il faut rejoindre Félix aux studios… à Bruxelles… prendre un taxi… vite… un… taxi…

Il avalait la moitié des mots.

Les chauffeurs ne voulaient pas accepter une aussi longue course parce qu'ils avaient peur des bombardements. Openfeld Senior réussit à en convaincre un, avec un billet de cent francs. Dans le taxi, Openfeld Senior dit à ma mère :

— On partagera la course.

Ma mère lui expliqua qu'elle n'avait emporté que vingt francs.

— Ça ne fait rien. On s'arrangera au studio.

Pendant le trajet, il ne parla pas beaucoup. Il consultait de temps en temps un carnet d'adresses et fouillait fébrilement dans les poches de son pardessus et de sa veste.

— C'est tout ce que vous emmenez comme valise ? a-t-il dit à ma mère en désignant la mallette de cuir qu'elle tenait sur ses genoux.

— Comme valise ?

— Excusez-moi… Excusez-moi… c'est vrai… vous restez ici, vous…

Il murmurait des phrases inaudibles. Il s'est retourné vers ma mère :

— Je n'aurais jamais pu penser qu'ils ne respecteraient pas la neutralité belge…

Il avait appuyé sur les syllabes de : neu-tra-li-té belge. Certainement, ces deux mots avaient représenté pour lui jusqu'à ce jour une vague espérance, et il avait dû souvent les répéter, sans y croire, mais avec beaucoup de bonne volonté. Maintenant, ils étaient balayés avec le reste. Neutralité belge.

Le taxi entra dans Bruxelles et ils suivirent l'avenue de Tervueren où quelques immeubles achevaient de brûler. Des équipes de pompiers remuaient les décombres. Le chauffeur demanda ce qui s'était passé. Il y avait eu un bombardement vers huit heures.

Dans la cour du studio Sonor une camionnette et une grande automobile décapotable et chargée de bagages attendaient. Quand Openfeld Senior et ma mère entrèrent sur le plateau B, Félix Openfeld donnait des instructions à quelques techniciens qui rangeaient les caméras et les projecteurs.

— Nous partons pour l'Amérique, a dit Félix Openfeld à ma mère d'une voix assurée.

Elle s'est assise sur un tabouret. Openfeld Senior lui tendait un étui à cigarettes.

— Vous ne voulez pas partir avec nous ? Nous essaierons de tourner le film là-bas.

— Vous, vous n'avez pas de problèmes pour les frontières, a dit Félix Openfeld. Vous avez un passeport.

Ils comptaient rejoindre Lisbonne le plus vite possible, via l'Espagne. Félix Openfeld avait obtenu des papiers du consul du Portugal, un grand ami à lui, disait-il.

— Les Allemands seront à Paris demain et à Londres dans quinze jours, a déclaré Openfeld Senior en hochant la tête.

Ils ont chargé le matériel de cinéma dans la camionnette. Ils s'y mettaient à trois, les deux Openfeld et Grunebaum, un ancien opérateur de la Tobis, qui, bien que juif, était le sosie de Guillaume II. Ma mère le connaissait, parce qu'il avait voulu faire, la semaine précédente, un essai de lumière pour les gros plans. Grunebaum s'est installé au volant de la camionnette.

— Vous me suivez, Marc, lui a dit Félix Openfeld.

Il est monté dans l'automobile décapotable. Ma mère et Openfeld Senior ont pris place en se serrant sur le siège avant, à côté de lui. Le siège arrière était encombré par plusieurs valises et une malle-cabine.

Les techniciens du studio leur ont souhaité bon voyage. Félix Openfeld conduisait assez vite. La camionnette suivait.

— Nous essaierons de tourner le film en Amérique, répétait
Openfeld Senior.

Ma mère ne répondait rien. Elle se sentait un peu étourdie
par tous ces événements.

Place de Brouckère, Félix Openfeld gara l'automobile devant
l'hôtel Métropole. La camionnette s'arrêta à son tour.

— Attendez... je reviens tout de suite...

Il entra en courant dans l'hôtel. Au bout de quelques minutes,
il revint, portant deux bouteilles d'eau minérale et un grand sac.

— J'ai pris des sandwiches pour la route.

Il s'apprêtait à démarrer lorsque ma mère descendit précipitamment de l'automobile.

— Je... dois... rester, dit-elle.

Ils la regardaient tous deux avec un vague sourire. Ils ne lui
ont pas dit un mot pour la retenir. Ils ont pensé, sans doute,
qu'elle ne risquait rien, elle. Au fond, elle n'avait aucune raison
de partir. Ses parents l'attendaient à Anvers. La camionnette
est partie la première. Les deux Openfeld ont agité les bras, en
signe d'adieu. Ma mère agitait le bras, elle aussi. Félix Openfeld
a démarré brusquement. Ou bien était-ce un coup de vent?
Openfeld Senior a perdu son feutre qui a roulé sur le trottoir.
Tant pis pour le feutre. Il n'y avait pas une seconde à perdre.

Ma mère a ramassé le chapeau et elle a marché un peu au
hasard.

Devant l'immeuble des comptes chèques postaux, il y avait
une queue interminable d'hommes et de femmes qui voulaient
retirer leur argent. Elle a suivi l'avenue du Nord jusqu'à la gare.
Là, c'était la même cohue, la même foule hébétée qu'à la gare
d'Anvers. Un porteur lui a dit qu'un train partirait vers quinze
heures pour Anvers, mais il risquait d'arriver à destination très
tard dans la nuit.

Au buffet, elle s'est assise dans un coin. Des gens allaient,
venaient, sortaient, des hommes portaient déjà des uniformes.
Elle entendait dire autour d'elle que la mobilisation générale
avait été proclamée vers neuf heures. Un poste de radio, au
fond de la salle, diffusait des bulletins d'information. Le port
d'Anvers avait subi de nouveau un bombardement. Les troupes
françaises venaient de franchir la frontière. Les Allemands

occupaient déjà Rotterdam. Accroupie à côté d'elle, une femme nouait les lacets de chaussures d'un petit garçon. Des voyageurs se querellaient pour une tasse de café, d'autres se bousculaient, d'autres, essoufflés, traînaient des valises.

Il fallait attendre le train jusqu'à quinze heures. Un léger mal de tête la gagnait. Elle s'aperçut brusquement qu'elle avait perdu sa mallette où étaient rangés les produits de beauté d'Elizabeth Arden et le scénario. Peut-être l'avait-elle laissée au studio Sonor ou dans l'automobile. Ce qu'elle avait gardé à la main sans y prêter attention jusque-là, c'était le feutre noir à bord roulé d'Openfeld Senior.

# V

J'avais quinze ans, cet hiver-là, et mon père et moi, nous prîmes le train de dix-neuf heures quinze, en gare de Lyon. Nous avions consacré l'après-midi à divers achats. Pour lui, un imperméable et des souliers caoutchoutés, un pantalon de cheval et une bombe pour moi.

Il n'y avait pas d'autres voyageurs dans notre compartiment et quand le train s'ébranla, je sentis un poids contre la poitrine. Je regardais à travers la vitre le paysage de voies ferrées, de tours de contrôle et de wagons à l'arrêt. Ce fut la gare de marchandises, puis la gare de la Douane avec son clocher, et les tristes petits immeubles de la rue Coriolis, où deux silhouettes se découpaient en ombres chinoises à la clarté d'une fenêtre. Et voilà que nous avions quitté Paris.

Mon père, après avoir mis ses lunettes à doubles foyers, s'absorba dans la lecture d'un magazine. Je ne détachais pas mon front de la vitre. Le train traversait en trombe les gares de banlieue. Passé Maisons-Alfort, je ne pouvais plus lire leurs noms sur les panneaux lumineux. La campagne commençait. La nuit était tombée, mais cela ne troublait en rien mon père qui continuait à lire son magazine, tout en suçant de petites pastilles rondes et vertes.

Une pluie, si faible que je ne l'avais pas remarquée tout de suite, éraflait la vitre noire. L'ampoule du compartiment s'éteignait par instants, mais se rallumait aussitôt. Il y eut une baisse de courant et la lumière qui nous enveloppait était d'un jaune poussiéreux.

Nous aurions dû parler, mais nous n'avions pas grand-chose à nous dire. De temps en temps, mon père ouvrait la bouche et attrapait au vol une pastille qu'il avait lancée en l'air d'une pichenette de l'index. Il se leva, prit sa vieille serviette noire et en sortit un dossier dont il tournait les feuilles, lentement. Et il soulignait des lignes au crayon.

— Dommage que nous n'ayons pas trouvé une paire de bottes à ta taille, dit pensivement mon père en levant la tête de son dossier.

— ...

— Mais Reynolde t'en prêtera.

— ...

— Et le pantalon de cheval? Tu crois qu'il t'ira bien?

— Oui, papa.

Cette vieille serviette noire, posée à plat sur ses genoux, il ne s'en séparait jamais, et le dossier qu'il étudiait, il l'avait sans doute emmené avec lui pour le montrer à Reynolde. Quels étaient ses liens exacts avec Reynolde? J'avais assisté à plusieurs de leurs rendez-vous, dans le hall du Claridge. Ils échangeaient des dossiers ou se montraient des documents photocopiés qu'ils paraphaient, aux termes de longues discussions. Apparemment, Reynolde était un homme retors dont mon père se méfiait. Quelquefois, mon père se rendait au domicile de Reynolde, un petit hôtel particulier, rue Christophe-Colomb, près des Champs-Élysées. Je l'attendais en montant et descendant l'avenue Marceau. Quand il revenait, il était de mauvaise humeur. La dernière fois, il m'avait donné une tape sur l'épaule en prononçant cette phrase mystérieuse:

— À partir de maintenant, Reynolde va l'avoir «in the baba». Je l'obligerai à tenir ses engagements.

Et en pleine rue, il ouvrait un dossier, comptait les feuilles une à une, vérifiait les signatures.

Mon père s'est levé, a remis sa serviette noire dans le filet du porte-bagages. Quelques minutes d'arrêt en gare d'Orléans. Un employé passait, avec une caisse de sandwiches et des boissons. Nous avons choisi deux Orangina. Le train est reparti. La pluie frappait la vitre par rafales et je craignais que celle-ci ne se brisât.

La peur me gagnait peu à peu. Le train filait à une allure d'enfer. Jusqu'à quand? Je m'efforçais de conserver mon sang-froid. Nous étions l'un en face de l'autre, buvant chacun notre bouteille d'Orangina à l'aide d'une paille. Comme sur une plage, en été. Et moi je pensais qu'à cette même heure, nous aurions pu déambuler le long des grands boulevards et nous asseoir à la terrasse du café Viel... Nous aurions regardé les passants ou nous serions entrés dans une salle de cinéma, au lieu de nous enfoncer à travers des régions inconnues, sous la pluie. Tout était ma faute. Reynolde portait souvent un imperméable de cavalier, ce que les Anglais appellent *Riding Coat*. Un après-midi, je lui demandai s'il pratiquait l'équitation... Il se montra aussitôt intarissable et passionné et je dus convenir que je possédais quelques rudiments en la matière, puisque à l'âge de onze ans je fréquentais un manège. Reynolde s'était tourné vers mon père et nous avait proposé de venir passer «un week-end» dans sa propriété de Sologne. On y faisait beaucoup de cheval. Énormément de cheval. Une bonne occasion pour moi de monter à nouveau.

— Merci, monsieur Reynolde.

Et mon père, quand nous étions rentrés, m'avait expliqué qu'il fallait à tout prix que Reynolde nous invitât en Sologne. Là, Reynolde consentirait peut-être à signer certaines «choses importantes». À moi de ramener, le plus tôt possible, la conversation sur le sport équestre et de persuader Reynolde que je ne rêvais que de chevaux.

Il était près de neuf heures et nous venions de quitter Ozoir-le-Vicomte. D'après les indications de Reynolde, nous devions descendre au prochain arrêt. Mon père montrait une certaine nervosité. Il inspectait son visage dans la glace, se peignait, rajustait sa cravate et faisait quelques mouvements des bras pour assouplir sa veste de tweed neuve : elle avait une couleur feuille morte et des épaules trop rembourrées. Il me demanda de l'aider à mettre son nouvel imperméable. Il pouvait à peine enfiler les manches, tant la veste de tweed le gênait. Quand il eut revêtu l'imperméable, cela lui donnait une carrure et une taille de gladiateur. La doublure en lainage du Burberry par-dessus la veste achevait de l'engoncer. C'était à peine s'il parvenait à lever le bras vers sa serviette noire.

Nous attendions dans le couloir du wagon. Le train s'arrêta en grinçant et mon père fit une grimace. Nous descendîmes sur le quai. Il ne pleuvait plus. Un seul lampadaire, à une vingtaine de mètres devant nous, et là-bas, tout au fond, une porte-fenêtre éclairée nous servirent de points de repère. Papa marchait avec raideur et difficulté, comme s'il était pris dans une armure. Il tenait sa serviette noire à la main. Et moi, je portais nos deux sacs de voyage.

La petite gare de Breteuil-l'Étang paraissait abandonnée. Au milieu du hall, sous la lumière blanche du néon, Reynolde nous attendait en compagnie d'un jeune homme affublé d'une culotte de cheval. Mon père serra la main de Reynolde et celui-ci nous présenta le jeune homme. Il avait un nom à particule qui était lié à la construction du canal de Suez, et pour prénom : Jean-Gérard. À mon tour, je leur serrai la main et j'éprouvai une sorte de nausée en présence de Reynolde. Ce feutre gris, cette moustache, cette voix chaude et ce parfum d'eau de toilette m'avaient toujours causé un vif accablement.

Nous prîmes place, mon père et moi, sur le siège arrière de la Renault tandis que le jeune homme s'installait au volant et Reynolde à côté de lui.

— Pas trop fatigué ? demanda Reynolde à mon père, de sa belle voix grave.

— Non. Pas du tout, Henri.

J'étais étonné qu'il l'appelât par son prénom. « Jean-Gérard » démarra de façon brutale et mon père se renversa contre moi. Je dus le pousser pour qu'il retrouvât sa position initiale. Décidément, cet imperméable le paralysait comme une coulée de plomb.

Nous avions rejoint une route assez large et les phares de la Renault découvraient des arbres, de chaque côté.

— Nous traversons la forêt de Sézonnes, nous dit Reynolde d'un air entendu. « Jean-Gérard » accélérait de plus en plus.

— J'ai perdu l'habitude de ces petites guimbardes, dit-il. De vraies saloperies.

— Jean-Gé, vous avez raconté à Montaignac et à Chevert ce qui s'est passé hier soir ? demanda Reynolde.

— Pas encore.

Et tous deux pouffaient de rire. Ils ne nous expliquaient pas la raison de leur hilarité, mais semblaient prendre – du moins Reynolde – un certain plaisir à nous laisser en dehors de leur conversation.

— Je vois d'ici la tête de Chevert! Il se fait tellement d'idées sur Monique!

— Émouvant, non, sa naïveté?

— C'est un plouc de l'île Maurice...

Et ils continuaient à parler de gens que nous ne connaissions pas, avec des rires de gorge. Jean-Gé accélérait encore. Il lâcha le volant et tira une cigarette de sa poche. Il l'alluma calmement. Je fermai les yeux. Mon père me serra le bras. J'eus envie de demander à Reynolde s'il pouvait nous ramener à la gare. Et tout de suite. Nous prendrions le premier train à destination de Paris. Nous n'avions rien à faire ici. Je me tus pour ne pas désobliger mon père ni compromettre ses plans.

— Et votre tante? demanda Reynolde. Est-ce qu'elle viendra dimanche?

— On ne peut rien savoir d'avance avec ma chère tante, répondit Jean-Gé.

— Je l'adore, dit Reynolde d'une voix affectée. Daisy est une femme admirable.

La Renault s'engageait sur une petite route départementale.

— Nous sommes bientôt arrivés, dit Reynolde, en se tournant vers mon père. C'est la première fois qu'ils viennent à la Ménandière.

— Il va falloir fêter ça, dit Jean-Gé, indifférent.

Il freina brutalement et mon père, projeté en avant, heurta de la tête la nuque de Reynolde.

— Excusez-moi, Henri, dit-il, d'une voix blanche.

— Vous êtes excusé. Est-ce que votre fils a emmené une tenue de cheval?

— Oui, monsieur Reynolde, dis-je.

— Vous pouvez m'appeler Henri.

— Oui, monsieur Henri Reynolde.

Je tirai mon père hors de la voiture. Nous nous trouvions devant un portail. Reynolde l'ouvrit d'un coup d'épaule. Nous traversâmes une cour pavée que cernait un corps de bâtiment, et au milieu de laquelle je remarquai un puits. La lumière venait du perron.

Jean-Gé sonna une dizaine de coups et il prenait un malin plaisir à carillonner ainsi. La porte s'ouvrit sur une femme blonde en robe du soir.

— Ma femme, me dit Reynolde.

— Bonsoir Maggy, dit mon père, et j'étais surpris de cette familiarité.

— Bonsoir, madame, dis-je, en m'inclinant.

Jean-Gé lui baisa la main, mais en approchant les lèvres de très près, sans toucher la peau.

Des manteaux étaient posés pêle-mêle sur un grand canapé. Elle nous fit signe de nous débarrasser. J'aidai mon père et j'eus beaucoup de mal à l'extraire de son Burberry. Je me demandais si nous ne serions pas contraints de fendre les manches à l'aide d'un canif. Nous entrâmes dans une grande pièce au fond de laquelle on avait dressé une table d'une dizaine de couverts. Plusieurs personnes étaient assises autour de la cheminée et, parmi elles, deux jeunes femmes que Jean-Gé prit familièrement par les épaules, et qui en parurent ravies.

Ce fut au cours du dîner que je pus à loisir observer les convives et le décor qui nous entourait. Reynolde nous avait placés, mon père et moi, en bout de table, comme si nous dépareillions l'assemblée. Jean-Gé se tenait entre les deux jeunes femmes dont l'une parlait avec un accent anglais. Apparemment, elles n'avaient rien à lui refuser et il les pelotait un peu, chacune à son tour. Il s'adressait en anglais à la brune, et Reynolde chuchota qu'elle était la fille du duc de Northumberland. La blonde, en dépit de ses allures délurées, appartenait sans doute elle aussi à une excellente famille.

Maggy Reynolde présidait. À sa droite et à sa gauche, un couple qui m'avait surpris, parce que l'homme et la femme étaient tous deux habillés de velours noir, pantalon et veste d'une coupe sportive pour la femme, costume très ajusté pour l'homme. Ils se ressemblaient, bien qu'ils fussent mari et femme. Mêmes cheveux bruns, même sourire éclatant, même teint bronzé. J'avais senti à leur démarche balancée et à leur manière de se tenir la main qu'ils prenaient, l'un comme l'autre, un très grand soin de leurs personnes. Ils avaient des gestes identiques et synchronisés, et sur leurs deux visages flottait une expression de fatuité sensuelle. J'appris que l'homme, un certain Michel Landry, dirigeait une revue de «sport et de loisir».

Enfin, à côté de Mme Landry, un individu d'une soixantaine d'années, le teint bistre, le visage émacié, la moustache mince et les yeux d'un bleu très coupant. Il portait une chevalière sur le chaton de laquelle étaient gravées des armoiries. Il s'appelait le comte Angèle de Chevert, et d'après ce que je crus comprendre, appartenait à une vieille famille de l'île Maurice, d'où la couleur de sa peau.

La conversation s'engagea bientôt sur la chasse et on parla d'armes à feu de diverses origines dont Landry détaillait les avantages respectifs. Chevert hochait la tête avec un sérieux créole, mais Jean-Gé contredisait sans cesse Landry. On cita un duc, qui avait un château dans les environs. Jean-Gé l'appelait oncle Michel, et Reynolde : Michel tout court. Ce duc était, d'après eux, le premier fusil de France, et ce titre de «premier fusil de France», qu'ils énonçaient d'un ton respectueux, me causa, à moi, un haut-le-cœur.

Mon malaise s'aggrava quand j'entendis Landry poser cette question à Chevert et à Reynolde :

— Et comment va la meute?

— Nous verrons après-demain, répondit Chevert, d'une voix sèche.

— Ça va être une chasse superbe, dit la jeune femme blonde, d'un ton gourmand.

— Vous serez les deux fées de l'équipage, dit Jean-Gé, en embrassant l'Anglaise et la blonde dans le cou.

— Elles aussi, Gé, dit Reynolde, en désignant Maggy Reynolde et la femme de Landry.

— Bien sûr, bien sûr, qu'elles seront des fées.

Et par-dessus la table, Jean-Gé pressait leurs mains, à toutes les deux. Elles éclataient de rire.

Reynolde se tourna vers moi :

— Ce sera votre première chasse à courre?

— Oui, monsieur Reynolde.

Il tapa sur l'épaule de mon père.

— Vous êtes content, Aldo, que votre fils participe à une chasse à courre ?

— Oh, oui, Henri. Très content.

Les autres, qui nous avaient ignorés jusque-là, nous dévisageaient avec curiosité.

— Je suis ravi, Henri.

Papa demeurait impénétrable et massif, derrière ses lunettes à doubles foyers.

Moi, je craignais de m'évanouir, ce qui n'était guère courageux, pour un jeune homme de quinze ans.

— Vous ne pouviez pas mieux tomber, me dit Landry. Le plus bel équipage de France. Et le plus grand maître d'équipage d'Europe...

— Vous êtes gentil pour oncle Michel, dit Jean-Gé, goguenard.

— Non, Jean-Gérard, il n'est pas gentil, dit gravement Chevert.

Il y a eu trois grands veneurs depuis cent ans : Anne d'Uzès, Philippe de Vibraye et votre oncle...

Cette phrase fut suivie de quelques secondes de silence. Tout le monde était ému, Reynolde le premier. Chevert se tenait le buste très droit, le menton haut, comme s'il venait de proférer une parole historique. Mon père essayait de contenir une petite toux nerveuse. Ce fut Jean-Gérard qui rompit le charme.

— Vous en savez des choses, à l'île Maurice, dit-il à l'adresse de Chevert.

— Je vous en prie, dit Chevert d'une voix sèche. – Puis il ajouta : — Oui, nous savons beaucoup de choses, à l'île Maurice !

On apportait un plat imposant. Quand la dame au chignon qui faisait le service le posa sur la table, la femme de Landry, la jeune Anglaise et la blonde battirent des mains.

— Merveilleux, s'exclama Landry.

— Un vrai paon de Chaumont, dit Reynolde.

Et il fit un geste du pouce dont la brutalité tranchait avec les propos distingués que je venais d'entendre.

— Il paraît que c'est aphrodisiaque, dit la femme de Landry. Vous êtes au courant, Maggy ?

La dame nous présenta le plat, à mon père et à moi, pour que nous nous servions.

— Il faut que je vous explique, nous dit Reynolde en articulant les mots comme s'il parlait à des sourds. Le paon de Chaumont est nourri de bourgeons de cèdre et farci de truffes et de noisettes.

Je me raidissais pour réprimer une envie de vomir.

— Goûtez-le! Vous m'en direz des nouvelles!

Il remarqua, au bout d'un certain temps, que je n'en avais pas mangé une seule bouchée.

— Allons, goûtez! C'est un crime, mon vieux, de laisser ça dans votre assiette!

À partir de cet instant-là, une sorte de métamorphose se fit en moi. Ils me lançaient tous — sauf papa — des regards froids et consternés.

— Allez, mon vieux! Goûtez! répéta Reynolde.

Ma timidité et ma docilité maladives avaient disparu et je compris brusquement à quel point elles étaient superficielles. J'avais l'impression de perdre une vieille peau desséchée. Je lui lançai d'une voix sans réplique:

— Je n'en mangerai pas une miette, monsieur.

Mon père se tourna vers moi, bouche bée. Les autres, aussi, dont j'avais certainement gâché le dîner. Tout à coup, je compris que je pouvais, moi, leur faire beaucoup plus de mal qu'ils ne pourraient jamais m'en faire, et aussitôt une vague de douceur et de remords me submergea.

— Excusez-moi, bredouillai-je. Excusez-moi.

Ce ne fut qu'au moment des liqueurs que l'atmosphère se détendit. Bien sûr, ils me regardaient par en dessous, mais pour les rassurer, je m'efforçais de sourire. Et même, je déclarai à Reynolde, après avoir respiré un grand coup:

— Je suis content et très ému de pouvoir participer dimanche à la chasse à courre, monsieur Reynolde.

Je crois qu'ils finirent par oublier l'incident. Les bourgogne lourds du dîner y étaient pour quelque chose. Ils continuaient leurs libations. Alcool de poire, cognac, mirabelle, ils goûtaient à tout. Les femmes buvaient aussi très sec, surtout l'Anglaise et Maggy Reynolde. Nos verres, à papa et à moi, restaient pleins car nous n'avions pas osé refuser, quand on nous servait. Et la conversation roulait toujours sur la chasse à courre.

D'après ce que disait Chevert, un trait différenciait «l'oncle Michel» de tous les autres veneurs de France : il avait rétabli l'usage de la «curée aux flambeaux».

— Un spectacle magnifique, Aldo ! s'écria Reynolde.

Mon père, de sa voix douce, leur demanda ce qu'ils entendaient par «curée aux flambeaux». Jean-Gé, qui avait bu plus que les autres, eut un sourire attristé.

— Parce que monsieur ne sait pas ce qu'est une «curée aux flambeaux»?

Chevert expliquait qu'à cette occasion toute la livrée en culotte de panne et en habits à la française portait des torches, tandis que des sonneurs de trompes... Je l'entendais à peine. Sa voix se perdait parmi les rires et les exclamations de Jean-Gé et de ses deux amies. Maggy Reynolde et la femme de Landry devisaient entre elles, et Landry caressait du bout de l'index la joue de sa femme, tout en parlant à Reynolde. Jean-Gé, lui, appuyait sa main sur l'épaule de l'Anglaise, mais ni elle, ni la blonde ne s'en formalisaient. Et Chevert, d'une voix presque inaudible, poursuivait son exposé.

Qu'attendions-nous, mon père et moi ? N'aurait-il pas dû profiter du relâchement général pour attirer Reynolde dans un coin et lui faire signer les «papiers»? Ensuite, nous nous serions esquivés. Mais il fumait une cigarette. Rien ne troublait son impassibilité. Il était bien calé dans le fauteuil et ne bougeait pas d'un millimètre. Après tout, il connaissait mieux que moi la marche à suivre.

Reynolde ranima le feu. Les briques de l'immense cheminée avaient une teinte un peu criarde. Des boiseries épaisses et claires couvraient les murs. Sur la table basse traînaient un presse-papiers en forme de fer à cheval et un livre de photographies consacré à la Spanische Reitschule de Vienne. Je remarquai d'autres accessoires exposés sur le mur, à gauche de la cheminée. Étriers, mors, cravaches de toutes sortes. Des gravures anglaises représentant des scènes de chasse à courre, et le petit chariot des apéritifs, en forme de tilbury, complétaient ce décor hippique.

J'avais du mal à garder les yeux ouverts. J'entendais un murmure de conversation et papa dire de temps en temps :

«Mais bien sûr, Henri... mais oui, Henri...» L'Anglaise lançait des éclats de rire stridents. Chevert finit par se lever :

— Eh bien, je vais vous dire bonsoir.

Il baisa avec insistance les mains des dames. Jean-Gé et ses deux amies prirent congé à leur tour. Reynolde leur dit de choisir la grande chambre du second s'ils voulaient passer la nuit ici et s'ils trouvaient le lit assez large pour trois. Les Landry se retirèrent en se jetant l'un à l'autre de drôles de regards suggestifs. D'ailleurs, Landry n'avait pas cessé, durant la soirée, de caresser les jambes de sa femme.

— Cela ne vous fait rien, Aldo, de dormir dans la chambre du rez-de-chaussée avec votre fils ? demanda Reynolde à mon père.

— Mais rien du tout, Henri.

Une chambre basse de plafond, aux murs blanchis à la chaux. Aucun meuble, sauf deux lits jumeaux de style rustique et deux tables de nuit. Je déposai nos bagages par terre.

Reynolde nous quitta un instant pour chercher une deuxième lampe de chevet.

— Tu devrais aller embrasser gentiment Mme Reynolde, me dit mon père.

Je sortis de la chambre et me dirigeai vers la grande pièce où nous avions dîné. Maggy Reynolde était seule, devant la cheminée. Elle eut l'air étonnée de me voir. Je l'embrassai sur la joue. Aussitôt, ses deux mains me pressèrent la nuque et ses lèvres se collèrent aux miennes. À quinze ans, je n'avais encore jamais embrassé une femme de son âge. Sa main glissait jusqu'à ma ceinture qu'elle tentait de défaire. Je trébuchai et nous tombâmes sur l'un des fauteuils écossais. Des bruits de voix dans le couloir. Elle se débattait, mais je ne pouvais plus me dégager d'elle. Le front soudé à sa poitrine, je me laissais gagner, tout en l'étreignant, par une curieuse somnolence. Elle avait en effet cette blondeur confortable de certaines sociétaires de la Comédie-Française que je voyais jouer le dimanche en matinée.

Quand nous nous relevâmes, elle m'entraîna hors de la pièce. Reynolde et mon père étaient sur le seuil de la chambre. Mon père montrait à Reynolde un papier dactylographié. Celui-ci avait un stylo à la main.

— Tenez, me dit Reynolde, je vous ai apporté ça. Il faudra que vous me le potassiez cette nuit.

Il me tendait un petit livre sur la couverture duquel je lus : *La Chasse à Courre.*

— Bonsoir, lui dit mon père.

— Bonsoir, Aldo. Et merci pour vos conseils. Vous pouvez avoir confiance en nous. Et vous – il me désignait du doigt – je vous ferai monter demain matin au manège pour vous entraîner.

— Bonsoir, nous dit Maggy Reynolde. Elle bâillait.

Nous nous sommes allongés sur nos lits jumeaux et mon père a éteint sa lampe de chevet.

— Cette fois-ci, m'a-t-il dit en me désignant le papier dactylographié, il l'a presque complètement «in the baba». Encore un peu de patience, mon vieux. Ce sont vraiment des gens redoutables.

Il a pouffé, et comme son rire était communicatif, nous avons enfoui nos têtes sous les oreillers pour ne pas être entendus.

Papa s'est endormi très vite. Moi, j'ai ouvert le livre et j'ai passé une partie de la nuit à apprendre ce qu'était ce sport *effrayant*, nommé chasse à courre.

Le lendemain, Reynolde nous réveilla vers huit heures. Il portait des culottes de cheval et me pria de mettre les miennes. Mon père crut bon de chausser ses souliers caoutchoutés.

Après avoir pris ce que Reynolde appelait un «breakfast», nous sortîmes par une porte-fenêtre et traversâmes un jardin bien entretenu dont une barrière blanche marquait les limites. Derrière, un grand pré, une écurie de trois boxes et une piste circulaire. Le cheval était déjà sellé et harnaché. Je n'avais plus qu'à monter dessus.

Reynolde s'était placé au milieu du manège et mon père assez loin de la piste. Il avait peur. Moi aussi, mais je tentais de garder mon sang-froid devant Reynolde. Il tenait un fouet à la main. Il le fit claquer à la manière des écuyers de cirque et le cheval partit au trot.

— Un peu de tape-cul, mon vieux !

Maintenant il prenait la voix d'un officier de Saumur. Il pointait le menton et faisait encore claquer son fouet. Pour rien. Pour l'art.

— Trot enlevé! Serrez les genoux!

Il s'approchait de moi et tapait doucement sur mon mollet et mon talon gauche.

— Ça ne doit pas bouger! Serrez! Les talons plus bas!

Il revenait au centre du manège.

— Ne vous enfoncez pas dans les étriers! Les talons plus bas! Et il faisait claquer son fouet. Trois fois de suite.

Mon père n'osait pas me regarder. Il baissait la tête.

— Vous êtes un peu rouillé, cria Reynolde, mais vous allez vite récupérer. Maintenant, trot assis!

Encore le fouet. Après chaque claquement, il saluait d'une inclinaison de tête un invisible public.

— Vous pouvez venir plus près, Aldo.

— Non, Henri, répondit mon père, d'une voix hésitante.

— Les genoux! nom de Dieu! Vous avez compris? Galop!

Il devenait méchant. Il lançait son fouet, comme pour partager en deux une mouche en plein vol et cela finissait par un bruit de pétard qui éclate.

Ça a bien duré deux heures. Vous êtes sur un cheval et vous tournez en rond sans savoir pourquoi. Et le cheval ne le sait pas, lui non plus. Au milieu du manège, un type que vous connaissez à peine et qui vous donne des ordres, un fouet à la main. Et votre père, à quelques mètres, inquiet et silencieux et contemplant la pointe de ses souliers caoutchoutés.

— Ça ira pour demain, m'a dit Reynolde en me tapotant l'épaule.

Nous étions quatre autour de la table du déjeuner. Reynolde, Angèle de Chevert, mon père et moi. Jean-Gé avait emmené les Landry et Maggy Reynolde au «château de son oncle», à quelques kilomètres.

— Ils auraient dû nous prévenir, remarqua Reynolde.

Au cours du déjeuner, mon père sortit de la poche intérieure de sa veste un papier qu'il présenta à Chevert.

— Vous pouvez signer, Angèle, dit Reynolde. Mais déjà mon père tendait à Chevert le stylo massif que nous avions acheté ensemble passage du Lido.

— Signez, Angèle. Aldo verra que nous ne sommes pas des farceurs.

Chevert s'exécuta. Mon père souffla pour sécher l'encre, plia soigneusement le papier et le remit dans sa poche intérieure.

Lui, si impénétrable d'habitude, devait éprouver une vive émotion, puisque je lus sur ses lèvres ces mots que personne n'entendit :

— « In the baba. »

— Une bonne chose de faite, déclara Reynolde. Et maintenant, nous allons voir la meute.

Reynolde conduisait la Renault. Nous suivîmes une petite route et, après une dizaine de minutes, nous arrêtâmes devant un chalet de style anglo-normand. Les chiens se trouvaient dans un enclos grillagé. Leurs aboiements prenaient peu à peu une intensité inquiétante qui me broyait les nerfs. Ils se jetaient contre le grillage et mon père recula d'un bond.

— N'ayez pas peur, Aldo, lui dit Reynolde, d'un ton protecteur.

Chevert haussa les épaules. Il parlait aux chiens avec une grossièreté qui me choqua. Un homme s'approchait à grandes enjambées, portant une tenue bleu foncé qui aurait pu être celle d'un chef de gare. Il enleva sa casquette, la tint à deux mains sur sa poitrine et sans faire attention à Reynolde, salua Chevert d'une inclinaison de tête.

— Bon après-midi, Monsieur le comte.

— La meute est-elle d'attaque ? demanda Chevert.

— Oui, Monsieur le comte.

— Ça va barder demain, dit Chevert en se frottant les mains.

— Et comment, Monsieur le comte !... Ses lèvres s'ouvrirent sur une bouche édentée.

— Monsieur le duc va être aux anges, dit Reynolde, en quêtant de manière pitoyable un regard de la part de l'homme.

Mais celui-ci ne lui prêta pas la moindre attention. Il serra la main de Chevert et s'éloigna.

— Le valet de chiens, me dit Reynolde, solennel.

Nous demeurions, mon père et moi, devant le grillage, à contempler les chiens qui sautaient et aboyaient de plus en plus fort. Ils nous auraient volontiers déchiquetés, mais ce n'était pas leur faute et je leur pardonnais d'avance. Ils avaient presque tous une truffe large et retroussée, de grands yeux francs et des taches claires sur le poil.

Nous revînmes à la Ménandière. Reynolde et Chevert voulaient faire une courte sieste et nous restâmes au salon, papa et moi. Ce fut là qu'il m'annonça qu'il prendrait le train de seize heures pour Paris. Il parut étonné quand je lui dis que je voulais rentrer avec lui.

— Mais Reynolde tient à ce que tu participes à la chasse à courre, me répondit-il, d'une voix faible.

Il craignait que Reynolde ne fût surpris et vexé de mon départ et qu'il en conçût une brusque méfiance. Il me dit qu'il avait obtenu «toutes les signatures», mais qu'il fallait ménager Reynolde encore quelque temps sinon nous serions «chocolat». Je lui réitérais mon désir de regagner Paris immédiatement. Je me refusais à rester dans cette campagne un jour de plus.

Il me promit d'en parler à Reynolde et, au besoin, d'inventer un prétexte qui justifierait mon retour précipité.

Reynolde vint nous rejoindre. Mon père lui exposa que je devais être à Paris le soir même pour accueillir un oncle vénézuélien.

— Réfléchissez bien, me dit Reynolde avec une certaine sévérité. Vous allez rater quelque chose d'unique.

Mon père fit une seconde tentative mais si timide qu'il n'acheva pas sa phrase.

Alors, je me tournai vers Reynolde. Dans un souffle :

— Je reste.

— Vous avez raison, me dit Reynolde. Ce sera une magnifique chasse à courre. Et il me jeta un regard reconnaissant.

Nous avons conduit mon père au train. Reynolde était au volant de la Renault, Chevert à côté de lui, papa et moi sur la banquette arrière. Papa avait revêtu, comme à l'aller, l'imperméable qui l'engonçait. Son visage reflétait une très vive satisfaction et je voyais bien qu'il maîtrisait, par instants, une envie de rire.

Sur le quai, nous n'avons pas pu échanger un mot. Chevert et Reynolde étaient trop près.

— Je compte sur vous, Aldo, a dit Reynolde à mon père. Nous vous laissons carte blanche. Tenez-nous au courant, Chevert et moi. Et je vous jure que vous pouvez avoir confiance en nous. N'écoutez pas les mauvaises langues.

— Mais bien sûr, Henri, a répondu mon père, affable.

Quand il est monté dans le wagon, il a eu le temps de me glisser à l'oreille :

— Cette fois-ci, ils l'ont complètement « in the baba ».

Le train s'ébranlait. Il agitait le bras à mon intention. Il ne pouvait plus rien pour moi, en dépit de sa grande gentillesse.

Nous avons pris une autre route que celle qui conduisait à la Ménandière. Bientôt, nous avons franchi un portail et suivi une allée de gravier qui descendait en pente douce.

— Il faut que vous connaissiez le château du duc, me dit Reynolde, et qu'on vous présente Michel. Demain, ce sera votre maître d'équipage.

C'était un château de style mi-renaissant, mi-médiéval avec des créneaux, des tourelles, des pilastres à arabesque et de grandes lucarnes sculptées. Un parc l'entourait.

Au premier étage, nous entrâmes dans une grande pièce sombre et lambrissée. Là, sur les canapés, je reconnus les Landry, Jean-Gé et ses deux amies. Quelques bûches achevaient de se calciner au fond de la cheminée.

— L'oncle Michel n'est pas encore arrivé, dit Jean-Gé, d'une voix traînante.

Plus tard, Reynolde et Chevert me laissèrent seuls en compagnie des autres. Le jour tombait et comme ils n'allumaient pas l'électricité, nous baignions dans une demi-pénombre. Je crois que Landry en profitait pour caresser sa femme dont la jupe relevée laissait voir les cuisses. Jean-Gé, lui, pelotait toujours avec lassitude l'Anglaise et la blonde. Et moi, je me demandais ce que je faisais là, dans le repaire du « premier fusil de France », mais une langueur de plomb me retenait sur mon fauteuil.

Le temps passait. Reynolde, sa femme et Chevert revinrent. On avait rallumé les lampes. Je compris qu'on attendait le duc pour dîner. Au bout d'une demi-heure, il fit son apparition. Un homme de petite taille qui se tenait très droit. Sa tête était celle d'un bull-terrier, avec un nez trop court et retroussé, de gros yeux clairs et des bajoues. Il avait une carnation de rouquin, des cheveux crépus et parlait d'une voix de stentor. Reynolde me présenta à lui. Il me salua à peine.

J'aurais voulu voir la duchesse, mais elle était absente ce soir-là. Une brune anguleuse la remplaçait, l'œil aux aguets des anciennes starlettes. Le duc lui prenait la main de temps en temps. Elle s'appelait Monique.

Ils parlèrent encore de chasse, pendant le repas. Et de la curée aux flambeaux du lendemain, dont le duc venait de choisir l'emplacement. Reynolde avait pris l'accent dental de Jean-Gé et appelait le duc – mais l'était-il vraiment? – «Mon vieux Michel». Jean-Gé l'appelait «oncle Michel» sur un ton de respect très ironique.

D'après leur conversation, je compris que le duc était un homme consciencieux et discipliné qui faisait partie du Jockey, de l'Automobile Club et des Tastevins de Bourgogne.

On ignorait complètement ma présence et j'en étais très heureux. On oubliait même de me servir les pâtés de venaison, les viandes en sauces et les vins lourds que mon organisme fragile n'aurait pu supporter.

On se quitta vers dix heures et le duc, sur un mode badin et égrillard, déconseilla tout «débordement» pendant la nuit, car il fallait être d'attaque pour la chasse. La brune le suivit.

Je ne fermai pas l'œil de la nuit et le lendemain j'étais debout quand Reynolde entra dans ma chambre. Il avait revêtu la tenue rouge galonnée d'or de l'équipage du duc, et ressemblait à ce dompteur de Medrano que j'admirais dans mon enfance. Ils prirent tous un copieux petit déjeuner et moi un verre d'eau minérale. Chevert portait le même uniforme que Reynolde, et les Landry aussi. Je détonnais au milieu d'eux. Sur les visages de Maggy et de Mme Landry, je lisais une grande excitation.

— En forme, chérie? demanda doucement Landry. Et il caressait la main de sa femme.

— Oh, oui, j'ai hâte de voir ça!

— Moi aussi, soupira Maggy Reynolde.

Chevert sifflotait. Reynolde se leva.

— Il est temps d'aller au «rapport», dit-il.

— C'est au carrefour de Beringhem, près du relais de chasse, dit Chevert.

Nous nous entassâmes dans la Renault. Reynolde conduisait. Cinq chevaux attendaient devant le relais de chasse, tenus en bride par les valets d'écurie.

— Vous prenez Rex, me dit sèchement Reynolde, en me désignant un grand cheval bai.

Nous étions en avance. Nous entrâmes dans le relais de chasse, une construction en forme de pagode. Sur le mur, une tête de sanglier empaillé, qui souriait de ses lèvres humaines. On avait allumé un feu.

Une carabine était accrochée au-dessus de la cheminée. Reynolde la prit et voulut me montrer de quelle manière on s'en servait. Il la chargea. Pour la première fois de ma vie, on me donnait une leçon de tir, que j'écoutais avec attention. Les uns après les autres, les membres de l'équipage affluaient, portant l'habit rouge et or.

— En selle, mon vieux ! me dit Reynolde.

Dehors, Chevert baisait la main d'une dame très entourée au mâle visage de douairière et aux cheveux gris. Sur leurs chevaux, Jean-Gé, l'Anglaise et la blonde s'interpellaient en riant. Landry tendait l'étrier à sa femme. Reynolde et Maggy se dirigeaient vers le duc qui faisait cabrer sa monture, un immense cheval blanc. Et tout autour, les habits rouge et or virevoltaient. Enfin, un valet de limier, tête nue, annonça que le cerf était à l'Estoile, un tout petit bois de bouleaux, assez proche, vers la droite.

J'ai pris la carabine et je me suis glissé dehors. J'ai couru pendant près d'un kilomètre, jusqu'à un petit bois de bouleaux, peut-être celui que le limier indiquait aux membres de l'équipage. Je me suis couché sur le ventre, dans l'odeur de la terre mouillée et des feuilles mortes.

Je pensais à mon père répétant sa petite phrase : « Ils l'auront tous in the baba. » Oui, il faisait preuve d'une extrême futilité et d'une inconscience touchante. Les choses étaient beaucoup plus graves et plus tragiques qu'il ne le croyait. Mais oui, j'avais appris dans le petit livre de Reynolde le déroulement exact des opérations. Tout commencerait par les fanfares d'attaque. Que ferait la meute ? Il ne fallait pas trembler. Et d'abord, essayer de viser juste. Ne pas tirer sur les femmes, quand même. Avoir la chance de faire voler en éclat, du premier coup, la tête de Reynolde ou celle du duc. Ou celle de Landry. Ou celle de Jean-Gé. Alors tous les autres arriveraient avec leurs chiens et leurs piqueurs, et bien qu'on se trouvât au cœur de la France, en Sologne, ce serait comme à Varsovie.

# VI

C'était un soir du début du mois d'octobre de dix-neuf cent soixante-treize. Un samedi, à sept heures. Dans la librairie de la rue de Marivaux où je me trouvais, on avait allumé une radio. La musique s'est interrompue brusquement et on a annoncé que la guerre avait repris, au Proche-Orient, contre les Juifs.

Je suis sorti de la librairie, avec, sous le bras, quelques vieux volumes du théâtre de Porto-Riche. Je marchais vite, au hasard. Je me souviens pourtant que je suis passé devant l'église de la Madeleine et que j'ai suivi le boulevard Haussmann.

Ce soir-là, j'ai senti que quelque chose touchait à sa fin. Ma jeunesse ? J'avais la certitude que plus rien ne serait comme avant et je peux indiquer la minute précise où tout a changé pour moi : à la sortie de la librairie. Mais sans doute beaucoup de gens, à la même heure, ont-ils éprouvé la même angoisse que moi, puisque c'est ce soir-là qu'a commencé ce qu'on appelle la «crise» et que nous sommes entrés dans une nouvelle époque.

Il faisait nuit. Place Saint-Augustin, au balcon d'un immeuble, des lettres étincelaient : JEANNE GATINEAU. Il y avait une certaine animation sur la place et j'ai longé la vitrine d'un magasin où j'allais essayer, quand j'étais enfant, des chaussures et des anoraks pour l'hiver. Je me suis retrouvé au seuil de l'avenue de Messine et l'ai suivie sans rencontrer personne. J'écoutais frissonner les platanes. Là-haut, au bout de l'avenue, avant la grande grille dorée du parc Monceau, un café dont j'ai oublié

le nom. Je me suis assis à une table, sur la terrasse vitrée, et
j'avais devant moi la rue de Lisbonne dont les façades rectilignes
fuyaient vers l'horizon. J'ai commandé un espresso. Je pensais
à la guerre, et mon regard accompagnait la chute lente d'une
feuille morte, une feuille du platane d'en face.
Nous n'étions que deux clients, à cette heure tardive. On avait
éteint les néons de la salle, mais celui de la terrasse faisait
encore ruisseler sur nous une lumière trop vive.

Il était assis près de moi, à deux ou trois tables d'intervalle et
contemplait une façade d'immeuble, de l'autre côté de l'avenue.
Un homme d'une soixantaine d'années dont le pardessus bleu
marine était d'une coupe lourde et démodée. Je me souviens du
visage un peu soufflé, des yeux ronds et clairs, de la moustache
et des cheveux gris – soigneusement peignés en arrière. Il
gardait une cigarette entre les lèvres, dont il tirait des bouffées
distraites. Sur sa table, un verre à moitié empli d'un liquide rose.
Je ne crois pas que ma présence ait attiré son attention. Pourtant,
à un moment, il a tourné la tête vers moi, et je me demande
encore si, oui ou non, j'ai rencontré son regard. Est-ce qu'il m'a
vu ? Il a bu une gorgée du liquide rose. Il continuait à observer
la façade de l'immeuble, attendant peut-être que quelqu'un en
sortît. Il a fouillé dans un sac de plastique posé au pied de sa
chaise, et il en a extrait un petit paquet de forme pyramidale et
de couleur bleu ciel.

Je me suis levé et j'ai gagné la cabine téléphonique. J'ai vérifié
dans l'annuaire de 1973 l'adresse de quelqu'un avec qui j'avais
rendez-vous le lendemain, et j'ai cherché au hasard d'autres
noms. Plusieurs d'entre eux, qui évoquaient un passé lointain,
étaient inscrits à nouveau sur la liste des abonnés et j'allais
de surprise en surprise : CATONI DE WIET, insaisissable depuis
quinze ans, réapparaissait, 80, avenue Victor-Hugo – Passy
47-22. En revanche, plus de trace de « Reynolde », ni de « Douglas
Eyben », ni de « Toddie Werner », ni de « Georges Dismaïlov », ni
de tant d'autres que nous retrouverons un jour... je m'amuse
parfois à ces vérifications inutiles. Cela a duré un quart d'heure
ou vingt minutes environ.

Quand je suis revenu sur la terrasse, l'homme au pardessus
bleu marine avait le buste et la tête appuyés contre la table. Je

lui voyais le haut du crâne. Son bras droit pendait, l'autre bras était replié et semblait protéger le verre de grenadine et le sac de plastique, comme l'aurait fait un écolier qui ne veut pas que son voisin jette un œil sur sa copie. Il ne bougeait pas. J'ai réglé mon espresso. Le garçon lui a tapoté doucement l'épaule et l'a secoué d'un geste plus assuré sans obtenir aucune réaction de sa part. Au bout d'un certain temps, il a bien fallu admettre qu'il était mort. Ils ont appelé Police-Secours. Je restais debout, près de sa table, hébété, à le regarder. Son verre était vide et le sac de plastique entrebâillé. Que contenait-il ? Le garçon et celui qui devait être le patron – un gros roux en chemise blanche à col ouvert – se demandaient l'un et l'autre, avec des voix de plus en plus aiguës et saccadées, comment cela avait bien pu arriver.

Le car de police s'est arrêté du côté de la rue de Monceau. Deux agents et un homme en civil nous ont rejoints. Je leur avais tourné le dos. Je crois qu'ils vérifiaient si l'homme était bien mort.

Le policier en civil m'a prié de le suivre en qualité de «témoin» et je n'ai pas osé lui dire que je n'avais rien vu. Le patron du café transpirait et fixait sur moi un regard inquiet. Il pensait probablement que j'allais refuser, car lorsque j'ai dit «oui», il a poussé un soupir et a hoché la tête en signe de reconnaissance. Il leur a dit : «Monsieur vous expliquera tout», et il avait hâte que nous partions. Ils ont transporté l'homme sur une civière jusqu'au car de police. Moi, je suivais, le sac de plastique à la main.

Le car s'est engagé dans la rue de Lisbonne. Il roulait de plus en plus vite le long de cette rue déserte et je devais m'agripper au rebord de la banquette pour ne pas tomber. Le policier en civil était assis sur la banquette d'en face. Un blond à tête de mouton et coiffure à crans. La civière était entre nous. Je faisais en sorte de ne pas regarder l'homme. Le blond à tête de mouton m'a offert une cigarette que j'ai refusée. Je serrais toujours, de la main gauche, le sac de plastique.

Au commissariat, ils m'ont demandé comment ça c'était passé et ils ont tapé à la machine ma déposition. Pas grand-chose. Je leur ai expliqué que l'homme s'était affaissé sur la table peu de temps après avoir bu sa grenadine. Ils ont fouillé dans le sac en plastique noir d'où ils ont sorti un petit magnétophone d'un modèle perfectionné et le paquet de forme pyramidale et de couleur bleu ciel que j'avais déjà remarqué. Celui-ci contenait un gâteau de l'espèce appelée millefeuille.

Au fond d'une des poches de sa veste, ils ont découvert un grand étui en cuir qui protégeait sa carte d'identité, une vieille photographie et divers autres papiers. Ainsi, nous avons appris qu'il se nommait André Bourlagoff, né en 1913 à Saint-Pétersbourg. Il était français depuis 1934 et travaillait pour une maison de location de magnétophones, rue de Berri. Son rôle consistait à aller chercher les magnétophones au domicile des clients quand ceux-ci ne les avaient pas rendus à temps. Il recevait pour cela un salaire assez médiocre. Il habitait un meublé, rue de la Convention, dans le quinzième arrondissement.

La photographie, très abîmée, datait d'au moins cinquante ans, à en juger par les habits et le décor : on y voyait un couple de jeunes gens d'allure patricienne, assis sur un canapé, et entre eux un enfant bouclé de deux ans environ.

Une fiche concernait le magnétophone que Bourlagoff transportait dans son sac en plastique. On y lisait l'adresse du client qui avait loué cet appareil : 45, rue de Courcelles, son nom et le prix qu'il avait payé. Bourlagoff, quand il s'était assis à la terrasse du café, venait donc du 45, rue de Courcelles, situé un peu plus bas.

Ils m'ont donné tous ces renseignements de façon très bénévole. Je les avais questionnés parce que je voulais savoir le nom de cet homme et quelques détails de plus, si c'était possible.

Je suis sorti du commissariat. Il était dix heures du soir. De nouveau, j'ai traversé la place Saint-Augustin et les lettres : JEANNE GATINEAU brillaient toujours au balcon de l'immeuble, d'un éclat adouci par le brouillard. Plus loin, le bruit de mes pas résonnait sous les arcades désertes de la rue de Rivoli. Je me suis arrêté à la lisière de la place de la Concorde. Ce brouillard m'inquiétait. Il enveloppait tout, les réverbères, les fontaines lumineuses, l'obélisque, les statues des villes françaises, d'une nappe de silence. Et il avait une odeur d'éther.

J'ai pensé à la guerre qui avait repris ce jour-là, en Orient, et aussi à André Bourlagoff. Le client l'avait-il reçu poliment, tout à l'heure, quand il était venu chercher le magnétophone et réclamer l'argent ?

Un travail ingrat et bien obscur que celui d'André Bourlagoff. Quel itinéraire avait-il suivi de son meublé rue de la Convention jusqu'au 45 de la rue de Courcelles ? Avait-il fait le chemin à pied ? Alors, il avait certainement traversé le pont de Bir-Hakeim, avec, au-dessus de sa tête, le fracas des métros qui passent.

Elle avait donc commencé, cette vie, en Russie, à Saint-Pétersbourg, l'année mille neuf cent treize. L'un de ces palais ocre au bord du fleuve. J'ai remonté le cours du temps jusqu'à cette année-là et je me suis glissé par l'entrebâillement de la porte dans la grande nursery bleu ciel. Tu dormais, ta petite main dépassant du berceau. Il paraît qu'aujourd'hui, tu as fait une longue promenade jusqu'au jardin de Tauride et que tu as dîné de bon appétit. C'est Mlle Coudreuse qui me l'a dit. Ce soir, nous resterons à la maison, ta mère et moi, en compagnie de quelques amis. L'hiver approche et nous irons sans doute passer avec toi quelques jours en Crimée, ou dans la villa de Nice... Mais à quoi bon faire des projets et penser à l'avenir ? Ce soir encore l'horloge du couloir sonne les heures à sa façon cristalline. Elle veille sur ton sommeil d'enfant et te protège, comme les lumières, là-bas, qui clignotent, du côté des Îles.

# VII


Mais oui, dans ce petit cinéma du quartier des Ternes, on donnait en programme de complément, *Captain Van Mers du Sud.*

Un samedi soir d'août à Paris. Après le grand film, la plupart des spectateurs avaient quitté la salle où ne restait plus qu'une dizaine de personnes. Quand les lumières se sont éteintes, j'ai eu une contraction au creux de la poitrine.

Le générique se déroulait selon un vieil artifice : les pages d'un agenda qui tournent lentement au son d'une musique douce. Les lettres avaient une teinte brunâtre et une forme allongée. Le nom de Bella venait avant celui de Bruce Tellegen bien qu'ils fussent les deux vedettes, à part égale, de ce film. Mon nom à moi succédait à celui de l'opérateur, avec l'indication suivante : «adaptation» et «dialogue de». Enfin, sur une dernière feuille éclatait en caractères gothiques et rouges : CAPTAIN VAN MERS DU SUD.

Un yacht de belles dimensions cingle vers une île qui n'est encore, à l'horizon, qu'une petite tache verte. Et nous apercevons Bella, debout à la proue, les cheveux flottant au vent. L'émeraude de la mer et le bleu du ciel sont un peu trop criards et déteignent l'un sur l'autre. Nous avions eu de gros problèmes concernant la couleur. Le son non plus n'a jamais été au point. Ni l'interprétation, d'ailleurs. Et l'histoire ne présentait pas beaucoup d'intérêt. Mais ce soir-là, dans cette salle presque vide, en assistant à la projection de *Captain Van Mers du Sud*...

Sept ans auparavant, un producteur du nom d'Yvon Stocklin m'avait téléphoné très tard en me donnant rendez-vous chez lui, le lendemain. Nous parlerions d'un « projet ». Je ne connaissais pas ce Stocklin et je me suis souvent demandé par quel hasard lui-même avait appris que j'existais.

Il me reçut dans un appartement de l'avenue d'Iéna, dépourvu du moindre meuble. Je le suivis à travers l'enfilade des pièces vides et nous parvînmes à un salon où se trouvaient deux sièges de camping. Nous nous assîmes face à face. Il sortit une pipe de sa poche, la bourra consciencieusement, l'alluma, en tira une bouffée et la garda entre les dents. Cette pipe, je ne pouvais en détacher les yeux car elle était la seule chose stable et rassurante au milieu du vide et de la désolation de ce décor. Plus tard j'appris qu'Yvon Stocklin passait des nuits entières, assis sur son lit, à fumer la pipe. C'était sa façon à lui de lutter contre le caractère fluctuant et chimérique de son métier de producteur. Toute une vie dissipée pour du vent... Quand il fumait sa pipe, il avait enfin le sentiment d'être un homme de poids, un « roc », et − comme il disait − « de rassembler ses morceaux ».

Ce soir-là, il m'exposa d'emblée son « idée ».

Il voulait me confier l'adaptation d'un roman pour le cinéma et plutôt que de s'adresser à l'un de ces scénaristes professionnels qui tenaient le « haut du pavé » et avec lesquels il avait souvent travaillé − il me cita deux ou trois noms qui, depuis, sont tombés dans l'oubli − il préférait donner carte blanche à un « jeune » et de surcroît à un « écrivain ». Il s'agissait d'un livre « épatant » dont il venait d'obtenir les droits : *Capitaine des Mers du Sud*. Mais le film, en raison d'une coproduction à majorité anglo-hollandaise, s'appellerait *Captain Van Mers du Sud*. Acceptai-je la « formule » ? Avec lui, il fallait se décider très vite et « les yeux fermés ». On ne le regrettait jamais. Oui, ou non ?

Eh bien, c'était « oui ».

En ce cas, M. Georges Rollner, le metteur en scène, nous attendait pour dîner au Pré Catelan.

L'orchestre jouait des valses et Rollner nous parlait avec volubilité. Il répétait à Stocklin que c'était une bonne idée d'avoir fait appel à un «jeune» comme moi. L'un et l'autre devaient avoir dépassé la cinquantaine. J'ai su, plus tard, que Stocklin débuta chez Pathé-Natan. Le nom de Rollner ne m'était pas étranger. Il avait connu des succès commerciaux dans les années cinquante, en particulier pour un film très émouvant sur la vie des chirurgiens. Il était venu peu à peu à la mise en scène après avoir exercé les activités de chef de plateau, d'assistant et de directeur de production. Autant Stocklin donnait une impression de solidité tout illusoire avec son visage de brachycéphale, son teint rouge et ses yeux bleus (il se prétendait d'origine savoyarde), autant il émanait des yeux noirs de Rollner, de sa silhouette et de son sourire, un charme fragile. Vers la fin du repas, je posai quand même une question concernant le «roman».

Rollner, aussitôt, sortit de la poche de sa veste un livre d'un format minuscule. Il me le tendit. Le roman datait de 1907 et avait été édité par Édouard Guillaume pour sa collection populaire «Lotus Alba».

— Je vous confie *Capitaine des Mers du Sud,* me dit-il en souriant. Et j'espère que nous ferons ensemble du bon travail.

Le lendemain, je signai mon contrat chez Stocklin, en présence de Rollner. Je touchais six cent mille anciens francs immédiatement, mon nom figurerait sur l'affiche et les placards publicitaires et j'étais intéressé à 2 % sur les «bénéfices nets Production». Stocklin décida que je partirais le lendemain avec Rollner pour Port-Cros, où le film serait tourné. Là, nous travaillerions au scénario qu'il était nécessaire de «boucler» le plus vite possible. Les prises de vues commenceraient le mois suivant. L'équipe technique était déjà sur pied. On n'avait pas encore achevé la distribution des rôles mais ce n'était qu'une question de jours.

À Port-Cros, nous nous installâmes, Rollner et moi, dans un petit hôtel au fond d'une baie. Il me proposa de travailler de mon côté, pendant une semaine. Il me laissait «toute latitude» et me conseilla d'écrire directement une «continuité dialoguée».

Le livre était d'un format si restreint et les caractères d'imprimerie si microscopiques que je dus me rendre à l'évidence : je ne parviendrais pas à lire *Capitaine des Mers du Sud* sans l'aide d'une loupe. Aucune loupe à l'hôtel. Nous louâmes un canot à moteur et allâmes jusqu'à Giens. Là non plus, nous n'en trouvâmes pas. Cela semblait amuser Rollner. Il ne voyait aucun inconvénient à poursuivre notre recherche jusqu'à Toulon, mais heureusement un opticien d'Hyères me fournit un verre grossissant.

Je me levais tard et travaillais l'après-midi. Il s'agissait d'une histoire de corsaires qui se déroulait au siècle dernier mais Rollner tenait à ce que nous la transposions de nos jours. Pour me détendre, je le rejoignais dans une petite calanque qu'il avait découverte. Il plongeait sans arrêt d'un rocher en forme de pyramide. Il faisait même le saut de l'ange de manière très gracieuse. Le plongeon avait toujours eu pour lui une grande importance et un pouvoir thérapeutique. C'était le meilleur moyen – m'expliquait-il – de «se recharger les accus».

Je finissais par croire que nous étions en vacances, lui et moi, comme deux vieux amis. Le temps était radieux et en ce mois de juin, il n'y avait pas encore de touristes. Nous dînions sur la terrasse de l'hôtel, face à la baie. Rollner me racontait son passage dans la R.A.F. pendant la guerre, l'événement le plus important de sa vie. Il s'était engagé parce qu'il voulait se prouver à lui-même et aux autres «qu'on pouvait être juif et être un as de l'aviation». Ce qu'il avait été.

J'achevai en quinze jours l'«adaptation» de *Capitaine des Mers du Sud*. J'avoue avoir bâclé les dernières trente pages. Lorsque Rollner me demanda de lui lire mon texte, je ressentis une vive appréhension. N'ayant jamais effectué ce genre de travail, je craignais surtout que le «découpage» auquel je m'étais livré ne lui plût pas. (En fait, j'avais scrupuleusement suivi l'ordre du livre, paragraphe après paragraphe.) À mesure que je lisais, l'attention de Rollner se relâchait. Il pensait à autre chose. Quand j'eus terminé, il me félicita. «Très vivant et très bien foutu», me dit-il d'une voix affectueuse. Puis après un instant de réflexion :

— Vous ne pourriez pas rajouter une phrase, quelque part dans les dialogues ?

— Mais bien sûr, lui dis-je avec empressement.

— Voilà… À un moment le type dirait : «Figurez-vous qu'on peut être juif et être un as de l'aviation, monsieur…»

Bien que cette remarque n'eût aucun rapport avec l'histoire, je parvins quand même à la caser dans la bouche du héros.

Rollner y tenait beaucoup. C'était d'ailleurs la seule chose qui l'intéressait, car la perspective de tourner ce film le plongeait visiblement dans un état de profonde léthargie.

Les techniciens – une équipe très réduite – arrivèrent un dimanche soir, chargés de tout le matériel. Le yacht sur lequel seraient tournées les premières scènes était mouillé dans le port. La production l'avait loué à un baron belge. Les comédiens qui tenaient les rôles secondaires (trois femmes et deux hommes) débarquèrent sur l'île le mardi suivant.

Nous attendions les deux vedettes, Bella F. et Bruce Tellegen.

Au milieu de l'après-midi, un gros bateau a moteur s'arrêta devant le ponton de l'hôtel. Deux hommes en sortirent, portant une civière, tandis qu'un troisième hissait sur le quai de nombreuses valises en cuir fauve. Rollner et moi étions assis à la terrasse de l'hôtel et je crois même que l'opérateur et la script-girl nous tenaient compagnie. Les autres s'avancèrent. Nous reconnûmes aussitôt celui qu'on transportait sur la civière : Bruce Tellegen. Rollner se leva et lui fit un signe de la main. Tellegen avait une barbe de trois jours et son visage était inondé de sueur. Il grelottait de fièvre. Quand il vit Rollner, il lui dit d'une voix mourante :

— Georges Rollner, I presume ?

Mais déjà les deux hommes le traînaient jusqu'à sa chambre. Il gardait le lit et Rollner m'expliqua que Tellegen souffrait des séquelles d'une ancienne malaria et que cela risquait de compromettre le film. Mais il l'aimait et tenait à lui, et cela lui était complètement égal, à lui, Rollner, que ces « saloperies » d'assurances refusent désormais de « couvrir » Tellegen.

Entre-temps, Bella F. était arrivée, elle aussi.

Les premières prises de vues avaient lieu à bord du yacht, et comme Tellegen ne figurait pas dans ces quelques scènes, Rollner commença à tourner. Il y mettait beaucoup de mollesse et je le soupçonnais d'espérer que la maladie de Tellegen se prolongeât pour avoir un prétexte d'interrompre le film.

Il me pria de rester à Port-Cros pendant le tournage en m'expliquant qu'il faudrait peut-être modifier le scénario, mais celui-ci demeura jusqu'au bout tel que je l'avais écrit.

Bruce Tellegen, notre vedette, avait été, vingt ans auparavant, l'un des jeunes acteurs les plus remarquables d'Hollywood.

Il excellait dans les films d'aventures et de cape et d'épée, incarnant Lagardère, Quentin Durward ou le Mouron Rouge avec une telle fougue et un tel charme qu'ils lui valurent aussitôt une grande popularité. Puis il interpréta des rôles différents : missionnaire, explorateur, navigateur solitaire. Chaque fois, il apparaissait sous les traits d'un héros d'une pureté immaculée que venait souiller la vie et désespérer la méchanceté des hommes. Le public était ému par cette figure angélique et mystérieuse qui luttait souvent sans succès contre le mal et même avec un certain masochisme puisqu'il y avait toujours dans ses films une scène où Tellegen était sauvagement torturé... On disait qu'il aimait ces scènes-là. De film en film, il perdait un peu de son magnétisme. L'alcool y était pour beaucoup mais l'âge aussi, car aux approches de la quarantaine, il ne pouvait plus tenir des rôles qui exigeaient une forme physique exceptionnelle. Et puis, un matin, il s'était réveillé avec les cheveux blancs.

Bella — je l'appellerai par son prénom — avait une quinzaine d'années de plus que moi et derrière elle une carrière déjà longue. Elle avait été, à dix-sept ans, le type même de ces starlettes qui posaient devant les photographes pendant le festival de Cannes. Ensuite elle connut quelques succès. Comme elle savait très bien danser et parlait l'anglais couramment, on l'engagea pour tourner en Amérique de petits rôles dans des comédies musicales. De retour en France, auréolée par son séjour hollywoodien, elle fut la vedette de plusieurs films que réalisaient d'honnêtes fabricants, au début des années cinquante. Elle était assez aimée du public. Mais une décennie passa.

C'était une minuscule brune aux yeux verts, aux pommettes larges, au nez retroussé et au front têtu.

Tellegen fut sur pied au bout d'une semaine, mais il avait maigri de dix kilos et marchait à pas précautionneux, souvent à l'aide d'une canne. Rollner lui fit d'abord tourner les scènes d'extérieur.

Je n'ai pratiquement pas assisté aux prises de vues car je me levais trop tard. Rollner était réputé pour sa lenteur et sa minutie. Il hésitait longtemps entre deux plans et en éprouvait de terribles cas de conscience. L'ingénieur du son qui avait déjà travaillé avec lui m'expliqua que le montage lui causait encore plus de tourments : il l'avait vu, à cette occasion, au bord du suicide et il n'employait pas ce mot à la légère. Pourtant, après quelques jours, *Captain Van Mers du Sud eut* un effet inhabituel sur Rollner. Il somnolait, paraît-il, entre les prises de vues. Une fois même, il s'était endormi.

Certes l'intrigue ne brillait pas d'une éclatante originalité. Bella, à la proue du bateau, ne quitte pas des yeux l'île où ils vont aborder, elle, et ses cinq amis, jeunes et riches oisifs en croisière. Ils n'ont aucune morale et « *l'atmosphère la plus dépravée* » règne à bord du yacht. Sur l'île, ils feront la connaissance du « Capitaine des Mers du Sud », un ancien de la marine marchande retiré là depuis vingt ans. Un pur, auquel Tellegen prête son visage d'ancien jeune premier. Bella tombera amoureuse de lui en dépit de la différence d'âge, et elle abandonnera ses amis pour vivre avec le « Capitaine » dans la solitude de cette île touffue.

Tellegen et Bella formaient un drôle de couple, lui de taille gigantesque, et elle si menue qu'on aurait dit un père et sa petite fille. Je me souviens d'un après-midi où j'avais assisté au tournage d'une scène. Bella et Tellegen font leur première promenade au cœur de l'île. Le Capitaine des mers du Sud lui déclare :

— Avec vous, j'ai l'impression d'avoir retrouvé ma jeunesse...

Et elle répond :

— Pourquoi dites-vous ça ?... Vous êtes jeune...

Il faisait très chaud et la chemise de Tellegen était trempée de sueur. Il en changeait toutes les dix minutes. Il s'affalait sur son fauteuil pliant et on devait retoucher son maquillage. Bella non plus ne supportait pas le soleil. Elle était d'assez mauvaise humeur. Rollner, dans son éternel anorak bleu marine, essayait de plaisanter avec eux en leur donnant des indications. Pendant les poses, Tellegen desserrait son corset de cuir. Il le mettait quand les scènes exigeaient qu'il restât longtemps debout. Il avait en effet de la peine à se tenir droit.

Nous avons regagné l'hôtel au crépuscule. Il fallait marcher un quart d'heure environ et les techniciens nous ont précédés. Nous sommes restés seuls, Bella, Rollner, Tellegen et moi. Avant d'entreprendre notre marche, Tellegen nous a tendu à chacun la bouteille de vodka dont il ne se séparait jamais et nous a enjoint de boire une bonne gorgée. Cela nous donnerait du courage. Rollner ouvrait la marche et soutenait Tellegen. Celui-ci s'appuyait de la paume de la main sur l'épaule droite de Georges et s'aidait de sa canne. Nous suivions à quelques mètres de distance, Bella et moi. Elle m'avait pris le bras. Il faisait un beau clair de lune et le chemin disparaissait par endroits sous les bruyères, de sorte que nous avions du mal à retrouver son tracé. L'air était lourd d'odeurs de pins et d'eucalyptus et, aujourd'hui encore, leurs parfums m'évoquent notre périple dans la nuit. Le bruissement de nos pas troublait un silence de plus en plus profond et Bella appuyait sa tête contre mon épaule. Au bout de quelque temps, Tellegen donna des signes de fatigue.

Il boitait, trébuchait et se raccrochait de justesse au bras de Georges Rollner. Il s'arrêta brusquement. Il demeurait là, devant nous, le visage en sueur, les yeux absents et nous faisait signe de poursuivre notre chemin. À la clarté de la lune il paraissait avoir encore vieilli de dix ans.

Rollner et moi, nous avons fini par l'entraîner jusqu'à l'hôtel. Il claquait des dents. C'était le même homme que j'avais vu, au cinéma, quand j'étais enfant, si svelte et si bondissant dans *Le Mouron rouge*.

Nous nous retrouvions tous les quatre à la même table, dans la salle à manger de l'hôtel. Bella avait déjà tourné un film avec Rollner et ils échangeaient des souvenirs communs.

Après le dîner, Bella, Rollner, l'ingénieur du son et l'opérateur commençaient une partie de poker. Moi, je restais seul avec Tellegen, qui parlait un français très correct. Il me faisait des confidences. Il aurait voulu écrire, lui aussi. Il avait commencé de rédiger ses souvenirs de jeunesse, ce temps où il menait une vie aventureuse en Afrique et en Nouvelle-Guinée et où il naviguait sur un petit bateau, le *Tasmanian*. Mais il «n'était pas foutu de tenir un stylo». Il philosophait souvent. Il me disait que, dans la vie, il ne faut jamais écouter les conseils des autres. Et qu'il est très difficile de vivre avec une femme. Et que la jeunesse, la gloire et la santé n'ont qu'un temps, il était bien placé pour le savoir. Et il me communiquait d'autres réflexions dont je ne me souviens plus.

Je crois qu'il m'aimait bien. Nous avions la même taille, un mètre quatre-vingt-quatorze centimètres pour lui, un mètre quatre-vingt-dix-huit centimètres pour moi. Chaque nuit, je le ramenais dans sa chambre en le soutenant par le bras, à cause de la vodka qu'il avait bue. Il me disait toujours :

— Thank you, my son... avant de s'endormir, comme une masse.

Bella, elle, me demanda de lui prêter de l'argent parce qu'elle venait de perdre une grosse somme au poker. Il me restait quatre cent mille francs, des six cent mille anciens francs que j'avais reçus en qualité de scénariste. Je lui en confiai les trois quarts. J'étais amoureux d'elle car j'avais toujours eu un faible pour ces minuscules petites femmes brunes aux yeux verts. Mais j'étais trop timide pour le lui dire.

Le tournage fut achevé au bout de trois semaines. Rollner ne s'était même pas donné la peine d'aller voir les «rushes» projetés dans un cinéma d'Hyères. Il y envoyait l'ingénieur du son. Il m'avait demandé de «condenser» les quarante dernières pages du scénario pour qu'il «bouclât» la fin en trois jours. Il n'en pouvait plus. Il s'endormait d'ennui entre chaque plan.

Il n'avait repris intérêt à son travail qu'à l'instant de tourner la séquence où claquait comme un étendard cette réplique : «On peut être juif et être un as de l'aviation, monsieur.» Il avait fait recommencer quinze fois la scène à Tellegen, mais n'était jamais parvenu à obtenir ce qu'il eût aimé.

Une petite fête marqua la fin du tournage. À cette occasion, Stocklin arriva de Paris en avion de tourisme. Il pilotait lui-même et réussit un atterrissage acrobatique devant l'hôtel, la pipe entre les dents.

Ce soir-là, il régna une ambiance animée. Un soir d'août avec cette odeur de pin et d'eucalyptus. Rollner paraissait soulagé d'avoir mené le film à bien.

On prit une photo de toute l'équipe que j'espère retrouver. J'étais placé entre Bella et Tellegen. Tellegen buvait comme un forcené. Il faisait peine à voir. Bella me chuchotait qu'elle avait perdu l'argent que je lui avais prêté, mais elle jurait de me rembourser à son retour à Paris. Elle me donnait son numéro de téléphone : Auteuil 00.08.

Au cours de la soirée, je pus attirer Rollner dans un coin et lui demandai quand *Captain Van Mers du Sud* sortirait sur les écrans. Son regard était trouble. Il avait beaucoup bu lui aussi.

— Mais il ne sortira jamais, mon vieux..., me dit-il en haussant les épaules.

Puis il m'entraîna hors de la salle de séjour où nous étions tous réunis. Je l'aidai à monter l'escalier. Il s'arrêta sur le premier palier. Il me fixait de son regard trouble.

— Dites-moi, mon vieux... je n'ai jamais compris pourquoi on vous avait engagé pour ce scénario. Vous êtes parent avec Stocklin?

— Je... je ne crois pas, lui dis-je.

Il me souriait et me tapotait le crâne, d'une main paternelle.

— De toute façon... Nous sommes tous parents entre nous... Le cinéma est une grande famille...

Nous reprîmes l'ascension de l'escalier. Il trébuchait à chaque marche.

— Ce film, c'est de la merde...

— Vous trouvez? lui dis-je.

— Moi, je m'en fous. J'ai dit tout ce que j'avais à dire dans ce film. TOUT.

Il approchait son visage du mien.

— Vous savez... ma petite phrase...

Je le soutenais, le long du couloir. J'ouvris la porte de sa chambre.

— C'est dommage pour vous, Patrick, me dit-il. Mais moi, j'ai dit tout ce que j'avais à dire dans ce film. Une simple phrase...

Brusquement, il se dirigea vers le lavabo, se plia et vomit. J'attendais, dans l'embrasure de la porte. Il se retourna vers moi, livide. Il souriait.

— Excusez-moi. Je suis malade comme un chien. Vous devriez rejoindre les autres.

Je me suis assis au milieu du couloir, près de sa porte en pensant qu'il aurait peut-être besoin de moi. J'ai entendu le fracas d'un meuble qui tombait et le bruit plaintif que font les ressorts d'un vieux lit lorsqu'on s'affale dessus. Un silence. Et puis, cette phrase, à peine distincte, qu'il murmurait entre ses dents:

— On peut être juif et être un as de l'aviation, monsieur...

# VIII

Ma femme et moi, nous étions arrivés place Clemenceau à Biarritz. Nous avons laissé derrière nous le Café Basque à l'aspect de gentilhommière et nous nous sommes engagés dans l'avenue Victor-Hugo. C'était un début d'après-midi ensoleillé de juin et il soufflait un vent très doux. Aucun piéton. De rares voitures passaient, troublant à peine le silence. J'ai cru reconnaître la place du marché et le parvis de l'église Saint-Joseph. Nous avons franchi le seuil de cette église. Elle était déserte. Un seul cierge brûlait près du confessionnal. À qui l'avait-on dédié ? J'aurais voulu consulter le registre des baptêmes, mais ne voyant personne à qui m'adresser, j'ai pensé que nous pourrions revenir ici à la fin de l'après-midi.

Nous suivions l'avenue de la République. Elle n'avait certainement pas beaucoup changé depuis vingt ans et je regardais les façades des maisons en espérant que l'une d'elles m'évoquerait quelque souvenir. On aurait pu croire que nous nous promenions aux environs de Paris, à Jouy-en-Josas par exemple, dans la paisible et mystérieuse rue du Docteur-Kurzenne où nous avions vécu, mon frère et moi. Mais un pavillon d'aspect plus balnéaire que les autres et portant sur son entrée l'inscription : Villa Miramar ou Villa Reine Nathalie, me rappelait que nous nous trouvions à Biarritz. Et la lumière tendre et claire était celle de la côte d'Argent.

Avenue de la République, des enfants entraient à l'institut Sainte-Marie, un bâtiment très ancien dont on avait repeint la façade. La barrière grillagée était ouverte et après l'avoir franchie, ils se poursuivaient dans la cour. Une sonnerie sourde annonçait l'heure de la classe. Et je me suis souvenu de ce matin d'octobre de dix-neuf cent cinquante où nous avions traversé cette cour, ma mère et moi et où nous avions frappé à l'une des portes-fenêtres aux volets de bois gris. C'était la première fois que j'allais à l'école et je pleurais.

À notre gauche, la venelle des Frères s'enfonçait à perte de vue entre deux murs. Je remarquai une porte où je lus : Institution de l'Immaculée Conception. À droite, quelques petites villas se succédaient. Nous atteignions le bout de l'avenue. Il y avait un carrefour. Encore quelques pas et à l'intersection de deux rues, dominant ce carrefour telle une figure de proue, m'apparut la Casa Montalvo.

Comment la décrire ? Une bâtisse massive en pierre claire ou plutôt un castel surmonté d'un toit d'ardoises à pans coupés. L'allée très large conduit à la porte d'entrée qu'abrite un auvent en ardoise lui aussi. Le parc de la Casa Montalvo est entouré d'un mur d'enceinte. J'ai franchi le portail de bois blanc mais je n'ai pas osé marcher jusqu'à l'entrée. Au bout de l'allée, à gauche, au milieu des massifs, s'élève un palmier que nous admirions certainement dans notre enfance, mais dont je ne gardais aucun souvenir. J'aurais voulu savoir quelles étaient les fenêtres du petit appartement où nous habitions, mon frère Rudy et moi, car la Casa Montalvo se divisait en plusieurs appartements meublés. De nos fenêtres, nous apercevions, de l'autre côté du carrefour, le château Grammont, sa façade de briques rouges dans le style Louis XIII, ses tourelles et son parc à l'abandon.

J'ai refermé la barrière derrière moi. De chaque côté de celle-ci, une plaque. Sur la plaque de gauche, j'ai lu : Casa, et sur celle de droite : Montalvo. CASA MONTALVO.

Ma femme m'attendait en fumant une cigarette. Nous avons pris droit devant nous la rue Saint-Martin et bientôt nous nous sommes arrêtés devant l'église du même nom. Je crois qu'elle date du quinzième siècle, cette église. Nous avons croisé un prêtre en soutane auquel j'ai demandé s'il m'était possible d'obtenir un extrait d'acte de baptême. Il m'a désigné un petit bâtiment, en face de l'église. Nous y sommes entrés. Une dame assez âgée se tenait derrière le guichet. Ma femme s'est assise sur le banc du fond de la pièce et, me penchant vers le guichet, j'ai dit :

— Je viens pour un extrait d'acte de baptême.

J'étais de plus en plus certain que le baptême avait eu lieu dans cette église.

— Quelle date ? m'a demandé la dame d'une voix très douce.

— Oh... l'été 1950...

Et en disant « l'été 1950 » j'ai senti une bouffée de tristesse.

J'ai épelé mon nom qu'elle a cherché patiemment dans le registre, aux mois de juin, de juillet, d'août et de septembre. Elle l'a enfin trouvé, à la date du 24 septembre.

— Ce n'était pas l'été mais l'automne 1950, m'a-t-elle dit avec un sourire déteint.

Elle a recopié l'acte de baptême et m'a donné cette feuille, où l'on peut lire :


EXTRAIT DE BAPTÊME

PAROISSE ST MARTIN — BIARRITZ DIOCÈSE BAYONNE

Registre des Baptêmes, Année 1950 — Acte n° 145
24 septembre 1950 a été baptisé : P

né le 30 juillet 1945 à Paris
fils de :        A,
et de :          L,
Domiciliés à Paris, 15 quai de Conti.
Parrain : André Camoin, représenté par J. Minthe et W. Rachevsky.
Marraine : Madeleine Ferragus.
Mentions marginales : Néant.


J'ai plié avec précaution l'extrait d'acte de baptême et l'ai mis dans la poche intérieure de ma veste. Nous sommes sortis, ma femme et moi.

Ainsi, j'avais été baptisé dans cette petite église Saint-Martin… Je me souvenais vaguement de la cérémonie, de mon appréhension quand le prêtre me conduisait vers le bénitier et du groupe que formaient mon frère, baptisé la veille, ma mère, ma marraine, Madeleine Ferragus, et les deux personnes qui «représentaient» mon parrain. Une seule image nette me restait : celle de la grande automobile blanche et décapotable de Rachewsky, garée devant l'église. Un baptême de hasard. Qui en avait pris l'initiative ? Et pourquoi sommes-nous restés près d'un an à Biarritz, mon frère et moi ? Je crois que la guerre de Corée y était pour quelque chose et qu'on avait décidé, à cause d'elle, de nous éloigner de Paris et de nous baptiser par prudence, en pensant à la guerre précédente. Je me rappelle une phrase de mon père, quand il était venu nous voir à la Casa Montalvo, avant de partir en Afrique : «Si la guerre continue, je vous emmènerai avec moi à Brazzaville», et il nous montra du doigt, sur la mappemonde Taride qu'il nous avait offerte, cette cité de l'Afrique-Équatoriale Française.

D'autres images… Une nuit de Toros de Fuego à Saint-Jean-de-Luz, je m'étais précipité contre quelqu'un qui lançait des confettis à ma mère. Une camionnette m'avait renversé à la sortie de l'institution Sainte-Marie. Le bâtiment des sœurs dominicaines, avenue de la République, devant lequel nous étions passés tout à l'heure et où l'on m'avait endormi à l'éther pour me soigner. La fanfare militaire que nous écoutions, mon frère Rudy et moi, sous les arbres de la place Pierre-Forsans.

Au bout de la rue Saint-Martin, nous avons suivi, ma femme et moi, l'avenue J.-F.-Kennedy. Elle ne portait pas ce nom en ce temps-là. Nous nous sommes assis à la terrasse d'un petit café, au soleil. Le patron et deux autres personnes, derrière nous, parlaient du match de pelote basque de dimanche prochain. J'ai tâté à travers l'étoffe de ma veste l'extrait de mon acte de baptême. Depuis, bien des choses avaient changé, il y avait eu bien des chagrins, mais c'était tout de même réconfortant d'avoir retrouvé son ancienne paroisse.

# IX

Ai-je tellement changé depuis le temps où je séjournais à Lausanne, canton de Vaud ?

Le soir, quand je sortais du cours Florimont, je prenais ce métro qui ressemble à un funiculaire et qui, du centre de la ville, descend vers Ouchy. Je n'avais pas beaucoup de travail au cours Florimont. Trois leçons de français par semaine, que je donnais à des élèves étrangers, en dehors de leur programme d'études. Des cours de vacances, en quelque sorte. Je leur dictais d'interminables textes auxquels ils ne comprenaient rien à cause de ma voix sourde.

Je n'avais que vingt ans, mais ma mémoire précédait ma naissance. J'étais sûr, par exemple, d'avoir vécu dans le Paris de l'Occupation puisque je me souvenais de certains personnages de cette époque et de détails infimes et troublants, de ceux qu'aucun livre d'histoire ne mentionne. Pourtant, j'essayais de lutter contre la pesanteur qui me tirait en arrière, et rêvais de me délivrer d'une mémoire empoisonnée. J'aurais donné tout au monde pour devenir amnésique.

J'ai pensé me réfugier dans quelque île perdue de l'océan Indien, d'où mes souvenirs de la vieille Europe m'apparaîtraient dérisoires. L'oubli viendrait très vite. Je serais guéri. Mon choix s'arrêta sur un pays plus proche qui n'avait pas connu les tourmentes ni les souffrances du siècle : la Suisse. Je décidai d'y rester, aussi longtemps que mon sursis militaire me le permettrait.

Mes leçons au cours Florimont se prolongeaient jusqu'à dix-neuf heures quinze et cette sorte d'hébétude dont je garde encore aujourd'hui la nostalgie m'envahissait avenue de Rumine. Les immeubles et le Théâtre municipal devant lesquels je passais, étaient aussi dénués de relief qu'un décor en trompe-l'œil. Place Saint-François se dressait une vieille église du XIIIᵉ siècle, qui n'avait pas plus de réalité pour moi que les façades lisses des banques, un peu plus loin. Tout flottait, à Lausanne, le regard et le cœur glissaient sans pouvoir s'accrocher à une quelconque aspérité. Tout était neutre. Ni le temps, ni la souffrance n'avaient posé leur lèpre ici. D'ailleurs, depuis plusieurs siècles, de ce côté du Léman, il s'était arrêté, le temps.

Je faisais souvent une halte à la terrasse d'un café proche de la tour Bel-Air et j'écoutais les conversations des clients. Leur manière même de parler le français aggravait en moi ce sentiment général d'irréalité. Ils avaient des inflexions étranges, et le français dans leur bouche devenait ce langage qui filtre à travers les haut-parleurs des aéroports internationaux. Même à l'accent vaudois, je trouvais une lourdeur et une rusticité trop appuyées pour être vraies.

Je descendais sur le quai de la gare du Flon. Une station de métro sans odeur, sans bruit, des wagons de couleur pimpante comme des jouets d'enfants, et nous attendions sagement que leurs portes s'ouvrent. La rame glissait dans un silence d'ouate. Le front collé à la vitre, je regardais les publicités lumineuses. Elles avaient des caractères très nets – beaucoup plus nets qu'en France – et des teintes vives. Elles seules, et les panneaux des stations : Montriond et Jordils trouaient un peu ma léthargie. J'étais heureux. Je n'avais plus de mémoire. Mon amnésie s'épaissirait de jour en jour comme une peau qui se durcit. Plus de passé. Plus d'avenir. Le temps s'arrêterait et tout finirait par se confondre dans la brume bleue du Léman. J'avais atteint cet état que j'appelais : « la Suisse du cœur. »

C'était un sujet de désaccord amical avec Michel Muzzli, un Suisse de mon âge que je connus au début de mon séjour et qui travaillait dans une compagnie d'assurances. Il me reprochait d'avoir une idée fausse de son pays, l'idée que s'en font les riches résidents cosmopolites qui achèvent leur vie du côté de

Montreux – ou les exilés politiques. Non, la Suisse n'était pas ce no man's land, ce royaume des limbes que j'y voulais voir. Le terme «neutralité suisse», chaque fois que je le prononçais, provoquait chez Muzzli une douleur visible à l'œil nu. Il se cassait comme s'il venait de recevoir une balle en plein ventre et son visage prenait une teinte écarlate. D'une voix saccadée il m'expliquait que la «neutralité» ne correspondait pas, en profondeur, à ce qu'il appelait l'«âme suisse». Des politiciens, des notables et des industriels avaient pesé de tout leur poids pour entraîner la Suisse dans la voie de la «neutralité», mais de là à penser qu'«ils» traduisaient les aspirations du pays... Non, «ils» l'avaient – selon Muzzli – détourné de sa véritable vocation, qui était d'assumer et d'expier toutes les souffrances et les injustices du monde. La Suisse à laquelle rêvait Muzzli, et dont on aurait bientôt la «révélation», prenait dans son esprit l'aspect d'une jeune fille pure et radieuse partant à l'aventure. Elle était sans cesse exposée aux outrages de toutes sortes, on maculait sa robe blanche, mais au milieu des injures et des flaques de boue, elle s'avançait, toujours souriante et miséricordieuse et peut-être éprouvait-elle une certaine volupté à suivre son chemin de croix. Cette vision doloriste de la Suisse m'inquiétait un peu, mais Michel, quand il ne parlait pas de son pays, était le plus doux des hommes. Un blond assez grand, avec des pommettes, des yeux d'un bleu transparent, une ébauche de moustache, l'air plutôt russe que suisse.

Il me présenta à Badrawi, un garçon de notre âge qu'on surnommait Papou, et nous devînmes bientôt inséparables, tous les trois. Badrawi occupait un poste obscur dans une banque de la rue Centrale. Il était d'origine égyptienne et sa famille avait quitté Alexandrie après la chute du roi Farouk. Il ne lui restait plus qu'une vieille tante qui vivait à Genève et à laquelle il envoyait la moitié de son salaire. De très petite taille, fluet, l'œil et les cheveux noirs, il avait un rire d'enfant mais souvent, aussi, son regard était empreint d'une vague terreur. Muzzli et lui habitaient le même immeuble moderne, chemin de Chandolin, près du Tribunal fédéral. La chambre de Papou Badrawi était encombrée de livres anglais. Sur la table de nuit, la photo de sa fiancée, anglaise elle aussi, une fille au visage félin qui lui écrivait de longues lettres pour lui expliquer qu'elle l'aimait mais qu'elle le trompait; et que cela n'avait aucune importance puisqu'elle l'aimait. Ce n'était pas l'avis de Papou; il m'en parlait quelquefois, pendant que nous buvions du thé. Il en consommait beaucoup et lorsqu'on frappait à sa porte, on était sûr qu'une tasse d'Earl Grey bien chaude vous attendait.

Nous traversions tous des moments difficiles. Une ou deux fois par mois, Muzzli faisait ce que nous appelions un « esclandre ». Ces nuits-là, le téléphone sonnait dans la chambre de Papou et on lui demandait de venir chercher son ami, car Muzzli portait toujours sur lui le numéro de téléphone de Badrawi. Les premiers temps, Muzzli avait choisi pour lieu de ses « esclandres » une boîte de nuit de l'avenue Benjamin-Constant dont il connaissait l'une des animatrices, une blonde qui était le sosie de l'actrice française Martine Carol et s'appelait d'ailleurs Micheline Carole. Puis il y eut le restaurant de l'hôtel de la Paix. Et le hall de la gare. Et le Théâtre municipal, un soir qu'une troupe zurichoise donnait le *Guillaume Tell* de Schiller. Bientôt, on le reconnut, et on lui interdit l'entrée des lieux publics.

Une nuit, j'étais chez Badrawi et nous attendions Michel depuis deux ou trois heures, quand le téléphone sonna : le patron d'une « auberge » nous prévint que « M. Muzzli » était déjà en « très mauvais état » et qu'on allait certainement le « lyncher ». Lui ne voulait pas avoir « d'histoires avec la police ». À nous de « sortir M. Muzzli de ce mauvais pas ». L'auberge était à une dizaine de kilomètres dans une localité nommée Chalet à Gobet. Nous prîmes un taxi et nous errâmes longtemps avant de découvrir cet établissement au milieu d'un petit bois de sapins. Muzzli était allongé sur une table, au fond de la salle, le visage tuméfié et la chemise ouverte. Il lui manquait une chaussure au pied gauche. Un groupe d'une dizaine de personnes, l'air de gens de la campagne, nous dévisagèrent, hostiles. Muzzli se laissa glisser de la table et tituba jusqu'à nous. Il saignait à la commissure des lèvres. Badrawi et moi nous le soutînmes par les bras et comme nous franchissions la porte et arrivions à l'air libre, nous entendîmes derrière nous quelqu'un hurler avec un très fort accent vaudois :

— Heureusement qu'ils sont venus le chercher. Sinon, on l'achevait, cette saloperie...

Selon son habitude, Muzzli les avait harangués au sujet de la Suisse. Je connaissais ses arguments par cœur. Il leur avait dit que la Suisse «dormait» depuis le début du siècle et qu'il était temps qu'elle se réveillât et qu'elle consentît enfin à «se salir les mains». Sinon, les Suisses ressembleraient de plus en plus à des «porcs bien propres et bien roses». Cette nuit-là, ils l'avaient à moitié lynché, mais c'était cela qu'il recherchait : qu'on le lynche, lui, Michel Muzzli, suisse, et que cela se passe de préférence parmi les monceaux d'ordures d'un bidonville. Ainsi, expierait-il la trop grande propreté et les autres crimes de son pays.

Si Michel aspirait au martyre, Badrawi, au contraire, vivait dans la peur de se faire assassiner. Dès nos premières rencontres il me confia ce secret. Il avait sans cesse à l'esprit l'exemple d'un de ses cousins, un certain Alec Scouffi, assassiné à Paris en 1932, sans qu'on eût jamais élucidé les circonstances de ce meurtre. Scouffi était natif d'Alexandrie et avait publié deux romans en langue française et une biographie du chanteur Caruso. Sa photographie trônait au milieu de la table de nuit de mon ami et leur ressemblance était si frappante que je crus longtemps qu'il s'agissait d'une photo de Badrawi lui-même. Parfois, je me demandais s'il n'avait pas inventé ce cousin parce qu'il se plaisait à cette idée : mourir assassiné. Quoi qu'il en soit, Papou était persuadé que ceux qui avaient tué son cousin le tueraient à son tour et aucun raisonnement, aucun sermon amical ne lui ôtait de la tête cette idée. La seule chose qu'il admettait, c'était qu'il courait beaucoup moins de risques en Suisse que partout ailleurs. Il avait la certitude que la neutralité suisse le protégeait comme un voile et que personne n'oserait commettre un assassinat dans ce pays. Muzzli essayait de lui prouver le contraire, et lui reprochait d'avoir accroché mur de sa chambre le portrait du général Henri Guisan. Mais Badrawi lui expliquait que le visage doux et paternel de ce militaire suisse qui n'avait jamais combattu et jamais tué personne lui apportait un grand réconfort et calmait son angoisse.

Ainsi, lorsque la nuit tombait, chacun de nous retrouvait sa solitude, Michel Muzzli son malheur d'être suisse et Papou cette hantise de l'assassinat qui le faisait verrouiller la porte de sa chambre et se blottir au fond de son lit avec une tasse de thé. Moi, j'allumais la radio. En tournant le bouton, millimètre par millimètre – un mouvement trop brusque de l'aiguille et il fallait recommencer –, je parvenais à capter sur les ondes moyennes le poste Genève-Variétés. Là, à vingt-deux heures précises, commençait l'émission : «Musique dans la nuit». Depuis que j'avais découvert par hasard cette émission quotidienne qui ne durait qu'une vingtaine de minutes, je ne pouvais m'empêcher de l'écouter, seul dans ma chambre de l'avenue d'Ouchy. Un indicatif égrené au piano, un air tout empreint d'une grâce tropicale. Une voix, tandis que l'indicatif continuait, une voix grave, légèrement nasale, qui annonçait :

— Musique dans la nuit.

Puis une autre voix, celle-ci métallique.

— Une émission de...

La première voix, toujours aussi grave :

— Robert Gerbauld...

La seconde voix, plus aiguë, presque féminine :

— Et Jean-Xavier Curtine.

On entendait l'indicatif encore quelques secondes. Après l'accord final, la première voix, celle de Gerbauld, précisait d'un ton de complicité furtive :

— C'était, comme d'habitude, un morceau d'Hector Villa-Lobos.

Durant les vingt minutes de l'émission, ils annonçaient les sonates, adagios, caprices et fantaisies. Ils avaient un goût marqué pour les musiciens d'inspiration espagnole et c'était avec des inflexions gourmandes que Gerbauld prononçait les noms d'Albeniz, de Manuel de Falla, de Granados... Ils ne faisaient ni l'un ni l'autre de commentaires et se contentaient d'indiquer le titre des morceaux, ce qui donnait à leur émission une élégante sécheresse. À la fin, des notes de piano, en sourdine : le deuxième indicatif. Un dernier accord, presque imperceptible. La voix de Gerbauld :

— C'était, comme d'habitude, le concertino n° 6 de Hummel.

Et la voix de Jean-Xavier Curtine, hachée mais caressante :

— Merci, chers auditeurs de «Musique dans la nuit». À demain. Bonsoir.

Au bout de quelques jours, que m'arriva-t-il en écoutant cette émission ? Était-ce parce que mon ouïe s'affinait, mais je crus discerner un léger grésillement sous le flot de la musique. Je supposai d'abord qu'il s'agissait des bruits de parasites que l'on entend lorsqu'on capte un poste étranger, mais j'eus bientôt la certitude que c'était le murmure de plusieurs conversations entrecroisées, murmure confus d'où se détachait parfois une voix qui lançait un appel au secours ou un message indistinct, comme si plusieurs personnes profitaient de cette émission pour échanger des messages entre elles ou se retrouver à tâtons. Et comme si leurs voix, vainement, tentaient de percer l'écran de la musique. Certains soirs, ce phénomène ne se produisait pas et les morceaux qu'annonçaient Gerbauld ou Courtine se déroulaient d'un bout à l'autre avec une netteté de son cristalline.

Un dimanche, je mis plus de temps que d'habitude à capter «Genève-Variétés». «Musique dans la nuit» avait commencé depuis une dizaine de minutes et, à ma grande surprise, j'entendis Gerbauld déclarer :

— Chers auditeurs – sa voix avait un tremblement inaccoutumé –, l'œuvre que nous venons d'entendre me va droit au cœur. Cette musique ressemble à une plainte d'outre-tombe, c'est un long cri d'exil...

Un silence. Gerbauld reprit, la voix de plus en plus altérée :

— Le compositeur a certainement voulu traduire ici l'impression qu'il avait d'être le dernier survivant d'un monde disparu, un fantôme parmi les fantômes.

Un silence, de nouveau. Puis la voix de Curtine, rauque :

— Cette impression, vous la connaissez bien, Robert Gerbauld.

Et la voix de Gerbauld, cassante, comme s'il craignait que l'autre en dît trop long : «Chers auditeurs, à demain. Bonsoir.»

Une pensée me cloua sur place, provoquée par les mots «outre-tombe», «exil», «fantômes parmi les fantômes» que je venais d'entendre. Robert Gerbauld me rappelait quelqu'un. Je m'allongeai sur le lit et fixai le mur devant moi. Un visage m'apparut parmi les fleurs du papier peint. Un visage d'homme. Cette tête qui se détachait du mur avec netteté était celle de D., le personnage le plus hideux du Paris de l'Occupation ; D. que je savais s'être réfugié à Madrid puis en Suisse, et qui *habitait sous un faux nom à Genève et avait trouvé un travail à la radio.* Mais oui, Robert Gerbauld, c'était lui. De nouveau, le passé me submergeait. Une nuit de mars 1942, un homme de trente ans à peine, grand, l'air d'un Américain du Sud, se trouvait au Saint-Moritz, un restaurant de la rue Marignan, presque à l'angle de l'avenue des Champs-Elysées. C'était mon père. Une jeune femme l'accompagnait, du nom de Hella Hartwich. Dix heures et demie du soir. Un groupe de policiers français en civil entrent dans le restaurant et bloquent toutes les issues. Puis ils commencent à vérifier les identités des clients. Mon père et son amie n'ont aucun papier. Les policiers français les poussent dans le panier à salade avec une dizaine d'autres personnes pour une vérification plus minutieuse rue Greffulhe, au siège de la Police des Questions juives.

Quand le panier à salade s'engage rue Greffulhe, mon père remarque que les gens sortent du théâtre des Mathurins où l'on donne *Mademoiselle de Panama.* Les inspecteurs les entraînent dans ce qui a été le salon d'un appartement. Il reste le lustre et la glace de la cheminée. Au milieu de la pièce, un grand bureau de bois clair derrière lequel se tient un homme en pardessus dont mon père se rappela le visage mou et glabre. C'était D.

Il demande à mon père et à son amie de décliner leur identité. Par lassitude ou défi, ils révèlent leurs noms. D. consulte distraitement plusieurs feuillets où sont sans doute répertoriés tous les noms à consonance douteuse. Il lève la tête et fait un signe à l'un de ses hommes.

— Tu les emmènes au dépôt.

Dans l'escalier, mon père, son amie et trois ou quatre autres suspects sont encadrés par deux inspecteurs. La minuterie s'éteint. Avant qu'on la rallume, mon père, entraînant son amie, a dévalé l'étage qui les sépare du rez-de-chaussée et tous deux franchissent la porte cochère. Ils courent en direction de la rue des Mathurins. Ils croient entendre des exclamations et des bruits de pas derrière eux. Puis le moteur du panier à salade. Ils longent le square Louis-XVI, poussent la porte d'un immeuble et montent à toutes jambes les escaliers, dans le noir. Ils atteignent le dernier étage, sans attirer l'attention de personne. Là, ils attendent le matin. Ils ignorent ce à quoi ils ont échappé. Après le dépôt, c'est Drancy ou Compiègne. Ensuite, les convois de déportés. Un visage plat, sans arête. Une bouche à la lèvre supérieure ourlée et tombante, à la minuscule lèvre inférieure, et cette bouche était celle de certains batraciens qui collent leur tête aux vitres des aquariums. Une peau assez mate, lisse et dénuée de la moindre pilosité. Tel m'apparut, cette nuit-là, D., celui qui se déplaçait dans les restaurants de marché noir de l'Occupation entouré d'une cohorte d'éphèbes, mi-tueurs, mi-boy-scouts, qu'on appelait curieusement «les gants gris», D., l'homme de la rue Greffulhe. Il venait me poursuivre jusque dans ce pays où j'avais cru que je perdrais peu à peu la mémoire. Sa tête glissait le long du mur, se rapprochait, et j'en sentais déjà le contact glacé et mou.

Et pourtant, comme la vie était belle, ce printemps-là... Aux heures de liberté que nous laissait notre travail, nous nous donnions rendez-vous, Papou, Muzzli et moi, au bord de la petite piscine d'un hôtel situé à l'angle de l'avenue d'Ouchy et de l'avenue de Cour. Elle était construite au fond d'un jardin et protégée de l'avenue d'Ouchy par un rideau d'arbres. Micheline Carole venait nous y rejoindre, à son réveil, vers une heure de l'après-midi. Elle prenait des bains de soleil toute la journée, car son travail à elle ne commençait que le soir. Deux sœurs jumelles étaient aussi des nôtres, deux ravissantes et minuscules Indonésiennes, qui – disaient-elles – «faisaient des études» à Lausanne.

Sur l'eau vert pâle flottaient des bouées d'enfants qui portaient cette inscription : «Jours Heureux», suivie du numéro de l'année. 1965 ? 1966 ? 1967 ? Peu importe, j'avais vingt ans.

Il se produisit alors de bien étranges coïncidences. Un samedi matin j'allais à la piscine plus tôt que de coutume. Un baigneur m'y avait précédé qui nageait la brasse papillon. Quand il me vit, il se précipita sur moi et nous nous embrassâmes : c'était un ami de Paris, un jeune chanteur d'origine belge nommé Henri Seroka. Il habitait l'hôtel. Il avait participé – m'expliqua-t-il – au Tilleul d'or de la Chanson à Évian, et comme les hôtels étaient complets dans cette ville, les organisateurs du concours lui avaient trouvé une chambre à Lausanne. Les éliminatoires avaient duré cinq jours et chaque matin il prenait le bateau qui fait la navette entre Lausanne et Évian. Le jury l'avait sélectionné en demi-finale puis éliminé au dernier tour, en dépit des «acclamations du public». Son échec ne paraissait pas l'affecter. Il était là depuis une semaine et ne se décidait pas à quitter cet hôtel. L'état d'indolence et de torpeur qui le gagnait peu à peu l'étonnait lui-même. Il ne se souciait même plus de sa note qui augmentait chaque jour et qu'il ne pourrait pas régler. Nous étions contents de nous revoir. Henri Seroka me ramenait à un passé encore proche, aux après-midi où nous traînions, mon ami Hughes de Courson et moi, dans les locaux désolés des Éditions musicales Fantasia, rue de Grammont. Nous y écrivions des chansons et Seroka avait interprété l'une d'elles : *Les oiseaux reviennent,* qui lui valut un accessit au Festival de Sopot et une médaille au Grand Concours de la chanson de Barcelone. Depuis, les Éditions musicales Fantasia n'existaient plus, beaucoup de gens de notre connaissance avaient sombré avec elles, mais il était doux que nous soyons réunis au bord de cette piscine.

Nous eûmes quelques jours de vacances à l'occasion de la Pentecôte et il semblait que chacun de nous oubliât ses soucis. Michel Muzzli était détendu, et pas une seule fois il ne fit un «esclandre». J'espérais qu'il se réconcilierait enfin avec son pays. Badrawi retrouvait au soleil une insouciance orientale et craignait beaucoup moins d'être assassiné. Et puis, sa fiancée anglaise lui avait écrit en lui demandant la permission de venir le voir à Lausanne le mois prochain. Quant à Henri Seroka, il nous parlait sans amertume du Tilleul d'or de la chanson. Il avait été coiffé au poteau par un petit prodige de treize ans qui s'était présenté sur scène en culottes courtes, chemise blanche et cravate, pour chanter des airs de rock'n roll. Seroka en riait lui-même. Il ne savait pas au juste quel démon l'avait poussé à participer à ce Tilleul d'or. C'était plus fort que lui. Chaque fois qu'il entendait parler d'un concours de chansons, il y courait, et avait ainsi fait de beaux voyages, à Sopot en Pologne, mais aussi en Italie, en Autriche et en URSS. On commençait à le connaître de l'autre côté du Rideau de fer. Il avait chanté à Moscou, à Leningrad et à Kiev, et là, disait-il, il avait rencontré son vrai public. Je n'en doutais pas. Les Russes mieux que d'autres devaient apprécier sa voix classique de chanteur de charme et son physique classique lui aussi : il était le sosie d'Errol Flynn. D'ailleurs, Micheline Carole paraissait de plus en plus sensible à son charme. C'était réciproque. Ils se livraient au milieu de la piscine à une sorte de flirt aquatique. Le couple qu'ils formaient – lui, sosie d'Errol Flynn et elle de Martine Carol – me donnait l'illusion que le temps remontait à sa source. Ces deux acteurs disparus étaient de nouveau présents là, parmi nous, comme aux beaux jours de notre enfance et poussaient la gentillesse jusqu'à nager et flirter, sous mes yeux mi-clos.

L'une des minuscules Indonésiennes me témoignait de la sympathie, tandis que sa sœur jumelle trouvait Muzzli à son goût. Papou Badrawi, blotti au fond d'un transat, rêvait à l'arrivée de sa fiancée. Nous flottions tous dans une buée sensuelle, avivée par la réverbération du soleil sur l'eau verte, le frissonnement des arbres du côté de l'avenue d'Ouchy, et les Pimm's champagne que Seroka commandait pour nous. Nos réunions se prolongeaient très tard, et je n'avais plus guère l'occasion de capter «Musique dans la nuit».

Oui, il y a de bien étranges coïncidences. Au bord de la piscine je feuilletais distraitement un journal suisse quand mon regard tomba sur cet entrefilet : «À partir de demain, au Théâtre de verdure de Lausanne, commenceront les journées musicales de la Riviera romande. Créées voici trois ans à l'initiative de quelques anciens élèves du Maître Ansermet, ces journées réuniront de nombreux musicologues parmi lesquels nos confrères de "Genève-Variétés", Robert Gerbauld et Jean-Xavier Curtine.»

Je me levai, enfilai un peignoir de bain blanc et quittai les autres. Je suivais l'allée de graviers qui menait de la piscine à l'hôtel et j'étais sûr d'avoir déjà vécu cette journée. Je prévoyais déjà la suite comme dans les rêves où l'on sait d'avance que la blonde comtesse du Barry sera guillotinée, mais lorsqu'on tâche de le lui expliquer et de lui faire quitter Paris à temps, elle hausse les épaules.

Je me dirigeai vers le bureau de réception de l'hôtel et demandai au concierge :

— Monsieur Gerbauld est-il arrivé ?

— Il est au bar, Monsieur.

Cette phrase, je l'attendais. J'aurais pu même la lui souffler.

— Au bar, Monsieur...

Il tendait le bras pour me désigner l'entrée du «bar».

Je restais sur le seuil du «bar», une grande pièce avec des boiseries claires, un plafond à caissons et des tables basses entourées de fauteuils au tissu écossais.

Je le reconnus du premier coup d'œil. Il était assis à la droite de l'entrée, en face de l'autre. Ils bavardaient. Une odeur de papier d'Arménie flottait dans l'air et je n'eus aucun mal à me rappeler que c'était son parfum. D'une démarche que je m'efforçais de rendre naturelle – j'étais pieds nus et craignais que mon peignoir de plage attirât leurs regards – je vins m'asseoir à une table assez éloignée de la leur. Ils ne me remarquèrent pas, tant ils étaient absorbés par leur conversation. Ils parlaient fort, Gerbauld de sa voix chaude, l'autre, le jeune, sur un timbre encore plus métallique que celui qu'il avait à la radio.

— Tu connais le problème aussi bien que moi, Jean-Xavier, disait Gerbauld.

— Bien sûr.

— Il me reste une chose à faire.

— Quoi ?

— Les mettre au pied du mur. Ou bien un Festival Manuel de Falla l'année prochaine, ou bien un festival Hindemith. Un point c'est tout.

— Vous leur diriez cela ?

— Si c'est non, je claque la porte.

— Vous le feriez, Robert ?

Ainsi, tout près de moi, était assis l'homme qui avait été responsable de quelques milliers de déportations de 40 à 44, celui qui dirigeait les «équipes» de la rue Greffulhe auxquelles mon père échappa par miracle... Je connaissais son pedigree. Petit avocat besogneux avant la guerre puis conseiller municipal, il avait rajouté une particule à son nom et créé le Rassemblement anti-juif. À la Libération, il s'était réfugié à Madrid, où, sous le nom d'Estève, il avait enseigné le français. Je savais tout de lui, jusqu'à sa date de naissance : le 23 mars 1901, à Cahors.

— ... Un festival Manuel de Falla ou pas de festival du tout!

— C'est étonnant l'injustice de tous ces gens vis-à-vis de Falla, constata, pensif, Jean-Xavier Curtine.

— Injustice ou pas, je leur claque la porte au nez!...

Donc, cet individu, à quelques mètres, aurait voulu que je ne fusse jamais né? Je le regardai avec une extrême curiosité. La photo de lui que j'avais découpée dans un journal de la Libération n'était pas nette à cause de la mauvaise qualité du papier, mais je notai que son visage avait gonflé depuis vingt-cinq ans – surtout le bas des joues – et qu'il avait perdu ses cheveux. Il portait des lunettes aux montures et aux branches dorées. Il fumait la pipe, la gardait à la bouche, même en parlant, et avait ainsi un air placide qui me surprit. Son crâne chauve et sa corpulence respiraient la bonhomie. Il était vêtu d'un complet de velours noir et d'un chandail à col roulé couleur grenat. Un gros clergyman. L'autre, Jean-Xavier Curtine, n'était pas autre chose qu'un jeune homme au visage régulier mais très étroit et au teint pâle. Ses cheveux noirs paraissaient fixés à l'aide d'une laque. Son costume de velours bleu canard, très ajusté, sa chevalière, ses petits gestes précis, ses mocassins, tout cela laissait supposer une méticulosité asiatique. D'ailleurs, il aurait pu être eurasien.

— Alors, vous croyez qu'ils marcheront pour le Festival Manuel de Falla?

Gerbauld mordillait sa pipe.

— Évidemment...

Il souriait, la pipe entre les dents.

— Surtout si je leur promets la diffusion intégrale sur «Genève-Variétés»...

— Ce serait merveilleux, disait Curtine de sa voix métallique d'insecte, si l'on pouvait faire jouer *L'Atlantide de* Falla.

Gerbauld hochait la tête, rêveur.

— Oui, oui, oui...

Le barman, à ce moment-là, se dirigea vers leur table.

— Messieurs désirent ?

— Une bière, dit Gerbauld. Pression. Et toi ?

— Une grenadine...

Puis le barman vint aussi à ma table.

— Une suze, lui dis-je.

Ils avaient remarqué ma présence et tous deux me regardaient, étonnés par mon peignoir de plage, sans doute. Gerbauld souriait. Il me fit un signe amical de la tête, auquel je répondis On nous servit les consommations.

— Elle est bonne ? me demanda Gerbauld, à la cantonade.

— Bonne ?

— Oui. L'eau de la piscine.

— Très bonne.

Il se tourna vers Curtine.

— Tu devrais te baigner, Jean-Xavier. Monsieur dit qu'elle est bonne.

— Je compte bien y aller, dit l'autre en me souriant.

— À votre santé, me dit Gerbauld en levant son verre de bière.

Je grimaçai un sourire, puis je me levai et sortis du bar.

Je traversai le hall à grandes enjambées et courus dans l'allée de graviers jusqu'à la piscine.

Muzzli et Papou se baignaient. Henri Seroka était allongé aux côtés de Micheline Carole sur une grande serviette de bain blanc et rouge. Ils se tenaient par la main.

— Où étais-tu ? me demanda-t-il.

Que lui répondre ? Ils me dirent que Hedy l'Indonésienne me cherchait partout depuis une demi-heure.

Muzzli et Papou sortirent de la piscine et nous rejoignirent.

— Tu es pâle, constata Seroka. Tu devrais prendre un porto-flip.

Je tremblais mais j'essayais de me raidir pour qu'ils ne s'en aperçussent pas.

— Ça va ? me demanda Muzzli.

— Oui, oui, ça va très bien. Très bien.

J'ôtai mon peignoir et plongeai. Je restai longtemps sous l'eau, les yeux ouverts. Le plus longtemps possible. Une éternité. Quand je remontai à la surface, je posai mes coudes sur le rebord de la piscine et j'appuyai mon menton contre la mosaïque bleue.

— Elle est bonne, hein? me dit Seroka. Je te commande un porto-flip.

Deux hommes marchaient dans l'allée, là-bas, et s'avançaient, s'avançaient. Curtine et Gerbauld. Curtine arborait un maillot de bain bleu clair échancré en V sur les cuisses, Gerbauld avait gardé son complet de velours noir et portait, en bandoulière, un appareil de photo à la taille impressionnante.

Ils s'arrêtèrent de l'autre côté de la piscine. Gerbauld s'assit sur l'unique fauteuil de toile et Curtine s'accroupit, près de lui. Son allure était assez athlétique, comme celle des gens de très petite taille qui cultivent avec un intérêt exagéré leurs muscles. D'un élan brutal, il se releva et vint tâter du pied gauche l'eau de la piscine. Il resta ainsi quelques secondes en équilibre, la jambe droite légèrement fléchie, la jambe gauche raide comme celle d'un danseur qui fait des pointes, le buste très droit, les bras derrière le dos. Sans se lever, Gerbauld avait dirigé vers Curtine l'objectif de son appareil de photo et appuyait sur le déclic. Curtine souriait.

Nous les regardions, mes amis et moi, et je notai chez Seroka, Micheline Carole et Badrawi, un certain intérêt. L'envie me prit d'apostropher Gerbauld par son véritable nom, mais le lieu ne s'y prêtait pas et je craignais d'effrayer les autres. Curtine se dirigeait d'une démarche souple et lente vers le plongeoir. Il le fit plier plusieurs fois en sautant très haut, comme s'il voulait en éprouver l'élasticité. Gerbauld avait quitté le siège en toile et, debout, continuait de photographier Curtine.

Enfin, Curtine plongea d'une manière très élégante et, après quelques brasses, s'ébroua et remonta au bord de la piscine d'une seule traction de ses bras. De nouveau, Gerbauld le photographia, mais cette fois-ci de très près. Il remit son appareil en bandoulière, prit une grande serviette rouge et blanc qui était pliée sur le dossier du siège, la déploya, en enveloppa Curtine, et lui frictionna les épaules avec les gestes de ferme protection qu'aurait eus un entraîneur de boxe pour son poulain. Curtine s'allongea sur le dos, à même le sol, les jambes serrées, les muscles abdominaux visiblement tendus. Il caressait sans cesse des deux mains sa chevelure pour la ramener en arrière. Gerbauld mit un genou à terre, brandit son appareil, et le photographia encore

— Elle était bonne? lui demanda-t-il.

— Très bonne.

Ils parlèrent plus bas, et je n'entendais plus ce qu'ils disaient. Ensuite, Gerbauld leva la tête et regarda de l'autre côté de la piscine.

Il me vit et me fit un signe.

— Tu le connais? me demanda Badrawi.

— Non.

Au bout d'une dizaine de minutes, ils se levèrent, Curtine enveloppé de la serviette de bain blanc et rouge qu'il finit par jeter négligemment au bord de la piscine. Il se dirigea vers l'allée, progressant par petites foulées, tels ces athlètes qui se présentent devant le podium lors d'un concours de culturisme. Il marchait sur la pointe des pieds pour ne pas perdre un centimètre de sa petite taille. Gerbauld le suivait, légèrement voûté. Arrivé à notre hauteur, Curtine se retourna et me dit:

— Elle était très bonne. Très bonne. Merci.

Je sentis de nouveau cette odeur de papier d'Arménie. Puis ils s'enfoncèrent tous deux dans l'allée, en direction de l'hôtel.

— Drôles de types, dit Seroka.

Nous allâmes déjeuner à la terrasse d'un restaurant, de l'autre côté de l'avenue, près de l'église d'Ouchy. J'y retrouvai Hedy, l'Indonésienne, qui me demanda de venir chez elle. Hedy partageait avec sa sœur jumelle une chambre au rez-de-chaussée d'un immeuble, près de la station Jordils et, de la fenêtre, on voyait défiler au creux d'un vallon, les petits wagons pimpants du train qui descend à Ouchy.

J'éprouvai une sorte de soulagement quand j'entrai dans cette chambre blanche, sans le moindre meuble, le moindre tableau au mur. Un grand matelas, par terre, une ampoule qui pendait au plafond, et c'était tout. Une chambre neutre, comme la Suisse.

Je lui demandai l'autorisation de téléphoner. Elle ne me posa aucune question. Elle ignorait le français et pour nous comprendre, nous utilisions un anglais très approximatif. D'ailleurs, nous n'avions pas besoin de nous parler. Je composai le numéro de l'hôtel.

— Monsieur Robert Gerbauld, je vous prie...

Un déclic. La voix grave de Gerbauld :

— Allô, oui... j'écoute...

— Monsieur Robert Gerbauld ?

— Lui-même.

— Je suis un auditeur fidèle de «Musique dans la nuit».

Un silence. Puis, je l'entendis dire sur un ton faussement enjoué :

— Ah bon. Et comment savez-vous que je suis ici ?

— J'assiste aux «Journées musicales»...

— Ah bon...

— Je voudrais vous rencontrer. Je suis un jeune admirateur...

— Quel âge ?

— Dix-huit ans. Est-ce que je pourrais vous rencontrer, monsieur Gerbauld ? Ne serait-ce que cinq minutes...

— Écoutez... vous me prenez de court...

— Cela me ferait tellement plaisir.

Un silence. À voix basse, comme s'il voulait que quelqu'un qui se trouvait à proximité de lui – Curtine peut-être – ne l'entendît pas :

— Nous pourrions essayer de nous voir un moment ce soir...

— Oui.

D'une voix de plus en plus basse et de plus en plus précipitée :

— Écoutez... le café de l'avenue d'Ouchy... En face de l'entrée de l'hôtel Beaurivage... À huit heures et demie... Au revoir, monsieur.

Il raccrocha.

L'Indonésienne et moi, nous sommes restés jusqu'à cinq heures de l'après-midi dans cette chambre blanche et lisse. Puis nous avons rejoint les autres et nous nous sommes baignés en compagnie de Micheline Carole et d'Henri Seroka. Badrawi, vautré sur un matelas pneumatique, faisait des mots croisés. Un peu plus loin, sous les arbres, Michel Muzzli bavardait avec l'autre Indonésienne, la sœur jumelle de Hedy. Moi, je regardais les bouées minuscules danser à la surface de l'eau.

Henri Seroka nous offrit l'apéritif, et dans une odeur d'anisette, nous tirâmes des plans pour la nuit. Badrawi nous invita à dîner. Vers huit heures quinze, je lui demandai de me déposer en automobile, devant le café de l'avenue d'Ouchy où Gerbauld m'avait fixé rendez-vous. Nous reviendrions chercher les autres au bar de l'hôtel.

— Tu as un rendez-vous important? me demanda-t-il, l'œil curieux.

— Oui. Capital.

Muzzli et l'Indonésienne nous accompagnèrent. Badrawi conduisait lentement sa vieille Peugeot. Je dis à Papou de s'arrêter en bordure de l'allée qui conduit au Beaurivage.

À propos, verraient-ils un inconvénient à ce que je fasse monter quelqu'un avec nous dans la voiture? Ensuite, nous l'emmènerions dans un endroit isolé. Ils paraissaient brusquement inquiets. L'Indonésienne nous regardait tour à tour sans rien comprendre. Je leur ai donné quelques détails sur Gerbauld.

— Tu ne veux quand même pas le tuer? m'a dit Muzzli.

— Non.

À huit heures vingt-cinq précises, je vis Gerbauld sur le trottoir gauche de l'avenue. Il marchait en direction du café, d'un pas rapide. Il était vêtu d'un costume de toile beige et coiffé d'un chapeau en toile beige lui aussi, mais qui avait la forme des chapeaux tyroliens. Il entra précipitamment dans le café.

Je ne pouvais m'arracher au siège de la voiture. Muzzli se tourna vers moi.

— C'est le type de la piscine?

Je ne répondis pas. Il suffisait de traverser l'avenue et d'entrer à sa suite dans le café. Je lui aurais serré la main, nous aurions commandé deux bières et nous aurions parlé de Manuel de Falla. Je lui aurais proposé de le reconduire à l'hôtel, en voiture. Il serait monté dans la Peugeot et Badrawi aurait démarré. Non, je ne voulais pas le tuer mais avoir avec lui une «explication».

— On attend? demanda Badrawi.

— Oui.

Pas même «d'explication». Quelques mots que je lui aurais chuchotés avant que nous nous séparions sous le porche de l'hôtel:

— Toujours rue Greffulhe?

Il m'aurait fixé de ce regard affolé qu'ont les gens lorsque, de but en blanc, vous leur rappelez un détail anodin de leur passé. La robe ou les chaussures qu'ils portaient, tel soir. Mais comment le saviez-vous ? Vous n'étiez pas né. C'est incroyable. Vous me faites peur.

La nuit. Muzzli avait allumé la radio. Badrawi fumait et l'Indonésienne se tenait à côté de moi, impassible et silencieuse. Je le vis qui sortait du café. Il s'arrêta sur le trottoir, tourna la tête vers la gauche et vers la droite. La lumière au néon projetait sur lui des reflets roses. Il avait ôté son chapeau et fixait la pointe de ses chaussures, l'air las. Il releva la tête et je fus étonné de voir que les traits de son visage s'étaient creusés, sans doute à cause de la nuit et des reflets du néon. Je n'avais pas remarqué, au bar et à la piscine, cette mâchoire proéminente, ni cette bouche sinueuse qui lui donnaient une face de batracien, comme dans mes rêves.

À supposer qu'il fût vraiment D. − et j'en étais de moins en moins sûr − je savais d'avance qu'en entendant ma petite phrase, il me considérerait d'un œil vitreux. Elle ne lui évoquerait plus rien. La mémoire elle-même est rongée par un acide et il ne reste plus de tous les cris de souffrance et de tous les visages horrifiés du passé que des appels de plus en plus sourds, et des contours vagues. Suisse du cœur.

Il avait remis son chapeau de forme tyrolienne et, coiffé ainsi, il ressemblait au crapaud dont la tête fixe apparaît derrière une feuille de nénuphar. Il restait là, immobile, sous la lumière du néon. Je n'osais pas demander à Papou ni à Michel s'ils voyaient la même chose que moi, ou bien, simplement, une pauvre vieille tante qui attendait sur le trottoir et à laquelle on avait posé un lapin ?

Un mirage, sans doute. D'ailleurs tout était mirage, tout était dépourvu de la moindre réalité dans ce pays. On était à l'écart − comme disait Muzzli − de la « souffrance du monde ». Il n'y avait plus qu'à se laisser submerger par cette léthargie que je m'obstinais à appeler : la Suisse du cœur.

Là, en face, de l'autre côté de l'avenue, il regardait de gauche à droite, toujours aussi raide dans la lumière rose. Il sortit sa pipe de sa poche et la contempla pensivement.

— Et si on allait rejoindre les autres ? dis-je à Badrawi.

# X

C'est aux jardins du Luxembourg, un matin d'hiver d'il y a dix ans, que j'ai appris la mort du Gros. Je m'étais assis sur une chaise de fer au bord du bassin et j'avais ouvert le journal. Une photo du Gros avec sa moustache, ses lunettes noires, son écharpe de soie blanche et le feutre dont il se coiffait souvent pour sortir, illustrait l'article. Il était mort dans un restaurant Viale du Trastevere et sans doute mangeait-il un plat de ces lasagnes vertes qu'il aimait tant.

J'avais dix-huit ans, je travaillais chez un libraire de Rome et je fus présenté au Gros par une Française un peu plus âgée que moi qui passait en attraction à l'Open-Gate, un cabaret de la Via San Niccoló da Tolentino. Cette brune aux yeux bridés et à la belle bouche franche s'appelait Claude Chevreuse, du moins était-ce son nom d'artiste. Vers minuit, elle apparaissait sur la scène en manteau de vison et en robe de gala et se livrait à un très lent strip-tease tandis que le pianiste jouait la *Mélodie de la Jeunesse*. Deux caniches nains et blancs virevoltaient autour de Claude Chevreuse, faisaient des cabrioles et prenaient entre leurs dents les bas, le soutien-gorge, les jarretelles, le slip au fur et à mesure qu'elle les ôtait. Depuis quelque temps, le Gros, toujours seul, assistait à ce numéro chaque soir et Claude Chevreuse, quand elle revenait dans sa loge, y trouvait une rose offerte par ce spectateur assidu.

À la fin du spectacle, le Gros nous invita à sa table. Quand Claude me présenta à lui, il éclata d'un rire de baleine qui fit tressauter ses épaules et la graisse de ses joues. En effet, mon nom était le même que celui d'une marque de cartes avec lesquelles toute l'Italie jouait au poker. Le Gros trouva cela très drôle et à partir de ce moment, me surnomma : Poker.

Cette nuit-là, après que nous eûmes pris un dernier verre à la terrasse d'un bar de la Via Veneto, Claude me chuchota qu'elle devait rester avec le Gros. Ils montèrent dans un taxi, devant l'Excelsior. Le Gros baissa la vitre, agita ses doigts boudinés, et me dit.

— Arrivederla, Poker.

J'eus un pincement au cœur en pensant que Claude, encore une fois, me négligeait au profit de gens qui n'en valaient pas la peine. Je ne savais pas pourquoi j'aimais cette fille native de Chambéry qui était venue à Rome quelques années auparavant pour «faire carrière dans le cinéma». Depuis, elle se laissait aller et prenait un peu de cocaïne, tant il est vrai qu'à Rome les choses finissent plutôt qu'elles ne commencent.

Désormais, je rencontrais le Gros à l'Open-Gate quand j'allais y retrouver Claude Chevreuse. Il l'attendait dans sa loge. Elle lui parlait brutalement et lui lançait des remarques cruelles sur son physique mais le Gros ne répondait pas ou hochait la tête. Un soir, elle nous a plantés tous les deux Via Veneto en nous disant qu'elle avait rendez-vous avec un garçon «très séduisant et très mince» et elle insistait sur le qualificatif «mince» pour peiner le Gros. Nous l'avons regardée s'éloigner et nous sommes allés manger une pâtisserie. J'essayais de distraire le Gros qui paraissait très abattu. Voilà pourquoi, je suppose, il s'est pris de sympathie pour moi et que nous nous sommes revus une dizaine de fois. Il me fixait rendez-vous à quatre heures précises de l'après-midi devant un petit bar de la rue des Boutiques Obscures et là, il prenait ce qu'il appelait son «goûter» : une dizaine de sandwiches au saumon. Ou bien, le soir, il m'emmenait dans un restaurant proche du Quirinal et la dame des vestiaires le saluait en l'appelant «Majesté».

Le Gros, la tête penchée, engloutissait des plats gigantesques de lasagnes vertes puis il poussait un soupir en se rejetant en arrière et sombrait aussitôt dans une glauque léthargie. Vers une heure du matin, je lui tapais sur l'épaule et nous rentrions. Nous avons fait quelques promenades ensemble. Un taxi nous déposait Piazza Albania et nous montions sur l'Aventin. C'était l'un des endroits de Rome que le Gros préférait, «à cause du calme», me disait-il. Il allait regarder par le trou de la serrure du portail de Malte, d'où l'on aperçoit la coupole de Saint-Pierre dans le lointain, et cela provoquait toujours chez lui un fou rire qui m'étonnait.

Je n'ai jamais osé lui parler de son passé ni des détails qui avaient contribué à sa légende : ses bancos à Deauville ou à Monte-Carlo, ses collections de jouets, de timbres-poste et de téléphones, et son goût des cravates phosphorescentes qu'il suffit de secouer pour qu'une femme nue apparaisse sur l'étoffe. Un soir, au restaurant, tandis qu'il engloutissait ses lasagnes vertes, je lui ai dit que c'était dommage, quand même, de finir ainsi sa vie alors que toutes les fées s'étaient penchées sur son berceau.

Il a levé la tête. Il m'observait derrière ses verres opaques. Il m'a expliqué qu'il se souvenait très bien de la date où il avait décidé d'abandonner la partie et de se laisser grossir, parce qu'il pensait que «rien ne servait à rien» et qu'il aurait le même sort que Louis XVI, Nicolas Romanov, et Maximilien, le malheureux empereur du Mexique. C'était une nuit de 1942 en Égypte, les armées de Rommel approchaient du Caire et le black-out ensevelissait la ville. Il était entré, incognito, à l'hôtel Semiramis et s'était dirigé vers le bar à tâtons. Pas une seule lumière. Il avait buté contre un fauteuil, était tombé à la renverse. Et tout seul, par terre, dans l'obscurité, il avait été pris d'un fou rire nerveux. Il ne pouvait plus s'arrêter de rire. De cet instant, datait le début de son déclin.

Ce fut la seule fois qu'il se confia à moi. De temps en temps, il lui arrivait de prononcer le nom de Claude Chevreuse. Mais c'était tout.

Il nous invita chez lui pour le réveillon. Il habitait un minuscule appartement dans un immeuble moderne du Parioli. Il m'ouvrit la porte. Il était vêtu d'une robe de chambre d'intérieur en velours bleu fatigué sur la poche de laquelle étaient brodées l'initiale de son prénom et la couronne de son défunt royaume. Il parut inquiet quand il vit que Claude Chevreuse ne m'accompagnait pas. Je lui dis que le spectacle de l'Open-Gate durerait plus longtemps que les autres soirs et que Claude nous rejoindrait très tard.

Dans la petite pièce aux murs nus qui lui servait de « salon », le Gros avait dressé un buffet : pâtisseries, sandwiches au saumon et fruits. Sur un tabouret de bar, j'aperçus un vieil appareil de projection et j'en fus étonné mais je ne demandai aucune explication au Gros car je savais d'avance qu'il ne me répondrait pas.

Il regardait sa montre et il transpirait.

— Vous croyez qu'elle viendra, Poker ?

— Mais oui. Ne vous en faites pas, monsieur.

— Il est minuit, Poker. Bonne année.

— Bonne année, monsieur.

— Vous croyez vraiment qu'elle viendra ?

Il mangeait les sandwiches au saumon à la file pour calmer son anxiété. Puis les pâtisseries. Puis les fruits. Il s'affala sur un fauteuil, ôta ses lunettes noires et les remplaça par des lunettes aux verres légèrement teintés et aux montures d'or. Il me fixait de son œil glauque.

— Poker, vous êtes un gentil garçon. J'ai envie de vous adopter. Qu'en pensez-vous ?...

Il me sembla que ses yeux s'embuaient.

— Je suis si seul, Poker... Mais avant de vous adopter, je pourrais peut-être vous anoblir... Voulez-vous le titre de Bey ? O.K. ?

Il baissa la tête et nous gardâmes le silence. J'aurais dû le remercier.

— Voulez-vous que je vous tire les cartes, Poker ?

Il sortit de la poche de sa robe de chambre un paquet de cartes, et les brassa. Il commençait à les disposer sur le parquet de la pièce lorsque nous entendîmes trois coups de sonnette. C'était Claude Chevreuse.

— Bonne année ! Buon anno ! Auguri ! cria-t-elle très excitée en marchant de long en large dans le salon.

Elle portait son faux vison de scène. Elle n'avait pas eu le temps de se démaquiller et elle était très gaie, parce qu'elle venait de boire du champagne avec des amis. Elle embrassa le Gros sur le front et les deux joues en y laissant des marques de rouge à lèvres.

— On va sortir, hein? On va danser toute la nuit! nous dit-elle. Moi, je veux aller au Piccolo Siam...

— J'aimerais d'abord vous montrer un film, nous dit le Gros d'une voix grave.

— Non, non! On part tout de suite! On part tout de suite! Je veux aller au Piccolo Siam!

Elle poussait le Gros vers la porte, mais celui-ci la retenait et la faisait asseoir sur une des chaises.

— Je veux vous montrer un film, répéta le Gros.

— Un film? dit Claude. Un film? Il est fou!

Il éteignit l'électricité et mit en marche l'appareil de projection. Claude riait aux éclats. Elle se tourna vers moi et elle déboutonna son faux vison. Elle ne portait qu'un slip.

Sur le mur, en face, les images furent d'abord floues et puis se précisèrent. Il s'agissait d'une ancienne bande d'actualités qui datait d'au moins trente ans. Un jeune homme très beau, très svelte et très grave se tenait à la proue d'un navire de guerre qui entrait lentement dans le port d'Alexandrie. Une foule immense avait envahi la rade et l'on voyait s'agiter des milliers et des milliers de bras. Le bateau accostait et le jeune homme saluait lui aussi du bras. La foule disloquait les barrages de police, envahissait le quai et tous les visages extasiés étaient tournés vers le jeune homme, sur le bateau. Il n'avait pas plus de seize ans, son père venait de mourir, et il était, depuis hier, roi d'Égypte. Il semblait ému et intimidé par cette ferveur qui montait jusqu'à lui, cette foule en délire, cette ville pavoisée. Tout commençait. L'avenir serait radieux. Ce jeune homme plein de promesses, c'était le Gros.

Claude bâilla car le champagne l'endormait toujours. Je me tournai vers le Gros, assis à droite de l'appareil de projection qui crépitait comme une mitrailleuse. Avec ses lunettes, son visage bouffi et ses moustaches, il était encore plus apathique et plus gros que d'habitude.

# XI

Une autre fois, un samedi soir de juin, j'ai quitté Paris avec mon oncle Alex. Nous étions tous deux à bord de l'une de ces voitures nommées DS 19 et mon oncle conduisait. J'avais quatorze ans. Nous avons pris l'autoroute de l'Ouest. Sur la carte dépliée, je cochais au crayon bleu les localités que nous traversions. Depuis, je l'ai perdue, cette carte, et je ne me souviens plus que d'une seule petite ville où nous sommes passés : Gisors. Était-ce dans le département de l'Eure ou de l'Oise que se trouvait cette propriété dont oncle Alex me parlait ? Un moulin mis en vente à un prix « très intéressant ». Mon oncle en avait été informé par une annonce de journal dont il me récitait le texte : « Moulin tout confort et de caractère. Magnifique jardin clos de murs. Rivière et verger. Sortie ravissant petit village. » Il avait pris contact avec l'homme qui s'occupait de la vente, un notaire de la région.

La nuit tombait et lorsque nous avons vu le panneau d'une auberge, nous nous sommes engagés dans le chemin que la flèche indiquait. Une auberge de style anglo-normand, très cossue. La salle à manger se prolongeait par une terrasse bordée d'une piscine. Il y avait des boiseries, des sortes de vitraux à losanges multicolores et des tables à pieds Louis XV. Pas d'autres dîneurs que nous car il était trop tôt. Mon oncle Alex a commandé deux galantines, deux cuissots de chevreuil et un vin de Bourgogne au titre réputé. Le sommelier lui a fait goûter le vin. Oncle Alex gardait une grande gorgée dans sa bouche, il gonflait les joues et on aurait cru qu'il se gargarisait. Enfin il a dit :

— Bien... Bien... Mais pas assez soyeux.

— Pardon ? a dit le sommelier, les sourcils froncés.

— Pas assez soyeux, a répété l'oncle Alex avec beaucoup moins d'assurance.

Et d'un ton brusque :

— Mais ça ira... ça ira comme ça.

Quand le sommelier est parti, j'ai demandé à oncle Alex :

— Pourquoi as-tu dit : pas assez soyeux ?

— C'est un terme de métier. Il n'y connaît rien en vin.

— Mais toi, tu t'y connais ?

— Pas mal.

Non, il n'y connaissait rien. Il ne buvait jamais.

— Je pourrais en remontrer à ces tastevins de merde.

Il tremblait.

— Calme-toi, oncle Alex, lui ai-je dit.

Et il a retrouvé son sourire. Il a bredouillé quelques excuses à mon intention. Nous achevions le dessert – deux tartes Tatin – et l'oncle Alex m'a dit :

— Au fond, nous n'avons jamais parlé tous les deux.

J'ai senti qu'il voulait me confier quelque chose. Il cherchait les mots.

— J'ai envie de changer de vie.

Il avait pris un ton grave qui n'avait jamais été le sien. Alors, j'ai croisé les bras pour bien lui montrer que j'écoutais, de toutes mes forces.

— Mon cher Patrick... Il y a des périodes où il faut faire le bilan...

J'approuvais d'un petit hochement de tête.

— Il faut essayer de repartir sur des bases solides, tu comprends ?

— Oui.

— Il faut essayer de trouver des racines, comprends-tu ?

— Oui.

— On ne peut pas toujours être un homme de nulle part.

Il avait appuyé sur les syllabes de « nulle part » avec coquetterie.

— L'homme de nulle part...

Et il se désignait de la main gauche, en inclinant la tête et en esquissant un sourire charmeur. Jadis cela devait être d'un certain effet sur les femmes.

— Ton père et moi, nous sommes des hommes de nulle part, comprends-tu?

— Oui.

— Est-ce que tu sais que nous n'avons même pas un acte de naissance... une fiche d'état civil... comme tout le monde... hein?

— Même pas?

— Ça ne peut plus durer, mon garçon. J'ai beaucoup réfléchi et je suis convaincu que j'ai raison d'avoir pris une décision importante.

— Laquelle, oncle Alex?

— Mon vieux, c'est très simple. J'ai décidé de quitter Paris et d'habiter la campagne. Je pense beaucoup à ce moulin.

— Tu vas l'acheter?

— Il y a de fortes chances que oui. J'ai besoin de vivre à la campagne... J'ai envie de sentir de la terre et de l'herbe sous mes pieds... Il est temps, Patrick...

— C'est très beau, oncle Alex.

Il était ému lui-même de ce qu'il venait de dire.

— La campagne, c'est quelque chose d'épatant pour quelqu'un qui veut recommencer sa vie. Tu sais à quoi je rêve, toutes les nuits?

— Non.

— À un petit village.

Une ombre d'inquiétude a voilé son regard.

— Tu crois que j'ai l'air assez français? Franchement, hein?

Il avait des cheveux noirs ramenés en arrière, une moustache légère, des yeux sombres et des cils très longs.

— Qu'est-ce que c'est, l'air français? ai-je demandé.

— Je ne sais pas, moi...

Il faisait tourner pensivement la petite cuillère dans la tasse de café.

— J'ai pensé à ton avenir, mon cher Patrick, a-t-il dit. Je crois avoir trouvé le métier qui te conviendrait.

— Ah bon?

Il a allumé une cigarette.

— Un métier sûr, parce qu'on ne sait jamais ce qui peut arriver dans une époque comme la nôtre... Il faut que tu évites les erreurs que nous avons commises, ton père et moi... Nous étions livrés à nous-mêmes. Personne ne nous a conseillés. Nous avons perdu beaucoup de temps... Je vais me permettre de te conseiller, mon cher Patrick... tu veux que je te dise ce métier?... Il a appuyé sa main sur mon épaule. Il me regardait droit dans les yeux et d'une voix solennelle et altérée, il a dit:

— Tu devrais être exploitant forestier, Patrick. Je te donnerai une brochure là-dessus. Qu'en penses-tu?

— Il faut d'abord que je m'habitue à cette idée.

— Tu liras cette brochure. Nous en reparlerons.

L'oncle Alex avait commandé une verveine qu'il buvait à petites gorgées.

— Je me demande comment il est ce moulin... Tu crois qu'ils ont conservé la roue?

Il avait dû y rêver depuis plusieurs jours. À moi aussi d'ailleurs, le nom de «moulin» me donnait à rêver. J'entendais le bruit de l'eau, je voyais couler une rivière à travers les herbes.

Le sommelier s'approcha de notre table. Il eut un geste embarrassé et toussota pour attirer l'attention de mon oncle Alex.

— Monsieur... finit-il par dire.

Je tapai sur l'épaule de mon oncle Alex.

— Monsieur voudrait te parler, oncle Alex...

Oncle Alex a levé la tête vers le sommelier.

— Qu'est-ce qu'il y a?

— Monsieur, je voudrais vous demander quelque chose...

Il rougissait, il baissait les yeux.

— Quoi?

— Un autographe, monsieur.

Oncle Alex le fixait, l'œil rond.

— Vous êtes bien l'acteur Gregory Ratoff, monsieur?...

Mon oncle Alex s'était dressé, le visage pourpre.

— Certainement pas, monsieur. Je suis français et je m'appelle François Aubert.

L'autre avait un sourire timide.

— Non, monsieur. Vous êtes Gregory Ratoff... L'acteur russe.

Mon oncle Alex me tira par le bras. Nous prîmes la fuite à

travers la salle à manger et le bar. Le sommelier nous poursuivait.
— S'il vous plaît, monsieur Ratoff... un autographe, monsieur Ratoff...
Le barman, intrigué, marcha vers le sommelier, en lui faisant un geste interrogatif.
— C'est un acteur russe... Gregory Ratoff...
Nous nous étions engagés dans l'escalier. Mon oncle Alex me poussait, nous montions les marches quatre à quatre. Je trébuchai et me rattrapai à la rampe de justesse. Les deux autres étaient en bas, la tête levée. Ils agitaient les bras.
— Monsieur Ratoff!... Monsieur Ratoff!... Monsieur Ratoff!...
L'oncle Alex s'est affalé sur l'un des lits jumeaux de notre chambre. Il a fermé les yeux.
— Je m'appelle François Aubert... François Aubert... Aubert...
Cette nuit-là, il a eu un sommeil difficile.


Nous avions pris une mauvaise route et nous ne sommes arrivés que vers midi aux abords du village dont j'aimerais tant me rappeler le nom. Ces quinze dernières années j'ai scruté les cartes de l'Eure, de l'Oise et même de l'Orne en espérant le trouver. C'était – je crois – un nom mélodieux qui finissait par «euil», quelque chose comme Vainteuil, Verneuil ou Septeuil.
Un petit village dont la rue principale était encore pavée à la manière d'autrefois. Les maisons qui la bordaient, pour la plupart des fermes, laissaient une impression de calme et de solidité. Il faisait un beau soleil. Un vieux, assis sur les marches du «Café-Tabac», a suivi d'un mouvement de tête le passage de notre automobile.
Mon oncle Alex regrettait d'avoir perdu une nuit dans cette auberge. Nous aurions dû voyager d'une seule traite. Le rendez-vous avec le notaire avait été fixé vers onze heures et cet homme s'impatientait. Non? Tu ne crois pas? Nous avons débouché sur la place juste au moment de la sortie de la messe et nous nous sommes efforcés de faire bonne contenance dans notre grosse

automobile, tandis que la masse des fidèles s'écoulait des deux côtés de la DS 19 en nous dévisageant. Oncle Alex baissait la tête. Et tout à coup, un projectile s'écrase contre le pare-brise, qui n'est plus en son centre qu'une poussière de verre dont les grains tiennent par miracle.

— Un enfant qui s'amuse avec son lance-pierres, ai-je dit à l'oncle Alex.

— Tu crois vraiment que c'est un enfant?

Nous avons attendu qu'il n'y ait plus personne sur la place pour sortir. Oncle Alex a fermé à clé les portes de l'auto. Il me serrait le bras, ce qui n'était pas dans son habitude et trahissait chez lui un trouble profond. Nous n'avons pas mis beaucoup de temps à trouver la rue Bunau-Varilla où nous attendait au numéro 8, le notaire. Un homme de très petite taille, chauve, la soixantaine affable. Il portait – pourquoi cela m'a-t-il frappé? et pourquoi ai-je toujours des souvenirs aussi précis et inutiles? – un costume prince-de-galles d'une coupe très ample. Sous ses paupières plissées son regard filtrait, comme à travers des lattes de persienne.

— Nous allons voir le moulin? a-t-il dit à mon oncle. Je pense que cela vous plaira, j'en serais ravi personnellement.

Nous sommes montés dans la DS 19, oncle Alex et le notaire devant, moi à l'arrière. Oncle Alex conduisait à l'aveuglette, à cause de la vitre brisée.

— C'est un oiseau qui a fait ça? a demandé le notaire, en désignant la vitre.

— Pourquoi un oiseau? a dit mon oncle.

— Je suis un ami du propriétaire du moulin, a dit le notaire.

— Vous avez déjà eu beaucoup de clients?

— Vous êtes le premier, monsieur.

— Dites-moi, ce moulin… il est au milieu de la campagne, hein?

— Tout à fait isolé.

— Et il y a une rivière et de l'herbe? a demandé l'oncle Alex, ravi.

— Bien sûr.

— Et des saules au bord de la rivière?

— Non. Mais une très grande variété d'arbres, monsieur.

— Dites-moi… c'est stupide… je n'ose pas vous le demander…

— Mais faites, monsieur, a dit le notaire d'une voix très douce.

— C'est un vieux rêve... Vous savez, il y a une chanson...
Je vais essayer de vous en dire les paroles...
C'était la première fois qu'oncle Alex parlait d'une chanson.

— Voilà les paroles...
Il hésitait comme s'il allait dire quelque obscénité.

— *Quand tu reverras ta rivière,*
*les prés et les bois d'alentour...*
*et le banc vermoulu près du vieux mur de pierre...*
Il y a eu un silence.

— Est-ce que le moulin fait penser à cette chanson? a fini
par demander l'oncle Alex.

— Vous verrez par vous-même, monsieur.
Nous avions quitté le village et l'oncle Alex conduisait avec
difficulté. Je devais l'avertir quand les véhicules venaient dans
l'autre sens. Le notaire nous a indiqué une route, à gauche, et à
l'instant où nous nous y engagions, le pare-brise s'est répandu
en petits grains de verre sur le tableau de bord.

— On verra mieux comme ça, a dit l'oncle Alex.
Le notaire nous désignait un portail de bois blanc, de chaque
côté duquel courait un mur d'enceinte.

— Voilà, messieurs.
Nous avons poussé le portail mais j'avais eu le temps de
remarquer, à droite sur le mur, une plaque de bois où était
inscrit en lettres simili-chinoises : Moulin Yang Tsé.

— Moulin Yang Tsé? ai-je demandé au notaire.

— Oui.
Il hochait la tête, l'air gêné.

— Pourquoi «Yang Tsé»? a demandé l'oncle Alex, en nous
considérant d'un œil inquiet.
Le notaire n'a pas répondu et nous étions déjà dans le jardin.
Là-bas, au fond, en partie caché par deux hêtres pourpres, je
distinguais une sorte de bungalow. À mesure que nous nous en
approchions, je découvrais qu'il était construit sur des pilotis et que
son toit de tuiles se composait de pans superposés et relevés. Un
homme de grande taille et aux cheveux blancs se tenait debout sur
la véranda et agitait le bras à notre intention. Il descendit l'escalier
de bois et vint vers nous d'un pas souple. Il avait un collier de barbe
très soigné qu'il n'arrêtait pas de caresser, et de gros yeux bleus.

— Monsieur Abott, dit le notaire, en nous désignant l'homme.

— François Aubert et mon neveu, dit l'oncle Alex d'une voix mondaine.

— Très heureux. Si vous voulez bien monter...

Je regardai mon oncle Alex à la dérobée. Il était très pâle. Nous montâmes l'escalier qui donnait accès à la véranda. Abott et le notaire nous précédaient.

— Je croyais que... c'était un moulin, a dit timidement mon oncle.

— J'ai fait détruire l'ancien moulin et j'ai construit ça à la place il y a cinq ans, a déclaré Abott. C'est beaucoup plus beau. Aucune comparaison.

Nous restions immobiles sur la véranda, mon oncle et moi, face aux deux autres. Abott effleurait son collier de barbe d'un index précautionneux. Je ne sais pas pourquoi, mais je me suis toujours méfié de ces hommes au collier de barbe trop soigné.

— Ça a beaucoup plus de cachet que l'ancien moulin, croyez-moi... a dit le notaire.

— Vous en êtes sûr ? a demandé mon oncle. Il était de plus en plus pâle et je craignais qu'il n'eût un malaise.

— Mon ami Abott a longtemps vécu en Indochine, a dit le notaire. Il n'est là que depuis 1954 et il a fait bâtir cette maison pour ne pas être trop dépaysé. Moi, je trouve que ça a un cachet fou... Vous cherchiez quelque chose d'original, non ?

— Pas exactement, a dit mon oncle.

Abott et le notaire nous entraînèrent à l'intérieur, dans une pièce longue et étroite, le salon sans doute.

— Vous remarquerez, a dit le notaire sentencieusement, que tous les murs et toutes les cloisons sont en bois de teck.

— Tous, a répété Abott. Tous.

Un torse de Bouddha en pierre occupait une grande niche devant nous. Aux murs, des peintures sur soie abîmées, semblaient porter des traces de suie. Des rocking-chairs étaient disposés autour d'une table chinoise très basse et aux pieds torses et lourds.

— Qu'est-ce que tu en penses ? ai-je chuchoté à l'oncle Alex.

Il ne m'a pas entendu. L'air accablé, il serrait les lèvres comme quelqu'un qui va pleurer de découragement.

— Alors, monsieur ? a demandé Abott.

Oncle Alex se taisait. Il traversait la pièce, le dos courbé, d'un pas d'automate. Il avait de la peine à se frayer un passage à travers tous ces bibelots d'Extrême-Orient disposés dans le plus grand désordre, ces plateaux à opium, ces paravents en bois de rose. Il s'arrêtait devant un panneau laqué.

— Ça, a dit Abott, ce n'est pas de la foutaise. C'est du xviiᵉ siècle, monsieur. Ça représente l'arrivée des ambassadeurs de Louis XV à la cour thaïlandaise en 1726.

— Vous le vendez avec le reste, Michel? a demandé le notaire.

— Tout dépend du prix.

— Je vais montrer les autres chambres à monsieur.

— Non, a soufflé mon oncle Alex. Ce n'est pas la peine...

— Mais si. Pourquoi? s'est exclamé le notaire.

— Non. Non. Je vous en prie...

Je baissai la tête, m'attendant à un éclat, fixai du regard la pointe de mes souliers et un peu plus loin une peau de léopard à la taille impressionnante, étalée sur le sol.

— Vous vous sentez mal, monsieur? a demandé Abott.

— Ce n'est rien... je vais prendre l'air une minute, a murmuré oncle Alex.

Nous le suivîmes sur la véranda.

— Asseyez-vous là, a dit Abott en désignant des fauteuils en rotin.

Oncle Alex s'effondra sur l'un des fauteuils. Nous nous assîmes en face de lui, le notaire et moi.

— Je vais vous faire porter une boisson rafraîchissante, a dit Abott. Un instant, je vous prie...

Il disparaissait dans le salon, et j'avais surpris un geste de connivence qu'il faisait à l'intention du notaire, et ce geste — mais peut-être avais-je l'esprit mal intentionné — voulait dire:

— Essaie de le persuader.

D'ailleurs, cet homme au collier de barbe si soigné m'avait paru, de prime abord, un peu douteux et je l'imaginais compromis dans quelque trafic de piastres.

— Je ne m'attendais pas du tout à ça, a dit mon oncle d'une voix mourante.

— Ah bon?

— Je croyais que c'était un *vrai* moulin, vous comprenez...

— C'est aussi bien qu'un vrai moulin, non ? a dit le notaire.

— Ça dépend des points de vue... Je veux quelque chose de reposant, vous comprenez...

— Mais le Moulin Yang Tsé est tout à fait reposant, a dit le notaire. On se croirait en dehors de tout, à des milliers de kilomètres. C'est un dépaysement...

— Je ne cherche pas à être dépaysé, monsieur, a répondu gravement l'oncle Alex. Dépaysé de quoi, d'ailleurs ?

Il s'est tu brusquement, tant cette déclaration l'avait épuisé.

— Vous avez tort, a dit le notaire. C'est une affaire unique... Abott a des échéances urgentes... Il vous le laissera pour une bouchée de pain... Vous devriez sauter sur l'occasion...

Nous restions silencieux. Je pianotais sur une curieuse petite table en bois, de forme circulaire.

— Vous savez comment ça s'appelle ? a dit le notaire en me désignant la petite table.

— Non.

— Les Thaïlandais appellent ça un tambour de pluie.

Mon oncle Alex demeurait prostré. Une très forte pluie d'été s'est mise à tomber, une pluie tropicale, une pluie de mousson.

— Quand on parle de la pluie, la voilà, a plaisanté le notaire.

De l'autre bout de la véranda, un jeune Annamite, l'air d'un boy avec sa veste blanche, venait vers nous portant un plateau. La pluie redoublait de violence et il faisait très lourd. Oncle Alex s'épongeait le front. Abott est apparu, une chemise kaki entrouverte sur sa poitrine. Il caressait son collier de barbe.

— Tenez, je vous ai apporté de la quinine. On ne sait jamais a-t-il dit à l'oncle Alex.

Le boy a posé le plateau de rafraîchissements par terre et Abott lui a donné un ordre en employant la langue de là-bas. L'autre a allumé une lanterne chinoise qui se balançait au-dessus de nous. Toute la tristesse et la déception que je devinais chez mon oncle Alex à cet instant-là me gagnaient moi aussi. Pendant le voyage, il avait rêvé d'un vieux moulin de pierre, d'une rivière qui coulait au milieu des herbes et de la campagne française. Nous avions traversé l'Oise, l'Orne, l'Eure et d'autres départements. Enfin nous étions arrivés dans ce village. Mais à quoi, mon oncle, avaient servi tant d'efforts ?

# XII

Foucré parlait à voix basse avec quelqu'un, devant la fenêtre. Une jeune femme blonde était assise sur le canapé, le seul meuble de la pièce. Elle fumait. À mon arrivée, Foucré se retourna. Il vint vers moi et me désignant la jeune femme :

— Je vous présente Denise Dressel.

Je lui serrai la main, et elle me jeta un regard distrait. Foucré avait repris son conciliabule. Je m'assis au pied du canapé et elle ne m'accorda aucune attention.

Je me répétais le nom : « Dressel », qui venait d'être prononcé et aussitôt un prénom s'y ajoutait dans mon esprit : Harry. Mais qui était Harry Dressel ? Je m'efforçais de mettre un visage sur ces quatre syllabes dont la combinaison me semblait évidente. Je fermai les yeux pour mieux me concentrer. Quelqu'un m'avait-il parlé un jour d'un certain Harry Dressel ? Avais-je lu ce nom quelque part ? Avais-je rencontré cet homme au cours d'une vie antérieure ? Je m'entendis demander d'une voix sourde :

— Vous êtes la fille d'Harry Dressel ?

Elle me fixa, les yeux écarquillés, puis elle eut un geste brusque et laissa tomber sa cigarette.

— Comment le savez-vous ?

Je cherchai une réponse. En vain. Cette phrase m'était venue machinalement et j'aurais aimé le lui avouer, mais je remarquai une telle altération sur son visage que je restai muet.

— Vous connaissez Harry Dressel ?

Elle avait prononcé : Harry Dressel, presque à voix basse, comme si ce nom lui brûlait les lèvres.

— Un peu, oui.

— Ce n'est pas possible.

— J'ai souvent entendu parler de lui, ai-je dit en guettant de sa part une vague indication qui me permettrait de savoir qui était au juste ce Harry Dressel.

— On vous a parlé de mon père ? a-t-elle demandé avec anxiété.

— Beaucoup de gens.

— Pourquoi ? Vous êtes dans le spectacle ?

J'ai vu la piste d'un cirque, j'ai entendu le roulement du tambour qui n'en finit pas, tandis que là-haut, une trapéziste va faire le saut de la mort et que, les yeux fixés sur les pointes de mes chaussures, je prie pour elle.

— C'était un très bon artiste, ai-je dit.

Elle me regardait, avec une expression de reconnaissance. Elle m'avait même pris la main.

— Vous croyez qu'on se souvient encore de lui ?

— Bien sûr.

— Il serait si content s'il vous entendait, a-t-elle dit.

Ce soir-là, je l'ai raccompagnée chez elle. Nous avons fait le chemin à pied. Elle voulait me montrer une photo de son père, l'unique photo qu'elle possédait. Tandis que nous marchions, je l'observais. Quel âge avait-elle ? Vingt-trois ans. Et moi, à peine dix-sept. Elle était de taille moyenne, blonde les yeux clairs et bridés, le nez petit, et les lèvres couleur carmin. Ses pommettes, sa frange et son manteau de renard blanc lui donnaient un air mongol.

Elle habitait dans un groupe d'immeubles, avenue Malakoff. Nous avons traversé un vestibule et nous sommes entrés dans sa chambre. Celle-ci était très spacieuse. Deux portes-fenêtres, un lustre. Le lit, d'une largeur que je n'avais jamais vue auparavant, était recouvert d'une peau de léopard. À l'autre bout de la pièce, près d'une des fenêtres, une coiffeuse au tissu de satin bleu ciel. Et, côte à côte, au mur du fond, deux grandes photos que rehaussait le même cadre doré. Elle alla aussitôt les décrocher et les posa sur le lit.

Les deux visages avaient été photographiés de trois quarts et légèrement penchés. Au bas de la photo de l'homme, son nom inscrit en lettres blanches : HARRY DRESSEL.

Il paraissait trente ans à peine, avec ses cheveux blonds ondulés, son regard vif et son sourire.

Il portait une chemise au col entrouvert sur un foulard à pois noué négligemment. Entre sa photo et celle de sa fille, il s'était écoulé plus de vingt ans sans doute, et ce père et cette fille semblaient plutôt frère et sœur. À la pensée qu'elle avait tenu à se faire photographier dans la même pose que son père et sous le même éclairage, j'éprouvais une certaine émotion.

— Je lui ressemble, hein ? Je suis tout à fait une Dressel.

Et elle avait dit : « Une Dressel », comme elle aurait dit une Habsbourg ou une Lusignan.

— Si j'avais voulu, j'aurais pu moi aussi travailler dans le spectacle, mais il n'aurait pas aimé ça. Et après lui, c'était difficile.

— Il devait être un bon père, ai-je dit.

Elle m'a regardé avec ravissement et surprise. Enfin, elle avait rencontré quelqu'un qui comprenait qu'elle n'était pas la fille de n'importe qui mais de Harry Dressel. Plus tard, quand je suis venu habiter définitivement chez elle, j'ai deviné que je jouerais un rôle important dans sa vie. J'étais la première personne avec qui elle avait pu parler de son père. Or, elle, c'était le seul sujet qui l'intéressait. Je lui ai dit que moi aussi son père m'intriguait au plus haut point et que depuis que nous nous étions rencontrés, je me posais sans cesse des questions sur cet homme. Je lui confiai mon projet : écrire une biographie d'Harry Dressel. J'aurais fait n'importe quoi pour elle.

Elle ne l'avait pas revu depuis 1951, du temps où elle était encore une enfant, car cette année-là on avait proposé à son père de partir en Égypte pour animer un cabaret, près de l'Auberge des Pyramides. Et puis, au mois de janvier 1952, l'incendie du Caire et la disparition de Harry Dressel avaient – hélas – coïncidé. Il habitait alors un hôtel qui brûla tout entier. C'était du moins ce qu'on avait dit, mais elle n'y croyait pas.

Elle était persuadée, elle, que son père vivait encore, qu'il se cachait pour des raisons bien à lui, mais qu'il réapparaîtrait un jour ou l'autre. Je lui jurais que, moi aussi, je le croyais. Une fille étrange. Elle passait la plupart de ses après-midi étendue sur le grand lit, dans des peignoirs de bain rouge vif, à fumer des cigarettes dont l'odeur était opiacée. Et elle écoutait toujours les mêmes disques qu'elle me demandait de remettre dix ou vingt fois de suite. *Shéhérazade* de Rimsky-Korsakov et un soixante-dix-huit tours, où était gravée l'ouverture d'une opérette nommée : *Deux sous de fleurs.*

Au début, je ne comprenais pas pourquoi elle avait tant d'argent. Je l'avais vue acheter, le même après-midi, un manteau de panthère et des bijoux. Elle m'avait gentiment proposé de me faire couper plusieurs costumes chez un tailleur qui avait compté parmi ses clients les ducs de Spolète et d'Aoste, mais je n'avais pas osé franchir le seuil de ce temple. J'ai fini par lui avouer que les vêtements ne m'intéressaient pas et comme elle insistait pour savoir ce qui «m'intéressait», je lui ai dit : les livres. Et j'ai conservé jusqu'à maintenant ceux qu'elle eut la gentillesse de m'offrir : le Larousse du XXe siècle en six volumes, le dictionnaire Littré, l'*Histoire naturelle* de Buffon dans une très vieille et très belle édition illustrée, et enfin les *Mémoires* de Bülow, reliées d'un maroquin vert pâle. J'ai souffert quand elle m'a expliqué, au bout de quelques temps, qu'elle était entretenue par un Argentin qui venait chaque année en France au mois de mai assister aux coupes de polo que disputait son neveu. Oui, j'ai envié ce Sr. Roberto Lorraine dont elle m'a montré une photographie : un petit homme corpulent, aux cheveux très noirs et luisants.

Moi, j'étais prêt à commencer le livre qui retracerait la vie de son père, avec toute la passion que j'y pourrais mettre. Elle s'impatientait à l'idée de me voir écrire les premières pages. Elle voulait que je travaille dans un décor digne d'une telle entreprise et la table sur laquelle je rédigerais mon œuvre lui causait beaucoup de soucis.

Elle a fini par se décider pour un bureau Empire, tout surchargé de bronze. Le fauteuil où je prendrais place avait des bras recouverts d'un velours grenat bordé de clous d'or, et un dossier haut et massif. Enfin, je lui avais expliqué qu'il m'était difficile de rester longtemps assis et elle fit l'acquisition d'un lutrin de cathédrale qui lui coûta une fortune. Je sentais qu'elle m'aimait bien dans ces moments-là.

Et me voilà, le premier soir, assis à mon bureau. Sur celui-ci, des crayons qu'elle avait taillés. Deux ou trois de ces énormes stylos de marque américaine dont les réservoirs étaient pleins. Et des bouteilles d'encre de toutes les couleurs. Et des gommes. Et des buvards roses et verts. Et un bloc de papier à lettres grand format ouvert sur une page blanche. J'ai écrit en lettres capitales : LA VIE D'HARRY DRESSEL, et dans le coin droit de la page suivante le chiffre 1. Il fallait commencer par le début, lui demander quels souvenirs elle avait conservés de son père, tout ce qu'elle savait de son enfance à lui et de sa jeunesse.

Harry Dressel était né à Amsterdam. Il avait perdu ses parents très tôt et quitté la Hollande pour Paris. Elle ne pouvait me dire quelles avaient été ses activités avant que nous le retrouvions en 1937, sur la scène du Casino de Paris parmi les boys de Mistinguett.

L'année suivante, il est engagé au Bagdad de la rue Paul-Cézanne pour y faire un petit numéro de fantaisiste. La guerre l'y surprend. Par la suite, il ne devient pas une vedette, mais une attraction de choix. D'abord au Vol de nuit jusqu'en 1943. Puis au Cinq à Neuf jusqu'en 1951, date de son départ pour l'Égypte, où il disparaît. Telle avait été, dans ses grandes lignes, sa vie professionnelle.

La mère de Denise était l'une de ces cavalières du Tabarin que l'on voyait sur le manège aux chevaux de bois. Le manège tourne, tourne de plus en plus lentement, les chevaux se cabrent et les cavalières se renversent en arrière la poitrine nue, les cheveux dénoués. Et l'on joue l'*Invitation à la valse* de Weber. Dressel avait vécu trois ans avec cette fille avant qu'elle ne s'enfuît en Amérique. Alors, il avait élevé Denise tout seul.

Un dimanche après-midi, elle m'a emmené dans le dix-huitième arrondissement, square Carpeaux, où ils avaient habité, son père et elle. Les fenêtres de leur petit appartement du rez-de-chaussée donnaient sur le square, et son père pouvait ainsi la surveiller, lorsqu'elle jouait près du tas de sable. Ce dimanche-là, les fenêtres de l'appartement étaient ouvertes. Nous avons entendu des gens parler, mais nous n'osions pas regarder à l'intérieur. Le tas de sable n'avait pas changé – me dit-elle.

Et les fins d'après-midi de dimanche qu'elle avait connues ici, elle retrouvait leur couleur et leur parfum de poussière. Un jeudi, le jour de son anniversaire, son père l'avait invitée au restaurant. Elle n'avait pas oublié le chemin. Vous suivez la rue Caulaincourt, sous les acacias. Le Montmartre de notre enfance. Vous remarquez un restaurant, à gauche, à l'angle de la rue Francœur. C'était là. Elle avait mangé, au désert, une glace pistache-fraise. Je notais tous ces détails.

Son père se levait très tard. Il lui avait expliqué qu'il travaillait pendant la nuit. Quand il n'était pas là, une dame flamande s'occupait d'elle. Et puis, il a commencé à lui parler de son départ pour l'Égypte. Il était prévu qu'elle viendrait le rejoindre, là-bas, au bout de quelques mois, avec la Flamande.

Malgré les notes que je rassemblais, je ne parvenais pas à combler les lacunes de cette vie. Ainsi, qu'avait fait Harry Dressel jusqu'en 1937?

Je comptais bien me rendre à Amsterdam pour mener mon enquête et j'avais envoyé à deux journaux néerlandais un texte qui devait paraître dans la rubrique des «Recherches», avec la photo de Dressel. «Toute personne susceptible de donner détails sur les activités du fantaisiste et chanteur Harry Dressel jusqu'en 1937, prière écrire à M. P. Modiano, c/o Dressel, 123 bis, avenue Malakoff. Paris.» Le silence. Je lançai dans les petites annonces d'un grand quotidien parisien un autre appel: «Toute personne pouvant donner informations détaillées sur activité profession-nelle et autres du chanteur-fantaisiste Harry Dressel pendant son séjour en Égypte, juillet 1951-janvier 1952, et en général détails sur sa vie, prière téléphoner urgence à M. P. Modiano, Malakoff 10-28.»

Cette fois, un homme se manifesta, un certain Georges Jansenne qui avait été, me dit-il au téléphone, l'impresario de Dressel pendant «les dernières années». Il parlait d'une voix nerveuse et je lui fixai un rendez-vous. Il se méfiait. Il me demanda si «ce n'était pas un piège». Il préférait me rencontrer dans un lieu public, et me proposa lui-même un café de la place Victor-Hugo. J'acceptai ses conditions. Le livre avant tout.

Je lui avais dit qu'il me reconnaîtrait parce que je mesurais près de deux mètres et je vis quelqu'un me faire un signe du bras au fond de la terrasse du Scossa. Je m'assis à sa table. On devinait qu'il avait été très blond et très bouclé, mais avec le temps, ces yeux, ces cheveux, cette peau de blond avaient déteint. L'homme était translucide. Il me jeta un regard d'albinos.

— Alors vous vous intéressez à Harry Dressel? Mais que voulez-vous savoir?

Sa voix était presque inaudible. Je pensais qu'elle avait traversé des années et des années avant de venir jusqu'à moi et qu'elle appartenait à une personne qui n'était plus de ce monde.

— Je connais sa fille, ai-je dit.

— Sa fille? Dressel n'a jamais eu de fille...

Il souriait d'un sourire délavé.

— Je suis heureux qu'un garçon de votre âge s'intéresse à Dressel... Moi-même...

Je me penchai vers lui, tant sa voix était faible. Un souffle.

— Moi-même je l'avais oublié depuis longtemps... mais en lisant son nom dans votre annonce... j'ai eu un pincement au cœur...

Il posa sa main sur mon bras, une main à la peau très blanche et très fine à travers laquelle je voyais tout le réseau des veines et les os.

— La première fois que j'ai rencontré Dressel...

— La première fois que vous avez rencontré Dressel, ai-je répété avidement.

— C'était en 1942, à l'Aiglon... Il était accoudé au bar... un archange...

— C'est vrai? ai-je dit.

— Qu'est-ce que ça peut bien vous faire?

— Vous avez gardé d'autres souvenirs de lui?

Son visage s'éclaira d'une ombre de sourire.

— Quand Harry allait dans un café, il se mettait toujours sur la terrasse du côté du soleil pour bronzer...

— C'est vrai?

— Il se mettait aussi un produit sur les cheveux pour les rendre encore plus blonds.

Jansenne fronçait les sourcils.

— C'est idiot... Je ne me rappelle plus le nom du produit...

Il avait l'air exténué, brusquement. Il se tut. S'il gardait le silence, qui d'autre me parlerait d'Harry Dressel ? Combien étaient-ils, à Paris, qui auraient pu dire qu'un homme nommé Harry Dressel avait existé ? Hein ? Lui et moi. Et Denise.

— Je voudrais tellement que vous me parliez de lui, ai-je dit.

— C'est si loin, tout ça... Tenez... J'ai retrouvé le nom du produit qu'Harry se mettait toujours sur les cheveux... Du Clair-Éclat... Oui... C'était du Clair-Éclat...

Autour de nous, de nombreux consommateurs, profitaient de ce premier après-midi ensoleillé d'avril. Des jeunes gens, pour la plupart. Ils portaient des vêtements très légers et du dernier chic. Aujourd'hui, ces vêtements sembleraient à leur tour démodés, mais cet après-midi-là, c'était la tenue de Jansenne – un manteau très long, rembourré aux épaules, et un costume de flanelle fatigué – qui, par comparaison, donnait l'impression d'appartenir à une époque révolue. J'ai pensé que si Harry Dressel s'asseyait à notre table, il aurait peut-être la même allure de revenant que Jansenne.

— Je lui ai servi d'impresario à la fin, murmurait Jansenne... À l'occasion de son départ pour l'Égypte...

Il ne répondait pas à toutes mes questions, mais d'après lui, on ne pourrait jamais tirer au clair ce qui s'était passé en Égypte. Il avait une idée très précise là-dessus, et comme je le forçais dans ses retranchements, il me fit comprendre à demi-mot que Dressel avait été assassiné là-bas. Après cet aveu timide, je ne parvins plus à tirer quelque chose de lui. Il me conseilla mollement de questionner un certain Edmond Jahlan qui, à l'époque où Dressel se trouvait en Égypte, était de l'entourage du roi Farouk. Par la suite, j'ai recherché cet Edmond Jahlan. Vainement. Où donc êtes-vous, Jahlan ? Faites-moi signe.

Il avait commandé une menthe à l'eau et regardait devant lui, l'œil vide.

— Quel genre de numéro faisait Harry Dressel ?

— Il chantait, monsieur. Il dansait aussi avec des claquettes.

— Et quelles étaient ses chansons ?

Il a froncé les sourcils, comme pour se rappeler les titres. Des chansons allemandes. Il avait une chanson fétiche :

«*Caprio-len…*
«*Ca-prio-len…*
«*Capriolen…*»

Il essayait de retrouver l'air, et sa voix se fêlait. Lointaine. Si lointaine.

— Il habitait bien square Carpeaux ? ai-je demandé.

Il a haussé les épaules et d'un ton excédé :

— Non, monsieur. Boulevard de Latour-Maubourg.

— Vous saviez qu'il avait une fille ?

— Mais non, voyons… c'est la deuxième fois que vous me le dites, monsieur… Vous aimez plaisanter, hein ?…

Il a plissé les yeux et m'a regardé, un rictus au coin des lèvres.

— Il aimait trop les hommes..

Sa voix me fit peur.

— Je crois que nous pouvons nous quitter… je n'ai plus rien à vous dire…

Il s'est levé. Moi aussi. Nous marchions côte à côte sur le trottoir de la place Victor-Hugo.

— Pourquoi voulez-vous remuer le passé ?

Il se tenait devant moi, presque menaçant, avec son visage et son manteau usés, ses cheveux déteints, son regard d'albinos.

— Vous ne pouvez pas nous laisser tranquilles une bonne fois pour toutes ? Dites ?

Il m'a planté là. Je restais immobile et le regardais marcher vers l'avenue Bugeaud. Il ne se retournait pas. Une vague forme humaine, une buée qui allait se dissiper d'un instant à l'autre. Capriolen.

C'était une œuvre de longue haleine. Je l'expliquais à Denise, le soir, quand elle venait dans mon «cabinet de travail». Il fallait d'abord réunir les preuves matérielles du passage d'Harry Dressel sur la terre. Et cela mettrait du temps. Déjà, en consultant tout un lot de vieux journaux, j'avais découvert une publicité du cabaret Vol de nuit, rue des Colonels-Renard, qui mentionnait son nom. Au bas de la page «spectacle» d'un autre journal, une publicité, de nouveau, mais écrite en caractères minuscules : «Le chanteur Harry Dressel passe actuellement au Cinq à Neuf rue de Ponthieu. Thé − Apéritifs 17 h − Dîners − Spectacle à 20 h 30. Ouvert toute la nuit.» Je découpai ces documents et les collai sur un grand carnet à dessin. Je les observais à la loupe pendant des heures, tant j'avais fini par douter de l'existence d'Harry Dressel. Je dressais aussi de longues listes de gens susceptibles, s'ils vivaient encore, de me parler de lui. Et cela nécessitait l'acquisition de vieux annuaires de toutes espèces. Mais les numéros de téléphone ne répondaient plus et les lettres m'étaient renvoyées avec la mention : Inconnu à cette adresse.

Dressel avait eu un chien. Denise se souvenait de ce labrador nommé Mektoub. Une nuit, quand les sirènes de la Défense passive se mirent à hurler, ils descendirent à la cave, la Flamande, Denise et le chien. Au Cinq à Neuf, rue de Ponthieu, à la même heure, Dressel commençait son tour de chant. Dans la cave, la lumière s'était éteinte et l'on entendait le fracas des bombes, de plus en plus proche. Il s'agissait sans doute du bombardement de la gare de La Chapelle. Denise se serrait contre le chien et il lui léchait la joue. Cette langue râpeuse calmait sa peur de petite fille.

Elle gardait en mémoire l'après-midi où son père et elle avaient acheté le labrador, dans un chenil d'Auteuil, rue de l'Yvette. J'y suis retourné. Le directeur du chenil, un homme sensible, conservait depuis quarante ans les copies des pedigrees et une petite photo d'identité de tous les chiens qu'il avait vendus. Il m'a fait visiter ses archives qui occupaient une grande salle et il a retrouvé le pedigree et la photo du labrador. Celui-ci était né dans un élevage de Saint-Lô, en 1938, et les noms de ses parents et de ses quatre grands-parents étaient mentionnés. Le directeur du chenil m'a donné un duplicata du pedigree et un double de la photographie. Nous avons eu une longue conversation. Il rêvait de créer un fichier central où tous les chiens seraient répertoriés à leur naissance.

Il aurait aussi voulu collecter tous les documents − photos, films de long métrage ou d'amateurs, témoignages écrits ou oraux − se rapportant à des chiens disparus. Son tourment à lui, c'était de penser à tous ces milliers et ces milliers de chiens morts dans l'anonymat total et sans qu'ils eussent laissé la moindre trace. J'ai collé le pedigree et la photo du labrador sur le cahier à dessin, parmi les autres pièces relatives à Harry Dressel. Peu à peu, je commençais à rédiger mon livre, par fragments. J'avais décidé du titre définitif : « Les vies d'Harry Dressel », ce que m'avait dit Jansenne m'incitant en effet à penser que Dressel avait eu plusieurs vies parallèles. Je n'en possédais pas la preuve et mon dossier était bien mince, mais je comptais laisser aller mon imagination. Elle m'aiderait à retrouver le vrai Dressel. Il suffisait de rêver sur les deux ou trois éléments dont je disposais comme l'archéologue qui, en présence d'une statue aux trois quarts mutilée, la recompose intégralement dans sa tête. Je travaillais la nuit. Pendant la journée, Denise restait près de moi. Nous nous levions vers sept heures du soir. Sous son peignoir rouge, elle sentait un parfum qu'il m'arrive de reconnaître au passage de quelqu'un d'autre. Alors, je retrouve la chambre dans la lumière grise des fins d'après-midi, le bruit fluide et prolongé que faisaient les automobiles les jours de pluie, ses yeux aux reflets mauves, sa bouche et la magie de ses fesses blondes. Quand nous nous levions plus tôt, nous allions nous promener au Bois, du côté des Lacs ou du Pré-Catelan. Nous parlions de l'avenir. Nous achèterions un chien. Nous partirions peut-être en voyage. Est-ce que je voulais qu'elle se coupe les cheveux ? Elle suivrait un régime à partir d'aujourd'hui, parce qu'elle avait grossi d'un kilo. Est-ce que tout à l'heure, je lui lirais un passage de ce que j'avais écrit ? Nous allions dîner dans un restaurant de l'avenue Malakoff, une grande salle aux murs recouverts de boiseries qu'il aurait fallu repeindre, comme les quatre colonnes corinthiennes dressées à chaque coin et qui s'effritaient. Le silence. Une lumière ambrée. J'avais toujours soin de choisir une table à trois places, au cas où Harry Dressel, ouvrant la porte...

Vers minuit, je m'installais à mon bureau, devant le bloc de papier à lettres. Une fatigue m'envahissait à l'instant de décapuchonner mon stylo. Mon cher Dressel, comme j'ai souffert à cause de vous... Mais je ne vous en veux pas. C'est moi le coupable. Je suis sûr que vous avez douté de votre vie, ce qui explique que je n'ai presque rien retrouvé d'elle. Alors, j'ai bien été obligé de deviner, pour donner un père à votre fille que j'aimais. Couchée dans la chambre voisine, elle me demandait : «ça avance?» et mettait sur le phono un disque de Rimsky-Korsakov parce qu'elle croyait que la musique vous fait écrire plus facilement.

Au début du mois de mai, Sr. Roberto Lorraine, son protecteur, arriva d'Argentine en compagnie de son neveu et de l'équipe de polo de celui-ci. Elle me dit que nous nous verrions moins. Je continuerais d'habiter chez elle et elle viendrait me retrouver de temps en temps pour que je lui lise la suite du livre consacré à son père. Je travaillais toute la journée pour me consoler de son absence. J'avais écrit près de cinquante pages sur les premières années de Dressel, période de sa vie dont j'ignorais tout. J'en avais fait une sorte de David Copperfield et je mêlais adroitement quelques passages de Dickens à ma prose. Les années d'adolescence à Amsterdam baignaient dans une «atmosphère» qui devait beaucoup au regretté Francis Carco. Mais à partir du moment où Dressel commençait sa carrière artistique au Casino de Paris, et rencontrait la mère de Denise, elle-même cavalière au Tabarin, je trouvais un ton plus personnel.

Le départ et le séjour en Égypte de 1951 m'inspiraient particulièrement et ma plume courait sur le papier. Entre Le Caire et Alexandrie, j'étais chez moi. Le cabaret bleu et or dont Dressel était l'animateur près de l'Auberge des Pyramides s'appelait Le Scarabée et l'«artiste» Annie Beryer s'y produisait. Le roi Farouk venait l'entendre chanter et chargeait son secrétaire italien d'apporter à Annie des bijoux de très grande valeur, mais le secrétaire les faisait copier et gardait les vrais bijoux pour lui. D'autres personnes hantaient cet endroit, rescapées d'on ne savait quel naufrage. Et Harry Dressel, la dernière fois qu'on l'avait vu? En janvier quelques jours avant l'incendie, quand Mme Sazzly Bey avait donné une fête pour inaugurer sa nouvelle villa des environs du Caire, la copie exacte de «Tara» d'*Autant en emporte le vent*, avec son allée de cèdres...

Je lisais les chapitres à Denise. Elle ne pouvait plus dormir près de moi avenue Malakoff. Sr. Roberto Lorraine lui avait dit qu'il voulait se marier avec elle. Il était son aîné de trente ans, elle le trouvait un peu gros et elle n'aimait pas les hommes qui employaient des cosmétiques... Mais il comptait – paraît-il – parmi les trois plus grosses fortunes d'Argentine. J'étais désespéré et je le lui cachais.

Vers deux heures du matin, elle me faisait quelquefois une courte visite. Elle avait réussi à s'éclipser de l'Eléphant blanc où Sr. Roberto Lorraine et son neveu attendaient l'aube. Je lui donnais connaissance des dernières pages que j'avais écrites et elle ne s'étonnait jamais du tour que prenaient « les vies d'Harry Dressel ».

Nous avons eu encore quelques après-midi indolents. Elle s'enveloppait dans la peau de léopard et je continuais de lui lire les mille et une aventures de son père.

Un soir, je revenais avenue Malakoff, les bras chargés de trois grosses bobines que j'avais dérobées dans des archives cinématographiques avec la complicité d'un employé. Il s'agissait de la première partie d'un film, tourné en 1943, ce *Loup des Malveneur* auquel Dressel avait participé en y faisant de la « figuration intelligente ». Je comptais louer un appareil de projection et photocopier un par un les plans où on le voyait d'assez près pour qu'il fût reconnaissable.

Toutes les lumières de l'appartement étaient allumées, mais il n'y avait personne. Sur mon bureau Empire, un mot griffonné à la hâte :

« Je pars vivre en Argentine. Surtout continue le livre sur papa. Je t'embrasse. Denise. » Je me suis assis devant le bureau. J'avais posé les trois bobines du film par terre, à mes pieds. J'ai éprouvé une impression de vide qui m'était familière depuis mon enfance, depuis que j'avais compris que les gens et les choses vous quittent ou disparaissent un jour. En me promenant à travers les pièces, cette impression s'est accentuée. Les portraits de Dressel et de sa fille n'étaient plus là. Les avait-elle emportés en Argentine ? Le lit, la peau de léopard, la coiffeuse au satin bleu ciel, ils allaient passer par d'autres chambres, d'autres villes, un débarras peut-être et bientôt plus personne ne saurait que ces objets avaient été réunis, pour un temps très bref, dans une chambre de l'avenue Malakoff, par la fille d'Harry Dressel.

Sauf moi. J'avais dix-sept ans et il ne me restait plus qu'à devenir un écrivain français.

# XIII

À la fin de cet été-là, je me suis marié. Les mois qui précédèrent cette étonnante cérémonie, je les ai passés avec celle qui allait devenir ma femme, dans son pays, en Tunisie. Là-bas, le crépuscule n'existe pas. Il suffisait de s'assoupir un instant sur la terrasse de Sidi-Bou-Saïd et la nuit était tombée. Nous quittions la maison et son odeur de jasmin. C'était l'heure où, au café des Nattes, les parties de belote s'organisaient autour d'Aloulou Cherif. Nous descendions la route qui mène à La Marsa et surplombe la mer que l'on voit très tôt le matin, enveloppée d'une vapeur d'argent. Puis, peu à peu, elle prend la teinte de cette encre que j'aimais dans mon enfance parce qu'on nous interdisait de l'utiliser à l'école : bleu floride. Un dernier tournant, une dernière rue bordée de villas, et, à gauche, la petite gare du T.G.M. Des ombres attendaient le passage du train. Un lampadaire, sur le quai, éclairait faiblement la gare, sa façade blanche, son vieil auvent aux dentelles métalliques. Elle aurait pu être, cette gare, à Montargis ou à Saint-Lô si le bleu de son auvent et le blanc de sa façade ne lui avaient donné un caractère suspect.

En face, au Zéphyr, les gens se pressaient pour boire le thé au pignon ou jouer aux dominos. Nous entendions le murmure des conversations que la nuit accueillait. De temps en temps, la blancheur phosphorescente d'une djellaba. Le cinéma, de l'autre côté de la rue, affichait *Vacances romaines,* et en première partie, un film arabe avec Farid al Atrache. Je possède une photo ancienne de cet acteur où on le voit en compagnie de sa sœur, la chanteuse Asmahane. Tous deux appartenaient à une famille princière du djebel Druze. La photo me fut donnée cette année-là par un vieux coiffeur de La Marsa dont la boutique se trouvait dans la première rue, à droite, après le cinéma. Il l'avait exposée au milieu de la vitrine et j'avais été frappé par la ressemblance de ma femme et de cette étrange Asmahane, chanteuse et espionne, dit-on.

Nous longions la promenade du bord de mer, aux deux rangées de palmiers. Elle était obscure. Passé l'ambassade de France, nous pénétrions dans le quartier résidentiel de La Marsa. Nous nous arrêtions au sommet d'une rue qui descend vers la mer. Nous poussions une porte de fer et nous étions au Bordj où ma femme avait sa famille.

On suit une allée qui domine le jardin en pente et, au fond, la mer. Un muret d'enceinte, supportant une petite grille, est envahi par les bougainvillées. On franchit une autre grille et on arrive dans une sorte de patio.

Ils étaient tous là, assis autour des tables de jardin, parlant à voix basse ou jouant aux cartes : le docteur Tahar Zaouch, Youssef Guellaty, Fatma, Mamia, Chefika, Jaouidah, et d'autres que je ne connaissais pas, visages à demi noyés de pénombre. Nous nous asseyions à notre tour et nous prenions part à la conversation. En juin, ils avaient quitté Tunis et l'appartement au charme beylical de la rue de la Commission pour s'installer au Bordj, la durée de l'été. Chaque soir serait comme celui-là et nous les retrouverions autour des tables à jouer aux cartes ou à bavarder, dans la lumière bleue.

Nous descendions les marches du jardin avec nos chers amis Essia et Moncef Guellaty. En bas, une allée marquait la frontière de ce qui avait été jadis le domaine du peintre hollandais Nardus : un grand parc qui s'étendait jusqu'à la plage. On l'avait loti et de nombreuses maisonnettes, cernées de jardinets, remplaçaient les ombrages de ce parc, où la blonde Flo, la fille de Nardus, se promenait nue, il y a si longtemps... La villa de marbre rose, que surmontait une tourelle, n'était pas détruite. Les nuits de pleine lune, nous distinguions le buste de Nardus, sculpté par lui-même, qui se dressait, blanc et solitaire devant la villa. Les nouveaux propriétaires l'avaient laissé intact. Il nous faisait face, son œil de plâtre braqué vers la plage. Du parc, il ne reste qu'un bouquet de grands eucalyptus qui embaument la nuit. Mais souvent, après notre visite au Bordj, nous prenions la route de Gammarth. Elle longe la mer. Un peu avant Gammarth, nous nous arrêtions devant l'auberge des Dunes.

Un escalier. Il y avait une terrasse dont le sol était de marbre à losanges noirs et blancs. La plupart des tables étaient abritées par un treillage de verdure. Nous choisissions toujours la même, au bord de la terrasse, d'où nous pouvions voir la plage et la mer.

On entendait le ressac de cette mer et le vent m'apportait les derniers échos d'Alexandrie et de plus loin encore, ceux de Salonique et de bien d'autres villes avant qu'elles n'aient été incendiées.

# XIV

En feuilletant un journal, mes yeux s'étaient posés par hasard à la page des annonces immobilières et je lus :
« Vide. Appartement quai Conti – Vue sur la Seine – 4ᵉ étage. Sans ascenseur. Danton 55.61. »
Mon pressentiment se confirma quand je téléphonai. Oui, c'était bien l'appartement où j'avais passé mon enfance. Je ne sais pas pourquoi, je demandai à le visiter.
L'homme de l'agence, un gros roux brillantiné, me précéda dans l'escalier. Au quatrième étage, il sortit de sa poche un trousseau d'une dizaine de clés et sans aucune hésitation trouva celle qui convenait. Il poussa la porte d'entrée et s'effaça :
— Après vous.
Un pincement au cœur. Cela faisait plus de quinze ans que je n'avais pas franchi ce seuil. Une ampoule, au bout d'un fil, éclairait le vestibule dont les murs avaient gardé leur teinte beige rosé. À droite, les portemanteaux où mon père accrochait ses nombreux pardessus, et la grande étagère sur laquelle étaient rangés – je m'en souviens encore – quelques vieux sacs de voyage et un chapeau de toile pour les pays chauds. Le roux brillantiné ouvrit l'un des battants de la porte du vestibule et nous pénétrâmes dans la grande entrée qui nous servait de salle à manger. Comme il était à peine sept heures du soir, en juin, une lumière douce et ambrée enveloppait cette pièce. Il me prit le bras :
— Excusez-moi...

Des gouttes de sueur glissaient le long de ses tempes. Il semblait très nerveux.

— Je... j'ai oublié ma serviette chez un client... Enfin... j'espère que c'est chez lui... je... j'y vais tout de suite... j'en ai pour un quart d'heure...

Il roulait des yeux affolés. Qu'y avait-il dans cette serviette pour le mettre dans cet état ? que craignait-il ?

— Ça ne vous gêne pas de m'attendre ici ?

— Pas du tout.

— Vous pouvez déjà faire le tour de l'appartement ?

— Bien sûr.

Il se dirigeait vers le vestibule, d'un pas rapide.

— À tout de suite... À tout de suite... jetez un premier coup d'œil.

La porte claqua derrière lui.

Je me retrouvai seul, à cet endroit de la pièce où était la table autour de laquelle, jadis, nous prenions nos repas. Le soleil dessinait des raies orangées sur le parquet. Pas un bruit. L'œil-de-bœuf, à travers lequel on devinait une chambre, était toujours là. Je me rappelais l'emplacement des meubles : les deux grands globes terrestres de chaque côté de l'œil-de-bœuf. Sous celui-ci, la bibliothèque vitrée qui supportait la maquette d'un galion. Au pied de la bibliothèque le modèle réduit de l'un de ces canons qu'on utilisait à la bataille de Fontenoy. Les deux mannequins de bois avec leur armure et leur cotte de maille, chacun en retrait de l'un des globes terrestres. Et devant la maquette du galion, le sabre qui avait appartenu au duc de Gloucester. En face, dans le renfoncement du mur, se trouvait un divan, et de chaque côté, des rayonnages de livres, de sorte que, lorsque je m'asseyais là, avant le dîner, et que j'y lisais l'un des volumes reliés de toile rouge, j'avais l'impression d'occuper un compartiment de chemin de fer.

Vide, cette pièce me semblait plus petite. Ou bien était-ce mon regard d'adulte qui la ramenait à ses véritables dimensions ? Je passais dans la « salle à manger d'été », une sorte de large couloir au dallage noir et blanc, avec une baie vitrée par où l'on pouvait voir les toits de la Monnaie et le jardin de la maison voisine. Comme en filigrane, m'apparaissait la table rectangulaire au plateau de faux marbre. Et la banquette de cuir orange, déteint par le soleil. Et le papier peint, qui représentait une scène de *Paul et Virginie.* Je traversai à nouveau l'entrée en direction des deux pièces qui donnaient sur le quai. On avait arraché la glace du corridor. Je pénétrai dans ce qui avait été le bureau de mon père, et là j'éprouvai un sentiment de profonde désolation. Plus de canapé, ni de rideau dont le tissu assorti était orné de ramages grenat. Plus de portrait de Beethoven au mur, à gauche, près de la porte. Plus de buste de Buffon au milieu de la cheminée. Ni cette odeur de chypre et de tabac anglais.

Plus rien.

Je montai le petit escalier intérieur jusqu'au cinquième étage et j'entrai dans la pièce de droite, transformée en salle de bains par mon père. Le dallage noir, la cheminée, la baignoire de marbre clair étaient toujours là, mais dans la chambre côté Seine, les boiseries bleu ciel avaient disparu, et je contemplai le mur nu. Il portait par endroits des lambeaux de toile de Jouy, vestiges des locataires qui avaient précédé mes parents et j'ai pensé que si je grattais ces lambeaux de toile de Jouy, je découvrirais de minuscules parcelles d'un tissu encore plus ancien.

Il était près de huit heures du soir et je me demandais si le roux brillantiné de l'agence ne m'avait pas oublié. La chambre baignait dans cette lumière de soleil couchant qui faisait, sur le mur du fond, de petits rectangles dorés, les mêmes qu'il y a vingt ans. L'une des fenêtres était entrouverte et je me suis accoudé à la barre d'appui. Très peu de circulation. Quelques pêcheurs tardits à la pointe de l'île, sous les feuillages lourds du jardin du Vert-Galant. Un bouquiniste dont je reconnaissais la haute silhouette et la pèlerine – il était déjà là du temps de mon enfance – pliait son siège de toile portatif et s'en allait d'une démarche lente vers le pont des Arts.

À quinze ans, lorsque je me réveillais dans cette chambre, je tirais les rideaux, et le soleil, les promeneurs du samedi, les bouquinistes qui ouvraient leurs boîtes, le passage d'un autobus à plate-forme, tout cela me rassurait. Une journée comme les autres. La catastrophe que je craignais, sans très bien savoir laquelle, n'avait pas eu lieu. Je descendais dans le bureau de mon père et j'y lisais les journaux du matin. Lui, vêtu de sa robe de chambre bleue, donnait d'interminables coups de téléphone. Il me demandait de venir le chercher, en fin d'après-midi, dans quelque hall d'hôtel où il fixait ses rendez-vous. Nous dînions à la maison. Ensuite, nous allions voir un vieux film ou manger un sorbet, les nuits d'été, à la terrasse du Ruc-Univers. Quelquefois nous restions tous les deux dans son bureau, à écouter des disques ou à jouer aux échecs, et il se grattait de l'index le haut du crâne avant de déplacer un pion. Il m'accompagnait jusqu'à ma chambre et fumait une dernière cigarette en m'expliquant ses «projets».

Et comme les couches successives de papiers peints et de tissus qui recouvrent les murs, cet appartement m'évoquait des souvenirs plus lointains les quelques années qui comptent tant pour moi, bien qu'elles aient précédé ma naissance. À la fin d'une journée de juin 1942, par un crépuscule aussi doux que celui d'aujourd'hui, un vélo-taxi s'arrête, en bas, dans le renfoncement du quai Conti, qui sépare la Monnaie de l'Institut. Une jeune fille descend du vélo-taxi. C'est ma mère. Elle vient d'arriver à Paris par le train de Belgique.

Je me suis souvenu qu'entre les deux fenêtres, à proximité des étagères de livres, il y avait un secrétaire dont j'explorais les tiroirs lorsque j'habitais cette chambre. Parmi les vieux briquets, les colliers de pacotille et les clés qui n'ouvrent plus aucune porte – mais quelles portes ouvraient-elles ? – j'avais découvert de petits agendas des années 1942, 1943 et 1944, qui appartinrent à ma mère et que j'ai perdus depuis. À force de les feuilleter, je connaissais par cœur toutes les indications brèves qu'elle y avait consignées. Ainsi, un jour de l'automne 1942, elle avait noté : «Chez Toddie Werner – rue Scheffer.»

C'est là qu'elle a rencontré mon père pour la première fois. Une amie l'avait entraînée dans cet appartement de la rue Scheffer qu'habitaient deux jeunes femmes : Toddie Werner, une juive allemande qui vivait sous une fausse identité et son amie, une certaine Liselotte, une Allemande, mariée à un Anglais qu'elle essayait de faire libérer du camp de Saint-Denis. Ce soir-là, une dizaine de personnes étaient réunies rue Scheffer. On bavardait, on écoutait des disques et les rideaux tirés de la Défense passive rendaient l'atmosphère encore plus intime. Ma mère et mon père parlaient ensemble. Tous ceux qui étaient là, avec eux, et qui auraient témoigné de leur première rencontre et de cette soirée, ont disparu.

En quittant la rue Scheffer, mon père et Géza Pellmont voulurent aller chez Koromindé, rue de la Pompe. Ils invitèrent ma mère à les accompagner. Ils montèrent dans la Ford de Pellmont. Celui-ci était citoyen suisse et il avait obtenu un permis de circuler. Mon père m'a souvent dit que lorsqu'il s'asseyait sur la banquette de la Ford de Pellmont, il avait l'impression illusoire de se trouver hors d'atteinte de la Gestapo et des inspecteurs de la rue Greffulhe, parce que cette voiture était, en quelque sorte, un morceau du territoire helvétique. Mais les miliciens la réquisitionnèrent un peu plus tard et ce fut dans cette Ford qu'ils assassinèrent Georges Mandel.

Chez Koromindé, ils laissèrent passer l'heure du couvre-feu, et ils restèrent là, à bavarder, jusqu'à l'aube.

Les semaines suivantes, mon père et ma mère firent plus ample connaissance. Ils se donnaient souvent rendez-vous dans un petit restaurant russe, rue Faustin-Hélie. Au début, il n'osait pas dire à ma mère qu'il était juif. Depuis son arrivée à Paris, elle travaillait au service «synchronisation» de la Continental, une firme de cinéma allemande, installée sur les Champs-Elysées. Lui se cachait dans un manège du bois de Boulogne dont l'écuyer était l'un de ses amis d'enfance.

Hier, nous nous promenions, ma petite fille et moi, au jardin d'Acclimatation et nous arrivâmes, par hasard, en bordure de ce manège. Trente-trois ans avaient passé. Les bâtiments en brique des écuries où se réfugiait mon père n'avaient certainement pas changé depuis, ni les obstacles, les barrières blanches, le sable noir de la piste. Pourquoi ici plus que dans n'importe quel autre endroit, ai-je senti l'odeur vénéneuse de l'Occupation, ce terreau d'où je suis issu?

Temps troubles. Rencontres inattendues. Par quel hasard mes parents passèrent-ils le réveillon 1942, au Baulieu, en compagnie de l'acteur Sessue Hayakawa et de sa femme, Flo Nardus? Une photo traînait au fond du tiroir du secrétaire, où on les voyait assis à une table, tous les quatre, Sessue Hayakawa, le visage aussi impassible que dans *Macao, l'Enfer du Jeu,* Flo Nardus, si blonde que ses cheveux paraissaient blancs, ma mère et mon père, l'air de deux jeunes gens timides... Ce soir-là, Lucienne Boyer se produisait au Baulieu en vedette, et juste avant qu'on annonçât la nouvelle année, elle a chanté une chanson interdite, parce que l'un de ses auteurs était juif :

*« Parlez-moi d'amour*
*Redites-moi*
*Des choses tendres... »*

Depuis, Sessue Hayakawa a disparu. Que faisait, à Paris, sous l'Occupation, cette ancienne vedette japonaise d'Hollywood ? Lui et Flo Nardus habitaient 14 rue Chalgrin une petite maison au fond d'une cour, où venaient souvent mon père et ma mère. Tout près, rue Le Sueur – la première rue à droite —, le docteur Petiot brûlait les cadavres de ses victimes. Dans l'atelier du rez-de-chaussée, avec ses colonnes torses, ses boiseries sombres et ses cathèdres, Sessue Hayakawa recevait mes parents en kimono « de combat ». La blondeur de Flo Nardus était encore plus irréelle en présence de ce samouraï. Elle prenait soin des fleurs et des plantes compliquées qui, peu à peu, envahissaient l'atelier. Elle élevait aussi des lézards. Elle avait vécu son enfance et son adolescence en Tunisie, à La Marsa, dans une villa de marbre rose que possédait son père, un peintre hollandais. Et ce fut précisément en Tunisie que je la rencontrai au mois de juillet 1976. J'avais appris qu'elle s'était fixée dans ce pays depuis quelque temps, comme ceux qui reviennent là où a commencé leur vie.

Je lui téléphonai et lui dis mon nom. Après plus de trente ans, elle se souvenait encore de mes parents. Nous nous donnâmes rendez-vous le jeudi 8 juillet, à dix-huit heures, au Tunisia Palace, avenue de Carthage.

Cet hôtel avait sûrement eu son heure de faste sous le Protectorat mais depuis, le hall avec ses rares fauteuils et ses murs vides semblait désaffecté. Près de moi, était assis un gros homme au complet noir très strict qui faisait glisser dans sa main droite un collier d'ambre. Quelqu'un vint le saluer en l'appelant « Hadji ».

Je pensais à mes parents. J'eus la certitude que si je voulais rencontrer des témoins et des amis de leur jeunesse, ce serait toujours dans des endroits semblables à celui-ci : halls d'hôtels désaffectés de pays lointains où flotte un parfum d'exil et où viennent échouer les êtres qui n'ont jamais eu d'assise au cours de leur vie, ni d'état civil très précis. En attendant Flo Nardus, je sentais, à mes côtés, la douce et furtive présence de mon père et de ma mère. Je la vis entrer et je sus tout de suite que c'était elle. Je me levai et lui fis un signe de la main. Elle portait un turban rose, un corsage de la même couleur, un pantalon et des vieilles espadrilles. À sa taille, une ceinture composée de morceaux de verres orange et d'éclats de miroir retenus par des fils d'argent. Je reconnaissais la femme de la photo. Son profil était encore très pur et ses yeux d'un bleu de myosotis.

Je l'ai surprise quand je lui ai parlé du passé. Elle-même ne se souvenait plus très bien des détails. Puis, peu à peu, sa mémoire s'est éclaircie et j'avais l'impression qu'elle me restituait une très ancienne bande magnétique qu'elle avait oubliée au fond d'un tiroir.

Elle se rappelait que mon père s'était caché pendant un mois 14 rue Chalgrin, sans oser sortir une seule fois de la maison, parce qu'il n'avait aucun papier et qu'il craignait les rafles. Sessue Hayakawa n'était pas en règle non plus. Les Allemands ignoraient que ce Japonais avait un passeport américain et les Japonais voulaient le mobiliser. Le soir, mon père, Sessue et elle jouaient aux dominos pour oublier leurs soucis, ou bien mon père faisait répéter à Sessue son rôle dans *Patrouille blanche,* un film qu'il tournait sous la direction d'un certain Christian Chamborant. Mon père était un vieil ami. Il avait été témoin de leur mariage, à Sessue et à elle, en 1940, au consulat du Japon. Oui, elle revoyait cette soirée du Beaulieu, mais ils s'étaient retrouvés une semaine auparavant, 14 rue Chalgrin, pour Noël : mon père, ma mère, Toddie Werner, Korominidé, Pellmont, tous les autres...

Il ne restait plus que nous dans le hall. Des bruits de voitures et de klaxons venaient de la rue, et nous, nous étions là, à parler d'un passé qui nous avait réunis mais qui était si lointain qu'il perdait toute réalité.

Nous sommes sortis de l'hôtel et nous avons suivi l'avenue Bourguiba. La nuit tombait. Des centaines d'oiseaux cachés par les feuillages des arbres du terre-plein pépiaient dans un concert assourdissant. Je me penchais pour entendre ce qu'elle disait. Depuis trente ans, elle avait connu bien des vicissitudes. On l'avait arrêtée à la Libération en l'accusant d'être une «espionne boche», mais elle avait réussi à s'évader de la prison des Tourelles. Déjà, pendant la drôle de Guerre, quand Hayakawa et elle habitaient rue de Saussure, aux Batignolles, les gens du quartier les accusaient d'être de la «Cinquième colonne». Sessue était retourné en Amérique. Il était mort. Elle avait perdu son père. On avait mis sous séquestre la villa de son enfance, à La Marsa. Elle habitait une chambre dans la Médina, et pour subsister elle faisait de petits animaux en verre : reptiles, poissons, oiseaux. Un travail minutieux. Elle taillait les morceaux de verre, les rassemblait, les attachait les uns aux autres avec un fil métallique. Un jour, si je le voulais, elle me montrerait ses animaux. Il faudrait nous donner rendez-vous plus tôt et nous irions à pied chez elle, rue Sidi-Zahmoul. Mais ce soir, il était trop tard, et je risquerais de me perdre, au retour. Je l'ai accompagnée jusqu'à la Porte de France. Elle suivait l'une des ruelles d'une démarche indolente et gracieuse et je ne quittais pas des yeux sa silhouette, parmi les marchands de tissus, de parfums et de bijoux qui rangeaient leurs étalages. Elle m'a fait un dernier signe du bras avant de se perdre dans la foule des souks. Avec elle, c'était un peu de la jeunesse de mes parents qui s'éloignait.

J'ai conservé une photo au format si petit que je la scrute à la loupe pour en discerner les détails. Ils sont assis l'un à côté de l'autre, sur le divan du salon, ma mère un livre à la main droite, la main gauche appuyée sur l'épaule de mon père qui se penche et caresse un grand chien noir dont je ne saurais dire la race. Ma mère porte un curieux corsage à rayures et à manches longues, ses cheveux blonds lui tombent sur les épaules. Mon père est vêtu d'un costume clair. Avec ses cheveux bruns et sa moustache fine, il ressemble ici à l'aviateur américain Howard Hughes. Qui a bien pu prendre cette photo, un soir de l'Occupation ? Sans cette époque, sans les rencontres hasardeuses et contradictoires qu'elle provoquait, je ne serais jamais né. Soirs où ma mère, dans la chambre du cinquième, lisait ou regardait par la fenêtre. En bas, la porte d'entrée faisait un bruit métallique en se refermant. C'était mon père qui revenait de ses mystérieux périples. Ils dînaient tous les deux, dans la salle à manger d'été du quatrième. Ensuite, ils passaient au salon, qui servait de bureau à mon père. Là, il fallait tirer les rideaux, à cause de la Défense passive. Ils écoutaient la radio, sans doute, et ma mère tapait à la machine, maladroitement, les sous-titres qu'elle devait remettre chaque semaine à la Continental. Mon père lisait *Corps et Âmes* ou les *Mémoires* de Bülow. Ils parlaient, ils faisaient des projets. Ils avaient souvent des fous rires.

Un soir, ils étaient allés au théâtre des Mathurins voir un drame intitulé *Solness le Constructeur* et ils s'enfuirent de la salle en pouffant. Ils ne maîtrisaient plus leur fou rire. Ils continuaient à rire aux éclats sur le trottoir, tout près de la rue Greffulhe où se tenaient les policiers qui voulaient la mort de mon père. Quelquefois, quand ils avaient tiré les rideaux du salon et que le silence était si profond qu'on entendait le passage d'un fiacre ou le bruissement des arbres du quai, mon père ressentait une vague inquiétude, j'imagine. La peur le gagnait, comme en cette fin d'après-midi de l'été 43. Une pluie d'orage tombait et il était sous les arcades de la rue de Rivoli. Les gens attendaient en groupes compacts que la pluie s'arrêtât. Et les arcades étaient de plus en plus obscures. Climat d'expectative, de gestes en suspens, qui précède les rafles. Il n'osait pas parler de sa peur. Lui et ma mère étaient deux déracinés, sans la moindre attache d'aucune sorte, deux papillons dans cette nuit du Paris de l'Occupation où l'on passait si facilement de l'ombre à une lumière trop crue et de la lumière à l'ombre. Un jour, à l'aube, le téléphone sonna et une voix inconnue appela mon père par son véritable nom. On raccrocha aussitôt. Ce fut ce jour-là qu'il décida de fuir Paris... Je m'étais assis entre les deux fenêtres, au bas des rayonnages. La pénombre avait envahi la pièce. En ce temps-là, le téléphone se trouvait sur le secrétaire, tout près. Il me semblait, après trente ans, entendre cette sonnerie grêle et à moitié étouffée.

Je l'entends encore.

La porte d'entrée a claqué. Des pas dans l'escalier intérieur. Quelqu'un s'approchait de moi.

— Où êtes-vous ? Où êtes-vous ?

L'homme de l'agence, le roux brillantiné... je reconnaissais les effluves de Roja qu'il laissait dans son sillage.

Je me suis levé. Il me tendait la main.

— Excusez-moi. J'ai mis le temps.

Il était soulagé. Il l'avait retrouvée, sa serviette. Il me rejoignait dans l'embrasure d'une des fenêtres.

— Vous avez pu visiter l'appartement ? On ne voit plus rien.

J'aurais dû emporter une lampe électrique.

À cet instant, le bateau-mouche est apparu. Il glissait vers la pointe de l'île, sa guirlande de projecteurs braquée sur les maisons des quais. Les murs de la pièce étaient brusquement recouverts de taches, de points lumineux et de treillages qui tournaient et venaient se perdre au plafond. Dans cette même chambre, il y a vingt ans, c'étaient les mêmes ombres fugitives et familières qui nous captivaient mon frère Rudy et moi, quand nous éteignions la lumière au passage de ce même bateau-mouche.

On devait fêter quelque chose ce soir-là. Le Louvre, les jardins du Vert-Galant et la statue d'Henri IV sur le Pont-Neuf étaient illuminés.

— Qu'est-ce que vous pensez de la vue ? me demanda le roux brillantiné, d'une petite voix triomphale. C'est exceptionnel, non, la vue ? Hein ?

Je ne savais quoi lui répondre. En 1945, un soir de mai, les quais et le Louvre étaient illuminés de la même façon. Une foule envahissait les berges de la Seine et le jardin du Vert-Galant. En bas, dans le renfoncement du quai Conti, on avait improvisé un bal musette.

On a joué *La Marseillaise* et puis *La Valse brune*. Ma mère, accoudée au balcon, regardait les gens danser. Je devais naître en juillet. Mon père aussi se trouvait quelque part dans la foule qui célébrait le premier soir de la paix. La veille il était parti par le train avec Pellmont, car on avait découvert la Ford, au fond d'un hangar, du côté de Narbonne. La banquette arrière était tachée de sang.

# XV

Un taxi stationnait à l'angle du boulevard Gambetta et de la rue de France. J'ai hésité avant d'ouvrir la portière parce qu'un homme se tenait à côté du chauffeur, mais celui-ci m'a fait un signe de la tête qui indiquait que sa voiture était libre.

Nous avons pris place sur la banquette arrière ma femme, ma fille et moi. Je portais dans mes bras ma fille qui venait d'avoir un an. Moi, j'avais trente ans et quatre mois et ma femme bientôt vingt-cinq ans.

Nous avions mis la poussette bleu marine entre nous. L'homme qui était assis sur le siège avant, à la droite du chauffeur, ne bougeait pas et j'ai fini par dire :

— À Cimiez, jardin des Arènes.

Le chauffeur conduisait lentement. C'était un garçon de mon âge, comme son voisin.

— Un problème de delco…

— Même un diesel ?

— Il faudrait que je voie ton frère…

— Il n'est plus au garage Greuze.

Tous les deux parlaient avec l'accent de Nice. Celui qui conduisait avait allumé la radio en sourdine. Ma femme, maintenant, tenait le bébé dans ses bras et lui montrait les façades des maisons qui défilaient derrière la vitre.

Le chauffeur, un blond, avait une petite moustache. Son ami était brun, trapu, et ses yeux, très enfoncés dans leurs orbites, lui donnaient une tête antique de bélier.

— Tu sais qu'ils vont détruire le garage Greuze?...

— Pourquoi?

— Demande-le à Gabizon.

Le bébé jouait avec le collier de ma femme. Il le secouait et le portait à sa bouche. Nous suivions le boulevard Victor-Hugo, entre les platanes. Deux heures de l'après-midi, le lundi premier décembre mil neuf cent soixante-quinze. Du soleil. Nous avons pris à gauche la rue Gounod et nous sommes passés devant l'hôtel du même nom, une bâtisse blanche dont la porte tambour était fermée. J'eus le temps d'apercevoir derrière une grille un jardin étroit qui se transformait peut-être en parc, tout au fond. Et brusquement, il me sembla que dans une autre vie, un soir d'été, j'avais poussé la porte tambour, tandis qu'une musique venait du jardin. Oui, j'avais séjourné dans cet hôtel, il m'en restait une vague réminiscence et l'impression étrange que j'avais, en ce temps-là, une femme et une petite fille, les mêmes que celles d'aujourd'hui. Comment retrouver les traces de cette vie antérieure?

Il aurait fallu consulter les vieilles fiches de l'hôtel Gounod. Mais quel était mon nom, à cette époque? Et d'où venions-nous tous les trois?

— Oui, oui, c'est Gabizon...

— Ça t'étonne?

— Il avait fait le même coup pour la concession Porsche.

— Exactement...

Le brun à tête de bélier alluma un cigarillo dont il tirait des bouffées nerveuses. Il se tourna vers nous.

— Excusez-moi... Le bébé...

Il nous désignait en souriant le cigarillo qu'il écrasa dans le cendrier.

— La fumée, c'est mauvais pour les bébés, nous dit-il.

Une telle délicatesse m'étonna et j'en conclus qu'il avait un enfant, lui aussi.

J'ignorais pourquoi nous avions fait ce détour, mais nous suivions le boulevard du Parc-Impérial, laissant derrière nous l'église russe. Dans la pénombre de celle-ci, somnolait sans doute un vieil homme, qui avait été jadis l'un des pages de la tsarine. Nous arrivions au début du boulevard de Cimiez et le bébé regardait par la vitre. C'était la première fois qu'il traversait Nice en automobile. Tout ce qu'il voyait était neuf pour lui, les taches vertes des arbres, le trafic des voitures, les gens qui marchaient sur les trottoirs.

— Et ton frère?

— Sois tranquille, il a trouvé la combine…

— Avec les vieilles Facel-Véga?

— Mais oui, Patrick…

Ainsi, le brun à tête de bélier portait le même prénom que moi, ce prénom qui avait connu une grande vogue en 1945, peut-être à cause des soldats anglo-saxons, des jeeps et des premiers bars américains qui s'ouvraient. L'année 1945 était tout entière dans les deux syllabes de «Patrick». Nous aussi, nous avions été des bébés.

— Il n'y a pas seulement les Facel…

— Ah bon?…

— Il y a en plus une dizaine de Nash, qu'il a récupérées.

Comment était Nice en 1945? Des fenêtres du Ruhl réquisitionné par l'armée américaine, filtrait une musique de jazz. Ma pauvre sœur Corinne, que la Sécurité militaire française avait arrêtée en Italie, était enfermée tout près d'ici, Villa Sainte-Anne, avant qu'on ne la conduisît à la prison puis à l'hôpital Pasteur… Et à Paris, les rescapés des camps attendaient en pyjama rayé, sous les lustres de l'hôtel Lutetia.

Je me souviens de tout. Je décolle les affiches placardées par couches successives depuis cinquante ans pour retrouver les lambeaux des plus anciennes. Nous passions devant ce qui fut le Winter-Palace et j'ai vu les jeunes Anglaises et les jeunes Russes poitrinaires de mil neuf cent dix. Le taxi a ralenti, s'est arrêté. Nous étions arrivés au jardin des Arènes. Le brun à tête de bélier, celui qui s'appelait Patrick, a quitté sa place et nous a aidés à sortir la voiture d'enfant, un modèle très compliqué, à six roues, siège montant et pivotant, capote à multiples plis et bras mobile en acier, sur lequel on pouvait fixer une ombrelle. Ils nous ont fait un signe de la main, quand le taxi a démarré.

J'avais pris ma fille dans mes bras et elle dormait, la tête renversée sur mon épaule. Rien ne troublait son sommeil.

Elle n'avait pas encore de mémoire.

# RUE DES BOUTIQUES OBSCURES

## 1978

*Pour Rudy*
*Pour mon père*

# I

Je ne suis rien. Rien qu'une silhouette claire, ce soir-là, à la terrasse d'un café. J'attendais que la pluie s'arrêtât, une averse qui avait commencé de tomber au moment où Hutte me quittait. Quelques heures auparavant, nous nous étions retrouvés pour la dernière fois dans les locaux de l'Agence. Hutte se tenait derrière le bureau massif, comme d'habitude, mais gardait son manteau, de sorte qu'on avait vraiment l'impression d'un départ. J'étais assis en face de lui, sur le fauteuil en cuir réservé aux clients. La lampe d'opaline répandait une lumière vive qui m'éblouissait.

— Eh bien voilà, Guy... C'est fini..., a dit Hutte dans un soupir.

Un dossier traînait sur le bureau. Peut-être celui du petit homme brun au regard effaré et au visage bouffi, qui nous avait chargés de suivre sa femme. L'après-midi, elle allait rejoindre un autre petit homme brun au visage bouffi, dans un hôtel meublé de la rue Vital, voisine de l'avenue Paul-Doumer.

Hutte se caressait pensivement la barbe, une barbe poivre et sel, courte, mais qui lui mangeait les joues. Ses gros yeux clairs étaient perdus dans le vague. À gauche du bureau, la chaise d'osier où je m'asseyais aux heures de travail. Derrière Hutte, des rayonnages de bois sombre couvraient la moitié du mur : y étaient rangés des Bottins et des annuaires de toutes espèces et de ces cinquante dernières années. Hutte m'avait souvent dit qu'ils étaient des outils de travail irremplaçables dont il ne se

séparerait jamais. Et que ces Bottins et ces annuaires constituaient la plus précieuse et la plus émouvante bibliothèque
qu'on pût avoir, car sur leurs pages étaient répertoriés bien
des êtres, des choses, des mondes disparus, et dont eux seuls
portaient témoignage.

— Qu'est-ce que vous allez faire de tous ces Bottins? ai-je
demandé à Hutte, en désignant d'un mouvement large du bras
les rayonnages.

— Je les laisse ici, Guy. Je garde le bail de l'appartement.

Il jeta un regard rapide autour de lui. Les deux battants de la
porte qui donnait accès à la petite pièce voisine étaient ouverts
et l'on distinguait le canapé au velours usé, la cheminée, et la
glace où se réfléchissaient les rangées d'annuaires et de Bottins
et le visage de Hutte. Souvent nos clients attendaient dans cette
pièce. Un tapis persan protégeait le parquet. Au mur, près de la
fenêtre, était accrochée une icône.

— À quoi pensez-vous, Guy?

— À rien. Alors, vous gardez le bail?

— Oui. Je reviendrai de temps en temps à Paris et l'Agence
sera mon pied-à-terre.

Il m'a tendu son étui à cigarettes.

— Je trouve ça moins triste de conserver l'Agence telle qu'elle
était.

Cela faisait plus de huit ans que nous travaillions ensemble.
Lui-même avait créé cette agence de police privée en 1947 et
travaillé avec bien d'autres personnes, avant moi. Notre rôle était
de fournir aux clients ce que Hutte appelait des «renseignements
mondains». Tout se passait, comme il le répétait volontiers,
entre «gens du monde».

— Vous croyez que vous pourrez vivre à Nice?

— Mais oui.

— Vous n'allez pas vous ennuyer?

Il a soufflé la fumée de sa cigarette.

— Il faut bien prendre sa retraite un jour, Guy.

Il s'est levé lourdement. Hutte doit peser plus de cent kilos et
mesurer un mètre quatre-vingt-quinze.

— Mon train est à 20 h 55. Nous avons le temps de prendre
un verre.

Il m'a précédé dans le couloir qui mène au vestibule. Celui-ci a une curieuse forme ovale et des murs d'un beige déteint. Une serviette noire, si pleine qu'on n'avait pas pu la fermer, était posée par terre. Hutte la prit. Il la portait en la soutenant de la main.

— Vous n'avez pas de bagages ?

— J'ai fait tout envoyer d'avance.

Hutte a ouvert la porte d'entrée et j'ai éteint la lumière du vestibule. Sur le palier, Hutte a hésité un instant avant de refermer la porte et ce claquement métallique m'a pincé le cœur. Il marquait la fin d'une longue période de ma vie.

— Ça fout le cafard, hein, Guy ? m'a dit Hutte, et il avait sorti de la poche de son manteau un grand mouchoir dont il s'épongeait le front.

Sur la porte, il y avait toujours la plaque rectangulaire de marbre noir où était inscrit en lettres dorées et pailletées :

C. M. HUTTE
*Enquêtes privées.*

— Je la laisse, m'a dit Hutte.

Puis il a donné un tour de clé.

Nous avons suivi l'avenue Niel jusqu'à la place Pereire. Il faisait nuit et bien que nous entrions dans l'hiver, l'air était tiède. Place Pereire, nous nous sommes assis à la terrasse des Hortensias. Hutte aimait ce café, parce que les chaises y étaient cannées, «comme avant».

— Et vous, Guy, qu'est-ce que vous allez devenir ? m'a-t-il demandé après avoir bu une gorgée de fine à l'eau.

— Moi ? Je suis sur une piste.

— Une piste ?

— Oui. Une piste de mon passé...

J'avais dit cette phrase d'un ton pompeux qui l'a fait sourire.

— J'ai toujours cru qu'un jour vous retrouveriez votre passé.

Cette fois-ci, il était grave et cela m'a ému.

— Mais voyez-vous, Guy, je me demande si cela en vaut vraiment la peine...

Il a gardé le silence. À quoi rêvait-il ? À son passé à lui ?

— Je vous donne une clé de l'Agence. Vous pouvez y aller de temps en temps. Ça me ferait plaisir.

Il m'a tendu une clé que j'ai glissée dans la poche de mon pantalon.

— Et téléphonez-moi à Nice. Mettez-moi au courant... au sujet de votre passé...

Il s'est levé et m'a serré la main.

— Voulez-vous que je vous accompagne au train ?

— Oh non... non... C'est tellement triste...

Il est sorti du café d'une seule enjambée, en évitant de se retourner, et j'ai éprouvé une sensation de vide. Cet homme avait beaucoup compté pour moi. Sans lui, sans son aide, je me demande ce que je serais devenu, voilà dix ans, quand j'avais brusquement été frappé d'amnésie et que je tâtonnais dans le brouillard. Il avait été ému par mon cas et grâce à ses nombreuses relations, m'avait même procuré un état civil.

— Tenez, m'avait-il dit en ouvrant une grande enveloppe qui contenait une carte d'identité et un passeport. Vous vous appelez maintenant « Guy Roland ».

Et ce détective que j'étais venu consulter pour qu'il mît son habileté à rechercher des témoins ou des traces de mon passé avait ajouté :

— Mon cher « Guy Roland », à partir de maintenant, ne regardez plus en arrière et pensez au présent et à l'avenir. Je vous propose de travailler avec moi...

S'il me prenait en sympathie, c'est que lui aussi – je l'appris plus tard – avait perdu ses propres traces et que toute une partie de sa vie avait sombré d'un seul coup, sans qu'il subsistât le moindre fil conducteur, la moindre attache qui aurait pu encore le relier au passé. Car qu'y a-t-il de commun entre ce vieil homme fourbu que je vois s'éloigner dans la nuit avec son manteau râpé et sa grosse serviette noire, et le joueur de tennis d'autrefois, le bel et blond baron balte Constantin von Hutte ?

## II

— Allô ? Monsieur Paul Sonachitzé ?

— Lui-même.

— Guy Roland à l'appareil... Vous savez, le...

— Mais oui, je sais ! Nous pouvons nous voir ?

— Comme vous voulez...

— Par exemple... ce soir vers neuf heures rue Anatole-de-la-Forge ?... Ça vous va ?

— Entendu.

— Je vous attends. À tout à l'heure.

Il a raccroché brusquement et la sueur coulait le long de mes tempes. J'avais bu un verre de cognac afin de me donner du courage. Pourquoi une chose aussi anodine que de composer sur un cadran un numéro de téléphone me cause, à moi, tant de peine et d'appréhension ?

Au bar de la rue Anatole-de-la-Forge, il n'y avait aucun client, et il se tenait derrière le comptoir en costume de ville.

— Vous tombez bien, m'a-t-il dit. J'ai congé tous les mercredis soir.

Il est venu vers moi et m'a pris par l'épaule.

— J'ai beaucoup pensé à vous.

— Merci.

— Ça me préoccupe vraiment, vous savez...

J'aurais voulu lui dire qu'il ne se fît pas de soucis à mon sujet, mais les mots ne venaient pas.

— Je crois finalement que vous deviez être dans l'entourage de quelqu'un que je voyais souvent à une certaine époque... Mais qui ?

Il hochait la tête.

— Vous ne pouvez pas me mettre sur la piste ?

— Non.

— Pourquoi ?

— Je n'ai aucune mémoire, monsieur.

Il a cru que je plaisantais, et comme s'il s'agissait d'un jeu ou d'une devinette, il a dit :

— Bon. Je me débrouillerai tout seul. Vous me laissez carte blanche ?

— Si vous voulez.

— Alors ce soir, je vous emmène dîner chez un ami.

Avant de sortir, il a baissé, d'un mouvement sec, la manette d'un compteur électrique et fermé la porte de bois massif en donnant plusieurs tours de clé.

Sa voiture stationnait sur le trottoir opposé. Elle était noire et neuve. Il m'a ouvert la portière poliment.

— Cet ami s'occupe d'un restaurant très agréable à la limite de Ville-d'Avray et de Saint-Cloud.

— Et nous allons jusque là-bas ?

— Oui.

De la rue Anatole-de-la-Forge, nous débouchions dans l'avenue de la Grande-Armée et j'ai eu la tentation de quitter brusquement la voiture. Aller jusqu'à Ville-d'Avray me semblait insurmontable. Mais il fallait être courageux.

Jusqu'à ce que nous soyons parvenus à la porte de Saint-Cloud, j'ai dû combattre la peur panique qui m'empoignait. Je connaissais à peine ce Sonachitzé. Ne m'attirait-il pas dans un traquenard ? Mais, peu à peu, en l'écoutant parler, je me suis apaisé. Il me citait les différentes étapes de sa vie professionnelle. Il avait d'abord travaillé dans des boîtes de nuit russes, puis au Langer, un restaurant des jardins des Champs-Élysées, puis à l'hôtel Castille, rue Cambon, et il était passé par d'autres établissements, avant de s'occuper de ce bar de la rue Anatole-de-la-Forge. Chaque fois, il retrouvait Jean Heurteur, l'ami chez lequel nous allions, de sorte qu'ils avaient formé un tandem pendant une vingtaine d'années. Heurteur aussi avait de la mémoire. À eux deux, ils résoudraient certainement « l'énigme » que je posais.

Sonachitzé conduisait avec une grande prudence et nous avons mis près de trois quarts d'heure pour arriver à destination.

Une sorte de bungalow dont un saule pleureur cachait la partie gauche. Vers la droite, je discernais un fouillis de buissons. La salle du restaurant était vaste. Du fond, où brillait une lumière vive, un homme marchait vers nous. Il me tendit la main.

— Enchanté, monsieur. Jean Heurteur.

Puis, à l'adresse de Sonachitzé :

— Salut, Paul.

Il nous entraînait vers le fond de la salle. Une table de trois couverts était dressée, au centre de laquelle il y avait un bouquet de fleurs.

Il désigna l'une des portes-fenêtres :

— J'ai des clients dans l'autre bungalow. Une noce.

— Vous n'êtes jamais venu ici ? me demanda Sonachitzé.

— Non.

— Alors, Jean, montre-lui la vue.

Heurteur me précéda sur une véranda qui dominait un étang. À gauche, un petit pont bombé, de style chinois, menait à un autre bungalow, de l'autre côté de l'étang. Les portes-fenêtres étaient violemment éclairées et derrière elles je voyais passer des couples. On dansait. Les bribes d'une musique nous parvenaient de là-bas.

— Ils ne sont pas nombreux, me dit-il, et j'ai l'impression que cette noce va finir en partouze.

Il haussa les épaules.

— Il faudrait que vous veniez en été. On dîne sur la véranda. C'est agréable.

Nous rentrâmes dans la salle du restaurant et Heurteur ferma la porte-fenêtre.

— Je vous ai préparé un dîner sans prétention.

Il nous fit signe de nous asseoir. Ils étaient côte à côte, en face de moi.

— Qu'est-ce que vous aimez, comme vins ? me demanda Heurteur.

— Comme vous voulez.

— Château-Petrus ?

— C'est une excellente idée, Jean, dit Sonachitzé.

Un jeune homme en veste blanche nous servait. La lumière de l'applique du mur tombait droit sur moi et m'éblouissait. Les autres étaient dans l'ombre, mais sans doute m'avaient-ils placé là pour mieux me reconnaître.

— Alors, Jean ?

Heurteur avait entamé sa galantine et me jetait, de temps en temps, un regard aigu. Il était brun, comme Sonachitzé, et comme lui se teignait les cheveux. Une peau grumeleuse, des joues flasques et de minces lèvres de gastronome.

— Oui, oui..., a-t-il murmuré.

Je clignais les yeux, à cause de la lumière. Il nous a versé du vin.

— Oui... oui... je crois que j'ai déjà vu monsieur...

— C'est un véritable casse-tête, a dit Sonachitzé. Monsieur refuse de nous mettre sur la voie...

Il semblait saisi d'une inspiration.

— Mais peut-être voulez-vous que nous n'en parlions plus ? Vous préférez rester « incognito » ?

— Pas du tout, ai-je dit avec le sourire.

Le jeune homme servait un ris de veau.

— Quelle est votre profession ? m'a demandé Heurteur.

— J'ai travaillé pendant huit ans dans une agence de police privée, l'agence C. M. Hutte.

Ils me considéraient, stupéfaits.

— Mais cela n'a certainement aucun rapport avec ma vie antérieure. Alors, n'en tenez pas compte.

— C'est curieux, a déclaré Heurteur en me fixant, on ne pourrait pas dire l'âge que vous avez.

— À cause de ma moustache, sans doute.

— Sans votre moustache, a dit Sonachitzé, nous vous reconnaîtrions peut-être tout de suite.

Et il tendait le bras, posait sa main à plat juste au-dessous de mon nez pour cacher la moustache, et cillait des yeux comme le portraitiste devant son modèle.

— Plus je regarde monsieur, plus j'ai l'impression qu'il appartenait à un groupe de noctambules..., a dit Heurteur.

— Mais quand? a demandé Sonachitzé.

— Oh... il y a longtemps... Cela fait une éternité que nous ne travaillons plus dans les boîtes de nuit, Paul...

— Tu crois que ça remonterait au temps du Tanagra?

Heurteur me fixait d'un regard de plus en plus intense.

— Excusez-moi, me dit-il. Pourriez-vous vous lever une seconde?

Je m'exécutai. Il me regardait de haut en bas et de bas en haut.

— Mais oui, ça me rappelle un client. Votre taille... Attendez...

Il avait levé la main et se figeait comme s'il voulait retenir quelque chose qui risquait de se dissiper d'un instant à l'autre.

— Attendez... Attendez... Ça y est, Paul...

Il avait un sourire triomphal.

— Vous pouvez vous rasseoir...

Il jubilait. Il était sûr que ce qu'il allait dire ferait son effet. Il nous versait du vin, à Sonachitzé et à moi, d'une manière cérémonieuse.

— Voilà... Vous étiez toujours accompagné d'un homme aussi grand que vous... Peut-être plus grand encore... Ça ne te dit rien, Paul?

— Mais de quelle époque parles-tu? a demandé Sonachitzé.

— De celle du Tanagra, bien sûr...

— Un homme aussi grand que lui? a répété Sonachitzé pour lui-même. Au Tanagra?...

— Tu ne vois pas?

Heurteur haussait les épaules.

Maintenant c'était au tour de Sonachitzé d'avoir un sourire de triomphe. Il hochait la tête.

— Je vois...

— Alors?

— Stioppa.

— Mais oui. Stioppa...

Sonachitzé s'était tourné vers moi.

— Vous connaissiez Stioppa?

— Peut-être, ai-je dit prudemment.

— Mais si..., a dit Heurteur. Vous étiez souvent avec Stioppa... J'en suis sûr...

— Stioppa...

À en juger par la manière dont Sonachitzé le prononçait, un nom russe, certainement.

— C'était lui qui demandait toujours à l'orchestre de jouer : *Alaverdi...*, a dit Heurteur. Une chanson du Caucase...

— Vous vous en souvenez ? m'a dit Sonachitzé en me serrant le poignet très fort : *Alaverdi...*

Il sifflait cet air, les yeux brillants. Moi aussi, brusquement, j'étais ému. Il me semblait le connaître, cet air.

À ce moment-là, le garçon qui nous avait servi le dîner s'est approché de Heurteur et lui a désigné quelque chose, au fond de la salle.

Une femme était assise, seule, à l'une des tables, dans la pénombre. Elle portait une robe bleu pâle et elle appuyait le menton sur les paumes de ses mains. À quoi rêvait-elle ?

— La mariée.

— Qu'est-ce qu'elle fait là ? a demandé Heurteur.

— Je ne sais pas, a dit le garçon.

— Vous lui avez demandé si elle voulait quelque chose ?

— Non. Non. Elle ne veut rien.

— Et les autres ?

— Ils ont commandé encore une dizaine de bouteilles de Krug.

Heurteur a haussé les épaules.

— Ça ne me regarde pas.

Et Sonachitzé qui n'avait prêté aucune attention à la « mariée » ni à ce qu'il disait me répétait :

— Alors... Stioppa... Vous vous souvenez de Stioppa ?

Il était si agité que j'ai fini par lui répondre, avec un sourire que je voulais mystérieux :

— Oui, oui. Un peu...

Il s'est tourné vers Heurteur et lui a dit, d'un ton solennel :

— Il se souvient de Stioppa.

— C'est bien ce que je pensais.

Le garçon en veste blanche demeurait immobile devant Heurteur, l'air embarrassé.

— Monsieur, je crois qu'ils vont utiliser les chambres... Qu'est-ce qu'il faut faire ?

— Je m'en doutais, a dit Heurteur, que cette noce finirait mal... Eh bien, mon vieux, laissons faire. Ça ne nous regarde pas...

La mariée, là-bas, restait immobile à sa table. Et elle avait croisé les bras.

— Je me demande pourquoi elle reste là toute seule, a dit Heurteur. Enfin, ça ne nous regarde absolument pas.

Et il faisait un geste du revers de la main, comme pour chasser une mouche.

— Revenons à nos moutons, a-t-il dit. Vous admettez donc avoir connu Stioppa ?

— Oui, ai-je soupiré.

— Par conséquent vous apparteniez à la même bande... Une sacrée joyeuse bande, hein, Paul ?...

— Oh...! Ils ont tous disparu, a dit Sonachitzé d'une voix lugubre. Sauf vous, monsieur... Je suis ravi d'avoir pu vous... vous « localiser »... Vous apparteniez à la bande de Stioppa... Je vous félicite... C'était une époque beaucoup plus belle que la nôtre, et surtout les gens étaient de meilleure qualité qu'aujourd'hui...

— Et surtout, nous étions plus jeunes, a dit Heurteur en riant.

— Ça remonte à quand ? leur ai-je demandé, le cœur battant.

— Nous sommes brouillés avec les dates, a dit Sonachitzé. De toute façon, cela remonte au déluge...

Il était accablé, brusquement.

— Il y a parfois des coïncidences, a dit Heurteur.

Et il se leva, se dirigea vers un petit bar, dans un coin de la pièce, et nous rapporta un journal dont il feuilleta les pages. Enfin, il me tendit le journal en me désignant l'annonce suivante :

« On nous prie d'annoncer le décès de Marie de Resen, survenu le 25 octobre dans sa quatre-vingt-douzième année.

« De la part de sa fille, de son fils, de ses petits-fils, neveux et petits-neveux.

« Et de la part de ses amis Georges Sacher et Stioppa de Djagoriew.

« La cérémonie religieuse, suivie de l'inhumation au cimetière de Sainte-Geneviève-des-Bois, aura lieu le 4 novembre à 16 heures en la chapelle du cimetière.

« L'office du 9e jour sera célébré le 5 novembre en l'église orthodoxe russe, 19, rue Claude-Lorrain, Paris XVIe.

« Le présent avis tient lieu de faire-part. »

— Alors, Stioppa est vivant? a dit Sonachitzé. Vous le voyez encore?

— Non, ai-je dit.

— Vous avez raison. Il faut vivre au présent. Jean, tu nous sers un alcool?

— Tout de suite.

À partir de ce moment, ils ont paru se désintéresser tout à fait de Stioppa et de mon passé. Mais cela n'avait aucune importance, puisque je tenais enfin une piste.

— Vous pouvez me laisser ce journal? ai-je demandé avec une feinte indifférence.

— Bien sûr, a dit Heurteur.

Nous avons trinqué. Ainsi, de ce que j'avais été jadis, il ne restait plus qu'une silhouette dans la mémoire de deux barmen, et encore était-elle à moitié cachée par celle d'un certain Stioppa de Djagoriew. Et de ce Stioppa, ils n'avaient pas eu de nouvelles «depuis le déluge», comme disait Sonachitzé.

— Donc, vous êtes détective privé? m'a demandé Heurteur.

— Plus maintenant. Mon patron vient de prendre sa retraite.

— Et vous? Vous continuez?

J'ai haussé les épaules, sans répondre.

— En tout cas, je serais ravi de vous revoir. Revenez ici quand vous voudrez.

Il s'était levé et nous tendait la main.

— Excusez-moi... Je vous mets à la porte mais j'ai encore de la comptabilité à faire... Et les autres, avec leur partouze...

Il fit un geste en direction de l'étang.

— Au revoir, Jean.

— Au revoir, Paul.

Heurteur me regardait pensivement. D'une voix très lente:

— Maintenant que vous êtes debout, vous me rappelez autre chose...

— Il te rappelle quoi? demanda Sonachitzé.

— Un client qui rentrait tous les soirs très tard quand nous travaillions à l'hôtel Castille...

Sonachitzé à son tour me considérait de la tête aux pieds.

— C'est possible après tout, me dit-il, que vous soyez un ancien client de l'hôtel Castille...

J'ai eu un sourire embarrassé.

Sonachitzé m'a pris le bras et nous avons traversé la salle du restaurant, encore plus obscure qu'à notre arrivée. La mariée en robe bleu pâle ne se trouvait plus à sa table. Dehors, nous avons entendu des bouffées de musique et des rires qui venaient de l'autre côté de l'étang.

— S'il vous plaît, ai-je demandé à Sonachitzé, pouvez-vous me rappeler quelle était la chanson que réclamait toujours ce... ce...

— Ce Stioppa?

— Oui.

Il s'est mis à siffler les premières mesures. Puis il s'est arrêté.

— Vous allez revoir Stioppa?

— Peut-être.

Il m'a serré le bras très fort.

— Dites-lui que Sonachitzé pense encore souvent à lui.

Son regard s'attardait sur moi:

— Au fond, Jean a peut-être raison. Vous étiez un client de l'hôtel Castille... Essayez de vous rappeler... l'hôtel Castille, rue Cambon...

J'ai détourné la tête et ouvert la portière de la voiture. Quelqu'un était blotti sur le siège avant, le front appuyé contre la vitre. Je me suis penché et j'ai reconnu la mariée. Elle dormait, sa robe bleu pâle relevée jusqu'à mi-cuisses.

— Il faut la sortir de là, m'a dit Sonachitzé.

Je l'ai secouée doucement mais elle dormait toujours. Alors, je l'ai prise par la taille et je suis parvenu à la tirer hors de la voiture.

— On ne peut quand même pas la laisser par terre, ai-je dit.

Je l'ai portée dans mes bras jusqu'à l'auberge. Sa tête avait basculé sur mon épaule et ses cheveux blonds me caressaient le cou. Elle avait un parfum poivré qui me rappelait quelque chose. Mais quoi?

# III

Il était six heures moins le quart. J'ai proposé au chauffeur de taxi de m'attendre dans la petite rue Charles-Marie-Widor et j'ai suivi celle-ci à pied jusqu'à la rue Claude-Lorrain où se trouvait l'église russe.

Un pavillon d'un étage dont les fenêtres avaient des rideaux de gaze. Du côté droit, une allée très large. J'étais posté sur le trottoir d'en face.

D'abord je vis deux femmes qui s'arrêtèrent devant la porte du pavillon, du côté de la rue. L'une était brune avec des cheveux courts et un châle de laine noire ; l'autre, une blonde, très maquillée, arborait un chapeau gris dont la forme était celle des chapeaux de mousquetaires. Je les entendais parler en français.

D'un taxi s'extrayait un vieil homme corpulent, le crâne complètement chauve, de grosses poches sous des yeux bridés de Mongol. Il s'engageait dans l'allée.

À gauche, venant de la rue Boileau, un groupe de cinq personnes s'avançait vers moi. En tête, deux femmes d'âge mûr soutenaient un vieillard par les bras, un vieillard si blanc et si fragile qu'il donnait l'impression d'être en plâtre séché. Suivaient deux hommes qui se ressemblaient, le père et le fils, certainement, chacun habillé d'un costume gris à rayures de coupe élégante, le père, l'apparence d'un bellâtre, le fils les cheveux blonds et ondulés. Au même moment, une voiture freinait à hauteur du groupe et en descendait un autre vieillard raide et preste, enveloppé d'une cape de loden et dont les cheveux gris étaient coiffés en brosse. Il avait une allure militaire. Était-ce Stioppa ?

Ils entraient tous dans l'église par une porte latérale, au fond de l'allée. J'aurais voulu les suivre mais ma présence parmi eux attirerait leur attention. J'éprouvais une angoisse de plus en plus grande à l'idée que je risquais de ne pas identifier Stioppa.

Une automobile venait de se garer un peu plus loin, sur la droite. Deux hommes en sortaient, puis une femme. L'un des hommes était très grand et portait un pardessus bleu marine. Je traversai la rue et les attendis.

Ils se rapprochent, se rapprochent. Il me semble que l'homme de haute taille me dévisage avant de s'engager dans l'allée avec les deux autres. Derrière les fenêtres à vitraux qui donnent sur l'allée, des cierges brûlent. Il s'incline pour franchir la porte, beaucoup trop basse pour lui, et j'ai la certitude que c'est Stioppa.

Le moteur du taxi marchait mais il n'y avait plus personne au volant. L'une des portières était entrouverte comme si le chauffeur allait revenir d'un instant à l'autre. Où pouvait-il être ? J'ai regardé autour de moi et j'ai décidé de faire le tour du pâté de maisons, à sa recherche.

Je l'ai trouvé dans un café tout proche, rue Chardon-Lagache. Il était assis à une table devant un bock.

— Vous en avez encore pour longtemps ? m'a-t-il dit.

— Oh... pour vingt minutes.

Un blond à la peau blanche, avec de grosses joues et des yeux bleus saillants. Je crois n'avoir jamais vu un homme dont les lobes d'oreilles fussent aussi charnus.

— Ça ne fait rien si je fais tourner le compteur ?

— Ça ne fait rien, ai-je dit.

Il a souri gentiment.

— Vous n'avez pas peur qu'on vole votre taxi ?

Il a haussé les épaules.

— Vous savez...

Il a commandé un sandwich aux rillettes et il le mangeait consciencieusement en me fixant d'un œil morne.

— Vous attendez quoi, au juste ?

— Quelqu'un qui doit sortir de l'église russe, un peu plus loin.

— Vous êtes russe ?

— Non.

— C'est idiot... vous auriez dû lui demander à quelle heure il sortait... Ça vous aurait coûté moins cher...

— Tant pis.

Il a commandé un autre bock.

— Vous pouvez m'acheter un journal? m'a-t-il dit.

Il a esquissé le geste de chercher dans sa poche des pièces de monnaie mais je l'ai retenu.

— Je vous en prie...

— Merci. Vous me rapportez *Le Hérisson*. Encore merci, hein...

J'ai erré longtemps avant de découvrir un marchand de journaux avenue de Versailles. *Le Hérisson* était une publication dont le papier avait une teinte d'un vert crémeux.

Il le lisait en fronçant les sourcils et en tournant les pages après s'être mouillé l'index d'un coup de langue. Et moi je regardais ce gros blond aux yeux bleus et à la peau blanche lire son journal vert.

Je n'osais pas interrompre sa lecture. Enfin, il a consulté son minuscule bracelet-montre.

— Il faut y aller.

Rue Charles-Marie-Widor, il s'est mis au volant de son taxi et je l'ai prié de m'attendre. De nouveau, je me suis posté devant l'église russe mais sur le trottoir opposé.

Personne. Peut-être étaient-ils déjà tous partis? Alors je n'avais aucune chance de retrouver la trace de Stioppa de Djagoriew, car ce nom ne figurait pas dans le Bottin de Paris. Les cierges brûlaient toujours derrière les fenêtres à vitraux, du côté de l'allée. Avais-je connu cette très vieille dame pour laquelle on célébrait l'office? Si je fréquentais Stioppa, il était probable qu'il m'eût présenté ses amis et sans doute cette Marie de Resen. Elle devait être beaucoup plus âgée que nous à l'époque.

La porte par laquelle ils étaient entrés et qui donnait accès à la chapelle où avait lieu la cérémonie, cette porte que je ne cessais de surveiller, s'ouvrit brusquement, et s'y encadra la femme blonde au chapeau de mousquetaire. La brune au châle noir suivait. Puis le père et le fils, avec leurs costumes gris à rayures, soutenant le vieillard en plâtre qui parlait au gros homme chauve, à tête de Mongol. Et celui-ci se penchait et collait presque son oreille à la bouche de son interlocuteur : la voix du vieillard en plâtre n'était certainement plus qu'un souffle. D'autres suivaient. Je guettais Stioppa, le cœur battant. Il sortit enfin, parmi les derniers. Sa très haute taille et son manteau bleu marine me permettaient de ne pas le perdre de vue, car ils étaient très nombreux, au moins une quarantaine. La plupart avaient un certain âge, mais je remarquais quelques jeunes femmes et même deux enfants. Tous restaient dans l'allée et parlaient entre eux.

On aurait dit la cour de récréation d'une école de province. On avait assis le vieillard au teint de plâtre sur un banc, et ils venaient chacun leur tour le saluer. Qui était-il ? «Georges Sacher» mentionné dans le faire-part du journal ? Ou quelque ancien élève de l'École des Pages ? Peut-être lui et cette dame Marie de Resen avaient-ils vécu une brève idylle à Pétersbourg ou sur les bords de la mer Noire avant que tout s'écroulât ? Le gros chauve aux yeux mongols était très entouré lui aussi. Le père et le fils, dans leurs costumes gris à rayures, allaient de groupe en groupe, comme deux danseurs mondains de table en table. Ils paraissaient infatués d'eux-mêmes et le père de temps en temps riait en rejetant la tête en arrière, ce que je trouvais incongru.

Stioppa, lui, s'entretenait gravement avec la femme au chapeau gris de mousquetaire. Il la prenait par le bras et par l'épaule, d'un geste de respectueuse affection. Il avait dû être un très bel homme. Je lui donnais soixante-dix ans. Son visage était un peu empâté, son front dégarni, mais le nez assez fort et le port de tête me semblaient d'une grande noblesse. Telle était du moins mon impression, à distance.

Le temps passait. Il s'était écoulé près d'une demi-heure, et ils parlaient toujours. Je craignais que l'un d'eux finît par me remarquer, là, debout, sur le trottoir. Et le chauffeur de taxi ? Je rejoignis à grands pas la rue Charles-Marie-Widor. Le moteur marchait toujours et il était assis au volant, plongé dans son journal vert crème.

— Alors ? me demanda-t-il.

— Je ne sais pas, lui dis-je. Il faudra peut-être encore attendre une heure.

— Votre ami n'est pas encore sorti de l'église ?

— Si, mais il bavarde avec d'autres personnes.

— Et vous ne pouvez pas lui dire de venir ?

— Non.

Ses gros yeux bleus se fixèrent sur moi avec une expression inquiète.

— Ne vous en faites pas, lui dis-je.

— C'est pour vous... je suis obligé de laisser tourner le compteur...

Je regagnai mon poste, en face de l'église russe.

Stioppa avait progressé de quelques mètres. En effet, il ne se trouvait plus au fond de l'allée mais sur le trottoir, au centre d'un groupe formé par la femme blonde au chapeau de mousquetaire, la femme brune au châle noir, l'homme chauve aux yeux bridés de Mongol et deux autres hommes.

Cette fois-ci, je traversai la rue et je me plaçai à côté d'eux, en leur tournant le dos. Les éclats caressants des voix russes m'enveloppaient et ce timbre plus grave, plus cuivré que les autres, était-ce celui de la voix de Stioppa ? Je me retournai. Il étreignait longuement la femme blonde au chapeau de mousquetaire, il la secouait presque, et les traits de son visage se crispaient en un rictus douloureux. Puis il étreignit de la même façon le gros chauve aux yeux bridés, et les autres, chacun leur tour. Le moment du départ, pensai-je. Je courus jusqu'au taxi, me jetai sur la banquette.

— Vite... tout droit... devant l'église russe...

Stioppa continuait à leur parler.

— Qu'est-ce que je fais ? me demanda le chauffeur.

— Vous voyez le grand type en bleu marine ?

— Oui.

— Il va falloir le suivre, s'il est en voiture.

Le chauffeur se retourna, me dévisagea et ses yeux bleus saillaient.

— Monsieur, j'espère que ce n'est pas dangereux ?

— Ne vous inquiétez pas, lui dis-je.

Stioppa se détachait du groupe, faisait quelques pas et, sans se retourner, agitait le bras. Les autres, figés, le regardaient s'éloigner. La femme au chapeau gris de mousquetaire se tenait légèrement en avant du groupe, cambrée, telle une figure de proue, la grande plume de son chapeau doucement caressée par le vent.

Il mit du temps à ouvrir la portière de sa voiture. Je crois qu'il se trompait de clé. Quand il fut au volant, je me penchai vers le chauffeur de taxi.

— Vous suivez la voiture dans laquelle est entré le type en bleu marine.

Et je souhaitais de ne pas me lancer sur une fausse piste car rien n'indiquait vraiment que cet homme fût bien Stioppa de Djagoriew.

# IV

Il n'était pas très difficile de le suivre : il conduisait lentement. Porte Maillot, il brûla un feu rouge et le chauffeur de taxi n'osa pas l'imiter. Mais nous le rattrapâmes boulevard Maurice-Barrès. Nos deux voitures se retrouvèrent côte à côte devant un passage clouté. Il me jeta un regard distrait comme le font les automobilistes qui sont flanc contre flanc dans un embouteillage.

Il gara sa voiture boulevard Richard-Wallace, devant les derniers immeubles, proches du pont de Puteaux et de la Seine. Il s'engagea dans le boulevard Julien-Potin et je réglai le taxi.

— Bonne chance, monsieur, me dit le chauffeur. Soyez prudent...

Et je devinai qu'il m'accompagnait du regard quand je m'engageai à mon tour dans le boulevard Julien-Potin. Peut-être avait-il peur pour moi.

La nuit tombait. Une voie étroite bordée d'immeubles impersonnels d'entre les deux guerres, et cela dessinait une seule et longue façade, de chaque côté, et d'un bout à l'autre de ce boulevard Julien-Potin. Stioppa me précédait d'une dizaine de mètres. Il tourna à droite, rue Ernest-Deloison, et entra dans une épicerie.

Le moment venait de l'aborder. C'était extrêmement difficile pour moi, à cause de ma timidité, et je craignais qu'il ne me prît pour un fou : je bredouillerais, je lui tiendrais des propos décousus. À moins qu'il me reconnût tout de suite et alors je le laisserais parler.

Il sortait de l'épicerie, un sac en papier à la main.

— Monsieur Stioppa de Djagoriew?

Il eut vraiment l'air surpris. Nos têtes étaient à la même hauteur, ce qui m'intimidait encore plus.

— Lui-même. Mais qui êtes-vous?

Non, il ne me reconnaissait pas. Il parlait le français sans accent. Il fallait être courageux.

— Je... je voulais vous voir depuis... longtemps...

— Et pourquoi, monsieur?

— J'écris... j'écris un livre sur l'Émigration... Je...

— Vous êtes russe?

C'était la seconde fois qu'on me posait cette question. Le chauffeur de taxi me l'avait posée lui aussi. Au fond, peut-être l'avais-je été, russe.

— Non.

— Et vous vous intéressez à l'Émigration?

— Je... Je... j'écris un livre sur l'Émigration. C'est... C'est... quelqu'un qui m'a conseillé d'aller vous voir... Paul Sonachitzé...

— Sonachitzé?...

Il prononçait à la russe. C'était très doux : le bruissement du vent dans les feuillages.

— Un nom géorgien... Je ne connais pas...

Il fronçait les sourcils.

— Sonachitzé... non...

— Je ne voudrais pas vous déranger, monsieur. Juste vous poser quelques questions.

— Mais ce serait avec le plus grand plaisir...

Il souriait, d'un sourire triste.

— Un sujet tragique, l'Émigration... Mais comment se fait-il que vous m'appeliez Stioppa?...

— Je... ne... je...

— La plupart des gens qui m'appelaient Stioppa sont morts. Les autres doivent se compter sur les doigts d'une main.

— C'est... ce Sonachitzé...

— Connais pas.

— Je pourrais... vous... poser... quelques questions?

— Oui. Voulez-vous venir chez moi ? Nous parlerons.

Boulevard Julien-Potin, après avoir passé une porte cochère, nous traversâmes un square bordé de blocs d'immeubles. Nous prîmes un ascenseur de bois avec une porte à double battant munie d'un grillage. Et nous devions, à cause de nos tailles et de l'exiguïté de l'ascenseur, tenir nos têtes inclinées et tournées chacune du côté de la paroi, pour ne pas nous toucher du front. Il habitait au cinquième étage un appartement composé de deux pièces. Il me reçut dans sa chambre et s'allongea sur le lit.

— Excusez-moi, me dit-il. Mais le plafond est trop bas. On étouffe quand on est debout.

En effet, il n'y avait que quelques centimètres entre ce plafond et le haut de mon crâne et j'étais obligé de me baisser. D'ailleurs, lui et moi, nous avions une tête de trop pour franchir l'embrasure de la porte de communication et j'ai imaginé qu'il s'y était souvent blessé le front.

— Vous aussi, allongez-vous... si vous voulez... Il me désignait un petit divan de velours vert clair, près de la fenêtre.

— Ne vous gênez pas... vous serez beaucoup mieux allongé... Même assis, on se croit dans une cage trop petite... Si, si... allongez-vous...

Je m'allongeai.

Il avait allumé une lampe à abat-jour rose saumon qui se trouvait sur sa table de chevet et cela faisait un foyer de lumière douce et des ombres au plafond.

— Alors, vous vous intéressez à l'Émigration ?

— Beaucoup.

— Mais pourtant, vous êtes encore jeune...

Jeune ? Je n'avais jamais pensé que je pouvais être jeune. Un grand miroir avec un cadre doré était accroché au mur, tout près de moi. J'ai regardé mon visage. Jeune ?

— Oh... je ne suis pas si jeune que cela...

Il y eut un moment de silence. Allongés tous deux de chaque côté de la pièce, nous ressemblions à des fumeurs d'opium.

— Je reviens d'un service funèbre, me dit-il. Dommage que vous n'ayez pas rencontré cette très vieille femme qui est morte... Elle aurait pu vous raconter des tas de choses... C'était une des personnalités les plus remarquables de l'Émigration...

— Ah bon?

— Une femme très courageuse. Au début, elle avait créé un petit salon de thé, rue du Mont-Thabor, et elle aidait tout le monde... C'était très difficile...

Il s'assit sur le rebord du lit, le dos voûté, les bras croisés.

— J'avais quinze ans à l'époque... Si je fais le compte, il ne reste plus grand monde...

— Il reste... Georges Sacher..., dis-je au hasard.

— Plus pour très longtemps. Vous le connaissez?

Était-ce le vieillard en plâtre? Ou le gros chauve à tête de Mongol?

— Écoutez, me dit-il. Je ne peux plus parler de tout ça... Ça me rend trop triste... Je peux simplement vous montrer des photos... Il y a les noms et les dates derrière... vous vous débrouillerez...

— Vous êtes vraiment gentil de vous donner tant de mal.

Il me sourit.

— J'ai des tas de photos... J'ai mis les noms et les dates derrière parce qu'on oublie tout...

Il se leva et, en se courbant, passa dans la pièce voisine.

Je l'entendis ouvrir un tiroir. Il revint, une grande boîte rouge à la main, s'assit par terre, et appuya son dos au rebord du lit.

— Venez vous mettre à côté de moi. Ce sera plus pratique pour regarder les photos.

Je m'exécutai. Le nom d'un confiseur était gravé en lettres gothiques sur le couvercle de la boîte. Il l'ouvrit. Elle était pleine de photos.

— Vous avez là-dedans, me dit-il, les principales figures de l'Émigration.

Il me passait les photos une par une en m'annonçant le nom et la date qu'il avait lus au verso, et c'était une litanie à laquelle les noms russes donnaient une sonorité particulière, tantôt éclatante comme un bruit de cymbales, tantôt plaintive ou presque étouffée. Troubetskoï. Orbeliani. Cheremeteff. Galitzine. Eristoff. Obolensky. Bagration. Tchavtchavadzé... Parfois, il me reprenait une photo, consultait à nouveau le nom et la date. Photos de fête. La table du grand-duc Boris à un gala du Château-Basque, bien après la Révolution. Et cette floraison de visages sur la photo d'un dîner «blanc et noir» de 1914... Photos d'une classe du lycée Alexandre de Pétersbourg.

— Mon frère aîné...

Il me passait les photos de plus en plus vite et ne les regardait même plus. Apparemment, il avait hâte d'en finir. Soudain je m'arrêtai sur l'une d'elles, d'un papier plus épais que les autres et au dos de laquelle il n'y avait aucune indication.

— Alors? me demanda-t-il, quelque chose vous intrigue, monsieur?

Au premier plan, un vieil homme, raide et souriant, assis sur un fauteuil. Derrière lui, une jeune femme blonde aux yeux très clairs. Tout autour, de petits groupes de gens dont la plupart étaient de dos. Et vers la gauche, le bras droit coupé par le bord de la photo, la main sur l'épaule de la jeune femme blonde, un homme très grand, en complet prince-de-galles, environ trente ans, les cheveux noirs, une moustache fine. Je crois vraiment que c'était moi.

Je me suis rapproché de lui. Nos dos étaient appuyés au rebord du lit, nos jambes allongées par terre, nos épaules se touchaient.

— Dites-moi qui sont ces gens-là? lui ai-je demandé.

Il a pris la photo et l'a regardée d'un air las.

— Lui, c'était Giorgiadzé...

Et il me désignait le vieux, assis sur le fauteuil.

— Il a été au consulat de Géorgie à Paris, jusqu'à ce que...

Il ne finissait pas sa phrase comme si je devais comprendre *la* suite instantanément.

— Elle, c'était sa petite-fille... On l'appelait Gay... Gay Orlow... Elle avait émigré avec ses parents en Amérique...

— Vous l'avez connue?

— Pas très bien. Non. Elle est restée longtemps en Amérique.

— Et lui? ai-je demandé d'une voix blanche, en me désignant sur la photo.

— Lui?

Il fronçait les sourcils.

— Lui... Je ne le connais pas.

— Vraiment?

— Non.

J'ai respiré un grand coup.

— Vous ne trouvez pas qu'il me ressemble?

Il m'a regardé.

— Qu'il vous ressemble ? Non. Pourquoi ?

— Pour rien.

Il me tendait une autre photo.

— Tenez... le hasard fait bien les choses...

C'était la photo d'une fillette en robe blanche, avec de longs cheveux blonds, et elle avait été prise dans une station balnéaire puisqu'on voyait des cabines, un morceau de plage et de mer. Au verso, on avait écrit à l'encre violette : « Galina Orlow – Yalta. »

— Vous voyez... c'est la même... Gay Orlow... Elle s'appelait Galina... Elle n'avait pas encore son prénom américain...

Et il me désignait la jeune femme blonde de l'autre photo que je tenais toujours.

— Ma mère gardait toutes ces choses...

Il s'est levé brusquement.

— Ça ne vous fait rien si nous arrêtons ? J'ai la tête qui tourne...

Il se passait une main sur le front.

— Je vais me changer... Si vous voulez, nous pouvons dîner ensemble...

Je restai seul, assis par terre, les photos éparses autour de moi. Je les rangeai dans la grande boîte rouge et n'en gardai que deux que je posai sur le lit : la photo où je figurais près de Gay Orlow et du vieux Giorgiadzé et celle de Gay Orlow enfant, à Yalta. Je me levai et allai à la fenêtre.

Il faisait nuit. Un autre square bordé d'immeubles. Au fond, la Seine et à gauche, le pont de Puteaux. Et l'île, qui s'étirait. Des files de voitures traversaient le pont. Je regardais toutes ces façades et toutes ces fenêtres, les mêmes que celle derrière laquelle je me tenais. Et j'avais découvert, dans ce dédale d'escaliers et d'ascenseurs, parmi ces centaines d'alvéoles, un homme qui peut-être...

J'avais collé mon front à la vitre. En bas, chaque entrée d'immeuble était éclairée d'une lumière jaune qui brillerait toute la nuit.

— Le restaurant est à côté, me dit-il.

Je pris les deux photos que j'avais laissées sur le lit.

— Monsieur de Djagoriew, lui dis-je, auriez-vous l'obligeance de me prêter ces deux photos?

— Je vous les donne.

Il me désigna la boîte rouge.

— Je vous donne toutes les photos.

— Mais... Je...

— Prenez.

Le ton était si impératif que je ne pus que m'exécuter. Quand nous quittâmes l'appartement, j'avais la grande boîte sous le bras. Au bas de l'immeuble, nous suivîmes le quai du Général-Kœnig. Nous descendîmes un escalier en pierre, et là, tout au bord de la Seine, il y avait un bâtiment de briques. Au-dessus de la porte, une enseigne: «Bar Restaurant de l'Île.» Nous entrâmes. Une salle, basse de plafond, avec des tables aux nappes de papier blanc, et des fauteuils d'osier. Par les fenêtres, on voyait la Seine et les lumières de Puteaux. Nous nous assîmes au fond. Nous étions les seuls clients.

Stioppa fouilla dans sa poche et posa au milieu de la table le paquet que je lui avais vu acheter à l'épicerie.

— Comme d'habitude? lui demanda le garçon.

— Comme d'habitude.

— Et monsieur? demanda le garçon en me désignant.

— Monsieur mangera la même chose que moi.

Le garçon nous servit très vite deux assiettes de harengs de la Baltique et nous versa dans des verres aux dimensions de dés à coudre de l'eau minérale. Stioppa sortit du paquet, qui était au milieu de la table, des concombres que nous partageâmes.

— Ça vous va? me demanda-t-il.

— Oui.

J'avais posé la boîte rouge sur une chaise, à côté de moi.

— Vous ne voulez vraiment pas garder tous ces souvenirs? lui demandai-je.

— Non. Ils sont à vous maintenant. Je vous passe le flambeau.

Nous mangions en silence. Une péniche glissait, si proche, que j'eus le temps de voir dans le cadre de la fenêtre ses occupants, autour d'une table, qui dînaient eux aussi.

— Et cette... Gay Orlow? lui dis-je. Vous savez ce qu'elle est devenue?

— Gay Orlow ? Je crois qu'elle est morte.

— Morte ?

— Il me semble. J'ai dû la rencontrer deux ou trois fois... Je la connaissais à peine... C'était ma mère qui était une amie du vieux Giorgiadzé. Un peu de concombre ?

— Merci.

— Je crois qu'elle a mené une vie très agitée en Amérique...

— Et vous ne savez pas qui pourrait me renseigner sur cette... Gay Orlow ?

Il m'a jeté un regard attendri.

— Mon pauvre ami... personne... Peut-être quelqu'un, en Amérique...

Une autre péniche est passée, noire, lente, comme abandonnée.

— Moi, je prends toujours une banane pour le dessert, m'a-t-il dit. Et vous ?

— Moi aussi.

Nous avons mangé nos bananes.

— Et les parents de cette... Gay Orlow ? ai-je demandé.

— Ils ont dû mourir en Amérique. On meurt partout, vous savez...

— Giorgiadzé n'avait pas d'autre famille en France ?

Il a haussé les épaules.

— Mais pourquoi vous intéressez-vous tellement à Gay Orlow ? C'était votre sœur ?

Il me souriait gentiment.

— Un café ? m'a-t-il demandé.

— Non merci.

— Moi non plus.

Il a voulu régler l'addition, mais je l'ai devancé. Nous sommes sortis du restaurant « de l'Île » et il m'a pris le bras pour monter l'escalier du quai. Le brouillard s'était levé, un brouillard à la fois tendre et glacé, qui vous emplissait les poumons d'une telle fraîcheur que vous aviez la sensation de flotter dans l'air. Sur le trottoir du quai, je distinguais à peine les blocs d'immeubles, à quelques mètres.

Je l'ai guidé comme s'il était un aveugle jusqu'au square autour duquel les entrées des escaliers faisaient des taches jaunes et constituaient les seuls points de repère. Il m'a serré la main.

— Essayez de retrouver Gay Orlow quand même, m'a-t-il dit. Puisque vous y tenez tellement...

Je l'ai vu qui entrait dans le vestibule éclairé de l'immeuble. Il s'est arrêté et m'a fait un geste de la main. Je restais immobile, la grande boîte rouge sous le bras, comme un enfant qui revient d'un goûter d'anniversaire, et j'étais sûr à ce moment-là qu'il me disait encore quelque chose mais que le brouillard étouffait le son de sa voix.

# V

Sur la carte postale, la Promenade des Anglais, et c'est l'été.

Mon cher Guy, j'ai bien reçu votre lettre. Ici, les jours se ressemblent tous, mais Nice est une très belle ville. Il faudrait que vous y veniez me rendre visite. Curieusement, il m'arrive de rencontrer au détour d'une rue telle personne que je n'avais pas vue depuis trente ans, ou telle autre que je croyais morte. Nous nous effrayons entre nous. Nice est une ville de revenants et de spectres, mais j'espère n'en pas faire partie tout de suite.

Pour cette femme que vous recherchez, le mieux serait de téléphoner à Bernardy, Mac Mahon 00-08. Il a gardé des liens très étroits avec les gens des différents services. Il se fera un plaisir de vous renseigner.

En attendant de vous voir à Nice, mon cher Guy, je suis votre très dévoué et attentif

Hutte.

P.-S. Vous savez que les locaux de l'Agence sont à votre disposition.

# VI

Le 23 octobre 1965

*Objet :* ORLOW, Galina, dite « Gay » ORLOW.
*Née à :* Moscou (Russie), en 1914 de Kyril ORLOW et Irène GIORGIADZÉ.
*Nationalité :* apatride. (Les parents de Mlle Orlow et elle-même, en leur qualité de réfugiés russes, n'étaient pas reconnus par le Gouvernement de l'Union des Républiques soviétiques socialistes comme leurs ressortissants.) Mlle Orlow avait une carte de résident ordinaire. Mlle Orlow serait arrivée en France en 1936, venant des États-Unis.

Aux USA elle a contracté mariage avec un M. Waldo Blunt, puis divorcé.

Mlle Orlow a résidé successivement :
Hôtel Chateaubriand, 18, rue du Cirque, à Paris (8e)
56, avenue Montaigne, à Paris (8e)
25, avenue du Maréchal-Lyautey à Paris (16e)
Avant de venir en France, Mlle Orlow aurait été danseuse aux États-Unis.

À Paris, on ne lui connaissait aucune source de revenus, bien qu'elle menât une vie luxueuse.

Mlle Orlow est décédée en 1950 en son domicile, 25, avenue du Maréchal-Lyautey à Paris (16e), d'une dose trop forte de barbituriques.

M. Waldo Blunt, son ex-mari, réside à Paris depuis 1952 et a exercé dans divers établissements nocturnes la profession de pianiste. Il est citoyen américain.

Né le 30 septembre 1910 à Chicago.

Carte de séjour n° 534HC828.

Jointe à cette fiche dactylographiée une carte de visite au nom de Jean-Pierre Bernardy, avec ces mots :

«Voilà tous les renseignements disponibles. Mes meilleurs souvenirs. Amitiés à Hutte.»

# VII

Sur la porte vitrée, une affiche annonçait que le «Pianiste Waldo Blunt jouait chaque jour de dix-huit heures à vingt et une heures au bar de l'hôtel Hilton».

Le bar était bondé et il n'y avait aucune place, sauf un fauteuil vide à la table d'un Japonais qui portait des lunettes cerclées d'or. Il ne me comprit pas lorsque je me penchai vers lui pour lui demander la permission de m'asseoir, et quand je le fis, il n'y prêta aucune attention.

Des clients, américains ou japonais, entraient, s'interpellaient et parlaient de plus en plus fort. Ils stationnaient entre les tables. Quelques-uns avaient un verre à la main et prenaient appui sur les dossiers ou les bras des fauteuils. Une jeune femme était même perchée sur les genoux d'un homme aux cheveux gris.

Waldo Blunt arriva avec un quart d'heure de retard et se mit au piano. Un petit homme grassouillet au front dégarni et à la moustache fine. Il était vêtu d'un costume gris. D'abord il tourna la tête et jeta un regard circulaire sur les tables autour desquelles les gens se pressaient. Il caressa de la main droite le clavier de son piano et commença à plaquer quelques accords au hasard. J'avais la chance de me trouver à l'une des tables les plus proches de lui.

Il entama un air, qui était, je crois : *Sur les quais du vieux Paris*, mais le bruit des voix et des éclats de rire rendait la musique à peine audible, et moi-même, placé tout près du piano, je ne parvenais pas à capter toutes les notes. Il continuait, imperturbable, le buste droit, la tête penchée. J'avais de la peine pour lui : je me disais qu'à une période de sa vie, on l'avait écouté quand il jouait du piano. Depuis, il avait dû s'habituer à ce bourdonnement perpétuel qui étouffait sa musique. Que dirait-il, quand je prononcerais le nom de Gay Orlow ? Ce nom le sortirait-il un moment de l'indifférence avec laquelle il poursuivait son morceau ? Ou n'évoquerait-il plus rien pour lui, comme ces notes de piano noyées sous le brouhaha des conversations ?

Le bar s'était vidé, peu à peu. Il ne restait que le Japonais aux lunettes cerclées d'or, moi, et tout au fond, la jeune femme que j'avais vue sur les genoux de l'homme aux cheveux gris, et qui était maintenant assise à côté d'un gros rougeaud au costume bleu clair. Ils parlaient allemand. Et très fort. Waldo Blunt jouait un air lent que je connaissais bien.

Il se tourna vers nous.

— Voulez-vous que je joue quelque chose de particulier, mesdames, messieurs ? demanda-t-il d'une voix froide où perçait un léger accent américain.

Le Japonais, à côté de moi, ne réagit pas. Il était immobile, le visage lisse, et je craignis de le voir basculer de son fauteuil au moindre courant d'air, car il s'agissait certainement d'un cadavre embaumé.

— *Sag warum*, s'il vous plaît, lança la femme du fond, d'une voix rauque.

Blunt eut un petit hochement de tête et commença à jouer *Sag warum*. La lumière du bar baissa, comme dans certains dancings aux premières mesures d'un slow. Ils en profitaient pour s'embrasser et la main de la femme glissait dans l'échancrure de la chemise du gros rougeaud, puis plus bas. Les lunettes cerclées d'or du Japonais jetaient de brèves lueurs. Devant son piano, Blunt avait l'air d'un automate qui tressautait : l'air de *Sag warum* exige qu'on plaque sans cesse des accords sur le clavier.

À quoi pensait-il, tandis que derrière lui un gros rougeaud caressait la cuisse d'une femme blonde et qu'un Japonais embaumé se tenait sur un fauteuil de ce bar du Hilton depuis plusieurs jours ? Il ne pensait à rien, j'en étais sûr. Il flottait dans une torpeur de plus en plus opaque. Avais-je le droit de le tirer brusquement de cette torpeur, et de réveiller chez lui quelque chose de douloureux ?

Le gros rougeaud et la blonde quittèrent le bar pour aller prendre une chambre, certainement. L'homme la tirait par le bras et elle manqua de trébucher. Il n'y avait plus que moi et le Japonais. Blunt se tourna de nouveau vers nous et dit de sa voix froide :

— Voulez-vous que je joue un autre air ?

Le Japonais ne sourcilla pas.

— *Que reste-t-il de nos amours,* s'il vous plaît, monsieur, lui dis-je.

Il jouait cet air avec une lenteur étrange et la mélodie semblait distendue, embourbée dans un marécage d'où les notes avaient de la peine à se dégager. De temps en temps il s'arrêtait de jouer comme un marcheur épuisé et titubant. Il regarda sa montre, se leva brusquement, et inclina la tête à notre attention :

— Messieurs, il est vingt et une heures. Bonsoir.

Il sortit. Je lui emboîtai le pas, laissant le Japonais embaumé dans la crypte du bar.

Il suivit le couloir et traversa le hall désert.

Je le rattrapai.

— Monsieur Waldo Blunt ?... Je voudrais vous parler.

— À quel sujet ?

Il me lança un regard traqué.

— Au sujet de quelqu'un que vous avez connu... Une femme qui s'appelait Gay. Gay Orlow...

Il se figea au milieu du hall.

— Gay...

Il écarquillait les yeux, comme si la lumière d'un projecteur avait été braquée sur son visage.

— Vous... vous avez connu... Gay ?

— Non.

Nous étions sortis de l'hôtel. Une file d'hommes et de femmes en tenue de soirée aux couleurs criardes – robes longues de satin vert ou bleu ciel, et smokings grenat – attendait des taxis.

— Je ne voudrais pas vous déranger...

— Vous ne me dérangez pas, me dit-il d'un air préoccupé.

Ça fait tellement longtemps que je n'ai pas entendu parler de Gay... Mais qui êtes-vous?

— Un cousin à elle. Je... J'aimerais avoir des détails à son sujet...

— Des détails?

Il se frottait la tempe de l'index.

— Qu'est-ce que vous voulez que je vous dise?

Nous avions pris une rue étroite qui longeait l'hôtel et menait jusqu'à la Seine.

— Il faut que je rentre chez moi, me dit-il.

— Je vous accompagne.

— Alors, vous êtes vraiment un cousin de Gay?

— Oui. Nous voudrions avoir des renseignements sur elle, dans notre famille.

— Elle est morte depuis longtemps.

— Je sais.

Il marchait d'un pas rapide et j'avais de la peine à le suivre. J'essayais de demeurer à sa hauteur. Nous avions atteint le quai Branly.

— J'habite en face, me dit-il en désignant l'autre rive de la Seine.

Nous nous sommes engagés sur le pont de Bir-Hakeim.

— Je ne pourrai pas vous donner beaucoup de renseignements, me dit-il. J'ai connu Gay il y a très longtemps.

Il avait ralenti son allure, comme s'il se sentait en sécurité. Peut-être avait-il marché vite jusque-là parce qu'il se croyait suivi. Ou pour me semer.

— Je ne savais pas que Gay avait de la famille, m'a-t-il dit.

— Si... si... du côté Giorgiadzé...

— Pardon?

— La famille Giorgiadzé... Son grand-père s'appelait Giorgiadzé...

— Ah bon...

Il s'arrêta et vint s'appuyer contre le parapet de pierre du pont. Je ne pouvais pas l'imiter parce que cela me donnait le vertige. Alors je restais debout, devant lui. Il hésitait à parler.

— Vous savez que... j'ai été marié avec elle?...

— Je sais.

— Comment le savez-vous ?

— C'était inscrit sur de vieux papiers.

— Nous passions ensemble dans une boîte de nuit, à New York... Je jouais du piano... Elle m'a demandé de se marier avec moi, uniquement parce qu'elle voulait rester en Amérique, et ne pas avoir de difficultés avec les services de l'immigration... Il hochait la tête à ce souvenir.

— C'était une drôle de fille. Après, elle a fréquenté Lucky Luciano... Elle l'avait connu quand elle passait au casino de Palm Island...

— Luciano ?

— Oui, oui : Luciano... Elle se trouvait avec lui quand il s'est fait arrêter, en Arkansas... Après, elle a rencontré un Français et j'ai su qu'elle était partie en France avec lui...

Son regard s'était éclairé. Il me souriait.

— Ça me fait plaisir, monsieur, de pouvoir parler de Gay...

Un métro, au-dessus de nous, est passé, en direction de la rive droite de la Seine. Puis un second, dans l'autre sens. Leur fracas a étouffé la voix de Blunt. Il me parlait, je le voyais aux mouvements de ses lèvres.

— ... La plus belle fille que j'ai connue...

Cette bribe de phrase que je parvins à saisir me causa un vif découragement. J'étais au milieu d'un pont, la nuit, avec un homme que je ne connaissais pas, essayant de lui arracher des détails qui me renseigneraient sur mon propre compte et le bruit des métros m'empêchait de l'entendre.

— Vous ne voulez pas que nous avancions un peu ?

Mais il était si absorbé qu'il ne me répondit pas. Cela faisait si longtemps, sans doute, qu'il n'avait pas pensé à cette Gay Orlow, que tous les souvenirs la concernant revenaient à la surface et l'étourdissaient comme une brise marine. Il restait là, appuyé contre le parapet du pont.

— Vous ne voulez vraiment pas que nous avancions ?

— Vous avez connu Gay ? Vous l'avez rencontrée ?

— Non. C'est justement pour ça que je voudrais avoir des détails.

— C'était une blonde... avec des yeux verts... Une blonde... très particulière... Comment vous dire ? Une blonde... cendrée...

Une blonde cendrée. Et qui a peut-être joué un rôle important dans ma vie. Il faudra que je regarde sa photo attentivement. Et peu à peu, tout reviendra. À moins qu'il ne finisse par me mettre sur une piste plus précise. C'était déjà une chance de l'avoir trouvé, ce Waldo Blunt.

Je lui ai pris le bras, car nous ne pouvions pas rester sur le pont. Nous suivions le quai de Passy.

— Vous l'avez revue en France ? lui demandai-je.

— Non. Quand je suis arrivé en France, elle était déjà morte. Elle s'est suicidée...

— Pourquoi ?

— Elle me disait souvent qu'elle avait peur de vieillir...

— Quand l'avez-vous vue pour la dernière fois ?

— Après l'histoire avec Luciano, elle a rencontré ce Français. Nous nous sommes vus quelquefois à ce moment-là...

— Vous l'avez connu, ce Français ?

— Non. Elle m'a dit qu'elle allait se marier avec lui pour obtenir la nationalité française... C'était son obsession d'avoir une nationalité...

— Mais vous étiez divorcés ?

— Bien sûr... Notre mariage a duré six mois... Juste pour calmer les services de l'Immigration qui voulaient l'expulser des États-Unis...

Je me concentrais pour ne pas perdre le fil de son histoire. Il avait la voix très sourde.

— Elle est partie en France... Et je ne l'ai plus revue... Jusqu'à ce que j'apprenne... son suicide...

— Comment l'avez-vous su ?

— Par un ami américain qui avait connu Gay et qui était à Paris à l'époque. Il m'a envoyé une petite coupure de journal...

— Vous l'avez gardée ?

— Oui. Elle est certainement chez moi, dans un tiroir.

Nous arrivions à la hauteur des jardins du Trocadéro. Les fontaines étaient illuminées et il y avait beaucoup de circulation. Des touristes se groupaient devant les fontaines et sur le pont d'Iéna. Un samedi soir d'octobre, mais à cause de la tiédeur de l'air, des promeneurs et des arbres qui n'avaient pas encore perdu leurs feuilles, on aurait dit un samedi soir de printemps.

— J'habite un peu plus loin...

Nous avons dépassé les jardins et nous nous sommes engagés dans l'avenue de New-York. Là, sous les arbres du quai, j'ai eu l'impression désagréable de rêver. J'avais déjà vécu ma vie et je n'étais plus qu'un revenant qui flottait dans l'air tiède d'un samedi soir. Pourquoi vouloir renouer des liens qui avaient été sectionnés et chercher des passages murés depuis longtemps? Et ce petit homme grassouillet et moustachu qui marchait à côté de moi, j'avais peine à le croire réel.

— C'est drôle, je me rappelle brusquement le nom du Français que Gay avait connu en Amérique...

Comment s'appelait-il? demandai-je, d'une voix qui tremblait.

— Howard... C'était son nom... pas son prénom... Attendez... Howard de quelque chose...

Je m'arrêtai et me penchai vers lui.

— Howard de quoi?...

— De... de... de Luz. L... U... Z... Howard de Luz... Howard de Luz... ce nom m'avait frappé... moitié anglais... moitié français... ou espagnol...

— Et le prénom?

— Ça...

Il faisait un geste d'impuissance.

— Vous ne savez pas comment il était au physique?

— Non.

Je lui montrerais la photo où Gay se trouvait avec le vieux Giorgiadzé et celui que je croyais être moi.

— Et quel métier exerçait-il, cet Howard de Luz?

— Gay m'a dit qu'il appartenait à une famille de la noblesse... Il ne faisait rien.

Il eut un petit rire.

— Si... si... attendez... Ça me revient... Il avait fait un long séjour à Hollywood... Et là, Gay m'a dit qu'il était le confident de l'acteur John Gilbert...

— Le confident de John Gilbert?

— Oui... À la fin de la vie de Gilbert...

Les automobiles roulaient vite avenue de New-York, sans qu'on entendît leur moteur, et cela augmentait l'impression de rêve que j'éprouvais. Elles filaient dans un bruit étouffé, fluide, comme si elles glissaient sur l'eau. Nous arrivions à la hauteur de la passerelle qui précède le pont de l'Alma. Howard de Luz. Il y avait une chance pour que ce fût mon nom. Howard de Luz. Oui, ces syllabes réveillaient quelque chose en moi, quelque chose d'aussi fugitif qu'un reflet de lune sur un objet. Si j'étais cet Howard de Luz, j'avais dû faire preuve d'une certaine originalité dans ma vie, puisque, parmi tant de métiers plus honorables et plus captivants les uns que les autres, j'avais choisi celui d'être «le confident de John Gilbert».

Juste avant le Musée d'Art moderne, nous tournâmes dans une petite rue.

— J'habite ici, me dit-il.

La lumière de l'ascenseur ne marchait pas et la minuterie s'éteignit au moment où nous commencions à monter. Dans le noir, nous entendions des rires et de la musique.

L'ascenseur s'arrêta, et je sentis Blunt, à côté de moi, qui essayait de trouver la poignée de la porte du palier. Il l'ouvrit et je le bousculai en sortant de l'ascenseur, car l'obscurité était totale. Les rires et la musique venaient de l'étage où nous étions. Blunt tourna une clé dans une serrure.

Il avait laissé derrière nous la porte entrouverte et nous nous tenions au milieu d'un vestibule faiblement éclairé par une ampoule nue qui pendait du plafond. Blunt demeurait là, interdit. Je me demandai si je ne devais pas prendre congé. La musique était assourdissante. Venant de l'appartement une jeune femme rousse, qui portait un peignoir de bain blanc, apparut. Elle nous considéra l'un et l'autre, avec des yeux étonnés. Le peignoir, très lâche, laissait voir ses seins.

— Ma femme, me dit Blunt.

Elle me fit un léger signe de tête, et ramena des deux mains le col du peignoir contre son cou.

— Je ne savais pas que tu rentrais si tôt, dit-elle.

Nous restions tous les trois immobiles sous cette lumière qui colorait les visages d'une teinte blafarde et je me tournai vers Blunt.

— Tu aurais pu me prévenir, lui dit-il.

— Je ne savais pas…

Une enfant prise en flagrant délit de mensonge. Elle baissa

la tête. La musique assourdissante s'était tue, et lui succéda une mélodie, au saxophone, si pure qu'elle se diluait dans l'air.

— Vous êtes nombreux ? demanda Blunt.

— Non, non... quelques amis...

Une tête passa par l'entrebâillement de la porte, une blonde aux cheveux très courts et au rouge à lèvres clair, presque rose. Puis une autre tête, celle d'un brun à peau mate. La lumière de l'ampoule donnait à ces visages l'aspect de masques et le brun souriait.

— Il faut que je retourne avec mes amis... Reviens dans deux ou trois heures...

— Très bien, dit Blunt.

Elle quitta le vestibule précédée par les deux autres et referma la porte. On entendit des éclats de rire, et le bruit d'une poursuite. Puis, de nouveau, la musique assourdissante.

— Venez ! me dit Blunt.

Nous nous retrouvâmes dans l'escalier. Blunt alluma la minuterie et s'assit sur une marche. Il me fit signe de m'asseoir à côté de lui.

— Ma femme est beaucoup plus jeune que moi... Trente ans de différence... Il ne faut jamais épouser une femme beaucoup plus jeune que soi... Jamais...

Il avait posé une main sur mon épaule.

— Ça ne marche jamais... Il n'y a pas un seul exemple que ça marche... Retenez ça, mon vieux...

La minuterie s'éteignit. Apparemment Blunt n'avait aucune envie de la rallumer. Moi non plus, d'ailleurs.

— Si Gay me voyait...

Il éclata de rire, à cette pensée. Curieux rire, dans le noir.

— Elle ne me reconnaîtrait pas... J'ai pris au moins trente kilos, depuis...

Un éclat de rire, mais différent du précédent, plus nerveux, forcé.

— Elle serait très déçue... Vous vous rendez compte ? Pianiste dans un bar d'hôtel...

— Mais pourquoi déçue ?

— Et dans un mois, je serai au chômage...

Il me serrait le bras, à hauteur du biceps.

— Gay croyait que j'allais devenir le nouveau Cole Porter...

Des cris de femmes, brusquement. Cela venait de l'appartement de Blunt.

— Qu'est-ce qui se passe? lui dis-je.

— Rien, ils s'amusent.

La voix d'un homme qui hurlait: «Tu m'ouvres? Tu m'ouvres, Dany?» Des rires. Une porte qui claquait.

— Dany, c'est ma femme, me chuchota Blunt.

Il se leva et alluma la minuterie.

— Allons prendre l'air.

Nous traversâmes l'esplanade du Musée d'Art moderne et nous nous assîmes sur les marches. Je voyais passer les voitures, plus bas, le long de l'avenue de New-York, seul indice qu'il y eût encore de la vie. Tout était désert et figé autour de nous. Même la tour Eiffel que j'apercevais là-bas, de l'autre côté de la Seine, la tour Eiffel si rassurante d'habitude, ressemblait à une masse de ferrailles calcinées.

— On respire ici, dit Blunt.

En effet, un vent tiède soufflait sur l'esplanade, sur les statues qui faisaient des taches d'ombre et sur les grandes colonnes du fond.

— Je voudrais vous montrer des photos, dis-je à Blunt.

Je sortis de ma poche une enveloppe que j'ouvris et en tirai deux photos: celle où Gay Orlow se trouvait avec le vieux Giorgiadzé et l'homme en qui je croyais me reconnaître, et celle où elle était une petite fille. Je lui tendis la première photo.

— On ne voit rien ici, murmura Blunt.

Il actionna un briquet mais il dut s'y prendre à plusieurs reprises car le vent éteignait la flamme. Il couvrit celle-ci de la paume de sa main et approcha le briquet de la photo.

— Vous voyez un homme sur la photo? lui dis-je. À gauche... À l'extrême gauche...

— Oui.

— Vous le connaissez?

— Non.

Il était penché sur la photo, la main en visière contre son front, pour protéger la flamme du briquet.

— Vous ne trouvez pas qu'il me ressemble?

— Je ne sais pas.

Il scruta encore quelques instants la photo et me la rendit.

— Gay était tout à fait comme ça quand je l'ai connue, me dit-il d'une voix triste.

— Tenez, voilà une photo d'elle, enfant.

Je lui tendis l'autre photo et il la scruta à la flamme du briquet, la main toujours en visière contre son front, dans la position d'un horloger qui fait un travail d'extrême précision.

— C'était une jolie petite fille, me dit-il. Vous n'avez pas d'autres photos d'elle ?

— Non, malheureusement... Et vous ?

— J'avais une photo de notre mariage mais je l'ai perdue en Amérique... Je me demande même si j'ai gardé la coupure de journal, au moment du suicide...

Son accent américain, d'abord imperceptible, devenait de plus en plus fort. La fatigue ?

— Vous devez souvent attendre comme ça, pour rentrer chez vous ?

— De plus en plus souvent. Pourtant tout avait bien commencé... Ma femme était très gentille...

Il alluma une cigarette avec difficulté, à cause du vent.

— Gay serait étonnée si elle me voyait dans cet état...

Il se rapprocha de moi et appuya une main sur mon épaule.

— Vous ne trouvez pas, mon vieux, qu'elle a eu raison de disparaître avant qu'il ne soit trop tard ?

Je le regardai. Tout était rond chez lui. Son visage, ses yeux bleus et même sa petite moustache taillée en arc de cercle. Et sa bouche aussi, et ses mains potelées. Il m'évoquait ces ballons que les enfants retiennent par une ficelle et qu'ils lâchent quelquefois pour voir jusqu'à quelle hauteur ils monteront dans le ciel. Et son nom de Waldo Blunt était gonflé, comme l'un de ces ballons.

— Je suis désolé, mon vieux... Je n'ai pas pu vous donner beaucoup de détails sur Gay...

Je le sentais alourdi par la fatigue et l'accablement mais je le surveillais de très près car je craignais qu'au moindre coup de vent à travers l'esplanade, il ne s'envolât, en me laissant seul avec mes questions.

# VIII

L'avenue longe le champ de courses d'Auteuil. D'un côté, une allée cavalière, de l'autre des immeubles tous construits sur le même modèle et séparés par des squares. Je suis passé devant ces casernes de luxe et me suis posté face à celle où se suicida Gay Orlow. 25, avenue du Maréchal-Lyautey. À quel étage ? La concierge a certainement changé depuis. Se trouve-t-il encore un habitant de l'immeuble qui rencontrait Gay Orlow dans l'escalier ou qui prenait l'ascenseur avec elle ? Ou qui me reconnaîtrait pour m'avoir vu souvent venir ici ?

Certains soirs, j'ai dû monter l'escalier du 25 avenue du Maréchal-Lyautey, le cœur battant. Elle m'attendait. Ses fenêtres donnaient sur le champ de courses. Il était étrange, sans doute, de voir les courses de là-haut, les chevaux et les jockeys minuscules progresser comme les figurines qui défilent d'un bout à l'autre des stands de tir et si l'on abat toutes ces cibles, on gagne le gros lot.

Quelle langue parlions-nous entre nous ? L'anglais ? La photo avec le vieux Giorgiadzé avait-elle été prise dans cet appartement ? Comment était-il meublé ? Que pouvaient bien se dire un dénommé Howard de Luz – moi ? – «d'une famille de la noblesse» et «confident de John Gilbert» et une ancienne danseuse née à Moscou et qui avait connu, à Palm Island, Lucky Luciano ?

Drôles de gens. De ceux qui ne laissent sur leur passage qu'une buée vite dissipée. Nous nous entretenions souvent, Hutte et moi, de ces êtres dont les traces se perdent. Ils surgissent un beau jour du néant et y retournent après avoir brillé de quelques paillettes. Reines de beauté. Gigolos. Papillons. La plupart d'entre eux, même de leur vivant, n'avaient pas plus de consistance qu'une vapeur qui ne se condensera jamais. Ainsi, Hutte me citait-il en exemple un individu qu'il appelait l'«homme des plages». Cet homme avait passé quarante ans de sa vie sur des plages ou au bord de piscines, à deviser aimablement avec des estivants et de riches oisifs. Dans les coins et à l'arrière-plan de milliers de photos de vacances, il figure en maillot de bain au milieu de groupes joyeux mais personne ne pourrait dire son nom et pourquoi il se trouve là. Et personne ne remarqua qu'un jour il avait disparu des photographies. Je n'osais pas le dire à Hutte mais j'ai cru que l'«homme des plages» c'était moi. D'ailleurs je ne l'aurais pas étonné en le lui avouant. Hutte répétait qu'au fond, nous sommes tous des «hommes des plages» et que «le sable – je cite ses propres termes – ne garde que quelques secondes l'empreinte de nos pas».

L'une des façades de l'immeuble bordait un square qui paraissait abandonné. Un grand bouquet d'arbres, des buissons, une pelouse dont on n'avait pas taillé les herbes depuis longtemps. Un enfant jouait tout seul, paisiblement, devant le tas de sable, dans cette fin d'après-midi ensoleillée. Je me suis assis près de la pelouse et j'ai levé la tête vers l'immeuble en me demandant si les fenêtres de Gay Orlow ne donnaient pas de ce côté-là.

C'est la nuit et la lampe d'opaline de l'Agence fait une tache de lumière vive sur le cuir du bureau de Hutte. Je suis assis derrière ce bureau. Je compulse d'anciens Bottins, d'autres plus récents, et je note au fur et à mesure de mes découvertes :

HOWARD DE LUZ (Jean Simety)⚜ et Mme, née MABEL DONAHUE à Valbreuse, Orne. T. 21, et 23, rue Raynouard T. AUT 15-28.
— CGP — MA ⛵

Le Bottin mondain où est mentionné cela date d'une trentaine d'années. S'agit-il de mon père ?

Même mention dans les Bottins des années suivantes. Je consulte la liste des signes et des abréviations.

⚜ veut dire : croix de guerre.

CGP : Club du Grand Pavois, MA : Motor Yacht Club de la côte d'Azur, et ⛵ : propriétaire de voilier.

Mais dix ans plus tard disparaissent les indications suivantes : 23, rue Raynouard T. AUT 15-28. Disparaissent également : MA et ⛵.

L'année suivante, il ne reste que : HOWARD DE LUZ Mme, née MABEL DONAHUE à Valbreuse, Orne. T. 21.

Puis plus rien.

Ensuite, je consulte les annuaires de Paris de ces dix dernières années. Chaque fois, le nom de Howard de Luz y figure de la manière suivante :

Howard de Luz C. 3 square Henri-Paté. 16ᵉ – MOL 50-52. Un frère ? Un cousin ?

Aucune mention équivalente dans les Bottins mondains des mêmes années.

# X

— **M.** Howard vous attend.

C'était sans doute la patronne de ce restaurant de la rue de Bassano : une brune aux yeux clairs. Elle me fit signe de la suivre, nous descendîmes un escalier et elle me guida vers le fond de la salle. Elle s'arrêta devant une table où un homme se tenait seul. Il se leva.

— Claude Howard, me dit-il.

Il me désigna le siège, vis-à-vis de lui. Nous nous assîmes.

— Je suis en retard. Excusez-moi.

— Aucune importance.

Il me dévisageait avec curiosité. Me reconnaissait-il ?

— Votre coup de téléphone m'a beaucoup intrigué, me dit-il.

Je m'efforçais de lui sourire.

— Et surtout votre intérêt pour la famille Howard de Luz... dont je suis, cher monsieur, le dernier représentant...

Il avait prononcé cette phrase sur un ton ironique, comme pour se moquer de lui-même.

— Je me fais d'ailleurs appeler Howard tout court. C'est moins compliqué.

Il me tendit la carte du menu.

— Vous n'êtes pas obligé de prendre la même chose que moi. Je suis chroniqueur gastronomique... Il faut que je goûte les spécialités de la maison... Ris de veau et waterzoi de poissons...

Il soupira. Il avait vraiment l'air découragé.

— Je n'en peux plus... Quoi qu'il arrive dans ma vie, je suis toujours obligé de manger...

On lui servait déjà un pâté en croûte. Je commandai une salade et un fruit.

— Vous avez de la chance... Moi, il faut que je mange... Je dois faire mon papier ce soir... Je reviens du concours de la Tripière d'Or... Je faisais partie du jury. Il a fallu ingurgiter cent soixante-dix tripes en un jour et demi...

Je ne parvenais pas à lui donner d'âge. Ses cheveux très bruns étaient ramenés en arrière, il avait l'œil marron et quelque chose de négroïde dans les traits du visage, en dépit de l'extrême pâleur de son teint. Nous étions seuls au fond de cette partie du restaurant aménagée en sous-sol, avec des boiseries bleu pâle, du satin et des cristaux qui évoquaient un XVIII<sup>e</sup> siècle de pacotille.

— J'ai réfléchi à ce que vous m'avez dit au téléphone... Cet Howard de Luz auquel vous vous intéressez ne peut être que mon cousin Freddie...

— Vous croyez vraiment?

— J'en suis sûr. Mais, je l'ai à peine connu...

— Freddie Howard de Luz?

— Oui. Nous jouions quelquefois ensemble quand nous étions petits.

— Vous n'avez pas une photo de lui?

— Aucune.

Il avala une bouchée de pâté en croûte et réprima un haut-le-cœur.

— Ce n'était même pas un cousin germain... Mais au deuxième ou au troisième degré... Il y avait très peu de Howard de Luz... Je crois que nous étions les seuls, papa et moi, avec Freddie et son grand-père... C'est une famille française de l'île Maurice, vous savez...

Il repoussa son assiette d'un geste las.

— Le grand-père de Freddie avait épousé une Américaine très riche...

— Mabel Donahue?

— C'est bien ça... Ils avaient une magnifique propriété dans l'Orne...

— À Valbreuse?

— Mais vous êtes un véritable Bottin, mon cher.

Il me jeta un regard étonné.

— Et puis par la suite, je crois qu'ils ont tout perdu... Freddie est parti en Amérique... Je ne pourrais pas vous donner de détails plus précis... Je n'ai appris tout cela que par ouï-dire... Je me demande même si Freddie est encore vivant...

— Comment le savoir?...

— Si mon père était là... C'était par lui que j'avais des nouvelles de la famille... Malheureusement...

Je sortis de ma poche la photo de Gay Orlow et du vieux Giorgiadzé et lui désignant l'homme brun qui me ressemblait :

— Vous ne connaissez pas ce type?

— Non.

— Vous ne trouvez pas qu'il me ressemble? Il se pencha sur la photo.

— Peut-être, dit-il sans conviction.

— Et la femme blonde, vous ne la connaissez pas?

— Non.

— Elle était pourtant une amie de votre cousin Freddie.

Il eut l'air, brusquement, de se rappeler quelque chose.

— Attendez... ça me revient... Freddie était parti en Amérique... Et là il paraît qu'il était devenu le confident de l'acteur John Gilbert...

Le confident de John Gilbert. C'était la deuxième fois que l'on me donnait ce détail, mais il ne m'avançait pas à grand-chose.

— Je le sais parce qu'il m'avait envoyé une carte postale d'Amérique à l'époque...

— Vous l'avez conservée?

— Non, mais je me rappelle encore le texte par cœur :

«Tout va bien. L'Amérique est un beau pays. J'ai trouvé du travail : je suis le confident de John Gilbert. Amitiés à toi et à ton père. Freddie.» Ça m'avait frappé...

— Vous ne l'avez pas revu, à son retour en France?

— Non. Je ne savais même pas qu'il était revenu en France.

— Et s'il était en face de vous, maintenant, est-ce que vous le reconnaîtriez?

— Peut-être pas.

Je n'osais lui suggérer que Freddie Howard de Luz, c'était moi.

Je ne possédais pas encore une preuve formelle de cela, mais je gardais bon espoir.

— Le Freddie que j'ai connu, c'est celui qui avait dix ans... Mon père m'avait emmené à Valbreuse pour jouer avec lui...

Le sommelier s'était arrêté devant notre table et attendait que Claude Howard fît son choix, mais celui-ci ne s'apercevait pas de sa présence, et l'homme se tenait très raide, l'allure d'une sentinelle.

— Pour tout vous avouer, monsieur, j'ai l'impression que Freddie est mort...

— Il ne faut pas dire ça...

— C'est gentil de vous intéresser à notre malheureuse famille. Nous n'avons pas eu de chance... Je crois que je suis le seul survivant et regardez ce que je dois faire pour gagner ma vie...

Il tapa du poing sur la table, tandis que des serveurs apportaient le waterzoi de poissons et que la patronne du restaurant s'approchait de nous avec un sourire engageant.

— Monsieur Howard... La Tripière d'Or s'est bien passée cette année?

Mais il ne l'avait pas entendue et se pencha vers moi.

— Au fond, me dit-il, nous n'aurions jamais dû quitter l'île Maurice...

# XI

Une vieille petite gare, jaune et gris, avec, de chaque côté, des barrières de ciment ouvragé, et derrière ces barrières, le quai où je suis descendu de la micheline. La place de la gare serait déserte si un enfant ne faisait du patin à roulettes sous les arbres du terre-plein.

Moi aussi j'ai joué là, il y a longtemps, pensai-je. Cette place calme me rappelait vraiment quelque chose. Mon grand-père Howard de Luz venait me chercher au train de Paris ou bien était-ce le contraire? Les soirs d'été, j'allais l'attendre sur le quai de la gare en compagnie de ma grand-mère, née Mabel Donahue.

Un peu plus loin, une route, aussi large qu'une nationale, mais de très rares voitures y passent. J'ai longé un jardin public enclos de ces mêmes barrières en ciment que j'avais vues place de la Gare.

De l'autre côté de la route, quelques magasins sous une sorte de préau. Un cinéma. Puis une auberge cachée par des feuillages, au coin d'une avenue qui monte en pente douce. Je m'y suis engagé sans hésitation, car j'avais étudié le plan de Valbreuse. Au bout de cette avenue bordée d'arbres, un mur d'enceinte et une grille sur laquelle était fixé un écriteau de bois pourri où j'ai pu lire en devinant la moitié des lettres : ADMINISTRATION DES DOMAINES. Derrière la grille, s'étendait une pelouse à l'abandon. Tout au fond, une longue bâtisse de brique et de pierre, dans le style Louis XIII. Au milieu de celle-ci, un pavillon, plus élevé d'un étage faisait saillie, et la façade était complétée, à chaque extrémité, par deux pavillons latéraux coiffés de dômes. Les volets de toutes les fenêtres étaient fermés.

Un sentiment de désolation m'a envahi : je me trouvais peut-être devant le château où j'avais vécu mon enfance. J'ai poussé la grille et l'ai ouverte sans difficulté. Depuis combien de temps n'avais-je pas franchi ce seuil ? À droite, j'ai remarqué un bâtiment de brique qui devait être les écuries.

Les herbes m'arrivaient à mi-jambes et j'essayais de traverser la pelouse le plus vite possible, en direction du château. Cette bâtisse silencieuse m'intriguait. Je craignais de découvrir que derrière la façade, il n'y avait plus rien que des herbes hautes et des pans de murs écroulés.

Quelqu'un m'appelait. Je me suis retourné. Là-bas, devant le bâtiment des écuries, un homme agitait le bras. Il marchait vers moi et je restais figé, à le regarder, au milieu de la pelouse qui ressemblait à une jungle. Un homme assez grand, massif, vêtu de velours vert.

— Qu'est-ce que vous voulez ?

Il s'était arrêté à quelques pas de moi. Un brun, avec des moustaches.

— Je voudrais des renseignements sur M. Howard de Luz.

Je m'avançais. Peut-être allait-il me reconnaître ? Chaque fois, j'ai ce même espoir, et chaque fois, je suis déçu.

— Quel M. Howard de Luz ?

— Freddie.

J'avais lancé « Freddie » d'une voix altérée, comme si c'était mon prénom que je prononçais après des années d'oubli.

Il écarquillait les yeux.

— Freddie...

À cet instant, j'ai vraiment cru qu'il m'appelait par mon prénom.

— Freddie ? Mais il n'est plus là...

Non, il ne m'avait pas reconnu. Personne ne me reconnaissait.

— Qu'est-ce que vous voulez exactement ?

— Je voudrais savoir ce qu'est devenu Freddie Howard de Luz...

Il me dévisageait avec un regard méfiant et il enfonça une main dans la poche de son pantalon. Il allait sortir une arme et me menacer. Mais non. Il tira de sa poche un mouchoir dont il s'épongea le front.

— Qui êtes-vous ?

— J'ai connu Freddie en Amérique, il y a longtemps, et j'aimerais avoir des nouvelles de lui.

Son visage s'éclaira brusquement à ce mensonge.

— En Amérique ? Vous avez connu Freddie en Amérique ?

Le nom d'« Amérique » semblait le faire rêver. Il m'aurait embrassé, je crois, tant il m'était reconnaissant d'avoir connu Freddie « en Amérique ».

— En Amérique ? Alors, vous l'avez connu quand il était le confident de... de...

— De John Gilbert.

Toute méfiance de sa part avait fondu.

Il me prit même par le poignet.

— Venez par ici.

Il m'attira vers la gauche, le long du mur d'enceinte, où l'herbe était moins haute et où l'on devinait l'ancien tracé d'un chemin.

— Je n'ai plus de nouvelles de Freddie depuis très longtemps, me dit-il d'une voix grave.

Son costume de velours vert était usé, par endroits, jusqu'à la trame et on avait cousu des pièces de cuir aux épaules, aux coudes et aux genoux.

— Vous êtes américain ?

— Oui.

— Freddie m'avait envoyé plusieurs cartes postales d'Amérique.

— Vous les avez gardées ?

— Bien sûr.

Nous marchions vers le château.

— Vous n'étiez jamais venu ici ? me demanda-t-il.

— Jamais.

— Mais comment vous avez eu l'adresse ?

— Par un cousin de Freddie, Claude Howard de Luz...

— Connais pas.

Nous arrivions devant l'un de ces pavillons coiffés d'un dôme,

que j'avais remarqués à chaque extrémité de la façade du château. Nous le contournâmes. Il me désigna une petite porte :
— C'est la seule porte par laquelle on peut entrer.
Il tourna une clé dans la serrure. Nous entrâmes. Il me guida à travers une pièce sombre et vide puis le long d'un couloir. Nous débouchâmes sur une autre pièce aux verrières de couleur qui lui donnaient l'aspect d'une chapelle ou d'un jardin d'hiver.
— C'était la salle à manger d'été, me dit-il.
Pas un meuble, sauf un vieux divan au velours rouge râpé et nous nous y assîmes. Il sortit une pipe de sa poche et l'alluma placidement. Les verrières laissaient passer la lumière du jour en lui donnant une tonalité bleu pâle.
Je levai la tête et remarquai que le plafond était bleu pâle lui aussi, avec quelques taches plus claires : des nuages. Il avait suivi mon regard.
— C'était Freddie qui avait peint le plafond et le mur.
Le seul mur de la pièce était peint en vert, et on y voyait un palmier, presque effacé. J'essayais de m'imaginer cette pièce, jadis, quand nous y prenions nos repas. Le plafond où j'avais peint le ciel. Le mur vert où j'avais voulu, par ce palmier, ajouter une note tropicale. Les verrières à travers lesquelles un jour bleuté tombait sur nos visages. Mais ces visages, quels étaient-ils ?
— C'est la seule pièce où l'on peut encore aller, me dit-il. Il y a des scellés sur toutes les portes.
— Pourquoi ?
— La maison est sous séquestre.
Ces mots me glacèrent.
— Ils ont tout mis sous séquestre, mais moi, ils m'ont laissé là. Jusqu'à quand ?
Il tirait sur sa pipe et hochait la tête.
— De temps en temps, il y a un type des Domaines qui vient inspecter. Ils n'ont pas l'air de prendre une décision.
— Qui ?
— Les Domaines.
Je ne comprenais pas très bien ce qu'il voulait dire, mais je me rappelais l'inscription sur l'écriteau de bois pourri : « Administration des Domaines. »

— Ça fait longtemps que vous êtes ici ?

— Oh oui... Je suis venu à la mort de M. Howard de Luz... Le grand-père de Freddie... Je m'occupais du parc et servais de chauffeur à madame... La grand-mère de Freddie...

— Et les parents de Freddie ?

— Je crois qu'ils sont morts très jeunes. Il a été élevé par ses grands-parents.

Ainsi j'avais été élevé par mes grands-parents. Après la mort de mon grand-père, nous vivions seuls ici, avec ma grand-mère, née Mabel Donahue, et cet homme.

— Comment vous appelez-vous ? lui demandai-je.

— Robert.

— Freddie vous appelait comment ?

— Sa grand-mère m'appelait Bob. Elle était américaine. Freddie aussi m'appelait Bob.

Ce prénom de Bob ne m'évoquait rien. Mais lui non plus, après tout, ne me reconnaissait pas.

— Ensuite, la grand-mère est morte. Ça n'allait déjà pas très fort du point de vue financier... Le grand-père de Freddie avait dilapidé la fortune de sa femme... Une très grosse fortune américaine...

Il tirait posément sur sa pipe et des filets de fumée bleue montaient au plafond. Cette pièce avec ses grandes verrières et les dessins de Freddie – les miens ? – au mur et au plafond était sans doute pour lui un refuge.

— Ensuite Freddie a disparu... Sans prévenir... Je ne sais pas ce qui est arrivé. Mais ils ont tout foutu sous séquestre.

De nouveau ce terme « sous séquestre », comme une porte que l'on claque brutalement devant vous, au moment où vous vous apprêtiez à la franchir.

— Et depuis, j'attends... Je me demande ce qu'ils ont l'intention de faire de moi... Ils ne peuvent quand même pas me jeter dehors.

— Vous habitez où ?

— Dans les anciennes écuries. Le grand-père de Freddie les avait fait aménager.

Il m'observait, la pipe serrée entre les dents.

— Et vous ? Racontez-moi comment vous avez connu Freddie en Amérique.

— Oh... C'est une longue histoire...

— Vous ne voulez pas que nous marchions un peu? Je vais vous montrer le parc de ce côté-là.

— Volontiers.

Il ouvrit une porte-fenêtre et nous descendîmes quelques marches de pierre. Nous nous trouvions devant une pelouse comme celle que j'avais tenté de traverser pour atteindre le château, mais ici, les herbes étaient beaucoup moins hautes. À mon grand étonnement, l'arrière du château ne correspondait pas du tout à la façade : il était construit de pierres grises. Le toit non plus n'était pas le même : de ce côté-ci, il se compliquait de pans coupés et de pignons, si bien que cette demeure qui offrait, à première vue, l'aspect d'un château Louis XIII, ressemblait de dos à ces maisons balnéaires de la fin du XIXᵉ siècle, dont il subsiste encore quelques rares spécimens à Biarritz.

— J'essaie d'entretenir un peu tout ce côté du parc, me dit-il. Mais c'est difficile pour un homme seul.

Nous suivions une allée de graviers qui longeait la pelouse. Sur notre gauche, des buissons, à hauteur d'homme, étaient soigneusement taillés. Il me les désigna :

— Le labyrinthe. Il a été planté par le grand-père de Freddie. Je m'en occupe le mieux que je peux. Il faut bien qu'il y ait quelque chose qui reste comme avant.

Nous pénétrâmes dans le «labyrinthe» par une de ses entrées latérales et nous nous baissâmes, à cause de la voûte de verdure. Plusieurs allées s'entrecroisaient, il y avait des carrefours, des ronds-points, des virages circulaires ou en angle droit, des culs-de-sac, une charmille avec un banc de bois vert... Enfant, j'avais dû faire ici des parties de cache-cache en compagnie de mon grand-père ou d'amis de mon âge et au milieu de ce dédale magique qui sentait le troène et le pin, j'avais sans doute connu les plus beaux moments de ma vie. Quand nous sortîmes du labyrinthe, je ne pus m'empêcher de dire à mon guide :

— C'est drôle... Ce labyrinthe me rappelle quelque chose...

Mais il semblait ne m'avoir pas entendu.

Au bord de la pelouse, un vieux portique rouillé auquel étaient accrochées deux balançoires.

— Vous permettez...

Il s'assit sur l'une des balançoires et ralluma sa pipe. Je pris place sur l'autre. Le soleil se couchait et enveloppait d'une lumière tendre et orangée la pelouse et les buissons du labyrinthe. Et la pierre grise du château était mouchetée de cette même lumière.

Je choisis ce moment pour lui tendre la photo de Gay Orlow, du vieux Giorgiadzé et de moi.

— Vous connaissez ces gens ?

Il observa longuement la photo, sans ôter la pipe de sa bouche.

— Celle-là, je l'ai bien connue...

Il appuyait son index au-dessous du visage de Gay Orlow.

— La Russe...

Il le disait d'un ton rêveur et amusé.

— Vous pensez si je la connaissais, la Russe...

Il éclata d'un rire bref.

— Freddie est souvent venu ici avec elle, les dernières années... Une sacrée fille... Une blonde... Je peux vous dire qu'elle buvait sec... Vous la connaissez ?

— Oui, dis-je. Je l'ai vue avec Freddie en Amérique.

— Il avait connu la Russe en Amérique, hein ?

— Oui.

— C'est elle qui pourrait vous dire où se trouve Freddie en ce moment... Il faudrait le lui demander...

— Et ce type brun, là, à côté de la Russe ?

Il se pencha un peu plus sur la photo et la scruta. Mon cœur battait fort.

— Mais oui... Je l'ai connu aussi... Attendez... Mais oui... C'était un ami de Freddie... Il venait ici avec Freddie, la Russe et une autre fille... Je crois que c'était un Américain du Sud ou quelque chose comme ça...

— Vous ne trouvez pas qu'il me ressemble ?

— Oui... Pourquoi pas ? me dit-il sans conviction.

Voilà, c'était clair, je ne m'appelais pas Freddie Howard de Luz. J'ai regardé la pelouse aux herbes hautes dont seule la lisière recevait encore les rayons du soleil couchant. Je ne m'étais jamais promené le long de cette pelouse, au bras d'une grand-mère américaine. Je n'avais jamais joué, enfant, dans le «labyrinthe». Ce portique rouillé, avec ses balançoires, n'avait pas été dressé pour moi. Dommage.

— Vous dites : Américain du Sud ?

— Oui... Mais il parlait le français comme vous et moi...

— Et vous l'avez vu souvent ici ?

— Plusieurs fois.

— Comment saviez-vous qu'il était américain du Sud ?

— Parce qu'un jour, j'ai été le chercher en voiture à Paris pour le ramener ici. Il m'avait donné rendez-vous là où il travaillait... Dans une ambassade d'Amérique du Sud...

— Quelle ambassade ?

— Alors, là, vous m'en demandez trop...

Il fallait que je m'habituasse à ce changement. Je n'étais plus le rejeton d'une famille dont le nom figurait sur quelques vieux Bottins mondains, et même l'annuaire de l'année, mais un Américain du Sud dont il serait infiniment plus difficile de retrouver les traces.

— Je crois que c'était un ami d'enfance de Freddie...

— Il venait ici avec une femme ?

— Oui. Deux ou trois fois. Une Française. Ils venaient tous les quatre avec la Russe et Freddie... Après la mort de la grand-mère...

Il s'est levé.

— Vous ne voulez pas que nous rentrions ? Il commence à faire froid...

La nuit était presque tombée et nous nous sommes retrouvés dans la «salle à manger d'été».

— C'était la pièce préférée de Freddie... Le soir, ils restaient là très tard avec la Russe, l'Américain du Sud et l'autre fille...

Le divan n'était plus qu'une tache tendre et sur le plafond, des ombres se découpaient en forme de treillages et de losanges. J'essayais vainement de capter les échos de nos anciennes soirées.

— Ils avaient installé un billard ici... C'était surtout la petite amie de l'Américain du Sud qui jouait au billard... Elle gagnait à chaque fois... Je peux vous le dire parce que j'ai fait plusieurs parties avec elle... Tenez, le billard est toujours là...

Il m'entraîna dans un couloir obscur, alluma une lampe de poche et nous débouchâmes sur un hall dallé d'où partait un escalier monumental.

— L'entrée principale...

Sous le départ de l'escalier, je remarquai en effet un billard. Il l'éclaira avec sa lampe. Une boule blanche, au milieu, comme si la partie avait été interrompue et qu'elle allait reprendre d'un instant à l'autre. Et que Gay Orlow, ou moi, ou Freddie, ou cette mystérieuse Française qui m'accompagnait ici, ou Bob, se penchait déjà pour viser.

— Vous voyez le billard est toujours là...

Il balaya de sa lampe l'escalier monumental.

— Ça ne sert à rien de monter aux étages... Ils ont tout foutu sous scellés...

J'ai pensé que Freddie avait une chambre là-haut. Une chambre d'enfant puis une chambre de jeune homme avec des étagères de livres, des photos collées aux murs, et – qui sait ? – sur l'une d'elles, nous étions tous les quatre, ou tous les deux Freddie et moi, bras dessus, bras dessous. Il s'appuya contre le billard pour rallumer sa pipe. Moi, je ne pouvais m'empêcher de contempler ce grand escalier qu'il ne servait à rien de gravir puisque là-haut, tout était « sous scellés ».

Nous sortîmes par la petite porte latérale qu'il referma en deux tours de clé. Il faisait noir.

— Je dois reprendre le train de Paris, lui dis-je.

— Venez avec moi.

Il me serrait le bras et me guidait le long du mur d'enceinte. Nous arrivâmes devant les anciennes écuries. Il ouvrit une porte vitrée et alluma une lampe à pétrole.

— Ils ont coupé l'électricité depuis longtemps... Mais ils ont oublié de couper l'eau...

Nous étions dans une pièce au milieu de laquelle il y avait une table de bois sombre et des chaises d'osier. Aux murs, des assiettes de faïence et des plats de cuivre. Une tête de sanglier empaillée au-dessus de la fenêtre.

— Je vais vous faire un cadeau.

Il se dirigea vers un bahut, au fond de la pièce, et l'ouvrit. Il en tira une boîte qu'il posa sur la table et dont le couvercle portait cette inscription : « Biscuits Lefebvre Utile – Nantes ». Puis il se planta devant moi.

— Vous étiez un ami de Freddie, hein ? me dit-il d'une voix émue.

— Oui.

— Eh bien, je vais vous donner ça...

Il me désignait la boîte.

— Ce sont des souvenirs de Freddie... Des petites choses que j'ai pu sauver quand ils sont venus mettre la baraque sous séquestre...

Il était vraiment ému. Je crois même qu'il avait les larmes aux yeux.

— Je l'aimais bien... Je l'ai connu tout jeune... C'était un rêveur. Il me répétait toujours qu'il achèterait un voilier... Il me disait : « Bob, tu seras mon second... » Dieu sait où il est maintenant... s'il est toujours vivant...

— On le retrouvera, lui dis-je.

— Il a été trop gâté par sa grand-mère, vous comprenez...

Il prit la boîte et me la tendit. Je pensais à Stioppa de Djagoriew et à la boîte rouge qu'il m'avait donnée lui aussi. Décidément, tout finissait dans de vieilles boîtes de chocolat ou de biscuits. Ou de cigares.

— Merci.

— Je vous accompagne au train.

Nous suivions une allée forestière et il projetait le faisceau de sa lampe devant nous. Ne se trompait-il pas de chemin ? J'avais l'impression que nous nous enfoncions au cœur de la forêt.

— J'essaie de me rappeler le nom de l'ami de Freddie. Celui que vous m'avez montré sur la photo... L'Américain du Sud...

Nous traversions une clairière dont la lune rendait les herbes phosphorescentes. Là-bas, un bouquet de pins parasols. Il avait éteint sa lampe de poche car nous y voyions presque comme en plein jour.

— C'était là que Freddie montait à cheval avec un autre ami à lui... Un jockey... Il ne vous en a jamais parlé, de ce jockey ?

— Jamais.

— Je ne me souviens plus de son nom... Pourtant il avait été célèbre... Il avait été le jockey du grand-père de Freddie, quand le vieux possédait une écurie de courses...

— L'Américain du Sud connaissait aussi le jockey ?

— Bien sûr. Ils venaient ensemble ici. Le jockey jouait au

billard avec les autres... Je crois même que c'était lui qui avait présenté la Russe à Freddie...

Je craignais de ne pas retenir tous ces détails. Il aurait fallu les consigner immédiatement sur un petit carnet.

Le chemin montait en pente douce et j'avais de la peine à marcher, à cause de l'épaisseur des feuilles mortes.

— Alors, vous vous rappelez le nom de l'Américain du Sud ?

— Attendez... Attendez... ça va me revenir...

Je serrais la boîte de biscuits contre ma hanche et j'étais impatient de savoir ce qu'elle contenait. Peut-être y trouverais-je certaines réponses à mes questions. Mon nom. Ou celui du jockey, par exemple.

Nous étions au bord d'un talus et il suffisait de le descendre pour arriver sur la place de la Gare. Celle-ci semblait déserte avec son hall étincelant d'une lumière de néon. Un cycliste traversait lentement la place et vint s'arrêter devant la gare.

— Attendez... son prénom, c'était... Pedro...

Nous restions debout au bord du talus. De nouveau, il avait sorti sa pipe, et la nettoyait à l'aide d'un petit instrument mystérieux. Je me répétais à moi-même ce prénom qu'on m'avait donné à ma naissance, ce prénom avec lequel on m'avait appelé pendant toute une partie de ma vie et qui avait évoqué mon visage pour quelques personnes. Pedro.

# XII

Pas grand-chose dans cette boîte de biscuits. Un soldat de plomb écaillé avec un tambour. Un trèfle à quatre feuilles collé au milieu d'une enveloppe blanche. Des photos. Je figure sur deux d'entre elles. Aucun doute, c'est le même homme que celui que l'on voit à côté de Gay Orlow et du vieux Giorgiadzé. Un brun de haute taille, moi, à cette seule différence près que je n'ai pas de moustache. Sur l'une des photos, je me trouve en compagnie d'un autre homme aussi jeune que moi, aussi grand, mais aux cheveux plus clairs. Freddie? Oui, car au dos de la photo quelqu'un a écrit au crayon : «Pedro-Freddie-La Baule.» Nous sommes au bord de la mer et nous portons chacun un peignoir de plage. Une photo apparemment très ancienne.

Sur la deuxième photo, nous sommes quatre : Freddie, moi, Gay Orlow que j'ai reconnue aisément, et une autre jeune femme, tous assis par terre, le dos appuyé au divan de velours rouge de la salle à manger d'été. À droite, on distingue le billard.

Une troisième photo représente la jeune femme que l'on voit avec nous dans la salle à manger d'été. Elle est debout devant la table de billard et tient une canne de ce jeu dans les deux mains. Cheveux clairs qui tombent plus bas que les épaules. Celle que j'emmenais au château de Freddie? Sur une autre photo, elle est accoudée à la balustrade d'une véranda.

Une carte postale à l'adresse de «Monsieur Robert Brun chez Howard de Luz. Valbreuse. Orne» offre une vue du port de New York. On y lit :
«Mon cher Bob. Amitiés d'Amérique. À bientôt. Freddie.»
Un document étrange à l'en-tête de :

Consulado General
de la
Republica Argentina
N° 106.
Le Consulat général de la république Argentine en France, chargé des Intérêts helléniques en zone occupée, certifie que, lors de la Grande Guerre 1914-1918, les archives de la mairie de Salonique ont été détruites par l'incendie.
Paris. Le 15 juillet 1941
Le Consul général de la
république Argentine
chargé des Intérêts helléniques.
Une signature au bas de laquelle on lit :

R. L. de Oliveira Cezar
Consul général.

Moi ? Non. Il ne s'appelle pas Pedro.
Une petite coupure de journal :

SÉQUESTRE HOWARD DE LUZ :
Vente aux enchères publiques
à la requête de
l'Administration des Domaines
à Valbreuse (Orne) Château Saint-Lazare
le 7 et 11 avril, d'un
Important mobilier
Objets d'art et d'ameublement
anciens et modernes
Tableaux – Porcelaines – Céramiques
Tapis – Literie – Linge de maison
Piano à queue Erard
Frigidaire etc.
Expositions : samedi 6 avril, de 14 h à 18 h
et le matin des jours de vente de 10 à 12 h.

J'ouvre l'enveloppe sur laquelle est collé le trèfle à quatre feuilles. Elle contient quatre petites photographies de la taille de celles qu'on nomme «Photomatons»; l'une de Freddie, l'autre de moi, la troisième de Gay Orlow et la quatrième de la jeune femme aux cheveux clairs.

Je trouve également un passeport en blanc de la république Dominicaine.

En tournant par hasard la photo de la jeune femme aux cheveux clairs, je lis ceci, écrit à l'encre bleue, de la même écriture désordonnée que celle de la carte postale d'Amérique: PEDRO : ANJou 15-28.

# XIII

Sur combien d'agendas ce numéro de téléphone, qui a été le mien, figure-t-il encore ? Était-ce simplement le numéro de téléphone d'un bureau où l'on ne pouvait me joindre qu'un après-midi ?

Je compose ANJou 15-28. Les sonneries se succèdent mais personne ne répond. Reste-t-il des traces de mon passage dans l'appartement désert, la chambre inhabitée depuis longtemps où ce soir le téléphone sonne pour rien ?

Je n'ai même pas besoin d'appeler les renseignements. Il suffit que je fasse, d'une tension du mollet, pivoter le fauteuil de cuir de Hutte. Devant moi, les rangées de Bottins et d'annuaires. L'un d'eux, plus petit que les autres, est relié d'une chèvre imprimée vert pâle. C'est celui-ci qu'il me faut. Tous les numéros de téléphone qui existent à Paris depuis trente ans y sont répertoriés avec les adresses correspondantes.

Je tourne les pages, le cœur battant. Et je lis

ANJou 15-28 — 10 *bis*, rue Cambacérès. 8ᵉ arr.

Mais le Bottin par rues de l'année ne porte aucune mention de ce numéro de téléphone :

CAMBACÉRÈS (rue)

8ᵉ

10 bis      AMICALE DES DIAMANTAIRES      MIR 18-16

# XIV

Un homme dont le prénom était Pedro. ANJou 15-28. 10 *bis*, rue Cambacérès, huitième arrondissement.

Il travaillait dans une légation d'Amérique du Sud paraît-il. La pendule que Hutte a laissée sur le bureau marque deux heures du matin. En bas, avenue Niel, il ne passe plus que de rares voitures et j'entends quelquefois crisser leurs freins, aux feux rouges.

Je feuillette les vieux Bottins en tête desquels se trouve la liste des ambassades et des légations, avec leurs membres.

*République Dominicaine*
Avenue de Messine, 21 (VIII^e). CARnot 10-18.
N... Envoyé extraordinaire et ministre plénipotentiaire.
M. le docteur Gustavo J. Henriquez. Premier secrétaire.
M. le docteur Salvador E. Paradas. Deuxième secrétaire (et Mme), rue d'Alsace, 41 (X^e).
M. Le docteur Bienvenido Carrasco. Attaché.
R. Decamps, 45 (XVI^e), tél. TRO 42-91.

*Venezuela*
Rue Copernic, 11 (XVI^e). PASsy 72-29.
Chancellerie : rue de la Pompe, 115 (XVI^e). PASsy 10-89.
M. le docteur Carlo Aristimuno Coll, envoyé extraordinaire et ministre plénipotentiaire.

M. Jaime Picon Febres. Conseiller.
M. Antonio Maturib. Premier secrétaire.
M. Antonio Briuno. Attaché.
M. le Colonel H. Lopez-Mendez. Attaché militaire.
M. Pedro Saloaga. Attaché commercial.

*Guatemala*
Place Joffre, 12 (VIIᵉ). Tél. SÉGur 09-59.
M. Adam Maurisque Rios. Conseiller chargé d'affaires p.i.
M. Ismael Gonzalez Arevalo. Secrétaire.
M. Frederico Murgo. Attaché.

*Équateur*
Avenue de Wagram, 91 (XVIIᵉ). Tél. ÉTOile 17-89.
M. Gonzalo Zaldumbide. Envoyé extraordinaire et ministre plénipotentiaire (et Mme).
M. Alberto Puig Arosemena. Premier secrétaire (et Mme).
M. Alfredo Gangotena. Troisième secrétaire (et Mme).
M. Carlos Guzman. Attaché (et Mme).
M. Victor Zevallos. Conseiller (et Mme), avenue d'Iéna, 21 (XVIᵉ).

*El Salvador*
Riquez Vega. Envoyé extraordinaire.
Major J. H. Wishaw. Attaché militaire (et sa fille).
F. Capurro. Premier secrétaire.
Luis...

Les lettres dansent. Qui suis-je ?

# XV

Vous tournez à gauche et ce qui vous étonnera ce sera le silence et le vide de cette partie de la rue Cambacérès. Pas une voiture. Je suis passé devant un hôtel et mes yeux ont été éblouis par un lustre qui brillait de tous ses cristaux dans le couloir d'entrée. Il y avait du soleil.

Le 10 *bis* est un immeuble étroit de quatre étages. De hautes fenêtres au premier. Un agent de police se tient en faction sur le trottoir d'en face.

L'un des battants de la porte de l'immeuble était ouvert, la minuterie allumée. Un long vestibule aux murs gris. Au fond, une porte aux petits carreaux vitrés que j'ai eu de la peine à tirer, à cause du blunt. Un escalier sans tapis monte aux étages.

Je me suis arrêté devant la porte du premier. J'avais décidé de demander aux locataires de chaque étage si le numéro de téléphone ANJou 15-28 avait été le leur à un moment donné, et ma gorge se nouait car je me rendais compte de l'étrangeté de ma démarche. Sur la porte, une plaque de cuivre, où je lus :

HÉLÈNE PILGRAM.

Une sonnerie grêle et si usée qu'on ne l'entendait que par intermittence. Je pressai mon index le plus longtemps possible sur le bouton. La porte s'est entrouverte. Le visage d'une femme, les cheveux gris cendré et coupés court, est apparu dans l'entrebâillement.

— Madame... C'est pour un renseignement...

Elle me fixait de ses yeux très clairs. On ne pouvait lui donner d'âge. Trente, cinquante ans?

— Votre ancien numéro n'était pas ANJou 15-28?

Elle a froncé les sourcils.

— Si. Pourquoi?

Elle a ouvert la porte. Elle était vêtue d'une robe de chambre d'homme en soie noire.

— Pourquoi me demandez-vous ça?

— Parce que... J'ai habité ici...

Elle s'était avancée sur le palier et me dévisageait avec insistance. Elle a écarquillé les yeux.

— Mais... vous êtes... monsieur... McEvoy?

— Oui, lui dis-je à tout hasard.

— Entrez.

Elle paraissait vraiment émue. Nous nous tenions tous deux l'un en face de l'autre, au milieu d'un vestibule dont le parquet était abîmé. On avait remplacé certaines lattes par des morceaux de linoléum.

— Vous n'avez pas beaucoup changé, me dit-elle en me souriant.

— Vous non plus.

— Vous vous souvenez encore de moi?

— Je me souviens très bien de vous, lui dis-je.

— C'est gentil...

Ses yeux s'attardaient sur moi avec douceur.

— Venez...

Elle me précéda dans une pièce très haute de plafond et très grande dont les fenêtres étaient celles que j'avais remarquées de la rue. Le parquet, aussi abîmé que dans le vestibule, était recouvert par endroits de tapis de laine blanche. À travers les fenêtres, un soleil d'automne éclairait la pièce d'une lumière ambrée.

— Asseyez-vous...

Elle me désigna une longue banquette recouverte de coussins de velours, contre le mur. Elle s'assit à ma gauche.

— C'est drôle de vous revoir d'une façon si... brusque.

— Je passais dans le quartier, dis-je.

Elle me semblait plus jeune que lorsqu'elle m'était apparue

dans l'entrebâillement de la porte. Pas la moindre petite ride à la commissure des lèvres, autour des yeux ni au front et ce visage lisse contrastait avec ses cheveux blancs.

— J'ai l'impression que vous avez changé de couleur de cheveux, risquai-je.

— Mais non... j'ai eu les cheveux blancs à vingt-cinq ans... J'ai préféré les garder de cette couleur...

Hormis la banquette de velours, il n'y avait pas beaucoup de meubles. Une table rectangulaire contre le mur opposé. Un vieux mannequin entre les deux fenêtres, le torse recouvert d'un tissu beige sale et dont la présence insolite évoquait un atelier de couture. D'ailleurs, je remarquai, dans un coin de la pièce, posée sur une table, une machine à coudre.

— Vous reconnaissez l'appartement? me demanda-t-elle. Vous voyez... J'ai gardé des choses...

Elle eut un mouvement du bras en direction du mannequin de couturier.

— C'est Denise qui a laissé tout ça...

Denise?

— En effet, dis-je, ça n'a pas beaucoup changé...

— Et Denise? me demanda-t-elle avec impatience. Qu'est-ce qu'elle est devenue?

— Eh bien, dis-je, je ne l'ai pas revue depuis longtemps...

— Ah bon...

Elle eut un air déçu et hocha la tête comme si elle comprenait qu'il ne fallait plus parler de cette «Denise». Par discrétion.

— Au fond, lui dis-je, vous connaissiez Denise depuis longtemps?...

— Oui... Je l'ai connue par Léon...

— Léon?

— Léon Van Allen.

— Mais bien sûr, dis-je, impressionné par le ton qu'elle avait pris, presque un ton de reproche quand le prénom «Léon» n'avait pas évoqué immédiatement pour moi ce «Léon Van Allen».

— Qu'est-ce qu'il devient, Léon Van Allen? demandai-je.

— Oh... ça fait deux ou trois ans que je n'ai plus de nouvelles de lui... Il était parti en Guyane hollandaise, à Paramaribo... Il avait créé un cours de danse, là-bas...

— De danse ?

— Oui. Avant de travailler dans la couture, Léon avait fait de la danse... Vous ne le saviez pas ?

— Si, si. Mais j'avais oublié.

Elle se rejeta en arrière pour appuyer son dos au mur et renoua la ceinture de sa robe de chambre.

— Et vous, qu'est-ce que vous êtes devenu ?

— Oh, moi ?... rien...

— Vous ne travaillez plus à la légation de la république Dominicaine ?

— Non.

— Vous vous rappelez quand vous m'avez proposé de me faire un passeport dominicain... ? Vous disiez que dans la vie, il fallait prendre ses précautions et avoir toujours plusieurs passeports...

Ce souvenir l'amusait. Elle a eu un rire bref.

— Quand avez-vous eu des nouvelles de... Denise pour la dernière fois ? lui ai-je demandé.

— Vous êtes parti à Megève avec elle et elle m'a envoyé un mot de là-bas. Et depuis, plus rien.

Elle me fixait d'un regard interrogatif mais n'osait pas, sans doute, me poser une question directe. Qui était cette Denise ? Avait-elle joué un rôle important dans ma vie ?

— Figurez-vous, lui dis-je, qu'il y a des moments où j'ai l'impression d'être dans un brouillard total... J'ai des trous de mémoire... Des périodes de cafard... Alors, en passant dans la rue, je me suis permis de... monter... pour essayer de retrouver le... le...

Je cherchai le mot juste, vainement, mais cela n'avait aucune importance puisqu'elle souriait et que ce sourire indiquait que ma démarche ne l'étonnait pas.

— Vous voulez dire : pour retrouver le bon temps ?

— Oui. C'est ça... Le bon temps...

Elle prit une boîte dorée sur une petite table basse qui se trouvait à l'extrémité du divan et l'ouvrit. Elle était emplie de cigarettes.

— Non merci, lui dis-je.

— Vous ne fumez plus ? Ce sont des cigarettes anglaises. Je me souviens que vous fumiez des cigarettes anglaises... Chaque fois que nous nous sommes vus ici, tous les trois, avec Denise, vous m'apportiez un sac plein de paquets de cigarettes anglaises...

— Mais oui, c'est vrai...

— Vous pouviez en avoir tant que vous vouliez à la légation dominicaine...

Je tendis la main vers la boîte dorée et saisis entre le pouce et l'index une cigarette. Je la mis à ma bouche avec appréhension. Elle me passa son briquet après avoir allumé sa cigarette à elle. Je dus m'y reprendre plusieurs fois pour obtenir une flamme. J'aspirai. Aussitôt un picotement très douloureux me fit tousser.

— Je n'ai plus l'habitude, lui dis-je.

Je ne savais comment me débarrasser de cette cigarette et la tenais toujours entre pouce et index tandis qu'elle se consumait.

— Alors, lui dis-je, vous habitez dans cet appartement, maintenant?

— Oui. Je me suis de nouveau installée ici quand je n'ai plus eu de nouvelles de Denise... D'ailleurs elle m'avait dit, avant son départ, que je pouvais reprendre l'appartement...

— Avant son départ?

— Mais oui... Avant que vous partiez à Megève...

Elle haussait les épaules, comme si ce devait être pour moi une évidence.

— J'ai l'impression que je suis resté très peu de temps dans cet appartement...

— Vous y êtes resté quelques mois avec Denise...

— Et vous, vous habitiez ici avant nous?

Elle me regarda, stupéfaite.

— Mais bien sûr, voyons... C'était mon appartement... Je l'ai prêté à Denise parce que je devais quitter Paris...

— Excusez-moi... Je pensais à autre chose.

— Ici, c'était pratique pour Denise... Elle avait de la place pour installer un atelier de couture...

Une couturière?

— Je me demande pourquoi nous avons quitté cet appartement, lui dis-je.

— Moi aussi...

De nouveau ce regard interrogatif. Mais que pouvais-je lui expliquer? J'en savais moins qu'elle. Je ne savais rien de toutes ces choses. J'ai fini par poser dans le cendrier le mégot consumé qui me brûlait les doigts.

— Est-ce que nous nous sommes vus, avant que nous venions habiter ici ? risquai-je timidement.

— Oui. Deux ou trois fois. À votre hôtel...

— Quel hôtel ?

— Rue Cambon. L'hôtel Castille. Vous vous rappelez la chambre verte que vous aviez avec Denise ?

— Oui.

— Vous avez quitté l'hôtel Castille parce que vous ne vous sentiez pas en sécurité là-bas... C'est cela non ?

— Oui.

— C'était vraiment une drôle d'époque...

— Quelle époque ?

Elle ne répondit pas et alluma une autre cigarette.

— J'aimerais vous montrer quelques photos, lui dis-je.

Je sortis de la poche intérieure de ma veste une enveloppe qui ne me quittait plus et où j'avais rangé toutes les photos. Je lui montrai celle de Freddie Howard de Luz, de Gay Orlow, de la jeune femme inconnue et de moi, prise dans la « salle à manger d'été ».

— Vous me reconnaissez ?

Elle s'était tournée pour regarder la photo à la lumière du soleil.

— Vous êtes avec Denise, mais je ne connais pas les deux autres... Ainsi, c'était Denise.

— Vous ne connaissiez pas Freddie Howard de Luz ?

— Non.

— Ni Gay Orlow ?

— Non.

Les gens ont, décidément, des vies compartimentées et leurs amis s'ignorent entre eux. C'est regrettable.

— J'ai encore deux photos d'elle.

Je lui tendis la minuscule photo d'identité et l'autre où on la voyait accoudée à la balustrade.

— Je connaissais déjà cette photo-là, me dit-elle... Je crois même qu'elle me l'avait envoyée de Megève... Mais je ne me souviens plus de ce que j'en ai fait...

Je lui repris la photo des mains et la regardai attentivement. Megève. Derrière Denise il y avait une petite fenêtre avec un volet de bois. Oui, le volet et la balustrade auraient pu être ceux d'un chalet de montagne.

— Ce départ pour Megève était quand même une drôle d'idée, déclarai-je brusquement. Denise vous avait dit ce qu'elle en pensait?

Elle contemplait la petite photo d'identité. J'attendais, le cœur battant, qu'elle voulût bien répondre.

Elle releva la tête.

— Oui... Elle m'en avait parlé... Elle me disait que Megève était un endroit sûr... Et que vous auriez toujours la possibilité de passer la frontière...

— Oui... Évidemment...

Je n'osais pas aller plus loin. Pourquoi suis-je si timide et si craintif au moment d'aborder les sujets qui me tiennent à cœur? Mais elle aussi, je le comprenais à son regard, aurait voulu que je lui donne des explications. Nous restions silencieux l'un et l'autre. Enfin, elle se décida:

— Mais qu'est-ce qui s'est passé à Megève?

Elle me posait la question de manière si pressante que pour la première fois, je me sentis gagné par le découragement et même plus que le découragement, par le désespoir qui vous prend lorsque vous vous rendez compte qu'en dépit de vos efforts, de vos qualités, de toute votre bonne volonté, vous vous heurtez à un obstacle insurmontable.

— Je vous expliquerai... Un autre jour...

Il devait y avoir quelque chose d'égaré dans ma voix ou dans l'expression de mon visage puisqu'elle m'a serré le bras comme pour me consoler et qu'elle m'a dit:

— Excusez-moi de vous poser des questions indiscrètes... Mais... J'étais une amie de Denise...

— Je comprends...

Elle s'était levée.

— Attendez-moi un instant...

Elle quitta la pièce. Je regardai à mes pieds les flaques de lumière que formaient les rayons du soleil sur le tapis de laine blanche. Puis les lattes du parquet, et la table rectangulaire, et le vieux mannequin qui avait appartenu à «Denise». Se peut-il qu'on ne finisse pas par reconnaître un endroit où l'on a vécu?

Elle revenait, en tenant quelque chose à la main. Deux livres. Un agenda.

— Denise avait oublié ça en partant. Tenez... je vous les donne...

J'étais surpris qu'elle n'eût pas rangé ces souvenirs dans une boîte, comme l'avaient fait Stioppa de Djagoriew et l'ancien jardinier de la mère de Freddie. En somme, c'était la première fois, au cours de ma recherche, qu'on ne me donnait pas de boîte. Cette pensée me fit rire.

— Qu'est-ce qui vous amuse?

— Rien.

Je contemplai les couvertures des livres. Sur l'une d'elles, le visage d'un Chinois avec une moustache et un chapeau melon apparaissait dans la brume bleue. Un titre: *Charlie Chan.* L'autre couverture était jaune et au bas de celle-ci je remarquai le dessin d'un masque piqué d'une plume d'oie. Le livre s'appelait *Lettres anonymes.*

— Qu'est-ce que Denise pouvait lire comme romans policiers!... me dit-elle. Il y a ça aussi...

Elle me tendit un petit agenda de crocodile.

— Merci.

Je l'ouvris et le feuilletai. Rien n'avait été écrit: aucun nom, aucun rendez-vous. L'agenda indiquait les jours et les mois, mais pas l'année. Je finis par découvrir entre les pages un papier que je dépliai:

République française.

Préfecture du département de la Seine.

Extrait des minutes des actes de naissance du XIII$^e$ arrondissement de Paris.

Année 1917

Le 21 décembre mille neuf cent dix-sept.

À quinze heures est née, quai d'Austerlitz 19, Denise Yvette Coudreuse, du sexe féminin, de Paul Coudreuse, et de Henriette Bogaerts, sans profession, domiciliés comme dessus

Mariée le 3 avril 1939 à Paris (XVII$^e$), à Jimmy Pedro Stern.

Pour extrait conforme

Paris – le seize juin 1939

— Vous avez vu? dis-je.

Elle jeta un regard surpris sur cet acte de naissance.

— Vous avez connu son mari? Ce... Jimmy Pedro Stern?

— Denise ne m'avait jamais dit qu'elle avait été mariée...
Vous le saviez, vous ?

— Non.

J'enfonçai l'agenda et l'acte de naissance dans ma poche intérieure, avec l'enveloppe qui contenait les photos, et je ne sais
pas pourquoi une idée me traversa : celle de dissimuler, dès que
je le pourrais, tous ces trésors dans les doublures de ma veste.

— Merci de m'avoir donné ces souvenirs.

— Je vous en prie, monsieur McEvoy.

J'étais soulagé qu'elle répétât mon nom car je ne l'avais pas
très bien entendu lorsqu'elle l'avait prononcé, la première fois.
J'aurais voulu l'inscrire, là, tout de suite, mais j'hésitais sur
l'orthographe.

— J'aime bien la manière dont vous prononcez mon nom,
lui dis-je. C'est difficile pour une Française... Mais comment
l'écrivez-vous ? On fait toujours des fautes d'orthographe en
l'écrivant...

J'avais pris un ton espiègle. Elle sourit.

— M... C... E majuscule, V... O... Y... épela-t-elle.

— En un seul mot ? Vous en êtes bien sûre ?

— Tout à fait sûre, me dit-elle comme si elle déjouait un
piège que je lui tendais.

Ainsi, c'était McEvoy.

— Bravo, lui dis-je.

— Je ne fais jamais de fautes d'orthographe.

— Pedro McEvoy... Je porte un drôle de nom, quand même,
vous ne trouvez pas ? Il y a des moments où je n'y suis pas
encore habitué...

— Tenez... J'allais oublier ça, me dit-elle.

Elle sortit de sa poche une enveloppe.

— C'est le dernier petit mot que j'ai reçu de Denise...

Je dépliai la feuille de papier et je lus :

Megève, le 14 février.

Chère Hélène,
C'est décidé. Nous passons demain la frontière avec Pedro.
Je t'enverrai des nouvelles de là-bas, le plus vite possible.

En attendant, je te donne le numéro de téléphone de quelqu'un à Paris grâce auquel nous pouvons correspondre :

OLEG DE WRÉDÉ AUTeuil 54-73.

Je t'embrasse.

Denise.

— Et vous avez téléphoné ?

— Oui, mais on me disait chaque fois que ce monsieur était absent.

— Qui était-ce... Wrédé ?

— Je ne sais pas. Denise ne m'en a jamais parlé...

Le soleil, peu à peu, avait déserté la pièce. Elle a allumé la petite lampe, sur la table basse, au bout du divan.

— Ça me ferait plaisir de revoir la chambre où j'ai habité, lui dis-je.

— Mais bien sûr...

Nous longeâmes un couloir et elle ouvrit une porte, à droite.

— Voilà, me dit-elle. Moi, je ne me sers plus de cette chambre... Je dors dans la chambre d'amis... Vous savez... celle qui donne sur la cour...

Je restai dans l'encadrement de la porte. Il faisait encore assez clair. Des deux côtés de la fenêtre pendait un rideau couleur lie-de-vin. Les murs étaient recouverts d'un papier peint aux motifs bleu pâle.

— Vous reconnaissez ? me demanda-t-elle.

— Oui.

Un sommier contre le mur du fond. Je vins m'asseoir au bord de ce sommier.

— Est-ce que je peux rester quelques minutes seul ?

— Bien sûr.

— Ça me rappellera le « bon temps »...

Elle me jeta un regard triste et hocha la tête.

— Je vais préparer un peu de thé...

Dans cette chambre aussi le parquet était abîmé et des lattes manquaient mais on n'avait pas bouché les trous. Sur le mur opposé à la fenêtre, une cheminée de marbre blanc et une glace, au-dessus, dont le cadre doré se compliquait, à chaque coin, d'un coquillage. Je m'étendis en travers du sommier et fixai le plafond, puis les motifs du papier peint. Je collai presque mon front au mur pour mieux en discerner les détails. Scènes champêtres. Jeunes filles en perruques sur des escarpolettes. Bergers aux culottes bouffantes, jouant de la mandoline. Futaies au clair de lune. Tout cela ne m'évoquait aucun souvenir et pourtant ces dessins avaient dû m'être familiers quand je dormais dans ce lit. Je cherchai au plafond, aux murs et du côté de la porte, un indice, une trace quelconque sans savoir très bien quoi. Mais rien n'accrochait mon regard.

Je me suis levé et j'ai marché jusqu'à la fenêtre. J'ai regardé, en bas.

La rue était déserte et plus sombre que lorsque j'étais entré dans l'immeuble. L'agent de police se tenait toujours en faction sur le trottoir d'en face. Vers la gauche, si je penchais la tête, j'apercevais une place, déserte elle aussi, avec d'autres agents de police en faction. Il semblait que les fenêtres de tous ces immeubles absorbassent l'obscurité qui tombait peu à peu. Elles étaient noires ces fenêtres et on voyait bien que personne n'habitait par ici.

Alors, une sorte de déclic s'est produit en moi. La vue qui s'offrait de cette chambre me causait un sentiment d'inquiétude, une appréhension que j'avais déjà connus. Ces façades, cette rue déserte, ces silhouettes en faction dans le crépuscule me troublaient de la même manière insidieuse qu'une chanson ou un parfum jadis familiers. Et j'étais sûr que, souvent, à la même heure, je m'étais tenu là, immobile, à guetter, sans faire le moindre geste, et sans même oser allumer une lampe.

Quand je suis rentré dans le salon, j'ai cru qu'il n'y avait plus personne, mais elle était allongée sur la banquette de velours. Elle dormait. Je me suis approché doucement, et j'ai pris place à l'autre bout de la banquette. Un plateau avec une théière et deux tasses, au milieu du tapis de laine blanche. J'ai toussoté. Elle ne se réveillait pas. Alors j'ai versé du thé dans les deux tasses. Il était froid.

La lampe, près de la banquette, laissait toute une partie de la pièce dans l'ombre et je distinguais à peine la table, le mannequin et la machine à coudre, ces objets que «Denise» avait abandonnés là. Quelles avaient été nos soirées dans cette pièce? Comment le savoir?

Je buvais le thé à petites gorgées. J'entendais son souffle, un souffle presque imperceptible, mais la pièce était à ce point silencieuse que le moindre bruit, le moindre chuchotement se serait détaché avec une netteté inquiétante. À quoi bon la réveiller? Elle ne pouvait pas m'apprendre grand-chose. J'ai posé ma tasse sur le tapis de laine.

J'ai fait craquer le parquet juste au moment où je quittais la pièce et m'engageais dans le couloir.

À tâtons, j'ai cherché la porte, puis la minuterie de l'escalier. J'ai refermé la porte le plus doucement possible. À peine avais-je poussé l'autre porte aux carreaux vitrés pour traverser l'entrée de l'immeuble que cette sorte de déclic que j'avais éprouvé en regardant par la fenêtre de la chambre s'est produit de nouveau. L'entrée était éclairée par un globe au plafond qui répandait une lumière blanche. Peu à peu, je m'habituai à cette lumière trop vive. Je restai là, à contempler les murs gris et les carreaux de la porte qui brillaient.

Une impression m'a traversé, comme ces lambeaux de rêve fugitifs que vous essayez de saisir au réveil pour reconstituer le rêve entier. Je me voyais, marchant dans un Paris obscur, et poussant la porte de cet immeuble de la rue Cambacérès. Alors mes yeux étaient brusquement éblouis et pendant quelques secondes je ne voyais plus rien, tant cette lumière blanche de l'entrée contrastait avec la nuit du dehors.

À quelle époque cela remontait-il? Du temps où je m'appelais Pedro McEvoy et où je rentrais ici chaque soir? Est-ce que je reconnaissais l'entrée, le grand paillasson rectangulaire, les murs gris, le globe au plafond, cerné d'un anneau de cuivre? Derrière les carreaux vitrés de la porte, je voyais le départ de l'escalier que j'ai eu envie de monter lentement pour refaire les gestes que je faisais et suivre mes anciens itinéraires.

Je crois qu'on entend encore dans les entrées d'immeubles l'écho des pas de ceux qui avaient l'habitude de les traverser et qui, depuis, ont disparu. Quelque chose continue de vibrer après leur passage, des ondes de plus en plus faibles, mais que l'on capte si l'on est attentif. Au fond, je n'avais peut-être jamais été ce Pedro McEvoy, je n'étais rien, mais des ondes me traversaient, tantôt lointaines, tantôt plus fortes et tous ces échos épars qui flottaient dans l'air se cristallisaient et c'était moi.

# XVI

Hôtel Castille, rue Cambon. En face de la réception, un petit salon. Dans la bibliothèque vitrée, l'histoire de la Restauration de L. de Viel-Castel. Un soir, j'ai peut-être pris l'un des volumes avant de monter dans ma chambre, et oublié à l'intérieur la lettre, la photo ou le télégramme qui me servait à marquer la page. Mais je n'ose pas demander au concierge la permission de feuilleter les dix-sept volumes, pour retrouver cette trace de moi-même.

Au fond de l'hôtel, une cour bordée d'un mur aux treillages verts que recouvre le lierre. Le sol est de pavés ocre, de la couleur du sable des terrains de tennis. Tables et chaises de jardin.

Ainsi, j'avais vécu là avec cette Denise Coudreuse. Notre chambre donnait-elle sur la rue Cambon ou sur la cour?

# XVII

19, quai d'Austerlitz. Un immeuble de trois étages, avec une porte cochère ouverte sur un couloir aux murs jaunes. Un café dont l'enseigne est *À la Marine*. Derrière la porte vitrée, un panneau est accroché où on lit : « MEN SPREEKT VLAAMSCH », en caractères rouge vif.

Une dizaine de personnes se pressaient au comptoir. Je me suis assis à l'une des tables vides. Une grande photographie d'un port sur le mur du fond : ANVERS, comme il était écrit au bas de la photo.

Les clients parlaient très fort au comptoir. Ils devaient tous travailler dans le quartier et buvaient l'apéritif du soir. Près de l'entrée vitrée, un flipper devant lequel se trouvait un homme en complet bleu marine et cravate dont l'habit tranchait avec ceux des autres qui portaient des canadiennes, des vestes de cuir ou des salopettes. Il jouait placidement, en tirant d'une main molle la tige à ressort du flipper.

La fumée des cigarettes et des pipes me picotait les yeux et me faisait tousser. Il flottait une odeur de saindoux.

— Vous désirez ?

Je ne l'avais pas vu s'approcher de moi. J'avais même pensé que personne ne viendrait me demander ce que je voulais, tant ma présence à une table du fond passait inaperçue.

— Un espresso.

C'était un homme de petite taille, la soixantaine, les cheveux blancs, le visage rouge déjà congestionné sans doute par divers apéritifs. Ses yeux d'un bleu clair paraissaient encore plus délavés sur ce teint rouge vif. Il y avait quelque chose de gai dans ce blanc, ce rouge et ce bleu aux tonalités de faïence.

— Excusez-moi..., lui dis-je au moment où il repartait vers le comptoir. Qu'est-ce que ça veut dire l'inscription sur la porte ?

— MEN SPREEKT VLAAMSCH ?

Il avait prononcé cette phrase d'une voix sonore.

— Oui ?

— On parle flamand.

Il me plantait là et se dirigeait vers le comptoir d'une démarche chaloupée. Du bras, il écartait sans ménagement les clients qui gênaient son passage.

Il revint avec la tasse de café qu'il tenait des deux mains, les bras tendus devant lui, comme s'il faisait un gros effort pour éviter que cette tasse ne tombât.

— Voilà.

Il posa la tasse au milieu de la table, en soufflant aussi fort qu'un coureur de marathon à l'arrivée.

— Monsieur... Ça vous dit quelque chose... COUDREUSE ?

J'avais posé la question brutalement.

Il s'affala sur la chaise en face de moi et croisa les bras.

Il soufflait toujours.

— Pourquoi ? Vous avez connu... Coudreuse ?

— Non, mais j'en ai entendu parler dans ma famille.

Son teint était devenu rouge brique et de la sueur perlait aux ailes de son nez.

— Coudreuse... Il habitait là-haut, au deuxième étage...

Il avait un léger accent. J'avalais une gorgée de café, bien décidé à le laisser parler, car une autre question l'effaroucherait peut-être.

— Il travaillait à la gare d'Austerlitz... Sa femme était d'Anvers, comme moi...

— Il avait une fille, non ?

Il sourit.

— Oui. Une jolie petite... Vous l'avez connue ?

— Non, mais j'en ai entendu parler...

— Qu'est-ce qu'elle devient ?

— Justement, j'essaie de le savoir.

— Elle venait tous les matins ici chercher les cigarettes de son père. Coudreuse fumait des Laurens, des cigarettes belges...

Il était absorbé par ce souvenir et je crois que, comme moi, il n'entendait plus les éclats de voix et de rire ni le bruit de mitrailleuse du flipper, à côté de nous.

— Un chic type, Coudreuse... Je dînais souvent avec eux, là-haut... On parlait flamand avec sa femme...

— Vous n'avez plus de nouvelles d'eux ?

— Il est mort... Sa femme est retournée à Anvers...

Et d'un grand geste de la main, il a balayé la table.

— Ça remonte à la nuit des temps, tout ça...

— Vous dites qu'elle venait chercher les cigarettes de son père... Quelle était la marque, déjà ?

— Des Laurens.

J'espérais retenir ce nom.

— Une drôle de gamine... à dix ans, elle faisait déjà des parties de billard avec mes clients...

Il me désignait une porte au fond du café qui donnait certainement accès à la salle de billard. Ainsi c'était là qu'elle avait appris ce jeu.

— Attendez, me dit-il. Je vais vous montrer quelque chose...

Il se leva pesamment et marcha vers le comptoir. De nouveau il écarta du bras tous ceux qui se trouvaient sur son passage. La plupart des clients avaient des casquettes de mariniers et parlaient une drôle de langue, le flamand sans doute. J'ai pensé que c'était à cause des péniches amarrées en bas, quai d'Austerlitz, et qui devaient venir de Belgique.

— Tenez... Regardez...

Il s'était assis en face de moi et me tendait un vieux magazine de modes sur la couverture duquel il y avait une jeune fille, les cheveux châtains, les yeux clairs, avec ce je-ne-sais-quoi d'asiatique dans les traits. Je la reconnus aussitôt : Denise. Elle portait un boléro noir et tenait une orchidée.

— C'était Denise, la fille de Coudreuse... Vous voyez... Une jolie petite... Elle a fait le mannequin... Je l'ai connue, quand elle était gamine...

La couverture du magazine était tachée et barrée de Scotch.

— Moi, je la revois toujours quand elle venait chercher les Laurens...

— Elle n'était pas... couturière?

— Non. Je ne crois pas.

— Et vous ne savez vraiment pas ce qu'elle est devenue?

— Non.

— Vous n'avez pas l'adresse de sa mère à Anvers?

Il hochait la tête. Il avait l'air navré.

— Tout ça, c'est fini, mon vieux... Pourquoi?

— Vous ne voulez pas me prêter ce journal? lui demandai-je.

— Si, mon vieux, mais vous me promettez de me le rendre.

— C'est promis.

— J'y tiens. C'est comme un souvenir de famille.

— À quelle heure venait-elle chercher les cigarettes?

— Toujours à huit heures moins le quart. Avant d'aller à l'école.

— À quelle école?

— Rue Jenner. On l'accompagnait quelquefois avec son père.

J'ai avancé la main vers le magazine, l'ai saisi rapidement et l'ai tiré vers moi, le cœur battant. Il pouvait, en effet, changer d'avis et le garder.

— Merci. Je vous le rapporterai demain.

— Sans faute, hein?

Il me regardait d'un air soupçonneux.

— Mais pourquoi ça vous intéresse? Vous êtes de la famille?

— Oui.

Je ne pouvais m'empêcher de contempler la couverture du magazine. Denise paraissait un peu plus jeune que sur les photos que je possédais déjà. Elle portait des boucles d'oreilles et, dépassant de l'orchidée qu'elle tenait, des branches de fougères lui cachaient à moitié le cou. À l'arrière-plan, il y avait un ange de bois sculpté. Et en bas, dans le coin gauche de la photographie, ces mots dont les caractères minuscules et rouges ressortaient bien sur le boléro noir : « Photo Jean-Michel Mansoure. »

— Vous voulez boire quelque chose? me demanda-t-il.

— Non merci.

— Alors, je vous offre votre café.

— C'est trop gentil.

Je me levai, le magazine à la main. Il me précéda et m'ouvrit un passage à travers les clients, de plus en plus nombreux au comptoir. Il leur disait un mot, en flamand. Nous mîmes beaucoup de temps pour parvenir jusqu'à la porte vitrée. Il l'ouvrit et s'épongea le nez.

— Vous n'oubliez pas de me le rendre, hein ? me dit-il en me désignant le magazine.

Il referma la porte vitrée et me suivit sur le trottoir.

— Vous voyez... Ils habitaient là-haut... au deuxième étage...

Les fenêtres étaient allumées. Au fond de l'une des pièces, je distinguais une armoire de bois sombre.

— Il y a d'autres locataires...

— Quand vous dîniez avec eux, c'était dans quelle pièce ?

— Celle-là... à gauche...

Et il me désignait la fenêtre.

— Et la chambre de Denise ?

— Elle donnait de l'autre côté... Sur la cour...

Il était pensif, à côté de moi. Je finis par lui tendre la main.

— Au revoir. Je vous rapporterai le journal.

— Au revoir.

Il me regardait, sa grosse tête rouge contre le carreau. La fumée des pipes et des cigarettes noyait les clients du comptoir dans un brouillard jaune et cette grosse tête rouge était à son tour de plus en plus floue, à cause de la buée que son souffle étalait sur la vitre.

Il faisait nuit. L'heure où Denise rentrait de l'école, si toutefois elle restait à l'étude du soir. Quel chemin suivait-elle ? Venait-elle de la droite ou de la gauche ? J'avais oublié de le demander au patron du café. En ce temps-là, il y avait moins de circulation et les feuillages des platanes formaient une voûte au-dessus du quai d'Austerlitz. La gare elle-même, plus loin, ressemblait certainement à celle d'une ville du Sud-Ouest. Plus loin encore, le jardin des Plantes, et l'ombre et le silence lourd de la Halle aux Vins ajoutaient au calme du quartier.

J'ai passé la porte de l'immeuble et j'ai allumé la minuterie.

Un couloir dont le vieux dallage était à losanges noirs et gris. Un paillasson, en fer. Au mur jaune, des boîtes aux lettres. Et toujours cette odeur de saindoux.

Si je fermais les yeux, pensais-je, si je me concentrais en appuyant les doigts de mes mains contre mon front, peut-être parviendrais-je à entendre, de très loin, le claquement de ses sandales dans l'escalier.

## XVIII

Mais je crois que c'est dans un bar d'hôtel que nous nous sommes rencontrés pour la première fois, Denise et moi. Je me trouvais avec l'homme que l'on voit sur les photos, ce Freddie Howard de Luz, mon ami d'enfance, et avec Gay Orlow. Ils habitaient l'hôtel pour quelque temps car ils revenaient d'Amérique. Gay Orlow m'a dit qu'elle attendait une amie, une fille dont elle avait fait récemment la connaissance.

Elle marchait vers nous et tout de suite son visage m'a frappé. Un visage d'Asiatique bien qu'elle fût presque blonde. Des yeux très clairs et bridés. Des pommettes hautes. Elle portait un curieux petit chapeau qui rappelait la forme des chapeaux tyroliens et elle avait les cheveux assez courts.

Freddie et Gay Orlow nous ont dit de les attendre un instant et sont montés dans leur chambre. Nous sommes restés l'un en face de l'autre. Elle a souri.

Nous ne parlions pas. Elle avait des yeux pâles, traversés de temps en temps par quelque chose de vert.

# XIX

Mansoure. Jean-Michel. 1, rue Gabrielle, XVIII$^e$. CLI 72-01.

# XX

— Excusez-moi, me dit-il quand je vins m'asseoir à sa table dans un café de la place Blanche où il m'avait proposé, au téléphone, de le retrouver vers six heures du soir. Excusez-moi, mais je donne toujours mes rendez-vous à l'extérieur... Surtout pour un premier contact... Maintenant, nous pouvons aller chez moi...

Je l'avais reconnu facilement car il m'avait précisé qu'il porterait un costume de velours vert sombre et que ses cheveux étaient blancs, très blancs et coupés en brosse. Cette coupe stricte tranchait avec ses longs cils noirs qui battaient sans cesse, ses yeux en amande et la forme féminine de sa bouche : lèvre supérieure sinueuse, lèvre inférieure tendue et impérative.

Debout, il me sembla de taille moyenne. Il enfila un imperméable et nous sortîmes du café.

Quand nous fûmes sur le terre-plein du boulevard de Clichy, il me désigna un immeuble, à côté du Moulin-Rouge, et me dit :

— En d'autres temps, je vous aurais donné rendez-vous chez Graff... Là-bas... Mais ça n'existe plus...

Nous traversâmes le boulevard et prîmes la rue Coustou. Il pressait le pas, en jetant un regard furtif vers les bars glauques du trottoir de gauche, et quand nous fûmes arrivés à la hauteur du grand garage, il courait presque. Il ne s'arrêta qu'au coin de la rue Lepic.

— Excusez-moi, me dit-il, essoufflé, mais cette rue me rappelle de drôles de souvenirs... Excusez-moi...

Il avait vraiment eu peur. Je crois même qu'il tremblait.

— Ça va aller mieux maintenant... Ici, tout va aller bien...

Il souriait en regardant devant lui la montée de la rue Lepic avec les étalages du marché et les magasins d'alimentation bien éclairés.

Nous nous engageâmes dans la rue des Abbesses. Il marchait d'un pas calme et détendu. J'avais envie de lui demander quels «drôles de souvenirs» lui rappelait la rue Coustou mais je n'osais pas être indiscret ni provoquer chez lui cette nervosité qui m'avait étonné. Et tout à coup, avant d'arriver place des Abbesses, il pressa le pas, de nouveau. Je marchais à sa droite. À l'instant où nous traversions la rue Germain-Pilon, je le vis jeter un regard horrifié vers cette rue étroite aux maisons basses et sombres qui descend en pente assez raide jusqu'au boulevard. Il me serra très fort le bras. Il s'agrippait à moi comme s'il voulait s'arracher à la contemplation de cette rue. Je l'entraînai vers l'autre trottoir.

— Merci... Vous savez... c'est très drôle...

Il hésita, au bord de la confidence.

— J'ai... J'ai le vertige chaque fois que je traverse le bout de la rue Germain-Pilon... J'ai... J'ai envie de descendre... C'est plus fort que moi...

— Pourquoi ne descendez-vous pas?

— Parce que... cette rue Germain-Pilon... Autrefois il y avait... Il y avait un endroit...

Il s'interrompit.

— Oh..., me dit-il avec un sourire évasif. C'est idiot de ma part... Montmartre a tellement changé... Ce serait long à vous expliquer... Vous n'avez pas connu le Montmartre d'avant...

Qu'en savait-il?

Il habitait, rue Gabrielle, un immeuble en bordure des jardins du Sacré-Cœur. Nous montâmes par l'escalier de service. Il mit beaucoup de temps à ouvrir la porte: trois serrures dans lesquelles il fit tourner des clés différentes avec la lenteur et l'application que l'on met à suivre la combinaison très subtile d'un coffre-fort.

Un minuscule appartement. Il ne se composait que d'un salon et d'une chambre qui, à l'origine, ne devaient former qu'une seule pièce. Des rideaux de satin rose, retenus par des cordelettes en fil d'argent, séparaient la chambre du salon. Celui-ci était tendu de soie bleu ciel et l'unique fenêtre cachée par des rideaux de la même couleur. Des guéridons en laque noir sur lesquels étaient disposés des objets en ivoire ou en jade, des fauteuils crapauds à l'étoffe vert pâle et un canapé recouvert d'un tissu à ramages d'un vert encore plus dilué, donnaient à l'ensemble l'aspect d'une bonbonnière. La lumière venait des appliques dorées du mur.

— Asseyez-vous, me dit-il.

Je pris place sur le canapé à ramages. Il s'assit à côté de moi.

— Alors... montrez-moi ça...

Je sortis de la poche de ma veste le magazine de modes et lui désignai la couverture, où l'on voyait Denise. Il me prit des mains le magazine, et mit des lunettes à grosse monture d'écaille.

— Oui... oui... Photo Jean-Michel Mansoure... C'est bien moi... Il n'y a pas de doute possible...

— Vous vous souvenez de cette fille ?

— Pas du tout. Je travaillais rarement pour ce journal... C'était un petit journal de modes... Moi, je travaillais surtout pour *Vogue*, vous comprenez...

Il voulait marquer ses distances.

— Et vous n'auriez pas d'autres détails au sujet de cette photo ?

Il me considéra d'un air amusé. Sous la lumière des appliques, je m'aperçus que la peau de son visage était marquée de minuscules rides et de taches de son.

— Mais, mon cher, je vais vous le dire tout de suite...

Il se leva, le magazine à la main, et ouvrit d'un tour de clé une porte que je n'avais pas remarquée jusque-là, parce qu'elle était tendue de soie bleu ciel, comme les murs. Elle donnait accès à un cagibi. Je l'entendis manœuvrer de nombreux tiroirs métalliques. Au bout de quelques minutes, il sortit du cagibi dont il referma la porte soigneusement.

— Voilà, me dit-il. J'ai la petite fiche avec les négatifs. Je conserve tout, depuis le début... C'est rangé par années et par ordre alphabétique...

Il revint s'asseoir à côté de moi et consulta la fiche.

— Denise... Coudreuse... C'est bien ça ?

— Oui.

— Elle n'a plus jamais fait de photos avec moi... Maintenant, je me souviens de cette fille... Elle a fait beaucoup de photos avec Hoynigen-Hunne...

— Qui?

— Hoyningen-Hunne, un photographe allemand... Mais oui... C'est vrai... Elle a beaucoup travaillé avec Hoyningen-Hunne...

Chaque fois que Mansoure prononçait ce nom aux sonorités lunaires et plaintives, je sentais se poser sur moi les yeux pâles de Denise, comme la première fois.

— J'ai son adresse de l'époque, si cela vous intéresse...

— Cela m'intéresse, répondis-je d'une voix altérée.

— 97, rue de Rome, Paris, XVIIe arrondissement. 97, rue de Rome...

Il leva brusquement la tête vers moi. Son visage était d'une blancheur effrayante, ses yeux écarquillés.

— 97, rue de Rome...

— Mais... qu'y a-t-il? lui demandai-je.

— Je me souviens très bien de cette fille, maintenant... J'avais un ami qui habitait le même immeuble...

Il me regardait d'un air soupçonneux et semblait aussi troublé que lorsqu'il avait traversé la rue Coustou et le haut de la rue Germain-Pilon.

— Drôle de coïncidence... Je m'en souviens très bien... Je suis venu la chercher chez elle, rue de Rome, pour faire les photos et j'en ai profité pour aller dire bonjour à cet ami... Il habitait l'étage au-dessus...

— Vous avez été chez elle?

— Oui. Mais nous avons fait les photos dans l'appartement de mon ami... Il nous tenait compagnie...

— Quel ami?

Il était de plus en plus pâle. Il avait peur.

— Je... vais vous expliquer... Mais avant, j'aimerais boire quelque chose... pour me remonter...

Il se leva et marcha vers une petite table roulante, qu'il poussa devant le canapé. Sur le plateau supérieur quelques carafons étaient rangés avec des bouchons de cristal et des plaques d'argent en forme de gourmettes, comme en portaient autour du cou les musiciens de la Wehrmacht, et où étaient gravés les noms des liqueurs.

— Je n'ai que des alcools sucrés... Ça ne vous dérange pas?

— Pas du tout.

— Je prends un peu de Marie Brizard... et vous?

— Moi aussi.

Il versa la Marie Brizard dans des verres étroits et quand je goûtai cette liqueur, elle se confondit avec les satins, les ivoires et les dorures un peu écœurantes autour de moi. Elle était l'essence même de cet appartement.

— Cet ami qui habitait rue de Rome... a été assassiné...

Il avait prononcé le dernier mot avec réticence et il faisait sûrement cet effort pour moi, sinon il n'aurait pas eu le courage d'employer un terme si précis.

— C'était un Grec d'Égypte... Il a écrit des poèmes, et deux livres...

— Et vous croyez que Denise Coudreuse le connaissait?

— Oh... Elle devait le rencontrer dans l'escalier, me dit-il, agacé, car ce détail, pour lui, n'avait aucune importance.

— Et... Ça s'est passé dans l'immeuble?

— Oui.

— Denise Coudreuse habitait dans l'immeuble à ce moment-là?

Il n'avait même pas entendu ma question.

— Ça s'est passé pendant la nuit... Il avait fait monter quelqu'un dans son appartement... Il faisait monter n'importe qui dans son appartement...

— On a retrouvé l'assassin?...

Il a haussé les épaules.

— On ne retrouve jamais ce genre d'assassins... J'étais sûr que cela finirait par lui arriver... Si vous aviez vu la tête de certains garçons qu'il invitait chez lui, le soir... Même en plein jour, j'aurais eu peur...

Il souriait d'un drôle de sourire, à la fois ému et horrifié.

— Comment s'appelait votre ami? lui demandai-je.

— Alec Scouffi. Un Grec d'Alexandrie.

Il se leva brusquement et écarta les rideaux de soie bleu ciel, découvrant la fenêtre. Puis il s'assit de nouveau, à côté de moi, sur le canapé.

— Excusez-moi... Mais il y a des moments où j'ai l'impression que quelqu'un se cache derrière les rideaux... Encore un peu de Marie Brizard ? Oui, une goutte de Marie Brizard...

Il s'efforçait de prendre un ton joyeux et me serrait le bras comme s'il voulait se prouver que j'étais bien là, à côté de lui.

— Scouffi était venu s'installer en France... Je l'avais connu à Montmartre... Il avait écrit un très joli livre qui s'appelait *Navire à l'ancre*...

— Mais, monsieur, dis-je d'une voix ferme et en articulant bien les syllabes pour que cette fois il daignât entendre ma question, si vous me dites que Denise Coudreuse habitait l'étage au-dessous, elle a dû entendre quelque chose d'anormal cette nuit-là... On a dû l'interroger comme témoin...

— Peut-être.

Il haussa les épaules. Non, décidément, cette Denise Coudreuse qui comptait tant pour moi, et dont j'aurais voulu savoir le moindre geste, ne l'intéressait pas du tout, lui.

— Le plus terrible, c'est que je connais l'assassin... Il faisait illusion parce qu'il avait un visage d'ange... Pourtant son regard était très dur... Des yeux gris...

Il frissonna. On aurait dit que l'homme dont il parlait était là, devant nous, et le transperçait de ses yeux gris.

— Une ignoble petite gouape... La dernière fois que je l'ai vu, c'était pendant l'Occupation, dans un restaurant en sous-sol de la rue Cambon... Il était avec un Allemand...

Sa voix vibrait à ce souvenir, et bien que je fusse absorbé par la pensée de Denise Coudreuse, cette voix aiguë, cette sorte de plainte rageuse me causa une impression que j'aurais pu difficilement justifier et qui me semblait aussi forte qu'une évidence : au fond, il était jaloux du sort de son ami, et il en voulait à cet homme aux yeux gris de ne pas l'avoir assassiné, lui.

— Il vit toujours... Il est toujours là, à Paris... Je l'ai su par quelqu'un... Bien sûr, il n'a plus ce visage d'ange... Vous voulez entendre sa voix ?

Je n'eus pas le temps de répondre à cette question surprenante : il avait pris le téléphone, sur un pouf de cuir rouge, à côté de nous, et composait un numéro. Il me passa l'écouteur.

— Vous allez l'entendre... Attention... Il se fait appeler «Cavalier Bleu»...

Je n'entendis d'abord que les sonneries brèves et répétées qui annoncent que la ligne est occupée. Et puis, dans l'intervalle des sonneries, je distinguai des voix d'hommes et de femmes qui se lançaient des appels : — Maurice et Josy voudraient que René téléphone... — Lucien attend Jeannot rue de la Convention... — Mme du Barry cherche partenaire... — Alcibiade est seul ce soir...

Des dialogues s'ébauchaient, des voix se cherchaient les unes les autres en dépit des sonneries qui les étouffaient régulièrement. Et tous ces êtres sans visages tentaient d'échanger entre eux un numéro de téléphone, un mot de passe dans l'espoir de quelque rencontre. Je finis par entendre une voix plus lointaine que les autres qui répétait :

— «Cavalier Bleu» est libre ce soir... «Cavalier Bleu» est libre ce soi... Donnez numéro de téléphone... Donnez numéro de téléphone...

— Alors, me demanda Mansoure, vous l'entendez ? Vous l'entendez ?

Il collait contre son oreille le combiné et rapprochait son visage du mien.

— Le numéro que j'ai fait n'est plus attribué à personne depuis longtemps, m'expliqua-t-il. Alors, ils se sont aperçus qu'ils pouvaient communiquer de cette façon.

Il se tut pour mieux écouter «Cavalier Bleu», et moi je pensais que toutes ces voix étaient des voix d'outre-tombe, des voix de personnes disparues – voix errantes qui ne pouvaient se répondre les unes aux autres qu'à travers un numéro de téléphone désaffecté.

— C'est effrayant... effrayant..., répétait-il, en pressant le combiné contre son oreille. Cet assassin... Vous entendez ?...

Il raccrocha brusquement. Il était en sueur.

— Je vais vous montrer une photo de mon ami que cette petite gouape a assassiné... Et je vais essayer de vous trouver son roman *Navire à l'ancre*... Vous devriez le lire...

Il se leva et passa dans sa chambre, séparée du salon par les rideaux de satin rose. À moitié caché par ceux-ci, j'apercevais un lit très bas, recouvert d'une fourrure de guanaco.

J'avais marché jusqu'à la fenêtre et je regardais, en contrebas, les rails du funiculaire de Montmartre, les jardins du Sacré-Cœur et plus loin, tout Paris, avec ses lumières, ses toits, ses ombres. Dans ce dédale de rues et de boulevards, nous nous étions rencontrés un jour, Denise Coudreuse et moi. Itinéraires qui se croisent, parmi ceux que suivent des milliers et des milliers de gens à travers Paris, comme mille et mille petites boules d'un gigantesque billard électrique, qui se cognent parfois l'une à l'autre. Et de cela, il ne restait rien, pas même la traînée lumineuse que fait le passage d'une luciole.

Mansoure, essoufflé, réapparut entre les rideaux roses, un livre et plusieurs photos à la main.

— J'ai trouvé!... J'ai trouvé!...

Il était rayonnant. Il craignait sans doute d'avoir égaré ces reliques. Il s'assit en face de moi et me tendit le livre.

— Voilà... J'y tiens beaucoup, mais je vous le prête... Il faut absolument que vous le lisiez... C'est un beau livre... Et quel pressentiment!... Alec avait prévu sa mort...

Son visage s'assombrit.

— Je vous donne aussi deux ou trois photos de lui...

— Vous ne voulez pas les garder?

— Non, non! Ne vous inquiétez pas... J'en ai des dizaines comme ça... Et tous les négatifs!...

J'eus envie de lui demander de me tirer quelques photos de Denise Coudreuse, mais je n'osai pas.

— Ça me fait plaisir de donner à un garçon comme vous des photos d'Alec...

— Merci.

— Vous regardiez par la fenêtre? Belle vue, hein? Dire que l'assassin d'Alec est quelque part là-dedans...

Et il caressait sur la vitre, du revers de la main, tout Paris, en bas.

— Ce doit être un vieux, maintenant... un vieux effrayant... maquillé...

Il tira les rideaux de satin rose, d'un geste frileux.

— Je préfère ne pas y penser.

— Il va falloir que je rentre, lui dis-je. Encore merci pour les photos.

— Vous me laissez seul? Vous ne voulez pas une dernière goutte de Marie Brizard?

— Non merci.

Il m'accompagna jusqu'à la porte de l'escalier de service à travers un couloir tendu de velours bleu nuit et éclairé par des appliques aux guirlandes de petits cristaux. Près de la porte, accrochée au mur, je remarquai la photo d'un homme dans un médaillon. Un homme blond, au beau visage énergique et aux yeux rêveurs.

— Richard Wall... Un ami américain... Assassiné lui aussi... Il restait immobile devant moi, voûté.

— Et il y en a eu d'autres, me chuchota-t-il... Beaucoup d'autres... Si je faisais le compte... Tous ces morts...

Il m'ouvrit la porte... Je le vis si désemparé que je l'embrassai.

— Ne vous en faites pas, mon vieux, lui dis-je.

— Vous reviendrez me voir, hein? Je me sens si seul... Et j'ai peur...

— Je reviendrai.

— Et surtout, lisez le livre d'Alec...

Je m'enhardis.

— S'il vous plaît... Vous pourriez me tirer quelques photos de... Denise Coudreuse?

— Mais bien sûr. Tout ce que vous voudrez... Ne perdez pas les photos d'Alec. Et faites attention dans la rue...

Il a refermé la porte et je l'ai entendu qui tournait les verrous, les uns après les autres. Je suis resté un instant sur le palier. Je l'imaginais regagnant par le couloir bleu nuit le salon aux satins rose et vert. Et là, j'étais sûr qu'il prendrait de nouveau le téléphone, composerait le numéro, presserait fiévreusement le combiné contre son oreille, et ne se lasserait pas d'écouter en frissonnant les appels lointains de «Cavalier Bleu».

# XXI

Nous étions partis très tôt, ce matin-là, dans la voiture décapotable de Denise et je crois que nous sommes passés par la porte de Saint-Cloud. Il y avait du soleil car Denise était coiffée d'un grand chapeau de paille.

Nous sommes arrivés dans un village de Seine-et-Oise ou de Seine-et-Marne et nous avons suivi une rue en pente douce, bordée d'arbres. Denise a garé la voiture devant une barrière blanche qui donnait accès à un jardin. Elle a poussé la barrière et je l'ai attendue sur le trottoir.

Un saule pleureur, au milieu du jardin, et tout au fond, un bungalow. J'ai vu Denise entrer dans le bungalow.

Elle est revenue avec une fillette d'une dizaine d'années dont les cheveux étaient blonds et qui portait une jupe grise. Nous sommes montés tous les trois dans la voiture, la fillette à l'arrière et moi à côté de Denise qui conduisait. Je ne me souviens plus où nous avons déjeuné.

Mais l'après-midi nous nous sommes promenés dans le parc de Versailles et nous avons fait du canot avec la fillette. Les reflets du soleil sur l'eau m'éblouissaient. Denise m'a prêté ses lunettes noires.

Plus tard, nous étions assis tous les trois autour d'une table à parasol et la fillette mangeait une glace vert et rose. Près de nous, de nombreuses personnes en tenue estivale. La musique d'un orchestre. Nous avons ramené la fillette à la tombée de la nuit. En traversant la ville, nous sommes passés devant une foire et nous nous y sommes arrêtés.

Je revois la grande avenue déserte au crépuscule et Denise et la fillette dans une auto-tamponneuse mauve qui laissait un sillage d'étincelles. Elles riaient et la fillette me faisait un signe du bras. Qui était-elle ?

# XXII

Ce soir-là, assis dans le bureau de l'Agence, je scrutais les photographies que m'avait données Mansoure. Un gros homme, assis au milieu d'un canapé. Il porte une robe de chambre de soie brodée de fleurs. Entre le pouce et l'index de sa main droite, un fume-cigarette. De la main gauche, il retient les pages d'un livre, posé sur son genou. Il est chauve, il a le sourcil fourni et les paupières baissées. Il lit. Le nez court et épais, le pli amer de la bouche, le visage gras et oriental sont d'un bull-terrier. Au-dessus de lui, l'ange en bois sculpté que j'avais remarqué sur la couverture du magazine, derrière Denise Coudreuse.

La deuxième photo le présente debout, vêtu d'un complet blanc à veste croisée, d'une chemise à rayures et d'une cravate sombre. Il serre dans sa main gauche une canne à pommeau. Le bras droit replié et la main entrouverte lui donnent une allure précieuse. Il se tient très raide, presque sur la pointe de ses chaussures bicolores. Il se détache peu à peu de la photo, s'anime et je le vois marcher le long d'un boulevard, sous les arbres, d'un pas claudicant.

# XXIII

Le 7 novembre 1965

*Objet*: Scouffi, Alexandre.
*Né à*: Alexandrie (Égypte), le 28 avril 1885.
*Nationalité*: grecque.

Alexandre Scouffi est venu pour la première fois en France en 1920.
Il a résidé, successivement:
26, rue de Naples, à Paris (8e)
11, rue de Berne, à Paris (8e), dans un appartement meublé
Hôtel de Chicago, 99, rue de Rome, à Paris (17e)
97, rue de Rome, à Paris (17e), 5e étage.
Scouffi était un homme de lettres qui publia de nombreux articles dans diverses revues, des poèmes de tous genres et deux romans: *Au Poisson D'or hôtel meublé et Navire à l'ancre*.
Il étudia également le chant et bien qu'il n'exerçât pas la profession d'artiste lyrique, il se fit entendre à la Salle Pleyel et au théâtre de La Monnaie à Bruxelles. À Paris, Scouffi attire l'attention de la brigade mondaine. Considéré comme indésirable, son expulsion est même envisagée.
En novembre 1924, alors qu'il demeurait 26, rue de Naples, il est interrogé par la police pour avoir tenté d'abuser d'un mineur.

De novembre 1930 à septembre 1931, il a vécu à l'hôtel de Chicago, 99, rue de Rome, en compagnie du jeune Pierre D. vingt ans, soldat du 8ᵉ génie à Versailles. Il semble que Scouffi fréquentait les bars spéciaux de Montmartre. Scouffi avait de gros revenus qui lui provenaient des propriétés qu'il hérita de son père, en Égypte. Assassiné dans sa garçonnière du 97, rue de Rome. L'assassin n'a jamais été identifié.

*Objet*: DE WRÉDÉ, Oleg.
AUTeuil 54-73
Jusque-là, il a été impossible d'identifier la personne portant ce nom.
Il pourrait s'agir d'un pseudonyme ou d'un nom d'emprunt.
Ou d'un ressortissant étranger qui n'a fait qu'un court séjour en France.
Le numéro de téléphone AUTeuil 54-73 n'est plus attribué depuis 1952.
Pendant dix ans, de 1942 à 1952, il a été attribué au :
GARAGE DE LA COMÈTE
5, rue Foucault, Paris XVIᵉ

Ce garage est fermé depuis 1952 et va être prochainement remplacé par un immeuble de rapport. Un mot, joint à ce feuillet dactylographié :
« Voilà, cher ami, tous les renseignements que j'ai pu recueillir. Si vous avez besoin d'autres informations, n'hésitez pas à me le dire. Et transmettez toutes mes amitiés à Hutte.

« Votre Jean-Pierre Bernardy. »

# XXIV

Mais pourquoi Scouffi, ce gros homme au visage de boule-dogue, flotte-t-il dans ma mémoire embrumée plutôt qu'un autre ? Peut-être à cause du costume blanc. Une tache vive, comme lorsque l'on tourne le bouton de la radio et que parmi les grésillements et tous les bruits de parasites, éclate la musique d'un orchestre ou le timbre pur d'une voix...

Je me souviens de la tache claire que faisait ce costume dans l'escalier et des coups sourds et réguliers de la canne à pommeau sur les marches. Il s'arrêtait à chaque palier. Je l'ai croisé plusieurs fois quand je montais à l'appartement de Denise. Je revois avec précision la rampe de cuivre, le mur beige, les doubles portes de bois foncé des appartements. Lumière d'une veilleuse aux étages et cette tête, ce doux et triste regard de bouledogue qui émergeait de l'ombre... Je crois même qu'il me saluait au passage.

Un café, au coin de la rue de Rome et du boulevard des Batignolles. L'été, la terrasse déborde sur le trottoir et je m'assieds à l'une des tables. C'est le soir. J'attends Denise. Les derniers rayons du soleil s'attardent sur la façade et les verrières du garage, là-bas, de l'autre côté de la rue de Rome, en bordure de la voie ferrée...

Tout à coup, je l'aperçois qui traverse le boulevard.

Il porte son costume blanc et tient dans sa main droite la canne à pommeau. Il boite légèrement. Il s'éloigne en direction de la place Clichy et je ne quitte pas des yeux cette silhouette blanche et raide sous les arbres du terre-plein. Elle rapetisse, rapetisse, et finit par se perdre. Alors, je bois une gorgée de menthe à l'eau et me demande ce qu'il peut bien aller chercher, là-bas. Vers quel rendez-vous marche-t-il?

Souvent, Denise était en retard. Elle travaillait − tout me revient maintenant grâce à cette silhouette blanche qui s'éloigne le long du boulevard − elle travaillait chez un couturier, rue La Boétie, un type blond et mince dont on a beaucoup parlé par la suite et qui faisait alors ses débuts. Je me souviens de son prénom: Jacques, et si j'en ai la patience, je retrouverai bien son nom dans les vieux Bottins du bureau de Hutte. Rue La Boétie...

La nuit était déjà tombée quand elle venait me rejoindre à la terrasse de ce café, mais moi cela ne me dérangeait pas, j'aurais pu rester longtemps encore devant ma menthe à l'eau. Je préférais attendre à cette terrasse plutôt que dans le petit appartement de Denise, tout près. Neuf heures. Il traversait le boulevard, comme à son habitude. On aurait dit que son costume était phosphorescent. Denise et lui ont échangé quelques mots, un soir, sous les arbres du terre-plein. Ce costume d'une blancheur éblouissante, ce visage bistre de bouledogue, les feuillages vert électrique avaient quelque chose d'estival et d'irréel.

Denise et moi, nous prenions le chemin opposé au sien et nous suivions le boulevard de Courcelles. Le Paris où nous marchions tous les deux en ce temps-là était aussi estival et irréel que le complet phosphorescent de ce Scouffi. Nous flottions dans une nuit qu'embaumaient les troènes lorsque nous passions devant les grilles du parc Monceau. Très peu de voitures. Des feux rouges et des feux verts s'allumaient doucement pour rien et leurs signaux aux couleurs alternées étaient aussi doux et réguliers qu'un balancement de palmes.

Presque au bout de l'avenue Hoche, à gauche, avant la place de l'Étoile, les grandes fenêtres du premier étage de l'hôtel particulier qui avait appartenu à sir Basil Zaharoff étaient toujours allumées. Plus tard − ou à la même époque peut-être − je suis souvent monté au premier étage de cet hôtel particulier: des bureaux et toujours beaucoup de monde dans ces bureaux. Des groupes de gens parlaient, d'autres téléphonaient fébrilement.

Un va-et-vient perpétuel. Et tous ces gens ne quittaient même pas leur pardessus. Pourquoi certaines choses du passé surgissent-elles avec une précision photographique ?

Nous dînions dans un restaurant basque, du côté de l'avenue Victor-Hugo. Hier soir, j'ai essayé de le retrouver, mais n'y suis pas parvenu. Pourtant, j'ai cherché dans tout le quartier. C'était au coin de deux rues très calmes et, devant, il y avait une terrasse protégée par des bacs de verdure et par la grande toile rouge et vert du store. Beaucoup de monde. J'entends le bourdonnement des conversations, les verres qui tintent, je vois le bar d'acajou à l'intérieur, au-dessus duquel une longue fresque représente un paysage de la côte d'Argent. Et j'ai encore en mémoire certains visages. Le grand type blond et mince chez qui Denise travaillait rue La Boétie et qui venait s'asseoir un instant à notre table. Un brun à moustache, une femme rousse, un autre blond, frisé celui-là, qui riait sans cesse et malheureusement je ne peux pas mettre de nom sur ces visages... Le crâne chauve du barman qui préparait un cocktail dont lui seul avait le secret. Il suffirait de retrouver le nom du cocktail – qui était aussi le nom du restaurant – pour réveiller d'autres souvenirs, mais comment ? Hier soir, en parcourant ces rues, je savais bien qu'elles étaient les mêmes qu'avant et je ne les reconnaissais pas. Les immeubles n'avaient pas changé, ni la largeur des trottoirs, mais à cette époque la lumière était différente et quelque chose d'autre flottait dans l'air...

Nous revenions par le même chemin. Souvent, nous allions au cinéma, dans une salle de quartier, que j'ai retrouvée : le Royal-Villiers, place de Lévis. C'est la place avec les bancs, la colonne Morris et les arbres qui m'ont fait reconnaître l'endroit, beaucoup plus que la façade du cinéma.

Si je me souvenais des films que nous avons vus, je situerais l'époque avec exactitude, mais d'eux, il ne me reste que des images vagues : un traîneau qui glisse dans la neige. Une cabine de paquebot où entre un homme en smoking, des silhouettes qui dansent derrière une porte-fenêtre...

Nous rejoignions la rue de Rome. Hier soir, je l'ai suivie jusqu'au numéro 97 et je crois que j'ai éprouvé le même senti-ment d'angoisse qu'en ce temps-là, à voir les grilles, la voie ferrée, et de l'autre côté de celle-ci, la publicité DUBONNET qui recouvre tout le pan de mur d'un des immeubles et dont les couleurs se sont certainement ternies, depuis.

Au 99, l'hôtel de Chicago ne s'appelle plus l'hôtel « de Chicago », mais personne à la réception n'a été capable de me dire à quelle époque il avait changé de nom. Cela n'a aucune importance. Le 97 est un immeuble très large. Si Scouffi habitait au cinquième, l'appartement de Denise se trouvait au-dessous, au quatrième. Du côté droit ou du côté gauche de l'immeuble ? La façade de celui-ci compte au moins une douzaine de fenêtres à chaque étage, de sorte que ceux-ci se divisent sans doute en deux ou trois appartements. J'ai regardé longuement cette façade dans l'espoir d'y reconnaître un balcon, la forme ou les volets d'une fenêtre. Non, cela ne m'évoquait rien.

L'escalier non plus. La rampe n'est pas celle qui brille de son cuivre dans mon souvenir. Les portes des appartements ne sont pas de bois sombre. Et surtout la lumière de la minuterie n'a pas ce voile d'où émergeait le mystérieux visage de bouledogue de Scouffi. Inutile d'interroger la concierge. Elle se méfierait et puis les concierges changent, comme toutes choses.

Denise habitait-elle encore ici quand Scouffi a été assassiné ? Un événement aussi tragique aurait laissé quelque trace, si nous l'avions vécu à l'étage au-dessous. Aucune trace de cela dans ma mémoire. Denise n'a pas dû rester longtemps au 97, rue de Rome, peut-être quelques mois. Habitais-je avec elle ? Ou bien avais-je un domicile ailleurs dans Paris ?

Je me souviens d'une nuit où nous sommes rentrés très tard. Scouffi était assis sur l'une des marches de l'escalier. Il tenait ses mains croisées autour du pommeau de sa canne et son menton reposait sur ses mains. Les traits de son visage étaient complètement affaissés, son regard de bouledogue empreint d'une expression de détresse. Nous nous sommes arrêtés devant lui. Il ne nous voyait pas. Nous aurions voulu lui parler, l'aider à monter jusqu'à son appartement mais il était aussi immobile qu'un mannequin de cire. La minuterie s'est éteinte et il ne restait plus que la tache blanche et phosphorescente de son costume.

Tout cela, ce devait être au début, quand nous venions de nous connaître, Denise et moi.

# XXV

J'ai tourné le commutateur, mais au lieu de quitter le bureau de Hutte, je suis resté quelques secondes dans le noir. Puis j'ai rallumé la lumière, et l'ai éteinte à nouveau. Une troisième fois, j'ai allumé. Et éteint. Cela réveillait quelque chose chez moi : je me suis vu éteindre la lumière d'une pièce qui était de la dimension de celle-ci, à une époque que je ne pourrais pas déterminer. Et ce geste, je le répétais chaque soir, à la même heure.

Le lampadaire de l'avenue Niel fait luire le bois du bureau et du fauteuil de Hutte. En ce temps-là, aussi, je restais quelques instants immobile après avoir éteint la lumière, comme si j'éprouvais de l'appréhension à sortir. Il y avait une bibliothèque vitrée contre le mur du fond, une cheminée en marbre gris surmontée d'une glace, un bureau à nombreux tiroirs et un canapé, près de la fenêtre, où je m'allongeais souvent pour lire. La fenêtre donnait sur une rue silencieuse, bordée d'arbres.

C'était un petit hôtel particulier qui servait de siège à une légation d'Amérique du Sud. Je ne me souviens plus à quel titre je disposais d'un bureau dans cette légation. Un homme et une femme que je voyais à peine occupaient d'autres bureaux à côté du mien et je les entendais taper à la machine.

Je recevais de rares personnes qui me demandaient de leur délivrer des visas. Cela m'est revenu, brusquement, en fouillant la boîte de biscuits que m'avait donnée le jardinier de Valbreuse et en examinant le passeport de la république Dominicaine et les photos d'identité. Mais j'agissais pour le compte de quelqu'un que je remplaçais dans ce bureau. Un consul ? Un chargé d'affaires ? Je n'ai pas oublié que je lui téléphonais pour lui demander des instructions. Qui était-ce ?

Et d'abord, où était cette légation ? J'ai arpenté pendant plusieurs jours le XVIe arrondissement, car la rue silencieuse bordée d'arbres que je revoyais dans mon souvenir correspondait aux rues de ce quartier. J'étais comme le sourcier qui guette la moindre oscillation de son pendule. Je me postais au début de chaque rue, espérant que les arbres, les immeubles, me causeraient un coup au cœur. J'ai cru le sentir au carrefour de la rue Molitor et de la rue Mirabeau et j'ai eu brusquement la certitude que chaque soir, à la sortie de la légation, j'étais dans ces parages.

Il faisait nuit. En suivant le couloir qui menait à l'escalier, j'entendais le bruit de la machine à écrire et je passais la tête dans l'entrebâillement de la porte. L'homme était déjà parti et elle restait seule devant sa machine à écrire. Je lui disais bonsoir. Elle s'arrêtait de taper et se retournait. Une jolie brune dont je me rappelle le visage tropical. Elle me disait quelque chose en espagnol, me souriait et reprenait son travail. Après être demeuré un instant dans le vestibule, je me décidais enfin à sortir.

Et je suis sûr que je descends la rue Mirabeau, si droite, si sombre, si déserte que je presse le pas et que je crains de me faire remarquer, puisque je suis le seul piéton. Sur la place, plus bas, au carrefour de l'avenue de Versailles, un café est encore allumé.

Il m'arrivait aussi d'emprunter le chemin inverse et de m'enfoncer à travers les rues calmes d'Auteuil. Là, je me sentais en sécurité. Je finissais par déboucher sur la chaussée de la Muette. Je me souviens des immeubles du boulevard Émile-Augier, et de la rue où je m'engageais à droite. Au rez-de-chaussée, une fenêtre à la vitre opaque comme celles des cabinets de dentiste était toujours éclairée. Denise m'attendait un peu plus loin, dans un restaurant russe.

Je cite fréquemment des bars ou des restaurants mais s'il n'y avait pas, de temps en temps, une plaque de rue ou une enseigne lumineuse, comment pourrais-je me guider ?

Le restaurant se prolongeait dans un jardin entouré de murs. Par une baie, on apercevait la salle intérieure, drapée de velours rouge. Il faisait encore jour quand nous nous asseyions à l'une des tables du jardin. Il y avait un joueur de cithare. La sonorité de cet instrument, la lumière de crépuscule du jardin et les odeurs de feuillages qui venaient sans doute du Bois, à proximité, tout cela participait au mystère et à la mélancolie de ce temps-là. J'ai essayé de retrouver le restaurant russe. Vainement. La rue Mirabeau n'a pas changé, elle. Les soirs où je restais plus tard à la légation, je continuais mon chemin par l'avenue de Versailles. J'aurais pu prendre le métro mais je préférais marcher à l'air libre. Quai de Passy. Pont de Bir-Hakeim. Ensuite l'avenue de New-York que j'ai longée l'autre soir en compagnie de Waldo Blunt et maintenant je comprends pourquoi j'ai ressenti un pincement au cœur. Sans m'en rendre compte, je marchais sur mes anciens pas. Combien de fois ai-je suivi l'avenue de New-York… Place de l'Alma, première oasis. Puis les arbres et la fraîcheur du Cours-la-Reine. Après la traversée de la place de la Concorde, je toucherai presque le but. Rue Royale. Je tourne, à droite, rue Saint-Honoré. À gauche, rue Cambon.

Aucune lumière dans la rue Cambon sauf un reflet violacé qui doit provenir d'une vitrine. Je suis seul. De nouveau, la peur me reprend, cette peur que j'éprouve chaque fois que je descends la rue Mirabeau, la peur que l'on me remarque, que l'on m'arrête, que l'on me demande mes papiers. Ce serait dommage, à quelques dizaines de mètres du but. Surtout marcher jusqu'au bout d'un pas régulier.

L'hôtel Castille. Je franchis la porte. Il n'y a personne à la réception. Je passe dans le petit salon, le temps de reprendre mon souffle et d'essuyer la sueur de mon front. Cette nuit encore j'ai échappé au danger. Elle m'attend là-haut. Elle est la seule à m'attendre, la seule qui s'inquiéterait de ma disparition dans cette ville.

Une chambre aux murs vert pâle. Les rideaux rouges sont tirés. La lumière vient d'une lampe de chevet, à gauche du lit. Je sens son parfum, une odeur poivrée, et je ne vois plus que les taches de son de sa peau et le grain de beauté qu'elle a, au-dessus de la fesse droite.

# XXVI

Vers sept heures du soir, il revenait de la plage avec son fils et c'était le moment de la journée qu'il préférait. Il tenait l'enfant par la main ou bien le laissait courir devant lui. L'avenue était déserte, quelques rayons de soleil s'attardaient sur le trottoir. Ils longeaient les arcades et l'enfant s'arrêtait chaque fois devant la confiserie À la Reine Astrid. Lui regardait la vitrine de la librairie.

Ce soir-là, un livre attira son attention, dans la vitrine. Le titre, en caractères grenat, contenait le mot «Castille», et tandis qu'il marchait sous les arcades, en serrant la main de son fils et que celui-ci s'amusait à sauter par-dessus les rayons de soleil qui striaient le trottoir, ce mot «Castille» lui rappelait un hôtel, à Paris, près du faubourg Saint-Honoré.

Un jour, un homme lui avait donné rendez-vous à l'hôtel Castille. Il l'avait déjà rencontré dans les bureaux de l'avenue Hoche, parmi tous les individus étranges qui traitaient des affaires à voix basse, et l'homme lui avait proposé de lui vendre un clip et deux bracelets de diamants, car il voulait quitter la France. Il lui avait confié les bijoux, rangés dans une petite mallette de cuir, et ils étaient convenus de se retrouver le lendemain soir à l'hôtel Castille, où cet homme habitait.

Il revoyait la réception de l'hôtel, le bar minuscule à côté, et le jardin avec le mur aux treillages verts. Le concierge téléphona pour l'annoncer, puis lui indiqua le numéro de la chambre.

L'homme était allongé sur le lit, une cigarette aux lèvres. Il n'avalait pas la fumée et la rejetait nerveusement en nuages compacts. Un grand brun, qui s'était présenté la veille, avenue Hoche, comme «ancien attaché commercial d'une légation d'Amérique du Sud». Il ne lui avait indiqué que son prénom : Pedro.

Le dénommé «Pedro» s'était assis sur le rebord du lit et lui souriait d'un sourire timide. Il ne savait pourquoi, il éprouvait de la sympathie pour ce «Pedro» sans le connaître. Il le sentait traqué dans cette chambre d'hôtel. Tout de suite, il lui tendit l'enveloppe qui contenait l'argent. Il avait réussi à revendre la veille les bijoux en réalisant un gros bénéfice. Voilà, lui dit-il, je vous ai rajouté la moitié du bénéfice. «Pedro» le remercia en rangeant l'enveloppe dans le tiroir de la table de nuit.

À ce moment-là, il avait remarqué que l'une des portes de l'armoire, en face du lit, était entrouverte. Des robes et un manteau de fourrure pendaient aux cintres. Le dénommé «Pedro» vivait donc là avec une femme. De nouveau, il avait pensé que leur situation, à cette femme et à ce «Pedro», devait être précaire.

«Pedro» restait allongé sur le lit et avait allumé une nouvelle cigarette. Cet homme se sentait en confiance puisqu'il a dit :

— J'ose de moins en moins sortir dans les rues...

Et il avait même ajouté :

— Il y a des jours où j'ai tellement peur que je reste au lit...

Après tout ce temps, il entendait encore les deux phrases, prononcées d'une voix sourde par «Pedro». Il n'avait pas su quoi répondre. Il s'en était tiré par une remarque d'ordre général, quelque chose comme : «Nous vivons une drôle d'époque.»

Pedro, alors, lui avait dit brusquement :

— Je crois que j'ai trouvé un moyen pour quitter la France... Avec de l'argent, tout est possible...

Il se souvenait que de très minces flocons de neige – presque des gouttes de pluie – tourbillonnaient derrière les vitres de la fenêtre. Et cette neige qui tombait, la nuit du dehors, l'exiguïté de la chambre lui causaient une impression d'étouffement. Est-ce qu'il était encore possible de fuir quelque part, même avec de l'argent ?

— Oui, murmurait Pedro… J'ai un moyen de passer au Portugal… Par la Suisse…

Le mot «Portugal» avait aussitôt évoqué pour lui l'océan vert, le soleil, une boisson orangée que l'on boit à l'aide d'une paille, sous un parasol. Et si un jour – s'était-il dit – nous nous retrouvions, ce «Pedro» et moi, en été, dans un café de Lisbonne ou d'Estoril? Ils auraient un geste nonchalant pour presser le bec de la bouteille d'eau de Seltz… Comme elle leur semblerait lointaine, cette petite chambre de l'hôtel Castille, avec la neige, le noir, le Paris de cet hiver lugubre, les trafics qu'il fallait faire pour s'en sortir… Il avait quitté la chambre en disant à ce «Pedro»: «Bonne chance.»

Qu'était-il advenu de «Pedro»? Il souhaitait que cet homme qu'il n'avait rencontré que deux fois, il y a si longtemps, fût aussi paisible et heureux que lui, par ce soir d'été, avec un enfant qui enjambe les dernières flaques de soleil sur le trottoir.

# XXVII

Mon cher Guy, je vous remercie de votre lettre. Je suis très heureux, à Nice. J'ai retrouvé la vieille église russe de la rue Longchamp où ma grand-mère m'emmenait souvent. C'était l'époque, aussi, de la naissance de ma vocation pour le tennis, en voyant jouer le roi Gustave de Suède... À Nice, chaque coin de rue me rappelle mon enfance.

Dans l'église russe dont je vous parle, il y a une pièce entourée de bibliothèques vitrées. Au milieu de la pièce, une grande table qui ressemble à une table de billard, et de vieux fauteuils. C'est là que ma grand-mère venait prendre chaque mercredi quelques ouvrages, et je l'accompagnais toujours.

Les livres datent de la fin du XIX<sup>e</sup> siècle. D'ailleurs l'endroit a gardé le charme des cabinets de lecture de cette époque. J'y passe de longues heures à lire le russe que j'avais un peu oublié.

Le long de l'église, s'étend un jardin plein d'ombre, avec de grands palmiers et des eucalyptus. Parmi cette végétation tropicale, se dresse un bouleau au tronc argenté. On l'a planté là, je suppose, pour nous rappeler notre lointaine Russie.

Vous avouerais-je, mon cher Guy, que j'ai postulé la place de bibliothécaire ? Si cela marche, comme je l'espère, je serai ravi de vous accueillir dans l'un des lieux de mon enfance.

Après bien des vicissitudes (je n'ai pas osé dire au prêtre

que j'ai exercé le métier de détective privé) je retourne aux sources.

Vous aviez raison de me dire que dans la vie, ce n'est pas l'avenir qui compte, c'est le passé.

Pour ce que vous me demandez, je pense que le meilleur moyen c'est de s'adresser au service : «Dans l'intérêt des familles». Je viens donc d'écrire à De Swert qui me paraît bien placé pour répondre à vos questions. Il vous enverra les renseignements très vite.

Votre

Hutte.

P.-S. Au sujet du dénommé «Oleg de Wrédé» que jusque-là nous ne pouvions identifier, je vous annonce une bonne nouvelle : vous recevrez une lettre, par le prochain courrier, qui vous donnera des renseignements. En effet, j'ai questionné à tout hasard quelques vieux membres de la colonie russe de Nice, pensant que «Wrédé» avait une consonance russe − ou balte −, et par chance, je suis tombé sur une Mme Kahan, chez qui ce nom a réveillé des souvenirs. De mauvais souvenirs, d'ailleurs, qu'elle préférerait rayer de sa mémoire, mais elle m'a promis de vous écrire pour vous dire tout ce qu'elle savait.

# XXVIII

*Objet*: Coudreuse, Denise, Yvette.
*Née à*: Paris, le 21 décembre 1917, de Paul Coudreuse et de
Henriette, née Bogaerts.
*Nationalité*: française.
Mariée le 3 avril 1939 à la mairie du XVIIᵉ arrondissement à
Jimmy Pedro Stern, né le 30 septembre 1912 à Salonique (Grèce),
de nationalité grecque.
Mlle Coudreuse a résidé successivement:
19, quai d'Austerlitz, à Paris (13ᵉ)
97, rue de Rome, à Paris (17ᵉ)
Hôtel Castille, rue Cambon, à Paris (8ᵉ)
10 *bis*, rue Cambacérès, à Paris (8ᵉ)
Mlle Coudreuse posait pour des photos de modes sous le nom
de «Muth».
Elle aurait travaillé ensuite chez le couturier J.F. 32, rue
La Boétie, en qualité de mannequin; puis elle se serait associée
avec un certain Van Allen, sujet hollandais qui créa en avril 1941
une maison de couture, 6, square de l'Opéra à Paris (9ᵉ).
Celle-ci eut une existence éphémère et ferma en janvier 1945.
Mlle Coudreuse aurait disparu au cours d'une tentative de
passage clandestin de la frontière franco-suisse, en février 1943.
Les enquêtes conduites à Megève (Haute-Savoie) et à Annemasse
(Haute-Savoie) n'ont donné aucun résultat.

# XXIX

*Objet :* STERN, Jimmy, Pedro.

*Né à :* Salonique (Grèce), le 30 septembre 1912, de Georges STERN et de Giuvia SARANO.

*Nationalité :* grecque.

Marié le 3 avril 1939 à la mairie du XVII<sup>e</sup> arrondissement à Denise Yvette Coudreuse, de nationalité française.

On ignore où M. Stern résidait en France.

Une seule fiche datant de février 1939 indique qu'un M. Jimmy Pedro Stern habitait à cette époque :

Hôtel Lincoln

24, rue Bayard, Paris 8<sup>e</sup>

C'est d'ailleurs l'adresse qui figure à la mairie du XVII<sup>e</sup> arrondissement sur l'acte de mariage.

L'hôtel Lincoln n'existe plus.

La fiche de l'hôtel Lincoln portait la mention suivante :

Nom : STERN, Jimmy, Pedro.

Adresse : Rue des Boutiques Obscures, 2. Rome (Italie).

Profession : courtier.

M. Jimmy Stern aurait disparu en 1940.

# XXX

*Objet :* McEvoy, Pedro.

Il a été très difficile de recueillir des indications sur M. Pedro McEvoy, tant à la préfecture de Police qu'aux Renseignements généraux.

On nous a signalé qu'un M. Pedro McEvoy, sujet dominicain et travaillant à la légation dominicaine à Paris, était domicilié, en décembre 1940, 9, boulevard Julien-Potin à Neuilly (Seine).

Depuis, on perd ses traces.

Selon toutes vraisemblances, M. Pedro McEvoy a quitté la France depuis la dernière guerre.

Il peut s'agir d'un individu ayant usé d'un nom d'emprunt et de faux papiers, comme il était courant à l'époque.

# XXXI

C'était l'anniversaire de Denise. Un soir d'hiver où la neige qui tombait sur Paris se transformait en boue. Les gens s'engouffraient dans les entrées du métro et marchaient en se hâtant. Les vitrines du faubourg Saint-Honoré brillaient. Noël approchait.

Je suis entré chez un bijoutier, et je revois la tête de cet homme. Il avait une barbe et portait des lunettes à verres teintés. J'ai acheté une bague pour Denise. Quand j'ai quitté le magasin, la neige tombait toujours. J'ai eu peur que Denise ne soit pas au rendez-vous et j'ai pensé pour la première fois que nous pouvions nous perdre dans cette ville, parmi toutes ces ombres qui marchaient d'un pas pressé.

Et je ne me souviens plus si, ce soir-là, je m'appelais Jimmy ou Pedro, Stern ou McEvoy.

# XXXII

Valparaiso. Elle se tient debout, à l'arrière du tramway, près de la vitre, serrée dans la masse des passagers, entre un petit homme aux lunettes noires et une femme brune à tête de momie qui sent un parfum de violettes.

Bientôt, ils descendront presque tous à l'arrêt de la place Echaurren et elle pourra s'asseoir. Elle ne vient que deux fois par semaine à Valparaiso pour ses courses, parce qu'elle habite sur les hauteurs, le quartier du Cerro Alegre. Elle y loue une maison où elle a installé son cours de danse.

Elle ne regrette pas d'avoir quitté Paris, voilà cinq ans, après sa fracture à la cheville, quand elle a su qu'elle ne pourrait plus danser. Alors elle a décidé de partir, de couper les amarres avec ce qui avait été sa vie. Pourquoi Valparaiso? Parce qu'elle y connaissait quelqu'un, un ancien des ballets de Cuevas.

Elle ne compte plus revenir en Europe. Elle restera là-haut, à donner ses cours, et finira par oublier les vieilles photos d'elle sur les murs, du temps où elle appartenait à la compagnie du colonel de Basil.

Elle ne pense que rarement à sa vie d'avant l'accident. Tout se brouille dans sa tête. Elle confond les noms, les dates, les lieux. Pourtant, un souvenir lui revient d'une façon régulière, deux fois par semaine, à la même heure et au même endroit, un souvenir plus net que les autres.

C'est à l'instant où le tramway s'arrête, comme ce soir, au

bas de l'avenue Errazuriz. Cette avenue ombragée d'arbres et qui monte en pente douce lui rappelle la rue de Jouy-en-Josas, qu'elle habitait quand elle était enfant. Elle revoit la maison, au coin de la rue du Docteur-Kurzenne, le saule pleureur, la barrière blanche, le temple protestant, en face, et tout en bas l'auberge Robin des Bois. Elle se souvient d'un dimanche différent des autres. Sa marraine était venue la chercher.

Elle ne sait rien de cette femme, sauf son prénom : Denise. Elle avait une voiture décapotable. Ce dimanche-là, un homme brun l'accompagnait. Ils étaient allés manger une glace tous les trois et ils avaient fait du canot et le soir, en quittant Versailles pour la ramener à Jouy-en-Josas, ils s'étaient arrêtés devant une fête foraine. Elle était montée avec cette Denise, sa marraine, sur une auto-tamponneuse tandis que l'homme brun les regardait.

Elle aurait voulu en savoir plus long. Comment s'appelaient-ils l'un et l'autre, exactement ? Où vivaient-ils ? Qu'étaient-ils devenus depuis tout ce temps ? Voilà les questions qu'elle se posait tandis que le tramway suivait l'avenue Errazuriz en montant vers le quartier du Cerro Alegre.

# XXXIII

Ce soir-là, j'étais assis à l'une des tables du bar-épicerie-dégustations que Hutte m'avait fait connaître et qui se trouvait avenue Niel, juste en face de l'Agence. Un comptoir et des produits exotiques sur les étagères : thés, loukoums, confitures de pétales de roses, harengs de la Baltique. L'endroit était fréquenté par d'anciens jockeys qui échangeaient leurs souvenirs en se montrant des photographies écornées de chevaux depuis longtemps équarris.

Deux hommes, au bar, parlaient à voix basse. L'un d'eux portait un manteau de la couleur des feuilles mortes, qui lui arrivait presque aux chevilles. Il était de petite taille comme la plupart des clients. Il se retourna, sans doute pour regarder l'heure au cadran de l'horloge, au-dessus de la porte d'entrée, et ses yeux tombèrent sur moi.

Son visage devint très pâle. Il me fixait bouche bée, les yeux exorbités.

Il s'approcha lentement de moi, en fronçant les sourcils. Il s'arrêta devant ma table.

— Pedro...

Il palpa l'étoffe de ma veste, à hauteur du biceps.

— Pedro, c'est toi ?

J'hésitais à lui répondre. Il parut décontenancé.

— Excusez-moi, dit-il. Vous n'êtes pas Pedro McEvoy ?

— Si, lui dis-je brusquement. Pourquoi ?

— Pedro, tu… tu ne me reconnais pas ?

— Non.

Il s'assit en face de moi.

— Pedro… Je suis… André Wildmer…

Il était bouleversé. Il me prit la main.

— André Wildmer… Le jockey… Tu ne te souviens pas de moi ?

— Excusez-moi, lui dis-je. J'ai des trous de mémoire. Quand est-ce que nous nous sommes connus ?

— Mais tu sais bien… avec Freddie…

Ce prénom provoqua chez moi une décharge électrique. Un jockey. L'ancien jardinier de Valbreuse m'avait parlé d'un jockey.

— C'est drôle, lui dis-je. Quelqu'un m'a parlé de vous… À Valbreuse…

Ses yeux s'embuaient. L'effet de l'alcool ? Ou l'émotion ?

— Mais voyons, Pedro… Tu ne te souviens pas quand nous allions à Valbreuse avec Freddie ?…

— Pas très bien. Justement, c'est le jardinier de Valbreuse qui m'en a parlé…

— Pedro… mais alors… alors tu es vivant ?

Il me serrait très fort la main. Il me faisait mal.

— Oui. Pourquoi ?

— Tu… tu es à Paris ?

— Oui. Pourquoi ?

Il me regardait, horrifié. Il avait de la peine à croire que j'étais vivant. Que s'était-il donc passé ? J'aurais bien voulu le savoir, mais apparemment, il n'osait pas aborder ce problème de front.

— Moi… j'habite à Giverny… dans l'Oise, me dit-il. Je… je viens très rarement à Paris… Tu veux boire quelque chose, Pedro ?

— Une Marie Brizard, dis-je.

— Eh bien, moi aussi.

Il versa lui-même la liqueur dans nos verres, lentement, et il me donna l'impression de vouloir gagner du temps.

— Pedro… Qu'est-ce qui s'est passé ?

— Quand ?

Il but son verre d'un trait.

— Quand vous avez essayé de passer la frontière suisse avec Denise ?…

Que pouvais-je lui répondre ?

— Vous ne nous avez jamais donné de nouvelles. Freddie s'est beaucoup inquiété...

Il a rempli de nouveau son verre.

— Nous avons cru que vous vous étiez perdus dans cette neige...

— Il ne fallait pas vous inquiéter, lui dis-je.

— Et Denise ?

J'ai haussé les épaules.

— Vous vous souvenez bien de Denise ? ai-je demandé.

— Mais enfin, Pedro, évidemment... Et d'abord pourquoi tu me vouvoies ?

— Excuse-moi, mon vieux, dis-je. Ça ne va pas très fort depuis quelque temps. J'essaie de me souvenir de toute cette époque... Mais c'est tellement brumeux...

— Je comprends. C'est loin, tout ça... Tu te souviens du mariage de Freddie ?

Il souriait.

— Pas très bien.

— À Nice... Quand il s'est marié avec Gay...

— Gay Orlow ?

— Bien sûr, Gay Orlow... Avec qui d'autre se serait-il marié ?

Il n'avait pas l'air content du tout de constater que ce mariage ne m'évoquait plus grand-chose.

— À Nice... Dans l'église russe... Un mariage religieux... Sans mariage civil...

— Quelle église russe ?

— Une petite église russe avec un jardin...

Celle que me décrivait Hutte dans sa lettre ? Il y a parfois de mystérieuses coïncidences.

— Mais bien sûr, lui dis-je... bien sûr... La petite église russe de la rue Longchamp avec le jardin et la bibliothèque paroissiale...

— Alors, tu t'en souviens ? Nous étions quatre témoins... Nous tenions des couronnes au-dessus de la tête de Freddie et de Gay...

— Quatre témoins ?

— Mais oui... toi, moi, le grand-père de Gay...

— Le vieux Giorgiadzé ?...

— C'est ça... Giorgiadzé...

La photo ou l'on me voyait en compagnie de Gay Orlow et du vieux Giorgiadzé avait certainement été prise à cette occasion. J'allais la lui montrer.

— Et le quatrième témoin, c'était ton ami Rubirosa...

— Qui?

— Ton ami Rubirosa... Porfirio... Le diplomate dominicain...

Il souriait au souvenir de ce Porfirio Rubirosa. Un diplomate dominicain. C'était peut-être pour lui que je travaillais dans cette légation.

— Ensuite nous sommes allés chez le vieux Giorgiadzé...

Je nous voyais marcher, vers midi, dans une avenue de Nice, bordée de platanes. Il y avait du soleil.

— Et Denise était là?

Il a haussé les épaules.

— Bien sûr... Décidément tu ne te rappelles plus rien...

Nous marchions d'un pas nonchalant, tous les sept, le jockey, Denise, moi, Gay Orlow et Freddie, Rubirosa et le vieux Giorgiadzé. Nous portions des costumes blancs.

— Giorgiadzé habitait l'immeuble, au coin du jardin Alsace-Lorraine.

Des palmiers qui montent haut dans le ciel. Et des enfants qui glissent sur un toboggan. La façade blanche de l'immeuble avec ses stores de toile orange. Nos rires dans l'escalier.

— Le soir, pour fêter ce mariage, ton ami Rubirosa nous a emmenés dîner à Éden Roc... Alors, ça y est? Tu te rappelles?...

Il souffla, comme s'il venait de fournir un gros effort physique. Il paraissait épuisé d'avoir évoqué cette journée où Freddie et Gay Orlow s'étaient mariés religieusement, cette journée de soleil et d'insouciance, qui avait été sans doute l'un des moments privilégiés de notre jeunesse.

— En somme, lui dis-je, nous nous connaissons depuis très longtemps, toi et moi...

— Oui... Mais j'ai d'abord connu Freddie... Parce que j'ai été le jockey de son grand-père... Malheureusement, ça n'a pas duré longtemps... Le vieux a tout perdu...

— Et Gay Orlow... Tu sais que...

— Oui, je sais... J'habitais tout près de chez elle... Square des Aliscamps...

Le grand immeuble et les fenêtres d'où Gay Orlow avait certainement une très belle vue sur le champ de courses d'Auteuil. Waldo Blunt, son premier mari, m'avait dit qu'elle s'était tuée parce qu'elle avait peur de vieillir. Je suppose que souvent, elle regardait les courses par sa fenêtre. Chaque jour, et plusieurs fois en un seul après-midi, une dizaine de chevaux s'élancent, filent le long du terrain et viennent se briser contre les obstacles. Et ceux qui les franchissent, on les reverra encore quelques mois et ils disparaîtront avec les autres. Il faut, sans cesse, de nouveaux chevaux, qu'on remplace au fur et à mesure. Et chaque fois le même élan finit par se briser. Un tel spectacle ne peut que provoquer la mélancolie et le découragement et c'était peut-être parce qu'elle vivait en bordure de ce champ de courses que Gay Orlow... J'avais envie de demander à André Wildmer ce qu'il en pensait. Il devait comprendre, lui. Il était jockey.

— C'est bien triste, me dit-il. Gay était une chic fille...

Il se pencha et rapprocha son visage du mien. Il avait une peau rouge et grêlée et des yeux marron. Une cicatrice lui barrait la joue droite, jusqu'à la pointe du menton. Les cheveux étaient châtains, sauf une mèche blanche, relevée en épi, au-dessus de son front.

— Et toi, Pedro...

Mais je ne lui laissai pas terminer sa phrase.

— Tu m'as connu quand j'habitais boulevard Julien-Potin, à Neuilly ? dis-je à tout hasard, car j'avais bien retenu l'adresse qui figurait sur la fiche de «Pedro McEvoy».

— Quand tu habitais chez Rubirosa ?... Bien sûr...

De nouveau, ce Rubirosa.

— Nous venions souvent avec Freddie... C'était la bringue tous les soirs.

Il éclata de rire.

— Ton ami Rubirosa faisait venir des orchestres... jusqu'à six heures du matin... Tu te souviens des deux airs qu'il nous jouait toujours à la guitare ?

— Non...

— *El Reloj* et *Tu me acostumbraste.* Surtout *Tu me acostumbraste...*

Il sifflota quelques mesures de cet air.

— Alors ?

— Oui... oui... Ça me revient, dis-je.

— Vous m'avez procuré un passeport dominicain... Ça ne m'a pas servi à grand-chose...

— Tu es déjà venu me voir à la légation ? demandai-je.

— Oui. Quand tu m'as donné le passeport dominicain.

— Je n'ai jamais compris ce que je foutais à cette légation.

— Je ne sais pas, moi... Un jour tu m'as dit que tu servais plus ou moins de secrétaire à Rubirosa et que c'était une bonne planque pour toi... J'ai trouvé ça triste que Rubi se soit tué dans cet accident de voiture...

Oui, triste. Encore un témoin que je ne pourrai plus questionner.

— Dis-moi, Pedro... Quel était ton vrai nom ? Ça m'a toujours intrigué. Freddie me disait que tu ne t'appelais pas Pedro McEvoy... Mais que c'était Rubi qui t'avait fourni de faux papiers...

— Mon vrai nom ? J'aimerais bien le savoir.

Et je souriais pour qu'il pût prendre cela pour une plaisanterie.

— Freddie le savait lui, puisque vous vous étiez connus au collège... Qu'est-ce que vous avez pu me casser les oreilles avec vos histoires du collège de Luiza...

— Du collège de... ?

— De Luiza... Tu le sais très bien... Ne fais pas l'idiot... Le jour où ton père est venu vous chercher tous les deux en voiture... Il avait passé le volant à Freddie qui n'avait pas encore son permis... Celle-là, vous me l'avez au moins racontée cent fois...

Il hochait la tête. Ainsi, j'avais eu un père qui venait me chercher au «collège de Luiza». Détail intéressant.

— Et toi ? lui dis-je. Tu travailles toujours dans les chevaux ?

— J'ai trouvé une place de professeur d'équitation, dans un manège à Giverny...

Il avait pris un ton grave qui m'impressionna.

— Tu sais bien qu'à partir du moment où j'ai eu mon accident, ça a été la dégringolade...

Quel accident ? Je n'osais pas le lui demander...

— Quand je vous ai accompagné à Megève, toi, Denise, Freddie et Gay, ça n'allait déjà pas très fort... J'avais perdu ma place d'entraîneur... Ils se sont dégonflés parce que j'étais anglais... Ils ne voulaient que des Français...

Anglais? Oui. Il parlait avec un léger accent que j'avais à peine remarqué jusque-là. Mon cœur a battu un peu plus fort quand il a prononcé le mot: Megève.

— Drôle d'idée, non, ce voyage à Megève? ai-je risqué.

— Pourquoi, drôle d'idée? Nous ne pouvions pas faire autrement...

— Tu crois?

— C'était un endroit sûr... Paris devenait trop dangereux...

— Tu crois vraiment?

— Enfin, Pedro, rappelle-toi... Il y avait des contrôles de plus en plus fréquents... Moi, j'étais anglais... Freddie avait un passeport anglais...

— Anglais?

— Mais oui... La famille de Freddie était de l'île Maurice... Et toi, ta situation n'avait pas l'air plus brillante... Et nos prétendus passeports dominicains ne pouvaient plus vraiment nous protéger... Rappelle-toi... Ton ami Rubirosa lui-même...

Je n'ai pas entendu le reste de la phrase. Je crois qu'il avait une extinction de voix.

Il a bu une gorgée de liqueur et à ce moment-là quatre personnes sont entrées, des clients habituels, tous d'anciens jockeys. Je les reconnaissais, j'avais souvent écouté leurs conversations. L'un d'eux portait toujours un vieux pantalon de cheval et une veste de daim tachée en de multiples endroits. Ils ont tapé sur l'épaule de Wildmer. Ils parlaient en même temps, ils éclataient de rire, et cela faisait beaucoup trop de bruit. Wildmer ne me les a pas présentés.

Ils se sont assis sur les tabourets du bar et ont continué de parler à voix très haute.

— Pedro...

Wildmer s'est penché vers moi. Son visage était à quelques centimètres du mien. Il grimaçait comme s'il allait faire un effort surhumain pour prononcer quelques mots.

— Pedro... Qu'est-ce qui s'est passé avec Denise quand vous avez essayé de traverser la frontière?...

— Je ne sais plus, lui dis-je.

Il m'a regardé fixement. Il devait être un peu ivre.

— Pedro... Avant que vous partiez, je t'ai dit qu'il fallait se méfier de ce type...

— Quel type?

— Le type qui voulait vous faire passer en Suisse... Le Russe à tête de gigolo...

Il était écarlate. Il a bu une gorgée de liqueur.

— Rappelle-toi... Je t'ai dit qu'il ne fallait pas écouter l'autre, non plus... Le moniteur de ski...

— Quel moniteur de ski?

— Celui qui devait vous servir de passeur... Tu sais bien... Ce Bob quelque chose... Bob Besson... Pourquoi êtes-vous partis?... Vous étiez bien avec nous, au chalet...

Que lui dire? J'ai hoché la tête. Il a vidé son verre d'un seul trait.

— Il s'appelait Bob Besson? lui ai-je demandé.

— Oui. Bob Besson...

— Et le Russe?

Il a froncé les sourcils.

— Je ne sais plus...

Son attention se relâchait. Il avait fait un effort violent pour parler du passé avec moi, mais c'était fini. Ainsi le nageur épuisé qui tend une dernière fois la tête au-dessus de l'eau et puis se laisse lentement couler. Après tout, je ne l'avais pas beaucoup aidé dans cette évocation.

Il s'est levé et a rejoint les autres. Il reprenait ses habitudes. Je l'ai entendu qui disait bien fort son avis sur une course qui avait eu lieu dans l'après-midi à Vincennes. Celui qui portait la culotte de cheval a offert une tournée. Wildmer avait retrouvé sa voix et il était si véhément, si passionné qu'il en oubliait d'allumer sa cigarette. Elle pendait à la commissure de ses lèvres. Si je m'étais planté devant lui, il ne m'aurait pas reconnu.

En sortant, je lui ai dit au revoir et lui ai fait un signe du bras, mais il m'a ignoré. Il était tout à son sujet.

# XXXIV

Vichy. Une voiture américaine s'arrête en bordure du parc des Sources, à la hauteur de l'hôtel de la Paix. Sa carrosserie est maculée de boue. Deux hommes et une femme en descendent et marchent vers l'entrée de l'hôtel. Les deux hommes sont mal rasés, et l'un des deux, le plus grand, soutient la femme par le bras. Devant l'hôtel, une rangée de fauteuils d'osier sur lesquels des gens dorment, tête ballante, sans être apparemment gênés par le soleil de juillet qui tape fort.

Dans le hall, tous trois ont du mal à se frayer un passage jusqu'à la réception. Ils doivent éviter des fauteuils et même des lits de camp où sont vautrés d'autres dormeurs, certains en uniforme militaire. Des groupes compacts de cinq, de dix personnes se pressent dans le salon du fond, s'interpellent et le vacarme de leur conversation vous oppresse encore plus que la chaleur moite du dehors. Ils ont enfin atteint la réception, et l'un des hommes, le plus grand, tend au concierge leurs trois passeports. Deux sont des passeports de la légation de la république Dominicaine à Paris, l'un au nom de «Porfirio Rubirosa», l'autre à celui de «Pedro McEvoy», le troisième un passeport français au nom de «Denise, Yvette, Coudreuse».

Le concierge, visage inondé par la sueur qui s'égoutte au bas de son menton, leur rend, d'un geste épuisé, leurs trois passeports. Non, il n'y a plus une seule chambre d'hôtel libre dans tout Vichy, «vu les circonstances»... À la rigueur, il resterait deux fauteuils qu'on pourrait monter dans une buanderie ou mettre dans un cabinet de toilette au rez-de-chaussée... Sa voix est couverte par le brouhaha des conversations qui s'enchevêtrent tout autour, par les claquements métalliques de la porte de l'ascenseur, les sonneries du téléphone, les appels qui proviennent d'un haut-parleur fixé au-dessus du bureau de la réception.

Les deux hommes et la femme sont sortis de l'hôtel, d'une démarche un peu titubante. Le ciel s'est couvert, tout à coup, de nuages d'un gris violacé. Ils traversent le parc des Sources. Le long des pelouses, sous les galeries couvertes, obstruant les allées pavées, des groupes se tiennent, encore plus compacts que dans le hall de l'hôtel. Tous parlent entre eux à voix très haute, certains font la navette de groupe en groupe, certains s'isolent à deux ou à trois sur un banc ou sur les chaises de fer du parc, avant de rejoindre les autres... On se croirait dans un gigantesque préau d'école et l'on attend avec impatience la sonnerie qui mettra fin à cette agitation et à ce bourdonnement qui s'enfle de minute en minute et vous étourdit. Mais la sonnerie ne vient pas.

Le grand brun soutient toujours la femme par le bras, tandis que l'autre a ôté sa veste. Ils marchent et sont bousculés au passage par des gens qui courent dans tous les sens à la recherche de quelqu'un, ou d'un groupe qu'ils ont quitté un instant, qui s'est défait aussitôt, et dont les membres ont été happés par d'autres groupes.

Tous trois débouchent devant la terrasse du café de la Restauration. La terrasse est bondée mais, par miracle, cinq personnes viennent de quitter l'une des tables, et les deux hommes et la femme se laissent tomber sur les chaises d'osier. Ils regardent, un peu hébétés, du côté du casino.

Une buée a envahi tout le parc et la voûte des feuillages la retient et la fait stagner, une buée de hammam. Elle vous remplit la gorge, elle finit par rendre flous les groupes qui se tiennent devant le casino, elle étouffe le bruit de leurs palabres. À une table voisine, une vieille dame éclate en sanglots et répète que la frontière est bloquée à Hendaye.

La tête de la femme a basculé sur l'épaule du grand brun. Elle a fermé les yeux. Elle dort d'un sommeil d'enfant. Les deux hommes échangent un sourire. Puis ils regardent, de nouveau, tous ces groupes devant le casino.

L'averse tombe. Une pluie de mousson. Elle transperce les feuillages pourtant très épais des platanes et des marronniers. Là-bas, ils se bousculent pour s'abriter sous les verrières du casino, tandis que les autres quittent en hâte la terrasse et entrent en se piétinant à l'intérieur du café.

Seuls, les deux hommes et la femme n'ont pas bougé car le parasol de leur table les protège de la pluie. La femme dort toujours, la joue contre l'épaule du grand brun, qui regarde devant lui, l'œil absent, tandis que son compagnon sifflote distraitement l'air de : *Tu me acostumbraste.*

# XXXV

De la fenêtre, on voyait la grande pelouse que bordait une allée de gravier. Celle-ci montait en pente très douce jusqu'à la bâtisse où je me trouvais et qui m'avait fait penser à l'un de ces hôtels blancs des bords de la Méditerranée. Mais quand j'avais gravi les marches du perron, mes yeux étaient tombés sur cette inscription en lettres d'argent, qui ornait la porte d'entrée : «Collège de Luiza et d'Albany».

Là-bas, à l'extrémité de la pelouse, un terrain de tennis. À droite, une rangée de bouleaux et une piscine qu'on avait vidée. Le plongeoir était à moitié écroulé.

Il vint me rejoindre dans l'embrasure de la fenêtre.

— Eh oui... Je suis désolé, monsieur... Toutes les archives du collège ont brûlé... Sans exception...

Un homme d'une soixantaine d'années qui portait des lunettes à monture d'écaille claire et une veste de tweed.

— Et de toute façon, Mme Jeanschmidt n'aurait pas donné son autorisation... Elle ne veut plus entendre parler de ce qui concerne le collège de Luiza, depuis la mort de son mari...

— Il n'y a pas de vieilles photos de classe qui traînent ? lui demandai-je.

— Non, monsieur. Je vous répète que tout a brûlé...

— Vous avez travaillé longtemps ici ?

— Les deux dernières années du collège de Luiza. Ensuite, notre directeur, M. Jeanschmidt, est mort... Mais le collège n'était plus ce qu'il avait été...

Il regardait par la fenêtre, l'air pensif.

— En tant qu'ancien élève, j'aurais aimé retrouver quelques souvenirs, lui dis-je.

— Je comprends. Malheureusement...

— Et qu'est-ce que va devenir le collège ?

— Oh, ils vont tout vendre aux enchères.

Et il balayait d'un geste nonchalant du bras la pelouse, les tennis, la piscine, devant nous.

— Vous voulez voir une dernière fois les dortoirs et les salles de classe ?

— Ce n'est pas la peine.

Il sortit une pipe de la poche de sa veste et la mit à sa bouche. Il ne quittait pas l'embrasure de la fenêtre.

— Qu'est-ce que c'était déjà, ce bâtiment de bois, à gauche ?

— Les vestiaires, monsieur. On s'y changeait pour faire du sport...

— Ah oui...

Il bourrait sa pipe.

— J'ai tout oublié... Est-ce que nous portions un uniforme ?

— Non, monsieur. Simplement pour le dîner et les jours de sortie, le blazer bleu marine était obligatoire.

Je me suis approché de la fenêtre. Je collais presque mon front à la vitre. En bas, devant la bâtisse blanche, il y avait une esplanade recouverte de gravier et où la mauvaise herbe perçait déjà. Je nous voyais, Freddie et moi, dans nos blazers. Et j'essayais d'imaginer l'aspect que pouvait avoir cet homme, venu nous chercher un jour de sortie, qui descendait d'une voiture, marchait vers nous et qui était mon père.

# XXXVI

Madame E. Kahan Nice, le 22 novembre 1965
22, rue de Picardie
Nice.

À la demande de M. Hutte, je vous écris pour vous dire tout ce que je sais du nommé « Oleg de Wrédé » bien que cela me coûte d'évoquer ce mauvais souvenir.

Je suis entrée un jour dans un restaurant russe, rue François-I$^{er}$, chez Arkady – tenu par un monsieur russe dont je ne me rappelle plus le nom. Le restaurant était modeste, il n'y avait pas beaucoup de monde. Le directeur, un homme usé avant l'âge, l'air malheureux et souffrant, se tenait à la table des zakouski – cela se passait à peu près dans les années 37.

Je me suis aperçue de la présence d'un jeune homme d'une vingtaine d'années qui était comme chez lui dans ce restaurant. Trop bien mis, costume, chemise, etc., impeccables.

Il avait un extérieur frappant : la force de vivre, les yeux bleu porcelaine bridés, un sourire éclatant et un rire continuel. Derrière cela, une ruse animale.

Il était voisin de ma table. La deuxième fois que je suis venue dans cet endroit il m'a dit en me désignant le directeur du restaurant :

— Vous croyez que je suis le fils de ce monsieur ? avec un

air de dédain envers le pauvre vieux qui était effectivement son père.

Puis il m'a montré un bracelet d'identité où était gravé le nom : «Louis de Wrédé, comte de Montpensier» (dans le restaurant, on l'appelait : Oleg, un prénom russe). Je lui ai demandé où se trouvait sa mère. Il m'a dit qu'elle était décédée ; je lui ai demandé : où avait-elle pu rencontrer un Montpensier (branche cadette des Orléans, paraît-il). Il a répondu : En Sibérie. Tout cela ne tenait pas debout. J'ai compris que c'était une petite gouape qui devait se laisser entretenir par des personnes des deux sexes. À ma demande de ce qu'il faisait, il m'a dit qu'il jouait du piano.

Ensuite a commencé l'énumération de toutes ses relations mondaines − que la duchesse d'Uzès lui faisait la révérence, qu'il était au mieux avec le duc de Windsor... J'ai senti qu'il y avait et du vrai et du mensonge dans ses récits. Les gens «du monde» devaient se laisser prendre à son «nom», à son sourire, à sa gentillesse glaciale mais réelle.

Pendant la guerre − je pense que c'était en 41-42 −, je me trouvais sur la plage de Juan-les-Pins quand j'ai vu accourir ce nommé «Oleg de Wrédé», comme toujours en forme et riant aux éclats. Il m'a dit qu'il avait été prisonnier et qu'un haut officier allemand s'occupait de lui. Pour le moment, il passait quelques jours chez sa marraine de guerre, Mme Veuve Henri Duvernois. Mais disait-il : «Elle est tellement avare, elle ne me donne pas d'argent.»

Il m'a annoncé qu'il rentrait à Paris, «pour travailler avec les Allemands». À quoi ? ai-je demandé. «À leur vendre des voitures.»

Je ne l'ai plus revu et ne sais pas ce qu'il est devenu. Voilà, cher monsieur, tout ce que je peux vous dire au sujet de cet individu.

Respectueusement.

E. Kahan.

# XXXVII

Maintenant, il suffit de fermer les yeux. Les événements qui précédèrent notre départ à tous pour Megève me reviennent, par bribes, à la mémoire. Ce sont les grandes fenêtres éclairées de l'ancien hôtel de Zaharoff, avenue Hoche, et les phrases décousues de Wildmer, et les noms, comme celui, pourpre et scintillant, de : « Rubirosa », et celui, blafard, d'« Oleg de Wrédé » et d'autres détails impalpables – la voix même de Wildmer, rauque et presque inaudible –, ce sont toutes ces choses qui me servent de fil d'Ariane.

La veille, en fin d'après-midi, je me trouvais justement avenue Hoche, au premier étage de l'ancien hôtel de Zaharoff. Beaucoup de monde. Comme d'habitude, ils ne quittaient pas leurs pardessus. Moi, j'étais en taille. J'ai traversé la pièce principale où j'en ai vu une quinzaine, debout autour des téléphones, et assis sur les fauteuils de cuir à traiter leurs affaires, et je me suis glissé dans un petit bureau dont j'ai refermé la porte derrière moi. L'homme que je devais rencontrer était déjà là. Il m'attira dans un coin de la pièce et nous nous assîmes sur deux fauteuils séparés par une table basse. J'y déposai les louis enveloppés de papier journal. Il me tendit aussitôt plusieurs liasses de billets de banque que je ne pris pas la peine de compter et que je fourrai dans mes poches. Lui, les bijoux ne l'intéressaient pas. Nous quittâmes ensemble le bureau, puis la grande pièce où le brouhaha des conversations et le va-et-vient de tous ces hommes en pardessus avaient quelque chose d'inquiétant. Sur le trottoir, il me donna l'adresse d'une acheteuse éventuelle, pour les bijoux, du côté de la place Malesherbes et me suggéra de lui dire que je venais de sa part. Il neigeait, mais j'ai décidé d'y aller à pied. Nous suivions souvent ce chemin, Denise et moi, au début. Les temps avaient changé. La neige tombait et j'avais peine à reconnaître ce boulevard, avec ses arbres dénudés, les façades noires de ses immeubles. Plus de parfums de troènes le long des grilles du parc Monceau, mais une odeur de terre mouillée et de pourriture.

Un rez-de-chaussée, au fond d'une impasse, de celles qu'on nomme «square» ou «villa». La pièce où elle me reçut n'était pas meublée. Un seul divan, où nous nous assîmes, et le téléphone, sur ce divan. Une femme d'une quarantaine d'années, nerveuse et rousse. Le téléphone sonnait sans cesse et elle n'y répondait pas toujours, et quand elle y répondait, elle notait ce qu'on lui disait sur un agenda. Je lui montrai les bijoux. Je lui cédais le saphir et les deux broches à moitié prix, à condition qu'elle me payât tout de suite en liquide. Elle a accepté.

Dehors, tandis que je marchais vers la station de métro Courcelles, j'ai pensé à ce jeune homme qui était venu dans notre chambre de l'hôtel Castille, quelques mois auparavant. Il avait vendu très vite le clip et les deux bracelets de diamants, et me proposait gentiment de partager le bénéfice. Un homme de cœur. Je m'étais un peu confié à lui en lui parlant de mes projets de départ et même de cette peur qui m'empêchait quelquefois de sortir. Il m'avait dit que nous vivions une drôle d'époque.


Plus tard, je suis allé chercher Denise, square Édouard-VII, dans l'appartement où Van Allen, son ami hollandais, avait installé une maison de couture : elle se trouvait au premier étage d'un immeuble, juste au-dessus du Cintra. Je m'en souviens, parce que nous fréquentions ce bar, Denise et moi, à cause de la salle en sous-sol d'où l'on pouvait s'esquiver par une autre porte que l'entrée principale. Je crois que je connaissais tous les endroits publics, tous les immeubles de Paris qui possédaient de doubles issues.

Il régnait dans cette minuscule maison de couture une agitation semblable à celle de l'avenue Hoche, peut-être encore plus fébrile. Van Allen préparait sa collection d'été et tant d'efforts, tant d'optimisme me frappèrent car je me demandais s'il y aurait encore des étés. Il essayait sur une fille brune une robe d'un tissu léger et blanc, et d'autres mannequins entraient ou sortaient des cabines. Plusieurs personnes conversaient autour d'un bureau de style Louis XV où traînaient des croquis et des pièces de tissu. Denise s'entretenait dans un coin du salon avec une femme blonde d'une cinquantaine d'années et un jeune homme aux cheveux bruns bouclés. Je me suis mêlé à la conversation. Ils partaient, elle et lui, sur la côte d'Azur. On ne s'entendait plus, dans le brouhaha général. Des coupes de champagne circulaient, sans qu'on sût très bien pourquoi.

Nous nous sommes frayé un passage, Denise et moi, jusqu'au vestibule. Van Allen nous accompagnait. Je revois ses yeux bleus très clairs et son sourire quand il a glissé la tête dans l'entrebâillement de la porte et nous a envoyé un baiser, de la main, en nous souhaitant bonne chance.

Nous sommes passés une dernière fois rue Cambacérès, Denise et moi. Nous avions déjà fait nos bagages, une valise et deux sacs de cuir qui attendaient devant la grande table, au bout du salon. Denise a fermé les volets et tiré les rideaux. Elle a recouvert la machine à coudre de son coffret et enlevé le tissu de toile blanche qui était épingle au buste du mannequin. J'ai pensé aux soirées que nous avions vécues ici. Elle travaillait d'après des patrons que lui donnait Van Allen, ou elle cousait, et moi, allongé sur le canapé, je lisais quelque livre de Mémoires ou l'un de ces romans policiers de la collection du Masque, qu'elle aimait tant. Ces soirées étaient les seuls moments de répit que je connaissais, les seuls moments où je pouvais avoir l'illusion que nous menions une vie sans histoires dans un monde paisible.

J'ai ouvert la valise et glissé les liasses de billets de banque qui gonflaient mes poches à l'intérieur des chandails et des chemises et au fond d'une paire de chaussures. Denise vérifiait le contenu d'un des sacs de voyage pour voir si elle n'avait rien oublié. J'ai suivi le couloir jusqu'à la chambre. Je n'ai pas allumé la lumière et je me suis posté à la fenêtre. La neige tombait toujours. L'agent de police en faction, sur le trottoir d'en face, se tenait à l'intérieur d'une guérite qu'on avait disposée là, quelques jours auparavant, à cause de l'hiver. Un autre agent de police, venant de la place des Saussaies, se dirigeait à pas pressés vers la guérite. Il serrait la main de son collègue, lui tendait une thermos et, chacun à son tour, ils buvaient dans le gobelet.

Denise est entrée. Elle m'a rejoint à la fenêtre. Elle portait un manteau de fourrure et s'est serrée contre moi. Elle sentait un parfum poivré. Sous le manteau de fourrure elle avait un chemisier. Nous nous sommes retrouvés sur le lit dont il ne restait que le sommier.

Gare de Lyon, Gay Orlow et Freddie nous attendaient à l'entrée du quai de départ. Sur un chariot, à côté d'eux, étaient empilées leurs nombreuses valises. Gay Orlow avait une malle armoire. Freddie discutait avec le porteur et lui a offert une cigarette. Denise et Gay Orlow parlaient ensemble et Denise lui demandait si le chalet qu'avait loué Freddie serait assez grand pour nous tous. La gare était obscure, sauf le quai où nous nous trouvions, baigné d'une lumière jaune. Wildmer nous a rejoints, dans un manteau roux qui lui battait les mollets, comme d'habitude. Un feutre lui cachait le front. Nous avons fait monter les bagages dans nos wagons-lits respectifs. Nous attendions l'annonce du départ, dehors, devant le wagon. Gay Orlow avait reconnu quelqu'un parmi les voyageurs qui prenaient ce train mais Freddie lui avait demandé de ne parler à personne et de ne pas attirer l'attention sur nous.

Je suis resté quelque temps avec Denise et Gay Orlow dans leur compartiment. Le store était à moitié rabattu et en me penchant, je voyais, par la vitre, que nous traversions la banlieue. Il continuait de neiger. J'ai embrassé Denise et Gay Orlow et j'ai regagné mon compartiment où Freddie était déjà installé. Bientôt Wildmer nous a rendu visite. Il se trouvait dans un compartiment qu'il occupait seul, pour l'instant, et il espérait que personne n'y viendrait jusqu'à la fin du voyage. Il craignait en effet qu'on le reconnût car on avait beaucoup vu sa photographie dans les journaux hippiques quelques années auparavant, à l'époque de son accident sur le terrain de courses d'Auteuil. Nous tâchions de le rassurer en lui disant qu'on oublie très vite le visage des jockeys.

Nous nous sommes allongés sur nos couchettes, Freddie et moi. Le train avait pris de la vitesse. Nous laissions nos veilleuses allumées et Freddie fumait nerveusement. Il était un peu anxieux, à cause des contrôles éventuels. Moi aussi, mais je tentais de le dissimuler. Nous avions, Freddie, Gay Orlow, Wildmer et moi des passeports dominicains grâce à Rubirosa, mais nous ne pouvions pas vraiment jurer de leur efficacité. Rubi lui-même me l'avait dit. Nous étions à la merci d'un policier ou d'un contrôleur plus tatillon que les autres. Seule, Denise ne risquait rien. Elle était une authentique Française.

Le train s'est arrêté pour la première fois. Dijon. La voix du haut-parleur était étouffée par la neige. Nous avons entendu quelqu'un qui marchait le long du couloir. On ouvrait la porte d'un compartiment. Peut-être entrait-on chez Wildmer. Alors, nous avons été pris, Freddie et moi, d'un fou rire nerveux.

Le train est resté une demi-heure en gare de Chalon-sur-Saône. Freddie s'était endormi et j'ai éteint la veilleuse du compartiment. Je ne sais pas pourquoi, mais je me sentais plus rassuré dans l'obscurité.

J'ai essayé de penser à autre chose, de ne pas prêter l'oreille aux pas qui résonnaient dans le couloir. Sur le quai, des gens parlaient et je saisissais quelques mots de leur conversation. Ils devaient se trouver devant notre fenêtre. L'un d'eux toussait, d'une toux grasse. Un autre sifflotait. Le bruit cadencé d'un train qui passait a couvert leurs voix.

La porte s'est ouverte brusquement et la silhouette d'un homme en pardessus s'est découpée à la lumière du couloir. Il a balayé de haut en bas le compartiment de sa torche électrique, pour vérifier combien nous étions. Freddie s'est réveillé en sursaut.

— Vos papiers...

Nous lui avons tendu nos passeports dominicains. Il les a examinés d'un œil distrait, puis il les a donnés à quelqu'un, à côté de lui, que nous ne voyions pas à cause du battant de la porte. J'ai fermé les yeux. Ils ont échangé quelques mots inaudibles.

Il a fait un pas à l'intérieur du compartiment. Il avait nos passeports à la main.

— Vous êtes diplomates ?

— Oui, ai-je répondu machinalement.

Au bout de quelques secondes, je me suis souvenu que Rubirosa nous avait donné des passeports diplomatiques.

Sans un mot, il nous a remis nos passeports et a fermé la porte. Nous retenions notre respiration dans le noir. Nous sommes restés silencieux jusqu'au départ du train. Il s'est ébranlé. J'ai entendu le rire de Freddie. Il a allumé la lumière.

— On va voir les autres ? m'a-t-il dit.

Le compartiment de Denise et de Gay Orlow n'avait pas été contrôlé. Nous les avons réveillées. Elles ne comprenaient pas la raison de notre agitation. Puis Wildmer nous a rejoints, le visage grave. Il tremblait encore. On lui avait aussi demandé s'il était « diplomate dominicain », quand il avait montré son passeport, et il n'avait pas osé répondre, de crainte que parmi les policiers en civil et les contrôleurs se trouvât un turfiste qui le reconnût.

Le train glissait à travers un paysage blanc de neige. Comme il était doux, ce paysage, et amical. J'éprouvais une ivresse et une confiance que je n'avais jamais ressenties jusque-là à voir ces maisons endormies.

Il faisait encore nuit quand nous sommes arrivés à Sallanches. Un car et une grosse automobile noire stationnaient devant la gare. Freddie, Wildmer et moi nous portions les valises tandis que deux hommes avaient pris en charge la malle armoire de Gay Orlow. Nous étions une dizaine de voyageurs qui allions monter dans le car pour Megève et le chauffeur et les deux porteurs empilaient les valises à l'arrière, lorsqu'un homme blond s'est approché de Gay Orlow, le même qu'elle avait remarqué à la gare de Lyon, la veille. Ils ont échangé quelques mots en français. Plus tard, elle nous a expliqué qu'il s'agissait d'une vague relation, un Russe dont le prénom était Kyril. Celui-ci a désigné la grosse automobile noire au volant de laquelle quelqu'un attendait, et a proposé de nous conduire à Megève. Mais Freddie a décliné cette invitation, en disant qu'il préférait prendre le car.

Il neigeait. Le car avançait lentement et l'automobile noire nous a doublés. Nous suivions une route en pente et la carcasse du car tremblait à chaque reprise. Je me demandais si nous ne tomberions pas en panne avant Megève. Quelle importance ? À mesure que la nuit laissait place à un brouillard blanc et cotonneux que perçaient à peine les feuillages des sapins, je me disais que personne ne viendrait nous chercher ici. Nous ne risquions rien. Nous devenions peu à peu invisibles. Même nos habits de ville qui auraient pu attirer l'attention sur nous – le manteau roux de Wildmer et son feutre bleu marine, le manteau en peau de léopard de Gay, le poil de chameau de Freddie, son écharpe verte et ses grosses chaussures de golf noir et blanc – se fondaient dans le brouillard. Qui sait ? Peut-être finirions-nous par nous volatiliser. Ou bien nous ne serions plus que cette buée qui recouvrait les vitres, cette buée tenace qu'on ne parvenait pas à effacer avec la main. Comment le chauffeur se repérait-il ? Denise s'était endormie et sa tête avait basculé sur mon épaule.

Le car s'est arrêté au milieu de la place, devant la mairie. Freddie a fait charger nos bagages sur un traîneau qui attendait là et nous sommes allés boire quelque chose de chaud dans une pâtisserie-salon de thé, tout près de l'église. L'établissement venait d'ouvrir et la dame qui nous a servis paraissait étonnée de notre présence si matinale. Ou bien étaient-ce l'accent de Gay Orlow et nos tenues de citadins ? Wildmer s'émerveillait de tout. Il ne connaissait pas encore la montagne ni les sports d'hiver. Le front collé à la vitre, bouche bée, il regardait la neige qui tombait sur le monument aux morts et la mairie de Megève. Il questionnait la dame pour savoir de quelle manière fonctionnaient les téléphériques et s'il pouvait s'inscrire à une école de ski.

Le chalet s'appelait «Croix du Sud». Il était grand, construit en bois foncé, avec des volets verts. Je crois que Freddie l'avait loué à l'un de ses amis de Paris. Il dominait l'un des virages d'une route et de celle-ci on ne le remarquait pas car un rideau de sapins le protégeait. On y accédait de la route en suivant un chemin en lacets. La route, elle aussi, montait quelque part, mais je n'ai jamais eu la curiosité de savoir jusqu'où. Notre chambre, à Denise et à moi, était au premier étage et de la fenêtre, par-dessus les sapins, nous avions une vue sur tout le village de Megève. Je m'étais exercé à reconnaître, les jours de beau temps, le clocher de l'église, la tache ocre que faisait un hôtel au pied de Rochebrune, la gare routière et la patinoire et le cimetière, tout au fond. Freddie et Gay Orlow occupaient une chambre au rez-de-chaussée, à côté de la salle de séjour, et pour accéder à la chambre de Wildmer, il fallait descendre encore un étage car elle se trouvait en contrebas et sa fenêtre, un hublot, était au ras du sol. Mais Wildmer lui-même avait choisi de s'installer là — dans son terrier, comme il disait.

Au début, nous ne quittions pas le chalet. Nous faisions d'interminables parties de cartes dans la salle de séjour. Je garde un souvenir assez précis de cette pièce. Un tapis de laine. Une banquette de cuir au-dessus de laquelle courait un rayonnage de livres. Une table basse. Deux fenêtres qui donnaient sur un balcon. Une femme qui habitait dans le voisinage se chargeait des courses à Megève. Denise lisait des romans policiers qu'elle avait trouvés sur le rayonnage. Moi aussi. Freddie se laissait pousser la barbe et Gay Orlow nous préparait chaque soir un bortsch. Wildmer avait demandé qu'on lui rapportât régulièrement du village *Paris-Sport* qu'il lisait, caché au fond de son «terrier». Un après-midi, alors que nous jouions au bridge, il est apparu, le visage révulsé, en brandissant ce journal. Un chroniqueur retraçait les événements marquants du monde des courses de ces dix dernières années et évoquait, entre autres choses: «L'accident spectaculaire, à Auteuil, du jockey anglais André Wildmer.» Quelques photos illustraient l'article parmi lesquelles une photo de Wildmer, minuscule, plus petite qu'un timbre-poste. Et c'était cela qui l'affolait : que quelqu'un à la gare de Sallanches ou à Megève, dans la pâtisserie près de l'église, eût pu le reconnaître. Que la dame qui nous apportait les provisions et s'occupait un peu du ménage l'eût identifié comme « le jockey anglais André Wildmer ». Une semaine avant notre départ, n'avait-il pas reçu un coup de téléphone anonyme, chez lui, square des Aliscamps ? Une voix feutrée lui avait dit : « Allô ? Toujours à Paris, Wildmer ? » Et on avait éclaté de rire et raccroché.

Nous avions beau lui répéter qu'il ne risquait rien puisqu'il était « citoyen dominicain », il montrait une grande nervosité.

Une nuit, vers trois heures du matin, Freddie donna des coups violents dans la porte du « terrier » de Wildmer, en hurlant : « Nous savons que vous êtes là, André Wildmer... Nous savons que vous êtes le jockey anglais André Wildmer... Sortez immédiatement... »

Wildmer n'avait pas apprécié cette plaisanterie et n'adressa plus la parole à Freddie pendant deux jours. Et puis, ils se réconcilièrent.

Hormis cet incident sans importance, tout se passait dans le plus grand calme, au chalet, les premiers jours.


Mais, peu à peu, Freddie et Gay Orlow se sont lassés de la monotonie de notre emploi du temps. Wildmer lui-même, en dépit de sa peur qu'on reconnût en lui « le jockey anglais », tournait en rond. C'était un sportif, il n'avait pas l'habitude de l'inaction.

Freddie et Gay Orlow ont rencontré des « gens » au cours de promenades qu'ils faisaient à Megève. Beaucoup de « gens », paraît-il, étaient venus comme nous se réfugier ici. On se retrouvait, on organisait des « fêtes ». Nous en avions des échos par Freddie, Gay Orlow et Wildmer qui ne tardèrent pas à se mêler à cette vie nocturne. Moi, je me méfiais. Je préférais rester au chalet avec Denise.

Pourtant, il nous arrivait de descendre au village. Nous quittions le chalet vers dix heures du matin et nous suivions un chemin bordé de petites chapelles. Nous entrions quelquefois dans l'une d'elles et Denise y allumait un cierge. Certaines étaient fermées. Nous marchions lentement pour ne pas glisser dans la neige.

Plus bas un crucifix de pierre se dressait au milieu d'une sorte de rond-point d'où partait un chemin très raide. On avait disposé sur la moitié de celui-ci des marches de bois mais la neige les avait recouvertes. Je précédais Denise, de sorte que je pouvais la retenir, si elle glissait. Au bas du chemin, c'était le village. Nous longions la rue principale, jusqu'à la place de la mairie, et passions devant l'hôtel du Mont-Blanc. Un peu plus loin, sur le trottoir de droite, le bâtiment de béton grisâtre de la poste. Là, nous envoyions quelques lettres aux amis de Denise : Léon, Hélène qui nous avait prêté son appartement, rue Cambacérès... J'avais écrit un mot à Rubirosa pour lui dire que nous étions bien arrivés grâce à ses passeports et lui conseillais de venir nous rejoindre car il m'avait dit, la dernière fois que nous nous étions vus à la légation, qu'il avait l'intention de «se mettre au vert». Je lui donnai notre adresse.

Nous montions vers Rochebrune. De tous les hôtels, au bord de la route, sortaient des groupes d'enfants, encadrés par des monitrices en tenues de sport d'hiver bleu marine. Ils portaient des skis ou des patins à glace sur l'épaule. Depuis quelques mois en effet on avait réquisitionné les hôtels de la station pour les enfants les plus pauvres des grandes villes. Avant de faire demi-tour, nous regardions de loin les gens se presser au guichet du téléphérique.

Au-dessus du chalet «Croix du Sud», si l'on suivait le chemin en pente à travers les sapins, on arrivait devant un chalet très bas, d'un seul étage. C'était là qu'habitait la dame qui faisait les courses pour nous. Son mari possédait quelques vaches, il était gardien de la «Croix du Sud» en l'absence des propriétaires et avait aménagé dans son chalet une grande salle, avec des tables, un bar rudimentaire et un billard. Un après-midi nous sommes montés chercher du lait chez cet homme, Denise et moi. Il n'était pas très aimable avec nous, mais Denise, quand elle a vu le billard, lui a demandé si elle pourrait jouer. Il a d'abord paru surpris, puis il s'est détendu. Il lui a dit de venir jouer quand elle le voudrait.

Nous y allions souvent, le soir, après que Freddie, Gay Orlow et Wildmer nous avaient quittés pour participer à la vie du Megève de ce temps-là. Ils nous proposaient de les retrouver à «L'Équipe» ou dans un chalet quelconque pour une «fête entre amis», mais nous préférions monter là-haut. Georges – c'était le prénom de l'homme – et sa femme nous attendaient. Je crois qu'ils nous aimaient bien. Nous jouions au billard avec lui et deux ou trois de ses amis. C'était Denise qui jouait le mieux. Je la revois, gracile, la canne du billard à la main, je revois son doux visage asiatique, ses yeux clairs, ses cheveux châtains aux reflets de cuivre qui tombaient en torsades jusqu'aux hanches... Elle portait un vieux chandail rouge que lui avait prêté Freddie.

Nous bavardions très tard avec Georges et sa femme. Georges nous disait qu'il y aurait certainement du grabuge, un de ces jours, et des vérifications d'identité car beaucoup de gens qui étaient à Megève en villégiature faisaient la bringue et attiraient l'attention sur eux. Nous, nous ne ressemblions pas aux autres. Sa femme et lui s'occuperaient de nous, en cas de pépin...

Denise m'avait confié que «Georges» lui rappelait son père. On allumait souvent un feu de bois. Les heures passaient, douces et chaleureuses, et nous nous sentions en famille.

Quelquefois, quand les autres étaient partis, nous restions seuls à la «Croix du Sud». Le chalet était à nous. Je voudrais revivre certaines nuits limpides où nous contemplions le village, en bas, qui se découpait avec netteté sur la neige et l'on aurait dit un village en miniature, l'un de ces jouets que l'on expose à Noël, dans les vitrines. Ces nuits-là tout paraissait simple et rassurant et nous rêvions à l'avenir. Nous nous fixerions ici, nos enfants iraient à l'école du village, l'été viendrait dans le bruit des cloches des troupeaux qui paissent... Nous mènerions une vie heureuse et sans surprises.

D'autres nuits, la neige tombait et j'étais gagné par une impression d'étouffement. Nous ne pourrions jamais nous en sortir, Denise et moi. Nous étions prisonniers, au fond de cette vallée, et la neige nous ensevelirait peu à peu. Rien de plus décourageant que ces montagnes qui barraient l'horizon. La panique m'envahissait. Alors, j'ouvrais la porte-fenêtre et nous sortions sur le balcon. Je respirais l'air froid qu'embaumaient les sapins. Je n'avais plus peur. Au contraire, j'éprouvais un détachement, une tristesse sereine qui venaient du paysage. Et nous là-dedans ? L'écho de nos gestes et de nos vies, il me semblait qu'il était étouffé par cette ouate qui tombait en flocons légers autour de nous, sur le clocher de l'église, sur la patinoire et le cimetière, sur le trait plus sombre que dessinait la route à travers la vallée.

Et puis Gay Orlow et Freddie ont commencé à inviter des gens, le soir, au chalet. Wildmer ne craignait plus d'être reconnu et se montrait un très brillant boute-en-train. Il en venait une dizaine, souvent plus, à l'improviste, vers minuit, et la fête commencée dans un autre chalet continuait de plus belle. Nous les évitions, Denise et moi, mais Freddie nous demandait de rester avec une telle gentillesse, que nous lui obéissions quelquefois.

Je revois encore, d'une manière floue, certaines personnes. Un brun vif qui vous proposait sans cesse une partie de poker et circulait dans une voiture immatriculée au Luxembourg ; un certain « André-Karl », blond au chandail rouge, le visage tanné par le ski de fond ; un autre individu, très costaud, caparaçonné de velours noir, et dans mon souvenir il ne cesse de tourner comme un gros bourdon... Des beautés sportives dont une « Jacqueline » et une « Mme Campan ».

Il arrivait qu'au cœur de la soirée, on éteignît brusquement la lumière de la salle de séjour, ou qu'un couple s'isolât dans une chambre.

Ce «Kyril», enfin, que Gay Orlow avait rencontré à la gare de Sallanches, et qui nous avait proposé l'usage de sa voiture. Un Russe, marié à une Française, très jolie femme. Je crois qu'il trafiquait dans les boîtes de peinture et l'aluminium. Du chalet, il téléphonait souvent à Paris et je répétais à Freddie que ces appels téléphoniques attireraient l'attention sur nous, mais chez Freddie, comme chez Wildmer, toute prudence avait disparu.

Ce furent «Kyril» et sa femme qui amenèrent un soir, au chalet, Bob Besson et un certain «Oleg de Wrédé». Besson était moniteur de ski et avait eu, pour clients, des célébrités. Il pratiquait le saut de tremplin et de mauvaises chutes lui avaient couturé le visage de cicatrices. Il boitait légèrement. Un petit homme brun, originaire de Megève. Il buvait, ce qui ne l'empêchait pas de skier à partir de huit heures du matin. Outre son métier de moniteur, il occupait un poste dans les services du ravitaillement, et à ce titre disposait d'une automobile, la conduite intérieure noire que j'avais remarquée à notre arrivée à Sallanches. Wrédé, un jeune Russe que Gay Orlow avait déjà rencontré à Paris, faisait de fréquents séjours à Megève. Il semblait qu'il vécût d'expédients, d'achats et de reventes de pneus et de pièces détachées, car lui aussi téléphonait à Paris du chalet, et je l'entendais toujours appeler un mystérieux «Garage de la Comète».

Pourquoi, ce soir-là, ai-je lié conversation avec Wrédé? Peut-être parce qu'il était d'un abord agréable. Il avait un regard franc et un air de joyeuse naïveté. Il riait pour un rien. Une attention qui lui faisait sans cesse vous demander si «vous vous sentiez bien», si «vous ne vouliez pas un verre d'alcool», si «vous ne préfériez pas être assis sur ce canapé, plutôt que sur cette chaise», si «vous aviez bien dormi la nuit dernière»... Une manière de boire vos paroles, l'œil rond, le front plissé, comme si vous prononciez des oracles.

Il avait compris quelle était notre situation et, très vite, me demanda si nous voulions rester longtemps «dans ces montagnes». Comme je lui répondais que nous n'avions pas le choix, il me déclara à voix basse qu'il connaissait un moyen de passer clandestinement la frontière suisse. Est-ce que cela m'intéressait?

J'ai hésité un instant et lui ai dit que oui.

Il m'a dit qu'il fallait compter 50 000 francs par personne et que Besson était dans le coup. Besson et lui se chargeaient de nous conduire jusqu'à un point proche de la frontière où un passeur expérimenté de leurs amis les relaierait. Ils avaient ainsi fait passer en Suisse une dizaine de gens dont il citait les noms. J'avais le temps de réfléchir. Il repartait à Paris mais serait de retour la semaine suivante. Il me donnait un numéro à Paris : Auteuil 54-73, où je pourrais le joindre si je prenais une décision rapide.

J'en ai parlé à Gay Orlow, à Freddie et à Wildmer. Gay Orlow a paru étonnée que «Wrédé» s'occupât du passage des frontières, elle qui ne le voyait que sous l'aspect d'un jeune homme frivole, vivotant de trafics. Freddie pensait qu'il était inutile de quitter la France puisque nos passeports dominicains nous protégeaient. Wildmer, lui, trouvait à Wrédé une «gueule de gigolo», mais c'était surtout Besson qu'il n'aimait pas. Il nous affirmait que les cicatrices du visage de Besson étaient fausses et qu'il les dessinait lui-même chaque matin à l'aide d'un maquillage. Rivalité de sportifs? Non, vraiment, il ne pouvait pas supporter Besson qu'il appelait : «Carton Pâte». Denise, elle, trouvait Wrédé «sympathique».

Ça s'est décidé très vite. À cause de la neige. Depuis une semaine, il n'arrêtait pas de neiger. J'éprouvais de nouveau cette impression d'étouffement que j'avais déjà connue à Paris. Je me suis dit que si je restais plus longtemps ici, nous serions pris au piège. Je l'ai expliqué à Denise.

Wrédé est revenu la semaine suivante. Nous sommes tombés d'accord et nous avons parlé du passage de la frontière, avec lui et avec Besson. Jamais Wrédé ne m'avait semblé aussi chaleureux, aussi digne de confiance. Sa manière amicale de vous taper sur l'épaule, ses yeux clairs, ses dents blanches, son empressement, tout cela me plaisait, bien que Gay Orlow m'eût souvent dit en riant qu'avec les Russes et les Polonais, il fallait se méfier.

Très tôt, ce matin-là, nous avons bouclé nos bagages, Denise et moi. Les autres dormaient encore et nous n'avons pas voulu les réveiller. J'ai laissé un mot à Freddie.

Ils nous attendaient au bord de la route, dans l'automobile noire de Besson, celle que j'avais déjà vue, à Sallanches. Wrédé était au volant, Besson assis à côté de lui. J'ai ouvert moi-même le coffre de la voiture pour charger les bagages et nous avons pris place, Denise et moi, sur le siège arrière.

Pendant tout le trajet, nous n'avons pas parlé. Wrédé paraissait nerveux.

Il neigeait. Wrédé conduisait lentement. Nous suivions de petites routes de montagne. Le voyage a bien duré deux heures.

C'est au moment où Wrédé a arrêté la voiture et m'a demandé l'argent que j'ai eu un vague pressentiment. Je lui ai tendu les liasses de billets. Il les a comptés. Puis il s'est retourné vers nous et m'a souri. Il a dit que maintenant nous allions nous séparer par mesure de prudence, pour passer la frontière. Je partirais avec Besson, lui avec Denise et les bagages. Nous nous retrouverions dans une heure chez ses amis, de l'autre côté... Il souriait toujours. Étrange sourire que je revois encore dans mes rêves.

Je suis descendu de la voiture avec Besson. Denise s'est assise à l'avant, aux côtés de Wrédé. Je la regardais, et de nouveau un pressentiment m'a pincé le cœur. J'ai voulu ouvrir la portière et lui demander de descendre. Nous serions partis tous les deux. Mais je me suis dit que j'avais un naturel très méfiant et que je me faisais des idées. Denise, elle, semblait confiante et de bonne humeur. De la main, elle m'a envoyé un baiser.

Elle était habillée, ce matin-là, d'un manteau de skunks, d'un pull-over Jacquard et d'un pantalon de ski que lui avait prêté Freddie. Elle avait vingt-six ans, les cheveux châtains, les yeux verts, et mesurait 1,65 m. Nous n'avions pas beaucoup de bagages : deux sacs de cuir et une petite valise marron foncé.

Wrédé, toujours souriant, a mis en marche le moteur. J'ai fait un signe du bras à Denise qui penchait la tête par la vitre baissée. J'ai suivi du regard la voiture qui s'éloignait. Elle n'était plus, là-bas, qu'un tout petit point noir.

J'ai commencé à marcher, derrière Besson. J'observais son dos et la trace de ses pas dans la neige. Brusquement, il m'a dit qu'il partait en éclaireur, car nous approchions de la frontière. Il me demandait de l'attendre.

Au bout d'une dizaine de minutes, j'ai compris qu'il ne reviendrait pas. Pourquoi avais-je entraîné Denise dans ce guet-apens ? De toutes mes forces, j'essayais d'écarter la pensée que Wrédé allait l'abandonner elle aussi et qu'il ne resterait rien de nous deux.

Il neigeait toujours. Je continuais de marcher, en cherchant vainement un point de repère. J'ai marché pendant des heures et des heures. Et puis, j'ai fini par me coucher dans la neige. Tout autour de moi, il n'y avait plus que du blanc.

# XXXVIII

Je suis descendu du train à Sallanches. Il y avait du soleil. Sur la place de la gare, un autocar attendait, le moteur en marche. Un seul taxi, une DS 19, était garé le long du trottoir. Je suis monté dedans.

— À Megève, ai-je dit au chauffeur.

Il a démarré. Un homme d'une soixantaine d'années, les cheveux poivre et sel, qui portait une canadienne au col de fourrure usé. Il suçait un bonbon ou une pastille.

— Beau temps, hein? m'a-t-il dit.

— Eh oui...

Je regardais par la vitre et essayais de reconnaître la route que nous suivions, mais sans la neige, elle ne ressemblait plus du tout à celle de jadis. Le soleil sur les sapins et sur les prairies, la voûte que formaient les arbres, au-dessus de la route, tous ces verts différents me surprenaient.

— Je ne reconnais plus le paysage, dis-je au chauffeur.

— Vous êtes déjà venu ici?

— Oui, il y a très longtemps... et sous la neige...

— Ce n'est pas la même chose, sous la neige.

Il sortit de sa poche une petite boîte ronde et métallique qu'il me tendit.

— Vous voulez une Valda?

— Merci.

Il en prit une lui aussi.

— J'ai arrêté de fumer depuis une semaine... C'est mon docteur qui m'a recommandé de sucer des Valda... Vous fumez, vous?

— J'ai arrêté moi aussi... Dites-moi... Vous êtes de Megève?

— Oui, monsieur.

— J'ai connu des gens à Megève... J'aimerais bien savoir ce qu'ils sont devenus... Par exemple j'ai connu un type qui s'appelait Bob Besson...

Il a ralenti et s'est tourné vers moi.

— Robert? Le moniteur?

— Oui.

Il a hoché la tête.

— J'étais à l'école avec lui.

— Qu'est-ce qu'il est devenu?

— Il est mort. Il s'est tué en sautant d'un tremplin, il y a quelques années.

— Ah bon...

— Il aurait pu faire quelque chose de bien... Mais... Vous l'avez connu?

— Pas très bien.

— Robert a eu la tête tournée très jeune, à cause de ses clients...

Il a ouvert la boîte de métal et avalé une pastille.

— Il est mort sur le coup... en sautant...

Le car nous suivait, à une vingtaine de mètres. Un car bleu ciel.

— Il était très ami avec un Russe, non? ai-je demandé.

— Un Russe? Besson, ami avec un Russe? Il ne comprenait pas ce que je voulais dire.

— Vous savez, Besson n'était vraiment pas un type très intéressant... Il avait une mauvaise mentalité...

J'ai compris qu'il n'en dirait pas plus sur Besson.

— Vous connaissez un chalet de Megève qui s'appelle «Croix du Sud»?

— La «Croix du Sud»?... Il y a eu beaucoup de chalets qui se sont appelés comme ça...

Il me tendait de nouveau la boîte de pastilles. J'en pris une.

— Le chalet surplombait une route, dis-je.

— Quelle route?

Oui : quelle route ? Celle que je voyais dans mon souvenir ressemblait à n'importe quelle route de montagne. Comment la retrouver ? Et le chalet n'existait peut-être plus. Et même s'il existait encore...

Je me suis penché vers le chauffeur. Mon menton est venu toucher le col de fourrure de sa canadienne.

— Ramenez-moi à la gare de Sallanches, ai-je dit.

Il s'est retourné vers moi. Il paraissait surpris.

— Comme vous voudrez, monsieur.

# XXXIX

*Objet*: HOWARD DE LUZ. Alfred Jean.
*Né à*: Port-Louis (île Maurice), le 30 juillet 1912 de HOWARD DE LUZ, Joseph Simety et de Louise, née FOUQUEREAUX.
*Nationalité*: anglaise (et américaine)
M. Howard de Luz a résidé successivement:
Château Saint-Lazare, à Valbreuse (Orne)
23, rue Raynouard, à Paris (16e)
Hôtel Chateaubriand, 18, rue du Cirque, à Paris (8e)
56, avenue Montaigne, à Paris (8e)
25, avenue du Maréchal-Lyautey, à Paris (16e)
M. Howard de Luz, Alfred Jean, n'avait pas de profession bien définie, à Paris.

Il se serait consacré de 1934 à 1939 à la prospection et à l'achat de meubles anciens, pour le compte d'un Grec résidant en France, nommé Jimmy Stern, et aurait fait, à cette occasion, un long voyage aux États-Unis, d'où sa grand-mère était originaire.

Il semble que M. Howard de Luz, bien qu'appartenant à une famille française de l'île Maurice, ait joui de la double nationalité anglaise et américaine.

En 1950 M. Howard de Luz a quitté la France pour se fixer en Polynésie sur l'île de Padipi, proche de Bora Bora (Îles de la Société).

À cette fiche était joint le mot suivant:

« Cher Monsieur, veuillez m'excuser du retard avec lequel je vous communique les renseignements que nous possédons concernant M. Howard de Luz. Il a été très difficile de les trouver : M. Howard de Luz étant ressortissant britannique (ou américain) n'a guère laissé de traces dans nos services.

« Mon souvenir cordial à vous et à Hutte.

« J.-P. Bernardy. »

# XL

«Mon cher Hutte, je vais quitter Paris la semaine prochaine pour une île du Pacifique où j'ai quelque chance de retrouver un homme qui me donnera des renseignements sur ce qu'a été ma vie. Il s'agirait d'un ami de jeunesse.

Jusque-là, tout m'a semblé si chaotique, si morcelé... Des lambeaux, des bribes de quelque chose, me revenaient brusquement au fil de mes recherches... Mais après tout, c'est peut-être ça, une vie...

Est-ce qu'il s'agit bien de la mienne? Ou de celle d'un autre dans laquelle je me suis glissé?

Je vous écrirai de là-bas.

J'espère que tout va bien pour vous à Nice et que vous avez obtenu cette place de bibliothécaire que vous convoitiez, dans ce lieu qui vous rappelle votre enfance.»

# XLI

AUTeuil 54-73 : GARAGE DE LA COMÈTE
5, rue Foucault. Paris 16e.

# XLII

Une rue qui donne sur le quai, avant les jardins du Trocadéro, et il me sembla que dans cette rue habitait Waldo Blunt, le pianiste américain que j'avais accompagné jusque chez lui et qui fut le premier mari de Gay Orlow.

Le garage était fermé depuis longtemps, si l'on en jugeait par la grande porte de fer rouillée. Au-dessus d'elle, sur le mur gris, on pouvait encore lire, bien que les lettres bleues fussent à moitié effacées : GARAGE DE LA COMÈTE.

Au premier étage, à droite, une fenêtre dont le store orange pendait. La fenêtre d'une chambre ? d'un bureau ? Le Russe se trouvait-il dans cette pièce quand je lui avais téléphoné de Megève à AUTeuil 54-73 ? Quelles étaient ses activités au Garage de la Comète ? Comment le savoir ? Tout paraissait si lointain devant ce bâtiment abandonné...

J'ai fait demi-tour et suis resté un moment sur le quai. Je regardais les voitures qui filaient et les lumières, de l'autre côté de la Seine, près du Champ-de-Mars. Quelque chose de ma vie subsistait peut-être, là-bas, dans un petit appartement en bordure des jardins, une personne qui m'avait connu et qui se souvenait encore de moi.

# XLIII

Une femme se tient à l'une des fenêtres d'un rez-de-chaussée, à l'angle de la rue Rude et de la rue de Saïgon. Il y a du soleil et des enfants jouent au ballon sur le trottoir, un peu plus loin. Sans cesse, on entend les enfants crier : « Pedro » car l'un d'eux porte ce prénom et les autres l'interpellent tout en continuant de jouer. Et ce « Pedro » lancé par des voix au timbre clair résonne d'une drôle de façon dans la rue.

De sa fenêtre, elle ne voit pas les enfants. Pedro. Elle a connu quelqu'un qui s'appelait comme ça, il y a longtemps. Elle essaie de se rappeler à quelle époque, tandis que lui parviennent les cris, les rires et le bruit mat du ballon qui rebondit contre un mur. Mais oui. C'était du temps où elle faisait le mannequin, chez Alex Maguy. Elle avait rencontré une certaine Denise, une blonde au visage un peu asiatique, qui travaillait elle aussi dans la couture. Elles avaient tout de suite sympathisé.

Cette Denise vivait avec un homme qui s'appelait Pedro. Sans doute un Américain du Sud. Elle se souvenait en effet que ce Pedro travaillait dans une légation. Un grand brun dont elle revoyait assez nettement le visage. Elle aurait pu le reconnaître encore aujourd'hui, mais il avait dû prendre un coup de vieux.

Un soir, ils étaient venus tous les deux ici, chez elle, rue de Saïgon. Elle avait invité quelques amis à dîner. L'acteur japonais et sa femme aux cheveux d'un blond de corail qui habitaient tout près rue Chalgrin, Évelyne, une brune qu'elle avait connue chez

Alex Maguy, accompagnée d'un jeune homme pâle, une autre personne mais elle avait oublié qui, et Jean-Claude, le Belge qui lui faisait la cour... Le dîner avait été très gai. Elle avait pensé que Denise et Pedro formaient un beau couple.

L'un des enfants a pris le ballon au vol, le serre contre lui et s'éloigne des autres, à grandes enjambées. Elle les voit passer en courant devant sa fenêtre. Celui qui tient le ballon débouche, essoufflé, avenue de la Grande-Armée. Il traverse l'avenue, le ballon toujours serré contre lui. Les autres n'osent pas le suivre et restent immobiles, à le regarder courir, sur le trottoir d'en face. Il pousse le ballon du pied. Le soleil fait briller les chromes des vélos à la devanture des magasins de cycles qui se succèdent le long de l'avenue.

Il a oublié les autres. Il court tout seul avec le ballon, et s'engage à droite, en dribblant, dans la rue Anatole-de-la-Forge.

# XLIV

J'ai appuyé mon front au hublot. Deux hommes faisaient les cent pas sur le pont, en bavardant, et le clair de lune colorait la peau de leur visage d'une teinte cendrée. Ils ont fini par s'accouder au bastingage.

Je ne pouvais pas dormir, bien qu'il n'y eût plus de houle. Je regardais une à une les photos de nous tous, de Denise, de Freddie, de Gay Orlow, et ils perdaient peu à peu de leur réalité à mesure que le bateau poursuivait son périple. Avaient-ils jamais existé? Me revenait en mémoire ce qu'on m'avait dit des activités de Freddie en Amérique. Il avait été le « confident de John Gilbert ». Et ces mots évoquaient pour moi une image : deux hommes marchant côte à côte dans le jardin à l'abandon d'une villa, le long d'un court de tennis recouvert de feuilles mortes et de branches brisées, le plus grand des deux hommes – Freddie – penché vers l'autre qui devait lui parler à voix basse et était certainement John Gilbert.

Plus tard, j'ai entendu une bousculade, des éclats de voix et de rire dans les coursives. On se disputait une trompette pour jouer les premières mesures d'*Auprès de ma blonde*. La porte de la cabine voisine de la mienne a claqué. Ils étaient plusieurs là-dedans. Il y a eu de nouveau des éclats de rire, des tintements de verres qui s'entrechoquaient, des respirations précipitées, un gémissement doux et prolongé...

Quelqu'un rôdait le long des coursives en agitant une petite sonnette et en répétant d'une voix grêle d'enfant de chœur que nous étions passés de l'autre côté de la Ligne.

## XLV

Là-bas, des fanaux rouges s'égrenaient, et l'on croyait d'abord qu'ils flottaient dans l'air avant de comprendre qu'ils suivaient la ligne d'un rivage. On devinait une montagne de soie bleu sombre. Les eaux calmes, après le passage des récifs.

Nous entrions en rade de Papeete.

# XLVI

On m'avait adressé à un certain Fribourg. Il habitait depuis trente ans Bora Bora et filmait des documentaires sur les îles du Pacifique qu'il avait coutume de présenter à Paris, salle Pleyel. C'était l'un des hommes qui connaissaient le mieux l'Océanie. Je n'avais même pas eu besoin de lui montrer la photo de Freddie. Il l'avait rencontré à plusieurs reprises, quand il accostait à l'île de Padipi. Il me le décrivait comme un homme mesurant près de deux mètres, ne quittant jamais son île, ou alors seul sur son bateau, un schooner, à bord duquel il effectuait de longs périples à travers les atolls des Touamotou, et même jusqu'aux Marquises.

Fribourg proposa de m'emmener à l'île de Padipi. Nous nous embarquâmes sur une sorte de bateau de pêche. Nous étions accompagnés par un Maori obèse qui ne quittait pas Fribourg d'une semelle. Je crois qu'ils vivaient ensemble. Couple étrange que ce petit homme aux allures d'ancien chef scout, vêtu d'une culotte de golf élimée et d'une chemisette, et qui portait des lunettes à monture métallique, et du gros Maori à peau cuivrée. Celui-ci était habillé d'un paréo et d'un corsage de cotonnade bleu ciel. Pendant la traversée, il me raconta d'une voix douce qu'adolescent, il avait joué au football avec Alain Gerbault.

# XLVII

Sur l'île, nous suivîmes une allée couverte de gazon et bordée de cocotiers et d'arbres à pain. De temps en temps, un mur blanc à hauteur d'appui marquait la limite d'un jardin au milieu duquel se dressait une maison – toujours la même – avec une véranda et un toit de tôle peint en vert.

Nous débouchâmes sur une grande prairie entourée de barbelés. Du côté gauche, un groupe de hangars la bordaient parmi lesquels un bâtiment de deux étages, d'un beige rosé. Fribourg m'expliqua qu'il s'agissait d'un ancien aérodrome construit par les Américains pendant la guerre du Pacifique et que c'était là que vivait Freddie.

Nous entrâmes dans le bâtiment de deux étages. Au rez-de-chaussée une chambre meublée d'un lit, d'une moustiquaire, d'un bureau et d'un fauteuil d'osier. Une porte donnait accès à une salle de bains rudimentaire.

Au premier et au deuxième étage, les pièces étaient vides et des carreaux manquaient aux fenêtres. Quelques gravats au milieu des couloirs. On avait laissé pendre, à l'un des murs, une carte militaire du Pacifique Sud.

Nous sommes revenus dans la chambre qui devait être celle de Freddie. Des oiseaux au plumage brun se glissaient par la fenêtre entrouverte et se posaient, en rangs serrés, sur le lit, sur le bureau et l'étagère de livres, près de la porte. Il en venait de plus en plus. Fribourg me dit que c'étaient des merles des

Moluques et qu'ils rongeaient tout, le papier, le bois, les murs même des maisons.

Un homme est entré dans la pièce. Il portait un paréo et une barbe blanche. Il a parlé au gros Maori qui suivait Fribourg comme son ombre et le gros traduisait en se dandinant légèrement. Il y avait une quinzaine de jours, le schooner sur lequel Freddie voulait faire un tour jusqu'aux Marquises était revenu s'échouer contre les récifs de corail de l'île, et Freddie n'était plus à bord.

Il nous a demandé si nous voulions voir le bateau et nous a emmenés au bord du lagon. Le bateau était là, le mât brisé, et sur ses flancs, pour les protéger, on avait accroché de vieux pneus de camion.

Fribourg a déclaré que, dès notre retour, nous demanderions qu'on fît des recherches. Le gros Maori au corsage bleu pâle parlait avec l'autre d'une voix très aiguë. On aurait cru qu'il poussait de petits cris. Bientôt, je ne leur prêtai plus la moindre attention.

Je ne sais pas combien de temps je suis resté au bord de ce lagon. Je pensais à Freddie. Non, il n'avait certainement pas disparu en mer. Il avait décidé, sans doute, de couper les dernières amarres et devait se cacher dans un atoll. Je finirais bien par le trouver. Et puis, il me fallait tenter une dernière démarche : me rendre à mon ancienne adresse à Rome, rue des Boutiques Obscures, 2.

Le soir est tombé. Le lagon s'éteignait peu à peu à mesure que sa couleur verte se résorbait. Sur l'eau couraient encore des ombres gris mauve, en une vague phosphorescence.

J'avais sorti de ma poche, machinalement, les photos de nous que je voulais montrer à Freddie, et parmi celles-ci, la photo de Gay Orlow, petite fille. Je n'avais pas remarqué jusque-là qu'elle pleurait. On le devinait à un froncement de ses sourcils. Un instant, mes pensées m'ont emporté loin de ce lagon, à l'autre bout du monde, dans une station balnéaire de la Russie du Sud où la photo avait été prise, il y a longtemps. Une petite fille rentre de la plage, au crépuscule, avec sa mère. Elle pleure pour rien, parce qu'elle aurait voulu continuer de jouer. Elle s'éloigne. Elle a déjà tourné le coin de la rue, et nos vies ne sont-elles pas aussi rapides à se dissiper dans le soir que ce chagrin d'enfant ?

# REMISE DE PEINE

## 1978

*Pour Dominique*

« *Il n'est guère de famille pour peu qu'elle puisse
remonter à quatre générations qui ne prétende avoir
des droits sur quelque titre en sommeil ou bien sur
quelque château ou domaine, des droits qui ne sauraient
être soutenus devant un tribunal mais qui flattent
l'imagination et qui écourtent les heures d'oisiveté.
Les droits qu'un homme a sur son propre passé sont
plus précaires encore.* »

R. L. STEVENSON
*Un chapitre sur les rêves*

C'était l'époque où les tournées théâtrales ne parcouraient pas seulement la France, la Suisse et la Belgique, mais aussi l'Afrique du Nord. J'avais dix ans. Ma mère était partie jouer une pièce en tournée et nous habitions, mon frère et moi, chez des amies à elle, dans un village des environs de Paris. Une maison d'un étage, à la façade de lierre. L'une de ces fenêtres en saillie que les Anglais nomment *bow-windows* prolongeait le salon. Derrière la maison, un jardin en terrasses. Au fond de la première terrasse du jardin était cachée sous des clématites la tombe du docteur Guillotin. Avait-il vécu dans cette maison ? Y avait-il perfectionné sa machine à couper les têtes ? Tout en haut du jardin, deux pommiers et un poirier.

Les petites plaques d'émail accrochées par des chaînettes d'argent aux carafons de liqueur, dans le salon, portaient des noms : Izarra, Sherry, Curaçao. Le chèvrefeuille envahissait la margelle du puits, au milieu de la cour qui précédait le jardin. Le téléphone était posé sur un guéridon, tout près de l'une des fenêtres du salon.

Un grillage protégeait la façade de la maison, légèrement en retrait de la rue du Docteur-Dordaine. Un jour, on avait repeint le grillage après l'avoir couvert de minium. Était-ce bien du minium, cet enduit de couleur orange qui reste vivace dans mon souvenir ? La rue du Docteur-Dordaine avait un aspect villageois, surtout à son extrémité : une institution de bonnes sœurs, puis une ferme où on allait chercher du lait, et, plus loin, le château. Si vous descendiez la rue, sur le trottoir de droite, vous passiez devant la poste ; à la même hauteur, du côté gauche, vous distinguiez, derrière une grille, les serres du fleuriste dont le fils était mon voisin de classe. Un peu plus loin, sur le même trottoir que la poste, le mur de l'école Jeanne-d'Arc, enfoui sous les feuillages des platanes.

En face de la maison, une avenue en pente douce. Elle était bordée, à droite, par le temple protestant et par un petit bois dans les fourrés duquel nous avions trouvé un casque de soldat allemand ; à gauche, par une demeure longue et blanche à fronton, avec un grand jardin et un saule pleureur. Plus bas, mitoyenne de ce jardin, l'auberge Robin des Bois.

Au bout de la pente, et perpendiculaire à elle, la route. Vers la droite, la place de la gare, toujours déserte, sur laquelle nous avons appris à faire du vélo. Dans l'autre sens, vous longiez le jardin public. Sur le trottoir de gauche, un bâtiment avec une galerie de béton où se succédaient le marchand de journaux, le cinéma et la pharmacie. Le fils du pharmacien était l'un de mes camarades de classe, et, une nuit, son père s'est tué en se pendant à une corde qu'il avait attachée à la terrasse de la galerie. Il paraît que les gens se pendent en été. Les autres saisons, ils préfèrent se tuer en se noyant dans les rivières. C'était le maire du village qui l'avait dit au marchand de journaux.

Ensuite, un terrain désert où se tenait le marché, chaque vendredi. Quelquefois s'y dressaient le chapiteau d'un cirque ambulant et les baraques d'une fête foraine.

Vous arriviez devant la mairie et le passage à niveau. Après avoir franchi celui-ci, vous suiviez la grande rue du village qui montait jusqu'à la place de l'église et le monument aux morts. Pour une messe de Noël, nous avions été, mon frère et moi, enfants de chœur dans cette église.

Il n'y avait que des femmes dans la maison où nous habitions tous les deux. La petite Hélène était une brune d'une quarantaine d'années, avec un front large et des pommettes. Sa très petite taille nous la rendait proche. Elle boitait légèrement à cause d'un accident du travail. Elle avait été écuyère puis acrobate, et cela lui donnait du prestige à nos yeux. Le cirque – que nous avions découvert, mon frère et moi, un après-midi à Medrano – était un monde dont nous voulions faire partie. Elle nous avait dit qu'elle n'exerçait plus son métier depuis longtemps et elle nous montrait un album où étaient collées des photos d'elle en tenue d'écuyère et d'acrobate et des pages de programmes de music-hall qui mentionnaient son nom : Hélène Toch. Souvent, je lui demandais de me prêter cet album pour que je puisse le feuilleter dans mon lit, avant de m'endormir.

Elles formaient un curieux trio, elle, Annie et la mère d'Annie, Mathilde F. Annie était une blonde aux cheveux courts, le nez droit, le visage doux et délicat, les yeux clairs. Mais quelque chose de brutal dans son allure contrastait avec la douceur du visage, peut-être à cause du vieux blouson de cuir marron – un blouson d'homme – qu'elle portait sur des pantalons noirs très étroits, pendant la journée. Le soir, elle s'habillait souvent d'une robe bleu pâle serrée à la taille par une large ceinture noire et je la préférais comme ça.

La mère d'Annie ne lui ressemblait pas. Était-elle vraiment sa mère ? Annie l'appelait Mathilde. Des cheveux gris en chignon. Un visage dur. Toujours habillée de sombre. Elle me faisait peur. Elle me semblait vieille, et pourtant elle ne l'était pas : Annie avait vingt-six ans à l'époque et sa mère la cinquantaine. Je me souviens des camées qu'elle agrafait à son corsage. Elle avait un accent du Midi que j'ai retrouvé plus tard chez les natifs de Nîmes. Annie, elle, n'avait pas cet accent, mais, comme mon frère et moi, celui de Paris.

Chaque fois que Mathilde s'adressait à moi, elle m'appelait : l'«imbécile heureux». Un matin que je descendais de ma chambre pour prendre le petit déjeuner, elle m'avait dit comme d'habitude :

— Bonjour, imbécile heureux.

Je lui avais dit :

— Bonjour, madame.

Et, après toutes ces années, je l'entends encore me répondre de sa voix sèche, à l'accent de Nîmes :

— Madame?... Tu peux m'appeler Mathilde, imbécile heureux...

La petite Hélène, sous sa gentillesse, devait être une femme d'une trempe d'acier.

J'ai su plus tard qu'elle avait fait la connaissance d'Annie quand celle-ci avait dix-neuf ans. Elle exerçait un tel ascendant sur Annie et sur sa mère Mathilde F., que les deux femmes étaient parties avec elle, abandonnant monsieur F.

Un jour, certainement, le cirque où travaillait la petite Hélène s'est arrêté dans un bourg de province où vivaient Annie et sa mère. Annie était assise près de l'orchestre, et les trompettes ont annoncé l'arrivée de la petite Hélène qui montait un cheval noir au caparaçon d'argent. Ou bien, je l'imagine, là-haut, sur le trapèze, se préparant au triple saut périlleux.

Et Annie la rejoint après le spectacle, dans la roulotte que la petite Hélène partage avec la femme-serpent.

Une amie d'Annie F. venait souvent à la maison. Elle s'appelait Frede. Aujourd'hui, à mes yeux d'adulte, elle n'est plus qu'une femme qui tenait, dans les années cinquante, une boîte de nuit, rue de Ponthieu. À cette époque, elle paraissait avoir le même âge qu'Annie, mais elle était un peu plus vieille, environ trente-cinq ans. Une brune aux cheveux courts, au corps gracile, au teint pâle. Elle portait des vestes d'homme, serrées à la taille, que je croyais être des vestes de cavalière.

L'autre jour, chez un bouquiniste, je feuilletais un vieux numéro de *la Semaine à Paris* datant de juillet 1939, où étaient indiqués les programmes des cinémas, des théâtres, des music-halls et des cabarets. J'ai eu la surprise de tomber sur une minuscule photo de Frede : à vingt ans, elle animait déjà une boîte de nuit. J'ai acheté ce programme, un peu comme on se procure une pièce à conviction, une preuve tangible que vous n'avez pas rêvé.

Il y est écrit :

LA SILHOUETTE
58, rue Notre-Dame-de-Lorette
Montmartre. TRI 64-72.
FREDE présente de 22 h à l'aube
son Cabaret-Dancing féminin
Rentrée de Suisse   DON MARYO
du célèbre orchestre
Le Guitariste Isidore Langlois
Betty and the nice boys.

Et je retrouve, fugitivement, l'image que nous avions de Frede, mon frère et moi, lorsque nous la voyions dans le jardin de la maison, au retour de l'école : une femme qui appartenait au monde du cirque, comme la petite Hélène, et que ce monde nimbait de mystère. Il ne faisait aucun doute pour nous que Frede dirigeait un cirque à Paris, plus petit que Medrano, un cirque sous un chapiteau de toile blanche, rayée de rouge, qui s'appelait « le Carroll's ». Ce nom revenait souvent dans la bouche d'Annie et de Frede : Carroll's – la boîte de nuit, rue de Ponthieu – mais je voyais le chapiteau blanc et rouge et les animaux de la ménagerie, dont Frede, avec sa silhouette mince et ses vestes cintrées, était la dompteuse.

Quelquefois le jeudi, elle accompagnait son neveu à la maison, un garçon de notre âge. Et nous passions l'après-midi à jouer tous les trois ensemble. Il en savait beaucoup plus long que nous au sujet du Carroll's. Je me souviens d'une phrase sibylline qu'il nous avait dite et qui éveille encore en moi un écho :

— Annie a pleuré toute la nuit au Carroll's...

Peut-être avait-il entendu cette phrase dans la bouche de sa tante, sans la comprendre. Quand celle-ci ne l'accompagnait pas, nous allions le chercher, mon frère et moi, le jeudi, à la gare, au début de l'après-midi. Nous ne l'appelions jamais par son prénom que nous ignorions. Nous l'appelions « le neveu de Frede ».

Elles ont engagé une jeune fille pour venir me chercher à l'école et s'occuper de nous. Elle habitait à la maison dans la chambre voisine de la nôtre. Elle coiffait ses cheveux noirs en un chignon très strict, et ses yeux étaient d'un vert si clair qu'il lui donnait un regard transparent. Elle ne parlait presque pas. Son silence et ses yeux transparents nous intimidaient, mon frère et moi. Pour nous, la petite Hélène, Frede et même Annie appartenaient au monde du cirque, mais cette silencieuse jeune fille au chignon noir et aux yeux pâles était un personnage de conte. Nous l'appelions Blanche-Neige.

Je garde le souvenir des dîners où nous étions tous réunis dans la pièce qui servait de salle à manger et qui était séparée du salon par le couloir de l'entrée. Blanche-Neige était assise au bout de la table, mon frère à sa droite et moi à sa gauche. Annie se tenait à côté de moi, la petite Hélène en face, et Mathilde à l'autre bout de table. Un soir, à cause d'une panne d'électricité, la pièce était éclairée par une lampe à huile posée sur la cheminée et qui laissait autour de nous des zones de pénombre.

Les autres l'appelaient Blanche-Neige, comme nous, et quelquefois «ma biche». Elles la tutoyaient. Et une intimité s'était bientôt établie entre elles, puisque Blanche-Neige aussi les tutoyait.

Je suppose qu'elles avaient loué cette maison. À moins que la petite Hélène en fût la propriétaire, car elle était bien connue parmi les commerçants du village. Peut-être la maison appartenait-elle à Frede. Je me souviens que Frede recevait beaucoup de courrier, rue du Docteur-Dordaine. C'était moi, chaque matin, avant l'école, qui cherchais les lettres dans la boîte.

Annie allait presque tous les jours à Paris, dans sa quatre-chevaux beige. Elle rentrait très tard et, quelquefois, elle restait absente jusqu'au lendemain. Souvent, la petite Hélène l'accompagnait. Mathilde ne quittait pas la maison. Elle faisait les courses. Elle achetait un magazine qui s'appelait *Noir et Blanc*, et dont les numéros traînaient dans la salle à manger. Je les feuilletais, le jeudi après-midi, quand il pleuvait et que nous écoutions une émission pour les enfants, à la radio. Mathilde m'arrachait des mains *Noir et Blanc*.

— Ne regarde pas ça, imbécile heureux ! Ce n'est pas de ton âge...

Blanche-Neige m'attendait à la sortie de l'école, avec mon frère qui était encore trop jeune pour commencer les études. Annie m'avait inscrit à l'école Jeanne-d'Arc, tout au bout de la rue du Docteur-Dordaine. La directrice lui avait demandé si elle était ma mère et elle avait répondu : oui.

Nous étions tous les deux assis devant le bureau de la directrice. Annie portait son vieux blouson de cuir et un pantalon de toile bleue délavée qu'une amie à elle qui venait parfois à la maison — Zina Rachevsky — lui avait ramené d'Amérique : un blue-jean. On en voyait peu, en France, à cette époque. La directrice nous considérait d'un œil méfiant :

— Il faudra que votre fils mette une blouse grise pour la classe, avait-elle dit. Comme tous ses autres petits camarades.

Sur le chemin du retour, le long de la rue du Docteur-Dordaine, Annie marchait à côté de moi et elle avait posé sa main sur mon épaule.

— Je lui ai dit que j'étais ta mère, parce que c'était trop compliqué de lui donner des explications. Tu es d'accord, hein, Patoche ?

Moi, je pensais avec curiosité à cette blouse grise qu'il faudrait que je porte, comme tous mes autres petits camarades.

Je ne suis pas resté longtemps élève à l'institution Jeanne-d'Arc. Le sol de la cour de récréation était noir, à cause du mâchefer. Et ce noir s'harmonisait bien avec l'écorce et les feuillages des platanes. Un matin, pendant la récréation, la directrice s'est dirigée vers moi et m'a dit :

— Je voudrais voir ta mère. Demande-lui de venir cet après-midi, au début de la classe.

Elle me parlait, comme d'habitude, d'une voix sèche. Elle ne m'aimait pas. Qu'est-ce que je lui avais fait ?

À la sortie de l'école, Blanche-Neige et mon frère m'attendaient.

— Tu as une drôle de tête, a dit Blanche-Neige. Ça ne va pas ?

Je lui ai demandé si Annie était à la maison. Je n'avais qu'une peur : qu'elle ne soit pas rentrée de Paris, pendant la nuit.

Par chance, elle était rentrée, mais très tard. Elle dormait encore dans la chambre au bout du couloir dont les fenêtres ouvraient sur le jardin.

— Va la réveiller, m'a dit la petite Hélène à qui j'avais expliqué que la directrice de l'école voulait voir ma mère.

J'ai frappé à la porte de sa chambre. Elle ne répondait pas. La phrase mystérieuse du neveu de Frede m'est revenue en mémoire : « Annie a pleuré toute la nuit au Carroll's. » Oui, elle dormait encore à midi parce qu'elle avait pleuré toute la nuit au Carroll's.

J'ai tourné la poignée de la porte, et j'ai poussé celle-ci, lentement. Il faisait jour dans la chambre. Annie n'avait pas tiré les rideaux. Elle était allongée sur le grand lit, tout au bord de celui-ci, et elle aurait pu tomber d'un instant à l'autre. Pourquoi ne se mettait-elle pas au milieu du lit ? Elle dormait, le bras ramené sur son épaule, comme si elle avait froid, et pourtant elle était tout habillée. Elle n'avait même pas enlevé ses chaussures et elle portait son vieux blouson de cuir. Je lui ai secoué doucement l'épaule. Elle a ouvert les yeux et elle m'a regardé en fronçant les sourcils :

— Ah... c'est toi, Patoche...

Elle faisait les cent pas sous les platanes de la cour de récréation, avec la directrice de l'institution Jeanne-d'Arc. La directrice m'avait dit de les attendre dans la cour, pendant qu'elles parlaient. Mes camarades étaient rentrés en classe à la sonnerie de deux heures moins cinq, et je les regardais, là-bas, derrière les carreaux, assis à leurs pupitres, sans moi. J'essayais d'entendre ce qu'elles disaient, mais je n'osais pas me rapprocher d'elles. Annie portait son vieux blouson de cuir sur une chemise d'homme.

Et puis elle a laissé la directrice et elle a marché vers moi. Nous sommes sortis tous les deux par la petite porte percée dans le mur, qui donnait sur la rue du Docteur-Dordaine.

— Mon pauvre Patoche... Ils t'ont renvoyé...

J'avais envie de pleurer, mais en levant la tête vers elle, j'ai vu qu'elle souriait. Et cela m'a rassuré.

— Tu es un mauvais élève... comme moi...

Oui, j'étais rassuré qu'elle ne me gronde pas, mais un peu surpris, tout de même, que cet événement, qui me semblait grave, la fasse sourire, elle.

— Ne t'inquiète pas, mon vieux Patoche... On va t'inscrire dans une autre école...

Je ne crois pas avoir été plus mauvais élève qu'un autre. La directrice de l'institution Jeanne-d'Arc s'était sans doute renseignée sur ma famille. Elle avait dû s'apercevoir qu'Annie n'était pas ma mère. Annie, la petite Hélène, Mathilde et même Blanche-Neige : drôle de famille... Elle avait craint que je sois un dangereux exemple pour mes camarades de classe. Qu'aurait-on pu nous reprocher ? D'abord le mensonge d'Annie. Il avait peut-être attiré tout de suite l'attention de la directrice : Annie paraissait plus jeune que son âge, et il aurait mieux valu qu'elle dise qu'elle était ma grande sœur... Et puis son blouson de cuir et surtout ce blue-jean délavé, si rare à l'époque... Rien à reprocher à Mathilde. Une vieille dame comme les autres avec ses vêtements sombres, son corsage, son camée et son accent de Nîmes... En revanche, la petite Hélène s'habillait quelquefois d'une drôle de manière quand elle nous emmenait à la messe ou chez les commerçants du village : un pantalon de cheval avec des bottes, des chemisiers aux manches bouffantes et serrées aux poignets, un fuseau de ski noir, ou même un boléro incrusté de nacre... On devinait quel avait été son ancien métier. Et pourtant, le marchand de journaux et le pâtissier semblaient l'aimer bien et lui disaient toujours avec beaucoup de politesse :

— Bonjour, mademoiselle Toch... Au revoir, mademoiselle Toch... Et pour mademoiselle Toch, ce sera ?...

Et que pouvait-on reprocher à Blanche-Neige ? Son silence, son chignon noir et ses yeux transparents inspiraient le respect. La directrice de l'institution Jeanne-d'Arc se demandait certainement pourquoi cette jeune fille venait me chercher à la sortie de l'école et non pas ma mère ; et pourquoi je ne rentrais pas tout seul à la maison, comme mes autres petits camarades. Elle devait penser que nous étions riches.

Qui sait ? Il avait suffi que la directrice voie Annie pour qu'elle éprouve de la méfiance envers nous. Moi-même, j'avais surpris, un soir, quelques bribes d'une conversation entre la petite Hélène et Mathilde. Annie n'était pas encore rentrée de Paris dans sa quatre-chevaux et Mathilde paraissait inquiète.

— Elle est capable de tout, avait dit Mathilde d'un air pensif. Vous savez bien, Linou, que c'est une tête brûlée.

— Elle ne peut pas faire quelque chose de grave, avait dit la petite Hélène.

Mathilde était restée un moment silencieuse et elle avait dit :

— Vous comprenez, Linou, vous avez quand même de drôles de fréquentations...

Le visage de la petite Hélène s'était durci.

— De drôles de fréquentations ? Qu'est-ce que vous voulez dire, Thilda ?

Elle avait une voix sèche que je ne lui connaissais pas.

— Ne vous fâchez pas, Linou, avait dit Mathilde, avec un air craintif et docile.

Ce n'était plus la même femme que celle qui me traitait d'« imbécile heureux ».

À partir de ce jour-là, j'ai pensé qu'Annie, pendant ses

absences, ne consacrait pas seulement son temps à pleurer toute la nuit au Carroll's. Elle faisait peut-être quelque chose de grave. Plus tard, quand j'ai demandé ce qui s'était passé, on m'a répondu : «Quelque chose de très grave», et c'était comme l'écho d'une phrase que j'avais déjà entendue. Mais ce soir-là, l'expression «tête brûlée» m'inquiétait. J'avais beau regarder le visage d'Annie, je n'y trouvais que douceur. Derrière ces yeux limpides et ce sourire, il y avait donc une tête brûlée ?

J'étais maintenant élève à l'école communale du village, un peu plus loin que l'institution Jeanne-d'Arc. Il fallait suivre la rue du Docteur-Dordaine jusqu'au bout et traverser la route qui descendait vers la mairie et le passage à niveau. Une grande porte de fer à deux battants ouvrait sur la cour de récréation. Là aussi, nous portions des blouses grises, mais la cour n'était pas recouverte de mâchefer. Il y avait de la terre, tout simplement. L'instituteur m'aimait bien et il me demandait, chaque matin, de lire un poème à la classe. Un jour, la petite Hélène était venue me chercher, en l'absence de Blanche-Neige. Elle portait sa culotte de cheval, ses bottes et sa veste que j'appelais « la Veste de cow-boy ». Elle avait serré la main de l'instituteur et elle lui avait dit qu'elle était ma tante.

— Votre neveu lit très bien les poèmes, avait dit l'instituteur.

Je lisais toujours le même, celui que nous savions par cœur, mon frère et moi :

*Ô combien de marins, combien de capitaines...*

J'avais de bons camarades, dans cette classe : le fils du fleuriste de la rue du Docteur-Dordaine, le fils du pharmacien, et je me rappelle le matin où nous avons appris que son père s'était pendu... le fils du boulanger du hameau des Metz dont la sœur avait mon âge et des cheveux blonds et bouclés qui lui descendaient jusqu'aux chevilles.

Souvent Blanche-Neige ne venait pas me chercher : elle savait que je rentrerais avec le fils du fleuriste dont la maison était voisine de la nôtre. À la sortie de l'école, les fins d'après-midi où nous n'avions pas de devoirs, nous allions en bande à l'autre bout du village, plus loin que le château et la gare, jusqu'au grand moulin à eau, en bordure de la Bièvre. Il fonctionnait toujours et, pourtant, il semblait vétuste et abandonné. Le jeudi, j'y emmenais mon frère, quand le neveu de Frede n'était pas là. C'était une aventure que nous devions garder secrète. Nous nous glissions par la brèche du mur et nous nous asseyions par terre, l'un à côté de l'autre. La grande roue tournait. Nous entendions un bourdonnement de moteur et un fracas de cascade. Il faisait frais ici, et nous respirions une odeur d'eau et d'herbe mouillée. Cette grande roue qui luisait dans la demi-pénombre nous effrayait un peu, mais nous ne pouvions pas nous empêcher de la regarder tourner, assis côte à côte, les bras croisés sur nos genoux.

Mon père nous rendait visite entre deux voyages à Brazzaville. Il ne conduisait pas et, comme il fallait bien que quelqu'un l'emmène en voiture de Paris jusqu'au village, ses amis, à tour de rôle, l'escortaient : Annet Badel, Sacha Gordine, Robert Fly, Jacques Boudot-Lamotte, Georges Giorgini, Geza Pellmont, le gros Lucien P. qui s'asseyait sur un fauteuil du salon, et chaque fois nous craignions que le fauteuil ne s'effondre ou ne se fende sous son poids ; Stioppa de D., qui portait un monocle et une pelisse, et dont les cheveux étaient si lourds de gomina qu'ils laissaient des taches sur les canapés et les murs contre lesquels Stioppa appuyait sa nuque.

Ces visites avaient lieu le jeudi, et mon père nous invitait à déjeuner à l'auberge Robin des Bois. Annie et la petite Hélène étaient absentes. Mathilde restait à la maison. Seule, Blanche-Neige nous accompagnait au déjeuner. Et quelquefois le neveu de Frede.

Mon père avait fréquenté l'auberge Robin des Bois, il y a longtemps. Il en parlait, au cours de l'un de nos déjeuners, à son ami Geza Pellmont, et j'écoutais leur conversation.

— Tu te souviens ?... avait dit Pellmont. Nous venions ici avec Eliot Salter...

— Le château est en ruine, avait dit mon père.

Le château se trouvait au bout de la rue du Docteur-Dordaine, à l'opposé de l'institution Jeanne-d'Arc. Sur la grille entrouverte était fixé un panneau de bois à moitié pourri où l'on pouvait encore lire : « Propriété réquisitionnée par l'Armée américaine pour le brigadier général Franck Allen. » Le jeudi, nous nous glissions entre les deux battants de la grille. Dans la prairie aux herbes hautes, nous nous enfoncions presque jusqu'à la taille. Au fond, se dressait un château de style Louis XIII, dont la façade était flanquée de deux pavillons en saillie. Mais j'ai su plus tard qu'il avait été construit à la fin du XIXe siècle. Nous jouions au cerf-volant dans la prairie, un cerf-volant de toile rouge et bleu en forme d'aéroplane. Nous avions beaucoup de mal à lui faire prendre de l'altitude. Là-bas, à la droite du château, une butte plantée de pins, avec un banc de pierre sur lequel s'asseyait Blanche-Neige... Elle lisait *Noir et Blanc* ou bien elle tricotait, tandis que nous montions aux branches des pins. Mais nous avions le vertige, mon frère et moi, et seul le neveu de Frede atteignait le sommet des arbres.

Vers le milieu de l'après-midi, nous suivions le sentier qui partait de la butte et nous nous enfoncions, en compagnie de Blanche-Neige, dans la forêt. Nous marchions jusqu'au hameau des Mets. En automne, nous ramassions les châtaignes. Le boulanger des Mets était le père de mon camarade de classe, et chaque fois que nous entrions dans sa boutique, la sœur de mon ami était là, et j'admirais ses cheveux blonds bouclés qui lui tombaient jusqu'aux chevilles. Et puis nous revenions par le même chemin. Dans le crépuscule, la façade et les deux pavillons en saillie du château prenaient un aspect sinistre et nous faisaient battre le cœur, à mon frère et moi.

— On va voir le château ?

Désormais, c'était la phrase que mon père prononçait chaque fois, à la fin du déjeuner. Et comme les autres jeudis, nous suivions la rue du Docteur-Dordaine, nous nous glissions par la grille entrouverte dans la prairie. Sauf que, ces jours-là, mon père et l'un de ses amis : Badel, Gordine, Stioppa ou Robert Fly, nous accompagnaient.

Blanche-Neige allait s'asseoir sur le banc, au pied des pins, à sa place habituelle. Mon père s'approchait du château, il contemplait la façade et les hautes fenêtres murées. Il poussait la porte d'entrée et nous pénétrions dans un hall dont le dallage disparaissait sous les gravats et les feuilles mortes. Au fond du hall, la cage d'un ascenseur.

— Oui, j'ai connu le propriétaire de ce château, disait mon père.

Il voyait bien que nous étions intéressés, mon frère et moi. Alors, il nous racontait l'histoire d'Eliot Salter, marquis de Caussade, qui, à l'âge de vingt ans, pendant la première guerre, avait été un héros de l'aviation. Puis il avait épousé une Argentine et il était devenu le roi de l'armagnac. L'armagnac — disait mon père — est un alcool que Salter, marquis de Caussade, fabriquait et qu'il vendait dans de très jolies bouteilles par camions entiers. Je l'aidais à décharger tous les camions — disait mon père. Nous comptions les caisses, au fur et à mesure. Il avait acheté ce château. Il avait disparu à la fin de la guerre avec sa femme, mais il n'était pas mort et il reviendrait un jour.

Mon père avait arraché avec précaution une petite affiche collée contre la porte d'entrée, à l'intérieur. Et il me l'avait offerte. Je peux encore aujourd'hui réciter, sans la moindre hésitation, le texte de celle-ci :

Confiscation des profits illicites
mardi 23 juillet à 14 h.
Sis au hameau des Mets.
Magnifique domaine
comprenant château et 300 hectares de forêts.

— Surveillez bien le château, les enfants, disait mon père. Le marquis reviendra plus vite qu'on ne le pense...

Et avant de monter dans la voiture de l'ami qui lui servait de chauffeur ce jour-là, il nous saluait d'une main distraite, que nous voyions encore s'agiter mollement à travers la vitre, quand la voiture prenait la direction de Paris.

Nous avions décidé, mon frère et moi, d'aller visiter le château, la nuit. Il fallait attendre que tout le monde dorme dans la maison. La chambre de Mathilde occupait le rez-de-chaussée d'un minuscule pavillon, au fond de la cour : pas de danger qu'elle nous surprenne. La chambre de la petite Hélène était au premier étage, à l'autre bout du couloir, et celle de Blanche-Neige, à côté de la nôtre. Le parquet du couloir craquait un peu, mais une fois que nous serions au bas de l'escalier, nous n'avions plus rien à craindre et le chemin serait libre. Nous choisirions une nuit où Annie n'était pas là – car elle s'endormait très tard –, une nuit où elle pleurait au Carroll's.

Nous avions pris la torche électrique dans le placard de la cuisine, une torche au métal argenté qui projetait une lumière jaune. Et nous nous habillions. Nous gardions notre veste de pyjama sous un chandail. Pour rester éveillés, nous parlions d'Eliot Salter, marquis de Caussade. Nous faisions, chacun à notre tour, les suppositions les plus diverses à son sujet. Pour mon frère, les nuits où il venait au château, il arrivait à la gare du village par le dernier train de Paris, celui de vingt-trois heures trente, dont nous pouvions entendre le grondement cadencé de la fenêtre de notre chambre. Il n'attirait pas l'attention sur lui et il évitait de garer une voiture, qui aurait semblé suspecte, devant la grille du château. C'était à pied, comme un simple promeneur, qu'il se rendait, pour une nuit, dans son domaine.

Nous partagions la même conviction tous les deux : Eliot Salter, marquis de Caussade, se tenait ces nuits-là dans le hall du château. Avant sa venue, on avait déblayé les feuilles mortes et les gravats, et on les remettrait ensuite pour ne laisser aucune trace de son passage. Et celui qui préparait ainsi la visite de son maître était le garde-chasse des Mets. Il habitait dans la forêt, entre le hameau et la lisière de l'aérodrome de Villacoublay. Nous le rencontrions souvent au cours de nos promenades avec Blanche-Neige. Nous avions demandé au fils du boulanger quel était le nom de ce fidèle serviteur qui cachait bien son secret : Grosclaude.

Ce n'était pas un hasard si Grosclaude habitait là. Nous avions découvert, dans cette zone de la forêt qui bordait l'aérodrome, une piste d'atterrissage désaffectée, avec un grand hangar. Le marquis utilisait cette piste, la nuit, pour partir en avion vers une destination lointaine – une île des mers du Sud. Au bout de quelque temps, il revenait de là-bas. Et Grosclaude, ces nuits-là, disposait sur la piste de petits signaux lumineux pour que le marquis puisse atterrir sans difficulté.

Le marquis était assis sur un fauteuil de velours vert devant la cheminée massive où Grosclaude avait allumé un feu. Derrière lui, une table était dressée : des chandeliers d'argent, des dentelles et du cristal. Nous entrions dans le hall, mon frère et moi. Il n'était éclairé que par le feu de la cheminée et les flammes des bougies. Grosclaude nous voyait, le premier. Il marchait vers nous, avec ses bottes et son pantalon de cheval.

— Qu'est-ce que vous faites ici ?

Sa voix était menaçante. Il nous donnerait une paire de gifles à chacun et nous pousserait dehors. Il valait mieux qu'à notre entrée dans le hall nous nous dirigions le plus vite possible vers le marquis de Caussade et que nous lui parlions. Et nous voulions préparer à l'avance ce que nous lui dirions.

— Nous venons vous voir parce que vous êtes un ami de mon père.

C'est moi qui prononcerais cette première phrase. Ensuite, chacun à notre tour, nous lui dirions :

— Bonsoir, monsieur le marquis.

Et j'ajouterais :

— Nous savons que vous êtes le roi de l'armagnac.

Un détail, pourtant, me causait beaucoup d'appréhension : l'instant où le marquis Eliot Salter de Caussade tournerait son visage vers nous. Mon père nous avait raconté qu'au cours d'un combat aérien de la première guerre, il s'était brûlé le visage et qu'il dissimulait cette brûlure en recouvrant sa peau d'un fard de couleur ocre. Dans ce hall, à la clarté des bougies et du feu de bois, ce visage devait être inquiétant. Mais je verrais enfin ce que j'essayais de voir derrière le sourire et les yeux clairs d'Annie : une tête brûlée.

Nous avions descendu l'escalier sur la pointe des pieds, nos chaussures à la main. Le réveil de la cuisine marquait onze heures vingt-cinq minutes. Nous avions refermé doucement la porte d'entrée de la maison et la petite porte grillagée qui donnait rue du Docteur-Dordaine. Assis sur le rebord du trottoir, nous lacions nos chaussures. Le grondement du train se rapprochait. Il allait entrer en gare dans quelques minutes et il ne laisserait qu'un seul passager sur le quai : Eliot Salter, marquis de Caussade et roi de l'armagnac.

Nous choisissions des nuits où le ciel était clair et où brillaient les étoiles et un quartier de lune. Les chaussures lacées, la torche électrique dissimulée entre mon chandail et ma veste, il fallait maintenant que nous marchions jusqu'au château. La rue déserte sous la lune, le silence et le sentiment qui nous prenait d'avoir quitté pour toujours la maison nous faisaient peu à peu ralentir le pas. Au bout d'une cinquantaine de mètres, nous revenions en arrière.

Maintenant, nous délacions nos chaussures et nous refermions la porte d'entrée de la maison. Le réveil de la cuisine marquait minuit moins vingt. Je rangeais dans le placard la torche électrique et nous montions l'escalier sur la pointe des pieds.

Blottis dans nos lits jumeaux, nous éprouvions un certain soulagement. Nous parlions à voix basse du marquis, et chacun de nous deux trouvait un détail nouveau. Il était minuit passé, et là-bas, dans le hall, Grosclaude lui servait son souper. La prochaine fois, avant de rebrousser chemin, nous irions un peu plus loin que cette nuit dans la rue du Docteur-Dordaine.

Nous irions jusqu'à l'institution des bonnes sœurs. Et la prochaine fois, encore plus loin, jusqu'à la ferme et la boutique du coiffeur. Et la prochaine fois, encore plus loin. Chaque nuit, une nouvelle étape. Il n'y aurait plus que quelques dizaines de mètres à franchir et nous arriverions devant la grille du château. La prochaine fois... Nous finissions par nous endormir.

Très vite, j'avais remarqué qu'Annie et la petite Hélène recevaient à la maison des gens aussi mystérieux et dignes d'intérêt qu'Eliot Salter, marquis de Caussade. Était-ce Annie qui entretenait des liens d'amitié avec eux ? Ou la petite Hélène ? L'une et l'autre, je crois. Mathilde, elle, gardait une sorte de réserve en leur présence, et souvent elle se retirait dans sa chambre. Peut-être ces gens-là l'intimidaient-ils ou bien n'éprouvait-elle aucune sympathie pour eux.

Je tente aujourd'hui de recenser tous les visages que j'ai vus sous le porche et dans le salon – sans pouvoir identifier la plupart d'entre eux. Tant pis. Si je mettais un nom sur cette dizaine de visages qui défilent dans mon souvenir, je gênerais quelques personnes encore vivantes aujourd'hui. Elles se rappelleraient qu'elles avaient de mauvaises fréquentations.

Ceux dont l'image demeure la plus nette sont Roger Vincent, Jean D. et Andrée K., dont on disait qu'elle était « la femme d'un grand toubib ». Ils venaient chez nous deux ou trois fois par semaine. Ils allaient déjeuner à l'auberge Robin des Bois avec Annie et la petite Hélène, et, après le déjeuner, ils restaient encore un moment dans le salon. Ou bien, ils dînaient à la maison.

Quelquefois, Jean D. venait seul. Annie l'avait ramené de Paris dans sa quatre-chevaux. C'est lui qui semblait le plus intime avec Annie et qui, sans doute, lui avait fait connaître les deux autres. Jean D. et Annie avaient le même âge. Quand Jean D. nous rendait visite, accompagné de Roger Vincent, c'était toujours dans la voiture américaine décapotable de Roger Vincent. Andrée K. les accompagnait de temps en temps, et elle était assise sur le siège avant de la voiture américaine, à côté de Roger Vincent ; Jean D., sur la banquette arrière. Roger Vincent devait avoir environ quarante-cinq ans, à l'époque, et Andrée K. trente-cinq ans.

Je me souviens de la première fois que nous avons vu la voiture américaine de Roger Vincent garée devant la maison. C'était à la fin de la matinée, après l'école. Je n'avais pas encore été renvoyé de l'institution Jeanne-d'Arc. De loin, cette énorme voiture décapotable, dont la carrosserie beige et les banquettes de cuir rouge brillaient au soleil, nous avait autant surpris, mon frère et moi, que si nous nous étions trouvés, au détour d'une rue, en présence du marquis de Caussade. D'ailleurs, nous avions eu la même idée, à cet instant-là, comme nous devions nous le confier plus tard : cette voiture était celle du marquis de Caussade, de retour au village après toutes ses aventures, et auquel mon père avait demandé de nous rendre visite.

J'ai dit à Blanche-Neige :

— C'est à qui, la voiture ?

— À un ami de ta marraine.

Elle appelait toujours Annie « ta marraine », et il était exact, en effet, que nous avions été baptisés un an auparavant en l'église Saint-Martin de Biarritz et que ma mère avait chargé Annie de me servir de marraine.

Quand nous sommes entrés dans la maison, la porte du salon était ouverte et Roger Vincent assis sur le canapé, devant le *bow-window*.

— Venez dire bonjour, a dit la petite Hélène.

Elle achevait de remplir trois verres et elle rebouchait l'un des carafons de liqueur à la plaque d'émail. Annie parlait au téléphone.

Roger Vincent s'est levé. Il m'a paru très grand. Il était vêtu d'un costume prince-de-galles. Ses cheveux étaient blancs, bien coiffés et ramenés en arrière, mais il n'avait pas l'air vieux. Il s'est penché vers nous. Il nous souriait.

— Bonjour, les enfants...

Il nous a serré la main chacun à notre tour. J'avais posé mon cartable pour lui serrer la main. Je portais ma blouse grise.

— Tu reviens de l'école ?

J'ai dit :

— Oui.

— Ça marche, l'école ?

— Oui.

Annie avait raccroché le combiné du téléphone et nous avait rejoints, avec la petite Hélène qui a posé le plateau à liqueurs sur la table basse devant le canapé. Elle a tendu un verre à Roger Vincent.

— Patoche et son frère habitent ici, a dit Annie.

— Alors, à la santé de Patoche et de son frère, a dit Roger Vincent en levant son verre, et avec un large sourire.

Ce sourire reste, dans ma mémoire, la principale caractéristique de Roger Vincent : il flottait toujours sur ses lèvres. Roger Vincent baignait dans ce sourire qui n'était pas jovial mais distant, rêveur, et l'enveloppait comme d'une brume très légère. Il y avait quelque chose de feutré dans ce sourire, dans sa voix et son allure. Roger Vincent ne faisait jamais de bruit. Vous ne l'entendiez pas venir, et quand vous vous tourniez, il était derrière vous. De la fenêtre de notre chambre, nous l'avons vu quelquefois arriver au volant de sa voiture américaine. Elle s'arrêtait devant la maison, telle une vedette, moteur éteint, que porte le ressac et qui accoste insensiblement au rivage. Roger Vincent sortait de la voiture, les gestes lents, son sourire aux lèvres. Il ne claquait jamais la portière, mais la refermait doucement.

Ce jour-là, après le déjeuner que nous avons pris avec Blanche-Neige dans la cuisine, ils étaient encore au salon. Mathilde, elle, s'occupait du rosier qu'elle avait planté sur la première terrasse du jardin près de la tombe du docteur Guillotin.

Je tenais mon cartable à la main, et Blanche-Neige allait m'accompagner à l'institution Jeanne-d'Arc pour la classe de l'après-midi, quand Annie, qui était apparue dans l'encadrement de la porte du salon, m'a dit:

— Travaille bien, Patoche...

Derrière elle, je voyais la petite Hélène et Roger Vincent qui souriait de son sourire immuable. Ils étaient certainement sur le point de quitter la maison pour déjeuner à l'auberge Robin des Bois.

— Tu vas à l'école à pied? m'a demandé Roger Vincent.

— Oui.

Même quand il parlait, il souriait.

— Je t'emmène en voiture, si tu veux...

— Tu as vu la voiture de Roger Vincent? m'a demandé Annie.

— Oui.

Elle l'a toujours appelé «Roger Vincent», avec une affection respectueuse, comme si son nom et son prénom ne pouvaient pas être séparés. Je l'entendais dire au téléphone: «Allô, Roger Vincent... Bonjour, Roger Vincent...» Elle le vouvoyait. Ils l'admiraient beaucoup, elle et Jean D. Jean D. aussi l'appelait «Roger Vincent». Annie et Jean D. parlaient de lui ensemble et ils avaient l'air de se raconter des «histoires de Roger Vincent», comme on se raconte des légendes anciennes. Andrée K., «la femme du grand toubib», l'appelait Roger tout court et elle le tutoyait.

— Ça te ferait plaisir que je t'emmène à l'école dans cette voiture? m'a demandé Roger Vincent.

Il avait deviné ce que nous voulions, mon frère et moi. Nous sommes montés tous les deux sur la banquette avant, à côté de lui.

Il a effectué une majestueuse marche arrière dans l'avenue en pente douce, et la voiture a suivi la rue du Docteur-Dordaine.

Nous glissions sur une eau étale. Je n'entendais pas le bruit du moteur. C'était la première fois que nous montions dans une voiture décapotable, mon frère et moi. Et elle était si grande, cette voiture, qu'elle tanguait sur toute la largeur de la rue.

— C'est là, mon école...

Il a arrêté la voiture et, en étendant le bras, il a ouvert lui-même la portière pour que je puisse sortir.

— Bon courage, Patoche.

J'étais fier qu'il m'appelle «Patoche», comme s'il me connaissait depuis longtemps. Mon frère était maintenant assis tout seul, à côté de lui, et il paraissait encore plus petit sur cette grande banquette de cuir rouge. Je me suis retourné avant d'entrer dans la cour de l'institution Jeanne-d'Arc. Roger Vincent m'a fait un signe de la main. Et il souriait.

Jean D., lui, n'avait pas de voiture américaine décapotable, mais une grosse montre sur le cadran de laquelle on lisait les secondes, les minutes, les heures, les jours, les mois et les années. Il nous expliquait le mécanisme compliqué de cette montre aux multiples boutons. Il était beaucoup plus familier avec nous que Roger Vincent. Et plus jeune.

Il s'habillait d'un blouson de daim, de chandails de sport à col roulé, de chaussures à semelles de crêpe... Il était grand et mince, lui aussi. Des cheveux noirs et un visage aux traits réguliers. Quand ses yeux marron se posaient sur nous, un mélange de malice et de tristesse éclairait son regard. Il écarquillait les yeux, comme s'il s'étonnait de tout. Je lui enviais sa coupe de cheveux : une brosse longue, alors que moi, le coiffeur me faisait, tous les quinze jours, une brosse si courte que cela piquait quand je passais la main sur mon crâne et au-dessus de mes oreilles. Mais je n'avais rien à dire. Le coiffeur prenait sa tondeuse, sans me demander mon avis.

Jean D. venait plus souvent à la maison que les autres. Annie l'emmenait toujours dans sa quatre-chevaux. Il déjeunait avec nous et il s'asseyait à côté d'Annie, à la grande table de la salle à manger. Mathilde l'appelait « mon petit Jean » et elle n'avait pas pour lui cette réserve qu'elle témoignait aux autres visiteurs. Il appelait la petite Hélène « Linou » – comme l'appelait Mathilde. Il lui disait toujours : « Alors, ça va, Linou ? » – et moi, il m'appelait « Patoche », comme Annie.

Il nous a prêté sa montre, à mon frère et à moi. Nous pouvions la porter, chacun à notre tour, pendant une semaine. Le bracelet de cuir était trop large, et il a percé un trou pour qu'il nous serre bien les poignets. J'ai porté cette montre à l'institution

Jeanne-d'Arc et je l'ai fait admirer à mes camarades de classe qui m'entouraient, ce jour-là, dans la cour de récréation. Peut-être la directrice a-t-elle remarqué cette montre énorme à mon poignet, et m'a-t-elle vu de sa fenêtre descendre de la voiture américaine de Roger Vincent... Alors, elle a pensé que cela suffisait comme ça et que ma place n'était pas à l'institution Jeanne-d'Arc.

— Qu'est-ce que tu lis comme livres? m'a demandé un jour Jean D.

Ils prenaient toûs le café dans le salon, après le déjeuner: Annie, Mathilde, la petite Hélène et Blanche-Neige. C'était un jeudi. Nous attendions Frede qui devait venir avec son neveu. Nous avions décidé, mon frère et moi, d'entrer dans le hall du château, cet après-midi-là, comme nous l'avions déjà fait avec mon père. La présence, à nos côtés, du neveu de Frede nous donnerait du courage pour tenter l'aventure.

— Patoche lit beaucoup, a répondu Annie. N'est-ce pas, Blanche-Neige?

— Il lit beaucoup trop pour son âge, a dit Blanche-Neige.

Mon frère et moi, nous avions trempé un morceau de sucre dans la tasse de café d'Annie et nous l'avions croqué, comme l'exigeait la cérémonie des canards. Ensuite, quand ils auraient bu leur café, Mathilde leur lirait l'avenir dans les tasses vides, le «marc de café», disait-elle.

— Mais tu lis quoi? a demandé Jean D.

Je lui ai répondu la Bibliothèque verte: Jules Verne, *le Dernier des Mohicans*... mais je préférais *les Trois Mousquetaires* à cause de la fleur de lys imprimée sur l'épaule de Milady.

— Tu devrais lire des «série noire», a dit Jean D.

— Tu es fou, Jean... a dit Annie en riant. Patoche est encore trop jeune pour les «série noire»...

— Il a bien le temps de lire des «série noire», a dit la petite Hélène.

Apparemment, ni Mathilde ni Blanche-Neige ne savaient la signification du mot «série noire». Elles gardaient le silence.

Quelques jours plus tard, il est revenu à la maison dans la

quatre-chevaux d'Annie. Il pleuvait, cette fin d'après-midi-là, et Jean D. portait une canadienne. Nous écoutions, mon frère et moi, une émission de radio, assis tous les deux à la table de la salle à manger, et quand nous l'avons vu entrer avec Annie, nous nous sommes levés pour lui dire bonjour.

— Tiens, a dit Jean D., je t'ai apporté une « série noire »...

Il a sorti de la poche de sa canadienne un livre jaune et noir qu'il m'a tendu.

— Ne fais pas attention, Patoche... a dit Annie. C'est une blague... Ce n'est pas un livre pour toi...

Jean D. me regardait avec ses yeux un peu écarquillés, son regard tendre et triste. À certains moments, j'avais l'impression que c'était un enfant, comme nous. Annie lui parlait souvent du même ton qu'elle nous parlait à nous.

— Mais si... a dit Jean D. Je suis sûr que ce livre t'intéressera.

Je l'ai pris pour ne pas lui faire de peine et, aujourd'hui encore, chaque fois que je tombe sur l'une de ces couvertures cartonnées jaune et noir, une voix basse un peu traînante me revient en écho, la voix de Jean D. qui nous répétait le soir, à mon frère et à moi, le titre inscrit sur le livre qu'il m'avait donné : *Touchez pas au grisbi.*

Était-ce le même jour ? Il pleuvait. Nous avions accompagné Blanche-Neige chez le marchand de journaux parce qu'elle voulait acheter des enveloppes et du papier à lettres. Quand nous sommes sortis de la maison, Annie et Jean D. étaient assis tous les deux dans la quatre-chevaux, garée devant la porte. Ils parlaient et ils étaient si absorbés par leur conversation qu'ils ne nous ont pas vus. Et, pourtant, je leur ai fait un signe de la main. Jean D. avait rabattu sur son cou le col de sa canadienne. À notre retour, ils étaient toujours tous les deux dans la quatre-chevaux. Je me suis penché vers eux, mais ils ne m'ont même pas regardé. Ils parlaient et ils avaient l'un et l'autre un visage soucieux.

La petite Hélène faisait une réussite sur la table de la salle à manger en écoutant la radio. Mathilde devait être dans sa chambre. Nous sommes montés dans la nôtre, mon frère et moi. Je regardais, par la fenêtre, la quatre-chevaux sous la pluie. Ils sont restés dedans, à parler, jusqu'à l'heure du dîner. Quels secrets pouvaient-ils bien se dire?

Roger Vincent et Jean D. venaient souvent dîner à la maison avec Andrée K. D'autres invités arrivaient après le dîner. Ils restaient tous très tard au salon, ces nuits-là. De notre chambre, nous entendions des éclats de voix et de rire. Et des sonneries de téléphone. Et la sonnette de la porte. Nous dînions à sept heures et demie dans la cuisine, avec Blanche-Neige. La table de la salle à manger était déjà dressée pour Roger Vincent, Jean D., Andrée K., Annie, Mathilde et la petite Hélène. La petite Hélène leur faisait la cuisine, et ils disaient tous qu'elle était « un véritable cordon-bleu ».

Avant de monter nous coucher, nous allions leur dire bonsoir dans le salon. Nous étions en pyjama et en robe de chambre – deux robes de chambre au tissu écossais qu'Annie nous avait offertes.

Les autres les rejoindraient au cours de la soirée. Je ne pouvais m'empêcher de les regarder, par les fentes des persiennes de notre chambre, une fois que Blanche-Neige avait éteint la lumière et nous avait souhaité bonne nuit. Ils venaient, chacun à leur tour, sonner à la porte. Je voyais bien leurs visages, sous la lumière vive de l'ampoule du perron. Certains se sont gravés dans ma mémoire pour toujours. Et je m'étonne que les policiers ne m'aient pas interrogé : pourtant les enfants regardent. Ils écoutent aussi.

— Vous avez de très belles robes de chambre, disait Roger Vincent.

Et il souriait.

Nous serrions d'abord la main d'Andrée K., qui était toujours assise sur le fauteuil au tissu à fleurs, près du téléphone. On lui téléphonait pendant qu'elle était à la maison. La petite Hélène, qui décrochait le téléphone, disait :

— Andrée, c'est pour toi...

Andrée K. nous tendait son bras d'un geste désinvolte. Elle souriait aussi, mais son sourire durait moins longtemps que celui de Roger Vincent.

— Bonne nuit, les enfants.

Elle avait un visage semé de taches de son, des pommettes, des yeux verts, des cheveux châtain clair coiffés en frange. Elle fumait beaucoup.

Nous serrions la main de Roger Vincent qui souriait toujours. Puis celle de Jean D. Nous embrassions Annie et la petite Hélène. Avant que nous quittions le salon avec Blanche-Neige, Roger Vincent nous complimentait encore de l'élégance de nos robes de chambre.

Nous étions au bas de l'escalier et Jean D. passait la tête par l'entrebâillement de la porte du salon :

— Dormez bien.

Il nous regardait de ses yeux tendres, un peu écarquillés. Il nous faisait un clin d'œil et il disait d'une voix plus basse, comme s'il s'agissait d'un secret entre nous :

— Touchez pas au grisbi.

Un jeudi, Blanche-Neige avait pris son jour de congé. Elle allait voir quelqu'un de sa famille à Paris et elle était partie avec Annie et Mathilde après le déjeuner, dans la quatre-chevaux. Nous étions restés seuls, sous la surveillance de la petite Hélène. Nous jouions dans le jardin à dresser une tente de toile qu'Annie m'avait donnée pour mon dernier anniversaire. Vers le milieu de l'après-midi, Roger Vincent est venu, seul. Lui et la petite Hélène parlaient dans la cour de la maison, mais je n'entendais pas leur conversation. La petite Hélène nous a dit qu'ils devaient faire une course à Versailles et elle nous a demandé de les accompagner.

Nous étions heureux de monter de nouveau dans la voiture américaine de Roger Vincent. C'était en avril, pendant les vacances de Pâques. La petite Hélène s'est assise à l'avant. Elle portait son pantalon de cheval et sa veste de cow-boy. Nous étions assis sur la grande banquette arrière, mon frère et moi, et nos pieds ne touchaient pas le fond de la voiture.

Roger Vincent conduisait lentement. Il s'est retourné vers nous, avec son sourire :

— Vous voulez que j'allume la radio ?

La radio ? On pouvait donc écouter la radio dans cette voiture ? Il a pressé un bouton d'ivoire, sur le tableau de bord, et aussitôt nous avons entendu une musique.

— Plus fort ou moins fort, les enfants ? nous a-t-il demandé.

Nous n'osions pas lui répondre. Nous écoutions la musique qui sortait du tableau de bord. Et puis une femme a commencé à chanter d'une voix rauque.

— C'est Édith qui chante, les enfants, a dit Roger Vincent. C'est une amie...

Il a demandé à la petite Hélène :

— Tu revois Édith ?

— De temps en temps, a dit la petite Hélène.

Nous suivions une grande avenue et nous arrivions à Versailles. La voiture s'est arrêtée à un feu rouge, et nous admirions sur une pelouse, à notre gauche, une horloge dont les chiffres étaient des plates-bandes de fleurs.

— Un autre jour, nous a dit la petite Hélène, je vous ferai visiter le château.

Elle a demandé à Roger Vincent de s'arrêter devant un magasin où l'on vendait de vieux meubles.

— Vous, les enfants, vous restez dans la voiture, a dit Roger Vincent. Vous surveillez bien la voiture...

Nous étions fiers de remplir une mission aussi importante et nous guettions les allées et venues des passants sur le trottoir. Derrière la vitre du magasin, Roger Vincent et la petite Hélène parlaient avec un homme brun qui portait un imperméable et une moustache. Ils ont parlé très longtemps. Ils nous avaient oubliés.

Ils sont sortis du magasin. Roger Vincent tenait à la main une valise de cuir et il l'a rangée dans le coffre arrière. Il s'est assis au volant et la petite Hélène à côté de lui. Il s'est tourné vers moi :

— Rien à signaler ?

— Non... Rien... ai-je dit.

— Alors, tant mieux, a dit Roger Vincent.


Sur le chemin du retour, à Versailles, nous avons suivi une avenue au bout de laquelle se dressait une église en brique. Quelques baraques foraines occupaient le terre-plein, autour d'un étincelant circuit d'autos tamponneuses. Roger Vincent s'est garé le long du trottoir.

— On les emmène faire un tour sur les autos tamponneuses ? a-t-il dit à la petite Hélène.

Nous attendions, tous les quatre, au bord de la piste. Une musique, diffusée par des haut-parleurs, jouait très fort. Seules, trois voitures étaient occupées par des clients, dont deux pourchassaient l'autre et le tamponnaient en même temps, des deux côtés, avec des cris et des éclats de rire. Les perches laissaient des traînées d'étincelles au plafond du circuit. Mais ce qui me captivait le plus, c'était la couleur des voitures : turquoise, vert pâle, jaune, violet, rouge vif, mauve, rose, bleu nuit... Elles se sont arrêtées, et leurs occupants ont quitté la piste. Mon frère est monté dans une voiture jaune avec Roger Vincent, et moi, avec la petite Hélène, dans une voiture turquoise.

Nous étions les seuls sur le circuit, et nous ne nous tamponnions pas. Roger Vincent et la petite Hélène conduisaient. Nous faisions le tour de la piste, et nous suivions, la petite Hélène et moi, la voiture de Roger Vincent et de mon frère. Nous glissions en zigzag au milieu des autres voitures vides et immobiles sur le circuit. La musique jouait moins fort, et l'homme qui nous avait donné les tickets nous regardait tristement, debout, au bord de la piste, comme si nous étions les derniers clients.

Il faisait presque nuit. Nous nous sommes arrêtés au bord de la piste. J'ai contemplé encore une fois toutes ces voitures aux couleurs vives. Nous en parlions, dans notre chambre, mon frère et moi, après l'heure du coucher. Nous avions décidé d'installer une piste dans la cour, le lendemain, avec les vieilles planches de la remise. Évidemment, il serait difficile de nous procurer une auto tamponneuse, mais peut-être en trouvait-on des vieilles, hors d'usage. La couleur, surtout, nous intéressait : moi, j'hésitais entre le mauve et le turquoise ; mon frère, lui, avait une prédilection pour le vert très pâle.


L'air était tiède, et Roger Vincent n'avait pas rabattu la capote de la voiture. Il parlait à la petite Hélène, et je pensais trop à ces autos tamponneuses que nous venions de découvrir pour écouter leur conversation de grandes personnes. Nous longions l'aérodrome et nous allions bientôt tourner à gauche et suivre la route en pente qui menait au village. Ils ont élevé la voix. Ils ne se disputaient pas, ils parlaient tout simplement d'Andrée K. — Mais si... a dit Roger Vincent. Andrée fréquentait la bande de la rue Lauriston...

«Andrée fréquentait la bande de la rue Lauriston.» Cette phrase m'avait frappé. Nous aussi, à l'école, nous formions une bande : le fils du fleuriste, le fils du coiffeur et deux ou trois autres dont je ne me souviens plus et qui habitaient tous la même rue. On nous appelait : «La bande de la rue du Docteur-Dordaine.» Andrée K. avait fait partie d'une bande, comme nous, mais dans une autre rue. Cette femme qui nous intimidait, mon frère et moi, avec sa frange, ses taches de son, ses yeux verts, ses cigarettes et ses mystérieux coups de téléphone, elle me semblait plus proche de nous, brusquement. Roger Vincent et la petite Hélène avaient l'air de bien connaître aussi cette «bande de la rue Lauriston». Par la suite, j'ai surpris encore ce nom dans leur conversation et je me suis habitué à sa sonorité. Quelques années plus tard, je l'ai entendu dans la bouche de mon père, mais j'ignorais que «la bande de la rue Lauriston» me hanterait si longtemps.

Quand nous sommes arrivés rue du Docteur-Dordaine, la quatre-chevaux d'Annie était là. Derrière elle, il y avait une grosse moto. Dans le couloir de l'entrée, Jean D. nous a dit que cette moto lui appartenait et que ce soir il était venu avec elle de Paris jusqu'à la maison. Il n'avait pas encore ôté sa canadienne. Il nous a promis qu'il nous emmènerait sur la moto, chacun à notre tour, mais, ce soir, il était trop tard. Blanche-Neige rentre-rait demain matin. Mathilde était allée se coucher, et Annie nous a demandé de monter un instant dans notre chambre car ils devaient parler entre eux. Roger Vincent est entré dans le salon, sa valise de cuir à la main. La petite Hélène, Annie et Jean D. l'ont suivi, et ils ont fermé la porte derrière eux. Je les avais regardés du haut de l'escalier. Que pouvaient-ils bien se dire, dans le salon ? J'ai entendu sonner le téléphone.

Au bout d'un certain temps, Annie nous a appelés. Nous avons tous dîné ensemble à la table de la salle à manger : Annie, la petite Hélène, Jean D., Roger Vincent et nous deux. Ce soir-là, au dîner, nous ne portions pas nos robes de chambre, comme d'habitude, mais nos vêtements de la journée. La petite Hélène préparait la cuisine parce qu'elle était un véritable cordon-bleu.

Nous sommes restés beaucoup plus d'un an rue du Docteur-Dordaine. Les saisons se succèdent dans mon souvenir. L'hiver, à la messe de minuit, nous avons été enfants de chœur dans l'église du village. Annie, la petite Hélène et Mathilde assistaient à la messe. Blanche-Neige passait Noël dans sa famille. Au retour, Roger Vincent était à la maison et il nous a dit que quelqu'un nous attendait au salon. Nous sommes entrés, mon frère et moi, et nous avons vu, assis sur le fauteuil au tissu à fleurs près du téléphone, le Père Noël. Il ne parlait pas. Il nous tendait en silence à chacun des paquets enveloppés de papier d'argent. Mais nous n'avions pas le temps de les déballer. Il se levait et nous faisait signe de le suivre. Lui et Roger Vincent nous entraînaient jusqu'à la porte vitrée qui donnait sur la cour. Roger Vincent allumait l'ampoule de la cour. Sur les planches de bois que nous avions disposées les unes à côté des autres, il y avait une auto tamponneuse de couleur vert pâle — comme mon frère les aimait. Ensuite, nous avons dîné avec eux. Jean D. est venu nous rejoindre. Il avait la même taille et les mêmes gestes que le Père Noël. Et la même montre.

La neige dans la cour de récréation de l'école. Et les giboulées de mars. J'avais découvert qu'il pleuvait un jour sur deux et je pouvais prévoir le temps. Je tombais toujours juste. Pour la première fois de notre vie, nous sommes allés au cinéma. Avec Blanche-Neige. C'était un film de Laurel et Hardy. Les pommiers du jardin ont refleuri. De nouveau, j'accompagnais la bande de la rue du Docteur-Dordaine jusqu'au moulin dont la grande roue tournait encore. Les parties de cerf-volant ont recommencé, devant le château. Nous n'avions plus peur, mon frère et moi, d'entrer dans le hall et d'y marcher parmi les gravats et les feuilles mortes. Nous nous installions, tout au fond, dans l'ascenseur, un ascenseur aux deux battants grillagés, au bois clair et lambrissé, avec une banquette de cuir rouge. Il n'avait pas de plafond, et le jour venait du haut de la cage, de la verrière encore intacte. Nous appuyions sur les boutons et nous faisions semblant de monter aux étages où peut-être le marquis Eliot Salter de Caussade nous attendait.

Mais on ne l'a pas vu au village, cette année-là. Il a fait très chaud. Les mouches se prenaient au papier collant tendu sur le mur de la cuisine. Nous avons organisé un pique-nique en forêt avec Blanche-Neige et le neveu de Frede. Ce que nous préférions, mon frère et moi, c'était d'essayer de faire glisser l'auto tamponneuse sur les vieilles planches – cette auto tamponneuse dont nous avons su plus tard que la petite Hélène l'avait trouvée grâce à un forain de ses amis.

Pour le 14 juillet, Roger Vincent nous a invités à dîner à l'auberge Robin des Bois. Il était venu de Paris avec Jean D. et Andrée K. Nous occupions une table du jardin de l'auberge, un jardin orné de bosquets et de statues. Tout le monde était là : Annie, la petite Hélène, Blanche-Neige et même Mathilde. Annie portait sa robe bleu pâle et sa grande ceinture noire qui la serrait très fort à la taille. J'étais assis à côté d'Andrée K. et j'avais envie de lui poser des questions sur la bande qu'elle avait fréquentée, celle de la rue Lauriston. Mais je n'osais pas.

Et l'automne... Nous allions avec Blanche-Neige ramasser les châtaignes de la forêt. Nous n'avions plus de nouvelles de nos parents. La dernière carte postale de notre mère était une vue aérienne de la ville de Tunis. Notre père nous avait écrit de Brazzaville. Puis de Bangui. Et puis, plus rien. C'était la rentrée des classes. L'instituteur, après la gymnastique, nous faisait ratisser les feuilles mortes de la cour de récréation. Nous les laissions tomber sans les ratisser dans la cour de la maison, et elles prenaient une couleur rouille qui tranchait sur le vert pâle de l'auto tamponneuse. Celle-ci semblait bloquée jusqu'à la fin des temps au milieu d'une piste de feuilles mortes. Nous nous asseyions dans l'auto tamponneuse, mon frère et moi, et je m'appuyais sur le volant. Demain, nous allions découvrir un système pour la faire glisser. Demain... Toujours demain, comme ces visites sans cesse remises, la nuit, au château du marquis de Caussade.

Il y a eu, de nouveau, une panne d'électricité, et nous nous éclairions avec une lampe à huile, pour le dîner. Le samedi soir, Mathilde et Blanche-Neige allumaient un feu dans la cheminée de la salle à manger et elles nous laissaient écouter la radio. Quelquefois, nous entendions chanter Édith, l'amie de Roger Vincent et de la petite Hélène. Le soir, avant de m'endormir, je feuilletais l'album de la petite Hélène, où elle figurait, elle et ses camarades de travail. Deux d'entre eux m'impressionnaient : l'Américain Chester Kingston, aux membres aussi souples que du caoutchouc et qui se disloquait si bien qu'on l'appelait «l'homme puzzle». Et Alfredo Codona, le trapéziste dont la petite Hélène nous parlait souvent et qui lui avait appris le métier. Ce monde du cirque et du music-hall était le seul où nous voulions vivre plus tard, mon frère et moi, peut-être parce que notre mère nous emmenait, quand nous étions petits, dans les loges et les coulisses des théâtres.

Les autres venaient toujours à la maison. Roger Vincent, Jean D., Andrée K.... Et ceux qui sonnaient à la porte, le soir, et dont j'épiais, à travers les fentes des persiennes, les visages éclairés par l'ampoule de l'entrée. Des voix, des rires et des sonneries de téléphone. Et Annie et Jean D., dans la quatre-chevaux, sous la pluie.

Au cours des années suivantes, je ne les ai plus jamais revus, sauf, une fois, Jean D. J'avais vingt ans. J'habitais une chambre, rue Coustou, près de la place Blanche. J'essayais d'écrire un premier livre. Un ami m'avait invité à dîner dans un restaurant du quartier. Quand je l'ai rejoint, il était entouré par deux convives : Jean D. et une fille qui l'accompagnait.

Jean D. avait à peine vieilli. Quelques cheveux gris aux tempes, mais toujours sa brosse longue. De minuscules rides autour des yeux. Il ne portait plus de canadienne mais un complet gris très élégant. J'ai pensé que nous n'étions plus les mêmes, lui et moi. Pendant tout le repas, nous n'avons fait aucune allusion aux jours anciens. Il m'a demandé à quoi je m'occupais dans la vie. Il me tutoyait et m'appelait : Patrick. Il avait certainement expliqué aux deux autres qu'il me connaissait depuis longtemps.

Moi, j'en savais un peu plus sur lui qu'à l'époque de mon enfance. Cette année-là, l'enlèvement d'un homme politique marocain avait défrayé la chronique. L'un des protagonistes de l'affaire était mort dans des circonstances mystérieuses, rue des Renaudes, au moment où les policiers forçaient sa porte. Jean D. était un ami de ce personnage et le dernier à l'avoir vu vivant. Il avait témoigné de cela et on en avait parlé dans les journaux. Mais les articles contenaient d'autres détails : Jean D. avait fait, jadis, sept ans de prison. On ne précisait pas pourquoi, mais, d'après la date, ses ennuis avaient commencé au temps de la rue du Docteur-Dordaine.

Nous n'avons pas dit un seul mot au sujet de ces articles. Je lui ai simplement demandé s'il habitait Paris.

— J'ai un bureau, Faubourg Saint-Honoré. Il faudrait que tu viennes me voir...

Après le dîner, mon ami s'est éclipsé. Je me suis retrouvé seul avec Jean D. et la fille qui l'accompagnait, une brune qui devait avoir une dizaine d'années de moins que lui.

— Je te dépose quelque part?

Il ouvrait la portière d'une Jaguar garée devant le restaurant. J'avais appris, par les articles, qu'on l'appelait, dans un certain milieu, «le Grand à la Jaguar». Je cherchais, depuis le début du dîner, une entrée en matière pour lui demander des éclaircissements sur un passé qui demeurait jusqu'à ce jour une énigme.

— C'est à cause de cette voiture qu'on t'appelle «le Grand à la Jaguar»? lui ai-je dit.

Mais il a haussé les épaules sans me répondre.

Il a voulu visiter ma chambre, rue Coustou. Lui et la fille ont gravi, derrière moi, le petit escalier dont le tapis rouge usé sentait une drôle d'odeur. Ils sont entrés dans la chambre, et la fille s'est assise sur l'unique siège – un fauteuil d'osier. Jean D., lui, est resté debout.

C'était étrange de le voir dans cette chambre, vêtu de son complet gris très élégant et d'une cravate de soie sombre. La fille regardait autour d'elle et ne semblait pas enthousiasmée par le décor.

— Tu écris? Ça marche?

Il s'était penché vers la table de bridge et considérait les feuilles de papier que j'essayais de remplir, jour après jour.

— Tu écris à la pointe Bic?

Il me souriait.

— Ce n'est pas chauffé, ici?

— Non.

— Et tu te débrouilles?

Que lui dire? Je ne savais pas comment payer le loyer de cette chambre à la fin du mois: cinq cents francs. Bien sûr, nous nous connaissions depuis très longtemps, mais ce n'était pas une raison pour lui confier mes soucis.

— Je me débrouille, lui ai-je dit.

— Ça n'a pas l'air.

Pendant un moment, nous étions face à face dans l'embrasure de la fenêtre. Bien qu'on l'appelât «le Grand à la Jaguar», j'étais maintenant un peu plus grand que lui. Il m'a enveloppé d'un regard affectueux et naïf, le même que du temps de la rue du Docteur-Dordaine. Il a roulé sa langue entre ses lèvres, et je me suis souvenu qu'il le faisait aussi, à la maison, quand il réfléchissait. Cette manière de rouler la langue entre ses lèvres et d'être perdu dans ses pensées, je l'ai remarquée plus tard chez quelqu'un d'autre que Jean D. : Emmanuel Berl. Et cela m'a ému.

Il se taisait. Moi aussi. Son amie était toujours assise sur le fauteuil d'osier et feuilletait un magazine qui traînait sur le lit et qu'elle avait pris au passage. Il valait mieux, au fond, que cette fille soit là, sinon nous aurions parlé, Jean D. et moi. Ce n'était pas facile, je l'ai lu dans son regard. Aux premiers mots, nous aurions été comme les pantins des stands de tir qui s'écroulent quand la balle a frappé le point sensible. Annie, la petite Hélène, Roger Vincent avaient certainement fini en prison... J'avais perdu mon frère. Le fil avait été brisé. Un fil de la Vierge. Il ne restait rien de tout ça...

Il s'est retourné vers son amie et il lui a dit :

— Il y a une belle vue ici... C'est vraiment la Côte d'Azur...

La fenêtre donnait sur l'étroite rue Puget, où personne ne passait jamais. Un bar glauque, au coin de la rue, un ancien Vins et Charbons, devant lequel une fille solitaire faisait le guet. Toujours la même. Et pour rien.

— Belle vue, non ?

Jean D. inspectait la chambre, le lit, la table de bridge sur laquelle j'écrivais tous les jours. Je le voyais de dos. Son amie appuyait le front à la vitre et contemplait, en bas, la rue Puget.

Ils ont pris congé en me souhaitant bon courage. Quelques instants plus tard, je découvrais sur la table de bridge quatre billets de cinq cents francs soigneusement plies. J'ai essayé de trouver l'adresse de son bureau, Faubourg Saint-Honoré. En vain. Et je n'ai plus jamais revu le Grand à la Jaguar.

Les jeudis et les samedis, quand Blanche-Neige n'était pas là, Annie nous emmenait à Paris, mon frère et moi, dans sa quatre-chevaux. Le trajet était toujours le même et, grâce à quelques efforts de mémoire, j'ai réussi à le reconstituer. Nous suivions l'autoroute de l'Ouest et nous passions sous le tunnel de Saint-Cloud. Nous traversions un pont sur la Seine, puis nous longions les quais de Boulogne et de Neuilly. Je me souviens des grandes maisons, le long de ces quais, abritées par des grilles et par les feuillages ; des péniches et des villas flottantes auxquelles on accédait par des escaliers de bois : chacune portait un nom sur une boîte à lettres, au début des escaliers.

— Je vais acheter une péniche ici, et nous habiterons tous dessus, disait Annie.

Nous arrivions Porte Maillot. J'ai pu localiser cette étape de notre itinéraire, à cause du petit train du Jardin d'Acclimatation. Annie nous y avait fait monter un après-midi. Et nous parvenions au terme du voyage, dans cette zone où Neuilly, Levallois et Paris se confondent.

C'était une rue bordée d'arbres dont les feuillages formaient une voûte. Pas d'immeubles dans cette rue, mais des hangars et des garages. Nous nous arrêtions devant le garage le plus grand et le plus moderne, avec une façade beige à fronton.

À l'intérieur, une pièce était protégée par des vitres. Un homme nous attendait là, un blond aux cheveux bouclés, assis derrière un bureau métallique, sur un fauteuil de cuir. Il avait l'âge d'Annie. Ils se tutoyaient. Il était vêtu, comme Jean D., d'une chemise à carreaux, d'un blouson de daim, d'une canadienne en hiver et de chaussures à semelles de crêpe. Mon frère et moi, nous l'appelions entre nous «Buck Danny» parce que je lui trouvais une ressemblance avec un personnage d'un illustré pour enfants que je lisais à l'époque.

Que pouvaient bien se raconter Annie et Buck Danny ? Que pouvaient-ils faire quand la porte du bureau était fermée à clé de l'intérieur et qu'un store de toile orange avait été rabattu derrière les vitres ? Mon frère et moi, nous nous promenions à travers le garage, plus mystérieux encore que le hall du château déserté par Eliot Salter, marquis de Caussade. Nous contemplions les unes après les autres des voitures auxquelles il manquait un garde-boue, un capot, le pneu d'une roue ; un homme en salopette était allongé sous un cabriolet et réparait quelque chose avec une clé anglaise ; un autre, un tuyau à la main, remplissait d'essence le réservoir d'un camion qui s'était arrêté dans un ronflement terrible de moteur. Un jour, nous avons reconnu la voiture américaine de Roger Vincent, le capot ouvert, et nous en avons conclu que Buck Danny et Roger Vincent étaient des amis.

Quelquefois, nous allions chercher Buck Danny à son domicile, dans un bloc d'immeubles le long d'un boulevard, et il me semble aujourd'hui que c'était le boulevard Berthier. Nous attendions Annie sur le trottoir. Elle nous rejoignait avec Buck Danny. Nous laissions la quatre-chevaux garée devant le bloc d'immeubles et nous marchions, tous les quatre, jusqu'au garage, par les petites rues bordées d'arbres et de hangars.

Il faisait frais dans ce garage, et l'odeur de l'essence était plus forte que celle de l'herbe mouillée et de l'eau, quand nous nous tenions immobiles devant la roue du moulin. Il flottait la même pénombre, dans certains coins où dormaient des autos abandonnées. Leurs carrosseries luisaient doucement dans cette pénombre, et je ne pouvais pas détacher les yeux d'une plaque métallique fixée au mur, une plaque jaune sur laquelle je lisais un nom de sept lettres en caractères noirs, dont le dessin et la sonorité me remuent encore le cœur aujourd'hui : CASTROL.

Un jeudi, elle m'a emmené seul dans sa quatre-chevaux. Mon frère était allé faire des courses à Versailles avec la petite Hélène. Nous nous sommes arrêtés devant le bloc d'immeubles où habitait Buck Danny. Mais, cette fois, elle est revenue sans lui. Au garage, il n'était pas dans son bureau. Nous sommes remontés dans la quatre-chevaux. Nous suivions les petites rues du quartier. Nous nous sommes perdus. Nous tournions dans ces rues qui se ressemblaient toutes avec leurs arbres et leurs hangars.

Elle a fini par s'arrêter près d'un pavillon de brique dont je me demande aujourd'hui s'il n'était pas l'ancien octroi de Neuilly. Mais à quoi bon essayer de retrouver les lieux ? Elle s'est retournée et elle a tendu le bras vers la banquette arrière pour y prendre un plan de Paris et un autre objet qu'elle m'a montré et dont j'ignorais l'usage : un étui à cigarettes en crocodile marron.

— Tiens, Patoche... Je te le donne... Ça te servira plus tard...

Je contemplais l'étui en crocodile. Il avait une armature métallique à l'intérieur et contenait deux cigarettes au parfum très doux de tabac blond. Je les ai sorties de l'étui et, au moment où j'allais la remercier pour ce cadeau et lui rendre les deux cigarettes, j'ai vu son visage, de profil. Elle regardait droit devant elle. Une larme coulait sur sa joue. Je n'osais rien dire, et la phrase du neveu de Frede résonnait dans ma tête : « Annie a pleuré toute la nuit au Carroll's. »

Je tripotais l'étui à cigarettes. J'attendais. Elle a tourné son visage vers moi. Elle me souriait.

— Ça te fait plaisir ?

Et, d'un geste brusque, elle a démarré. Elle avait toujours des gestes brusques. Elle portait toujours des blousons et des pantalons de garçon. Sauf le soir. Ses cheveux blonds étaient très courts. Mais il y avait chez elle tant de douceur féminine, une si grande fragilité... Sur le chemin du retour, je pensais à son visage grave, quand elle restait avec Jean D. dans la quatre-chevaux sous la pluie.

Je suis retourné dans ce quartier, il y a vingt ans, à peu près à l'époque où j'avais revu Jean D. Un mois de juillet et un mois d'août, j'ai habité une minuscule chambre mansardée, square de Graisivaudan. Le lavabo touchait le lit. Le bout de celui-ci était à quelques centimètres de la porte et, pour entrer dans la chambre, il fallait se laisser basculer sur le lit. J'essayais de terminer mon premier livre. Je me promenais à la lisière du XVIIe arrondissement, de Neuilly et de Levallois, là où Annie nous emmenait, mon frère et moi, les jours de congé. Toute cette zone indécise dont on ne savait plus si c'était encore Paris, toutes ces rues ont été rayées de la carte au moment de la construction du périphérique, emportant avec elles leurs garages et leurs secrets.

Je n'ai pas pensé un seul instant à Annie quand j'habitais ce quartier que nous avions si souvent parcouru ensemble. Un passé plus lointain me hantait, à cause de mon père.

Il avait été arrêté un soir de février dans un restaurant de la rue de Marignan. Il n'avait pas de papiers sur lui. La police opérait des contrôles à cause d'une nouvelle ordonnance allemande : interdiction aux Juifs de se trouver dans les lieux publics après vingt heures. Il avait profité de la pénombre et d'un instant d'inattention des policiers devant le panier à salade pour s'enfuir.

L'année suivante, on l'avait appréhendé à son domicile. On l'avait conduit au Dépôt, puis dans une annexe du camp de Drancy, à Paris, quai de la Gare, un gigantesque entrepôt de marchandises où étaient réunis tous les biens juifs que pillaient les Allemands : meubles, vaisselle, linge, jouets, tapis, objets d'art disposés par étages et par rayons comme aux Galeries

Lafayette. Les internés vidaient au fur et à mesure les caisses qui arrivaient et ils remplissaient d'autres caisses en partance pour l'Allemagne.

Une nuit, quelqu'un était venu en voiture, quai de la Gare, et avait fait libérer mon père. Je m'imaginais – à tort ou à raison – que c'était un certain Louis Pagnon qu'on appelait «Eddy», fusillé à la Libération avec les membres de la bande de la rue Lauriston dont il faisait partie.

Oui, quelqu'un a sorti mon père du «trou», selon l'expression qu'il avait employée lui-même un soir de mes quinze ans où j'étais seul avec lui et où il se laissait aller jusqu'au bord des confidences. J'ai senti, ce soir-là, qu'il aurait voulu me transmettre son expérience des choses troubles et douloureuses de la vie, mais qu'il n'y avait pas de mots pour cela. Pagnon ou un autre? Il me fallait bien une réponse à mes questions. Quel lien pouvait exister entre cet homme et mon père? Un ancien camarade de régiment? Une rencontre fortuite d'avant-guerre?

À l'époque où j'habitais square de Graisivaudan, je voulais élucider cette énigme en essayant de retrouver les traces de Pagnon. On m'avait donné l'autorisation de consulter de vieilles archives. Il était né à Paris dans le $X^e$ arrondissement, entre la République et le canal Saint-Martin. Mon père avait passé lui aussi son enfance dans le $X^e$ arrondissement, mais un peu plus loin, du côté de la cité d'Hauteville. S'étaient-ils rencontrés à l'école communale du quartier? En 1932, Pagnon avait été condamné à une peine légère par le tribunal correctionnel de Mont-de-Marsan pour «tenue de maison de jeu». De 1937 à 1939, il avait été employé de garage dans le $XVII^e$ arrondissement. Il avait connu un certain Henri, agent des automobiles Simca, qui habitait du côté de la Porte des Lilas; et un nommé Edmond Delehaye, chef d'atelier chez Savary, un carrossier d'Aubervilliers. Les trois hommes se voyaient souvent, ils travaillaient tous les trois dans l'automobile. La guerre est venue, et l'Occupation. Henri avait organisé une officine de marché noir. Edmond Delehaye lui servait de secrétaire, et Pagnon de chauffeur. Ils se sont installés dans un hôtel particulier, rue Lauriston, près de l'Étoile, avec d'autres individus peu recommandables. Ces mauvais garçons – selon l'expression de mon père – ont glissé peu à peu dans l'engrenage : des affaires de marché noir, ils se sont laissé entraîner par les Allemands à des besognes de basse police.

Pagnon avait participé à un trafic que le rapport d'enquête nommait « l'affaire des chaussettes de Biarritz ». Il s'agissait d'une grande quantité de chaussettes que Pagnon allait collecter chez différents contrebandiers de la région. Il les conditionnait en paquets de douze paires et les déposait à proximité de la gare de Bayonne. On en avait rempli six wagons. Dans le Paris vide de l'Occupation, Pagnon roulait en voiture, il avait acheté un cheval de course, il habitait un meublé de luxe rue des Belles-Feuilles et il avait pour maîtresse la femme d'un marquis. Il fréquentait, avec elle, les manèges de Neuilly, Barbizon, l'auberge du Fruit Défendu à Bougival... Quand mon père avait-il connu Pagnon ? Au moment de l'affaire des chaussettes de Biarritz ? Qui sait ? Un après-midi de 1939, dans le XVIIe arrondissement, mon père s'était arrêté devant un garage pour qu'on change le pneu de sa Ford, et Pagnon était là. Ils avaient parlé ensemble, Pagnon lui avait peut-être demandé un service ou un conseil, ils étaient allés boire un verre au café voisin avec Henri et Edmond Delehaye... On fait souvent d'étranges rencontres dans la vie.

J'avais traîné du côté de la Porte des Lilas, dans l'espoir qu'on se souvenait encore d'un agent des automobiles Simca qui habitait par là, vers 1939. Un certain Henri. Mais non. Cela n'évoquait rien pour personne. À Aubervilliers, avenue Jean-Jaurès, les carrosseries Savary qui employaient Edmond Delehaye n'existaient plus depuis longtemps. Et le garage du XVIIe arrondissement où travaillait Pagnon ? Si je parvenais à le découvrir, un ancien mécano me parlerait de Pagnon et – je l'espérais – de mon père. Et je saurais enfin tout ce qu'il fallait savoir, et que mon père savait, lui.

J'avais dressé une liste des garages du XVIIe, avec une préférence pour ceux qui étaient situés à la lisière de l'arrondissement. J'avais l'intuition que c'était dans l'un d'eux que travaillait Pagnon :

Garage des Réservoirs
Société Ancienne du Garage-Auto-Star

Van Zon
Vicar et Cie
Villa de l'Auto
Garage Côte d'Azur
Garage Caroline
Champerret-Marly-Automobiles
Cristal Garage
De Korsak
Éden Garage
L'Étoile du Nord
Auto-Sport Garage
Garage Franco-Américain
S.O.C.O.V.A.
Majestic Automobiles
Garage des Villas
Auto-Lux
Garage Saint-Pierre
Garage de la Comète
Garage Bleu
Matford-Automobiles
Diak
Garage du Bois des Caures
As Garage
Dixmude-Palace-Auto
Buffalo-Transports
Duvivier (R) S.A.R.L.
Autos-Remises
Lancien Frère
Garage aux Docks de la Jonquière

Aujourd'hui, je me dis que le garage où m'emmenait Annie avec mon frère doit figurer sur la liste. C'était peut-être le même que celui de Pagnon. Je revois les feuillages des arbres de la rue, la grande façade beige à fronton... Ils l'ont démoli avec les autres, et toutes ces années n'auront été, pour moi, qu'une longue et vaine recherche d'un garage perdu.

Annie m'emmenait dans un autre quartier de Paris qu'il m'a été facile, plus tard, de reconnaître : à Montmartre, avenue Junot. Elle arrêtait la quatre-chevaux devant un petit immeuble blanc avec une porte vitrée en fer forgé. Elle me disait d'attendre. Elle n'en aurait pas pour longtemps. Elle entrait dans l'immeuble.

Je me promenais sur le trottoir de l'avenue. Peut-être le goût que j'ai toujours éprouvé pour ce quartier date-t-il de cette époque. Un escalier à pic rejoignait une autre rue, en contrebas, et je m'amusais à le descendre. Rue Caulaincourt, je faisais quelques mètres à pied, mais je ne m'aventurais pas trop loin. Je remontais vite l'escalier de crainte qu'Annie ne s'en aille dans sa quatre-chevaux et ne me laisse seul.

Mais c'était moi qui arrivais le premier et je devais encore l'attendre, comme nous l'attendions dans le garage, quand le store orange était tiré derrière la vitre du bureau de Buck Danny. Elle sortait de l'immeuble avec Roger Vincent. Il me souriait. Il feignait de me rencontrer par hasard.

— Tiens... Qu'est-ce que tu fais dans le quartier ?

Les jours suivants, il disait à Andrée K., à Jean D. ou à la petite Hélène :

— C'est drôle... J'ai rencontré Patoche à Montmartre... Je me demande ce qu'il pouvait bien faire là-bas...

Et il se tournait vers moi :

— Ne leur dis rien. Moins on parle, mieux on se porte.

Avenue Junot, Annie l'embrassait. Elle l'appelait « Roger Vincent » et elle le vouvoyait, mais elle l'embrassait.

— Un jour, je t'inviterai chez moi, me disait Roger Vincent. J'habite ici...

Et il me désignait la porte de fer forgé du petit immeuble blanc. Nous marchions tous les trois sur le trottoir. Sa voiture américaine n'était pas garée devant chez lui, et je lui ai demandé pourquoi.

— Je la laisse au garage d'en face...

Nous passions devant l'hôtel Alsina, près des escaliers. Un jour, Annie a dit :

— C'est là que j'ai habité, au début, avec la petite Hélène et Mathilde... Si vous aviez vu la tête de Mathilde...

Roger Vincent souriait. Et moi, sans m'en rendre compte, j'écoutais toutes leurs paroles et elles se gravaient dans ma mémoire.


Bien plus tard, je me suis marié et j'ai habité quelques années dans ce quartier. Je remontais presque tous les jours l'avenue Junot. Un après-midi, cela m'a pris, comme ça : j'ai poussé le portail vitré de l'immeuble blanc. J'ai sonné à la porte du concierge. Un homme roux a glissé la tête dans l'entrebâillement de la porte.

— Vous désirez ?

— C'est au sujet de quelqu'un qui habitait dans l'immeuble, il y a une vingtaine d'années...

— Ah, mais je n'étais pas encore là, monsieur...

— Vous ne savez pas comment je pourrais avoir des renseignements sur lui ?

— Adressez-vous au garage d'en face. Ils ont connu tout le monde, eux.

Mais je ne me suis pas adressé au garage d'en face. J'avais consacré tant de journées à chercher des garages dans Paris sans les trouver que je n'y croyais plus.

En été, les jours rallongent, et Annie, moins sévère que Blanche-Neige, nous laissait jouer, le soir, dans l'avenue en pente douce, devant la maison. Ces soirs-là, nous ne mettions pas nos robes de chambre. Après le dîner, Annie nous accompagnait jusqu'à la porte de la maison et me donnait son bracelet-montre :

— Vous pouvez jouer jusqu'à neuf heures et demie… À neuf heures et demie, vous rentrez… Tu regardes bien l'heure, Patoche… Je compte sur toi…

Quand Jean D. était là, il me confiait son énorme montre. Il la réglait de telle manière qu'à neuf heures et demie pile une petite sonnerie – comme celle d'un réveil – nous annonçait l'heure de retourner à la maison.

Nous descendions tous les deux l'avenue jusqu'à la route où quelques rares voitures passaient encore. À une centaine de mètres, vers la droite, la gare, un petit bâtiment délabré avec des colombages, ressemblait à une villa de bord de mer. Devant elle, une esplanade déserte bordée par des arbres et par le CAFÉ DE LA GARE.

Un jeudi, mon père n'était pas venu en voiture avec l'un de ses amis, mais en train. À la fin de l'après-midi, nous l'avions raccompagné tous les deux à la gare. Et, comme nous étions en avance sur l'horaire, il nous avait invités à la terrasse du Café de la Gare. Mon frère et moi, nous avions bu un Coca-Cola et, lui, une fine à l'eau.

Il avait payé les consommations et il s'était levé pour aller prendre son train. Avant de nous quitter, il avait dit :

— N'oubliez pas… Si, par hasard, vous voyez le marquis de Caussade au château, faites-lui bien des amitiés de la part d'Albert…

Au coin de la route et de l'avenue, protégés par un massif de troènes, nous surveillions la gare. De temps en temps, un groupe de voyageurs en sortait et se dispersait dans la direction du village, du moulin de Bièvre, des Mets. Les voyageurs étaient de plus en plus rares. Bientôt, une seule et unique personne traversait l'esplanade. Le marquis de Caussade? Décidément, cette nuit, il faudrait que nous tentions la grande aventure et que nous allions au château. Mais nous savions bien que ce projet serait sans cesse remis au lendemain.

Nous restions un long moment immobiles devant les haies qui protégeaient l'auberge Robin des Bois. Nous écoutions les conversations des dîneurs, assis aux tables du jardin. Ils étaient dissimulés par les haies, mais nous entendions leurs voix, toutes proches. Nous entendions le cliquetis des couverts, le pas des serveurs crisser sur le gravier. L'odeur de certains plats se mêlait au parfum des troènes. Mais celui-ci était le plus fort. Toute l'avenue sentait le troène.

Là-haut, le *bow-window* du salon s'allumait. La voiture américaine de Roger Vincent était garée devant la maison. Ce soir-là, il était venu avec Andrée K., «la femme du grand toubib», celle qui avait fréquenté la bande de la rue Lauriston et qui tutoyait Roger Vincent. Il n'était pas encore neuf heures et demie, mais Annie sortait de la maison, sa robe bleu pâle serrée à la taille. Nous traversions de nouveau l'avenue, le plus vite possible, en nous baissant, et nous nous cachions derrière les buissons du petit bois qui s'étendait après le temple protestant. Annie se rapprochait. Ses cheveux blonds faisaient une tache dans le crépuscule. Nous entendions son pas. Elle essayait de nous trouver. C'était un jeu entre nous. Chaque fois, nous nous cachions à un endroit différent, dans ce terrain abandonné que les arbres et la végétation avaient envahi. Elle finissait par découvrir notre cachette, parce que nous avions une crise de fou rire quand elle se rapprochait trop. Nous revenions à la maison, tous les trois. C'était une enfant, comme nous.

Quelques phrases vous restent gravées dans l'esprit pour toujours. Un après-midi, se tenait une sorte de kermesse dans la cour du temple protestant, en face de la maison. De la fenêtre de notre chambre, nous avions une vue plongeante sur les petits stands autour desquels se pressaient des enfants et leurs parents. Au déjeuner, Mathilde m'avait dit :

— Ça te plairait d'aller à la fête du temple, imbécile heureux ?

Elle nous y avait emmenés. Nous avions pris un ticket de loterie et nous avions gagné deux paquets de nougatine. Au retour, Mathilde m'avait dit :

— On vous a laissés entrer à la fête parce que, moi, je suis protestante, imbécile heureux !

Elle était aussi sévère que d'habitude et elle portait son camée et sa robe noire.

— Et dis-toi bien une chose : les protestants voient tout ! On ne peut rien leur cacher ! Ils n'ont pas simplement deux yeux ! Ils en ont un aussi derrière la tête ! Tu as compris ?

Elle me désignait du doigt son chignon.

— Tu as compris, imbécile heureux ? Un œil derrière la tête !

Désormais, mon frère et moi, nous nous sentions gênés en sa présence, et surtout quand nous passions derrière elle. J'ai mis longtemps à comprendre que les protestants étaient des gens comme les autres, et, chaque fois que j'en rencontrais un, à ne pas changer de trottoir.


Jamais plus aucune phrase n'aura pour nous un tel écho. C'était comme le sourire de Roger Vincent. Je n'ai plus jamais rencontré un sourire semblable. Même en l'absence de Roger Vincent, son sourire flottait dans l'air. Je me souviens d'une autre phrase que m'avait dite Jean D. Un matin, il m'avait emmené sur sa moto jusqu'à la route de Versailles. Il n'allait pas trop vite, et je le tenais par sa canadienne. Au retour, nous nous sommes arrêtés devant l'auberge Robin des Bois. Il voulait acheter des cigarettes. La patronne se trouvait seule au bar de l'auberge, une femme blonde, jeune et très jolie qui n'était pas celle que mon père avait connue, du temps où il venait dans cette auberge avec Eliot Salter, marquis de Caussade, et peut-être avec Eddy Pagnon.

— Un paquet de Balto, a demandé Jean D.

La patronne lui a tendu le paquet de cigarettes en nous lançant un sourire à tous les deux. Quand nous sommes sortis de l'auberge, Jean D. m'a dit d'une voix grave :

— Tu vois, mon petit vieux... Les femmes... Ça paraît formidable de loin... Mais, de près... Il faut de méfier...

Il avait un air triste, brusquement.

Un jeudi, nous jouions sur la butte, à côté du château. La petite Hélène, assise sur le banc qui était d'ordinaire la place de Blanche-Neige, nous surveillait. Nous escaladions les branches des pins. J'étais monté trop haut dans l'arbre et, en grimpant d'une branche à l'autre, j'avais failli tomber. Quand je suis descendu de l'arbre, la petite Hélène était toute pâle. Elle portait ce jour-là son pantalon de cheval et son boléro incrusté de nacre.

— Ce n'est pas malin... Tu aurais pu te tuer...

Je ne l'avais jamais entendue parler sur ce ton brutal.

— Il ne faut plus que tu recommences...

J'étais si peu habitué à la voir en colère, que j'avais envie de pleurer.

— Moi, j'ai été obligée d'abandonner mon métier à la suite d'une bêtise comme ça...

Elle m'a pris par l'épaule et m'a entraîné jusqu'au banc de pierre sous les arbres. Elle m'a fait asseoir. Elle a sorti de la poche intérieure de son boléro un portefeuille en crocodile – de la même couleur que l'étui à cigarettes que m'avait donné Annie, et qui devait venir du même magasin. Et, de ce portefeuille, elle a extrait un papier qu'elle m'a tendu.

— Tu sais lire ?

C'était un article de journal, avec une photo. J'ai lu ce qui était écrit en grosses lettres : LA TRAPÉZISTE HÉLÈNE TOCH VICTIME D'UN GRAVE ACCIDENT. MUSTAPHA AMAR À SON CHEVET. Elle a repris l'article et elle l'a rangé dans le portefeuille.

— Ça arrive très vite, dans la vie, un accident... Moi, j'étais comme toi... Je ne savais pas... J'avais confiance...

Elle a paru regretter de m'avoir parlé comme à une grande personne :

— ... Je vous invite à goûter... Nous allons chercher des gâteaux à la boulangerie...

Le long de la rue du Docteur-Dordaine, je restais un peu en arrière pour la regarder marcher. Elle boitait légèrement, et il ne m'était pas venu à l'esprit, jusque-là, qu'elle n'avait pas toujours boité. Ainsi, dans la vie, il arrive des accidents. Cette découverte me troublait beaucoup.

L'après-midi où j'étais allé seul à Paris dans la quatre-chevaux d'Annie et où elle m'avait offert l'étui à cigarettes en crocodile, nous avions fini par retrouver notre chemin dans les petites rues aujourd'hui détruites du XVIIe arrondissement. Nous suivions les quais de la Seine, comme d'habitude. Nous nous étions arrêtés un moment sur la berge, du côté de Neuilly et de l'île de Puteaux. Nous regardions, du haut des escaliers de bois qui donnaient accès à des pontons aux couleurs claires, les villas flottantes et les péniches transformées en appartements.

— Il va falloir que nous déménagions bientôt, Patoche... Et c'est là que je veux habiter...

Elle nous en avait déjà parlé, plusieurs fois. Nous étions un peu inquiets à la perspective de quitter la maison et le village. Mais, habiter à bord de l'une de ces péniches... Jour après jour, nous attendions le départ pour cette nouvelle aventure.

— On vous fera une chambre à tous les deux... Avec des hublots... Il y aura un grand salon et un bar...

Elle rêvait, à voix haute. Nous sommes remontés dans la quatre-chevaux. Après le tunnel de Saint-Cloud, sur l'autoroute, elle a tourné son visage vers moi. Elle m'enveloppait d'un regard encore plus clair que d'habitude.

— Tu sais ce que tu devrais faire ? Chaque soir, tu devrais écrire ce que tu as fait pendant la journée... Je t'achèterai un cahier pour ça...

C'était une bonne idée. J'enfonçais la main dans ma poche pour vérifier si j'avais toujours l'étui à cigarettes.

Certains objets disparaissent de votre vie, au premier moment d'inattention, mais cet étui à cigarettes m'est resté fidèle. Je savais qu'il serait toujours à portée de ma main, dans le tiroir d'une table de nuit, dans un casier de vestiaire, au fond d'un pupitre, dans la poche intérieure d'une veste. J'étais si sûr de lui, et de sa présence, que je finissais par l'oublier. Sauf aux heures de cafard. Alors, je le contemplais, sous tous les angles. C'était le seul objet qui témoignait d'une période de ma vie dont je ne pouvais parler à personne, et dont je me demandais quelquefois si je l'avais vraiment vécue.

Pourtant, j'ai failli le perdre un jour. Je me trouvais dans l'un de ces collèges où j'ai attendu que le temps passe jusqu'à l'âge de dix-sept ans. Mon étui à cigarettes excitait la convoitise de deux frères jumeaux qui appartenaient à la grande bourgeoisie. Ils avaient de multiples cousins dans les autres classes, et leur père portait le titre de «premier fusil de France». S'ils se liguaient tous contre moi, je ne pourrais pas me défendre.

Le seul moyen de leur échapper, c'était de me faire renvoyer, au plus vite, de ce collège. Je me suis évadé un matin, et j'en ai profité pour visiter Chantilly, Mortefontaine, Ermenonville et l'abbaye de Chaalis. Je suis revenu au collège à l'heure du dîner. Le directeur m'a annoncé mon renvoi, mais il n'avait pas réussi à joindre mes parents. Mon père était parti depuis quelques mois en Colombie, à la découverte d'un terrain aurifère qu'un ami lui avait signalé; ma mère était en tournée du côté de La Chaux-de-Fonds. On m'a mis en quarantaine dans une chambre de l'infirmerie en attendant que quelqu'un vienne me chercher. Je n'avais pas le droit d'assister aux cours ni de prendre mes repas au réfectoire avec mes camarades. Cette sorte d'immunité diplomatique me mettait définitivement à l'abri des deux frères, de leurs cousins et du premier fusil de France. Chaque nuit, avant de m'endormir, je vérifiais sous mon oreiller la présence de mon étui à cigarettes en crocodile.

Cet objet aura une dernière fois attiré l'attention sur lui, quelques années plus tard. J'avais fini par suivre le conseil d'Annie quand elle me disait d'écrire, chaque jour, sur un cahier : je venais de terminer un premier livre. J'étais assis au zinc d'un café de l'avenue de Wagram. À côté de moi, debout, un homme d'une soixantaine d'années aux cheveux noirs, aux lunettes à monture très fine et à la tenue aussi soignée que ses mains. Depuis quelques minutes, je l'observais et je me demandais ce qu'il pouvait bien faire dans la vie.

Il avait prié le garçon de lui apporter un paquet de cigarettes, mais on n'en vendait pas dans ce café. Je lui ai tendu mon étui en crocodile.

— Merci beaucoup, monsieur.

Il en a tiré une cigarette. Son regard restait fixé sur l'étui en crocodile.

— Vous permettez ?

Il me l'a pris des mains. Il le tournait et le retournait, les sourcils froncés.

— J'avais le même.

Il me l'a rendu et il me considérait d'un œil attentif.

— C'est un article dont on nous a volé tout le stock. Ensuite, nous ne l'avons plus vendu. Vous possédez une pièce de collection très rare, monsieur...

Il me souriait. Il avait travaillé en qualité de directeur dans une grande maroquinerie des Champs-Élysées, mais il était maintenant à la retraite.

— Ils ne se sont pas contentés des étuis comme celui-là. Ils ont cambriolé tout le magasin.

Il avait penché son visage vers moi et il me souriait toujours.

— Ne croyez pas que je vous soupçonne le moins du monde... Vous étiez trop jeune à l'époque...

— Il y a longtemps de cela ? lui ai-je demandé.

— Une quinzaine d'années.

— Et ils se sont fait prendre ?

— Pas tous. C'était des gens qui avaient fait des choses encore plus graves que ce cambriolage...

Des choses encore plus graves. Ces mots, je les connaissais déjà. La trapéziste Hélène Toch victime d'un GRAVE ACCIDENT. Et le jeune homme aux gros yeux bleus qui, plus tard, m'avait répondu : QUELQUE CHOSE DE TRÈS GRAVE.

Dehors, avenue de Wagram, je marchais avec une curieuse exaltation au cœur. Depuis très longtemps, c'était la première fois que je sentais la présence d'Annie. Elle marchait derrière moi, ce soir-là. Roger Vincent et la petite Hélène, eux aussi, devaient se trouver quelque part dans cette ville. Au fond, ils ne m'avaient jamais quitté.

Blanche-Neige est partie pour toujours sans nous prévenir. Au déjeuner, Mathilde m'a dit :

— Elle est partie parce qu'elle ne voulait plus s'occuper de toi, imbécile heureux !

Annie a haussé les épaules et m'a fait un clin d'œil.

— Tu dis des bêtises, maman ! Elle est partie parce qu'elle devait retourner dans sa famille.

Mathilde a plissé les yeux et a posé sur sa fille un regard méchant.

— On ne parle pas de cette façon à sa mère devant des enfants !

Annie faisait semblant de ne pas l'écouter. Elle nous souriait.

— Tu as entendu ? a dit Mathilde à sa fille. Tu finiras mal, toi ! Comme l'imbécile heureux !

De nouveau, Annie a haussé les épaules.

— Calmez-vous, Thilda, a dit la petite Hélène.

Mathilde m'a désigné du doigt son chignon, derrière sa tête.

— Tu sais ce que ça veut dire, hein ? Maintenant que Blanche-Neige n'est plus là, c'est moi qui te surveille, imbécile heureux !


Annie m'a accompagné à l'école. Elle avait mis sa main sur mon épaule, comme d'habitude.

— Il ne faut pas que tu fasses attention à ce que dit maman... Elle est vieille... Les vieux disent n'importe quoi...

Nous étions arrivés en avance. Nous attendions devant la porte de fer de la cour de récréation.

— Vous allez dormir, toi et ton frère, pour une nuit ou deux dans la maison d'en face... tu sais, la maison blanche... Parce qu'il y a des invités qui viendront habiter chez nous pour quelques jours...

Elle a dû se rendre compte que j'étais inquiet.

— Mais, de toute façon, je resterai avec vous... Tu verras, vous allez bien vous amuser...

En classe, je n'écoutais pas le cours. Je pensais à autre chose. Blanche-Neige était partie, et nous, nous allions habiter dans la maison d'en face.

Après l'école, Annie nous a emmenés, mon frère et moi, dans la maison d'en face. Elle a sonné à la petite entrée qui donnait sur la rue du Docteur-Dordaine. Une dame brune assez grosse et habillée de noir nous a ouvert. C'était la gardienne de la maison, car les propriétaires n'y habitaient jamais.

— La chambre est prête, a dit la gardienne.

Nous avons monté un escalier qu'éclairait la lumière électrique. Tous les volets de la maison étaient fermés. Nous avons suivi un couloir. La gardienne a ouvert une porte. Cette chambre était plus grande que la nôtre, et il y avait deux lits aux barreaux de cuivre, deux lits de grandes personnes. Un papier peint bleu clair avec des dessins recouvrait les murs. La fenêtre donnait sur la rue du Docteur-Dordaine. Les volets étaient ouverts.

— Vous serez très bien ici, les enfants, a dit Annie.

La gardienne nous souriait. Elle nous a dit :

— Je vous préparerai le petit déjeuner demain matin.

Nous avons descendu l'escalier, et la gardienne nous a fait visiter le rez-de-chaussée de la maison. Dans le grand salon, aux volets fermés, deux lustres étincelaient de tous leurs cristaux et nous éblouissaient. Les meubles étaient protégés par des housses transparentes. Sauf le piano.

Après le dîner, nous sommes sortis avec Annie. Nous portions nos pyjamas et nos robes de chambre. Un soir de printemps. C'était amusant de porter nos robes de chambre dehors, et nous avons descendu l'avenue, avec Annie, jusqu'à l'auberge Robin des Bois. Nous aurions voulu rencontrer quelqu'un pour qu'il nous voie nous promener en robe de chambre dans la rue.

Nous avons sonné à la porte de la maison d'en face et, de nouveau, la gardienne nous a ouvert et nous a conduits à notre chambre. Nous nous sommes couchés dans les lits aux barreaux de cuivre. La gardienne nous a dit qu'elle dormait à côté du salon et que, si jamais nous avions besoin de quelque chose, nous pouvions l'appeler.

— De toute façon, je suis tout près, Patoche… a dit Annie.

Elle nous a donné un baiser, sur le front. Nous nous étions déjà brossé les dents après le dîner, dans notre vraie chambre. La gardienne a fermé les volets, elle a éteint la lumière et elles sont parties toutes les deux.

Cette première nuit, nous avons bavardé longtemps, mon frère et moi. Nous aurions bien voulu descendre dans le salon du rez-de-chaussée pour contempler les lustres, les meubles sous leurs housses et le piano, mais nous avions peur que le bois de l'escalier craque et que la gardienne nous gronde.

Le lendemain matin, c'était jeudi. Je ne devais pas aller en classe. La gardienne nous a apporté notre petit déjeuner dans notre chambre, sur un plateau. Nous l'avons remerciée.

Le neveu de Frede n'est pas venu ce jeudi-là. Nous sommes restés dans le grand jardin, devant la façade de la maison avec ses portes-fenêtres aux volets fermés. Il y avait un saule pleureur et, tout au fond, une enceinte de bambous à travers laquelle on voyait la terrasse de l'auberge Robin des Bois et les tables dont les serveurs dressaient les couverts pour le dîner. Nous avions mangé des sandwiches à midi. C'était la gardienne qui nous les avait préparés. Nous étions assis sur les chaises du jardin, avec nos sandwiches, comme pour un pique-nique. Le soir, il faisait beau, et nous avons dîné dans le jardin. La gardienne nous avait de nouveau préparé des sandwiches au jambon et au fromage. Deux tartes aux pommes pour le dessert. Et du Coca-Cola.

Annie est venue après le dîner. Nous avions mis nos pyjamas et nos robes de chambre. Nous sommes sortis avec elle. Cette fois-ci, nous avons traversé la route, en bas. Nous avons rencontré des gens près du jardin public, et ils avaient l'air étonné de nous voir en robe de chambre. Annie, elle, portait son vieux blouson de cuir et son blue-jean. Nous avons marché devant la gare. J'ai pensé que nous aurions pu prendre le train, dans nos robes de chambre, jusqu'à Paris.

Au retour, Annie nous a embrassés dans le jardin de la maison blanche et, à chacun de nous, elle a donné un harmonica.


Je me suis réveillé en pleine nuit. J'entendais le bruit d'un moteur. Je me suis levé et je suis allé voir à la fenêtre. La gardienne n'avait pas fermé les volets, elle avait juste tiré les rideaux rouges.

En face, le *bow-window* du salon était allumé. La voiture de Roger Vincent était garée devant la maison, sa capote noire rabattue. La quatre-chevaux d'Annie était là, aussi. Mais le bruit du moteur venait d'un camion bâché, à l'arrêt, de l'autre côté de la rue, devant le mur du temple protestant. Le moteur s'est arrêté. Deux hommes sont sortis du camion. J'ai reconnu Jean D. et Buck Danny, et ils sont entrés tous les deux dans la maison. Je voyais une silhouette passer de temps en temps devant le *bow-window* du salon. J'avais sommeil. Le lendemain matin, la gardienne nous a réveillés en nous apportant le plateau du petit déjeuner. Elle et mon frère m'ont accompagné à l'école. Dans la rue du Docteur-Dordaine, il n'y avait plus le camion ni la voiture de Roger Vincent. Mais la quatre-chevaux d'Annie était toujours là, devant la maison.

À la sortie de l'école, mon frère m'attendait, tout seul.

— Il n'y a plus personne chez nous.

Il m'a dit que la gardienne l'avait ramené à la maison, tout à l'heure. La quatre-chevaux d'Annie était là, mais il n'y avait personne. La gardienne devait partir faire des courses à Versailles jusqu'à la fin de l'après-midi et elle avait laissé mon frère dans la maison en lui expliquant qu'Annie allait bientôt revenir puisque sa voiture était là. Mon frère avait attendu, dans la maison vide.

Il était soulagé de me revoir. Il riait même, comme quelqu'un qui a eu peur et qui est tout à fait rassuré.

— Ils sont allés à Paris, lui ai-je dit. Ne t'inquiète pas.

Nous avons suivi la rue du Docteur-Dordaine. La quatre-chevaux d'Annie était là.

Personne dans la salle à manger ni dans la cuisine. Ni dans le salon. Au premier étage, la chambre d'Annie était vide. Celle de la petite Hélène aussi. Celle de Mathilde aussi, au fond de la cour. Nous sommes entrés dans la chambre de Blanche-Neige. Après tout, Blanche-Neige était peut-être revenue, elle. Non. C'était comme si personne n'avait jamais habité dans ces chambres. Par la fenêtre de la nôtre, je regardais, en bas, la quatre-chevaux d'Annie.

Le silence de la maison nous faisait peur. J'ai allumé la radio et nous avons mangé deux pommes et deux bananes qui restaient dans la corbeille à fruits, sur le buffet. J'ai ouvert la porte du jardin. L'auto tamponneuse verte était toujours là, au milieu de la cour.

— On va les attendre, ai-je dit à mon frère.

Le temps passait. Les aiguilles du réveil de la cuisine marquaient deux heures moins vingt. C'était l'heure d'aller à l'école. Mais je ne pouvais pas laisser mon frère tout seul. Nous étions assis, l'un en face de l'autre, à la table de la salle à manger. Nous écoutions la radio.

Nous sommes sortis de la maison. La quatre-chevaux d'Annie était toujours là. J'ai ouvert l'une des portières et je me suis assis sur la banquette avant, à ma place habituelle. J'ai fouillé dans la boîte à gants et j'ai bien regardé sur la banquette arrière. Rien. Sauf un vieux paquet de cigarettes vide.

— On va se promener jusqu'au château, ai-je dit à mon frère.

Il y avait du vent. Nous suivions la rue du Docteur-Dordaine. Mes camarades étaient déjà rentrés en classe, et le maître avait remarqué mon absence. À mesure que nous marchions, le silence était de plus en plus profond autour de nous. Sous le soleil, cette rue et toutes ces maisons semblaient abandonnées.

Le vent agitait doucement les herbes hautes de la prairie. Nous n'étions jamais venus seuls ici, tous les deux. Les fenêtres murées du château me causaient la même inquiétude que le soir, au retour de nos promenades en forêt, avec Blanche-Neige. La façade du château était sombre et menaçante à ces moments-là. Comme maintenant, en plein après-midi.

Nous nous sommes assis sur le banc, là où s'asseyaient Blanche-Neige et la petite Hélène, quand nous escaladions les branches des pins. Ce silence nous enveloppait toujours, et j'essayais de jouer un air sur l'harmonica qu'Annie m'avait donné.

Rue du Docteur-Dordaine, nous avons vu, de loin, une voiture noire, garée à la hauteur de la maison. Un homme était au volant, sa jambe dépassait de la portière ouverte et il lisait un journal. Devant la porte de la maison, un gendarme se tenait, très droit, tête nue. Il était jeune, les cheveux blonds coupés court, et ses gros yeux bleus regardaient dans le vide.

Il a sursauté et nous a considérés, mon frère et moi, les yeux ronds.

— Qu'est-ce que vous faites là?

— C'est ma maison, lui ai-je dit. Il est arrivé quelque chose?

— Quelque chose de très grave.

J'ai eu peur. Mais lui aussi, sa voix tremblait un peu. Une camionnette avec une grue a débouché au coin de l'avenue. Des gendarmes ont mis pied à terre et ont attaché la quatre-chevaux d'Annie à la grue. Puis la camionnette a démarré, traînant lentement derrière elle la quatre-chevaux d'Annie le long de la rue du Docteur-Dordaine. C'est ce qui m'a le plus frappé et qui m'a fait le plus de peine.

— C'est très grave, a-t-il dit. Vous ne pouvez pas entrer.

Mais nous sommes entrés. Quelqu'un téléphonait dans le salon. Un homme brun, en gabardine, était assis sur le rebord de la table de la salle à manger. Il nous a vus, mon frère et moi. Il est venu vers nous.

— Ah... C'est vous... les enfants?...

Il a répété:

— Vous êtes les enfants?

Il nous a entraînés dans le salon. L'homme qui parlait au téléphone a raccroché. Il était petit, les épaules très larges, et il portait une veste de cuir noir. Il a dit, comme l'autre:

— Ah... Ce sont les enfants...

Il a dit à l'homme en gabardine :

— Il faut que tu les emmènes au commissariat de Versailles...
Ça ne répond pas à Paris...

Quelque chose de très grave, m'avait dit le gendarme aux gros
yeux bleus. Je me souvenais du papier que la petite Hélène
gardait dans son portefeuille : LA TRAPÉZISTE HÉLÈNE TOCH
VICTIME D'UN GRAVE ACCIDENT. Je restais derrière elle pour la
regarder marcher. Elle n'avait pas toujours boité comme ça.

— Où sont vos parents ? m'a demandé le brun en gabardine.
Je cherchais une réponse. C'était trop compliqué de lui donner
des explications. Annie me l'avait bien dit, le jour où nous étions
allés ensemble dans le bureau de la directrice de l'institution
Jeanne-d'Arc et où elle avait fait semblant d'être ma mère.

— Tu ne sais pas où sont vos parents ?

Ma mère jouait sa pièce de théâtre quelque part en Afrique
du Nord. Mon père était à Brazzaville ou à Bangui, ou plus loin.
C'était trop compliqué.

— Ils sont morts, lui ai-je dit.

Il a sursauté. Il me regardait en fronçant les sourcils. On aurait
dit qu'il avait peur de moi, brusquement. Le petit homme à la
veste en cuir me fixait lui aussi, d'un œil inquiet, la bouche
ouverte. Deux gendarmes sont entrés dans le salon.

— On continue de fouiller la maison ? a demandé l'un d'eux
au brun en gabardine.

— Oui... Oui... Vous continuez...

Ils sont partis. Le brun en gabardine s'est penché vers nous.

— Allez jouer dans le jardin... a-t-il dit d'une voix très douce.
Je viendrai vous voir tout à l'heure.

Il nous a pris chacun par la main et il nous a emmenés dehors.
L'auto tamponneuse verte était toujours là. Il a tendu le bras
en direction du jardin :

— Allez jouer... À tout à l'heure...

Et il est rentré dans la maison.

Nous sommes montés par l'escalier de pierre jusqu'à la
première terrasse du jardin, là où la tombe du docteur Guillotin
était cachée sous les clématites et où Mathilde avait planté un
rosier. La fenêtre de la chambre d'Annie était grande ouverte,

et comme nous nous trouvions à la hauteur de cette fenêtre, je voyais bien qu'ils fouillaient partout dans la chambre d'Annie.

En bas, le petit homme à la veste de cuir noir traversait la cour, une torche électrique à la main. Il se penchait par-dessus la margelle du puits, écartait le chèvrefeuille et essayait de voir quelque chose, au fond, avec sa torche. Les autres continuaient de fouiller dans la chambre d'Annie. Il en arrivait d'autres encore, des gendarmes et des hommes habillés de vêtements de tous les jours. Ils fouillaient partout, même à l'intérieur de notre auto tamponneuse, ils marchaient dans la cour, ils se montraient aux fenêtres de la maison, ils parlaient ensemble, très fort. Et nous, mon frère et moi, nous faisions semblant de jouer dans le jardin en attendant que quelqu'un vienne nous chercher.

# CHIEN DE PRINTEMPS

## 1993

*Pour Dominique*

Sonnettes, bras ballants, on ne vient pas jusqu'ici,
Sonnettes, portes ouvertes, rage de disparaître.
Tous les chiens s'ennuient
Quand le maître est parti.

PAUL ELUARD

J'ai connu Francis Jansen quand j'avais dix-neuf ans, au printemps de 1964, et je veux dire aujourd'hui le peu de chose que je sais de lui.

C'était tôt, le matin, dans un café de la place Denfert-Rochereau. Je m'y trouvais en compagnie d'une amie de mon âge, et Jansen occupait une table, en face de la nôtre. Il nous observait en souriant. Puis il a sorti d'un sac qui était posé sur la banquette en moleskine, à ses côtés, un Rolleiflex. Je me suis à peine rendu compte qu'il avait fixé sur nous son objectif, tant ses gestes étaient à la fois rapides et nonchalants. Il se servait donc d'un Rolleiflex, mais je serais incapable de préciser les papiers et les procédés de tirage qu'utilisait Jansen pour obtenir la lumière qui baignait chacune de ses photos.

Le matin de notre rencontre, je me souviens de lui avoir demandé, par politesse, quel était à son avis le meilleur appareil de photo. Il avait haussé les épaules et m'avait confié qu'en définitive il préférait ces appareils en plastique noir que l'on achète dans les magasins de jouets et qui lancent un jet d'eau si l'on presse le déclic.

Il nous avait offert un café et nous avait proposé de nous prendre encore comme modèles mais cette fois-ci dans la rue. Une revue américaine l'avait chargé d'illustrer un reportage sur la jeunesse à Paris, et voilà, il nous avait choisis tous les deux : c'était plus simple et ça irait plus vite et même s'ils n'étaient pas contents en Amérique, ça n'avait aucune importance. Il voulait se débarrasser de ce travail alimentaire. À notre sortie du café, nous marchions sous le soleil, et je l'ai entendu dire avec son accent léger :

— Chien de printemps.

Une réflexion qu'il devait souvent répéter, cette saison-là.

Il nous a fait asseoir sur un banc, et ensuite il nous a placés devant un mur qu'ombrageait une rangée d'arbres, avenue Denfert-Rochereau. J'ai gardé l'une des photos. Nous sommes assis sur le banc, mon amie et moi. J'ai l'impression qu'il s'agit d'autres personnes que nous, à cause du temps qui s'est écoulé ou bien de ce qu'avait vu Jansen dans son objectif et que nous n'aurions pas vu à cette époque si nous nous étions plantés devant un miroir : deux adolescents anonymes et perdus dans Paris.

Nous l'avons raccompagné à son atelier tout près de là, rue Froidevaux. J'ai senti qu'il éprouvait de l'appréhension à se retrouver seul.

L'atelier était au rez-de-chaussée d'un immeuble et l'on y accédait directement par une porte, sur la rue. Une vaste pièce aux murs blancs dans le fond de laquelle un petit escalier montait jusqu'à une mezzanine. Un lit occupait tout l'espace de la mezzanine. La pièce n'était meublée que d'un canapé gris et de deux fauteuils de la même couleur. À côté de la cheminée en brique, trois valises de cuir marron empilées les unes sur les autres. Rien sur les murs. Sauf deux photos. La plus grande, celle d'une femme, une certaine Colette Laurent comme je devais l'apprendre par la suite. Sur l'autre, deux hommes – dont l'un était Jansen, plus jeune – étaient assis côte à côte, dans une baignoire éventrée, parmi des ruines. Malgré ma timidité, je n'avais pu m'empêcher de demander à Jansen des explications. Il m'avait répondu que c'était lui, avec son ami Robert Capa, à Berlin, en août 1945.

Avant cette rencontre, le nom de Jansen m'était inconnu. Mais je savais qui était Robert Capa pour avoir vu ses photos de la guerre d'Espagne et lu un article sur sa mort en Indochine.

Les années ont passé. Loin de brouiller l'image de Capa et de Jansen, elles ont eu l'effet inverse : cette image est beaucoup plus nette dans ma mémoire qu'elle ne l'était ce printemps-là.

Sur la photo, Jansen apparaissait comme une sorte de double de Capa, ou plutôt un frère cadet que celui-ci aurait pris sous sa protection. Autant Capa, avec ses cheveux très bruns, son regard noir, et la cigarette qui lui pendait au coin des lèvres, respirait la hardiesse et la joie de vivre, autant Jansen, blond, maigre, les yeux clairs, le sourire timide et mélancolique, ne semblait pas tout à fait à son aise. Et le bras de Capa, posé sur l'épaule de Jansen, n'était pas seulement amical. On aurait dit qu'il le soutenait.

Nous nous sommes assis sur les fauteuils et Jansen nous a proposé de boire un whisky. Il est allé au fond de la pièce et il a ouvert une porte qui donnait sur une ancienne cuisine qu'il avait transformée en chambre noire. Puis il est revenu vers nous :

— Je suis désolé mais il n'y a plus de whisky.

Il se tenait un peu raide, les jambes croisées, tout au bout du canapé, comme s'il était en visite. Nous ne rompions pas le silence, mon amie et moi. La pièce était très claire avec ses murs blancs. Les deux fauteuils et le canapé étaient disposés à une trop grande distance les uns des autres, ce qui donnait une sensation de vide. On aurait pu penser que Jansen n'habitait déjà plus cet endroit. Les trois valises, dont le cuir reflétait les rayons du soleil, suggéraient un départ imminent.

— Si cela vous intéresse, a-t-il dit, je vous montrerai les photos quand elles seront développées.

J'avais inscrit son numéro de téléphone sur un paquet de cigarettes. D'ailleurs, il était dans le Bottin, nous avait-il précisé. Jansen, 9 rue Froidevaux, Danton 75-21.

Il faut croire que parfois notre mémoire connaît un processus analogue à celui des photos Polaroïd. Pendant près de trente ans, je n'ai guère pensé à Jansen. Nos rencontres avaient eu lieu dans un laps de temps très court. Il a quitté la France au mois de juin 1964, et j'écris ces lignes en avril 1992. Je n'ai jamais eu de nouvelles de lui et j'ignore s'il est mort ou vivant. Son souvenir était resté en hibernation et voilà qu'il resurgit au début de ce printemps de 1992. Est-ce parce que j'ai retrouvé la photo de mon amie et moi, au dos de laquelle un tampon aux lettres bleues indique : *Photo Jansen. Reproduction interdite?* Ou bien pour la simple raison que les printemps se ressemblent ?

Aujourd'hui, l'air était léger, les bourgeons avaient éclaté aux arbres du jardin de l'Observatoire et le mois d'avril 1992 se fondait par un phénomène de surimpression avec celui d'avril 1964, et avec d'autres mois d'avril dans le futur. Le souvenir de Jansen m'a poursuivi l'après-midi et me poursuivrait toujours : Jansen demeurerait quelqu'un que j'avais à peine eu le temps de connaître.

Qui sait ? Un autre que moi écrira un livre sur lui, illustré par les photos qu'il retrouvera. Une collection de volumes noirs au format de poche est consacrée aux photographes célèbres. Pourquoi n'y figurerait-il pas ? Il en est digne. En attendant, si ces pages le sortent de l'oubli, j'en serai très heureux – un oubli dont il est responsable et qu'il a recherché délibérément.

Il me semble nécessaire de noter ici les quelques indications biographiques que j'ai rassemblées sur lui : il était né en 1920 à Anvers, et il avait à peine connu son père. Sa mère et lui avaient la nationalité italienne. Après quelques années d'études à Bruxelles, il quitta la Belgique pour Paris en 1938. Là, il travailla comme assistant de plusieurs photographes. Il fit la connaissance de Robert Capa. Celui-ci l'entraîna, en janvier 1939, à Barcelone et à Figueras où ils suivirent l'exode des réfugiés espagnols vers la frontière française. En juillet de la même année, il couvrit avec Capa le Tour de France. À la déclaration de guerre, Capa lui proposa de partir pour les États-Unis et obtint deux visas. Jansen, au dernier moment, décida de rester en France. Il passa les deux premières années de l'Occupation à Paris. Grâce à un journaliste italien, il travailla pour le service photographique du magazine *Tempo*. Mais cela ne lui évita pas d'être interpellé au cours d'une rafle et interné comme Juif au camp de Drancy. Il y resta jusqu'au jour où le consulat d'Italie réussit à faire libérer ses ressortissants. Puis il se réfugia en Haute-Savoie et il y attendit la fin de la guerre. De retour à Paris, il y retrouva Capa et l'accompagna à Berlin. Au cours des années suivantes, il travailla pour l'agence Magnum. Après la mort de Capa et celle de Colette Laurent – l'amie dont j'avais vu le portrait au mur de son atelier – il se replia de plus en plus sur lui-même.

J'éprouve une gêne à donner ces détails, et j'imagine l'embarras de Jansen s'il les voyait notés noir sur blanc. C'était un homme qui parlait peu. Et il aura tout fait pour qu'on l'oublie, jusqu'à partir pour le Mexique en juin 1964 et ne plus donner signe de vie. Il me disait souvent : « Quand j'arriverai là-bas, je vous enverrai une carte postale pour vous indiquer mon adresse. » Je l'ai attendue vainement. Je doute qu'il tombe un jour sur ces pages. Si cela se produisait, alors je recevrais la carte postale, de Cuernavaca ou d'ailleurs, avec ces simples mots : TAISEZ-VOUS.

Mais non, je ne recevrais rien. Il me suffit de regarder l'une de ses photos pour retrouver la qualité qu'il possédait dans son art et dans la vie et qui est si précieuse mais si difficile à acquérir : garder le silence. Un après-midi je lui avais rendu visite et il m'avait donné la photo de mon amie et moi, sur le banc. Il m'avait demandé ce que je comptais faire plus tard et je lui avais répondu :

— Écrire.

Cette activité lui semblait être « la quadrature du cercle » – le terme exact qu'il avait employé. En effet, on écrit avec des mots, et lui, il recherchait le silence. Une photographie peut exprimer le silence. Mais les mots? Voilà ce qui aurait été intéressant à son avis : réussir à créer le silence avec des mots. Il avait éclaté de rire :

— Alors, vous allez essayer de faire ça? Je compte sur vous. Mais surtout, que ça ne vous empêche pas de dormir...

De tous les caractères d'imprimerie, il m'avait dit qu'il préférait les points de suspension.

Je l'avais questionné au sujet des photos qu'il avait prises depuis près de vingt-cinq ans. Il m'avait désigné les trois valises de cuir, empilées les unes sur les autres.

— J'ai tout mis là-dedans... Si ça vous intéresse...

Il s'était levé et, d'un geste nonchalant, il avait ouvert la valise du dessus. Elle était remplie à ras bord et quelques photos étaient tombées. Il ne les avait même pas ramassées. Il avait fouillé à l'intérieur, et d'autres photos débordaient de la valise et s'éparpillaient sur le sol. Il avait fini par trouver un album qu'il m'avait tendu.

— Tenez... j'ai fait ça quand j'avais à peu près votre âge... Ça doit être le seul exemplaire qui reste au monde... Je vous le donne...

Il s'agissait de *Neige et Soleil*, publié en Suisse, à Genève, par les Éditions de La Colombière en 1946.

J'avais ramassé les photos qui étaient par terre et les avais rangées dans la valise. Je lui avais dit que c'était dommage de laisser tout en vrac, comme ça, et qu'il aurait fallu classer et répertorier le contenu de ces trois valises. Il m'avait regardé, l'air surpris :

— Vous n'aurez pas le temps... Je dois partir le mois prochain au Mexique.

Je pouvais toujours essayer de mener cette tâche à bien. Je n'avais rien d'autre à faire pendant la journée puisque j'avais abandonné mes études et que j'avais gagné un peu d'argent – de quoi vivre un an – grâce à la vente de meubles, de tableaux, de tapis et de livres d'un appartement abandonné.

Je ne saurai jamais ce que Jansen avait pensé de mon initiative. Je crois qu'elle le laissait indifférent. Mais il m'avait confié un double de la clé de son atelier afin que je vienne poursuivre mon travail quand il était absent. J'étais souvent seul dans la grande pièce aux murs blancs. Et chaque fois que Jansen rentrait il paraissait étonné de me voir. Un soir que je triais les photos, il s'était assis sur le canapé et m'observait sans rien dire. Enfin, il m'avait posé cette question :

— Pourquoi vous faites ça ?

Ce soir-là, il semblait brusquement intrigué par ma démarche. Je lui avais répondu que ces photos avaient un intérêt documentaire puisqu'elles témoignaient de gens et de choses disparus. Il avait haussé les épaules.

— Je ne supporte plus de les voir...

Il avait pris un ton grave que je ne lui connaissais pas :

— Vous comprenez, mon petit, c'est comme si chacune de ces photos était pour moi un remords... Il vaut mieux faire table rase...

Quand il employait une expression bien française : « la quadrature du cercle » ou « table rase », son accent devenait plus fort.

Il avait quarante-quatre ans à l'époque et je comprends mieux maintenant son état d'esprit. Il aurait voulu oublier « tout ça », être frappé d'amnésie... Mais il n'avait pas toujours été dans ces dispositions-là. En effet, derrière chacune des photos, il avait écrit une légende très détaillée qui indiquait la date à laquelle cette photo avait été prise, le lieu, le nom de celui ou celle qui y figurait, et même s'y ajoutaient certains commentaires. Je lui en avais fait l'observation.

— Je devais être aussi maniaque que vous en ce temps-là... Mais j'ai beaucoup changé, depuis...

Le téléphone avait sonné, et il m'avait dit la phrase habituelle :

— Vous leur expliquez que je ne suis pas là...

Une voix de femme. Elle avait déjà appelé plusieurs fois. Une certaine Nicole.

C'était toujours moi qui répondais. Jansen ne voulait même pas savoir le nom de la personne qui avait téléphoné. Et je l'imaginais seul, assis tout au bout du canapé, écoutant les sonneries qui se succédaient dans le silence.

Quelquefois, on sonnait à la porte. Jansen m'avait prié de ne jamais ouvrir, car les «gens» – il employait ce terme vague – risquaient d'entrer et de l'attendre dans l'atelier. À chaque sonnerie, je me cachais derrière le canapé pour qu'on ne puisse pas me voir à travers la baie vitrée qui donnait sur la rue. Tout à coup, il me semblait avoir pénétré par effraction dans l'atelier et je craignais que ceux qui sonnaient, s'apercevant d'une présence suspecte, n'avertissent le commissariat de police le plus proche.

Le «dernier carré» – comme il le disait lui-même – venait le relancer. En effet, j'avais remarqué qu'il s'agissait toujours des mêmes personnes. Cette Nicole, et aussi «les Meyendorff» comme les nommait Jansen : l'homme ou la femme demandait que Jansen «rappelle très vite». Je notais les noms sur une feuille de papier et je lui transmettais les messages, malgré sa totale indifférence à ce sujet. J'ai retrouvé parmi d'autres souvenirs l'une de ces feuilles où sont inscrits les noms de Nicole, des Meyendorff et de deux autres personnes qui téléphonaient souvent : Jacques Besse et Eugène Deckers.

Jansen employait le terme «dernier carré» car le champ de ses relations s'était peu à peu rétréci au cours des années précédentes. J'avais fini par comprendre que la mort de Robert Capa et celle de Colette Laurent à quelque temps d'intervalle avaient produit une cassure dans sa vie.

De Colette Laurent, je ne savais pas grand-chose. Elle figurait sur de nombreuses photos de Jansen et celui-ci ne l'évoquait qu'à demi-mot. Vingt ans plus tard, j'ai appris que j'avais croisé cette femme dans mon enfance et que j'aurais pu en parler moi aussi à Jansen. Mais je ne l'avais pas reconnue sur les photos. Il ne m'était resté d'elle qu'une impression, un parfum, des cheveux châtains, et une voix douce qui m'avait demandé si je travaillais bien en classe. Ainsi, certaines coïncidences risquent d'être ignorées de nous, certaines personnes sont apparues dans notre vie à plusieurs reprises et nous ne nous en doutions même pas.

Un printemps plus lointain encore que celui où j'ai connu Jansen, j'avais une dizaine d'années et je marchais avec ma mère quand nous avions rencontré une femme, au coin de la rue Saint-Guillaume et du boulevard Saint-Germain. Nous faisons les cent pas et ma mère et elle parlent ensemble. Leurs paroles se sont perdues dans la nuit des temps mais je m'étais souvenu du trottoir ensoleillé et de son prénom : Colette. Plus tard, j'avais entendu dire qu'elle était morte dans des circonstances troubles, au cours d'un voyage à l'étranger, et cela m'avait frappé. Il aura fallu attendre des dizaines d'années pour qu'un lien apparaisse entre deux moments de ma vie : cet après-midi au coin de la rue Saint-Guillaume et mes visites à l'atelier de Jansen, rue Froidevaux. Une demi-heure de marche d'un point à un autre, mais une si longue distance dans le temps... Et le lien, c'était Colette Laurent, dont j'ignore presque tout, sinon qu'elle avait beaucoup compté pour Jansen et qu'elle avait mené une vie chaotique. Elle était venue très jeune à Paris, d'une lointaine province.

Tout à l'heure, j'essayais d'imaginer sa première journée à Paris et j'avais la certitude que c'était une journée semblable à celle d'aujourd'hui où de grandes éclaircies succèdent aux giboulées. Un vent atlantique agite les branches des arbres et fait se retourner l'étoffe des parapluies. Les passants s'abritent sous les portes cochères. On entend les cris des mouettes. Le long du quai d'Austerlitz, le soleil brillait sur les trottoirs mouillés et les grilles du jardin des Plantes. Elle traversait pour la première fois cette ville lavée à grande eau et chargée de promesses. Elle venait d'arriver à la gare de Lyon.

Encore un souvenir qui remonte à mon enfance, concernant Colette Laurent. Mes parents louaient, l'été, un minuscule bungalow à Deauville, près de l'avenue de la République. Colette Laurent était arrivée un soir à l'improviste. Elle paraissait très fatiguée. Elle s'était enfermée dans le petit salon et y avait dormi pendant deux jours de suite. Nous parlions à voix basse, ma mère et moi, pour ne pas la déranger.

Le matin de son réveil, elle avait voulu m'emmener à la plage. Je marche à côté d'elle, sous les arcades. À la hauteur de la librairie Chez Clément Marot, nous traversons la rue. Elle a posé sa main sur mon épaule. Au lieu de continuer à marcher tout droit vers la plage, elle m'entraîne jusqu'à l'hôtel Royal. Devant l'entrée de celui-ci, elle me dit :

— Tu demandes au monsieur du comptoir s'il a une lettre pour Colette...

J'entre dans le hall et je demande en bredouillant au concierge s'il a «une lettre pour Colette». Il ne semble pas surpris de ma question. Il me tend une enveloppe marron très grande et très épaisse sur laquelle est inscrit son nom à l'encre bleue : COLETTE.

Je sors de l'hôtel et je lui donne l'enveloppe. Elle l'ouvre et regarde à l'intérieur. Je me demande encore aujourd'hui ce qu'elle contenait.

Puis elle m'accompagne jusqu'à la plage. Nous nous asseyons sur des transats, près du bar du Soleil. À cette heure-là, il n'y a personne d'autre que nous deux.

J'avais acheté deux cahiers rouges de marque Clairefontaine, l'un pour moi, l'autre pour Jansen, afin que le répertoire des photos fût établi en double exemplaire. Je craignais qu'au cours de son voyage vers le Mexique il n'égarât le fruit de mon travail, par indifférence ou distraction. Je préférais donc conserver un double de celui-ci. Aujourd'hui, il me cause une drôle de sensation lorsque j'en feuillette les pages : celle de consulter un catalogue très détaillé de photos imaginaires. Quel a été leur sort, si l'on n'est même pas certain de celui de leur auteur ? Jansen a-t-il emmené avec lui les trois valises, ou bien a-t-il tout détruit avant son départ ? Je lui avais demandé ce qu'il comptait faire de ces trois valises et il m'avait dit qu'elles l'encombraient et qu'il ne voulait surtout pas avoir « un excédent de bagages ». Mais il ne m'a pas proposé de les garder avec moi à Paris. Au mieux, elles achèvent de pourrir maintenant dans quelque faubourg de Mexico.

Un soir que j'étais resté dans l'atelier plus tard que d'habitude, il était rentré et m'avait surpris à l'instant où je recopiais dans le deuxième cahier ce que j'avais déjà noté dans le premier. Il s'était penché au-dessus de mon épaule :

— C'est un travail de bénédictin, mon petit... Vous n'êtes pas trop fatigué ?

Je sentais une pointe d'ironie dans sa voix.

— Si j'étais vous, je pousserais les choses encore plus loin... Je ne me contenterais pas des deux cahiers... Je ferais un répertoire général où seraient mentionnés par ordre alphabétique les noms et les lieux qui figurent sur ces photos...

Il souriait. J'étais déconcerté. J'avais l'impression qu'il se moquait de moi. Le lendemain, je commençais à dresser le répertoire dans un grand agenda par ordre alphabétique. J'étais assis sur le canapé, parmi les piles de photos que je sortais au fur et à mesure des valises, et j'écrivais tour à tour sur les deux cahiers et sur l'agenda. Cette fois-ci, le sourire de Jansen s'était figé et il me considérait avec stupéfaction.

— Je plaisantais, mon petit... Et vous m'avez pris au pied de la lettre...

Moi, je ne plaisantais pas. Si je m'étais engagé dans ce travail, c'est que je refusais que les gens et les choses disparaissent sans laisser de trace. Mais pouvons-nous jamais nous y résoudre ? Et Jansen, après tout, avait manifesté le même souci. En consultant le répertoire que j'ai gardé, je m'aperçois qu'un grand nombre de ses photos étaient des photos de Paris ou des portraits. Il avait inscrit au dos des premières l'endroit où il les avait prises, sinon il m'aurait été souvent difficile de les localiser. On y voyait des escaliers, des bords de trottoir, des caniveaux, des bancs, des affiches lacérées sur des murs ou des palissades. Aucun goût pour le pittoresque mais tout simplement son regard à lui, un regard dont je me rappelle l'expression triste et attentive.

J'avais découvert, parmi les photos, sur une feuille de papier à lettres, quelques notes écrites par Jansen et intitulées : « La lumière naturelle ». Il s'agissait d'un article que lui avait demandé une revue de cinéma, car il avait servi de conseiller technique bénévole à certains jeunes metteurs en scène du début des années soixante en leur apprenant à utiliser les floods des opérateurs américains d'actualités pendant la guerre. Pourquoi ces notes m'avaient-elles tant frappé à l'époque ? Depuis lors, je me suis rendu compte à quel point il est difficile de trouver ce que Jansen appelait la « lumière naturelle ».

Il m'avait expliqué qu'il lacérait lui-même les affiches dans les rues pour qu'apparaissent celles que les plus récentes avaient recouvertes. Il décollait leurs lambeaux couche par couche et les photographiait au fur et à mesure avec minutie, jusqu'aux derniers fragments de papier qui subsistaient sur la planche ou la pierre.

J'avais numéroté les photos selon leur ordre chronologique :

325. *Palissade de la rue des Envierges.*
326. *Mur rue Gasnier-Guy.*
327. *Escalier de la rue Lauzin.*

J'avais dressé la liste des noms de ceux dont Jansen avait fait les portraits. Il les avait abordés dans la rue, dans des cafés, au hasard d'une promenade.

La mienne, aujourd'hui, m'a entraîné jusqu'à l'orangerie du jardin du Luxembourg. J'ai traversé la zone d'ombre sous les marronniers, vers les tennis. Je me suis arrêté devant le terrain du jeu de boules. Quelques hommes disputaient une partie. Mon attention s'est fixée sur le plus grand d'entre eux, qui portait une chemise blanche. Une photo de Jansen m'est revenue en mémoire, au dos de laquelle était écrite cette indication que j'avais recopiée sur le répertoire : *Michel L. Quai de Passy. Date indéterminée.* Un jeune homme en chemise blanche était accoudé au marbre d'une cheminée dans un éclairage trop concerté.

Jansen se souvenait très bien des circonstances dans lesquelles il avait fait cette photo. Il n'avait plus un sou et Robert Capa, qui connaissait toutes sortes de gens, lui avait trouvé un travail très facile et très bien rémunéré. Il s'agissait d'aller chez une Américaine, quai de Passy, avec tout le matériel nécessaire aux photos de studio.

Jansen avait été surpris par le luxe, l'immensité et les terrasses de l'appartement. L'Américaine était une femme d'une cinquantaine d'années à la beauté encore éclatante mais qui aurait pu être la mère du jeune Français qui lui tenait compagnie. C'était lui que Jansen devait photographier. L'Américaine voulait plusieurs portraits de ce « Michel L. », dans le style des photographes d'Hollywood. Jansen avait installé les projecteurs comme s'il était familier de ce genre de travail. Et il avait vécu pendant six mois avec l'argent que lui avaient rapporté les photos de « Michel L. ».

Plus j'observais l'homme qui se préparait à lancer sa boule, plus j'étais persuadé de reconnaître en lui « Michel L. ». Ce qui m'avait frappé sur la photo, c'étaient les yeux à fleur de peau et bridés vers les tempes, qui donnaient à «Michel L.» un regard étrange, à facettes, et laissaient supposer que son angle de vision était plus large que la normale. Et cet homme, là, devant moi, avait les mêmes yeux bridés vers les tempes et la même silhouette que «Michel L.». La chemise blanche accentuait encore la ressemblance, malgré les cheveux gris et le visage empâté.

Le terrain était cerné par une grille et je n'osais pas franchir cette frontière et troubler la partie. Il y avait un écart de plus de quarante ans entre le «Michel L.» qui s'était fait photographier par Jansen et le joueur de boules d'aujourd'hui.

Il s'est approché de la grille tandis que l'un de ses compagnons lançait sa boule. Il me tournait le dos.

— Pardon, monsieur...

Ma voix était si blanche qu'il ne m'a pas entendu.

— Pardon, monsieur... Je voudrais vous demander un renseignement...

Cette fois-ci, j'avais parlé beaucoup plus fort et articulé les syllabes. Il s'est retourné. Je me suis campé bien droit devant lui.

— Vous avez connu le photographe Francis Jansen?

Ses yeux étranges semblaient fixer quelque chose à l'horizon.

— Vous dites?

— Je voulais savoir si vous vous êtes fait photographier dans le temps par le photographe Francis Jansen?

Mais, là-bas, une discussion éclatait entre les autres. L'un d'eux venait nous rejoindre:

— Lemoine... c'est à toi...

Maintenant, j'avais l'impression qu'il regardait de côté et qu'il ne me voyait plus. Pourtant, il m'a dit:

— Excusez-moi... Je dois pointer...

Il se mettait en position et lançait la boule. Les autres s'exclamaient. Ils l'entouraient. Je ne comprenais pas les règles de ce jeu mais je crois qu'il avait gagné la partie. En tout cas, il m'avait complètement oublié.

Je regrette aujourd'hui de n'avoir pas pris quelques photos dans les valises. Jansen ne s'en serait même pas aperçu. D'ailleurs, si je lui avais demandé de m'offrir toutes celles qui m'intéressaient, je suis sûr qu'il aurait accepté.

Et puis, sur le moment, on ne pense jamais à poser les questions qui auraient provoqué des confidences. Ainsi, par discrétion, j'évitais de lui parler de Colette Laurent. Cela aussi, je le regrette.

La seule photo que j'aie gardée, c'est justement une photo d'elle. J'ignorais encore que je l'avais connue une dizaine d'années auparavant mais son visage devait quand même me rappeler quelque chose.

La photo porte la mention : *Colette. 12, hameau du Danube.* Quand le jour se prolonge jusqu'à dix heures du soir, à cause de l'heure d'été, et que le bruit de la circulation s'est tu, j'ai l'illusion qu'il suffirait que je retourne dans les quartiers lointains pour retrouver ceux que j'ai perdus et qui sont demeurés là-bas : hameau du Danube, poterne des Peupliers ou rue du Bois-des-Caures. Elle s'appuie du dos contre la porte d'entrée d'un pavillon, les mains dans les poches de son imperméable. Chaque fois que je regarde cette photo, j'éprouve une sensation douloureuse. Le matin, vous essayez de vous rappeler le rêve de la nuit, et il ne vous en reste que des lambeaux que vous voudriez rassembler mais qui se volatilisent. Moi, j'ai connu cette femme dans une autre vie et je fais des efforts pour m'en souvenir. Un jour, peut-être, parviendrai-je à briser cette couche de silence et d'amnésie.

Jansen était de moins en moins souvent dans l'atelier. Vers sept heures du soir, il me téléphonait :

— Allô... le Scribe ?

Il m'avait donné ce surnom. Il me demandait s'il n'y avait pas eu de coup de sonnette et s'il pouvait rentrer en toute tranquillité sans tomber sur un visiteur impromptu. Je le rassurais. Juste une communication téléphonique des Meyendorff au début de l'après-midi. Non, pas de nouvelles de Nicole.

— Alors, j'arrive, me disait-il. À tout de suite, le Scribe.

Parfois, il rappelait, au bout d'une demi-heure :

— Vous êtes sûr que Nicole n'est pas dans les parages ? Je peux vraiment rentrer ?

J'avais interrompu mon travail et je l'attendais encore quelque temps. Mais il ne venait pas. Alors, je quittais l'atelier. Je suivais la rue Froidevaux, le long du cimetière. Ce mois-là, les arbres avaient retrouvé leurs feuillages et je craignais que cette Nicole ne se cachât derrière l'un d'eux, pour épier le passage de Jansen. À ma vue, elle marcherait vers moi et me demanderait où il était. Elle pouvait aussi se tenir en faction au coin des petites rues qui débouchaient sur le trottoir de gauche et me suivre à distance dans l'espoir que je la mènerais à lui. Je marchais d'un pas rapide et me retournais furtivement. Au début, à cause de ce que m'en disait Jansen, je considérais Nicole comme un danger.

Un après-midi, elle est venue sonner à l'atelier en l'absence de Jansen et j'ai brusquement décidé de lui ouvrir. J'étais gêné de lui répondre toujours au téléphone que Jansen n'était pas là. Quand elle m'a vu dans l'entrebâillement de la porte, une expression de surprise inquiète a traversé son regard. Peut-être a-t-elle cru, un instant, que Jansen était parti pour de bon et qu'un nouveau locataire occupait maintenant l'atelier.

Je l'ai tout de suite rassurée. Oui, c'était bien moi qui répondais au téléphone. Oui, j'étais un ami de Francis.

Je l'ai fait entrer et nous nous sommes assis tous les deux, elle sur le canapé, moi sur l'un des fauteuils. Elle avait remarqué les deux cahiers, le grand agenda, les valises ouvertes et les piles de photos. Elle m'a demandé si je travaillais pour Francis.

— J'essaye de dresser un catalogue de toutes les photos qu'il a prises.

Elle a hoché gravement la tête.

— Ah oui... Vous avez raison... C'est très bien...

Il y a eu un instant de gêne entre nous. Elle a rompu le silence :

— Vous ne savez pas où il est?

Elle l'avait dit d'un ton à la fois timide et précipité.

— Non... Il vient de moins en moins ici...

Elle a sorti de son sac un étui à cigarettes qu'elle ouvrait puis refermait. Elle m'a regardé droit dans les yeux :

— Vous ne pourriez pas intervenir pour moi et lui demander de m'accorder une dernière entrevue?

Elle a eu un rire bref.

— Cela fait longtemps que vous le connaissez? ai-je dit.

— Six mois.

J'aurais aimé en savoir plus long. Avait-elle partagé la vie de Jansen ?

Elle jetait des regards curieux autour d'elle comme si elle n'était pas venue ici depuis une éternité et qu'elle voulait constater les changements. Elle devait avoir environ vingt-cinq ans. Elle était brune et ses yeux d'une couleur claire : vert pâle ou gris ?

— C'est un drôle de type, a-t-elle dit. Il est très gentil et puis, d'un jour à l'autre, il disparaît... Vous aussi, il vous a fait ce coup-là ?

Je lui ai répondu que, souvent, je ne savais pas où il était.

— Depuis quinze jours, il ne veut plus me voir ni me parler au téléphone.

— Je ne crois pas que cela soit de la méchanceté de sa part, ai-je dit.

— Non... non... Je sais... Ça lui arrive de temps en temps... Il a des absences... Il fait le mort... Et puis il réapparaît...

Elle a sorti une cigarette de son étui et me l'a tendue. Je n'ai pas osé lui dire que je ne fumais pas. Elle en a pris une, elle aussi. Puis elle a allumé la mienne avec un briquet. J'ai aspiré une bouffée et j'ai toussé.

— Comment vous expliquez ça ? m'a-t-elle demandé brusquement.

— Quoi ?

— Cette manie qu'il a de faire le mort ?

J'ai hésité un instant. Puis j'ai dit :

— C'est peut-être à cause de certains événements de sa vie...

Mon regard est venu se poser sur la photo de Colette Laurent accrochée au mur. Elle aussi avait environ vingt-cinq ans.

— Je vous dérange peut-être dans votre travail...

Elle était sur le point de se lever et de partir. Elle me tendrait la main et me confierait certainement un nouveau message inutile pour Jansen. Je lui ai dit :

— Mais non... Restez encore un moment... On ne sait jamais... Il peut revenir d'un instant à l'autre...

— Et vous croyez qu'il sera content de me voir ici ?

Elle me souriait. Pour la première fois depuis qu'elle était entrée dans l'atelier, elle faisait vraiment attention à moi. Jusque-là, j'étais dans l'ombre de Jansen.

— Vous prenez ça sous votre responsabilité?

— Sous mon entière responsabilité, lui ai-je dit.

— Alors, il risque d'avoir une mauvaise surprise.

— Mais non. Je suis sûr qu'il sera très content de vous voir. Il a tendance à se replier sur lui-même.

Je devenais volubile tout à coup, pour cacher ma timidité et mon embarras car elle me fixait de ses yeux clairs. J'ai ajouté :

— Si on ne lui force pas la main, il risque de faire le mort pour de bon.

J'ai refermé les cahiers et l'agenda qui traînaient par terre et rangé les piles de photos dans l'une des valises.

— Vous l'avez connu comment? lui ai-je demandé.

— Oh... par hasard... tout près d'ici... dans un café...

Était-ce le même café de Denfert-Rochereau où nous l'avions rencontré, mon amie et moi?

Elle a froncé les sourcils, des sourcils bruns, qui contrastaient avec ses yeux clairs.

— Quand j'ai su son métier je lui ai demandé de faire des photos de moi... J'en avais besoin pour mon travail... Il m'a emmenée ici... Et il m'a fait de très belles photos...

Elles ne m'étaient pas encore tombées sous la main. Les plus récentes de celles que j'avais déjà répertoriées dataient de 1954. Peut-être n'avait-il rien conservé à partir de cette année-là.

— Alors, si je comprends bien, il vous a engagé comme secrétaire?

Elle me fixait toujours de ses yeux transparents.

— Pas du tout, lui ai-je dit. Il n'a plus besoin d'un secrétaire. Il exerce de moins en moins son métier.

La veille, il m'avait invité dans un petit restaurant proche de l'atelier. Il portait son Rolleiflex. À la fin du repas, il l'avait posé sur la table et il m'avait déclaré que c'était fini, il ne voulait plus s'en servir. Il m'en faisait cadeau. Je lui avais dit que c'était vraiment dommage.

«Il faut savoir s'arrêter à temps.»

Il avait bu plus que d'habitude. Pendant le repas, il avait vidé une bouteille de whisky mais cela se voyait à peine : juste un peu de brume dans le regard et une manière plus lente de parler.

«Si je continue, vous aurez du travail en plus pour votre catalogue. Et vous ne croyez pas que ça suffit comme ça?»

Je l'avais raccompagné jusqu'à un hôtel du boulevard Raspail où il avait pris une chambre. Il ne voulait pas rentrer à l'atelier. D'après lui, cette «petite» était capable de l'attendre à la porte. Et, vraiment, elle perdait son temps avec «un type de son genre...». Elle était assise, là, devant moi, sur le canapé. Déjà sept heures du soir et le jour baissait.

— Vous croyez qu'il viendra aujourd'hui? m'a-t-elle demandé.

J'étais sûr que non. Il irait dîner seul dans le quartier, puis il regagnerait sa chambre d'hôtel boulevard Raspail. À moins qu'il ne me téléphone d'un instant à l'autre pour me donner rendez-vous au restaurant. Et si je lui avouais que cette Nicole était là, quelle serait sa réaction? Il penserait aussitôt qu'elle avait pris l'écouteur. Alors il ferait semblant de téléphoner de Bruxelles ou de Genève et il accepterait même de lui parler. Il lui dirait que son séjour là-bas risquait de se prolonger.

Mais le téléphone n'a pas sonné. Nous étions assis l'un en face de l'autre dans le silence.

— Je peux encore l'attendre?

— Tant que vous voudrez...

La pièce était envahie de pénombre et je me suis levé pour allumer l'électricité. Quand elle m'a vu appuyer sur le commutateur, elle m'a dit:

— Non... N'allumez pas...

Je suis venu me rasseoir sur le canapé. J'ai eu la sensation qu'elle avait oublié ma présence. Puis elle a levé la tête vers moi:

— Je vis avec quelqu'un qui est très jaloux et qui risque de venir sonner s'il voit de la lumière...

Je restais muet. Je n'osais pas lui proposer d'ouvrir la porte et d'expliquer à ce visiteur éventuel qu'il n'y avait personne dans l'atelier.

Comme si elle avait deviné ma pensée, elle m'a dit:

— Il est capable de vous bousculer et d'entrer pour vérifier si je ne suis pas là... Et même de vous casser la figure...

— C'est votre mari?

— Oui.

Elle m'a raconté qu'un soir Jansen l'avait invitée à dîner

dans un restaurant du quartier. Son mari les avait surpris, par hasard. Il avait marché droit vers leur table et l'avait giflée, elle, du revers de la main. Deux gifles qui l'avaient fait saigner à la commissure des lèvres. Puis il s'était esquivé avant que Jansen ait pu intervenir. Il les avait attendus sur le trottoir. Il marchait loin derrière eux et les suivait le long de cette rue bordée d'arbres et de murs interminables qui coupe le cimetière Montparnasse. Elle était entrée dans l'atelier avec Jansen et son mari était resté planté pendant près d'une heure devant la porte.

Elle pensait que depuis cette mésaventure Jansen éprouvait une réticence à la revoir. Lui si calme, si désinvolte, je mesurais quel avait pu être son malaise, ce soir-là.

Elle m'a expliqué que son mari était plus âgé qu'elle de dix ans. Il était mime et il passait dans ce qu'on appelait alors les cabarets «rive gauche». Je l'ai vu par la suite, deux ou trois fois, rôdant l'après-midi rue Froidevaux pour surprendre Nicole à la sortie de l'atelier. Il me dévisageait avec insolence. Un brun assez grand, à l'allure romantique. Un jour, je m'étais avancé vers lui: «Vous cherchez quelqu'un? — Je cherche Nicole.»

Une voix théâtrale, légèrement nasillarde. Dans son allure et son regard, il jouait de sa vague ressemblance avec l'acteur Gérard Philipe. Il était habillé d'une sorte de redingote noire et portait une très longue écharpe dénouée. Je lui avais dit: «Quelle Nicole? Il y a tellement de Nicole...»

Il m'avait jeté un regard méprisant puis il avait fait demi-tour en direction de la place Denfert-Rochereau, d'une démarche affectée, comme s'il sortait de scène, son écharpe flottant au vent.

Elle a consulté sa montre-bracelet dans la pénombre.

— Ça va... Vous pouvez allumer... Nous ne risquons plus rien... Il doit commencer son numéro à l'École buissonnière...

— L'École buissonnière?

— C'est un cabaret. Il en fait deux ou trois chaque nuit.

De son nom de scène, il s'appelait le Mime Gil et il exécutait un numéro sur des poèmes de Jules Laforgue et de Tristan Corbière en fond sonore. Il lui avait fait enregistrer les poèmes, de sorte que c'était sa voix à elle qu'on entendait chaque soir tandis qu'il évoluait dans une lumière de clair de lune.

Elle me disait que son mari était très brutal. Il voulait la convaincre qu'une femme se devait «corps et âme» à un «artiste», quand elle partageait sa vie. Il lui faisait des scènes de jalousie pour les motifs les plus futiles, et cette jalousie était devenue encore plus maladive depuis qu'elle connaissait Jansen.

Vers dix heures, il quitterait l'École buissonnière pour le cabaret de la Vieille Grille, rue du Puits-de-l'Ermite, une valise à la main. Elle contenait son unique accessoire : le magnétophone sur les bandes duquel étaient enregistrés les poèmes.

Et Jansen, où était-il, à mon avis ? Je lui ai répondu que vraiment je n'en savais rien. Un instant, pour me rendre intéressant, j'ai voulu lui indiquer l'hôtel du boulevard Raspail mais je me suis tu. Elle m'a proposé de l'accompagner jusqu'à son domicile. Il valait mieux qu'elle soit rentrée avant l'arrivée de son mari. Elle m'a de nouveau parlé de lui. Bien sûr, elle n'éprouvait plus aucune estime à son égard, elle jugeait même ridicules sa jalousie et ses prétentions d'«artiste», mais je sentais bien qu'elle en avait peur. Il rentrait toujours à onze heures et demie pour vérifier si elle était bien là. Ensuite, il repartait vers le dernier cabaret où il faisait son numéro, un établissement du quartier de la Contrescarpe. Là-bas il restait jusqu'à deux heures du matin, et il obligeait Nicole à l'accompagner.

Nous suivions l'avenue Denfert-Rochereau sous les arbres et elle me posait des questions au sujet de Jansen. Et moi, je lui répondais de manière évasive : oui, il voyageait à cause de son travail et il ne me donnait jamais de ses nouvelles. Puis il arrivait à l'improviste et disparaissait le jour même. Un véritable courant d'air. Elle s'est arrêtée et elle a levé son visage vers moi :

— Écoutez... Un jour, s'il arrive dans l'atelier, vous ne pourriez pas me téléphoner en cachette ? Je viendrais tout de suite... Je suis sûre qu'il m'ouvrira la porte.

Elle sortait de la poche de son imperméable un bout de papier et me demandait si j'avais un stylo. Elle écrivait son numéro de téléphone :

— Appelez-moi à n'importe quelle heure du jour et de la nuit pour me prévenir.

— Et votre mari ?

— Oh... mon mari...

Elle a haussé les épaules. Apparemment, ce n'était pas un obstacle qui lui semblait insurmontable.

Elle cherchait à retarder ce qu'elle appelait «la rentrée en prison» et nous avons fait un détour à travers des rues qui évoquent pour moi aujourd'hui une studieuse province : Ulm, Rataud, Claude-Bernard, Pierre-et-Marie-Curie... Nous avons traversé la place du Panthéon, lugubre sous la lune, et je n'aurais jamais osé la franchir seul. Avec le recul des années, il me semble que le quartier était désert comme après un couvre-feu. D'ailleurs, cette soirée d'il y a presque trente ans revient souvent dans mes rêves. Je suis assis sur le canapé à côté d'elle, si distante que j'ai l'impression d'être en compagnie d'une statue. À force d'attendre, elle s'est sans doute pétrifiée. Une lumière estivale de fin de jour baigne l'atelier. Les photos de Robert Capa et de Colette Laurent ont été enlevées du mur. Plus personne n'habite ici. Jansen est parti au Mexique. Et nous, nous continuons à attendre pour rien.


Au bas de la montagne Sainte-Geneviève, nous nous sommes engagés dans une impasse : la rue d'Écosse. Il s'était mis à pleuvoir. Elle s'est arrêtée devant le dernier immeuble. La porte cochère était grande ouverte. Elle a posé un doigt sur ses lèvres et m'a entraîné dans le couloir de l'entrée. Elle n'a pas allumé la minuterie.

Il y avait un rai de lumière au bas de la première porte à gauche qui donnait sur le couloir.

— Il est déjà là, m'a-t-elle chuchoté à l'oreille. Je vais me faire tabasser.

Ce mot m'a surpris dans sa bouche. La pluie tombait de plus en plus fort.

— Je ne peux même pas vous prêter un parapluie...

Je gardais les yeux fixés sur le rai de lumière. J'avais peur de le voir sortir.

— Vous devriez rester dans le couloir en attendant la fin de l'averse... Après tout, mon mari ne vous connaît pas...

Elle me pressait la main.

— Si jamais Francis revient, vous me prévenez tout de suite…
C'est promis ?

Elle a allumé la minuterie et elle a enfoncé la clé dans la
serrure. Elle m'a lancé un dernier regard. Elle est entrée et je
l'ai entendue dire d'une voix mal assurée :

— Bonjour, Gil.

L'autre restait silencieux. La porte s'est refermée. Avant que
la minuterie s'éteigne, j'ai eu le temps de remarquer, au mur du
couloir, leur boîte aux lettres parmi les autres. Il y était inscrit,
en caractères rouges et contournés :

*Nicole*
*et*
*Gil*
*Mime Poète*

Le bruit d'un meuble qui tombait. Quelqu'un est venu se
cogner contre la porte. La voix de Nicole :

— Laisse-moi…

On aurait dit qu'elle se débattait. L'autre demeurait toujours
silencieux. Elle poussait un cri étouffé comme s'il l'étranglait.
Je me suis demandé si je ne devais pas intervenir mais je restais
immobile dans l'obscurité, sous le porche. La pluie avait déjà
formé une flaque devant moi, au milieu du trottoir.

Elle a crié : «Laisse-moi», plus fort que la première fois.
Je m'apprêtais à frapper contre la porte mais le rai de lumière
s'est éteint. Au bout d'un instant, le crissement d'un sommier.
Puis des soupirs et la voix rauque de Nicole qui disait encore :

— Laisse-moi.

Il continuait de pleuvoir pendant qu'elle poussait des plaintes
saccadées et que j'entendais le crissement du sommier. Plus
tard, la pluie n'était plus qu'une sorte de crachin.

J'allais franchir la porte cochère quand la minuterie s'est
allumée derrière moi. Ils étaient tous les deux dans le couloir
et il tenait à la main sa valise. Son bras gauche entourait l'épaule
de Nicole. Ils sont passés, et elle a fait semblant de ne pas me
connaître. Mais au bout de la rue elle s'est retournée et m'a
adressé un léger signe de la main.

Un après-midi ensoleillé de mai, Jansen m'avait surpris dans mon travail. Je lui avais parlé de Nicole, et il m'écoutait d'un air distrait.

— Cette petite est très gentille, m'avait-il dit. Mais j'ai l'âge d'être son père...

Il ne comprenait pas bien en quoi consistait l'activité de son mari et, au souvenir de cette soirée où il l'avait vu gifler Nicole dans le restaurant, il s'étonnait encore qu'un mime soit aussi agressif. Lui, il imaginait les mimes avec des gestes très lents et très doux.

Nous étions sortis tous les deux et nous avions à peine fait quelques pas quand j'ai reconnu la silhouette en faction au coin de la rue bordée de hauts murs qui traverse le cimetière : le Mime Gil. Il portait une veste et un pantalon noirs, avec une chemise blanche échancrée dont le col large cachait les revers de sa veste.

— Tiens... Voilà une vieille connaissance, m'a dit Jansen.

Il attendait que nous passions devant lui, les bras croisés. Nous avancions sur l'autre trottoir en faisant semblant de l'ignorer. Il a traversé la rue et il s'est planté au milieu du trottoir où nous marchions, les jambes légèrement écartées. Il croisait les bras de nouveau.

— Vous croyez qu'il va falloir se battre ? m'a demandé Jansen.

Nous arrivions à sa hauteur et il nous barrait le passage en sautillant de gauche à droite, comme un boxeur prêt à frapper. Je l'ai bousculé. Sa main gauche s'est abattue sur ma joue d'un geste mécanique.

— Venez, m'a dit Jansen.

Et il m'entraînait par le bras. L'autre s'est tourné vers Jansen :

— Vous, le photographe, vous ne perdez rien pour attendre.

Sa voix avait le timbre métallique et la diction trop appuyée de certains sociétaires de la Comédie Française. Nicole m'avait expliqué qu'il était aussi comédien et qu'il avait enregistré lui-même sur la bande sonore de son spectacle le dernier texte : un long passage d'*Ubu roi* d'Alfred Jarry. Il y tenait beaucoup – paraît-il. C'était le morceau de bravoure et le bouquet final de son numéro.

Nous avons continué de marcher vers la place Denfert-Rochereau. Je me suis retourné. De loin, sous le soleil, on ne distinguait que son costume noir et ses cheveux bruns. Était-ce le voisinage du cimetière ? Il y avait quelque chose de funèbre dans cette silhouette.

— Il nous suit ? m'a demandé Jansen.

— Oui.

Alors il m'a expliqué que vingt ans auparavant, le jour où il avait été victime d'une rafle à la sortie de la station George-V, il était assis dans la voiture du métro en face d'un homme brun en complet sombre. Il l'avait d'abord pris pour un simple voyageur mais, quelques minutes plus tard, l'homme se trouvait dans l'équipe de policiers qui les avait emmenés au Dépôt, lui et une dizaine d'autres personnes. Il avait vaguement senti que l'homme le suivait dans le couloir du métro. Le Mime Gil, avec son costume noir, lui rappelait ce policier.

Il nous suivait toujours, les mains dans les poches. Je l'entendais siffler un air qui me faisait peur du temps de mon enfance : *Il était un petit navire.*

Nous nous sommes assis à la terrasse du café où j'avais rencontré Jansen pour la première fois. L'autre s'est arrêté sur le trottoir à notre hauteur et il a croisé les bras. Jansen me l'a désigné du doigt.

— Il est aussi collant que le policier d'il y a vingt ans, a-t-il dit. D'ailleurs, c'est peut-être le même.

Le soleil m'éblouissait. Dans la lumière crue et scintillante, une tache noire flottait devant nous. Elle se rapprochait. Maintenant, le Mime Gil se découpait à contre-jour. Allait-il nous faire l'une de ses pantomimes en ombres chinoises sur un poème de Tristan Corbière ?

Il était là, debout, devant notre table. Il a haussé les épaules et d'une démarche hautaine il s'est éloigné en direction de la gare de Denfert-Rochereau.

— Il est temps que je quitte Paris, a dit Jansen, car tout cela devient fatigant et ridicule.

À mesure que je me rappelle tous ces détails, je prends le point de vue de Jansen. Les quelques semaines où je l'ai fréquenté, il considérait les êtres et les choses de très loin et il ne restait plus pour lui que de vagues points de repère et de vagues silhouettes. Et, par un phénomène de réciprocité, ces êtres et ces choses, à son contact, perdaient leur consistance. Est-il possible que le Mime Gil et sa femme vivent encore aujourd'hui quelque part ? J'ai beau essayer de m'en persuader et d'imaginer la situation suivante, je n'y crois pas vraiment : après trente ans, je les rencontre dans Paris, nous avons vieilli tous les trois, nous nous asseyons à une terrasse de café et nous évoquons paisiblement le souvenir de Jansen et du printemps de 1964. Tout ce qui me paraissait énigmatique deviendrait clair et même banal.

Ainsi, la soirée où Jansen avait réuni quelques amis dans l'atelier, juste avant son départ pour le Mexique – ce « pot d'adieu », comme il disait en riant...

Au souvenir de cette soirée, j'éprouve le besoin de retenir des silhouettes qui m'échappent et de les fixer comme sur une photographie. Mais, après un si grand nombre d'années, les contours s'estompent, un doute de plus en plus insidieux corrode les visages. Trente ans suffisent pour que disparaissent les preuves et les témoins. Et puis, j'avais senti sur le moment que le contact s'était relâché entre Jansen et ses amis. Il ne les reverrait plus jamais et ne paraissait pas en être du tout affecté. Eux, ils étaient sans doute surpris que Jansen les ait invités alors qu'il ne leur avait pas donné signe de vie depuis longtemps. La conversation s'amorçait pour retomber aussitôt. Et Jansen semblait si absent, lui qui aurait dû être le lien entre tous ces gens… On aurait cru qu'ils se trouvaient par hasard dans une salle d'attente. Leur petit nombre accentuait encore le malaise : ils étaient quatre, assis à une distance très grande les uns des autres. Jansen avait dressé un buffet qui contribuait au caractère insolite de cette soirée. Par moments, l'un d'eux se levait, marchait vers le buffet pour se servir un verre de whisky ou un biscuit salé, et le silence des autres enveloppait cette démarche d'une solennité inhabituelle.

Avaient été conviés au «pot d'adieu» les Meyendorff, un couple d'une cinquantaine d'années que Jansen connaissait de longue date puisque j'avais répertorié une photo où ils figuraient dans un jardin avec Colette Laurent. L'homme était brun, mince, le visage fin, et il portait des lunettes teintées. Il s'exprimait d'une voix très douce et m'avait témoigné de la gentillesse, au point de me demander ce que je comptais faire dans la vie. Il avait été médecin mais je crois qu'il n'exerçait plus. Sa femme, une brune de petite taille, les cheveux ramenés en chignon et de hautes pommettes, avait l'allure sévère d'une ancienne maîtresse de ballet et un léger accent américain. Les deux autres convives étaient Jacques Besse et Eugène Deckers, auxquels j'avais répondu à plusieurs reprises au téléphone, en l'absence de Jansen.

Jacques Besse avait été un musicien talentueux dans sa jeunesse. Eugène Deckers consacrait ses loisirs à la peinture et avait aménagé un immense grenier dans l'île Saint-Louis[1]. D'origine belge, il jouait pour gagner sa vie les seconds rôles dans des films anglais de série B, car il était bilingue. Mais, tout cela, je l'ignorais sur le moment. Ce soir-là, je me contentais de les observer sans me poser beaucoup de questions. J'avais l'âge où l'on se trouve souvent entraîné dans de curieuses compagnies, et celle-là, après tout, n'était pas plus étrange que d'autres.

Vers la fin de la soirée, l'atmosphère s'est détendue. Il faisait encore jour et Eugène Deckers, qui essayait de mettre un peu

---

1. J'ai appris par la suite que Jacques Besse avait composé la partition des *Mouches* de Jean-Paul Sartre et la musique du film *Dédé d'Anvers*. Les dernières adresses que j'ai pu retrouver de lui sont : 15, rue Hégésippe-Moreau, Paris (XVIIIe), et Château de la Chesnaie, Chailles (Loir-et-Cher), tél. : 27.
Eugène Deckers a fait plusieurs expositions. Il est mort à Paris en 1977. Son adresse était : 25, quai d'Anjou, Paris.

d'animation, a proposé que nous prenions un verre dehors, sur le banc, devant l'atelier. Nous sommes tous sortis, en laissant la porte de l'atelier entrouverte. Aucune voiture ne passait plus rue Froidevaux. On entendait les feuillages frissonner sous la brise de printemps et la rumeur lointaine de la circulation vers Denfert-Rochereau.

Deckers apportait un plateau chargé d'apéritifs. Jansen, derrière lui, traînait l'un des fauteuils de l'atelier qu'il disposait au milieu du trottoir. Il le désignait à Mme de Meyendorff pour qu'elle y prenne place. C'était brusquement le Jansen d'autrefois, celui des soirées en compagnie de Robert Capa. Deckers jouait au maître d'hôtel, son plateau à la main. Lui aussi, avec ses cheveux bruns bouclés et sa tête de corsaire, on l'imaginait bien participant à ces soirées agitées que m'avait racontées Jansen et au cours desquelles Capa l'entraînait dans sa Ford verte. Le malaise du début de la soirée se dissipait. Le docteur de Meyendorff était sur le banc aux côtés de Jacques Besse et lui parlait de sa voix douce. Debout sur le trottoir, et tenant leur verre, comme pour un cocktail, Mme de Meyendorff, Jansen et Deckers poursuivaient une conversation. Mme de Meyendorff a fini par s'asseoir, là, en plein air, sur le fauteuil. Jansen s'est retourné vers Jacques Besse :

— Tu nous chantes *Cambriole*?

Ce morceau, composé à vingt-deux ans, avait jadis attiré l'attention sur Jacques Besse. Il avait même fait figure de chef de file d'une nouvelle génération de musiciens.

— Non. Je n'ai pas envie...

Il a eu un sourire triste. Il ne composait plus depuis longtemps.

Leurs voix se mêlaient maintenant dans le silence de la rue : celle, très douce et très lente, du docteur de Meyendorff, la voix grave de sa femme, celle, ponctuée de grands éclats de rire, de Deckers. Seul, Jacques Besse, son sourire aux lèvres, restait silencieux sur le banc à écouter Meyendorff. Je me tenais un peu à l'écart et je regardais vers l'entrée de la rue qui coupe le cimetière : peut-être le Mime Gil allait-il faire son apparition et se tenir à distance, les bras croisés, croyant que Nicole viendrait nous rejoindre. Mais non.

À un moment, Jansen s'est approché et m'a dit :

— Alors? Content? Il fait beau ce soir... La vie commence pour vous...

Et c'était vrai : il y avait encore toutes ces longues années devant moi.

Jansen m'avait parlé à plusieurs reprises des Meyendorff. Il les avait beaucoup fréquentés après les disparitions de Robert Capa et de Colette Laurent. Mme de Meyendorff était une adepte des sciences occultes et du spiritisme. Le docteur de Meyendorff – j'ai retrouvé la carte de visite qu'il m'avait donnée à l'occasion de ce «pot d'adieu»: *Docteur Henri de Meyendorff, 12 rue Ribéra, Paris XVI^e, Auteuil 28-15, et Le Moulin, à Fossombrone (Seine-et-Marne)* – occupait ses loisirs à l'étude de la Grèce ancienne et avait écrit un petit ouvrage consacré au mythe d'Orphée[1].

Jansen avait assisté pendant quelques mois aux séances de spiritisme qu'organisait Mme de Meyendorff. Il s'agissait de faire parler les morts. J'éprouve une méfiance instinctive et beaucoup de scepticisme vis-à-vis de ce genre de manifestations. Mais je comprends que Jansen, dans une période de grand désarroi, ait eu recours à cela. On voudrait faire parler les morts, on voudrait surtout qu'ils reviennent pour de vrai et non pas simplement dans nos rêves où ils sont à côté de nous, mais si lointains et si absents...

D'après ce qu'il m'avait confié, il avait connu les Meyendorff bien avant l'époque où ils figuraient sur la photo, dans le jardin, avec Colette Laurent. Il les avait rencontrés à dix-neuf ans. Puis la guerre avait été déclarée. Comme Mme de Meyendorff était de nationalité américaine, elle et son mari étaient partis pour les États-Unis, laissant à Jansen les clés de leur appartement de Paris et de leur maison de campagne, où il avait habité pendant les deux premières années de l'Occupation.

---

1. *Orphée et l'Orphéisme*, par H. de Meyendorff, Paris, Éditions du Sablier, 1949.

J'ai souvent pensé que les Meyendorff auraient été les personnes susceptibles de me donner le plus de renseignements sur Jansen. Quand il a quitté Paris, j'avais achevé mon travail : tous les matériaux que j'avais réunis sur lui étaient contenus dans le cahier rouge Clairefontaine, le répertoire alphabétique et l'album *Neige et Soleil* qu'il avait eu la gentillesse de m'offrir. Oui, si j'avais voulu écrire un livre sur Jansen, il aurait été nécessaire que je rencontre les Meyendorff et que je prenne note de leur témoignage.

Il y a une quinzaine d'années, je feuilletais le cahier rouge et, découvrant entre les pages la carte de visite du docteur de Meyendorff, je composai son numéro de téléphone, mais celui-ci n'était « plus attribué ». Le docteur n'était pas mentionné dans l'annuaire de cette année-là. Pour en avoir le cœur net, j'allai au 12 rue Ribéra et la concierge me dit qu'elle ne connaissait personne de ce nom-là dans l'immeuble.

Ce samedi de juin si proche des grandes vacances, il faisait très beau et il était environ deux heures de l'après-midi. J'étais seul à Paris et j'avais la perspective d'une longue journée sans objet. Je décidai de me rendre à l'adresse de Seine-et-Marne indiquée sur la carte du docteur. Bien sûr, j'aurais pu savoir par les renseignements si un Meyendorff habitait encore à Fossombrone et, dans ce cas, lui téléphoner, mais je préférais vérifier moi-même, sur place.

J'ai pris le métro jusqu'à la gare de Lyon, puis au guichet des lignes de banlieue un billet pour Fossombrone. Il fallait changer à Melun. Le compartiment où je montai était vide et moi presque joyeux d'avoir trouvé un but à ma journée.

C'est en attendant sur le quai de la gare de Melun la micheline pour Fossombrone que mon humeur a changé. Le soleil du début de l'après-midi, les rares voyageurs et cette visite à des gens que je n'avais vus qu'une seule fois, quinze ans auparavant, et qui avaient sans doute disparu ou m'avaient oublié me causèrent brusquement un sentiment d'irréalité.

Nous étions deux dans la micheline : une femme d'une soixantaine d'années, qui portait un sac à provisions, s'était assise en face de moi.

— Mon Dieu... Quelle chaleur...

J'étais rassuré d'entendre sa voix mais surpris qu'elle soit si claire et qu'elle ait un léger écho. Le cuir de la banquette était brûlant. Il n'y avait pas un seul coin d'ombre.

— Nous arrivons bientôt à Fossombrone? lui ai-je demandé.

— C'est le troisième arrêt.

Elle fouilla dans son sac à provisions et trouva enfin ce qu'elle cherchait : un portefeuille noir. Elle se taisait. J'aurais voulu rompre le silence. Elle est descendue au deuxième arrêt. La micheline a repris sa marche et j'ai été saisi de panique. J'étais seul, désormais. Je craignais que la micheline ne m'entraîne dans un voyage interminable en augmentant au fur et à mesure sa vitesse. Mais elle a ralenti et s'est arrêtée devant une petite gare au mur beige de laquelle j'ai lu Fossombrone en caractères grenat. À l'intérieur de la gare, à côté des guichets, un kiosque à journaux. J'ai acheté un quotidien dont j'ai vérifié la date et lu les gros titres.

J'ai demandé à l'homme du kiosque s'il connaissait une maison nommée Le Moulin. Il m'a expliqué que je devais suivre la rue principale du village et marcher encore tout droit jusqu'à la lisière de la forêt.

Les volets des maisons de la grande rue étaient clos, à cause du soleil. Il n'y avait personne et j'aurais pu m'inquiéter d'être seul au milieu de ce village inconnu. La grande rue se transformait maintenant en une très large allée bordée de platanes dont les feuillages laissaient à peine filtrer les rayons du soleil. Le silence, l'immobilité des feuillages, les taches de soleil sur lesquelles je marchais me donnaient de nouveau l'impression de rêver. J'ai consulté encore une fois la date et les gros titres du journal que je tenais à la main, pour me rattacher au monde extérieur.

Du côté gauche, juste à la lisière de la forêt, un mur d'enceinte et un portail de bois vert sur lequel était écrit à la peinture blanche : Le Moulin. Je m'écartai du mur d'enceinte assez bas et me plaçai de l'autre côté de l'allée, de manière à voir la maison. Elle paraissait constituée de plusieurs corps de ferme reliés entre eux mais sans plus rien de campagnard : la véranda, les grandes fenêtres et le lierre de sa façade offraient l'aspect d'un bungalow. Le parc à l'abandon était redevenu une clairière.

Le mur d'enceinte faisait un angle droit et se prolongeait encore une centaine de mètres le long d'un chemin qui bordait la forêt et donnait accès à plusieurs autres propriétés. Celle voisine du Moulin était une villa blanche en forme de blockhaus avec des baies vitrées. Elle était séparée du chemin par une barrière blanche et des massifs de troènes. Une femme qui portait un chapeau de paille tondait la pelouse et j'étais soulagé qu'un bourdonnement de moteur rompe le silence.

J'ai attendu qu'elle se rapproche de la grille d'entrée. Quand elle m'a vu, elle a arrêté le moteur de la tondeuse. Elle a ôté son chapeau de paille. Une blonde. Elle est venue ouvrir la grille.

— Le docteur de Meyendorff habite-t-il toujours le Moulin ?

J'avais eu du mal à prononcer les syllabes de cette phrase. Elles résonnaient d'une drôle de façon.

La blonde me regardait d'un air surpris. Ma voix, mon embarras, la sonorité de «Meyendorff» avaient quelque chose d'incongru et de solennel.

— Le Moulin n'est plus habité depuis longtemps, m'a-t-elle dit. En tout cas pas depuis que je suis dans cette maison.

— On ne peut pas le visiter ?

— Il faudrait demander au gardien. Il vient ici trois fois par semaine. Il habite Chailly-en-Bière.

— Et vous ne savez pas où sont les propriétaires ?

— Je crois qu'ils vivent en Amérique.

Alors, il y avait de fortes chances pour que ce fussent encore les Meyendorff.

— La maison vous intéresse ? Je suis sûre qu'elle est à vendre.

Elle m'avait fait entrer dans son jardin et refermait la grille.

— J'écris un livre sur quelqu'un qui a habité ici et je voulais simplement reconnaître les lieux.

De nouveau, j'ai eu l'impression que j'employais un ton trop solennel.

Elle me guidait jusqu'au fond du jardin. Un grillage marquait la limite avec le parc à l'abandon du Moulin. Il y avait un grand trou dans le grillage et elle me le désignait :

— C'est facile de passer de l'autre côté...

Je croyais rêver. Elle avait une voix si douce, des yeux si clairs, elle se montrait si prévenante... Elle s'était rapprochée de moi et je me suis demandé brusquement si j'avais raison de rôder autour d'une maison abandonnée, «de l'autre côté», comme elle disait, au lieu de rester avec elle et de faire plus ample connaissance.

— Pendant que vous allez visiter, vous ne pouvez pas me prêter votre journal?

— Avec plaisir.

— C'est pour voir les programmes de télévision.

Je lui ai tendu le journal. Elle m'a dit:

— Prenez tout votre temps. Et ne vous inquiétez pas. Je fais le guet.

Je passai à travers le trou du grillage et je débouchai dans une clairière. Je marchai vers la maison. À mesure que j'avançais, la clairière laissait place à une pelouse en friche que traversait une allée de gravier. Le Moulin offrait le même aspect de bungalow que du côté du portail. À gauche, le bâtiment se prolongeait par une chapelle dont on avait ôté la porte et qui n'était plus qu'une remise.

Au rez-de-chaussée, les volets étaient fermés, ainsi que les deux panneaux verts d'une porte-fenêtre. Deux grands platanes se dressaient à une dizaine de mètres l'un de l'autre et leurs feuillages confondus formaient un toit de verdure qui m'évoquait le mail d'une ville du Midi. Le soleil tapait fort et leur ombre m'avait donné une sensation soudaine de fraîcheur.

C'était bien là que la photo de Colette Laurent et des Meyendorff avait été prise par Jansen. J'avais reconnu les platanes et vers la droite le puits à la margelle recouverte de lierre. Sur le cahier rouge, j'avais noté: «Photo les Meyendorff – Colette Laurent à Fossombrone. Ombrages. Printemps ou été. Puits. Date indéterminée.» J'avais questionné Jansen pour savoir à quelle année remontait cette photo mais il avait haussé les épaules.

Le bâtiment formait saillie vers la droite et les volets de l'une des fenêtres du rez-de-chaussée étaient ouverts. J'ai collé mon front à la vitre. Les rayons du soleil projetaient des taches de lumière sur le mur du fond. Un tableau y était accroché: le portrait de Mme de Meyendorff. Dans le coin de la pièce, un bureau d'acajou derrière lequel je distinguais un fauteuil de cuir. Deux autres fauteuils semblables, près de la fenêtre. Des rayonnages de livres, sur le mur de droite, au-dessus d'un divan de velours vert.

J'aurais voulu entrer par effraction dans cette pièce où s'était peu à peu déposée la poussière du temps. Jansen avait dû s'asseoir souvent sur les fauteuils et je l'imaginais, vers la fin d'un après-midi, lisant l'un des volumes de la bibliothèque. Il était venu ici avec Colette Laurent. Et, plus tard, c'était sans doute dans ce bureau que Mme de Meyendorff faisait parler les morts.

Là-bas, sur la pelouse, la blonde avait repris son travail et j'entendais un bourdonnement de moteur paisible et rassurant.

Je ne suis plus jamais revenu à Fossombrone. Et aujourd'hui, après quinze ans, je suppose que le Moulin a été vendu et que les Meyendorff finissent leur vie quelque part en Amérique. Je n'ai pas eu de nouvelles récentes des autres personnes que Jansen avait conviées à son «pot d'adieu». Au mois de mai 1974, un après-midi, j'avais croisé Jacques Besse boulevard Bonne-Nouvelle, à la hauteur du théâtre du Gymnase. Je lui avais tendu la main mais il n'y avait pas prêté attention et il s'était éloigné, raide, sans me reconnaître, le regard vide, avec un col roulé gris foncé et une barbe de plusieurs jours.

Une nuit d'il y a quelques mois, très tard, j'avais allumé la télévision qui diffusait une série policière anglaise, adaptée du *Saint* de Leslie Charteris, et j'ai eu la surprise de voir apparaître Eugène Deckers. La scène avait été tournée dans le Londres des années soixante, peut-être la même année et la même semaine que celles où Deckers était venu au «pot d'adieu». Là, sur l'écran, il traversait un hall d'hôtel, et je me disais qu'il était vraiment étrange que l'on puisse passer d'un monde où tout s'abolissait à un autre, délivré des lois de la pesanteur et où vous étiez en suspension pour l'éternité : de cette soirée rue Froidevaux, dont il ne restait rien, sauf de faibles échos dans ma mémoire, à ces quelques instants impressionnés sur la pellicule, où Deckers traverserait un hall d'hôtel jusqu'à la fin des temps.

Cette nuit-là, j'avais rêvé que j'étais dans l'atelier de Jansen, assis sur le canapé, comme autrefois. Je regardais les photos du mur et brusquement j'étais frappé par la ressemblance de Colette Laurent et de mon amie de cette époque, avec qui j'avais rencontré Jansen et dont j'ignorais ce qu'elle était devenue, elle aussi. Je me persuadais que c'était la même personne que Colette Laurent. La distance des années avait brouillé les perspectives. Elles avaient l'une et l'autre des cheveux châtains et des yeux gris. Et le même prénom.

Je suis sorti de l'atelier. Il faisait déjà nuit et cela m'avait surpris. Je m'étais rappelé que nous étions en octobre ou en novembre. Je marchais vers Denfert-Rochereau. Je devais rejoindre Colette et quelques autres personnes dans une maison proche du parc Montsouris. Nous nous réunissions là-bas chaque dimanche soir. Et, dans mon rêve, j'étais certain de retrouver ce soir-là parmi les convives Jacques Besse, Eugène Deckers, le docteur de Meyendorff et sa femme.

La rue Froidevaux me semblait interminable, comme si les distances s'étiraient à l'infini. Je craignais d'arriver en retard. Est-ce qu'ils m'attendraient ? Le trottoir était tapissé de feuilles mortes et je longeais le mur et le talus de gazon du réservoir de Montsouris derrière lesquels j'imaginais l'eau dormante. Une pensée m'accompagnait, d'abord vague et de plus en plus précise : je m'appelais Francis Jansen.

La veille du jour où Jansen a quitté Paris, j'étais venu à midi à l'atelier pour ranger les photos dans les valises. Rien ne me laissait prévoir son brusque départ. Il m'avait dit qu'il ne bougerait pas jusqu'à la fin du mois de juillet. Quelques jours auparavant, je lui avais remis les doubles du cahier et du répertoire. Il avait d'abord hésité à les prendre :

— Vous croyez que c'est bien nécessaire pour moi en ce moment ?

Puis il avait feuilleté le répertoire. Il s'attardait sur une page et prononçait quelquefois un nom à voix haute comme s'il cherchait à se rappeler le visage de celui qui le portait.

— Ça suffit pour aujourd'hui...

Il avait fermé le répertoire d'un geste sec.

— Vous avez fait un beau travail de scribe... Je vous félicite...

Ce dernier jour, quand il est entré dans l'atelier et m'a surpris à ranger les photos, il m'a encore félicité :

— Un véritable archiviste... On devrait vous engager dans les musées...

Nous sommes allés déjeuner dans un restaurant du quartier. Il portait sur lui son Rolleiflex. Après le déjeuner, nous avons suivi le boulevard Raspail et il s'est arrêté devant l'hôtel qui fait le coin de la rue Boissonade et se dresse solitaire à côté du mur et des arbres du Centre américain.

Il a reculé jusqu'au bord du trottoir et il a pris plusieurs photos de la façade de cet hôtel.

— C'est là où j'ai vécu à mon arrivée à Paris...

Il m'a expliqué qu'il était tombé malade le soir de son arrivée et qu'il avait gardé la chambre une dizaine de jours. Il avait été soigné par un réfugié autrichien qui habitait l'hôtel avec sa femme, un certain docteur Tennent.

— J'ai fait une photo de lui à l'époque...

J'ai vérifié le soir même. Comme j'avais répertorié les photos par ordre chronologique sur le cahier rouge Clairefontaine, celle-ci était mentionnée au début de la liste :

1. *Docteur Tennent et sa femme. Jardin du Luxembourg. Avril 1938.*

— Mais je n'avais pas encore de photo de cet hôtel... Vous pourrez la rajouter à votre inventaire...

Il m'a proposé de l'accompagner sur la rive droite où il devait chercher «quelque chose». Il a d'abord voulu prendre le métro à la station Raspail, mais, après avoir constaté sur le plan qu'il y avait trop de changements jusqu'à Opéra, il a décidé que nous irions là-bas en taxi.

Jansen a demandé au chauffeur de s'arrêter boulevard des Italiens, à la hauteur du café de la Paix, et il m'a désigné la terrasse de celui-ci en me disant :

— Attendez-moi là... je n'en ai pas pour longtemps...

Il s'est dirigé vers la rue Auber. J'ai fait quelques pas le long du boulevard. Je n'étais pas revenu dans ce café de la Paix depuis que mon père m'y emmenait le dimanche après-midi. Par curiosité, je suis allé vérifier si la balance automatique où nous nous pesions, ces dimanches-là, existait toujours, juste avant l'entrée du Grand Hôtel. Oui, elle était demeurée à la même place. Alors je n'ai pu m'empêcher d'y monter, de glisser une pièce de monnaie dans la fente et d'attendre que tombe le ticket rose.

J'éprouvais une drôle de sensation, assis tout seul à la terrasse du café de la Paix où les clients se pressaient autour des tables. Était-ce le soleil de juin, le vacarme de la circulation, les feuillages des arbres dont le vert formait un si frappant contraste avec le noir des façades, et ces voix étrangères que j'entendais aux tables voisines ? Il me semblait être moi aussi un touriste égaré dans une ville que je ne connaissais pas. Je regardais fixement le ticket rose comme s'il était le dernier objet susceptible de témoigner et de me rassurer sur mon identité, mais ce ticket augmentait encore mon malaise. Il évoquait une époque si lointaine de ma vie que j'avais du mal à relier au présent. Je finissais par me demander si c'était bien moi l'enfant qui venait ici avec son père. Un engourdissement, une amnésie me gagnaient peu à peu, comme le sommeil le jour où j'avais été renversé par une camionnette et où l'on m'avait appliqué un tampon d'éther sur le visage. D'ici un moment, je ne saurais même plus qui j'étais et aucun de ces étrangers autour de moi ne pourrait me renseigner. J'essayais de lutter contre cet engourdissement, les yeux fixés sur le ticket rose où il était écrit que je pesais soixante-seize kilos.

Quelqu'un m'a tapé sur l'épaule. J'ai levé la tête mais j'avais le soleil dans les yeux.

— Vous êtes tout pâle...

Je voyais Jansen en ombres chinoises. Il s'est assis à la table, en face de moi.

— C'est à cause de la chaleur, ai-je bredouillé. Je crois que j'ai eu un malaise...

Il a commandé un verre de lait pour moi et un whisky pour lui.

— Buvez, m'a-t-il dit. Ça ira mieux après...

Je buvais lentement le lait glacé. Oui, peu à peu, le monde autour de moi reprenait ses formes et ses couleurs, comme si je réglais une paire de jumelles pour que la vision devienne de plus en plus nette. Jansen, en face, me regardait avec bienveillance.

— Ne vous inquiétez pas, mon petit... Moi aussi il m'est souvent arrivé de tomber dans des trous noirs...

Une brise soufflait dans les feuillages des arbres et leur ombre était fraîche tandis que nous marchions, Jansen et moi, le long des Grands Boulevards. Nous étions arrivés place de la Concorde. Nous avons pénétré dans les jardins des Champs-Élysées. Jansen prenait des photos avec son Rolleiflex mais je m'en apercevais à peine. Il jetait un œil furtif sur le cadre de l'appareil, à la hauteur de sa taille. Et pourtant je savais que chacune de ses photos était d'une précision extrême. Un jour que je m'étonnais de cette feinte désinvolture, il m'avait dit qu'il fallait « prendre les choses en douceur et en silence sinon elles se rétractent ».

Nous nous étions assis sur un banc et, tout en parlant, il se levait de temps en temps et appuyait sur le déclic au passage d'un chien, d'un enfant, à l'apparition d'un rayon de soleil. Il avait allongé et croisé les jambes et gardait la tête baissée comme s'il s'était assoupi.

Je lui ai demandé ce qu'il photographiait.

— Mes chaussures.

Par l'avenue Matignon, nous avons rejoint le faubourg Saint-Honoré. Il m'a montré l'immeuble où se trouvait l'agence Magnum et il a voulu que nous buvions un verre dans le café voisin qu'il fréquentait autrefois avec Robert Capa.

Nous étions installés à une table du fond, et de nouveau il avait commandé un verre de lait pour moi et un whisky pour lui.

— C'est dans ce café que j'ai connu Colette, m'a-t-il dit brusquement.

J'aurais voulu lui poser des questions et lui parler des quelques photos d'elle que j'avais répertoriées dans le cahier rouge :

*Colette. 12, hameau du Danube.*
*Colette à l'ombrelle.*
*Colette. Plage de Pampelonne.*
*Colette. Escalier de la rue des Cascades.*

J'ai fini par dire :

— C'est dommage que je ne vous aie pas tous connus à l'époque…

Il m'a souri.

— Mais vous étiez encore à l'âge des biberons…

Et il me désignait mon verre de lait que je tenais à la main.

— Attendez un instant… Ne bougez pas…

Il a posé le Rolleiflex sur la table et il a appuyé sur le déclic. J'ai la photo, à côté de moi, parmi toutes celles qu'il avait prises cet après-midi-là. Mon bras levé et mes doigts qui tiennent le verre se découpent à contre-jour et l'on distingue, au fond, la porte ouverte du café, le trottoir et la rue qui baignent dans une lumière d'été – la même lumière où nous marchons, ma mère et moi, dans mon souvenir, en compagnie de Colette Laurent.

Après le dîner, je l'ai raccompagné jusqu'à l'atelier. Nous avons fait un long détour. Il me parlait plus que d'habitude et me posait pour la première fois des questions précises concernant mon avenir. Il s'inquiétait des conditions dans lesquelles je vivrais. Il a évoqué la précarité de son existence à Paris au même âge que moi. La rencontre de Robert Capa l'avait sauvé, sinon il n'aurait peut-être pas eu le courage d'entreprendre son métier. D'ailleurs, c'était Capa qui le lui avait appris.

Minuit était déjà passé et nous bavardions encore sur un banc de l'avenue du Maine. Un chien pointer avançait seul sur le trottoir, d'un pas rapide, et il est venu nous renifler. Il ne portait pas de collier. Il paraissait connaître Jansen. Il nous a suivis jusqu'à la rue Froidevaux, d'abord de loin, puis il s'est rapproché et il marchait à nos côtés. Nous sommes arrivés devant l'atelier et Jansen a fouillé ses poches mais n'a pas trouvé la clé. Il avait l'air brusquement harassé. Je crois qu'il avait trop bu. Je lui ai ouvert moi-même avec le double qu'il m'avait confié.

Dans l'embrasure de la porte, il m'a serré la main et il m'a dit d'un ton solennel :

— Merci pour tout.

Il me fixait d'un regard légèrement embrumé. Il a refermé la porte avant que j'aie eu le temps de lui dire que le chien était entré dans l'atelier en se glissant derrière lui.


Le lendemain, j'ai téléphoné vers onze heures à l'atelier mais personne ne répondait. J'avais fait le signal qui était convenu entre Jansen et moi : raccrocher au bout de trois sonneries puis composer de nouveau le numéro. J'ai décidé d'aller là-bas pour achever de ranger les photos.

Comme d'habitude, j'ai ouvert la porte avec le double de la clé. Les trois valises avaient disparu, ainsi que la photo de Colette Laurent et celle de Jansen et de Robert Capa qui étaient accrochées au mur. Sur la table basse, un rouleau de pellicule à développer. Je l'ai apporté, cet après-midi-là, au magasin de la rue Delambre. Quand j'y suis revenu, quelques jours plus tard, j'ai découvert dans la pochette que l'on m'avait remise toutes les photos que Jansen avait faites au cours de notre promenade dans Paris.

Je savais bien que désormais ce n'était plus la peine de l'attendre. J'ai fouillé les placards de la mezzanine mais ils ne contenaient plus rien, pas un seul vêtement, pas une seule chaussure. On avait enlevé les draps et les couvertures du lit et le matelas était nu. Pas le moindre mégot dans les cendriers. Plus de verres ni de bouteilles de whisky. Je me faisais l'effet d'un inspecteur de police qui visitait l'atelier d'un homme recherché depuis longtemps, et je me disais que c'était bien inutile puisqu'il n'y avait aucune preuve que cet homme ait habité ici, pas même une empreinte digitale.

J'ai attendu jusqu'à cinq heures, assis sur le canapé, à consulter le cahier rouge et le répertoire. Apparemment, Jansen avait emporté les doubles des cahiers. Peut-être Nicole allait-elle sonner et il faudrait que je lui dise que désormais nous risquerions d'attendre Jansen pour rien et qu'un archéologue, au cours des prochains siècles, nous retrouverait momifiés tous les deux sur le canapé. La rue Froidevaux serait l'objet d'une fouille. Au coin du cimetière Montparnasse, on découvrirait le Mime Gil, transformé en statue, et l'on entendrait battre son cœur. Et le magnétophone, derrière lui, diffuserait un poème qu'il avait enregistré de sa voix métallique :

*Démons et merveilles*
*Vents et marées...*

Une question m'a brusquement traversé l'esprit : qu'était devenu le pointer qui nous avait suivis hier soir et qui avait pénétré dans l'atelier à l'insu de Jansen ? L'avait-il emmené avec lui ? Aujourd'hui que j'y pense, je me demande si ce chien n'était pas tout simplement le sien.

Je suis retourné dans l'atelier, plus tard, à l'heure où le soir tombait. Une dernière tache de soleil s'attardait sur le canapé. Entre ces murs, la chaleur était étouffante. J'ai fait glisser la baie vitrée. J'entendais le bruissement des arbres et les pas de ceux qui marchaient dans la rue. Je m'étonnais que le vacarme de la circulation se fût interrompu du côté de Denfert-Rochereau, comme si la sensation d'absence et de vide que laissait Jansen se propageait en ondes concentriques et que Paris était peu à peu déserté.

Je me suis demandé pourquoi il ne m'avait pas prévenu de son départ. Mais ces quelques signes suggéraient bien une disparition imminente : la photo qu'il avait prise de l'hôtel boulevard Raspail et le détour jusqu'au faubourg Saint-Honoré pour me montrer le siège de l'ancienne agence Magnum et le café qu'il fréquentait avec Robert Capa et Colette Laurent. Oui, il avait fait, en ma compagnie, un dernier pèlerinage sur les lieux de sa jeunesse. Tout au fond de l'atelier, la porte de la chambre noire était entrouverte. L'après-midi où Jansen avait développé les photos de mon amie et moi, la petite ampoule rouge brillait dans l'obscurité. Il se tenait devant la cuve avec des gants de caoutchouc. Il m'avait tendu les négatifs. À notre retour dans l'atelier, la lumière du soleil m'avait ébloui.

Je ne lui en voulais pas. Et même, je le comprenais si bien... J'avais noté chez lui certaines manières d'agir et certains traits de caractère qui m'étaient familiers. Il m'avait dit : « Ne vous inquiétez pas, mon petit... Moi aussi il m'est souvent arrivé de tomber dans des trous noirs... » Je ne pouvais présager de l'avenir, mais d'ici une trentaine d'années, quand j'aurais atteint l'âge de Jansen, je ne répondrais plus au téléphone et je disparaîtrais, comme lui, un soir de juin, en compagnie d'un chien fantôme.

Trois ans plus tard, un soir de juin qui était bizarrement l'anniversaire de son départ, j'ai beaucoup pensé à Jansen. Non pas à cause de cet anniversaire. Mais un éditeur venait d'accepter de publier mon premier livre et j'avais, dans la poche intérieure de ma veste, une lettre qui m'annonçait la nouvelle. Je me suis souvenu qu'au cours de la dernière soirée que nous avions passée ensemble Jansen s'était inquiété de mon avenir. Et aujourd'hui, on m'avait donné l'assurance que mon livre paraîtrait bientôt. J'étais enfin sorti de cette période de flou et d'incertitude pendant laquelle je vivais en fraude. J'aurais voulu que Jansen soit à côté de moi pour partager mon soulagement. J'étais assis à la terrasse d'un café proche de la rue Froidevaux et, un instant, j'ai eu la tentation d'aller sonner à l'atelier, comme si Jansen était toujours là.

De quelle manière aurait-il accueilli ce premier livre ? Je n'avais pas respecté les consignes de silence qu'il m'avait données le jour où nous avions parlé de littérature. Il aurait sans doute jugé tout cela trop bavard.

Au même âge que moi, il était déjà l'auteur de plusieurs centaines de photos dont quelques-unes composaient *Neige et Soleil.*

Ce soir-là, j'ai feuilleté *Neige et Soleil.* Jansen m'avait dit qu'il n'était pas responsable de ce titre anodin et que l'éditeur suisse l'avait choisi lui-même, sans lui demander son avis.

À mesure que je tournais les pages, je ressentais de plus en plus ce que Jansen avait voulu communiquer et qu'il m'avait mis gentiment au défi de suggérer moi aussi avec les mots : le silence. Les deux premières photos du livre portaient chacune la même légende : *Au 140.* Elles représentaient l'un de ces groupes d'immeubles de la périphérie parisienne, un jour d'été. Personne dans la cour, ni à l'entrée des escaliers. Pas une seule silhouette aux fenêtres. Jansen m'avait expliqué que c'était là où avait habité un camarade de son âge qu'il avait connu au camp de Drancy. Celui-ci, quand le consulat d'Italie avait fait libérer Jansen du camp, lui avait demandé d'aller à cette adresse pour donner de ses nouvelles à des parents et à une amie. Jansen s'était rendu au «140» mais il n'y avait trouvé personne de ceux que lui avait indiqués son camarade. Il y était retourné, après la Libération, au printemps de 1945. En vain.

Alors, désemparé, il avait pris ces photos pour que soit au moins fixé sur une pellicule le lieu où avaient habité son camarade et ses proches. Mais la cour, le square et les immeubles déserts sous le soleil rendaient encore plus irrémédiable leur absence.

Les photos suivantes du recueil étaient antérieures à celles du «140» car elles avaient été faites quand Jansen était réfugié en Haute-Savoie : des étendues de neige dont la blancheur contrastait avec le bleu du ciel. Sur les pentes, des points noirs qui devaient être des skieurs, un téléphérique de la taille d'un jouet, et le soleil là-dessus, le même que celui du «140», un soleil indifférent. À travers cette neige et ce soleil, transparaissait un vide, une absence.

Quelquefois, Jansen photographiait de très près des plantes, une toile d'araignée, des coquilles d'escargot, des fleurs, des brins d'herbe au milieu desquels couraient des fourmis. On sentait qu'il immobilisait son regard sur un point très précis pour éviter de penser à autre chose. Je me suis rappelé le moment où nous étions assis sur le banc, dans les jardins des Champs-Élysées, et où, les jambes croisées, il photographiait ses chaussures.

Et, de nouveau, les pentes des montagnes d'une blancheur éternelle sous le soleil, les petites rues et les places désertes du Midi de la France, les quelques photos qui portaient chacune la même légende : *Paris en juillet* – ce mois de juillet de ma naissance où la ville semblait abandonnée. Mais Jansen, pour lutter contre cette impression de vide et d'abandon, avait voulu capter tout un aspect champêtre de Paris : rideaux d'arbres, canal, pavés à l'ombre des platanes, cours, clocher de Saint-Germain de Charonne, escalier de la rue des Cascades... Il était à la recherche d'une innocence perdue et de décors faits pour le bonheur et l'insouciance, mais où, désormais, on ne pouvait plus être heureux.

Il pensait qu'un photographe n'est rien, qu'il doit se fondre dans le décor et devenir invisible pour mieux travailler et capter – comme il disait – la lumière naturelle. On n'entendrait même plus le déclic du Rolleiflex. Il aurait voulu dissimuler son appareil. La mort de son ami Robert Capa s'expliquait justement selon lui par cette volonté, ou ce vertige, de se fondre une fois pour toutes dans le décor.

Hier, c'était le lundi de Pâques. Je longeais la partie du boulevard Saint-Michel qui va de l'ancienne gare du Luxembourg jusqu'à Port-Royal. Une foule de promeneurs se pressait aux grilles d'entrée du jardin mais, là où je marchais, il n'y avait plus personne. Un après-midi, sur le même trottoir, Jansen m'avait désigné la librairie au coin du boulevard et de la petite rue Royer-Collard. Dans celle-ci, il avait assisté, juste avant la guerre, à une exposition des photographies du peintre Wols. Il avait fait sa connaissance et l'admirait autant que Robert Capa. Il était allé lui rendre visite à Cassis où Wols s'était réfugié au début de l'Occupation. C'était Wols qui lui avait appris à photographier ses chaussures.

Jansen avait attiré ce jour-là mon attention sur la façade de l'École des Mines dont toute une partie, à hauteur d'homme, portait des traces de balles. Une plaque fendue et légèrement effritée sur ses bords indiquait qu'un certain Jean Monvallier Boulogne, âgé de vingt ans, avait été tué à cet emplacement le jour de la libération de Paris.

J'avais retenu ce nom, à cause de sa sonorité qui évoquait une partie de canotage au Bois avec une fille blonde, un pique-nique à la campagne au bord d'une rivière et d'un vallon où se trouvaient réunis la même fille blonde et des amis – tout cela tranché net un après-midi d'août, devant le mur.

Or, ce lundi, à ma grande surprise, la plaque avait disparu, et je regrettais que Jansen, l'après-midi où nous étions ensemble au même endroit, n'ait pas pris une photo du mur criblé de balles et de cette plaque. Je l'aurais inscrit sur le répertoire. Mais là, brusquement, je n'étais plus sûr que ce Jean Monvallier Boulogne eût existé, et, d'ailleurs, je n'étais plus sûr de rien. Je suis entré dans le jardin en fendant la foule massée devant les grilles. Tous les bancs, toutes les chaises étaient occupés et il y avait une grande affluence dans les allées. Des jeunes gens étaient assis sur les balustrades et sur les marches qui descendent vers le bassin central, si nombreux qu'on ne pouvait plus accéder à cette partie du jardin. Mais cela n'avait aucune importance. J'étais heureux de me perdre dans cette foule et – selon l'expression de Jansen – de me fondre dans le décor.

Il restait assez de place – une vingtaine de centimètres – pour m'asseoir à l'extrémité d'un banc. Mes voisins n'ont même pas eu besoin de se pousser. Nous étions sous les marronniers qui nous protégeaient du soleil, tout près de la statue de marbre blanc de Velléda. Une femme, derrière moi, bavardait avec une amie et leurs paroles me berçaient : il était question d'une certaine Suzanne, qui avait été mariée à un certain Raymond. Raymond était l'ami de Robert, et Robert, le frère de l'une des femmes. Au début, j'essayais de concentrer mon attention sur ce qu'elles disaient et de recueillir quelques détails qui me serviraient de points de repère pour que les destins de Robert, de Suzanne et de Raymond sortent peu à peu de l'inconnu. Qui sait ? Par le fait du hasard, dont on ignorera toujours les combinaisons infinies, peut-être Suzanne, Robert et Raymond avaient-ils un jour croisé Jansen dans la rue ?

J'étais frappé d'une somnolence. Des mots me parvenaient encore à travers un brouillard ensoleillé : Raymond... Suzanne... Livry-Gargan... À la base... Pépin dans l'œil... Èze-sur-Mer près de Nice... La caserne des pompiers du boulevard Diderot... Le flot des passants dans l'allée augmentait encore cet état de demi-sommeil. Je me rappelais la réflexion de Jansen : «Ne vous inquiétez pas, mon petit... Moi aussi il m'est souvent arrivé de tomber dans des trous noirs...» Mais là, ce n'était même plus un «trou noir» comme celui que j'avais éprouvé à dix-neuf ans à la terrasse du café de la Paix. J'étais presque soulagé de cette perte progressive d'identité. Je percevais encore quelques mots, les voix des deux femmes devenaient plus douces, plus lointaines. La Ferté-Alais... Cavaleur... Il le lui a rendu en gentillesse... Caravane... Voyage autour du monde... J'allais disparaître dans ce jardin, parmi la foule du lundi de Pâques. Je perdais la mémoire et je ne comprenais plus très bien le français car les paroles de mes voisines n'étaient maintenant à mes oreilles que des onomatopées. Les efforts que j'avais fournis depuis trente ans pour exercer un métier, donner une cohérence à ma vie, tâcher de parler et d'écrire une langue le mieux possible afin d'être bien sûr de ma nationalité, toute cette tension se relâchait brusquement. C'était fini. Je n'étais plus rien. Tout à l'heure, je me glisserais hors de ce jardin en direction d'une station de métro, puis d'une gare et d'un port. À la fermeture des grilles, il ne resterait de moi que l'imperméable que je portais, roulé en boule, sur un banc.

Je me souviens que les derniers jours avant sa disparition Jansen semblait à la fois plus absent et plus préoccupé que d'habitude. Je lui parlais et il ne me répondait pas. Ou bien, comme si j'avais interrompu le cours de ses pensées, il sursautait et me demandait poliment de lui répéter ce que je venais de dire.

Un soir, je l'avais raccompagné jusqu'à son hôtel, boulevard Raspail, car il dormait de moins en moins souvent dans l'atelier. Il m'avait fait observer que cet hôtel était à une centaine de mètres de celui où il habitait à son arrivée à Paris et que, pour franchir cette courte distance, il lui avait fallu près de trente ans.

Son visage s'était assombri et je sentais bien qu'il voulait me confier quelque chose. Enfin il s'était résolu à parler, mais avec une telle réticence que ses propos étaient embrouillés et que l'on aurait dit qu'il avait de la peine à s'exprimer en français. D'après ce que j'avais compris, il s'était rendu aux consulats de Belgique et d'Italie pour obtenir un extrait d'acte de naissance et d'autres papiers dont il avait besoin en prévision de son départ. Une confusion s'était produite. D'Anvers, sa ville natale, on avait transmis au consulat d'Italie l'état civil d'un autre Francis Jansen, et celui-ci était mort.

Je suppose qu'il avait téléphoné de l'atelier pour qu'on lui donne des renseignements supplémentaires au sujet de cet homonyme puisque j'ai retrouvé sur la page de garde du cahier où j'avais répertorié ses photos les mots suivants, griffonnés de son écriture presque illisible, en italien, comme si on les lui avait dictés : « Jansen Francis, nato a Herenthals in Belgio il 25 aprile 1917. Arrestato a Roma. Detenuto a Roma, Fossoli campo. Deportato da Fossoli il 26 giugno 1944. Deceduto in luogo e data ignoti. »

Ce soir-là, nous avions dépassé son hôtel et nous marchions vers le carrefour Montparnasse. Il ne savait plus quel homme il était. Il m'a dit qu'au bout d'un certain nombre d'années nous acceptons une vérité que nous pressentions mais que nous nous cachions à nous-même par insouciance ou lâcheté : un frère, un double est mort à notre place à une date et dans un lieu inconnus et son ombre finit par se confondre avec nous.

# DORA BRUDER

## 1997

Il y a huit ans, dans un vieux journal, *Paris-Soir*, qui datait du 31 décembre 1941, je suis tombé à la page trois sur une rubrique: «D'hier à aujourd'hui». Au bas de celle-ci, j'ai lu:

«PARIS
On recherche une jeune fille, Dora Bruder, 15 ans, 1 m 55, visage ovale, yeux gris marron, manteau sport gris, pull-over bordeaux, jupe et chapeau bleu marine, chaussures sport marron. Adresser toutes indications à M. et Mme Bruder, 41 boulevard Ornano, Paris.»

Ce quartier du boulevard Ornano, je le connais depuis longtemps. Dans mon enfance, j'accompagnais ma mère au marché aux Puces de Saint-Ouen. Nous descendions de l'autobus à la porte de Clignancourt et quelquefois devant la mairie du XVIIIᵉ arrondissement. C'était toujours le samedi ou le dimanche après-midi.

En hiver, sur le trottoir de l'avenue, le long de la caserne Clignancourt, dans le flot des passants, se tenait, avec son appareil à trépied, le gros photographe au nez grumeleux et aux lunettes rondes qui proposait une «photo souvenir». L'été, il se postait sur les planches de Deauville, devant le bar du Soleil. Il y trouvait des clients. Mais là, porte de Clignancourt, les passants ne semblaient pas vouloir se faire photographier.

Il portait un vieux pardessus et l'une de ses chaussures était trouée.

Je me souviens du boulevard Barbès et du boulevard Ornano déserts, un dimanche après-midi de soleil, en mai 1958. À chaque carrefour, des groupes de gardes mobiles, à cause des événements d'Algérie.

J'étais dans ce quartier l'hiver 1965. J'avais une amie qui habitait rue Championnet. Ornano 49-20.

Déjà, à l'époque, le flot des passants du dimanche, le long de la caserne, avait dû emporter le gros photographe, mais je ne suis jamais allé vérifier. À quoi avait-elle servi, cette caserne? On m'avait dit qu'elle abritait des troupes coloniales.

Janvier 1965. La nuit tombait vers six heures sur le carrefour du boulevard Ornano et de la rue Championnet. Je n'étais rien, je me confondais avec ce crépuscule, ces rues.

Le dernier café, au bout du boulevard Ornano, côté numéros pairs, s'appelait «Verse Toujours». À gauche, au coin du boulevard Ney, il y en avait un autre, avec un juke-box. Au carrefour Ornano-Championnet, une pharmacie, deux cafés, l'un plus ancien, à l'angle de la rue Duhesme.

Ce que j'ai pu attendre dans ces cafés... Très tôt le matin quand il faisait nuit. En fin d'après-midi à la tombée de la nuit. Plus tard, à l'heure de la fermeture...

Le dimanche soir, une vieille automobile de sport noire – une Jaguar, me semble-t-il – était garée rue Championnet, à la hauteur de l'école maternelle. Elle portait une plaque à l'arrière: G.I.G. Grand invalide de guerre. La présence de cette voiture dans le quartier m'avait frappé. Je me demandais quel visage pouvait bien avoir son propriétaire.

À partir de neuf heures du soir, le boulevard était désert. Je revois encore la lumière de la bouche du métro Simplon, et, presque en face, celle de l'entrée du cinéma Ornano 43. L'immeuble du 41, précédant le cinéma, n'avait jamais attiré mon attention, et pourtant je suis passé devant lui pendant des mois, des années. De 1965 à 1968. Adresser toutes indications à M. et Mme Bruder, 41 boulevard Ornano, Paris.

D'hier à aujourd'hui. Avec le recul des années, les perspectives se brouillent pour moi, les hivers se mêlent l'un à l'autre. Celui de 1965 et celui de 1942.

En 1965, je ne savais rien de Dora Bruder. Mais aujourd'hui, trente ans après, il me semble que ces longues attentes dans les cafés du carrefour Ornano, ces itinéraires, toujours les mêmes – je suivais la rue du Mont-Cenis pour rejoindre les hôtels de la Butte Montmartre : l'hôtel Roma, l'Alsina ou le Terrass, rue Caulaincourt –, et ces impressions fugitives que j'ai gardées : une nuit de printemps où l'on entendait des éclats de voix sous les arbres du square Clignancourt, et l'hiver, de nouveau, à mesure que l'on descendait vers Simplon et le boulevard Ornano, tout cela n'était pas dû simplement au hasard. Peut-être, sans que j'en éprouve encore une claire conscience, étais-je sur la trace de Dora Bruder et de ses parents. Ils étaient là, déjà, en filigrane.

J'essaye de trouver des indices, les plus lointains dans le temps. Vers douze ans, quand j'accompagnais ma mère au marché aux Puces de Clignancourt, un juif polonais vendait des valises, à droite, au début de l'une de ces allées bordées de stands, marché Malik, marché Vernaison... Des valises luxueuses, en cuir, en crocodile, d'autres en carton bouilli, des sacs de voyage, des malles-cabine portant des étiquettes de compagnies transatlantiques – toutes empilées les unes sur les autres. Son stand à lui était à ciel ouvert. Il avait toujours au coin des lèvres une cigarette et, un après-midi, il m'en avait offert une.

Je suis allé quelquefois au cinéma, boulevard Ornano. Au Clignancourt Palace, à la fin du boulevard, à côté du «Verse Toujours». Et à l'Ornano 43.

J'ai appris plus tard que l'Ornano 43 était un très ancien cinéma. On l'avait reconstruit au cours des années trente, en lui donnant une allure de paquebot. Je suis retourné dans ces parages au mois de mai 1996. Un magasin a remplacé le cinéma. On traverse la rue Hermel et l'on arrive devant l'immeuble du 41 boulevard Ornano, l'adresse indiquée dans l'avis de recherche de Dora Bruder.

Un immeuble de cinq étages de la fin du XIX<sup>e</sup> siècle. Il forme avec le 39 un bloc entouré par le boulevard, le débouché de la rue Hermel et la rue du Simplon qui passe derrière les deux immeubles. Ceux-ci sont semblables. Le 39 porte une inscription indiquant le nom de son architecte, un certain Richefeu, et la date de sa construction : 1881. Il en va certainement de même pour le 41.

Avant la guerre et jusqu'au début des années cinquante, le 41 boulevard Ornano était un hôtel, ainsi que le 39, qui s'appelait l'hôtel du Lion d'Or. Au 39 également, avant la guerre, un café-restaurant tenu par un certain Gazal. Je n'ai pas retrouvé le nom de l'hôtel du 41. Au début des années cinquante, figure à cette adresse une Société Hôtel et Studios Ornano, Montmartre 12-54. Et aussi, comme avant la guerre, un café dont le patron s'appelait Marchal. Ce café n'existe plus. Occupait-il le côté droit ou le côté gauche de la porte cochère ?

Celle-ci ouvre sur un assez long couloir. Tout au fond, l'escalier part vers la droite.

Il faut longtemps pour que resurgisse à la lumière ce qui a été effacé. Des traces subsistent dans des registres et l'on ignore où ils sont cachés et quels gardiens veillent sur eux et si ces gardiens consentiront à vous les montrer. Ou peut-être ont-ils oublié tout simplement que ces registres existaient.

Il suffit d'un peu de patience.

Ainsi, j'ai fini par savoir que Dora Bruder et ses parents habitaient déjà l'hôtel du boulevard Ornano dans les années 1937 et 1938. Ils occupaient une chambre avec cuisine au cinquième étage, là où un balcon de fer court autour des deux immeubles. Une dizaine de fenêtres, à ce cinquième étage. Deux ou trois donnent sur le boulevard et les autres sur la fin de la rue Hermel et, derrière, sur la rue du Simplon.

Ce jour de mai 1996 où je suis revenu dans le quartier, les volets rouillés des deux premières fenêtres du cinquième étage qui donnaient rue du Simplon étaient fermés, et devant ces fenêtres, sur le balcon, j'ai remarqué tout un amas d'objets hétéroclites qui semblaient abandonnés là depuis longtemps.

Au cours des deux ou trois années qui ont précédé la guerre, Dora Bruder devait être inscrite dans l'une des écoles communales du quartier. J'ai écrit une lettre au directeur de chacune d'elles en lui demandant s'il pouvait retrouver son nom sur les registres :

8 rue Ferdinand-Flocon.

20 rue Hermel.

7 rue Championnet.

61 rue de Clignancourt.

Ils m'ont répondu gentiment. Aucun n'avait retrouvé ce nom dans la liste des élèves des classes d'avant-guerre. Enfin, le

directeur de l'ancienne école de filles du 69 rue Championnet
m'a proposé de venir consulter moi-même les registres. Un jour,
j'irai. Mais j'hésite. Je veux encore espérer que son nom figure
là-bas. C'était l'école la plus proche de son domicile.

J'ai mis quatre ans avant de découvrir la date exacte de
sa naissance: le 25 février 1926. Et deux ans ont encore été
nécessaires pour connaître le lieu de cette naissance: Paris,
XIIᵉ arrondissement. Mais je suis patient. Je peux attendre des
heures sous la pluie.

Un vendredi après-midi de février 1996, je suis allé à la mairie
du XIIᵉ arrondissement, service de l'état civil. Le préposé de ce
service – un jeune homme – m'a tendu une fiche que je devais
remplir:

«Demandeur au guichet: Mettez votre
Nom
Prénom
Adresse
Je demande la copie intégrale d'acte de naissance concernant:
Nom BRUDER    Prénom    DORA
Date de naissance: 25 février 1926
Cochez si vous êtes:
L'intéressé demandeur
Le père ou la mère
Le grand-père ou la grand-mère
Le fils ou la fille
Le conjoint ou la conjointe
Le représentant légal
Vous avez une procuration plus une carte d'identité de
l'intéressé(e)
En dehors de ces personnes, il ne sera pas délivré de copie
d'acte de naissance.»

J'ai signé la fiche et je la lui ai tendue. Après l'avoir consultée,
il m'a dit qu'il ne pouvait pas me donner la copie intégrale de

l'acte de naissance : je n'avais aucun lien de parenté avec cette personne. Un moment, j'ai pensé qu'il était l'une de ces sentinelles de l'oubli chargées de garder un secret honteux, et d'interdire à ceux qui le voulaient de retrouver la moindre trace de l'existence de quelqu'un. Mais il avait une bonne tête. Il m'a conseillé de demander une dérogation au Palais de Justice, 2 boulevard du Palais, 3e section de l'état civil, 5e étage, escalier 5, bureau 501. Du lundi au vendredi, de 14 à 16 heures.

Au 2 boulevard du Palais, je m'apprêtais à franchir les grandes grilles et la cour principale, quand un planton m'a indiqué une autre entrée, un peu plus bas : celle qui donnait accès à la Sainte-Chapelle. Une queue de touristes attendait, entre les barrières, et j'ai voulu passer directement sous le porche, mais un autre planton, d'un geste brutal, m'a signifié de faire la queue avec les autres.

Au bout d'un vestibule, le règlement exigeait que l'on sorte tous les objets en métal qui étaient dans vos poches. Je n'avais sur moi qu'un trousseau de clés. Je devais le poser sur une sorte de tapis roulant et le récupérer de l'autre côté d'une vitre, mais sur le moment je n'ai rien compris à cette manœuvre. À cause de mon hésitation, je me suis fait un peu rabrouer par un autre planton. Était-ce un gendarme ? Un policier ? Fallait-il aussi que je lui donne, comme à l'entrée d'une prison, mes lacets, ma ceinture, mon portefeuille ?

J'ai traversé une cour, je me suis engagé dans un couloir, j'ai débouché dans un hall très vaste où marchaient des hommes et des femmes qui tenaient à la main des serviettes noires et dont quelques-uns portaient des robes d'avocat. Je n'osais pas leur demander par où l'on accédait à l'escalier 5.

Un gardien assis derrière une table m'a indiqué l'extrémité du hall. Et là j'ai pénétré dans une salle déserte dont les fenêtres en surplomb laissaient passer un jour grisâtre. J'avais beau arpenter cette salle, je ne trouvais pas l'escalier 5. J'étais pris de cette panique et de ce vertige que l'on ressent dans les mauvais rêves, lorsqu'on ne parvient pas à rejoindre une gare et que l'heure avance et que l'on va manquer le train.

Il m'était arrivé une aventure semblable, vingt ans auparavant. J'avais appris que mon père était hospitalisé à la Pitié-Salpêtrière.

Je ne l'avais plus revu depuis la fin de mon adolescence. Alors, j'avais décidé de lui rendre visite à l'improviste. Je me souviens d'avoir erré pendant des heures à travers l'immensité de cet hôpital, à sa recherche. J'entrais dans des bâtiments très anciens, dans des salles communes où étaient alignés des lits, je questionnais des infirmières qui me donnaient des renseignements contradictoires. Je finissais par douter de l'existence de mon père en passant et repassant devant cette église majestueuse et ces corps de bâtiment irréels, intacts depuis le xviiie siècle et qui m'évoquaient Manon Lescaut et l'époque où ce lieu servait de prison aux filles, sous le nom sinistre d'Hôpital Général, avant qu'on les déporte en Louisiane. J'ai arpenté les cours pavées jusqu'à ce que le soir tombe. Impossible de trouver mon père. Je ne l'ai plus jamais revu.

Mais j'ai fini par découvrir l'escalier 5. J'ai monté les étages. Une suite de bureaux. On m'a indiqué celui qui portait le numéro 501. Une femme aux cheveux courts, l'air indifférent, m'a demandé ce que je voulais.

D'une voix sèche, elle m'a expliqué que pour obtenir cet extrait d'acte de naissance, il fallait écrire à M. le procureur de la République, Parquet de grande instance de Paris, 14 quai des Orfèvres, 3e section B.

Au bout de trois semaines, j'ai obtenu une réponse.

« Le vingt-cinq février mil neuf cent vingt-six, vingt et une heures dix, est née, rue Santerre 15, Dora, de sexe féminin, de Ernest Bruder né à Vienne (Autriche) le vingt et un mai mil huit cent quatre-vingt-dix-neuf, manœuvre, et de Cécile Burdej, née à Budapest (Hongrie) le dix-sept avril mil neuf cent sept, sans profession, son épouse, domiciliés à Sevran (Seine-et-Oise) avenue Liégeard 2. Dressé le vingt-sept février mil neuf cent vingt-six, quinze heures trente, sur la déclaration de Gaspard Meyer, soixante-treize ans, employé et domicilié rue de Picpus 76, ayant assisté à l'accouchement, qui, lecture faite, a signé avec Nous, Auguste Guillaume Rosi, adjoint au maire du douzième arrondissement de Paris. »

Le 15 de la rue Santerre est l'adresse de l'hôpital Rothschild. Dans le service maternité de celui-ci sont nés, à la même époque que Dora, de nombreux enfants de familles juives pauvres qui venaient d'immigrer en France. Il semble qu'Ernest Bruder n'ait pas pu s'absenter de son travail pour déclarer lui-même sa fille ce jeudi 25 février 1926, à la mairie du XII<sup>e</sup> arrondissement. Peut-être trouverait-on sur un registre quelques indications concernant Gaspard Meyer, qui a signé au bas de l'acte de naissance. Le 76 rue de Picpus, là où il était « employé et domicilié », était l'adresse de l'hospice de Rothschild, créé pour les vieillards et les indigents.

Les traces de Dora Bruder et de ses parents, cet hiver de 1926, se perdent dans la banlieue nord-est, au bord du canal de l'Ourcq. Un jour, j'irai à Sevran, mais je crains que là-bas les maisons et les rues aient changé d'aspect, comme dans toutes les banlieues. Voici les noms de quelques établissements, de quelques habitants de l'avenue Liégeard de ce temps-là : le Trianon de Freinville occupait le 24. Un café ? Un cinéma ? Au 31, il y avait les Caves de l'Île-de-France. Un docteur Jorand était au 9, un pharmacien, Platel, au 30.

Cette avenue Liégeard où habitaient les parents de Dora faisait partie d'une agglomération qui s'étendait sur les communes de Sevran, de Livry-Gargan et d'Aulnay-sous-Bois, et que l'on avait appelée Freinville. Le quartier était né autour de l'usine de freins Westinghouse, venue s'installer là au début du siècle. Un quartier d'ouvriers. Il avait essayé de conquérir l'autonomie communale dans les années trente, sans y parvenir. Alors, il avait continué de dépendre des trois communes voisines. Il avait quand même sa gare : Freinville.

Ernest Bruder, le père de Dora, était sûrement, en cet hiver de 1926, manœuvre à l'usine de freins Westinghouse.

Ernest Bruder. Né à Vienne, Autriche, le 21 mai 1899. Il a dû passer son enfance à Leopoldstadt, le quartier juif de cette ville. Ses parents à lui étaient sans doute originaires de Galicie, de Bohême ou de Moravie, comme la plupart des juifs de Vienne, qui venaient des provinces de l'est de l'Empire.

En 1965, j'ai eu vingt ans, à Vienne, la même année où je fréquentais le quartier Clignancourt. J'habitais Taubstummengasse, derrière l'église Saint-Charles. J'avais passé quelques nuits dans un hôtel borgne, près de la gare de l'Ouest. Je me souviens des soirs d'été à Sievering et à Grinzing, et dans les parcs où jouaient des orchestres. Et d'un petit cabanon au milieu d'une sorte de jardin ouvrier, du côté d'Heilingenstadt. Ces samedis et ces dimanches de juillet, tout était fermé, même le café Hawelka. La ville était déserte. Sous le soleil, le tramway glissait à travers les quartiers du nord-ouest jusqu'au parc de Pötzleinsdorf.

Un jour, je retournerai à Vienne que je n'ai pas revue depuis plus de trente ans. Peut-être retrouverai-je l'acte de naissance d'Ernest Bruder dans le registre d'état civil de Vienne. Je saurai les lieux de naissance de ses parents. Et où était leur domicile, quelque part dans cette zone du deuxième arrondissement que bordent la gare du Nord, le Prater, le Danube.

Il a connu, enfant et adolescent, la rue du Prater avec ses cafés, son théâtre où jouaient les Budapester. Et le pont de Suède. Et la cour de la Bourse du commerce, du côté de la Taborstrasse. Et le marché des Carmélites.

À Vienne, en 1919, ses vingt ans ont été plus durs que les miens. Depuis les premières défaites des armées autrichiennes, des dizaines de milliers de réfugiés fuyant la Galicie, la Bukovine ou l'Ukraine étaient arrivés par vagues successives, et s'entassaient dans les taudis autour de la gare du Nord. Une ville à la dérive, coupée de son empire qui n'existait plus. Ernest Bruder ne devait pas se distinguer de ces groupes de chômeurs errant à travers les rues aux magasins fermés.

Peut-être était-il d'origine moins misérable que les réfugiés de l'Est? Fils d'un commerçant de la Taborstrasse? Comment le savoir?

Sur une petite fiche parmi des milliers d'autres établies une vingtaine d'années plus tard pour organiser les rafles de l'Occupation et qui traînaient jusqu'à ce jour au ministère des Anciens Combattants, il est indiqué qu'Ernest Bruder a été «2ᵉ classe, légionnaire français». Il s'est donc engagé dans la Légion étrangère sans que je puisse préciser à quelle date. 1919? 1920?

On s'engageait pour cinq ans. Il n'était même pas besoin de gagner la France, il suffisait de se présenter dans un consulat français. Ernest Bruder l'a-t-il fait en Autriche? Ou bien était-il déjà en France à ce moment-là? En tout cas, il est probable qu'on l'a dirigé, avec d'autres Allemands et Autrichiens comme lui, vers les casernes de Belfort et de Nancy, où on ne les traitait pas avec beaucoup de ménagement. Puis c'était Marseille et le fort Saint-Jean, et là non plus l'accueil n'était pas très chaleureux. Ensuite la traversée : il paraît que Lyautey avait besoin de trente mille soldats au Maroc.

J'essaye de reconstituer le périple d'Ernest Bruder. La prime que l'on touche à Sidi Bel Abbès. La plupart des engagés – Allemands, Autrichiens, Russes, Roumains, Bulgares – se trouvent dans un tel état de misère qu'ils sont stupéfaits qu'on puisse leur donner cette prime. Ils n'y croient pas. Vite, ils glissent l'argent dans leur poche, comme si on allait le leur reprendre. Puis c'est l'entraînement, les courses sur les dunes, les marches interminables sous le soleil de plomb de l'Algérie. Les engagés venant de l'Europe centrale comme Ernest Bruder ont du mal à supporter cet entraînement : ils avaient été sous-alimentés pendant leur adolescence, à cause du rationnement des quatre années de guerre.

Ensuite, les casernes de Meknès, de Fez ou de Marrakech. On les envoie en opération afin de pacifier les territoires encore insoumis du Maroc.

Avril 1920. Combat à Bekrit et au Ras-Tarcha. Juin 1921. Combat du bataillon de la légion du commandant Lambert sur le Djebel Hayane. Mars 1922. Combat du Chouf-ech-Cherg. Capitaine Roth. Mai 1922. Combat du Tizi Adni. Bataillon de légion Nicolas. Avril 1923. Combat d'Arbala. Combats de la tache de Taza. Mai 1923. Engagements très durs à Bab-Brida du Talrant que les légionnaires du commandant Naegelin enlèvent sous un feu intense. Dans la nuit du 26, le bataillon de légion Naegelin occupe par surprise le massif de l'Ichendirt. Juin 1923. Combat du Tadout. Le bataillon de la légion Naegelin enlève la crête. Les légionnaires plantent le pavillon tricolore sur une grande casbah, au son des clairons. Combat de l'Oued Athia où le bataillon de légion Barrière doit charger deux fois à la baïonnette. Le bataillon de légion Buchsenschutz enlève les retranchements du piton sud du Bou-Khamouj. Combat de la cuvette d'El-Mers. Juillet 1923. Combat du plateau d'Immouzer. Bataillon de légion Cattin. Bataillon de légion Buchsenschutz. Bataillon de légion Susini et Jenoudet. Août 1923. Combat de l'Oued Tamghilt.

La nuit, dans ce paysage de sable et de caillasses, rêvait-il à Vienne, sa ville natale, aux marronniers de la Hauptallee ? La petite fiche d'Ernest Bruder, « 2e classe légionnaire français », indique aussi : « mutilé de guerre 100 % ». Dans lequel de ces combats a-t-il été blessé ?

À vingt-cinq ans, il s'est retrouvé sur le pavé de Paris. On avait dû le libérer de son engagement à la Légion à cause de sa blessure. Je suppose qu'il n'en a parlé à personne. Et cela n'intéressait personne. On ne lui a pas donné la nationalité française. La seule fois où j'ai vu mentionner sa blessure, c'était bien dans l'une des fiches de police qui servaient aux rafles de l'Occupation.

En 1924, Ernest Bruder se marie avec une jeune fille de seize ans, Cécile Burdej, place Jules-Joffrin, à la mairie du XVIII<sup>e</sup> arrondissement:

« Le douze avril mil neuf cent vingt-quatre, onze heures vingt-huit minutes, devant nous ont comparu publiquement en la mairie: Ernest Bruder, manœuvre, né à Vienne (Autriche) le vingt et un mai mil huit cent quatre-vingt-dix-neuf, vingt-quatre ans, domicilié à Paris, 17 rue Bachelet, fils de Jacob Bruder et de Adèle Vaschitz, époux décédés, d'une part / et Cécile Burdej, couturière, née à Budapest (Hongrie) le dix-sept avril mille neuf cent sept, seize ans, domiciliée à Paris 17 rue Bachelet, chez ses père et mère, fille de Erichel Burdej, tailleur, et de Dincze Kutinea son épouse.

En présence de Oscar Valdmann, représentant, 56 rue Labat, et de Simon Sirota, tailleur, 20 rue Custine, témoins majeurs, qui lecture faite ont signé avec les époux et Nous Étienne Ardely adjoint au maire du XVIII<sup>e</sup> arrondissement de Paris. Les père et mère de l'épouse ont déclaré ne savoir signer. »

Cécile Burdej était arrivée de Budapest à Paris, l'année précédente, avec ses parents, ses quatre sœurs et son frère. Une famille juive originaire de Russie, mais qui s'était sans doute fixée à Budapest au début du siècle.

La vie était aussi dure à Budapest qu'à Vienne, après la Première Guerre, et il fallut encore fuir vers l'ouest. Ils avaient échoué à Paris, à l'asile israélite de la rue Lamarck. Dans le mois de leur arrivée rue Lamarck, trois des filles, âgées de quatorze ans, de douze ans et de dix ans, étaient mortes de la fièvre typhoïde.

La rue Bachelet où habitaient Cécile et Ernest Bruder au moment de leur mariage est une toute petite rue sur la pente sud de Montmartre. Le 17 était un hôtel où Ernest Bruder se réfugia sans doute à son retour de la Légion. Je suppose que c'est là qu'il a connu Cécile. Il y avait encore à cette adresse un «café-hôtel» en 1964. Depuis, un immeuble a été construit à l'emplacement du 17 et du 15. Il porte seulement le numéro 15. On a jugé plus simple de ne garder qu'un seul numéro.

Les années qui ont suivi leur mariage, après la naissance de Dora, ils ont toujours habité dans des chambres d'hôtel.

Ce sont des personnes qui laissent peu de traces derrière elles. Presque des anonymes. Elles ne se détachent pas de certaines rues de Paris, de certains paysages de banlieue, où j'ai découvert, par hasard, qu'elles avaient habité. Ce que l'on sait d'elles se résume souvent à une simple adresse. Et cette précision topographique contraste avec ce que l'on ignorera pour toujours de leur vie – ce blanc, ce bloc d'inconnu et de silence.

J'ai retrouvé une nièce d'Ernest et de Cécile Bruder. Je lui ai parlé au téléphone. Les souvenirs qu'elle garde d'eux sont des souvenirs d'enfance, flous et précis en même temps. Elle se rappelle la gentillesse et la douceur de son oncle. C'est elle qui m'a donné les quelques détails que j'ai notés sur leur famille. Elle a entendu dire qu'avant d'habiter l'hôtel du boulevard Ornano, Ernest, Cécile Bruder et leur fille Dora avaient vécu dans un autre hôtel. Une rue qui donnait dans la rue des Poissonniers. Je regarde le plan, je lui cite les rues au fur et à mesure. Oui, c'était la rue Polonceau. Mais elle n'a jamais entendu parler de la rue Bachelet ni de Sevran, ni de Freinville ni de l'usine Westinghouse.

On se dit qu'au moins les lieux gardent une légère empreinte des personnes qui les ont habités. Empreinte : marque en creux ou en relief. Pour Ernest et Cécile Bruder, pour Dora, je dirai : en creux. J'ai ressenti une impression d'absence et de vide, chaque fois que je me suis trouvé dans un endroit où ils avaient vécu.

Deux hôtels, à cette époque, rue Polonceau : l'un, au 49, était tenu par un dénommé Rouquette. Dans l'annuaire, il figurait sous l'appellation «Hôtel Vin». Le second, au 32, avait pour patron un certain Charles Campazzi. Ces hôtels ne portaient pas de nom. Aujourd'hui, ils n'existent plus.

Vers 1968, je suivais souvent les boulevards, jusque sous les arches du métro aérien. Je partais de la place Blanche. En décembre, les baraques foraines occupaient le terre-plein. Les lumières décroissaient à mesure que l'on approchait du boulevard de la Chapelle. Je ne savais encore rien de Dora Bruder et de ses parents. Je me souviens que j'éprouvais une drôle de sensation en longeant le mur de l'hôpital Lariboisière, puis en passant au-dessus des voies ferrées, comme si j'avais pénétré dans la zone la plus obscure de Paris. Mais c'était simplement le contraste entre les lumières trop vives du boulevard de Clichy et le mur noir, interminable, la pénombre sous les arches du métro...

Dans mon souvenir, ce quartier de la Chapelle m'apparaît aujourd'hui tout en lignes de fuite à cause des voies ferrées, de la proximité de la gare du Nord, du fracas des rames de métro qui passaient très vite au-dessus de ma tête... Personne ne devait se fixer longtemps par ici. Un carrefour où chacun partait de son côté, aux quatre points cardinaux.

Et pourtant, j'ai relevé les adresses des écoles du quartier où je trouverais peut-être, dans les registres, le nom de Dora Bruder, si ces écoles existent encore :

École maternelle : 3 rue Saint-Luc.

Écoles primaires communales de filles : 11 rue Cavé, 43 rue des Poissonniers, impasse d'Oran.

Et les années se sont écoulées, porte de Clignancourt, jusqu'à la guerre. Je ne sais rien d'eux, au cours de ces années. Cécile Bruder travaillait-elle déjà comme «ouvrière fourreuse», ou bien «ouvrière en confection salariée», ainsi qu'il est écrit sur les fiches? D'après sa nièce, elle était employée dans un atelier, du côté de la rue du Ruisseau, mais elle n'en est pas sûre. Ernest Bruder était-il toujours manœuvre, non plus à l'usine Westinghouse de Freinville, mais quelque part dans une autre banlieue? Ou bien lui aussi avait-il trouvé une place dans un atelier de confection à Paris? Sur la fiche de lui qui a été faite pendant l'Occupation et où j'ai lu: «Mutilé de guerre 100 %. 2e classe, légionnaire français», il est écrit à côté du mot profession: «Sans».

Quelques photos de cette époque. La plus ancienne, le jour de leur mariage. Ils sont assis, accoudés à une sorte de guéridon. Elle est enveloppée d'un grand voile blanc qui semble noué sur le côté gauche de son visage et qui traîne jusqu'à terre. Il est en habit et porte un nœud papillon blanc. Une photo avec leur fille Dora. Ils sont assis, Dora debout entre eux: elle n'a pas plus de deux ans. Une photo de Dora, prise certainement à l'occasion d'une distribution des prix. Elle a douze ans, environ, elle porte une robe et des socquettes blanches. Elle tient dans la main droite un livre. Ses cheveux sont entourés d'une petite couronne dont on dirait que ce sont des fleurs blanches. Elle a posé sa main gauche sur le rebord d'un grand cube blanc ornementé de barres noires aux motifs géométriques, et ce cube blanc doit être là pour le décor. Une autre photo, prise dans le même lieu, à la même époque et peut-être le même jour: on reconnaît le carrelage du sol et ce grand cube blanc aux motifs noirs géométriques sur lequel est assise Cécile Bruder. Dora est debout à sa gauche dans une robe à col, le bras gauche replié devant elle afin de poser la main sur l'épaule de sa mère. Une autre photo de Dora et de sa mère : Dora a environ douze ans, les cheveux plus courts que sur la photo précédente. Elles sont debout devant ce qui semble un vieux mur, mais qui doit être le panneau du photographe. Elles portent toutes les deux une robe noire et un col blanc. Dora se tient légèrement devant sa mère et à sa droite. Une photo de forme ovale où Dora est un peu plus âgée treize, quatorze ans, les cheveux plus longs – et où ils sont tous les trois comme en file indienne, mais le visage face à l'objectif : d'abord Dora et sa mère, toutes deux en chemisier blanc, et Ernest Bruder, en veste et cravate. Une photo de Cécile Bruder, devant ce qui semble un pavillon de banlieue. Au premier plan, à gauche, une masse de lierre recouvre le mur. Elle est assise sur le bord de trois marches en ciment. Elle porte une robe claire d'été. Au fond, la silhouette d'un enfant, de dos, les jambes et les bras nus, en tricot noir ou en maillot de bain. Dora ? Et la façade d'un autre pavillon derrière une barrière de bois, avec un porche et une seule fenêtre à l'étage. Où cela peut-il être ?

Une photo plus ancienne de Dora seule, à neuf ou dix ans. On dirait qu'elle est sur un toit, juste dans un rayon de soleil, avec de l'ombre tout autour. Elle porte une blouse et des socquettes blanches, elle tient son bras gauche replié sur sa hanche et elle a posé le pied droit sur le rebord de béton de ce qui pourrait être une grande cage ou une grande volière, mais on ne distingue pas, à cause de l'ombre, les animaux ou les oiseaux qui y sont enfermés. Ces ombres et ces taches de soleil sont celles d'un jour d'été.

Il y a eu d'autres journées d'été dans le quartier Clignancourt. Ses parents ont emmené Dora au cinéma Ornano 43. Il suffisait de traverser la rue. Ou bien y est-elle allée toute seule ? Très jeune, selon sa cousine, elle était déjà rebelle, indépendante, cavaleuse. La chambre d'hôtel était bien trop exiguë pour trois personnes.

Petite, elle a dû jouer dans le square Clignancourt. Le quartier, par moments, ressemblait à un village. Le soir, les voisins disposaient des chaises sur les trottoirs et bavardaient entre eux. On allait boire une limonade à la terrasse d'un café. Quelquefois, des hommes, dont on ne savait pas si c'étaient de vrais chevriers ou des forains, passaient avec quelques chèvres et vendaient un grand verre de lait pour dix sous. La mousse vous faisait une moustache blanche.

À la porte de Clignancourt, le bâtiment et la barrière de l'octroi. À gauche, entre les blocs d'immeubles du boulevard Ney et le marché aux Puces, s'étendait tout un quartier de baraques, de hangars, d'acacias et de maisons basses que l'on a détruit. Vers quatorze ans, ce terrain vague m'avait frappé. J'ai cru le reconnaître sur deux ou trois photos, prises l'hiver : une sorte d'esplanade où l'on voit passer un autobus. Un camion est à l'arrêt, on dirait pour toujours. Un champ de neige au bord duquel attendent une roulotte et un cheval noir. Et, tout au fond, la masse brumeuse des immeubles.

Je me souviens que pour la première fois, j'avais ressenti le vide que l'on éprouve devant ce qui a été détruit, rasé net. Je ne connaissais pas encore l'existence de Dora Bruder. Peut-être — mais j'en suis sûr — s'est-elle promenée là, dans cette zone qui m'évoque les rendez-vous d'amour secrets, les pauvres bonheurs perdus. Il flottait encore par ici des souvenirs de campagne, les rues s'appelaient : allée du Puits, allée du Métro, allée des Peupliers, impasse des Chiens.

Le 9 mai 1940, Dora Bruder, à quatorze ans, est inscrite dans un internat religieux, l'œuvre du Saint-Cœur-de-Marie, que dirigent les Sœurs des Écoles chrétiennes de la Miséricorde, au 60, 62 et 64 rue de Picpus, dans le XII<sup>e</sup> arrondissement. Le registre de l'internat porte les mentions suivantes :

« Nom et prénom : Bruder, Dora
Date et lieu de naissance : 25 février 1926 Paris XII<sup>e</sup> de Ernest et de Cécile Burdej, père et mère
Situation de famille : enfant légitime
Date et conditions d'admission : 9 mai 1940
Pension complète
Date et motif de sortie :
14 décembre 1941
Suite de fugue. »

Pour quelles raisons ses parents l'ont-ils inscrite dans cet internat ? Sans doute parce qu'il était difficile de continuer d'habiter à trois dans la chambre d'hôtel du boulevard Ornano. Je me suis demandé si Ernest et Cécile Bruder n'étaient pas sous la menace d'une mesure d'internement, en qualité de « ressortissants du Reich » et « ex-Autrichiens », l'Autriche n'existant plus depuis 1938 et faisant partie désormais du « Reich ».

On avait interné, à l'automne 1939, les ressortissants du « Reich » et les ex-Autrichiens de sexe masculin dans des camps de « rassemblement ». On les avait divisés en deux catégories : suspects et non-suspects. Les non-suspects avaient été rassemblés au stade Yves-du-Manoir, à Colombes. Puis, en décembre, ils avaient rejoint des groupements dits « de prestataires étrangers». Ernest Bruder avait-il fait partie de ces prestataires?

Le 13 mai 1940, quatre jours après l'arrivée de Dora au pensionnat du Saint-Cœur-de-Marie, c'était au tour des femmes ressortissantes du Reich et ex-autrichiennes d'être convoquées au Vélodrome d'hiver, et d'y être internées pendant treize jours. Puis, à l'approche des troupes allemandes, on les avait transportées dans les Basses-Pyrénées, au camp de Gurs. Cécile Bruder avait-elle reçu elle aussi une convocation?

On vous classe dans des catégories bizarres dont vous n'avez jamais entendu parler et qui ne correspondent pas à ce que vous êtes réellement. On vous convoque. On vous interne. Vous aimeriez bien comprendre pourquoi.

Je me demande aussi par quel hasard Cécile et Ernest Bruder ont connu l'existence de ce pensionnat du Saint-Cœur-de-Marie. Qui leur avait donné le conseil d'y inscrire Dora?

Déjà, à quatorze ans, je suppose qu'elle avait fait preuve d'indépendance, et le caractère rebelle dont m'a parlé sa cousine s'était sans doute manifesté. Ses parents ont jugé qu'elle avait besoin d'une discipline. Les élèves, au pensionnat du Saint-Cœur-de-Marie, étaient des filles d'origine modeste et l'on peut lire sur la note biographique de la supérieure de cet établissement, au temps où Dora y était interne: «Des enfants souvent privés de famille ou relevant de cas sociaux, ceux pour qui le Christ a toujours manifesté sa préférence.» Et, dans une brochure consacrée aux Sœurs des Écoles chrétiennes de la Miséricorde: «La fondation du Saint-Cœur-de-Marie était appelée à rendre d'éminents services aux enfants et jeunes filles de familles déshéritées de la capitale.»

Il y avait environ trois cents pensionnaires. Les «grandes» de douze à seize ans étaient divisées en deux catégories: les «classes» et les «ouvroirs». Les «classes» préparaient au brevet élémentaire, les «ouvroirs» au brevet d'art ménager. Dora Bruder était-elle aux «ouvroirs» ou aux «classes»? Ces Sœurs des Écoles chrétiennes de la Miséricorde, dont la maison mère était l'ancienne abbaye de Saint-Sauveur-le-Vicomte, en Normandie, avaient ouvert l'œuvre du Saint-Cœur-de-Marie en 1852, rue de Picpus. Il s'agissait, dès cette époque, d'un internat professionnel pour cinq cents filles d'ouvriers, avec soixante-quinze sœurs.

Au moment de la débâcle de juin 1940, les élèves et les sœurs quittent Paris et se réfugient en Maine-et-Loire. Dora a dû partir avec elles dans les derniers trains bondés, que l'on pouvait encore prendre gare d'Orsay ou d'Austerlitz. Elles ont suivi le long cortège des réfugiés sur les routes qui descendaient vers la Loire.

Le retour à Paris, en juillet. La vie d'internat. J'ignore quel uniforme portaient les pensionnaires. Tout simplement, les vêtements signalés dans l'avis de recherche de Dora, en décembre 1941 : pull-over bordeaux, jupe bleu marine, chaussures sport marron ? Et une blouse pardessus ? Je devine à peu près les horaires des journées. Lever vers six heures. Chapelle. Salle de classe. Réfectoire. Salle de classe. Cour de récréation. Réfectoire. Salle de classe. Étude du soir. Chapelle. Dortoir. Sorties, les dimanches. Je suppose qu'entre ces murs la vie était rude pour ces filles à qui le Christ avait toujours manifesté sa préférence.

D'après ce qu'on m'a dit, les Sœurs des Écoles chrétiennes de la rue de Picpus avaient créé une colonie de vacances à Béthisy. Était-ce à Béthisy-Saint-Martin ou à Béthisy-Saint-Pierre ? Les deux villages sont dans l'arrondissement de Senlis, dans le Valois. Dora Bruder y a peut-être passé quelques jours avec ses camarades, l'été 1941.

Les bâtiments du Saint-Cœur-de-Marie n'existent plus. Leur ont succédé des immeubles récents qui laissent supposer que le pensionnat occupait un vaste terrain. Je n'ai aucune photo de ce pensionnat disparu. Sur un vieux plan de Paris, il est écrit à son emplacement : «Maison d'éducation religieuse.» On y voit quatre petits carrés et une croix figurant les bâtiments et la chapelle du pensionnat. Et la découpe du terrain, une bande étroite et profonde, allant de la rue de Picpus à la rue de Reuilly. Sur le plan, en face du pensionnat, de l'autre côté de la rue de Picpus, se succèdent la congrégation de la Mère de Dieu, puis les Dames de l'Adoration et l'Oratoire de Picpus, avec le cimetière où sont enterrées, dans une fosse commune, plus de mille victimes qui ont été guillotinées pendant les derniers mois de la Terreur. Sur le même trottoir que le pensionnat, et presque mitoyen de celui-ci, le grand terrain des Dames de Sainte-Clotilde. Puis les Dames Diaconesses où je me suis fait soigner, un jour, à dix-huit ans. Je me souviens du jardin des Diaconesses. J'ignorais à l'époque que cet établissement avait servi pour la rééducation des filles. Un peu comme le Saint-Cœur-de-Marie. Un peu comme le Bon-Pasteur. Ces endroits, où l'on vous enfermait sans que vous sachiez très bien si vous en sortiriez un jour, portaient décidément de drôles de noms : Bon-Pasteur d'Angers. Refuge de Darnetal. Asile Sainte-Madeleine de Limoges. Solitude-de-Nazareth.

Solitude.

Le Saint-Cœur-de-Marie, 60, 62 et 64 rue de Picpus, était situé au coin de cette rue et de la rue de la Gare-de-Reuilly. Celle-ci, du temps où Dora était pensionnaire, avait encore un aspect campagnard. Sur son côté impair courait un haut mur ombragé par les arbres du couvent.

Les rares détails que j'ai pu réunir sur ces lieux, tels que Dora Bruder les a vus chaque jour pendant près d'un an et demi, sont les suivants : le grand jardin longeait donc la rue de la Gare-de-Reuilly, et chacun des trois bâtiments principaux, sur la rue de Picpus, était séparé par une cour. Derrière eux s'étendaient leurs dépendances autour d'une chapelle. Près de celle-ci, sous une statue de la Vierge et des rochers figurant une grotte, avait été creusé le caveau funéraire des membres de la famille de Madré, bienfaitrice de ce pensionnat. On appelait ce monument « la grotte de Lourdes ».

J'ignore si Dora Bruder s'était fait des amies au Saint-Cœur-de-Marie. Ou bien si elle demeurait à l'écart des autres. Tant que je n'aurai pas recueilli le témoignage de l'une de ses anciennes camarades, je serai réduit aux suppositions. Il doit bien exister aujourd'hui à Paris, ou quelque part dans la banlieue, une femme d'environ soixante-dix ans qui se souvienne de sa voisine de classe ou de dortoir d'un autre temps – cette fille qui s'appelait Dora, 15 ans, 1 m 55, visage ovale, yeux gris marron, manteau sport gris, pull-over bordeaux, jupe et chapeau bleu marine, chaussures sport marron.

En écrivant ce livre, je lance des appels, comme des signaux de phare dont je doute malheureusement qu'ils puissent éclairer la nuit. Mais j'espère toujours.

La supérieure de ce temps-là, au Saint-Cœur-de-Marie, s'appelait mère Marie-Jean-Baptiste. Elle était née – nous dit sa notice biographique – en 1903. Après son noviciat, elle avait été envoyée à Paris, à la maison du Saint-Cœur-de-Marie, où elle est demeurée dix-sept ans, de 1929 à 1946. Elle avait à peine quarante ans, lorsque Dora Bruder y fut pensionnaire.

Elle était – d'après la notice – « indépendante et généreuse », et dotée d'« une forte personnalité ». Elle est morte en 1985, trois ans avant que je connaisse l'existence de Dora Bruder. Elle devait certainement se souvenir d'elle – ne serait-ce qu'à cause de sa fugue. Mais, après tout, qu'aurait-elle pu m'apprendre ? Quelques détails, quelques petits faits quotidiens ? Si généreuse qu'elle fût, elle n'a certainement pas deviné ce qui se passait dans la tête de Dora Bruder, ni comment celle-ci vivait sa vie de pensionnaire ni la manière dont elle voyait chaque matin et chaque soir la chapelle, les faux rochers de la cour, le mur du jardin, la rangée des lits du dortoir.

J'ai retrouvé une femme qui a connu, en 1942, ce pensionnat, quelques mois après que Dora Bruder avait fait sa fugue. Elle était plus jeune que Dora, elle avait une dizaine d'années. Et le souvenir qu'elle a gardé du Saint-Cœur-de-Marie n'est qu'un souvenir d'enfance. Elle vivait seule avec sa mère, une juive d'origine polonaise, rue de Chartres, dans le quartier de la

Goutte-d'Or, à quelques pas de la rue Polonceau où avaient habité Cécile, Ernest Bruder et Dora. Pour ne pas tout à fait mourir de faim, la mère travaillait en équipe de nuit dans un atelier où l'on fabriquait des moufles destinées à la Wehrmacht. La fille allait à l'école de la rue Jean-François-Lépine. À la fin de 1942, l'institutrice avait conseillé à sa mère de la cacher, à cause des rafles, et c'était sans doute elle qui lui avait indiqué l'adresse du Saint-Cœur-de-Marie.

On l'avait inscrite au pensionnat sous le nom de « Suzanne Albert » pour dissimuler ses origines. Bientôt elle était tombée malade. On l'avait envoyée à l'infirmerie. Là, il y avait un médecin. Au bout de quelque temps, comme elle refusait de manger, on n'avait plus voulu la garder.

Sans doute à cause de l'hiver et du black-out de ce temps-là elle se souvient que tout était noir dans ce pensionnat : les murs, les classes, l'infirmerie – sauf les coiffes blanches des sœurs. Selon elle, cela ressemblait plutôt à un orphelinat. Une discipline de fer. Pas de chauffage. On ne mangeait que des rutabagas. Les élèves faisaient la prière « à six heures », et j'ai oublié de lui demander si c'était six heures du matin ou six heures du soir.

L'été 1940 est passé, pour Dora, au pensionnat de la rue de Picpus. Elle allait certainement le dimanche retrouver ses parents qui occupaient encore la chambre d'hôtel du 41 boulevard Ornano. Je regarde le plan du métro et j'essaye d'imaginer le trajet qu'elle suivait. Pour éviter de trop nombreux changements de lignes, le plus simple était de prendre le métro à Nation, qui était assez proche du pensionnat. Direction Pont de Sèvres. Changement à Strasbourg-Saint-Denis. Direction Porte de Clignancourt. Elle descendait à Simplon, juste en face du cinéma et de l'hôtel.

Vingt ans plus tard, je prenais souvent le métro à Simplon. C'était toujours vers dix heures du soir. La station était déserte à cette heure-là et les rames ne venaient qu'à de longs intervalles.

Elle aussi devait suivre le même chemin de retour, le dimanche, en fin d'après-midi. Ses parents l'accompagnaient-ils ? À Nation, il fallait encore marcher, et le plus court était de rejoindre la rue de Picpus par la rue Fabre-d'Églantine.

C'était comme de retourner en prison. Les jours raccourcissaient. Il faisait déjà nuit lorsqu'elle traversait la cour en passant devant les faux rochers du monument funéraire. Elle suivait les couloirs. La chapelle, pour le Salut du dimanche soir. Puis, en rang, en silence, jusqu'au dortoir.

L'automne est venu. À Paris, les journaux du 2 octobre ont publié l'ordonnance selon laquelle les juifs devaient se faire recenser dans les commissariats. La déclaration du chef de famille était valable pour toute la famille. Afin d'éviter une trop longue attente, les intéressés étaient priés de se rendre, selon la première lettre de leur nom, aux dates indiquées au tableau ci-dessous...

La lettre B tombait le 4 octobre. Ce jour-là, Ernest Bruder est allé remplir le formulaire au commissariat du quartier Clignancourt. Mais il n'a pas déclaré sa fille. On donnait à chacun de ceux qui se faisaient recenser un numéro matricule qui, plus tard, figurerait sur son «fichier familial». Cela s'appelait le numéro de «dossier juif».

Ernest et Cécile Bruder avaient le numéro de dossier juif 49091. Mais Dora n'en avait aucun.

Peut-être Ernest Bruder a-t-il jugé qu'elle était hors d'atteinte, dans une zone franche, au pensionnat du Saint-Cœur-de-Marie et qu'il ne fallait pas attirer l'attention sur elle. Et que pour Dora, à quatorze ans, cette catégorie «juif» ne voulait rien dire. Au fond, qu'est-ce qu'ils entendaient exactement par le mot «juif»? Pour lui, il ne s'est même pas posé la question. Il avait l'habitude que l'administration le classe dans différentes catégories, et il l'acceptait, sans discuter. Manœuvre. Ex-Autrichien. Légionnaire français. Non-suspect. Mutilé 100 %. Prestataire étranger. Juif. Et sa femme Cécile aussi. Ex-Autrichienne. Non-suspecte. Ouvrière fourreuse. Juive. Seule Dora échappait encore à tous les classements et au numéro de dossier 49091.

Qui sait, elle aurait pu y échapper jusqu'à la fin. Il suffisait de rester entre les murs noirs du pensionnat et de se confondre avec eux ; et de respecter scrupuleusement le rythme des journées et des nuits sans se faire remarquer. Dortoir. Chapelle. Réfectoire. Cour. Salle de classe. Chapelle. Dortoir.

Le hasard avait voulu – mais était-ce vraiment le hasard – que dans ce pensionnat du Saint-Cœur-de-Marie, elle fût revenue à quelques dizaines de mètres de l'endroit où elle était née, en face, de l'autre côté de la rue. 15 rue Santerre. Maternité de l'hôpital Rothschild. La rue Santerre était dans le prolongement de celle de la Gare-de-Reuilly et du mur du pensionnat.

Un quartier calme, ombragé d'arbres. Il n'avait pas changé quand je m'y suis promené toute une journée, il y a vingt-cinq ans, au mois de juin 1971. De temps en temps, les averses d'été m'obligeaient à m'abriter sous un porche. Cet après-midi-là, sans savoir pourquoi, j'avais l'impression de marcher sur les traces de quelqu'un.

À partir de l'été 42, la zone qui entourait le Saint-Cœur-de-Marie est devenue particulièrement dangereuse. Les rafles se sont succédé pendant deux ans, à l'hôpital Rothschild, à l'orphelinat du même nom, rue Lamblardie, à l'hospice du 76 rue de Picpus, là où était employé et domicilié ce Gaspard Meyer qui avait signé l'acte de naissance de Dora. L'hôpital Rothschild était une souricière où l'on envoyait les malades du camp de Drancy pour les ramener au camp quelque temps plus tard, selon le bon vouloir des Allemands qui surveillaient le 15 rue Santerre, aidés par les membres d'une agence de police privée, l'agence Faralicq. Des enfants, des adolescents de l'âge de Dora ont été arrêtés, en grand nombre, à l'orphelinat Rothschild où ils se cachaient, rue Lamblardie, la première rue à droite après la rue de la Gare-de-Reuilly. Et dans cette rue de la Gare-de-Reuilly, juste en face du mur du collège, au 48 bis, ont été arrêtés neuf garçons et filles de l'âge de Dora, certains plus jeunes, et leur famille. Oui, la seule enclave qui demeurât préservée, c'était le jardin et la cour du pensionnat du Saint-Cœur-de-Marie. Mais à condition de n'en pas sortir, de demeurer oublié, à l'ombre de ces murs noirs, eux-mêmes noyés dans le couvre-feu.

J'ai écrit ces pages en novembre 1996. Les journées sont souvent pluvieuses. Demain nous entrerons dans le mois de décembre et cinquante-cinq ans auront passé depuis la fugue de Dora. La nuit tombe tôt et cela vaut mieux : elle efface la grisaille et la monotonie de ces jours de pluie où l'on se demande s'il fait vraiment jour et si l'on ne traverse pas un état intermédiaire, une sorte d'éclipse morne, qui se prolonge jusqu'à la fin de l'après-midi. Alors, les lampadaires, les vitrines, les cafés s'allument, l'air du soir est plus vif, le contour des choses plus net, il y a des embouteillages aux carrefours, les gens se pressent dans les rues. Et au milieu de toutes ces lumières et de cette agitation, j'ai peine à croire que je suis dans la même ville que celle où se trouvaient Dora Bruder et ses parents, et aussi mon père quand il avait vingt ans de moins que moi. J'ai l'impression d'être tout seul à faire le lien entre le Paris de ce temps-là et celui d'aujourd'hui, le seul à me souvenir de tous ces détails. Par moments, le lien s'amenuise et risque de se rompre, d'autres soirs la ville d'hier m'apparaît en reflets furtifs derrière celle d'aujourd'hui.

J'ai relu les livres cinquième et sixième des *Misérables.* Victor Hugo y décrit la traversée nocturne de Paris que font Cosette et Jean Valjean, traqués par Javert, depuis le quartier de la barrière Saint-Jacques jusqu'au Petit Picpus. On peut suivre sur un plan une partie de leur itinéraire. Ils approchent de la Seine. Cosette commence à se fatiguer. Jean Valjean la porte dans ses bras. Ils longent le Jardin des Plantes par les rues basses, ils arrivent sur le quai. Ils traversent le pont d'Austerlitz. À peine Jean Valjean a-t-il mis le pied sur la rive droite qu'il croit que des ombres s'engagent sur le pont. La seule manière de leur échapper — pense-t-il — c'est de suivre la petite rue du Chemin-Vert-Saint-Antoine.

Et soudain, on éprouve une sensation de vertige, comme si Cosette et Jean Valjean, pour échapper à Javert et à ses policiers, basculaient dans le vide : jusque-là, ils traversaient les vraies rues du Paris réel, et brusquement ils sont projetés dans le quartier d'un Paris imaginaire que Victor Hugo nomme le Petit Picpus. Cette sensation d'étrangeté est la même que celle qui vous prend lorsque vous marchez en rêve dans un quartier inconnu. Au réveil, vous réalisez peu à peu que les rues de ce quartier étaient décalquées sur celles qui vous sont familières le jour.

Et voici ce qui me trouble : au terme de leur fuite, à travers ce quartier dont Hugo a inventé la topographie et les noms de rues, Cosette et Jean Valjean échappent de justesse à une patrouille de police en se laissant glisser derrière un mur. Ils se retrouvent dans un « jardin fort vaste et d'un aspect singulier : un de ces jardins tristes qui semblent faits pour être regardés l'hiver et la nuit ». C'est le jardin d'un couvent où ils se cacheront tous les deux et que Victor Hugo situe exactement au 62 de la rue du Petit-Picpus, la même adresse que le pensionnat du Saint-Cœur-de-Marie où était Dora Bruder.

« À l'époque où se passe cette histoire – écrit Hugo – un pensionnat était joint au couvent [...]. Ces jeunes filles [...] étaient vêtues de bleu avec un bonnet blanc [...]. Il y avait dans cette enceinte du Petit Picpus trois bâtiments parfaitement distincts, le grand couvent qui abritait les religieuses, le pensionnat où logeaient les élèves, et enfin ce qu'on appelait "le petit couvent". »

Et, après avoir fait une description minutieuse des lieux, il écrit encore : « Nous n'avons pu passer devant cette maison extraordinaire, inconnue, obscure, sans y entrer et sans y faire entrer les esprits qui nous accompagnent et qui nous écoutent raconter, pour l'utilité de quelques-uns peut-être, l'histoire mélancolique de Jean Valjean. »

Comme beaucoup d'autres avant moi, je crois aux coïncidences et quelquefois à un don de voyance chez les romanciers – le mot « don » n'étant pas le terme exact, parce qu'il suggère une sorte de supériorité. Non, cela fait simplement partie du métier : les efforts d'imagination, nécessaires à ce métier, le besoin de fixer son esprit sur des points de détail – et cela de manière obsessionnelle – pour ne pas perdre le fil et se laisser à aller à sa paresse –, toute cette tension, cette gymnastique cérébrale peut sans doute provoquer à la longue de brèves intuitions « concernant des événements passés ou futurs », comme l'écrit le dictionnaire Larousse à la rubrique « Voyance ».

En décembre 1988, après avoir lu l'avis de recherche de Dora Bruder, dans le *Paris-Soir* de décembre 1941, je n'ai cessé d'y penser durant des mois et des mois. L'extrême précision de quelques détails me hantait : 41 boulevard Ornano, 1 m 55, visage ovale, yeux gris marron, manteau sport gris, pull-over bordeaux, jupe et chapeau bleu marine, chaussures sport marron. Et la nuit, l'inconnu, l'oubli, le néant tout autour. Il me semblait que je ne parviendrais jamais à retrouver la moindre trace de Dora Bruder. Alors le manque que j'éprouvais m'a poussé à l'écriture d'un roman, *Voyage de noces*, un moyen comme un autre pour continuer à concentrer mon attention sur Dora Bruder, et peut-être, me disais-je, pour élucider ou deviner quelque chose d'elle, un lieu où elle était passée, un détail de sa vie. J'ignorais tout de ses parents et des circonstances de sa fugue. La seule chose que je savais, c'était ceci : j'avais lu son nom, BRUDER DORA — sans autre mention, ni date ni lieu de naissance — au-dessus de celui de son père BRUDER ERNEST, *21.5.99. Vienne. Apatride*, dans la liste de ceux qui faisaient partie du convoi du 18 septembre 1942 pour Auschwitz.

Je pensais, en écrivant ce roman, à certaines femmes que j'avais connues dans les années soixante : Anne B., Bella D. — du même âge que Dora, l'une d'elles née à un mois d'intervalle —, et qui avaient été, pendant l'Occupation, dans la même situation qu'elle, et auraient pu partager le même sort, et qui lui ressemblaient, sans doute. Je me rends compte aujourd'hui qu'il m'a fallu écrire deux cents pages pour capter, inconsciemment, un vague reflet de la réalité.

Cela tient en quelques mots : «La rame s'arrêta à Nation. Rigaud et Ingrid avaient laissé passer la station Bastille où ils auraient dû prendre la correspondance pour la Porte Dorée. À la sortie du métro, ils débouchèrent sur un grand champ de neige [...]. Le traîneau coupe par de petites rues pour rejoindre le boulevard Soult.»

Ces petites rues sont voisines de la rue de Picpus et du pensionnat du Saint-Cœur-de-Marie, d'où Dora Bruder devait faire une fugue, un soir de décembre au cours duquel la neige était peut-être tombée sur Paris.

Voilà le seul moment du livre où, sans le savoir, je me suis rapproché d'elle, dans l'espace et le temps.

Il est donc écrit sur le registre de l'internat, au nom de Dora Bruder et à la rubrique « date et motif de sortie » : « 14 décembre 1941. Suite de fugue. »

C'était un dimanche. Je suppose qu'elle avait profité de ce jour de sortie pour aller voir ses parents boulevard Ornano. Le soir, elle n'était pas revenue au pensionnat.

Ce dernier mois de l'année fut la période la plus noire, la plus étouffante que Paris ait connue depuis le début de l'Occupation. Les Allemands décrétèrent, du 8 au 14 décembre, le couvre-feu à partir de six heures du soir en représailles à deux attentats. Puis il y eut la rafle de sept cents juifs français le 12 décembre ; le 15 décembre, l'amende de un milliard de francs imposée aux juifs. Et le matin du même jour, les soixante-dix otages fusillés au mont Valérien. Le 10 décembre, une ordonnance du préfet de police invitait les juifs français et étrangers de la Seine à se soumettre à un « contrôle périodique » en présentant leur carte d'identité avec le cachet « juif » ou « juive ». Leur changement de domicile devait être déclaré au commissariat dans les vingt-quatre heures ; et il leur était désormais interdit de se déplacer hors du département de la Seine.

Dès le 1er décembre, les Allemands avaient prescrit un couvre-feu dans le XVIIIe arrondissement. Plus personne n'y pouvait pénétrer après six heures du soir. Les stations de métro du quartier étaient fermées et, parmi elles, la station Simplon, là où habitaient Ernest et Cécile Bruder. Un attentat à la bombe avait eu lieu rue Championnet, tout près de leur hôtel.

Le couvre-feu dans le XVIII<sup>e</sup> arrondissement dura trois jours. Celui-ci à peine levé, les Allemands en ordonnèrent un autre dans tout le X<sup>e</sup> arrondissement, après que des inconnus eurent tiré des coups de revolver sur un officier des autorités d'occupation, boulevard Magenta. Puis ce fut le couvre-feu général, du 8 jusqu'au 14 décembre – le dimanche de la fugue de Dora.

Autour du pensionnat du Saint-Cœur-de-Marie, la ville devenait une prison obscure dont les quartiers s'éteignaient les uns après les autres. Pendant que Dora se trouvait derrière les hauts murs du 60 et 62 rue de Picpus, ses parents étaient confinés dans leur chambre d'hôtel.

Son père ne l'avait pas déclarée comme « juive » en octobre 1940 et elle ne portait pas de « numéro de dossier ». Mais l'ordonnance relative au contrôle des juifs affichée par la Préfecture de police le 10 décembre précisait que « les changements survenus dans la situation familiale devront être signalés ». Je doute que son père ait eu le temps et le désir de la faire inscrire sur un fichier, avant sa fugue. Il devait penser que la Préfecture de police ne soupçonnerait jamais son existence au Saint-Cœur-de-Marie.

Qu'est-ce qui nous décide à faire une fugue ? Je me souviens de la mienne le 18 janvier 1960, à une époque qui n'avait pas la noirceur de décembre 1941. Sur la route où je m'enfuyais, le long des hangars de l'aérodrome de Villacoublay, le seul point commun avec la fugue de Dora, c'était la saison : l'hiver. Hiver paisible, hiver de routine, sans commune mesure avec celui d'il y avait dix-huit ans. Mais il semble que ce qui vous pousse brusquement à la fugue, ce soit un jour de froid et de grisaille qui vous rend encore plus vive la solitude et vous fait sentir encore plus fort qu'un étau se resserre.


Le dimanche 14 décembre était le premier jour où le couvre-feu imposé depuis près d'une semaine n'avait plus cours. On pouvait désormais circuler dans les rues après six heures du soir. Mais, à cause de l'heure allemande, la nuit tombait dans l'après-midi.

À quel moment de la journée les Sœurs de la Miséricorde se sont-elles aperçues de la disparition de Dora ? Le soir, certainement. Peut-être après le Salut à la chapelle, quand les pensionnaires sont montées au dortoir. Je suppose que la supérieure a essayé très vite de joindre les parents de Dora pour leur demander si elle était restée avec eux. Savait-elle que Dora et ses parents étaient juifs ? Il est écrit dans sa notice biographique : «De nombreux enfants de familles juives persécutées trouvèrent refuge au Saint-Cœur-de-Marie, grâce à l'action charitable et audacieuse de sœur Marie-Jean-Baptiste. Aidée en cela par l'attitude discrète et non moins courageuse de ses sœurs, elle ne reculait devant aucun risque.»

Mais le cas de Dora était particulier. Elle était entrée au Saint-Cœur-de-Marie en mai 1940, lorsqu'il n'y avait pas encore de persécutions et que, pour elle, le mot «juif» ne devait pas signifier grand-chose. Elle n'avait pas été recensée en octobre 1940. Et ce n'est qu'à partir de juillet 1942, à la suite de la grande rafle, que les institutions religieuses cachèrent des enfants juifs. Elle avait passé un an et demi au Saint-Cœur-de-Marie. Sans doute était-elle la seule élève d'origine juive du pensionnat et l'ignorait-on parmi ses camarades et parmi les sœurs.

Au bas de l'hôtel du 41 boulevard Ornano, le café Marchal avait un téléphone : Montmartre 44-74, mais j'ignore si ce café communiquait avec l'immeuble et si Marchal était aussi le patron de l'hôtel. Le pensionnat du Saint-Cœur-de-Marie ne figurait pas dans l'annuaire de l'époque. J'ai retrouvé une autre adresse des Sœurs des Écoles chrétiennes de la Miséricorde qui devait être en 1942 une annexe du pensionnat : 64 rue Saint-Maur. Dora l'a-t-elle fréquentée ? Là non plus, il n'y avait pas de numéro de téléphone.

Qui sait ? La supérieure a peut-être attendu jusqu'au lundi matin avant d'appeler chez Marchal, ou plutôt d'envoyer une sœur au 41 boulevard Ornano. À moins que Cécile et Ernest Bruder ne se soient rendus eux-mêmes au pensionnat.

Il faudrait savoir s'il faisait beau ce 14 décembre, jour de la fugue de Dora. Peut-être l'un de ces dimanches doux et ensoleillés d'hiver où vous éprouvez un sentiment de vacance et d'éternité − le sentiment illusoire que le cours du temps est suspendu, et qu'il suffit de se laisser glisser par cette brèche pour échapper à l'étau qui va se refermer sur vous.

Longtemps, je n'ai rien su de Dora Bruder après sa fugue du 14 décembre et l'avis de recherche qui avait été publié dans *Paris-Soir*. Puis j'ai appris qu'elle avait été internée au camp de Drancy, huit mois plus tard, le 13 août 1942. Sur la fiche, il était indiqué qu'elle venait du camp des Tourelles. Ce 13 août 1942, en effet, trois cents juives avaient été transférées du camp des Tourelles à celui de Drancy.

La prison, le « camp », ou plutôt le centre d'internement des Tourelles occupait les locaux d'une ancienne caserne d'infanterie coloniale, la caserne des Tourelles, au 141 boulevard Mortier, à la porte des Lilas. Il avait été ouvert en octobre 1940, pour y interner des juifs étrangers en situation « irrégulière ». Mais à partir de 1941, quand les hommes seront envoyés directement à Drancy ou dans les camps du Loiret, seules les femmes juives qui auront contrevenu aux ordonnances allemandes seront internées aux Tourelles ainsi que des communistes et des droit commun.

À quel moment, et pour quelles raisons exactes, Dora Bruder avait-elle été envoyée aux Tourelles ? Je me demandais s'il existait un document, une trace qui m'aurait fourni une réponse. J'en étais réduit aux suppositions. On l'avait sans doute arrêtée dans la rue. En février 1942 – deux mois avaient passé depuis sa fugue – les Allemands avaient promulgué une ordonnance interdisant aux juifs de Paris de quitter leur domicile après vingt heures et de changer d'adresse. La surveillance dans les rues était donc devenue plus sévère que les mois précédents. J'avais fini par me persuader que c'était en ce glacial et lugubre mois de février où la Police des questions juives tendait des traquenards dans les couloirs du métro, à l'entrée des cinémas ou à la sortie des théâtres, que Dora s'était fait prendre. Il me paraissait même étonnant qu'une fille de seize ans, dont la police savait qu'elle avait disparu en décembre et connaissait le signalement, ait pu échapper aux recherches pendant tout ce temps. À moins d'avoir trouvé une planque. Mais laquelle, dans ce Paris de l'hiver 1941-1942, qui fut le plus ténébreux et le plus dur hiver de l'Occupation, avec, dès le mois de novembre, des chutes de neige, une température de moins quinze en janvier, l'eau gelée partout, le verglas, la neige de nouveau en grande abondance au mois de février? Quel était donc son refuge? Et comment faisait-elle pour survivre dans ce Paris-là?

C'était en février, pensais-je, qu'«ils» avaient dû la prendre dans leurs filets. «Ils»: cela pouvait être aussi bien de simples gardiens de la paix que les inspecteurs de la Brigade des mineurs ou de la Police des questions juives faisant un contrôle d'identité dans un lieu public... J'avais lu dans un livre de Mémoires que des filles de dix-huit ou dix-neuf ans avaient été envoyées aux Tourelles pour de légères infractions aux «ordonnances allemandes», et même, quelques-unes avaient seize ans, l'âge de Dora... Ce mois de février, le soir de l'entrée en vigueur de l'ordonnance allemande, mon père avait été pris dans une rafle, aux Champs-Élysées. Des inspecteurs de la Police des questions juives avaient bloqué les accès d'un restaurant de la rue de Marignan où il dînait avec une amie. Ils avaient demandé leurs papiers à tous les clients. Mon père n'en avait pas sur lui. Ils l'avaient embarqué. Dans le panier à salade qui l'emmenait des Champs-Élysées à la rue Greffulhe, siège de la Police des questions juives, il avait remarqué, parmi d'autres ombres, une jeune fille d'environ dix-huit ans. Il l'avait perdue de vue quand on les avait fait monter à l'étage de l'immeuble qu'occupaient cette officine de police et le bureau de son chef, un certain commissaire Schweblin. Puis il avait réussi à s'enfuir, profitant d'une minuterie éteinte, au moment où il redescendait l'escalier et où il allait être mené au Dépôt.

Mon père avait fait à peine mention de cette jeune fille lorsqu'il m'avait raconté sa mésaventure pour la première et la dernière fois de sa vie, un soir de juin 1963 où nous étions dans un restaurant des Champs-Élysées, presque en face de celui où il avait été appréhendé vingt ans auparavant. Il ne m'avait donné aucun détail sur son physique, sur ses vêtements. Je l'avais presque oubliée, jusqu'au jour où j'ai appris l'existence de Dora Bruder. Alors, la présence de cette jeune fille dans le panier à salade avec mon père et d'autres inconnus, cette nuit de février, m'est remontée à la mémoire et bientôt je me suis demandé si elle n'était pas Dora Bruder, que l'on venait d'arrêter elle aussi, avant de l'envoyer aux Tourelles.

Peut-être ai-je voulu qu'ils se croisent, mon père et elle, en cet hiver 1942. Si différents qu'ils aient été, l'un et l'autre, on les avait classés, cet hiver-là, dans la même catégorie de réprouvés. Mon père non plus ne s'était pas fait recenser en octobre 1940 et, comme Dora Bruder, il ne portait pas de numéro de «dossier juif». Ainsi n'avait-il plus aucune existence légale et avait-il coupé toutes les amarres avec un monde où il fallait que chacun justifie d'un métier, d'une famille, d'une nationalité, d'une date de naissance, d'un domicile. Désormais il était ailleurs. Un peu comme Dora après sa fugue.

Mais je réfléchis à la différence de leurs destins. Il n'y avait pas beaucoup de recours pour une fille de seize ans, livrée à elle-même, dans Paris, l'hiver 42, après s'être échappée d'un pensionnat. Aux yeux de la police et des autorités de ce temps-là, elle était dans une situation doublement irrégulière: à la fois juive et mineure en cavale.

Pour mon père qui avait quatorze ans de plus que Dora Bruder, la voie était toute tracée: puisqu'on avait fait de lui un hors-la-loi, il allait suivre cette pente-là par la force des choses, vivre d'expédients à Paris, et se perdre dans les marécages du marché noir.

Cette jeune fille du panier à salade, j'ai appris, il n'y a pas longtemps, qu'elle ne pouvait pas être Dora Bruder. J'ai essayé de retrouver son nom en consultant une liste de femmes qui avaient été internées au camp des Tourelles. Deux d'entre elles, âgées de vingt et de vingt et un ans, deux juives polonaises, étaient entrées aux Tourelles le 18 et le 19 février 1942. Elles s'appelaient Syma Berger et Fredel Traister. Les dates correspondent, mais était-ce bien l'une ou l'autre? Après un passage au Dépôt, les hommes étaient envoyés au camp de Drancy, les femmes aux

Tourelles. Il se peut que cette inconnue ait échappé, comme mon père, au sort commun qui leur était réservé. Je crois qu'elle demeurera toujours anonyme, elle et les autres ombres arrêtées cette nuit-là. Les policiers des Questions juives ont détruit leurs fichiers, tous les procès-verbaux d'interpellation pendant les rafles ou lors des arrestations individuelles dans les rues. Si je n'étais pas là pour l'écrire, il n'y aurait plus aucune trace de la présence de cette inconnue et de celle de mon père dans un panier à salade en février 1942, sur les Champs-Élysées. Rien que des personnes – mortes ou vivantes – que l'on range dans la catégorie des « individus non identifiés ».

Vingt ans plus tard, ma mère jouait une pièce au théâtre Michel. Souvent, je l'attendais dans le café du coin de la rue des Mathurins et de la rue Greffulhe. Je ne savais pas encore que mon père avait risqué sa vie par ici et que je revenais dans une zone qui avait été un trou noir. Nous allions dîner dans un restaurant, rue Greffulhe – peut-être au bas de l'immeuble de la Police des questions juives où l'on avait traîné mon père dans le bureau du commissaire Schweblin. Jacques Schweblin. Né en 1901 à Mulhouse. Dans les camps de Drancy et de Pithiviers, ses hommes se livraient à une fouille avant chaque départ des internés pour Auschwitz :

« M. Schweblin, chef de la Police des questions juives, se présentait au camp accompagné de 5 ou 6 aides qu'il dénommait "policiers auxiliaires", ne révélant que son identité personnelle. Ces policiers en civil portaient un ceinturon soutenant d'un côté un revolver et de l'autre une matraque.

Après avoir installé ses aides, M. Schweblin quittait le camp pour ne reparaître que le soir afin d'enlever le produit de la rafle. Chacun des aides s'installait dans une baraque avec une table et un récipient de chaque côté de la table, recevant l'un le numéraire, l'autre les bijoux. Les internés défilaient alors devant le groupe qui procédait à la fouille minutieuse et injurieuse. Très souvent battus, ils devaient quitter leur pantalon et recevaient de grands coups de pied avec des réflexions : "Hein ! veux-tu en recevoir encore de la viande de policier ?" Les poches intérieures et extérieures étaient souvent déchirées brutalement sous prétexte d'activer la fouille. Je ne parlerai pas de la fouille des femmes effectuée en des endroits intimes.

À la fin de la fouille, numéraire et bijoux étaient entassés en vrac dans des valises entourées d'une ficelle et plombées, puis remises dans la voiture de M. Schweblin.

Ce procédé de plombage n'avait rien de sérieux, attendu que la pince à plomber restait entre les mains des policiers. Ils pouvaient s'approprier billets de banque ou bijoux. D'ailleurs ces policiers ne se privaient pas de sortir de leurs poches des bagues de valeur en disant: "Tiens, cela n'est pas du toc!" ou une poignée de billets de 1 000 ou 500 francs en disant: "Tiens, j'ai oublié cela." Une perquisition avait lieu également dans les baraques pour visiter la literie; matelas, édredons, traversins étaient éventrés. De toutes les investigations exercées par la Police des questions juives, aucune trace ne subsiste[1].»

L'équipe de la fouille était composée de sept hommes – toujours les mêmes. Et d'une femme. On ne connaît pas leurs noms. Ils étaient jeunes à l'époque et quelques-uns d'entre eux vivent encore aujourd'hui. Mais on ne pourrait pas reconnaître leurs visages.

Schweblin a disparu en 1943. Les Allemands se seraient débarrassés de lui. Pourtant, mon père, lorsqu'il m'avait raconté son passage dans le bureau de cet homme, m'avait dit qu'il avait cru le reconnaître porte Maillot, un dimanche après la guerre.

---

1. D'après un rapport administratif rédigé en novembre 1943 par un responsable du service de la Perception de Pithiviers.

Les paniers à salade n'ont pas beaucoup changé jusqu'au début des années soixante. La seule fois de ma vie où je me suis trouvé dans l'un d'eux, c'était en compagnie de mon père, et je n'en parlerais pas maintenant si cette péripétie n'avait pris pour moi un caractère symbolique.

Ce fut dans des circonstances d'une grande banalité. J'avais dix-huit ans, j'étais encore mineur. Mes parents étaient séparés, mais habitaient le même immeuble, mon père avec une femme aux cheveux jaune paille, très nerveuse, une sorte de fausse Mylène Demongeot. Et moi avec ma mère. Une querelle de palier s'est déclenchée ce jour-là entre mes parents, concernant la très modeste pension que mon père avait été contraint de verser pour mon entretien par une décision de justice, au terme d'une procédure à épisodes : tribunal de grande instance de la Seine. 1re chambre supplémentaire de la Cour d'appel. Signification d'arrêt à partie. Ma mère a voulu que je sonne à sa porte et que je lui réclame cet argent qu'il n'avait pas versé. Nous n'en avions malheureusement pas d'autre pour vivre. Je me suis exécuté de mauvaise grâce. J'ai sonné chez lui avec l'intention de lui parler gentiment et même de m'excuser pour cette démarche. Il m'a claqué la porte au nez ; j'entendais la fausse Mylène Demongeot hurler et appeler police secours, en disant qu'un «voyou faisait du scandale».

Ils sont venus me chercher quelques dizaines de minutes plus tard chez ma mère et je suis monté avec mon père dans le panier à salade qui attendait devant l'immeuble. Nous étions assis l'un en face de l'autre sur les banquettes de bois, entourés chacun par deux gardiens de la paix. J'ai pensé que si c'était la première fois de ma vie que je faisais une telle expérience, mon père, lui, l'avait déjà connue, il y avait vingt ans, cette nuit de février 1942 où il avait été embarqué par les inspecteurs de la Police des questions juives dans un panier à salade à peu près semblable à celui où nous nous trouvions. Et je me demandais s'il y pensait, lui aussi, à ce moment-là. Mais il faisait semblant de ne pas me voir et il évitait mon regard.

Je me souviens exactement du trajet. Les quais. Puis la rue des Saints-Pères. Le boulevard Saint-Germain. L'arrêt au feu rouge, à la hauteur de la terrasse des Deux-Magots. Derrière la vitre grillagée, je voyais les consommateurs assis à la terrasse, au soleil, et je les enviais. Mais je ne risquais pas grand-chose : nous étions heureusement dans une époque anodine, inoffensive, une époque que l'on a appelée par la suite « les Trente Glorieuses ».

Pourtant, j'étais étonné que mon père, qui avait vécu pendant l'Occupation ce qu'il avait vécu, n'eût pas manifesté la moindre réticence à me laisser emmener dans un panier à salade. Il était là, assis devant moi, impassible, l'air vaguement dégoûté, il m'ignorait comme si j'étais un pestiféré et j'appréhendais l'arrivée au commissariat de police, ne m'attendant à aucune compassion de sa part. Et cela me semblait d'autant plus injuste que j'avais commencé un livre – mon premier livre – où je prenais à mon compte le malaise qu'il avait éprouvé pendant l'Occupation. J'avais découvert dans sa bibliothèque, quelques années auparavant, certains ouvrages d'auteurs antisémites parus dans les années quarante qu'il avait achetés à l'époque, sans doute pour essayer de comprendre ce que ces gens-là lui reprochaient. Et j'imagine combien il avait été surpris par la description de ce monstre imaginaire, fantasmatique, dont l'ombre menaçante courait sur les murs, avec son nez crochu et ses mains de rapace, cette créature pourrie par tous les vices, responsable de tous les maux et coupable de tous les crimes. Moi, je voulais dans mon premier livre répondre à tous ces gens dont les insultes m'avaient blessé à cause de mon père. Et, sur le terrain de la prose française, leur river une fois pour toutes leur clou. Je sens bien aujourd'hui la naïveté enfantine de mon projet : la plupart de ces auteurs avaient disparu, fusillés, exilés, gâteux ou morts de vieillesse. Oui, malheureusement, je venais trop tard.

Le panier à salade s'est arrêté rue de l'Abbaye, devant le commissariat du quartier Saint-Germain-des-Prés. Les gardiens de la paix nous ont dirigés vers le bureau du commissaire. Mon père lui a expliqué, d'une voix sèche, que j'étais «un voyou», qui venait faire «du scandale chez lui» depuis l'âge de dix-sept ans. Le commissaire m'a déclaré que «la prochaine fois, il me garderait ici» – sur le ton avec lequel on parle à un délinquant. J'ai bien senti que mon père n'aurait pas levé le petit doigt si ce commissaire avait exécuté sa menace et m'avait envoyé au Dépôt.

Nous sommes sortis du commissariat, mon père et moi. Je lui ai demandé s'il était vraiment nécessaire d'avoir appelé police secours et de m'avoir «chargé» devant les policiers. Il ne m'a pas répondu. Je ne lui en voulais pas. Comme nous habitions dans le même immeuble, nous avons suivi notre chemin, côte à côte, en silence. J'ai failli évoquer la nuit de février 1942 où on l'avait aussi embarqué dans un panier à salade et lui demander s'il y avait pensé tout à l'heure. Mais peut-être cela avait-il moins d'importance pour lui que pour moi.

Nous n'avons pas échangé un seul mot pendant tout le trajet ni dans l'escalier, avant de nous quitter. Je devais encore le revoir à deux ou trois reprises l'année suivante, un mois d'août au cours duquel il me déroba mes papiers militaires pour tenter de me faire incorporer de force à la caserne de Reuilly. Ensuite, je ne l'ai plus jamais revu.

Je me demande ce qu'a bien pu faire Dora Bruder, le 14 décembre 1941, dans les premiers moments de sa fugue. Peut-être a-t-elle décidé de ne pas rentrer au pensionnat juste à l'instant où elle arrivait devant le porche de celui-ci, et a-t-elle erré pendant toute la soirée, à travers le quartier jusqu'à l'heure du couvre-feu.

Quartier dont les rues portent encore des noms campagnards : les Meuniers, la Brèche-aux-Loups, le sentier des Merisiers. Mais au bout de la petite rue ombragée d'arbres qui longe l'enceinte du Saint-Cœur-de Marie, c'est la gare aux marchandises, et plus loin, si l'on suit l'avenue Daumesnil, la gare de Lyon. Les voies ferrées de celle-ci passent à quelques centaines de mètres du pensionnat où était enfermée Dora Bruder. Ce quartier paisible, qui semble à l'écart de Paris, avec ses couvents, ses cimetières secrets et ses avenues silencieuses, est aussi le quartier des départs.

J'ignore si la proximité de la gare de Lyon avait encouragé Dora à faire une fugue. J'ignore si elle entendait, du dortoir, dans le silence des nuits de black-out, le fracas des trains de marchandises ou ceux qui partaient de la gare de Lyon pour la zone libre... Elle connaissait sans doute ces deux mots trompeurs : zone libre.

Dans le roman que j'ai écrit, sans presque rien savoir de Dora Bruder, mais pour que sa pensée continue à m'occuper l'esprit, la jeune fille de son âge que j'avais appelée Ingrid se réfugie avec un ami en zone libre. J'avais pensé à Bella D. qui, elle aussi, à quinze ans, venant de Paris, avait franchi en fraude la ligne de démarcation et s'était retrouvée dans une prison à Toulouse ; à Anne B., qui s'était fait prendre à dix-huit ans, sans laissez-passer, en gare de Chalon-sur-Saône, et avait été condamnée à douze semaines de prison... Voilà ce qu'elles m'avaient raconté dans les années soixante.

Cette fugue, Dora Bruder l'avait-elle préparée longtemps à l'avance, avec la complicité d'un ami ou d'une amie? Est-elle restée à Paris ou bien a-t-elle tenté de passer en zone libre?

La main courante du commissariat de police du quartier Clignancourt porte ces indications à la date du 21 décembre 1941, sous les colonnes : *Dates et direction – États civils – Résumé de l'affaire* :

« 21 décembre 1941. Bruder Dora née le 25/2/26 à Paris 12e demeurant 41 boulevard Ornano. Audition Bruder, Ernest, 42 ans, père. »

Dans la marge sont écrits les chiffres suivants sans que je sache à quoi ils correspondent : 7029 21/12.

Le commissariat du quartier Clignancourt occupait le 12 de la rue Lambert, derrière la Butte Montmartre, et son commissaire s'appelait Siri. Mais il est probable qu'Ernest Bruder est allé, sur le côté gauche de la mairie, au commissariat d'arrondissement, 74 rue du Mont-Cenis, qui servait aussi de poste au commissariat de Clignancourt : il était plus proche de son domicile. Là, le commissaire s'appelait Cornec.

Dora avait fait sa fugue sept jours auparavant et Ernest Bruder avait attendu jusque-là pour se rendre au commissariat et signaler la disparition de sa fille. On imagine son angoisse et ses hésitations au cours de ces sept longues journées. Il n'avait pas déclaré Dora au recensement d'octobre 1940, à ce même commissariat, et les policiers risquaient de s'en apercevoir. En essayant de la retrouver, il attirait l'attention sur elle.

Le procès-verbal de l'audition d'Ernest Bruder ne figure pas aux archives de la Préfecture de police. Sans doute détruisait-on, dans les commissariats, ce genre de documents à mesure qu'ils devenaient caducs. Quelques années après la guerre, d'autres archives des commissariats ont été détruites, comme les registres spéciaux ouverts en juin 1942, la semaine où ceux qui avaient été classés dans la catégorie «juifs» ont reçu leurs trois étoiles jaunes par personne, à partir de l'âge de six ans. Sur ces registres étaient portés l'identité du «juif», son numéro de carte d'identité, son domicile, et une colonne réservée à l'émargement devait être signée par lui après qu'on lui eut remis ses étoiles. Plus d'une cinquantaine de registres avaient été ainsi ouverts dans les commissariats de Paris et de la banlieue.

On ne saura jamais à quelles questions a répondu Ernest Bruder au sujet de sa fille et de lui-même. Peut-être est-il tombé sur un fonctionnaire de police pour lequel il s'agissait d'un travail de routine, comme avant la guerre, et qui ne faisait aucune différence entre Ernest Bruder, sa fille et de simples Français. Bien sûr, cet homme était «ex-autrichien», habitait en hôtel et n'avait pas de profession. Mais sa fille était née à Paris et elle avait la nationalité française. Une fugue d'adolescente. Cela arrivait de plus en plus souvent en cette époque troublée. Est-ce le policier qui a conseillé à Ernest Bruder de passer une annonce dans *Paris-Soir,* étant donné qu'une semaine s'était déjà écoulée depuis que Dora avait disparu ? Ou bien un employé du journal, chargé des «chiens écrasés» et de la tournée des commissariats, a-t-il glané au hasard cet avis de recherche parmi d'autres accidents du jour, pour la rubrique «D'hier à aujourd'hui» ?

Je me souviens de l'impression forte que j'ai éprouvée lors de ma fugue de janvier 1960 – si forte que je crois en avoir connu rarement de semblables. C'était l'ivresse de trancher, d'un seul coup, tous les liens : rupture brutale et volontaire avec la discipline qu'on vous impose, le pensionnat, vos maîtres, vos camarades de classe. Désormais, vous n'aurez plus rien à faire avec ces gens-là ; rupture avec vos parents qui n'ont pas su vous aimer et dont vous vous dites qu'il n'y a aucun recours à espérer d'eux ; sentiment de révolte et de solitude porté à son incandescence et qui vous coupe le souffle et vous met en état d'apesanteur. Sans doute l'une des rares occasions de ma vie où j'ai été vraiment moi-même et où j'ai marché à mon pas. Cette extase ne peut durer longtemps. Elle n'a aucun avenir. Vous êtes très vite brisé net dans votre élan.

La fugue – paraît-il – est un appel au secours et quelquefois une forme de suicide. Vous éprouvez quand même un bref sentiment d'éternité. Vous n'avez pas seulement tranché les liens avec le monde, mais aussi avec le temps. Et il arrive qu'à la fin d'une matinée, le ciel soit d'un bleu léger et que rien ne pèse plus sur vous. Les aiguilles de l'horloge du jardin des Tuileries sont immobiles pour toujours. Une fourmi n'en finit pas de traverser la tache de soleil.

Je pense à Dora Bruder. Je me dis que sa fugue n'était pas aussi simple que la mienne une vingtaine d'années plus tard, dans un monde redevenu inoffensif. Cette ville de décembre 1941, son couvre-feu, ses soldats, sa police, tout lui était hostile et voulait sa perte. À seize ans, elle avait le monde entier contre elle, sans qu'elle sache pourquoi.

D'autres rebelles, dans le Paris de ces années-là, et dans la même solitude que Dora Bruder, lançaient des grenades sur les Allemands, sur leurs convois et leurs lieux de réunion. Ils avaient le même âge qu'elle. Les visages de certains d'entre eux figurent sur l'Affiche Rouge et je ne peux m'empêcher de les associer, dans mes pensées, à Dora.

L'été 1941, l'un des films tournés depuis le début de l'Occupation est sorti au Normandie et ensuite dans les salles de cinéma de quartier. Il s'agissait d'une aimable comédie : *Premier rendez-vous*. La dernière fois que je l'ai vue, elle m'a causé une impression étrange, que ne justifiaient pas la légèreté de l'intrigue ni le ton enjoué des protagonistes. Je me disais que Dora Bruder avait peut-être assisté, un dimanche, à une séance de ce film dont le sujet est la fugue d'une fille de son âge. Elle s'échappe d'un pensionnat comme le Saint-Cœur-de-Marie. Au cours de cette fugue, elle rencontre ce que l'on appelle, dans les contes de fées et les romances, le prince charmant.

Ce film présentait la version rose et anodine de ce qui était arrivé à Dora dans la vraie vie. Lui avait-il donné l'idée de sa fugue ? Je concentrais mon attention sur les détails : le dortoir, les couloirs de l'internat, l'uniforme des pensionnaires, le café où attendait l'héroïne quand la nuit était tombée... Je n'y trouvais rien qui pût correspondre à la réalité, et d'ailleurs la plupart des scènes avaient été tournées en studio. Pourtant, je ressentais un malaise. Il venait de la luminosité particulière du film, du grain même de la pellicule. Un voile semblait recouvrir toutes les images, accentuait les contrastes et parfois les effaçait, dans une blancheur boréale. La lumière était à la fois trop claire et trop sombre, étouffant les voix ou rendant leur timbre plus fort et plus inquiétant.

J'ai compris brusquement que ce film était imprégné par les regards des spectateurs du temps de l'Occupation – spectateurs de toutes sortes dont un grand nombre n'avaient pas survécu à la guerre. Ils avaient été emmenés vers l'inconnu, après avoir vu ce film, un samedi soir qui avait été une trêve pour eux. On oubliait, le temps d'une séance, la guerre et les menaces du dehors. Dans l'obscurité d'une salle de cinéma, on était serrés les uns contre les autres, à suivre le flot des images de l'écran, et plus rien ne pouvait arriver. Et tous ces regards, par une sorte de processus chimique, avaient modifié la substance même de la pellicule, la lumière, la voix des comédiens. Voilà ce que j'avais ressenti, en pensant à Dora Bruder, devant les images en apparence futiles de *Premier rendez-vous*.

Ernest Bruder a été arrêté le 19 mars 1942, ou, plus exactement, interné au camp de Drancy ce jour-là. Des motifs et des circonstances de cette arrestation, je n'ai trouvé aucune trace. Sur le fichier dit « familial » dont se servait la Préfecture de police et où étaient rassemblés quelques renseignements concernant chaque juif, il est noté ceci :

« Bruder Ernest
21.5.99 – Vienne
n° dossier juif : 49091
Profession : Sans
Mutilé de guerre 100 %. 2e classe légionnaire français gazé ; tuberculose pulmonaire.
Casier central E56404 »

Plus bas, la fiche porte une inscription au tampon : RECHERCHÉ, suivie de cette note au crayon : « Se trouve au camp de Drancy. »
Ernest Bruder, en sa qualité de juif « ex-autrichien », aurait pu être arrêté lors de la rafle d'août 1941 au cours de laquelle les policiers français, encadrés de militaires allemands, bloquèrent le XIe arrondissement le 20 août, puis les jours suivants interpellèrent les juifs étrangers dans les rues des autres arrondissements, parmi lesquels le XVIIIe. Comment a-t-il échappé à cette rafle ? Grâce à son titre d'ancien légionnaire français de 2e classe ? J'en doute.
Sa fiche indique qu'il était « recherché ». Mais à partir de quand ? Et pour quelles raisons exactes ? S'il était déjà « recherché » le 21 décembre 1941, le jour où il avait signalé la disparition de Dora au commissariat du quartier Clignancourt, les policiers

ne l'auraient pas laissé repartir. Est-ce ce jour-là qu'il a attiré l'attention sur lui ?

Un père essaye de retrouver sa fille, signale sa disparition dans un commissariat, et un avis de recherche est publié dans un journal du soir. Mais ce père est lui-même «recherché». Des parents perdent les traces de leur enfant, et l'un d'eux disparaît à son tour, un 19 mars, comme si l'hiver de cette année-là séparait les gens les uns des autres, brouillait et effaçait leurs itinéraires, au point de jeter un doute sur leur existence. Et il n'y a aucun recours. Ceux-là même qui sont chargés de vous chercher et de vous retrouver établissent des fiches pour mieux vous faire disparaître ensuite — définitivement.

J'ignore si Dora Bruder a appris tout de suite l'arrestation de son père. En mars, était-elle revenue au 41 boulevard Ornano, depuis sa fugue de décembre? Les quelques traces d'elle qui subsistent aux archives de la Préfecture de police laissent cette question sans réponse.

Maintenant que se sont écoulés près de soixante ans, ces archives vont peu à peu livrer leurs secrets. La Préfecture de police de l'Occupation n'est plus qu'une grande caserne spectrale au bord de la Seine. Elle nous apparaît, au moment où nous évoquons le passé, un peu comme la maison Usher. Et aujourd'hui, nous avons peine à croire que ce bâtiment dont nous longeons les façades n'a pas changé depuis les années quarante. Nous nous persuadons que ce ne sont pas les mêmes pierres, les mêmes couloirs.

Morts depuis longtemps, les commissaires et les inspecteurs qui participaient à la traque des juifs et dont les noms résonnent d'un écho lugubre et sentent une odeur de cuir pourri et de tabac froid: Permilleux, François, Schweblin, Koerperich, Cougoule... Morts ou perclus de vieillesse, les gardiens de la paix que l'on appelait les «agents capteurs», et qui écrivaient leur nom sur le procès-verbal de chaque personne qu'ils arrêtaient, au moment des rafles. Toutes ces dizaines de milliers de procès-verbaux ont été détruites et on ne connaîtra jamais les noms des «agents capteurs». Mais il reste, dans les archives, des centaines et des centaines de lettres adressées au préfet de police de l'époque et auxquelles il n'a jamais répondu. Elles ont été là pendant plus d'un demi-siècle, comme des sacs de courrier oubliés au fond du hangar d'une lointaine étape de l'Aéropostale. Aujourd'hui nous pouvons les lire. Ceux à qui elles étaient adressées n'ont pas voulu en tenir compte et maintenant, c'est nous, qui n'étions pas encore nés à cette époque, qui en sommes les destinataires et les gardiens :

«Monsieur le Préfet
J'ai l'honneur d'attirer votre attention sur ma demande. Il s'agit de mon neveu Albert Graudens, de nationalité française, à l'âge de 16 ans, qui a été interné...»

«Monsieur le directeur du service des juifs
Je sollicite de votre haute bienveillance la libération du camp de Drancy de ma fille, Nelly Trautmann...»

«Monsieur le Préfet de Police
Je me permets de solliciter de vous une faveur en l'honneur de mon mari, Zelik Pergricht, me permettant de savoir de ses nouvelles et quelques renseignements...»

«Monsieur le Préfet de Police
J'ai l'honneur de solliciter de votre haute bienveillance et de votre générosité les renseignements concernant ma fille, Mme Jacques Lévy, née Violette Joël, arrêtée vers le 10 septembre dernier, alors qu'elle tentait de franchir la ligne de démarcation sans porter l'étoile réglementaire. Elle était accompagnée de son fils, Jean Lévy, âgé de 8 ans et demi...»

Transmis au préfet de police :

«Je sollicite de votre bienveillance la libération de mon petit-fils Michaël Rubin, 3 ans, français, de mère française, interné à Drancy avec sa mère...»

«Monsieur le Préfet
Je vous serais infiniment obligée de bien vouloir examiner le cas que je viens vous présenter : mes parents assez âgés, malades, venant d'être pris en tant que juifs et nous restons seules, ma petite sœur, Marie Grosman 15 ans 1/2, juive française, ayant la carte d'identité française n° 1594936 série B et moi-même

Jeannette Grosman, également juive française, 19 ans, ayant la carte d'identité française n° 924247 série B...»

«Monsieur le directeur,
Excusez-moi, si je me permets de m'adresser à vous, mais voici mon cas : le 16 juillet 1942, à 4 h du matin, on est venu chercher mon mari et comme ma fille pleurait, on l'a prise aussi.
Elle se nomme Paulette Gothelf, âgée de 14 ans 1/2 née le 19 novembre 1927 à Paris dans le 12ᵉ et elle est française...»

À la date du 9 avril 1942, la main courante du commissariat de Clignancourt porte cette inscription sous les colonnes habituelles : *Dates et direction – États civils – Résumé de l'affaire :*

Main courante n° 1977. Dora Bruder. Disparue 7 avril à 14 h.
Puis à la date du 17 avril 1942. 2096. 15/4. P. Mineurs. Affaire Bruder Dora, âgée de 16 ans disparue suite PV 1977 a réintégré le domicile maternel.

Je ne sais pas à quoi correspondent les chiffres 2096 et 15 / 4. «P. Mineurs», cela doit être «Protection des Mineurs». Le procès-verbal 1977 était celui du 9 avril.

À peine trois lignes au sujet de l'«affaire Bruder Dora». Les notes qui suivent, dans la main courante du 17 avril, concernent d'autres «affaires» :

«Gaul Georgette Paulette, 30.7.23, née à Pantin, Seine, de Georges et de Pelz Rose, célibataire, vit en hôtel 41 rue Pigalle. Prostitution.
Germaine Mauraire. 9.10.21, née à Entre-Deux-Eaux (Vosges). Vit en hôtel. 1 rapport P.M.

J.-R. Cretet. 9ᵉ arrondissement»

Ainsi se succèdent, dans les mains courantes des commissariats de l'Occupation, prostituées, chiens perdus, enfants abandonnés. Et – comme l'était Dora – adolescentes disparues et coupables du délit de vagabondage.

Apparemment, il n'y est jamais question de «juifs». Et pourtant, ils passèrent dans ces commissariats avant d'être conduits au Dépôt puis à Drancy. Et la petite phrase : «a réintégré le domicile maternel» suppose que l'on savait, au poste de police du quartier Clignancourt, que le père de Dora avait été arrêté le mois précédent.

Il n'y a aucune trace d'elle entre le 14 décembre 1941, jour de sa fugue, et le 7 avril 1942 où, selon la main courante, elle disparaît de nouveau. Pendant ces quatre mois, on ignore où Dora Bruder était, ce qu'elle a fait, avec qui elle se trouvait. Et l'on ignore aussi dans quelles circonstances Dora est revenue au «domicile maternel», c'est-à-dire la chambre d'hôtel du 41 boulevard Ornano. De sa propre initiative, après avoir appris l'arrestation de son père ? Ou bien après avoir été appréhendée dans la rue, puisqu'un avis de recherche avait été lancé contre elle, à la Brigade des mineurs ? Jusqu'à ce jour, je n'ai trouvé aucun indice, aucun témoin qui aurait pu m'éclairer sur ses quatre mois d'absence qui restent pour nous un blanc dans sa vie.

Le seul moyen de ne pas perdre tout à fait Dora Bruder au cours de cette période, ce serait de rapporter les changements du temps. La neige était tombée pour la première fois le 4 novembre 1941. L'hiver avait commencé par un froid vif, le 22 décembre. Le 29 décembre, la température avait encore baissé et les carreaux des fenêtres étaient couverts d'une légère couche de glace. À partir du 13 janvier, le froid était devenu sibérien. L'eau gelait. Cela avait duré environ quatre semaines. Le 12 février, il y avait un peu de soleil, comme une annonce timide du printemps. Une couche de neige, devenue noirâtre sous les piétinements des passants, et qui se transformait en boue, recouvrait les trottoirs. C'est le soir de ce 12 février que mon père fut embarqué par les policiers des Questions juives. Le 22 février, la neige était tombée de nouveau. Le 25 février, la neige tombait encore, plus abondante. Le 3 mars, après neuf heures du soir, le premier bombardement de la banlieue. À Paris, les vitres tremblaient.

Le 13 mars, les sirènes s'étaient déclenchées en plein jour, pour une alerte. Les voyageurs du métro étaient restés immobilisés pendant deux heures. On les avait fait descendre dans le tunnel. Une autre alerte, le soir à dix heures. Le 15 mars, il y a eu un beau soleil. Le 28 mars, vers dix heures du soir, un bombardement lointain a duré jusqu'à minuit. Le 2 avril, une alerte, vers quatre heures du matin, et un bombardement violent jusqu'à six heures. De nouveau un bombardement à partir de onze heures du soir. Le 4 avril, les bourgeons avaient éclaté aux branches des marronniers. Le 5 avril, vers le soir, un orage de printemps est passé avec de la grêle, puis il y a eu un arc-en-ciel. N'oublie pas : demain après-midi, rendez-vous à la terrasse des Gobelins.

J'ai pu obtenir il y a quelques mois une photo de Dora Bruder, qui tranche sur celles que j'avais déjà rassemblées. Sans doute la dernière qui a été prise d'elle. Son visage et son allure n'ont plus rien de l'enfance qui se reflétait dans toutes les photos précédentes à travers le regard, la rondeur des joues, la robe blanche d'un jour de distribution des prix... Je ne sais pas à quelle date a été prise cette photo. Certainement en 1941, l'année où Dora était pensionnaire au Saint-Cœur-de-Marie, ou bien au début du printemps 1942, quand elle est revenue, après sa fugue de décembre, boulevard Ornano.

Elle est en compagnie de sa mère et de sa grand-mère maternelle. Les trois femmes sont côte à côte, la grand-mère entre Cécile Bruder et Dora. Cécile Bruder porte une robe noire et les cheveux courts, la grand-mère une robe à fleurs. Les deux femmes ne sourient pas. Dora est vêtue d'une robe noire – ou bleu marine – et d'une blouse à col blanc, mais cela pourrait être aussi un gilet et une jupe – la photo n'est pas assez nette pour s'en rendre compte. Elle porte des bas et des chaussures à brides. Ses cheveux mi-longs lui tombent presque jusqu'aux épaules et sont ramenés en arrière par un serre-tête, son bras gauche est le long du corps, avec les doigts de la main gauche repliés et le bras droit caché par sa grand-mère. Elle tient la tête haute, ses yeux sont graves, mais il flotte sur ses lèvres l'amorce d'un sourire. Et cela donne à son visage une expression de douceur triste et de défi. Les trois femmes sont debout devant le mur. Le sol est dallé, comme le couloir d'un lieu public. Qui a bien pu prendre cette photo ? Ernest Bruder ? Et s'il ne figure pas sur cette photo, cela veut-il dire qu'il a déjà été arrêté ? En tout cas, il semble que les trois femmes aient revêtu des habits du dimanche, face à cet objectif anonyme.

Dora porte-t-elle la jupe bleu marine indiquée sur l'avis de recherche ?

Des photos comme il en existe dans toutes les familles. Le temps de la photo, ils étaient protégés quelques secondes et ces secondes sont devenues une éternité.

On se demande pourquoi la foudre les a frappés plutôt que d'autres. Pendant que j'écris ces lignes, je pense brusquement à quelques-uns de ceux qui faisaient le même métier que moi. Aujourd'hui, le souvenir d'un écrivain allemand est venu me visiter. Il s'appelait Friedo Lampe.

C'était son nom qui avait d'abord attiré mon attention, et le titre de l'un de ses livres : *Au bord de la nuit,* traduit en français il y a plus de vingt-cinq ans et dont j'avais découvert, à cette époque-là, un exemplaire dans une librairie des Champs-Élysées. Je ne savais rien de cet écrivain. Mais avant même d'ouvrir le livre, je devinais son ton et son atmosphère, comme si je l'avais déjà lu dans une autre vie.

Friedo Lampe. *Au bord de la nuit.* Ce nom et ce titre m'évoquaient les fenêtres éclairées dont vous ne pouvez pas détacher le regard. Vous vous dites que, derrière elles, quelqu'un que vous avez oublié attend votre retour depuis des années ou bien qu'il n'y a plus personne. Sauf une lampe qui est restée allumée dans l'appartement vide.

Friedo Lampe était né à Brème en 1899, la même année qu'Ernest Bruder. Il avait fréquenté l'université d'Heidelberg. Il avait travaillé à Hambourg en qualité de bibliothécaire et commencé là son premier roman, *Au bord de la nuit.* Plus tard, il avait été employé chez un éditeur à Berlin. Il était indifférent à la politique. Lui, ce qui l'intéressait, c'était de décrire le crépuscule qui tombe sur le port de Brème, la lumière blanc et lilas des lampes à arc, les matelots, les catcheurs, les orchestres, la sonnerie des trams, le pont de chemin de fer, la sirène du steamer, et tous ces gens qui se cherchent dans la nuit... Son roman était paru en octobre 1933, alors qu'Hitler était déjà au pouvoir. *Au bord de la nuit* avait été retiré des librairies et des bibliothèques et mis au pilon, tandis que son auteur était déclaré «suspect». Il n'était même pas juif. Qu'est-ce qu'on pouvait bien lui reprocher? Tout simplement la grâce et la mélancolie de son livre. Sa seule ambition – confiait-il dans une lettre – avait été de «rendre sensibles quelques heures, le soir, entre huit heures et minuit, aux abords d'un port; je pense ici au quartier de Brême où j'ai passé ma jeunesse. De brèves scènes défilant comme dans un film, entrelaçant des vies. Le tout léger et fluide, lié de façon très lâche, picturale, lyrique, avec beaucoup d'atmosphère».

À la fin de la guerre, au moment de l'avance des troupes soviétiques, il habitait la banlieue de Berlin. Le 2 mai 1945, dans la rue, deux soldats russes lui avaient demandé ses papiers, puis ils l'avaient entraîné dans un jardin. Et ils l'avaient abattu, sans avoir pris le temps de faire la différence entre les gentils et les méchants. Des voisins l'avaient inhumé, un peu plus loin, à l'ombre d'un bouleau, et avaient fait parvenir à la police ce qui restait de lui: ses papiers et son chapeau.

Un autre écrivain allemand, Félix Hardaub, était originaire du port de Brême, comme Friedo Lampe. Il était né en 1913. Il s'est retrouvé à Paris pendant l'Occupation. Cette guerre et son uniforme vert-de-gris lui faisaient horreur. Je ne sais pas grand-chose de lui. J'ai lu, en français, dans une revue des années cinquante, un extrait d'un petit volume qu'il avait écrit, *Von Unten gesehen,* et dont il avait confié le manuscrit à sa sœur en janvier 1945. Cet extrait avait pour titre «Notes et impressions». Il y observe le restaurant d'une gare parisienne et sa faune, le ministère des Affaires étrangères abandonné, avec ses centaines de bureaux déserts et poussiéreux, au moment où les services allemands s'y installent, les lustres qui sont restés allumés et toutes les pendules qui sonnent sans arrêt dans le silence. Il s'habillait en civil, le soir, pour oublier la guerre et se fondre dans les rues de Paris. Il nous rend compte de l'un de ses trajets nocturnes. Il prend le métro à la station Solférino. Il descend à Trinité. Il fait noir. C'est l'été. L'air est chaud. Il remonte la rue de Clichy dans le black-out. Sur le sofa du bordel, il remarque, dérisoire et solitaire, un chapeau tyrolien. Les filles défilent. «Elles sont ailleurs, comme des somnambules, sous le chloroforme. Et tout baigne – écrit-il – dans une lumière étrange d'aquarium tropical, de verre surchauffé.» Lui aussi est ailleurs. Il observe tout de loin, comme si ce monde en guerre ne le concernait pas, attentif aux minuscules détails quotidiens, aux atmosphères, et en même temps détaché, étranger à ce qui est autour de lui. Comme Friedo Lampe, il est mort à Berlin au printemps 1945, à trente-deux ans, au cours des derniers combats, dans un univers de boucherie et d'apocalypse où il se trouvait par erreur et dans un uniforme qu'on lui avait imposé mais qui n'était pas le sien.

Et maintenant, pourquoi ma pensée va-t-elle, parmi tant d'autres écrivains, vers le poète Roger Gilbert-Lecomte? Lui aussi, la foudre l'a frappé à la même période que les deux précédents, comme si quelques personnes devaient servir de paratonnerre pour que les autres soient épargnés.

Il m'est arrivé de croiser le chemin de Roger Gilbert-Lecomte. Au même âge, j'ai fréquenté comme lui les quartiers du sud: boulevard Brune, rue d'Alésia, hôtel Primavera, rue de la Voie-Verte... En 1938, il habitait encore ce quartier de la porte d'Orléans, avec une juive allemande, Ruth Kronenberg. Puis en 1939, toujours avec elle, un peu plus loin, le quartier de Plaisance, dans un atelier au 16 bis rue Bardinet. Combien de fois ai-je suivi ces rues, sans même savoir que Gilbert-Lecomte m'y avait précédé... Et sur la rive droite, à Montmartre, rue Caulaincourt, en 1965, je restais des après-midi entiers dans un café, au coin du square Caulaincourt, et dans une chambre de l'hôtel, au fond de l'impasse, Montmartre 42-99, en ignorant que Gilbert-Lecomte y avait habité, trente ans auparavant...

À la même époque, j'ai rencontré un docteur nommé Jean Puyaubert. Je croyais que j'avais un voile aux poumons. Je lui ai demandé de me signer un certificat pour éviter le service militaire. Il m'a donné rendez-vous dans une clinique où il travaillait, place d'Alleray, et il m'a radiographié : je n'avais rien aux poumons, je voulais me faire réformer et, pourtant, il n'y avait pas de guerre. Simplement, la perspective de vivre une vie de caserne comme je l'avais déjà vécue dans des pensionnats de onze à dix-sept ans me paraissait insurmontable.

Je ne sais pas ce qu'est devenu le docteur Jean Puyaubert. Des dizaines d'années après l'avoir rencontré, j'ai appris qu'il était l'un des meilleurs amis de Roger Gilbert-Lecomte et que celui-ci lui avait demandé, au même âge, le même service que moi : un certificat médical constatant qu'il avait souffert d'une pleurésie – pour être réformé.

Roger Gilbert-Lecomte... Il a traîné ses dernières années à Paris, sous l'Occupation... En juillet 1942, son amie Ruth Kronenberg s'est fait arrêter en zone libre au moment où elle revenait de la plage de Collioure. Elle a été déportée dans le convoi du 11 septembre, une semaine avant Dora Bruder. Une jeune fille de Cologne, arrivée à Paris vers 1935, à vingt ans, à cause des lois raciales. Elle aimait le théâtre et la poésie. Elle avait appris la couture pour faire des costumes de scène. Elle avait tout de suite rencontré Roger Gilbert-Lecomte, parmi d'autres artistes, à Montparnasse...

Il a continué à habiter seul dans l'atelier de la rue Bardinet. Puis une Mme Firmat qui tenait le café, en face, l'a recueilli et s'est occupée de lui. Il n'était plus qu'une ombre. À l'automne 1942, il entreprenait des expéditions harassantes à travers la banlieue, jusqu'à Bois-Colombes, rue des Aubépines, pour obtenir d'un certain docteur Bréavoine des ordonnances qui lui permettraient de trouver un peu d'héroïne. On l'avait repéré au cours de ses allées et venues. On l'avait arrêté et incarcéré à la prison de la Santé, le 21 octobre 1942. Il y était resté jusqu'au 19 novembre, à l'infirmerie. On l'avait relâché avec une assignation à comparaître en correctionnelle le mois suivant pour « avoir à Paris, Colombes, Bois-Colombes, Asnières, en 1942, acheté et détenu illicitement et sans motif légitime des stupéfiants, héroïne, morphine, cocaïne... ».

Début 1943, il a demeuré quelque temps dans une clinique d'Épinay, puis Mme Firmat l'a hébergé dans une chambre au-dessus de son café. Une étudiante à qui il avait prêté l'atelier de la rue Bardinet pendant son séjour en clinique y avait laissé une boîte d'ampoules de morphine, qu'il a utilisée goutte à goutte. Je n'ai pas retrouvé le nom de cette étudiante.

Il est mort du tétanos le 31 décembre 1943 à l'hôpital Broussais, à l'âge de trente-six ans. Des deux recueils de poèmes qu'il avait publiés quelques années avant la guerre, l'un s'appelait : *La Vie, l'Amour, la Mort, le Vide et le Vent.*

Beaucoup d'amis que je n'ai pas connus ont disparu en 1945, l'année de ma naissance.

Dans l'appartement du 15 quai de Conti, où habitait mon père depuis 1942 – le même appartement qu'avait loué Maurice Sachs l'année précédente –, ma chambre d'enfant était l'une des deux pièces qui donnaient sur la cour. Maurice Sachs raconte qu'il avait prêté ces deux pièces à un certain Albert, surnommé «le Zébu». Celui-ci y recevait «toute une bande de jeunes comédiens qui rêvaient de former une troupe et d'adolescents qui commençaient à écrire». Ce «Zébu», Albert Sciaky, portait le même prénom que mon père et appartenait lui aussi à une famille juive italienne de Salonique. Et comme moi, exactement trente ans plus tard, au même âge, il avait publié à vingt et un ans, en 1938, chez Gallimard, un premier roman, sous le pseudonyme de François Vernet. Par la suite, il est entré dans la Résistance. Les Allemands l'ont arrêté. Il a écrit sur le mur de la cellule 218, deuxième division à Fresnes : «Zébu arrêté le 10.2.44. Suis au régime de rigueur pendant 3 mois, interrogé du 9 au 28 mai, ai passé la visite le 8 juin, 2 jours après le débarquement allié.»

Il est parti du camp de Compiègne dans le convoi du 2 juillet 1944 et il est mort à Dachau en mars 1945.

Ainsi, dans l'appartement où Sachs se livrait à ses trafics d'or, et où, plus tard, mon père se cachait sous une fausse identité, «le Zébu» avait occupé ma chambre d'enfant. D'autres, comme lui, juste avant ma naissance, avaient épuisé toutes les peines, pour nous permettre de n'éprouver que de petits chagrins. Je m'en étais déjà aperçu vers dix-huit ans, lors de ce trajet en panier à salade avec mon père – trajet qui n'était que la répétition inoffensive et la parodie d'autres trajets, dans les mêmes véhicules et vers les mêmes commissariats de police – mais d'où l'on ne revenait jamais à pied, chez soi, comme je l'avais fait ce jour-là.

Une fin d'après-midi de 31 décembre, où la nuit était tombée très tôt, comme aujourd'hui, j'avais vingt-trois ans et je me souviens d'avoir rendu visite au docteur Ferdière. Cet homme me témoignait la plus grande gentillesse dans une période qui était pour moi pleine d'angoisse et d'incertitude. Je savais vaguement qu'il avait accueilli Antonin Artaud à l'hôpital psychiatrique de Rodez et qu'il avait tenté de le soigner. Mais une coïncidence m'avait frappé, ce soir-là : j'avais apporté au docteur Ferdière un exemplaire de mon premier livre, *La Place de l'Étoile*, et il avait été surpris du titre. Il était allé chercher dans sa bibliothèque un mince volume de couleur grise qu'il m'avait montré : *La Place de l'Étoile* de Robert Desnos, dont il avait été l'ami. Le docteur Ferdière avait édité lui-même cet ouvrage à Rodez, en 1945, quelques mois après la mort de Desnos au camp de Terezin, et l'année de ma naissance. J'ignorais que Desnos avait écrit *La Place de l'Étoile*. Je lui avais volé, bien involontairement, son titre.

Main courante du commissariat Clignancourt n° 2563. 9 mai 1942. Dora Bruder. Fugue. Partie le lundi 4 mai 1942. Main courante n° 3230. 9 juin 1942. Dora Bruder. Rubrique : « disparitions de jeunes filles ». Procès-verbal 9 juin 1942 : déclaration de Cécile Bruder. « Disparition de Dora Bruder. » Main courante n° 3335. 13 juin 1942. « Vagabondage de mineur ». P. J. Bruder Dora. Sans domicile. Audition Bruder, Cécile.

Main courante n° 3336. 13 juin 1942. Ordre d'envoi à M. Roux : Dora Bruder. Juive, chez ses parents. 41 boulevard Ornano. « Défaut d'insigne ».

Un ami a trouvé, il y a deux mois, dans les archives du Yivo Institute, à New York, ce document parmi tous ceux de l'ancienne Union générale des israélites de France, organisme créé pendant l'Occupation :

« 3 L / SBL /                                    Le 17 juin 1942
                                                        0032

Note pour Mlle Salomon
Dora Bruder a été remise à sa mère le 15 courant, par les soins du commissariat de police du quartier Clignancourt.
En raison de ses fugues successives, il paraîtrait indiqué de la faire admettre dans une maison de redressement pour l'enfance.
Du fait de l'internement du père et de l'état d'indigence de la mère, les assistantes sociales de la police (quai de Gesvres) feraient le nécessaire si on le leur demandait. »

Ainsi, Dora Bruder, après son retour au domicile maternel le 17 avril 1942, a fait de nouveau des fugues. À peine trois semaines volées au printemps 1942. Où et dans quelles circonstances a-t-elle été appréhendée et conduite au commissariat du quartier Clignancourt?

Depuis le 7 juin, les juifs étaient astreints au port de l'étoile jaune. Ceux dont les noms commençaient par les lettres A et B étaient allés chercher ces étoiles dans les commissariats dès le mardi 2 juin et ils avaient signé les registres ouverts à cet effet. Au moment où on l'emmenait au commissariat, Dora Bruder portait-elle l'étoile? J'en doute, quand je me souviens de ce que disait d'elle sa cousine. Un caractère rebelle et indépendant. Et puis, il y avait de fortes chances pour qu'elle fût en cavale bien avant le début de juin.

S'est-elle fait arrêter dans la rue parce qu'elle ne portait pas l'étoile? J'ai retrouvé la circulaire du 6 juin 1942 précisant le sort de ceux qui étaient pris en infraction à la huitième ordonnance relative au port de l'insigne:

«Le Directeur de la Police Judiciaire et le Directeur de la Police Municipale:

À MM. les commissaires divisionnaires, commissaires de la voie publique des arrondissements, commissaires des quartiers de Paris et tous autres services police municipale et police judiciaire (en communication: Direction des renseignements généraux, Direction des services techniques, Direction des étrangers et des affaires juives...).

Procédure:

1 – Juifs – hommes âgés de 18 ans et plus:

Tout juif en infraction sera envoyé au dépôt par les soins du commissaire de voie publique avec un ordre d'envoi spécial et individuel, établi en deux exemplaires (la copie étant destinée à M. Roux, commissaire divisionnaire, chef des compagnies de circulation – section du dépôt). Cette pièce énoncera, outre le lieu, le jour, l'heure et les circonstances de l'arrestation, les nom, prénom, date et lieu de naissance, situation de famille, profession, domicile et nationalité du détenu administratif.

2 – Mineurs des deux sexes de 16 à 18 ans et femmes juives : Ils seront également envoyés au dépôt par les soins des commissaires de voie publique suivant les modalités énoncées ci-dessus.

La permanence du dépôt transmettra les ordres d'envoi originaux à la Direction des étrangers et des affaires juives, qui, après avis de l'autorité allemande, statuera sur leur cas. Aucun élargissement ne devra être effectué sans ordre écrit de cette direction.

La Direction de la Police Judiciaire
Tanguy
La Direction de la Police Municipale
Hennequin»

Des centaines d'adolescents comme Dora furent arrêtés dans la rue, en ce mois de juin, selon les consignes précises et détaillées de MM. Tanguy et Hennequin. Ils passèrent par le Dépôt et Drancy, avant Auschwitz. Bien sûr, les «ordres d'envois spéciaux et individuels», dont une copie était destinée à M. Roux, ont été détruits après la guerre ou peut-être même au fur et à mesure des arrestations. Mais il en reste quand même quelques-uns, laissés par mégarde :

«Rapport du 25 août 1942
Le 25 août 1942
J'envoie au dépôt pour défaut de port de l'insigne juif :
Sterman, Esther, née le 13 juin 1926 à Paris 12ᵉ, 42 rue des Francs-Bourgeois – 4ᵉ.
Rotsztein, Benjamin, né le 19 décembre 1922 à Varsovie, 5 rue des Francs-Bourgeois, arrêtés à la gare d'Austerlitz par les inspecteurs de la 3ᵉ section des renseignements généraux.»

Rapport de police en date du 1ᵉʳ septembre 1942 :

«Les inspecteurs Curinier et Lasalle à Monsieur le Commissaire principal, chef de la Brigade Spéciale
Nous mettons à votre disposition la nommée Jacobson Louise née le vingt-quatre décembre mille neuf cent vingt-quatre à Paris, douzième arrondissement […] depuis mille neuf cent

vingt-cinq de nationalité française par naturalisation, de race juive, célibataire.

Demeurant chez sa mère, 8 rue des Boulets, 11e arrondissement, étudiante.

Arrêtée ce jour vers quatorze heures, au domicile de sa mère, dans les circonstances suivantes :

Alors que nous procédions à une visite domiciliaire au lieu sus-indiqué, la jeune Jacobson est entrée chez elle et nous avons remarqué qu'elle ne portait pas l'insigne propre aux juifs ainsi qu'il est prescrit par une ordonnance allemande.

Elle nous a déclaré être partie de chez elle à huit heures trente minutes et être allée à un cours de préparation au baccalauréat au Lycée Henri-IV, rue Clovis.

Par ailleurs, des voisins de cette jeune personne nous ont déclaré que cette jeune personne sortait souvent de chez elle sans cet insigne.

La demoiselle Jacobson est inconnue aux archives de notre direction ainsi qu'aux sommiers judiciaires.»

«17 mai 1944. Hier à 22 h 45, au cours d'une ronde, deux gardiens de la paix du 18e arrondissement ont arrêté le juif Français Barmann, Jules, né le 25 mars 1925 à Paris 10e, domicilié 40 bis rue du Ruisseau (18e) qui, sur interpellation des deux gardiens, avait pris la fuite, étant dépourvu de l'étoile jaune. Les gardiens ont tiré trois coups de feu dans sa direction sans l'atteindre et l'ont arrêté au 8e étage de l'immeuble 12 rue Charles-Nodier (18e) où il s'était réfugié.»

Mais, selon la «Note pour Mlle Salomon», Dora Bruder aurait été remise à sa mère malgré «l'ordre d'envoi spécial et individuel» à M. Roux − cela veut dire qu'au commissariat de Clignancourt, ce jour-là, ils n'ont pas fait la différence entre Dora et n'importe quelle jeune fille fugueuse. À moins que les policiers eux-mêmes ne soient à l'origine de la «Note pour Mlle Salomon».

Je n'ai pas retrouvé la trace de cette Mlle Salomon. Est-elle encore vivante? Elle travaillait apparemment à l'UGIF, un organisme dirigé par des notables israélites français et qui

regroupait pendant l'Occupation les œuvres d'assistance destinées à la communauté juive. L'Union générale des israélites de
France joua en effet un rôle d'assistance pour un grand nombre
de personnes mais elle avait malheureusement une origine
ambiguë, puisqu'elle fut créée à l'initiative des Allemands et
de Vichy, les Allemands pensant qu'un tel organisme sous leur
contrôle faciliterait leurs desseins, comme les *Judenrate* qu'ils
avaient établis dans les villes de Pologne.

Les notables et le personnel de l'UGIF portaient sur eux une
carte appelée «de légitimation», qui les mettait à l'abri des rafles et
des internements. Mais bientôt, ce passe-droit se révéla illusoire. À
partir de 1943, des centaines de dirigeants et d'employés de l'UGIF
furent arrêtés et déportés. Dans la liste de ceux-ci, j'ai trouvé une
Alice Salomon, qui travaillait en zone libre. Je doute qu'elle soit
cette Mlle Salomon à qui était adressée la note au sujet de Dora.

Qui a écrit cette note? Un employé de l'UGIF. Et cela suppose
que l'on connaissait à l'UGIF, depuis un certain temps, l'existence de Dora Bruder et de ses parents. Il est probable que Cécile
Bruder, la mère de Dora, a fait appel, en désespoir de cause, à
cet organisme, comme la plupart des juifs qui vivaient dans une
extrême précarité et n'avaient plus aucun autre recours. C'était
aussi le seul moyen pour elle d'avoir des nouvelles de son mari,
interné au camp de Drancy depuis mars, et de lui faire parvenir
des colis. Et elle pensait peut-être qu'avec l'aide de l'UGIF elle
finirait par retrouver sa fille.

«Les assistantes sociales de la police (quai de Gesvres) feraient
le nécessaire si on le leur demandait.» Elles étaient au nombre
de vingt et appartenaient, en cette année 1942, à la Brigade de
protection des mineurs de la Police judiciaire. Elles y formaient
une section autonome dirigée par une assistante de police
principale-chef.

J'ai retrouvé une photo de deux d'entre elles prise à cette
époque. Des femmes d'environ vingt-cinq ans. Elles portent un
manteau noir – ou bleu marine – et, sur la tête, une sorte de
calot orné d'un écusson avec deux P : Préfecture de Police. Celle
de gauche, une brune dont les cheveux tombent presque à la
hauteur des épaules, tient à la main une sacoche. Celle de droite
semble avoir du rouge aux lèvres. Derrière la brune, sur le mur,

deux plaques où il est écrit : ASSISTANTES DE POLICE. Au-dessous, une flèche. Au-dessous : « Permanence de 9 h 30 à 12 h. » La tête et le calot de la brune cachent à moitié les inscriptions de la plaque inférieure. On peut y lire, tout de même :
Section D'E...
INSPECTEURS
En dessous, une flèche : « Couloir à Droite Porte... »
On ne saura jamais le numéro de cette porte.

Je me demande ce qui s'est passé, pour Dora, entre le samedi 13 juin, quand elle se trouve au commissariat du quartier Clignancourt, et le 17 juin, le jour de la « Note pour Mlle Salomon ». Est-ce qu'on l'a laissée sortir de ce commissariat avec sa mère ?

Si elle a pu quitter le poste de police et rentrer à l'hôtel du boulevard Ornano en compagnie de sa mère – c'était tout près, il suffisait de suivre la rue Hermel –, alors cela veut dire qu'on est venu la rechercher trois jours plus tard, après que Mlle Salomon eut pris contact avec les assistantes sociales de la police, quai de Gesvres, au numéro 12, où se trouvait le Service de la Protection de l'Enfance.

Mais j'ai l'impression que les choses ne se sont pas déroulées aussi simplement. J'ai souvent suivi cette rue Hermel dans les deux sens, vers la Butte Montmartre ou vers le boulevard Ornano, et j'ai beau fermer les yeux, j'ai peine à imaginer Dora et sa mère marchant le long de cette rue jusqu'à leur chambre d'hôtel, par un après-midi ensoleillé de juin, comme si c'était un jour ordinaire.

Je crois que le 13 juin, dans ce commissariat de police du quartier Clignancourt, un engrenage s'est déclenché, auquel Dora ni sa mère ne pouvaient plus rien. Il arrive que les enfants éprouvent des exigences plus grandes que celles de leurs parents et qu'ils adoptent devant l'adversité une attitude plus violente que la leur. Ils laissent loin, très loin, derrière eux, leurs parents. Et ceux-ci, désormais, ne peuvent plus les protéger.

Face aux policiers, à Mlle Salomon, aux assistantes sociales de la Préfecture, aux ordonnances allemandes et aux lois françaises, Cécile Bruder devait se sentir bien vulnérable, à cause de son mari interné au camp de Drancy, et de son «état d'indigence». Et bien désemparée face à Dora, qui était une rebelle, et avait voulu, à plusieurs reprises, déchirer cette nasse tendue sur elle et ses parents.

«En raison de ses fugues successives, il paraîtrait indiqué de la faire admettre dans une maison de redressement pour l'enfance.»

Peut-être Dora a-t-elle été emmenée, du commissariat de Clignancourt, au Dépôt de la Préfecture de police, comme il était d'usage. Alors elle a connu la grande salle à soupirail, les cellules, les paillasses sur lesquelles s'entassaient pêle-mêle les juives, les prostituées, les «droits-communs», les «politiques». Elle a connu les punaises, l'odeur infecte et les gardiennes, ces religieuses vêtues de noir, avec leur petit voile bleu et desquelles il ne fallait attendre aucune miséricorde.

Ou bien l'a-t-on conduite directement quai de Gesvres, permanence de 9 h 30 à 12 h. Elle a suivi le couloir, à droite, jusqu'à cette porte dont j'ignorerai toujours le numéro.

En tout cas, le 19 juin 1942, elle a dû monter dans une voiture cellulaire, où se trouvaient déjà cinq autres filles de son âge. À moins que ces cinq-là, on ne les ait prises en faisant la tournée des commissariats. La voiture les a menées jusqu'au centre d'internement des Tourelles, boulevard Mortier, à la porte des Lilas.

Pour l'année 1942, il existe un registre des Tourelles. Sur la couverture de celui-ci est écrit : FEMMES. Y sont consignés les noms des internées, au fur et à mesure de leur arrivée. Il s'agissait de femmes arrêtées pour faits de résistance, de communistes et, jusqu'en août 1942, de juives qui avaient commis une infraction aux ordonnances allemandes : défense de sortir après huit heures du soir, port de l'étoile jaune, défense de franchir la ligne de démarcation pour passer en zone libre, défense d'utiliser un téléphone, d'avoir un vélo, un poste de TSF...

À la date du 19 juin 1942, on lit sur ce registre :

« Entrées 19 juin 1942
439. 19.6.42. 5e Bruder Dora, 25.2.26. Paris 12e. Française. 41 bd d'Ornano. J. xx Drancy le 13/8/42. »

Les noms qui suivent, ce jour-là, sont ceux des cinq autres filles, toutes de l'âge de Dora :

« 440. 19.6.42. 5e Winerbett Claudine. 26.11.24. Paris 9e. Française. 82 rue des Moines. J. xx Drancy le 13/8/42.
1. 19.6.42. 5e Strohlitz Zélie. 4.2.26. Paris 11e. Française. 48 rue Molière. Montreuil. J. Drancy 13/8/42.
2. 19.6.42. Israelowicz Raca. 15.7.1924. Lodz. ind. J. 26 rue (illisible). Remise autorités allemandes convoi 19/7/42.
3. Nachmanowicz Marthe. 22.3.25. Paris. Française. 258 rue Marcadet. J. xx Drancy le 13/8/42.
4. 19.6.42. 5e Pitoun Yvonne. 27.1.25. Alger. Française. 3 rue Marcel-Sembat. J. xx Drancy le 13/8/42. »

Les gendarmes leur donnaient à chacune un numéro matricule. À Dora, le numéro 439. J'ignore le sens du chiffre 5e. La lettre J voulait dire : juive. Drancy le 13/8/42 a été rajouté, chaque fois : le 13 août 1942, les trois cents femmes juives qui étaient encore internées aux Tourelles furent transférées au camp de Drancy.

Ce vendredi 19 juin, le jour où Dora est arrivée aux Tourelles, on avait fait rassembler dans la cour de la caserne toutes les femmes après le déjeuner. Trois officiers allemands étaient présents. On a donné l'ordre aux juives de dix-huit à quarante-deux ans de se mettre sur un rang, le dos tourné. L'un des Allemands avait déjà la liste complète de celles-ci et les appelait au fur et à mesure. Les autres sont remontées dans leurs chambrées. Les soixante-six femmes, que l'on avait ainsi séparées de leurs compagnes, ont été enfermées dans une grande pièce vide, sans un lit, sans un siège, où elles sont restées isolées pendant trois jours, les gendarmes se tenant en faction devant la porte.

Le lundi 22 juin, à cinq heures du matin, des autobus sont venus les chercher pour les mener au camp de Drancy. Le jour même, elles étaient déportées dans un convoi de plus de neuf cents hommes. C'était le premier convoi qui partait de France avec des femmes. La menace qui planait sans qu'on pût très bien lui donner un nom et que, par moments, on finissait par oublier s'est précisée pour les juives des Tourelles. Et pendant les trois premiers jours de son internement, Dora a vécu dans ce climat oppressant. Le matin du lundi, quand il faisait encore nuit, elle a vu par les fenêtres fermées, comme toutes ses camarades d'internement, partir les soixante-six femmes.

Un fonctionnaire de police avait établi le 18 juin, ou dans la journée du 19 juin, l'ordre d'envoi de Dora Bruder au camp des Tourelles. Cela se passait-il dans le commissariat du quartier Clignancourt ou 12 quai de Gesvres, au Service de la Protection de l'Enfance ? Cet ordre d'envoi devait être dressé en deux exemplaires qu'il fallait remettre aux convoyeurs des voitures cellulaires, revêtu d'un cachet et d'une signature. Au moment de signer, ce fonctionnaire mesurait-il la portée de son geste ? Au fond, il ne s'agissait, pour lui, que d'une signature de routine et, d'ailleurs, l'endroit où était envoyée cette jeune fille était encore désigné par la Préfecture de police sous un vocable rassurant : «Hébergement. Centre de séjour surveillé.»

J'ai pu identifier quelques femmes, parmi celles qui sont parties le lundi 22 juin, à cinq heures du matin, et que Dora a croisées en arrivant le vendredi aux Tourelles.

Claudette Bloch avait trente-deux ans. Elle s'était fait arrêter, en allant avenue Foch, au siège de la Gestapo, demander des nouvelles de son mari arrêté en décembre 1941. Elle a été l'une des rares personnes survivantes du convoi.

Josette Delimal avait vingt et un ans. Claudette Bloch l'avait connue au Dépôt de la Préfecture de police avant qu'elles fussent toutes les deux internées aux Tourelles, le même jour. Selon son témoignage, Josette Delimal «avait eu la vie dure avant la guerre et n'avait pas accumulé l'énergie que l'on puise dans les souvenirs heureux. Elle était complètement effondrée. Je la réconfortais de mon mieux [...]. Lorsqu'on nous conduisit au dortoir où l'on nous assigna un lit, je demandai avec insistance que nous ne soyons pas séparées. Nous ne nous quittâmes pas jusqu'à Auschwitz, où bientôt le typhus l'emporta». Voilà le peu de chose que je sais de Josette Delimal. J'aimerais en savoir plus.

Tamara Isserlis. Elle avait vingt-quatre ans. Une étudiante en médecine. Elle avait été arrêtée au métro Cluny pour avoir porté «sous l'étoile de David le drapeau français». Sa carte d'identité, que l'on a retrouvée, indique qu'elle habitait 10 rue de Buzenval à Saint-Cloud. Elle avait le visage ovale, les cheveux châtain blond et les yeux noirs.

Ida Levine. Vingt-neuf ans. Il reste quelques lettres d'elle à sa famille, qu'elle écrivait du Dépôt, puis du camp des Tourelles. Elle a jeté sa dernière lettre du train, en gare de Bar-le-Duc, et des cheminots l'ont postée. Elle y disait : «Je suis en route pour une destination inconnue mais le train d'où je vous écris se dirige vers l'est : peut-être allons-nous assez loin...»

Hena : Je l'appellerai par son prénom. Elle avait dix-neuf ans. Elle s'était fait arrêter parce qu'elle avait cambriolé un appartement, elle et son ami, et dérobé cent cinquante mille francs de l'époque et des bijoux. Peut-être rêvait-elle de quitter la France avec cet argent et d'échapper aux menaces qui pesaient sur sa vie. Elle était passée devant un tribunal correctionnel. On l'avait condamnée pour ce vol. Comme elle était juive, on ne l'avait pas enfermée dans une prison ordinaire, mais aux Tourelles. Je me sens solidaire de son cambriolage. Mon père aussi, en 1942, avec des complices, avait pillé les stocks de roulements à billes de la société SKF avenue de la Grande-Armée, et ils avaient chargé la marchandise sur des camions, pour l'apporter jusqu'à leur officine de marché noir, avenue Hoche. Les ordonnances allemandes, les lois de Vichy, les articles de journaux ne leur accordaient qu'un statut de pestiférés et de droits-communs, alors il était légitime qu'ils se conduisent comme des hors-la-loi afin de survivre. C'est leur honneur. Et je les aime pour ça.

Ce que je sais d'autre sur Hena se résume à presque rien : elle était née le 11 décembre 1922 à Pruszkow en Pologne et habitait 142 rue Oberkampf, une rue dont j'ai souvent, comme elle, suivi la pente.

Annette Zelman. Elle avait vingt et un ans. Elle était blonde. Elle habitait 58 boulevard de Strasbourg. Elle vivait avec un jeune homme, Jean Jausion, fils d'un professeur de médecine. Il avait publié ses premiers poèmes dans une revue surréaliste, *Les Réverbères*, qu'ils avaient créée lui et des amis, peu de temps avant la guerre.

Annette Zelman. Jean Jausion. En 1942, on les voyait souvent au café de Flore, tous les deux. Ils s'étaient réfugiés un certain temps en zone libre. Et puis le malheur était tombé sur eux. Il tient en peu de mots, dans une lettre d'un officier de la Gestapo :

« 21 mai 1942 concerne : Mariage entre non-juifs et juifs
J'ai appris que le ressortissant français (aryen) Jean Jausion, étudiant en philosophie, 24 ans, habitant Paris, a l'intention d'épouser pendant les jours de Pentecôte la juive Anna, Malka Zelman, née le 6 octobre 1921 à Nancy.

Les parents de Jausion désiraient eux-mêmes empêcher de toute manière cette union, mais ils n'en ont pas le moyen.

J'ai par conséquent ordonné, comme mesure préventive, l'arrestation de la juive Zelman et son internement dans le camp de la caserne des Tourelles...»

Et une fiche de la police française :

«Annette Zelman, juive, née à Nancy le 6 octobre 1921. Française : arrêtée le 23 mai 1942. Écrouée au dépôt de la Préfecture de police du 23 mai au 10 juin, envoyée au camp des Tourelles du 10 juin au 21 juin, transférée en Allemagne le 22 juin. Motif de l'arrestation : projet de mariage avec un aryen, Jean Jausion. Les deux futurs ont déclaré par écrit renoncer à tout projet d'union, conformément au désir instant du Dr H. Jausion, qui avait souhaité qu'ils en fussent dissuadés et que la jeune Zelman fût simplement remise à sa famille, sans être aucunement inquiétée.»

Mais ce docteur qui usait d'étranges moyens de dissuasion était bien naïf : la police n'a pas remis Annette Zelman à sa famille.

Jean Jausion est parti comme correspondant de guerre à l'automne 1944. J'ai retrouvé dans un journal du 11 novembre 1944 cet avis :

«Recherche. La direction de notre confrère *Franc-Tireur* serait reconnaissante à toutes personnes pouvant donner des nouvelles sur la disparition d'un de ses collaborateurs, Jausion, né le 20 août 1917 à Toulouse, domicilié 21 rue Théodore-de-Banville, Paris. Parti le 6 septembre comme reporter de *Franc-Tireur* avec un jeune ménage d'anciens maquisards, les Leconte, dans une Citroën 11 noire, traction avant, immatriculée RN 6283 portant à l'arrière l'inscription blanche : *Franc-Tireur.*»

J'ai entendu dire que Jean Jausion avait lancé sa voiture sur une colonne allemande. Il les avait mitraillés avant qu'ils ne ripostent et qu'il ne trouve la mort qu'il était venu chercher.

L'année suivante, en 1945, un livre de Jean Jausion paraissait. Il avait pour titre : *Un homme marche dans la ville.*

J'ai trouvé, par hasard, il y a deux ans, dans une librairie des quais, la dernière lettre d'un homme qui est parti dans le convoi du 22 juin, avec Claudette Bloch, Josette Delimal, Tamara Isserlis, Hena, Annette, l'amie de Jean Jausion...

La lettre était à vendre, comme n'importe quel autographe, ce qui voulait dire que le destinataire de celle-ci et ses proches avaient disparu à leur tour. Un mince carré de papier recouvert recto verso d'une écriture minuscule. Elle avait été écrite du camp de Drancy par un certain Robert Tartakovsky. J'ai appris qu'il était né à Odessa le 24 novembre 1902 et qu'il avait tenu une chronique d'art dans le journal *L'Illustration* avant la guerre. Je recopie sa lettre, ce mercredi 29 janvier 1997, cinquante-cinq ans après.

« 19 juin 1942. Vendredi.
Madame TARTAKOVSKY.
50 rue Godefroy-Cavaignac. Paris XI<sup>e</sup>

C'est avant-hier que j'ai été nommé pour le départ. J'étais moralement prêt depuis longtemps. Le camp est affolé, beaucoup pleurent, ils ont peur. La seule chose qui m'ennuie c'est que bien des vêtements que j'ai demandés depuis longtemps ne m'ont jamais été envoyés. J'ai fait partir un bon de colis vestimentaire : aurai-je à temps ce que j'attends ? Je voudrais que ma mère ne s'inquiète pas, ni personne. Je ferai de mon mieux pour revenir sain et sauf. Si vous n'avez pas de nouvelles, ne vous inquiétez pas, au besoin adressez-vous à la Croix-Rouge. Réclamez au commissariat de Saint-Lambert (mairie du XV<sup>e</sup>) métro Vaugirard, les papiers saisis le 3/5. Inquiétez-vous de mon bulletin d'engagé volontaire matricule 10107, je ne sais s'il est au camp et si l'on me le rendra. Prière de porter une épreuve d'Albertine chez Mme BIANOVICI 14 rue Deguerry Paris XIᵉ, elle est pour un camarade de chambre. Cette personne vous remettra mille deux cents francs. Prévenez-la par lettre pour être sûre de la trouver. Le sculpteur sera convoqué par les Trois Quartiers pour leur galerie d'art, c'est à la suite de mes démarches auprès de M. Gompel, interné à Drancy : si cette galerie voulait la totalité d'une édition, réserver de toute façon trois épreuves, soit qu'elles soient déjà vendues direz-vous, soit réservées pour l'éditeur. Vous pouvez si le moule le supporte *suivant ladite demande,* tirer deux épreuves de plus que vous ne pensiez. Je voudrais que vous ne soyez pas trop tourmentées. Je souhaite que Marthe parte en vacances. Mon silence ne signifiera jamais que cela va mal. Si ce mot vous parvient à temps envoyez le maximum de colis alimentaires, le poids sera d'ailleurs moins surveillé. Toute verrerie vous sera retournée, on nous interdit couteau, fourchette, lames rasoir, stylo etc. Aiguilles, même. Enfin j'essaierai de me débrouiller. Biscuits de soldats ou pain azyme souhaité. Dans ma carte de correspondance habituelle je parlais d'un camarade PERSIMAGI voir pour lui (Irène) l'ambassade de Suède, il est bien plus grand que moi et est en loques (voir Gattégno 13 rue Grande-Chaumière). Un ou deux bons savons, savon à raser, blaireau, une brosse à dents, une brosse à main souhaitées, tout se mêle dans mon esprit je voudrais mêler l'utile et tout ce que je voudrais vous dire d'autre. Nous partons près d'un millier. Il y a aussi des Aryens dans le camp. On les oblige à porter l'insigne juif. Hier le capitaine allemand Doncker est venu au camp, cela a été une fuite éperdue. Recommander à tous les amis d'aller, s'ils le peuvent, prendre l'air ailleurs car ici il faut laisser toute espérance. Je ne sais si nous serons dirigés sur Compiègne avant le grand départ. Je ne renvoie pas de linge, je laverai ici. La lâcheté du plus grand nombre m'effraie. Je me demande ce que cela fera quand nous serons là-bas. À l'occasion voyez Mme de Salzman, non pour lui demander quoi que ce soit mais à titre d'information. Peut-être aurai-je l'occasion de rencontrer celui que Jacqueline voulait faire libérer. Recommandez bien à ma mère la prudence, on arrête chaque jour, ici il y a de très jeunes 17, 18 et vieux, 72 ans. Jusqu'à lundi matin vous pouvez même à plusieurs reprises, envoyer ici des colis. Téléphonez à l'UGIF rue de la Bienfaisance ce n'est plus vrai ne vous laissez pas envoyer promener, les colis que vous porterez aux adresses habituelles seront acceptés. Je n'ai pas voulu vous alarmer dans mes lettres précédentes, tout en m'étonnant de ne pas recevoir ce qui devait constituer mon trousseau de voyage. J'ai l'intention de renvoyer ma montre à Marthe, peut-être mon stylo, je les confierai à B. pour cela. Dans colis vivres ne mettez rien de périssable, si cela doit me courir après. Photos sans correspondance dans colis vivres ou linge. Renverrai probablement livres sur l'art dont je vous remercie vivement. Je devrai sans doute passer l'hiver, je suis prêt, ne soyez pas inquiètes. Relisez mes cartes. Vous verrez ce que je demandais dès le premier jour et qui ne me revient pas à l'esprit. Laine à repriser. Écharpe. Stérogyl 15. Le sucre s'effrite boîte métal chez ma mère. Ce qui m'ennuie c'est que l'on tond à ras tous les déportés et que cela les identifie même plus que l'insigne. En cas de dispersion l'Armée du Salut reste le centre où je donnerai des nouvelles, prévenez Irène.

Samedi 20 juin 1942 – Mes très chères, j'ai reçu hier valise, merci pour tout. Je ne sais mais je crains un départ précipité. Aujourd'hui je dois être tondu à ras. À partir de ce soir les partants seront sans doute enfermés dans un corps de bâtiment spécial et surveillés de près, accompagnés même aux W-C par un gendarme. Une atmosphère sinistre plane sur tout le camp. Je ne pense pas que l'on passe par Compiègne. Je sais que nous allons recevoir trois jours de vivres pour la route. Je crains d'être parti avant tout autre colis, mais ne vous inquiétez pas, le dernier est très copieux et depuis mon arrivée ici j'avais mis de côté tout le chocolat, les conserves et le gros saucisson. Soyez tranquilles, vous serez dans ma pensée. Les disques de *Petrouchka*, je voulais les faire remettre à Marthe le 28/7, l'enregistrement est complet en 4 d. J'ai vu B. hier soir pour le remercier de ses attentions, il sait que j'ai défendu ici auprès de personnalités les œuvres du sculpteur. Suis heureux photos récentes que n'ai pas montrées à B., me suis excusé de ne pas lui offrir photo œuvre mais il lui est loisible de les demander ai-je dit. Regrette d'interrompre les éditions, si je reviens vite il sera temps encore. J'aime la sculpture de Leroy, aurais édité avec joie une réduction à la portée de mes moyens, même à q. q. heures du départ cela ne me quitte pas.

Je vous prie d'entourer ma mère sans négliger pour cela tout ce qui vous est personnel veux-je dire. Recommandez à Irène, qui est sa voisine, ce vœu. Tâchez de téléphoner au D<sup>r</sup> André ABADI (si toujours à Paris). Dites à André que la personne dont il a déjà l'adresse, je l'ai rencontrée le 1<sup>er</sup> mai et que le 3 j'étais arrêté (est-ce seulement coïncidence?). Peut-être que ce mot désordonné vous étonnera mais l'ambiance est pénible, il est 6 h 30 du matin. Je dois renvoyer tout à l'heure ce que je n'emporte pas, je crains d'emmener trop. Si cela plaît aux fouilleurs on peut au dernier moment envoyer promener une valise si la place manque ou selon leur humeur (ce sont des membres de la Police des questions juives, doriotistes ou piloristes). Pourtant cela serait utile. Je vais faire un triage. Dès que vous n'aurez plus de mes nouvelles ne vous affolez pas, ne courez pas, attendez patiemment et avec confiance, ayez confiance en moi, dites bien à ma mère que je préfère être de ce voyage, j'ai vu partir (vous l'ai dit) pour Ailleurs. Ce qui me désole c'est d'être obligé de me séparer du stylo, de n'avoir pas le droit d'avoir du papier (une pensée ridicule me traverse l'esprit : les couteaux sont interdits et je n'ai pas une simple clef à sardines). Je ne crâne pas, n'en ai pas le goût, l'atmosphère : des malades et des infirmes ont été désignés pour le départ aussi, en nombre important. Je pense à Rd aussi, espère que définitivement à l'abri. J'avais chez Jacques Daumal toutes sortes de choses. Je pense que inutile peut-être sortir livres de chez moi maintenant, vous laisse libres. Pourvu que nous ayons beau temps pour la route! Occupez-vous des allocations de ma mère, faites-la aider par l'UGIF. J'espère que vous serez maintenant réconciliées avec Jacqueline, elle est surprenante mais chic fille au fond (le jour s'éclaire, il va faire une belle journée). J'ignore si vous avez reçu ma carte ordinaire, si j'aurai réponse avant départ. Je pense à ma mère, à vous. À tous mes camarades qui m'ont si affectueusement aidé à garder ma liberté. Merci de tout cœur à ceux qui m'ont permis de "passer l'hiver". Je vais laisser cette lettre en suspens. Il faut que je prépare mon sac. À tout à l'heure. Stylo et montre chez Marthe quoi que dise ma mère, cette note pour le cas où je ne pourrais continuer. Maman chérie, et vous mes très chères, je vous embrasse avec émotion. Soyez courageuses. À tout à l'heure, il est 7 heures.»

Deux dimanches du mois d'avril 1996, je suis allé dans les quartiers de l'est, ceux du Saint-Cœur-de-Marie et des Tourelles, pour essayer d'y retrouver la trace de Dora Bruder. Il me semblait que je devais le faire un dimanche où la ville est déserte, à marée basse.

Il ne reste plus rien du Saint-Cœur-de-Marie. Un bloc d'immeubles modernes se dresse à l'angle de la rue de Picpus et de la rue de la Gare-de-Reuilly. Une partie de ces immeubles portent les derniers numéros impairs de la rue de la Gare-de-Reuilly, là où était le mur ombragé d'arbres du pensionnat. Un peu plus loin, sur le même trottoir, et en face, côté numéros pairs, la rue n'a pas changé.

On a peine à croire qu'au 48 bis, dont les fenêtres donnaient sur le jardin du Saint-Cœur-de-Marie, les policiers sont venus arrêter neuf enfants et adolescents un matin de juillet 1942, tandis que Dora Bruder était internée aux Tourelles. C'est un immeuble de cinq étages aux briques claires. Deux fenêtres, à chacun des étages, encadrent deux fenêtres plus petites. À côté, le numéro 40 est un bâtiment grisâtre, en renfoncement. Devant lui, un muret de brique et une grille. En face, sur le même trottoir que bordait le mur du pensionnat, quelques autres petits immeubles sont demeurés tels qu'ils étaient. Au numéro 54, juste avant d'arriver rue de Picpus, il y avait un café tenu par une certaine Mlle Lenzi.

J'ai eu la certitude, brusquement, que le soir de sa fugue, Dora s'était éloignée du pensionnat en suivant cette rue de la Gare-de-Reuilly. Je la voyais, longeant le mur du pensionnat. Peut-être parce que le mot «gare» évoque la fugue.

J'ai marché dans le quartier et au bout d'un moment j'ai senti peser la tristesse d'autres dimanches, quand il fallait rentrer au pensionnat. J'étais sûr qu'elle descendait du métro à Nation.

Elle retardait le moment où elle franchirait le porche et traverserait la cour. Elle se promenait encore un peu, au hasard, dans le quartier. Le soir tombait. L'avenue de Saint-Mandé est calme, bordée d'arbres. J'ai oublié s'il y a un terre-plein. On passe devant la bouche de métro ancienne de la station Picpus. Peut-être sortait-elle parfois de cette bouche de métro ? À droite, le boulevard de Picpus est plus froid et plus désolé que l'avenue de Saint-Mandé. Pas d'arbres, me semble-t-il. Mais la solitude de ces retours du dimanche soir.

Le boulevard Mortier est en pente. Il descend vers le sud. Pour le rejoindre, ce dimanche 28 avril 1996, j'ai suivi ce chemin : rue des Archives. Rue de Bretagne. Rue des Filles-du-Calvaire. Puis la montée de la rue Oberkampf, là où avait habité Hena.

À droite, l'échappée des arbres, le long de la rue des Pyrénées. Rue de Ménilmontant. Les blocs d'immeubles du 140 étaient déserts, sous le soleil. Dans la dernière partie de la rue Saint-Fargeau, j'avais l'impression de traverser un village abandonné.

Le boulevard Mortier est bordé de platanes. Là où il finit, juste avant la porte des Lilas, les bâtiments de la caserne des Tourelles existent toujours.

Le boulevard était désert, ce dimanche-là, et perdu dans un silence si profond que j'entendais le bruissement des platanes. Un haut mur entoure l'ancienne caserne des Tourelles et cache les bâtiments de celle-ci. J'ai longé ce mur. Une plaque y est fixée sur laquelle j'ai lu :

ZONE MILITAIRE
DÉFENSE DE FILMER OU DE PHOTOGRAPHIER

Je me suis dit que plus personne ne se souvenait de rien. Derrière le mur s'étendait un no man's land, une zone de vide et d'oubli. Les vieux bâtiments des Tourelles n'avaient pas été détruits comme le pensionnat de la rue de Picpus, mais cela revenait au même.

Et pourtant, sous cette couche épaisse d'amnésie, on sentait bien quelque chose, de temps en temps, un écho lointain, étouffé, mais on aurait été incapable de dire quoi, précisément. C'était comme de se trouver au bord d'un champ magnétique, sans pendule pour en capter les ondes. Dans le doute et la mauvaise conscience, on avait affiché l'écriteau «Zone militaire. Défense de filmer ou de photographier».

À vingt ans, dans un autre quartier de Paris, je me souviens d'avoir éprouvé cette même sensation de vide que devant le mur des Tourelles, sans savoir quelle en était la vraie raison. J'avais une amie qui se faisait héberger dans divers appartements ou des maisons de campagne. Chaque fois, j'en profitais pour délester les bibliothèques d'ouvrages d'art et d'éditions numérotées, que j'allais revendre. Un jour, dans un appartement de la rue du Regard où nous étions seuls, j'ai volé une boîte à musique ancienne et après avoir fouillé les placards, plusieurs costumes très élégants, des chemises et une dizaine de paires de chaussures de grand luxe. J'ai cherché dans l'annuaire un brocanteur à qui revendre tous ces objets, et j'en ai trouvé un, rue des Jardins-Saint-Paul.

Cette rue part de la Seine, quai des Célestins, et rejoint la rue Charlemagne, près du lycée où j'avais passé les épreuves du baccalauréat, l'année précédente. Au pied de l'un des derniers immeubles, côté numéros pairs, juste avant la rue Charlemagne, un rideau de fer rouillé, à moitié levé. J'ai pénétré dans un entrepôt où étaient entassés des meubles, des vêtements, des ferrailles, des pièces détachées d'automobiles. Un homme d'une quarantaine d'années m'a reçu, et, avec beaucoup de gentillesse, m'a proposé d'aller chercher sur place la «marchandise», d'ici quelques jours.

En le quittant, j'ai suivi la rue des Jardins-Saint-Paul, vers la Seine. Tous les immeubles de la rue, côté des numéros impairs, avaient été rasés peu de temps auparavant. Et d'autres immeubles derrière eux. À leur emplacement, il ne restait plus qu'un terrain vague, lui-même cerné par des pans d'immeubles à moitié détruits. On distinguait encore, sur les murs à ciel ouvert, les papiers peints des anciennes chambres, les traces des conduits de cheminée. On aurait dit que le quartier avait subi un bombardement, et l'impression de vide était encore plus forte à cause de l'échappée de cette rue vers la Seine.

Le dimanche suivant, le brocanteur est venu boulevard Kellermann, près de la porte de Gentilly, chez le père de mon amie, où je lui avais donné rendez-vous afin de lui remettre la «marchandise». Il a chargé dans sa voiture la boîte à musique, les costumes, les chemises, les chaussures. Il m'a donné sept cents francs de l'époque, pour le tout.

Il m'a proposé d'aller boire un verre. Nous nous sommes arrêtés devant l'un des deux cafés, en face du stade Charlety.

Il m'a demandé ce que je faisais dans la vie. Je ne savais pas très bien quoi lui répondre. J'ai fini par lui dire que j'avais abandonné mes études. À mon tour, je lui ai posé des questions. Son cousin et associé tenait l'entrepôt de la rue des Jardins-Saint-Paul. Lui, il s'occupait d'un autre local du côté du marché aux Puces, porte de Clignancourt. D'ailleurs, il était né dans ce quartier de la porte de Clignancourt, d'une famille de juifs polonais.

C'est moi qui ai commencé à lui parler de la guerre et de l'Occupation. Il avait dix-huit ans, à cette époque-là. Il se souvenait qu'un samedi la police avait fait une descente pour arrêter des juifs au marché aux Puces de Saint-Ouen et qu'il avait échappé à la rafle par miracle. Ce qui l'avait surpris, c'était que parmi les inspecteurs il y avait une femme.

Je lui ai parlé du terrain vague que j'avais remarqué les samedis où ma mère m'emmenait aux Puces, et qui s'étendait au pied des blocs d'immeubles du boulevard Ney. Il avait habité à cet endroit avec sa famille. Rue Élisabeth-Rolland. Il était étonné que je note le nom de la rue. Un quartier que l'on appelait la Plaine. On avait tout détruit après la guerre et maintenant c'était un terrain de sport.

En lui parlant, je pensais à mon père que je n'avais plus revu depuis longtemps. À dix-neuf ans, au même âge que moi, avant de se perdre dans des rêves de haute finance, il vivait de petits trafics aux portes de Paris : il franchissait en fraude les octrois avec des bidons d'essence qu'il revendait à des garagistes, des boissons, et d'autres marchandises. Tout cela sans payer la taxe de l'octroi.

Au moment de nous quitter, il m'a dit d'un ton amical que si j'avais encore quelques objets à lui proposer, je pouvais le contacter rue des Jardins-Saint-Paul. Et il m'a donné cent francs de plus, touché sans doute par mon air candide de bon jeune homme.

J'ai oublié son visage. La seule chose dont je me souvienne, c'est son nom. Il aurait pu très bien avoir connu Dora Bruder, du côté de la porte de Clignancourt et de la Plaine. Ils habitaient le même quartier et ils avaient le même âge. Peut-être en savait-il long sur les fugues de Dora... Il y a ainsi des hasards, des rencontres, des coïncidences que l'on ignorera toujours... Je pensais à cela, cet automne, en marchant de nouveau dans le quartier de la rue des Jardins-Saint-Paul. Le dépôt et son rideau de fer rouillé n'existent plus et les immeubles voisins ont été restaurés. De nouveau je ressentais un vide. Et je comprenais pourquoi. La plupart des immeubles du quartier avaient été détruits après la guerre, d'une manière méthodique, selon une décision administrative. Et l'on avait même donné un nom et un chiffre à cette zone qu'il fallait raser : l'îlot 16. J'ai retrouvé des photos, l'une de la rue des Jardins-Saint-Paul, quand les maisons des numéros impairs existaient encore. Une autre photo d'immeubles à moitié détruits, à côté de l'église Saint-Gervais et autour de l'hôtel de Sens. Une autre, d'un terrain vague au bord de la Seine que les gens traversaient entre deux trottoirs, désormais inutiles : tout ce qui restait de la rue des Nonnains-d'Hyères. Et l'on avait construit, là-dessus, des rangées d'immeubles, modifiant quelquefois l'ancien tracé des rues.

Les façades étaient rectilignes, les fenêtres carrées, le béton de la couleur de l'amnésie. Les lampadaires projetaient une lumière froide. De temps en temps, un banc, un square, des arbres, accessoires d'un décor, feuilles artificielles. On ne s'était pas contenté, comme au mur de la caserne des Tourelles, de fixer un panneau : «Zone militaire. Défense de filmer et de photographier.» On avait tout anéanti pour construire une sorte de village suisse dont on ne pouvait plus mettre en doute la neutralité.

Les lambeaux de papiers peints que j'avais vus encore il y a trente ans rue des Jardins-Saint-Paul, c'étaient les traces de chambres où l'on avait habité jadis – les chambres où vivaient ceux et celles de l'âge de Dora que les policiers étaient venus chercher un jour de juillet 1942. La liste de leurs noms s'accompagne toujours des mêmes noms de rues. Et les numéros des immeubles et les noms des rues ne correspondent plus à rien.

À dix-sept ans, les Tourelles n'étaient pour moi qu'un nom que j'avais découvert à la fin du livre de Jean Genêt, *Miracle de la Rose*. Il y indiquait les lieux où il avait écrit ce livre : LA SANTÉ. PRISON DES TOURELLES 1943. Lui aussi avait été enfermé là, en qualité de droit commun, peu de temps après le départ de Dora Bruder, et ils auraient pu se croiser. *Miracle de la Rose* n'était pas seulement imprégné des souvenirs de la colonie pénitentiaire de Mettray – l'une de ces maisons de redressement pour l'enfance où l'on voulait envoyer Dora – mais aussi, il me semble maintenant, par la Santé et les Tourelles.

De ce livre, je connaissais des phrases par cœur. L'une d'entre elles me revient en mémoire : « Cet enfant m'apprenait que le vrai fond de l'argot parisien, c'est la tendresse attristée. » Cette phrase m'évoque si bien Dora Bruder que j'ai le sentiment de l'avoir connue. On avait imposé des étoiles jaunes à des enfants aux noms polonais, russes, roumains, et qui étaient si parisiens qu'ils se confondaient avec les façades des immeubles, les trottoirs, les infinies nuances de gris qui n'existent qu'à Paris. Comme Dora Bruder, ils parlaient tous avec l'accent de Paris, en employant des mots d'argot dont Jean Genêt avait senti la tendresse attristée.


Aux Tourelles, quand Dora y était prisonnière, on pouvait recevoir des colis, et aussi des visites le jeudi et le dimanche. Et assister à la messe, le mardi. Les gendarmes faisaient l'appel à huit heures du matin. Les détenues se tenaient au garde-à-vous, au pied de leur lit. Au déjeuner, dans le réfectoire, on ne mangeait que des choux. La promenade dans la cour de la caserne. Le souper à six heures du soir. De nouveau l'appel. Tous les quinze jours, les douches, où l'on allait deux par deux, accompagnées par les gendarmes. Coups de sifflet. Attente. Pour les visites, il fallait écrire une lettre au directeur de la prison et l'on ne savait pas s'il donnerait son autorisation.

Les visites se déroulaient au début de l'après-midi, dans le réfectoire. Les gendarmes fouillaient les sacs de ceux qui venaient. Ils ouvraient les paquets. Souvent les visites étaient supprimées, sans raison, et les détenues ne l'apprenaient qu'une heure à l'avance.

Parmi les femmes que Dora a pu connaître aux Tourelles se trouvaient celles que les Allemands appelaient « amies des juifs » : une dizaine de Françaises « aryennes » qui eurent le courage, en juin, le premier jour où les juifs devaient porter l'étoile jaune, de la porter elles aussi en signe de solidarité, mais de manière fantaisiste et insolente pour les autorités d'occupation. L'une avait attaché une étoile au cou de son chien. Une autre y avait brodé : PAPOU. Une autre : JENNY. Une autre avait accroché huit étoiles à sa ceinture et sur chacune figurait une lettre de VICTOIRE. Toutes furent appréhendées dans la rue et conduites au commissariat le plus proche. Puis au dépôt de la Préfecture de police. Puis aux Tourelles. Puis, le 13 août, au camp de Drancy. Ces « amies des juifs » exerçaient les professions suivantes : dactylos. Papetière. Marchande de journaux. Femme de ménage. Employée des PTT. Étudiantes.

Au mois d'août, les arrestations furent de plus en plus nombreuses. Les femmes ne passaient même plus par le Dépôt et elles étaient conduites directement aux Tourelles. Les dortoirs de vingt personnes en contenaient désormais le double. Dans cette promiscuité, la chaleur était étouffante et l'angoisse montait. On comprenait que les Tourelles n'étaient qu'une gare de triage où l'on risquait chaque jour d'être emportée vers une destination inconnue.

Déjà, deux groupes de juives au nombre d'une centaine étaient parties pour le camp de Drancy le 19 et le 27 juillet. Parmi elles se trouvait Raca Israelowicz, de nationalité polonaise, qui avait dix-huit ans et qui était arrivée aux Tourelles le même jour que Dora, et peut-être dans la même voiture cellulaire. Et qui fut sans doute l'une de ses voisines de dortoir.

Le soir du 12 août, le bruit se répandit aux Tourelles que toutes les juives et celles que l'on appelait les «amies des juifs» devaient partir le lendemain pour le camp de Drancy.

Le 13 au matin, à dix heures, l'appel interminable commença dans la cour de la caserne, sous les marronniers. On déjeuna une dernière fois sous les marronniers. Une ration misérable qui vous laissait affamée.

Les autobus arrivèrent. Il y en avait – paraît-il – en quantité suffisante pour que chacune des prisonnières eût sa place assise. Dora comme toutes les autres. C'était un jeudi, le jour des visites.

Le convoi s'ébranla. Il était entouré de policiers motocyclistes casqués. Il suivit le chemin que l'on prend aujourd'hui pour aller à l'aéroport de Roissy. Plus de cinquante ans ont passé. On a construit une autoroute, rasé des pavillons, bouleversé le paysage de cette banlieue nord-est pour la rendre, comme l'ancien îlot 16, aussi neutre et grise que possible. Mais sur le trajet vers l'aéroport, des plaques indicatrices bleues portent encore les noms anciens : DRANCY OU ROMAINVILLE. Et en bordure même de l'autoroute, du côté de la porte de Bagnolet, est échouée une épave qui date de ce temps-là, un hangar de bois, que l'on a oublié et sur lequel est inscrit ce nom bien visible : DUREMORD.

À Drancy, dans la cohue, Dora retrouva son père, interné là depuis mars. En ce mois d'août, comme aux Tourelles, comme au dépôt de la Préfecture de police, le camp se remplissait chaque jour d'un flot de plus en plus nombreux d'hommes et de femmes. Les uns arrivaient de zone libre par milliers dans les trains de marchandises. Des centaines et des centaines de femmes, que l'on avait séparées de leurs enfants, venaient des camps de Pithiviers et de Beaune-la-Rolande. Et quatre mille enfants arrivèrent à leur tour, le 15 août et les jours suivants, après qu'on eut déporté leurs mères. Les noms de beaucoup d'entre eux, qui avaient été écrits à la hâte sur leurs vêtements, au départ de Pithiviers et de Beaune-la-Rolande, n'étaient plus lisibles. Enfant sans identité n° 122. Enfant sans identité n° 146. Petite fille âgée de trois ans. Prénommée Monique. Sans identité. À cause du trop-plein du camp et en prévision des convois qui viendraient de zone libre, les autorités décidèrent d'envoyer de Drancy au camp de Pithiviers les juifs de nationalité française, le 2 et le 5 septembre. Les quatre filles qui étaient arrivées le même jour que Dora aux Tourelles et qui avaient toutes seize ou dix-sept ans : Claudine Winerbett, Zélie Strohlitz, Marthe Nachmanowicz et Yvonne Pitoun, firent partie de ce convoi d'environ mille cinq cents juifs français. Sans doute avaient-ils l'illusion qu'ils seraient protégés par leur nationalité. Dora, qui était française, aurait pu elle aussi quitter Drancy avec eux. Elle ne le fit pas pour une raison qu'il est facile de deviner : elle préféra rester avec son père.

Tous les deux, le père et la fille, quittèrent Drancy le 18 septembre, avec mille autres hommes et femmes, dans un convoi pour Auschwitz.

La mère de Dora, Cécile Bruder, fut arrêtée le 16 juillet 1942, le jour de la grande rafle, et internée à Drancy. Elle y retrouva son mari pour quelques jours, alors que leur fille était aux Tourelles. Cécile Bruder fut libérée de Drancy le 23 juillet, sans doute parce qu'elle était née à Budapest et que les autorités n'avaient pas encore donné l'ordre de déporter les juifs originaires de Hongrie. A-t-elle pu rendre visite à Dora aux Tourelles un jeudi ou un dimanche de cet été 1942 ? Elle fut de nouveau internée au camp de Drancy le 9 janvier 1943, et elle partit dans le convoi du 11 février 1943 pour Auschwitz, cinq mois après son mari et sa fille.

Le samedi 19 septembre, le lendemain du départ de Dora et de son père, les autorités d'occupation imposèrent un couvre-feu en représailles à un attentat qui avait été commis au cinéma Rex. Personne n'avait le droit de sortir, de trois heures de l'après-midi jusqu'au lendemain matin. La ville était déserte, comme pour marquer l'absence de Dora.

Depuis, le Paris où j'ai tenté de retrouver sa trace est demeuré aussi désert et silencieux que ce jour-là. Je marche à travers les rues vides. Pour moi elles le restent, même le soir, à l'heure des embouteillages, quand les gens se pressent vers les bouches de métro. Je ne peux pas m'empêcher de penser à elle et de sentir un écho de sa présence dans certains quartiers. L'autre soir, c'était près de la gare du Nord.

J'ignorerai toujours à quoi elle passait ses journées, où elle se cachait, en compagnie de qui elle se trouvait pendant les mois d'hiver de sa première fugue et au cours des quelques semaines de printemps où elle s'est échappée à nouveau. C'est là son secret. Un pauvre et précieux secret que les bourreaux, les ordonnances, les autorités dites d'occupation, le Dépôt, les casernes, les camps, l'Histoire, le temps – tout ce qui vous souille et vous détruit – n'auront pas pu lui voler.

# ACCIDENT NOCTURNE

## 2003

*Pour Douglas*

Tard dans la nuit, à une date lointaine où j'étais sur le point d'atteindre l'âge de la majorité, je traversais la place des Pyramides vers la Concorde quand une voiture a surgi de l'ombre. J'ai d'abord cru qu'elle m'avait frôlé, puis j'ai éprouvé une douleur vive de la cheville au genou. J'étais tombé sur le trottoir. Mais j'ai réussi à me relever. La voiture avait fait une embardée et elle avait buté contre l'une des arcades de la place dans un bruit de verre brisé. La portière s'est ouverte et une femme est sortie en titubant. Quelqu'un qui se trouvait devant l'entrée de l'hôtel, sous les arcades, nous a guidés dans le hall. Nous attendions, la femme et moi, sur un canapé de cuir rouge tandis qu'il téléphonait au comptoir de la réception. Elle s'était blessée au creux de la joue, sur la pommette et le front, et elle saignait. Un brun massif aux cheveux très courts est entré dans le hall et il a marché vers nous.

Dehors, ils entouraient la voiture dont les portières étaient ouvertes et l'un d'eux prenait des notes comme pour un procès-verbal. Au moment où nous montions dans le car de police secours, je me suis rendu compte que je n'avais plus de chaussure au pied gauche. La femme et moi, nous étions assis, côte à côte, sur la banquette de bois. Le brun massif occupait l'autre banquette en face de nous. Il fumait et nous jetait de temps en temps un regard froid. Par la vitre grillagée, j'ai vu que nous suivions le quai des Tuileries. On ne m'avait pas laissé le temps de récupérer ma chaussure et j'ai pensé qu'elle resterait là, toute la nuit, au milieu du trottoir. Je ne savais plus très bien s'il s'agissait d'une chaussure ou d'un animal que je venais d'abandonner, ce chien de mon enfance qu'une voiture avait écrasé quand j'habitais aux environs de Paris, une rue du Docteur-Kurzenne. Tout se brouillait dans ma tête. Je m'étais peut-être blessé au crâne, en tombant. Je me suis tourné vers la femme. J'étais étonné qu'elle porte un manteau de fourrure. Je me suis souvenu que nous étions en hiver. D'ailleurs, l'homme, en face de nous, était lui aussi vêtu d'un manteau et moi de l'une de ces vieilles canadiennes que l'on trouvait au marché aux puces. Son manteau de fourrure, elle ne l'avait certainement pas acheté aux puces. Un vison? Une zibeline? Son apparence était très soignée, ce qui contrastait avec les blessures de son visage. Sur ma canadienne, un peu plus haut que les poches, j'ai remarqué des taches de sang. J'avais une grande éraflure à la paume de la main gauche, et les taches de sang sur le tissu, ça devait venir de là. Elle se tenait droite mais la tête penchée, comme si elle fixait du regard quelque chose sur le sol. Peut-être mon pied sans chaussure. Elle portait les cheveux mi-longs et elle m'avait semblé blonde dans la lumière du hall.

Le car de police s'était arrêté au feu rouge, sur le quai, à la hauteur de Saint-Germain-l'Auxerrois. L'homme continuait de nous observer, l'un après l'autre, en silence, de son regard froid. Je finissais par me sentir coupable de quelque chose.

Le feu ne passait pas au vert. Il y avait encore de la lumière dans le café, au coin du quai et de la place Saint-Germain-l'Auxerrois où mon père m'avait souvent donné rendez-vous. C'était le moment de s'enfuir. Il suffisait peut-être de demander à ce type, sur la banquette, de nous laisser partir. Mais je me sentais incapable de prononcer la moindre parole. Il a toussé, une toux grasse de fumeur, et j'étais étonné d'entendre un son. Depuis l'accident, un silence profond régnait autour de moi, comme si j'avais perdu l'ouïe. Nous suivions le quai. Au moment où le car de police s'engageait sur le pont, j'ai senti sa main me serrer le poignet. Elle me souriait, comme si elle voulait me rassurer, mais je n'éprouvais aucune crainte. Il me semblait même que nous nous étions déjà trouvés elle et moi ensemble dans d'autres circonstances, et qu'elle avait toujours ce sourire. Où l'avais-je déjà vue? Elle me rappelait quelqu'un que j'avais connu il y a longtemps. L'homme, en face de nous, s'était endormi et sa tête avait basculé sur sa poitrine. Elle me serrait très fort le poignet et tout à l'heure, à la sortie du car, on nous attacherait l'un à l'autre par des menottes.

Après le pont, le car a franchi un porche et s'est arrêté dans la cour des urgences de l'Hôtel-Dieu. Nous étions assis dans la salle d'attente, toujours en compagnie de cet homme dont je me demandais quel était le rôle exact. Un policier chargé de nous surveiller ? Pourquoi ? J'aurais voulu lui poser la question, mais je savais d'avance qu'il ne m'entendrait pas. Désormais, j'avais une VOIX BLANCHE. Ces deux mots m'étaient venus à l'esprit, dans la lumière trop crue de la salle d'attente. Nous étions assis, elle et moi, sur une banquette en face du bureau de la réception. Il est allé parler à l'une des femmes qui occupaient ce bureau. Je me tenais tout près d'elle, je sentais son épaule contre la mienne. Lui, il a repris sa place à distance de nous, au bord de la banquette. Un homme roux, les pieds nus, vêtu d'un blouson de cuir et d'un pantalon de pyjama, ne cessait de marcher dans la salle d'attente, en apostrophant les femmes du bureau. Il leur reprochait de se désintéresser de lui. Il passait régulièrement devant nous et il cherchait mon regard. Mais moi j'évitais le sien parce que je craignais qu'il ne me parle. L'une des femmes de la réception s'est dirigée vers lui et l'a poussé doucement vers la sortie. Il est revenu dans la salle d'attente, et cette fois-ci il lançait de longues plaintes, comme un chien qui hurle à la mort. De temps en temps, un homme ou une femme, accompagnés de gardiens de la paix, traversaient rapidement la salle et s'engouffraient dans un couloir en face de nous. Je me demandais vers quoi il pouvait bien mener, ce couloir, et si nous deux, à notre tour, on nous y pousserait tout à l'heure. Deux femmes ont traversé la salle d'attente, entourées de plusieurs agents de police. J'ai compris qu'elles venaient de sortir d'un panier à salade, peut-être le même que celui qui nous avait déposés ici. Elles portaient des manteaux de fourrure, aussi élégants que celui de ma voisine, et elles avaient le même aspect très soigné. Pas de blessures au visage. Mais, chacune, des menottes aux poignets.

Le brun massif nous a fait signe de nous lever et il nous a guidés vers le fond de la salle. J'étais gêné de marcher avec une seule chaussure et je me suis dit qu'il vaudrait mieux enlever l'autre. Je sentais une douleur assez vive à la cheville du pied qui ne portait pas de chaussure.

Une infirmière nous a précédés dans une petite pièce où il y avait deux lits de camp. Nous nous sommes allongés sur ces lits. Un homme jeune est entré. Il était vêtu d'une blouse blanche et portait un collier de barbe. Il consultait une fiche et lui a demandé son nom. Elle a répondu : Jacqueline Beausergent. Il m'a demandé mon nom, à moi aussi. Il a examiné mon pied sans chaussure, puis la jambe en relevant le pantalon jusqu'au genou. Elle, l'infirmière l'a aidée à quitter son manteau et lui a nettoyé, avec du coton, les blessures qu'elle avait au visage. Puis ils sont partis en laissant une veilleuse allumée. La porte était grande ouverte et, dans la lumière du corridor, l'autre faisait les cent pas. Il reparaissait dans l'encadrement de la porte avec une régularité de métronome. Elle était allongée à côté de moi, le manteau de fourrure sur elle, comme une couverture. Il n'y aurait pas eu la place pour une table de nuit, entre les deux lits. Elle a tendu le bras vers moi et elle m'a serré le poignet. J'ai pensé aux menottes que portaient les deux femmes tout à l'heure et, de nouveau, je me suis dit qu'ils finiraient par nous en mettre à nous aussi.

Dans le corridor, il a cessé de faire les cent pas. Il parlait à voix basse avec l'infirmière. Celle-ci est entrée dans la chambre suivie du jeune homme au collier de barbe. Ils ont allumé la lumière. Ils se tenaient debout, à mon chevet. Je me suis tourné vers elle et, sous le manteau de fourrure, elle a eu un haussement d'épaules, comme si elle voulait me signifier que nous étions pris au piège et que nous ne pouvions plus nous échapper. Le brun massif demeurait immobile, les jambes légèrement écartées, les bras croisés, dans l'encadrement de la porte. Il ne nous quittait pas du regard. Sans doute se préparait-il à nous barrer le passage au cas où nous aurions tenté de sortir de cette chambre. Elle m'a souri, de nouveau, de ce sourire un peu ironique qu'elle avait eu, tout à l'heure, dans le panier à salade. Je ne sais pas pourquoi, ce sourire m'a inquiété. Le type au collier de barbe et à la blouse blanche se penchait vers moi et, aidé par l'infirmière, il m'appliquait sur le nez une sorte de grosse muselière noire. J'ai senti l'odeur de l'éther avant de perdre connaissance.

De temps en temps, j'essayais d'ouvrir les yeux, mais je retombais dans un demi-sommeil. Puis je me suis rappelé vaguement l'accident et j'ai voulu me retourner pour vérifier si elle occupait toujours l'autre lit. Mais je n'avais pas la force de faire le moindre geste et cette immobilité me procurait une sensation de bien-être. Je me suis souvenu aussi de la grosse muselière noire. C'était sans doute l'éther qui m'avait mis dans cet état. Je faisais la planche et me laissais dériver dans le courant d'une rivière. Son visage m'est apparu avec précision, comme une grande photo anthropométrique : l'arc régulier des sourcils, les yeux clairs, les cheveux blonds, les blessures sur le front, aux pommettes et au creux de la joue. Dans mon demi-sommeil, le brun massif me tendait la photo en me demandant « si je connaissais cette personne ». J'étais étonné de l'entendre parler. Il répétait sans cesse la question avec la voix métallique de l'horloge parlante. À force de scruter ce visage, je me disais que oui, je connaissais cette « personne ». Ou alors, j'avais croisé quelqu'un qui lui ressemblait. Je ne ressentais plus la douleur à mon pied gauche. Je portais, ce soir-là, mes vieux mocassins à semelles de crêpe et au cuir très rigide, dont j'avais fendu le haut à l'aide d'un ciseau, parce qu'ils étaient trop étroits et me faisaient mal au cou-de-pied. J'ai pensé à cette chaussure que j'avais perdue, cette chaussure oubliée au milieu du trottoir. Sous le choc de l'accident, le souvenir du chien qui s'était fait écraser il y a longtemps m'était revenu en mémoire, et à présent je revoyais l'avenue en pente, devant la maison. Le chien s'échappait pour rejoindre un terrain vague, au bas de l'avenue. J'avais peur qu'il ne se perde, et je le guettais de la fenêtre de ma chambre. C'était souvent le soir, et chaque fois il remontait lentement l'avenue. Pourquoi cette femme était-elle maintenant associée à une maison où j'avais passé quelque temps dans mon enfance ?

De nouveau, j'entendais l'autre me poser la question : « Connaissez-vous cette personne ? » et sa voix était de plus en plus douce, elle devenait un chuchotement, comme s'il me parlait à l'oreille. Je continuais à faire la planche, je me laissais dériver dans le courant d'une rivière qui était peut-être celle le long de laquelle nous allions nous promener avec le chien. Des visages m'apparaissaient au fur et à mesure, et je les comparais avec la photo anthropométrique. Mais oui, elle avait une chambre, au premier étage de la maison, la dernière, au bout du couloir. Le même sourire, les mêmes cheveux blonds mais coiffés un peu plus longs. Une cicatrice lui barrait la pommette gauche, et je comprenais brusquement pourquoi j'avais cru la reconnaître dans le car de police secours : à cause des blessures qu'elle portait sur le visage et qui m'avaient sans doute évoqué cette cicatrice, sans que je m'en rende bien compte sur le moment.

Lorsque j'aurais la force de me retourner du côté de l'autre lit où elle était allongée, je tendrais le bras et j'appuierais ma main sur son épaule pour la réveiller. Elle devait toujours être enveloppée dans son manteau de fourrure. Je lui poserais toutes ces questions. Je saurais enfin qui elle était exactement.

Je ne voyais pas grand-chose de la chambre. Le plafond blanc et la fenêtre, en face de moi. Ou plutôt une baie vitrée à droite de laquelle oscillait une branche d'arbre. Et le ciel bleu derrière la vitre, d'un bleu si pur que dehors j'imaginais une belle journée d'hiver. J'avais l'impression de me trouver dans un hôtel de montagne. Quand je pourrais me lever et marcher jusqu'à la fenêtre, je m'apercevrais qu'elle donnait sur un champ de neige, peut-être le départ des pistes de ski. Je ne me laissais plus porter par le courant d'une rivière, mais je glissais sur la neige, une pente douce qui n'en finissait pas, et l'air que je respirais avait une fraîcheur d'éther.

La chambre paraissait plus grande que celle d'hier soir à l'Hôtel-Dieu, mais surtout je n'avais remarqué aucune baie vitrée, pas la moindre fenêtre dans cette sorte de cagibi où l'on nous avait entraînés après la salle d'attente. J'ai tourné la tête. Pas de lit de camp, personne d'autre que moi ici. On avait dû lui donner une chambre voisine de la mienne et bientôt j'aurais de ses nouvelles. Le brun massif, dont je craignais qu'il ne nous attache l'un à l'autre par des menottes, n'était sans doute pas un policier comme je le croyais et nous n'avions aucun compte à lui rendre. Il pouvait me poser toutes les questions qu'il voulait, l'interrogatoire durer des heures et des heures, je ne me sentais plus coupable de rien. Je glissais sur la neige et l'air froid me causait une légère euphorie. Cet accident de la nuit dernière n'était pas le fait du hasard. Il marquait une cassure. C'était un choc bénéfique, et il s'était produit à temps pour me permettre de prendre un nouveau départ dans la vie.

La porte était à ma gauche, après la petite table de nuit en bois blanc. Sur celle-ci, on avait posé mon portefeuille et mon passeport. Et sur la chaise métallique, contre le mur, j'ai reconnu mes vêtements. Au pied de la chaise, mon unique chaussure. J'entendais des voix derrière la porte, les voix d'un homme et d'une femme qui se répondaient dans une conversation paisible. Je n'avais vraiment pas envie de me lever. Je voulais prolonger, le plus longtemps possible, ce répit. Je me suis demandé si j'étais toujours à l'Hôtel-Dieu, mais j'avais l'impression que non, à cause du silence autour de moi, à peine troublé par ces deux voix rassurantes derrière la porte. Et la branche oscillait dans l'encadrement de la fenêtre. On viendrait tôt ou tard me rendre visite et me donner des explications. Et je n'éprouvais aucune inquiétude, moi qui n'avais jamais cessé d'être sur le qui-vive. Peut-être devais-je ce brusque apaisement à l'éther que l'on m'avait fait respirer la nuit dernière, ou à une autre drogue qui avait calmé la douleur. En tout cas, le poids que j'avais toujours senti peser sur moi n'existait plus. Pour la première fois de ma vie, j'étais léger et insouciant, et c'était cela ma vraie nature. Le ciel bleu à la fenêtre m'évoquait un mot : ENGADINE. J'avais toujours manqué d'oxygène, et cette nuit un mystérieux docteur, après m'avoir examiné, avait compris qu'il fallait d'urgence que je parte en ENGADINE.

J'entendais leur conversation derrière la porte et la présence de ces deux personnes invisibles et inconnues me rassurait. Peut-être restaient-elles là pour veiller sur moi. De nouveau, la voiture surgissait de l'ombre, me frôlait et s'écrasait contre les arcades, la portière s'ouvrait et elle sortait en titubant. Quand nous étions sur le canapé du hall de l'hôtel, et jusqu'au moment où elle m'avait serré le poignet dans le panier à salade, j'avais pensé qu'elle était ivre. Un accident banal, de ceux dont on dit, au commissariat de police, que la personne conduisait « en état d'ébriété ». Mais maintenant, j'étais sûr qu'il s'agissait de tout autre chose. C'était comme quelqu'un qui aurait veillé sur moi sans que je le sache ou que le hasard aurait mis sur ma route pour me protéger. Et cette nuit-là, le temps pressait. Il fallait me sauver d'un danger, ou me donner un avertissement. Une image m'est revenue en mémoire, sans doute à cause de ce mot : ENGADINE. J'avais vu, quelques années auparavant, un type dévaler à ski une pente très raide, se jeter délibérément contre le mur d'un chalet et se casser la jambe pour ne pas partir à la guerre, celle que l'on appelait d'«Algérie». En somme, il voulait sauver sa vie, ce jour-là. Moi, apparemment, je n'avais même pas une jambe cassée. Grâce à elle, je m'en étais sorti à bon compte. Ce choc était nécessaire. Il me permettait de réfléchir à ce qu'avait été ma vie, jusque-là. J'étais bien obligé d'admettre que je «courais à la catastrophe» – selon l'expression que j'avais entendue à mon sujet.

Encore une fois mon regard s'est posé sur la chaussure, au bas de la chaise, ce gros mocassin que j'avais fendu en son milieu. Ils avaient dû être surpris quand ils me l'avaient enlevé, avant de me mettre dans ce lit. Ils avaient eu la gentillesse de le ranger avec mes vêtements et de me prêter ce pyjama que je portais maintenant, bleu à rayures blanches. D'où venait tant de sollicitude? C'était elle, sans doute, qui leur avait donné des instructions. Je ne pouvais détacher les yeux de cette chaussure. Plus tard, quand ma vie aurait pris un cours nouveau, il faudrait toujours qu'elle restât à la portée de mon regard, bien en évidence sur une cheminée ou dans une boîte vitrée, en souvenir du passé. Et à ceux qui voudraient en savoir plus sur cet objet, je répondrais que c'était la seule chose que mes parents m'avaient léguée ; oui, aussi loin que je remontais dans mes souvenirs, j'avais toujours marché avec une seule chaussure. À cette pensée, j'ai fermé les yeux et le sommeil est venu dans un fou rire silencieux.

Une infirmière m'a réveillé avec un plateau dont elle m'a dit que c'était le petit déjeuner. Je lui ai demandé où je me trouvais exactement et elle a paru étonnée de mon ignorance. À la clinique Mirabeau. Quand j'ai voulu savoir l'adresse de cette clinique, elle ne m'a pas répondu. Elle me considérait avec un sourire incrédule. Elle pensait que je me moquais d'elle. Puis elle a consulté une fiche qu'elle avait sortie de la poche de sa blouse et m'a dit que je devais « quitter les lieux ». Je lui ai répété : Quelle clinique ? Le sol tanguait, comme dans mon sommeil. J'avais rêvé que j'étais prisonnier d'un cargo, en pleine mer. J'avais hâte de retrouver la terre ferme. Clinique Mirabeau, rue Narcisse-Diaz. Je n'ai pas osé lui demander dans quel quartier était cette rue. Près de l'Hôtel-Dieu ? Elle avait l'air pressée et elle a refermé la porte sans me donner d'autres détails. Ils m'avaient fait un bandage à la cheville, au genou, au poignet et à la main. Je ne pouvais pas plier la jambe gauche, mais j'ai réussi à m'habiller. J'ai mis mon unique chaussure en me disant qu'il serait difficile de marcher dans la rue, mais il y aurait bien une station de bus ou de métro dans les environs et je serais tout de suite chez moi. J'ai décidé de m'allonger de nouveau sur le lit. J'éprouvais toujours ce sentiment de bien-être. Durerait-il encore longtemps ? Je craignais qu'il ne disparaisse à la sortie de la clinique. En contemplant le ciel bleu dans l'encadrement de la fenêtre, je me persuadais que c'était bien à la montagne que l'on m'avait transporté. J'avais évité d'aller à la fenêtre, de peur d'être déçu. Je voulais garder le plus longtemps possible l'illusion que cette clinique Mirabeau se trouvait dans une station de sports d'hiver de l'Engadine. La porte s'est ouverte et l'infirmière est apparue. Elle portait un sac de plastique qu'elle a posé sur la table de nuit et elle est sortie, sans un mot, en coup de vent. Le sac contenait la chaussure que j'avais perdue. Ils s'étaient donné la peine d'aller la chercher, là-bas, sur le trottoir. Ou alors c'était elle qui le leur avait demandé. Une telle attention à mon égard me surprenait. Maintenant, plus rien ne m'empêchait de « quitter les lieux » − comme l'avait dit l'infirmière. J'avais envie de marcher à l'air libre.

Je boitais un peu en descendant le grand escalier et je tenais la rampe. Dans le hall d'entrée, je m'apprêtais à sortir par la porte vitrée dont l'un des battants était ouvert, quand j'ai aperçu le brun massif. Il était assis sur une banquette. Il m'a fait un signe du bras et il s'est levé. Il portait le même manteau que l'autre nuit. Il m'a guidé jusqu'au bureau de la réception. On m'a demandé mon nom. L'autre se tenait à côté de moi, comme pour mieux surveiller mes gestes, et je comptais bien lui fausser compagnie. Le plus vite possible. Là, dans ce hall plutôt que dans la rue. La femme de la réception m'a donné une enveloppe cachetée sur laquelle était écrit mon nom.

Puis elle m'a fait signer une fiche de sortie et elle m'a tendu une autre enveloppe, celle-ci à l'en-tête de la clinique. Je lui ai demandé si je devais payer quelque chose, mais elle m'a dit que la note était réglée. Par qui ? De toute façon, je n'aurais pas eu assez d'argent. Au moment où je m'apprêtais à traverser le hall en direction de la sortie, le brun massif m'a prié de m'asseoir avec lui sur la banquette. Il m'adressait un vague sourire et j'ai pensé que ce type ne m'était pas forcément hostile. Il m'a présenté deux feuilles de papier pelure où un texte était tapé à la machine. Le «compte rendu» – je me souviens encore de ce mot qu'il avait employé —, oui, le «compte rendu» de l'accident. Il fallait encore que je signe, au bas de la feuille, et il a sorti de la poche de son manteau un stylo dont il a ôté lui-même le capuchon. Il m'a dit que je pouvais lire le texte avant de signer, mais j'avais trop hâte de me retrouver à l'air libre. J'ai signé le premier feuillet. Pour l'autre, ce n'était pas la peine, il s'agissait d'un double que je devais garder. Je l'ai plié et l'ai enfoncé dans la poche de ma canadienne, puis je me suis levé.

Il m'a emboîté le pas. Peut-être voulait-il, de nouveau, me faire monter dans un panier à salade, où je la retrouverais, elle, assise à la même place que l'autre nuit ? Dehors, dans la petite rue qui rejoignait le quai, il n'y avait qu'une seule voiture en stationnement. Un homme se tenait au volant. Je cherchais les mots pour prendre congé. Si je le quittais brutalement, il jugerait mon comportement suspect et je risquais de l'avoir encore sur le dos. Alors, je lui ai demandé qui était cette femme de l'autre nuit. Il a haussé les épaules et m'a dit que je le verrais bien sur le «compte rendu», mais qu'il valait mieux pour moi et pour tout le monde que j'oublie cet accident. En ce qui le concernait l'«affaire était classée» et il espérait vraiment qu'il en était de même pour moi. Il s'est arrêté à la hauteur de la voiture et m'a demandé, d'un ton froid, si je n'avais pas trop de mal à marcher, et si je désirais qu'il me «dépose» quelque part. Non, ce n'était pas la peine. Alors, sans me dire au revoir, il est monté à côté du chauffeur, il a claqué la portière assez brutalement et la voiture s'est dirigée vers le quai.

Il faisait doux, une journée d'hiver ensoleillée. Je n'avais plus la notion du temps. Ce devait être le début de l'après-midi. Ma jambe gauche me gênait un peu. Des feuilles mortes sur le trottoir. J'ai rêvé que j'allais déboucher sur une allée forestière. Je n'avais plus en tête le mot «Engadine», mais celui encore plus doux et plus profond de Sologne. J'ai ouvert l'enveloppe. Elle contenait une liasse de billets de banque. Sans le moindre mot, la moindre explication. Je me suis demandé pourquoi tout cet argent. Peut-être avait-elle remarqué le mauvais état de ma canadienne et de mon unique chaussure. Avant ces mocassins fendus, j'avais utilisé une paire de grosses godasses à lacets et à semelles de crêpe, que je portais même en été. Et voilà au moins le troisième hiver que je mettais cette vieille canadienne. J'ai sorti de ma poche la fiche que j'avais signée. Un procès-verbal ou plutôt un résumé de l'accident. Ce papier n'avait aucun en-tête d'une quelconque police, ni l'aspect d'un formulaire administratif. «... La nuit... une automobile de marque Fiat, couleur vert d'eau... immatriculée... venant des jardins du Carrousel et s'engageant place des Pyramides... Amenés l'un et l'autre dans le hall de l'hôtel Régina... Hôtel-Dieu, service des urgences... Pansements à la jambe et au bras...» Il n'était pas question de la clinique Mirabeau, et je me demandais quand et comment ils m'y avaient transporté. Mon nom et mon prénom figuraient dans ce résumé des faits, et aussi ma date de naissance et mon ancienne adresse. Ils avaient certainement trouvé toutes ces indications sur mon vieux passeport. Son nom et son prénom à elle étaient mentionnés : Jacqueline Beausergent, et aussi son adresse : square de l'Alboni, mais ils avaient oublié de préciser le numéro. Je n'avais jamais eu entre les mains une somme aussi importante. J'aurais préféré un mot de sa part, mais sans doute n'était-elle pas en état de l'écrire, après l'accident. J'ai supposé que le brun massif s'était occupé de tout. Son mari, peut-être. J'essayais de me souvenir à quel moment il était apparu. Elle était seule dans la voiture. Plus tard, il marchait vers nous, dans le hall de l'hôtel, quand nous attendions assis l'un à côté de l'autre, sur le canapé. Certainement, ils avaient voulu me dédommager pour mes blessures et ils s'étaient sentis coupables à la pensée que l'accident aurait pu être beaucoup plus grave. J'aurais aimé les rassurer. Non, aucun souci à se faire à mon sujet. L'enveloppe à l'en-tête de la clinique contenait une ordonnance signée par un «docteur Besson» prescrivant que je devais changer mes «pansements» régulièrement. J'ai encore compté les billets de banque. Plus de soucis matériels pendant longtemps. Je me suis souvenu de ces dernières rencontres, vers dix-sept ans, avec mon père au cours desquelles je n'osais pas lui demander un peu d'argent. La vie nous avait déjà séparés et nous nous donnions rendez-vous dans des cafés, très tôt le matin, quand il faisait encore noir. Il portait des costumes aux revers de plus en plus élimés, et les cafés étaient chaque fois plus loin du centre. J'essayais de me souvenir si, par hasard, il m'avait donné rendez-vous dans ce quartier où je marchais.

J'ai sorti de ma poche le «compte rendu» que j'avais signé. Elle habitait donc square de l'Alboni. Je connaissais cet endroit pour être souvent descendu à la station de métro toute proche. Aucune importance si le numéro manquait. Avec le nom: Jacqueline Beausergent, je me débrouillerais. Ce square de l'Alboni était un peu plus bas, au bord de la Seine. J'étais maintenant dans son quartier. Et voilà pourquoi on m'avait transporté à la clinique Mirabeau. Elle la connaissait, sans doute, oui, c'était elle qui avait pris cette initiative. Ou quelqu'un de son entourage était venu nous chercher à l'Hôtel-Dieu. Dans une ambulance? Je m'étais dit qu'à la prochaine cabine téléphonique, je consulterais le bottin par rues ou j'appellerais les Renseignements. Mais rien ne pressait. J'avais tout le temps devant moi pour trouver son adresse exacte et lui rendre une visite. C'était légitime de ma part et elle ne pourrait pas s'en offusquer. Je n'avais jamais sonné à la porte de gens que je ne connaissais pas, mais là, il y avait certains détails à mettre au clair. Ne serait-ce que cette liasse de billets dans une enveloppe, sans un mot, comme une aumône que l'on aurait jetée à un mendiant. On renverse quelqu'un, la nuit, en voiture et on lui fait porter un peu d'argent, au cas où il serait devenu infirme. D'abord, je ne voulais pas de cet argent. Je n'avais jamais compté sur personne et j'étais bien persuadé, en ce temps-là, que je n'avais besoin de personne. Mes parents eux-mêmes ne m'avaient été d'aucun recours et les rares rendez-vous que mon père me donnait dans les cafés s'achevaient toujours de la même façon : nous nous levions et nous nous serrions la main. Et, chaque fois, je n'avais pas eu le courage de lui mendier le moindre argent. Surtout vers la fin, porte d'Orléans, où il ne lui restait plus rien de la vivacité et du charme qui étaient encore les siens sur les Champs-Élysées. Un matin, j'avais remarqué qu'il manquait des boutons à son pardessus bleu marine.

J'étais tenté de suivre le quai jusqu'au square de l'Alboni. À chaque immeuble, je demanderais au concierge l'étage où habitait Jacqueline Beausergent. Il ne devait pas y avoir beaucoup de numéros. Je me suis souvenu de la manière dont elle m'avait serré le poignet et de son sourire ironique, comme s'il y avait entre nous une connivence. Il valait mieux d'abord téléphoner. Et ne pas précipiter les choses. Je retrouvais cette curieuse impression qui était la mienne pendant le trajet en panier à salade jusqu'à l'Hôtel-Dieu, d'avoir déjà vu ce visage quelque part. Avant de connaître son numéro de téléphone, je ferais peut-être un effort de mémoire. Les choses étaient encore simples à cette époque, je n'avais pas la plus grande partie de ma vie derrière moi. Il suffisait de remonter le cours de quelques années. Qui sait ? Une certaine Jacqueline Beausergent, ou la même personne sous un autre nom, avait déjà croisé mon chemin. J'avais lu que le hasard ne produit qu'un nombre assez limité de rencontres. Les mêmes situations, les mêmes visages reviennent, et l'on dirait les fragments de verre coloriés des kaléidoscopes, avec ce jeu de miroir qui donne l'illusion que les combinaisons peuvent varier jusqu'à l'infini. Mais elles sont plutôt limitées, les combinaisons. Oui, j'avais dû lire ça quelque part, ou bien le docteur Bouvière nous l'avait-il expliqué, un soir, dans un café. Mais il m'était difficile de me concentrer longtemps sur ces questions, je ne m'étais jamais senti la tête philosophique. Brusquement, je n'avais pas envie de traverser le pont de Grenelle, de me retrouver sur la rive gauche et de rejoindre, par une ligne de métro ou d'autobus, ma chambre, rue de la Voie-Verte. Je comptais me promener encore un peu, par ici. Il fallait bien que je m'habitue à marcher, avec mes pansements sur la jambe. Je me sentais bien, là, dans le quartier de Jacqueline Beausergent. Il me semblait même que l'air y était plus léger à respirer.

Avant l'accident, j'habitais depuis près d'un an l'hôtel de la rue de la Voie-Verte du côté de la porte d'Orléans. Longtemps, j'ai voulu oublier cette période de ma vie, ou bien ne me rappeler que les détails en apparence insignifiants. Il y avait un homme, par exemple, que je croisais souvent, vers six heures du soir, et qui rentrait sans doute de son travail. De lui, il ne me reste plus que le souvenir d'une serviette noire et de sa démarche lente. Un soir, dans le grand café, en face de la Cité universitaire, j'avais engagé la conversation avec mon voisin dont je m'étais dit qu'il devait être étudiant. Mais il travaillait dans une agence de voyages. Il était malgache et j'ai découvert son nom avec un numéro de téléphone sur une carte, parmi de vieux papiers dont je voulais me débarrasser. Il s'appelait Katz-Kreutzer. Je ne sais rien de lui. D'autres détails... Il s'agissait toujours de gens que j'avais croisés et à peine entrevus, et qui resteraient des énigmes pour moi. De lieux, aussi... Un petit restaurant où je dînais parfois avec mon père vers le haut de l'avenue Foch, à gauche, et que j'ai cherché vainement plus tard quand je traversais par hasard ce quartier. Avais-je rêvé ? Des maisons de campagne chez des gens dont je ne savais plus les noms, près de villages qu'il m'aurait été impossible d'indiquer sur la carte ; une Évelyne que j'avais connue dans un train de nuit... J'ai même commencé à dresser une liste – avec les dates approximatives – de tous ces visages et ces lieux perdus, de ces projets abandonnés : un jour, j'avais décidé de m'inscrire à la faculté de médecine, mais cette résolution n'avait pas tenu. En m'efforçant de récapituler ce qui n'avait pas eu pour moi de lendemain et qui était demeuré en suspens, je cherchais une trouée, des lignes de fuite. C'est que j'arrive à l'âge où la vie se referme peu à peu sur elle-même.

J'essaie de retrouver les couleurs et l'atmosphère de cette saison où j'habitais près de la porte d'Orléans. Des couleurs grises et noires, une atmosphère qui me semble étouffante rétrospectivement, un automne et un hiver perpétuels. Était-ce un hasard si j'avais échoué dans la zone où mon père m'avait donné un dernier rendez-vous ? Sept heures précises du matin, café de La Rotonde, au pied de l'un de ces immeubles de brique qui forment des blocs et marquent la limite de Paris. Là-bas, Montrouge et un tronçon du périphérique que l'on venait de construire. Nous n'avions pas grand-chose à nous dire et je savais que nous ne nous reverrions plus. Nous nous sommes levés et, sans nous serrer la main, nous sommes sortis ensemble du café de La Rotonde. J'ai été surpris de le voir s'éloigner dans son pardessus bleu marine vers le périphérique. Je me demande encore dans quelle lointaine banlieue ses pas l'entraînaient. Oui, aujourd'hui, je suis frappé par cette coïncidence : avoir habité pendant quelque temps ce quartier où nous nous retrouvions, les dernières fois. Mais sur le moment, je n'y avais pas pensé du tout. J'avais d'autres préoccupations.

Le docteur Bouvière lui aussi aura été un visage fugitif de cette époque. Je me demande s'il est encore vivant. Peut-être a-t-il trouvé, sous un autre nom, dans une ville de province, de nouveaux disciples. Hier soir, le souvenir de cet homme m'a causé un rire nerveux que j'avais de la peine à réprimer. Avait-il vraiment existé? N'avait-il pas été un mirage causé par le manque de sommeil, l'habitude de sauter des repas et d'absorber de mauvaises drogues? Mais non. Trop de détails, trop de points de repère me prouvaient qu'un docteur Bouvière, à cette époque-là, avait bel et bien tenu ses assises dans les cafés du quatorzième arrondissement.

Nos chemins s'étaient croisés quelques mois avant que j'aie eu cet accident. Et je dois avouer qu'à l'Hôtel-Dieu, au moment où ils m'avaient appliqué la muselière noire sur le visage pour me faire respirer de l'éther et m'endormir, j'avais pensé à Bouvière à cause de son titre de «Docteur». J'ignore à quoi correspondait ce titre, s'il était l'un de ses grades universitaires ou s'il avait sanctionné des études de médecine. Je crois que Bouvière jouait de cette confusion pour bien suggérer que son «enseignement» couvrait de vastes domaines, y compris la médecine.

La première fois que je l'avais vu, ce n'était pas vers Montparnasse quand il tenait ses réunions. Mais de l'autre côté de Paris, sur la rive droite. Exactement au coin des rues Pigalle et de Douai, dans ce café qui s'appelait le Sans Souci. Il faut que j'indique ce que je faisais là, quitte à revenir un jour plus longtemps sur ce sujet. Je fréquentais certains quartiers de Paris, à l'exemple d'un écrivain français nommé le «spectateur nocturne». La nuit, dans les rues, j'avais l'impression de vivre une seconde vie plus captivante que l'autre, ou, tout simplement, de la rêver.

Il était environ huit heures du soir, l'hiver, et autour de moi il n'y avait pas grand monde. Mon attention avait été attirée par un couple assis à l'une des tables : lui, les cheveux courts et argentés, la quarantaine, un visage osseux et des yeux clairs. Il n'avait pas quitté son pardessus ; elle, une blonde du même âge. Elle paraissait diaphane, mais les traits de son visage exprimaient de la dureté. Elle lui parlait d'une voix grave, presque masculine, et les quelques phrases qu'il m'arrivait de capter, on aurait dit qu'elle les lisait, tant sa diction était nette. Mais je ne sais quoi dans son allure s'harmonisait bien avec le quartier Pigalle de cette époque. Oui, j'avais supposé d'abord que ce couple était propriétaire d'une des boîtes de nuit des environs. Ou plutôt, elle seule, avais-je pensé. L'homme devait se tenir en retrait. Il l'écoutait parler. Il avait sorti de sa poche un fume-cigarette et j'avais été frappé de la préciosité avec laquelle il l'avait mis à sa bouche en faisant un léger mouvement du menton. Au bout d'un certain temps, la femme s'était levée et lui avait dit de sa voix bien timbrée en détachant les syllabes : « La prochaine fois, vous penserez à mes recharges », et cette phrase m'avait intrigué. Elle avait été prononcée d'un ton sec, presque méprisant, et l'autre avait hoché docilement la tête. Puis elle avait quitté le café d'un pas assuré, sans se retourner, et il paraissait contrarié. Je l'avais suivie du regard. Elle portait un imperméable doublé de fourrure. Elle avait pris la rue Victor-Massé sur le trottoir de gauche et je m'étais demandé si elle allait entrer au Tabarin. Mais non. Elle avait disparu. Dans l'hôtel, un peu plus bas ? Après tout, elle aurait pu diriger un hôtel, aussi bien qu'un cabaret ou qu'une parfumerie. Lui, il demeurait à sa table, tête basse, pensif, le fume-cigarette pendant au coin des lèvres, comme s'il venait de recevoir un coup. Sous la lumière du néon, son visage était recouvert d'un voile de sueur et d'une sorte de graisse grise que j'avais souvent remarqués chez les hommes que les femmes font souffrir. Il s'est levé à son tour. Il était de haute taille, le dos légèrement voûté. À travers la vitre, je le voyais descendre la rue Pigalle, d'une démarche de somnambule. Telle avait été ma première rencontre avec le docteur Bouvière. La seconde, ce fut une dizaine de jours plus tard, dans un autre café, du côté de Denfert-Rochereau. Paris est une grande ville, mais je crois que l'on peut y rencontrer plusieurs fois la même personne et souvent dans les lieux où cela paraîtrait le plus difficile : le métro, les boulevards... Une, deux, trois fois, on dirait que le destin – ou le hasard – insiste, voudrait provoquer une rencontre et orienter votre vie vers une nouvelle direction, mais souvent vous ne répondez pas à l'appel. Vous laissez passer ce visage qui restera pour toujours inconnu et vous en éprouvez un soulagement, mais aussi un remords.

J'étais entré dans ce café pour acheter des cigarettes et il y avait la queue devant le comptoir. La pendule, tout au fond, indiquait sept heures du soir. Au-dessous de celle-ci, à une table, au milieu de la banquette de moleskine rouge, j'ai reconnu Bouvière. Il était entouré par plusieurs personnes, mais elles occupaient des chaises. Bouvière, seul, était assis sur la banquette, comme si cette place plus confortable lui revenait de droit. La graisse grise et la sueur avaient disparu de son visage, et le fume-cigarette ne pendait plus au coin de ses lèvres. Ce n'était plus le même homme. Cette fois-ci, il parlait, il avait même l'air de tenir une conférence que les autres écoutaient religieusement. L'un d'eux couvrait de notes un grand cahier d'écolier. Des filles et des garçons. Je ne sais pas quelle curiosité m'a pris, sans doute le désir de répondre, ce soir-là, à la question que je me posais : Comment un homme peut-il changer à ce point selon qu'il se trouve à Pigalle ou à Denfert-Rochereau ? J'avais toujours été très sensible aux mystères de Paris.

À la table voisine de la leur, j'ai choisi de m'asseoir sur la banquette pour être encore plus proche de Bouvière. J'ai remarqué qu'ils avaient tous bu des cafés, et j'ai commandé moi aussi un café. Aucun d'eux ne m'avait prêté attention. Bouvière ne s'était pas interrompu au moment où j'avais tiré la table. J'avais trébuché contre le pied de celle-ci et j'étais tombé sur la banquette, à côté de lui. Je l'écoutais attentivement, mais je comprenais mal ce qu'il disait. Certains mots n'avaient pas le même sens dans sa bouche que dans la vie courante. J'étais étonné de voir combien il avait d'emprise sur son auditoire. Tous buvaient ses paroles et le type au grand cahier d'écolier ne cessait de prendre des notes en sténo. Il provoquait leur rire, de temps en temps, par des remarques sibyllines qui devaient souvent revenir dans sa bouche, comme des mots de passe. Si j'en ai le courage, j'essaierai de me rappeler les formules les plus caractéristiques de son enseignement. Je n'étais pas sensible aux mots qu'il employait. Je ne leur trouvais aucun écho ni aucune phosphorescence. Leur sonorité dans ma mémoire est devenue aussi grêle et désolée que les notes d'un vieux clavecin. D'ailleurs, maintenant que la voix du docteur Bouvière ne peut plus les mettre en valeur, il ne reste que des mots éteints dont il m'est difficile de saisir le sens. Je crois que Bouvière les empruntait plus ou moins à la psychanalyse et aux philosophies extrême-orientales, mais je ne voudrais pas trop m'aventurer sur des terrains que je connais mal.

Il a fini par se tourner de mon côté et il a remarqué ma présence. D'abord, il ne me voyait pas, et puis il a posé une question à son auditoire, du genre : «Vous comprenez ce que je veux dire», en me fixant du regard. À ce moment-là, j'ai eu l'impression de me fondre dans le groupe, et je me suis demandé si pour Bouvière il y avait une différence entre les autres et moi. J'étais sûr que dans ce café, autour de la même table, son auditoire se renouvelait et, s'il avait une petite poignée de fidèles – une garde rapprochée –, plusieurs groupes certainement se succédaient chaque soir de la semaine. Il confond tous ces visages, tous ces groupes, me disais-je. Un de plus, un de moins... D'ailleurs, par moments, il semblait se parler à lui-même, n'être plus qu'un acteur qui monologue devant un public anonyme... Quand il sentait que l'attention autour de lui atteignait son comble, il aspirait sur son fume-cigarette si fort que ses joues se creusaient et, sans rejeter la fumée, il s'interrompait quelques secondes pour vérifier que tous, ils étaient bien suspendus à ses lèvres. Ce premier soir, j'étais arrivé vers la fin de la réunion. Au bout d'un quart d'heure, il s'est tu, il a posé sur ses genoux une serviette mince et noire, d'un modèle élégant – de celles que l'on achète chez les grands maroquiniers du faubourg Saint-Honoré. Il en a sorti un agenda relié de cuir rouge. Il l'a feuilleté. Il a dit à son plus proche voisin, un garçon à visage d'épervier : «Vendredi prochain au Zeyer à huit heures.» Et l'autre l'a noté sur un calepin. À première vue, il devait lui servir de secrétaire et j'ai supposé qu'il était chargé d'envoyer des convocations. Bouvière s'est levé en se tournant de nouveau vers moi. Il m'a lancé un sourire protecteur, peut-être pour m'encourager à assister désormais à leurs réunions. En qualité d'auditeur libre? Les autres se sont levés dans un même élan. J'ai suivi le mouvement. Dehors, place Denfert-Rochereau, il se tenait au milieu du groupe, il avait une parole pour l'un et pour l'autre comme ces professeurs de philosophie, un peu bohèmes, qui ont l'habitude de boire un verre avec leurs élèves les plus intéressants, à la fin du cours et jusque tard dans la nuit. Et moi, j'étais dans le groupe. Ils l'ont raccompagné jusqu'à sa voiture. Une blonde dont j'avais remarqué le visage mince et sévère marchait à ses côtés, et il semblait avoir avec elle une plus grande intimité qu'avec les autres. Elle portait un imperméable de la même couleur que celui de la femme, à Pigalle, mais son imperméable à elle n'était pas doublé de fourrure. Et, ce soir-là, il faisait froid. À un moment, il lui a pris le bras et les autres ne paraissaient pas s'en étonner. Arrivés devant la voiture, ils ont encore échangé quelques propos. Je restais un peu à l'écart. Le geste qu'il a eu pour mettre à sa bouche son fume-cigarette n'avait pas cette préciosité qui m'avait frappé à Pigalle. Au contraire, le fume-cigarette lui donnait quelque chose de martial : il était entouré par son état-major et il lui communiquait ses dernières instructions. La fille blonde en imperméable demeurait si près de lui que leurs épaules se touchaient. Son visage était de plus en plus sévère, on aurait dit qu'elle voulait tenir les autres à distance et leur signifier qu'elle occupait auprès de lui une place privilégiée.

Il est monté dans la voiture avec cette fille qui a claqué la portière. Il s'est penché à la vitre en faisant du bras un geste d'adieu au groupe, mais, comme il me fixait à ce moment-là de son regard clair, j'avais l'illusion que ce geste ne s'adressait qu'à moi. J'étais sur le bord du trottoir et je me suis penché vers lui. La fille m'a regardé avec une expression boudeuse. Il s'apprêtait à démarrer. Un vertige m'a saisi. J'avais envie de frapper à la vitre et de dire à Bouvière : « Vous n'avez pas oublié les recharges ? » tant cette phrase m'avait intrigué l'autre soir à Pigalle. J'étais déçu à la perspective qu'elle demeurerait un mystère, parmi tant d'autres mots et tant de visages surpris un instant et qui brilleront dans votre mémoire d'un scintillement d'étoile lointaine, avant de s'éteindre le jour de votre mort, sans avoir livré leur secret.

Je restais là, sur le trottoir, au milieu du groupe. J'étais gêné. Je ne savais quoi leur dire. J'ai fini par sourire au type à tête d'épervier. Peut-être en savait-il plus long que les autres. Je lui ai demandé, de manière un peu abrupte, quelle était cette fille qui venait de partir en voiture avec Bouvière. Il m'a répondu sans marquer de surprise, d'une voix douce et profonde, qu'elle s'appelait Geneviève. Geneviève Dalame.

J'essaie de me souvenir de ce que je pouvais bien faire, la nuit de l'accident, si tard, place des Pyramides. Je dois préciser qu'en ce temps-là, chaque fois que je quittais les quartiers de la rive gauche, j'étais heureux, comme s'il suffisait que je traverse la Seine pour me réveiller de ma torpeur. Il y avait soudain de l'électricité dans l'air. Il allait m'arriver enfin quelque chose.

J'attache sans doute une trop grande importance à la topographie. Je m'étais souvent demandé pourquoi, en l'espace de quelques années, les lieux où je rencontrais mon père s'étaient peu à peu déplacés des Champs-Élysées vers la porte d'Orléans. Je me rappelle même avoir déployé dans ma chambre d'hôtel de la rue de la Voie-Verte, un plan de Paris. Au stylo à bille rouge, je faisais des croix qui me servaient de points de repère. Tout avait commencé dans une zone dont L'ÉTOILE était le centre de gravité, avec des échappées à l'ouest, vers le bois de Boulogne. Puis l'avenue des Champs-Élysées. Nous avions glissé imperceptiblement par la Madeleine et les Grands Boulevards vers le quartier de l'Opéra. Plus bas encore, vers le Palais-Royal : pendant quelques mois — assez longtemps pour que je pense qu'il avait trouvé dans cette dérive un point fixe — je venais rejoindre mon père au Ruc-Univers. Nous nous rapprochions d'une frontière que je m'efforçais de délimiter sur le plan. Du Ruc, nous étions passés au café Corona, qui fait le coin de la place Saint-Germain-l'Auxerrois et du quai du Louvre. Oui, elle était là, me semblait-il, la frontière. Il me donnait toujours rendez-vous au Corona vers neuf heures du soir. Le café allait fermer. Nous étions les seuls clients dans la salle du fond. Il n'y avait plus beaucoup de circulation sur le quai et l'on entendait l'horloge de Saint-Germain-l'Auxerrois sonner les quarts d'heure. C'était là que j'avais remarqué pour la première fois le costume élimé, les boutons qui manquaient au pardessus bleu marine. Mais les chaussures étaient impeccablement cirées. Je ne dirais pas qu'il ressemblait à un musicien au chômage. Non, plutôt à l'un de ces «aventuriers» après un séjour en prison. Les affaires sont de plus en plus difficiles. On a perdu l'éclat et l'agilité de la jeunesse. De Saint-Germain-l'Auxerrois, nous avions échoué porte d'Orléans. Et puis, une dernière fois, j'avais vu sa silhouette se perdre dans un matin brumeux de novembre – un brouillard roux – du côté de Montrouge et de Châtillon. Il marchait tout droit vers ces deux localités dont chacune possède un fort où l'on fusillait les gens à l'aube. Il m'était souvent arrivé, quelque temps plus tard, de suivre le chemin inverse. Vers neuf heures du soir, je quittais la rive gauche en traversant la Seine par le pont des Arts et je me retrouvais au Corona. Mais cette fois-ci, j'étais seul à l'une des tables du fond et je n'avais plus besoin de chercher des mots à dire à ce type louche en pardessus bleu marine. Je commençais à ressentir un soulagement. J'avais laissé derrière moi, de l'autre côté du fleuve, une zone marécageuse où je pataugeais. J'avais pris pied sur la terre ferme. Ici, les lumières étaient plus brillantes. J'entendais le grésillement du néon. Tout à l'heure, je marcherais à l'air libre, le long des arcades, jusqu'à la place de la Concorde. La nuit serait limpide et silencieuse. L'avenir s'ouvrait devant moi. J'étais seul au Corona et j'entendais sonner les quarts d'heure à l'horloge de Saint-Germain-l'Auxerrois. Je ne pouvais pas m'empêcher de penser aux quelques réunions de Bouvière et de ses disciples auxquelles j'avais assisté, les semaines précédentes. Oui, elles se tenaient toujours dans des cafés, autour de Denfert-Rochereau. Sauf un soir, plus bas, rue d'Alésia, au Terminus, où j'avais parfois retrouvé mon père. Ce soir-là, j'avais imaginé une rencontre entre lui et Bouvière. Deux mondes bien différents. Bouvière, un peu pontifiant, bardé de diplômes et protégé par son statut de «docteur» et de maître à penser. Mon père, plus aventureux et dont la seule école avait été celle de la rue. Escrocs tous les deux, chacun à sa manière.

La dernière fois, Bouvière avait distribué plusieurs cours polycopiés et j'avais appris par le garçon au visage d'épervier que ces cours, il les donnait dans je ne sais plus quelle université ou quel collège de hautes études. Ils y assistaient tous, mais moi, vraiment, je n'avais pas envie d'être sur les bancs d'une école, en rang, parmi les autres. Les pensionnats et la caserne m'avaient suffi. Le soir où l'épervier avait distribué les polycopiés, pendant que Bouvière s'installait sur la banquette de moleskine, je lui avais indiqué, d'un geste discret de la main, que je n'en avais pas besoin. L'épervier m'avait lancé un regard de reproche. Je ne voulais pas lui faire de peine. Alors, j'avais pris le polycopié. Plus tard, j'avais essayé de le lire dans ma chambre et j'étais incapable de poursuivre ma lecture au-delà de la première page. J'avais l'impression d'entendre encore la voix de Bouvière. Elle n'était ni masculine ni féminine, il y avait quelque chose de lisse dans cette voix, de froid et de lisse, sans aucun pouvoir sur moi, mais qui devait s'insinuer lentement chez les autres, provoquer une sorte de paralysie et les laisser sous l'emprise de cet homme. Les traits de son visage me sont revenus à la mémoire, hier après-midi, avec une précision photographique : pommettes, petits yeux clairs très enfoncés dans leurs orbites. Une tête de mort. Des lèvres charnues, curieusement ourlées. Et la voix si froide et lisse... Je me rappelle qu'à cette époque, il existait d'autres têtes de mort comme la sienne, quelques gourous, quelques maîtres à penser et des sectes où les gens de mon âge cherchaient une doctrine politique, un dogme bien rigide, un grand timonier à qui se dévouer corps et âme. Je ne sais plus très bien pourquoi j'ai pu échapper à ces dangers. J'étais aussi vulnérable que les autres. Rien ne me distinguait vraiment de tous ces auditeurs déboussolés qui s'agglutinaient autour de Bouvière. Moi aussi j'avais besoin de certitudes. Par quel miracle ne suis-je pas tombé dans le piège ? Je le dois à ma paresse et à mon insouciance. Et peut-être aussi à un esprit terre à terre, qui m'attachait aux détails concrets. Oui, cet homme portait une cravate rose. Et le parfum de cette femme avait un fond de tubéreuse. L'avenue Carnot est en pente. Avez-vous remarqué que, dans certaines rues, en fin d'après-midi, vous avez le soleil dans les yeux ? On me prenait pour un idiot.

Je les aurais beaucoup déçus si je leur avais avoué l'une des raisons de ma présence à leurs réunions. J'avais repéré parmi eux quelqu'un qui me semblait plus intéressant que les autres, une certaine Hélène Navachine. Une brune aux yeux bleus. Elle était la seule à ne pas prendre de notes. La blonde qui se tenait toujours dans l'ombre de Bouvière la considérait avec méfiance, comme si elle pouvait être une rivale et pourtant Bouvière ne faisait jamais attention à elle. Cette Hélène Navachine, apparemment, ne connaissait aucun membre des groupes et ne leur adressait pas la parole. À la fin des réunions, je la voyais partir seule, traverser la place et disparaître dans la bouche du métro. Un soir, elle avait posé sur ses genoux un cahier de solfège. Après la réunion, je lui avais demandé si elle était musicienne et nous avions marché tous les deux côte à côte. Elle donnait des leçons de piano pour gagner sa vie, mais elle espérait bien entrer au Conservatoire de musique.

Ce soir-là, je l'avais suivie dans le métro. Elle m'avait dit qu'elle habitait près de la gare de Lyon et, pour l'accompagner jusqu'au bout, j'avais inventé un rendez-vous dans ce quartier. Des années plus tard, sur cette même ligne du métro aérien, entre Denfert et la place d'Italie, j'ai espéré un moment que le temps était aboli et que je me retrouverais de nouveau assis sur la banquette, à côté d'Hélène Navachine. Alors, une très forte sensation de vide m'a envahi et, pour me rassurer, je me suis dit que c'était parce que le métro surplombait le boulevard et les rangées d'immeubles. Dès que la ligne redeviendrait souterraine, je n'éprouverais plus ce sentiment de vertige et d'absence. Tout rentrerait dans l'ordre, dans la monotonie rassurante des jours qui succèdent aux jours. Ce soir-là, autour de nous deux, il n'y avait presque personne dans le compartiment. C'était bien après l'heure de pointe. Je lui avais demandé pourquoi elle assistait aux réunions de Bouvière. Sans le connaître, elle avait lu un article de lui sur la musique hindoue qui lui avait ouvert des horizons, mais l'homme l'avait un peu déçue et son «enseignement» n'était pas à la mesure de cet article. Elle me le ferait lire si je le voulais bien.

Et moi, quel chemin m'avait amené dans les groupes de Denfert-Rochereau ? Une simple curiosité. J'étais intrigué par le docteur Bouvière. J'aurais voulu en savoir plus sur lui. Quelle pouvait être la vie d'un docteur Bouvière ? Elle a souri. Elle aussi s'était posé la question. À première vue, il n'avait jamais été marié et il éprouvait du goût pour certaines de ses élèves. Mais l'éprouvait-il vraiment ? Elles avaient toujours le même physique : pâles, blondes, l'allure sévère de jeunes filles chrétiennes, au bord du mysticisme. Ça l'avait gênée, au début. Elle avait l'impression que certaines filles, au cours des réunions, la regardaient de haut et qu'elle n'était pas à leur diapason. Alors, nous sommes faits pour nous entendre, lui ai-je dit. Moi non plus je ne me suis jamais senti au diapason de rien. Je pensais qu'elle devait être comme moi, un peu perdue dans Paris, sans attache familiale, essayant de trouver un axe qui orienterait sa vie et croisant parfois des docteurs Bouvière. Un détail nous avait beaucoup étonnés tous les deux chez Bouvière. À l'une des réunions de la semaine précédente, son visage était tuméfié, comme si on lui avait cassé la figure : un œil au beurre noir et des ecchymoses sur le nez et autour du cou. Il n'avait fait aucune allusion à ce qui lui était arrivé et, pour donner le change, il avait été encore plus brillant que d'habitude. Il dialoguait avec son auditoire et nous demandait souvent si tout ce qu'il disait était bien clair pour nous. Seuls le secrétaire au visage d'épervier et la blonde à la peau transparente le fixaient d'un regard inquiet pendant toute sa conférence. À la fin de celle-ci, la blonde lui avait appliqué une compresse sur le visage et il s'était laissé soigner avec le sourire. Personne n'avait osé lui poser la moindre question. Vous ne trouvez pas que c'est un peu bizarre ? m'a demandé Hélène Navachine, du ton calme et désabusé de ceux qui ne peuvent plus s'étonner vraiment de rien depuis leur enfance. J'ai failli lui parler de la femme que j'avais vue avec Bouvière à Pigalle, mais j'imaginais mal celle-ci lui donner une telle raclée. Ni aucune femme, d'ailleurs. Non, ce devait être quelque chose de plus brutal et de plus trouble. Il y avait une part d'ombre dans la vie du docteur Bouvière, peut-être un secret qu'il jugeait honteux. J'ai haussé les épaules et j'ai dit à Hélène Navachine que cela faisait partie des mystères de Paris.

Elle habitait dans les grands pâtés d'immeubles, en face de la gare de Lyon. Je lui ai expliqué que j'étais en avance d'une heure sur mon rendez-vous. Elle m'aurait bien accueilli chez elle pour m'éviter d'attendre dehors. Malheureusement, sa mère n'aurait pas supporté qu'elle amène quelqu'un à l'improviste dans leur petit appartement du 5 de la rue Émile-Gilbert.

J'ai revu Hélène Navachine à la réunion suivante. Les ecchymoses avaient presque disparu sur le visage du docteur Bouvière et il ne portait plus qu'un petit sparadrap à la joue gauche. On ignorerait toujours qui lui avait cassé la figure. Il ne cracherait pas le morceau. Même la jeune fille blonde qui montait chaque fois avec lui dans sa voiture n'en saurait rien, j'en étais sûr. Les hommes meurent avec leur secret.

Ce soir-là, j'avais demandé à Hélène Navachine pourquoi elle s'intéressait tant à la musique hindoue. Elle écoutait souvent cette musique, me disait-elle, pour être délivrée d'un poids qui l'oppressait et atteindre enfin une région où l'on respire un air limpide et léger. Et puis c'était une musique silencieuse. Elle avait besoin d'un air léger et de silence. J'étais d'accord avec elle. Je l'accompagnais à ses leçons de piano. Elle les donnait pour la plupart dans le septième arrondissement. Je l'attendais en marchant, ou bien, les après-midi de pluie ou de neige, je me réfugiais dans le café le plus proche de l'immeuble où elle était entrée. La leçon durait une heure. Il y en avait trois ou quatre par jour. Alors, dans les intervalles, je me retrouvais seul le long des bâtiments abandonnés de l'École militaire. Je craignais de perdre la mémoire et de m'égarer sans oser demander mon chemin. Les passants étaient rares et quel chemin pouvais-je bien leur demander ? Un après-midi, au bout de l'avenue de Ségur, à la limite du quinzième arrondissement, j'ai été saisi d'une panique. J'avais l'impression de me fondre dans ce brouillard qui annonçait la neige. J'aurais voulu que quelqu'un me prenne par le bras et me dise des paroles rassurantes : «Mais non, ce n'est rien, mon vieux… Vous devez manquer de sommeil… Allez boire un cognac… Ça va passer…» J'essayais de m'accrocher à de petits détails concrets. Elle m'avait dit que pour les leçons de piano, elle ne se compliquait pas la vie.

Elle leur faisait apprendre le même morceau. Ça s'appelait *Le Boléro* de Hummel. Elle me l'avait joué un soir sur un piano que nous avions découvert au sous-sol d'une brasserie. Tout à l'heure, je lui demanderais de me siffler *Le Boléro* de Hummel. Un Allemand qui avait dû faire un voyage en Espagne. Il valait mieux que je l'attende devant l'immeuble où elle donnait sa leçon. Drôle de quartier... un quartier métaphysique, aurait dit Bouvière, de sa voix si froide et si lisse. Quelle faiblesse de ma part de me laisser aller à des états d'âme... Il suffisait d'un peu de brouillard qui annonçait la neige au carrefour Ségur-Suffren pour me faire perdre le moral. Vraiment, j'étais une petite nature. Est-ce le souvenir de la neige qui tombait cet après-midi-là quand Hélène Navachine est sortie de l'immeuble, mais chaque fois que je pense à cette période de ma vie, je sens l'odeur de la neige – une fraîcheur plutôt qui vous glace les poumons et finit par se confondre pour moi avec l'odeur de l'éther. Un après-midi, après sa leçon de piano, elle avait glissé sur une plaque de verglas et, en tombant, elle s'était blessée à la main. Une coupure qui la faisait saigner. Nous avions trouvé une pharmacie un peu plus bas. J'avais demandé du coton et, au lieu d'alcool à 90°, un flacon d'éther. Je ne crois pas que c'était une erreur délibérée de ma part. Nous nous étions assis sur un banc, elle avait débouché le flacon et, au moment où elle imbibait le coton pour l'appliquer sur sa coupure, j'avais senti l'odeur de l'éther, si forte et qui m'était si familière depuis mon enfance. J'avais mis le flacon bleu dans ma poche, mais cette odeur flottait encore autour de nous. Elle imprégnait les chambres d'hôtel du quartier de la gare de Lyon où nous avions l'habitude d'échouer. C'était avant qu'elle ne rentre chez elle ou alors quand elle venait m'y retrouver, vers neuf heures du soir. On ne demandait pas les papiers des clients à la réception de ces hôtels. Il y avait trop de passage, à cause de la proximité de la gare. Des clients qui ne resteraient pas longtemps dans les chambres et qu'un train allait bientôt emporter. Des ombres. On nous tendait une fiche où nous devions écrire nos noms et nos adresses, mais ils ne vérifiaient jamais si ces noms et ces adresses correspondaient à ceux d'un passeport ou d'une carte d'identité. C'était moi qui remplissais les fiches pour nous deux. En ai-je écrit des noms et des adresses différents... Et, au fur et à mesure, je les notais sur une page d'agenda pour changer les noms la prochaine fois. Je voulais brouiller les pistes et les dates de nos naissances, car l'un et l'autre nous étions encore mineurs. J'ai retrouvé l'année dernière dans un vieux portefeuille la page où j'avais fait la liste de nos fausses identités.

| | |
|---|---|
| Georges Accad | 28, rue de la Rochefoucauld, Paris 9 |
| Yvette Dintillac | 75, rue Laugier |
| André Gabison | Calle Jorge Juan 17, Madrid |
| Jean-Maurice Jedlinski | |
| et Marie-José Vasse | Casa Montalvo, Biarritz |
| Jacques Piche | Berlin, Steglitz, Orleanstrasse 2 |
| Patrick de Terouane | 21, rue Berlioz, Nice |
| Suzy Kraay | Vijzelstraat 98, Amsterdam... |

On m'a dit que chaque hôtel transmettait ces fiches à la brigade mondaine. Là-bas, ils les classaient par ordre alphabétique. Il paraît que, depuis, ils les ont détruites, mais je n'y crois pas. Elles sont restées intactes dans leurs casiers. Un soir, par désœuvrement, un policier à la retraite a consulté toutes ces vieilles archives et il est tombé sur la fiche d'André Gabison ou celle de Marie-José Vasse. Il s'est demandé pourquoi ces personnes, depuis plus de trente ans, étaient demeurées absentes et inconnues à leurs adresses. Il ne saura jamais la vérité. Il y a longtemps, une fille donnait des leçons de piano. Dans les chambres d'hôtel du quartier de la gare de Lyon où nous nous retrouvions, j'avais remarqué qu'on avait laissé les rideaux noirs de la Défense passive et pourtant c'était bien des années après la guerre. On entendait des allées et venues le long des couloirs, des portes qui claquaient, des sonneries de téléphone. Derrière les cloisons, des conversations se poursuivaient toute la nuit et le timbre des voix était celui de voyageurs de commerce discutant interminablement de leurs affaires. Des pas lourds, dans l'escalier, de gens qui portaient des valises. Et, malgré le brouhaha, nous parvenions tous les deux à atteindre la zone de silence dont elle m'avait parlé, où l'air était léger à respirer. Au bout de quelque temps, j'avais la sensation que nous étions désormais les seuls habitants de l'hôtel et qu'il s'était vidé de ses clients. Ils étaient tous partis prendre le train à la gare d'en face. Le silence était si profond que j'imaginais la petite gare d'une ville de province près d'une frontière perdue sous la neige.

Je me souviens qu'à la clinique Mirabeau, après l'accident, je me réveillais en sursaut et je ne savais plus où j'étais. Je cherchais le bouton de la lampe de chevet. Alors, dans la lumière trop crue, je reconnaissais les murs blancs, la baie vitrée. J'essayais de me rendormir, mais mon sommeil était lourd et agité. Toute la nuit, des gens parlaient derrière la cloison. Un nom revenait sans cesse, prononcé par des voix aux intonations différentes : JACQUELINE BEAUSERGENT. Le matin, je me rendais compte que j'avais rêvé. Seul le nom : JACQUELINE BEAUSERGENT était réel, puisque je l'avais entendu de sa bouche à l'Hôtel-Dieu, quand le type en blouse blanche nous avait demandé qui nous étions.

L'autre soir, à l'aéroport d'Orly Sud, j'attendais des amis de retour du Maroc. L'avion avait du retard. Il était plus de dix heures. Le grand hall qui donnait accès aux portes d'arrivée était presque désert. J'éprouvais la sensation curieuse d'être parvenu à une sorte de no man's land dans l'espace et le temps. J'ai entendu, tout à coup, l'une de ces voix immatérielles des aéroports répéter à trois reprises : « ON DEMANDE JACQUELINE BEAUSERGENT À LA PORTE D'EMBARQUEMENT 624. » Je courais le long du hall. Je ne savais pas ce qu'elle était devenue depuis trente ans, mais ces années ne comptaient plus. J'avais l'illusion qu'il pouvait encore y avoir pour moi une porte d'embarquement. Quelques rares passagers se présentaient à la porte 624. Devant celle-ci, un homme en uniforme sombre se tenait en faction. Il m'a demandé d'une voix sèche :

« Vous avez votre billet ?

— Je cherche quelqu'un... Il y a eu un appel tout à l'heure... Jacqueline Beausergent... »

Les derniers passagers avaient disparu. Il a haussé les épaules.

«La personne a dû embarquer depuis longtemps, monsieur.»

J'ai dit encore une fois :

«Vous êtes sûr? Jacqueline Beausergent...»

Il me barrait le passage.

«Vous voyez bien qu'il n'y a plus personne, monsieur.»

Tout se confond dans ma mémoire pour la période qui a précédé l'accident. Les jours se succédaient dans une lumière incertaine. J'attendais que le voltage augmente pour y voir plus clair. Quand j'y repense aujourd'hui, seule la silhouette d'Hélène Navachine se détache du brouillard. Je me souviens qu'elle avait un grain de beauté sur l'épaule gauche. Elle m'avait dit qu'elle allait partir pour Londres quelques jours parce qu'on lui proposait là-bas un travail et qu'elle voulait se rendre compte si c'était vraiment intéressant.

Un soir, je l'avais accompagnée à son train gare du Nord. Elle m'avait envoyé une carte postale où elle m'écrivait qu'elle serait bientôt de retour à Paris. Mais elle n'est jamais revenue. Il y a trois ans, j'ai reçu un coup de téléphone. J'ai entendu une voix de femme qui me disait : « Allô… ici l'hôtel Palym… On veut vous parler, monsieur… » L'hôtel Palym était presque en face de chez elle, dans la petite rue d'où l'on voyait l'horloge de la gare de Lyon. Une fois, nous y avions pris une chambre sous les noms d'Yvette Dintillac et de Patrick de Terouane. La femme a répété : « Vous êtes toujours en ligne, monsieur ? Je vous passe votre correspondant… » J'étais sûr que ce serait elle. De nouveau, nous allions nous retrouver entre deux leçons de piano et les élèves joueraient *Le Boléro* de Hummel jusqu'à la fin des temps. Comme aimait à le répéter le docteur Bouvière, la vie était un éternel retour. Il y avait des parasites sur la ligne, et cela ressemblait au murmure du vent dans les feuillages. J'attendais en serrant le combiné pour éviter le moindre mouvement qui aurait risqué de rompre ce fil tendu à travers les années. « Votre correspondant vous parle, monsieur… » J'ai cru entendre le bruit d'un meuble que l'on renverse ou quelqu'un qui faisait une chute dans un escalier.

«Allô... Allô... Vous m'entendez?» Une voix d'homme. J'étais déçu. Toujours ce grésillement sur la ligne. «J'étais un ami de votre père... Vous m'entendez?» J'avais beau lui dire oui, il ne m'entendait pas, lui. «Guy Roussotte... je suis Guy Roussotte... Votre père vous a peut-être parlé de moi... j'étais un collègue de votre père au bureau Otto... Vous m'entendez?» Il semblait me poser cette question pour la forme sans se préoccuper vraiment que je l'entende ou non. «Guy Roussotte... Nous avions un bureau avec votre père...» J'aurais pu croire qu'il me parlait depuis l'un de ces bars des Champs-Élysées d'il y a cinquante ans où le brouhaha des conversations roulait autour des affaires de marché noir, des femmes et des chevaux. La voix était de plus en plus étouffée et seuls me parvenaient des lambeaux de phrases : «Votre père... bureau Otto... rencontre... quelques jours à l'hôtel Palym... où je pourrais le toucher... Dites-lui simplement : Guy Roussotte... bureau Otto... de la part de Guy Roussotte... un coup de fil... Vous m'entendez?...» Comment avait-il obtenu mon numéro de téléphone? Je n'étais pas dans l'annuaire. J'imaginais ce spectre téléphonant d'une chambre de l'hôtel Palym, la même chambre peut-être qu'avaient occupée une nuit, autrefois, Yvette Dintillac et Patrick de Terouane. Quelle drôle de coïncidence... La voix était maintenant trop lointaine, et les phrases trop décousues. Je me demandais si c'était mon père qu'il voulait voir, le croyant encore de ce monde, ou si c'était moi. Bientôt, je ne l'entendais plus. De nouveau, ce bruit de meuble que l'on renverse ou la chute d'un corps dans un escalier. Puis la tonalité du téléphone, comme si l'on avait raccroché. Il était déjà huit heures du soir et je n'ai pas eu le courage de rappeler l'hôtel Palym. Et j'étais vraiment déçu. J'avais espéré entendre la voix d'Hélène Navachine. Qu'est-ce qu'elle avait bien pu devenir, depuis tout ce temps? La dernière fois que je l'avais vue en rêve, celui-ci s'était interrompu sans qu'elle ait eu le temps de me donner son adresse et son numéro de téléphone.

Le même hiver où j'avais entendu la voix lointaine de Guy Roussotte, il m'était arrivé une mésaventure. On a beau, pendant plus d'une trentaine d'années, avoir peiné pour que sa vie soit plus claire et plus harmonieuse qu'elle ne l'était à ses débuts, un incident risque de vous ramener brusquement en arrière. C'était au mois de décembre. Depuis une semaine environ, quand je sortais ou que je rentrais chez moi, j'avais remarqué qu'une femme se tenait immobile à quelques mètres de la porte de l'immeuble ou sur le trottoir d'en face. Elle n'était jamais là avant six heures du soir. Une femme grande, vêtue d'un manteau en mouton retourné et qui portait un chapeau à large bord et un sac marron en bandoulière. Elle me suivait du regard et elle restait là, silencieuse, dans une attitude menaçante. De quel cauchemar oublié de mon enfance cette femme pouvait-elle bien sortir? Et pourquoi maintenant? Je me suis penché à la fenêtre. Elle attendait sur le trottoir, l'air de surveiller la façade de l'immeuble. Mais je n'avais pas allumé l'électricité dans la pièce et il lui était impossible de me voir. Avec ce gros sac en bandoulière, ce chapeau et ces bottes, elle donnait l'impression d'avoir été la cantinière d'une armée disparue depuis longtemps, mais qui avait laissé derrière elle bien des cadavres. J'avais peur qu'à partir de maintenant, et jusqu'à la fin de ma vie, elle ne se tienne en faction là où j'aurais mon domicile et que cela ne me serve à rien de déménager. Chaque fois, elle trouverait ma nouvelle adresse.

Une nuit, je rentrais plus tard que d'habitude et elle était toujours là, immobile. J'allais pousser la porte de l'immeuble lorsqu'elle s'est approchée lentement de moi. Une vieille femme. Elle me fixait d'un regard sévère comme si elle voulait me faire honte de quelque chose ou me rappeler une faute que j'aurais commise. J'ai soutenu ce regard en silence. Je finissais par me demander de quoi j'étais coupable. J'ai croisé les bras et je lui ai dit d'une voix calme et en articulant les syllabes que j'aimerais bien savoir ce qu'elle me voulait.

Elle a levé le menton et de sa bouche est sorti un flot d'injures. Elle m'appelait par mon prénom et me tutoyait. Y avait-il un lien de parenté entre nous? Peut-être l'avais-je connue il y a longtemps. Le chapeau à large bord accentuait la dureté de son visage et, sous la lumière jaune du lampadaire, elle ressemblait à une très vieille cabotine allemande du nom de Leni Riefenstahl. La vie et les sentiments n'avaient pas eu de prise sur ce visage de momie, oui, la momie d'une petite fille méchante et capricieuse d'il y a quatre-vingts ans. Les yeux de rapace me fixaient toujours et je ne baissais pas mon regard. Je lui faisais un large sourire. Je sentais qu'elle était prête à mordre et à m'inoculer son venin, mais sous cette agressivité, il y avait quelque chose de faux, comme le jeu sans nuances d'une mauvaise actrice. De nouveau, elle m'accablait d'injures. Elle s'était appuyée contre la porte de l'immeuble pour me bloquer le passage. Je lui souriais toujours et je me rendais bien compte que cela l'exaspérait de plus en plus. Mais je n'avais pas peur d'elle. Finies les terreurs enfantines, dans le noir, à la pensée qu'une sorcière ou la mort ouvrirait la porte de la chambre. «Pourriez-vous parler un peu moins fort, madame?» lui ai-je dit sur un ton de courtoisie qui m'a étonné moi-même. Elle aussi a paru interloquée par le calme de ma voix. «Excusez-moi, mais je n'ai plus l'habitude d'entendre des voix aussi fortes que la vôtre.» J'ai vu ses traits se crisper et ses yeux se dilater en un quart de seconde. Elle a tendu le menton pour me défier, un menton très lourd, proéminent.

Je lui souriais. Alors, elle s'est jetée sur moi. D'une main, elle s'agrippait à mon épaule et, de l'autre, elle tentait de me griffer au visage. Je voulais me dégager, mais elle pesait vraiment très lourd. Je sentais peu à peu revenir les terreurs de mon enfance. Depuis plus de trente ans, j'avais fait en sorte que ma vie soit aussi ordonnée qu'un parc à la française. Le parc avait recouvert de ses grandes allées, de ses pelouses et de ses bosquets un marécage où j'avais failli m'engloutir autrefois. Trente ans d'efforts. Et tout cela pour qu'une méduse m'attende une nuit dans la rue et me saute dessus... Elle allait m'étouffer, cette vieille. Elle pesait aussi lourd que mes souvenirs d'enfance. Un suaire me recouvrait et il ne servait plus à rien de me débattre. Personne ne pouvait m'aider. Un peu plus bas, sur la place, il y avait un commissariat devant lequel se tenaient des gardiens de la paix en faction. Tout cela finirait dans un panier à salade et dans un commissariat. C'était une fatalité depuis longtemps.

D'ailleurs, à l'âge de dix-sept ans, quand on m'avait embarqué parce que mon père voulait se débarrasser de moi, cela se passait près d'ici, du côté de l'église. Plus de trente ans d'efforts inutiles pour revenir au point de départ, dans les commissariats du quartier. Quelle tristesse... Ils avaient l'air de deux ivrognes qui se battaient dans la rue, dirait l'un des gardiens de la paix. On nous ferait asseoir sur un banc, cette vieille et moi, comme tous ceux que l'on avait pris dans les rafles de la nuit, et il faudrait décliner mon identité. On me demanderait si je la connaissais. Le commissaire de police me dirait : Elle se fait passer pour votre mère, mais d'après ses papiers, il n'y a aucun lien de parenté entre vous. D'ailleurs, vous êtes né de mère inconnue. Vous êtes libre, monsieur. C'était le même commissaire de police auquel mon père m'avait livré quand j'avais dix-sept ans. Le docteur Bouvière avait raison : La vie est un éternel retour. Une rage à froid m'a envahi et j'ai donné à la vieille un coup sec de genou dans le ventre. Son étreinte s'est relâchée. Je l'ai poussée violemment. Enfin, je respirais... Je l'avais neutralisée par surprise, elle n'osait plus s'approcher de moi, elle restait immobile, au bord du trottoir, en me fixant de ses petits yeux dilatés. C'était elle maintenant qui se tenait sur la défensive. Elle essayait de me sourire, un horrible sourire de théâtreuse que démentait la dureté du regard. J'ai croisé les bras. Alors, voyant que le sourire ne prenait pas, elle a fait semblant d'écraser une larme. À mon âge, comment avais-je pu être effrayé par ce fantôme et croire un instant qu'elle avait encore la force de m'attirer vers le bas ? Elle était bien finie, l'époque des commissariats.

Les jours suivants, elle ne s'est plus postée devant l'immeuble et, jusqu'à présent, elle n'a pas donné signe de vie. Cette nuit-là, je l'avais encore observée derrière la fenêtre. Elle ne semblait pas du tout affectée par notre pugilat. Elle faisait les cent pas le long du terre-plein. Des allers et retours réguliers sur une distance assez courte, mais d'un pas vif, presque militaire. Très droite, le menton haut. De temps en temps, elle tournait la tête vers la façade de l'immeuble pour vérifier s'il y avait bien un public. Et puis elle s'était mise à boiter. Au début, elle s'y exerçait, comme pour une répétition. Peu à peu, elle avait trouvé son rythme. Je l'avais vue s'éloigner et disparaître en boitant, mais elle forçait trop la note dans ce rôle de vieille cantinière à la recherche d'une armée en déroute.

Il y a trois ans, à peu près à la même époque où cette vieille m'avait agressé, mais vers le mois de juin ou de juillet, je suivais le quai de la Tournelle. Un samedi après-midi de soleil. Je regardais les livres dans les boîtes des bouquinistes. Et, tout à coup, mes yeux sont tombés sur trois volumes retenus par un gros élastique rouge et disposés bien en évidence. La couverture jaune, le nom et le titre en caractères noirs du premier volume m'ont causé un pincement au cœur : *Les Souvenirs-écrans* de Fred Bouvière. J'ai ôté l'élastique. Deux autres livres de Bouvière : *Drogues et thérapeutiques* et *Le Mensonge et l'Aveu*. Il y avait fait plusieurs fois allusion au cours des réunions de Denfert-Rochereau. Trois livres introuvables, dont il disait, avec une certaine ironie, qu'ils étaient « ses œuvres de jeunesse ». Les dates de leur publication étaient mentionnées au bas de leur couverture avec le nom de l'éditeur : Au Sablier. Oui, Bouvière devait être bien jeune en ce temps-là, vingt-deux, vingt-trois ans à peine.

J'ai acheté les trois volumes et j'ai découvert sur la page de garde du *Mensonge et l'Aveu* une dédicace : « Pour Geneviève Dalame, ce livre écrit quand j'avais son âge, à l'heure du couvre-feu. Fred Bouvière. » Les deux autres n'étaient pas dédicacés mais portaient, comme le premier, écrit à l'encre bleue le nom « Geneviève Dalame » sur la page de titre, avec une adresse : « 4, boulevard Jourdan ». Le visage de cette fille blonde à la peau très pâle qui était toujours dans l'ombre de Bouvière et prenait place à côté de lui sur la banquette de la voiture à la fin des réunions, le type au visage d'épervier me disant à voix basse : « Elle s'appelle Geneviève Dalame », tout cela m'est revenu en mémoire. J'ai demandé au bouquiniste où il avait trouvé ces livres. Il a haussé les épaules — Oh, un déménagement... En me rappelant la manière dont Geneviève Dalame contemplait Bouvière de son regard bleu et buvait ses paroles, je me disais qu'il était impossible qu'elle se fût débarrassée de ces trois livres. À moins qu'elle ait voulu rompre brutalement avec toute une partie de sa vie. Ou qu'elle fût morte. 4, boulevard Jourdan. C'était à deux pas de chez moi, quand j'occupais la chambre d'hôtel, rue de la Voie-Verte. Mais je n'avais pas besoin de vérifier, je savais que l'immeuble n'existait plus depuis une quinzaine d'années et que la rue de la Voie-Verte avait changé de nom.

Je me suis souvenu qu'un jour de ce temps-là, j'allais prendre l'autobus 21, porte de Gentilly, et elle était sortie du petit immeuble, mais je n'avais pas osé l'aborder. Elle attendait l'autobus elle aussi, et nous étions tous les deux seuls, à l'arrêt. Elle ne me reconnaissait pas, et c'était bien naturel : pendant les réunions, elle ne voyait que Bouvière et les autres membres du groupe n'étaient que des visages flous dans le halo lumineux qu'il projetait autour de lui.

Quand l'autobus a démarré, nous étions les uniques passagers, et j'ai pris place sur la banquette en face d'elle. Je me souvenais bien du nom que m'avait chuchoté l'épervier quelques jours auparavant. Geneviève Dalame.

Elle s'est absorbée dans un livre recouvert de papier cristal, peut-être celui que lui avait dédicacé Bouvière et qu'il avait écrit à l'heure du couvre-feu. Je ne la quittais pas du regard. J'avais lu, je ne sais plus où, que si vous regardez les gens fixement, même de dos, ils s'aperçoivent de votre présence. Avec elle, ça a duré longtemps. Elle n'a fait vaguement attention à moi que lorsque l'autobus suivait la rue de la Glacière. « Je vous ai vue aux réunions du docteur Bouvière », lui ai-je dit. En prononçant ce nom, je croyais gagner ses bonnes grâces, mais elle m'a jeté un regard soupçonneux. Je cherchais les mots pour la dérider. « C'est fou…, lui ai-je dit, le docteur Bouvière répond à toutes les questions que l'on se pose dans la vie. » Et j'ai pris un air absorbé, comme s'il suffisait de prononcer le nom Bouvière pour se détacher du monde quotidien et de cet autobus où nous étions. Elle a paru rassurée. Nous avions le même gourou, nous partagions les mêmes rites et les mêmes secrets. « Ça fait longtemps que vous venez aux réunions ? m'a-t-elle demandé.

— Quelques semaines. — Vous voudriez avoir un contact plus personnel avec lui?» Elle m'avait posé la question avec une certaine condescendance, comme si elle était la seule intermédiaire qui existât entre Bouvière et la masse des disciples. «Pas tout de suite, lui ai-je dit, je préfère attendre encore...» Et le ton de ma voix était si grave qu'elle ne pouvait plus douter de ma sincérité. Elle m'a souri et j'ai même cru discerner pour moi, dans ses grands yeux bleu pâle, une sorte de tendresse. Mais je ne me faisais guère d'illusions. Je le devais à Bouvière.

Elle portait une montre d'homme qui contrastait avec la minceur de son poignet. Le bracelet en cuir noir n'était pas assez serré. Elle a eu un mouvement trop vif en enfonçant le livre dans son sac. La montre a glissé et elle est tombée. Je me suis penché pour la ramasser. Ce devait être une vieille montre de Bouvière, me suis-je dit. Elle lui avait demandé de la porter pour avoir toujours sur elle un objet qui lui aurait appartenu. J'ai voulu l'aider à bien serrer le bracelet de cuir autour de son poignet, mais le bracelet était décidément trop large pour elle. Alors, j'ai remarqué au bas du poignet, à la hauteur des veines, une cicatrice récente puisqu'elle était encore rose, une suite de petites cloques. J'ai d'abord éprouvé un sentiment de malaise. La cicatrice ne correspondait pas à cette journée d'hiver ensoleillée où j'étais assis dans un autobus en compagnie d'une fille blonde aux yeux bleus. Moi, j'étais un type assez banal qui avait le goût du bonheur et des jardins à la française. Souvent des idées noires me traversaient, mais bien contre mon gré. Pour elle aussi, c'était peut-être la même chose. Son sourire et son regard exprimaient l'insouciance avant de connaître le docteur Bouvière. C'était lui, sans doute, qui lui avait fait perdre la joie de vivre. Elle s'était rendu compte que j'avais remarqué la cicatrice et elle appuyait sa main bien à plat sur son genou pour la cacher. J'avais envie de lui parler de choses anodines. Était-elle encore étudiante ou avait-elle déjà trouvé du travail? Elle m'a expliqué qu'elle était employée comme dactylo dans une boîte qui s'appelait Opéra Intérim. Et brusquement, elle parlait avec naturel et il ne restait plus rien de cette intensité et de cette affectation qui étaient les siennes, quand nous avions évoqué le docteur. Oui, je finissais par me persuader qu'avant de le croiser sur son chemin elle avait été une fille toute simple. Et je regrettais de ne l'avoir pas rencontrée à ce moment-là.

Je lui ai demandé si elle assistait aux réunions depuis longtemps. Presque un an. Au début, c'était difficile, elle ne comprenait pas grand-chose. Elle n'avait aucune notion de philosophie. Elle avait arrêté ses études au B.E.P.C. Elle pensait qu'elle n'était pas à la hauteur et ce sentiment l'avait jetée dans une «crise de désespoir». En employant ces derniers mots, peut-être voulait-elle me faire comprendre pourquoi elle avait une cicatrice au poignet. Puis le docteur l'avait aidée à vaincre ce manque de confiance en elle. Un exercice très pénible, mais, grâce à lui, elle avait réussi à s'en sortir. Elle lui était vraiment reconnaissante de l'avoir fait accéder à un niveau qu'elle n'aurait jamais pu atteindre toute seule. Où l'avait-elle rencontré? Oh, dans un café. Elle y prenait un sandwich avant de rentrer travailler au bureau. Il préparait l'un de ses cours qu'il donnait aux «Hautes Études». Quand il avait su qu'elle était dactylo, il lui avait demandé de taper un texte pour lui. J'étais sur le point de lui dire que, moi aussi, j'avais rencontré pour la première fois Bouvière dans un café. Mais je craignais d'évoquer un sujet douloureux. Elle connaissait peut-être l'existence de la femme à l'imperméable doublé de fourrure, celle qui disait: «La prochaine fois, vous penserez à mes recharges.» Et si c'était cette femme qui se trouvait à l'origine de la cicatrice au poignet? Ou plutôt Bouvière, tout simplement, avec sa vie sentimentale qui me paraissait, à première vue, bien étrange...

J'ai voulu savoir à quelle station elle descendait. Petits-Champs-Danielle-Casanova. J'avais pris un ticket pour la gare du Luxembourg, mais cela n'avait aucune importance. J'avais décidé de l'accompagner jusqu'au bout. Elle allait à Opéra Intérim, mais bientôt, m'a-t-elle dit, elle quitterait cet emploi. Le docteur lui avait promis un travail «à temps complet». Elle taperait ses cours et ses articles, elle s'occuperait de l'organisation des réunions, des convocations et des circulaires à envoyer aux différents groupes. Elle était heureuse d'avoir un vrai travail qui donnait enfin un sens à sa vie.

«Alors, vous allez vous dévouer entièrement au docteur?» Cette phrase m'avait échappé et à peine l'avais-je prononcée que je la regrettais. Elle m'a fixé de son regard bleu pâle, avec une certaine dureté. J'ai voulu rattraper cette maladresse par une remarque d'ordre général : « Vous savez, les maîtres à penser ne mesurent pas toujours le pouvoir qu'ils exercent sur leurs disciples. » Son regard s'est adouci. J'avais l'impression qu'elle ne me voyait plus et qu'elle était perdue dans ses pensées. Elle m'a demandé : « Vous croyez ? » Et il y avait tant de désarroi et de candeur dans cette question que cela m'a ému. Un vrai travail qui donnerait enfin un sens à sa vie... En tout cas, elle avait voulu y mettre un terme, à sa vie, si j'en jugeais par cette cicatrice au bas du poignet... J'aurais aimé qu'elle se confie à moi. J'ai rêvé, un court instant, que dans cet autobus son visage se rapprochait du mien et qu'elle me parlait très longtemps à l'oreille pour que personne d'autre n'entende.

De nouveau, elle me considérait d'un regard méfiant. « Je ne suis pas d'accord avec vous, m'a-t-elle dit sèchement. Moi, j'ai besoin d'un maître à penser... » J'ai hoché la tête. Je n'avais rien à lui répondre. Nous étions arrivés au Palais-Royal. L'autobus passait devant le Ruc-Univers à la terrasse duquel je m'étais souvent assis avec mon père. Lui non plus ne parlait pas et nous nous quittions sans avoir rompu le silence. Beaucoup d'encombrements. L'autobus avançait par à-coups. Il aurait fallu en profiter pour lui poser vite des questions et en savoir un peu plus long sur la dénommée Geneviève Dalame, mais elle avait l'air de penser à quelque chose qui la préoccupait. Jusqu'à Petits-Champs-Danielle-Casanova, nous n'avons pas échangé un seul mot. Et puis nous sommes descendus de l'autobus. Sur le trottoir, elle m'a serré la main distraitement, de sa main gauche, celle de la montre et de la cicatrice. « À la prochaine réunion », lui ai-je dit. Mais au cours des réunions qui ont suivi, elle a toujours ignoré ma présence. Elle remontait l'avenue de l'Opéra et je l'ai très vite perdue de vue. Il y avait beaucoup trop de monde sur le trottoir, à cette heure-là.

Cette nuit, j'ai rêvé pour la première fois à l'un des épisodes les plus tristes de ma vie. Quand j'avais dix-sept ans, mon père, pour se débarrasser de moi, avait appelé un après-midi police secours, et le panier à salade nous attendait devant l'immeuble. Il m'avait livré au commissaire du quartier en disant que j'étais un «voyou». J'avais préféré oublier cet épisode, mais, dans mon rêve de cette nuit, un détail effacé lui aussi avec le reste m'est revenu et m'a secoué, quarante ans après, comme une bombe à retardement. Je suis assis sur une banquette tout au fond du commissariat, et j'attends sans savoir ce qu'ils veulent faire de moi. Par moments, je tombe dans un demi-sommeil. À partir de minuit, j'entends régulièrement un moteur et des portières qui claquent. Des inspecteurs poussent dans la salle un groupe disparate, des gens bien habillés, d'autres l'allure de clochards. Une rafle. Ils déclinent leurs identités. Au fur et à mesure, ils disparaissent dans une pièce dont je ne vois que la porte grande ouverte. La dernière à se présenter devant le type qui tape à la machine est une femme très jeune, les cheveux châtains, vêtue d'un manteau de fourrure. À plusieurs reprises, le policier se trompe sur l'orthographe de son nom, et elle le répète avec lassitude : JACQUELINE BEAUSERGENT.

Avant qu'elle entre dans la pièce voisine, nos regards se croisent.

Je me demande si la nuit où la voiture m'a renversé je ne venais pas d'accompagner Hélène Navachine à son train, gare du Nord. L'oubli finit par ronger des pans entiers de notre vie et, quelquefois, de toutes petites séquences intermédiaires. Et dans ce vieux film, les moisissures de la pellicule provoquent des sautes de temps et nous donnent l'impression que deux événements qui s'étaient produits à des mois d'intervalle ont eu lieu le même jour et qu'ils étaient même simultanés. Comment établir la moindre chronologie en voyant défiler ces images tronquées qui se chevauchent dans la plus grande confusion de notre mémoire, ou bien se succèdent tantôt lentes, tantôt saccadées, au milieu de trous noirs ? À la fin, la tête me tourne.

Il me semble bien que cette nuit-là je revenais à pied de la gare du Nord. Sinon pourquoi me serais-je trouvé si tard assis sur un banc, tout près du square de la tour Saint-Jacques, devant la station des autobus de nuit ? Un couple attendait lui aussi à la station. L'homme m'a adressé la parole d'un ton agressif. Il voulait que je les accompagne, lui et la femme, dans un hôtel. La femme ne disait rien et paraissait gênée. L'autre me prenait le bras et essayait de m'entraîner. Il me poussait vers elle. « Elle est belle, hein… ? et encore tu n'as pas tout vu… » J'essayais de me dégager, mais il était vraiment poisseux. Chaque fois, il me prenait de nouveau le bras. La femme avait un sourire narquois. Il devait être ivre et il rapprochait son visage du mien pour me parler. Il ne sentait pas l'alcool, mais une drôle d'eau de toilette, l'*Aqua di selva*. Je l'ai poussé violemment du revers du bras. Il m'a regardé, bouche bée, l'air déçu.

Je me suis engagé dans la rue de la Coutellerie, une petite rue oblique et déserte, juste avant l'Hôtel de Ville. Au cours des années suivantes – et même pas plus tard qu'aujourd'hui – j'y suis revenu pour essayer de comprendre le malaise qu'elle m'avait causé la première fois. Le malaise est toujours là. Ou plutôt la sensation de glisser dans un monde parallèle, en dehors du temps. Il suffit que je longe cette rue et je me rends compte que le passé est définitivement révolu sans que je sache très bien dans quel présent je vis. Elle est un simple passage que les voitures prennent en trombe, la nuit. Une rue oubliée et à laquelle personne n'a jamais fait attention. Cette nuit-là, j'avais remarqué une lumière rouge sur le trottoir de gauche. Cela s'appelait Les Calanques. J'y suis entré. La lumière tombait d'un lampion, au plafond. Quatre personnes jouaient aux cartes à l'une des tables. Un homme brun à moustaches s'est levé et s'est dirigé vers moi. «Pour dîner, monsieur? C'est au premier étage.» Je l'ai suivi dans l'escalier. Là aussi, une seule table était occupée par quatre personnes, deux femmes et deux hommes – près de la baie vitrée. Il m'a désigné la première table à gauche, au débouché de l'escalier. Les autres ne m'ont prêté aucune attention. Ils parlaient bas, un murmure ponctué par des rires. Des paquets de cadeaux étaient ouverts sur la table, comme s'ils célébraient un anniversaire, ou qu'ils fêtaient un réveillon. La carte du menu, sur la nappe rouge. J'ai lu : Waterzoï de poisson. Les noms des autres plats étaient écrits en caractères minuscules que je ne parvenais pas à déchiffrer sous la lumière vive, presque blanche. À côté de moi, ils pouffaient de rire.

WATERZOÏ DE POISSON. Je me suis demandé quels pouvaient bien être les clients de cet endroit. Les membres d'une confrérie qui se communiquaient l'adresse à voix basse ou bien, le temps n'ayant plus cours dans cette rue, des gens égarés autour d'une table, pour l'éternité? Je ne savais plus très bien pourquoi j'avais échoué ici. Sans doute était-ce le départ d'Hélène Navachine qui me causait ce sentiment de malaise. Et puis nous étions un dimanche soir, et les dimanches soir laissent de drôles de souvenirs, comme de petites parenthèses de néant dans votre vie. Il fallait rentrer au collège ou à la caserne. Vous attendiez sur le quai d'une gare dont vous ne vous rappelez plus le nom. Un peu plus tard, vous dormiez d'un mauvais sommeil sous les veilleuses bleues d'un dortoir. Et maintenant, je me trouvais aux

Calanques assis à une table recouverte d'une nappe rouge, et le menu proposait un waterzoï de poisson. Là-bas, ils pouffaient de rire. L'un des deux hommes s'était coiffé d'un bonnet d'astrakan noir. Ses lunettes et son mince visage français contrastaient avec cette coiffure de lancier russe ou polonais. Une chapska. Oui, cela s'appelait une chapska. Et il se penchait pour embrasser sa voisine blonde au creux de l'épaule, mais elle ne se laissait pas faire. Et les autres riaient. Avec la meilleure volonté, il m'était impossible de partager leurs rires. Je crois que si je m'étais avancé vers leur table, ils ne m'auraient pas vu et, si je leur avais adressé la parole, ils n'auraient même pas entendu le son de ma voix. J'essayais de m'attacher à des détails concrets. Les Calanques, 4, rue de la Coutellerie. Le malaise venait peut-être de la situation topographique de cette rue. Elle débouchait sur les grands immeubles de la préfecture de police, au bord de la Seine. Aucune lumière aux fenêtres de ces immeubles. Je restais assis à la table, pour retarder le moment où je me retrouverais seul dans ces parages. Même la pensée des lumières de la place du Châtelet ne me rassurait pas. Ni plus loin, Saint-Germain-l'Auxerrois qu'il faudrait atteindre par les quais déserts. L'autre avait retiré sa chapska et s'épongeait le front. Personne ne se présentait pour prendre ma commande. D'ailleurs, j'aurais été incapable d'avaler la moindre bouchée. Un waterzoï de poisson dans un restaurant qui s'appelait Les Calanques... Ce mélange avait quelque chose d'inquiétant. J'étais de moins en moins sûr de pouvoir surmonter l'angoisse des dimanches soir.

Dehors, je me suis demandé s'il ne fallait pas attendre de nouveau l'autobus de nuit. Mais une panique m'a pris à la perspective de retourner seul dans ma chambre d'hôtel. Le quartier de la porte d'Orléans m'a soudain paru lugubre, peut-être parce qu'il me rappelait un passé récent : la silhouette de mon père s'éloignant vers Montrouge, on aurait cru à la rencontre d'un peloton d'exécution, et tous nos rendez-vous manqués dans les Zeyer, Rotonde et les Terminus de cet arrière-pays... C'était l'heure où j'aurais eu besoin de la compagnie d'Hélène

Navachine. Avec elle, il m'aurait semblé rassurant de revenir dans ma chambre et nous aurions même fait le chemin à pied à travers les rues mortes du dimanche soir. Nous aurions ri encore plus fort que le type en chapska et ses convives, tout à l'heure aux Calanques.

Pour me donner du courage, je me suis dit que tout n'était pas aussi funèbre que cela dans le quartier de la porte d'Orléans. Les jours d'été, là-bas, le grand lion de bronze était assis sous les feuillages et, chaque fois que je le regardais de très loin, sa présence à l'horizon me rassurait. Il veillait sur le passé, mais aussi sur l'avenir. Cette nuit, le lion me servirait de point de repère. J'avais confiance dans cette sentinelle.

J'ai pressé le pas jusqu'à Saint-Germain-l'Auxerrois. Quand j'ai atteint les arcades de la rue de Rivoli, alors c'était comme si l'on m'avait réveillé brusquement. Les Calanques... Le type en chapska qui essayait d'embrasser la blonde... Le long des arcades, j'avais l'impression de revenir à l'air libre. À gauche, le palais du Louvre et bientôt les Tuileries de mon enfance. À mesure que j'avancerais vers la Concorde, je tâcherais de deviner ce qu'il y avait derrière les grilles du jardin, dans l'obscurité : le premier bassin, le théâtre de verdure, le manège, le deuxième bassin... Il suffisait maintenant de quelques pas pour respirer l'air du large. Tout droit. Et le lion, au bout, assis en sentinelle, au milieu du carrefour... Cette nuit-là, la ville était plus mystérieuse que d'habitude. Et d'abord je n'avais jamais connu un silence aussi profond autour de moi. Pas une seule voiture. Tout à l'heure, je traverserais la place de la Concorde sans me soucier des feux rouges et verts, comme on traverse une prairie. Oui, j'étais de nouveau dans un rêve, mais plus paisible que celui de tout à l'heure, aux Calanques. La voiture a surgi au moment où j'atteignais la place des Pyramides et, en éprouvant cette douleur à la jambe, je me suis dit que j'allais me réveiller.

Dans la chambre de la clinique Mirabeau, après l'accident, j'avais eu le temps de réfléchir. Je m'étais d'abord souvenu de ce chien qui s'était fait écraser un après-midi de mon enfance, puis un événement qui datait de la même époque me revenait peu à peu à la mémoire. Jusque-là, je crois que j'avais évité d'y penser. Seule l'odeur de l'éther me l'évoquait quelquefois, cette odeur noire et blanche qui vous entraîne jusqu'à un point d'équilibre fragile entre la vie et la mort. Une fraîcheur et l'impression de respirer enfin à l'air libre, mais aussi, par moments, une lourdeur de suaire. La nuit précédente, à l'Hôtel-Dieu, quand le type m'avait appliqué sur le visage une muselière pour m'endormir, alors je m'étais rappelé que j'avais déjà vécu cela. La même nuit, le même accident, la même odeur d'éther.

C'était à la sortie d'une école. La cour donnait sur une avenue légèrement en pente, bordée d'arbres et de maisons dont je ne savais plus si c'étaient des villas, des maisons de campagne ou des pavillons de banlieue. Pendant toute mon enfance, j'avais séjourné dans des endroits si divers que je finissais par les confondre. Le souvenir que je gardais de cette avenue se mêlait peut-être avec celui d'une avenue de Biarritz ou d'une rue en pente de Jouy-en-Josas. À la même époque, j'avais habité quelque temps ces deux localités et je crois que le chien s'était fait écraser rue du Docteur-Kurzenne, à Jouy-en-Josas.

Je sortais de la salle de classe à la fin de l'après-midi. Ce devait être l'hiver. Il faisait nuit. J'attendais sur le trottoir que quelqu'un vienne me chercher. Il ne restait bientôt plus personne autour de moi. La porte de l'école était fermée. Plus de lumière derrière les vitres. Je ne savais pas quel chemin il fallait suivre jusqu'à la maison. J'ai voulu traverser l'avenue, mais à peine avais-je quitté le trottoir qu'une camionnette a freiné brusquement et m'a renversé. J'étais blessé à la cheville. Ils m'ont allongé à l'arrière sous la bâche. L'un des deux hommes était avec moi. Quand le moteur s'est mis en marche, une femme est montée. Je la connaissais. J'habitais avec elle dans la maison. Je revois son visage. Elle était jeune, environ vingt-cinq ans, les cheveux blonds ou châtain clair, une cicatrice sur la joue. Elle s'est penchée vers moi et m'a pris par la main. Elle était essoufflée comme si elle avait couru. Elle expliquait à l'homme, à côté de nous, qu'elle était arrivée trop tard à cause d'une panne de voiture. Elle lui a dit « qu'elle venait de Paris ». La camionnette s'est arrêtée devant les grilles d'un jardin. L'un des hommes me portait et nous traversions le jardin. Elle me tenait toujours par la main. Nous sommes entrés dans la maison. J'étais allongé sur un lit. Une chambre aux murs blancs. Deux bonnes sœurs se sont penchées vers moi, leurs visages serrés dans leurs coiffes blanches. Elles m'ont appliqué sur le nez la même muselière noire que celle de l'Hôtel-Dieu. Et avant de m'endormir, j'ai senti l'odeur blanche et noire de l'éther.

Cet après-midi-là, à la sortie de la clinique, j'avais suivi le quai, vers le pont de Grenelle. J'essayais de me souvenir de ce qui s'était passé autrefois à mon réveil, chez les bonnes sœurs. Après tout, la chambre aux murs blancs où l'on m'avait emmené ressemblait à celle de la clinique Mirabeau. Et l'odeur de l'éther était la même qu'à l'Hôtel-Dieu. Cela pouvait m'aider dans ma recherche. On dit que ce sont les odeurs qui ressuscitent le mieux le passé, et celle de l'éther avait toujours eu un curieux effet sur moi. Elle me semblait l'odeur même de mon enfance, mais comme elle était liée au sommeil et qu'elle effaçait aussi la douleur, les images qu'elle dévoilait se brouillaient aussitôt. C'était sans doute à cause de cela que j'avais, de mon enfance, un souvenir si confus. L'éther provoquait à la fois la mémoire et l'oubli.

La sortie de l'école, la camionnette bâchée, la maison des bonnes sœurs... Je cherchais d'autres détails. Je me voyais à côté de la femme dans une voiture, elle ouvrait un portail et la voiture suivait une allée... Elle avait une chambre au premier étage de la maison, la dernière au bout du couloir. Mais ces morceaux de souvenir étaient si vagues que je ne parvenais pas à les retenir. Seul le visage était net avec la cicatrice sur la joue, et j'étais vraiment convaincu que ce visage était le même que celui de l'autre nuit, à l'Hôtel-Dieu.

En longeant le quai, j'étais arrivé au coin de la rue de l'Alboni, dans la trouée où passe le métro aérien. Le square était un peu plus loin, perpendiculaire à la rue. Je me suis arrêté, au hasard, devant un immeuble massif avec une porte en verre et en ferronnerie noire. J'ai eu la tentation de franchir la porte cochère, de demander à la concierge l'étage de Jacqueline Beausergent et, si elle habitait bien là, de sonner chez elle. Mais ce n'était vraiment pas dans ma nature de me présenter à l'improviste chez les gens. Je n'avais jamais sollicité quelqu'un, ni réclamé l'aide de personne.

Combien de temps s'était écoulé entre cet accident à la sortie de l'école et celui de l'autre nuit, place des Pyramides ? Quinze ans, à peine. La femme du car de police et de l'Hôtel-Dieu paraissait jeune. On ne change pas beaucoup en quinze ans. J'ai monté les escaliers jusqu'à la station de métro Passy. Et, en attendant la rame sur le quai de la petite gare, je cherchais les indices qui me permettraient de savoir si cette femme du square de l'Alboni était la même que celle d'il y avait quinze ans. Il faudrait aussi mettre un nom sur l'endroit où se trouvaient l'école, la maison des bonnes sœurs, et l'autre maison où j'avais dû habiter un certain temps et où elle avait sa chambre au fond du couloir. Cela remontait à l'époque des séjours à Biarritz et à Jouy-en-Josas. Avant ? Entre les deux ? Dans l'ordre chronologique, d'abord Biarritz puis Jouy-en-Josas. Et après Jouy-en-Josas, le retour à Paris et les souvenirs qui devenaient de plus en plus nets, parce que j'avais atteint ce qu'on appelle l'âge de raison. Seul mon père aurait pu me donner un vague renseignement, mais il s'était évanoui dans la nature. C'était donc à moi de me débrouiller, et d'ailleurs cela me semblait bien naturel.

Le métro traversait la Seine en direction de la rive gauche. Il longerait des façades dont chaque fenêtre éclairée était aussi pour moi une énigme. À ma grande surprise, un soir de la semaine qui avait précédé l'accident, j'étais tombé sur le docteur Bouvière dans le métro. Il ne s'était pas du tout étonné de notre rencontre et il m'avait expliqué que les mêmes situations, les mêmes visages reviennent souvent dans notre vie. À l'une de nos prochaines réunions, il développerait le thème de l'«éternel retour», m'avait-il dit. J'avais senti qu'il était sur le point de me faire une confidence. «Vous avez sans doute été surpris de me voir dans un drôle d'état l'autre jour.» Il me fixait d'un regard presque tendre. Il ne lui restait plus aucune ecchymose sur le visage et sur le cou. «Voyez-vous, mon petit... Il y a quelque chose que je me suis longtemps caché à moi-même... quelque chose que je n'ai jamais assumé au grand jour.» Puis il s'était ressaisi. Il avait secoué la tête. «Excusez-moi...» Il m'avait souri. Il était visiblement soulagé d'avoir retenu, au dernier instant, un aveu très lourd. Il avait parlé de choses insignifiantes avec une trop grande volubilité, comme s'il voulait brouiller les pistes. Il s'était levé et il était descendu à la station Pigalle. J'étais un peu inquiet pour lui.

À la sortie du métro, cette fin d'après-midi-là, j'étais passé dans une pharmacie. J'avais présenté l'ordonnance que l'on m'avait donnée à la clinique en demandant comment je devais mettre les pansements. Le pharmacien avait voulu savoir la cause de ma blessure. Quand je lui avais expliqué que je m'étais fait renverser par une auto, il m'avait dit : «J'espère que vous avez porté plainte...» Le pharmacien insistait : «Alors, vous avez porté plainte ?...» Et je n'avais pas osé lui montrer le papier que j'avais signé à la clinique Mirabeau. Il me semblait bizarre, ce papier. Je comptais le relire à tête reposée, dans ma chambre. Au moment où je quittais la pharmacie, il m'avait dit : «Et chaque fois, n'oubliez pas de désinfecter la plaie avec le mercurochrome.»
De retour à l'hôtel, j'ai téléphoné aux Renseignements pour connaître le numéro de Jacqueline Beausergent, square de

l'Alboni. Inconnue à tous les numéros de ce square. Ma chambre m'a paru plus petite que d'habitude, comme si je la retrouvais après plusieurs années d'absence ou même que j'y avais habité dans une vie antérieure. Se pouvait-il que l'accident de l'autre nuit eût causé une telle fracture dans ma vie que désormais il existât un avant et un après ? J'ai compté les billets de banque. En tout cas, je n'avais jamais été aussi riche. Finies pour quelque temps les courses harassantes à travers Paris où je fourguais à un libraire avec un pauvre bénéfice ce que je venais d'acheter à un autre libraire.

Ma cheville me faisait mal. Je ne me sentais pas le courage de changer le pansement. Je m'étais allongé sur le lit, les mains croisées derrière la tête, et j'essayais de réfléchir au passé. Je n'en avais pas l'habitude. Depuis longtemps, je m'étais efforcé d'oublier mon enfance, sans jamais avoir éprouvé pour elle beaucoup de nostalgie. Je ne possédais aucune photo, aucune trace matérielle de cette époque, sauf un vieux carnet de vaccinations. Oui, à y bien réfléchir, l'épisode de la sortie de l'école, de la camionnette et des bonnes sœurs se situait entre Biarritz et Jouy-en-Josas. J'avais donc environ six ans. Après Jouy-en-Josas, c'était Paris et l'école communale de la rue du Pont-de-Lodi, puis les différents pensionnats et les casernes à travers la France : Saint-Lô, la Haute-Savoie, Bordeaux, Metz, Paris de nouveau, jusqu'à aujourd'hui. En somme, le seul mystère de ma vie, le seul maillon qui n'était pas relié aux autres, c'était ce premier accident avec la camionnette et cette jeune femme ou cette jeune fille qui, ce soir-là, était en retard « parce qu'elle était tombée en panne et qu'elle venait de Paris ». Et il avait fallu le choc de l'autre nuit, place des Pyramides, pour que cet épisode oublié remonte à la surface. Qu'en aurait pensé le docteur Bouvière ? Aurait-il pu se servir de cet exemple parmi tant d'autres pour illustrer dans la prochaine réunion de Denfert-Rochereau le thème de l'éternel retour ? Mais ce n'était pas seulement cela. Il me semblait que dans ma vie une brèche s'était ouverte sur un horizon inconnu.

Je me suis levé et j'ai pris sur l'étagère la plus haute du placard la boîte en carton bleu marine où j'avais rangé tous ces vieux papiers qui prouveraient plus tard mon passage sur la terre. Un extrait d'acte de naissance que je venais de demander à la mairie de Boulogne-Billancourt pour me faire délivrer un passeport, un certificat de l'académie de Grenoble prouvant que j'avais obtenu le baccalauréat, une carte de membre de la Société protectrice des animaux, et, dans mon livret militaire, mon acte de baptême dressé à la paroisse Saint-Martin de Biarritz et ce très vieux carnet de vaccinations. Je l'ai ouvert et j'ai consulté pour la première fois la liste des vaccins avec leurs dates : l'un d'eux avait été fait à Biarritz par un certain docteur Valat. Puis, six mois plus tard, un autre vaccin comme l'indiquait le tampon d'un docteur Divoire, à Fossombronne-la-Forêt, Loir-et-Cher. Puis un autre, bien des années plus tard, à Paris... je l'avais trouvé, cet indice. Il serait une aiguille perdue à jamais dans une botte de foin, ou alors, si j'avais de la chance, un fil grâce auquel je remonterais le cours du temps : docteur Divoire, Fossombronne-la-Forêt.

Puis j'ai relu le compte rendu de l'accident que le brun massif m'avait donné à la sortie de la clinique et dont il avait gardé un double. Je n'avais pas réalisé, sur le moment, qu'il était écrit en mon propre nom et qu'il commençait par : « Je soussigné... » Et les termes employés laissaient supposer que c'était moi le responsable de l'accident... « Au moment de traverser la place des Pyramides, à la hauteur des arcades de la rue de Rivoli et en direction de la Concorde, je n'ai pas prêté attention à l'arrivée de la voiture de marque Fiat, couleur vert d'eau, immatriculée 3212FX75. La conductrice, Mlle Jacqueline Beausergent, a essayé de m'éviter, de sorte que la voiture a percuté l'une des arcades de la place... » Oui, c'était sans doute la vérité. Cette voiture n'allait pas vite et j'aurais dû regarder à gauche avant de traverser, mais, cette nuit-là, j'étais dans un état second. Jacqueline Beausergent. Aucune personne de ce nom, square de l'Alboni, m'avait-on annoncé aux Renseignements. Mais c'était parce qu'elle ne figurait pas dans l'annuaire. J'avais demandé combien de numéros d'immeubles dans ce square. Treize. Avec un peu de patience, je finirais bien par savoir quel était le sien.

Plus tard, je suis descendu de ma chambre et j'ai de nouveau téléphoné aux Renseignements. Pas de docteur Divoire à Fossombronne-la-Forêt. J'ai marché en boitant un peu jusqu'à la petite librairie, au début du boulevard Jourdan. J'y ai acheté une carte Michelin du Loir-et-Cher. J'ai fait demi-tour en direction du café Babel. Ma jambe était douloureuse. Je me suis assis à l'une des tables de la terrasse vitrée. J'ai été surpris de voir à l'horloge qu'il n'était que sept heures du soir et j'ai vraiment regretté le départ d'Hélène Navachine. J'aurais voulu parler à quelqu'un. Marcher jusqu'à l'immeuble de Geneviève Dalame, un peu plus loin ? Mais elle devait être en compagnie du docteur Bouvière, si celui-ci ne se trouvait pas encore à Pigalle. Il faut laisser les gens vivre leur vie. Voyons, je n'allais quand même pas sonner chez Geneviève Dalame à l'improviste... Alors j'ai déplié la carte Michelin et j'ai mis très longtemps à découvrir Fossombronne. Mais cela me tenait vraiment à cœur et me faisait oublier ma solitude. Square de l'Alboni. Fossombronne-la-Forêt. J'étais sur le point d'apprendre quelque chose d'important sur moi-même et qui peut-être changerait le cours de ma vie.

Sur le quai, à l'entrée de la rue de l'Alboni, deux cafés se faisaient face. Le plus fréquenté était celui de droite : on y vendait des cigarettes et des journaux. J'ai fini par demander au patron du lieu s'il connaissait une certaine Jacqueline Beausergent. Non, cela ne lui disait rien. Une femme blonde qui habitait dans les parages. Elle avait eu un accident de voiture. Non, il ne voyait pas, mais peut-être pouvais-je me renseigner au grand garage, plus loin, sur le quai, avant les jardins du Trocadéro, celui qui était spécialisé dans la vente des voitures américaines. Ils avaient pas mal de clients dans le quartier. Elle avait été blessée au visage ? Ça se repère, ces choses-là. Demandez donc au garage. Il n'était pas surpris de ma question, et il y avait répondu d'une voix courtoise, un peu lasse, mais je regrettais d'avoir prononcé devant lui le nom de Jacqueline Beausergent. Il faut attendre que les autres viennent à vous d'un mouvement naturel. Pas de gestes trop brusques. Rester immobile et silencieux et se fondre dans le décor. Je m'asseyais toujours à la table la plus retirée. Et j'attendais. J'étais quelqu'un qui s'arrête au bord d'un étang au crépuscule et laisse son regard s'accommoder à la pénombre avant de voir toute l'agitation des eaux dormantes. En me promenant dans les rues voisines, j'étais de plus en plus persuadé que je la retrouverais sans rien demander à personne. Je marchais dans une zone sensible et j'avais mis beaucoup de temps pour y accéder. Tous mes périples dans Paris, les trajets de mon enfance de la rive gauche au bois de Vincennes et au bois de Boulogne, du sud au nord, les rencontres avec mon père, et mes propres déambulations au cours des dernières années, tout cela m'avait conduit vers ce quartier à flanc de colline, au bord de la Seine, un quartier dont on pouvait dire simplement qu'il était «résidentiel» ou «anonyme». On m'y avait donné rendez-vous dans une lettre qui datait d'il y a quinze ans et que j'avais reçue la veille. Mais il n'était pas trop tard pour moi : quelqu'un m'attendait encore derrière l'une de ces fenêtres, toutes les mêmes, aux façades de ces immeubles que l'on confondait les uns avec les autres.

Un matin que j'étais assis dans le café de droite, au coin du quai et de la rue de l'Alboni, un homme est entré en compagnie d'un autre et ils ont pris place au comptoir. J'ai tout de suite reconnu le brun massif. Son manteau foncé était le même que celui qu'il portait la nuit de l'accident et à ma sortie de la clinique Mirabeau.

Je tâchais de garder mon sang-froid. Il n'avait pas remarqué ma présence. Je les voyais de dos, tous les deux, assis au comptoir. Ils parlaient très bas. L'autre prenait des notes sur un carnet et hochait de temps en temps la tête en écoutant ce que lui disait le brun massif. J'étais à une table assez proche du comptoir, mais je ne saisissais pas la moindre de leurs paroles. Pourquoi m'avait-il donné cette impression de «brun massif» quand nous étions côte à côte, la femme et moi, sur le canapé du hall et qu'il avait marché vers nous ? À cause du choc de l'accident, ma vue s'était sans doute brouillée. Et l'autre jour, à la sortie de la clinique, je n'avais pas vraiment retrouvé mes esprits. En fait, sa silhouette ne manquait pas d'une certaine élégance, mais les cheveux plantés bas et les traits du visage avaient quelque chose de brutal et m'évoquaient un acteur américain dont j'avais oublié le nom.

J'ai hésité quelques instants. Il fallait quand même profiter de l'occasion. Je me suis levé et je suis venu m'accouder au comptoir à côté de lui. Il me tournait à moitié le dos et je me penchais pour attirer son attention. C'est l'autre qui a remarqué que je voulais lui parler. Il lui a tapé sur l'épaule en me désignant du doigt. Il s'est retourné vers moi. Je restais muet, mais je ne crois pas que c'était uniquement par timidité. Je cherchais les mots. J'espérais qu'il me reconnaîtrait. Mais il me considérait d'un regard surpris et ennuyé. «Heureux de vous revoir», lui ai-je dit en lui tendant la main. Il l'a serrée d'un geste distrait. «Nous nous sommes déjà vus?» m'a-t-il demandé en fronçant les sourcils. «La dernière fois, pas très loin d'ici. À la clinique Mirabeau.» L'autre me dévisageait aussi, d'un œil froid. «Pardon? Je ne comprends pas...» Il flottait sur ses lèvres un sourire. «Vous dites où? — À la clinique Mirabeau. — Vous faites erreur...» Son regard allait de haut en bas, peut-être voulait-il évaluer la menace que je représentais pour lui. Il a remarqué ma chaussure gauche. J'avais agrandi la fente du mocassin, à cause du pansement. Si j'ai bonne mémoire, j'avais même découpé la plus grande partie du cuir pour laisser libre le cou-de-pied et je portais le pansement sans chaussette, comme le bandage que l'on met parfois aux chevilles des pur-sang à cause de leur fragilité. «C'est l'accident», lui ai-je dit. Mais il avait l'air de ne pas comprendre. «Oui, l'accident de l'autre nuit... place des Pyramides...» Il me considérait en silence. J'avais l'impression qu'il me narguait. «Justement, lui ai-je dit, je voulais avoir des nouvelles de Jacqueline Beausergent...» Il avait mis une cigarette à sa bouche, et l'autre lui tendait un briquet, sans me quitter lui non plus du regard. «Je ne comprends rien à ce que vous me dites, monsieur.» Le ton était assez méprisant, celui que l'on emploie pour un clochard ou un ivrogne. Le patron du café s'était approché de nous, surpris de mon attitude vis-à-vis d'un client qu'il semblait respecter – et même craindre. Et c'était vrai qu'il y avait quelque chose d'inquiétant dans ce visage et ces cheveux bruns plantés bas. Et même dans le timbre de la voix, légèrement enrouée. Mais cela ne me faisait pas peur. Depuis mon enfance, j'avais vu tant de personnages étranges en compagnie de mon père... Cet homme n'était pas plus redoutable que les autres. «Je voulais vous dire aussi... je n'ai vraiment pas besoin de tout cet argent...» Et j'ai sorti de la poche intérieure de ma canadienne la liasse de billets qu'il m'avait remise à la sortie de la clinique Mirabeau et que je gardais toujours sur moi. Il a eu un geste sec et dédaigneux de la main. «Désolé, monsieur... ça suffit comme ça...» Puis il s'est retourné vers son voisin. Ils avaient repris leur conversation à voix basse en ignorant désormais ma présence. Je suis allé me rasseoir à la table. Derrière le comptoir, le patron me fixait en hochant la tête, l'air de me signifier que j'étais un impertinent et que je l'avais échappé belle. Pourquoi? J'aurais bien aimé le savoir.

Quand ils ont quitté le café, ils n'ont pas eu un regard pour moi. Derrière la vitre, je les ai vus marcher sur le trottoir du quai. J'ai hésité à les suivre. Non, il ne fallait pas brusquer les choses. Et je regrettais déjà d'avoir perdu mon sang-froid devant cet homme. J'aurais dû rester dans mon coin, sans attirer son attention, et attendre son départ pour le suivre. Et savoir qui il était et s'il pouvait me guider jusqu'à elle. Mais en gâchant cette occasion, je craignais d'avoir coupé les ponts.

Le patron, derrière son comptoir, me considérait toujours avec une certaine réprobation. « J'ai dû faire erreur sur la personne, lui ai-je dit. Vous connaissez le nom de ce monsieur? » Il a hésité un instant, puis il a lâché, comme à regret: « Solière. » Il a dit que j'avais de la chance que ce Solière n'ait pas pris trop mal mon attitude envers lui. Quelle attitude? Une voiture m'avait renversé l'autre nuit, et je cherchais simplement à identifier et à retrouver le conducteur. N'était-ce pas légitime de ma part? Je crois que j'avais réussi à le convaincre. Il a souri. « Je comprends... — Et c'est qui, au juste, ce Solière? » lui ai-je demandé. Son sourire s'est élargi. Ma question semblait l'amuser. « Ce n'est pas un enfant de chœur, m'a-t-il dit. Non, ça n'est pas un enfant de chœur... » Je sentais au ton évasif de sa voix que je n'en saurais pas plus. « Il habite dans le quartier? — Il a habité dans le quartier, mais plus maintenant, je crois... — Et vous savez s'il est marié? — Je ne pourrais pas vous le dire. » L'arrivée d'autres clients a interrompu notre conversation. D'ailleurs, il ne faisait plus attention à moi. J'étais vraiment présomptueux de croire qu'il attachait de l'importance aux mots que j'avais échangés tout à l'heure avec Solière. Les clients entrent et sortent, ils chuchotent entre eux. On entend aussi des éclats de voix. Parfois même, très tard dans la nuit, on est obligé d'appeler police secours. Dans ce brouhaha et ce va-et-vient, on finit par retenir quelques têtes, quelques noms. Mais pas pour bien longtemps.

Je me disais qu'avec un peu de chance je verrais réapparaître la voiture en stationnement, aux alentours. J'avais marché jusqu'au grand garage, sur le quai, et demandé à l'homme des pompes à essence si, parmi sa clientèle, il ne connaissait pas une femme blonde qui venait d'avoir un accident et s'était blessée au visage. Elle conduisait une Fiat couleur vert d'eau. Il avait réfléchi un moment. Non, il ne voyait pas. Il y avait tellement de passage sur le quai... On aurait dit une autoroute. Il ne faisait même plus attention à la tête des clients. Beaucoup trop de clients. Et de Fiat. Et tellement de blondes... Je me suis retrouvé un peu plus loin, dans les jardins du Trocadéro. J'ai cru d'abord que je marchais dans ces jardins pour la première fois, mais devant le bâtiment de l'Aquarium, un très vague souvenir d'enfance m'a visité. J'ai pris un ticket et je suis entré. Je suis resté longtemps à observer les poissons derrière les vitres. Leurs couleurs phosphorescentes m'évoquaient quelque chose. On m'avait emmené là, mais je n'aurais pas pu dire à quelle époque précise. Avant Biarritz? Entre Biarritz et Jouy-en-Josas? Ou alors au début de mon retour à Paris, quand je n'avais pas encore tout à fait l'âge de raison? Il me semblait que c'était dans la même période que celle où la camionnette m'avait renversé à la sortie de l'école. Et puis en contemplant les poissons dans le silence, je me suis rappelé la réponse que m'avait faite le patron du café, quand je lui avais demandé qui était exactement le dénommé Solière: «Ce n'est pas un enfant de chœur.» Moi, j'avais été enfant de chœur, une seule fois dans ma vie. Je n'y pensais jamais, et le souvenir avait brusquement resurgi. À la messe de minuit, dans l'église d'un village. Et j'avais beau fouiller dans ma mémoire, cela ne pouvait être qu'à Fossombronne-la-Forêt, là où se trouvaient l'école, la maison des bonnes sœurs et un certain docteur Divoire dont on m'avait indiqué aux Renseignements qu'il ne figurait plus dans l'annuaire. C'était elle et pas une autre qui m'avait emmené à la messe de minuit et à l'Aquarium du Trocadéro. Sous la bâche de la camionnette, elle me tenait la main et son visage se penchait vers moi. Le souvenir était beaucoup plus net dans cette salle silencieuse qu'éclairait la lumière des aquariums. Au retour de la messe de minuit, le long de la petite rue, jusqu'au portail de la maison, quelqu'un me tenait la main. La même personne. Et j'étais venu ici, à la même époque, j'avais contemplé les mêmes poissons multicolores qui glissaient derrière les vitres, dans le silence. Je n'aurais pas été surpris d'entendre des pas derrière moi et, en me retournant, de la voir s'approcher comme si toutes ces années n'avaient compté pour rien. D'ailleurs, de Fossombronne-la-Forêt à Paris, nous faisions le trajet dans la même voiture que celle qui m'avait renversé place des Pyramides, une voiture couleur vert d'eau. Elle n'avait jamais cessé de tourner la nuit, dans les rues de Paris, à ma recherche.

À la sortie de l'Aquarium, le froid m'a saisi. Sur les allées et les pelouses du jardin, il y avait des petits tas de neige. Le ciel était d'un bleu limpide. Pour la première fois de ma vie, j'avais l'impression d'y voir clair. Ce bleu, sur lequel se découpait avec netteté le palais de Chaillot, ce froid vif après des années et des années de torpeur... L'accident de l'autre nuit était venu au bon moment. J'avais besoin d'un choc qui me réveille de ma léthargie. Je ne pouvais plus continuer à marcher dans le brouillard... Et c'était arrivé quelques mois avant que j'atteigne l'âge de la majorité. Quelle drôle de coïncidence. J'avais été sauvé de justesse. Cet accident serait sans doute l'un des événements les plus déterminants de ma vie. Un rappel à l'ordre.

L'école et la camionnette bâchée... C'était la première fois que je me retournais vers le passé. Il avait fallu pour cela le choc de l'accident de l'autre nuit. Jusqu'alors j'avais vécu au jour le jour. J'étais un automobiliste sur une route recouverte de verglas et dont on aurait dit qu'il n'avait pas de visibilité. Il fallait éviter de regarder en arrière. Peut-être m'étais-je engagé sur un pont trop étroit. Impossible de faire demi-tour. Un seul regard dans le rétroviseur et j'allais succomber au vertige. Mais aujourd'hui je pouvais, sans crainte, considérer de haut toutes ces pauvres années écoulées. C'était comme si un autre que moi-même avait une vue plongeante sur ma vie, ou que j'observais sur un écran lumineux ma propre radiographie. Tout était si net, les lignes si précises et si épurées... Il ne restait que l'essentiel : la camionnette, ce visage qui se penche vers moi sous la bâche, l'éther, la messe de minuit et le chemin du retour jusqu'au portail de la maison où sa chambre était au premier étage, au fond du couloir.

J'ai repéré un hôtel après le pont de Bir-Hakeim, dans la petite avenue qui donnait sur le quai. Au bout de trois jours, je n'avais plus envie de retourner dormir porte d'Orléans, et j'ai pris une chambre dans cet hôtel Fremiet dont je me demandais quels étaient les autres clients. Une chambre plus confortable que celle de la rue de la Voie-Verte, avec un téléphone et même une salle de bains. Mais je pouvais me permettre ce luxe grâce aux billets que m'avait remis le dénommé Solière à la sortie de la clinique, et qu'il avait refusé que je lui rende. Tant pis pour lui. J'étais vraiment idiot d'avoir des scrupules. Après tout, il n'était pas un enfant de chœur.

La nuit, dans cette chambre, j'ai décidé de ne plus jamais revenir rue de la Voie-Verte. J'avais emporté quelques vêtements et la boîte en carton bleu marine où étaient rangés mes vieux papiers. Il fallait bien que je me rende à l'évidence : là-bas, il ne resterait aucune trace de moi. Et, loin de m'attrister, cette pensée me donnait du courage pour l'avenir. J'étais débarrassé d'un poids.

Je rentrais tard à l'hôtel. J'allais dîner dans une grande salle de restaurant, après les escaliers et la gare du métro. Je me souviens encore du nom de l'établissement : la Closerie de Passy. Pas beaucoup de monde. Certains soirs, je m'y suis trouvé seul avec la patronne, une femme brune aux cheveux très courts, et le serveur, qui portait une veste blanche de yachtman. Chaque fois, j'avais l'espoir que Jacqueline Beausergent entrerait et se dirigerait vers le bar, comme le faisaient deux ou trois personnes qui s'asseyaient et parlaient avec la patronne. Je choisissais la table la plus proche de l'entrée. Je me lèverais et je marcherais vers elle. J'avais déjà décidé de ce que je lui dirais... « Nous avons eu tous les deux un accident place des Pyramides...» Il suffisait de me voir marcher. Le mocassin fendu, le pansement... À l'hôtel Fremiet, l'homme de la réception m'avait considéré en fronçant les sourcils. Il restait aussi la tache de sang sur ma canadienne. Je sentais qu'il se méfiait. Je lui avais payé d'avance la chambre pour quinze jours.

Mais la patronne de la Closerie n'était pas impressionnée par mon pansement et la tache de sang sur ma vieille canadienne. Apparemment, elle en avait vu d'autres, et dans des quartiers moins calmes que celui-ci. À côté du bar, un perroquet occupait une grande cage jaune. Des dizaines d'années plus tard, je feuilletais une revue de cette époque, et, sur la dernière page, il y avait des publicités de restaurants. L'une d'elles m'a sauté aux yeux : «La Closerie de Passy et son perroquet Pépère. Ouvert tous les jours de la semaine.» Une phrase anodine en apparence, mais elle m'a fait battre le cœur. Une nuit, je me sentais si seul que j'avais préféré m'asseoir au bar avec les autres et je devinais chez la patronne une certaine compassion pour moi, à cause de ma canadienne tachée, de mon pansement et de ma maigreur. Elle me conseillait de boire du Viandox. Et quand je lui avais posé une question sur le perroquet, elle m'avait dit : «Si vous voulez, vous pouvez lui apprendre une phrase...» Alors, j'avais réfléchi et fini par prononcer le plus clairement possible : «JE CHERCHE UNE VOITURE FIAT COULEUR VERT D'EAU.» Je n'avais pas eu besoin de lui apprendre longtemps cette phrase. Sa façon de la répéter était plus brève et plus efficace : «VOITURE FIAT COULEUR VERT D'EAU», et sa voix plus aiguë et plus impérieuse que la mienne.

La Closerie de Passy n'existe plus et il m'a semblé, un soir de l'été dernier que je remontais en taxi le boulevard Delessert, qu'elle a été remplacée par une banque. Mais les perroquets vivent très vieux. Peut-être celui-ci, après plus de trente ans, dans un autre quartier de Paris et le vacarme d'un autre café, répète-t-il encore ma phrase sans que personne ne la comprenne ni ne l'écoute vraiment. Il n'y a plus que les perroquets qui restent fidèles au passé.

Je prolongeais le plus tard possible mon dîner à la Closerie de Passy. Vers dix heures, la patronne et ses amis s'asseyaient à une table du fond, près du bar et de la cage jaune de Pépère. Ils commençaient une partie de cartes. Un soir, elle m'avait même proposé de me joindre à eux. Mais c'était l'heure où je devais poursuivre ma recherche. FIAT COULEUR VERT D'EAU.

J'avais pensé qu'en arpentant les rues du quartier aux environs de minuit, j'aurais peut-être la chance de tomber sur cette voiture en stationnement. Jacqueline Beausergent devait bien rentrer chez elle, à cette heure-là. Il me semblait que c'était de nuit et non pas de jour que je trouverais enfin FIAT COULEUR VERT D'EAU.

Les rues étaient silencieuses, le froid coupant. Bien sûr, de temps en temps, je craignais qu'un car de police qui faisait sa ronde ne s'arrête à ma hauteur et que l'on ne me demande mes papiers. Ma canadienne tachée de sang et le pansement que mon mocassin fendu rendait bien visible me donnaient sans doute l'apparence d'un rôdeur. Et puis, à quelques mois près, je n'avais pas encore les vingt et un ans de la majorité. Mais, par chance, ces nuits-là, aucun panier à salade ne s'est arrêté pour me conduire au plus proche commissariat de police ou même dans les grands immeubles obscurs de la brigade des mineurs, au bord de la Seine.

Je commençais par le square de l'Alboni. Aucune Fiat vert d'eau, parmi les voitures garées là, le long de chaque trottoir. Je me disais qu'elle ne trouvait jamais une place libre en face de chez elle et qu'elle tournait longtemps dans le quartier en cherchant à se garer. Et cela pouvait l'entraîner assez loin. À moins qu'elle ne laisse sa voiture dans un garage. Près de chez elle, boulevard Delessert, un garage. Une nuit, j'y suis entré. Un homme se tenait, tout au fond, dans une sorte de bureau aux parois vitrées. Il m'a vu venir de loin. Quand j'ai poussé la porte, il s'est levé et j'ai senti qu'il était sur la défensive. J'ai regretté à cet instant-là de ne pas porter un manteau neuf. Dès que je me suis mis à parler, il s'est détendu. Une voiture m'avait renversé l'autre nuit et j'étais à peu près sûr que le conducteur habitait dans le quartier. Jusqu'à maintenant, il ne m'avait donné aucun signe de vie et j'aurais voulu prendre contact avec lui. D'ailleurs, il s'agissait d'une conductrice. Oui, square de l'Alboni. Une Fiat couleur vert d'eau. Cette femme devait être blessée au visage, et la Fiat un peu endommagée.

Il a consulté un grand registre déjà ouvert, là, sur son bureau. Il feuilletait lentement les pages, après avoir posé son index sur sa lèvre inférieure, geste que mon père faisait souvent quand il examinait de mystérieux dossiers au Corona ou au Ruc-Univers. «Vous avez bien dit une Fiat couleur vert d'eau?» Il avait appuyé l'index au milieu d'une page pour désigner quelque chose et moi j'avais le cœur battant. Effectivement, une Fiat couleur vert d'eau, immatriculée... Il a levé la tête et m'a considéré avec la gravité d'un médecin qui donne une consultation. «C'est la voiture d'un certain Solière, m'a-t-il dit. J'ai son adresse. — Il habite square de l'Alboni? — Non, pas du tout.» Il fronçait les sourcils comme s'il hésitait à me donner l'adresse. «Vous m'avez dit que c'était une femme. Vous êtes sûr qu'il s'agit de la même voiture?» Alors je lui ai retracé tous les événements de la nuit, le car de police secours où ce Solière était avec nous, l'Hôtel-Dieu, la clinique Mirabeau, et de nouveau Solière, m'attendant dans le hall, à ma sortie de la clinique. Je n'ai pas voulu lui parler de ma dernière rencontre dans le café avec cet homme qui faisait semblant de ne pas me reconnaître.

«Il habite 4 avenue Albert-de-Mun, m'a-t-il dit. Mais ce n'est pas un client à nous. Il venait pour la première fois.» Je lui ai demandé où se trouvait l'avenue Albert-de-Mun. Là-bas, le long des jardins du Trocadéro. Près de l'Aquarium? Un peu plus loin. Une avenue qui descend en pente vers le quai. On avait changé le pare-brise et l'un des phares, mais quelqu'un était venu rechercher la voiture avant que la réparation soit tout à fait achevée. Solière lui-même? Il ne pouvait pas me le dire, il était absent ce jour-là, il demanderait à son associé. Il jetait, de temps en temps, un regard sur mon mocassin fendu et mon pansement. «Vous avez quand même porté plainte?» Il m'avait posé cette question sur un ton de reproche presque affectueux comme le pharmacien de l'autre jour. Contre qui? La seule plainte que j'aurais dû déposer, c'était contre moi-même. Jusqu'à maintenant, j'avais vécu dans le désordre. Et cet accident allait mettre un point final à toutes ces années de confusion et d'incertitude.

Il était temps. «Et il n'y a pas trace d'une Mme Solière? lui ai-je demandé. Ou d'une Jacqueline Beausergent? — Pas sur le registre, en tout cas. — Une blonde, avec des blessures sur le visage? Vous ne l'auriez jamais vue passer dans le quartier?» Il a haussé les épaules. «Vous savez, je suis toujours dans ce bureau. Sauf quand je rentre chez moi, à Vanves. Vous êtes sûr qu'elle était au volant?» J'en étais sûr. Cette nuit-là, nous étions restés longtemps l'un à côté de l'autre, sur le canapé, dans le hall de l'hôtel, avant que le dénommé Solière marche vers nous et que nous montions dans le car de police. J'irais vérifier dans l'hôtel, place des Pyramides. Il y aurait bien un témoin. Mais je n'avais pas besoin de témoins. Il suffisait que je retrouve cette femme pour mettre les choses au clair avec elle, voilà tout.

«Allez voir avenue Albert-de-Mun, m'a-t-il dit. Si jamais ils ramènent la Fiat, je vous préviens. Où puis-je vous toucher?» Je lui ai donné l'adresse de l'hôtel Fremiet. Après tout, ce type ne me voulait pas de mal.

Il était environ minuit et j'ai marché jusqu'aux jardins du Trocadéro. Solière. Je répétais ce nom... J'avais conservé de mon père un vieux carnet d'adresses qui devait être rangé dans la boîte en carton bleu marine. Je regarderais à la lettre S.

Je suivais l'allée de l'Aquarium. Oui, l'avenue Albert-de-Mun descendait en pente douce vers la Seine et elle longeait les jardins du Trocadéro. Le numéro 4 était l'un des deux immeubles avant le quai. Il faisait l'angle d'une petite rue et le dernier étage avait une terrasse. Aucune lumière aux fenêtres. L'immeuble semblait abandonné. De temps en temps, une voiture passait sur le quai. Je me suis approché de la porte vitrée, mais je n'ai pas osé entrer. Vêtu comme je l'étais, et à cette heure tardive, le concierge ne manquerait pas d'appeler la police. Y avait-il un concierge? Et à quel étage habitait ce Solière? Je restais sur le trottoir, du côté des jardins, et je ne détachais pas mon regard de la façade. C'était là, à l'un de ces étages, que j'allais apprendre quelque chose d'important sur ma vie. Il me semblait qu'un après-midi de mon enfance, à la sortie de l'Aquarium, j'avais suivi cette pente, le long des jardins. 4, avenue Albert-de-Mun. Quand même, je consulterais le vieux carnet de mon père pour vérifier si cette adresse y figurait à une page quelconque, précédée d'un nom, Solière ou un autre. Peut-être le village de Fossombronne-la-Forêt y était-il mentionné. Je finirais bien par savoir quel lien unissait ces deux endroits. J'avais fait sans doute de nombreux trajets entre Fossombronne-la-Forêt et Paris dans la Fiat couleur vert d'eau ou dans une voiture plus ancienne que conduisait cette Jacqueline Beausergent. Plus je considérais la façade blanche, plus j'avais la sensation de l'avoir déjà vue – une sensation fugitive comme les bribes d'un rêve qui vous échappent au réveil, ou bien un reflet de lune. Dans ma chambre de la porte d'Orléans, je n'aurais pas pu imaginer que ce quartier et cette avenue Albert-de-Mun seraient pour moi une zone magnétique. Jusque-là, je me tenais en marge, du côté des banlieues de la vie, à attendre quelque chose. Encore aujourd'hui dans mes rêves, il m'arrive de retourner vers ces quartiers et de me perdre dans tous ces grands blocs d'immeubles, à la lisière de Paris. Je cherche vainement mon ancienne chambre, celle d'avant l'accident.

J'ai marché jusqu'au coin du quai. Là non plus aucune Fiat vert d'eau. J'ai fait le tour du pâté de maisons. Peut-être était-elle absente. Et comment savoir le numéro de téléphone de Solière? Tel qu'il m'était apparu dans le café, l'autre jour, ce n'était pas le genre d'homme à figurer dans l'annuaire.


Le pharmacien de la rue Raynouard avait la gentillesse de changer quelquefois mes pansements. Il désinfectait la plaie avec du mercurochrome et il m'avait conseillé de moins marcher et de choisir, pour mon pied gauche, une chaussure plus appropriée que ce mocassin fendu. À chacune de mes visites, je lui promettais de suivre ses conseils. Mais je savais bien que je ne changerais pas de chaussure avant d'avoir trouvé la Fiat couleur vert d'eau.

J'essayais de moins marcher que les jours précédents et je restais de longs après-midi dans ma chambre de l'hôtel Fremiet. Je réfléchissais au passé et au présent. J'avais noté le nom des habitants du 4 avenue Albert-de-Mun qui figuraient dans l'annuaire.

Boscher (J.) : PASSY 13 51
Cie financière et immobilière du Trocadéro : PASSY 48 00
Destombe (J.) : PASSY 03 97
Dupont (A.) : PASSY 24 35
Goodwin (Mme C.) : PASSY 41 48
Grunberg (A.) : PASSY 05 00
Mc Lachlan (G. V.) : PASSY 04 38

Pas de Solière. J'ai téléphoné à chacun de ces numéros en demandant à parler à un monsieur Solière et à une mademoiselle Jacqueline Beausergent, mais ces noms ne paraissaient rien évoquer à mes interlocuteurs. La Compagnie financière et immobilière du Trocadéro ne répondait pas. C'était peut-être cela le bon numéro.

Le carnet d'adresses de mon père était bien rangé parmi mes papiers, dans la boîte de carton bleu marine. Il l'avait oublié, un soir, sur une table de café et je l'avais glissé dans ma poche. Il n'en avait jamais parlé au cours de nos rendez-vous suivants. Apparemment, cette perte ne l'avait pas troublé du tout ou bien il n'imaginait pas que j'aie pu prendre ce carnet. Les quelques mois qui avaient précédé sa disparition dans le brouillard, du côté de Montrouge, je crois que tous ces noms ne lui servaient plus à grand-chose. Pas de Solière à la lettre S. Et aucune mention de Fossombronne-la-Forêt parmi les adresses.

Certaines nuits, je me demandais si cette recherche avait un sens, et pourquoi je m'y étais engagé. Était-ce naïveté de ma part ? Très tôt, peut-être même avant la période de l'adolescence, j'avais eu le sentiment que je n'étais issu de rien. Je me souvenais d'un prospectus qu'un type en gabardine grise et collier de barbe distribuait un après-midi de pluie au Quartier latin. Il s'agissait d'un questionnaire pour une enquête sur la jeunesse. Les questions m'avaient semblé étranges : Quelle structure familiale avez-vous connue ? J'avais répondu : aucune. Gardez-vous une image forte de votre père et de votre mère ? J'avais répondu : nébuleuse. Vous jugez-vous comme un bon fils (ou fille) ? Je n'ai jamais été un fils. Dans les études que vous avez entreprises, cherchez-vous à conserver l'estime de vos parents et à vous conformer à votre milieu social ? Pas d'études. Pas de parents. Pas de milieu social. Préférez-vous faire la révolution ou contempler un beau paysage? Contempler un beau paysage. Que préférez-vous? La profondeur du tourment ou la légèreté du bonheur? La légèreté du bonheur. Voulez-vous changer la vie ou bien retrouver une harmonie perdue? Retrouver une harmonie perdue. Ces deux mots me faisaient rêver, mais en quoi pouvait bien consister une harmonie perdue? Dans cette chambre de l'hôtel Fremiet, je me demandais si je ne cherchais pas à découvrir, malgré le néant de mes origines et le désordre de mon enfance, un point fixe, quelque chose de rassurant, un paysage, justement, qui m'aiderait à reprendre pied. Il y avait peut-être toute une partie de ma vie que je ne connaissais pas, un fond solide sous les sables mouvants. Et je comptais sur la Fiat couleur vert d'eau et sa conductrice pour me le faire découvrir.

J'avais du mal à trouver le sommeil. J'ai eu la tentation de demander au pharmacien l'un de ces flacons d'éther bleu nuit que je connaissais si bien. Mais je me suis retenu à temps. Ce n'était pas le moment de flancher. Il fallait garder toute ma lucidité. Au cours de ces nuits blanches, ce que je regrettais le plus, c'était d'avoir laissé tous mes livres dans ma chambre de la rue de la Voie-Verte. Pas beaucoup de librairies dans le quartier. J'avais marché vers l'Étoile pour en découvrir une. J'y avais acheté quelques romans policiers et un vieux volume d'occasion dont le titre m'intriguait : *Les Merveilles célestes*. À ma grande surprise, je ne parvenais plus à lire les romans policiers. Mais à peine avais-je ouvert *Les Merveilles célestes* qui portait sur la page de garde cette indication : « Lectures du soir », que je devinais combien cet ouvrage allait compter pour moi. Nébuleuses. La Voie lactée. Le monde sidéral. Les constellations du Nord. Le zodiaque, les univers lointains... À mesure que j'avançais dans les chapitres, je ne savais même plus pourquoi j'étais allongé sur ce lit, dans cette chambre d'hôtel. J'avais oublié où j'étais, dans quel pays, dans quelle ville, et cela n'avait plus d'importance. Aucune drogue, ni l'éther, ni la morphine, ni l'opium ne m'aurait procuré cet apaisement qui m'envahissait peu à peu. Il suffisait de tourner les pages. On aurait dû, depuis longtemps, me conseiller ces «lectures du soir». Cela m'aurait évité bien des tourments inutiles et des nuits agitées. La Voie lactée. Le monde sidéral. Enfin, l'horizon pour moi s'élargissait jusqu'à l'infini, et il y avait une extrême douceur à voir de loin ou à deviner toutes ces étoiles variables, temporaires, éteintes ou disparues. Je n'étais rien dans cet infini, mais je pouvais enfin respirer.

Était-ce l'influence de cette lecture? La nuit quand je me promenais dans le quartier, je continuais à éprouver un sentiment de plénitude. Plus aucune anxiété. Je m'étais débarrassé d'une carapace qui m'étouffait. Plus de douleur à la jambe. Le pansement s'était défait et pendait par-dessus ma chaussure. La plaie se cicatrisait. Le quartier prenait un autre aspect que celui qui était le sien, au début de mon séjour. Pendant quelques nuits, le ciel était si limpide que je n'avais jamais vu briller un aussi grand nombre d'étoiles. Ou alors, jusqu'à présent, je n'y prêtais aucune attention. Mais, depuis, j'avais lu *Les Merveilles célestes.* Mes pas me ramenaient souvent sur l'esplanade du Trocadéro. Là, au moins, on respirait l'air du large. Cette zone me semblait maintenant traversée de grandes avenues que l'on rejoignait depuis la Seine par des jardins, des escaliers successifs et des passages qui ressemblaient à des chemins de campagne. La lumière des lampadaires était de plus en plus éblouissante. J'étais surpris qu'il n'y ait pas de voitures garées le long des trottoirs. Oui, toutes ces avenues étaient désertes, et il me serait facile de repérer de très loin la Fiat couleur vert d'eau. Peut-être depuis quelques nuits était-il interdit aux automobilistes de stationner dans les parages. On avait décidé que le quartier serait désormais ce qu'on appelait «zone bleue». Et moi, j'étais le seul piéton. Avait-on instauré un couvre-feu qui interdisait aux gens de sortir après onze heures du soir? Mais cela m'était indifférent comme si j'avais dans la poche de ma canadienne un laissez-passer qui me mettait à l'abri des contrôles de police. Une nuit, un chien m'avait suivi depuis l'Alma jusqu'à l'esplanade du Trocadéro. Il était de la même couleur noire et de la même race que celui qui s'était fait écraser du temps de mon enfance. Je remontais l'avenue sur le trottoir de droite. D'abord, le chien se tenait à une dizaine de mètres derrière moi et il s'était rapproché peu à peu. À la hauteur des grilles des jardins Galliera, nous marchions côte à côte. Je ne sais plus où j'avais lu – peut-être était-ce une note au bas d'une page des *Merveilles célestes* – que l'on peut glisser à certaines heures de la nuit dans un monde parallèle : un appartement vide où l'on n'a pas éteint la lumière, et même une petite rue en impasse. On y retrouve des objets égarés depuis longtemps : un porte-bonheur, une lettre, un parapluie, une clé, et les chats, les chiens ou les chevaux que vous avez perdus au fil de votre vie. J'ai pensé que ce chien était celui de la rue du Docteur-Kurzenne.

Il portait un collier de cuir rouge avec une médaille et, en me penchant, j'ai vu, gravé sur celle-ci, un numéro de téléphone. À cause de cela, on hésiterait à l'emmener à la fourrière. Et moi, dans la poche intérieure de ma canadienne, je gardais toujours mon vieux passeport périmé sur lequel j'avais trafiqué ma date de naissance, pour me vieillir et avoir les vingt et un ans de la majorité. Mais, depuis quelques nuits, je ne craignais plus les contrôles de police. La lecture des *Merveilles célestes* m'avait vraiment remonté le moral. Désormais, je considérais les choses de très haut.

Le chien me précédait. Au début, il avait tourné la tête pour vérifier si je le suivais bien et, maintenant, il marchait d'un pas régulier. Il était sûr de ma présence. Je marchais au même rythme que lui, lentement. Rien ne troublait le silence. Il me semblait que l'herbe poussait entre les pavés. Le temps n'existait plus. C'était cela sans doute que Bouvière appelait l'«éternel retour». Les façades des immeubles, les arbres, le scintillement des lampadaires prenaient une profondeur que je ne leur avais jamais connue.

Le chien a hésité un instant quand je me suis engagé sur l'esplanade du Trocadéro. On aurait dit qu'il voulait continuer tout droit. Puis il a fini par me suivre. Je suis resté un assez long moment à contempler les jardins en contrebas, le grand bassin dont l'eau me semblait phosphorescente et, au-delà de la Seine, les immeubles le long des quais et autour du Champ-de-Mars. J'ai pensé à mon père. Je l'ai imaginé, là-bas, quelque part dans une chambre, ou même dans un café, juste avant la fermeture, assis seul sous les néons, en train de consulter ses dossiers. Peut-être avais-je encore une chance de le retrouver. Après tout, le temps était aboli, puisque ce chien venait du fond du passé, depuis la rue du Docteur-Kurzenne. Je l'ai vu s'éloigner de moi, comme s'il ne pouvait rester plus longtemps en ma compagnie et qu'il allait manquer un rendez-vous. Alors, je lui ai emboîté le pas. Il marchait le long de la façade du musée de l'Homme et il s'est engagé dans la rue Vineuse. Je n'avais jamais emprunté cette rue. Si ce chien m'y entraînait, ce n'était pas un hasard. J'ai eu la sensation d'être arrivé au but et de revenir en terrain connu. Pourtant, les fenêtres étaient obscures et j'avançais dans une demi-pénombre. Je m'étais rapproché du chien par crainte de le perdre de vue. Le silence autour de nous. J'entendais le bruit de mes pas. La rue tournait presque à angle droit et je me suis dit qu'elle devait rejoindre la Closerie de Passy où, à cette heure-là, le perroquet dans sa cage jaune répétait : «Fiat couleur vert d'eau, Fiat couleur vert d'eau», pour rien, pendant que la patronne et ses amis jouaient aux cartes. Après l'angle que faisait la rue, une enseigne éteinte. Un restaurant, ou plutôt un bar, fermé. Nous étions dimanche. Quel drôle d'emplacement pour un bar dont la devanture de bois clair et l'enseigne auraient mieux trouvé leur place aux Champs-Élysées ou à Pigalle...

Je m'étais arrêté un moment et j'essayais de déchiffrer ce qui était écrit sur l'enseigne, au-dessus de la porte d'entrée : Vol de Nuit. Puis j'ai cherché du regard le chien, devant moi. Je ne le voyais plus. J'ai pressé le pas pour le rattraper. Mais non, il n'y avait pas trace de lui. J'ai couru et j'ai débouché au carrefour du boulevard Delessert. Les lampadaires brillaient d'une clarté qui m'a fait cligner les yeux. Pas de chien à l'horizon, ni sur le trottoir en pente du boulevard, ni de l'autre côté, ni en face de moi vers la petite gare du métro et les escaliers qui descendent jusqu'à la Seine. La lumière était blanche, une lumière de nuit boréale, et j'aurais vu ce chien noir de loin. Mais il avait disparu. J'ai éprouvé une sensation de vide qui m'était familière et que j'avais oubliée depuis quelques jours grâce à la lecture apaisante des *Merveilles célestes*. Je regrettais de n'avoir pas retenu le numéro de téléphone qu'il portait à son collier.

J'ai mal dormi, cette nuit-là. Je rêvais à ce chien surgi du passé pour disparaître à nouveau. Au matin, j'avais bon moral et la certitude que ni lui ni moi ne risquions plus rien. Aucune voiture ne pourrait plus jamais nous écraser.

À peine sept heures. L'un des cafés du quai était ouvert, celui où j'avais rencontré Solière. Cette fois-ci, j'avais enfoncé dans la poche de ma canadienne le vieux carnet d'adresses de mon père. Je gardais toujours quelque chose dans mes poches : le volume des *Merveilles célestes* ou la carte Michelin du Loir-et-Cher.

Je me suis assis à une table, proche de la baie vitrée. Là-bas, de l'autre côté du pont, les rames de métro disparaissaient les unes après les autres. J'ai feuilleté le carnet. Je lisais les noms aux encres de couleur différente – bleue, noire, violette. Les noms en violet semblaient les plus anciens et ils étaient d'une écriture plus appliquée. Quelques-uns d'entre eux avaient été rayés. À ma grande surprise, je remarquais un nombre assez important de noms avec, pour adresses, les rues du quartier où je me trouvais maintenant. J'ai conservé ce carnet et je recopie :

Yvan Schaposchnikoff, 1, avenue Paul-Doumer KLÉBER 73 46
Guy de Voisins, 23, rue Raynouard JASMIN 33 18
Nick de Morgoli, 14, square de l'Alboni TROCADÉRO 65 81
Toddie Werner, 28, rue Scheffer PASSY 90 90
Mary Tchernycheff, 30, quai de Passy JASMIN 64 76
Encore une fois, 30, quai de Passy : Alexis Moutafolo AUTEUIL 70 66...

L'après-midi, je suis allé à certaines de ces adresses par curiosité. Toujours les mêmes façades claires, avec des baies vitrées et de grandes terrasses, comme au 4 de l'avenue Albert-de-Mun. Je suppose que l'on disait de ces immeubles qu'ils avaient le « confort moderne » et certaines particularités : chauffage au sol, pas de parquet mais des dallages en marbre, portes coulissantes, et l'impression d'être à bord d'un paquebot immobile en pleine mer. Et le néant derrière ce luxe trop visible. Je savais que mon père, depuis sa jeunesse, avait habité souvent des immeubles de ce genre et qu'il ne payait pas le loyer. L'hiver, dans les pièces vides, l'électricité était coupée. Il était l'un de ces passagers qui changeaient à une cadence rapide, sans jamais se fixer nulle part, ni laisser de trace derrière eux. Oui, des gens dont on aurait du mal, plus tard, à prouver l'existence. Inutile d'accumuler des détails précis : numéros de téléphone, lettres de l'alphabet des différents escaliers dans les cours. Voilà pourquoi l'autre nuit, avenue Albert-de-Mun, j'avais ressenti un léger découragement. Si je franchissais la porte cochère, je ne déboucherais sur rien. C'était cela qui m'avait retenu, plutôt que la crainte d'être interpellé comme un rôdeur. Je poursuivais une recherche à travers des rues où tout était en trompe-l'œil. Mon entreprise m'avait paru aussi vaine que celle d'un géomètre qui aurait voulu établir un cadastre sur du vide. Mais je m'étais dit : Est-ce vraiment au-dessus de tes forces de retrouver une certaine Jacqueline Beausergent ?

Je me souviens que cette nuit-là j'avais interrompu la lecture des *Merveilles célestes* au milieu du chapitre traitant des constellations du Sud. J'étais sorti de l'hôtel sans donner la clé de ma chambre au bureau de la réception où il n'y avait personne. Je voulais acheter un paquet de cigarettes. Le seul tabac encore ouvert se trouvait sur la place du Trocadéro.

Du quai, j'ai monté les escaliers et, après avoir dépassé la petite gare, j'ai cru entendre le perroquet de la Closerie qui répétait de sa voix étranglée : « Fiat couleur vert d'eau, Fiat couleur vert d'eau. » Il y avait encore de la lumière derrière la vitre. Ils poursuivaient leur partie de cartes. J'ai été surpris que l'air soit si tiède pour une nuit d'hiver. Les jours précédents, la neige était tombée et il en restait encore des plaques dans les jardins en contrebas, avant le Musée de l'Homme.

Pendant que j'achetais les cigarettes au grand café, un groupe de touristes s'est assis aux tables de la terrasse. J'entendais leurs éclats de rire. J'étais étonné qu'on ait disposé ces tables dehors et, pendant un instant, j'ai éprouvé une sorte de vertige. Je me suis demandé si je ne confondais pas les saisons. Mais non, les arbres sur la place avaient bien perdu leurs feuilles et l'on devrait attendre encore longtemps pour que revienne l'été. J'avais marché depuis des mois et des mois dans un tel froid et un tel brouillard que je ne savais plus si le voile se déchirerait un jour. Était-ce vraiment trop exiger de la vie que de vouloir prendre un bain de soleil, en buvant une orangeade avec une paille ?

Je suis resté quelque temps à respirer l'air du large sur l'esplanade. Je pensais au chien noir de l'autre nuit, celui qui était venu me rejoindre de si loin, à travers toutes ces années... Quelle bêtise de n'avoir pas retenu son numéro de téléphone...

J'ai pris la rue Vineuse, comme l'autre nuit. Elle était toujours dans la pénombre. Peut-être y avait-il une panne d'électricité. Je voyais briller l'enseigne du bar ou du restaurant, mais d'une clarté si faible qu'on discernait à peine la masse sombre d'une voiture, garée juste avant le tournant de la rue. Quand j'y suis arrivé, j'ai eu un coup au cœur. J'ai reconnu la Fiat couleur vert d'eau. Ce n'était pas vraiment une surprise, je n'avais jamais désespéré de la trouver. Il fallait être patient, voilà tout, et je me sentais de grandes réserves de patience. Qu'il pleuve ou qu'il neige, j'étais prêt à attendre des heures dans la rue.

Le pare-chocs et l'une des ailes étaient endommagés. À Paris, il y avait sans doute beaucoup de Fiat couleur vert d'eau, mais celle-ci portait bien les traces de l'accident. J'ai sorti de la poche de ma canadienne mon passeport dans lequel était pliée la feuille que m'avait fait signer Solière. Oui, c'était le même numéro d'immatriculation.

J'ai regardé à l'intérieur. Un sac de voyage sur la banquette arrière. Je pouvais laisser un mot entre le pare-brise et l'essuie-glace, où j'aurais indiqué mon nom et l'adresse de l'hôtel Fremiet. Mais j'ai voulu tout de suite en avoir le cœur net. La voiture était garée juste devant le restaurant. Alors, j'ai poussé la porte de bois clair et je suis entré.

La lumière tombait d'une applique derrière le bar et elle laissait dans la pénombre les quelques tables disposées de chaque côté, le long des murs. Et pourtant, je vois bien ces murs dans mon souvenir, ils sont tendus d'un velours rouge très usé et même déchiré par endroits, comme si ce lieu avait connu une époque de faste il y a longtemps, mais que personne n'y venait plus. Sauf moi. Sur le moment, j'ai cru que j'étais entré bien après l'heure de la fermeture. Une femme était assise au bar et elle portait un manteau brun foncé. Un jeune homme, à taille et tête de jockey, débarrassait les tables. Il m'a dévisagé:

«Vous désirez?»

C'était trop long à expliquer. J'ai marché vers le bar et, au lieu de prendre place sur l'un des tabourets, je me suis arrêté derrière elle. J'ai posé la main sur son épaule. Elle s'est retournée, dans un sursaut. Elle me fixait d'un regard étonné.

Une grande éraflure lui barrait le front, juste au-dessus des sourcils.

«Vous êtes Jacqueline Beausergent?»

J'étais surpris de la voix détachée avec laquelle j'avais posé cette question, j'avais même l'impression qu'un autre s'en était chargé pour moi. Elle me dévisageait en silence. Elle a baissé son regard. Il s'attardait sur la tache de ma canadienne, puis, plus bas, sur ma chaussure d'où dépassait le pansement.

«Nous nous sommes déjà rencontrés place des Pyramides...»

Ma voix me semblait encore plus nette et plus détachée. Je me tenais debout derrière elle.

«Oui... oui... je m'en souviens très bien... place des Pyramides...»

Et sans me quitter des yeux, elle me souriait d'un sourire un peu ironique, le même – me semblait-il – que l'autre nuit, dans le panier à salade.

«Nous pourrions nous asseoir...»

Elle me désignait la table la plus proche du bar qui était encore recouverte d'une nappe blanche. Nous nous sommes assis l'un en face de l'autre. Elle avait posé son verre sur la nappe. Je me demandais quel alcool il pouvait contenir.

«Vous devriez boire quelque chose, m'a-t-elle dit. Un remontant... Vous êtes très pâle...»

Elle avait prononcé cette phrase avec un grand sérieux et même une sorte de gravité affectueuse que personne ne m'avait témoignée jusqu'à présent. J'en étais gêné.

«Prenez comme moi un Margarita...»

Le jockey m'a apporté un Margarita, puis il a disparu par une porte vitrée, derrière le bar.

«Je ne savais pas que vous étiez sorti de clinique, m'a-t-elle dit. J'ai été absente de Paris pendant plusieurs semaines... Je comptais prendre de vos nouvelles...»

Il me semble, après ces dizaines et ces dizaines d'années écoulées, qu'il faisait d'abord très sombre dans cet endroit où nous nous trouvions assis face à face. Nous étions dans l'obscurité comme dans le cabinet d'un oculiste qui vous met au fur et à mesure devant les yeux des verres à l'intensité différente pour que vous puissiez enfin déchiffrer les lettres, là-bas, sur le tableau lumineux.

« Vous auriez dû rester plus longtemps à la clinique... vous vous êtes échappé ? »

Elle souriait de nouveau. Plus longtemps ? Je ne comprenais pas. Les lettres étaient encore bien brouillées sur l'écran.

« On m'a dit de partir, lui ai-je dit. Un monsieur Solière est venu me chercher. »

Elle a paru étonnée. Elle a haussé les épaules.

« Il ne m'en a pas parlé... je crois qu'il avait peur de vous. »

Peur de moi ? Je n'aurais jamais imaginé faire peur à quelqu'un.

« Vous lui sembliez plutôt étrange... Il n'a pas l'habitude de gens comme vous... »

Elle avait l'air embarrassée. Je n'osais pas lui demander en quoi consistait exactement mon étrangeté aux yeux de ce Solière.

« Je suis venue vous voir deux ou trois fois à la clinique... Malheureusement, c'était toujours à des moments où vous dormiez... »

On ne m'avait pas averti de ces visites. Brusquement, un doute m'a traversé.

« Je suis resté longtemps dans cette clinique ?

— Une dizaine de jours. C'est M. Solière qui a eu l'idée de vous faire transporter là-bas. Ils n'auraient pas pu vous garder à l'Hôtel-Dieu, dans l'état où vous étiez.

— À ce point-là ?

— Ils pensaient que vous aviez pris des substances toxiques. »

Elle avait prononcé ces deux derniers mots avec beaucoup d'application. Je crois que je n'avais jamais entendu quelqu'un me parler de manière aussi calme, avec un timbre de voix aussi doux. L'écouter avait le même effet apaisant que la lecture des *Merveilles célestes*. Je ne détachais pas mon regard de la grande éraflure qui lui traversait le front, juste au-dessus des sourcils. Ses yeux clairs, ses cheveux châtains lui tombant jusqu'aux épaules, le col de son manteau relevé... À cause de l'heure tardive et de cette pénombre autour de nous, je la retrouvais telle qu'elle était dans le car de police, l'autre nuit.

Elle a passé son index sur l'éraflure au-dessus des sourcils et, de nouveau, elle avait son sourire ironique.

« Pour une première rencontre, m'a-t-elle dit, c'était un peu brutal. »

Elle me fixait droit dans les yeux, en silence, comme si elle voulait deviner mes pensées – et cette attention, je ne l'avais jamais rencontrée chez personne.

« J'ai eu l'impression que vous aviez fait exprès de traverser au mauvais moment, place des Pyramides... »

Ce n'était pas mon opinion. J'avais toujours résisté au vertige. Je n'aurais jamais pu me lancer dans le vide du haut d'un pont ou d'une fenêtre. Ou même sous une voiture comme elle semblait le croire. Pour moi, au dernier moment, la vie était toujours la plus forte.

« Je ne crois pas que vous étiez dans votre état normal... »

Elle jetait de nouveau un regard sur ma canadienne et le mocassin déchiré, à mon pied gauche. J'avais refait le pansement de mon mieux, et pourtant mon aspect ne devait pas être très engageant. Je me suis excusé de me présenter comme cela. Oui, j'avais hâte de reprendre forme humaine.

Elle m'a dit, à voix basse :

« Il faudrait simplement que vous changiez de canadienne. Et peut-être aussi de chaussures. »

J'étais de plus en plus en confiance. Je lui ai avoué que ces dernières semaines j'avais essayé de la retrouver. Ce n'était pas facile avec le nom d'une rue mais sans le numéro. Alors, j'avais cherché tout autour dans le quartier sa Fiat couleur vert d'eau.

« Vert d'eau ? »

Elle paraissait intriguée par cet adjectif, mais il figurait en toutes lettres sur le procès-verbal que m'avait fait signer Solière. Un procès-verbal ? Elle n'était pas au courant. Je le gardais toujours dans la poche intérieure de ma canadienne et je le lui ai montré. Elle l'a lu en fronçant les sourcils.

« Ça ne m'étonne pas... Il a toujours été méfiant...

— Il m'a donné aussi une certaine somme d'argent...

— C'est un homme généreux », m'a-t-elle dit.

J'aurais voulu savoir quel était le lien exact entre elle et ce Solière.

« Vous habitez square de l'Alboni ?

— Non. C'est l'adresse d'un des bureaux de M. Solière. »

Chaque fois, elle prononçait ce nom avec un certain respect.

« Et l'avenue Albert-de-Mun ? »

À ma grande honte, j'avais l'air d'un flic qui lance, pour déconcerter un suspect, une question à laquelle il ne s'attendait pas.

«C'est l'un des appartements de M. Solière.»

Elle ne s'était pas démontée du tout.

«Comment connaissez-vous cette adresse?»

Je lui ai dit que j'avais rencontré ce Solière, l'autre jour, dans un café et qu'il avait fait semblant de ne pas me reconnaître.

«Il est très méfiant, vous savez... Il croit toujours que les gens lui en veulent... Il a beaucoup d'avocats...

— C'est votre patron?»

J'ai regretté aussitôt cette question.

«Je travaille pour lui depuis deux ans.»

Elle m'avait répondu d'une voix calme, comme s'il s'agissait de quelque chose de banal. Et ça l'était, sûrement. Pourquoi chercher du mystère là où il n'y en a aucun?

«L'autre nuit, j'avais justement rendez-vous avec M. Solière place des Pyramides, dans le hall de l'hôtel Régina... Et puis, au moment où j'arrivais, il y a eu notre... accident...»

Elle avait hésité sur le mot. Elle regardait ma main gauche. Quand la voiture m'avait renversé, je m'étais écorché au dos de cette main. Mais la blessure était presque cicatrisée. Je n'y avais jamais mis de pansement.

«Alors si je comprends bien, M. Solière est arrivé au bon moment?»

Il marchait vers nous, cette nuit-là, d'un pas lent, dans son manteau de couleur sombre. Je me demandais même s'il n'avait pas une cigarette au coin des lèvres. Et cette fille avait rendez-vous avec lui dans le hall de l'hôtel... Moi aussi, j'avais eu des rendez-vous avec mon père dans ces halls d'hôtel qui se ressemblent tous et où le marbre, les lustres, les boiseries et les canapés sont en toc. On s'y trouve dans la même situation précaire que dans la salle d'attente d'une gare entre deux trains ou dans un commissariat de police avant l'interrogatoire.

«Il paraît que ce n'est pas un enfant de chœur, lui ai-je dit.

— Qui?

— Solière.»

Pour la première fois, elle semblait vraiment gênée.

«Qu'est-ce qu'il fait comme métier?

— Des affaires.»

Elle avait baissé la tête comme si je risquais d'être choqué par cette réponse.

«Et vous êtes sa secrétaire?

— Si vous voulez... mais plutôt à mi-temps...»

Là, sous la lumière de l'applique, elle me semblait plus jeune que dans le car de police. C'était sans doute le manteau de fourrure qui la vieillissait l'autre nuit. Et, de toute manière, après le choc, je n'avais pas tous mes esprits. J'avais cru cette nuit-là qu'elle était blonde.

«Et ce n'est pas un travail trop compliqué?»

Je voulais vraiment tout savoir. Le temps pressait. À cette heure-là, ils allaient peut-être fermer le restaurant.

«Quand je suis arrivée à Paris, j'ai fait des études d'infirmière», m'a-t-elle dit, et elle parlait de plus en plus vite comme si elle avait hâte de me donner des explications. «Et puis, j'ai travaillé... infirmière à domicile... J'ai rencontré M. Solière...»

Je n'écoutais plus. Je lui ai demandé son âge. Vingt-six ans. Elle avait donc quelques années de plus que moi. Mais il était improbable qu'elle soit la même femme que celle de Fossombronne-la-Forêt. J'essayais de me souvenir du visage de cette femme ou de cette jeune fille quand elle était montée dans la camionnette et qu'elle m'avait pris la main.

«Dans mon enfance, j'ai eu un accident qui ressemblait à celui de l'autre nuit. À la sortie d'une école...»

Et, à mesure que je lui racontais cela, je parlais moi aussi de plus en plus vite, les mots se bousculaient, nous étions deux personnes que l'on a mises en présence pour quelques minutes dans le parloir d'une prison et qui n'auront pas le temps de tout se dire.

«J'ai pensé que la fille de la camionnette, c'était vous...»

Elle a éclaté de rire.

«Mais ce n'est pas possible... À l'époque, j'avais douze ans...»

Un épisode de ma vie, le visage de quelqu'un qui m'avait sans doute aimé, une maison, tout cela basculait pour toujours dans l'oubli et l'inconnu.

«Un endroit qui s'appelait Fossombronne-la-Forêt... un docteur Divoire...»

Je crois que je l'avais dit à voix basse, pour moi-même.

« Je connais ce nom, m'a-t-elle dit. C'est en Sologne. Je suis née dans la région. »

J'ai sorti de la poche de ma canadienne la carte Michelin du Loir-et-Cher que je gardais depuis plusieurs jours. Je l'ai dépliée sur la nappe. Elle paraissait inquiète.

« Vous êtes née où ? lui ai-je demandé.

— À La Versanne. »

Je me suis penché sur la carte. La lumière de l'applique n'était pas assez forte pour que je puisse déchiffrer tous ces noms de villages en si petits caractères.

Elle a penché la tête, elle aussi. Nos fronts se touchaient presque.

« Essayez de trouver Blois, m'a-t-elle dit. Légèrement sur la droite, vous avez Chambord. Plus bas, c'est la forêt de Boulogne. Et Bracieux... et, à droite, La Versanne... »

Il était facile de s'orienter, grâce à la tache verte de la forêt. Voilà, j'avais trouvé La Versanne.

« Vous croyez que c'est loin de Fossombronne ?

— À une vingtaine de kilomètres... »

La première fois que je l'avais découvert sur la carte, j'aurais dû souligner à l'encre rouge le nom de Fossombronne-la-Forêt. Maintenant, je l'avais perdu.

« C'est sur la route de Milançay... », m'a-t-elle dit.

Je cherchais la route de Milançay. Je parvenais enfin à lire tous les noms des villages : Fontaines-en-Sologne, Montgiron, Marcheval...

« Si vous y tenez, un de ces jours, je pourrais vous faire visiter la région », m'a-t-elle dit en me fixant d'un regard perplexe.

Je me suis de nouveau penché sur la carte.

« Il faudrait quand même repérer le chemin qui va de La Versanne à Fossombronne. »

Et je m'enfonçais de nouveau le long des routes départementales, je traversais au hasard des villages : Le Plessis, Tréfontaine, Boizardiaire, La Viorne... Au bout d'une petite route sinueuse, j'ai lu : FOSSOMBRONNE-LA-FORÊT.

« Et si on y allait cette nuit ? »

Elle a réfléchi un instant, comme si ma proposition lui semblait naturelle.

«Pas cette nuit. Je suis trop fatiguée...»

Je lui ai dit que je plaisantais, mais je n'en étais pas sûr. Je ne pouvais détacher les yeux de tous ces noms de hameaux, de forêts et d'étangs. J'aurais voulu me fondre dans le paysage. Déjà, à cette époque, j'avais le sentiment qu'un homme sans paysage est bien démuni. Une sorte d'infirme. Je m'en étais aperçu très jeune, à Paris, quand mon chien était mort et que je ne savais pas où l'enterrer. Aucune prairie. Aucun village. Pas de terroir. Pas même un jardin. J'ai replié la carte et je l'ai enfoncée dans ma poche.

«Vous habitez avec Solière?

— Pas du tout. Simplement, je m'occupe de ses bureaux et de son appartement quand il est absent de Paris. Il voyage beaucoup pour ses affaires...»

C'était drôle, mon père lui aussi voyageait beaucoup pour ses affaires et, malgré tous les rendez-vous qu'il m'avait donnés dans des halls d'hôtel et des cafés de plus en plus lointains, je n'avais pas compris de quelles affaires il s'agissait. Les mêmes que Solière?

«Vous venez souvent ici? lui ai-je demandé.

— Non... Pas souvent... C'est le seul endroit qui reste ouvert très tard dans le quartier...»

Je lui ai fait remarquer qu'il n'y avait pas beaucoup de clients, mais, d'après elle, ils venaient bien plus tard dans la nuit. De drôles de clients, m'a-t-elle dit. Pourtant, dans mon souvenir, ce lieu me semble abandonné. J'ai même le sentiment qu'elle et moi, cette nuit-là, nous nous y étions introduits par effraction. Nous sommes là, l'un en face de l'autre, et j'entends l'une de ces musiques étouffées d'après le couvre-feu, sur lesquelles on danse et l'on vit quelques instants de bonheur en fraude.

«Vous ne croyez pas qu'après la brutalité de notre première rencontre nous devrions faire plus ample connaissance?»

Elle avait prononcé cette phrase d'une voix très douce, mais avec une diction ferme et précise. J'avais lu que c'était en Touraine que l'on parlait le français le plus pur. Mais, à l'entendre, je me demandais si ce n'était pas plutôt en Sologne, du côté de La Versanne et de Fossombronne-la-Forêt. Elle avait posé sa main sur la mienne, ma main gauche dont la blessure achevait de se cicatriser, sans que j'aie eu besoin d'y mettre un pansement.

Dans la rue, un voile s'était déchiré. La carrosserie de la voiture brillait sous la lune. Je me suis demandé si ce n'était pas un mirage ou l'effet de l'alcool que j'avais bu. J'ai tapoté la carrosserie, à hauteur du capot, pour vérifier que je ne rêvais pas.

« Un jour, il faudra que je fasse réparer tout ça », m'a-t-elle dit en me désignant le pare-chocs et l'aile endommagés.

Je lui ai avoué que c'était dans un garage que l'on m'avait mis sur la trace de sa voiture.

« Vous vous êtes donné beaucoup de mal pour rien, m'a-t-elle dit. Depuis trois semaines, elle était garée devant chez moi... J'habite 2 square Léon-Guillot dans le quinzième arrondissement... »

Ainsi, nous n'habitions pas très loin l'un de l'autre. Porte d'Orléans. Porte de Vanves. Avec un peu de chance, nous aurions pu nous rencontrer là-bas, dans cet arrière-pays. Cela aurait simplifié les choses. Nous étions tous les deux du même monde.

Je me suis assis sur le capot.

« Et maintenant, si vous rentrez dans le quinzième, ce serait gentil de me ramener chez moi... »

Mais non. Elle m'a dit que cette nuit, elle devait dormir dans l'appartement de Solière, avenue Albert-de-Mun, et y demeurer quelque temps pour que cet appartement ne reste pas inhabité en son absence. Lui, Solière, il était parti en voyage d'affaires à Genève et à Madrid.

« Si je comprends bien, vous avez un travail de gardienne et de veilleur de nuit ?

— Si vous voulez. »

Elle a ouvert la portière de droite pour que j'entre dans la voiture. Après tous ces jours et toutes ces nuits passés à errer dans le quartier, cela me semblait naturel. J'étais même persuadé que j'avais déjà vécu cet instant en rêve.

Il faisait très froid brusquement, un froid sec qui donnait un éclat et une limpidité à tout ce qui était autour de nous : la lumière blanche des lampadaires, les feux rouges, les façades neuves des immeubles. Dans le silence, je croyais entendre le pas régulier de quelqu'un qui se rapprochait de nous.

Elle m'a serré le poignet, comme l'autre nuit, dans le car de police.

«Vous vous sentez mieux?» m'a-t-elle dit.

La place du Trocadéro était beaucoup plus étendue et déserte que d'habitude à cause du clair de lune. Nous n'en finissions pas de la traverser et cette lenteur me procurait une sensation de bien-être. J'étais sûr que si je regardais les fenêtres noires je percerais l'obscurité des appartements, comme si je pouvais capter les infrarouges et les ultraviolets. Mais je n'avais pas besoin de me donner cette peine. Il suffisait de se laisser glisser sur la pente que j'avais remontée l'autre nuit avec le chien.

«Moi aussi, m'a-t-elle dit, j'ai essayé de vous retrouver, mais à la clinique ils n'avaient pas votre adresse... Paris est grand... Il faut faire attention... Des gens comme nous finissent par se perdre...»

Après le palais de Chaillot, elle a tourné à droite et nous avons longé des bâtiments massifs dont on aurait dit qu'ils étaient à l'abandon. Je ne savais plus dans quelle ville je me trouvais, une ville que ses habitants venaient de déserter, mais cela n'avait aucune importance. Je n'étais plus seul au monde. La pente était plus abrupte et descendait jusqu'à la Seine. J'ai reconnu l'avenue Albert-de-Mun, le jardin autour de l'Aquarium et la façade blanche de l'immeuble. Elle s'est garée devant la porte cochère.

«Vous devriez venir voir l'appartement... C'est au dernier étage... Il y a une grande terrasse et une vue sur tout Paris.

— Et si Solière revient à l'improviste?»

Chaque fois que je prononçais le nom de ce fantôme, j'avais envie de rire. Je ne gardais que le souvenir d'un homme en manteau sombre dans le panier à salade, puis dans le hall de la clinique et dans le café du quai. Valait-il la peine d'en savoir plus? J'avais l'intuition qu'il était de la même espèce que mon père et que tous ceux que je remarquais autrefois dans son entourage. On ne peut rien savoir de ces gens-là. Il faudrait consulter les rapports de police que l'on a dressés à leur sujet, mais ces rapports écrits pourtant dans une langue si précise et si claire se contredisent les uns les autres. À quoi bon? Depuis quelque temps, il se bousculait tant de choses dans ma pauvre tête, et cet accident avait été un tel événement pour moi...

«Ne craignez rien. Il ne risque pas de revenir dans l'immédiat. Et même s'il revenait, ce n'est pas un méchant homme, vous savez...»

Elle a de nouveau éclaté de rire.

« Il habite depuis longtemps ici ?

— Je ne pourrais pas vous répondre avec exactitude. »

Elle avait l'air de se moquer gentiment de moi. Je lui ai fait remarquer qu'il n'était pas dans l'annuaire, à l'adresse de l'avenue Albert-de-Mun.

« C'est fou, m'a-t-elle dit, comme vous vous donnez du mal pour trouver des certitudes... D'abord, il ne s'appelle pas vraiment Solière. C'est le nom qu'il utilise dans la vie courante...

— Et vous connaissez son vrai nom ?

— Morawski. »

Ce nom avait une consonance familière sans que je puisse très bien savoir pourquoi. Il figurait peut-être dans le carnet d'adresses de mon père.

« Et même sous le nom de Morawski, vous ne trouverez rien dans l'annuaire. Vous croyez que cela a vraiment de l'importance ? »

Elle avait raison. Je n'avais plus tellement envie de regarder dans l'annuaire.


Je me souviens que nous avons fait quelques pas dans les allées du jardin, autour de l'Aquarium. J'avais besoin de respirer à l'air libre. D'ordinaire, je vivais dans une sorte d'asphyxie contrôlée — ou plutôt je m'étais habitué à respirer à petits coups, comme s'il fallait économiser l'oxygène. Surtout, ne pas se laisser aller à la panique qui vous prend quand vous avez peur d'étouffer. Non, continuer de respirer à tout petits coups réguliers et attendre que l'on vous enlève cette camisole de force qui vous comprime les poumons, ou bien qu'elle tombe peu à peu d'elle-même en poussière.

Mais cette nuit-là, dans le jardin, je respirais à fond pour la première fois depuis longtemps, depuis Fossombronne-la-Forêt, cette époque de ma vie que j'avais oubliée.

Nous étions arrivés devant l'Aquarium. On devinait à peine le bâtiment dans la pénombre. Je lui ai demandé si elle l'avait déjà visité. Jamais.

« Alors, je vous y emmènerai un de ces jours… »

C'était réconfortant de faire des projets. Elle m'avait pris le bras et j'imaginais, près de nous, tous ces poissons multicolores tournant derrière les vitres dans l'obscurité et le silence. Ma jambe était douloureuse et je boitais légèrement. Mais elle aussi, elle portait son éraflure sur le front. Je me suis demandé vers quel avenir nous allions. J'avais l'impression que nous avions déjà marché ensemble au même endroit, à la même heure, en d'autres temps. Je ne savais plus très bien où j'étais, le long de ces allées. Nous atteignions presque le sommet de la colline. Au-dessus de nous, la masse sombre de l'une des ailes du palais de Chaillot. Ou plutôt un grand hôtel d'une station de sports d'hiver de l'Engadine. Je n'avais jamais respiré un air si froid et si doux. Il me pénétrait les poumons d'une fraîcheur de velours. Oui, nous devions nous trouver à la montagne, en haute altitude.

« Vous n'avez pas froid ? m'a-t-elle dit. Nous pourrions peut-être rentrer… »

Elle serrait le col relevé de son manteau. Rentrer où ? J'ai eu quelques secondes d'hésitation. Mais oui, dans l'immeuble, au bord de l'avenue qui descendait vers la Seine. Je lui ai demandé si elle comptait y habiter longtemps. Environ un mois.

« Et Morawski ?

— Oh… il sera absent de Paris pendant tout ce temps-là… »

De nouveau, il m'a semblé que ce nom m'était familier. L'avais-je entendu dans la bouche de mon père ? J'ai pensé à ce type qui m'avait appelé, un jour, de l'hôtel Palym et dont la voix était brouillée à cause des grésillements du téléphone. Guy Roussotte. Nous avions un bureau avec votre père, m'avait-il dit. Roussotte. Morawski. Lui aussi, apparemment, avait un bureau. Ils avaient tous des bureaux.

Je lui ai demandé ce qu'elle pouvait bien faire avec ce Morawski que l'on appelait Solière dans la vie courante.

« Je voudrais en savoir plus. Je crois que vous me cachez quelque chose. »

Elle gardait le silence. Puis elle m'a dit brusquement :

« Mais non, je n'ai rien à cacher… La vie est beaucoup plus simple que tu ne le crois… »

Elle m'avait tutoyé pour la première fois. Elle me serrait le bras et nous longions le bâtiment de l'Aquarium. L'air était toujours aussi froid et aussi léger à respirer. Avant de traverser l'avenue, je me suis arrêté au bord du trottoir. Je contemplais la voiture devant l'immeuble. L'autre soir, quand j'étais venu seul ici, cet immeuble m'avait semblé abandonné et l'avenue déserte comme si personne n'y passait plus.

Elle m'a dit encore une fois qu'il y avait une grande terrasse et une vue sur tout Paris. L'ascenseur montait lentement. Sa main s'est posée sur mon épaule et elle m'a chuchoté un mot à l'oreille. La minuterie s'est éteinte, il ne restait plus au-dessus de nous qu'une lumière de veilleuse.

# UN PEDIGREE

2005

Je suis né le 30 juillet 1945, à Boulogne-Billancourt, 11 allée Marguerite, d'un juif et d'une Flamande qui s'étaient connus à Paris sous l'Occupation. J'écris juif, en ignorant ce que le mot signifiait vraiment pour mon père et parce qu'il était mentionné, à l'époque, sur les cartes d'identité. Les périodes de haute turbulence provoquent souvent des rencontres hasardeuses, si bien que je ne me suis jamais senti un fils légitime et encore moins un héritier.

Ma mère est née en 1918 à Anvers. Elle a passé son enfance dans un faubourg de cette ville, entre Kiel et Hoboken. Son père était ouvrier puis aide-géomètre. Son grand-père maternel, Louis Bogaerts, docker. Il avait posé pour la statue du docker, faite par Constantin Meunier et que l'on voit devant l'hôtel de ville d'Anvers. J'ai gardé son *loonboek* de l'année 1913, où il notait tous les navires qu'il déchargeait : le *Michigan*, l'*Élisabethville*, le *Santa Anna...* Il est mort au travail, vers soixante-cinq ans, en faisant une chute.

Adolescente, ma mère est inscrite aux Faucons Rouges. Elle travaille à la Compagnie du gaz. Le soir, elle suit des cours d'art dramatique. En 1938, elle est recrutée par le cinéaste et producteur Jan Vanderheyden pour tourner dans ses « comédies » flamandes. Quatre films de 1938 à 1941. Elle a été girl dans des revues de music-hall à Anvers et à Bruxelles, et parmi les danseuses et les artistes, il y avait beaucoup de réfugiés qui venaient d'Allemagne. À Anvers, elle partage une petite maison sur Horenstraat avec deux amis : un danseur, Joppie Van Allen, et Leon Lemmens, plus ou moins secrétaire et rabatteur d'un riche homosexuel, le baron Jean L., et qui sera tué dans un bombardement à Ostende, en mai 1940. Elle a pour meilleur ami un jeune décorateur, Lon Landau, qu'elle retrouvera à Bruxelles en 1942 portant l'étoile jaune.

Je tente, à défaut d'autres repères, de suivre l'ordre chronologique. En 1940, après l'occupation de la Belgique, elle vit à Bruxelles. Elle est fiancée avec un nommé Georges Niels qui dirige à vingt ans un hôtel, le Canterbury. Le restaurant de cet hôtel est en partie réquisitionné par les officiers de la Propaganda-Staffel. Ma mère habite le Canterbury et y rencontre des gens divers. Je ne sais rien de tous ces gens. Elle travaille à la radio dans les émissions flamandes. Elle est engagée au théâtre de Gand. Elle participe, en juin 1941, à une tournée dans les ports de l'Atlantique et de la Manche pour jouer devant les travailleurs flamands de l'organisation Todt et, plus au nord, à Hazebrouck, devant les aviateurs allemands.

C'était une jolie fille au cœur sec. Son fiancé lui avait offert un chow-chow mais elle ne s'occupait pas de lui et le confiait à différentes personnes, comme elle le fera plus tard avec moi. Le chow-chow s'était suicidé en se jetant par la fenêtre. Ce chien figure sur deux ou trois photos et je dois avouer qu'il me touche infiniment et que je me sens très proche de lui.

Les parents de Georges Niels, de riches hôteliers bruxellois, ne veulent pas qu'elle épouse leur fils. Elle décide de quitter la Belgique. Les Allemands ont l'intention de l'expédier dans une école de cinéma à Berlin mais un jeune officier de la Propaganda-Staffel qu'elle a connu à l'hôtel Canterbury la tire de ce mauvais pas en l'envoyant à Paris, à la maison de production Continental, dirigée par Alfred Greven.

Elle arrive à Paris en juin 1942. Greven lui fait passer un bout d'essai aux studios de Billancourt mais ce n'est pas concluant. Elle travaille au service du «doublage» à la Continental, écrivant les sous-titres néerlandais pour les films français produits par cette compagnie. Elle est l'amie d'Aurel Bischoff, l'un des adjoints de Greven.

À Paris, elle habite une chambre, 15 quai de Conti, dans l'appartement que louent un antiquaire de Bruxelles et son ami Jean de B. que j'imagine adolescent, avec une mère et des sœurs dans un château au fond du Poitou, écrivant en secret des lettres ferventes à Cocteau. Par l'entremise de Jean de B., ma mère rencontre un jeune Allemand, Klaus Valentiner, planqué dans un service administratif. Il habite un atelier du quai Voltaire et lit, à ses heures de loisir, les derniers romans d'Evelyn Waugh. Il sera envoyé sur le front russe où il mourra.

D'autres visiteurs de l'appartement du quai de Conti : un jeune Russe, Georges d'Ismaïloff, qui était tuberculeux mais sortait toujours sans manteau dans les hivers glacés de l'Occupation. Un Grec, Christos Bellos. Il avait manqué le dernier paquebot en partance pour l'Amérique où il devait rejoindre un ami. Une fille du même âge, Geneviève Vaudoyer. D'eux, il ne reste que les noms. La première famille française et bourgeoise chez laquelle ma mère sera invitée : la famille de Geneviève Vaudoyer et de son père Jean-Louis Vaudoyer. Geneviève Vaudoyer présente à ma mère Arletty qui habite quai de Conti dans la maison voisine du 15. Arletty prend ma mère sous sa protection.

Que l'on me pardonne tous ces noms et d'autres qui suivront. Je suis un chien qui fait semblant d'avoir un pedigree. Ma mère et mon père ne se rattachent à aucun milieu bien défini. Si ballottés, si incertains que je dois bien m'efforcer de trouver quelques empreintes et quelques balises dans ce sable mouvant comme on s'efforce de remplir avec des lettres à moitié effacées une fiche d'état civil ou un questionnaire administratif.

Mon père est né en 1912 à Paris, square Pétrelle, à la lisière du IXe et du Xe arrondissement. Son père à lui était originaire de Salonique et appartenait à une famille juive de Toscane établie dans l'Empire ottoman. Cousins à Londres, à Alexandrie, à Milan, à Budapest. Quatre cousins de mon père, Carlo, Grazia, Giacomo et sa femme Mary, seront assassinés par les SS en Italie, à Arona, sur le lac Majeur, en septembre 1943. Mon grand-père a quitté Salonique dans son enfance, pour Alexandrie. Mais au bout de quelques années, il est parti au Venezuela. Je crois qu'il avait rompu avec ses origines et sa famille. Il s'est intéressé au commerce des perles dans l'île Margarita puis il a dirigé un bazar à Caracas. Après le Venezuela, il s'est fixé à Paris, en 1903. Il tenait un magasin d'antiquités au 5 de la rue de Châteaudun où il vendait des objets d'art de Chine et du Japon. Il avait un passeport espagnol et, jusqu'à sa mort, il sera inscrit au consulat d'Espagne de Paris alors que ses aïeux étaient sous la protection des consulats de France, d'Angleterre, puis d'Autriche, en qualité de « sujets toscans ». J'ai gardé plusieurs de ses passeports dont l'un lui avait été délivré par le consulat d'Espagne à Alexandrie. Et un certificat, dressé à Caracas en 1894, attestant qu'il était membre de la Société protectrice des animaux. Ma grand-mère est née dans le Pas-de-Calais. Son père à elle habitait en 1916 un faubourg de Nottingham. Mais elle prendra, après son mariage, la nationalité espagnole.

Mon père a perdu le sien à l'âge de quatre ans. Enfance dans le X$^e$ arrondissement, cité d'Hauteville. Collège Chaptal où il était interne, même le samedi et le dimanche, me disait-il. Et il entendait du dortoir les musiques de la fête foraine, sur le terre-plein du boulevard des Batignolles. Il ne passe pas son bac. Dans son adolescence et sa jeunesse, il est livré à lui-même. Dès seize ans, il fréquente avec ses amis l'hôtel Bohy-Lafayette, les bars du faubourg Montmartre, le Cadet, le Luna Park. Son prénom est Alberto, mais on l'appelle Aldo. À dix-huit ans, il se livre au trafic d'essence, franchissant en fraude les octrois de Paris. À dix-neuf ans, il demande avec une telle force de persuasion à un directeur de la banque Saint-Phalle de le soutenir pour des opérations « financières » que celui-ci lui accorde sa confiance. Mais l'affaire tourne mal, car mon père est mineur et la justice s'en mêle. À vingt-quatre ans, il loue une chambre 33 avenue Montaigne et, d'après certains documents que j'ai conservés, il se rend souvent à Londres pour participer à l'élaboration d'une société Bravisco Ltd. Sa mère meurt en 1937 dans une pension de famille de la rue Roquépine où il avait logé quelque temps avec son frère Ralph. Puis il avait occupé une chambre à l'hôtel Terminus, près de la gare Saint-Lazare, qu'il avait quittée sans payer la note. Juste avant la guerre, il a pris en gérance une boutique de bas et parfums, 71 boulevard Malesherbes. À cette époque, il aurait habité rue Frédéric-Bastiat (VIII$^e$).

Et la guerre vient alors qu'il n'a pas la moindre assise et qu'il vit déjà d'expédients. En 1940, il faisait adresser son courrier à l'hôtel Victor-Emmanuel III, 24 rue de Ponthieu. Dans une lettre de 1940 à son frère Ralph, expédiée d'Angoulême où il a été mobilisé dans un régiment d'artillerie, il mentionne un lustre qu'ils ont engagé au mont-de-piété. Dans une autre lettre, il demande qu'on lui envoie à Angoulême le *Courrier des pétroles.* Il s'est occupé en 1937-1939 d'«affaires» de pétroles avec un certain Enriquez : Société Royalieu, pétroles roumains. La débâcle de juin 1940 le surprend dans la caserne d'Angoulême. Il n'est pas entraîné avec la masse des prisonniers, les Allemands n'arrivant à Angoulême qu'après la signature de l'armistice. Il se réfugie aux Sables-d'Olonne où il reste jusqu'en septembre. Il y retrouve son ami Henri Lagroua et deux amies à eux, une certaine Suzanne et Gysèle Hollerich qui est danseuse au Tabarin.

De retour à Paris, il ne se fait pas recenser comme juif. Il habite avec son frère Ralph, chez l'amie de celui-ci, une Mauricienne qui a un passeport anglais. L'appartement est au 5 rue des Saussaies, à côté de la Gestapo. La Mauricienne est obligée de se présenter chaque semaine au commissariat, à cause de son passeport anglais. Elle sera internée plusieurs mois à Besançon et à Vittel comme «Anglaise». Mon père a une amie, Hela H., une juive allemande qui a été, à Berlin, la fiancée de Billy Wilder. Ils se font rafler un soir de février 1942, dans un restaurant de la rue de Marignan, lors d'un contrôle d'identité, contrôles très fréquents, ce mois-là, à cause de l'ordonnance qui vient d'être promulguée et qui interdit aux juifs de se trouver dans la rue et les lieux publics après huit heures du soir. Mon père et son amie n'ont aucun papier sur eux. Ils sont embarqués dans un panier à salade par des inspecteurs qui les conduisent pour «vérification», rue Greffulhe, devant un certain commissaire Schweblin. Mon père doit décliner son identité. Il est séparé de son amie par les policiers et réussit à s'échapper au moment où on allait le transférer au Dépôt, profitant d'une minuterie éteinte. Hela H. sera libérée du Dépôt, le lendemain, sans doute à la suite d'une intervention d'un ami de mon père. Qui ? Je me le suis souvent demandé. Après sa fuite, mon père se cache sous l'escalier d'un immeuble de la rue des Mathurins, en essayant de ne pas attirer l'attention du concierge. Il y passe la nuit à cause du couvre-feu. Le matin, il rentre, 5 rue des Saussaies. Puis il se réfugie avec la Mauricienne et son frère Ralph dans un hôtel, l'Alcyon de Breteuil dont la patronne est la mère d'un de leurs amis. Plus tard, il habite avec Hela H. dans un meublé square Villaret-de-Joyeuse et Aux Marronniers, rue de Chazelles.

Les personnes que j'ai identifiées parmi toutes celles qu'il fréquentait en ce temps-là, sont Henri Lagroua, Sacha Gordine, Freddie McEvoy, un Australien champion de bobsleigh et coureur automobile avec lequel il partagera, juste après la guerre, un «bureau» sur les Champs-Élysées dont je n'ai pu découvrir la raison sociale; un certain Jean Koporindé (189 rue de la Pompe), Geza Pellmont, Toddie Werner (qui se faisait appeler «Mme Sahuque») et son amie Hessien (Liselotte), Kissa Kouprine, une Russe, fille de l'écrivain Kouprine. Elle avait tourné dans quelques films et joué dans une pièce de Roger Vitrac, *Les Demoiselles du large*. Flory Francken, dite Nardus, que mon père appelait «Flo» était la fille d'un peintre hollandais et elle avait passé son enfance et son adolescence en Tunisie. Puis elle était venue à Paris et elle fréquentait Montparnasse. En 1938, elle avait été impliquée dans un fait divers qui lui valut de comparaître en correctionnelle et, en 1940, elle avait épousé l'acteur japonais Sessue Hayakawa. Pendant l'Occupation, elle était liée avec celle qui avait été l'héroïne de *L'Atalante*, Dita Parlo, et son amant le docteur Fuchs, l'un des dirigeants du service «Otto», le plus important des bureaux d'achats au marché noir, 6 rue Adolphe-Yvon (XVI$^e$).

Tel était à peu près le monde où évoluait mon père. Demimonde? Haute pègre? Avant qu'elle ne se perde dans la nuit froide de l'oubli, je citerai une autre Russe qui fut son amie à cette époque, Galina, dite «Gay» Orloff. Elle avait, très jeune, émigré aux États-Unis. À vingt ans, elle dansait dans une revue en Floride et elle y avait rencontré un petit homme brun très sentimental et très courtois dont elle était devenue la maîtresse: un certain Lucky Luciano. De retour à Paris, elle avait été mannequin et s'était mariée pour obtenir la nationalité française. Elle vivait, au début de l'Occupation, avec un Chilien, Pedro Eyzaguirre, «secrétaire de légation», puis seule à l'hôtel Chateaubriand, rue du Cirque, où mon père allait souvent la voir. Elle m'avait offert quelques mois après ma naissance un ours en peluche que j'ai longtemps gardé comme un talisman et le seul souvenir qui me serait resté d'une mère disparue.

Elle s'est suicidée le 12 février 1948, à trente-quatre ans. Elle est enterrée à Sainte-Geneviève-des-Bois.

À mesure que je dresse cette nomenclature et que je fais l'appel dans une caserne vide, j'ai la tête qui tourne et le souffle de plus en plus court. Drôles de gens. Drôle d'époque entre chien et loup. Et mes parents se rencontrent à cette époque-là, parmi ces gens qui leur ressemblent. Deux papillons égarés et inconscients au milieu d'une ville sans regard. *Die Stadt ohne Blick.* Mais je n'y peux rien, c'est le terreau – ou le fumier – d'où je suis issu. Les bribes que j'ai rassemblées de leur vie, je les tiens pour la plupart de ma mère. Beaucoup de détails lui ont échappé concernant mon père, le monde trouble de la clandestinité et du marché noir où il évoluait par la force des choses. Elle a ignoré presque tout. Et il a emporté ses secrets avec lui.

Ils font connaissance, un soir d'octobre 1942, chez Toddie Werner, dite «Mme Sahuque», 28 rue Scheffer, XVIe arrondissement. Mon père utilise une carte d'identité au nom de son ami Henri Lagroua. Dans mon enfance, à la porte vitrée du concierge, le nom «Henri Lagroua» était resté depuis l'Occupation sur la liste des locataires du 15 quai de Conti, en face de «quatrième étage». J'avais demandé au concierge qui était cet «Henri Lagroua». Il m'avait répondu : ton père. Cette double identité m'avait frappé. Bien plus tard j'ai su qu'il avait utilisé pendant cette période d'autres noms qui évoquaient son visage dans le souvenir de certaines personnes quelque temps encore après la guerre. Mais les noms finissent par se détacher des pauvres mortels qui les portaient et ils scintillent dans notre imagination comme des étoiles lointaines. Ma mère présente mon père à Jean de B. et à ses amis. Ils lui trouvent un «air bizarre de Sud-Américain» et conseillent gentiment à ma mère de «se méfier». Elle le répète à mon père, qui, en blaguant, lui dit que la prochaine fois il aura l'air encore «plus bizarre» et qu'«il leur fera encore plus peur».

Il n'est pas sud-américain mais, sans existence légale, il vit du marché noir. Ma mère venait le chercher dans l'une de ces officines auxquelles on accède par de nombreux ascenseurs le long des arcades du Lido. Il s'y trouvait toujours en compagnie de plusieurs personnes dont j'ignore les noms. Il est surtout en contact avec un «bureau d'achats», 53 avenue Hoche, où opèrent deux frères arméniens qu'il a connus avant la guerre : Alexandre et Ivan S. Il leur livre, parmi d'autres marchandises, des camions entiers de roulements à billes périmés qui proviennent de vieux stocks de la société SKF, et resteront, en tas, inutilisables, à rouiller dans les docks de Saint-Ouen. Au hasard de mes recherches, je suis tombé sur les noms de quelques individus qui travaillaient au 53 avenue Hoche : le baron Wolff, Dante Vannuchi, le docteur Patt, «Alberto», en me demandant s'il ne s'agissait pas, tout simplement, de pseudonymes dont usait mon père. C'est dans ce bureau d'achats de l'avenue Hoche qu'il rencontre un André Gabison, dont il parle souvent à ma mère et qui est le patron de l'endroit. J'ai eu entre les mains une liste d'agents des services spéciaux allemands qui datait de 1945 et où figurait une note au sujet de cet homme : Gabison (André). Nationalité italienne, né en 1907. Commerçant. Passeport 13755 délivré à Paris le 18/11/42 le désignant comme un homme d'affaires tunisien. Depuis 1940, associé de Richir (bureau d'achats 53 avenue Hoche). En 1942 se trouvait à St Sébastien correspondant de Richir. En avril 1944, travaillait sous les ordres d'un certain Rados du SD, voyageant fréquemment entre Hendaye et Paris. En août 1944 est signalé comme faisant partie de la sixième section du SD de Madrid sous les ordres de Martin Maywald. Adresse : calle Jorge Juan 17 à Madrid (téléphone : 50.222).

Les autres relations de mon père sous l'Occupation, du moins celles que je lui connais : un banquier italien, Georges Giorgini-Schiff et son amie Simone qui se mariera plus tard avec le propriétaire du Moulin-Rouge, Pierre Foucret. Giorgini-Schiff avait ses bureaux 4 rue de Penthièvre. Mon père lui a acheté un très gros diamant rose, la «croix du Sud» qu'il tentera de revendre après la guerre, quand il n'aura plus un sou. Giorgini-Schiff sera arrêté par les Allemands en septembre 1943, à la suite de l'armistice italien. Pendant l'Occupation, il avait présenté à mes parents un docteur Carl Gerstner, conseiller économique à l'ambassade d'Allemagne, dont l'amie, Sybil, était juive et qui deviendra, paraît-il, un personnage «important» à Berlin-Est après la guerre. Annet Badel : ancien avocat, directeur du théâtre du Vieux-Colombier en 1944. Mon père a fait du marché noir avec lui et avec son gendre, Georges Vikar. Badel avait envoyé à ma mère un exemplaire de *Huis clos* de Sartre qu'il allait monter en mai 1944 au Vieux-Colombier et dont le titre initial était «Les Autres». Cette dactylographie des «Autres» traînait encore au fond d'un placard de ma chambre du cinquième étage du quai de Conti quand j'avais quinze ans. Badel pensait que ma mère gardait des contacts avec les Allemands, à cause de la Continental, et qu'ainsi, par son entremise, il pourrait obtenir plus rapidement le visa de censure de cette pièce.

D'autres proches de mon père : André Camoin, antiquaire, quai Voltaire. Maria Tchernychev, une fille de la noblesse russe, mais «déclassée», avec laquelle il participait à de grosses affaires de marché noir ; et à de plus modestes, avec un certain «M. Fouquet». Ce Fouquet, lui, tenait un magasin rue de Rennes et habitait un pavillon dans la banlieue de Paris.

Je ferme les yeux et je vois venir, de sa démarche lourde et du plus profond du passé, Lucien P. Je crois que son métier consistait à servir d'intermédiaire et à présenter les gens les uns aux autres. Il était très gros, et dans mon enfance, chaque fois qu'il s'asseyait sur une chaise j'avais peur qu'elle ne se fende sous son poids. Quand ils étaient jeunes, mon père et lui, Lucien P. était l'amoureux éploré de l'actrice Simone Simon qu'il suivait comme un gros caniche. Et l'ami de Sylviane Quimfe, une aventurière championne de billard qui deviendra sous l'Occupation marquise d'Abrantès, et maîtresse d'un membre de la bande de la rue Lauriston. Des personnes sur lesquelles il est impossible de s'appesantir. Tout juste des voyageurs louches qui traversent les halls de gare sans que je sache jamais leur destination, à supposer qu'ils en aient une. Pour en finir avec cette liste de fantômes, il faudrait mentionner les deux frères dont je me demandais s'ils étaient jumeaux : Ivan et Alexandre S. Le dernier avait une amie, Inka, une danseuse finlandaise. Ils devaient être de bien grands seigneurs du marché noir puisqu'ils avaient fêté pendant l'Occupation leur «premier milliard» dans un appartement de l'immeuble massif du 1 avenue Paul-Doumer où habitait Ivan S. Celui-ci a fui en Espagne à la Libération, comme André Gabison. Et Alexandre S. qu'est-il devenu ? Je me le demande. Mais est-il bien nécessaire de se poser la question ?

Moi, mon cœur bat pour ceux dont on voyait les visages sur l'«Affiche rouge».

Jean de B. et l'antiquaire de Bruxelles quittent l'appartement du quai de Conti début 1943 et mes parents s'y installent tous les deux. Avant que je ne sois définitivement lassé de tout cela et que le courage et le souffle me manquent, voici encore quelques bribes de leur vie à cette époque lointaine mais telle qu'ils l'ont vécue dans la confusion du présent.

Ils se réfugiaient quelquefois à Ablis au château du Bréau, avec Henri Lagroua et son amie Denise. Le château du Bréau était abandonné. Il appartenait à des Américains qui avaient dû quitter la France à cause de la guerre et leur avaient confié les clés. Dans la campagne, ma mère faisait de la moto avec Lagroua sur sa BSA 500 cm³. Elle passe avec mon père les mois de juillet et août 1943 dans une auberge de la Varenne-Saint-Hilaire, Le Petit Ritz. Giorgini-Schiff, Simone, Gerstner et son amie Sybil viennent les rejoindre là-bas. Baignades dans la Marne. Cette auberge est fréquentée par quelques truands et leurs «femmes» dont un certain «Didi» et sa compagne «Mme Didi». Les hommes partent le matin en voiture pour de troubles besognes et rentrent très tard de Paris. Une nuit, mes parents entendent une dispute dans la chambre au-dessus de la leur. La femme traite son compagnon de «sale poulet» et elle jette par la fenêtre des liasses de billets de banque, en lui reprochant d'avoir rapporté tout cet argent. Faux policiers? Auxiliaires de la Gestapo? Toddie Werner, dite «Mme Sahuque», chez qui mes parents s'étaient connus, échappe à une rafle, début 1943. Elle se blesse en sautant par l'une des fenêtres de son appartement. On recherche Sacha Gordine, l'un des plus anciens amis de mon père, comme le montre une lettre de la direction du statut des personnes du Commissariat général aux Questions juives au directeur d'une «Section d'enquête et de contrôle»: «Le 6 avril 1944. Par la note citée en référence, je vous avais demandé de procéder d'urgence à l'arrestation du juif Gordine Sacha pour infraction à la loi du 2 juin 1941. Vous m'avez fait savoir à la suite de cette note que celui-ci avait quitté son domicile sans faire connaître sa nouvelle adresse. Or il a été vu ces jours-ci circulant en bicyclette dans les rues de Paris.

Je vous serais donc obligé de vouloir bien faire une nouvelle visite à son domicile afin de pouvoir donner suite à ma note du 25 janvier dernier. »

Je me souviens qu'une seule fois mon père avait évoqué cette période, un soir que nous étions tous les deux aux Champs-Élysées. Il m'avait désigné le bout de la rue de Marignan, là où on l'avait embarqué en février 1942. Et il m'avait parlé d'une seconde arrestation, l'hiver 1943, après avoir été dénoncé par « quelqu'un ». Il avait été emmené au Dépôt, d'où « quelqu'un » l'avait fait libérer. Ce soir-là, j'avais senti qu'il aurait voulu me confier quelque chose mais les mots ne venaient pas. Il m'avait dit simplement que le panier à salade faisait le tour des commissariats avant de rejoindre le Dépôt. À l'un des arrêts était montée une jeune fille qui s'était assise en face de lui et dont j'ai essayé beaucoup plus tard, vainement, de retrouver la trace, sans savoir si c'était le soir de 1942 ou de 1943.

Au printemps 1944, mon père reçoit des coups de téléphone anonymes, quai de Conti. Une voix l'appelle par son véritable nom. Un après-midi, en son absence, deux inspecteurs français sonnent à la porte et demandent « M. Modiano ». Ma mère leur déclare qu'elle n'est qu'une jeune Belge qui travaille à la Continental, une compagnie allemande. Elle sous-loue une chambre de cet appartement à un certain Henri Lagroua et elle ne peut pas les renseigner. Ils lui disent qu'ils reviendront. Mon père, pour les éviter, déserte le quai de Conti. Je suppose que ce n'étaient plus les membres de la police des Questions juives de Schweblin mais les hommes de la Section d'enquête et de contrôle – comme pour Sacha Gordine. Ou ceux du commissaire Permilleux de la Préfecture. Par la suite, j'ai voulu mettre des visages sur les noms de ces gens-là, mais ils restaient toujours tapis dans l'ombre, avec leur odeur de cuir pourri.

Mes parents décident de quitter Paris au plus vite. Christos Bellos, le Grec que ma mère a connu chez B., a une amie qui vit dans une propriété près de Chinon. Tous trois se réfugient chez elle. Ma mère emporte ses habits de sports d'hiver, au cas où ils fuiraient encore plus loin. Ils resteront cachés dans cette maison de Touraine jusqu'à la Libération et retourneront à Paris, à vélo, dans le flot des troupes américaines.

Début septembre 1944, à Paris, mon père ne veut pas rentrer tout de suite quai de Conti, craignant que la police ne lui demande à nouveau des comptes mais cette fois-ci à cause de ses activités de hors-la-loi dans le marché noir. Mes parents habitent un hôtel, au coin de l'avenue de Breteuil et de l'avenue Duquesne, cet Alcyon de Breteuil, où mon père était déjà venu se réfugier en 1942. Il envoie ma mère en éclaireur quai de Conti pour connaître la tournure que prennent les choses. Elle est convoquée par la police et elle subit un long interrogatoire. Elle est étrangère, ils voudraient qu'elle leur dise la raison exacte de son arrivée à Paris en 1942 sous la protection des Allemands. Elle leur explique qu'elle est fiancée à un juif avec qui elle vit depuis deux ans. Les policiers qui l'interrogent étaient sans doute les collègues de ceux qui voulaient arrêter mon père sous son vrai nom quelques mois plus tôt. Ou les mêmes. Ils doivent le rechercher maintenant sous ses noms d'emprunt, sans parvenir à l'identifier.

Ils relâchent ma mère. Le soir, à l'hôtel, sous leurs fenêtres, le long du terre-plein de l'avenue de Breteuil, des femmes se promènent avec les soldats américains et l'une d'elles essaye de faire comprendre à un Américain combien de mois on les a attendus. Elle compte sur ses doigts : « *One, two...* » Mais l'Américain ne comprend pas et l'imite, en comptant sur ses doigts à lui : « *One, two, three, four...* » Et cela n'en finit pas. Au bout de quelques semaines, mon père quitte l'Alcyon de Breteuil. De retour quai de Conti, il apprend que sa Ford, qu'il avait cachée dans un garage de Neuilly, a été réquisitionnée par la Milice en juin et que c'est dans cette Ford à la carrosserie trouée de balles et conservée pour les besoins de l'enquête par les policiers que Georges Mandel avait été assassiné.

Le 2 août 1945, mon père vient à vélo déclarer ma naissance à la mairie de Boulogne-Billancourt. J'imagine son retour par les rues désertes d'Auteuil et les quais silencieux de cet été-là. Puis il décide de vivre au Mexique. Les passeports sont prêts. Au dernier moment, il change d'avis. Il s'en est fallu de peu qu'il quitte l'Europe après la guerre. Trente années plus tard, il est allé mourir en Suisse, pays neutre. Entre-temps, il s'est beaucoup déplacé : le Canada, la Guyane, l'Afrique-Équatoriale, la Colombie... Ce qu'il a cherché en vain, c'était l'Eldorado. Et je me demande s'il ne fuyait pas les années de l'Occupation. Il ne m'a jamais confié ce qu'il avait éprouvé au fond de lui-même à Paris pendant cette période. La peur et le sentiment étrange d'être traqué parce qu'on l'avait rangé dans une catégorie bien précise de gibier, alors qu'il ne savait pas lui-même qui il était exactement ? Mais on ne doit pas parler à la place d'un autre et j'ai toujours été gêné de rompre les silences même quand ils vous font mal.

1946. Mes parents habitent toujours 15 quai de Conti, aux quatrième et cinquième étages. À partir de 1947, mon père louera aussi le troisième étage. Relative et bien fugace prospérité de mon père, jusqu'en 1947, avant qu'il entre pour toujours dans ce que l'on appelle la misère dorée. Il travaille avec Giorgini-Schiff, avec un certain M. Tessier, citoyen du Costa Rica, et un baron Louis de la Rochette. Il est l'intime d'un nommé Z., compromis dans l'«affaire des vins». Mes grands-parents maternels sont venus d'Anvers à Paris pour s'occuper de moi. Je suis toujours avec eux, et je ne comprends que le flamand. En 1947, naissance de mon frère Rudy, le 5 octobre. Depuis la Libération, ma mère a suivi les cours d'art dramatique de l'École du Vieux-Colombier...

Elle a joué à la Michodière en 1946 un petit rôle dans *Auprès de ma blonde*. En 1949, elle apparaît brièvement dans le film *Rendez-vous de juillet*.

Cet été 1949, au Cap-d'Antibes et sur la Côte basque, elle est l'amie d'un play-boy d'origine russe, Wladimir Rachevsky, et du marquis d'A., un Basque qui écrivait des poèmes. Cela, je le saurai plus tard. Nous restons seuls, mon frère et moi, près de deux ans à Biarritz. Nous habitons un petit appartement à la Casa Montalvo et la femme qui s'occupe de nous est la gardienne de cette maison. Je ne me souviens plus très bien de son visage.

Au mois de septembre 1950, nous sommes baptisés à Biarritz en l'église Saint-Martin sans que mes parents soient présents. Selon l'acte de baptême, mon parrain est un mystérieux «Jean Minthe» que je ne connais pas. À la rentrée des classes d'octobre 1950, je vais pour la première fois à l'école, à l'Institution Sainte-Marie de Biarritz, dans le quartier de la Casa Montalvo.

Un après-midi, à la sortie de l'école, personne n'est venu me chercher. Je veux rentrer tout seul mais, en traversant la rue, je suis renversé par une camionnette. Le chauffeur de celle-ci me transporte chez les bonnes sœurs qui m'appliquent sur le visage, pour m'endormir, un tampon d'éther. Depuis, je serai particulièrement sensible à l'odeur de l'éther. Beaucoup trop. L'éther aura cette curieuse propriété de me rappeler une souffrance mais de l'effacer aussitôt. Mémoire et oubli.

Nous rentrons à Paris en 1951. Un dimanche, en matinée, je suis dans les coulisses du théâtre Montparnasse où ma mère joue un petit rôle dans *Le Complexe de Philémon*. Ma mère est en scène. J'ai peur. Je me mets à pleurer. Suzanne Flon, qui joue aussi dans cette pièce, me donne une carte postale pour me calmer.

L'appartement du quai de Conti. Au troisième étage, nous entendions des voix et des éclats de rire, le soir, dans la chambre voisine de la nôtre où ma mère recevait ses amis de Saint-Germain-des-Prés. Je la voyais rarement. Je ne me souviens pas d'un geste de vraie tendresse ou de protection de sa part. Je me sentais toujours un peu sur le qui-vive en sa présence. Ses colères brusques me troublaient et comme j'allais au catéchisme, je faisais une prière pour que Dieu lui pardonne. Au quatrième étage, mon père avait son bureau. Il s'y tenait souvent avec deux ou trois personnes. Ils étaient assis dans les fauteuils ou sur les bras du canapé. Ils parlaient entre eux. Ils téléphonaient chacun à son tour. Et ils se lançaient l'appareil les uns aux autres, comme un ballon de rugby. De temps en temps, mon père recrutait des jeunes filles, étudiantes aux Beaux-Arts, pour s'occuper de nous. Il leur demandait de répondre au téléphone et de dire « qu'il n'était pas là ». Il leur dictait des lettres.

Début 1952, ma mère nous confie à son amie, Suzanne Bouquereau, qui habite une maison, 38 rue du Docteur-Kurzenne, à Jouy-en-Josas. Je vais à l'école Jeanne-d'Arc, au bout de la rue, puis à l'école communale. Nous sommes enfants de chœur, mon frère et moi, à la messe de minuit de 1952, dans l'église du village. Premières lectures : *Le Dernier des Mohicans* auquel je ne comprends rien mais que je continue à lire jusqu'à la fin. *Le Livre de la jungle*. Les contes d'Andersen illustrés par Adrienne Ségur. Les *Contes du chat perché*.

Des allées et venues de femmes étranges, au 38 rue du Docteur-Kurzenne, parmi lesquelles Zina Rachevsky, Suzanne Baulé, dite Frede, la directrice du Carroll's, une boîte de nuit rue de Ponthieu, et une certaine Rose-Marie Krawell, propriétaire d'un hôtel, rue du Vieux-Colombier, et qui conduisait une voiture américaine. Elles portaient des vestes et des chaussures d'homme, et Frede, une cravate. Nous jouons avec le neveu de Frede.

De temps en temps, mon père nous rend visite accompagné de ses amis et d'une jeune femme blonde et douce, Nathalie, une hôtesse de l'air qu'il a connue lors de l'un de ses voyages à Brazzaville. Nous écoutons la radio le jeudi après-midi à cause des émissions pour les enfants. Les autres jours, j'entends quelquefois le bulletin d'informations. Le speaker rend compte du procès de ceux qui ont commis le MASSACRE D'ORADOUR. Les sonorités de ces mots me glacent le cœur aujourd'hui comme ces jours-là, où je ne comprenais pas très bien de quoi il s'agissait.

Un soir, au cours de l'une de ses visites, mon père est assis en face de moi, dans le salon de la maison de la rue du Docteur-Kurzenne, près du bow-window. Il me demande ce que je voudrais faire dans la vie. Je ne sais pas quoi lui répondre.

En février 1953, un matin, mon père vient nous chercher en voiture, mon frère et moi, dans la maison déserte, et nous ramène à Paris. J'apprendrai plus tard que Suzanne Bouquerau avait été arrêtée pour des cambriolages. Entre Jouy-en-Josas et Paris, mystère de cette banlieue qui n'en était pas encore une. Le château en ruine et, devant lui, la prairie aux herbes hautes d'où nous lâchions un cerf-volant. Le bois des Metz. Et la grande roue de la machine à eau de Marly qui tournait dans un bruit et une fraîcheur de cascade.

De 1953 à 1956, nous restons à Paris et je vais avec mon frère à l'école communale de la rue du Pont-de-Lodi. Nous fréquentons aussi le catéchisme, à Saint-Germain-des-Prés. Nous voyons souvent l'abbé Pachaud qui officie à Saint-Germain-des-Prés et habite un petit appartement rue Bonaparte. J'ai retrouvé une lettre que m'avait écrite à cette époque l'abbé Pachaud. «Lundi 18 juillet. J'imagine que tu dois bâtir des châteaux forts sur la plage... quand la mer monte il n'y a plus qu'à déguerpir en vitesse! C'est comme quand on siffle la fin de la récréation dans la cour de l'école du Pont-de-Lodi! Sais-tu qu'à Paris, il fait très chaud? Heureusement qu'il y a de temps en temps quelques orages qui rafraîchissent le temps. Si le catéchisme fonctionnait encore, tu n'en finirais pas de distribuer des verres de menthe dans le broc blanc à tous tes camarades. N'oublie pas la fête du 15 août: dans un mois c'est l'Assomption de la Sainte Vierge. Tu communieras ce jour-là pour réjouir le cœur de ta mère du ciel. Elle sera satisfaite de son Patrick si tu sais t'ingénier à lui faire plaisir. Tu sais bien qu'en vacances, il ne faut pas oublier de remercier le bon Dieu de tout le bon temps qu'il nous donne. Adieu mon Patrick. Je t'embrasse de tout cœur. Abbé Pachaud.» Les cours de catéchisme avaient lieu au dernier étage d'un immeuble vétuste, 4 rue de l'Abbaye – qui abrite aujourd'hui des appartements cossus – et dans une salle, place Furstenberg, devenue une boutique de luxe. Les visages ont changé. Je ne reconnais plus le quartier de mon enfance comme ne le reconnaîtraient plus Jacques Prévert et l'abbé Pachaud.

De l'autre côté de la Seine, mystères de la cour du Louvre, des deux squares du Carrousel et des jardins des Tuileries où je passais de longs après-midi avec mon frère. Pierre noire et feuillages des marronniers, sous le soleil. Le théâtre de verdure. La montagne de feuilles mortes contre le mur de soubassement de la terrasse, au-dessous du musée du Jeu de Paume. Nous avions numéroté les allées. Le bassin vide. La statue de Caïn et Abel dans l'un des deux squares disparus du Carrousel. Et la statue de La Fayette dans l'autre square. Le lion en bronze des jardins du Carrousel. La balance verte contre le mur de la terrasse du bord de l'eau. Les faïences et la fraîcheur du «Lavatory» sous la terrasse des Feuillants. Les jardiniers. Le bourdonnement du moteur de la tondeuse à gazon, un matin de soleil, sur une pelouse, près du bassin. L'horloge aux aiguilles immobiles pour l'éternité, porte sud du palais. Et la marque au fer rouge sur l'épaule de Milady. Nous dressions des arbres généalogiques, mon frère et moi, et notre problème c'était de trouver le raccord entre Saint Louis et Henri IV. À huit ans, un film m'impressionne : *Sous le plus grand chapiteau du monde*. Une séquence surtout : La nuit, le train des forains qui s'arrête, bloqué par la voiture américaine. Reflets de lune. Le cirque Medrano. L'orchestre jouait entre les numéros. Les clowns Rhum, Alex et Drena. Les fêtes foraines. Celle de Versailles, avec les autos tamponneuses, aux couleurs mauve, jaune, verte, bleu nuit, rose... La foire des Invalides avec la baleine Jonas. Les garages. Leur odeur d'ombre et d'essence. Un demi-jour. Les bruits et les voix s'y perdaient dans un écho.

Parmi toutes les lectures que j'ai faites en ce temps-là (Jules Verne, Alexandre Dumas, Joseph Peyré, Conan Doyle, Selma Lagerlöf, Karl May, Mark Twain, James Oliver Curwood, Stevenson, *Les Mille et Une Nuits*, la comtesse de Ségur, Jack London) je garde un souvenir particulier des *Mines du roi Salomon* et de l'épisode où le jeune guide dévoile sa véritable identité de fils de roi. Et j'ai rêvé sur deux livres à cause de leurs titres : *Le Prisonnier de Zenda* et *Le Cargo du mystère*.

Nos amis de l'école de la rue du Pont-de-Lodi : Pierre Do-Kiang, un Vietnamien dont les parents tiennent un petit hôtel rue Grégoire-de-Tours. Zdanevitch, moitié noir, moitié géorgien, fils d'un poète géorgien, Iliazd. D'autres amis : Gérard, qui habitait au-dessus d'un garage, à Deauville, avenue de la République. Un certain Ronnie, dont je ne me rappelle plus les traits du visage ni où nous l'avions connu. Nous allions jouer chez lui, près du bois de Boulogne. J'ai le vague souvenir qu'à peine franchie la porte d'entrée, nous étions à Londres, dans l'une de ces maisons de Belgravia ou de Kensington. Plus tard, quand j'ai lu la nouvelle de Graham Greene *Première Désillusion*, j'ai pensé que ce Ronnie, dont je ne sais rien, aurait pu en être le héros.

Vacances à Deauville dans un petit bungalow, près de l'avenue de la République avec l'amie de mon père, Nathalie, l'hôtesse de l'air. Ma mère, les rares fois où elle vient, y accueille ses amis de passage, comédiens qui jouent une pièce au casino, et son camarade de jeunesse hollandais, Joppie Van Allen. Il fait partie de la troupe du marquis de Cuevas. Grâce à lui, j'assiste à un ballet qui me bouleverse : *La Somnambule.* Un jour j'accompagne mon père dans le hall de l'hôtel Royal où il a rendez-vous avec une Mme Stern qui, me dit-il, possède une écurie de courses. À quoi pouvait bien lui servir cette Mme Stern ? Chaque jeudi, au début de l'après-midi, nous allons, mon frère et moi, acheter *Tarzan* chez le marchand de journaux, là-bas, en face de l'église. Chaleur. Nous sommes seuls dans la rue. Ombre et soleil sur le trottoir. L'odeur des troènes...

L'été 1956, nous occupons, mon frère et moi, le bungalow, avec mon père et Nathalie, l'hôtesse de l'air. Celle-ci nous avait emmenés en vacances, à Pâques de la même année, dans un hôtel de Villars-sur-Ollon. À Paris, un dimanche de 1954, nous restons au fond des coulisses du Vieux-Colombier, mon frère et moi, quand ma mère est entrée en scène. Une certaine Suzy Prim, qui joue le rôle principal de la pièce, nous dit méchamment que notre place n'est pas ici. Comme beaucoup de vieilles cabotines elle n'aime pas les enfants. Je lui envoie une lettre : «Chère Madame, je vous souhaite un très mauvais Noël.» Ce qui m'avait frappé chez elle, c'était le regard à la fois dur et inquiet.

Le dimanche, avec mon père, nous prenions l'autobus 63 jusqu'au bois de Boulogne. Le lac et le ponton d'où l'on embarquait pour le golf miniature et le Chalet des Îles... Un soir, au

Bois, nous attendons l'autobus du retour et mon père nous entraîne dans la petite rue Adolphe-Yvon. Il s'arrête devant un hôtel particulier et nous dit : Je me demande qui habite là maintenant – comme s'il était familier de cet endroit. Dans son bureau, je le vois, ce soir-là, qui consulte l'annuaire par rues. Cela m'intrigue. Une dizaine d'années plus tard, j'apprendrai qu'au 6 de la rue Adolphe-Yvon, dans un hôtel particulier qui n'existe plus (je retournerai dans cette rue en 1967 pour vérifier à quelle hauteur nous nous étions arrêtés avec mon père : cela correspondait au 6), se trouvaient pendant l'Occupation les bureaux « Otto », la plus importante officine de marché noir de Paris. Et brusquement une odeur de pourriture se confond avec celles des manèges et des feuilles mortes du Bois. Je me souviens aussi que parfois ces après-midi, mon frère, mon père et moi, nous montions dans un autobus au hasard et nous allions jusqu'au terminus. Saint-Mandé. Porte de Gentilly...

En octobre 1956, j'entre comme pensionnaire à l'école du Montcel, à Jouy-en-Josas. J'aurai fréquenté toutes les écoles de Jouy-en-Josas. Les premières nuits au dortoir sont difficiles et j'ai souvent envie de pleurer. Mais bientôt, je me livre à un exercice pour me donner du courage : concentrer mon attention sur un point fixe, une sorte de talisman. En l'occurrence, un petit cheval noir en plastique.

En février 1957, j'ai perdu mon frère. Un dimanche, mon père et mon oncle Ralph sont venus me chercher au pensionnat. Sur la route de Paris, mon oncle Ralph qui conduisait s'est arrêté, il est sorti de la voiture, me laissant seul avec mon père. Dans la voiture, mon père m'a annoncé la mort de mon frère. Le dimanche précédent, j'avais passé l'après-midi avec lui, dans notre chambre, quai de Conti. Nous avions rangé ensemble une collection de timbres. Je devais rentrer au collège à cinq heures, et je lui avais expliqué qu'une troupe de comédiens jouerait pour les élèves une pièce dans la petite salle de théâtre du pensionnat. Je n'oublierai jamais son regard, ce dimanche-là.

À part mon frère Rudy, sa mort, je crois que rien de tout ce que je rapporterai ici ne me concerne en profondeur. J'écris ces pages comme on rédige un constat ou un curriculum vitae, à titre documentaire et sans doute pour en finir avec une vie qui n'était pas la mienne. Il ne s'agit que d'une simple pellicule de faits et gestes. Je n'ai rien à confesser ni à élucider et je n'éprouve aucun goût pour l'introspection et les examens de conscience. Au contraire, plus les choses demeuraient obscures et mystérieuses, plus je leur portais de l'intérêt. Et même, j'essayais de trouver du mystère à ce qui n'en avait aucun. Les événements que j'évoquerai jusqu'à ma vingt et unième année, je les ai vécus en transparence – ce procédé qui consiste à faire défiler en arrière-plan des paysages, alors que les acteurs restent immobiles sur un plateau de studio. Je voudrais traduire cette impression que beaucoup d'autres ont ressentie avant moi : tout défilait en transparence et je ne pouvais pas encore vivre ma vie.

J'ai été pensionnaire jusqu'en 1960 à l'école du Montcel. Pendant quatre ans, discipline militaire. Chaque matin, lever des couleurs. Marche au pas. Section, halte. Section garde-à-vous. Le soir, inspection dans les chambres. Brimades de quelques « capitaines » élèves de première, chargés de faire respecter la « discipline ». Sonnerie électrique du réveil. Douche, par fournées de trente. Piste Hébert. Repos. Garde-à-vous. Et les heures de jardinage, nous ratissions en rang les feuilles mortes sur les pelouses.

Mon voisin de classe, en quatrième, s'appelait Safirstein. Il était dans ma chambrée au pavillon vert. Il m'avait expliqué que son père, à vingt ans, faisait des études de médecine, à Vienne. En 1938, au moment de l'Anschluss, les nazis avaient humilié les juifs de Vienne en les obligeant à laver les trottoirs, à peindre eux-mêmes des étoiles à six branches sur les vitres de leurs magasins. Son père avait subi ces brimades avant de s'enfuir d'Autriche. Une nuit, nous avions décidé d'aller explorer l'intérieur du blockhaus, au fond du parc. Il fallait traverser la grande pelouse et si nous attirions l'attention d'un surveillant, nous risquions d'être sévèrement punis. Safirstein avait refusé de participer à cette équipée de boy-scouts. Le lendemain, mes camarades l'avaient mis en quarantaine en le traitant de « dégonflé », avec cette lourdeur de caserne qui vous accable quand les « hommes » sont entre eux. Le père de Safirstein était arrivé à l'improviste un après-midi au collège. Il avait voulu parler à toute la chambrée. Il leur avait dit gentiment de ne plus brimer son fils et de ne plus le traiter de « dégonflé ». Une telle démarche avait étonné mes camarades et même Safirstein. Nous étions réunis autour de la table, dans la salle des professeurs. Safirstein était à côté de son père. Tout le monde s'est réconcilié dans la bonne humeur. Je crois que le père nous a offert des cigarettes. Aucun de mes camarades n'attachait plus d'importance à l'incident. Même pas Safirstein. Mais j'avais bien senti l'inquiétude de cet homme qui s'était demandé si le cauchemar qu'il avait subi vingt ans auparavant ne recommencerait pas pour son fils.

À l'école du Montcel se trouvaient des enfants mal-aimés, des bâtards, des enfants perdus. Je me souviens d'un Brésilien qui fut pendant longtemps mon voisin de dortoir, sans nouvelles de ses parents depuis deux ans, comme s'ils l'avaient mis à la consigne d'une gare oubliée. D'autres faisaient des trafics de blue-jeans et forçaient déjà des barrages de police. Deux frères, parmi les élèves, ont même comparu, une vingtaine d'années plus tard, en cour d'assises. Jeunesse souvent dorée, mais d'un or suspect, de mauvais alliage. La plupart de ces braves garçons n'auraient pas d'avenir.

Les lectures de ce temps-là. Certaines m'ont marqué : *Fermina Marquez, La Colonie pénitentiaire, Les Amours jaunes, Le soleil se lève aussi.* Dans d'autres livres, je retrouvais le fantastique des rues : *Marguerite de la nuit, Rien qu'une femme, La Rue sans nom.* Il traînait encore dans les bibliothèques des infirmeries de collège quelques vieux romans qui avaient survécu aux deux dernières guerres et qui se tenaient là, très discrets, de peur qu'on ne les descende à la cave. Je me souviens d'avoir lu *Les Oberlé.* Mais, surtout, je lisais les premiers livres de poche qui venaient de paraître, et ceux de la collection Pourpre, reliés en carton. Pêle-mêle, de bons et de mauvais romans. Beaucoup d'entre eux ont disparu des catalogues. Parmi ces premiers livres de poche, quelques titres ont gardé pour moi leurs parfums : *La Rue du Chat-qui-Pêche, La Rose de Bratislava, Marion des neiges.*

Le dimanche, promenade avec mon père et l'un de ses comparses du moment. Stioppa. Mon père le voit souvent. Il porte le monocle et ses cheveux sont si gominés qu'ils laissent une trace quand il appuie la tête sur le dossier du canapé. Il n'exerce aucun métier. Il habite dans une pension de famille avenue Victor-Hugo. Parfois, nous allions, Stioppa, mon père et moi, nous promener au bois de Boulogne.

Un autre dimanche, mon père m'emmène au Salon nautique, du côté du quai Branly. Nous rencontrons l'un de ses amis d'avant-guerre : «Paulo» Guerin. Un vieux jeune homme en blazer. Je ne sais plus s'il visitait lui aussi le Salon ou s'il y tenait un stand. Mon père m'explique que Paulo Guerin n'a jamais rien fait sinon monter à cheval, piloter de belles voitures, et séduire des filles. Que cela me serve de leçon : oui, dans la vie, il faut des diplômes. Cette fin d'après-midi-là, mon père avait l'air rêveur, comme s'il venait de croiser un fantôme. Chaque fois que je me suis retrouvé sur le quai Branly, j'ai pensé à la silhouette un peu épaisse, au visage qui m'avait paru empâté sous les cheveux bruns ramenés en arrière, de ce Paulo Guerin. Et la question demeurera à jamais en suspens : que pouvait-il bien faire, ce dimanche-là, sans diplômes, au Salon nautique ?

Il y avait aussi un M. Charly d'Alton. C'était surtout avec lui et son vieux camarade Lucien P. que mon père lançait le téléphone, comme un ballon de rugby. Son nom m'évoquait les frères Dalton, des bandes dessinées, et plus tard, je me suis aperçu que c'était aussi le nom d'un ami et de deux maîtresses d'Alfred de Musset. Un homme que mon père appelait toujours par son nom de famille : Rosen (ou Rozen). Ce Rosen (ou Rozen) était le sosie de l'acteur David Niven. J'avais cru comprendre qu'il s'était engagé, pendant la guerre d'Espagne, dans les rangs franquistes. Il demeurait silencieux, sur le canapé, pendant des heures. Et même en l'absence de mon père. Et la nuit, j'imagine. Il faisait partie des meubles.

Parfois mon père m'accompagnait le lundi matin à la Rotonde, porte d'Orléans. C'était là où m'attendait le car qui me ramenait au collège. Nous nous levions vers six heures et, avant que je prenne ce car, mon père en profitait pour donner des rendez-vous dans les cafés de la porte d'Orléans, éclairés au néon les matins d'hiver où il faisait encore nuit noire. Sifflements des percolateurs. Les gens qu'il rencontrait là étaient différents de ceux qu'il retrouvait au Claridge ou au Grand Hôtel. Ils se parlaient à voix basse. Des forains, des hommes au teint rubicond de voyageurs de commerce, ou à l'allure chafouine de clercs

de notaires provinciaux. À quoi lui servaient-ils exactement ?
Ils avaient des noms du terroir : Quintard, Chevreau, Picard...
Un dimanche matin, nous sommes allés en taxi dans le quartier de la Bastille. Mon père a fait arrêter le taxi une vingtaine de fois devant des immeubles, boulevard Voltaire, avenue de la République, boulevard Richard-Lenoir... Chaque fois, il déposait une enveloppe, chez le concierge de l'immeuble. Appel à d'anciens actionnaires d'une société défunte dont il avait exhumé les titres ? Peut-être cette Union minière indochinoise ? Un autre dimanche, il dépose ses enveloppes le long du boulevard Pereire.

Quelquefois, le samedi soir, nous rendions visite à un vieux couple, les Facon, qui habitaient un appartement minuscule, rue du Ruisseau, derrière Montmartre. Au mur du petit salon, exposée dans un cadre, la médaille militaire que M. Facon avait gagnée à la guerre de 1914. C'était un ancien imprimeur. Il aimait la littérature. Il m'avait offert une belle édition reliée du recueil des poèmes de Saint-Pol Roux, *La Rose et les épines du chemin.* En quelles circonstances mon père l'avait-il connu ?

Je me souviens aussi d'un certain Léon Grunwald. Il venait déjeuner avec mon père plusieurs fois par semaine. Grand, les cheveux gris ondulés, une tête d'épagneul, les épaules et le regard las. Bien plus tard, j'ai eu la surprise de retrouver la trace de cet homme quand j'ai lu dans *L'affaire de Broglie* de Jesús Ynfante qu'en 1968, le président d'une société Matesa « cherchait un financement de quinze à vingt millions de dollars ». Il s'était mis en relation avec Léon Grunwald, « un personnage ayant participé aux principaux financements effectués au Luxembourg ». Un protocole d'accord fut signé entre « Messieurs Jean de Broglie, Raoul de Léon et Léon Grunwald » : s'ils obtenaient l'emprunt, ils toucheraient une commission de cinq cent mille dollars. D'après ce que j'avais lu, Grunwald était mort entre-temps. De fatigue ? Il faut dire que ces sortes de gens ont une activité épuisante et passent bien des nuits blanches. Le jour, ils ne cessent de se donner des rendez-vous les uns aux autres pour tenter de signer leurs « protocoles d'accord ».

Je voudrais respirer un air plus pur, la tête me tourne mais je me souviens de quelques-uns des « rendez-vous » de mon père. Une fin de matinée je l'avais accompagné aux Champs-Élysées.

Nous avions été reçus par un petit homme chauve, très sémillant, dans un cagibi où nous avions à peine la place de nous asseoir. J'avais pensé que c'était l'un des sept nains. Il parlait à voix basse, comme s'il occupait ce bureau en fraude.

D'habitude, mon père donnait ses «rendez-vous» dans le hall du Claridge et m'y emmenait les dimanches. Un après-midi, je reste à l'écart pendant qu'il s'entretient à voix basse avec un Anglais. Il essaye de lui arracher par surprise un feuillet que l'Anglais vient de parapher. Mais celui-ci le rattrape à temps. De quel «protocole d'accord» s'agissait-il? Mon père avait un bureau dans le grand immeuble couleur ocre du 1 rue Lord-Byron, où il dirigeait la Société africaine d'entreprise en compagnie d'une secrétaire, Lucienne Wattier, ancienne modiste qu'il tutoyait. C'est l'un de mes premiers souvenirs de rues parisiennes: la montée de la rue Balzac puis, à droite, nous prenions le virage de la rue Lord-Byron. On pouvait aussi avoir accès à ce bureau en entrant dans l'immeuble du cinéma Normandie sur les Champs-Élysées et en suivant un labyrinthe de couloirs.

Sur la cheminée de la chambre de mon père, plusieurs volumes de «Droit maritime» qu'il étudie. Il pense à mettre en chantier un pétrolier en forme de cigare. Les avocats corses de mon père: maître Mariani que nous allions voir chez lui, maître Vizzavona. Promenades du dimanche avec mon père et un ingénieur italien, créateur d'un brevet pour «fours autoclaves». Mon père sera très lié avec un certain M. Held, «radiesthésiste», qui avait toujours dans sa poche un pendule. Un soir, dans l'escalier, mon père m'a dit une phrase que je n'ai pas très bien comprise sur le moment – l'une des rares confidences qu'il m'ait faites: «On ne doit jamais négliger les petits détails... Moi, malheureusement, j'ai toujours négligé les petits détails...»

Ces années 1957-1958, apparaît un autre de ses comparses, un certain Jacques Chatillon. Je l'ai revu vingt ans plus tard – il se faisait appeler désormais James B. Chatillon. Il avait épousé au début de l'Occupation la petite-fille d'un négociant à qui il servait de secrétaire, et il avait été, pendant cette période, marchand de chevaux à Neuilly. Il m'avait envoyé une lettre où il me parlait de mon père: «Ne sois pas désespéré qu'il soit mort dans la solitude. Ton père ne répugnait pas à la solitude.

Il avait une imagination – à dire le vrai exclusivement tournée vers les affaires – très grande qu'il nourrissait soigneusement et qui nourrissait son esprit. Il n'était jamais seul car toujours "en connivence" avec ses échafaudages, c'est ce qui lui donnait cet air étrange et pour beaucoup déconcertant. Il était curieux de tout, même s'il n'adhérait pas. Il parvenait à donner une impression de calme, alors qu'il aurait été aisément violent. Lorsqu'il vivait une contrariété, ses yeux lançaient des éclairs. Ils étaient grands ouverts alors que d'ordinaire, il les voilait de ses paupières un peu lourdes. Par-dessus tout, il était dilettante. Ce qui augmentait encore la surprise de ses interlocuteurs, c'était sa flemme de parler, d'expliciter son propos. Il suggérait quelques mots allusifs… que ponctuaient quelques gestes de la main suivis de "voilà"… avec quelques raclements de gorge à la clé. À sa flemme de parler, il faut ajouter sa flemme d'écrire qu'il excusait à ses propres yeux par sa graphie peu lisible.»

James B. Chatillon aurait voulu que j'écrive les mémoires de l'un de ses amis, un truand corse, Jean Sartore, qui venait de mourir et avait fréquenté la bande de la rue Lauriston et son chef, Lafont, pendant l'Occupation. «Je déplore que tu n'aies pas pu écrire les mémoires de Jean Sartore mais tu te trompes en pensant qu'il était un vieil ami de Lafont. Il se servait de Lafont comme paratonnerre pour ses trafics d'or et de devises, encore plus pourchassé par les Allemands que par les Français. Cela précisé, il en savait long effectivement sur toute l'équipe Lauriston.»

En 1969, il m'avait téléphoné, à la suite de la parution de mon second roman, et il m'avait laissé un nom et un numéro où je pouvais le joindre. C'était chez un M. de Varga, plus tard compromis dans le meurtre de Jean de Broglie. Je me souviens d'un dimanche où nous avions fait une promenade au mont Valérien, mon père, moi et ce Chatillon, un brun trapu, le regard noir très vif sous des paupières fanées. Il nous emmenait dans une vieille Bentley aux banquettes de cuir défoncées – le seul bien qui lui restait. Au bout de quelque temps, il avait dû s'en séparer et il venait quai de Conti en Vélosolex. Il était très croyant. Un jour, je lui avais demandé sur le ton de la provocation : «La religion, à quoi ça sert?» et il m'avait offert une biographie du pape Pie XI, avec cette dédicace : «Pour Patrick, qui comprendra peut-être en lisant ce livre "à quoi ça sert"...»

Souvent nous sommes seuls, les samedis soir, mon père et moi. Nous fréquentons les cinémas des Champs-Élysées et le Gaumont Palace. Un après-midi de juin, il faisait très chaud et nous marchions – je ne sais plus pourquoi – boulevard Rochechouart. Là, nous étions entrés, à l'abri du soleil, dans l'obscurité d'une petite salle : le Delta. Un documentaire, *Le procès de Nuremberg*, au cinéma George V. Je découvre à treize ans les images des camps d'extermination. Quelque chose a changé, pour moi, ce jour-là. Et mon père, que pensait-il ? Nous n'en avons jamais parlé ensemble, même à la sortie du cinéma.

Nous allions prendre une glace les nuits d'été chez Ruc, ou à la Régence. Dîner à l'Alsacienne, aux Champs-Élysées, ou au restaurant chinois de la rue du Colisée. Le soir, nous mettions sur le pick-up de cuir grenat des échantillons de disques en plastique qu'il voulait lancer dans le commerce. Et sur sa table de nuit, je me souviens d'un livre : *Comment se faire des amis*, ce qui me fait comprendre aujourd'hui sa solitude. Un lundi matin de vacances, j'ai entendu des pas dans l'escalier intérieur qui menait au cinquième étage où était ma chambre. Puis des voix dans la grande salle de bains voisine. Des huissiers emportaient tous les costumes, les chemises et les chaussures de mon père. Quel stratagème avait-il employé pour éviter qu'ils saisissent les meubles ?

Grandes vacances 1958 et 1959 à Megève où j'étais seul avec une jeune fille, étudiante aux Beaux-Arts, qui veillait sur moi comme une grande sœur. L'hôtel de la Résidence était fermé et semblait abandonné. Nous traversions le hall, dans la pénombre, pour aller à la piscine. À partir de cinq heures du soir, au bord de cette piscine, jouait un orchestre italien. Un docteur et sa femme nous avaient loué deux chambres dans leur maison. Couple bizarre. La femme – une brune – avait l'air folle. Ils avaient adopté une fille de mon âge, douce comme tous les enfants mal-aimés et avec laquelle je passais des après-midi dans les salles de classe désertes de l'école voisine. Sous le soleil de l'été, une odeur d'herbe et de goudron.

Vacances de Pâques 1959, avec un camarade qui m'entraîne, pour que je ne reste pas enfermé au pensionnat, à Monte-Carlo chez sa grand-mère, la marquise de Polignac. C'est une Américaine. J'apprendrai plus tard qu'elle était la cousine d'Harry Crosby, éditeur de Lawrence et de Joyce à Paris et qui se suicida à trente ans. Elle conduit une traction avant noire. Son mari s'occupait de vins de Champagne, et ils ont fréquenté avant la guerre Joachim von Ribbentrop quand il était lui-même représentant en champagne. Mais le père de mon camarade est un ancien résistant et trotskiste. Il a écrit un livre sur le communisme yougoslave, préfacé par Sartre. Tout cela, je le saurai plus tard. À Monte-Carlo je passe des après-midi entiers chez cette marquise à feuilleter des albums de photos qu'elle a rassemblées, à partir des années vingt, illustrant la belle vie insouciante qu'ils ont menée, elle et son mari. Elle veut m'apprendre à conduire et me donne le volant de sa 15 CV sur une route en lacet. Je manque un virage et il s'en faut de peu que nous ne tombions dans le vide. Elle nous emmène à Nice, son petit-fils et moi, voir Luis Mariano au cirque Pinder.

Séjours en Angleterre, à Bornemouth en 1959 et 1960. Verlaine a habité dans ce coin-là : chalets éparpillés rouges dans le feuillage et les blanches villas des stations de bains... Je ne compte pas retourner en France. Je suis sans nouvelles de ma mère. Et je crois que ça arrange mon père si je reste en Angleterre plus longtemps que prévu. La famille chez qui j'habite ne peut plus me loger. Alors je me présente à la réception d'un hôtel avec les trois mille francs anciens que je possède, et ils me font coucher gratuitement dans un salon désaffecté, au rez-de-chaussée. Puis le directeur de l'école, où chaque matin je suis des cours d'anglais, ouvre, pour m'héberger, une sorte de débarras dans la cage de l'escalier. Je m'enfuis à Londres. J'arrive le soir à la gare de Waterloo. Je traverse Waterloo Bridge. Je suis terrorisé de me trouver seul dans cette ville qui me semble plus grande que Paris. À Trafalgar Square, d'une cabine rouge, je téléphone en PCV à mon père. J'essaye de lui cacher ma panique. Il n'a pas l'air très surpris de me savoir tout seul à Londres. Il me souhaite bonne chance, d'une voix indifférente. On accepte de me donner une chambre dans un petit hôtel de Bloomsburry, bien que je sois mineur. Mais pour une nuit seulement. Et le lendemain, je tente ma chance dans un autre hôtel, à Marble Arch. Là aussi, ils ferment les yeux sur mes quinze ans et me laissent une chambre minuscule. C'était encore l'Angleterre des teddy boys et le Londres où Christine Keeler venait de débarquer, à dix-sept ans, de sa banlieue. Plus tard, j'ai su que, cet été-là, elle travaillait comme serveuse dans un petit restaurant grec de Baker Street, tout près du restaurant turc où je mangeais, le soir, avant de me promener, anxieux, le long d'Oxford Street. « Et Thomas De Quincey, buvant/l'opium poison doux et chaste/À sa pauvre Anne allait rêvant... »

Une nuit de septembre 1959, avec ma mère et l'un de ses amis, dans un restaurant arabe de la rue des Écoles, le Koutoubia. Il est tard. Le restaurant est désert. C'est encore l'été. Il fait chaud. La porte est grande ouverte sur la rue. Ces années étranges de mon adolescence, Alger était le prolongement de Paris, et Paris recevait les ondes et les échos d'Alger, comme si le sirocco soufflait sur les arbres des Tuileries en apportant un peu de sable du désert et des plages... À Alger et à Paris, les mêmes Vespa, les mêmes affiches de films, les mêmes chansons dans les juke-box des cafés, les mêmes Dauphine dans les rues. Le même été à Alger que sur les Champs-Élysées. Ce soir-là, au Koutoubia, étions-nous à Paris ou à Alger ? Quelque temps plus tard, ils ont plastiqué le Koutoubia. Un soir à Saint-Germain-des-Prés – ou à Alger ? – on venait de plastiquer le magasin du chemisier Jack Romoli.

Cet automne 1959, ma mère joue une pièce au théâtre Fontaine. Les samedis soir de sortie, je fais quelquefois mes devoirs dans le bureau du directeur de ce théâtre. Et je me promène aux alentours. Je découvre le quartier Pigalle, moins villageois que Saint-Germain-des-Prés, et un peu plus trouble que les Champs-Élysées. C'est là, rue Fontaine, place Blanche, rue Frochot, que pour la première fois je frôle les mystères de Paris et que je commence, sans bien m'en rendre compte, à rêver ma vie.

Quai de Conti, deux nouveaux venus habitent l'appartement : Robert Fly, un ami de jeunesse de mon père, qui lui sert de chauffeur et l'accompagne partout dans une DS 19, et Robert Car, un couturier avec qui ma mère s'est liée sur le tournage du film *Le Cercle vicieux*, de Max Pecas, où elle jouait le rôle d'une riche et inquiétante étrangère, maîtresse d'un jeune peintre.

En janvier 1960, je fais une fugue du collège car je suis amoureux d'une certaine Kiki Daragane que j'ai rencontrée chez ma mère. Après avoir marché jusqu'aux hangars de l'aérodrome de Villacoublay, et rejoint en bus et en métro Saint-Germain-des-Prés, je tombe par hasard sur Kiki Daragane, au café-tabac Malafosse, au coin de la rue Bonaparte et du quai. Elle s'y trouve avec des amis étudiants aux Beaux-Arts. Ils me conseillent de rentrer chez moi. Je sonne à la porte mais personne ne répond. Mon père a dû partir avec Robert Fly, à bord de la DS 19. Ma mère, comme d'habitude, est absente. Il faut bien dormir quelque part. Je rentre au pensionnat par le métro et le bus, après avoir demandé un peu d'argent à Kiki et ses amis. Le directeur accepte de me garder jusqu'au mois de juin. Mais je serai renvoyé, à la fin de l'année scolaire.

Les rares jours de sortie, mon père et Robert Fly m'entraînent parfois dans leurs périples. Ils sillonnent les campagnes de l'Île-de-France. Ils ont rendez-vous avec des notaires et ils visitent des propriétés de toutes sortes. Ils font escale dans des auberges forestières. Il semble que mon père, pour une raison impérieuse, veuille se mettre «au vert». À Paris, longs conciliabules entre Robert Fly et mon père, au fond d'un bureau où je les rejoins, 73 boulevard Haussmann. Robert Fly portait des moustaches blondes. En dehors du pilotage de la DS 19, j'ignore quelles pouvaient bien être ses activités. De temps en temps, m'expliquait-il, il faisait une «virée» à Pigalle, et il rentrait, quai de Conti, vers sept heures du matin. Robert Car a transformé en atelier de couture une chambre de l'appartement. Mon père lui a donné un surnom : Truffaldin, un personnage de la commedia dell'arte. C'est Robert Car qui habillait, dans les années quarante, les premiers travestis : la Zambella, Lucky Sarcel, Zizi Moustic.

J'accompagne mon père rue Christophe-Colomb, où il visite un nouveau «comparse», un certain Morawski, dans un petit hôtel particulier de cette rue, au numéro 12 ou 14. Je l'attends en faisant les cent pas sous les feuillages des marronniers. C'est le début du printemps. Ma mère joue une pièce au théâtre des Arts, dont la directrice est une Mme Alexandra Roubé-Jansky.

La pièce s'intitule *Les Femmes veulent savoir*. Elle est écrite par un soyeux lyonnais et son amie, et ils la financent entièrement, louant eux-mêmes le théâtre et payant les acteurs. Chaque soir, la salle est vide. Les seuls spectateurs sont les quelques amis du soyeux lyonnais. Le metteur en scène a sagement conseillé au soyeux de ne pas faire venir les critiques, sous le prétexte qu'ils sont « méchants »...

Le dernier dimanche avant les grandes vacances, Robert Fly et mon père m'accompagnent le soir en DS 19 à l'école du Montcel et attendent que j'achève de faire ma valise. Après l'avoir rangée dans le coffre de la DS, je quitte définitivement Jouy-en-Josas par l'autoroute de l'Ouest.

Apparemment, on veut m'éloigner de Paris. En septembre 1960, je suis inscrit au collège Saint-Joseph de Thônes, dans les montagnes de Haute-Savoie. Un M. Jacques Gérin et sa femme Stella, la sœur de mon père, sont mes correspondants. Ils louent au bord du lac d'Annecy, à Veyrier, une maison blanche aux volets verts. Mais en dehors des rares dimanches de sortie où je quitterai quelques heures le collège, ils ne peuvent pas grand-chose pour moi.

« Jacky » Gérin travaille en dilettante « dans le textile », il est originaire de Lyon, bohème, amateur de musique classique, de ski et de belles voitures. Stella Gérin, elle, poursuit une correspondance avec l'avocat Pierre Jaccoud de Genève, inculpé de meurtre et en prison à l'époque. Quand Jaccoud sera libéré, elle ira le voir à Genève. Je le rencontrerai avec elle, au bar du Mövenpick, vers 1963. Il me parlera de littérature et en particulier de Mallarmé.

Jacky Gérin sert de prête-nom, à Paris, à mon oncle Ralph, le frère cadet de mon père : les « Établissements Gérin », 74 rue d'Hauteville, sont en fait dirigés par mon oncle Ralph. Je n'ai jamais élucidé la fonction exacte de ces Établissements Gérin, une sorte d'entrepôt au fond duquel mon oncle Ralph avait son bureau et vendait du « matériel ». Je lui avais demandé, quelques années plus tard, pourquoi ces établissements s'appelaient « Gérin » et non pas « Modiano », de son nom à lui. Il m'avait répondu avec son accent parisien : « Tu comprends, mon vieux, les noms à consonance italienne étaient mal vus après la guerre... »

Les derniers après-midi de vacances, je lis sur la petite plage de Veyrier-du-Lac *Le Diable au corps* et *Le Sabbat*. Quelques jours avant la rentrée, mon père m'envoie une lettre sévère qui risque d'entamer le moral d'un garçon bientôt prisonnier au pensionnat. Veut-il se donner bonne conscience en se persuadant qu'il a raison d'abandonner à son sort un délinquant? «ALBERT RODOLPHE MODIANO 15 QUAI DE CONTI Paris VIᵉ, le 8 septembre 1960. Je te renvoie la lettre que tu m'as envoyée de Saint-Lô. Je dois te dire que je n'ai pas cru, une seconde, à la réception de cette lettre, que ton désir de rentrer à Paris était motivé par le fait de préparer un examen éventuel à ton futur collège. C'est pour cette raison que j'ai décidé que tu partirais, dès le lendemain matin, au train de 9 heures, à Annecy. J'attends ton comportement à cette nouvelle école et je ne peux que souhaiter pour toi que ta conduite soit exemplaire. J'avais l'intention de venir à Genève pour te voir. Ce voyage me semble, pour le moment, inutile. ALBERT MODIANO.»

Ma mère passe en coup de vent à Annecy, le temps de m'acheter deux articles de mon trousseau, une blouse grise et une paire de chaussures d'occasion aux semelles de crêpe qui me dureront une dizaine d'années et ne prendront jamais l'eau. Elle me quitte bien avant le soir de la rentrée. C'est toujours pénible de voir un enfant rejoindre le pensionnat en sachant qu'il y restera prisonnier. On aimerait le retenir. Se pose-t-elle la question? Apparemment je ne trouve pas grâce à ses yeux. Et puis elle doit partir pour un long séjour en Espagne.

Encore septembre. Rentrée des classes, un dimanche soir. Les premiers jours au collège Saint-Joseph sont durs pour moi. Mais je m'y fais vite. Depuis quatre ans déjà, je fréquente les pensionnats. Mes camarades de Thônes sont pour la plupart d'origine paysanne et je les préfère aux voyous dorés du Montcel.

Malheureusement, les lectures sont surveillées. En 1962, je serai renvoyé quelques jours pour avoir lu *Le Blé en herbe*. Grâce à mon professeur de français, l'abbé Accambray, j'obtiendrai la permission «spéciale» de lire *Madame Bovary*, interdit aux autres élèves. J'ai gardé l'exemplaire du livre où il est écrit: «Approuvé - Classe de seconde» avec la signature du chanoine Janin, le directeur du collège. L'abbé Accambray m'avait conseillé un roman de Mauriac, *Les Chemins de la mer*, qui m'avait beaucoup plu, surtout la fin – au point de me souvenir encore aujourd'hui de la dernière phrase: «... comme dans les aubes noires d'autrefois.» Il m'avait fait lire aussi *Les Déracinés.* Avait-il senti que ce qui me manquait un peu, c'était un village de Sologne ou du Valois, ou plutôt le rêve que je m'en faisais? Mes livres de chevet, au dortoir, dans la table de nuit : *Le Métier de vivre* de Pavese. Ils ne pensent pas à me l'interdire. *Manon Lescaut. Les Filles du feu. Les Hauts de Hurlevent. Le Journal d'un curé de campagne.*

Quelques heures de sortie une fois par mois et le car du dimanche soir me ramène au collège. Je l'attends au pied d'un grand arbre, du côté de la mairie de Veyrier-du-Lac. Je dois souvent faire le trajet debout. Des paysans rentrent à leur ferme après un dimanche en ville. La nuit tombe. On passe devant le château de Menthon-Saint-Bernard, le petit cimetière d'Alex et celui des héros du plateau des Glières. Ces cars du dimanche soir et ces trains Annecy-Paris, bondés comme pendant l'Occupation. D'ailleurs cars et trains sont à peu près les mêmes qu'alors.

Putsch d'Alger dont je suis les péripéties, au dortoir, sur un petit transistor en me disant qu'il faut profiter de la panique générale pour m'enfuir du collège. Mais l'ordre est rétabli en France, le dimanche soir suivant.

Les veilleuses du dortoir. Les retours au dortoir après les vacances. La première nuit est pénible. On se réveille et on ne sait plus où on est. Les veilleuses vous le rappellent brutalement. Extinction des feux à 21 heures. Le lit trop petit. Les draps qu'on ne change pas pendant des mois et qui puent. Les vêtements aussi. Lever à 6 h 15. Toilette sommaire, à l'eau froide, devant les lavabos de dix mètres de long, abreuvoirs surmontés d'une rangée de robinets. Étude. Petit déjeuner. Café sans sucre dans un bol en métal. Pas de beurre. À la récréation du matin, sous le préau, nous pouvons lire, par groupes, un exemplaire du journal *L'Écho Liberté.* Distribution d'une tranche de pain sec et d'un carré de chocolat noir à 16 heures. Polenta pour le dîner. Je crève de faim. J'ai des vertiges. Un jour, avec quelques camarades, nous prenons à partie l'économe, l'abbé Bron, en lui disant que nous n'avons pas assez à manger. Promenade de la classe le jeudi après-midi autour de Thônes. J'en profite pour acheter *Les Lettres françaises, Arts* et les *Nouvelles littéraires* au village. Je les lis de la première à la dernière ligne. Tous ces hebdomadaires s'entassent dans ma table de nuit. Récréation après le déjeuner où j'écoutais le transistor. Là-bas, derrière les arbres, les plaintes monotones de la scierie. Jours interminables de pluie sous le préau. La rangée des chiottes à la turque avec leurs portes qui ne ferment pas. Le Salut à la chapelle, le soir, avant de rentrer, en rang, au dortoir. La neige, pendant six mois. Cette neige, je lui ai toujours trouvé quelque chose d'émouvant et d'amical. Et une chanson, cette année-là, dans le transistor : *Non je ne me souviens plus du nom du bal perdu...*

Au cours de l'année scolaire, je reçois de rares lettres de ma mère, venant d'Andalousie. La plupart de ces lettres m'arrivent chez les Gérin, à Veyrier-du-Lac, sauf deux ou trois d'entre elles, au collège. Les lettres reçues et envoyées doivent être décachetées et le chanoine Janin juge que c'est bizarre, cette mère sans mari, en Andalousie. Elle m'écrit, de Séville : « Tu devrais commencer à lire Montherlant. Je crois que tu pourrais beaucoup apprendre de lui. Mon vieux garçon, écoute-moi sérieusement. Fais-le, je t'en prie, lis Montherlant. Tu trouveras de bons conseils chez lui. Comment un jeune homme doit se comporter vis-à-vis des femmes, par exemple. Vraiment, en lisant *Les Jeunes Filles* de Montherlant, tu apprendras beaucoup de choses. » J'avais été très surpris de sa véhémence : ma mère n'avait pas lu une ligne de Montherlant. C'était un ami à elle, le journaliste Jean Cau, qui lui avait soufflé de me donner ce conseil. Aujourd'hui, je suis bien perplexe : souhaitait-il vraiment que Montherlant devînt mon guide dans le domaine sexuel ? J'avais donc fait une lecture naïve des *Jeunes Filles*. Je préfère, de Montherlant, *Le Fichier parisien*. En 1961, ma mère m'enverra par mégarde une autre lettre qui intriguera le chanoine. Dans celle-ci, des coupures de presse sur une comédie : *Le Signe de Kikota* qu'elle joue en tournée avec Fernand Gravey.

Noël 1960, à Rome avec mon père et son amie, une Italienne très nerveuse, de vingt ans plus jeune que lui, les cheveux jaune paille et l'allure d'une fausse Mylène Demongeot. Une photo de réveillon, prise dans une boîte de nuit proche de la via Veneto, illustre ce séjour. J'y ai l'air pensif et je me demande, quarante ans après, ce que je pouvais bien faire là. Pour me consoler, je me dis que la photo est un montage. La fausse Mylène

Demongeot veut obtenir l'annulation religieuse d'un premier mariage. Un après-midi, je l'accompagne du côté du Vatican, chez un monseigneur Pendola. Celui-ci, en dépit de sa soutane et de la photo dédicacée du pape sur son bureau, ressemble aux affairistes que mon père retrouvait au Claridge. Mon père avait paru étonné, ce Noël-là, de mes profondes engelures aux mains.

Pensionnat, de nouveau, jusqu'aux grandes vacances. Début juillet, ma mère revient d'Espagne. Je vais la chercher à l'aéroport de Genève. Elle s'est teinte en brune. Elle s'installe à Veyrier-du-Lac chez les Gérin. Elle n'a pas un sou. À peine une paire de chaussures. Le séjour en Espagne n'a pas été fructueux et pourtant elle n'a rien perdu de sa morgue. Elle raconte, le menton altier, des histoires «sublimes» d'Andalousie et de toreros. Mais sous le cabotinage et la fantaisie, le cœur n'était pas tendre. Mon père passe quelques jours dans les environs, accompagné du marquis Philippe de D. avec qui il est en affaires. Un grand blond moustachu et tonitruant, suivi d'une maîtresse brune. Il emprunte son passeport à mon père pour aller en Suisse. Ils ont la même taille, la même moustache et la même corpulence, et D. a perdu ses papiers car il vient de quitter la Tunisie en catastrophe, à cause des événements de Bizerte. Je me revois entre mon père, Philippe de D. et la maîtresse brune sur la terrasse du Père Bise à Talloires et, encore une fois, je me demande ce que je pouvais bien faire là. En août, nous partons, ma mère et moi, à Knokke-le-Zoute, où les membres d'une famille dont elle était l'amie avant guerre nous recueillent dans leur petite villa. C'est gentil de leur part, sinon nous aurions dormi à la belle étoile ou à l'Armée du Salut. Lourde jeunesse dorée qui fréquentait le karting. Des industriels de Gand aux allures désinvoltes de yachtmen se saluaient de leurs voix graves, dans un français auquel ils s'efforçaient de donner des intonations anglaises. Un ami de jeunesse de ma mère, l'air d'un vieil enfant dévoyé, dirigeait une boîte de nuit derrière les dunes, vers Ostende. Puis je retourne tout seul en Haute-Savoie. Ma mère regagne Paris. Une autre année scolaire commence pour moi au collège Saint-Joseph.

Vacances de la Toussaint 1961. La rue Royale, à Annecy, sous la pluie et la neige fondue. Dans la vitrine du libraire, le roman de Moravia, *L'Ennui*, avec sa bande : «Et sa diversion :

l'érotisme». Pendant ces vacances grises de la Toussaint, je lis *Crime et Châtiment*, et c'est mon seul réconfort. J'attrape la gale. Je vais voir une doctoresse dont j'ai trouvé le nom en consultant l'annuaire d'Annecy. Elle paraît étonnée de mon état de faiblesse. Elle me demande : « Vous avez des parents ? » Devant sa sollicitude et sa douceur maternelle, je dois me retenir pour ne pas fondre en larmes.

En janvier 1962, une lettre de ma mère qui, par chance, ne tombe pas entre les mains du chanoine Janin : « Je ne t'ai pas téléphoné cette semaine, je n'étais pas chez moi. Vendredi soir, j'étais au cocktail que Litvak a donné sur le plateau de son film. J'ai été aussi à la première du film de Truffaut *Jules et Jim*, et ce soir je vais voir la pièce de Calderón au TNP... Je pense à toi et je sais combien tu travailles. Courage, mon cher garçon. Je ne regrette toujours pas d'avoir refusé la pièce avec Bourvil. Je serais trop malheureuse de jouer un rôle aussi vulgaire. J'espère bien trouver autre chose. Mon garçon, ne crois pas que je t'oublie mais j'ai si peu de temps pour t'envoyer des paquets. »

En février 1962, je profite des vacances de Mardi gras et je prends un train bondé pour Paris, avec 39 de fièvre. J'espère que mes parents, me voyant malade, accepteront de me garder quelque temps à Paris. Ma mère s'est installée au troisième étage de l'appartement, où il ne reste aucun meuble sauf un canapé défoncé. Mon père occupe le quatrième avec la fausse Mylène Demongeot. Chez ma mère, je retrouve le journaliste Jean Cau, protégé par un garde du corps à cause des attentats de l'OAS. Curieux personnage que cet ancien secrétaire de Sartre, à tête de loup-cervier et fasciné par les toreros. À quatorze ans, je lui avais fait croire que le fils de Stavisky, sous un faux nom, était mon voisin de dortoir et que ce camarade m'avait confié que son père était encore vivant quelque part en Amérique du Sud. Cau était venu au collège en 4 CV, voulant à tout prix connaître le « fils de Stavisky » dans l'espoir d'un scoop. Je retrouve aussi, cet hiver-là, Jean Normand (alias Jean Duval), un ami de ma mère qui me conseillait de lire des Série Noire quand j'avais onze ans. À l'époque, en 1956, je ne pouvais pas savoir qu'il venait de sortir de prison. Il y a aussi Mireille Ourousov. Elle dort dans le salon sur le vieux canapé. Une brune de vingt-huit ou trente ans. Ma mère l'a connue en Andalousie. Elle est mariée à un Russe, Eddy Ourousov, surnommé « le Consul » parce qu'il boit autant que le personnage de Malcolm Lowry – des « cuba libre ». Ils tiennent tous les deux un petit hôtel-bar à Torremolinos. Elle est française. Elle m'explique qu'à dix-sept ans, le matin où elle devait passer son bac, le réveil n'a pas sonné. Elle a dormi jusqu'à midi. C'était quelque part du côté des Landes. La nuit, ma mère est absente, et je reste en compagnie de Mireille Ourousov. Elle n'arrive pas à dormir dans ce vieux canapé défoncé. Et moi, j'ai un grand lit... Un matin, je suis avec elle place de l'Odéon. Une Gitane nous lit les lignes de la main, sous l'arcade de la Cour du Commerce Saint-André. Mireille Ourousov me dit qu'elle serait curieuse de me connaître dans dix ans.

Retour à Thônes dans la grisaille de mars. L'évêque d'Annecy rend une visite solennelle au collège. On lui baise son anneau. Discours. Messe. Et je reçois de mon père une lettre que le chanoine Janin n'a pas ouverte et qui, si elle avait correspondu à la réalité, serait la lettre d'un bon père à son bon fils : « Le 2 mai 1962. Mon cher Patrick, nous devons tout nous dire avec la plus grande franchise, c'est le seul et unique moyen de ne pas devenir des étrangers comme cela arrive, malheureusement trop souvent, dans de nombreuses familles. Je suis content que tu me parles du problème qui se pose à toi aujourd'hui : ce que tu feras plus tard, dans quel sens orienter ta vie. Tu m'expliques, d'une part que tu as compris que les diplômes sont nécessaires pour avoir une situation, et d'autre part, que tu as besoin de t'exprimer en écrivant des livres ou des pièces de théâtre et que tu voudrais te consacrer entièrement à cela. La plupart des hommes qui ont remporté les plus grands succès littéraires, à part quelques rares exceptions, ont fait de très brillantes études. Tu connais, comme moi, de nombreux exemples : Sartre n'aurait probablement pas écrit certains de ses livres s'il n'avait poursuivi ses études jusqu'à l'agrégation de philosophie. Claudel a écrit *Le Soulier de satin* quand il était jeune attaché d'ambassade au Japon, après être sorti brillamment des "Sciences-Po". Romain Gary qui a eu le prix Goncourt, est un ancien élève des "Sciences-Po", consul aux États-Unis. » Il aurait souhaité que je sois ingénieur agronome. Il pensait que c'était un métier d'avenir. S'il attachait tant d'importance aux études, c'est que lui n'en avait pas fait et qu'il était un peu comme ces gangsters qui veulent que leurs filles soient éduquées au pensionnat par les «frangines». Il parlait avec un léger accent parisien – celui de la cité d'Hauteville et de la rue des Petits-Hôtels et aussi de la cité Trévise, là où l'on entend le murmure de la fontaine sous les arbres dans le silence. Il employait de temps en temps des mots d'argot. Mais il pouvait inspirer confiance à des bailleurs de fonds, car son allure était celle d'un homme aimable et réservé, de haute taille et qui s'habillait de costumes très stricts.

Je passe mon baccalauréat à Annecy. Ce sera mon seul diplôme. Paris en juillet. Mon père. Ma mère. Elle joue dans une reprise des *Portes claquent* au Daunou. La fausse Mylène Demongeot. Le parc Monceau où je lis les articles sur la fin de la guerre en Algérie. Le bois de Boulogne. Je découvre *Voyage au bout de la nuit*. Je suis heureux quand je marche seul dans les rues de Paris. Un dimanche d'août, vers le sud-est, boulevard Jourdan et boulevard Kellermann, dans ce quartier que je devais bien connaître plus tard, j'apprends à la devanture d'un marchand de journaux le suicide de Marilyn Monroe.

Le mois d'août à Annecy. Claude. Elle avait vingt ans cet été 1962. Elle travaillait chez un couturier de Lyon. Puis elle a été mannequin «volant». Puis à Paris, mannequin tout court. Puis elle s'est mariée avec un prince sicilien et elle est allée vivre à Rome où le temps s'arrête pour toujours. Robert. Il faisait scandale à Annecy en revendiquant à très haute voix sa qualité de «tante». Il était un paria dans cette ville de province. Ce même été 1962, il avait vingt-six ans. Il m'évoquait «Divine» de *Notre-Dame-des-Fleurs*. Très jeune, Robert avait été l'ami du baron belge Jean L. au cours d'un séjour que celui-ci avait fait à l'Impérial Palace d'Annecy, ce même baron dont ma mère avait connu le rabatteur à Anvers en 1939. J'ai revu Robert en 1973. Un dimanche soir, à Genève, nous étions dans sa voiture quand il a traversé le pont des Bergues et il était tellement ivre que nous avons failli basculer dans le Rhône. Il est mort en 1980. Il portait des traces de coups sur le visage et la police a arrêté l'un de ses amis. Je l'ai lu dans un journal: «La vraie mort d'un personnage de roman.»

Une fille, Marie. En été, elle prenait comme moi le car à Annecy, place de la Gare, à sept heures du soir après son travail. Elle rentrait à Veyrier-du-Lac. Je l'ai connue dans ce car. Elle était à peine plus âgée que moi et elle travaillait déjà comme dactylo. Pendant ses jours de congé, nous nous retrouvions sur la petite plage de Veyrier-du-Lac. Elle lisait l'*Histoire d'Angleterre* de Maurois. Et des romans-photos que j'allais lui acheter avant de la rejoindre sur la plage.

Les gens de mon âge que l'on voyait au Sporting ou à la Taverne et que le vent emporte : Jacques L. dit «le Marquis», fils d'un milicien fusillé en août 1944 au Grand-Bornand. Pierre Fournier qui portait une canne à pommeau. Et ceux qui appartenaient à la génération de la guerre d'Algérie : Claude Brun, Zazie, Paulo Hervieu, Rosy, la Yeyette qui avait été la maîtresse de Pierre Brasseur. Dominique la brune à la veste de cuir noir passait sous les arcades et l'on disait qu'elle vivait «de ses charmes» à Genève... Claude Brun et ses amis. Des *vitelloni*. Leur film culte était *La Belle Américaine*. Au retour de la guerre d'Algérie, ils avaient acheté des voitures MG d'occasion. Ils m'ont emmené à un match de football «en nocturne». L'un d'eux avait fait le pari de séduire la femme du préfet en quinze jours et de l'entraîner au Grand Hôtel de Verdun, et il avait gagné son pari ; un autre était l'amant d'une femme riche et très jolie, veuve d'un notable, et qui fréquentait, l'hiver, le club de bridge au premier étage du casino.

Je prenais le car pour aller à Genève, où, quelquefois, j'étais en compagnie de mon père. Nous déjeunions dans un restaurant italien avec un nommé Picard. L'après-midi, il avait des rendez-vous. Étrange Genève du tout début des années soixante. Des Algériens parlaient à voix basse dans le hall de l'hôtel du Rhône. Je me promenais du côté de la vieille ville. On disait que Dominique la brune, dont j'étais amoureux, travaillait la nuit au club 58, rue Glacis-de-Rive. Sur le chemin du retour, le car franchissait la frontière au crépuscule, sans s'arrêter pour le contrôle de la douane.

L'été 1962, ma mère est venue en tournée à Annecy, jouer au théâtre du Casino *Écoutez bien, messieurs* de Sacha Guitry, avec Jean Marchat et Michel Flamme, un blond du genre «beau gosse» – en slip de bain léopard. Il nous offrait des rafraîchissements à la buvette du Sporting. Une promenade du dimanche le long de la pelouse du Paquier, avec Claude, quand les vacances étaient finies. L'automne déjà. Nous passions devant la préfecture où travaillait l'une de ses amies. Annecy redevenait une ville de province. Sur le Paquier, nous croisions un vieil Arménien, toujours seul, dont Claude me disait qu'il était un commerçant très riche et qu'il donnait beaucoup d'argent aux filles et aux pauvres. Et la voiture grise de Jacky Gérin, carrossée par Allemano, tourne autour du lac, lentement, pour l'éternité. Je vais continuer d'égrener ces années, sans nostalgie mais d'une voix précipitée. Ce n'est pas ma faute si les mots se bousculent. Il faut faire vite, ou alors je n'en aurai plus le courage.

En septembre, à Paris, j'entre au lycée Henri-IV, classe de philosophie, comme interne, alors que mes parents habitent à quelques centaines de mètres du lycée. Cela fait six ans que je suis pensionnaire. J'avais connu une discipline plus dure dans les collèges précédents, mais jamais un internat ne me fut aussi pénible que celui d'Henri-IV. Surtout à l'heure où je voyais les externes sortir, par le grand porche, dans la rue.

Je ne me souviens plus très bien de mes camarades d'internat. Il me semble que trois garçons originaires de Sarreguemines préparaient l'École normale supérieure. Un Martiniquais de ma classe se joignait souvent à eux. Un autre élève fumait toujours une pipe, et portait une blouse grise et des charentaises. On disait qu'il n'avait pas quitté l'enceinte du lycée depuis trois ans. Je me souviens aussi, vaguement, de mon voisin de dortoir, un petit roux, que j'ai aperçu deux ou trois ans plus tard, de loin, boulevard Saint-Michel dans un uniforme de bidasse, sous la pluie... Après l'extinction des feux, un veilleur de nuit traversait les dortoirs, une lanterne à la main, et vérifiait si chaque lit était bien occupé. C'était l'automne de 1962, mais aussi le dix-neuvième siècle et peut-être une époque encore plus reculée dans le temps.

Mon père est venu une seule fois me rendre visite dans cet établissement. Le proviseur du lycée m'avait donné l'autorisa-tion de l'attendre sous le porche de l'entrée. Ce proviseur portait un joli nom : Adonis Delfosse. La silhouette de mon père, là, sous le porche, mais je ne distingue pas son visage, comme si sa présence dans ce décor de couvent médiéval me paraissait irréelle. La silhouette d'un homme de haute taille, sans tête. Je ne sais plus s'il existait un parloir. Je crois que notre entrevue a eu lieu au premier étage dans une salle qui était la bibliothèque, ou bien la salle des fêtes. Nous étions seuls, assis à une table, l'un en face de l'autre. Je l'ai raccompagné jusqu'au porche du lycée. Il s'est éloigné sur la place du Panthéon. Un jour, il m'avait confié qu'il fréquentait lui aussi, à dix-huit ans, le quartier des Écoles. Il avait tout juste assez d'argent pour prendre en guise de repas un café au lait avec quelques croissants au Dupont-Latin. En ce temps-là, il avait un voile au poumon. Je ferme les yeux et je l'imagine remontant le boulevard Saint-Michel, parmi les sages lycéens et les étudiants d'Action française. Son Quartier latin à lui, c'était plutôt celui de Violette Nozière. Il avait dû la croiser souvent sur le boulevard. Violette, « la belle écolière du lycée Fénelon, qui élevait des chauves-souris dans son pupitre ».

Mon père est remarié avec la fausse Mylène Demongeot. Ils habitent au quatrième étage, au-dessus de chez ma mère. Les deux étages formaient un même appartement du temps où mes parents vivaient ensemble. En 1962, les deux appartements ne sont pas encore séparés. Derrière une porte condamnée, subsiste l'escalier intérieur que mon père avait fait construire en 1947, quand il avait commencé à louer le troisième étage. La fausse Mylène Demongeot ne tient pas à ce que je sois externe et que je continue à voir mon père. Après deux mois d'internat, je reçois cette lettre de mon père : « ALBERT RODOLPHE MODIANO, 15 QUAI DE CONTI, Paris VI^e. Tu es monté ce matin à 9 h 15 pour me faire savoir que tu avais décidé de ne pas retourner au lycée tant que je ne serai pas revenu sur ma décision de te laisser interne. Vers 12 h 30, tu m'as encore confirmé ce qui précède. Ton comportement est inqualifiable. Si tu t'imagines que c'est en employant de telles méthodes de petit maître chanteur que je céderai, tu te fais bien des illusions. Je te conseille donc vivement dans ton intérêt de retourner demain matin, avec un mot d'excuse justifiant ton absence pour cause de grippe, auprès de ton directeur. Je dois te prévenir de la façon la plus catégorique que si tu agis autrement, tu le regretteras. Tu as 17 ans, tu es mineur, je suis ton père, et je suis responsable de tes études. Je compte aller rendre visite à ton directeur d'école. Albert Modiano. »

Ma mère n'a pas d'argent et aucun engagement théâtral en cet octobre 1962. Et mon père menace de ne plus subvenir à mon entretien si je ne réintègre pas le dortoir de l'internat. En y réfléchissant aujourd'hui, il me semble que je ne lui coûtais pas cher : le prix modeste de l'internat. Mais je me souviens de l'avoir vu à la fin des années cinquante, complètement « raide », au point de m'emprunter les mille francs anciens que m'envoyait parfois mon grand-père de Belgique sur sa retraite d'ouvrier. Je me sentais plus proche de lui que de mes parents.

Je continue à faire la « grève » de l'internat. Un après-midi, nous n'avons plus un sou, ma mère et moi. Nous nous promenons dans les jardins des Tuileries. En dernier recours, elle décide de demander une aide à son amie Suzanne Flon. Nous allons à pied chez Suzanne Flon, sans même la menue monnaie pour deux tickets de métro. Elle nous reçoit dans son appartement de l'avenue George-V aux terrasses superposées. On se croirait à bord d'un navire. Nous restons dîner chez elle. Ma mère, sur un ton de mélodrame, lui expose nos « malheurs », bien campée sur ses jambes, le geste théâtral et péremptoire. Suzanne Flon écoute avec bienveillance, navrée de cette situation. Elle se propose d'écrire une lettre à mon père. Elle donne de l'argent à ma mère.

Les mois suivants, mon père doit se résoudre à ce que je quitte pour toujours les dortoirs que je fréquentais depuis l'âge de onze ans. Il me fixe rendez-vous dans des cafés. Et il ressasse ses griefs contre ma mère et contre moi. Je ne parviens pas à établir entre nous une intimité. Je suis obligé de lui mendier, chaque fois, un billet de cinquante francs qu'il finit par me donner de très mauvaise grâce et que je rapporte à ma mère. Certains jours, je ne rapporte rien, ce qui provoque chez elle des accès de colère. Très vite – vers dix-huit ans et les années suivantes –, je m'efforcerai de lui trouver par mes propres moyens ces malheureux billets de cinquante francs à l'effigie de Jean Racine, mais sans réussir à désarmer l'agressivité et le manque de bienveillance qu'elle m'aura toujours témoignés. Jamais je n'ai pu me confier à elle ni lui demander une aide quelconque. Parfois, comme un chien sans pedigree et qui a été un peu trop livré à lui-même, j'éprouve la tentation puérile d'écrire noir sur blanc et en détail ce qu'elle m'a fait subir, à cause de sa dureté et de son inconséquence. Je me tais. Et je lui pardonne. Tout cela est désormais si lointain... Je me souviens d'avoir recopié, au collège, la phrase de Léon Bloy : « L'homme a des endroits de son pauvre cœur qui n'existent pas encore et où la douleur entre afin qu'ils soient. » Mais là, c'était une douleur pour rien, de celles dont on ne peut même pas faire un poème.

La dèche aurait dû nous rapprocher. Une année – 1963 – il faut « raccorder » le gaz dans l'appartement. Des travaux sont nécessaires. Ma mère n'a pas d'argent pour les payer. Moi non plus. Nous faisons la cuisine sur un réchaud à alcool. Nous n'allumons jamais le chauffage, l'hiver. Ce manque d'argent nous poursuivra longtemps. Un après-midi de janvier 1970, nous sommes tellement aux abois qu'elle me traîne au mont-de-piété de la rue Pierre-Charron où je dépose un stylo « en or avec plume de diamant » qui m'a été remis par Maurice Chevalier à l'occasion d'un prix littéraire. Ils ne m'en donnent que deux cents francs que ma mère empoche, l'œil dur.

Nous avons connu pendant toutes ces années l'« angoisse du terme ». Les loyers de ces vieux appartements, délabrés depuis l'avant-guerre, n'étaient pas très importants à l'époque. Puis ils ont augmenté à partir de 1966 à mesure que changeaient le quartier, ses commerces et ses habitants. Que l'on ne m'en veuille pas pour de tels détails mais ils m'ont causé quelques soucis, vite dissipés, car je croyais au miracle et je me perdais dans des rêves balzaciens de fortune.

Après mes rendez-vous navrants avec mon père, nous ne rentrons jamais ensemble dans l'immeuble. Lui rentre d'abord, et moi, selon ses instructions, je dois attendre quelque temps, en faisant le tour du pâté de maisons. Il cache à la fausse Mylène Demongeot nos rendez-vous. D'habitude, je le vois en tête à tête. Un jour, nous déjeunons avec le marquis Philippe de D. et le repas se partage entre deux restaurants, l'un quai du Louvre et l'autre quai des Grands-Augustins. Mon père m'explique que Philippe de D. a l'habitude de déjeuner dans plusieurs restaurants à la fois, où il donne rendez-vous à des gens différents... Il prend une entrée dans l'un, un plat dans l'autre et change encore de restaurant pour le dessert.

Le jour où nous suivons Philippe de D. du quai du Louvre au quai des Grands-Augustins, il est habillé d'une sorte de vareuse militaire. Il prétend avoir été membre de l'escadrille Normandie-Niémen pendant la guerre. Souvent, mon père va pour le week-end chez D. dans son château, en Loire-Atlantique. Il y participe même à des chasses aux canards, ce qui n'est pas tout à fait dans ses cordes. Je me souviens des quelques jours de 1959 que nous avions passés en Sologne, chez Paul Bertholle, sa femme et le comte de Nalèche et où j'avais peur que mon père m'abandonne et que ces tueurs m'entraînent dans leur chasse à courre. Comme il était en « affaires » avec Paul Bertholle, il est en « affaires » avec Philippe de D. D'après mon père, D., dans sa jeunesse, a été un fils de famille dévoyé et a même connu la prison. Il me montrera plus tard une photo découpée dans un vieux *Détective* où on le voit les menottes aux poignets. Mais D. vient de toucher un gros héritage de sa grand-mère (née de W.) et je suppose que mon père a besoin de lui comme bailleur de fonds. Depuis la fin des années cinquante, il poursuit en effet un rêve, celui de racheter les actions d'un domaine en Colombie. Et il compte certainement sur Philippe de D. pour l'aider à réaliser ce projet.

D. épousera une championne de courses automobiles et finira sa vie ruiné : d'abord directeur d'une boîte de nuit à Hammamet, puis garagiste à Bordeaux. Mon père, lui, restera quelques années encore fidèle à son rêve colombien. En 1976, un ami me transmettra une fiche où l'on peut lire ces indications : « Compagnie financière Mocupia. Siège social : Paris (9e) 22 rue Bergère. Tél. 770.76.94. Société anonyme française. Administrateurs et dirigeants : Président-Directeur général : M. Albert Rodolphe Modiano. Administrateurs : MM. Charles Ruschewey, Léon-Michel Tesson... Société Kaffir Trust (M. Raoul Melenotte). »

J'ai pu identifier les membres de ce conseil d'administration, le premier, Tesson, quand j'avais reçu en septembre 1972, par erreur, ce télégramme de Tanger, à la place de mon père : 1194 TANGER 34601 URGENT RÉGLER LOYER BERGÈRE — STOP — MA SECRÉTAIRE IMMOBILISÉE — STOP. RÉPONDRE URGENT TESSON. Ce Tesson était financier à Tanger. Quant à Melenotte, de la Kaffir Trust, il avait été membre de l'administration internationale de la zone franche.

Et puis, au cours de ces années 1963-1964, je rencontre avec mon père un troisième homme du conseil d'administration : Charles Ruschewey. Mon père, pour me mettre en garde contre des études trop «littéraires», prend comme exemple d'un échec ce Charles Ruschewey qui a été en khâgne à Louis-le-Grand le condisciple de Roger Vailland et de Robert Brasillach, et qui n'a rien fait de bon dans l'existence. Au physique, une sorte de Suisse égrillard, amateur de bières, un chanoine en civil, aux lunettes cerclées d'acier et aux lèvres molles, qui fréquenterait en secret les «tasses» de Genève. Divorcé, cinquante ans, il vit avec une femme plus jeune que lui, boulotte et les cheveux courts, dans une chambre de rez-de-chaussée sans fenêtre du XVIe arrondissement. On le sent prêt à toutes les compromissions. Il doit servir à mon père de factotum et de «baron», ce qui ne l'empêche pas de me faire la morale, d'une voix docte de Tartuffe. En 1976, je le croiserai dans l'escalier du quai de Conti, vieilli, l'air d'un clochard, le visage tuméfié, portant un sac à provisions d'un bras de somnambule. Et je m'apercevrai qu'il habite dans l'appartement du quatrième étage que mon père vient de quitter pour la Suisse et qui est vide du moindre meuble, le chauffage, l'eau et l'électricité coupés. Il y végète en squatter, avec sa femme. Elle l'envoie faire les courses − sans doute quelques boîtes de conserve. Elle est devenue une mégère : je l'entends hurler chaque fois que ce malheureux rentre dans l'appartement. Je suppose qu'il ne doit plus compter sur ses jetons de présence au conseil d'administration de la Mocupia. Je recevrai par erreur en 1976 un rapport de cette compagnie financière, selon lequel «des instructions ont été données à l'avocat de notre société à Bogotá pour que la procédure en indemnité soit engagée devant la juridiction colombienne. À titre indicatif, nous vous informons que M. Albert Modiano, votre président-directeur général, est administrateur de la Société South American Timber et représente notre société dans cette filiale». Mais la vie est dure et injuste, et elle dissipe les plus beaux rêves : le président-directeur général ne touchera jamais d'indemnités de Bogotá.

Noël 1962. Je ne sais plus s'il y avait vraiment de la neige, ce Noël-là. En tout cas, dans mon souvenir, je la vois tomber la nuit, à gros flocons, sur la route et les écuries. J'avais été recueilli au haras de Saint-Lô par Josée et Henri B., Josée, la jeune fille qui veillait sur moi de onze à quatorze ans, en l'absence de ma mère. Henri, son mari, était vétérinaire du haras. Ils étaient mon seul recours.

Les années suivantes, je reviendrai souvent chez eux à Saint-Lô. La ville que l'on nommait la «capitale des ruines» a été anéantie sous les bombes du débarquement et de nombreux survivants ont perdu les traces et les preuves de leur identité. Il a fallu reconstruire Saint-Lô jusqu'aux années cinquante. Près du haras, il reste encore une zone de baraquements provisoires. J'irai au café du Balcon et à la bibliothèque municipale, Henri m'emmènera dans les fermes des alentours, où il soigne les animaux même la nuit, quand on l'appelle. Et la nuit, justement, à la pensée de tous ces chevaux qui montaient la garde autour de moi ou dormaient dans leurs écuries, j'étais soulagé qu'eux, au moins, on ne les emmenât pas à l'abattoir, comme la file de ceux que j'avais vus, un matin, porte Brancion.

À Saint-Lô, je me ferai quelques amies. L'une d'elles habitait dans la centrale électrique. Une autre, à dix-huit ans, voulait monter à Paris et s'inscrire au Conservatoire. Elle me confiait ses projets dans un café, près de la gare. En province, à Annecy, à Saint-Lô, c'était encore l'époque où tous les rêves et les promenades nocturnes échouaient devant la gare d'où partait le train pour Paris.

J'ai lu *Illusions perdues*, ce Noël 1962. J'occupais toujours la même chambre au dernier étage de la maison. Sa fenêtre donnait sur la route. Je me souviens que chaque dimanche, à minuit, un Algérien remontait cette route vers les baraquements, en se parlant doucement à lui-même. Et ce soir, après quarante ans, Saint-Lô m'évoque la fenêtre éclairée du *Rideau cramoisi* – comme si j'avais oublié d'éteindre la lumière dans mon ancienne chambre ou dans ma jeunesse. Barbey d'Aurevilly était né dans les environs. J'avais visité sa maison.

1963. 1964. Les années se confondent. Jours de lenteur, jours de pluie... Pourtant je connaissais quelquefois un état second où j'échappais à cette grisaille, un mélange d'ivresse et de somnolence comme lorsque vous marchez dans les rues, au printemps, après une nuit blanche.

1964. Je rencontre une fille qui s'appelle Catherine dans un café du boulevard de la Gare et elle a la grâce et l'accent parisien d'Arletty. Je me souviens du printemps de cette année-là. Les feuillages des marronniers le long du métro aérien. Le boulevard de la Gare dont on n'avait pas encore détruit les maisons basses.

Ma mère jouait au théâtre de l'Ambigu un petit rôle dans une pièce de François Billetdoux : *Comment va le monde, môssieu ? Il tourne môssieu...* Ursula Kübler, la femme de Boris Vian, était aussi de la distribution. Elle conduisait une Morgan rouge. Je suis allé quelquefois chez elle et son ami Hot d'Déé, cité Véron. Elle m'a appris comment elle dansait avec Boris Vian la danse de l'ours. J'étais ému de voir toute la collection de disques de Boris Vian.

En juillet, je me réfugie à Saint-Lô. Après-midi vides. Je fréquente la bibliothèque municipale et je croise une femme blonde. Elle est en vacances dans une villa sur les hauteurs de Trouville, avec des enfants, des chiens. Elle était pensionnaire de la Maison d'éducation de la Légion d'honneur à Saint-Denis, à quatorze ans, pendant l'Occupation. L'écolière des anciens pensionnats. Ma mère m'écrit : « Si tu es bien là-bas, ce serait plus pratique que tu restes le plus longtemps possible. Moi, je vis de rien et comme ça, je pourrais envoyer le reste de l'argent que je dois aux Galeries Lafayette. »

En septembre, à Saint-Lô, une nouvelle lettre de ma mère : « Je ne crois pas que nous aurons du chauffage cet hiver, mais on s'arrangera. Je te demanderai donc, mon garçon, de m'envoyer tout l'argent qu'il te reste. » À cette époque, je gagnais un peu ma vie en faisant du « courtage » de livres. Et dans une autre lettre, une note d'espoir : « L'hiver qui vient sera sûrement moins rude que celui que nous avons vécu... »

Je reçois un appel téléphonique de mon père. Il m'a inscrit, sans me demander mon avis, en lettres supérieures au lycée Michel-Montaigne, à Bordeaux. Il a, soi-disant, la « direction de mes études ». Il me fixe rendez-vous pour le lendemain au buffet de la gare de Caen. Nous prenons le premier train pour Paris. À Saint-Lazare, la fausse Mylène Demongeot nous attend et nous conduit en voiture à la gare d'Austerlitz. Je comprends que c'est elle qui a exigé mon exil, loin de Paris. Mon père m'a demandé d'offrir en gage de réconciliation à la fausse Mylène Demongeot une bague améthyste que je portais sur moi et que m'avait donnée, en souvenir d'elle, mon amie, « l'écolière des anciens pensionnats ». Je me refuse à offrir cette bague.

À la gare d'Austerlitz, nous montons dans le train pour Bordeaux, mon père et moi. Je n'ai aucun bagage, comme si c'était un enlèvement. J'ai accepté de partir avec lui en espérant pouvoir le raisonner : c'est la première fois depuis deux ans que nous passons ensemble un temps plus long que ces rendez-vous à la sauvette dans les cafés.

Nous arrivons le soir à Bordeaux. Mon père prend une chambre pour nous deux à l'hôtel Splendid. Les jours suivants nous allons dans les magasins de la rue Sainte-Catherine faire mon trousseau de pensionnaire – dont le lycée Michel-Montaigne a communiqué la liste à mon père. J'essaye de le convaincre que tout cela est inutile mais il n'en démord pas.

Un soir, devant le Grand Théâtre de Bordeaux, je me mets à courir pour le semer. Et puis j'ai pitié de lui. De nouveau, je tente de le raisonner. Pourquoi cherche-t-il toujours à se débarrasser de moi ? Ne serait-il pas plus simple que je reste à Paris ? J'ai passé l'âge d'être enfermé dans les pensionnats... Il ne veut rien entendre. Alors, je fais semblant d'obtempérer. Comme autrefois, nous allons au cinéma... Le dimanche soir de la rentrée des classes, il m'accompagne en taxi au lycée Michel-Montaigne. Il me donne cent cinquante francs et me fait signer un reçu. Pourquoi? Il attend dans le taxi que je passe le porche du lycée. Je monte au dortoir avec ma valise. Des pensionnaires me traitent de «bizuth» et m'obligent à lire un texte grec. Alors, je décide de fuir. Je sors du lycée avec ma valise et je vais dîner au restaurant Dubern, sur les allées de Tourny, où mon père m'avait emmené les jours précédents. Ensuite je prends un taxi jusqu'à la gare Saint-Jean. Et un train de nuit pour Paris. Il ne me reste plus rien des cent cinquante francs. Je regrette de n'avoir pas mieux connu Bordeaux, la ville des *Chemins de la mer*. Et de ne pas avoir eu le temps de respirer les odeurs de pins et de résine. Le lendemain, à Paris, je rencontre mon père dans l'escalier de l'immeuble. Il est stupéfait de ma réapparition. Nous ne nous adresserons plus la parole pendant longtemps.

Et les jours, les mois passent. Et les saisons. Quelquefois, je voudrais revenir en arrière et revivre toutes ces années mieux que je ne les ai vécues. Mais comment?

Je suivais maintenant la rue Championnet à cette heure de la fin de l'après-midi où l'on a le soleil dans les yeux. Je passais mes journées à Montmartre dans une sorte de rêve éveillé. Je m'y sentais mieux que partout ailleurs. Station de métro Lamarck-Caulaincourt avec l'ascenseur qui monte et le San Cristobal à mi-pente des escaliers. Le café de l'hôtel Terass. De brefs moments, j'étais heureux. Rendez-vous à sept heures du soir au Rêve. La rampe glacée de la rue Berthe. Et mon souffle, toujours court.

Le jeudi 8 avril 1965, si j'en crois un vieil agenda, ma mère et moi nous n'avons plus un sou. Elle exige que je sonne à la porte de mon père pour lui réclamer de l'argent. Je monte l'escalier, la mort dans l'âme. J'ai l'intention de ne pas sonner mais ma mère guette, menaçante, sur le palier, le regard et le menton tragiques, l'écume aux lèvres. Je sonne. Il me claque la porte au nez. Je sonne de nouveau. La fausse Mylène Demongeot hurle qu'elle va téléphoner à police secours. Je redescends au troisième étage. Les policiers viennent me chercher. Mon père les accompagne. Ils nous font monter tous les deux dans le panier à salade qui stationne devant l'immeuble, sous l'œil étonné du concierge. Nous sommes assis sur la banquette, côte à côte. Il ne m'adresse pas la parole. Pour la première fois de ma vie, je me trouve dans un panier à salade, et le hasard veut que j'y sois avec mon père. Lui, il a déjà connu cette expérience en février 1942 et au cours de l'hiver 1943, quand il avait été raflé par les inspecteurs français de la police des Questions juives.

Le panier à salade suit la rue des Saints-Pères, le boulevard Saint-Germain. Il s'arrête au feu rouge, devant les Deux Magots. Nous arrivons au commissariat de la rue de l'Abbaye. Mon père me charge devant le commissaire. Il dit que je suis un « voyou » et que je viens « faire du scandale » chez lui. Le commissaire me déclare que la « prochaine fois » il me gardera ici. Je sens bien que mon père serait soulagé de m'abandonner dans ce commissariat pour toujours. Nous retournons ensemble quai de Conti. Je lui demande pourquoi il a laissé la fausse Mylène Demongeot appeler police secours et pourquoi il m'a chargé devant le commissaire. Il reste silencieux.

Cette même année 1965 – ou l'année 1964 – mon père fait détruire l'escalier intérieur qui reliait les deux étages, et les appartements sont séparés pour de bon. Quand j'ouvre la porte, et que je me retrouve dans la petite pièce pleine de gravats, quelques-uns de nos livres d'enfants ainsi que des cartes postales adressées à mon frère, et qui étaient restés au quatrième étage, sont là parmi les gravats, déchirés en mille morceaux. Mai-juin. Montmartre, toujours. Il faisait beau. J'étais à la terrasse d'un café de la rue des Abbesses, au printemps.

Juillet. Train de nuit, debout dans le couloir. Vienne. Je passe quelques nuits dans un hôtel borgne près de la gare de l'Ouest. Puis je trouve refuge dans une chambre, derrière l'église Saint-Charles. Je rencontre des gens de toutes sortes au café Hawelka. Un soir, avec eux, j'y fête mes vingt ans.

Nous prenons des bains de soleil dans les jardins de Potzleinsdorf, et aussi dans un petit cabanon au milieu d'un jardin ouvrier du côté d'Heiligenstadt. Au café Rabe, une salle lugubre près du Graben, il n'y avait personne et l'on entendait des chansons de Piaf. Et toujours cette légère ivresse mêlée de somnolence, dans les rues de l'été, comme après une nuit blanche.

Quelquefois nous allions jusqu'aux frontières tchèque et hongroise. Un grand champ. Des miradors. Si l'on marchait dans le champ, ils vous tiraient dessus. Je quitte Vienne début septembre. *Sag'beim abschied leise «Servus»*, comme dit la chanson. Une phrase de notre Joseph Roth m'évoque Vienne que je n'ai pas revue depuis quarante ans. La reverrai-je jamais? «Ces soirs fugaces, peureux, il fallait se hâter de s'en emparer avant leur disparition et j'aimais par-dessus tout à les surprendre dans les jardins publics, au Volksgarten, au Prater, à saisir leur dernière lueur, la plus douce, dans un café où elle s'insinuait encore, ténue et légère, comme un parfum…»

Train de nuit en seconde classe, à la gare de l'Ouest, Vienne-Genève. J'arrive à Genève en fin d'après-midi. Je prends le car pour Annecy. À Annecy, il fait nuit. Il pleut à torrents. Je n'ai plus un sou. Je descends à l'hôtel d'Angleterre, rue Royale, sans savoir comment je vais payer ma chambre. Je ne reconnais plus Annecy, qui, ce soir-là, est une ville fantôme, sous la pluie. Ils ont détruit le vieil hôtel et les bâtiments vétustes, place de la Gare. Le lendemain, je rencontre quelques amis. Beaucoup d'entre eux sont déjà partis au service militaire. Le soir, il me semble les voir passer sous la pluie en uniforme. Il me reste quand même cinquante francs. Mais l'hôtel d'Angleterre coûte cher. Au cours de ces quelques jours, j'avais rendu visite au collège Saint-Joseph de Thônes à mon ancien professeur de lettres, l'abbé Accambray. Je lui avais écrit de Vienne, en lui demandant s'il était possible de me confier un poste de surveillant ou de professeur auxiliaire pour l'année qui allait venir. Je crois que je cherchais à fuir Paris et mes pauvres parents qui ne m'avaient apporté aucun soutien moral et me laissaient le dos au mur. J'ai retrouvé deux lettres de l'abbé Accambray. «J'aimerais bien que cette rentrée se fasse avec toi comme professeur dans la maison. J'en ai parlé au Supérieur. Le corps professoral est au complet mais il est possible qu'il y ait du changement avant la fin du mois d'août, ce que je souhaite pour que tu puisses être des nôtres.» Dans la seconde, datée du 7 septembre 1965, il m'écrit: «L'établissement de l'horaire auquel j'ai travaillé ces jours montre nettement, hélas, que le personnel est plus que suffisant pour l'année scolaire 1965-1966. Il est impossible de te donner du travail, même pour un demi-horaire...» Mais la vie continuait sans que l'on sût très bien pourquoi l'on se trouvait à tel moment avec certaines personnes plutôt qu'avec d'autres, à tel endroit plutôt qu'ailleurs, et si le film était une version originale ou une version doublée. Il ne m'en reste aujourd'hui à la mémoire que de brèves séquences. Je m'inscris à la faculté des lettres, pour prolonger mon sursis militaire. Je n'assisterai jamais aux cours et je serai un étudiant fantôme.

Jean Normand (alias Jean Duval) occupe depuis quelques mois, quai de Conti, la petite chambre où il y avait précédemment l'escalier intérieur reliant le troisième au quatrième étage. Il travaille dans une agence immobilière mais il est interdit de séjour à Paris. Cela, je le saurai plus tard. Ma mère l'a connu vers 1955. Normand avait vingt-sept ans et sortait de prison pour des cambriolages. Le hasard avait voulu qu'il se fût livré très jeune à quelques-uns de ces cambriolages avec Suzanne Bouquerau, celle chez qui nous habitions, mon frère et moi, à Jouy-en-Josas. Il était, depuis, retourné en prison, puisqu'en 1959 il se trouvait encore à la centrale de Poissy. Il a fait faire des travaux de première nécessité dans l'appartement délabré et je suis sûr qu'il donne de l'argent à ma mère. Je l'aime beaucoup, ce Normand (alias Duval). Un soir, il laisse discrètement sur la cheminée de ma chambre un billet de cent francs, que je découvre après son départ. Il circule en Jaguar et j'apprendrai l'année suivante dans les journaux, au moment de l'affaire Ben Barka, qu'on le surnomme «le grand à la Jaguar».

Un incident, vers 1965-1966 : il est dix heures du soir et je suis seul dans l'appartement. J'entends des bruits de pas très forts au-dessus, chez mon père, et un fracas de meubles que l'on renverse et de vitres que l'on brise. Puis le silence. J'ouvre la porte qui donne sur l'escalier. Venant du quatrième étage, deux types râblés à têtes de nervis ou de flics en civil dévalent l'escalier. Je leur demande ce qui se passe. L'un d'eux me fait un geste impératif de la main et me dit sèchement: «Rentrez chez vous, s'il vous plaît.» J'entends des pas chez mon père. Il était donc là... J'hésite à lui téléphoner, mais nous ne nous sommes pas revus depuis notre séjour à Bordeaux et je suis sûr qu'il raccrochera. Deux ans plus tard, je lui demanderai de me dire ce qui s'était passé ce soir-là. Il fera semblant de ne pas comprendre de quoi je parle. Je crois que c'était un homme qui aurait découragé dix juges d'instruction.

Cet automne 1965, je fréquentais, les soirs où j'avais quelques billets de cinq francs à l'effigie de Victor Hugo, un restaurant près du théâtre de Lutèce. Et je me réfugiais dans une chambre, avenue Félix-Faure, XVe arrondissement, où un ami entreposait une collection de *Paris-Turf* des dix dernières années qui lui servaient à de mystérieux calculs statistiques pour jouer à Auteuil et à Longchamp. Chimères. Je me souviens que je trouvais quand même un horizon dans ce quartier de Grenelle, grâce aux petites rues tracées au cordeau avec leurs échappées vers la Seine. Parfois, je prenais des taxis très tard dans la nuit. La course coûtait cinq francs. À la lisière du XVe arrondissement, il y avait souvent des contrôles de police. J'avais falsifié ma date de naissance sur mon passeport pour avoir l'âge de la majorité, transformant 1945 en 1943.

Raymond Queneau avait la gentillesse de me recevoir le samedi. Souvent, au début de l'après-midi, de Neuilly nous revenions tous deux sur la rive gauche. Il me parlait d'une promenade qu'il avait faite avec Boris Vian jusqu'à une impasse que presque personne ne connaît, tout au fond du XIIIe arrondissement, entre le quai de la Gare et la voie ferrée d'Austerlitz : rue de la Croix-Jarry. Il me conseillait d'y aller. J'ai lu que les moments où Queneau avait été le plus heureux, c'était quand il se promenait l'après-midi parce qu'il devait écrire des articles sur Paris pour *L'Intransigeant*. Je me demande si ces années mortes que j'évoque ici en valaient la peine. Comme Queneau, je n'étais vraiment moi-même que lorsque je me retrouvais seul dans les rues, à la recherche des chiens d'Asnières. J'avais deux chiens en ce temps-là. Ils s'appelaient Jacques et Paul. À Jouy-en-Josas, en 1952, nous avions une chienne, mon frère et moi, qui s'appelait Peggy et qui s'est fait écraser, un après-midi, rue du Docteur-Kurzenne. Queneau aimait beaucoup les chiens.

Il m'avait parlé d'un western au cours duquel on assistait à une lutte sans merci entre des Indiens et des Basques. La présence des Basques l'avait beaucoup intrigué et l'avait fait rire. J'ai fini par découvrir quel était ce film : *Caravane vers le soleil.* Le résumé indique bien : Les Indiens contre les Basques. J'aimerais voir ce film en souvenir de Queneau dans un cinéma que l'on aurait oublié de détruire, au fond d'un quartier perdu. Le rire de Queneau. Moitié geyser, moitié crécelle. Mais je ne suis pas doué pour les métaphores. C'était tout simplement le rire de Queneau.

1966. Une nuit de janvier, quai de Conti. Jean Normand rentre vers onze heures. Je suis seul avec lui dans l'appartement. La radio est allumée. On annonce le suicide de Figon dans un studio de la rue des Renaudes au moment où les policiers forçaient la porte de sa chambre. C'était l'un des protagonistes de l'affaire Ben Barka. Normand devient livide et donne un coup de téléphone pour engueuler quelqu'un. Il raccroche très vite. Il m'explique que Figon et lui ont dîné ensemble une heure auparavant et que Figon était un vieil ami, depuis le collège Sainte-Barbe. Il ne me dit pas qu'il a été détenu avec lui dans les années cinquante à la centrale de Poissy, comme je l'ai su plus tard.

Et de menus événements se succèdent et glissent sur vous sans y laisser beaucoup de traces. Vous avez l'impression de ne pas pouvoir vivre encore votre vraie vie, et d'être un passager clandestin. De cette vie en fraude, quelques bribes me reviennent. À Pâques, j'étais tombé sur un article d'un magazine concernant Jean Normand et l'affaire Ben Barka. L'article était intitulé : « Qu'attend-on pour interroger cet homme ? » Une grande photo de Normand, avec cette légende : « Il a le visage taillé à la hache et fignolé au marteau piqueur. Il s'appelle Normand et se fait appeler Duval. Figon l'appelait "le grand à la Jag". Un Georges Figon que Normand, dit Duval, connaissait depuis longtemps… »

Ce printemps-là, je me réfugiais parfois chez Marjane L., rue du Regard. Son appartement était le lieu de rendez-vous d'une bande d'individus qui naviguaient sans boussole entre Saint-Germain-des-Prés, Montparnasse et la Belgique. Certains, déjà touchés par le psychédélisme, y faisaient escale entre deux voyages à Ibiza. Mais l'on croisait aussi rue du Regard un certain Pierre Duvelz (ou Duveltz) : blond, trente-cinq ans, moustaches et costumes prince-de-galles. Il parlait français avec un accent distingué et international, exhibait au revers de sa veste des décorations militaires, prétendait qu'il avait été élève officier à l'école de Saint-Maixent et marié à une «fille Guiness»; il donnait des coups de téléphone à des ambassades; il était souvent accompagné d'un type à tête de demeuré à sa dévotion et il se vantait d'une liaison avec une Iranienne.

D'autres ombres parmi lesquelles un nommé Gérard Marciano. Et combien d'autres encore que j'ai oubliés et qui ont dû mourir, depuis, de mort violente.

Ce printemps 1966, à Paris, j'ai remarqué un changement dans l'atmosphère, une variation de climat que j'avais déjà sentie, à treize ans en 1958 puis à la fin de la guerre d'Algérie. Mais cette fois-ci, en France, aucun événement important, aucun point de rupture – ou alors, je l'ai oublié. Je serais d'ailleurs incapable, à ma grande honte, de dire ce qui se passait dans le monde en avril 1966. Nous sortions d'un tunnel, mais de quel tunnel, je l'ignore. Et cette bouffée de fraîcheur, nous ne l'avions pas connue, les saisons précédentes. Était-ce l'illusion de ceux qui ont vingt ans et qui croient chaque fois que le monde commence avec eux? L'air m'a paru plus léger ce printemps-là.

À la suite de l'affaire Ben Barka, Jean Normand n'habite plus quai de Conti et a disparu mystérieusement. Vers mai-juin, je suis convoqué à la brigade mondaine et prié de me présenter devant un certain inspecteur Langlais. Il m'interroge trois heures de suite à l'un des bureaux, au milieu du va-et-vient des autres flics et tape mes réponses à la machine. À mon grand étonnement, il dit que quelqu'un m'a dénoncé comme toxicomane et revendeur de drogue et me montre une photo anthropométrique de Gérard Marciano que j'ai croisé une ou deux fois rue du Regard. Mon nom, paraît-il, figure sur son agenda. Je dis que je ne l'ai jamais rencontré. L'inspecteur me demande de lui montrer mes bras, pour vérifier s'ils ne portent pas des traces de piqûres. Il me menace d'une perquisition quai de Conti et avenue Félix-Faure, dans la chambre où je me réfugiais, mais apparemment il ignore l'existence de la rue du Regard, ce qui m'étonne, puisque le dénommé Marciano Gérard fréquentait cet appartement. Il me relâche en précisant que je subirai peut-être un autre interrogatoire. Malheureusement, on ne vous pose jamais les bonnes questions.

Je mets en garde Marjane L. contre la brigade mondaine et contre Gérard Marciano, qui n'a pas reparu. Pierre Duvelz, lui, se fait arrêter les jours suivants dans une armurerie, au moment où il achetait ou revendait un revolver. Duvelz était un escroc, sous le coup d'un mandat d'arrêt. Et moi, je commets une mauvaise action : je vole la garde-robe de Duvelz qui est restée chez Marjane L. et se compose de plusieurs costumes très élégants, et j'emporte une boîte à musique ancienne, propriété de ceux à qui Marjane L. a loué l'appartement. Je me mets d'accord avec un brocanteur de la rue des Jardins-Saint-Paul, et lui cède le tout pour cinq cents francs. Il m'explique qu'il appartient à une famille de ferrailleurs de Clichy et qu'il a bien connu Joinovici. Si j'ai d'autres objets à lui fourguer, il suffit de lui téléphoner. Il me donne cent francs supplémentaires, visiblement ému par ma timidité. L'année suivante, je réparerai cette mauvaise action. Je verserai mes premiers droits d'auteur pour rembourser le vol de la boîte à musique. J'aurais volontiers acheté quelques costumes à Duvelz, mais je n'ai plus jamais eu de nouvelles de lui.

Soyons francs jusqu'au bout : ma mère et moi, en 1963, nous avions vendu à un Polonais que nous connaissions et qui travaillait au marché aux puces, les quatre costumes presque neufs, les chemises et les trois paires de chaussures avec embauchoirs de bois clair qu'avait laissés dans un placard Robert Fly, l'ami de mon père. Lui aussi, comme Duvelz, il portait des prince-de-galles et il avait disparu d'un jour à l'autre. Nous n'avions pas un sou, cet après-midi-là. Tout juste la menue monnaie que m'avait remise l'épicier de la rue Dauphine contre des bouteilles en consigne. C'était l'époque où la baguette coûtait quarante-quatre centimes. Par la suite, j'ai volé des livres chez des particuliers ou dans des bibliothèques. Je les ai vendus car je manquais d'argent. Un exemplaire du premier tirage de *Du côté de chez Swann* édité chez Grasset, une édition originale d'Artaud dédicacée à Malraux, des romans dédicacés par Montherlant, des lettres de Céline, un *Tableau de la maison militaire du roi* publié en 1819, une édition clandestine de *Femmes* et *Hombres* de Verlaine, des dizaines de Pléiade et d'ouvrages d'art... À partir du moment où j'ai commencé à écrire, je n'ai plus commis le moindre larcin. Il arrivait aussi à ma mère, en dépit de sa morgue habituelle, de faucher quelques articles de «luxe» et de maroquinerie aux rayons de la Belle Jardinière ou dans d'autres magasins. On ne l'a jamais prise sur le fait.

Mais le temps presse, l'été 1966 approche et avec lui ce que l'on appelait l'âge de la majorité. Je me suis réfugié dans le quartier du boulevard Kellermann, et je fréquente la Cité universitaire voisine, ses grandes pelouses, ses restaurants, sa cafétéria, son cinéma et ses habitants. Amis marocains, algériens, yougoslaves, cubains, égyptiens, turcs...

En juin, mon père et moi, nous nous réconcilions. Je le retrouve souvent dans le hall de l'hôtel Lutetia. Je m'aperçois qu'il n'a pas de bonnes intentions à mon égard. Il essaye de me persuader de devancer l'appel. Il se chargera lui-même, me dit-il, de préparer mon incorporation à la caserne de Reuilly. Je fais semblant d'obtempérer pour obtenir de lui un peu d'argent, juste de quoi passer mes dernières vacances de «civil». On ne refuse rien à un futur militaire. Il est persuadé que je serai bientôt sous les drapeaux. J'aurai vingt et un ans et il sera définitivement débarrassé de moi. Il me donne trois cents francs, le seul argent «de poche» qu'il m'ait jamais donné de ma vie. Je suis si heureux de cette «prime» que je lui aurais volontiers promis de m'engager dans la Légion. Et je pense à la mystérieuse fatalité qui l'incite toujours à m'éloigner : les collèges, Bordeaux, le commissariat de police, l'armée...

Partir le plus vite possible avant les casernes d'automne. Le 1er juillet tôt le matin gare de Lyon. Train de seconde classe, bondé. C'est le premier jour des vacances. La plupart du temps, je suis debout dans le couloir. Près de dix heures pour arriver dans le Midi. Le car longe le bord de mer. Les Issambres. Sainte-Maxime. Impression fugace de liberté et d'aventure. Parmi les points de repère de ma vie, les étés compteront toujours, bien qu'ils finissent par se confondre, à cause de leur midi éternel.

Je loue une chambre, sur la petite place de La Garde-Freinet. C'est là, à la terrasse du café-restaurant, à l'ombre, que j'ai commencé mon premier roman, un après-midi. En face, la poste n'était ouverte que deux heures par jour dans ce village de soleil et de sommeil. Un soir de cet été-là, j'ai eu vingt et un ans et le lendemain, je devais reprendre le train.

À Paris, je me cache. Août. Le soir, je vais au cinéma Fontainebleau, avenue d'Italie, au restaurant de la Cascade, avenue Reille... J'ai donné à mon père un numéro, Gobelins 71-91. Il me téléphone à 9 heures du matin, et je fais sonner le réveil car je dors jusqu'à 2 heures de l'après-midi. Je continue d'écrire mon roman. Je vois mon père une dernière fois dans le café-glacier, au coin de la rue de Babylone et du boulevard Raspail. Puis il y a cet échange de lettres entre nous. «ALBERT RODOLPHE MODIANO, 15 QUAI DE CONTI, Paris VIe, le 3 août 1966. Cher Patrick, dans le cas où tu déciderais d'agir selon ton bon plaisir et de passer outre mes décisions, la situation serait la suivante : tu as 21 ans, tu es donc majeur, je ne suis plus responsable de toi. En conséquence, tu n'auras pas à espérer de ma part une aide quelconque, un soutien de quelque nature que ce soit, tant sur le plan matériel que sur le plan moral. Les décisions que j'ai prises te concernant sont simples, tu les acceptes ou non, sans discussion possible : tu résilies ton sursis avant le 10 août afin d'être incorporé en novembre prochain. Mercredi matin, nous avions convenu de nous rendre à la Caserne de Reuilly afin de résilier ton sursis. Nous avions rendez-vous à midi 1/2, je t'ai attendu jusqu'à 13 h 15, et, suivant ta méthode habituelle de garçon hypocrite et mal élevé, tu n'es pas venu au rendez-vous sans même prendre la peine de téléphoner pour t'excuser. Je peux te dire que c'est la dernière fois que tu auras l'occasion de manifester à mon égard une telle lâcheté. Tu as donc le choix de vivre à ta guise en renonçant entièrement et définitivement à mon appui, ou de te conformer à mes décisions. À toi de décider. Je puis t'affirmer, avec une certitude absolue, quel que soit ton choix, que la vie t'apprendra une fois de plus combien ton père avait raison. Albert MODIANO. P.-S. — J'ajoute que j'ai réuni spécialement les membres de ma famille que j'ai informés et qui m'approuvent entièrement.» Mais quelle famille ? Celle louée pour un soir dans le *Rendez-vous de Senlis*?

«Paris le 4 août 1966. Cher Monsieur, vous savez qu'au siècle dernier, les "sergents recruteurs" saoulaient leurs victimes et leur faisaient signer leur engagement. La précipitation avec laquelle vous vouliez me traîner à la caserne de Reuilly me rappelait ce procédé. Le service militaire vous offre une excellente occasion de vous débarrasser de moi. Le "soutien moral" que vous m'aviez promis la semaine dernière, les caporaux s'en chargeront. Quant au "soutien matériel", il sera superflu puisque je trouverai gîte et nourriture à la caserne. Bref, j'ai décidé d'agir selon mon bon plaisir et de passer outre à vos décisions. Ma situation sera donc la suivante : j'ai 21 ans, je suis majeur, vous n'êtes plus responsable de moi. En conséquence, je n'ai pas à espérer de votre part une aide quelconque, un soutien de quelque nature que ce soit, tant sur le plan matériel que sur le plan moral.»

C'est une lettre que je regrette de lui avoir écrite, aujourd'hui. Mais que pouvais-je faire d'autre ? Je ne lui en voulais pas et, d'ailleurs, je ne lui en ai jamais voulu. Tout simplement je craignais de me retrouver prisonnier d'une caserne dans l'Est. S'il m'avait connu dix ans plus tard − comme disait Mireille Ourousov − il n'y aurait plus eu le moindre problème entre nous. Il aurait été ravi que je lui parle de littérature, et moi je lui aurais posé des questions sur ses projets de haute finance et sur son passé mystérieux. Ainsi, dans une autre vie, nous marchons bras dessus, bras dessous, sans plus jamais cacher à personne nos rendez-vous.

«ALBERT RODOLPHE MODIANO, 15 QUAI DE CONTI, Paris VIe, le 9 août 1966. J'ai reçu ta lettre du 4 août adressée non à ton père mais à "cher Monsieur" dans lequel il faut bien que je me reconnaisse. Ta mauvaise foi et ton hypocrisie n'ont pas de limites. Nous assistons à la réédition de l'affaire de Bordeaux. Ma décision concernant ton incorporation militaire en novembre prochain n'a pas été prise à la légère. Je jugeais indispensable que tu changes non seulement d'atmosphère, mais que ta vie se fasse dans des conditions de discipline et non de fantaisie. Ton persiflage est abject. Je prends acte de ta décision. ALBERT MODIANO.» Je ne l'ai plus jamais revu.

L'automne à Paris. Je continue d'écrire mon roman, le soir, dans une chambre des grands blocs d'immeubles du boulevard Kellermann et dans les deux cafés, au bout de la rue de l'Amiral-Mouchez.

Une nuit, je me demande bien pourquoi, je me retrouve, avec d'autres personnes, de l'autre côté de la Seine, chez Georges et Kiki Daragane pour laquelle, à quatorze ans et demi, je m'étais enfui du collège… Elle habitait Bruxelles à l'époque et ma mère l'accueillait quai de Conti. Depuis ce temps, quelques auteurs de science-fiction de Saint-Germain-des-Prés, et quelques artistes du groupe « Panique » l'entourent. Ils doivent lui faire la cour, et elle, leur accorder ses faveurs sous l'œil placide de son mari, Georges Daragane, un industriel bruxellois, véritable pilier du Flore, où il reste vissé sur une banquette de 9 heures à minuit, sans doute pour rattraper toutes les années perdues en Belgique… Avec Kiki, nous parlons du passé et de cette époque déjà lointaine de mon adolescence où, me raconte-t-elle, mon père l'emmenait le soir chez « Charlot roi des coquillages »… Elle a gardé un souvenir attendri de mon père. C'était un homme charmant, avant de rencontrer la fausse Mylène Demongeot. Nathalie, l'hôtesse de l'air qu'il avait connue en 1950 sur un vol Paris-Brazzaville, me racontera plus tard que les jours de dèche, mon père ne l'emmenait pas dîner chez Charlot roi des coquillages mais chez Roger la Frite… Je propose timidement à Georges Daragane et Kiki de leur faire lire mon manuscrit, comme si je me trouvais chez eux dans le salon de Mme et de M. de Caillavet.

Peut-être tous ces gens, croisés au cours des années soixante, et que je n'ai plus jamais eu l'occasion de revoir, continuent-ils à vivre dans une sorte de monde parallèle, à l'abri du temps, avec leurs visages d'autrefois. J'y pensais tout à l'heure, le long de la rue déserte, sous le soleil. Tu es à Paris, chez le juge d'instruction, comme le disait Apollinaire dans son poème. Et le juge me présente des photos, des documents, des pièces à conviction. Et pourtant, ce n'était pas tout à fait cela, ma vie.

Le printemps de 1967. Les pelouses de la Cité universitaire. Le parc Montsouris. À midi, les ouvriers de la Snecma fréquentaient le café, au bas de l'immeuble. La place des Peupliers, l'après-midi de juin où j'ai appris qu'ils acceptaient mon premier livre. Le bâtiment de la Snecma, la nuit, comme un paquebot échoué sur le boulevard Kellermann.

Un soir de juin, au théâtre de l'Atelier, place Dancourt. Une curieuse pièce d'Audiberti : *Cœur à cuir*. Roger travaillait comme régisseur à l'Atelier. Le soir du mariage de Roger et Chantal, j'avais dîné avec eux dans le petit appartement de quelqu'un dont je n'ai jamais retrouvé le nom, sur cette même place Dancourt où la lumière des réverbères tremble. Puis ils étaient partis en voiture vers une banlieue lointaine.

Ce soir-là, je m'étais senti léger pour la première fois de ma vie. La menace qui pesait sur moi pendant toutes ces années, me contraignant à être sans cesse sur le qui-vive, s'était dissipée dans l'air de Paris. J'avais pris le large avant que le ponton vermoulu ne s'écroule. Il était temps.

DANS LE CAFÉ
DE LA JEUNESSE PERDUE
———
2007

*À la moitié du chemin de la vraie vie,*
*nous étions environnés d'une sombre mélancolie,*
*qu'ont exprimée tant de mots railleurs et tristes,*
*dans le café de la jeunesse perdue.*

GUY DEBORD

Des deux entrées du café, elle empruntait toujours la plus étroite, celle qu'on appelait la porte de l'ombre. Elle choisissait la même table au fond de la petite salle. Les premiers temps, elle ne parlait à personne, puis elle a fait connaissance avec les habitués du Condé dont la plupart avaient notre âge, je dirais entre dix-neuf et vingt-cinq ans. Elle s'asseyait parfois à leurs tables, mais, le plus souvent, elle était fidèle à sa place, tout au fond.

Elle ne venait pas à une heure régulière. Vous la trouviez assise là très tôt le matin. Ou alors, elle apparaissait vers minuit et restait jusqu'au moment de la fermeture. C'était le café qui fermait le plus tard dans le quartier avec le Bouquet et la Pergola, et celui dont la clientèle était la plus étrange. Je me demande, avec le temps, si ce n'était pas sa seule présence qui donnait à ce lieu et à ces gens leur étrangeté, comme si elle les avait imprégnés tous de son parfum.

Supposons que l'on vous ait transporté là les yeux bandés, que l'on vous ait installé à une table, enlevé le bandeau et laissé quelques minutes pour répondre à la question : Dans quel quartier de Paris êtes-vous ? Il vous aurait suffi d'observer vos voisins et d'écouter leurs propos et vous auriez peut-être deviné : Dans les parages du carrefour de l'Odéon que j'imagine toujours aussi morne sous la pluie.

Un photographe était entré un jour au Condé. Rien dans son allure ne le distinguait des clients. Le même âge, la même tenue vestimentaire négligée. Il portait une veste trop longue pour lui, un pantalon de toile et de grosses chaussures militaires. Il avait pris de nombreuses photos de ceux qui fréquentaient le Condé. Il en était devenu un habitué lui aussi et, pour les autres, c'était comme s'il prenait des photos de famille. Bien plus tard, elles ont paru dans un album consacré à Paris avec pour légendes les simples prénoms des clients ou leurs surnoms. Et elle figure sur plusieurs de ces photos. Elle accrochait mieux que les autres la lumière, comme on dit au cinéma. De tous, c'est elle que l'on remarque d'abord. En bas de page, dans les légendes, elle est mentionnée sous le prénom de «Louki». «De gauche à droite : Zacharias, Louki, Tarzan, Jean-Michel, Fred et Ali Cherif...» «Au premier plan, assise au comptoir : Louki. Derrière elle, Annet, Don Carlos, Mireille, Adamov et le docteur Vala.» Elle se tient très droite, alors que les autres ont des postures relâchées, celui qui s'appelle Fred, par exemple, s'est endormi la tête appuyée contre la banquette de moleskine et, visiblement, il ne s'est pas rasé depuis plusieurs jours. Il faut préciser ceci : le prénom de Louki lui a été donné à partir du moment où elle a fréquenté le Condé. J'étais là, un soir où elle est entrée vers minuit et où il ne restait plus que Tarzan, Fred, Zacharias et Mireille, assis à la même table. C'est Tarzan qui a crié : «Tiens, voilà Louki...» Elle a paru d'abord effrayée, puis elle a souri. Zacharias s'est levé et, sur un ton de fausse gravité : «Cette nuit, je te baptise. Désormais, tu t'appelleras Louki.» Et à mesure que l'heure passait et que chacun d'eux l'appelait Louki, je crois bien qu'elle se sentait soulagée de porter ce nouveau prénom. Oui, soulagée. En effet, plus j'y réfléchis, plus je retrouve mon impression du début : elle se réfugiait ici, au Condé, comme si elle voulait fuir quelque chose, échapper à un danger. Cette pensée m'était venue en la voyant seule, tout au fond, dans cet endroit où personne ne pouvait la remarquer. Et quand elle se mêlait aux autres, elle n'attirait pas non plus l'attention. Elle demeurait silencieuse et réservée et se contentait d'écouter. Et je m'étais même dit que pour plus de sécurité elle préférait les groupes bruyants, les « grandes gueules», sinon elle n'aurait pas été presque toujours assise à la table de Zacharias, de Jean-Michel, de Fred, de Tarzan et de la Houpa... Avec eux, elle se fondait dans le décor, elle n'était plus qu'une comparse anonyme, de celles que l'on nomme dans les légendes des photos : « Personne non identifiée» ou, plus simplement, «X». Oui, les premiers temps, au Condé, je ne l'ai jamais vue en tête à tête avec quelqu'un. Et puis, il n'y avait aucun inconvénient à ce que l'une des grandes gueules l'appelle Louki à la cantonade puisque ce n'était pas son vrai prénom.

Pourtant, à bien l'observer, on remarquait certains détails qui la différenciaient des autres. Elle mettait à sa tenue vestimentaire un soin inhabituel chez les clients du Condé. Un soir, à la table de Tarzan, d'Ali Cherif et de la Houpa, elle allumait une cigarette et j'avais été frappé par la finesse de ses mains. Et surtout, ses ongles brillaient. Ils étaient recouverts de vernis incolore. Ce détail risque de paraître futile. Alors soyons plus graves. Il faut pour cela donner quelques précisions sur les habitués du Condé. Ils avaient donc entre dix-neuf et vingt-cinq ans, sauf quelques clients comme Babilée, Adamov ou le docteur Vala qui atteignaient peu à peu la cinquantaine, mais on oubliait leur âge. Babilée, Adamov et le docteur Vala étaient fidèles à leur jeunesse, à ce que l'on pourrait appeler du beau nom mélodieux et désuet de «bohème». Je cherche dans le dictionnaire «bohème» : Personne qui mène une vie vagabonde, sans règles ni souci du lendemain. Voilà une définition qui s'appliquait bien à celles et à ceux qui fréquentaient le Condé. Certains comme Tarzan, Jean-Michel et Fred prétendaient avoir eu affaire de nombreuses fois à la police depuis leur adolescence et la Houpa s'était échappée à seize ans de la maison de correction du Bon-Pasteur. Mais on était sur la Rive gauche et la plupart d'entre eux vivaient à l'ombre de la littérature et des arts. Moi-même, je faisais des études. Je n'osais pas le leur dire et je ne me mêlais pas vraiment à leur groupe.

J'avais bien senti qu'elle était différente des autres. D'où venait-elle avant qu'on lui ait donné son prénom ? Souvent, les habitués du Condé avaient un livre à la main qu'ils posaient négligemment sur la table et dont la couverture était tachée de vin. *Les Chants de Maldoror. Les Illuminations. Les Barricades mystérieuses.* Mais elle, au début, elle avait toujours les mains vides. Et puis, elle a voulu sans doute faire comme les autres et un jour, au Condé, je l'ai surprise, seule, qui lisait. Depuis, son livre ne la quittait pas. Elle le plaçait bien en évidence sur la table, quand elle se trouvait en compagnie d'Adamov et des autres, comme si ce livre était son passeport ou une carte de séjour qui légitimait sa présence à leurs côtés. Mais personne n'y prêtait attention, ni

Adamov, ni Babilée, ni Tarzan, ni la Houpa. C'était un livre de poche, à la couverture salie, de ceux que l'on achète d'occasion sur les quais et dont le titre était imprimé en grands caractères rouges : *Horizons perdus.* À l'époque, cela ne m'évoquait rien. J'aurais dû lui demander le sujet du livre, mais je m'étais dit bêtement qu'*Horizons perdus* n'était pour elle qu'un accessoire et qu'elle faisait semblant de le lire pour se mettre au diapason de la clientèle du Condé. Cette clientèle, un passant qui aurait jeté un regard furtif de l'extérieur – et même appuyé un instant son front contre la vitre – l'aurait prise pour une simple clientèle d'étudiants. Mais il aurait bientôt changé d'avis en remarquant la quantité d'alcool que l'on buvait à la table de Tarzan, de Mireille, de Fred et de la Houpa. Dans les paisibles cafés du Quartier latin, on n'aurait jamais bu comme ça. Bien sûr, aux heures creuses de l'après-midi, le Condé pouvait faire illusion. Mais à mesure que le jour tombait, il devenait le rendez-vous de ce qu'un philosophe sentimental appelait « la jeunesse perdue ». Pourquoi ce café plutôt qu'un autre ? À cause de la patronne, une Mme Chadly qui ne semblait s'étonner de rien et qui manifestait même une certaine indulgence pour ses clients. Bien des années plus tard, alors que les rues du quartier n'offraient plus que des vitrines de boutiques de luxe et qu'une maroquinerie occupait l'emplacement du Condé, j'ai rencontré Mme Chadly sur l'autre rive de la Seine, dans la montée de la rue Blanche. Elle ne m'a pas tout de suite reconnu. Nous avons marché un long moment côte à côte en parlant du Condé. Son mari, un Algérien, avait acheté le fonds après la guerre. Elle se souvenait des prénoms de nous tous. Elle se demandait souvent ce que nous étions devenus, mais elle ne se faisait guère d'illusions. Elle avait su, dès le début, que cela tournerait très mal pour nous. Des chiens perdus, m'a-t-elle dit. Et au moment de nous quitter devant la pharmacie de la place Blanche, elle m'a confié, en me regardant droit dans les yeux : « Moi, celle que je préférais, c'était Louki. »

Quand elle était à la table de Tarzan, de Fred et de la Houpa, buvait-elle autant qu'eux ou faisait-elle semblant, pour ne pas les fâcher ? En tout cas, le buste droit, les gestes lents et gracieux, et le sourire presque imperceptible, elle tenait rudement bien l'alcool. Au comptoir, il est plus facile de tricher. Vous profitez d'un moment d'inattention de vos amis ivrognes pour vider votre verre dans l'évier. Mais là, à l'une des tables du Condé, c'était plus difficile. Ils vous forçaient à les suivre dans leurs beuveries. Ils se montraient, là-dessus, d'une extrême susceptibilité et vous considéraient comme indignes de leur groupe si vous ne les accompagniez pas jusqu'au bout de ce qu'ils appelaient leurs «voyages». Quant aux autres substances toxiques, j'avais cru comprendre sans en être sûr que Louki en usait, avec certains membres du groupe. Pourtant, rien dans son regard et son attitude ne laissait supposer qu'elle visitait les paradis artificiels.

Je me suis souvent demandé si l'une de ses connaissances lui avait parlé du Condé avant qu'elle y entre pour la première fois. Ou si quelqu'un lui avait donné rendez-vous dans ce café et n'était pas venu. Alors, elle se serait postée, jour après jour, soir après soir, à sa table, en espérant le retrouver dans cet endroit qui était le seul point de repère entre elle et cet inconnu. Aucun autre moyen de le joindre. Ni adresse. Ni numéro de téléphone. Juste un prénom. Mais peut-être avait-elle échoué là par hasard, comme moi. Elle se trouvait dans le quartier et elle voulait s'abriter de la pluie. J'ai toujours cru que certains endroits sont des aimants et que vous êtes attiré vers eux si vous marchez dans leurs parages. Et cela de manière imperceptible, sans même vous en douter. Il suffit d'une rue en pente, d'un trottoir ensoleillé ou bien d'un trottoir à l'ombre. Ou bien d'une averse. Et cela vous amène là, au point précis où vous deviez échouer. Il me semble que le Condé, par son emplacement, avait ce pouvoir magnétique et que si l'on faisait un calcul de probabilités le résultat l'aurait confirmé: dans un périmètre assez étendu, il était inévitable de dériver vers lui. J'en sais quelque chose.

L'un des membres du groupe, Bowing, celui que nous appelions «le Capitaine», s'était lancé dans une entreprise que les autres avaient approuvée. Il notait depuis bientôt trois ans les noms des clients du Condé, au fur et à mesure de leur arrivée, avec, chaque fois, la date et l'heure exacte. Il avait chargé deux de ses amis de la même tâche au Bouquet et à la Pergola, qui restaient ouverts toute la nuit. Malheureusement, dans ces deux cafés, les clients ne voulaient pas toujours dire leur nom.

Au fond, Bowing cherchait à sauver de l'oubli les papillons qui tournent quelques instants autour d'une lampe. Il rêvait, disait-il, d'un immense registre où auraient été consignés les noms des clients de tous les cafés de Paris depuis cent ans, avec mention de leurs arrivées et de leurs départs successifs. Il était hanté par ce qu'il appelait « les points fixes ».

Dans ce flot ininterrompu de femmes, d'hommes, d'enfants, de chiens, qui passent et qui finissent par se perdre au long des rues, on aimerait retenir un visage, de temps en temps. Oui, selon Bowing, il fallait au milieu du maelström des grandes villes trouver quelques points fixes. Avant de partir pour l'étranger, il m'avait donné le cahier où sont répertoriés, jour par jour, pendant trois ans, les clients du Condé. Elle n'y figure que sous son prénom d'emprunt, Louki, et elle est mentionnée pour la première fois un 23 janvier. L'hiver de cette année-là était particulièrement rigoureux, et certains de nous ne quittaient pas le Condé de toute la journée pour se protéger du froid. Le Capitaine notait aussi nos adresses de sorte que l'on pouvait imaginer le trajet habituel qui nous menait, chacun, jusqu'au Condé. C'était encore une manière, pour Bowing, d'établir des points fixes. Il ne mentionne pas tout de suite son adresse à elle. C'est seulement un 18 mars que nous lisons : « 14 heures. Louki, 16, rue Fermat, XIVe arrondissement. » Mais le 5 septembre de la même année, elle a changé d'adresse : « 23h40. Louki, 8, rue Cels, XIVe arrondissement. » Je suppose que Bowing, sur de grands plans de Paris, dessinait nos trajets jusqu'au Condé et que pour cela le Capitaine se servait de stylos bille d'encres différentes. Peut-être voulait-il savoir si nous avions une chance de nous croiser les uns les autres avant même d'arriver au but.

Justement, je me souviens d'avoir rencontré Louki un jour dans un quartier que je ne connaissais pas et où j'avais rendu visite à un cousin lointain de mes parents. En sortant de chez lui, je marchais vers la station de métro Porte-Maillot, et nous nous sommes croisés tout au bout de l'avenue de la Grande-Armée. Je l'ai dévisagée et elle aussi m'a fixé d'un regard inquiet, comme si je l'avais surprise dans une situation embarrassante. Je lui ai tendu la main : « On s'est déjà vus au Condé », lui ai-je dit, et ce café m'a semblé brusquement à l'autre bout du monde. Elle a eu un sourire gêné : «Mais oui… au Condé…» C'était peu de temps après qu'elle y avait fait sa première apparition. Elle ne s'était pas encore mêlée aux autres et Zacharias ne l'avait pas encore baptisée Louki. «Drôle de café, hein, le Condé…» Elle a eu un hochement de tête pour m'approuver. Nous avons fait quelques pas ensemble et elle m'a dit qu'elle habitait par ici, mais qu'elle n'aimait pas du tout ce quartier. C'est idiot, j'aurais pu savoir ce jour-là son vrai prénom. Puis nous nous sommes quittés à la porte Maillot, devant l'entrée du métro, et je l'ai regardée qui s'éloignait vers Neuilly et le bois de Boulogne, d'une démarche de plus en plus lente, comme pour laisser à quelqu'un l'occasion de la retenir. J'ai pensé qu'elle ne reviendrait plus au Condé et que je n'aurais plus jamais de ses nouvelles. Elle disparaîtrait dans ce que Bowing appelait «l'anonymat de la grande ville», contre quoi il prétendait lutter en remplissant de noms les pages de son cahier. Un Clairefontaine à couverture rouge plastifiée de cent quatre-vingt-dix pages. Pour être franc, cela n'avance pas à grand-chose. Si l'on feuillette le cahier, à part des noms et des adresses fugitives, on ne sait rien de toutes ces personnes ni de moi. Sans doute le Capitaine jugeait-il que c'était déjà beaucoup de nous avoir nommés et «fixés» quelque part. Pour le reste… Au Condé, nous ne nous posions jamais de questions les uns aux autres concernant nos origines. Nous étions trop jeunes, nous n'avions pas de passé à dévoiler, nous vivions au présent. Même les clients plus âgés, Adamov, Babilée ou le docteur Vala, ne faisaient jamais aucune allusion à leur passé. Ils se contentaient d'être là, parmi nous. Ce n'est qu'aujourd'hui, après tout ce temps, que j'éprouve un regret : j'aurais voulu que Bowing soit plus précis dans son cahier, et qu'il ait consacré à chacun une petite notice biographique. Croyait-il vraiment qu'un nom et une adresse suffiraient, plus tard, à retrouver le fil d'une vie ? Et surtout un simple prénom qui n'est pas le vrai ? «Louki. Lundi 12 février, 23 heures.» «Louki. 28 avril, 14 heures.» Il indiquait aussi les places qu'occupaient, chaque jour, les clients autour des tables. Quelquefois, il n'y a même pas de nom ni de prénom. À trois reprises, le mois de juin de cette année-là, il a noté : «Louki avec le brun à veste de daim.» Il ne lui a pas demandé son nom, à celui-là, ou bien l'autre a refusé de répondre. Apparemment, ce type n'était pas un client habituel. Le brun à veste de daim s'est perdu pour toujours dans les rues de Paris, et Bowing n'a pu que fixer son ombre quelques secondes. Et puis il y a des inexactitudes dans son cahier. J'ai fini par établir des points de repère qui me confirment dans l'idée qu'elle n'est pas venue pour la première fois au Condé en janvier comme le laisserait croire Bowing. J'ai un souvenir d'elle bien avant cette date-là. Le Capitaine ne l'a mentionnée qu'à partir du moment où les autres l'ont baptisée Louki, et je suppose que jusque-là il n'avait pas remarqué sa présence. Elle n'a même pas eu droit à une vague notice du genre «14 heures. Une brune aux yeux verts», comme pour le brun à veste de daim.

C'est en octobre de l'année précédente qu'elle a fait son apparition. J'ai découvert dans le cahier du Capitaine un point de repère : «15 octobre. 21 heures. Anniversaire de Zacharias. À sa table : Annet, Don Carlos, Mireille, la Houpa, Fred, Adamov.» Je m'en souviens parfaitement. Elle était à leur table. Pourquoi Bowing n'a-t-il pas eu la curiosité de lui demander son nom? Les témoignages sont fragiles et contradictoires, mais je suis sûr de sa présence ce soir-là. Tout ce qui la rendait invisible au regard de Bowing m'avait frappé. Sa timidité, ses gestes lents, son sourire, et surtout son silence. Elle se tenait à côté d'Adamov. Peut-être était-ce à cause de lui qu'elle était venue au Condé. J'avais souvent croisé Adamov dans les parages de l'Odéon, et plus loin dans le quartier de Saint-Julien-le-Pauvre. Chaque fois, il marchait la main appuyée sur l'épaule d'une jeune fille. Un aveugle qui se laisse guider. Et pourtant il avait l'air d'observer tout, de son regard de chien tragique. Et chaque fois, me semblait-il, c'était une jeune fille différente qui lui servait de guide. Ou d'infirmière. Pourquoi pas elle? Eh bien justement, cette nuit-là, elle est sortie du Condé avec Adamov. Je les ai vus descendre la rue déserte vers l'Odéon, Adamov la main sur son épaule et avançant de son pas mécanique. On aurait dit qu'elle avait peur d'aller trop vite, et parfois elle s'arrêtait un instant, comme pour lui faire reprendre souffle. Au carrefour de l'Odéon, Adamov lui a serré la main d'une manière un peu solennelle, puis elle s'est engouffrée dans la bouche du métro. Il a repris sa marche de somnambule tout droit vers Saint-André-des-Arts. Et elle? Oui, elle a commencé à fréquenter le Condé en automne. Et cela n'est sans doute pas le fait du hasard. Pour moi, l'automne n'a jamais été une saison triste. Les feuilles mortes et les jours de plus en plus courts ne m'ont jamais évoqué la fin de quelque chose mais plutôt une attente de l'avenir. Il y a de l'électricité dans l'air, à Paris, les soirs d'octobre à l'heure où la nuit tombe. Même quand il pleut. Je n'ai pas le cafard à cette heure-là, ni le sentiment de la fuite du temps. J'ai l'impression que tout est possible. L'année commence au mois d'octobre. C'est la rentrée des classes et je crois que c'est la saison des projets. Alors, si elle est venue au Condé en octobre, c'est qu'elle avait rompu avec toute une partie de sa vie et qu'elle voulait faire ce qu'on appelle dans les romans : PEAU NEUVE. D'ailleurs, un indice me prouve que je ne dois pas avoir tort. Au Condé, on lui a donné un nouveau prénom. Et Zacharias, ce jour-là, a même parlé de baptême. Une seconde naissance en quelque sorte.

Quant au brun à veste de daim, il ne figure malheureusement pas sur les photos prises au Condé. C'est dommage. On finit souvent par identifier quelqu'un grâce à une photo. On la publie dans un journal en lançant un appel à témoins. Était-ce un membre du groupe que Bowing ne connaissait pas et dont il a eu la paresse de relever le nom?

Hier soir, j'ai feuilleté attentivement toutes les pages du cahier. «Louki avec le brun à veste de daim.» Et je me suis aperçu, à ma grande surprise, que ce n'était pas seulement en juin que le Capitaine citait cet inconnu. Au bas d'une page, il a griffonné à la hâte: «24 mai. Louki avec le brun à veste de daim.» Et l'on retrouve encore la même légende à deux reprises en avril. J'avais demandé à Bowing pourquoi, chaque fois qu'il était question d'elle, il avait souligné son prénom au crayon bleu, comme pour la distinguer des autres. Non, ce n'était pas lui qui l'avait fait. Un jour qu'il se tenait au comptoir et qu'il notait sur son cahier les clients présents dans la salle, un homme debout à côté de lui l'avait surpris dans son travail : un type d'une quarantaine d'années qui connaissait le docteur Vala. Il parlait d'une voix douce et fumait des cigarettes blondes. Bowing s'était senti en confiance et lui avait dit quelques mots sur ce qu'il appelait son Livre d'or. L'autre avait paru intéressé. Il était «éditeur d'art». Mais oui, il connaissait celui qui avait pris quelque temps auparavant des photos, au Condé. Il se proposait de publier un album là-dessus, dont le titre serait: *Un café à Paris*. Aurait-il l'obligeance de lui prêter jusqu'au lendemain son cahier, qui pourrait l'aider à choisir les légendes des photos? Le lendemain, il avait rendu le cahier à Bowing et n'avait plus jamais reparu au Condé. Le Capitaine avait été surpris que le prénom Louki fût chaque fois souligné au crayon bleu. Il avait voulu en savoir plus en posant quelques questions au docteur Vala concernant cet éditeur d'art. Vala avait été étonné. «Ah, il vous a dit qu'il était éditeur d'art?» Il le connaissait de manière superficielle, pour l'avoir souvent croisé rue Saint-Benoît à la Malène et au bar du Montana où il avait même joué plusieurs fois au quatre-cent-vingt-et-un avec lui. Ce type fréquentait le quartier depuis longtemps. Son nom? Caisley. Vala semblait un peu gêné de parler de lui. Et quand Bowing avait fait allusion à son cahier et aux traits de crayon bleu sous le prénom Louki, une expression inquiète avait traversé le regard du docteur. Cela avait été très fugitif. Puis il avait souri. «Il doit s'intéresser à la petite... Elle est si jolie... Mais quelle drôle d'idée de remplir votre cahier avec tous ces noms... Vous m'amusez, vous et votre groupe et vos expériences de pataphysique...» Il confondait tout, la pataphysique, le lettrisme, l'écriture automatique, les métagraphies et toutes les expériences que menaient les clients les plus littéraires du Condé, comme Bowing, Jean-Michel, Fred, Babilée, Larronde ou Adamov. «Et puis c'est dangereux de faire ça», avait ajouté le docteur Vala d'une voix grave. «Votre cahier, on dirait un registre de la police ou la main courante d'un commissariat. C'est comme si nous avions tous été pris dans une rafle...»

Bowing avait protesté en essayant de lui expliquer sa théorie des points fixes, mais à partir de ce jour-là le Capitaine avait eu l'impression que Vala se méfiait de lui et qu'il voulait même l'éviter.

Ce Caisley n'avait pas simplement souligné le prénom de Louki. Chaque fois qu'était mentionné dans le cahier «le brun à veste de daim», il y avait deux traits de crayon bleu. Tout cela avait beaucoup troublé Bowing et il avait rôdé rue Saint-Benoît dans les jours qui suivirent avec l'espoir de tomber sur ce prétendu éditeur d'art, à la Malène ou au Montana, et lui demander des explications. Il ne l'avait jamais retrouvé. Lui-même quelque temps plus tard avait dû quitter la France et m'avait laissé le cahier, comme s'il voulait que je reprenne sa recherche. Mais il est trop tard, aujourd'hui. Et puis si toute cette période est parfois vivace dans mon souvenir, c'est à cause des questions restées sans réponse.

Aux heures creuses de la journée, au retour du bureau, et souvent dans la solitude des dimanches soir, un détail me revient. De toute mon attention, j'essaye d'en rassembler d'autres et de les noter à la fin du cahier de Bowing sur les pages qui sont demeurées blanches. Moi aussi, je pars à la recherche des points fixes. Il s'agit d'un passe-temps, comme d'autres font des mots croisés ou des réussites. Les noms et les dates du cahier de Bowing m'aident beaucoup, ils évoquent de temps en temps un fait précis, un après-midi de pluie ou de soleil. J'ai toujours été très sensible aux saisons. Un soir, Louki est entrée au Condé, les cheveux trempés à cause d'une averse ou plutôt de ces pluies interminables de novembre ou du début du printemps. Mme Chadly se tenait derrière le comptoir ce jour-là. Elle est montée au premier étage, dans son minuscule appartement, pour chercher une serviette de bain. Comme l'indique le cahier, étaient réunis à la même table, ce soir-là, Zacharias, Annet, Don Carlos, Mireille, la Houpa, Fred et Maurice Raphaël. Zacharias a pris la serviette et en a frotté la chevelure de Louki, avant de la nouer en turban autour de sa tête. Elle s'est assise à leur table, ils lui ont fait boire un grog, et elle est restée très tard avec eux, le turban sur la tête. À la sortie du Condé, vers deux heures du matin, il pleuvait encore. Nous nous tenions dans l'embrasure de l'entrée et Louki portait toujours son turban. Mme Chadly avait éteint la salle et elle était allée se coucher. Elle a ouvert sa fenêtre à l'entresol et nous a proposé de monter chez elle pour nous abriter. Mais Maurice Raphaël lui a dit, très galamment : « Vous n'y pensez pas, madame... Il faut que nous vous laissions dormir... » C'était un bel homme brun, plus âgé que nous, un client assidu du Condé que Zacharias appelait « le Jaguar » à cause de sa démarche et de ses gestes félins. Il avait publié plusieurs livres comme Adamov et Larronde, mais nous n'en parlions jamais. Un mystère flottait autour de cet homme et nous pensions même qu'il avait des attaches avec le Milieu. La pluie a redoublé, une pluie de mousson, mais ce n'était pas grave pour les autres, puisqu'ils habitaient dans le quartier. Bientôt, il ne restait plus que Louki, Maurice Raphaël et moi sous le porche. «Je peux vous ramener en voiture?» a proposé Maurice Raphaël. Nous avons couru sous la pluie, jusqu'au bas de la rue, là où était garée sa voiture, une vieille Ford noire. Louki s'est assise à côté de lui, et moi, sur la banquette arrière. «Qui je dépose en premier?» a dit Maurice Raphaël. Louki lui a indiqué sa rue, en précisant que c'était au-delà du cimetière du Montparnasse. «Alors, vous habitez dans les limbes», a-t-il dit. Et je crois que ni l'un ni l'autre nous n'avons compris ce que signifiait «les limbes». Je lui ai demandé de me déposer bien après les grilles du Luxembourg, au coin de la rue du Val-de-Grâce. Je ne voulais pas qu'il sache où j'habitais exactement de crainte qu'il ne me pose des questions.

J'ai serré la main de Louki et de Maurice Raphaël en me disant que ni l'un ni l'autre ne connaissaient mon prénom. J'étais un client très discret du Condé et je me tenais un peu à l'écart, me contentant de les écouter tous. Et cela me suffisait. Je me sentais bien avec eux. le Condé était pour moi un refuge contre tout ce que je prévoyais de la grisaille de la vie. Il y aurait une part de moi-même – la meilleure – que je serais contraint, un jour, de laisser là-bas.

«Vous avez raison d'habiter le quartier du Val-de-Grâce», m'a dit Maurice Raphaël.

Il me souriait et ce sourire me semblait exprimer à la fois de la gentillesse et de l'ironie.

«À bientôt», m'a dit Louki.

Je suis sorti de la voiture et j'ai attendu qu'elle disparaisse, là-bas vers Port-Royal, pour rebrousser chemin. En vérité, je n'habitais pas tout à fait le quartier du Val-de-Grâce, mais un peu plus bas dans l'immeuble du 85, boulevard Saint-Michel, où, par miracle, j'avais trouvé une chambre dès mon arrivée à Paris. De la fenêtre, je voyais la façade noire de mon école. Cette nuit-là, je ne pouvais pas détacher mon regard de cette façade monumentale et du grand escalier en pierre de l'entrée.

Que penseraient-ils s'ils apprenaient que j'empruntais presque chaque jour cet escalier et que j'étais un élève de l'École supérieure des Mines ? Zacharias, la Houpa, Ali Cherif ou Don Carlos savaient-ils au juste ce qu'était l'École des Mines ? Il fallait que je garde mon secret ou bien ils risqueraient de se moquer ou de se méfier de moi. Que représentait pour Adamov, Larronde ou Maurice Raphaël l'École des Mines ? Rien, sans doute. Ils me conseilleraient de ne plus fréquenter cet endroit-là. Si je passais beaucoup de temps au Condé, c'est que je voulais qu'on me donne un tel conseil, une fois pour toutes. Louki et Maurice Raphaël devaient déjà être arrivés de l'autre côté du cimetière du Montparnasse, dans cette zone qu'il appelait «les limbes». Et moi, je restais dans l'obscurité, debout, contre la fenêtre, à contempler la façade noire. On aurait dit la gare désaffectée d'une ville de province. Sur les murs du bâtiment voisin, j'avais remarqué des traces de balles, comme si on y avait fusillé quelqu'un. Je me répétais à voix basse ces quatre mots qui me semblaient de plus en plus insolites : ÉCOLE SUPÉRIEURE DES MINES.

J'ai eu de la chance que ce jeune homme soit mon voisin de table au Condé et que nous engagions d'une manière aussi naturelle la conversation. C'était la première fois que je venais dans cet établissement et j'avais l'âge d'être son père. Le cahier où il a répertorié jour après jour, nuit après nuit, depuis trois ans, les clients du Condé m'a facilité le travail. Je regrette de lui avoir caché pour quelle raison exacte je voulais consulter ce document qu'il a eu l'obligeance de me prêter. Mais lui ai-je menti quand je lui ai dit que j'étais éditeur d'art ?

Je me suis bien rendu compte qu'il me croyait. C'est l'avantage d'avoir vingt ans de plus que les autres : ils ignorent votre passé. Et même s'ils vous posent quelques questions distraites sur ce qu'a été votre vie jusque-là, vous pouvez tout inventer. Une vie neuve. Ils n'iront pas vérifier. À mesure que vous la racontez, cette vie imaginaire, de grandes bouffées d'air frais traversent un lieu clos où vous étouffiez depuis longtemps. Une fenêtre s'ouvre brusquement, les persiennes claquent au vent du large. Vous avez, de nouveau, l'avenir devant vous.

Éditeur d'art. Cela m'est venu sans y réfléchir. Si l'on m'avait demandé, il y a plus de vingt ans, à quoi je me destinais, j'aurais bredouillé : éditeur d'art. Eh bien, je l'ai dit aujourd'hui. Rien n'a changé. Toutes ces années sont abolies.

Sauf que je n'ai pas fait entièrement table rase du passé. Il reste certains témoins, certains survivants parmi ceux qui ont été nos contemporains. Un soir, au Montana, j'ai demandé au docteur Vala sa date de naissance. Nous sommes nés la même année. Et je lui ai rappelé que nous nous étions rencontrés jadis, dans ce même bar, quand le quartier brillait encore de tout son éclat. Et d'ailleurs, il me semblait l'avoir croisé bien avant, dans d'autres quartiers de Paris, sur la Rive droite. J'en étais même sûr. Vala a commandé, d'une voix sèche, un quart Vittel, me coupant la parole au moment où je risquais d'évoquer de mauvais souvenirs. Je me suis tu. Nous vivons à la merci de certains silences. Nous en savons long les uns sur les autres. Alors nous tâchons de nous éviter. Le mieux, bien sûr, c'est de se perdre définitivement de vue.

Quelle drôle de coïncidence... Je suis retombé sur Vala cet après-midi où j'ai franchi, pour la première fois, le seuil du Condé. Il était assis à une table du fond avec deux ou trois jeunes gens. Il m'a lancé le regard inquiet du bon vivant en présence d'un spectre. Je lui ai souri. Je lui ai serré la main sans rien dire. J'ai senti que le moindre mot de ma part risquait de le mettre mal à l'aise vis-à-vis de ses nouveaux amis. Il a paru soulagé de mon silence et de ma discrétion quand je me suis assis sur la banquette de moleskine, à l'autre bout de la salle. De là, je pouvais l'observer sans qu'il croise mon regard. Il leur parlait à voix basse, en se penchant vers eux. Craignait-il que j'entende ses propos ? Alors, pour passer le temps, je me suis imaginé toutes les phrases que j'aurais prononcées d'un ton faussement mondain et qui auraient fait perler à son front des gouttes de sueur. « Vous êtes encore toubib ? » Et après avoir marqué un temps : « Dites, vous exercez toujours quai Louis-Blériot ? À moins que vous ayez conservé votre cabinet rue de Moscou... Et ce séjour à Fresnes d'il y a long-temps, j'espère qu'il n'a pas eu de trop lourdes conséquences... » J'ai failli éclater de rire, là tout seul, dans mon coin. On ne vieillit pas. Avec les années qui passent, beaucoup de gens et de choses finissent par vous apparaître si comiques et si dérisoires que vous leur jetez un regard d'enfant.


Cette première fois, je suis resté longtemps à attendre au Condé. Elle n'est pas venue. Il fallait être patient. Ce serait pour un autre jour. J'ai observé les clients. La plupart n'avaient pas plus de vingt-cinq ans et un romancier du XIX^e siècle aurait évoqué, à leur sujet, la « bohème étudiante ». Mais très peu d'entre eux, à mon avis, étaient inscrits à la Sorbonne ou à l'École des Mines. Je dois avouer qu'à les observer de près je me faisais du souci pour leur avenir.

Deux hommes sont entrés, à très peu d'intervalle l'un de l'autre. Adamov et ce type brun à démarche souple qui avait signé quelques livres sous le nom de Maurice Raphaël. Je connaissais de vue Adamov. Jadis, il était presque tous les jours au Old Navy et l'on n'oubliait pas son regard. Je crois que je lui avais rendu un service pour régulariser sa situation, du temps où j'avais encore quelques contacts aux Renseignements généraux. Quant à Maurice Raphaël, il était aussi un habitué des bars du quartier. On disait qu'il avait eu des ennuis après la guerre sous un autre nom. À cette époque, je travaillais pour Blémant. Tous les deux, ils sont venus s'accouder au comptoir. Maurice Raphaël restait debout, très droit, et Adamov s'était hissé sur un tabouret en faisant une grimace douloureuse. Il n'avait pas remarqué ma présence. D'ailleurs, mon visage évoquerait-il encore quelque chose pour lui ? Trois jeunes gens, dont une fille blonde qui portait un imperméable défraîchi et une frange, les ont rejoints au comptoir. Maurice Raphaël leur tendait un paquet de cigarettes et les considérait avec un sourire amusé. Adamov, lui, se montrait moins familier. On aurait pu croire à son regard intense qu'il était vaguement effrayé par eux.

J'avais deux photomatons de cette Jacqueline Delanque dans ma poche... Du temps où je travaillais pour Blémant, il était toujours surpris de ma facilité à identifier n'importe qui. Il suffisait que je croise une seule fois un visage pour qu'il reste gravé dans ma mémoire, et Blémant me plaisantait sur ce don de reconnaître tout de suite une personne de loin, fût-elle de trois quarts et même de dos. Je n'éprouvais donc aucune inquiétude. Dès qu'elle entrerait au Condé, je saurais que c'était elle.

Le docteur Vala s'est retourné en direction du comptoir, et nos regards se sont croisés. Il a fait un geste amical de la main. J'ai eu brusquement l'envie de marcher jusqu'à sa table et de lui dire que j'avais une question confidentielle à lui poser. Je l'aurais entraîné à l'écart et je lui aurais montré les photomatons : « Vous connaissez ? » Vraiment, il m'aurait été utile d'en savoir un peu plus sur cette fille par l'un des clients du Condé.

Dès que j'avais appris l'adresse de son hôtel, je m'étais rendu sur les lieux. J'avais choisi le creux de l'après-midi. Il y aurait plus de chances qu'elle soit absente. Du moins, je l'espérais. Je pourrais ainsi poser quelques questions sur son compte à la réception. C'était une journée d'automne ensoleillée et j'avais décidé de faire le chemin à pied. J'étais parti des quais et je m'enfonçais lentement vers l'intérieur des terres. Rue du Cherche-Midi, j'avais le soleil dans les yeux. Je suis entré au Chien qui fume et j'ai commandé un cognac. J'étais anxieux. Je contemplais, derrière la vitre, l'avenue du Maine. Il faudrait que je prenne le trottoir de gauche, et j'arriverais au but. Aucune raison d'être anxieux. À mesure que je suivais l'avenue, je recouvrais mon calme. J'étais presque sûr de son absence et d'ailleurs je n'entrerais pas dans l'hôtel, cette fois-ci, pour poser des questions. Je rôderais autour, comme on fait un repérage. J'avais tout le temps devant moi. J'étais payé pour ça.

Quand j'ai atteint la rue Cels, j'ai décidé d'en avoir le cœur net. Une rue calme et grise, qui m'a évoqué non pas un village ou une banlieue mais ces zones mystérieuses que l'on nomme «arrière-pays». Je me suis dirigé droit vers la réception de l'hôtel. Personne. J'ai attendu une dizaine de minutes avec l'espoir qu'elle ne ferait pas son apparition. Une porte s'est ouverte, une femme brune aux cheveux courts, habillée tout en noir, est venue au bureau de la réception. J'ai dit d'une voix aimable :

«C'est au sujet de Jacqueline Delanque.»

Je pensais qu'elle était inscrite ici sous son nom de jeune fille.

Elle m'a souri et elle a pris une enveloppe dans l'un des casiers derrière elle.

«Vous êtes monsieur Roland?»

Qui était ce type? À tout hasard, j'ai fait un vague hochement de tête. Elle m'a tendu l'enveloppe sur laquelle était écrit à l'encre bleue : *Pour Roland*. L'enveloppe n'était pas cachetée. Sur une grande feuille de papier, j'ai lu :

*Roland, viens me retrouver à partir de 5 heures au Condé. Sinon téléphone-moi à* AUTEUIL *15-28 et laisse-moi un message.*

C'était signé Louki. Le diminutif de Jacqueline?

J'ai replié la feuille et l'ai glissée dans l'enveloppe que j'ai remise à la femme brune.

«Excusez-moi... Il y a eu confusion... Ce n'est pas pour moi.» Elle n'a pas bronché et elle a rangé la lettre dans le casier d'un geste machinal.

«Jacqueline Delanque habite depuis longtemps ici?»

Elle a hésité un instant et elle m'a répondu d'un ton affable: «Depuis un mois environ.

— Seule?

— Oui.»

Je la sentais indifférente et prête à répondre à toutes mes questions. Elle posait sur moi un regard d'une grande lassitude.

«Je vous remercie, lui ai-je dit.

— De rien.»

Je préférais ne pas m'attarder. Ce Roland risquait de venir d'un instant à l'autre. J'ai rejoint l'avenue du Maine et l'ai suivie en sens inverse de tout à l'heure. Au Chien qui fume j'ai commandé de nouveau un cognac. Dans l'annuaire, j'ai cherché l'adresse du Condé. Il se trouvait dans le quartier de l'Odéon. Quatre heures de l'après-midi, j'avais un peu de temps devant moi. Alors, j'ai téléphoné à AUTEUIL 15-28. Une voix sèche m'a évoqué celle de l'horloge parlante: «Ici le garage La Fontaine... Que puis-je pour votre service?» J'ai demandé Jacqueline Delanque. «Elle s'est absentée un moment... Il y a un message?» J'ai été tenté de raccrocher, mais je me suis forcé à répondre: «Non, aucun message. Merci.»

Avant tout, déterminer avec le plus d'exactitude possible les itinéraires que suivent les gens, pour mieux les comprendre. Je me répétais à voix basse: «Hôtel rue Cels. Garage La Fontaine. Café Condé. Louki.» Et puis, cette partie de Neuilly entre le bois de Boulogne et la Seine, là où ce type m'avait donné rendez-vous pour me parler de sa femme, la dénommée Jacqueline Choureau, née Delanque.


J'ai oublié qui lui avait conseillé de s'adresser à moi. Peu importe. Il avait sans doute trouvé mon adresse dans l'annuaire. J'avais pris le métro bien avant l'heure du rendez-vous. La ligne était directe. J'étais descendu à Sablons et j'avais marché, pendant près d'une demi-heure, dans les parages. J'avais l'habitude de reconnaître les lieux sans entrer tout de suite dans le vif du sujet. Jadis, Blémant me le reprochait et considérait que je perdais mon temps. Se jeter à l'eau, me disait-il, plutôt que de tourner au bord de la piscine. Moi, je pensais le contraire. Pas de geste trop brusque, mais de la passivité et de la lenteur grâce à quoi vous vous laissez doucement pénétrer par l'esprit des lieux.

Il flottait une odeur d'automne et de campagne dans l'air. Je suivais l'avenue en bordure du Jardin d'Acclimatation, mais sur le côté gauche, celui du Bois et de la piste cavalière, et j'aurais aimé que cela fût une simple promenade.

Ce Jean-Pierre Choureau m'avait téléphoné pour me fixer rendez-vous d'une voix blanche. Il m'avait seulement laissé entendre qu'il s'agissait de sa femme. À mesure que j'approchais de son domicile, je le voyais marchant comme moi le long de l'allée cavalière et dépassant le manège du Jardin d'Acclimatation. Quel âge avait-il? Le timbre de sa voix m'avait semblé juvénile, mais les voix sont toujours trompeuses.

Dans quel drame ou quel enfer conjugal m'entraînerait-il? Je me sentais envahir par le découragement, et je n'étais plus très sûr de vouloir aller à ce rendez-vous. Je m'enfonçais à travers le Bois en direction de la mare Saint-James et du petit lac que fréquentaient les patineurs pendant l'hiver. J'étais le seul promeneur et j'avais l'impression d'être loin de Paris, quelque part en Sologne. Encore une fois, j'ai réussi à surmonter le découragement. Une vague curiosité professionnelle m'a fait interrompre ma promenade à travers bois et revenir vers la lisière de Neuilly. La Sologne. Neuilly. J'imaginais de longs après-midi pluvieux pour ces Choureau à Neuilly. Et là-bas en Sologne, on entendait les cors de chasse, au crépuscule. Sa femme montait-elle en amazone? J'ai éclaté de rire en me rappelant la remarque de Blémant: «Vous, Caisley, vous démarrez trop vite. Vous auriez dû écrire des romans.»

Il habitait tout au bout, à la porte de Madrid, un immeuble moderne avec une grande entrée vitrée. Il m'avait dit d'aller au fond du hall, vers la gauche. Je verrais son nom sur la porte. « C'est un appartement, au rez-de-chaussée. » J'avais été surpris de la tristesse avec laquelle il avait prononcé « rez-de-chaussée ». Après quoi un long silence, comme s'il regrettait cet aveu.

« Et l'adresse exacte ? lui avais-je demandé.

— Au 11 de l'avenue de Bretteville. Vous notez bien ? Au 11... À quatre heures, cela vous va ? »

Sa voix s'était raffermie, elle avait presque pris une intonation mondaine.

Une petite plaque dorée sur la porte : Jean-Pierre Choureau, au-dessous de laquelle j'ai remarqué un œilleton. J'ai sonné. J'attendais. Là, dans ce hall désert et silencieux, je me suis dit que je venais trop tard. Il s'était suicidé. J'ai eu honte d'une telle pensée et, de nouveau, l'envie de laisser tout tomber, de quitter ce hall, et de poursuivre ma promenade à l'air libre, en Sologne... J'ai sonné encore, cette fois-ci trois coups brefs. La porte s'est ouverte aussitôt, comme s'il s'était tenu posté derrière elle, à m'observer dans l'œilleton.

Un brun d'une quarantaine d'années, les cheveux coupés court, de taille beaucoup plus grande que la moyenne. Il portait un costume bleu marine et une chemise bleu ciel au col ouvert. Il m'a guidé vers ce que l'on pouvait appeler la salle de séjour sans dire un mot. Il m'a désigné un canapé, derrière une table basse, et nous nous y sommes assis côte à côte. Il avait du mal à parler. Pour le mettre à l'aise, je lui ai dit de la voix la plus douce possible : « Alors, il s'agit de votre femme ? »

Il essayait de prendre un ton détaché. Il m'adressait un sourire éteint. Oui, sa femme avait disparu depuis deux mois à la suite d'une dispute banale. Étais-je la première personne à laquelle il parlait depuis cette disparition ? Le volet de fer de l'une des baies vitrées était baissé, et je me suis demandé si cet homme s'était tenu cloîtré dans son appartement depuis deux mois. Mais à part le volet, aucune trace de désordre et de laisser-aller dans cette salle de séjour. Lui-même, après un instant de flottement, reprenait une certaine assurance.

«Je souhaite que cette situation s'éclaircisse assez rapidement», a-t-il fini par me dire.

Je l'observais de plus près. Des yeux très clairs sous des sourcils noirs, des pommettes hautes, un profil régulier. Et dans l'allure et les gestes une vigueur sportive qu'accentuaient les cheveux courts. On l'aurait volontiers imaginé sur un voilier, torse nu, en navigateur solitaire. Et malgré tant de fermeté et de séduction apparentes, sa femme l'avait quitté.

J'ai voulu savoir si pendant tout ce temps il avait fait des tentatives pour la retrouver. Non. Elle lui avait téléphoné trois ou quatre fois en lui confirmant qu'elle ne reviendrait plus. Elle lui déconseillait vivement de chercher à reprendre contact avec elle et ne lui donnait aucune explication. Elle avait changé de voix. Ce n'était plus la même personne. Une voix très calme, très assurée qui le déconcertait beaucoup. Lui et sa femme avaient une quinzaine d'années de différence. Elle, vingt-deux ans. Lui, trente-six. À mesure qu'il me donnait ces détails, je sentais chez lui une réserve, et même une froideur, qui était sans doute le fruit de ce qu'on appelle la bonne éducation. Maintenant, je devais lui poser des questions de plus en plus précises et je ne savais plus si cela en valait la peine. Que voulait-il au juste? Que sa femme revienne? Ou, tout simplement, cherchait-il à comprendre pourquoi elle l'avait quitté? Peut-être cela lui suffisait-il? À part le canapé et la table basse, aucun meuble dans la salle de séjour. Les baies vitrées donnaient sur l'avenue où ne passaient que de rares voitures, si bien qu'il n'était pas gênant que l'appartement soit au rez-de-chaussée. Le soir tombait. Il a allumé la lampe à trépied et abat-jour rouge disposée à côté du canapé, sur ma droite. La lumière m'a fait cligner des yeux, une lumière blanche qui rendait le silence encore plus profond. Je crois qu'il attendait mes questions. Il avait croisé les jambes. Pour gagner du temps, j'ai sorti de la poche intérieure de ma veste mon carnet à spirale et mon stylo-bille et j'ai pris quelques notes. «Lui, 36 ans. Elle, 22. Neuilly. Appartement rez-de-chaussée. Pas de meubles. Baies vitrées donnant sur avenue de Bretteville. Pas de circulation. Quelques magazines sur la table basse.» Il attendait sans rien dire comme si j'étais un médecin qui dressait une ordonnance.

«Le nom de jeune fille de votre femme?

— Delanque. Jacqueline Delanque.»

Je lui ai demandé la date et le lieu de naissance de cette Jacqueline Delanque. La date, aussi, de leur mariage. Avait-elle un permis de conduire? Un travail régulier? Non. Avait-elle encore de la famille? À Paris? En province? Un carnet de chèques? Au fur et à mesure qu'il me répondait d'une voix triste, je notais tous ces détails qui sont souvent les seuls à témoigner du passage d'un vivant sur la terre. À condition qu'on retrouve un jour le carnet à spirale où quelqu'un les a notés d'une toute petite écriture difficilement lisible, commela mienne.

Maintenant, il fallait que je passe à des questions plus délicates, de celles qui vous font entrer dans l'intimité d'un être sans lui en demander la permission. De quel droit?

«Vous avez des amis?»

Oui, quelques personnes qu'il voyait assez régulièrement. Il les avait connues dans une école de commerce. Certains avaient d'ailleurs été des camarades, au lycée Jean-Baptiste-Say.

Il avait même essayé de monter une boîte avec trois d'entre eux avant de travailler pour la société immobilière Zannetacci en qualité d'associé gérant.

«Vous y travaillez toujours?

— Oui. Au 20, rue de la Paix.»

Par quel moyen de locomotion allait-il au bureau? Chaque détail, le plus futile en apparence, est révélateur. En voiture. Il faisait de temps en temps des voyages pour Zannetacci. Lyon. Bordeaux. La Côte d'Azur. Genève. Et Jacqueline Choureau, née Delanque, restait-elle seule à Neuilly? Il l'avait emmenée quelquefois, à l'occasion de ces déplacements, sur la Côte d'Azur. Et quand elle était seule, à quoi occupait-elle ses loisirs? Il n'y avait vraiment personne qui soit susceptible de lui donner un renseignement concernant la disparition de Jacqueline, épouse Choureau, née Delanque, et de lui fournir le moindre indice? «Je ne sais pas, moi, une confidence qu'elle aurait faite un jour de cafard...» Non. Elle ne se serait jamais confiée à personne. Souvent, elle lui reprochait le manque de fantaisie de ses amis à lui. Il faut dire, aussi, qu'elle avait quinze ans de moins qu'eux tous.

J'en venais maintenant à une question qui m'accablait d'avance, mais que j'étais obligé de lui poser:

«Vous pensez qu'elle avait un amant?»

Le ton de ma voix m'a semblé un peu brutal et un peu bête. Mais c'était comme ça. Il a froncé les sourcils.

«Non.»

Il a hésité, il me fixait droit dans les yeux comme s'il attendait un encouragement de ma part ou qu'il cherchait ses mots. Un soir, l'un des anciens amis de l'école commerciale était venu dîner ici avec un certain Guy de Vere, un homme plus âgé qu'eux. Ce Guy de Vere était très versé dans les sciences occultes et avait proposé de leur apporter quelques ouvrages sur le sujet. Sa femme avait assisté à plusieurs réunions et même à des sortes de conférences que ce Guy de Vere donnait régulièrement. Lui n'avait pas pu l'accompagner à cause d'un surcroît de travail au bureau Zannetacci. Sa femme manifestait de l'intérêt pour ces réunions et ces conférences et lui en parlait souvent, sans qu'il comprenne très bien de quoi il s'agissait. Parmi les livres que lui avait conseillés Guy de Vere, elle lui en avait prêté un, celui qui lui semblait le plus facile à lire. Cela s'appelait *Horizons perdus*. Était-il entré en contact avec Guy de Vere après la disparition de sa femme? Oui, il lui avait téléphoné plusieurs fois, mais il n'était au courant de rien. «Vous en êtes bien sûr?» Il a haussé les épaules et m'a fixé d'un regard las. Ce Guy de Vere avait été très évasif et il avait compris qu'il n'obtiendrait aucun renseignement de lui. Le nom exact et l'adresse de cet homme? Il ignorait son adresse. Il n'était pas dans l'annuaire.

Je cherchais d'autres questions à lui poser. Un silence, entre nous, mais cela ne paraissait pas le gêner. Assis sur ce canapé côte à côte, nous nous trouvions dans la salle d'attente d'un dentiste ou d'un médecin. Des murs blancs et nus. Un portrait de femme accroché au-dessus du canapé. J'ai failli prendre l'un des magazines sur la table basse. Une sensation de vide m'a saisi. Je dois dire qu'à ce moment-là je ressentais l'absence de Jacqueline Choureau née Delanque au point qu'elle me semblait définitive. Mais il ne fallait pas être pessimiste dès le début. Et puis, cette salle de séjour ne donnait-elle pas la même impression de vide, quand cette femme était présente? Ils dînaient là? Alors, c'était sans doute sur une table de bridge, que l'on repliait et rangeait ensuite. J'ai voulu savoir si elle était partie sur un coup de tête, en laissant quelques affaires derrière elle. Non. Elle avait emporté ses vêtements et les quelques livres que lui avait prêtés Guy de Vere, le tout dans une valise de cuir grenat. Il ne restait pas la moindre trace d'elle ici. Même les photos où elle figurait – de rares photos de vacances – avaient disparu. Le soir, seul dans l'appartement, il se demandait s'il avait jamais été marié à cette Jacqueline Delanque. L'unique preuve que tout cela n'avait pas été un rêve, c'était le livret de famille qu'on leur avait remis après leur mariage. Livret de famille. Il a répété ces mots, comme s'il n'en comprenait plus le sens.

Il était inutile que je visite les autres pièces de l'appartement. Chambres vides. Placards vides. Et le silence, à peine troublé par le passage d'une voiture dans l'avenue de Bretteville. Les soirées devaient être longues.

«Elle est partie avec la clé?»

Il a eu un mouvement négatif de la tête. Pas même l'espoir d'entendre une nuit le bruit de la clé dans la serrure qui annoncerait son retour. Et puis il pensait qu'elle n'appellerait plus jamais au téléphone.

«Vous l'avez connue comment?»

Elle avait été recrutée chez Zannetacci pour remplacer une employée. Un travail de secrétariat intérimaire. Il lui avait dicté quelques lettres à des clients et c'est ainsi qu'ils avaient fait connaissance. Ils s'étaient vus en dehors du bureau. Elle lui avait dit qu'elle était étudiante à l'École des langues orientales dont elle suivait les cours deux fois par semaine, mais il n'avait jamais pu savoir de quelle langue précise il s'agissait. Des langues asiatiques, disait-elle. Et, au bout de deux mois, ils s'étaient mariés un samedi matin à la mairie de Neuilly, avec pour témoins deux collègues du bureau Zannetacci. Personne d'autre n'assistait à ce qui n'était pour lui qu'une simple formalité. Ils étaient allés déjeuner avec les témoins tout près de chez lui, en bordure du bois de Boulogne, dans un restaurant fréquenté par les clients des manèges voisins.

Il me lançait un regard gêné. Apparemment, il aurait voulu me donner de plus amples explications concernant ce mariage.

Je lui ai souri. Je n'avais pas besoin d'explications. Il a fait un effort et, comme s'il se jetait à l'eau :

« On essaye de créer des liens, vous comprenez... »

Mais oui, je comprenais. Dans cette vie qui vous apparaît quelquefois comme un grand terrain vague sans poteau indicateur, au milieu de toutes les lignes de fuite et les horizons perdus, on aimerait trouver des points de repère, dresser une sorte de cadastre pour n'avoir plus l'impression de naviguer au hasard. Alors, on tisse des liens, on essaye de rendre plus stables des rencontres hasardeuses. Je me taisais, le regard fixé sur la pile de magazines. Au milieu de la table basse, un grand cendrier jaune qui portait l'inscription : Cinzano. Et un livre broché dont le titre était : *Adieu Focolara*. Zannetacci. Jean-Pierre Choureau. Cinzano. Jacqueline Delanque. Mairie de Neuilly. Focolara. Et il fallait chercher un sens à tout cela...

« Et puis c'était quelqu'un qui avait du charme... J'ai eu pour elle le coup de foudre... »

À peine avait-il prononcé à voix basse cette confidence qu'il semblait le regretter. Dans les jours qui avaient précédé sa disparition, avait-il senti quelque chose de particulier chez elle ? Eh bien oui, elle lui faisait de plus en plus de reproches au sujet de leur vie quotidienne. Ce n'était pas cela, disait-elle, la vraie vie. Et quand il lui demandait en quoi consistait au juste la VRAIE VIE, elle haussait les épaules sans répondre, comme si elle savait qu'il ne comprendrait rien à ses explications. Et puis elle retrouvait son sourire et sa gentillesse et elle s'excusait presque de sa mauvaise humeur. Elle prenait un air résigné et elle lui disait qu'au fond tout cela n'était pas bien grave. Un jour, peut-être, il comprendrait ce qu'était la VRAIE VIE.

« Vous n'avez vraiment aucune photo d'elle ? »

Un après-midi, ils se promenaient au bord de la Seine. Il comptait prendre le métro à Châtelet pour rejoindre son bureau. Boulevard du Palais, ils étaient passés devant la petite boutique photomaton. Elle avait besoin de photos pour un nouveau passeport. Il l'avait attendue sur le trottoir. Quand elle était sortie, elle lui avait confié les photos en lui disant qu'elle avait peur de les perdre. De retour à son bureau, il avait mis ces photos dans une enveloppe et il avait oublié de les rapporter à

Neuilly. Après la disparition de sa femme, il s'était aperçu que l'enveloppe était toujours là, sur son bureau, parmi d'autres documents administratifs.

«Vous m'attendez un instant?»

Il m'a laissé seul sur le canapé. Il faisait nuit. J'ai regardé ma montre et j'ai été étonné que les aiguilles marquent seulement six heures moins le quart. J'avais l'impression d'être là depuis beaucoup plus longtemps.

Deux photos dans une enveloppe grise où était imprimé à gauche: «Immobilière Zannetacci (France), 20, rue de la Paix, Paris Ier». Une photo de face, mais l'autre de profil, comme on l'exigeait jadis à la préfecture de police pour les étrangers. Son nom: Delanque, et son prénom: Jacqueline étaient pourtant bien français. Deux photos que je tenais entre pouce et index et que j'ai contemplées en silence. Une chevelure brune, des yeux clairs, et l'un de ces profils si purs qu'ils donnent un charme même aux photos anthropométriques. Et ces deux-là avaient toute la grisaille et la froideur des photos anthropométriques.

«Vous me les confiez pendant quelque temps? lui ai-je demandé.

— Bien sûr.»

J'ai enfoncé l'enveloppe dans une poche de ma veste.

Il y a un moment où il ne faut plus écouter personne. Lui, Jean-Pierre Choureau, que savait-il au juste de Jacqueline Delanque? Pas grand-chose. Ils avaient vécu ensemble un an à peine dans ce rez-de-chaussée de Neuilly. Ils s'étaient assis côte à côte sur ce canapé, ils dînaient l'un en face de l'autre et quelquefois avec les anciens amis de l'école commerciale et du lycée Jean-Baptiste Say. Cela suffit-il pour deviner tout ce qui se passe dans la tête de quelqu'un? Est-ce qu'elle voyait encore des gens de sa famille? J'avais fait un dernier effort pour lui poser cette question.

«Non. Elle n'avait plus de famille.»

Je me suis levé. Il m'a jeté un regard inquiet. Lui, il restait assis sur le canapé.

«Il est temps que je parte, lui ai-je dit. Il est tard.»

Je lui souriais, mais il semblait vraiment surpris que je veuille le quitter.

« Je vous téléphonerai le plus vite possible, lui ai-je dit. J'espère pouvoir vous donner bientôt des nouvelles. »

Il s'est levé à son tour, de ce mouvement de somnambule avec lequel tout à l'heure il m'avait guidé jusqu'à la salle de séjour. Une ultime question m'est venue à l'esprit :

« Elle est partie avec de l'argent ?

— Non.

— Et quand elle vous téléphonait, après sa fuite, elle ne vous donnait aucune précision sur son mode de vie ?

— Non. »

Il marchait vers la porte d'entrée, de son pas raide. Pouvait-il encore répondre à mes questions ? J'ai ouvert la porte. Il se tenait derrière moi, figé. Je ne sais pas quel vertige m'a pris, quelle bouffée d'amertume, mais je lui ai dit sur un ton agressif :

« Vous espériez sans doute vieillir avec elle ? »

Était-ce pour le réveiller de sa torpeur et de son accablement ? Il a écarquillé les yeux et m'a considéré avec crainte. J'étais dans l'encadrement de la porte. Je me suis rapproché de lui et j'ai posé la main sur son épaule :

« N'hésitez pas à me téléphoner. À n'importe quelle heure. »

Son visage s'est détendu. Il a eu la force de sourire. Avant de refermer la porte, il m'a fait un salut du bras. Je suis resté un long moment sur le palier, et la minuterie s'est éteinte. Je l'imaginais s'asseyant tout seul sur le canapé, à la place qu'il occupait tout à l'heure. D'un geste machinal, il prenait l'un des magazines rangés en pile sur la table basse.


Dehors, il faisait nuit. Je ne détachais pas ma pensée de cet homme dans son rez-de-chaussée, sous la lumière crue de la lampe. Allait-il manger quelque chose avant de se coucher ? Je me demandais s'il y avait une cuisine, là-bas. J'aurais dû l'inviter à dîner. Peut-être, sans que je lui pose de questions, aurait-il prononcé un mot, un aveu qui m'aurait mis plus vite sur la piste de Jacqueline Delanque. Blémant me répétait qu'il arrive un moment pour chaque individu, même le plus buté, où « il crache le morceau » : c'était son expression habituelle. À nous d'attendre ce moment avec une extrême patience, en essayant, bien sûr, de le provoquer, mais de manière presque insensible, Blémant disait: «à petits coups délicats d'épingle». Le type doit avoir l'impression de se trouver en face d'un confesseur. C'est difficile. C'est le métier. J'avais atteint la Porte Maillot et je voulais marcher quelque temps encore dans la tiédeur du soir. Malheureusement, mes nouvelles chaussures me faisaient très mal aux cous-de-pied. Alors, sur l'avenue, je suis entré dans le premier café et j'ai choisi l'une des tables proches de la baie vitrée. J'ai délacé mes chaussures et j'ai ôté celle du pied gauche, le plus douloureux. Quand le garçon est venu, je n'ai pas résisté au bref instant d'oubli et de douceur que me procurerait une Izarra verte.

J'ai sorti de ma poche l'enveloppe et j'ai regardé longuement les deux photomatons. Où était-elle maintenant? Dans un café, comme moi, assise toute seule à une table? Sans doute la phrase qu'il avait prononcée tout à l'heure m'avait donné cette idée: «On essaye de créer des liens...» Rencontres dans une rue, dans une station de métro à l'heure de pointe. On devrait s'attacher l'un à l'autre par des menottes à ce moment-là. Quel lien résisterait à ce flot qui vous emporte et vous fait dériver? Un bureau anonyme où l'on dicte une lettre à une dactylo intérimaire, un rez-de-chaussée de Neuilly dont les murs blancs et vides évoquent ce qu'on appelle «un appartement témoin» et où l'on ne laissera aucune trace de son passage... Deux photomatons, l'un de face, l'autre de profil... Et c'est avec ça qu'il faudrait créer des liens? Quelqu'un pouvait m'aider dans ma recherche: Bernolle. Je ne l'avais plus revu depuis l'époque de Blémant, sauf un après-midi d'il y a trois ans. J'allais prendre le métro et je traversais le parvis de Notre-Dame. Une sorte de clochard est sorti de l'Hôtel-Dieu et nous nous sommes croisés. Il portait un imperméable aux manches déchirées, un pantalon qui s'arrêtait au-dessus des chevilles et ses pieds nus étaient chaussés de vieilles sandales. Il était mal rasé et ses cheveux noirs, beaucoup trop longs. Pourtant je l'ai reconnu. Bernolle. Je l'ai suivi avec l'intention de lui parler. Mais il marchait vite. Il a franchi la grande porte de la préfecture de police. J'ai hésité un moment. Il était trop tard pour le rattraper. Alors, j'ai décidé de l'attendre, là, sur le trottoir. Après tout, nous avions été jeunes ensemble.

Il est sorti par la même porte dans un manteau bleu marine, un pantalon de flanelle et des chaussures noires à lacets. Ce n'était plus le même homme. Il paraissait gêné quand je l'ai abordé. Il était rasé de frais. Nous avons marché le long du quai sans rien nous dire. Une fois attablé un peu plus loin au Soleil d'Or, il s'est confié à moi. On l'employait encore pour des besognes de renseignements, oh, pas grand-chose, un travail d'indic et de taupe où il jouait les clochards pour mieux voir et écouter ce qui se passait autour de lui : planques devant des immeubles, dans des marchés aux puces, à Pigalle, autour des gares et même au Quartier latin. Il a eu un sourire triste. Il habitait un studio dans le XVIe arrondissement. Il m'a donné son numéro de téléphone. Pas un instant nous n'avons parlé du passé. Il avait posé son sac de voyage sur la banquette à côté de lui. Il aurait été bien surpris si je lui avais dit ce qu'il contenait : un vieil imperméable, un pantalon trop court, deux sandales.

Le soir même où je suis revenu de ce rendez-vous à Neuilly, je lui ai téléphoné. Depuis nos retrouvailles, j'avais eu parfois recours à lui pour des renseignements dont j'avais besoin. Je lui ai demandé de me trouver quelques précisions concernant la dénommée Jacqueline Delanque, femme Choureau. Je n'avais pas grand-chose de plus à lui dire sur cette personne, sinon sa date de naissance et celle de son mariage avec un certain Choureau Jean-Pierre, 11, avenue de Bretteville à Neuilly, associé gérant chez Zannetacci. Il a pris note. «C'est tout ?» Il paraissait déçu. «Et rien au sommier sur ces gens-là, je suppose», a-t-il dit d'une voix dédaigneuse. Sommier. J'ai essayé d'imaginer la chambre à coucher des Choureau à Neuilly, cette chambre où j'aurais dû jeter un coup d'œil par conscience professionnelle. Une chambre vide pour toujours, un lit dont il ne restait que le SOMMIER.

Les semaines suivantes, Choureau m'a téléphoné plusieurs fois. Il parlait toujours d'une voix blanche et il était toujours sept heures du soir. Peut-être à cette heure-là, seul dans son rez-de-chaussée, avait-il besoin de parler à quelqu'un. Je lui disais de prendre patience. J'avais l'impression qu'il n'y croyait plus et qu'il accepterait peu à peu la disparition de sa femme. J'ai reçu une lettre de Bernolle :

Mon cher Caisley,

Rien au sommier. Pas plus à Choureau qu'à Delanque.

Mais le hasard fait bien les choses : un travail fastidieux de statistiques dont on m'a chargé dans les mains courantes des commissariats du IXe et du XVIIIe arrondissement m'a permis de vous trouver quelques renseignements.

À deux reprises, je suis tombé sur «Delanque, Jacqueline, 15 ans». Une première fois, dans la main courante du commissariat du quartier Saint-Georges d'il y a sept ans, une seconde fois, quelques mois plus tard, dans celle des Grandes-Carrières. Motif : Vagabondage de mineure.

J'ai demandé à Leoni s'il y aurait quelque chose concernant les hôtels. Il y a deux ans, Delanque Jacqueline a habité l'hôtel San Remo, 8, rue d'Armaillé (XVIIe) et l'hôtel Métropole, 13, rue de l'Étoile (XVIIe). Dans les mains courantes de Saint-Georges et des Grandes-Carrières il est écrit qu'elle était domiciliée chez sa mère, 10, avenue Rachel (XVIIIe arrondissement).

Elle habite actuellement l'hôtel Savoie, 8, rue Cels, dans le XIVe arrondissement. Sa mère est décédée il y a quatre ans. Sur son extrait d'acte de naissance de la mairie de Fontaines-en-Sologne (Loir-et-Cher), dont je vous envoie une copie, il est indiqué qu'elle est née de père inconnu. Sa mère était employée comme ouvreuse au Moulin-Rouge et avait un ami, un certain Guy Lavigne, qui travaillait au garage La Fontaine, 98, rue La Fontaine (XVIe) et l'aidait matériellement. Jacqueline Delanque ne semble pas exercer un travail régulier.

Voilà, mon cher Caisley, tout ce que j'ai recueilli pour vous. J'espère vous voir prochainement, mais à condition que cela ne soit pas dans ma tenue de travail. Blémant aurait beaucoup ri de ce déguisement de clochard. Vous, un peu moins, je suppose. Et moi, pas du tout.

Bon courage,

BERNOLLE

Il ne me restait plus qu'à téléphoner à Jean-Pierre Choureau pour lui dire que le mystère était dissipé. J'essaye de me rappeler à quel moment exact j'ai décidé de n'en rien faire. J'avais composé les premiers chiffres de son numéro quand j'ai raccroché brusquement. J'étais accablé à la perspective de retourner dans ce rez-de-chaussée de Neuilly en fin d'après-midi comme l'autre fois, et d'attendre avec lui, sous la lampe à abat-jour rouge, que le soir tombe. J'ai déplié le vieux plan Taride de Paris que je garde toujours sur mon bureau, à portée de main. À force de le consulter, je l'ai souvent déchiré vers les bords et, chaque fois, je collais du Scotch sur la déchirure, comme on panse un blessé. le Condé. Neuilly. Le quartier de l'Étoile. L'avenue Rachel. Pour la première fois de ma vie professionnelle, j'éprouvais le besoin en menant mon enquête d'aller à contre-courant. Oui, je faisais, en sens inverse, le chemin qu'avait suivi Jacqueline Delanque. Jean-Pierre Choureau, lui, ne comptait plus. Il n'avait été qu'un comparse et je le voyais s'éloigner pour toujours, une serviette noire à la main, vers le bureau Zannetacci. Au fond, la seule personne intéressante, c'était Jacqueline Delanque. Il y en avait eu beaucoup, des Jacqueline, dans ma vie... Elle serait la dernière. J'ai pris le métro, la ligne Nord-Sud, comme on disait, celle qui reliait l'avenue Rachel au Condé. À mesure que passaient les stations, je remontais le temps. Je suis descendu à Pigalle. Et là, j'ai marché sur le terre-plein du boulevard d'un pas léger. Un après-midi ensoleillé d'automne où l'on aurait aimé faire des projets d'avenir et où la vie aurait recommencé de zéro. Après tout, c'était dans cette zone qu'avait commencé sa vie, à cette Jacqueline Delanque... Il me semblait avoir rendez-vous avec elle. À la hauteur de la place Blanche, le cœur me battait un peu et je me sentais ému et même intimidé. Je n'avais pas connu cela depuis longtemps. Je continuais d'avancer sur le terre-plein d'un pas de plus en plus rapide. J'aurais pu marcher en fermant les yeux dans ce quartier familier : le Moulin-Rouge, le Sanglier Bleu... Qui sait ? J'avais croisé cette Jacqueline Delanque il y avait longtemps, sur le trottoir de droite quand elle allait retrouver sa mère au Moulin-Rouge, ou sur le trottoir de gauche à l'heure de la sortie du lycée Jules-Ferry. Voilà, j'étais arrivé. J'avais oublié le cinéma au coin de l'avenue. Il s'appelait le Mexico et ce n'est pas un hasard s'il portait un tel nom. Cela vous donnait des envies de voyages, de fugues ou de fuites... J'avais oublié aussi le silence et le calme de l'avenue Rachel qui mène au cimetière, mais l'on n'y pense pas, au cimetière, on se dit que tout au fond on débouchera sur la campagne, et même avec un peu de chance sur une promenade de bord de mer.

Je me suis arrêté devant le numéro 10 et, après un moment d'hésitation, je suis entré dans l'immeuble. J'ai voulu frapper à la porte vitrée du concierge, mais je me suis retenu. À quoi bon? Sur une petite pancarte collée à l'un des carreaux de la porte figuraient en caractères noirs les noms des locataires et l'étage de chacun d'eux. J'ai sorti de la poche intérieure de ma veste mon carnet et mon stylo-bille et j'ai noté les noms:

Deyrlord (Christiane)
Dix (Gisèle)
Dupuy (Marthe)
Esnault (Yvette)
Gravier (Alice)
Manoury (Albine)
Mariska
Van Bosterhaudt (Huguette)
Zazani (Odette)

Le nom Delanque (Geneviève) était barré et remplacé par Van Bosterhaudt (Huguette). La mère et la fille avaient habité au cinquième étage. Mais en refermant le carnet je savais que tous ces détails ne me serviraient à rien.

Dehors, au rez-de-chaussée de l'immeuble, un homme se tenait sur le seuil d'un magasin de tissus à l'enseigne de la Licorne. Comme je levais la tête vers le cinquième étage, je l'ai entendu me dire d'une voix grêle:

«Vous cherchez quelque chose, monsieur?»

J'aurais dû lui poser une question sur Geneviève et Jacqueline Delanque, mais je savais ce qu'il m'aurait répondu, rien que de très superficiel, de petits détails de «surface», comme disait Blémant, sans jamais entrer dans la profondeur des choses. Il suffisait d'entendre sa voix grêle et de remarquer sa tête de fouine et la dureté de son regard: non, il n'y avait rien à espérer de lui, sauf les «renseignements» que donnerait un simple délateur. Ou alors, il me dirait qu'il ne connaissait ni Geneviève ni Jacqueline Delanque. Une rage froide m'a pris vis-à-vis de ce type au visage de belette. Peut-être représentait-il pour moi, brusquement, tous ces prétendus témoins que j'avais interrogés pendant mes enquêtes et qui n'avaient jamais rien compris à ce qu'ils avaient vu, par bêtise, méchanceté ou indifférence. J'ai marché d'un pas lourd et me suis planté devant lui. Je le dépassais d'une vingtaine de centimètres et pesais le double de son poids.

«On n'a pas le droit de regarder les façades?»

Il m'a fixé de ses yeux durs et craintifs. J'aurais voulu lui faire encore plus peur.

Et puis, pour me calmer, je me suis assis sur un banc du terre-plein, à la hauteur de l'entrée de l'avenue, face au cinéma Mexico. J'ai ôté ma chaussure gauche.

Du soleil. J'étais perdu dans mes pensées. Jacqueline Delanque pouvait compter sur ma discrétion, Choureau ne saurait jamais rien de l'hôtel Savoie, du Condé, du garage La Fontaine et du dénommé Roland, sans doute le brun à veste de daim mentionné dans le cahier. «Louki. Lundi 12 février 23 heures. Louki 28 avril 14 heures. Louki avec le brun à veste de daim.» Au fil des pages de ce cahier, j'avais souligné chaque fois son nom au crayon bleu, et recopié, sur des feuilles volantes, toutes les notices qui la concernaient. Avec les dates. Et les heures. Mais elle n'avait aucun motif de s'inquiéter. Je ne retournerais plus au Condé. Vraiment, j'avais eu de la chance, les deux ou trois fois où je l'attendais à l'une des tables de ce café, qu'elle ne soit pas venue ce jour-là. J'aurais été gêné de l'épier à son insu, oui, j'aurais eu honte de mon rôle. De quel droit entrons-nous par effraction dans la vie des gens et quelle outrecuidance de sonder leurs reins et leurs cœurs – et de leur demander des comptes... À quel titre? J'avais ôté ma chaussette et je massais mon cou-de-pied. La douleur s'apaisait. Le soir est tombé. Jadis, c'était l'heure, je suppose, où Geneviève Delanque allait à son travail au Moulin-Rouge. Sa fille restait seule, au cinquième étage. Vers treize, quatorze ans, un soir, après le départ de sa mère, elle était sortie de l'immeuble en prenant bien garde de ne pas attirer l'attention du concierge. Dehors, elle n'avait pas dépassé le coin de l'avenue. Elle s'était contentée, les premiers temps, de la séance de dix heures au cinéma Mexico. Puis le retour dans l'immeuble, la montée de l'escalier, sans allumer la minuterie, la porte que l'on referme le plus doucement possible. Une nuit, à la sortie du cinéma, elle avait marché un peu plus loin, jusqu'à la place Blanche. Et chaque nuit, un peu plus loin. Vagabondage de mineure, comme il était écrit dans les mains courantes du quartier Saint-Georges et de celui des Grandes-Carrières, et ces deux derniers mots évoquaient pour moi une prairie sous la lune, après le pont Caulaincourt tout là-bas derrière le cimetière, une prairie où l'on respirait enfin à l'air libre. Sa mère était venue la chercher au commissariat. Désormais, l'élan était pris et plus personne ne pouvait la retenir. Vagabondage nocturne vers l'ouest, si j'en jugeais par les quelques indices que Bernolle avait rassemblés. D'abord le quartier de l'Étoile, et encore plus à l'ouest, Neuilly et le bois de Boulogne. Mais pourquoi donc s'était-elle mariée avec Choureau? Et de nouveau une fuite, mais cette fois-ci en direction de la Rive gauche, comme si la traversée du fleuve la protégeait d'un danger imminent. Et pourtant ce mariage n'avait-il pas été lui aussi une protection? Si elle avait eu la patience de rester à Neuilly, on aurait oublié à la longue que sous une Mme Jean-Pierre Choureau se cachait une Jacqueline Delanque dont le nom figurait à deux reprises dans des mains courantes.

Décidément, j'étais encore prisonnier de mes vieux réflexes professionnels, ceux qui faisaient dire à mes collègues que, même pendant mon sommeil, je poursuivais mes enquêtes. Blémant me comparait à ce truand d'après la guerre que l'on appelait «L'homme qui fume en dormant». Il gardait en permanence au bord de sa table de nuit un cendrier sur lequel était posée une cigarette allumée. Il dormait par à-coups et, à chacun de ses brefs réveils, il tendait le bras vers le cendrier et aspirait une bouffée de cigarette. Et celle-ci achevée, il en allumait une autre d'un geste de somnambule. Mais, au matin, il ne se souvenait plus de rien et il était persuadé d'avoir dormi d'un sommeil profond. Moi aussi, sur ce banc, maintenant qu'il faisait nuit, j'avais l'impression d'être dans un rêve où je continuais de suivre à la trace Jacqueline Delanque.

Ou plutôt, je sentais sa présence sur ce boulevard dont les lumières brillaient comme des signaux, sans que je puisse très bien les déchiffrer et sans savoir du fond de quelles années ils m'étaient adressés. Et elles me semblaient encore plus vives, ces lumières, à cause de la pénombre du terre-plein. À la fois vives et lointaines.

J'avais enfilé ma chaussette, enfoncé de nouveau mon pied dans ma chaussure gauche et quitté ce banc où j'aurais volontiers passé toute la nuit. Et je marchais le long du terre-plein comme elle, à quinze ans, avant de se faire prendre. Où et à quel moment avait-elle attiré l'attention sur elle?

Jean-Pierre Choureau finirait par se lasser. Je lui répondrais encore quelquefois au téléphone en lui donnant de vagues indications – toutes mensongères, bien entendu. Paris est grand et il est facile d'y égarer quelqu'un. Quand j'aurais le sentiment de l'avoir entraîné sur de fausses pistes, je ne répondrais plus à ses appels. Jacqueline pouvait compter sur moi. Je lui laisserais le temps de se mettre définitivement hors d'atteinte.

En ce moment, elle marchait elle aussi quelque part dans cette ville. Ou alors elle était assise à une table, au Condé. Mais elle n'avait rien à craindre. Je ne serais plus au rendez-vous.

Quand j'avais quinze ans, on m'en aurait donné dix-neuf. Et même vingt. Je ne m'appelais pas Louki mais Jacqueline. J'étais encore plus jeune la première fois que j'ai profité de l'absence de ma mère pour sortir. Elle allait à son travail vers neuf heures du soir et elle ne rentrait pas avant deux heures du matin. Cette première fois, j'avais préparé un mensonge au cas où le concierge me surprendrait dans l'escalier. Je lui aurais dit que je devais acheter un médicament à la pharmacie de la place Blanche.

Je n'étais plus retournée dans le quartier jusqu'au soir où Roland m'a emmenée en taxi chez cet ami de Guy de Vere. Nous y avions rendez-vous avec tous ceux qui assistaient d'habitude aux réunions. Nous venions à peine de nous connaître, Roland et moi, et je n'ai rien osé lui dire quand il a fait arrêter le taxi place Blanche. Il voulait que nous marchions. Il n'a peut-être pas remarqué comme je lui ai serré le bras. J'étais prise de vertige. J'avais l'impression que si je traversais la place, je tomberais dans les pommes. J'avais peur. Lui qui me parle souvent de l'Éternel Retour, il aurait compris. Oui, tout recommençait pour moi, comme si le rendez-vous avec ces gens n'était qu'un prétexte et qu'on avait chargé Roland de me ramener en douceur au bercail.

J'ai été soulagée que nous ne passions pas devant le Moulin-Rouge. Pourtant, ma mère était morte depuis quatre ans et je n'avais plus rien à craindre. Chaque fois que je m'échappais de l'appartement la nuit, en son absence, je marchais sur l'autre trottoir du boulevard, celui du IXe arrondissement. Aucune lumière sur ce trottoir-là. Le bâtiment sombre du lycée Jules-Ferry, puis des façades d'immeubles dont les fenêtres étaient éteintes, un restaurant, mais on aurait dit que la salle était toujours dans la pénombre. Et, chaque fois, je ne pouvais m'empêcher de jeter un regard de l'autre côté du terre-plein, sur le Moulin-Rouge. Quand j'étais arrivée à la hauteur du café des Palmiers et que je débouchais place Blanche, je n'étais pas très rassurée. Les lumières, de nouveau. Une nuit que je passais devant la pharmacie, j'avais vu ma mère avec d'autres clients, derrière la vitre. Je m'étais dit qu'elle avait fini son travail plus tôt que d'habitude et qu'elle rentrerait à l'appartement. Si je courais, j'arriverais avant elle. Je m'étais postée au coin de la rue de Bruxelles pour savoir le chemin qu'elle prendrait. Mais elle avait traversé la place et elle était retournée au Moulin-Rouge.

Souvent, j'avais peur et pour me rassurer je serais volontiers allée retrouver ma mère, mais je l'aurais dérangée dans son travail. Aujourd'hui, je suis sûre qu'elle ne m'aurait pas grondée, puisque la nuit où elle est venue me chercher au commissariat des Grandes-Carrières, elle ne m'a fait aucun reproche, aucune menace, aucune leçon de morale. Nous marchions en silence. Au milieu du pont Caulaincourt, je l'ai entendue dire d'une voix détachée : « ma pauvre petite », mais je me demandais si elle s'adressait à moi ou à elle-même. Elle a attendu que je me déshabille et que je me mette au lit pour entrer dans ma chambre. Elle s'est assise au pied du lit et elle restait silencieuse. Moi aussi. Elle a fini par sourire. Elle m'a dit : « Nous ne sommes pas très bavardes… », et elle me regardait droit dans les yeux. C'était la première fois que son regard restait aussi longtemps fixé sur moi et la première fois que je remarquais combien ses yeux étaient clairs, gris, ou d'un bleu délavé. Gris-bleu. Elle s'est penchée et m'a embrassée sur la joue, ou plutôt j'ai senti ses lèvres de manière furtive. Et toujours ce regard fixé sur moi, ce regard clair et absent. Elle a éteint la lumière et avant de refermer la porte elle m'a dit : « Tâche de ne plus recommencer. » Je crois que c'est la seule fois qu'un contact s'est établi entre nous, si bref, si maladroit et pourtant si fort que je regrette de n'avoir pas eu, les mois suivants, un élan vers elle qui aurait encore provoqué ce contact. Mais nous n'étions ni l'une ni l'autre des personnes très démonstratives. Peut-être vis-à-vis de moi avait-elle cette attitude en apparence indifférente parce qu'elle ne se faisait aucune illusion sur mon compte. Elle se disait sans doute qu'il n'y avait pas grand-chose à espérer puisque je lui ressemblais.

Mais cela, je n'y ai jamais réfléchi sur le moment. Je vivais au présent sans me poser de questions. Tout a changé le soir où Roland m'a fait revenir dans ce quartier que j'évitais. Je n'y avais pas mis les pieds depuis la mort de ma mère. Le taxi s'est engagé rue de la Chaussée-d'Antin et j'ai vu, tout au fond, la masse noire de l'église de la Trinité, comme un aigle gigantesque qui montait la garde. Je me sentais mal. Nous approchions de la frontière. Je me suis dit qu'il y avait un espoir. Nous allions peut-être bifurquer vers la droite. Mais non. Nous roulions tout droit, nous dépassions le square de la Trinité, nous montions la pente. Au feu rouge, avant d'arriver sur la place de Clichy, j'ai failli ouvrir la portière et m'échapper. Mais je ne pouvais pas lui faire ça.

C'est plus tard, quand nous suivions à pied la rue des Abbesses vers l'immeuble où nous avions rendez-vous, que j'ai recouvré mon calme. Heureusement, Roland ne s'était aperçu de rien. Alors, j'ai regretté que nous ne marchions pas plus longtemps, tous les deux, dans le quartier. J'aurais voulu le lui faire visiter et lui montrer l'endroit où j'habitais voilà à peine six ans et c'était si loin, dans une autre vie... Après la mort de ma mère, un seul lien me rattachait à cette période, un certain Guy Lavigne, l'ami de ma mère. J'avais compris que c'était lui qui payait le loyer de l'appartement. Je le vois encore, de temps en temps. Il travaille dans un garage, à Auteuil. Mais nous ne parlons presque jamais du passé. Il est aussi peu bavard que ma mère. Quand ils m'ont emmenée au commissariat, ils m'ont posé des questions auxquelles j'étais bien obligée de répondre mais, au début, je le faisais avec une telle réticence qu'ils m'ont dit : « Toi, tu n'es pas bavarde », comme ils l'auraient dit à ma mère et à Guy Lavigne si jamais tous deux avaient été entre leurs mains. Je n'avais pas l'habitude qu'on me pose des questions. J'étais même étonnée qu'ils s'intéressent à mon cas. La seconde fois, au commissariat des Grandes-Carrières, j'étais tombée sur un flic plus gentil que le précédent et je prenais goût à sa manière de me poser des questions. Ainsi, il était permis de se confier, de parler de soi, et quelqu'un en face de vous s'intéressait à vos faits et gestes. J'avais si peu l'habitude de cette situation que je ne trouvais pas les mots pour répondre. Sauf pour les questions précises. Par exemple : Quelle a été votre scolarité ? Les sœurs de Saint-Vincent-de-Paul de la rue Caulaincourt et l'école communale de la rue Antoinette. J'avais honte de lui dire qu'on ne m'avait pas acceptée au lycée Jules-Ferry, mais j'ai respiré un grand coup et je lui ai fait cet aveu. Il s'est penché vers moi et il m'a dit d'une voix douce, comme s'il voulait me consoler : « Tant pis pour le lycée Jules-Ferry... » Et cela m'a tellement surprise que j'ai d'abord eu envie de rire. Il me souriait et me regardait dans les yeux, un regard aussi clair que celui de ma mère, mais plus tendre, plus attentif. Il m'a demandé aussi quelle était ma situation familiale. Je me sentais en confiance et j'ai réussi à lui communiquer quelques maigres renseignements : ma mère était originaire d'un village de Sologne, là où un M. Foucret, directeur du Moulin-Rouge, avait une propriété. Et c'était à cause de cela qu'elle avait obtenu très jeune, quand elle était montée à Paris, un emploi dans cet établissement. Je ne savais pas qui était mon père. J'étais née là-bas en Sologne, mais nous n'y étions jamais retournées. Voilà pourquoi ma mère me répétait souvent : « Nous n'avons plus de charpente... » Il m'écoutait et prenait quelquefois des notes. Et moi, j'éprouvais une sensation nouvelle : à mesure que je lui donnais tous ces pauvres détails, j'étais débarrassée d'un poids. Cela ne me concernait plus, je parlais de quelqu'un d'autre et j'étais soulagée de voir qu'il prenait des notes. Si tout était écrit noir sur blanc, cela voulait dire que c'était fini, comme sur les tombes où sont gravés des noms et des dates. Et je parlais de plus en plus vite, les mots se bousculaient : Moulin-Rouge, ma mère, Guy Lavigne, lycée Jules-Ferry, la Sologne... Je n'avais jamais pu parler à personne. Quelle délivrance tandis que tous ces mots sortaient de ma bouche... Une partie de ma vie s'achevait, une vie qui m'avait été imposée. Désormais, ce serait moi qui déciderais de mon sort. Tout commencerait à partir d'aujourd'hui, et pour bien prendre mon élan, j'aurais préféré qu'il raye ce qu'il venait d'écrire. J'étais prête à lui donner d'autres détails et d'autres noms et à lui parler d'une famille imaginaire, une famille telle que je l'aurais rêvée.

Vers deux heures du matin, ma mère est venue me chercher. Il lui a dit que ce n'était pas très grave. Il me fixait toujours de son regard attentif. Vagabondage de mineure, voilà ce qui était écrit dans leur registre. Dehors, le taxi attendait. Quand il m'avait posé des questions sur ma scolarité, j'avais oublié de lui dire que, pendant quelques mois, j'avais fréquenté une école un peu plus loin sur le même trottoir que le commissariat. Je restais à la cantine et ma mère venait me chercher en fin d'après-midi. Parfois, elle arrivait en retard et je l'attendais, assise sur un banc du terre-plein. C'est là que j'avais remarqué que, de chaque côté, la rue portait un nom différent. Et cette nuit-là, elle était aussi venue me chercher, tout près de l'école, mais cette fois-ci au commissariat. Drôle de rue qui portait deux noms et qui semblait vouloir jouer un rôle dans ma vie...

Ma mère jetait, de temps en temps, un regard inquiet sur le compteur du taxi. Elle a dit au chauffeur de s'arrêter au coin de la rue Caulaincourt, et lorsqu'elle a sorti de son portefeuille les pièces de monnaie, j'ai compris qu'elle avait juste de quoi payer la course. Nous avons fait le reste du chemin à pied. Je marchais plus vite qu'elle et je la laissais derrière moi. Puis je m'arrêtais pour qu'elle me rejoigne. Sur le pont qui domine le cimetière et d'où l'on peut voir notre immeuble en contrebas, nous nous sommes arrêtées longtemps et j'avais l'impression qu'elle reprenait son souffle. « Tu marches trop vite », m'a-t-elle dit. Aujourd'hui, il me vient une pensée. J'essayais peut-être de l'entraîner un peu plus loin que cette vie étroite qui était la sienne. Si elle n'était pas morte, je crois que j'aurais réussi à lui faire connaître d'autres horizons.

Les trois ou quatre années qui ont suivi, c'était souvent les mêmes itinéraires, les mêmes rues, et pourtant j'allais de plus en plus loin. Les premiers temps, je ne marchais même pas jusqu'à la place Blanche. À peine si je faisais le tour du pâté de maisons... D'abord ce tout petit cinéma, au coin du boulevard à quelques mètres de l'immeuble, où la séance commençait à dix heures du soir. La salle était vide, sauf le samedi. Les films se passaient dans des pays lointains, comme le Mexique et l'Arizona. Je ne prêtais aucune attention à l'intrigue, seuls les paysages m'intéressaient. À la sortie, il se faisait un curieux mélange dans ma tête entre l'Arizona et le boulevard de Clichy. Les couleurs des enseignes lumineuses et des néons étaient les mêmes que celles du film : orange, vert émeraude, bleu nuit, jaune sable, des couleurs trop violentes qui me donnaient la sensation d'être toujours dans le film ou dans un rêve. Un rêve ou un cauchemar, cela dépendait. Au début, un cauchemar parce que j'avais peur et que je n'osais pas aller beaucoup plus loin. Et ce n'était pas à cause de ma mère. Si elle m'avait surprise toute seule sur le boulevard, à minuit, elle aurait eu à peine un mot de reproche. Elle m'aurait dit de rentrer à l'appartement, de sa voix calme, comme si elle ne s'étonnait pas de me voir dehors à cette heure tardive. Je crois que je marchais sur l'autre trottoir, celui de l'ombre, parce que je sentais que ma mère ne pouvait plus rien pour moi.

La première fois qu'ils m'ont embarquée, c'était dans le IXe arrondissement, au début de la rue de Douai, dans cette boulangerie qui reste ouverte toute la nuit. Il était déjà une heure du matin. Je me tenais debout devant l'une des tables hautes et je mangeais un croissant. À partir de cette heure-là, on trouve toujours des gens bizarres dans cette boulangerie, et souvent ils viennent du café d'en face, le Sans-Souci. Deux flics en civil sont entrés pour un contrôle d'identité. Je n'avais pas de papiers et ils ont voulu savoir mon âge. J'ai préféré leur dire la vérité. Ils m'ont fait monter dans le panier à salade avec un grand type blond qui portait une veste en mouton retourné. Il paraissait connaître les flics. Peut-être en était-il un. À un moment, il m'a offert une cigarette, mais l'un des flics en civil l'en a empêché : « Elle est trop jeune... c'est mauvais pour la santé. » Il me semble qu'ils le tutoyaient.

Dans le bureau du commissariat, ils m'ont demandé mon nom, mon prénom, ma date de naissance et mon adresse, et ils les ont notés sur un registre. Je leur ai expliqué que ma mère travaillait au Moulin-Rouge. « Alors, on va lui téléphoner », a dit l'un des deux flics en civil. Celui qui écrivait sur le registre lui a donné le numéro de téléphone du Moulin-Rouge. Il l'a composé en me fixant droit dans les yeux. J'étais gênée. Il a dit : « Pourrais-je parler à Mme Geneviève Delanque ? » Il me fixait toujours d'un regard dur et j'ai baissé les yeux. Et puis, j'ai entendu : « Non...

Ne la dérangez pas…» Il a raccroché. Maintenant, il me souriait. Il avait voulu me faire peur. «Ça va pour cette fois, m'a-t-il dit, mais la prochaine, je serai obligé d'avertir votre mère.» Il s'est levé et nous sommes sortis du commissariat. Le blond à la veste de mouton retourné attendait sur le trottoir. Ils m'ont fait monter dans une voiture, à l'arrière. «Je te ramène chez toi», m'a dit le flic en civil. Maintenant il me tutoyait. Le blond au mouton retourné est descendu de la voiture place Blanche, devant la pharmacie. C'était bizarre de se retrouver seule sur la banquette arrière d'une voiture avec ce type au volant. Il s'est arrêté devant la porte de l'immeuble. «Allez dormir. Et ne recommencez plus.» Il me vouvoyait de nouveau. Je crois que j'ai bredouillé un «merci, monsieur». J'ai marché vers la porte cochère et, au moment de l'ouvrir, je me suis retournée. Il avait coupé le moteur et il ne me quittait pas des yeux, comme s'il voulait s'assurer que je rentrais bien dans l'immeuble. J'ai regardé par la fenêtre de ma chambre. La voiture était toujours à l'arrêt. J'attendais, le front collé à la vitre, curieuse de savoir jusqu'à quand elle resterait là. J'ai entendu le bruit du moteur avant qu'elle tourne et disparaisse au coin de la rue. J'ai éprouvé cette sensation d'angoisse qui me prenait souvent la nuit et qui était encore plus forte que la peur − cette sensation d'être désormais livrée à moi-même sans aucun recours. Ni ma mère ni personne. J'aurais voulu qu'il reste toute la nuit en faction devant l'immeuble, toute la nuit et les nuits suivantes, comme une sentinelle, ou plutôt un ange gardien qui veillerait sur moi.

Mais, d'autres soirs, l'angoisse disparaissait et j'attendais impatiemment le départ de ma mère pour sortir. Je descendais l'escalier le cœur battant, comme si j'allais à un rendez-vous. Plus besoin de dire un mensonge au concierge, de trouver des excuses ou de demander des permissions. À qui? Et pourquoi? Je n'étais même pas sûre de revenir dans l'appartement. Dehors, je ne suivais pas le trottoir de l'ombre, mais celui du Moulin-Rouge. Les lumières me semblaient encore plus violentes que celles des films du Mexico. Une ivresse me prenait, si légère… J'en avais éprouvé une semblable le soir où j'avais bu une coupe de champagne au Sans-Souci. J'avais la vie devant moi. Comment avais-je pu me recroqueviller en rasant les murs? Et de quoi avais-je peur? J'allais faire des rencontres. Il suffisait d'entrer dans n'importe quel café.

J'ai connu une fille, un peu plus âgée que moi, qui s'appelait Jeannette Gaul. Une nuit que je souffrais d'une migraine, j'étais entrée dans la pharmacie de la place Blanche pour acheter de la Véganine et un flacon d'éther. Au moment de payer, je me suis aperçue que je n'avais pas d'argent. Cette fille blonde aux cheveux courts qui portait un imperméable et dont j'avais croisé le regard – des yeux verts – s'est avancée vers la caisse et a payé pour moi. J'étais gênée, je ne savais comment la remercier. Je lui ai proposé de l'emmener jusqu'à l'appartement pour la rembourser. J'avais toujours un peu d'argent dans ma table de nuit. Elle m'a dit: «Non... non... la prochaine fois.» Elle aussi habitait le quartier, mais plus bas. Elle me regardait en souriant de ses yeux verts. Elle m'a proposé de boire quelque chose avec elle, près de son domicile, et nous nous sommes retrouvées dans un café – ou plutôt un bar – de la rue de La Rochefoucauld. Pas du tout la même ambiance qu'au Condé. Les murs étaient en boiserie claire, comme le comptoir et les tables, et une sorte de vitrail donnait sur la rue. Des banquettes de velours rouge sombre. Une lumière tamisée. Derrière le bar se tenait une femme blonde d'une quarantaine d'années que cette Jeannette Gaul connaissait bien puisqu'elle l'appelait Suzanne en la tutoyant. Elle nous a servi deux Pimm's champagne.

«À votre santé», m'a dit Jeannette Gaul. Elle me souriait toujours et j'avais l'impression que ses yeux verts me scrutaient pour deviner ce qui se passait dans ma tête. Elle m'a demandé:

«Vous habitez dans le coin?

— Oui. Un peu plus haut.»

Il existait des zones multiples dans le quartier dont je connaissais toutes les frontières, même invisibles. Comme j'étais intimidée et que je ne savais pas trop quoi lui dire, j'ai ajouté: «Oui, j'habite plus haut. Ici, nous ne sommes qu'aux premières pentes.» Elle a froncé les sourcils. «Les premières pentes?» Ces deux mots l'intriguaient, mais elle n'avait pas perdu son sourire. Était-ce l'effet du Pimm's champagne? Ma timidité avait fondu. Je lui ai expliqué ce que voulait dire «les premières pentes», cette expression que j'avais apprise comme tous les enfants des écoles du quartier. À partir du square de la Trinité commencent «les premières pentes». Ça ne cesse de monter jusqu'au château des Brouillards et le cimetière Saint-Vincent, avant de redescendre vers l'arrière-pays de Clignancourt, tout au nord.

«Tu en sais des choses», m'a-t-elle dit. Et son sourire est devenu ironique. Elle m'avait tutoyée brusquement, mais cela me semblait naturel. Elle a commandé à la dénommée Suzanne deux autres coupes. Je n'avais pas l'habitude de l'alcool et une coupe c'était déjà trop pour moi. Mais je n'ai pas osé refuser. Pour en finir plus vite, j'ai avalé le champagne cul sec. Elle m'observait toujours, en silence.

«Tu fais des études?»

J'ai hésité à répondre. J'avais toujours rêvé d'être étudiante, à cause du mot que je trouvais élégant. Mais ce rêve était devenu inaccessible pour moi le jour où l'on ne m'avait pas acceptée au lycée Jules-Ferry. Était-ce l'assurance que me donnait le champagne? Je me suis penchée vers elle et, peut-être pour mieux la convaincre, j'ai rapproché mon visage du sien:

«Oui, je suis étudiante.»

Cette première fois, je n'ai pas remarqué les clients autour de nous. Rien à voir avec le Condé. Si je ne craignais pas de retrouver certains fantômes, je retournerais volontiers une nuit dans cet endroit pour bien comprendre d'où je viens. Mais il faut être prudente. D'ailleurs je risquerais de trouver porte close. Changement de propriétaire. Tout cela n'avait pas beaucoup d'avenir.

«Étudiante en quoi?»

Elle me prenait de court. La candeur de son regard m'a encouragée. Elle ne pouvait certainement pas penser que je mentais.

«En langues orientales.»

Elle paraissait impressionnée. Elle ne m'a jamais demandé par la suite des détails sur mes études en langues orientales, ni les horaires des cours, ni l'emplacement de l'école. Elle aurait dû se rendre compte que je ne fréquentais aucune école. Mais à mon avis c'était pour elle – et pour moi aussi – une sorte de titre de noblesse que je portais, et que l'on hérite sans avoir besoin de rien faire. À ceux qui fréquentaient le bar de la rue de La Rochefoucauld, elle me présentait comme «l'Étudiante» et peut-être s'en souvient-on encore, là-bas.

Cette nuit-là, elle m'a raccompagnée jusque chez moi. À mon tour, j'ai voulu savoir ce qu'elle faisait dans la vie. Elle m'a dit qu'elle avait été danseuse, mais qu'à la suite d'un accident elle avait dû interrompre ce métier. Danseuse classique? Non, pas tout à fait, et pourtant elle avait eu une formation de danseuse classique. Aujourd'hui, je me pose une question qui ne me serait jamais venue à l'esprit sur le moment : Avait-elle été autant danseuse que moi étudiante? Nous suivions la rue Fontaine en direction de la place Blanche. Elle m'a expliqué que «pour le moment» elle était «associée» avec la dénommée Suzanne, une vieille amie à elle et un peu sa «grande sœur». Elles s'occupaient toutes les deux de l'endroit où elle m'avait emmenée ce soir-là et qui était aussi un restaurant.

Elle m'a demandé si j'habitais seule. Oui, seule avec ma mère. Elle a voulu savoir quel métier exerçait ma mère. Je n'ai pas prononcé le mot «Moulin-Rouge». Je lui ai répondu d'un ton sec : «Expert-comptable.» Après tout, ma mère aurait pu être expert-comptable. Elle en avait le sérieux et la discrétion.

Nous nous sommes quittées devant la porte cochère. Ce n'était pas de gaieté de cœur que je retournais chaque nuit dans cet appartement. Je savais qu'un jour ou l'autre je le quitterais définitivement. Je comptais beaucoup sur les rencontres que j'allais faire et qui mettraient un terme à ma solitude. Cette fille était ma première rencontre et peut-être m'aiderait-elle à prendre le large.

«On se voit demain?» Elle a paru étonnée par ma question. Je la lui avais posée d'une manière trop brusque, sans parvenir à cacher mon inquiétude.

«Bien sûr. Quand tu veux...»

Elle m'a lancé son sourire tendre et ironique, le même que tout à l'heure, au moment où je lui expliquais ce que voulait dire «les premières pentes».

J'ai des trous de mémoire. Ou plutôt certains détails me reviennent dans le désordre. Depuis cinq ans, je ne voulais plus penser à tout ça. Et il a suffi que le taxi monte la rue et que je retrouve les enseignes lumineuses – Aux Noctambules,

Aux Pierrots... Je ne sais plus comment s'appelait l'endroit de la rue de La Rochefoucauld. Le Rouge Cloître? Chez Dante? Le Canter? Oui, le Canter. Aucun client du Condé n'aurait fréquenté le Canter. Il existe des frontières infranchissables dans la vie. Et pourtant j'ai été très surprise les premières fois que j'allais au Condé de reconnaître un client que j'avais vu au Canter, le type qui s'appelle Maurice Raphaël et que l'on surnomme le Jaguar... Je ne pouvais vraiment pas deviner que cet homme était écrivain... Rien ne le distinguait de ceux qui jouaient aux cartes et à d'autres jeux dans la petite salle du fond, derrière la grille en fer forgé... Je l'ai reconnu. Lui, j'ai senti que mon visage ne lui rappelait rien. Tant mieux. Quel soulagement...

Je n'ai jamais compris le rôle de Jeannette Gaul au Canter. Souvent elle prenait les commandes et servait les clients. Elle s'asseyait à leur table. Elle connaissait la plupart d'entre eux. Elle m'a présenté un grand brun avec une tête orientale, très bien habillé, et qui avait l'air d'avoir fait des études, un certain Accad, le fils d'un médecin du quartier. Il était toujours accompagné de deux amis, Godinger et Mario Bay. Quelquefois, ils jouaient aux cartes et aux autres jeux avec des hommes plus âgés, dans la petite salle du fond. Cela durait jusqu'à cinq heures du matin. L'un de ces joueurs était apparemment le vrai propriétaire du Canter. Un homme d'une cinquantaine d'années aux cheveux gris et courts, très bien habillé lui aussi, l'air sévère et dont Jeannette m'avait dit qu'il était un «ancien avocat». Je me souviens de son nom: Mocellini. De temps en temps, il se levait et rejoignait Suzanne derrière le bar. Certaines nuits, il la remplaçait et il servait lui-même les consommations, comme s'il se trouvait chez lui dans son appartement et que tous les clients étaient ses invités. Il appelait Jeannette «mon petit» ou «Tête de mort» sans que je comprenne pourquoi, et les premières fois que je venais au Canter il me regardait avec une certaine méfiance. Une nuit, il m'a demandé mon âge. Je me suis vieillie, j'ai dit «vingt et un ans». Il m'observait en fronçant les sourcils, il ne me croyait pas. «Vous êtes sûre d'avoir vingt et un ans?» J'étais de plus en plus embarrassée et prête à lui dire mon âge véritable, mais son regard brusquement a perdu toute sa sévérité. Il m'a souri et a haussé les épaules. «Eh bien, disons que vous avez vingt et un ans.»

Jeannette avait un faible pour Mario Bay. Il portait des lunettes teintées mais pas du tout par affectation. La lumière lui faisait mal aux yeux. Des mains fines. Au début, Jeannette le prenait pour un pianiste, de ceux, m'a-t-elle dit, qui passent en concert, à Gaveau ou à Pleyel. Il avait une trentaine d'années, comme Accad et Godinger. Mais s'il n'était pas pianiste, que faisait-il dans la vie? Lui et Accad étaient très liés à Mocellini. D'après Jeannette, ils avaient travaillé avec Mocellini quand celui-ci était encore avocat. Depuis, ils travaillaient toujours pour lui. À quoi? Dans des sociétés, me disait-elle. Mais ça voulait dire quoi, «sociétés»? Au Canter ils nous invitaient à leur table, et Jeannette prétendait qu'Accad avait le béguin pour moi. Dès le début, j'ai senti qu'elle voulait que je sorte avec lui, peut-être pour renforcer ses liens avec Mario Bay. J'avais plutôt l'impression que c'était Godinger qui me trouvait à son goût. Il était brun comme Accad mais plus grand. Jeannette le connaissait moins que les deux autres. Apparemment, il avait beaucoup d'argent et une voiture qu'il garait toujours devant le Canter. Il habitait l'hôtel et il allait souvent en Belgique.

Des trous noirs. Et puis des détails qui me sautent à la mémoire, des détails aussi précis qu'ils sont insignifiants. Il habitait l'hôtel et il allait souvent en Belgique. L'autre soir, j'ai répété cette phrase stupide comme le refrain d'une berceuse que l'on chantonne dans le noir pour se rassurer. Et pourquoi donc Mocellini appelait-il Jeannette Tête de mort? Des détails qui en cachent d'autres, beaucoup plus pénibles. Je me souviens de l'après-midi, quelques années plus tard, où Jeannette était venue me voir à Neuilly. C'était une quinzaine de jours après mon mariage avec Jean-Pierre Choureau. Je n'ai jamais pu l'appeler autrement que Jean-Pierre Choureau, sans doute parce qu'il était plus âgé que moi et que lui-même me vouvoyait. Elle a sonné trois coups, comme je le lui avais demandé. Un instant, j'ai voulu ne pas lui répondre, mais c'était idiot, elle connaissait mon numéro de téléphone et mon adresse. Elle est entrée en se glissant dans l'entrebâillement de la porte et l'on aurait cru qu'elle s'introduisait en fraude dans l'appartement pour un cambriolage. Dans le salon, elle a jeté un regard autour d'elle, sur les murs blancs, la table basse, la pile de magazines, la lampe à abat-jour rouge, le portrait de la mère de Jean-Pierre Choureau, au-dessus du canapé. Elle ne disait rien. Elle hochait la tête. Elle tenait à visiter les lieux. Elle a paru étonnée que Jean-Pierre Choureau et moi nous fassions chambre à part. Dans ma chambre, nous nous sommes allongées toutes les deux sur le lit.

« Alors, c'est un garçon de bonne famille ? » m'a dit Jeannette. Et elle a éclaté de rire.

Je ne l'avais plus revue depuis l'hôtel de la rue d'Armaillé. Son rire me mettait mal à l'aise. Je craignais qu'elle ne me ramène en arrière, à l'époque du Canter. Pourtant, quand elle était venue l'année précédente rue d'Armaillé pour me rendre visite, elle m'avait annoncé qu'elle avait rompu avec les autres.

« Une vraie chambre de jeune fille... »

Sur la commode, la photo de Jean-Pierre Choureau dans un cadre de cuir grenat. Elle s'est levée et s'est penchée vers le cadre.

« Il est plutôt beau type... Mais pourquoi tu fais chambre à part ? »

De nouveau, elle s'est allongée à côté de moi sur le lit. Alors je lui ai dit que je préférais la voir ailleurs qu'ici. Je craignais qu'elle ne se sente gênée en présence de Jean-Pierre Choureau. Et puis nous ne pourrions pas parler librement entre nous.

« Tu as peur que je vienne te voir avec les autres ? »

Elle a ri mais d'un rire moins franc que tout à l'heure. C'est vrai, j'avais peur, même à Neuilly, de tomber sur Accad. Je m'étonnais qu'il n'ait pas retrouvé ma trace quand j'habitais l'hôtel, rue d'Armaillé puis rue de l'Étoile.

« Sois tranquille... Ils ne sont plus à Paris depuis longtemps... Ils sont au Maroc... »

Elle me caressait le front comme si elle voulait m'apaiser.

« Je suppose que tu n'as pas parlé à ton mari des parties à Cabassud... »

Elle n'avait mis aucune ironie dans ce qu'elle venait de dire. Au contraire, j'étais frappée par sa voix triste. C'était son ami à elle, Mario Bay, le type aux lunettes teintées et aux mains de pianiste, qui employait ce terme « parties » quand ils nous emmenaient, Accad et lui, passer la nuit à Cabassud, une auberge près de Paris.

« C'est calme, ici... Ce n'est pas comme à Cabassud... Tu te rappelles ? »

Des détails sur lesquels je voulais fermer les yeux comme dans une lumière trop vive. Et pourtant, l'autre fois, quand nous avons quitté les amis de Guy de Vere et que je rentrais de Montmartre avec Roland, je gardais les yeux grand ouverts. Tout était plus net, plus coupant, une lumière crue m'éblouissait et je finissais par m'y habituer. Une nuit au Canter, je me trouvais dans cette même lumière avec Jeannette à une table, près de l'entrée. Il n'y avait plus personne sauf Mocellini et les autres qui jouaient aux cartes dans la salle du fond, derrière la grille. Ma mère devait être rentrée depuis longtemps. Je me demandais si elle s'inquiétait de mon absence. Je regrettais presque cette nuit où elle était venue me chercher au commissariat des Grandes-Carrières. À partir de maintenant, j'avais le pressentiment qu'elle ne pourrait plus jamais venir me chercher. J'étais trop loin. Une angoisse m'envahissait que j'essayais de contenir et qui m'empêchait de respirer. Jeannette a rapproché son visage du mien.

« Tu es toute pâle... Ça ne va pas ? »

Je voulais lui sourire pour la rassurer, mais j'avais l'impression de faire une grimace.

« Non... Ce n'est rien... »

Depuis que je quittais l'appartement la nuit, j'avais de brefs accès de panique ou plutôt des « baisses de tension », comme avait dit le pharmacien de la place Blanche, un soir que j'essayais de lui expliquer ce que j'éprouvais. Mais chaque fois que je prononçais un mot, il me semblait faux ou anodin. Mieux valait garder le silence. Une sensation de vide me prenait dans la rue, brusquement. La première fois, c'était devant le tabac, après le Cyrano. Il y passait beaucoup de monde, mais cela ne me rassurait pas. J'allais tomber dans les pommes et ils continueraient à marcher droit devant eux sans me prêter aucune attention. Baisse de tension. Coupure de courant. Je devais faire un effort sur moi-même pour renouer les fils. Ce soir-là, j'étais entrée dans le tabac et j'avais demandé des timbres, des cartes postales, un stylo-bille et un paquet de cigarettes. Je m'étais assise au comptoir. J'avais pris une carte postale et commencé à écrire. «Encore un peu de patience. Je crois que cela va aller mieux.» J'avais allumé une cigarette et collé un timbre sur la carte. Mais à qui l'adresser? J'aurais voulu écrire quelques mots sur chacune des cartes postales, des mots rassurants: «Il fait beau, je passe de bonnes vacances, j'espère que tout va bien aussi pour vous. À bientôt. Je vous embrasse.» Je suis assise très tôt le matin à la terrasse d'un café, au bord de la mer. Et j'écris des cartes postales à des amis.

«Comment tu te sens? Ça va mieux?» m'a dit Jeannette. Son visage était encore plus près du mien.

«Tu veux qu'on sorte pour prendre l'air?»

La rue ne m'avait jamais semblé à ce point déserte et silencieuse. Elle était éclairée par des réverbères d'un autre temps. Et dire qu'il suffisait de monter la pente pour retrouver à quelques centaines de mètres la foule des samedis soir, les enseignes lumineuses qui annonçaient «Les plus beaux nus du monde» et les cars de touristes devant le Moulin-Rouge... J'avais peur de toute cette agitation. J'ai dit à Jeannette:

«On pourrait rester à mi-pente...»

Nous avons marché jusqu'à l'endroit où commençaient les lumières, le carrefour au bout de la rue Notre-Dame-de-Lorette. Mais nous avons fait demi-tour et suivi en sens inverse la pente de la rue. Je me sentais peu à peu soulagée à mesure que je descendais cette pente, du côté de l'ombre. Il suffisait de se laisser aller. Jeannette me serrait le bras. Nous étions arrivées presque au bas de la pente, au croisement de la Tour-des-Dames. Elle m'a dit:

«Tu ne veux pas qu'on prenne un peu de neige?»

Je n'ai pas compris le sens exact de cette phrase, mais le mot «neige» m'a frappée. J'avais l'impression qu'elle allait tomber d'un moment à l'autre et rendre encore plus profond le silence autour de nous. On n'entendrait plus que le crissement de nos pas dans la neige. Une horloge sonnait quelque part et, je ne sais pas pourquoi, j'ai pensé qu'elle annonçait la messe de minuit. Jeannette me guidait. Je me laissais entraîner. Nous suivions la rue d'Aumale dont tous les immeubles étaient obscurs. On aurait cru qu'ils formaient une même façade noire de chaque côté et d'un bout à l'autre de la rue.

«Viens dans ma chambre... on va prendre un peu de neige...»

Dès que nous serions arrivées, je lui demanderais ce que cela voulait dire : prendre un peu de neige. Il faisait plus froid à cause de ces façades noires. Est-ce que je me trouvais dans un rêve pour entendre aussi nettement l'écho de nos pas ?

Par la suite, j'ai souvent suivi le même chemin, seule ou avec elle. J'allais la retrouver dans sa chambre pendant la journée ou bien j'y passais la nuit quand nous restions trop tard au Canter. C'était dans un hôtel rue Laferrière, une rue qui forme un coude et où l'on se sent à l'écart de tout, dans la zone des premières pentes. Un ascenseur avec une porte grillagée. Il montait lentement. Elle habitait au dernier étage, ou plus haut. Peut-être l'ascenseur ne s'arrêterait-il pas. Elle m'a chuchoté à l'oreille :

«Tu verras... ça va être bien... on va prendre un peu de neige...»

Ses mains tremblaient. Dans la pénombre du couloir, elle était si nerveuse qu'elle ne parvenait pas à enfoncer la clé dans la serrure.

«Vas-y... essaye... Moi, je n'y arrive pas...»

Sa voix était de plus en plus saccadée. Elle avait laissé tomber la clé. Je me suis penchée pour la ramasser à tâtons. J'ai réussi à la glisser dans la serrure. La lumière était allumée, une lumière jaune qui tombait d'un plafonnier. Le lit était défait, les rideaux tirés. Elle s'est assise au bord du lit et elle a fouillé dans le tiroir de la table de nuit. Elle en a sorti une petite boîte métallique. Elle m'a dit de respirer cette poudre blanche qu'elle appelait «la neige». Au bout d'un moment, cela m'a donné une sensation de fraîcheur et de légèreté. J'avais la certitude que l'angoisse et le sentiment de vide qui me prenaient dans la rue ne reviendraient jamais. Depuis que le pharmacien de la place Blanche m'avait parlé d'une baisse de tension, je croyais qu'il fallait me raidir, lutter contre moi-même, essayer de me contrôler. On n'y peut rien, on a été élevée à la dure. Marche ou crève. Si je tombais, les autres continueraient de marcher sur le boulevard de Clichy.

Je ne devais pas me faire d'illusions. Mais, dorénavant, cela changerait. D'ailleurs, les rues et les frontières du quartier me semblaient brusquement trop étroites.

Une librairie-papeterie boulevard de Clichy restait ouverte jusqu'à une heure du matin. Mattei. Un simple nom à la devanture. Le nom du patron ? Je n'ai jamais osé le demander à cet homme brun qui portait des moustaches et une veste prince-de-galles et qui se tenait toujours assis derrière son bureau, à lire. Chaque fois, les clients interrompaient sa lecture quand ils achetaient des cartes postales ou un bloc de papier à lettres. À l'heure où je venais, il n'y avait presque pas de clients, sauf parfois quelques personnes qui sortaient du Minuit Chansons à côté. Le plus souvent, nous étions seuls dans la librairie, lui et moi. À la devanture étaient toujours exposés les mêmes livres dont j'ai su très vite qu'ils étaient des romans de science-fiction. Il m'avait conseillé de les lire. Je me rappelle le titre de quelques-uns d'entre eux : *Un caillou dans le ciel. Passagère clandestine. Les Corsaires du vide.* Je n'en ai gardé qu'un seul : *Cristal qui songe.*

À droite, sur les rayonnages près de la vitrine, étaient rangés des livres d'occasion consacrés à l'astronomie. J'en avais repéré un dont la couverture orange était à moitié déchirée : *Voyage dans l'infini.* Celui-là aussi je l'ai encore. Le samedi soir où j'ai voulu l'acheter, j'étais la seule cliente dans la librairie et l'on entendait à peine le vacarme du boulevard. Derrière la vitre, on voyait bien quelques enseignes lumineuses et même celle blanc et bleu des « Plus beaux nus du monde », mais elles paraissaient si lointaines... Je n'osais pas déranger cet homme qui lisait, assis, la tête penchée. Je suis demeurée une dizaine de minutes dans le silence avant qu'il tourne la tête vers moi. Je lui ai tendu le livre. Il a souri : « Très bien, ça. Très bien... *Voyage dans l'infini...* » Je m'apprêtais à lui régler le prix du livre, mais il a levé le bras : « Non... non... Je vous le donne... Et je vous souhaite un bon voyage... »

Oui, cette librairie n'a pas été simplement un refuge mais aussi une étape dans ma vie. J'y restais souvent jusqu'à l'heure de la fermeture. Une chaise était placée près des rayonnages ou plutôt un grand escabeau. Je m'y asseyais pour feuilleter les livres et les albums illustrés. Je me demandais s'il se rendait compte de ma présence. Au bout de quelques jours, sans interrompre sa lecture, il me disait une phrase, toujours la même : « Alors, vous trouvez votre bonheur ? » Plus tard, quelqu'un m'a déclaré avec beaucoup d'assurance que la seule chose dont on ne peut pas se souvenir c'est le timbre des voix. Pourtant, encore aujourd'hui, au cours de mes nuits d'insomnie, j'entends souvent la voix à l'accent parisien – celui des rues en pente – me dire : « Alors, vous trouvez votre bonheur ? » Et cette phrase n'a rien perdu de sa gentillesse et de son mystère.

Le soir, à la sortie de la librairie, j'étais étonnée de me retrouver sur le boulevard de Clichy. Je n'avais pas très envie de descendre jusqu'au Canter. Mes pas m'entraînaient vers le haut. J'éprouvais maintenant du plaisir à monter les pentes ou les escaliers. Je comptais chaque marche. Au chiffre 30, je savais que j'étais sauvée. Beaucoup plus tard, Guy de Vere m'a fait lire *Horizons perdus*, l'histoire de gens qui gravissent les montagnes du Tibet vers le monastère de Shangri-La pour apprendre les secrets de la vie et de la sagesse. Mais ce n'est pas la peine d'aller si loin. Je me rappelais mes promenades de la nuit. Pour moi, Montmartre, c'était le Tibet. Il me suffisait de la pente de la rue Caulaincourt. Là-haut, devant le château des Brouillards, je respirais pour la première fois de ma vie. Un jour, à l'aube, je me suis échappée du Canter où j'étais avec Jeannette. Nous attendions Accad et Mario Bay qui voulaient nous emmener à Cabassud en compagnie de Godinger et d'une autre fille. J'étouffais. J'ai inventé une excuse pour aller prendre l'air. Je me suis mise à courir. Sur la place, toutes les enseignes lumineuses étaient éteintes, même celle du Moulin-Rouge. Je me laissais envahir par une ivresse que l'alcool ou la neige ne m'aurait jamais procurée. J'ai monté la pente jusqu'au château des Brouillards. J'étais bien décidée à ne plus jamais revoir la bande du Canter. Plus tard, j'ai ressenti la même ivresse chaque fois que je coupais les ponts avec quelqu'un. Je n'étais vraiment moi-même qu'à l'instant où je m'enfuyais. Mes seuls bons souvenirs sont des souvenirs de fuite ou de fugue. Mais la vie reprenait toujours le dessus. Quand j'ai atteint l'allée des Brouillards, j'étais sûre que quelqu'un m'avait donné rendez-vous par ici et que ce serait pour moi un nouveau départ. Il y a une rue, un peu plus haut, où j'aimerais bien revenir un jour ou l'autre. Je la suivais ce matin-là. C'était là que devait avoir lieu le rendez-vous. Mais je ne connaissais pas le numéro de l'immeuble. Aucune importance. J'attendais un signe qui me l'indiquerait. Là-bas, la rue débouchait en plein ciel, comme si elle menait au bord d'une falaise. J'avançais avec ce sentiment de légèreté qui vous prend quelquefois dans les rêves. Vous ne craignez plus rien, tous les dangers sont dérisoires. Si cela tourne vraiment mal, il suffit de vous réveiller. Vous êtes invincible. Je marchais, impatiente d'arriver au bout, là où il n'y avait plus que le bleu du ciel et le vide. Quel mot traduirait mon état d'esprit? Je ne dispose que d'un très pauvre vocabulaire. Ivresse? Extase? Ravissement? En tout cas, cette rue m'était familière. Il me semblait l'avoir suivie auparavant. J'atteindrais bientôt le bord de la falaise et je me jetterais dans le vide. Quel bonheur de flotter dans l'air et de connaître enfin cette sensation d'apesanteur que je recherchais depuis toujours. Je me souviens avec une si grande netteté de ce matin-là, de cette rue et du ciel tout au bout...

Et puis la vie a continué, avec des hauts et des bas. Un jour de cafard, sur la couverture du livre que Guy de Vere m'avait prêté: *Louise du Néant*, j'ai remplacé au stylo-bille le prénom par le mien. *Jacqueline du Néant.*

Ce soir-là, c'était comme si nous faisions tourner les tables. Nous étions réunis dans le bureau de Guy de Vere et il avait éteint la lampe. Ou, tout simplement, c'était une panne de courant. Nous entendions sa voix dans l'obscurité. Il nous récitait un texte qu'autrement il nous aurait lu à la lumière. Mais non, je suis injuste, Guy de Vere aurait été choqué de m'entendre parler à son sujet de « tables tournantes ». Il valait mieux que ça. Il m'aurait dit sur un ton de léger reproche : « Voyons, Roland... »

Il a allumé les bougies d'un candélabre qui se trouvait sur la cheminée, puis il s'est assis de nouveau derrière son bureau. Nous occupions les sièges, face à lui, cette fille, moi et un couple d'une quarantaine d'années, tous deux très soignés et d'allure bourgeoise, que je rencontrais ici pour la première fois.

J'ai tourné la tête vers elle et nos regards se sont croisés. Guy de Vere parlait toujours, le buste légèrement penché mais avec naturel, presque sur le ton de la conversation courante. À chaque réunion, il lisait un texte dont il nous confiait plus tard des exemplaires polycopiés. J'ai gardé le polycopié de ce soir-là. J'avais un point de repère. Elle m'avait donné son numéro de téléphone et je l'avais inscrit au bas de la feuille, au stylo-bille rouge.

« Le maximum de concentration s'obtient couché, les yeux fermés. À la moindre manifestation extérieure, la dispersion et la diffusion commencent. Debout, les jambes enlèvent une partie de la force. Les yeux ouverts diminuent la concentration... »

J'avais peine à maîtriser un fou rire et je m'en souviens d'autant plus que cela ne m'était jamais arrivé jusque-là. Mais la lumière des bougies donnait à cette lecture une trop grande solennité. Je rencontrais souvent son regard. Apparemment, elle n'avait pas envie de rire. Au contraire, elle semblait très respectueuse, et même inquiète de ne pas comprendre le sens des mots. Ce sérieux, elle finissait par me le communiquer. J'avais presque honte de ma première réaction. J'osais à peine penser au trouble que j'aurais jeté si j'avais éclaté de rire. Et dans son regard, je croyais voir une sorte d'appel à l'aide, une interrogation. Suis-je digne d'être parmi vous? Guy de Vere avait croisé les doigts. Sa voix avait pris un accent plus grave et il la regardait fixement comme s'il ne s'adressait qu'à elle. Elle en était pétrifiée. Peut-être avait-elle peur qu'il lui pose une question impromptue, du genre: «Et vous, j'aimerais bien avoir votre avis là-dessus.»

La lumière est revenue. Nous sommes restés encore quelques moments dans le bureau, ce qui était inhabituel. Les réunions avaient toujours lieu au salon et rassemblaient une dizaine de personnes. Ce soir-là, nous n'étions que quatre et de Vere avait sans doute préféré nous recevoir dans son bureau en raison de notre petit nombre. Et cela s'était fait sur un simple rendez-vous, sans l'invitation coutumière que vous receviez à votre domicile ou que l'on vous donnait à la librairie Véga, si vous en étiez un habitué. Comme certains textes polycopiés, j'ai gardé quelques-unes de ces invitations, et hier l'une d'elles m'est tombée entre les mains:

Mon cher Roland,

*Guy de Vere*
*sera heureux de vous accueillir*
*le jeudi 16 janvier à 20 heures*
*5, square Lowendal (XVᵉ)*
*2ᵉ immeuble à gauche*
*3ᵉ étage gauche*

Le bristol blanc, toujours du même format, et les caractères filigranés auraient pu annoncer une réunion mondaine, cocktail ou anniversaire.

Ce soir-là il nous a raccompagnés jusqu'à la porte de l'appartement. Guy de Vere et le couple qui venait pour la première fois avaient bien une vingtaine d'années de plus que nous deux. Comme l'ascenseur était trop étroit pour quatre personnes, nous sommes descendus, elle et moi, par l'escalier.

Une voie privée bordée d'immeubles identiques aux façades couleur beige et brique. Mêmes portes en fer forgé au-dessous d'une lanterne. Mêmes rangées de fenêtres. Passé la grille, on se retrouvait devant le square de la rue Alexandre-Cabanel. Je tenais à écrire ce nom, puisque c'est là que nos chemins se sont croisés. Nous sommes restés un instant immobiles au milieu de ce square en cherchant quelques mots à nous dire. C'est moi qui ai rompu le silence.

« Vous habitez dans le quartier ?

— Non, du côté de l'Étoile. »

Je cherchais un prétexte pour ne pas la quitter tout de suite.

« On peut faire un bout de chemin ensemble. »

Nous marchions sous le viaduc, le long du boulevard de Grenelle. Elle m'avait proposé de suivre à pied cette ligne du métro aérien qui menait à l'Étoile. Si elle se sentait fatiguée, elle pourrait toujours faire le reste du chemin en métro. Ce devait être un dimanche soir ou un jour férié. Il n'y avait pas de circulation, tous les cafés étaient fermés. En tout cas, dans mon souvenir, nous étions, cette nuit-là, dans une ville déserte. Notre rencontre, quand j'y pense maintenant, me semble la rencontre de deux personnes qui n'avaient aucun ancrage dans la vie. Je crois que nous étions l'un et l'autre seuls au monde.

« Vous connaissez Guy de Vere depuis longtemps ? lui ai-je demandé.

— Non, je l'ai connu au début de l'année par un ami. Et vous ?

— Moi, c'est par la librairie Véga. »

Elle ignorait l'existence de cette librairie du boulevard Saint-Germain dont la vitrine portait une inscription en caractères bleus : *Orientalisme et religions comparées*. C'était là que j'avais entendu parler pour la première fois de Guy de Vere. Un soir, le libraire m'avait donné l'un des bristols d'invitation en me disant que je pouvais assister à la réunion. « C'est tout à fait pour des gens comme vous. » J'aurais aimé lui demander ce qu'il entendait par «des gens comme vous». Il me considérait avec une certaine gentillesse et cela ne devait pas être péjoratif. Il se proposait même de me «recommander» auprès de ce Guy de Vere.

«Et elle est bien, la librairie Véga?»

Elle m'avait posé la question sur un ton ironique. Mais c'était peut-être son accent parisien qui me donnait cette impression.

«On y trouve des tas de livres intéressants. Je vous y emmènerai.»

J'ai voulu savoir quelles étaient ses lectures et ce qui l'avait attirée dans les réunions de Guy de Vere. Le premier livre que lui avait conseillé de Vere était *Horizons perdus*. Elle l'avait lu avec beaucoup d'attention. À la réunion précédente, elle était arrivée plus tôt que les autres, et de Vere l'avait fait entrer dans son bureau. Il cherchait sur les rayonnages de sa bibliothèque qui occupait deux murs entiers un autre livre à lui prêter. Au bout d'un instant, comme si une idée lui était brusquement venue à l'esprit, il s'était dirigé vers son bureau et il avait pris un livre qui se trouvait parmi des piles de dossiers et des lettres en désordre. Il lui avait dit : «Vous pouvez lire ça. Je serais curieux de savoir ce que vous en pensez.» Elle avait été très intimidée. De Vere parlait toujours aux autres comme s'ils étaient aussi intelligents et aussi cultivés que lui. Jusqu'à quand? Il finirait bien par s'apercevoir que l'on n'était pas à la hauteur. Le livre qu'il lui avait donné, ce soir-là, avait pour titre : *Louise du Néant*. Non, je ne le connaissais pas. C'était l'histoire de la vie de Louise du Néant, une religieuse, avec toutes les lettres qu'elle avait écrites. Elle ne lisait pas dans l'ordre, elle ouvrait le livre au hasard. Certaines pages l'avaient beaucoup impressionnée. Encore plus qu'*Horizons perdus*. Avant de connaître de Vere, elle avait lu des romans de science-fiction comme *Cristal qui songe*. Et des ouvrages d'astronomie. Quelle coïncidence... Moi aussi, j'aimais beaucoup l'astronomie.

À la station Bir-Hakeim, je me suis demandé si elle allait prendre le métro ou alors si elle voulait encore marcher et traverser la Seine. Au-dessus de nous, à intervalles réguliers, le fracas des rames. Nous nous sommes engagés sur le pont.

«Moi aussi, lui ai-je dit, j'habite du côté de l'Étoile. Peut-être pas très loin de chez vous.»

Elle hésitait. Elle voulait sans doute me dire quelque chose qui la gênait.

«En fait, je suis mariée... Je vis chez mon mari à Neuilly...»

On aurait cru qu'elle m'avait confessé un crime.

«Et vous êtes mariée depuis longtemps?

— Non. Pas très longtemps... depuis le mois d'avril de l'année dernière...»

Nous marchions de nouveau. Nous étions arrivés au milieu du pont, à la hauteur de l'escalier qui mène à l'allée des Cygnes. Elle s'est engagée dans l'escalier et je l'ai suivie. Elle descendait les marches d'un pas assuré, comme si elle allait à un rendez-vous. Et elle me parlait de plus en plus vite.

«À un moment, je cherchais du travail... Je suis tombée sur une annonce... C'était un travail de secrétariat intérimaire...»

En bas, nous suivions l'allée des Cygnes. De chaque côté, la Seine et les lumières des quais. Moi, j'avais l'impression d'être sur le pont promenade d'un bateau échoué en pleine nuit.

«Au bureau, un homme me faisait travailler... Il était gentil avec moi... Il était plus âgé... Au bout d'un certain temps, il a voulu se marier...»

On aurait dit qu'elle cherchait à se justifier vis-à-vis d'un ami d'enfance dont elle n'avait plus eu de nouvelles depuis longtemps, et qu'elle aurait rencontré par hasard dans la rue.

«Mais vous, ça vous plaisait de vous marier?»

Elle a haussé les épaules, comme si j'avais prononcé une absurdité. À chaque instant, je m'attendais qu'elle dise: «Mais voyons, toi qui me connais si bien...»

Après tout, j'avais dû la connaître dans une vie antérieure.

«Il me disait toujours qu'il voulait mon bien... C'est vrai... Il veut mon bien... Il se prend un peu pour mon père...»

J'ai pensé qu'elle attendait un conseil de ma part. Elle n'avait sans doute pas l'habitude de se confier.

«Et il ne vous accompagne jamais aux réunions?

— Non. Il a trop de travail.»

Elle avait rencontré de Vere par un ami de jeunesse de son mari. Celui-ci avait emmené de Vere dîner chez eux à Neuilly. Elle me donnait tous ces détails, les sourcils froncés, comme si elle avait peur d'en oublier un, même le plus insignifiant.

Nous étions au bout de l'allée, en face de la statue de la Liberté. Un banc sur la droite. Je ne sais plus lequel de nous deux a pris l'initiative de s'y asseoir, ou alors nous avons eu la même idée en même temps. Je lui ai demandé si elle ne devait pas rentrer chez elle. Cela faisait la troisième ou la quatrième fois qu'elle assistait aux réunions de Guy de Vere, et qu'elle se retrouvait vers onze heures du soir devant l'escalier de la station Cambronne. Et chaque fois, à la perspective de retourner à Neuilly, elle éprouvait une sorte de découragement. Ainsi, elle était condamnée désormais à prendre toujours le métro sur la même ligne. Changement à Étoile. Descente à Sablons...

Je sentais le contact de son épaule contre la mienne. Elle m'a dit qu'après ce dîner où elle avait rencontré Guy de Vere pour la première fois il l'avait invitée à une conférence qu'il faisait dans une petite salle du côté de l'Odéon. Ce jour-là, il était question du «Midi obscur» et de la «lumière verte». À la sortie de la salle, elle avait marché au hasard dans le quartier. Elle flottait dans cette lumière verte et limpide dont parlait Guy de Vere. Cinq heures du soir. Il y avait beaucoup de circulation sur le boulevard et, au carrefour de l'Odéon, les gens la bousculaient parce qu'elle marchait à contre-courant et ne voulait pas descendre avec eux les escaliers de la station de métro. Une rue déserte montait doucement vers le jardin du Luxembourg. Et là, à mi-pente, elle était entrée dans un café, au coin d'un immeuble : le Condé. «Tu connais le Condé ?» Elle me tutoyait brusquement. Non, je ne connaissais pas le Condé. À vrai dire, je n'aimais pas beaucoup ce quartier des Écoles. Il me rappelait mon enfance, les dortoirs d'un lycée d'où j'avais été renvoyé et un restaurant universitaire, du côté de la rue Dauphine, où j'étais bien obligé d'aller, avec une fausse carte d'étudiant. Je crevais de faim. Depuis, elle se réfugiait souvent au Condé. Elle avait vite fait la connaissance de la plupart des habitués, en particulier de deux écrivains : un certain Maurice Raphaël, et Arthur Adamov. Est-ce que j'en avais entendu parler ? Oui. Je savais qui était Adamov. Je l'avais même vu, à plusieurs reprises, près de Saint-Julien-le-Pauvre. Un regard inquiet. Je dirais même : épouvanté. Il marchait pieds nus dans des sandales. Elle n'avait lu aucun livre d'Adamov. Au Condé, il lui demandait quelquefois de le raccompagner à son hôtel, parce qu'il avait peur de marcher seul, la nuit. Depuis qu'elle fréquentait le Condé, les autres lui avaient donné un surnom. Elle s'appelait Jacqueline, mais ils l'appelaient Louki. Si je voulais, elle me présenterait Adamov et les autres. Et aussi Jimmy Campbell, un chanteur anglais. Et un ami tunisien, Ali Cherif. Nous pourrions nous retrouver pendant la journée au Condé. Elle y allait aussi le soir, quand son mari était absent. Il rentrait souvent très tard de son travail. Elle a levé la tête vers moi et, après un moment d'hésitation, elle m'a dit que, chaque fois, c'était un peu plus difficile pour elle de retourner chez son mari à Neuilly. Elle paraissait soucieuse et elle n'a plus prononcé un seul mot.

L'heure du dernier métro. Nous étions seuls dans le wagon. Avant de prendre la correspondance à Étoile, elle m'a donné son numéro de téléphone.

Encore aujourd'hui, il m'arrive d'entendre, le soir, une voix qui m'appelle par mon prénom, dans la rue. Une voix rauque. Elle traîne un peu sur les syllabes et je la reconnais tout de suite : la voix de Louki. Je me retourne, mais il n'y a personne. Pas seulement le soir, mais au creux de ces après-midi d'été où vous ne savez plus très bien en quelle année vous êtes. Tout va recommencer comme avant. Les mêmes jours, les mêmes nuits, les mêmes lieux, les mêmes rencontres. L'Éternel Retour.

Souvent j'entends la voix dans mes rêves. Tout est si précis – jusqu'au moindre détail – que je me demande, au réveil, comment cela est possible. L'autre nuit, j'ai rêvé que je sortais de l'immeuble de Guy de Vere, à la même heure que celle où nous en étions sortis, Louki et moi, la première fois. J'ai regardé ma montre. Onze heures du soir. À l'une des fenêtres du rez-de-chaussée, il y avait du lierre. J'ai franchi la grille et je traversais le square Cambronne en direction du métro aérien lorsque j'ai entendu la voix de Louki. Elle m'appelait : «Roland...» À deux reprises. J'ai senti de l'ironie dans sa voix. Elle se moquait de mon prénom, au début, un prénom qui n'était pas le mien. Je l'avais choisi pour simplifier les choses, un prénom passe-partout, qui pouvait servir aussi de nom de famille. C'était pratique, Roland. Et si français, surtout. Mon vrai nom était trop exotique. En ce temps-là, j'évitais d'attirer l'attention sur moi. « Roland… » Je me suis retourné. Personne. J'étais au milieu du square, comme la première fois quand nous ne savions pas quoi nous dire. Au réveil, j'ai décidé d'aller à l'ancienne adresse de Guy de Vere pour vérifier s'il y avait bien du lierre à la fenêtre du rez-de-chaussée. J'ai pris le métro jusqu'à Cambronne. C'était la ligne de Louki quand elle retournait encore chez son mari, à Neuilly. Je l'accompagnais et nous descendions souvent à la station Argentine, près de l'hôtel où j'habitais. Chaque fois, elle serait bien restée toute la nuit dans ma chambre, mais elle faisait un dernier effort et rentrait à Neuilly… Et puis, une nuit, elle est restée avec moi, à Argentine.

J'ai éprouvé une drôle de sensation en marchant le matin square Cambronne, puisque c'était toujours la nuit que nous allions chez Guy de Vere. J'ai poussé la grille et je me suis dit que je n'avais aucune chance de le rencontrer après tout ce temps. Plus de librairie Véga boulevard Saint-Germain et plus de Guy de Vere à Paris. Et plus de Louki. Mais à la fenêtre du rez-de-chaussée, le lierre était là, comme dans mon rêve. Cela me causait un grand trouble. L'autre nuit, était-ce vraiment un rêve ? Je suis resté un instant immobile devant la fenêtre. J'espérais entendre la voix de Louki. Elle m'appellerait encore une fois. Non. Rien. Le silence. Mais je n'avais pas du tout l'impression que depuis l'époque de Guy de Vere le temps avait passé. Au contraire, il s'était figé dans une sorte d'éternité. Je me suis souvenu du texte que j'essayais d'écrire quand j'avais connu Louki. Je l'avais intitulé *Les Zones neutres*. Il existait à Paris des zones intermédiaires, des *no man's land* où l'on était à la lisière de tout, en transit, ou même en suspens. On y jouissait d'une certaine immunité. J'aurais pu les appeler zones franches, mais zones neutres était plus exact. Un soir, au Condé, j'avais demandé son avis à Maurice Raphaël puisqu'il était écrivain. Il avait haussé les épaules et m'avait lancé un sourire narquois : « C'est à vous de savoir, mon vieux… Je ne comprends pas très bien où vous voulez en venir… Disons "neutres" et n'en parlons plus… » Le square Cambronne et le quartier entre Ségur et Dupleix, toutes ces rues qui débouchaient sur les passerelles du métro aérien appartenaient à une zone neutre, et ce n'était pas un hasard si j'y avais rencontré Louki. Ce texte, je l'ai perdu. Cinq pages que j'avais dactylographiées sur la machine que m'avait prêtée Zacharias, un client du Condé. J'avais écrit en dédicace : *Pour Louki des zones neutres.* Je ne sais pas ce qu'elle avait pensé de cette œuvre. Je ne crois pas qu'elle l'avait lue jusqu'au bout. C'était un texte un peu rebutant, une énumération par arrondissements avec les noms des rues qui délimitaient ces zones neutres. Parfois, un pâté de maisons, ou alors une étendue beaucoup plus vaste. Un après-midi que nous étions tous les deux au Condé, elle venait de lire la dédicace et elle m'avait dit : « Tu sais, Roland, on pourrait aller vivre une semaine dans chacun des quartiers dont tu parles… »

La rue d'Argentine où je louais une chambre d'hôtel était bien dans une zone neutre. Qui aurait pu venir m'y chercher ? Les rares personnes que je croisais là-bas devaient être mortes pour l'état civil. Un jour, en feuilletant un journal, j'étais tombé à la rubrique « publications judiciaires » sur un entrefilet dont le titre était : « Déclaration d'absence ». Un certain Tarride n'avait plus reparu à son domicile ni donné de ses nouvelles depuis trente ans, et le tribunal de grande instance l'avait déclaré « absent ». J'avais montré cette annonce à Louki. Nous étions dans ma chambre, rue d'Argentine. Je lui avais dit que j'étais sûr que ce type habitait la rue, avec des dizaines d'autres qui avaient été déclarés « absents », eux aussi. D'ailleurs, les immeubles voisins de mon hôtel portaient tous l'inscription « appartements meublés ». Des lieux de passage où l'on ne demandait l'identité de personne et où l'on pouvait se cacher. Ce jour-là, nous avions fêté avec les autres, au Condé, l'anniversaire de la Houpa. Ils nous avaient fait boire. De retour dans la chambre, nous étions légèrement ivres. J'ai ouvert la fenêtre. J'ai appelé le plus fort possible : « Tarride ! Tarride !… » La rue était déserte et ce nom résonnait d'une drôle de façon. J'avais même l'impression que l'écho le répercutait. Louki est venue à côté de moi, et elle a crié elle aussi : « Tarride !... Tarride !... » Une blague enfantine qui nous faisait rire. Mais je finissais par croire que cet homme allait se manifester et que nous ressusciterions tous les absents qui hantaient cette rue. Au bout de quelque temps, le veilleur de nuit de l'hôtel est venu frapper à notre porte. Il a dit d'une voix d'outre-tombe : « Un peu de silence, s'il vous plaît. » Nous l'avons entendu descendre l'escalier de son pas lourd. Alors, j'en ai conclu qu'il était lui-même un absent comme le dénommé Tarride et tous ceux qui se cachaient dans les meublés de la rue d'Argentine.

J'y pensais chaque fois que je longeais cette rue pour rentrer dans ma chambre. Louki m'avait dit qu'elle aussi, avant de se marier, elle avait habité deux hôtels de ce quartier, juste un peu plus au nord, rue d'Armaillé, puis rue de l'Étoile. À cette époque-là, nous avions dû nous croiser sans nous voir.


Je me souviens du soir où elle a décidé de ne plus retourner chez son mari. Au Condé, ce jour-là, elle m'avait présenté Adamov et Ali Cherif. Je transportais la machine à écrire que m'avait prêtée Zacharias. Je voulais commencer *Les Zones neutres.*

J'ai posé la machine sur la petite table en pitchpin de la chambre. J'avais déjà en tête la première phrase : « Les zones neutres ont au moins cet avantage : elles ne sont qu'un point de départ et on les quitte, un jour ou l'autre. » Je savais que, devant la machine à écrire, tout serait beaucoup moins simple. Il faudrait sans doute rayer cette première phrase. Et la suivante. Et pourtant, je me sentais plein de courage.

Elle devait rentrer pour dîner à Neuilly, mais à huit heures elle était toujours allongée sur le lit. Elle n'allumait pas la lampe de chevet. J'ai fini par lui rappeler qu'il était l'heure.

« L'heure de quoi ? »

Au ton de sa voix, j'ai compris qu'elle ne prendrait plus jamais le métro pour descendre à la station Sablons. Un long silence entre nous. Je me suis assis devant la machine à écrire et j'ai pianoté sur les touches.

«On pourrait aller au cinéma, m'a-t-elle dit. Ça passerait le temps.»

Il suffisait de traverser l'avenue de la Grande-Armée et l'on tombait sur le Studio Obligado. Ni l'un ni l'autre, ce soir-là, nous n'avons prêté attention au film. Je crois que les spectateurs étaient peu nombreux dans la salle. Quelques personnes qu'un tribunal avait déclarées «absentes» depuis longtemps? Et nous-mêmes, qui étions-nous? Je me tournais vers elle par moments. Elle ne regardait pas l'écran, elle avait la tête penchée et paraissait perdue dans ses pensées. Je craignais qu'elle ne se lève et qu'elle ne retourne à Neuilly. Mais non. Elle est restée jusqu'à la fin du film.

À la sortie du Studio Obligado, elle paraissait soulagée. Elle m'a dit que, désormais, c'était trop tard pour qu'elle rentre chez son mari. Il avait invité à dîner ce jour-là quelques amis à lui. Voilà, c'était fini. Il n'y aurait plus jamais aucun dîner à Neuilly.

Nous ne sommes pas revenus tout de suite dans la chambre. Nous nous sommes longtemps promenés dans cette zone neutre où nous nous étions réfugiés l'un et l'autre à des périodes différentes. Elle a voulu me montrer les hôtels où elle avait habité, rue d'Armaillé et rue de l'Étoile. J'essaye de me souvenir de ce qu'elle m'a dit cette nuit-là. C'était confus. Rien que des bribes. Et il est trop tard aujourd'hui pour retrouver les détails qui manquent ou que j'ai pu oublier. Très jeune, elle avait quitté sa mère et le quartier où elle habitait avec elle. Sa mère était morte. Il lui restait une amie de cette période qu'elle voyait de temps en temps, une certaine Jeannette Gaul. À deux ou trois reprises, nous avons dîné avec Jeannette Gaul rue d'Argentine, dans le restaurant délabré à côté de mon hôtel. Une blonde aux yeux verts. Louki m'avait dit qu'on l'appelait Tête de mort à cause de son visage émacié qui contrastait avec un corps aux courbes généreuses. Plus tard, Jeannette Gaul lui rendait visite à l'hôtel de la rue Cels et j'aurais dû me poser des questions le jour où je les ai surprises dans la chambre où il flottait une odeur d'éther. Et puis un après-midi de brise et de soleil sur les quais, en face de Notre-Dame... je regardais les livres dans les boîtes des bouquinistes en les attendant toutes les deux. Jeannette Gaul avait dit qu'elle avait un rendez-vous rue des Grands-Degrés avec quelqu'un qui lui apporterait « un peu de neige »... Ça la faisait sourire, le mot « neige » alors que nous étions au mois de juillet... Dans l'une des boîtes vertes des bouquinistes, je suis tombé sur un livre de poche dont le titre était *Le Bel Été*. Oui, c'était un bel été puisqu'il me semblait éternel. Et je les ai vues, brusquement, sur l'autre trottoir du quai. Elles arrivaient de la rue des Grands-Degrés. Louki m'a fait un signe du bras. Elles marchaient vers moi dans le soleil et le silence. C'est ainsi qu'elles apparaissent souvent dans mes rêves, toutes les deux, du côté de Saint-Julien-le-Pauvre... Je crois que j'étais heureux, cet après-midi-là.

Je ne comprenais pas pourquoi on avait donné à Jeannette Gaul le surnom Tête de mort. À cause de ses pommettes hautes et de ses yeux bridés ? Pourtant, rien dans son visage n'évoquait la mort. Elle en était encore à ce moment où la jeunesse est plus forte que tout. Rien – ni les nuits d'insomnie, ni la neige, comme elle disait – ne laissait sur elle la moindre trace. Pour combien de temps ? J'aurais dû me méfier d'elle. Louki ne l'emmenait pas au Condé ni aux réunions de Guy de Vere comme si cette fille était sa part d'ombre. Je ne les ai entendues parler qu'une fois, en ma présence, de leur passé commun, mais à demi-mot. J'avais l'impression qu'elles partageaient des secrets. Un jour que je sortais avec Louki de la station de métro Mabillon – un jour de novembre vers six heures du soir, la nuit était déjà tombée –, elle a reconnu quelqu'un assis à une table derrière la grande vitre de la Pergola. Elle a eu un léger mouvement de recul. Un homme d'une cinquantaine d'années, au visage sévère et aux cheveux bruns plaqués. Il nous faisait presque face et lui aussi aurait pu nous voir. Mais je crois qu'il parlait à quelqu'un à côté de lui. Elle m'a pris le bras et m'a entraîné de l'autre côté de la rue du Four. Elle m'a dit qu'elle avait connu ce type deux ans auparavant avec Jeannette Gaul et qu'il s'occupait d'un restaurant dans le IXe arrondissement. Elle ne s'attendait pas du tout à le retrouver ici, sur la Rive gauche. Elle paraissait inquiète. Elle avait utilisé les mots « Rive gauche » comme si la Seine était une ligne de démarcation qui séparait deux villes étrangères l'une à l'autre, une sorte de rideau de fer. Et l'homme de la Pergola avait réussi à franchir cette frontière. Sa présence, là, au carrefour Mabillon, la préoccupait vraiment. Je lui ai demandé son nom. Mocellini. Et pourquoi elle voulait l'éviter. Elle ne m'a pas répondu d'une manière claire. Simplement, ce type lui rappelait de mauvais souvenirs. Quand elle coupait les ponts avec les gens, c'était définitif, ils étaient morts pour elle. Si cet homme était encore vivant et qu'elle risquait de tomber sur lui, alors il valait mieux changer de quartier.

Je l'ai rassurée. La Pergola n'était pas un café comme les autres, et sa clientèle un peu louche ne correspondait pas du tout au quartier studieux et bohème où nous marchions. Elle m'avait dit que ce Mocellini, elle l'avait connu dans le IXᵉ arrondissement ? Eh bien, justement, la Pergola était une sorte d'annexe de Pigalle à Saint-Germain-des-Prés sans qu'on comprenne très bien pourquoi. Il suffisait de choisir l'autre trottoir et d'éviter la Pergola. Pas besoin de changer de quartier.

J'aurais dû insister pour qu'elle m'en dise plus, mais je savais à peu près ce qu'elle me répondrait, si toutefois elle voulait bien me répondre... j'en avais tellement côtoyé dans mon enfance et mon adolescence, des Mocellini, de ces individus dont on se demande plus tard à quels trafics ils se livraient... N'avais-je pas vu souvent mon père en compagnie de ces gens-là ? Après toutes ces années, je pourrais faire des recherches sur le dénommé Mocellini. Mais à quoi bon ? Je n'apprendrais rien de plus sur Louki que je ne savais déjà ou que je n'avais deviné. Sommes-nous vraiment responsables des comparses que nous n'avons pas choisis et que nous croisons au début de notre vie ? Suis-je responsable de mon père et de toutes les ombres qui parlaient à voix basse avec lui dans les halls d'hôtel ou les arrière-salles de café et qui transportaient des valises dont j'ignorerai toujours le contenu ? Ce soir-là, après cette mauvaise rencontre, nous suivions le boulevard Saint-Germain. Quand nous sommes entrés à la librairie Véga, elle paraissait soulagée. Elle avait une liste de quelques livres que lui avait recommandés Guy de Vere. Cette liste, je l'ai conservée. Il la donnait à chacun de ceux qui assistaient à ses réunions. « Vous n'êtes pas obligés de lire tout en même temps, avait-il l'habitude de dire. Choisissez plutôt un seul livre et lisez-en une page chaque soir, avant de vous endormir. »

*L'Alter Ego céleste*
*L'Ami de Dieu dans l'Oberland*
*Chant de la Perle*
*La Colonne de l'Aurore*
*Les Douze Sauveurs du Trésor de lumière*
*Organes ou centres subtils*
*La Roseraie du mystère*
*La Septième Vallée*

De petits fascicules à couverture vert pâle. Au début, dans ma chambre de la rue d'Argentine, il nous arrivait d'en faire la lecture à voix haute, Louki et moi. C'était une sorte de discipline, quand nous n'avions pas le moral. Je crois que nous ne lisions pas ces ouvrages de la même façon. Elle espérait y découvrir un sens à la vie, alors que c'était la sonorité des mots et la musique des phrases qui me captivaient. Ce soir-là, à la librairie Véga, il me semble qu'elle avait oublié le dénommé Mocellini et tous les mauvais souvenirs que celui-ci lui évoquait. Aujourd'hui, je me rends compte que ce n'était pas seulement une ligne de conduite qu'elle cherchait en lisant les fascicules vert pâle et la biographie de Louise du Néant. Elle voulait s'évader, fuir toujours plus loin, rompre de manière brutale avec la vie courante, pour respirer à l'air libre. Et puis il y avait aussi cette peur panique, de temps en temps, à la perspective que les comparses que vous avez laissés derrière vous puissent vous retrouver et vous demander des comptes. Il fallait se cacher pour échapper à ces maîtres chanteurs en espérant qu'un jour vous seriez définitivement hors de leur portée. Là-haut, dans l'air des cimes. Ou l'air du large. Je comprenais bien ça. Moi aussi, je traînais encore les mauvais souvenirs et les figures de cauchemar de mon enfance auxquels je comptais faire une fois pour toutes un bras d'honneur.

Je lui ai dit que c'était idiot de changer de trottoir. J'ai fini par la convaincre. Désormais, à la sortie du métro Mabillon, nous n'évitions plus la Pergola. Un soir, je l'ai même entraînée à l'intérieur de ce café. Nous étions debout devant le comptoir et nous attendions Mocellini de pied ferme. Et toutes les autres ombres du passé. Avec moi, elle ne craignait rien. Pas de meilleur moyen que de regarder droit dans les yeux les fantômes pour qu'ils se dissipent. Je crois qu'elle reprenait confiance et qu'elle n'aurait même pas bronché si Mocellini était apparu. Je lui avais conseillé de lui dire d'une voix ferme la phrase qui m'était familière dans ce genre de situation : « Mais non, monsieur... Ce n'est pas moi... Je suis désolée... Vous faites erreur... »

Nous avons vainement attendu Mocellini ce soir-là. Et jamais plus nous ne l'avons revu derrière la vitre.


Le mois de février où elle n'est pas rentrée chez son mari, il a beaucoup neigé et nous avions l'impression, rue d'Argentine, d'être perdus dans un hôtel de haute montagne. Je m'apercevais qu'il était difficile de vivre dans une zone neutre. Vraiment, il valait mieux se rapprocher du centre. Le plus curieux dans cette rue d'Argentine — mais j'avais recensé quelques autres rues de Paris qui lui ressemblaient —, c'est qu'elle ne correspondait pas à l'arrondissement dont elle faisait partie. Elle ne correspondait à rien, elle était détachée de tout. Avec cette couche de neige, elle débouchait des deux côtés sur le vide. Il faudrait que je retrouve la liste des rues qui ne sont pas seulement des zones neutres mais des trous noirs dans Paris. Ou plutôt des éclats de cette matière sombre dont il est question en astronomie, une matière qui rend tout invisible et qui résisterait même aux ultraviolets, aux infrarouges et aux rayons X. Oui, à la longue, nous risquions d'être aspirés par la matière sombre.

Elle ne voulait pas rester dans un quartier trop proche du domicile de son mari. À peine deux stations de métro. Elle cherchait sur la Rive gauche un hôtel aux environs du Condé ou de l'appartement de Guy de Vere. Ainsi, elle pourrait faire le chemin à pied. Moi, j'avais peur de retourner de l'autre côté de la Seine vers ce VIᵉ arrondissement de mon enfance. Tant de souvenirs douloureux... Mais à quoi bon en parler puisque cet arrondissement n'existe plus aujourd'hui que pour ceux qui y tiennent des boutiques de luxe et les riches étrangers qui y achètent des appartements... À l'époque, j'y trouvais encore des vestiges de mon enfance : les hôtels délabrés de la rue

Dauphine, le hangar du catéchisme, le café du carrefour de l'Odéon où trafiquaient quelques déserteurs des bases américaines, l'escalier obscur du Vert-Galant, et cette inscription sur le mur crasseux de la rue Mazarine, que je lisais chaque fois que j'allais à l'école : NE TRAVAILLEZ JAMAIS. Quand elle a loué une chambre un peu plus au sud, vers Montparnasse, moi je suis resté dans les parages de l'Étoile. Sur la Rive gauche, je voulais éviter de croiser des fantômes. Sauf au Condé et à la librairie Véga, je préférais ne pas trop m'attarder dans mon ancien quartier.

Et puis il fallait trouver de l'argent. Elle avait vendu un manteau de fourrure qui était sans doute un cadeau de son mari. Il ne lui restait plus qu'un imperméable trop léger pour affronter l'hiver. Elle lisait les petites annonces comme elle l'avait fait juste avant de se marier. Et de temps en temps, elle allait voir à Auteuil un garagiste, un ancien ami de sa mère, qui lui venait en aide. J'ose à peine avouer à quel genre de travail je me livrais de mon côté. Mais pourquoi cacher la vérité ?

Un certain Béraud-Bedoin habitait dans le pâté de maisons de mon hôtel. Exactement au 8 de la rue de Saïgon. Un meublé. Je le croisais souvent et je ne me souviens plus de la première fois où nous avons engagé la conversation. Un individu au type sournois et aux cheveux ondulés, toujours vêtu avec une certaine recherche et affectant une désinvolture mondaine. J'étais assis en face de lui, à une table du café-restaurant de la rue d'Argentine, un après-midi de cet hiver où la neige tombait sur Paris. Je lui avais confié que je voulais « écrire » quand il m'avait posé la question habituelle : « Et vous, qu'est-ce que vous faites dans la vie ? » Lui, Béraud-Bedoin, je n'avais pas très bien compris quelle était sa raison sociale. Je l'avais accompagné, cet après-midi-là, jusqu'à son « bureau » — « tout près d'ici », m'avait-il dit. Nos pas laissaient des traces dans la neige. Il suffisait de marcher tout droit jusqu'à la rue Chalgrin. J'ai consulté un vieil annuaire de cette année-là pour savoir où « travaillait » exactement ce Béraud-Bedoin. Parfois, nous

nous rappelons certains épisodes de notre vie et nous avons besoin de preuves pour être bien sûr que nous n'avons pas rêvé. 14, rue Chalgrin. «Éditions commerciales de France.» Ce devait être là. Aujourd'hui, je ne me sens pas le courage de me rendre sur place et de reconnaître l'immeuble. Je suis trop vieux. Ce jour-là, il ne m'avait pas fait monter à son bureau, mais nous nous étions retrouvés le lendemain à la même heure, au même café. Il m'a proposé un travail. Il s'agissait d'écrire plusieurs brochures concernant des sociétés ou des organismes dont il était plus ou moins démarcheur ou agent publicitaire, et qui seraient imprimées par sa maison d'édition. Il me payerait cinq mille francs de l'époque. C'est lui qui signerait les textes. Je lui servirais de nègre. Il me fournirait toute la documentation. C'est ainsi que j'ai travaillé sur une dizaine de petits ouvrages, *Les Eaux minérales de La Bourboule, Le Tourisme en Côte d'Émeraude, Histoire des hôtels et des casinos de Bagnoles-de-l'Orne*, et à des monographies consacrées aux banques Jordaan, Seligmann, Mirabaud et Demachy. Chaque fois que je m'asseyais à ma table de travail, j'avais peur de m'endormir d'ennui. Mais c'était assez simple, il suffisait de mettre en forme les notes de Béraud-Bedoin. J'avais été surpris la première fois qu'il m'avait emmené au siège des Éditions commerciales de France : une pièce de rez-de-chaussée sans fenêtre, mais à l'âge que j'avais, on ne se pose pas beaucoup de questions. On fait confiance à la vie. Deux ou trois mois plus tard, je n'ai plus eu aucune nouvelle de mon éditeur. Il ne m'avait donné que la moitié de la somme promise et cela me suffisait largement. Un jour – pourquoi pas demain si j'en ai la force –, il faudrait peut-être que j'aille en pèlerinage dans les rues de Saïgon et Chalgrin, une zone neutre où Béraud-Bedoin et les Éditions commerciales de France se sont évaporés avec la neige de cet hiver-là. Mais non, après réflexion, je n'en ai vraiment pas le courage. Je me demande même si ces rues existent encore et si elles n'ont pas été absorbées une fois pour toutes par la matière sombre.

Je préfère remonter à pied les Champs-Élysées un soir de printemps. Ils n'existent plus vraiment aujourd'hui, mais, la nuit, ils font encore illusion. Peut-être sur les Champs-Élysées entendrai-je ta voix m'appeler par mon prénom... Le jour où tu as vendu le manteau de fourrure et l'émeraude montée en cabochon, il me restait environ deux mille francs de l'argent de Béraud-Bedoin. Nous étions riches. L'avenir était à nous. Ce soir-là, tu as eu la gentillesse de venir me rejoindre dans le quartier de l'Étoile. C'était l'été, le même que celui où nous nous étions retrouvés sur les quais avec Tête de mort et que je vous voyais toutes les deux avancer vers moi. Nous sommes allés dans le restaurant au coin de la rue François-Ier et de la rue Marbeuf. On avait installé des tables sur le trottoir. Il faisait encore jour. Il n'y avait plus de circulation et l'on entendait le murmure des voix et des bruits de pas. Vers dix heures, quand nous descendions les Champs-Élysées, je me suis demandé si la nuit tomberait jamais et si ce ne serait pas une nuit blanche comme en Russie et dans les pays du Nord. Nous marchions sans but précis, nous avions toute la nuit devant nous. Il restait encore des taches de soleil sous les arcades de la rue de Rivoli. C'était le début de l'été, nous allions bientôt partir. Où ? Nous ne le savions pas encore. Peut-être à Majorque ou au Mexique. Peut-être à Londres ou à Rome. Les lieux n'avaient plus aucune importance, ils se confondaient les uns avec les autres. Notre seul but de voyage, c'était d'aller AU CŒUR DE L'ÉTÉ, là où le temps s'arrête et où les aiguilles de l'horloge marquent pour toujours la même heure : midi.

Au Palais-Royal, la nuit était tombée. Nous nous sommes arrêtés un instant à la terrasse du Ruc-Univers avant de reprendre notre marche. Un chien nous a suivis le long de la rue de Rivoli jusqu'à Saint-Paul. Puis il est entré dans l'église. Nous ne sentions aucune fatigue, et Louki m'a dit qu'elle pourrait marcher toute la nuit. Nous traversions une zone neutre juste avant l'Arsenal, quelques rues désertes dont on se demandait si elles étaient habitées. Au premier étage d'un immeuble, nous avons remarqué deux grandes fenêtres éclairées. Nous nous sommes assis sur un banc, en face, et nous ne pouvions nous empêcher de regarder ces fenêtres. C'était la lampe à abat-jour rouge, tout au fond, qui répandait cette lumière sourde. On distinguait un miroir à l'encadrement doré sur le mur de gauche. Les autres murs étaient nus. Je guettais une silhouette qui passerait derrière les fenêtres, mais non, personne, apparemment, dans cette pièce dont on ne savait pas si elle était le salon ou une chambre à coucher.

« On devrait sonner à la porte de l'appartement, m'a dit Louki. Je suis sûre que quelqu'un nous attend. »

Le banc était au centre d'une sorte de terre-plein que formait l'intersection de deux rues. Des années plus tard, j'étais dans un taxi qui longeait l'Arsenal, en direction des quais. J'ai demandé au chauffeur de s'arrêter. Je voulais retrouver le banc et l'immeuble. J'espérais que les deux fenêtres du premier étage seraient encore éclairées, après tout ce temps. Mais j'ai failli me perdre dans les quelques petites rues qui débouchaient sur les murs de la caserne des Célestins. Cette nuit-là, je lui avais dit que ce n'était pas la peine de sonner à la porte. Il n'y aurait personne. Et puis nous étions bien, là, sur ce banc. J'entendais même couler une fontaine quelque part.

« Tu es sûr ? a dit Louki. Moi, je n'entends rien... »

C'était nous deux qui habitions dans l'appartement, en face. Nous avions oublié d'éteindre la lumière. Et nous avions égaré la clé. Le chien de tout à l'heure devait nous attendre. Il s'était endormi dans notre chambre et il resterait là à nous attendre jusqu'à la fin des temps.

Plus tard, nous marchions vers le nord et, pour ne pas trop dériver, nous nous étions fixé un but : la place de la République, mais nous n'étions pas sûrs que nous suivions la bonne direction. Peu importe, nous pouvions toujours prendre le métro et revenir à Argentine, si nous étions perdus. Louki m'a dit qu'elle avait souvent été dans ce quartier, du temps de son enfance. L'ami de sa mère, Guy Lavigne, avait un garage aux environs. Oui, du côté de République. Nous nous arrêtions devant chaque garage, mais ce n'était jamais le bon. Elle ne retrouvait plus le chemin. La prochaine fois qu'elle rendrait visite à ce Guy Lavigne, à Auteuil, il faudrait qu'elle lui demande l'adresse exacte de son ancien garage avant que ce type disparaisse, lui aussi. Ça n'avait l'air de rien mais c'était important.

Sinon, on finit par n'avoir plus aucun point de repère dans la vie. Elle se rappelait que sa mère et Guy Lavigne l'emmenaient, après Pâques, le samedi, à la foire du Trône. Ils y allaient à pied par un grand boulevard interminable qui ressemblait à celui que nous suivions. C'était sans doute le même. Mais alors nous nous éloignions de la place de la République. Ces samedis-là elle marchait avec sa mère et Guy Lavigne jusqu'à la lisière du bois de Vincennes.

Il était près de minuit, et ce serait étrange de nous retrouver tous les deux devant la grille du zoo. Nous pourrions apercevoir les éléphants dans la pénombre. Mais là-bas, devant nous, s'ouvrait une clairière lumineuse au milieu de laquelle se dressait une statue. La place de la République. À mesure que nous nous en approchions, une musique jouait de plus en plus fort. Un bal? J'ai demandé à Louki si c'était le 14 juillet. Elle ne le savait pas plus que moi. Depuis quelque temps, les jours et les nuits se confondaient pour nous. La musique venait d'un café, presque au coin du boulevard et de la rue du Grand-Prieuré. Quelques clients assis à la terrasse.

Il était trop tard pour prendre le dernier métro. Juste après le café, un hôtel dont la porte était ouverte. Une ampoule nue éclairait un escalier très raide aux marches de bois noir. Le veilleur de nuit ne nous a même pas demandé nos noms. Il nous a simplement indiqué le numéro d'une chambre au premier étage. «À partir de maintenant, on pourrait peut-être habiter ici», ai-je dit à Louki.

Un lit d'une place mais il n'était pas trop étroit pour nous. Ni rideaux ni volets à la fenêtre. Nous l'avions laissée entrouverte à cause de la chaleur. En bas, la musique s'était tue, et nous entendions des éclats de rire. Elle m'a dit à l'oreille:

«Tu as raison. On devrait toujours rester ici.»

J'ai pensé que nous étions loin de Paris, dans un petit port de la Méditerranée. Chaque matin, à la même heure, nous suivions le chemin des plages. J'ai retenu l'adresse de l'hôtel: 2, rue du Grand-Prieuré. Hôtel Hivernia. Au cours de toutes les années mornes qui ont suivi, on me demandait quelquefois mon adresse ou mon numéro de téléphone, je disais: «Vous n'avez qu'à m'écrire à l'hôtel Hivernia, 2, rue du Grand-Prieuré.

On fera suivre. » Il faudrait que j'aille chercher toutes ces lettres qui m'attendent depuis si longtemps et qui sont demeurées sans réponse. Tu avais raison, nous aurions dû toujours rester là-bas.

J'ai revu Guy de Vere une dernière fois, bien des années plus tard. Dans la rue en pente qui descend vers l'Odéon, une voiture s'arrête à ma hauteur et j'entends quelqu'un m'appeler par mon ancien prénom. Je reconnais la voix, avant de me retourner. Il penche la tête par-dessus la vitre baissée de la portière. Il me sourit. Il n'a pas changé. Sauf les cheveux un peu plus courts. C'était en juillet, à cinq heures du soir. Il faisait chaud. Nous nous sommes assis tous les deux sur le capot de la voiture pour parler. Je n'ai pas osé lui dire que nous étions à quelques mètres du Condé et de la porte par laquelle entrait toujours Louki, celle de l'ombre. Mais la porte n'existait plus. De ce côté-ci, il y avait une vitrine maintenant où étaient exposés des sacs en crocodile, des bottes, et même une selle et des cravaches. Au Prince de Condé. Maroquinerie.

« Alors, Roland, que devenez-vous ? »

C'était toujours la même voix claire, celle qui nous rendait accessibles les textes les plus hermétiques quand il nous les lisait. J'étais touché qu'il se souvienne encore de moi et de mon prénom de cette époque. Tant de gens assistaient aux réunions, square Lowendal... Certains ne venaient qu'une fois, par curiosité, d'autres étaient très assidus. Louki comptait parmi ces derniers. Et moi aussi. Pourtant, Guy de Vere ne cherchait aucun disciple. Il ne se considérait pas du tout comme un maître à penser et il se refusait à exercer une emprise quelconque sur les autres. C'était eux qui venaient à lui, sans qu'il les sollicite. Quelquefois, on devinait qu'il aurait préféré rester tout seul à rêver, mais il ne pouvait rien leur refuser, et surtout pas son aide pour qu'ils voient plus clair en eux-mêmes.

« Et vous, vous êtes de retour à Paris ? »

De Vere a souri et m'a considéré d'un regard ironique.

«Vous êtes toujours le même, Roland... Vous répondez à une question par une autre question...»

Cela non plus il ne l'avait pas oublié. Il me plaisantait souvent là-dessus. Il me disait que si j'avais été boxeur, j'aurais été un maître de la feinte.

«... Je n'habite plus Paris depuis longtemps, Roland... Je vis maintenant au Mexique... Il faudra que je vous donne mon adresse...»

Le jour où j'étais allé vérifier s'il y avait bien du lierre au rez-de-chaussée de son ancien immeuble, j'avais demandé à la concierge, au cas où elle la connaîtrait, la nouvelle adresse de Guy de Vere. Elle m'avait dit simplement : «Parti sans laisser d'adresse.» Je lui ai raconté ce pèlerinage square Lowendal.

«Vous êtes incorrigible, Roland, avec votre histoire de lierre... Je vous ai connu très jeune, non? Quel âge aviez-vous?

— Vingt ans.

— Eh bien, il me semble que déjà, à cet âge-là, vous partiez à la recherche du lierre perdu. Je me trompe?»

Son regard ne me quittait pas et il se voilait d'une ombre de tristesse. Nous pensions peut-être à la même chose, mais je n'osais pas prononcer le nom de Louki.

«C'est drôle, lui ai-je dit. Du temps de nos réunions, j'allais souvent dans ce café qui n'est plus un café.»

Et je lui désignai, à quelques mètres de nous, la maroquinerie Au Prince de Condé.

«Mais oui, m'a-t-il dit. Paris a beaucoup changé ces dernières années.»

Il me considérait en fronçant les sourcils, comme s'il voulait se rappeler un lointain souvenir.

«Vous travaillez toujours sur les zones neutres?»

La question était tombée d'une manière si abrupte que je n'ai pas compris tout de suite à quoi il faisait allusion.

«C'était assez intéressant, votre texte sur les zones neutres...»

Mon Dieu, quelle mémoire... J'avais oublié que je lui avais fait lire ce texte. Un soir, à la fin de l'une de nos réunions chez lui, nous étions restés les derniers, Louki et moi. Je lui avais demandé s'il n'aurait pas un livre concernant l'Éternel

Retour. Nous étions dans son bureau et il jetait un œil sur quelques rayonnages de sa bibliothèque. Il avait enfin trouvé un ouvrage à la couverture blanc et noir : *Nietzsche : Philosophie de l'Éternel Retour du même*, qu'il m'avait donné et que j'avais lu les jours suivants avec beaucoup d'attention. Dans la poche de ma veste, les quelques pages dactylographiées concernant les zones neutres. Je voulais les lui donner pour avoir son avis, mais j'hésitais. C'est seulement avant de partir, sur le palier, que je me suis décidé, d'un geste brusque, à lui tendre l'enveloppe où j'avais rassemblé ces quelques pages – sans lui dire un mot.

« Vous étiez aussi très intéressé par l'astronomie, a-t-il dit. En particulier par la matière sombre... »

Jamais je n'aurais pu imaginer qu'il se rappelait ça. Au fond, il avait toujours été très attentif aux autres, mais sur le moment on ne s'en apercevait pas.

« C'est dommage, lui ai-je dit, qu'il n'y ait pas une réunion ce soir square Lowendal, comme avant... »

Il a paru surpris par mes paroles. Il m'a souri.

« Toujours votre obsession de l'Éternel Retour... »

Nous marchions maintenant de long en large sur le trottoir et, chaque fois, nos pas nous ramenaient devant la maroquinerie Au Prince de Condé.

« Vous vous rappelez le soir où il y a eu une panne d'électricité chez vous et où vous nous parliez dans le noir ? lui ai-je demandé.

— Non.

— Je vais vous avouer quelque chose. J'ai failli avoir une crise de fou rire, ce soir-là.

— Vous auriez dû vous laisser aller, m'a-t-il dit d'un ton de reproche. Le rire est communicatif. Nous aurions tous ri dans le noir. »

Il a regardé sa montre.

« Je vais être obligé de vous quitter. Je dois préparer mes bagages. Je repars demain. Et je n'ai même pas eu le temps de vous demander ce que vous faites à présent. »

Il a sorti un agenda de la poche intérieure de sa veste et en a déchiré une feuille.

«Je vous donne mon adresse au Mexique. Vous devriez vraiment venir me voir.»

Il prenait brusquement un ton impératif, comme s'il voulait m'entraîner avec lui et me sauver de moi-même. Et du présent. «Et puis, je continue les réunions là-bas. Venez. Je compte sur vous.»

Il me tendait la feuille.

«Vous avez aussi mon numéro de téléphone. Cette fois-ci, ne nous perdons pas de vue.»

Dans la voiture, il a penché de nouveau la tête par-dessus la vitre baissée de la portière.

«Dites-moi... Je pense souvent à Louki... Je n'ai toujours pas compris pourquoi...»

Il était ému. Lui qui parlait toujours sans hésiter et de façon si claire, il cherchait ses mots.

«C'est idiot, ce que je vous dis... Il n'y a rien à comprendre... Quand on aime vraiment quelqu'un, il faut accepter sa part de mystère... Et c'est pour ça qu'on l'aime... Hein, Roland?...»

Il a démarré brusquement, sans doute pour couper court à son émotion. Et à la mienne. Il a eu le temps de me dire:

«À très vite, Roland.»

J'étais seul devant la maroquinerie Au Prince de Condé. J'ai collé mon front à la vitrine pour voir s'il restait un vestige quelconque du café: un pan de mur, la porte du fond donnant accès au téléphone mural, l'escalier en colimaçon qui menait au petit appartement de Mme Chadly. Rien. Tout était lisse et tendu d'un tissu couleur orange. Et c'était partout comme cela dans le quartier. Au moins, on ne risquait pas de rencontrer des fantômes. Les fantômes eux-mêmes étaient morts. Rien à craindre à la sortie du métro Mabillon. Plus de Pergola et plus de Mocellini derrière la vitre.

Je marchais d'un pas léger comme si j'étais arrivé un soir de juillet dans une ville étrangère. Je m'étais mis à siffler l'air d'une chanson mexicaine. Mais cette fausse insouciance n'a pas duré longtemps. Je longeais les grilles du Luxembourg et le refrain de *Ay Jalisco no te rajes* s'est éteint sur mes lèvres. Une affiche était collée au tronc de l'un des grands arbres qui nous abritent de leur feuillage jusqu'à l'entrée des jardins, là-haut, à Saint-Michel.

«Cet arbre est dangereux. Il va être abattu prochainement. Il sera remplacé dès cet hiver.» Pendant quelques instants, j'ai cru que je faisais un mauvais rêve. Je demeurais là, pétrifié, à lire et à relire cet arrêt de mort. Un passant est venu me dire : «Vous vous sentez mal, monsieur?», puis il s'est éloigné, sans doute déçu par mon regard fixe. Dans ce monde où j'avais de plus en plus l'impression d'être un survivant, on décapitait aussi les arbres... J'ai poursuivi ma marche en essayant de penser à autre chose, mais c'était difficile. Je ne pouvais pas oublier cette affiche et cet arbre condamné à mort. Je me demandais comment étaient les têtes des membres du tribunal et celle du bourreau. J'ai recouvré mon calme. Pour me réconforter, j'imaginais que Guy de Vere marchait à mes côtés et qu'il me répétait de sa voix douce : «... Mais non, Roland, c'est un mauvais rêve... on ne décapite pas les arbres...»

J'avais dépassé la grille d'entrée du jardin et je suivais la partie du boulevard qui mène à Port-Royal. Un soir, avec Louki, nous avions raccompagné par ici un garçon de notre âge dont nous avions fait la connaissance au Condé. Il nous avait désigné, sur notre droite, le bâtiment de l'École des Mines en nous déclarant d'une voix triste, comme si cet aveu lui pesait, qu'il était élève dans cette école.

«Vous croyez que je dois y rester?»

J'avais senti qu'il guettait un encouragement de notre part pour l'aider à sauter le pas. Je lui avais dit : «Mais non, mon vieux, n'y restez pas... Prenez le large...»

Il s'était tourné vers Louki. Il attendait son avis à elle aussi. Elle lui avait expliqué que depuis qu'on l'avait refusée au lycée Jules-Ferry, elle se méfiait beaucoup des écoles. Je crois que cela avait achevé de le convaincre. Le lendemain, au Condé, il nous avait dit que l'École des Mines, c'était fini pour lui.

Souvent, elle et moi, nous prenions ce même chemin pour rentrer à son hôtel. C'était un détour, mais nous avions l'habitude de marcher. Était-ce vraiment un détour? Mais non, en y réfléchissant bien, une ligne droite, me semble-t-il, vers l'intérieur des terres. La nuit, le long de l'avenue Denfert-Rochereau, nous étions dans une ville de province, à cause du silence et de tous les hospices religieux dont les portails se succédaient.

L'autre jour, j'ai suivi à pied la rue bordée de platanes et de hauts murs qui sépare en deux le cimetière du Montparnasse. C'était aussi le chemin de son hôtel. Je me souviens qu'elle préférait l'éviter, et c'est pour cela que nous passions par Denfert-Rochereau. Mais, les derniers temps, nous n'avions plus peur de rien et nous trouvions que cette rue qui coupe le cimetière ne manquait pas d'un certain charme, la nuit sous sa voûte de feuillage. Aucune voiture n'y passait à cette heure-là et nous n'y croisions jamais personne. J'avais oublié de l'inscrire dans la liste des zones neutres. Elle était plutôt une frontière. Quand nous arrivions au bout, nous entrions dans un pays où nous étions à l'abri de tout. La semaine dernière, ce n'était pas la nuit que j'y marchais mais en fin d'après-midi. Je n'y étais pas retourné depuis que nous la suivions ensemble ou que j'allais te rejoindre à l'hôtel. J'ai eu un moment l'illusion qu'au-delà du cimetière je te retrouverais. Là-bas, ce serait l'Éternel Retour. Le même geste qu'avant pour prendre à la réception la clé de ta chambre. Le même escalier raide. La même porte blanche avec son numéro : 11. La même attente. Et puis les mêmes lèvres, le même parfum et la même chevelure qui se dénoue en cascade.

J'entendais encore de Vere me dire au sujet de Louki :

« Je n'ai toujours pas compris pourquoi... Quand on aime vraiment quelqu'un, il faut accepter sa part de mystère... »

Quel mystère ? J'étais convaincu que nous nous ressemblions l'un et l'autre, puisque nous avions souvent des transmissions de pensée. Nous étions sur la même longueur d'onde. Nés la même année et le même mois. Pourtant, il faut croire qu'il existait une différence entre nous.

Non, moi non plus je n'arrive pas à comprendre... Surtout lorsque je me souviens des dernières semaines. Le mois de novembre, les jours qui raccourcissent, les pluies d'automne, rien de tout cela ne semblait entamer notre moral. Nous faisions même des projets de voyage. Et puis, il régnait une ambiance joyeuse au Condé. Je ne sais plus qui avait introduit parmi les clients habituels ce Bob Storms qui se disait poète et metteur en scène anversois. Peut-être Adamov ? Ou Maurice Raphaël ? Il nous a bien fait rire, ce Bob Storms. Il avait un faible pour Louki et pour moi. Il voulait que nous passions l'été tous les deux dans sa grande maison de Majorque. Apparemment, il n'avait aucun souci d'ordre matériel. On disait qu'il collectionnait les tableaux... On dit tant de choses... Et puis les gens disparaissent un jour et on s'aperçoit qu'on ne savait rien d'eux, même pas leur véritable identité.

Pourquoi la silhouette massive de Bob Storms me revient-elle si fort en mémoire? Dans les instants de la vie les plus tristes, il y a souvent une note discordante et légère, une figure de bouffon flamand, un Bob Storms qui passe et qui aurait pu conjurer le malheur. Il se tenait debout au comptoir, comme si les chaises de bois risquaient de se fendre sous son poids. Il était si grand que sa corpulence ne se voyait pas. Toujours habillé d'une sorte de pourpoint de velours dont le noir contrastait avec sa barbe et ses cheveux roux. Et d'une cape de la même couleur. Le soir où nous l'avions remarqué pour la première fois, il s'était dirigé vers notre table et nous avait dévisagés, Louki et moi. Puis il avait souri et avait chuchoté en se penchant vers nous : «Compagnons des mauvais jours, je vous souhaite une bonne nuit.» Quand il s'était aperçu que je connaissais un grand nombre de vers, il avait voulu se livrer à un concours avec moi. Ce serait à celui qui aurait le dernier mot. Il me récitait un vers, je devais lui en réciter un autre, et ainsi de suite. Cela durait très longtemps. Je n'avais aucun mérite à cela. J'étais une sorte d'analphabète, sans aucune culture générale, mais qui avait retenu des vers, comme ceux qui jouent n'importe quel morceau de musique au piano en ignorant le solfège. Bob Storms avait cet avantage sur moi : il connaissait aussi tout le répertoire de la poésie anglaise, espagnole et flamande. Debout au comptoir, il me lançait sur un air de défi :

*I hear the Shadowy Horses, their long manes a-shake*
ou bien :

*Como todos los muertos que se olvidan*
*En un montón de perros apagados*


ou alors :
*De burgemeester heeft ons iets misdaan,*
*Wij leerden, door zijn schuld, het leven haten.*

Il me fatiguait un peu mais c'était un très brave type, beaucoup plus âgé que nous. J'aurais aimé qu'il me raconte ses vies antérieures. Il répondait toujours à mes questions d'une manière évasive. Quand il sentait à son égard une trop grande curiosité, son exubérance fondait brusquement comme s'il avait quelque chose à cacher ou qu'il voulait brouiller les pistes. Il ne répondait pas et finissait par rompre le silence en éclatant de rire.

Il y a eu une soirée chez Bob Storms. Il nous avait invités, Louki et moi, avec les autres : Annet, Don Carlos, Bowing, Zacharias, Mireille, la Houpa, Ali Cherif et celui que nous avions convaincu de quitter l'École des Mines. D'autres convives, mais je ne les connaissais pas. Il habitait quai d'Anjou un appartement dont l'étage supérieur était un immense atelier. Il nous recevait là pour une lecture d'une pièce qu'il voulait mettre en scène : *Hop Signor !* Nous sommes arrivés tous les deux avant les autres et j'ai été frappé par les candélabres qui éclairaient l'atelier, les marionnettes siciliennes et flamandes accrochées aux poutres, les miroirs et les meubles Renaissance. Bob Storms portait son pourpoint de velours noir. Une grande baie vitrée donnait sur la Seine. D'un geste protecteur, il a entouré l'épaule de Louki et la mienne et nous a dit sa phrase rituelle :

*Compagnons des mauvais jours*
*Je vous souhaite une bonne nuit.*

Puis il a sorti de sa poche une enveloppe et me l'a tendue. Il nous a expliqué que c'était les clés de sa maison de Majorque et que nous devrions y aller le plus vite possible. Et y rester jusqu'en septembre. Il trouvait que nous avions mauvaise mine. Quelle étrange soirée... La pièce ne comportait qu'un acte et les comédiens l'ont lue assez vite. Nous étions assis autour d'eux. De temps en temps, pendant la lecture, à un signe de Bob Storms, il fallait que nous criions tous, comme si nous faisions partie d'un chœur : « *Hop, Signor !...* » L'alcool circulait généreusement. Et d'autres substances vénéneuses. Un buffet avait été dressé au milieu du grand salon à l'étage inférieur. C'était Bob Storms lui-même qui servait les boissons dans des hanaps et des coupes de cristal. De plus en plus de monde. À un moment, Storms m'a présenté un hommedu même âge mais beaucoup plus petit que lui, un écrivain américain, un certain James Jones dont il disait qu'il était «son voisin de palier». Nous finissions par ne plus très bien savoir, Louki et moi, ce que nous faisions là au milieu de tous ces inconnus. Tant de gens croisés à nos débuts dans la vie, qui ne le sauront jamais et que nous ne reconnaîtrons jamais.

Nous nous sommes glissés vers la sortie. Nous étions sûrs que personne n'avait remarqué notre départ dans cette cohue. Mais à peine avions-nous passé la porte du salon que Bob Storms est venu nous rejoindre.

«Alors... Vous me faussez compagnie, les enfants?»

Il avait son sourire habituel, un sourire large qui le faisait ressembler avec sa barbe et sa haute stature à quelque personnage de la Renaissance ou du Grand Siècle, Rubens ou Buckingham. Et pourtant, une inquiétude perçait dans son regard.

«Vous ne vous êtes pas trop ennuyés?

— Mais non, lui ai-je dit. C'était très bien, *Hop Signor...*»

De ses deux bras, il nous a entouré les épaules, à Louki et à moi, comme il l'avait fait dans l'atelier.

«Allons, j'espère vous voir demain...»

Il nous entraînait vers la porte en nous tenant toujours par les épaules.

«Et surtout, partez très vite à Majorque pour prendre l'air... Vous en avez besoin... Je vous ai donné les clés de la maison...»

Sur le palier, il nous a longuement regardés l'un et l'autre. Puis il m'a récité:

*Le ciel est comme la tente déchirée d'un cirque pauvre.*

Nous descendions l'escalier, Louki et moi, et il se tenait penché par-dessus la rampe. Il attendait que je lui dise un vers, en réponse au sien, comme nous le faisions d'habitude. Mais je ne trouvais rien.

J'ai l'impression de confondre les saisons. Quelques jours après cette soirée, j'ai accompagné Louki à Auteuil. Il me semble que c'était en été, ou alors en hiver, par l'une de ces matinées limpides de froid, de soleil et de ciel bleu. Elle voulait rendre visite à Guy Lavigne, celui qui avait été l'ami de sa mère. J'ai préféré l'attendre. Nous nous étions fixé rendez-vous «dans une heure», au coin de la rue du garage. Je crois que nous avions l'intention de quitter Paris à cause des clés que nous avait données Bob Storms. Parfois, le cœur se serre à la pensée des choses qui auraient pu être et qui n'ont pas été, mais je me dis qu'aujourd'hui encore la maison reste vide, à nous attendre. J'étais heureux, ce matin-là. Et léger. Et j'éprouvais une certaine ivresse. La ligne d'horizon était loin devant nous, là-bas, vers l'infini. Un garage au fond d'une rue calme. Je regrettais de n'avoir pas accompagné Louki chez ce Lavigne. Peut-être allait-il nous prêter une voiture pour que nous descendions vers le sud.

Je l'ai vue sortir par la petite porte du garage. Elle m'a fait un signe du bras, exactement le même que celui de l'autre fois, quand je les attendais, elle et Jeannette Gaul, l'été, sur les quais. Elle marche vers moi de ce même pas nonchalant, et l'on dirait qu'elle ralentit son allure, comme si le temps ne comptait plus. Elle me prend le bras et nous nous promenons dans le quartier. C'est là que nous habiterons un jour. D'ailleurs, nous y avons toujours habité. Nous suivons de petites rues, nous traversons un rond-point désert. Le village d'Auteuil se détache doucement de Paris. Ces immeubles de couleur ocre ou beige pourraient être sur la Côte d'Azur, et ces murs, on se demande s'ils cachent un jardin ou la lisière d'une forêt. Nous sommes arrivés sur la place de l'Église, devant la station de métro. Et là, je peux le dire maintenant que je n'ai plus rien à perdre: j'ai senti, pour la seule fois de ma vie, ce qu'était l'Éternel Retour. Jusque-là, je m'efforçais de lire des ouvrages sur le sujet, avec une bonne volonté d'autodidacte. C'était juste avant de descendre les escaliers de la station de métro Église-d'Auteuil. Pourquoi à cet endroit? Je n'en sais rien et cela n'a aucune importance. Je suis resté un moment immobile et je lui ai serré le bras. Nous étions là, ensemble, à la même place, de toute éternité, et notre promenade à travers Auteuil, nous l'avions déjà faite au cours de mille et mille autres vies. Pas besoin de consulter ma montre. Je savais qu'il était midi.

C'est arrivé en novembre. Un samedi. Le matin et l'après-midi, j'étais resté rue d'Argentine à travailler sur les zones neutres. Je voulais étoffer les quatre pages, en écrire au moins trente. Cela ferait boule de neige et je pourrais atteindre les cent pages. J'avais rendez-vous avec Louki au Condé à cinq heures. J'avais décidé de quitter dans les prochains jours la rue d'Argentine. Il me semblait que j'étais guéri définitivement des plaies de mon enfance et de mon adolescence et que, désormais, je n'avais plus aucune raison de rester caché dans une zone neutre.

J'ai marché jusqu'à la station de métro Étoile. C'était la ligne que nous avions prise souvent, Louki et moi, pour aller aux réunions de Guy de Vere, la ligne que nous avions suivie à pied la première fois. Pendant la traversée de la Seine, j'ai remarqué qu'il y avait beaucoup de promeneurs sur l'allée des Cygnes. Changement à La Motte-Picquet-Grenelle.

Je suis descendu à Mabillon, et j'ai jeté un regard en direction de la Pergola, comme nous le faisions toujours. Mocellini n'était pas assis derrière la vitre.

Quand je suis entré au Condé, les aiguilles de l'horloge ronde sur le mur du fond marquaient exactement cinq heures. En général, ici, c'était l'heure creuse. Les tables étaient vides, sauf celle à côté de la porte où se tenaient Zacharias, Annet et Jean-Michel. Ils me lançaient tous les trois de drôles de regards. Ils ne disaient rien. Les visages de Zacharias et d'Annet étaient livides, sans doute à cause de la lumière qui tombait de la vitre. Ils ne m'ont pas répondu quand je leur ai dit bonjour. Ils me fixaient de leurs regards étranges, comme si j'avais fait quelque chose de mal. Les lèvres de Jean-Michel se sont contractées, et j'ai senti qu'il voulait me parler. Une mouche s'est posée sur le dos de la main de Zacharias et il l'a chassée d'un geste nerveux. Puis il a pris son verre et il l'a bu, cul sec. Il s'est levé et il a marché vers moi. Il m'a dit d'une voix blanche : « Louki. Elle s'est jetée par la fenêtre. »

J'avais peur de me tromper de chemin. Je suis passé par Raspail et la rue qui coupe le cimetière. Arrivé au bout, je ne savais plus si je devais continuer à marcher tout droit ou suivre la rue Froidevaux. J'ai suivi la rue Froidevaux. À partir de cet instant-là, il y a eu une absence dans ma vie, un blanc, qui ne me causait pas simplement une sensation de vide, mais que je ne pouvais pas soutenir du regard. Tout ce blanc m'éblouissait d'une lumière vive, irradiante. Et cela sera comme ça, jusqu'à la fin.

Beaucoup plus tard, à Broussais, j'étais dans une salle d'attente. Un homme d'une cinquantaine d'années, les cheveux gris en brosse et qui portait un manteau à chevrons, attendait lui aussi sur la banquette, de l'autre côté de la salle. À part lui et moi, il n'y avait personne. L'infirmière est venue me dire qu'elle était morte. Il s'est rapproché de nous comme s'il était concerné. J'ai pensé que c'était Guy Lavigne, l'ami de sa mère qu'elle allait voir à Auteuil dans son garage. Je lui ai demandé :

« Vous êtes Guy Lavigne ? »

Il a hoché la tête.

« Non. Je m'appelle Pierre Caisley. »

Nous sommes sortis ensemble de Broussais. Il faisait nuit. Nous marchions côte à côte le long de la rue Didot.

« Et vous, vous êtes Roland, je suppose ? »

Comment pouvait-il savoir mon nom ? J'avais de la peine à marcher. Ce blanc, cette lumière irradiante devant moi...

« Elle n'a pas laissé de lettre ? lui ai-je demandé.

— Non. Rien. »

C'est lui qui m'a tout dit. Elle se trouvait dans la chambre avec une certaine Jeannette Gaul que l'on appelait Tête de mort. Mais comment connaissait-il le surnom de Jeannette ? Elle était sortie sur le balcon. Elle avait passé une jambe par-dessus la balustrade. L'autre avait essayé de la retenir par le pan de sa robe de chambre. Mais c'était trop tard. Elle avait eu le temps de prononcer quelques mots, comme si elle se parlait à elle-même pour se donner du courage :

« Ça y est. Laisse-toi aller. »

L'HORIZON

———

2010

*Pour Akako*

Depuis quelque temps Bosmans pensait à certains épisodes de sa jeunesse, des épisodes sans suite, coupés net, des visages sans noms, des rencontres fugitives. Tout cela appartenait à un passé lointain, mais comme ces courtes séquences n'étaient pas liées au reste de sa vie, elles demeuraient en suspens, dans un présent éternel. Il ne cesserait de se poser des questions là-dessus, et il n'aurait jamais de réponses. Ces bribes seraient toujours pour lui énigmatiques. Il avait commencé à en dresser une liste, en essayant quand même de retrouver des points de repère : une date, un lieu précis, un nom dont l'orthographe lui échappait. Il avait acheté un carnet de moleskine noire qu'il portait dans la poche intérieure de sa veste, ce qui lui permettait d'écrire des notes à n'importe quel moment de la journée, chaque fois que l'un de ses souvenirs à éclipses lui traversait l'esprit. Il avait le sentiment de se livrer à un jeu de patience. Mais, à mesure qu'il remontait le cours du temps, il éprouvait parfois un regret : pourquoi avait-il suivi ce chemin plutôt qu'un autre ? Pourquoi avait-il laissé tel visage ou telle silhouette, coiffée d'une curieuse toque en fourrure et qui tenait en laisse un petit chien, se perdre dans l'inconnu ? Un vertige le prenait à la pensée de ce qui aurait pu être et qui n'avait pas été.

Ces fragments de souvenirs correspondaient aux années où votre vie est semée de carrefours, et tant d'allées s'ouvrent devant vous que vous avez l'embarras du choix. Les mots dont il remplissait son carnet évoquaient pour lui l'article concernant la « matière sombre » qu'il avait envoyé à une revue d'astronomie. Derrière les événements précis et les visages familiers, il sentait bien tout ce qui était devenu une matière sombre : brèves rencontres, rendez-vous manqués, lettres perdues, prénoms et numéros de téléphone figurant dans un ancien agenda et que vous avez oubliés, et celles et ceux que vous avez croisés sans même le savoir. Comme en astronomie, cette matière sombre était plus vaste que la partie visible de votre vie. Elle était infinie. Et lui, il répertoriait dans son carnet quelques faibles scintillements au fond de cette obscurité. Si faibles, ces scintillements, qu'il fermait les yeux et se concentrait, à la recherche d'un détail évocateur lui permettant de reconstituer l'ensemble, mais il n'y avait pas d'ensemble, rien que des fragments, des poussières d'étoiles. Il aurait voulu plonger dans cette matière sombre, renouer un à un les fils brisés, oui, revenir en arrière pour retenir les ombres et en savoir plus long sur elles. Impossible. Alors il ne restait plus qu'à retrouver les noms. Ou même les prénoms. Ils servaient d'aimants. Ils faisaient ressurgir des impressions confuses que vous aviez du mal à éclaircir. Appartenaient-elles au rêve ou à la réalité ?

Mérovée. Un nom ou un surnom ? Il ne fallait pas trop se concentrer là-dessus de crainte que le scintillement ne s'éteigne pour de bon. C'était déjà bien de l'avoir noté sur son carnet. Mérovée. Faire semblant de penser à autre chose, le seul moyen pour que le souvenir se précise de lui-même, tout naturellement, sans le forcer. Mérovée.

Il marchait le long de l'avenue de l'Opéra, vers sept heures du soir. Était-ce l'heure, ce quartier proche des Grands Boulevards et de la Bourse ? Le visage de Mérovée lui apparaissait maintenant. Un jeune homme aux cheveux blonds bouclés, avec un gilet. Il le voyait même habillé en groom – l'un de ces grooms à l'entrée des restaurants ou à la réception des grands hôtels, l'air d'enfants précocement vieillis. Lui aussi, ce Mérovée, il avait le visage flétri malgré sa jeunesse. On oublie les voix, paraît-il. Et pourtant il entendait encore le timbre de sa voix – un timbre métallique, un ton précieux pour dire des insolences qui se voulaient celles d'un gavroche ou d'un dandy. Et puis, brusquement, un rire de vieillard. C'était du côté de la Bourse, vers sept heures du soir, à la sortie des bureaux. Les employés s'écoulaient en groupes compacts, et ils étaient si nombreux qu'ils vous bousculaient sur le trottoir et que vous étiez pris dans leur flot. Ce Mérovée et deux ou trois personnes du même groupe sortaient de l'immeuble. Un gros garçon à la peau blanche, inséparable de Mérovée, buvait toujours ses paroles d'un air à la fois effarouché et admiratif. Un blond au visage osseux portait des lunettes teintées et une chevalière, et, le plus souvent, gardait le silence. Leur aîné devait avoir environ trente-cinq ans. Son visage était encore plus net dans le souvenir de Bosmans que celui de Mérovée, un visage empâté, un nez court qui lui faisait une tête de bouledogue sous des cheveux bruns plaqués en arrière. Il ne souriait jamais et il se montrait très autoritaire. Bosmans avait cru comprendre qu'il était leur chef de bureau. Il leur parlait avec sévérité comme s'il était chargé de leur éducation et les autres l'écoutaient, en bons élèves. C'est à peine si Mérovée se permettait de temps en temps une remarque insolente. Les autres membres du groupe, Bosmans ne s'en souvenait pas. Des ombres. Le malaise que lui causait ce nom, Mérovée, il le retrouvait quand deux mots lui étaient revenus en mémoire : « la Bande Joyeuse ».

Un soir que Bosmans comme d'habitude attendait Margaret Le Coz devant l'immeuble, Mérovée, le chef de bureau et le blond aux lunettes teintées étaient sortis les premiers et s'étaient dirigés vers lui. Le chef de bureau lui avait demandé à brûle-pourpoint :

« Vous voulez faire partie de la Bande Joyeuse ? »

Et Mérovée avait eu son rire de vieillard. Bosmans ne savait quoi répondre. La Bande Joyeuse ? L'autre, le visage toujours aussi sévère, le regard dur, lui avait dit : « C'est nous, la Bande Joyeuse », et Bosmans avait jugé cela plutôt comique à cause du ton lugubre qu'il avait pris. Mais, à les considérer tous les trois ce soir-là, il les avait imaginés de grosses cannes à la main, le long des boulevards, et, de temps en temps, frappant un passant par surprise. Et, chaque fois, on aurait entendu le rire grêle de Mérovée. Il leur avait dit :

« En ce qui concerne la Bande Joyeuse... laissez-moi réfléchir. »

Les autres paraissaient déçus. Au fond, il les avait à peine connus. Il avait été seul en leur présence pas plus de cinq ou six fois. Ils travaillaient dans le même bureau que Margaret Le Coz et c'était elle qui les lui avait présentés. Le brun à la tête de bouledogue était son supérieur et elle devait se montrer aimable avec lui. Un samedi après-midi, il les avait rencontrés sur le boulevard des Capucines, Mérovée, le chef de bureau et le blond aux lunettes teintées. Ils sortaient d'une salle de gymnastique. Mérovée avait insisté pour qu'il vienne prendre «un verre et un macaron» avec eux. Il s'était retrouvé de l'autre côté du boulevard à une table du salon de thé la Marquise de Sévigné. Mérovée semblait ravi de les avoir entraînés dans cet établissement. Il interpellait l'une des serveuses, en habitué du lieu, et commandait d'une voix tranchante «du thé et des macarons». Les deux autres le considéraient avec une certaine indulgence, ce qui avait étonné Bosmans de la part du chef de bureau, lui si sévère d'habitude.

«Alors, pour notre Bande Joyeuse... vous avez pris une décision?»

Mérovée avait posé la question à Bosmans d'un ton sec et celui-ci cherchait un prétexte pour quitter la table. Leur dire, par exemple, qu'il devait aller téléphoner. Il leur fausserait compagnie. Mais il pensait à Margaret Le Coz qui était leur collègue de bureau. Il risquait de les rencontrer de nouveau, chaque soir, quand il venait la chercher.

«Alors, ça vous dirait d'être un membre de notre Bande Joyeuse?»

Mérovée insistait, de plus en plus agressif, comme s'il voulait provoquer Bosmans. On aurait cru que les deux autres se préparaient à suivre un match de boxe, le brun à tête de bouledogue avec un léger sourire, le blond impassible derrière ses lunettes teintées.

«Vous savez, avait déclaré Bosmans d'une voix calme, depuis le pensionnat et la caserne, je n'aime pas tellement les bandes.»

Mérovée, décontenancé par cette réponse, avait eu son rire de vieillard. Ils avaient parlé d'autre chose. Le chef de bureau, d'une voix grave, avait expliqué à Bosmans qu'ils fréquentaient deux fois par semaine la salle de gymnastique. Ils y pratiquaient diverses disciplines, dont la boxe française et le judo. Et il y avait même une salle d'armes avec un professeur d'escrime. Et, le samedi, on s'inscrivait pour un «cross» ou une «cendrée» au bois de Vincennes.

«Vous devriez venir faire du sport avec nous...»

Bosmans avait l'impression qu'il lui donnait un ordre.

«Je suis sûr que vous ne faites pas assez de sport...»

Il le fixait droit dans les yeux et Bosmans avait de la peine à soutenir ce regard.

«Alors, vous viendrez faire du sport avec nous?»

Son gros visage de bouledogue s'éclairait d'un sourire.

«D'accord pour un jour de la semaine prochaine? Je vous inscris rue Caumartin?»

Cette fois-ci, Bosmans ne savait plus quoi répondre. Oui, cette insistance lui rappelait le temps lointain du pensionnat et de la caserne.

«Tout à l'heure, vous m'avez bien dit que vous n'aimiez pas les bandes? lui demanda Mérovée d'une voix aiguë. Vous préférez sans doute la compagnie de Mlle Le Coz?»

Les deux autres avaient l'air gênés de cette remarque. Mérovée gardait le sourire, mais il semblait quand même craindre la réaction de Bosmans.

«Mais oui, c'est cela. Vous avez sans doute raison», avait répondu doucement Bosmans.

Il les avait quittés sur le trottoir. Ils s'éloignaient dans la foule, le chef de bureau et le blond aux lunettes teintées marchant côte à côte. Mérovée, légèrement en arrière, se retournait et lui faisait un geste d'adieu. Et si sa mémoire le trompait? C'était peut-être un autre soir, à sept heures devant l'immeuble des bureaux, quand il attendait la sortie de Margaret Le Coz.

Quelques années plus tard, vers deux heures du matin, il traversait en taxi le carrefour où se croisent la rue du Colisée et l'avenue Franklin-Roosevelt. Le chauffeur s'arrêta au feu rouge. Juste en face, en bordure du trottoir, quelqu'un était immobile, très raide, vêtu d'une pèlerine noire, pieds nus dans des spartiates. Bosmans reconnut Mérovée. Le visage était amaigri, les cheveux coupés ras. Il se tenait là, en faction, et, au passage des rares voitures, il ébauchait chaque fois un sourire. Un rictus plutôt. On aurait dit qu'il faisait le tapin pour des clients d'outre-tombe. C'était une nuit de janvier, particulièrement froide. Bosmans avait envie de le rejoindre et de lui parler, mais il se dit que l'autre ne le reconnaîtrait pas. Il le voyait encore, à travers la vitre arrière et jusqu'à ce que la voiture tourne au Rond-Point.

Il ne pouvait détacher les yeux de cette silhouette immobile, en pèlerine noire, et il se rappelait brusquement le gros garçon à la peau blanche qui accompagnait souvent Mérovée et semblait tant l'admirer. Qu'était-il devenu ?

Il y en avait des dizaines et des dizaines de fantômes de cette sorte. Impossible de donner un nom à la plupart d'entre eux. Alors, il se contentait d'écrire une vague indication sur son carnet. La fille brune avec la cicatrice, qui se trouvait toujours à la même heure sur la ligne Porte-d'Orléans / Porte-de-Clignancourt... Le plus souvent, c'était une rue, une station de métro, un café qui les aidaient à ressurgir du passé. Il se souvenait de la clocharde à la gabardine, l'allure d'un ancien mannequin, qu'il avait croisée à plusieurs reprises dans des quartiers différents : rue du Cherche-Midi, rue de l'Alboni, rue Corvisart...

Il s'était étonné que, parmi les millions d'habitants que comptait une grande ville comme Paris, on puisse tomber sur la même personne, à de longs intervalles, et chaque fois dans un endroit très éloigné du précédent. Il avait demandé son avis à un ami qui faisait des calculs de probabilités en consultant les numéros du journal *Paris Turf* des vingt dernières années, pour jouer aux courses. Non, pas de réponse à cela. Bosmans avait alors pensé que le destin insiste quelquefois. Vous croisez à deux, trois reprises la même personne. Et si vous ne lui adressez pas la parole, alors tant pis pour vous.


La raison sociale des bureaux ? Quelque chose comme « Richelieu Interim ». Oui, disons : Richelieu Interim. Un grand immeuble de la rue du Quatre-Septembre, autrefois le siège d'un journal. Une cafétéria au rez-de-chaussée, où il avait rejoint deux ou trois fois Margaret Le Coz parce que l'hiver de cette année-là était rude. Mais il préférait l'attendre dehors.

La première fois, il était même monté la chercher. Un énorme ascenseur de bois clair. Il avait pris l'escalier. À chaque étage, sur les doubles portes, une plaque avec le nom d'une société. Il avait sonné à celle qui indiquait Richelieu Interim. Elle s'était ouverte automatiquement. Au fond de la pièce, de l'autre côté d'une sorte de comptoir surmonté d'un vitrage, Margaret Le Coz était assise à l'un des bureaux, comme d'autres personnes autour d'elle. Il avait frappé à la vitre, elle avait levé la tête et lui avait fait signe de l'attendre en bas.

Il se tenait toujours en retrait, à la lisière du trottoir, pour n'être pas pris dans le flot de ceux qui sortaient de l'immeuble à la même heure tandis que retentissait une sonnerie stridente. Les premiers temps, il craignait de la manquer dans cette foule, et il lui avait proposé de porter un vêtement grâce auquel il pourrait la repérer : un manteau rouge. Il avait l'impression de guetter quelqu'un à l'arrivée d'un train, quelqu'un que vous essayez de reconnaître parmi les voyageurs qui passent devant vous. Ils sont de moins en moins nombreux. Des retardataires, là-bas, descendent du dernier wagon, et vous n'avez pas encore perdu tout espoir...

Elle avait travaillé une quinzaine de jours dans une annexe de Richelieu Interim, pas très loin, du côté de Notre-Dame-des-Victoires. Il l'attendait, là aussi, à sept heures du soir, au coin de la rue Radziwill. Elle était seule quand elle sortait du premier immeuble sur la droite, et, la voyant marcher vers lui, Bosmans avait pensé que Margaret Le Coz ne risquerait plus de se perdre dans la foule – une crainte qu'il éprouvait par moments, depuis leur première rencontre.

Ce soir-là, sur le terre-plein de la place de l'Opéra, des manifestants étaient rassemblés face à une rangée de CRS qui formaient une chaîne tout le long du boulevard, apparemment pour protéger le passage d'un cortège officiel. Bosmans était parvenu à se glisser à travers cette foule jusqu'à la bouche du métro, avant la charge des CRS. Il avait à peine descendu quelques marches que, derrière lui, des manifestants refluaient en bousculant ceux qui les précédaient dans les escaliers. Il avait perdu l'équilibre et entraîné une fille en imperméable devant lui, et tous deux, sous la pression des autres, étaient plaqués contre le mur. On entendait des sirènes de police. Au moment où ils risquaient d'étouffer, la pression s'était relâchée. Le flot continuait à s'écouler le long des escaliers. L'heure de pointe. Ils étaient montés ensemble dans une rame. Tout à l'heure, elle s'était blessée contre le mur et elle saignait à l'arcade sourcilière. Ils étaient descendus deux stations plus loin et il l'avait emmenée dans une pharmacie. Ils marchaient l'un à côté de l'autre à la sortie de la pharmacie. Elle portait un sparadrap au-dessus de l'arcade sourcilière, et il y avait une tache de sang sur le col de son imperméable. Une rue calme. Ils étaient les seuls passants. La nuit tombait. Rue Bleue. Ce nom avait paru irréel à Bosmans. Il se demandait s'il ne rêvait pas. Bien des années plus tard, il s'était retrouvé par hasard dans cette rue Bleue, et une pensée l'avait cloué au sol : Est-on vraiment sûr que les paroles que deux personnes ont échangées lors de leur première rencontre se soient dissipées dans le néant, comme si elles n'avaient jamais été prononcées ? Et ces murmures de voix, ces conversations au téléphone depuis une centaine d'années ? Ces milliers de mots chuchotés à l'oreille ? Tous ces lambeaux de phrases de si peu d'importance qu'ils sont condamnés à l'oubli ?

« Margaret Le Coz. Le Coz en deux mots.

— Vous habitez dans le quartier ?

— Non. Du côté d'Auteuil. »

Et si toutes ces paroles restaient en suspens dans l'air jusqu'à la fin des temps et qu'il suffisait d'un peu de silence et d'attention pour en capter les échos ?

« Alors, vous travaillez dans le quartier ?

— Oui. Dans des bureaux. Et vous ? »

Bosmans était surpris par sa voix calme, cette manière paisible et lente de marcher, comme pour une promenade, cette apparente sérénité qui contrastait avec le sparadrap au-dessus de l'arcade sourcilière et la tache de sang sur l'imperméable.

« Oh moi... je travaille dans une librairie...

— Ça doit être intéressant... »

Le ton était courtois, détaché.

« Margaret Le Coz, c'est breton ?

— Oui.

— Alors, vous êtes née en Bretagne ?

— Non. À Berlin. »

Elle répondait aux questions avec une grande politesse, mais Bosmans sentait qu'elle n'en dirait pas plus. Berlin. Une quinzaine de jours plus tard, il attendait Margaret Le Coz sur le trottoir, à sept heures du soir. Mérovée était sorti de l'immeuble le premier.

Il portait un costume du dimanche – ces costumes aux épaules étriquées faits par un tailleur de l'époque, du nom de Renoma. «Vous venez avec nous ce soir ? avait-il dit à Bosmans de sa voix métallique. Nous sommes de sortie... Une boîte des Champs-Élysées... Le Festival...»

Il avait lancé «Festival» d'un ton déférent comme s'il s'agissait d'un haut lieu de la vie nocturne et parisienne. Bosmans avait décliné l'invitation. Alors Mérovée s'était planté devant lui :

«Je vois... Vous préférez sortir avec la Boche...»

Il avait pour principe de ne jamais réagir à l'agressivité des autres, ni aux insultes ni aux provocations. Sauf par un sourire pensif. Étant donné sa taille et son poids, le combat aurait été, la plupart du temps, inégal. Et puis, après tout, les gens n'étaient pas si méchants que ça.

Ce premier soir, ils continuaient de marcher tous les deux, lui et Margaret Le Coz. Ils étaient arrivés avenue Trudaine, une avenue dont on dit qu'elle ne commence ni ne finit nulle part, peut-être parce qu'elle forme une sorte d'enclave ou de clairière et qu'il n'y passe que de rares voitures. Ils s'étaient assis sur un banc.

«Qu'est-ce que vous faites dans vos bureaux ?

— Un travail de secrétaire. Et je traduis du courrier en allemand.

— Ah oui, c'est vrai... Vous êtes née à Berlin...»

Il aurait voulu savoir pourquoi cette Bretonne était née à Berlin, mais elle restait silencieuse. Elle avait regardé sa montre.

«J'attends que l'heure de pointe soit passée pour reprendre le métro...»

Ils attendirent ainsi, dans un café, en face du lycée Rollin. Bosmans avait été, pendant deux ou trois ans, interne dans ce lycée, comme dans beaucoup d'autres pensionnats de Paris et de province. La nuit, il s'échappait du dortoir et marchait le long de l'avenue silencieuse jusqu'aux lumières de Pigalle.

«Vous avez fait des études ?»

Était-ce à cause de la proximité du lycée Rollin qu'il lui avait posé la question ?

«Non. Pas d'études.

— Moi non plus.»

Quelle drôle de coïncidence d'être assis en face d'elle, dans ce café de l'avenue Trudaine... Un peu plus loin, sur le même trottoir, l'«École commerciale». Un camarade du lycée Rollin dont il avait oublié le nom, un garçon joufflu et brun, qui portait toujours des après-ski, l'avait convaincu de s'inscrire à cette «École commerciale». Bosmans l'avait fait uniquement pour prolonger son sursis militaire, mais il n'y était resté que deux semaines.

«Vous croyez que je dois garder ce sparadrap?»

Elle frottait du doigt son arcade sourcilière et le pansement, au-dessus de celle-ci. Bosmans était d'avis de garder le sparadrap jusqu'au lendemain. Il lui demanda si c'était douloureux. Elle haussa les épaules.

«Non, pas très douloureux... Tout à l'heure j'ai cru que j'allais étouffer...»

Cette foule, dans la bouche du métro, ces rames bondées, chaque jour, à la même heure... Bosmans avait lu quelque part qu'une première rencontre entre deux personnes est comme une blessure légère que chacun ressent et qui le réveille de sa solitude et de sa torpeur. Plus tard, quand il pensait à sa première rencontre avec Margaret Le Coz, il se disait qu'elle n'aurait pas pu se produire autrement : là, dans cette bouche de métro, projetés l'un contre l'autre. Et dire qu'un autre soir, au même endroit, ils auraient descendu le même escalier, dans la même foule et pris la même rame sans se voir... Mais était-ce vraiment sûr?

«J'ai quand même envie d'enlever le sparadrap...»

Elle essayait d'en tirer l'extrémité, entre pouce et index, mais elle n'y parvenait pas. Bosmans s'était rapproché d'elle.

«Attendez... Je vais vous aider...»

Il tirait le sparadrap doucement, millimètre par millimètre. Le visage de Margaret Le Coz était tout près du sien. Elle tâchait de sourire. Enfin, il réussit à l'ôter complètement, d'un coup sec. La trace d'un hématome, au-dessus de l'arcade sourcilière.

Il avait laissé sa main gauche sur son épaule. Elle le fixait de ses yeux clairs.

«Demain matin, au bureau, ils vont croire que je me suis battue...»

Bosmans lui demanda si elle ne pouvait pas prendre un congé de quelques jours après cet «accident». Elle lui sourit, apparemment émue d'une telle naïveté. Dans les bureaux de Richelieu Interim on ne retrouvait plus sa place à la moindre absence.

Ils marchèrent jusqu'à la place Pigalle, par le même chemin que suivait Bosmans quand il s'échappait des dortoirs du lycée Rollin. Devant la bouche du métro, il lui proposa de la raccompagner chez elle. Ne souffrait-elle pas trop de sa blessure? Non. D'ailleurs, à cette heure-ci, les escaliers, les couloirs et les rames étaient vides et elle ne risquait plus rien.

«Venez me chercher un soir, à sept heures à la sortie des bureaux», lui dit-elle de sa voix calme, comme si désormais la chose allait de soi. «Au 25 rue du Quatre-Septembre.»

Ni l'un ni l'autre n'avaient de stylo ou de papier pour écrire cette adresse, mais Bosmans la rassura : il n'oubliait jamais le nom des rues et les numéros des immeubles. C'était sa manière à lui de lutter contre l'indifférence et l'anonymat des grandes villes, et peut-être aussi contre les incertitudes de la vie.

Il la suivit du regard pendant qu'elle descendait les marches. Et s'il l'attendait pour rien, le soir, à la sortie des bureaux? Une angoisse le prenait à la pensée qu'il ne pourrait plus jamais la retrouver. Il essayait vainement de se rappeler dans quel livre était écrit que chaque première rencontre est une blessure. Il avait dû lire ça du temps du lycée Rollin.

L𝚎 premier soir où Bosmans était venu la chercher à la sortie des bureaux, elle lui avait fait un signe du bras, dans le flot de ceux qui passaient sous le porche. Elle était accompagnée par les autres, Mérovée, le brun à tête de bouledogue et le blond aux lunettes teintées. Elle les avait présentés en les appelant : «mes collègues».

Mérovée leur avait proposé de prendre un verre, un peu plus loin, au Firmament, et Bosmans avait été frappé par sa voix métallique. Margaret Le Coz avait lancé un regard furtif à Bosmans avant de se tourner vers Mérovée. Elle lui avait dit :

«Je ne peux pas rester longtemps... Je dois rentrer plus tôt que d'habitude.

— Ah oui, vraiment?»

Et Mérovée la dévisageait d'une manière insolente. Il s'était planté devant Bosmans et avait éclaté de son rire d'insecte.

«J'ai l'impression que vous voulez nous enlever Mlle Le Coz?»

Bosmans avait répondu, d'un air pensif :

«Ah oui... vous croyez?»

Dans le café, il s'était assis à côté d'elle, et tous deux faisaient face aux trois autres. Le brun à tête de bouledogue paraissait de mauvaise humeur. Il se pencha vers Margaret Le Coz et lui dit :

«Vous aurez bientôt fini la traduction du rapport?

— Demain soir, monsieur.»

Elle l'appelait monsieur parce qu'il était beaucoup plus âgé qu'eux tous. Oui, environ trente-cinq ans.

«On n'est pas là pour parler travail», dit Mérovée en fixant le brun à tête de bouledogue, l'air d'un enfant mal élevé qui s'attend à recevoir une gifle.

L'autre ne broncha pas, comme s'il était habitué à de telles remarques et qu'il éprouvait même une certaine indulgence pour ce jeune homme.

«C'est vous qui vous êtes battu avec notre collègue?»

Mérovée avait posé de manière impromptu cette question à Bosmans, en lui désignant l'arcade sourcilière de Margaret Le Coz.

Celle-ci demeurait impassible. Bosmans fit semblant de ne pas avoir entendu. Il y eut un silence. Le garçon de café ne venait pas à leur table.

«Qu'est-ce que vous voulez boire?» demanda le blond aux lunettes teintées.

«Tu leur demandes cinq demis sans faux col», dit Mérovée d'un ton sec.

Le blond se leva et marcha jusqu'au zinc pour passer la commande. Margaret Le Coz échangea un regard avec Bosmans, et il eut l'impression que c'était un regard complice. Il cherchait une phrase pour rompre le silence.

«Alors, vous travaillez dans le même bureau?»

À peine l'eut-il prononcée que cette phrase lui sembla stupide. Et il se promit de ne plus faire aucun effort de conversation. Jamais.

«Pas dans le même bureau, dit Mérovée. Monsieur a un bureau pour lui tout seul.»

Et il désignait le brun à tête de bouledogue qui gardait un visage sévère. De nouveau, le silence. Margaret Le Coz ne touchait pas à son verre. Et Bosmans non plus n'éprouvait aucune envie de boire de la bière à cette heure-là.

«Et vous, qu'est-ce que vous faites dans la vie?»

La question lui avait été posée par le brun à tête de bouledogue qui lui souriait d'un drôle de sourire contrastant avec la dureté du regard.

À partir de cet instant-là, leurs visages et leurs voix se perdent dans la nuit des temps – sauf le visage de Margaret –, le disque s'enraye avant de s'interrompre brutalement. D'ailleurs, c'était bientôt l'heure de fermeture du café dont Bosmans ignorerait toujours pourquoi il s'appelait le Firmament.

Ils marchent jusqu'à la station de métro. C'est ce soir-là que Margaret Le Coz lui dit qu'elle aimerait bien changer de travail et quitter définitivement Richelieu Interim et ses collègues de tout à l'heure. Elle lit chaque jour les petites annonces et, chaque jour, elle espère une phrase qui lui ouvrira d'autres horizons. Place de l'Opéra, quelques rares personnes entrent dans la bouche du métro. Ce n'est plus l'heure de pointe. Plus de cordons de CRS autour du terre-plein et le long du boulevard des Capucines, mais devant l'Opéra deux ou trois hommes se tiennent à côté de leurs grosses voitures de louage, attendant un client qui ne viendra pas.

Au moment de descendre l'escalier, Bosmans l'a prise par l'épaule comme s'il voulait la protéger d'une bousculade aussi violente que l'autre soir, mais ils suivent des couloirs déserts et ils sont seuls sur le quai à attendre la rame. Il se souvient d'un long trajet en métro au bout duquel il se retrouve dans la chambre de Margaret Le Coz, à Auteuil.


Il voulait savoir pour quelle raison elle avait choisi de louer une chambre dans ce quartier lointain.

« C'est plus sûr », avait-elle dit. Puis elle s'était tout de suite corrigée : « C'est plus tranquille... »

Bosmans avait surpris dans son regard une inquiétude, comme si elle courait un danger. Et un soir qu'ils s'étaient donné rendez-vous, après son travail, dans le bar de Jacques l'Algérien tout près de chez elle, il lui avait demandé si elle connaissait d'autres gens à Paris, en dehors de ses collègues de bureau. Elle avait eu un moment d'hésitation :

« Non... Personne... à part toi... »

Elle n'habitait Paris que depuis l'année précédente. Avant, elle avait séjourné en province et en Suisse.

Bosmans se rappelait les trajets interminables en métro avec Margaret Le Coz, aux heures de pointe. Et, depuis qu'il prenait des notes sur son carnet noir, il avait fait deux ou trois rêves où il la voyait dans la foule, à la sortie des bureaux. Et un rêve aussi où, de nouveau, ils étaient écrasés contre le mur, à cause de la pression de ceux que l'on poussait dans l'escalier derrière eux. Il s'était réveillé en sursaut. Une pensée lui était venue à l'esprit, qu'il avait notée dans son carnet, le lendemain : « À cette époque-là, sentiment d'être avec Margaret perdus dans la foule. » Il avait retrouvé deux cahiers verts de marque Clairefontaine dont les pages étaient remplies d'une petite écriture serrée qu'il avait fini par reconnaître : la sienne. Un livre qu'il essayait d'écrire l'année où il avait rencontré Margaret Le Coz, une sorte de roman. Au fur et à mesure qu'il feuilletait les cahiers, il avait été frappé par l'écriture beaucoup plus serrée que celle qui était la sienne d'ordinaire. Et, surtout, il remarquait qu'elle occupait les marges et qu'il écrivait sans jamais aller à la ligne ou à la page, et qu'il n'y avait dans ce manuscrit aucun espace blanc. C'était sans doute sa manière à lui d'exprimer un sentiment d'asphyxie.

Il écrivait parfois l'après-midi dans la chambre de Margaret Le Coz, où il se réfugiait en son absence. La fenêtre mansardée donnait sur un jardin à l'abandon au milieu duquel se dressait un hêtre pourpre. Cet hiver-là, le jardin fut recouvert d'une couche de neige, mais, bien avant la date qu'indiquait le calendrier pour le début du printemps, les feuillages de l'arbre atteignaient presque la vitre de la fenêtre. Alors pourquoi, dans cette chambre paisible, à l'écart du monde, l'écriture, sur les pages des cahiers, était-elle si serrée ? Pourquoi donc ce qu'il écrivait était si noir et si étouffant ? Voilà des questions qu'il ne s'était jamais posées sur le moment.

On se sentait loin de tout, dans ce quartier, les samedis et les dimanches. Dès le premier soir où il était venu la chercher à la sortie des bureaux et qu'ils s'étaient retrouvés avec Mérovée et les autres, elle lui avait dit qu'elle préférait rester là-bas, les jours de congé. Ses collègues connaissaient-ils son adresse ? Mais non. Quand ils avaient voulu savoir où elle habitait, elle leur avait parlé d'un foyer d'étudiantes. En dehors des heures de bureau, elle ne les fréquentait pas. Elle ne fréquentait personne. Un samedi soir qu'ils étaient tous les deux à Auteuil au bar de Jacques l'Algérien, à une table du fond, devant le vitrail lumineux, il lui avait dit :

« Si je comprends bien, tu te caches et tu habites ici sous un faux nom… »

Elle avait souri, mais d'un sourire contraint. Apparemment, elle n'appréciait pas beaucoup ce genre d'humour. Sur le chemin du retour, à l'angle de la rue des Perchamps, elle s'était arrêtée, comme si elle avait décidé de lui faire un aveu. Ou bien craignait-elle que quelqu'un ne l'attende là-bas, devant la porte cochère de l'immeuble?

«Il y a un type qui me cherche depuis quelques mois...» Bosmans lui avait demandé qui était ce type. Elle avait haussé les épaules. Elle regrettait peut-être de lui avoir fait cette confidence.

«Un type que j'ai connu...

— Et tu as peur de lui?

— Oui.»

Maintenant, elle paraissait soulagée. Elle restait immobile et fixait Bosmans de ses yeux clairs.

«Il connaît ton adresse?

— Non.»

Ce type ne savait pas non plus où elle travaillait. Bosmans essayait de la rassurer. Paris est grand. Impossible de retrouver quelqu'un dans la cohue des heures de pointe. Ils ne se distinguaient pas de la foule, tous les deux. Ils étaient des anonymes. Comment repérer une Margaret Le Coz? Et un Jean Bosmans? Il l'avait prise par l'épaule, ils marchaient le long de la rue des Perchamps. Il faisait nuit et ils s'efforçaient de ne pas glisser sur les plaques de verglas. Le silence autour d'eux. Bosmans entendait sonner la cloche d'une église. Il compta les coups à voix haute en la serrant plus fort contre lui. Onze heures du soir. À cette heure-là, seul le bar de Jacques l'Algérien, rue Poussin, restait ouvert dans ce quartier. Bosmans se sentit très loin de Paris.

«Il n'y a aucune raison pour que quelqu'un te repère ici.

— Tu crois?»

Elle regardait devant elle, d'un air inquiet, l'entrée de l'immeuble. Personne. D'autres soirs, elle n'y pensait pas. D'autres jours, elle lui demandait de venir sans faute la chercher à la sortie de son travail. Elle avait peur que le «type» n'ait retrouvé sa trace. Il aurait voulu en savoir plus, mais elle était réticente à lui donner des détails. Et pendant les moments d'insouciance, Bosmans espérait qu'elle finirait par tout oublier.

Un samedi soir, ils sortaient d'un cinéma à Auteuil. Elle lui avait dit qu'elle croyait qu'un homme les suivait. Il s'était retourné, mais elle l'avait pris par le bras et l'entraînait pour qu'ils pressent le pas. Un homme marchait en effet à une vingtaine de mètres, derrière eux, une silhouette de taille moyenne dans un manteau à chevrons.

«On l'attend?» demanda Bosmans d'un ton enjoué.

Elle lui serrait le bras et le tirait en avant. Mais il ne bougeait pas. L'autre se rapprochait. Il passa devant eux sans leur prêter attention. Non, heureusement, ce n'était pas celui qu'elle croyait.

De retour dans la chambre de la rue des Perchamps, il lui avait dit, sur le ton de la plaisanterie :

«Et alors, ce type... j'aimerais quand même savoir comment il est... pour le reconnaître dans la rue...»

Un brun, d'une trentaine d'années, assez grand, le visage maigre. En somme, Margaret restait dans le vague en lui faisant ce portrait. Mais il continuait à lui poser des questions. Non, cet homme n'habitait pas à Paris. Elle l'avait connu en province ou en Suisse, elle ne se souvenait plus très bien. Une mauvaise rencontre. Et quel était son métier? Elle ne savait pas trop, une sorte de voyageur de commerce, toujours en déplacement dans les hôtels de province, et de temps en temps à Paris. Elle était de plus en plus évasive, et Bosmans devinait que pour combattre sa peur elle enveloppait cet individu d'une brume, elle dressait entre elle et lui une sorte de vitre dépolie.

Cette nuit-là, dans la chambre, il lui disait que cela n'avait aucune importance. Il fallait simplement ignorer cet individu et, s'il se présentait un jour, passer devant lui sans même lui jeter un regard. D'ailleurs, elle n'était pas la seule à vouloir éviter quelqu'un. Lui non plus, il ne pouvait pas traverser certains quartiers de Paris sans appréhension.

«Alors, toi aussi... tu as peur de rencontrer des gens?

— Imagine un couple d'une cinquantaine d'années, lui avait dit Bosmans. Une femme aux cheveux rouges et au regard dur, un homme brun, l'air d'un prêtre défroqué. La femme aux cheveux rouges, c'est ma mère, si j'en crois l'état civil.» À cette époque de sa jeunesse, chaque fois que Bosmans avait le malheur de rencontrer le couple s'il se risquait rue de Seine et dans les environs, c'était toujours la même chose : sa mère marchait vers lui, le menton agressif, et lui demandait de l'argent, sur le ton autoritaire avec lequel on réprimande un enfant. Le brun se tenait à l'écart, immobile, et le considérait sévèrement, comme s'il voulait lui faire honte d'exister. Bosmans ignorait pourquoi ces deux êtres lui témoignaient un tel mépris. Il fouillait dans sa poche en espérant y trouver quelques billets de banque. Il les tendait à sa mère, qui les empochait d'un geste brusque. Ils s'éloignaient tous deux, très raides et très dignes, l'homme avec une cambrure de torero. Il ne restait plus à Bosmans de quoi prendre un ticket de métro.

« Mais pourquoi tu leur donnes de l'argent ? »

Elle paraissait vraiment intriguée de ce que venait de lui dire Bosmans.

« C'est vraiment ta mère ? Et tu n'as pas d'autre famille ?
— Non. »

Elle avait oublié quelques instants cet homme dont elle craignait qu'il ne l'attende un soir, devant l'immeuble.

« Tu vois bien que tout le monde risque de faire de mauvaises rencontres », avait dit Bosmans.

Et il avait ajouté que le couple, à plusieurs reprises, avait frappé à la porte de sa chambre dans le quatorzième arrondissement pour lui réclamer de l'argent. Une seule fois, il ne leur avait pas ouvert. Mais ils étaient revenus plus tard. L'homme attendait dans la rue, toujours habillé de noir, le port de tête altier. Sa mère était montée et avait demandé l'argent d'une voix sèche, comme si elle s'adressait à un locataire qui n'avait pas payé son loyer depuis longtemps. De la fenêtre, il les avait vus s'éloigner le long de la rue, toujours aussi raides et aussi dignes.

« Heureusement, j'ai changé d'adresse. Ils ne peuvent plus me rançonner. »

Ce soir-là, il lui avait encore posé des questions. Elle n'avait plus de nouvelles de ce type depuis qu'elle travaillait à Richelieu Interim. Elle aussi avait changé d'adresse pour qu'il perde sa trace. Avant de se fixer dans cette chambre à Auteuil, elle avait habité plusieurs hôtels près de l'Étoile, dont l'un, rue Brey. Et c'était là qu'il avait fini par la retrouver. Elle s'était échappée de cet hôtel en pleine nuit, sans même avoir fait sa valise.

« Alors, tu n'as rien à craindre, lui avait dit Bosmans. Il doit être là-bas en train de monter la garde jusqu'à la fin des temps. » Elle avait éclaté de rire, ce qui avait rassuré Bosmans. Les deux autres aussi l'attendaient peut-être à son ancienne adresse, pour lui demander encore de l'argent. Il les imaginait sur le trottoir, la femme aux cheveux rouges, la tête haute, en figure de proue, et l'homme toujours aussi raide dans sa cambrure de torero.

« Et comment il s'appelle, ce type ? avait demandé Bosmans. Tu peux au moins me dire son nom. »

Elle avait hésité, un instant. Une expression d'inquiétude avait traversé son regard.

« Boyaval.

— Il n'a pas de prénom ? »

Elle ne répondait rien. De nouveau, elle paraissait préoccupée. Bosmans n'avait pas insisté.

La neige tombait, cette nuit-là. Il suffisait, avait-il dit à Margaret, de se persuader que l'on se trouvait très loin de Paris, à la montagne, quelque part en Engadine. Ces trois syllabes étaient douces à prononcer, elles vous apaisaient et vous faisaient oublier toutes les mauvaises rencontres.

Boyaval. Il était content d'avoir mis un nom sur cet individu qui semblait tant préoccuper Margaret. Une fois que l'on savait le nom, on pouvait affronter le danger. Il se proposait, à l'insu de Margaret, de neutraliser ce Boyaval comme il avait neutralisé la femme aux cheveux rouges — sa mère, paraît-il — et l'homme vêtu de noir dont il hésitait à dire s'il avait l'allure d'un prêtre défroqué ou d'un faux torero.

Avec le temps... L'autre jour, il suivait la rue de Seine. Le quartier avait changé depuis l'époque lointaine de la femme aux cheveux rouges et du prêtre défroqué. Et pourtant il voyait s'avancer vers lui, sur le trottoir où il marchait, une femme de haute taille avec une canne. De loin il la reconnut, bien qu'il ne l'eût pas rencontrée depuis trente ans : celle qui, selon l'état civil, était sa mère. Elle n'avait plus les cheveux rouges, mais blancs. Elle portait un imperméable vert bouteille, de coupe militaire, des chaussures de montagne, et sur le devant une sorte de besace, retenue par une courroie à l'épaule. Elle marchait d'un pas ferme. Apparemment, la canne ne lui servait à rien, une canne qui semblait plutôt un alpenstock.

Elle aussi le reconnut. Il s'était arrêté à la hauteur de l'ancien café Fraysse et la regardait dans les yeux, pétrifié, comme s'il faisait face à une Gorgone. Elle le dévisageait, le menton tendu, d'un air de défi. Elle lui lança un flot d'injures dans une langue gutturale qu'il ne comprenait pas. Elle leva sa canne et tenta de le frapper à la tête. Mais il était trop grand et la canne vint heurter son épaule, lui causant une douleur assez vive.

Il se recula. Le bout ferré lui effleura le cou. Elle s'appuyait maintenant sur la canne, très raide, le menton toujours arrogant, et le fixait de ses yeux qui semblaient à Bosmans beaucoup plus petits et plus durs qu'autrefois.

Il s'écarta poliment pour lui laisser le passage.

« Madame... »

Elle ne bougeait pas. D'un geste impérieux, elle tendit sa main grande ouverte. Mais Bosmans n'avait pas d'argent sur lui.

Il poursuivit son chemin. Il était arrivé à la hauteur du square de la rue Mazarine et il se retourna. Là-bas, elle se tenait immobile, l'observant dans une attitude hautaine. Il passa une main sur son cou et remarqua du sang au bout de ses doigts. C'était la canne qui l'avait blessé. Mon Dieu, comme ce qui nous a fait souffrir autrefois paraît dérisoire avec le temps, et comme ils deviennent dérisoires aussi ces gens que le hasard ou le mauvais sort vous avaient imposés pendant votre enfance ou votre adolescence, et sur votre état civil. Ainsi, de tout cela, il ne restait plus qu'une sorte de vieille alpiniste allemande avec son uniforme vert bouteille, sa besace et son alpenstock, là-bas sur le trottoir. Bosmans éclata de rire. Il traversa le pont des Arts et pénétra dans la cour du Louvre.

Il y jouait, enfant, pendant de longs après-midi. Le commissariat de police, là-bas, à droite, au fond de la grande cour Carrée, ce commissariat qui lui faisait si peur, les agents devant l'entrée, l'allure de douaniers sur le seuil d'un poste frontière, tout cela n'existait plus. Il marchait droit devant lui. La nuit était tombée. Il arriva bientôt à l'entrée de la petite rue Radziwill, là où il attendait Margaret Le Coz, quand elle travaillait dans une annexe de Richelieu Interim. Elle occupait seule les bureaux de cette annexe et elle était vraiment soulagée de ne plus avoir «sur le dos» – comme elle disait – Mérovée et les autres. Elle se méfiait d'eux, en particulier de Mérovée et du chef de bureau, le brun à tête de bouledogue. Un jour que Bosmans lui avait demandé en quoi consistait exactement le travail à Richelieu Interim, elle lui avait dit :

«Tu sais, Jean, ils ont des liens avec la préfecture de police.»

Mais elle s'était aussitôt reprise :

«Oh, c'est un travail administratif... Un peu comme de la sous-traitance...»

Il n'osait pas lui avouer qu'il ignorait la signification de «sous-traitance» et, d'ailleurs, il sentait qu'elle-même voulait rester dans le vague. Il lui avait quand même demandé :

«Pourquoi la préfecture de police ?

— Je crois que Mérovée et les autres travaillent un peu pour la préfecture de police... Mais ça ne me regarde pas... Ils me demandent de taper à la machine et de traduire des rapports pour six cents francs par mois... Le reste...»

Bosmans avait l'impression qu'elle lui donnait ces quelques détails comme pour se justifier. Il avait fait une dernière tentative :

«Mais c'est quoi, au juste, Richelieu Interim?»

Elle avait haussé les épaules.

«Oh... une sorte de cabinet de contentieux...»

Il ne savait pas plus ce que «contentieux» signifiait que «sous-traitance». Et il n'avait vraiment pas envie qu'elle le lui explique. De toute manière, lui avait-elle dit, j'espère bientôt trouver un nouveau travail. Ainsi, Mérovée et les autres travaillaient «un peu» pour la préfecture de police... Cela évoquait un mot qui malgré sa sonorité caressante avait quelque chose de sinistre : donneuse. Mais Margaret le connaissait-elle?

Il l'attendait toujours à la même heure à l'entrée de la rue Radziwill, une rue étroite où aucune voiture ne passait et dont Bosmans se demandait si elle n'était pas une impasse. À cette heure-là, il faisait nuit. À deux ou trois reprises, il était même venu la chercher dans son bureau, à cause du froid trop vif pour attendre dehors. Le premier immeuble, à droite. On entrait par une porte très basse. Un escalier à double mouvement où celui qui montait ne croisait jamais celui qui descendait. Et puis l'immeuble avait une autre porte cochère, rue de Valois. Il avait dit à Margaret, pour plaisanter, qu'elle n'avait rien à craindre du dénommé Boyaval. S'il la guettait dehors, elle s'échapperait par l'autre issue. Et s'ils se trouvaient par hasard dans l'escalier double, elle et Boyaval, ils ne se rencontreraient jamais et elle aurait le temps de s'enfuir. Elle l'écoutait avec attention, mais ces conseils ne semblaient pas vraiment la rassurer.

Quand Bosmans venait la rejoindre, il traversait un hall aux murs couverts de casiers métalliques et au centre duquel une grande table était encombrée de dossiers et de classeurs. Le téléphone sonnait sans que personne réponde. La pièce où elle travaillait était plus petite et sa fenêtre donnait sur la rue de Valois. La cheminée et la glace au-dessus de celle-ci indiquaient que ce bureau avait été autrefois une chambre. Les soirs où il se retrouvait là avec elle, avant qu'ils descendent l'escalier double et sortent par la rue de Valois, il avait la certitude qu'ils étaient hors du temps, et à l'écart de tout, peut-être encore plus que dans la chambre d'Auteuil.

Le silence, le téléphone du hall qui sonnait pour rien, la machine à écrire sur laquelle Margaret achevait de taper un

« rapport », tout cela laissait à Bosmans une impression de rêve éveillé.

Ils rejoignaient la station de métro en suivant les arcades désertes du Palais-Royal. Bosmans se souvenait de la galerie marchande de cette station de métro en se demandant si elle existait encore aujourd'hui. Il y avait là des magasins divers, un coiffeur, un fleuriste, un marchand de tapis, des cabines téléphoniques, une vitrine de lingerie féminine avec des gaines d'un autre temps, et tout au bout une estrade où des hommes, sur des fauteuils en cuir, se faisaient cirer leurs chaussures par des Nord-Africains accroupis à leurs pieds. D'ailleurs, un panneau, au début de la galerie, portait cette inscription avec une flèche, qui intriguait Bosmans depuis son enfance :

W.-C. CIREURS.

Un soir que Margaret et lui passaient devant cette estrade de « W.-C. CIREURS » avant de descendre les escaliers qui menaient aux quais du métro, elle tira Bosmans par le bras. Elle lui dit à voix basse qu'elle avait cru reconnaître Boyaval qui se faisait cirer les chaussures, assis sur l'un des fauteuils.

« Attends une minute », lui dit Bosmans.

Il la laissa au seuil des escaliers et marcha d'un pas ferme en direction de « W.-C. CIREURS ». Un seul client, assis sur l'un des fauteuils de l'estrade, dans un manteau beige. C'était un brun d'une trentaine d'années au visage maigre mais d'apparence prospère. Il aurait pu tenir un garage du côté des Champs-Élysées ou même un restaurant dans le même quartier. Il fumait une cigarette pendant qu'un petit homme aux cheveux blancs, agenouillé, lui cirait les chaussures, et cela ne plaisait pas à Bosmans, et même l'indignait. Lui, d'ordinaire si doux et si timide, il avait parfois de brusques accès de colère et de révolte. Il hésita une seconde, posa une main sur l'épaule de l'homme et il y pressa très fort les doigts. L'autre lui jeta un regard stupéfait :

« Vous allez me lâcher ! »

La voix était dure, menaçante. Bosmans espéra de tout son cœur que cet individu fût Boyaval. Il aimait voir le danger en face. Il relâcha la pression de ses doigts.

« Vous êtes monsieur Boyaval ?

— Pas du tout. »

L'homme se leva et se planta devant Bosmans dans une attitude défensive.

« Vous en êtes sûr ? lui demanda Bosmans d'une voix calme. Vous n'êtes pas Boyaval ? »

Il dominait l'homme d'une tête et pesait plus lourd que lui. L'autre paraissait s'en rendre compte. Il restait muet.

« Alors, tant pis. »

Il rejoignit Margaret au seuil de l'escalier. Elle était très pâle.

« Alors ?

— Ce n'est pas lui. »

Ils étaient tous deux assis sur l'un des bancs, en attendant la rame du métro. Il remarqua que les mains de Margaret tremblaient légèrement.

« Mais pourquoi tu as si peur de lui ? »

Elle ne répondait pas. Il regrettait que cet homme ne fût pas Boyaval. Il avait espéré en finir une fois pour toutes. C'était idiot, cette menace dans l'air, ce type présent mais invisible qui la terrorisait sans qu'elle lui dise exactement pourquoi. Lui n'avait peur de rien. Du moins le répétait-il à Margaret pour la rassurer. Quand on avait eu affaire depuis son enfance à la femme aux cheveux rouges et au prêtre défroqué, on ne se laissait impressionner par personne. Il le répétait encore à Margaret, là, sur le banc du métro. Il voulait la distraire en lui décrivant ce couple qu'il devait encore affronter de temps en temps, au hasard d'une rue : l'homme avec sa brosse courte, ses joues creuses, son regard d'inquisiteur ; la femme au menton tragique, toujours aussi méprisante dans sa veste afghane... Elle l'écoutait et finissait par sourire. Il lui disait que tout cela n'avait pas beaucoup d'importance, ni ces deux individus qui le poursuivaient de leur hostilité sans qu'il comprenne pourquoi et lui réclamaient chaque fois de l'argent, ni Boyaval, ni rien. D'un jour à l'autre, ils pouvaient quitter Paris pour de nouveaux horizons. Ils étaient libres. Elle hochait la tête comme s'il l'avait convaincue. Ils restaient assis sur le banc et laissaient passer les rames du métro.

Quelqu'un lui avait chuchoté une phrase dans son sommeil : Lointain Auteuil, quartier charmant de mes grandes tristesses, et il la nota dans son carnet, sachant bien que certains mots que l'on entend en rêve, et qui vous frappent et que vous vous promettez de retenir, vous échappent au réveil ou bien n'ont plus aucun sens.

Il avait rêvé cette nuit-là de Margaret Le Coz, ce qui lui arrivait rarement. Ils étaient tous les deux assis à une table du bar de Jacques l'Algérien, la table la plus proche de la porte d'entrée, et celle-ci était grande ouverte sur la rue. C'était une fin d'après-midi d'été et Bosmans avait le soleil dans les yeux. Il se demanda si son visage était celui d'aujourd'hui ou bien celui de ses vingt et un ans. Certainement le visage de ses vingt et un ans. Sinon, elle l'aurait regardé d'un drôle d'air et ne l'aurait pas reconnu. Tout baignait dans une lumière limpide, à cause de la porte ouverte sur la rue. Quelques mots lui vinrent à l'esprit, sans doute le titre d'un livre : Une porte sur l'été. Pourtant c'était en hiver qu'il avait connu Margaret Le Coz, un hiver très froid qui lui avait semblé interminable. Le bar de Jacques l'Algérien était un refuge où l'on s'abrite des tempêtes de neige et il ne se rappelait pas y avoir retrouvé Margaret en été.

Il constatait un phénomène étrange : ce rêve éclairait par sa lumière tout ce qui avait été réel, les rues, les gens que Margaret et lui avaient côtoyés ensemble. Et si cette lumière avait été la vraie, celle dans laquelle ils baignaient tous les deux à cette époque ? Alors pourquoi avoir rempli, en ce temps-là, les deux cahiers, d'une petite écriture qui trahissait une sensation d'angoisse et d'asphyxie ?

Il crut trouver la réponse : tout ce que l'on vit au jour le jour est marqué par les incertitudes du présent. Par exemple, à chaque coin de rue, elle craignait de tomber sur Boyaval, et Bosmans, sur le couple inquiétant qui le poursuivait – sans qu'il comprenne pourquoi – de sa malveillance et de son mépris et lui aurait volontiers fait les poches, s'il était mort, là, dans la rue, d'une balle au cœur. Mais de loin, avec la distance des années, les incertitudes et les appréhensions que vous viviez au présent se sont effacées, comme les brouillages qui vous empêchaient d'entendre à la radio une musique cristalline. Oui, quand j'y pense maintenant, c'était tout à fait comme dans le rêve : Margaret et moi, assis l'un en face de l'autre dans une lumière limpide et intemporelle. C'est d'ailleurs ce que nous expliquait le philosophe que nous avions rencontré un soir à Denfert-Rochereau. Il disait :

« Le présent est toujours plein d'incertitudes, hein ? Vous vous demandez avec angoisse ce que va être le futur, hein ? Et puis le temps passe et ce futur devient du passé, hein ? »

Et à mesure qu'il parlait, il ponctuait les phrases de ce hennissement de plus en plus douloureux.

Quand il lui avait demandé pourquoi elle avait choisi une chambre dans ce quartier lointain d'Auteuil, elle avait répondu : « C'est plus sûr. »

Lui aussi s'était réfugié presque à la périphérie, tout au bout de la Tombe-Issoire, pour échapper à ce couple agressif qui le poursuivait. Mais ils avaient découvert son adresse, et sa mère était venue, un soir, taper du poing à la porte de sa chambre tandis que l'homme attendait dans la rue. Le lendemain, le quartier de la Tombe-Issoire et de Montsouris lui avait semblé beaucoup moins sûr qu'il ne l'avait cru. Il se retournait avant d'entrer dans l'immeuble et, quand il montait l'escalier, il avait peur que les deux autres ne l'attendent au fond du couloir, devant la porte de sa chambre. Et puis, au bout de quelques jours, il n'y pensait plus. Il avait trouvé une autre chambre dans le même quartier, rue de l'Aude. Heureusement, il faut aussi compter, comme le disait le philosophe, sur l'insouciance de la jeunesse, hein ? Il y avait même des jours de soleil où Margaret ne le fixait plus de ses yeux inquiets.

Lointain Auteuil... Il regardait le petit plan de Paris, sur les deux dernières pages du carnet de moleskine. Il avait toujours imaginé qu'il pourrait retrouver au fond de certains quartiers les personnes qu'il avait rencontrées dans sa jeunesse, avec leur âge et leur allure d'autrefois. Ils y menaient une vie parallèle, à l'abri du temps... Dans les plis secrets de ces quartiers-là, Margaret et les autres vivaient encore tels qu'ils étaient à l'époque. Pour les atteindre, il fallait connaître des passages cachés à travers les immeubles, des rues qui semblaient à première vue des impasses et qui n'étaient pas mentionnées sur le plan. En rêve, il savait comment y accéder à partir de telle station de métro précise. Mais, au réveil, il n'éprouvait pas le besoin de vérifier dans le Paris réel. Ou, plutôt, il n'osait pas.

Un soir, il attendait Margaret sur le trottoir de l'avenue de l'Observatoire, appuyé contre la grille du jardin, et ce moment était détaché des autres, figé dans l'éternité. Pourquoi ce soir-là, avenue de l'Observatoire ? Mais, bientôt, l'image bougeait de nouveau, le film continuait son cours et tout était simple et logique. C'était le premier soir où elle était allée chez le professeur Ferne. D'Auteuil, ils avaient pris le métro jusqu'à Montparnasse-Bienvenüe. De nouveau, l'heure de pointe. Alors ils avaient préféré marcher, le reste du chemin. Elle était très en avance sur l'heure du rendez-vous. Les saisons se confondaient. Ce devait être encore en hiver, peu de temps après le bref passage de Margaret dans les bureaux de la rue Radziwill. Et pourtant, lorsqu'ils furent arrivés au seuil des jardins de l'Observatoire, il semblait à Bosmans, avec quarante ans de distance, que c'était un soir de printemps ou d'été. Les feuillages des arbres formaient une voûte au-dessus du trottoir qu'ils suivaient, Margaret et lui. Elle lui avait dit :

« Tu peux m'accompagner. »

Mais il jugeait que cela ne faisait pas très sérieux. Non, il l'attendrait en face de l'immeuble où habitait ce professeur Ferne. Il regardait la façade. Quel était l'étage du professeur Ferne ? Certainement là où une rangée de portes-fenêtres étaient éclairées. Le dos contre la grille du square, il pensait que peut-être, à partir de ce soir-là, leur vie prendrait un cours nouveau. Tout était paisible et rassurant par ici, les feuillages des arbres, le silence, la façade de l'immeuble où étaient sculptées, au-dessus de la porte cochère, des têtes de lions. Et ces lions semblaient monter la garde et considérer Bosmans d'un air rêveur. L'une des portes-fenêtres s'ouvrirait et l'on entendrait quelqu'un jouer du piano.

Quand elle était sortie de l'immeuble, elle lui avait dit que tout était d'accord. Elle avait vu la femme du professeur. Elle ne s'occuperait pas des enfants à temps complet mais trois jours par semaine. La femme du professeur lui avait expliqué qu'il ne s'agissait pas vraiment d'un emploi de gouvernante. Non. Ce serait plutôt comme une jeune fille au pair, à cette différence près qu'elle n'était pas obligée de dormir sur place.

Ce soir-là, il lui avait proposé de lui montrer sa chambre, au fond du quatorzième, rue de l'Aude. Ils n'avaient pas pris le métro. Ils marchaient le long d'une avenue bordée d'hospices et de couvents, à proximité de l'Observatoire où Bosmans imaginait quelques savants, dans le silence et la pénombre, qui observaient au télescope les étoiles. Peut-être ce professeur Ferne se trouvait-il parmi eux. De quoi pouvait-il être professeur? Margaret l'ignorait. Elle avait remarqué une grande bibliothèque dans l'appartement avec une échelle de bois clair pour accéder aux derniers rayonnages. Tous les livres étaient reliés et paraissaient très anciens.

Le jour où elle avait appris qu'elle devait se présenter chez le professeur Ferne, Bosmans était venu la chercher à son bureau plus tôt que d'habitude. Il fallait qu'elle passe à l'agence de placement Stewart, faubourg Saint-Honoré, pour qu'on lui donne l'adresse du professeur Ferne et qu'on lui précise le jour et l'heure du rendez-vous.

Ils avaient été reçus par un homme blond aux petits yeux bleus dont Bosmans s'était demandé s'il s'agissait de M. Stewart lui-même. Celui-ci n'avait pas semblé étonné de la présence de Bosmans et les avait invités à s'asseoir tous les deux sur des fauteuils de cuir, en face de son bureau.

« On vous a enfin trouvé du travail, avait-il dit à Margaret. Ce n'est pas trop tôt… »

Et Bosmans avait compris qu'elle s'était inscrite à l'agence Stewart bien avant de travailler pour Richelieu Interim.

«C'est dommage, avait remarqué le blond, que vous n'ayez pas pu obtenir un certificat de M. Bagherian chez qui vous étiez employée en Suisse.

— Je n'ai plus son adresse», avait dit Margaret.

Il sortit d'un classeur une fiche qu'il posa devant lui. Bosmans remarqua, dans le haut de celle-ci, une photo d'identité. Le blond prit sur le bureau une feuille de papier à lettres à l'en-tête de l'agence Stewart. Il recopiait sur celle-ci les indications qui étaient écrites sur la fiche. Il fronça les sourcils et leva la tête :

«Vous êtes bien née à Berlin − Reinickendorf ?»

Il avait hésité sur les syllabes du dernier mot. Elle avait légèrement rougi.

«Oui.

— Vous êtes d'origine allemande ?»

C'était toujours la même question. Elle gardait le silence. Elle finit par répondre d'une voix nette :

«Pas vraiment.»

Il continuait de recopier la fiche d'une manière studieuse. On aurait cru qu'il faisait un devoir de classe. Bosmans avait échangé un regard avec Margaret. Le blond plia la feuille et la glissa dans une enveloppe qui portait elle aussi l'en-tête de l'agence Stewart.

«Vous remettrez ceci au professeur Ferne.»

Il tendit l'enveloppe à Margaret.

«Je pense que vous n'aurez pas un travail trop difficile. Ce sont deux enfants d'environ douze ans.»

Ses petits yeux bleus s'étaient fixés sur Bosmans.

«Et vous ? Vous cherchez du travail ?»

Bosmans ne s'expliquait pas pourquoi il avait répondu : oui. Lui qui se montrait si violent quelquefois, il évitait souvent de contredire un interlocuteur et n'osait pas refuser les propositions les plus imprévues.

«Si vous cherchez du travail, on peut vous inscrire à l'agence Stewart.»

À de tels moments, il cachait toujours son embarras sous un sourire, et le blond pensa sans doute que ce sourire était un signe d'assentiment. Il prit une fiche sur son bureau.

« Vos nom et prénom ?

— Jean Bosmans.

— Vous avez fait des études ? »

Au moment de lui répondre qu'il n'avait pas d'autres diplômes que le baccalauréat, Bosmans éprouva une brusque lassitude et voulut mettre un terme à cet entretien, mais il craignait de compromettre l'avenir de Margaret et de faire de la peine à ce blond.

Il lui demandait sa date, son lieu de naissance et son adresse. Pris de court, Bosmans lui donna sa vraie date de naissance, et son adresse au 28 de la rue de l'Aude.

« Voulez-vous signer là ? »

Il lui désignait le bas de la fiche et lui tendait son stylo. Bosmans signa.

« Il me faudra aussi une photo d'identité. Vous me l'enverrez par la poste. »

Margaret paraissait surprise d'une telle docilité. Après avoir signé, Bosmans dit au blond :

« Vous savez, je n'aurai peut-être pas besoin de travail dans l'immédiat.

— Il y a des tas d'opportunités, dit le blond comme s'il n'avait pas entendu. En attendant les emplois fixes on peut déjà vous trouver quelques extras. »

Un silence. Le blond se leva.

« Je vous souhaite bonne chance », dit-il à Margaret.

Il les raccompagna jusqu'à la porte du bureau. Il serra la main de Bosmans.

« On vous fera signe. »

Dehors, elle lui demanda pourquoi il avait laissé l'autre remplir une fiche à son nom. Bosmans haussa les épaules.


Combien de fiches, de questionnaires, de cartes d'inscription remplis de son écriture serrée, pour faire plaisir à quelqu'un, pour s'en débarrasser, ou même par indifférence, pour rien... La seule signature qui lui avait tenu à cœur, c'était celle de son inscription à la faculté de médecine, vers dix-huit ans, mais on n'avait pas voulu de lui parce qu'il n'avait pas obtenu de baccalauréat scientifique.

Le lendemain de leur visite, il avait envoyé une photo d'identité de lui à l'agence Stewart. Il avait dit à Margaret que c'était plus prudent et qu'il ne fallait pas faire de vagues...

L'agence Stewart existait-elle toujours? Il pensa aller vérifier sur place. Au cas où l'agence occuperait les mêmes bureaux, il rechercherait dans les archives sa fiche et celle de Margaret avec leurs photos de l'époque. Et peut-être serait-il reçu par le même blond aux petits yeux bleus. Et tout recommencerait comme avant.

En ce temps-là, il ne venait pas beaucoup de monde à la librairie. Bosmans essayait de se souvenir de la configuration des lieux. La librairie proprement dite, avec sa table de bois sombre. La porte du fond donnait accès à une sorte de hangar au toit vitré, une réserve remplie de livres. Sur l'un des murs, un vieux panneau où était écrit: CASTROL. Tout au bout, la porte en fer coulissante s'ouvrait sur une autre rue. Bosmans en avait conclu qu'il s'agissait d'un ancien garage. D'ailleurs, en fouillant un après-midi dans les archives, il avait retrouvé le bail d'origine. Oui, c'était bien ça: la librairie et les éditions du Sablier avaient succédé au garage de l'Angle.

Un escalier large, à rampe de fer, menait de la librairie à l'entresol qu'avaient jadis occupé les bureaux de la maison d'édition. Sur la porte de droite, une plaque de cuivre avec le nom gravé de l'éditeur: «Lucien Hornbacher». Un couloir. Puis un salon assez sombre que Bosmans appelait le salon-fumoir. Un canapé et des fauteuils de cuir foncé. Des cendriers sur des trépieds. Le sol était recouvert d'un tapis persan. Et, tout autour, des bibliothèques vitrées. Elles contenaient tous les ouvrages publiés au cours des vingt années de leur existence par les éditions du Sablier.

Il passait souvent le début de l'après-midi dans l'ancien bureau de Lucien Hornbacher. De la fenêtre, on voyait, par la percée de l'avenue Reille, les premiers arbres du parc Montsouris.

Il laissait la porte ouverte pour entendre la sonnerie grêle qui annonçait, chaque fois, la venue d'un client au rez-de-chaussée. Le bureau était petit mais massif, avec, de chaque côté, de nombreux tiroirs. Le fauteuil pivotant n'avait pas changé depuis l'époque de Lucien Hornbacher. Un divan contre le mur, en face de la fenêtre, recouvert de velours bleu nuit. Au milieu du bureau, un sablier, l'emblème de la maison d'édition. Bosmans avait remarqué qu'il portait la marque d'un grand joaillier et il s'était étonné qu'on ne l'ait pas volé, depuis tout ce temps. Il avait l'impression d'être le gardien d'un lieu désaffecté. Lucien Hornbacher avait disparu pendant la guerre et, vingt ans après, Bourlagoff, le comptable-gérant, qui venait régulièrement à la librairie, parlait toujours à demi-mot de cette disparition. C'était un homme d'une cinquantaine d'années, les cheveux poivre et sel coupés en brosse, le teint bronzé. Il avait travaillé pour Hornbacher dans sa jeunesse. Jusqu'à quand la librairie pourrait-elle subsister ? Chaque fois qu'il questionnait Bourlagoff sur l'avenir incertain des anciennes éditions du Sablier, Bosmans n'obtenait jamais de réponses précises.

Les livres jadis publiés par Lucien Hornbacher remplissaient les rayonnages de la librairie du rez-de-chaussée. Une grande partie d'entre eux traitaient de l'occultisme, des religions orientales et de l'astronomie. Le catalogue comptait aussi des travaux d'érudition sur des sujets divers. À ses débuts, Hornbacher avait édité quelques poètes et quelques auteurs étrangers. Mais les clients qui s'aventuraient encore dans la librairie s'intéressaient pour la plupart aux sciences occultes et venaient y chercher des ouvrages introuvables ailleurs que Bosmans allait souvent puiser dans la réserve.

Comment avait-il trouvé ce travail ? Un après-midi qu'il se promenait près de chez lui, dans le quatorzième, l'enseigne, à moitié effacée au-dessus de la vitrine, *Éditions du Sablier*, avait attiré son attention. Il était entré. Bourlagoff se tenait assis derrière la table. La conversation s'était engagée. On cherchait quelqu'un pour rester dans la librairie quatre jours par semaine... Un étudiant. Bosmans lui avait dit que cela l'intéressait, mais qu'il n'était pas «étudiant». Aucune importance. On lui donnerait, pour ce travail, deux cents francs par semaine.

La première fois que Margaret lui avait rendu visite sur le lieu de son travail, c'était un samedi d'hiver ensoleillé. Par la fenêtre du bureau d'Hornbacher, il l'avait vue, là-bas, au tournant de l'avenue Reille. Il se souvenait qu'elle avait hésité un moment. Elle s'était arrêtée sur le trottoir, regardant de gauche à droite, vers les deux côtés de l'avenue, comme si elle avait oublié le numéro de la librairie. Puis elle avait repris son chemin. Elle avait dû repérer de loin la vitrine. À partir de ce jour-là, chaque fois qu'ils se donnaient rendez-vous aux anciennes éditions du Sablier, il la guettait, de la fenêtre. Elle ne cesse de marcher à sa rencontre sur le trottoir en pente de l'avenue Reille dans une lumière limpide d'hiver quand le ciel est bleu, mais cela pourrait être aussi l'été puisque l'on aperçoit, tout au fond, les feuillages des arbres du parc. Il pleut quelquefois, mais la pluie ne semble pas la gêner. Elle marche sous la pluie du même pas tranquille que d'habitude. Elle serre simplement de la main droite le col de son manteau rouge.

Il était venu dans l'appartement du professeur Ferne quelques vendredis soir, le seul jour de la semaine où le professeur et sa femme sortaient jusqu'à minuit et où Margaret gardait les deux enfants. Elle les accompagnait en début d'après-midi, la fille au collège Sévigné, le garçon au lycée Montaigne. Elle restait dîner avec eux. Elle était libre après le dîner, et Bosmans l'attendait dans l'avenue de l'Observatoire.

Un soir, elle l'avait rejoint devant les grilles du square et lui avait dit qu'elle devait encore garder les enfants. Les Ferne étaient retenus chez un confrère et ne seraient pas rentrés après le dîner. Elle lui avait proposé de monter avec elle dans l'appartement, mais il avait hésité. Ne pensait-elle pas que sa présence choquerait le professeur et sa femme à leur retour et risquait d'inquiéter les enfants? Il n'était pas du tout familier de ce genre de personnes et leurs professions l'intimidaient: lui, Georges Ferne, professeur de droit constitutionnel dans une école des très hautes études, et elle, maître Suzanne Ferne, avocate à la cour de Paris, comme l'indiquaient leurs papiers à lettres que Margaret lui avait montrés.

Il l'avait suivie dans l'appartement avec une certaine appréhension. Pourquoi avait-il le sentiment de s'y introduire comme un voleur? Ce qui l'avait impressionné, dès le vestibule, c'était une sorte d'austérité. Les murs étaient de boiserie sombre. Presque aucun meuble dans le salon dont les fenêtres donnaient sur les jardins de l'Observatoire. D'ailleurs, s'agissait-il vraiment d'un salon? Deux petits bureaux étaient disposés devant les fenêtres, et elle lui expliqua que le professeur Ferne et sa femme travaillaient souvent, côte à côte, chacun assis à l'un des bureaux.

Ce soir-là, les deux enfants vêtus de robes de chambre écossaises se tenaient sur le canapé de cuir noir du salon. À l'arrivée de Margaret et de Bosmans, ils étaient en train de lire et tous deux avaient le même visage penché et studieux. Ils se levèrent et vinrent serrer de manière cérémonieuse la main de Bosmans. Ils ne semblaient pas du tout étonnés de sa présence.

Le garçon lisait un manuel de mathématiques. Bosmans fut surpris de voir qu'il l'annotait dans les marges. La fille était absorbée par un livre à couverture jaune des Classiques Garnier : *Les Pensées* de Pascal. Bosmans leur avait demandé leur âge. Onze et douze ans. Il les avait félicités pour leur sérieux et leur précocité. Mais ils paraissaient insensibles à ces compliments, comme si la chose allait de soi. Le garçon avait haussé les épaules en se plongeant de nouveau dans son manuel et la fille avait jeté un sourire timide à Bosmans.

Entre les deux fenêtres du salon était accrochée une photo dans un cadre : le professeur Ferne et sa femme, très jeunes, souriants, mais une certaine gravité dans le regard, et vêtus de leurs robes d'avocats. Les quelques soirs où il s'était retrouvé avec Margaret dans l'appartement, ils attendaient, sur le canapé de cuir, le retour du professeur et de sa femme. Elle avait emmené les enfants se coucher et leur avait accordé encore une heure de lecture dans leurs lits. Une lampe à abat-jour rouge, posée sur un guéridon, répandait une lumière chaude et apaisante qui laissait des zones de pénombre. Bosmans se tournait vers les fenêtres et imaginait le professeur et maître Ferne, chacun à leur bureau, et travaillant sur leurs dossiers. Peut-être, les jours de congé, les enfants se tenaient-ils près d'eux sur le canapé, absorbés dans leurs livres, et les samedis après-midi se passaient ainsi, et rien ne troublait le silence qu'observait cette famille studieuse.

Ce silence et cette tranquillité, il semblait à Bosmans qu'il en profitait en fraude, avec Margaret. Il se levait pour regarder par la fenêtre, et il se demandait si les jardins de l'Observatoire, en bas, ne se trouvaient pas dans une ville étrangère où ils venaient d'arriver, Margaret et lui.

La première fois, il éprouva une très vive appréhension lorsqu'il entendit s'ouvrir et se refermer la porte de l'appartement vers minuit et les voix du professeur Ferne et de sa femme dans le vestibule. Il regardait fixement Margaret et il sentit qu'il allait lui communiquer sa panique s'il ne se ressaisissait pas. Il se leva et marcha vers la porte du salon au moment où les Ferne entraient. Il leur tendit la main comme s'il se jetait à l'eau, et il fut tout à fait rassuré quand, l'un après l'autre, ils lui serrèrent cette main.

Il bredouilla :

« Jean Bosmans. »

Ils étaient aussi sérieux que leurs enfants. Et, comme leurs enfants, ils paraissaient ne s'étonner de rien, et surtout pas de la présence de Bosmans. Avaient-ils même entendu son nom ? Le professeur Ferne se tenait sur un plan supérieur, abstrait, où l'on ignorait les trivialités de la vie courante. Et sa femme aussi, avec son regard froid, ses cheveux courts, une brusquerie dans l'allure et dans la manière de parler. Mais, ce qui avait décontenancé Bosmans chez eux lors de cette première rencontre, il finit par le trouver rassurant au point de penser que des relations avec ces deux personnes auraient été bénéfiques pour lui.

« André a bien travaillé ses mathématiques ? » demanda le professeur à Margaret d'une voix dont la douceur surprit Bosmans.

« Oui, monsieur.

— J'ai vu qu'il prenait des notes dans les marges de son livre, bredouilla Bosmans... C'est formidable à son âge. »

Le professeur et sa femme le regardèrent fixement. Peut-être avaient-ils été choqués par le terme « formidable » ?

« André a toujours aimé les mathématiques », dit le professeur de sa voix douce comme s'il ne trouvait rien d'exceptionnel ni de « formidable » à cela.

Maître Ferne s'était avancée vers Bosmans et Margaret.

« Bonsoir », leur dit-elle avec une légère inclinaison de la tête et un sourire distant.

Et elle quitta le salon. Le professeur à son tour leur dit bonsoir sur le même ton détaché que sa femme, mais il leur serra la main à l'un et à l'autre avant de se diriger lui aussi vers la porte du fond.

« C'est bizarre, dit Margaret quand ils furent seuls. On pourrait rester toute la nuit dans ce salon... Ça leur serait complètement égal... Ils sont un peu dans les nuages... »

Ils donnaient plutôt l'impression de ne pas vouloir perdre leur temps à cause de petits détails insignifiants, et surtout ils évitaient de parler pour ne rien dire. Bosmans imaginait que, dans la pièce du fond qui servait de salle à manger, les repas eux-mêmes étaient studieux. On interrogeait les enfants sur un point de mathématiques ou de philosophie, et ceux-ci répondaient de manière claire, avec cette précocité des jeunes musiciens prodiges. Le professeur et maître Ferne, pensait Bosmans, avaient dû se connaître sur les bancs de la faculté. Voilà pourquoi ils avaient gardé dans leurs rapports quelque chose d'un peu abrupt. Ce qui les liait, apparemment, c'était une grande complicité intellectuelle, une camaraderie d'anciens étudiants, jusque dans leur manière ironique de se vouvoyer.

Une nuit, en sortant de l'immeuble, dans le silence des jardins de l'Observatoire, Bosmans fit une remarque qui provoqua chez Margaret un petit rire à cause du ton grave qu'il avait employé :

«La bêtise n'est pas leur fort.»

Il lui avait recommandé de dire qu'ils étaient frère et sœur. À son avis, Ferne et sa femme dédaignaient les liens d'ordre sentimental s'ils ne menaient pas à un échange continuel d'idées entre deux personnes de sexe différent. Mais il éprouvait pour eux beaucoup de respect et les associait à des mots comme : Justice. Droit. Rectitude. Un soir que Margaret était allée coucher les enfants et leur avait accordé exceptionnellement, sous l'influence de Bosmans, deux heures supplémentaires de lecture, ils s'étaient retrouvés dans le salon, comme d'habitude.

«On devrait leur demander de nous aider», dit Bosmans.

Elle était pensive. Elle hochait la tête.

«Oui... ce serait bien...

— Pas exactement nous aider, avait dit Bosmans. Plutôt nous protéger, puisqu'ils sont avocats...»

Une fois, il avait accompagné Margaret jusqu'à la chambre des enfants et ils les avaient laissés sur leurs lits jumeaux, chacun avec son livre d'études. Puis ils s'étaient aventurés dans l'appartement. La bibliothèque occupait une petite pièce, et elle était consacrée au droit et aux sciences humaines. Sur des rayonnages, des disques de musique classique. Un divan et un pick-up dans le coin gauche de la pièce. Le professeur et maître Ferne s'asseyaient sans doute sur ce divan, côte à côte, pour écouter de la musique, à leurs moments de loisir. Leur chambre était voisine de la bibliothèque, mais ils n'osèrent pas y entrer. Par la porte entrouverte, ils distinguèrent deux lits jumeaux, comme dans la chambre des enfants. Ils retournèrent au salon. Ce fut ce soir-là que Bosmans sentit combien ils étaient livrés à eux-mêmes. Quel contraste entre le professeur Ferne et sa femme, leurs enfants, cet appartement tranquille et ce qui les attendait dehors, Margaret et lui, et les rencontres qu'ils risquaient de faire... Il éprouvait une sensation à peu près semblable de sécurité et de répit, l'après-midi, dans l'ancien bureau de Lucien Hornbacher, quand il était allongé sur le divan de velours bleu nuit, et qu'il feuilletait le catalogue des éditions du Sablier ou qu'il essayait d'écrire sur son cahier. Il fallait qu'il se décide à parler au professeur et à sa femme et à leur demander un conseil ou même un appui moral. Comment parviendrait-il à leur décrire la femme aux cheveux rouges et le prêtre défroqué? À supposer qu'il trouve les mots, les Ferne ne comprendraient pas que de telles personnes puissent exister et le considéreraient d'un air gêné. Et Dieu sait ce qu'était ce Boyaval sur lequel Margaret n'osait même pas lui donner des précisions... Ils n'avaient décidément ni l'un ni l'autre aucune assise dans la vie. Aucune famille. Aucun recours. Des gens de rien. Parfois, cela lui donnait un léger sentiment de vertige.

Une nuit, à leur retour, le professeur et sa femme lui avaient paru plus accessibles que les autres fois. Quand ils étaient entrés au salon, ils avaient eu quelques paroles aimables pour Margaret et pour lui.

«Pas trop fatigués?» leur avait dit de sa voix douce le professeur Ferne.

Bosmans crut voir une expression de bienveillance dans le regard que sa femme posait sur eux.

«Mais non... tout va bien», avait dit Margaret, avec un grand sourire.

Le professeur s'était tourné vers Bosmans.

«Vous faites des études?»

Bosmans restait muet, pétrifié de timidité. Il avait peur de répondre par des mots dont il aurait honte, à peine les aurait-il prononcés.

«Je travaille dans une maison d'édition.

— Ah oui? Laquelle?»

Il semblait à Bosmans que le professeur et sa femme leur témoignaient une attention polie. Ils se tenaient debout face à Margaret et à lui, comme s'ils s'apprêtaient à quitter le salon.

«Les éditions du Sablier.

— Je ne connais pas cette maison d'édition», dit maître Ferne, de cette manière brusque que Bosmans avait déjà remarquée chez elle.

«En réalité, je m'occupe plutôt de la librairie...»

Mais il sentit aussitôt que cette précision était inutile. L'attention du professeur Ferne et de sa femme se relâchait. Voilà des détails qui étaient sans doute pour eux négligeables. Peut-être fallait-il leur parler de manière plus directe. Margaret était comme lui, elle n'avait jamais les mots pour établir un vrai contact avec eux, elle ne faisait que leur sourire ou répondre à leurs rares questions concernant les enfants.

«Et quel genre d'ouvrages trouve-t-on dans votre librairie? demanda la femme du professeur sur un ton de pure courtoisie.

— Oh... surtout des livres concernant les sciences occultes.

— Nous ne sommes pas très versés dans les sciences occultes», dit la femme du professeur en haussant les épaules.

Bosmans prit son élan.

«Je suppose que vous n'aviez pas le temps de vous intéresser aux sciences occultes quand vous faisiez vos études de droit...»

Et il désigna, d'une main hésitante, la photographie accrochée au mur, où on les voyait tous deux, jeunes, dans leurs robes d'avocats.

«Nous avions d'autres centres d'intérêt», dit la femme du professeur Ferne d'une voix grave qui fit aussitôt regretter à Bosmans sa familiarité.

Il y eut un silence. Ce fut au tour de Margaret d'essayer de reprendre le contact.

«C'est bientôt l'anniversaire d'André... J'avais pensé qu'on pourrait lui offrir un petit chien...»

Elle l'avait dit d'une manière naïve et spontanée. Le professeur et sa femme paraissaient stupéfaits, comme si elle venait de proférer une grossièreté.

«Nous n'avons jamais eu de chien dans notre famille», déclara maître Ferne.

Margaret baissa les yeux, et Bosmans remarqua qu'elle rougissait de confusion. Il eut envie de venir à son secours. Il craignit de perdre son sang-froid et de montrer une violence qui étonnait toujours chez ce garçon à la taille et à la carrure imposantes mais aux manières si réservées.

«Vous n'aimez pas les chiens?»

Le professeur Ferne et sa femme le considéraient en silence, l'air de n'avoir pas compris sa question.

«Un chien, cela ferait quand même plaisir aux enfants, bredouilla Margaret.

— Je ne crois pas, dit la femme du professeur. André ne supporterait pas d'être distrait de ses mathématiques par un chien.»

Son visage prenait une expression sévère, et Bosmans fut frappé de voir à quel point ce visage, avec les cheveux bruns et courts, les mâchoires fortes, une certaine lourdeur des paupières, paraissait masculin. Le professeur Ferne, à côté d'elle, avait quelque chose de fragile. Sa blondeur tirant sur le roux? Son teint pâle? Bosmans avait observé aussi que, lorsque maître Suzanne Ferne souriait, elle ne le faisait que des lèvres. Ses yeux restaient froids.

« Oublions cette histoire de chien », dit le professeur Ferne de sa voix douce.

Mais oui, oublions-la, pensa Bosmans. Dans cet appartement austère, parmi cette famille qui se consacrait sans doute depuis plusieurs générations au droit et à la magistrature et dont les enfants étaient en avance de deux ans sur les lycéens de leur âge, il n'y avait aucune place pour les chiens. Au moment où il sentit que les Ferne allaient quitter le salon, les laissant seuls Margaret et lui comme les autres soirs, il se dit qu'il devait peut-être faire une nouvelle tentative.

« J'aurais un conseil à vous demander. » Et pour se donner du courage, il jeta un regard sur la photo où on les voyait tous deux dans leurs robes noires.

L'avaient-ils vraiment entendu? Sa voix était si basse... Il se reprit aussitôt :

« Mais je ne veux pas vous retenir... Ce sera pour un autre soir...

— Comme vous voulez, dit le professeur Ferne. Je suis à votre disposition. »

Lui et sa femme quittèrent le salon, en leur souriant du même sourire lisse.

« Qu'est-ce que tu voulais leur demander comme conseil? » lui dit Margaret.

Il ne savait plus quoi répondre. Oui, quel conseil? L'idée d'avoir recours au professeur et à sa femme lui était venue à cause de cette photo d'eux habillés en avocats. Un jour, il s'était aventuré dans la salle des pas perdus au Palais de Justice, et il avait observé la manière à la fois majestueuse et souple avec laquelle tous ces hommes se déplaçaient dans leurs robes quelquefois bordées d'hermine. Et puis, enfant, il avait été frappé par la photo d'une femme jeune, au banc de la cour d'assises, derrière l'un de ces hommes en noir. La photo avait pour légende : « Aux côtés de l'accusée, son défenseur la soutient de toute sa rigueur et de sa bienveillance paternelle...»

De quel crime ou de quelle faute se sentait-il coupable, lui, Bosmans ? Il faisait souvent le même rêve : il avait été le complice d'un délit assez grave, semblait-il, un complice secondaire, si bien qu'on ne l'avait pas encore identifié, mais un complice, en tout cas, sans qu'il puisse savoir de quoi. Et une menace planait sur lui qu'il oubliait par instants, mais qui revenait dans son rêve, et même après son réveil, de manière lancinante.

Quels conseils et quelle aide espérait-il du professeur Ferne et de sa femme ? À peine avait-il quitté l'appartement cette nuit-là qu'il éclata de rire. Il se trouvait avec Margaret dans l'ascenseur − un ascenseur aux portes vitrées qui descendait lentement et sur la banquette duquel il s'était assis − et il ne maîtrisait plus son fou rire. Il le communiqua à Margaret. Demander à des avocats de le défendre contre quoi ? La vie ? Il s'imaginait mal face au professeur Ferne et à maître Suzanne Ferne, eux solennels et lui se laissant aller aux confidences, essayant de leur expliquer le sentiment de culpabilité qu'il éprouvait depuis son enfance sans savoir pourquoi, et cette impression désagréable de marcher souvent sur du sable mouvant... D'abord, il n'avait jamais confié ses états d'âme à personne ni n'avait jamais demandé aucune aide à quiconque. Non, ce qui l'avait frappé chez les Ferne, c'était la totale confiance qu'apparemment ils éprouvaient pour leurs qualités intellectuelles et morales, cette sûreté de soi dont il aurait bien voulu qu'ils lui donnent le secret.

Cette nuit-là, on avait laissé ouverte la grille des jardins de l'Observatoire. Margaret et lui s'étaient assis sur un banc. L'air était tiède. Il se souvenait qu'elle avait travaillé chez le professeur et sa femme au mois de février et une partie du mois de mars. Mais le printemps avait sans doute été précoce cette année-là pour qu'ils restent si longtemps assis sur le banc. Une nuit de pleine lune. Ils avaient vu la lumière s'éteindre aux fenêtres du professeur Ferne.

«Alors quand est-ce que tu vas leur demander des conseils ?» lui avait-elle dit.

Et ils avaient eu de nouveau un fou rire. Ils parlaient à voix basse, car ils craignaient de se faire remarquer dans le jardin.

À cette heure tardive, l'entrée était certainement interdite au public. Margaret lui avait expliqué qu'à son arrivée à Paris elle s'était retrouvée dans un hôtel, près de l'Étoile. Elle ne connaissait personne. Le soir, elle marchait dans le quartier. Il y avait une place un peu moins grande que les jardins de l'Observatoire, une sorte de square avec une statue et des arbres, et elle s'asseyait là, sur un banc, comme maintenant.

«C'était où?» demanda Bosmans.

Station de métro Boissière. Quelle coïncidence... Cette année-là, il descendait souvent à Boissière vers sept heures du soir.

«J'habitais rue de Belloy, lui dit Margaret. Hôtel Sévigné.»

Ils auraient pu se rencontrer à cette période dans le quartier. Une petite rue que Bosmans prenait à gauche un peu plus loin que la bouche du métro. Il avait quitté la librairie des anciennes éditions du Sablier quand la nuit était tombée. Il fallait changer à Montparnasse. Ensuite, la ligne était directe jusqu'à Boissière.

Il cherchait quelqu'un pour lui taper à la machine ce qu'il avait écrit sur les deux cahiers Clairefontaine de son écriture serrée, couverte de ratures. Il avait lu dans les petites annonces d'un journal à la rubrique «Demandes d'emploi»: Ancienne secrétaire de direction. Pour travaux de dactylographie en tous genres. Simone Cordier. 8 rue de Belloy. 16e. Téléphonez le soir à partir de 19 h de préférence. PASSY 63 04.

Pourquoi aller si loin, de l'autre côté de la Seine? Depuis que sa mère et le défroqué avaient retrouvé son adresse et qu'elle était venue lui réclamer de l'argent, il se méfiait. L'homme avait publié une plaquette de vers dans sa jeunesse et appris que Bosmans aussi se mêlait d'écrire. Il l'avait poursuivi de ses sarcasmes, un jour qu'ils s'étaient croisés par malheur dans la rue. Lui, Bosmans, écrivain... Mais il n'avait aucune notion de ce qu'était la littérature... Beaucoup d'appelés, peu d'élus... Sa mère approuvait d'un mouvement altier du menton. Bosmans avait couru le long de la rue de Seine pour leur échapper. Le lendemain, l'homme lui avait envoyé l'un de ses vieux poèmes afin de lui montrer ce dont il était capable au même âge que lui. Et que cela lui serve de leçon de style. «Nul mois de juin ne fut plus splendide / Que juin quarante au solstice / Les grandes personnes avaient perdu la guerre / Et toi tu courais dans la garrigue et tu t'écorchais les genoux / Garçon pur et violent / Loin des villageoises des fillettes vicieuses / Le bleu du ciel n'avait jamais été aussi bleu / Là-bas tu voyais passer sur la route / Le jeune tankiste allemand / Ses cheveux blonds au soleil / Ton frère / En enfance.»

Depuis, il faisait souvent un rêve : sa mère et le défroqué entraient dans sa chambre sans qu'il puisse esquisser un geste de défense. Elle fouillait dans les poches de ses vêtements à la recherche d'un billet de banque. L'autre découvrait les deux cahiers Clairefontaine sur la table. Il y jetait un œil noir et les déchirait soigneusement, très raide, le visage sévère, comme un inquisiteur qui détruit un ouvrage obscène. À cause de ce rêve, Bosmans voulait prendre des précautions. Au moins la dactylographie se ferait à l'abri de ces deux individus. En terrain neutre.

La première fois qu'il sonna 8 rue de Belloy à la porte de l'appartement, il tenait dans une grande enveloppe une vingtaine de pages qu'il avait recopiées. Une femme blonde d'environ cinquante ans, les yeux verts, l'allure élégante, lui ouvrit. Le salon était vide, sans le moindre meuble, sauf un bar en bois clair entre les deux fenêtres et un tabouret haut. Elle l'invita à s'asseoir sur celui-ci et elle resta debout derrière le bar. Elle le prévint tout de suite qu'elle ne pourrait taper qu'une dizaine de pages par semaine. Bosmans lui dit que cela n'avait aucune importance et que c'était mieux comme ça : il consacrerait plus de temps aux corrections.

«Et de quoi s'agit-il ?»

Elle avait posé deux verres sur le bar et y versait du whisky. Bosmans n'osait pas refuser.

«Il s'agit d'un roman.

— Ah... vous êtes romancier ?»

Il ne répondit rien. S'il avait dit : oui, il aurait eu l'impression d'être un roturier qui se présente sous de faux titres de noblesse. Ou un escroc, de ceux qui sonnent aux portes des appartements et promettent d'illusoires encyclopédies, à condition qu'on leur verse un acompte.

Pendant près de six mois, il se rendit régulièrement chez Simone Cordier pour lui donner de nouvelles pages et prendre celles qu'elle avait tapées. Il lui avait demandé de garder les pages manuscrites chez elle par mesure de prudence.

« Vous avez peur de quelque chose ? »

Il se souvenait très bien de cette question qu'elle lui avait posée un soir, en le fixant d'un regard à la fois étonné et bienveillant. En ce temps-là, l'inquiétude devait se lire sur son visage, dans sa façon de parler, de marcher et même de s'asseoir. Il s'asseyait toujours en bordure des chaises ou des fauteuils, sur une seule fesse, comme s'il ne se sentait pas vraiment à sa place et qu'il s'apprêtait à fuir. Cette attitude étonnait quelquefois chez un garçon de haute taille et de cent kilos. On lui disait : « Vous êtes mal assis... Détendez-vous... Mettez-vous à votre aise... », mais c'était plus fort que lui. Il avait l'air souvent de s'excuser. De quoi, au juste ? Il se posait par moments la question lorsqu'il marchait seul dans la rue. S'excuser de quoi ? hein ? De vivre ? Et il ne pouvait s'empêcher d'éclater d'un rire sonore qui faisait se retourner les passants.

Et pourtant, les soirs où il allait chez Simone Cordier chercher les pages dactylographiées, il se disait que c'était bien la première fois qu'il n'éprouvait plus un sentiment d'asphyxie et qu'il ne se tenait plus sur le qui-vive. À la sortie du métro Boissière, il ne risquait pas de rencontrer sa mère et celui qui l'accompagnait. Il était très loin, dans une autre ville, presque dans une autre vie. Pourquoi la vie, justement, lui avait-elle fait côtoyer de tels fantoches qui s'imaginaient avoir des droits sur lui ? Mais la personne la plus protégée, la plus gâtée par le sort, n'est-elle pas à la merci de n'importe quel maître chanteur ? Il se répétait cela pour se consoler. Il y avait beaucoup d'histoires comme ça dans les romans policiers.

C'étaient les mois de septembre et d'octobre. Oui, il respirait un air léger pour la première fois de sa vie. Il faisait encore clair quand il quittait les éditions du Sablier. Un été indien dont on se disait qu'il se prolongerait pendant des mois et des mois. Pour toujours, peut-être.

Avant de monter chez Simone Cordier, il entrait dans un café de l'immeuble voisin, au coin de la rue La Pérouse, pour corriger les pages qu'il lui donnerait et, surtout, les mots illisibles. Le dactylogramme de Simone Cordier était parsemé de signes curieux : des O barrés d'un trait, des trémas à la place des accents circonflexes, des cédilles sous certaines voyelles, et Bosmans se demandait s'il s'agissait d'une orthographe slave ou scandinave. Ou tout simplement d'une machine de marque étrangère, dont les touches avaient des caractères inconnus en France. Il n'osait pas lui poser la question. Il préférait que cela soit comme ça. Il se disait qu'il faudrait conserver de tels signes, au cas où il aurait la chance d'être imprimé. Cela correspondait au texte et lui apportait ce parfum exotique qui lui était nécessaire. Après tout, s'il tentait de s'exprimer dans le français le plus limpide, il était, comme la machine à écrire de Simone Cordier, d'origine étrangère, lui aussi.

Quand il sortait de chez elle, il faisait de nouveau des corrections dans le café, cette fois-ci sur les pages dactylographiées. Il avait toute la soirée devant lui. Il préférait rester dans ce quartier. Il lui semblait atteindre un carrefour de sa vie, ou plutôt une lisière d'où il pourrait s'élancer vers l'avenir. Pour la première fois, il avait dans la tête le mot : avenir, et un autre mot : l'horizon. Ces soirs-là, les rues désertes et silencieuses du quartier étaient des lignes de fuite, qui débouchaient toutes sur l'avenir et l'HORIZON.

Il hésitait à reprendre le métro pour faire le chemin inverse jusqu'au quatorzième arrondissement et sa chambre. Tout cela, c'était son ancienne vie, une vieille défroque qu'il abandonnerait d'un jour à l'autre, une paire de godasses usées. Le long de la rue La Pérouse dont tous les immeubles semblaient abandonnés – mais non, il voyait une lumière là-haut à une fenêtre d'un cinquième étage, peut-être quelqu'un qui l'attendait depuis longtemps –, il se sentait gagné par l'amnésie. Il avait déjà tout oublié de son enfance et de son adolescence. Il était brusquement délivré d'un poids.

Une vingtaine d'années plus tard, il s'était retrouvé par hasard dans ce même quartier. Sur le trottoir, il faisait signe aux taxis de passage, mais aucun n'était libre. Alors il avait décidé d'aller à pied. Il s'était souvenu de l'appartement de Simone Cordier, des pages dactylographiées avec leurs trémas et leurs cédilles.

Il se demandait si Simone Cordier était morte. Alors on n'avait même pas eu besoin d'appeler les déménageurs dans l'appartement vide. Peut-être avait-on découvert, derrière le bar, les pages manuscrites qu'il lui avait confiées jadis.

Il s'engagea dans la rue de Belloy. C'était le soir, à la même heure que celle où il sortait autrefois de la bouche du métro, et à la même saison, comme s'il marchait dans le même été indien.

Il était arrivé devant l'entrée de l'hôtel Sévigné qui occupait l'un des premiers immeubles de la rue, juste avant celui de Simone Cordier. La porte vitrée était ouverte, un petit lustre répandait dans le couloir une lumière blanche. Cet automne-là, chaque fois qu'il allait chercher les pages dactylographiées, il passait, comme maintenant, devant cet hôtel. Un soir, il s'était dit qu'il pourrait y prendre une chambre et ne plus revenir sur l'autre rive. Une expression lui était venue à l'esprit : COUPER LES PONTS.

Pourquoi n'ai-je pas rencontré Margaret à ce moment-là ? Pourquoi quelques mois plus tard ? Nous nous sommes certainement croisés dans cette rue, ou même dans le café du coin, sans nous voir. Il se tenait immobile devant la porte de l'hôtel. Depuis tout ce temps, il s'était laissé porter par les événements quotidiens d'une vie, ceux qui ne vous distinguent pas de la plupart de vos semblables et se confondent au fur et à mesure dans une sorte de brouillard, un flot monotone, ce qu'on appelle le cours des choses. Il avait l'impression de s'être réveillé brusquement de cette torpeur. Il suffisait d'entrer, de suivre le couloir jusqu'au bureau de la réception et de demander le numéro de la chambre de Margaret. Il devait bien rester des ondes, un écho de son passage dans cet hôtel et dans les rues avoisinantes.

Elle était arrivée de Suisse à la gare de Lyon vers sept heures du soir. Elle marcha jusqu'à la file d'attente des taxis, avec la valise en toile et cuir que Bagherian lui avait offerte. Quand le chauffeur lui demanda l'adresse, elle écorcha le nom de la rue. Elle dit : rue Bellot. Le chauffeur ne connaissait pas. Il chercha sur son plan. Il y avait une rue Bellot, du côté du bassin de la Villette, mais Bagherian lui avait dit : «près de l'Étoile». Heureusement que l'hôtel Sévigné rappelait quelque chose au chauffeur. Mais oui, rue de Belloy.

On la fit monter au dernier étage, chambre 52. La veille, en Suisse, elle avait passé une nuit blanche dans l'appartement de Bagherian. Elle était trop fatiguée pour défaire sa valise. Elle s'allongea tout habillée sur le lit et s'endormit.

Au réveil, dans cette pénombre, elle éprouvait une sensation de vertige, comme si elle basculait par-dessus bord. Mais elle reconnut la valise en toile et cuir, là, tout près, et elle reprit confiance. Elle avait rêvé qu'elle voyageait sur un bateau, et le tangage était si violent qu'elle risquait chaque fois de tomber de sa couchette.

Une sonnerie de téléphone. À tâtons elle alluma la lampe de chevet. Elle décrocha le combiné. Bagherian avait une voix lointaine. Des grésillements. Puis tout s'éclaircit, on aurait dit qu'il lui parlait de la chambre voisine. Était-elle bien installée ? Il lui donnait des conseils d'ordre pratique : elle pouvait prendre des repas à l'hôtel ou dans le café du coin de la rue ; le mieux pour elle, c'était de rester tant qu'elle le voudrait dans cet hôtel jusqu'à ce qu'elle trouve un travail, et même après ; si elle avait besoin d'argent, qu'elle aille de sa part dans une banque dont il lui indiquait l'adresse. Elle savait très bien qu'elle ne le ferait jamais. Elle avait refusé l'enveloppe d'argent liquide, quand il l'avait accompagnée à la gare de Lausanne. Elle n'avait accepté que son salaire de gouvernante des enfants. Gouvernante : un mot qu'aurait utilisé Bagherian. Il se moquait lui-même de certaines expressions désuètes qui revenaient souvent sur ses lèvres et intriguaient Margaret Le Coz. Un jour, elle l'avait complimenté pour sa manière de parler si délicate. Il lui avait expliqué qu'il avait été élevé dans des écoles françaises en Égypte par des professeurs beaucoup plus sourcilleux de la syntaxe et du vocabulaire qu'on ne l'aurait été à Paris. Quand elle raccrocha le combiné, elle se demanda si Bagherian la rappellerait. C'était peut-être la dernière fois qu'il lui parlait. Alors, elle serait seule dans cette chambre d'hôtel, au milieu d'une ville inconnue, sans savoir très bien pourquoi.

Elle éteignit la lampe de chevet. Pour le moment, elle préférait la pénombre. De nouveau, il s'était produit une cassure dans sa vie, mais elle n'en avait aucun regret, ni aucune inquiétude. Ce n'était pas la première fois... Et cela se passait toujours de la même manière : elle arrivait dans une gare sans que personne l'attende et dans une ville où elle ne connaissait pas le nom des rues. Elle n'était jamais revenue au point de départ. Et, d'ailleurs, il n'y avait jamais eu de point de départ, comme pour ces gens qui vous disent qu'ils sont originaires de telles provinces et de tels villages et qu'ils y retournent de temps en temps. Elle n'était jamais retournée dans un lieu où elle avait vécu. Par exemple, elle ne reviendrait plus en Suisse, la Suisse qui lui paraissait un refuge quand elle était montée dans le car à la gare routière d'Annecy et qu'elle craignait qu'on ne la retienne à la frontière.

Elle éprouvait une sensation d'allégresse chaque fois qu'elle devait partir et, à chacune de ces cassures, elle était certaine que la vie reprendrait le dessus. Elle ne savait pas si elle resterait longtemps à Paris. Cela dépendait des circonstances. L'avantage, c'est que l'on sème facilement quelqu'un dans une grande ville, et ce serait encore plus compliqué pour Boyaval de la repérer à Paris qu'en Suisse. Elle avait dit à Bagherian qu'elle chercherait du travail – un travail de secrétariat puisqu'elle parlait allemand – et de préférence dans des bureaux où elle se fondrait parmi les autres. Il avait paru étonné et même vaguement inquiet. Et pourquoi pas gouvernante, de nouveau? Elle ne voulait pas le contredire. Oui, gouvernante, à condition de trouver une famille où elle se sentirait à l'abri.

L'après-midi où elle se présenta à l'agence Stewart, faubourg Saint-Honoré, elle attendit longtemps avant d'être reçue par un blond d'une cinquantaine d'années aux petits yeux bleus. Il s'assit à son bureau et l'observa un moment d'un œil attentif et froid de maquignon. Elle restait debout, gênée. Ce type allait peut-être lui dire d'une voix sèche: Déshabillez-vous. Mais il lui désigna le fauteuil de cuir, en face de lui.

«Vos nom et prénom?»

Il avait pris une fiche et décapuchonné son stylo.

«Margaret Le Coz.»

D'habitude, on lui demandait: en deux mots? Ou bien: vous êtes bretonne? Mais le blond écrivit son nom sur la fiche sans rien lui dire.

«Née à...?»

C'était à ce moment-là qu'elle attirait l'attention sur elle et qu'elle lisait la surprise ou la curiosité ou même la méfiance dans les regards. Comme elle aurait aimé être née à Villeneuve-Saint-Georges ou à Nevers...

«Berlin — Reinickendorf.

— Vous pouvez me l'épeler?»

Il n'avait pas bronché. Il paraissait trouver cela naturel. Elle lui épela «Reinickendorf».

«Vous êtes d'origine allemande?

— Non. Française.»

Oui, le mieux c'était de répondre ainsi, d'une manière abrupte.

«Votre domicile?

— Hôtel Sévigné, 8 rue de Belloy.

— Vous habitez l'hôtel?»

Elle avait l'impression qu'il lui jetait un regard méfiant. Elle s'efforça de prendre un ton détaché:

«Oui, mais c'est tout à fait provisoire.»

Il continuait à remplir la fiche en écrivant lentement.

«Rue de Belloy, c'est bien dans le seizième?

— Oui.»

Elle craignait qu'il ne lui demande comment elle réglait sa note d'hôtel. C'était Bagherian qui s'en chargeait. Il lui avait dit qu'elle pouvait rester à l'hôtel Sévigné autant qu'elle le voulait, mais elle avait hâte de trouver du travail pour ne plus dépendre de lui.

« Et vous avez des références ? »

Il avait levé la tête de sa fiche et de nouveau il la considéra d'un œil attentif. Aucune méchanceté dans ce regard. Juste une froideur professionnelle.

« Je veux dire : vous avez déjà travaillé comme employée de maison ?

— J'étais gouvernante en Suisse. »

Elle avait prononcé ces mots d'un ton sec, comme si brusquement elle voulait défier ce maquignon aux yeux bleus. Il hochait gravement la tête.

« En Suisse… C'est une bonne référence… Vous étiez gouvernante de plusieurs enfants ?

— Deux.

— Et pouvez-vous me donner le nom de vos employeurs ?

— M. Bagherian. »

Elle fut étonnée qu'il ne lui demande pas d'épeler le nom. En l'écrivant sur la fiche, il continuait de hocher la tête.

« Nous avons eu un M. Bagherian comme client il y a quelques années… Attendez… Je vais vérifier… »

Il pivota sur son siège, se leva et ouvrit le tiroir d'un casier de métal dont il finit par extraire une fiche.

« C'est bien ça… M. Michel Bagherian… 37 rue La Pérouse… Il a fait appel à nous à deux reprises… »

Il ne lui avait jamais dit qu'il avait habité à Paris.

« C'était aussi pour des gouvernantes… »

Il la considérait maintenant avec un certain respect.

« Et M. Bagherian habite la Suisse, maintenant ? »

Il cherchait peut-être à entamer une conversation mondaine comme celle des deux vieilles dames qu'elle écoutait d'une oreille distraite, un après-midi qu'elle et les enfants attendaient Bagherian dans le hall d'un hôtel d'Ouchy.

« Oui, il habite la Suisse. »

Il voulait certainement qu'elle lui donnât d'autres détails. Mais elle se tut.

« Nous essayerons de vous choisir un employeur du niveau de M. Bagherian, dit-il en la raccompagnant jusqu'à la porte de l'agence. Vous serez gentille de m'envoyer une photo d'identité pour qu'on puisse la mettre sur la fiche et un certificat signé par M. Bagherian. »

Au moment d'ouvrir la porte, il se tourna vers elle.

« Soyez patiente. Nous vous ferons signe. »

Elle ne quittait pas souvent le quartier. Les premières nuits, elle trouvait difficilement le sommeil. Elle finissait par s'endormir vers trois heures du matin. À sept heures, elle se réveillait et elle était impatiente de quitter la chambre. Elle allait chercher les journaux à l'Étoile, puis elle faisait le chemin inverse jusqu'au café du coin de la rue La Pérouse. Là, elle lisait les petites annonces à la rubrique : « Offres d'emploi ». Les derniers mots que lui avait dits le blond de l'agence Stewart : « Soyez patiente, nous vous ferons signe », n'étaient pas encourageants. Il valait mieux ne pas trop compter là-dessus. Bagherian lui téléphonait toujours vers sept heures du soir. Se sentait-elle bien à l'hôtel Sévigné ? Non, elle n'était pas encore passée à la banque. Mais elle avait assez d'argent. Elle n'avait pas envie de lui demander le certificat pour l'agence Stewart. « Je soussigné, Michel Bagherian, atteste que Mlle Margaret Le Coz m'a donné toute satisfaction... » Quelque chose la gênait là-dedans et même l'attristait. Il avait sûrement écrit des certificats semblables pour d'autres « gouvernantes ». Qui sait ? Il avait fait une liste sur un carnet de toutes les « gouvernantes » avec lesquelles il avait couché, et son nom à elle était inscrit au bas de la page. Elle s'en voulait d'avoir de telles pensées. C'était sans doute injuste pour ce type qui cherchait à lui rendre service. Si peu de gens sont prêts à vous aider, à vous écouter ou, mieux, à vous comprendre... Au téléphone, elle lui répondait par oui ou par non, elle ne savait quoi lui dire. D'ailleurs sa voix à lui était de plus en plus lointaine et recouverte de grésillements. Peut-être n'était-il plus en Suisse et lui téléphonait-il du Brésil où il devait aller avec ses enfants. Elle ne lui avait même pas demandé quand il comptait partir ou s'il avait déjà quitté la Suisse. Et lui n'avait rien dit. Il croyait sans doute que cela ne l'intéressait pas, à cause de sa froideur au téléphone. Qu'il soit en Suisse ou au Brésil, il finirait par se lasser et ne lui téléphonerait plus. Et ce serait très bien comme ça.

Elle avait eu vingt ans au début du mois. Ce jour-là elle ne l'avait même pas dit à Bagherian. Elle n'avait pas l'habitude qu'on fête ses anniversaires. Cela supposait une famille, des amis fidèles, un chemin semé de bornes kilométriques et le long duquel on pouvait se permettre des pauses avant de reprendre sa marche d'un pas égal. Mais elle, au contraire, elle avançait dans la vie par bonds désordonnés, par ruptures, et chaque fois elle repartait de zéro. Alors, les anniversaires... Il lui semblait déjà avoir vécu plusieurs vies.

Elle se souvenait pourtant de ses vingt ans. La veille, Bagherian lui avait confié sa voiture pour qu'elle raccompagne les deux enfants à l'école Mérimont, sur la route de Montreux, à une dizaine de kilomètres. Les enfants restaient là-bas trois jours par semaine, et elle avait peine à s'imaginer que ce chalet entouré d'un grand parc était une école. Elle avait pourtant visité les salles de classe et le petit réfectoire au rez-de-chaussée. Elle venait les chercher le mercredi soir et les ramenait à l'école le lundi. Bagherian lui avait dit que c'était préférable pour eux de vivre quelques jours avec des garçons et des filles de leur âge plutôt que d'être toujours seuls avec leur père. En somme elle n'avait été engagée qu'à mi-temps pour s'occuper d'eux. Existait-il une Mme Bagherian? Margaret Le Coz avait senti qu'il ne fallait pas aborder le sujet. Était-elle morte ou avait-elle quitté le domicile conjugal?

Au retour, elle descendait l'avenue d'Ouchy. Elle s'arrêta au feu rouge du croisement, là où se dresse, à droite, l'hôtel Royal-Savoy avec ses tourelles moyenâgeuses qui évoquaient chaque fois Blanche-Neige et les sept nains. Elle eut un coup au cœur. Boyaval était là, sur le trottoir, et s'apprêtait à traverser. Elle voulut détourner la tête, mais elle ne pouvait détacher son regard de cet homme qui portait un manteau noir étroit. Elle essayait de se raisonner : elle était à l'abri dans la voiture. Mais elle se dit qu'à force de le fixer elle attirerait son attention.

En effet, à l'instant où il traversait l'avenue et où il allait passer devant la voiture, il la vit. Il grimaça un sourire de surprise. Elle fit semblant de ne pas le reconnaître. Il se tenait debout devant la voiture, et elle avait hâte que le feu soit vert. Toujours le même visage maigre aux pommettes grêlées, les cheveux noirs, coiffés en brosse longue, les yeux gris et durs, la silhouette prise dans des vêtements trop ajustés. Depuis qu'elle était en Suisse, elle avait fini par l'oublier, et maintenant qu'il restait planté, là, tout près d'elle, elle le trouvait encore plus inquiétant. Elle aurait dit : plus répugnant. On s'imagine, avec la légèreté de la jeunesse, s'en tirer à bon compte et avoir échappé à une vieille malédiction, sous prétexte que l'on a vécu quelques semaines de tranquillité et d'insouciance dans un pays neutre, au bord d'un lac ensoleillé. Mais bientôt c'est le rappel à l'ordre. Non, on ne s'en tire pas aussi facilement. À l'instant où le feu changeait, elle l'aurait écrasé sans le moindre remords si elle avait été sûre de l'impunité. Il s'était rapproché et tapa du poing contre le capot. Il se penchait comme s'il voulait coller son visage à la vitre. Le sourire n'était plus qu'un rictus. Elle étouffait. Elle démarra brusquement. Plus loin, elle baissa la vitre pour respirer à l'air libre. Elle éprouvait une légère nausée. Elle ne s'engagea pas à gauche, dans le chemin de Beaurivage, mais continua, tout droit. Elle se sentit mieux quand elle arriva au bord du lac. Sur le large trottoir de la promenade, des touristes qui venaient de sortir d'un car marchaient en groupe, paisiblement. L'homme qui semblait les guider leur désignait, là-bas, les rives de la France. Les premiers jours, elle aussi regardait, de la terrasse de l'appartement de Bagherian, l'autre côté du lac et elle pensait que Boyaval n'était pas si loin, à une centaine de kilomètres. Elle l'imaginait retrouvant sa trace et prenant l'un des bateaux qui font la navette entre Évian et Lausanne. Elle aussi avait envisagé de gagner la Suisse par l'un de ces bateaux. Elle se disait que la frontière serait plus facile à franchir. Et d'ailleurs, existait-il une frontière sur ce lac ? Pourquoi avait-elle peur qu'on ne la retienne à la frontière ? Et puis, dans un mouvement d'impatience, elle était montée dans le car, à la gare routière d'Annecy. Ça irait plus vite. Qu'on en finisse une fois pour toutes.

Elle fit demi-tour, reprit l'avenue d'Ouchy et gara la voiture dans l'allée au lieu de la rentrer au garage. Quand elle poussa le portail, elle regretta de ne pas avoir une clé pour le fermer derrière elle. Elle était seule dans l'appartement. Bagherian ne reviendrait de son bureau que vers cinq heures du soir.

Elle s'assit sur le canapé du salon. Aurait-elle la patience de l'attendre ? La panique la gagnait à l'idée que Boyaval connaissait peut-être son adresse. Mais non, il était là pour une autre raison. Comment aurait-il su qu'elle se trouvait en Suisse ? À moins que quelqu'un n'ait surpris la conversation qu'elle avait eue en avril, à Annecy, dans le hall de l'hôtel d'Angleterre, avec ce brun d'environ trente-cinq ans, plutôt bel homme et qui lui avait confié qu'il cherchait une jeune fille pour s'occuper de ses enfants... Il lui avait laissé son adresse et son numéro de téléphone au cas où cela l'intéresserait. Il n'avait sans doute pas d'enfants, il voulait simplement passer la soirée ou la nuit avec elle. Mais il n'avait pas insisté quand elle lui avait dit qu'elle avait un rendez-vous. Le concierge était venu la chercher et l'avait emmenée dans un bureau où on lui avait annoncé que non, on n'avait pas de travail à lui donner à l'hôtel d'Angleterre. Elle était retournée dans le hall, mais le type n'était plus là. Sur le bout de papier, il avait écrit : Michel Bagherian. 5 chemin Beaurivage. Lausanne. Tél. 320.12.51.

L'une des portes-fenêtres du salon était entrouverte. Elle se glissa sur le balcon et s'appuya à la balustrade. En bas, le chemin de Beaurivage, une petite rue qui menait à l'hôtel du même nom, était désert. Elle avait garé la voiture juste en face de l'immeuble. Il risquait de la reconnaître et peut-être avait-il retenu le numéro d'immatriculation. Tout était calme, le trottoir ensoleillé, on entendait bruire le feuillage des arbres. Il y avait un tel contraste entre cette rue paisible et la silhouette de Boyaval, le manteau noir trop ajusté, le visage à la peau grêlée, les mains comme des battoirs sur ce corps trop maigre... Non, elle ne l'imaginait pas dans cette rue. Elle avait été victime d'une hallucination tout à l'heure, comme dans ces mauvais rêves où reviennent vous tourmenter les peurs de votre enfance. De nouveau, c'est le dortoir du pensionnat ou d'une maison de correction. Au réveil, tout se dissipe et vous éprouvez un tel soulagement que vous éclatez de rire.

Mais là, dans ce salon, elle n'avait pas envie de rire. Elle ne pourrait jamais se débarrasser de lui. Toute sa vie, ce type à la peau grêlée et aux mains énormes la suivrait dans les rues et se tiendrait en sentinelle, devant chaque immeuble où elle entrerait. Et il ne servait à rien que ces immeubles aient une double issue... Mais non, cette situation n'avait pas d'avenir. Il finirait par la tuer. À Annecy, parmi les habitués du café de la Gare, on disait qu'il portait sur lui à dix-huit ans un revolver dans un étui de daim gris. Une coquetterie de sa part, selon ses anciens amis, avec le foulard de soie noué autour du cou et le blouson d'aviateur trop court. Ou bien elle le tuerait comme on écrase un cafard, en espérant les circonstances atténuantes. C'était idiot, elle se montait la tête. Elle voulut brusquement parler à Bagherian. Elle ne connaissait pas le numéro de téléphone de son bureau. Pourquoi ne pas le rejoindre tout de suite, là-haut, rue du Grand-Chêne ? Mais il était peut-être allé déjeuner dehors. Elle craignait de tomber de nouveau sur Boyaval dans le centre de la ville. Le mieux, c'était d'attendre ici.

Elle avait décidé de tout dire à Bagherian. Elle n'avait pas le choix, il fallait le mettre en garde. L'autre pouvait se montrer violent. Elle marchait de long en large dans le salon et elle essayait en vain de trouver les mots. Comment lui expliquer qu'entre elle et ce type il n'y avait rien ? Elle lui avait toujours manifesté du dédain et de l'indifférence. Et malgré cela il s'obstinait, comme s'il avait des droits sur elle. Un soir qu'il la suivait rue Royale à Annecy, elle s'était retournée pour lui faire face et lui avait demandé sèchement la raison d'une telle insistance. Il avait ébauché un sourire un peu niais qui devait être un tic. Mais le regard restait dur, comme s'il éprouvait pour elle du ressentiment.

De nouveau elle se pencha au balcon. Personne dans la rue. Elle avait hâte que Bagherian soit rentré. Encore une heure à attendre. Elle espérait vraiment qu'il reviendrait seul et non pas accompagné par celle qu'elle appelait « la secrétaire » ou par l'autre, à qui elle avait donné aussi un surnom : « la Norvégienne ». Apparemment, c'était « la Norvégienne » qui passait le plus souvent la nuit avec Bagherian. Était-elle vraiment norvégienne ? Elle avait un léger accent scandinave. Une blonde aux yeux bleus, la plus aimable des deux. L'autre, « la secrétaire », une brune aux cheveux courts, était très froide et lui parlait à peine. Oui, tout irait mieux quand Bagherian serait de retour. Elle était dans le même état d'esprit que le jour où elle l'avait rencontré, à Annecy, dans le hall de l'hôtel d'Angleterre. Après qu'on lui avait dit qu'on ne lui donnerait pas de travail à l'hôtel, elle se sentait découragée. Rue Royale il pleuvait, mais elle n'avait même pas envie de s'abriter. La seule perspective, pour elle, c'était de rencontrer Boyaval qui la suivrait et lui proposerait de boire un verre à la Taverne en la fixant de son regard dur. Elle refuserait comme d'habitude et l'autre continuerait à la suivre le long de l'avenue d'Albigny et des murs du haras. Il se posterait devant l'immeuble en attendant qu'elle ressorte. Au bout d'une heure, il se découragerait. De sa fenêtre, elle verrait la silhouette au blouson de cuir trop court s'éloigner sous la pluie. Mais, cette fin d'après-midi-là, Boyaval ne se manifesta pas. Arrivée sous les arcades, elle sortit de la poche de son imperméable le papier où le brun de tout à l'heure lui avait écrit son adresse. Elle eut envie de lui téléphoner tout de suite, mais elle réfléchit qu'il fallait attendre au moins le lendemain pour qu'il soit chez lui, à Lausanne. Pourquoi le lendemain ? Elle aurait pu faire demi-tour. Il n'avait peut-être pas encore quitté l'hôtel d'Angleterre. Oui, ce type était son seul espoir. Et maintenant, dans le salon de l'appartement, elle ressentait la même impatience. De temps en temps, elle sortait sur le balcon et, le regard fixé vers l'avenue d'Ouchy, elle espérait voir apparaître Bagherian. À Annecy, elle avait téléphoné pendant deux jours au 320.12.51. Le numéro ne répondait pas. Elle se rappelait son soulagement à l'instant où elle avait enfin entendu sa voix et où il lui avait proposé de venir dès le lendemain. Un bel après-midi, l'une des premières journées de printemps. Dans le car, à l'arrêt devant le petit bâtiment de la gare routière, elle était sur le qui-vive, elle avait peur que Boyaval ne paraisse soudain et ne la repère, sur la banquette, derrière la vitre. Il monterait, il serait capable de la traîner pour la faire sortir, et le chauffeur qui était déjà assis au volant n'aurait pas un geste pour la défendre. Ni aucun des rares voyageurs qui prendraient un air gêné. Quelques mots lui passaient par la tête : Non-assistance à personne en danger.

Le car démarra, elle était sauvée. Il suivait lentement l'avenue de Brogny, sous le soleil, longeait le lycée Berthollet et la caserne, et son bonheur n'était troublé que par une vague appréhension : le passeport qu'elle gardait dans l'une des poches de son imperméable était périmé depuis un an. Mais, qu'on la retienne ou non à la frontière, cela n'avait aucune importance. Elle était bien décidée à ne pas rebrousser chemin.

Cet après-midi-là aussi, il faisait beau. Sur les murs du salon, de grandes taches de soleil. Elle serait volontiers sortie de l'immeuble pour marcher au bord du lac jusqu'au parc en attendant le retour de Bagherian. Un après-midi de printemps où la vie devrait être légère. Il suffisait de se laisser aller à son insouciance naturelle, comme elle le faisait souvent. Dans les allées du parc, des écriteaux l'avaient intriguée. Sur le socle d'une sculpture représentant un groupe de singes, il était écrit ce précepte dont elle ne comprenait pas vraiment le sens : « Ne voir que d'un œil. N'entendre que d'une oreille. Savoir se taire. Être toujours à l'heure. » Elle l'avait noté quand même. Ça pourrait toujours servir. Et, au bord de chaque pelouse, on lisait sur un panneau : « Le jeune gazon ne doit pas être piétiné. » Elle se promenait souvent avec les enfants dans ce parc. La pensée que Boyaval déambulait le long de l'avenue d'Ouchy à sa recherche lui ôtait toute envie de sortir. Il lui semblait brusquement que le lac, le parc et les avenues ensoleillées, où elle s'était crue à l'abri, étaient contaminés par la présence de cet homme. Ainsi il existait des gens que vous n'aviez pas choisis, auxquels vous ne demandiez rien et que vous n'auriez même pas remarqués en les croisant, et ces gens-là, sans que vous sachiez pourquoi, voulaient vous empêcher d'être heureux.

Vers cinq heures du soir, quand elle vit marcher Bagherian le long de l'allée, elle retrouva son calme. Heureusement, il n'était pas accompagné de « la secrétaire » ou de « la Norvégienne ». Pour rentrer de là-haut, du centre de la ville, il avait dû prendre le métro – le funiculaire, comme elle disait, à cause de la pente. Elle l'empruntait souvent avec les enfants. Les stations avaient de drôles de noms qu'ils savaient par cœur : Jordils. Montriond. Gare centrale. Dans son désarroi, elle l'appela par son prénom et lui fit un signe du bras. Il leva la tête vers le balcon et lui sourit. Il n'avait pas l'air étonné qu'elle l'ait appelé par son prénom. Elle ouvrit la porte avant qu'il soit arrivé sur le palier. Au lieu de lui serrer la main comme d'habitude, elle posa cette main sur son épaule et elle rapprocha son visage du sien sans qu'il lui témoignât la moindre surprise. Elle fut soulagée de sentir le contact de ses lèvres. C'était encore le meilleur moyen d'oublier Boyaval.

Plus tard, ils étaient dans un restaurant au bord de l'une de ces avenues en pente où les immeubles de couleur ocre ressemblent à ceux de la Côte d'Azur. À l'heure du crépuscule, quand il avait fait beau, elle se disait que, si elle descendait à vélo l'une de ces avenues désertes, elle déboucherait sur une plage. Elle ne se rappelait plus très bien toutes les péripéties de cette soirée. Elle avait bu plus que d'habitude. Après le restaurant, ils étaient montés en voiture vers le centre, jusqu'à son bureau où il avait oublié quelque chose. «La secrétaire» était là, malgré l'heure tardive elle triait des dossiers empilés par terre, comme pour un déménagement. Il avait téléphoné plusieurs fois et elle ne comprenait rien de ce qu'il disait à chaque communication, sans doute parce qu'elle était un peu saoule. Qui pouvait bien être à l'autre bout du fil? «La secrétaire», après lui avoir dit «bonsoir» du bout des lèvres, faisait semblant de l'ignorer. Oui, décidément, elle était moins gentille que «la Norvégienne». Ils étaient sortis ensemble tous les trois du bureau. Sur le trottoir de la rue du Grand-Chêne, Bagherian avait proposé de boire un verre au bar de l'hôtel voisin. Elle était assise dans un fauteuil en cuir, entre Bagherian et «la secrétaire», un verre de vodka devant elle. «À la russe», avait dit Bagherian en trinquant avec elle et «la secrétaire». Tous deux ils avaient vidé leurs verres cul sec — comme on disait au café de la Gare à Annecy —, mais elle buvait à petites gorgées parce que c'était la première fois qu'on lui servait de la vodka. Il lui semblait que «la secrétaire» devenait aimable. Elle lui souriait et lui posait des questions. Se sentait-elle bien à Lausanne? Et avant, où travaillait-elle? Avait-elle de la famille en France? Elle essayait de répondre, tant bien que mal, la plupart des mots ne venaient pas. Et pourtant, Bagherian et «la secrétaire» la regardaient avec bienveillance, comme s'ils étaient vraiment touchés par cette difficulté à parler. Elle se rendait bien compte que les quelques mots qui sortaient de sa bouche étaient de plus en plus confus, mais pour la première fois de sa vie elle n'éprouvait aucune gêne, aucune appréhension. Elle n'avait plus cette crainte qui la tourmentait depuis toujours en présence des autres, de «n'être pas à la hauteur». Non, ils n'avaient qu'à l'accepter telle qu'elle était, elle ne ferait plus aucun effort pour être à leur hauteur, elle se contenterait d'être elle-même, tout simplement, et si cela ne leur plaisait pas, alors tant pis. Une phrase lui revenait en mémoire : «J'aime celui qui m'aime.» Et tout à coup, elle se surprit à la dire à voix haute devant Bagherian et «la secrétaire». Celle-ci lui lança un regard amusé. Bagherian se pencha vers elle et lui dit de sa voix douce :

«Mais oui, Margaret, vous avez raison, c'est tout à fait juste... J'aime celui qui m'aime...» Et il avait l'air ému par cette phrase.

Elle se demanda si «la Norvégienne» viendrait les rejoindre, mais c'était rare de voir ensemble «la Norvégienne» et «la secrétaire». Elles passaient la nuit chacune à leur tour dans l'appartement de Bagherian. Une nuit, pourtant, elles étaient restées toutes les deux avec lui. Elle s'était dit que sa vie sentimentale devait être bien compliquée. Et maintenant? On verrait bien. Il fallait se laisser vivre, comme le disait le patron du café de la Gare, à Annecy. «La secrétaire» était de plus en plus aimable. Elle avait pris la main de Margaret.

«Mais oui, c'est très joli... J'aime celui qui m'aime... Vous me l'écrirez pour que je ne l'oublie pas...»

Bagherian lui demandait :

«Vous n'aimez pas la vodka?»

Mais si. Elle aimait tout. Elle n'était pas contrariante. Elle vida son verre d'une seule gorgée.

Dehors, sur le trottoir, elle se demanda si «la secrétaire» allait rentrer avec eux à l'appartement. Mais non. «La secrétaire» dit à Bagherian :

«À demain, Michel.»

Et ils se serrèrent la main. Puis elle se tourna vers Margaret et lui sourit.

«Vous m'écrirez cette phrase sur l'amour, hein? C'est tellement joli...»

Elle la vit s'éloigner et, dans le silence, on entendait le claquement régulier de ses talons hauts. La voiture glissait, moteur éteint, le long de l'avenue d'Ouchy. La pente lui causait un léger vertige. Elle flottait. Elle posa sa tête sur l'épaule de Bagherian et celui-ci tourna le bouton de la radio. Un speaker, d'une voix feutrée, parlait en allemand, un allemand étrange qui n'était pas celui de Berlin où elle était née, un allemand du Sud, pensa-t-elle, avec un léger accent marseillais. Et à cette idée de l'allemand marseillais, elle se mit à rire.

« Je vois que vous êtes plus détendue que tout à l'heure », lui dit Bagherian.

Elle appuyait toujours la tête sur son épaule. Et comme la voiture s'était arrêtée à un feu rouge, il se tourna légèrement et lui caressa les cheveux et la joue.

Dès qu'il s'engagea dans le chemin de Beaurivage, elle reconnut la silhouette de Boyaval devant l'immeuble, dans son manteau noir ajusté. Voilà, elle l'avait prévu. Elle fut étonnée de ne pas éprouver la peur habituelle. Non, c'était le contraire. Elle était suffoquée par un accès de rage. Le verre de vodka de tout à l'heure ou la présence de Bagherian ? Elle avait même envie de le défier. C'était donc ça qui lui empoisonnait la vie et lui faisait raser les murs ? Rien que ça ? Un toquard qui l'empêchait de profiter du soleil... Et elle avait fini par se résigner, comme si c'était une fatalité et qu'elle ne pouvait pas espérer mieux.

« Écrase-le », dit-elle à Bagherian.

Elle lui désignait l'autre, là-bas, devant l'immeuble.

« Pourquoi veux-tu que je l'écrase ? » demanda-t-il d'une voix très douce, presque en chuchotant.

Ils se tutoyaient pour la première fois. Elle sentait la peur l'envahir de nouveau comme une migraine qui revient au bout de quelques heures, après que vous avez pris un calmant. Il gara la voiture, et Boyaval était là, immobile. Impossible de l'éviter.

« Ce type me fait peur. On reste un moment dans la voiture ? »

Bagherian se tourna vers elle, l'air surpris :

« Mais pourquoi il te fait peur ? »

Sa voix était toujours aussi calme. Il avait un sourire ironique qu'il gardait en considérant Boyaval.

«Tu veux que je lui demande ce qu'il fait là?»
Boyaval s'avança de quelques pas pour mieux voir les occupants de la voiture. Margaret croisa son regard. Il lui lança un sourire. Puis il revint devant l'immeuble.

«Cet après-midi, j'ai marché jusqu'au parc et ce type me suivait.»

Bagherian ouvrit la portière pour sortir, mais elle le retint, la main sur son bras. Le revolver dans son étui de daim gris n'était qu'un détail, une «coquetterie», comme disaient les anciens amis de Boyaval. Il portait quelquefois sur lui un couteau à multiples lames, et l'une de ses plaisanteries favorites, avant de commencer la partie de poker au café de la Gare, c'était de poser la main gauche à plat sur la table, les doigts écartés. Et de planter le couteau de plus en plus vite entre ses doigts. S'il ne s'écorchait pas, ses partenaires aux cartes devaient lui donner cinquante francs chacun. S'il se blessait, il se contentait d'envelopper sa main d'un mouchoir blanc et la partie s'engageait, comme d'habitude. Un soir qu'il l'avait abordée sur la promenade du Pâquier alors qu'elle se dirigeait vers le cinéma du casino, elle lui avait dit, d'un ton plus brutal que d'habitude, de la laisser tranquille. Il avait sorti son couteau, la lame s'était dressée dans un déclic et il avait appuyé légèrement, de la pointe, entre ses seins. Elle avait eu vraiment peur ce soir-là et s'était efforcée de ne pas bouger d'un millimètre. Lui, il la regardait droit dans les yeux avec son drôle de sourire.

«C'est idiot d'avoir peur, lui dit Bagherian. Moi je n'ai jamais peur de rien.»

Il l'entraînait hors de la voiture. Il la prit par le bras. L'autre s'était posté face à eux devant le portail. Bagherian marchait lentement et il lui serrait le bras. Elle se sentait un peu rassurée en sa compagnie. Elle se répétait à elle-même une phrase pour se donner du courage: «Ce n'est pas un enfant de chœur.» Non, malgré ses manières et son français distingués, cet homme qui lui serrait le bras devait avoir des activités dangereuses. Elle avait remarqué les têtes bien particulières de ceux qui fréquentaient son bureau et les individus étranges qui l'entouraient quand elle était venue le rejoindre avec les enfants une fin d'après-midi à Genève dans le hall de l'hôtel du Rhône.

«Vous cherchez quelque chose, monsieur?» demanda Bagherian.

Boyaval s'était adossé au portail et croisait les bras. Il les considérait tous les deux avec un sourire figé.

«Vous gênez le passage», dit Bagherian, de sa voix douce.

Margaret se tenait en retrait. L'autre ne bougeait pas, les bras croisés, et gardait le silence.

«Vous permettez?» dit Bagherian, d'une voix plus basse, comme s'il ne voulait pas réveiller quelqu'un.

Il tenta de déplacer Boyaval vers la droite en le poussant par l'épaule, mais celui-ci ne bougeait pas.

«Eh bien je vais être obligé de vous faire du mal.»

Il le poussa si fort que Boyaval fut projeté en avant et tomba de tout son long en bordure du trottoir. Margaret remarqua qu'il saignait à la commissure des lèvres et se demanda s'il n'avait pas perdu connaissance. Bagherian s'était avancé et se penchait sur lui:

«À cette heure vous trouverez une pharmacie encore ouverte avenue de Rumine, monsieur.»

Puis il ouvrit le portail et laissa le passage à Margaret. Il lui avait pris de nouveau le bras. Dans l'ascenseur, il ne lui posait aucune question, comme si rien ne s'était passé et que, de toute manière, cela n'avait pas la moindre importance.

Plus tard, elle était assise à côté de lui sur le canapé. Elle aurait voulu lui donner des explications, lui dire que, depuis quelque temps, ce type la poursuivait sans relâche. Mais il était détendu, souriant, on aurait cru qu'il revenait d'une soirée agréable avec des amis et que l'incident de tout à l'heure n'avait pas eu lieu. À Annecy, au début, elle était allée à deux reprises au commissariat pour chercher une protection et peut-être déposer une plainte. On ne l'avait pas prise au sérieux. La première fois, le policier lui avait dit: «Vous êtes si jolie, mademoiselle... On comprend que vous ayez des soupirants», et la seconde fois, on avait été beaucoup moins aimable avec elle et on l'avait regardée d'un air soupçonneux. Cela n'intéressait personne.

«Je suis désolée, finit-elle par bredouiller.

— Désolée pourquoi?»

Il versait de l'alcool dans deux verres. Il s'approchait d'elle et lui murmurait dans le creux de l'oreille : « À la russe. » Cette fois-ci, elle était décidée à vider le verre d'un seul trait. S'il n'avait manifesté aucune curiosité au sujet de la présence de Boyaval devant l'immeuble, c'était sans doute que dans sa vie à lui il y avait des choses plus inquiétantes et que cet épisode lui semblait très banal. Voilà pourquoi il ne s'étonnait de rien et faisait preuve de sang-froid, et même d'insouciance. Il avait bien raison, et elle l'aimait pour ça. Il avait éteint la lampe du salon et elle sentit sa main qui déboutonnait son chemisier à l'endroit où l'autre, il y a déjà longtemps, avait appuyé la lame du couteau. Mais maintenant, c'était différent. Elle pouvait enfin se laisse flotter. Oui, avec lui tout paraissait soudain très simple.

Vers quatre heures du matin, elle quitta un instant la chambre de Bagherian pour ranger ses vêtements restés dans le désordre sur le canapé et la moquette du salon. C'était un réflexe qui lui venait des années de pensionnat, et aussi l'habitude de ne jamais se trouver dans une chambre et un lieu qui auraient été vraiment les siens. Toujours de passage et sur le qui-vive. Chaque fois il fallait que ses vêtements soient bien rangés à côté d'elle, pour qu'elle parte à la moindre menace.

La fenêtre du salon était entrouverte, et elle entendait le bruit de la pluie. Elle colla son front à la vitre. En bas, Boyaval était toujours là. Elle le voyait bien dans la lumière de l'entrée dont les appliques restaient allumées pendant la nuit. Il avait l'air d'une sentinelle qui s'obstinait à une garde inutile. Il fumait. Des traces de sang sur le bas de son visage. Il ne s'abritait même pas de la pluie sous l'auvent de l'entrée. Il se tenait très raide, presque au garde-à-vous. Il aspirait de temps en temps une bouffée de cigarette. Son manteau trempé lui collait au corps. Elle se demandait si toute sa vie cette silhouette noire lui cacherait l'horizon. Elle devrait puiser en elle des réserves de patience, mais elle l'avait toujours fait depuis qu'elle était enfant. Pourquoi ? Et jusqu'à quand ?

Dans la chambre de l'hôtel Sévigné, elle traversait des nuits d'insomnie, comme cela lui arrivait souvent à Annecy. Elle avait toujours eu peur de prendre des somnifères, peur de ne plus jamais se réveiller.

Une fois, à Annecy, vers trois heures du matin, elle n'en pouvait plus de rester dans sa chambre sans trouver le sommeil. Alors elle était sortie, elle avait suivi la rue Vaugelas déserte. La seule lumière, c'était celle du café de la Gare, ouvert pendant toute la nuit.

Elle y était retournée, à chaque insomnie. Les clients étaient toujours les mêmes. Une chose l'avait intriguée : ces gens-là, on ne les voyait pas le jour dans les rues. Mais si, pourtant. Rosy travaillait dans une parfumerie de la rue Royale, Margaret Le Coz l'observait derrière la vitrine et elle avait l'impression que cette fille blonde, souriante et très soignée, n'était pas la même personne que celle de la nuit. Et elle avait croisé plusieurs fois le docteur Hervieu en fin d'après-midi. Était-ce vraiment le même homme ? De jour, ni Rosy ni le docteur Hervieu ne semblaient la reconnaître, alors que la nuit, dans le café, ils lui adressaient la parole. Mais, les autres, elle ne les avait jamais rencontrés le jour, comme s'ils se dissipaient dès le lever du soleil : Olaf Barrou, Guy Grene, et celle que l'on appelait Irma la Douce... C'était là, au café de la Gare, qu'elle avait remarqué, dès la première nuit, Boyaval. Au début, elle ne se méfiait pas. Il lui témoignait une certaine gentillesse. Il venait lui serrer la main et lui dire quelques mots aimables avant de commencer sa partie de poker. Puis elle s'était rendu compte, au fur et à mesure, combien il était nerveux. Une nuit, il lui avait proposé de l'emmener à La Clusaz pour la journée. Ils feraient du ski, tous les deux. Elle avait refusé. Elle n'était jamais montée sur une paire de skis. Mais l'autre s'était montré agressif :

« Pourquoi ? Vous avez peur de moi ? »

Elle avait été très surprise et ne savait pas quoi lui répondre. Heureusement les autres l'avaient entraîné pour leur partie de poker. Elle avait appris que ce type, quelques années auparavant, avait failli être membre de l'équipe de France de ski, mais qu'il avait eu un accident assez grave. Il avait été moniteur à La Clusaz et à Megève. Et maintenant il était vaguement employé au syndicat d'initiative. Alors peut-être avait-il été vexé par le peu d'enthousiasme qu'elle avait manifesté pour le ski, et une certaine désinvolture quand elle avait refusé sa proposition. Mais, au bout de quelques nuits, son attitude vis-à-vis d'elle prenait un caractère inquiétant.

Elle l'avait croisé plusieurs fois, au début de l'après-midi, quand elle allait travailler à mi-temps dans la librairie de la Poste. Il lui barrait le passage comme s'il sentait qu'elle ne voulait pas lui parler. Elle essayait de garder son calme et d'être polie. Mais, à chaque rendez-vous qu'il lui proposait, elle trouvait un prétexte pour refuser, et de nouveau il se montrait agressif. Un soir, elle avait accepté de l'accompagner au cinéma. Elle s'était dit qu'après, il serait peut-être moins pressant. Ce soir-là, ils étaient presque les seuls spectateurs dans la salle du casino. Elle s'en souvenait si bien qu'à Paris, dans cette chambre de l'hôtel Sévigné, quand elle y pensait, le film et ses teintes noires et grises étaient définitivement associés pour elle à Annecy, au café de la Gare, à Boyaval. Elle attendait que, dans l'obscurité, il finisse par lui entourer l'épaule de son bras, ou qu'il lui prenne la main, et elle l'accepterait malgré sa répugnance. Par moments, elle doutait si fort d'elle-même qu'elle était prête à donner du sien pour que les autres l'acceptent ou ne lui témoignent plus d'hostilité. Oui, souvent, elle se sentait dans la situation inconfortable de ces gens qui doivent sans cesse céder à des maîtres chanteurs en espérant quelques instants de répit.

Mais, pendant toute la séance, il n'eut aucun des gestes qu'elle appréhendait. Il se tenait très raide sur son siège. Elle remarqua qu'il se penchait en avant, comme s'il était fasciné par l'écran, à l'instant où la fille entre dans la chambre du jeune chef d'orchestre et le tue à coups de revolver. Elle éprouva une très vive sensation de malaise. Elle avait brusquement imaginé Boyaval, le revolver à la main, entrant dans sa chambre de la rue du Président-Favre.

À la sortie du cinéma, il lui avait proposé de la raccompagner chez elle. Il avait une voix douce, une timidité qu'elle ne lui connaissait pas. Ils marchaient côte à côte et il ne lui faisait pas la moindre avance. De nouveau, il voulait l'emmener un après-midi à La Clusaz pour une leçon de ski. Elle n'osait pas refuser de peur qu'il ne retrouve sa mauvaise humeur. Ils avaient dépassé la promenade du Pâquier et ils étaient à la hauteur de la villa Schmidt.

«Vous avez un petit ami?»

Elle ne s'attendait pas qu'il lui pose une telle question. Elle répondit: non. C'était plus prudent. Elle se rappelait la scène du film où la fille tire à coups de revolver, par jalousie.

Depuis ce moment, et jusqu'à ce qu'ils soient arrivés devant l'immeuble, il était de plus en plus fébrile mais il gardait le silence. Elle se demandait s'il avait l'intention de monter dans sa chambre. Elle avait décidé de ne pas le contrarier. Pour se sentir du courage, elle se répétait à elle-même un conseil que lui avait donné une fille au pensionnat et qu'elle avait souvent suivi: Ne pas faire de vagues. Elle s'arrêta devant la porte de l'immeuble.

«Vous montez?»

Elle avait décidé de crever l'abcès. Elle voulait savoir comment réagirait ce type qui la harcelait sans qu'elle s'explique très bien sa manière d'être. Au moins, elle serait fixée.

Il eut un mouvement de recul et elle fut frappée par l'expression de son regard — une expression de ressentiment qu'elle surprendrait souvent par la suite, quand il lèverait les yeux sur elle, un ressentiment dont, chaque fois, elle avait envie de lui demander la raison.

«Tu n'as pas honte de me parler comme ça?»

Il l'avait dit d'un ton sévère mais d'une curieuse voix de fausset.

Elle reçut la gifle sur sa joue gauche, sans qu'elle s'y attende. C'était la première gifle depuis le pensionnat. Elle resta un instant hébétée. D'un geste machinal, elle posa un doigt à la commissure de ses lèvres pour voir si elle saignait. Maintenant, elle lui faisait face, et elle eut le sentiment que c'était lui qui était sur la défensive. Elle s'entendit lui dire, d'une voix froide:

«Vous ne voulez vraiment pas? C'est drôle... Vous avez peur de monter? Dites-moi pourquoi vous avez peur.»

Un hibou, aveuglé par la lumière. Il reculait devant elle. Elle le regardait s'éloigner, d'une démarche saccadée, le long de la rue. Là-bas, il finissait par se confondre avec le mur sombre du haras. Il allait se dissiper dans l'air. Elle se disait qu'elle n'entendrait plus jamais parler de lui.

Mais il reparut deux jours plus tard. Elle était assise derrière le bureau de la librairie de la rue de la Poste. Six heures du soir et il faisait déjà nuit. Il se tenait devant la vitrine et l'on aurait cru qu'il contemplait les livres exposés. De temps en temps, il lui jetait un regard et il ébauchait un sourire. Il entra dans la librairie.

«Je suis désolé pour l'autre soir.»

Elle lui dit d'une voix très calme:

«Ça n'a aucune importance.»

Son flegme parut le rassurer.

«Alors vous ne m'en voulez pas?

— Non.

— On se verra peut-être au café de la Gare?

— Peut-être.»

Elle s'absorba de nouveau dans un travail de comptabilité dont il ne chercha pas à la distraire. Au bout de quelque temps, elle entendit la porte de la librairie se refermer sur lui. Malgré ses insomnies, elle n'allait plus au café de la Gare, par crainte de le rencontrer. Chaque soir, vers six heures, il était derrière la vitrine de la librairie. Il la guettait. Elle s'efforçait de rester impassible, elle mettait ses lunettes de soleil pour se protéger, et le visage de Boyaval à travers la vitre devenait flou. Un visage et un corps assez maigres, mais ils donnaient à Margaret un sentiment de pesanteur comme si la charpente était plus lourde et la peau plus molle et plus blanche qu'elles ne paraissaient au premier abord. D'ailleurs, ceux qui jouaient au poker avec lui au café de la Gare partageaient cette impression, puisqu'ils l'appelaient «le Mammouth». Rosy, la fille de la parfumerie, lui avait dit qu'il avait un autre surnom dont Margaret n'avait pas compris le sens: «Coup Bref».

À Paris, dans cette chambre de l'hôtel Sévigné, tout cela lui paraissait si lointain... Et pourtant, quand elle se réveillait en sursaut, au creux de la nuit, elle ne pouvait s'empêcher d'y penser. Un jour, elle marchait avec Rosy sous les arcades des grands blocs d'immeubles, près de la Taverne. Elle s'était un peu confiée et elle lui avait demandé comment se débarrasser de ce type. L'autre lui avait dit: «Il te harcèle, car tu n'as pas de défenses immunitaires... Il est comme les microbes...» Oui elle se trouvait souvent dans un état de grande vulnérabilité. Et cela lui était apparu clairement quand elle était allée à la police, pour leur demander protection. Ils l'avaient traitée en quantité négligeable. Ils n'auraient pas eu la même attitude si elle avait été la fille d'un industriel ou d'un notaire de la région. Mais elle n'avait aucune famille, ils la considéraient comme une fille de rien, le titre d'un roman qu'elle avait lu. Le policier, en examinant son passeport périmé, lui avait demandé pourquoi elle était née à Berlin et où étaient ses parents. Elle avait menti : un père ingénieur des Mines habitant Paris et souvent à l'étranger avec sa femme ; et elle, ayant fait de bonnes études chez les sœurs de Saint-Joseph à Thônes et au pensionnat de La Roche-sur-Foron. Mais cela ne semblait pas beaucoup intéresser son interlocuteur. Tant mieux pour elle. Il aurait été pénible d'entrer dans les détails. Il lui avait déconseillé, avec un sourire ironique, de déposer une plainte contre quelqu'un qui ne lui voulait certainement pas de mal... Rien qu'un amoureux. Vous savez, avait-il dit pour conclure, tant qu'il n'y a pas mort d'homme...

Mais oui, elle aurait été gênée si ce flic était entré dans les détails... Hier, elle avait reçu une lettre, la première depuis longtemps, posée là sur la table de nuit. Elle regardait l'enveloppe et elle était presque étonnée de lire :

Mademoiselle Margaret Le Coz
Hôtel Sévigné
6 rue de Belloy
Paris 16<sup>e</sup>

La lettre était à l'en-tête de l'agence Stewart. Quelques lignes tapées à la machine :

Chère Mademoiselle,
Je vous rappelle ce que je vous avais demandé lors de notre rendez-vous de jeudi dernier : un certificat de votre ancien employeur, M. Bagherian. D'autre part, pourriez-vous me faire parvenir un bref curriculum vitae vous concernant, car je viens de m'apercevoir que votre fiche à l'agence est un peu sommaire pour nos clients.
Sincères salutations,

J. TOUSSAINT.

Sa vie... Aux moments d'insomnie, dans la chambre de l'hôtel Sévigné, de brefs épisodes lui revenaient en mémoire et elle avait l'impression de voyager dans un train de nuit. Les secousses du wagon s'accordaient bien au rythme de sa vie. Elle appuyait le front à la vitre du compartiment. L'obscurité, et puis, de temps en temps, les quais déserts d'une gare que l'on traversait, sur un panneau, le nom d'une ville qui était un point de repère, le noir d'un tunnel... Berlin. Elle n'avait presque aucun souvenir de Berlin. Elle se trouve avec d'autres enfants sur un monticule de gravats, en face des immeubles en ruine, et ils regardent tout l'après-midi passer les avions qui se succèdent à une cadence rapide et atterrissent un peu plus loin. Quand elle rêve en allemand, elle entend une chanson qui parle du Landwehrkanal et qui lui faisait peur... Elle a gardé longtemps un vieux livre, imprimé pendant la guerre, *Autant en emporte le vent*. Dans celui-ci, elle avait découvert une fiche qui servait de marque-page, à l'en-tête de l'usine Argus Motoren, Graf Roedern Allee ; Berlin − Reinickendorf, et où était écrit le nom de sa mère : Le Coz Geneviève, née à Brest. Française. Elle l'a toujours, cette fiche, le seul souvenir qui lui reste de sa mère. Il vous arrive de perdre au bout de quelques jours un objet auquel vous tenez beaucoup : trèfle à quatre feuilles, lettre d'amour, ours en peluche, alors que d'autres objets s'obstinent à vous suivre pendant des années sans vous demander votre avis. Quand vous croyez vous en être débarrassé pour de bon, ils réapparaissent au fond d'un tiroir. Il faudrait peut-être qu'elle communique la fiche à ce monsieur J. Toussaint de l'agence Stewart. Ça pourrait intéresser les clients.

Et puis, de Berlin, le retour en France jusqu'à Lyon. Elle n'avait pas encore l'âge de raison, mais elle se souvient du train de nuit qui s'arrêtait dans toutes les gares et, pendant des heures, en pleine campagne. Elle ne sait plus si sa mère l'accompagnait ou si elle était seule dans ce train. À Lyon, sa mère travaille chez des gens : elle aussi, sans doute, avait dû s'inscrire dans un bureau de placement du genre de l'agence Stewart. Le pensionnat sur la montée Saint-Barthélemy. Dans ses rêves, encore aujourd'hui, elle marche et c'est toujours le même trajet, la nuit, de la place des Terreaux jusqu'au quai Saint-Vincent, le long de la Saône.

Elle sent bien que quelqu'un l'accompagne de loin, mais elle ne peut pas l'identifier à cause de la brume. Son père qu'elle n'a jamais connu? Elle traverse le pont et se retrouve place Saint-Paul. Elle ne détache pas les yeux de la grande horloge lumineuse de la gare. Elle attend quelqu'un, sur les quais, un train qui vient d'Allemagne. Sa mère se marie avec un garagiste de la Croix-Rousse qu'elle n'aime pas. Pensionnats à Thônes et à La Roche-sur-Foron. Elle coupe définitivement les ponts avec sa mère. À Annecy, elle obtient ses premiers emplois chez Zuccolo et, l'été, à la buvette du Sporting. Elle est engagée comme serveuse chez Fidèle Berger et travaille à la librairie de la Poste. On ne veut pas d'elle à l'hôtel d'Angleterre. Elle occupe une place de gouvernante à Lausanne auprès des deux enfants d'un monsieur Michel Bagherian.

Une fille marchait devant Bosmans en poussant une voiture d'enfant et elle avait, de dos, la même silhouette que Margaret. Il ne connaissait pas ce parc, sur l'emplacement des anciens entrepôts de Bercy. Là-bas, de l'autre côté de la Seine, le long du quai qui ne s'appelait plus de la Gare, des gratte-ciel. Il les voyait pour la première fois. C'était un autre Paris que celui qui lui était familier depuis son enfance et il avait envie d'en explorer les rues. Cette fille, devant lui, ressemblait vraiment à Margaret. Il la suivait tout en gardant entre elle et lui la même distance. La voiture d'enfant qu'elle poussait d'une seule main était vide. À mesure qu'il traversait le parc sans la quitter des yeux, il finissait par se persuader que c'était Margaret. Il avait lu, la veille, un roman de science-fiction, *Les Corridors du temps*. Des gens étaient amis dans leur jeunesse, mais certains ne vieillissent pas, et quand ils croisent les autres, après quarante ans, ils ne les reconnaissent plus. Et d'ailleurs il ne peut plus y avoir aucun contact entre eux : Ils sont souvent côte à côte, mais chacun dans un corridor du temps différent. S'ils voulaient se parler, ils ne s'entendraient pas, comme deux personnes qui sont séparées par une vitre d'aquarium. Il s'était arrêté et la regardait s'éloigner en direction de la Seine. Il ne sert à rien que je la rattrape, pensa Bosmans. Elle ne me reconnaîtrait pas. Mais un jour, par miracle, nous emprunterons le même corridor. Et tout recommencera pour nous deux dans ce quartier neuf.

Il longeait maintenant la rue de Bercy. Il était entré la veille dans l'un de ces cafés où l'on consulte Internet. Le nom «Boyaval», qu'il avait oublié — ou plutôt qui était resté «dormant», comme les noms de très anciennes familles de l'aristocratie anglaise qui disparaissent pendant des siècles parce qu'elles n'ont plus de descendants, mais ressurgissent un jour, brusquement, sur l'état civil de nouveaux venus –, ce nom, Boyaval, était reparu du fond du passé. Une météorite tombée devant lui au bout de quarante ans de chute. Il avait tapé sur le clavier : « Pages blanches ». Puis : « Boyaval ». Un seul Boyaval à Paris et dans toute la France. Boyaval Alain. Agence immobilière, 49 rue de Bercy.

Dans la vitrine étaient exposées, sur un panneau, des photos avec les prix des appartements à vendre. Il poussa la porte. Un homme était assis au fond de l'agence, derrière un bureau métallique. À droite, plus près de la vitrine, une jeune fille rangeait des dossiers sur des étagères.

« Monsieur Boyaval ?

— Lui-même. »

Bosmans se tenait là, figé, devant le bureau. Il ne savait quoi dire. L'autre avait levé la tête vers lui. C'était un homme aux cheveux blancs coiffés en brosse longue, aux yeux gris. Il portait un costume du même gris que ses yeux. Visage maigre. De fortes pommettes.

« En quoi puis-je vous être utile ? »

Sa voix était douce et son sourire courtois.

« Je cherche un appartement, dit Bosmans. De préférence dans le quartier.

— Je ne m'occupe que des appartements dans le quartier. Et aussi dans le treizième, autour de la Bibliothèque nationale.

— Vous avez raison, dit Bosmans. Ce sont des quartiers neufs.

— Je préfère travailler dans le neuf. »

Il lui désignait le fauteuil, en face de lui.

« Et vous aimeriez dans quels prix ?

— Peu importe », dit Bosmans.

Comment entrer dans le vif du sujet ? Mais quel sujet ? C'était absurde, il s'agissait d'un autre Boyaval. La jeune fille déposait devant lui un dossier dont la chemise était ouverte, et il signait plusieurs feuillets avant qu'elle reprenne le dossier et le range sur l'étagère.

« Il me semble avoir rencontré un M. Boyaval dans le temps, dit Bosmans d'une voix blanche.

— Ah oui?»

Il le fixait de ses yeux gris où Bosmans crut voir passer une ombre d'inquiétude.

«Il y a très longtemps... à Annecy...»

C'était l'une des rares indications que lui avait données Margaret concernant ce fantôme. Elle l'avait connu à Annecy.

L'autre consulta son bracelet-montre et jeta un coup d'œil sur la jeune fille qui rangeait les dossiers. Il paraissait nerveux. À cause d'un simple mot : Annecy?

«Vous voulez que nous allions boire un verre à côté? C'est souvent là que je discute avec mes clients. Vous m'expliquerez exactement ce que vous cherchez...»

Dans la rue, Bosmans remarqua qu'il boitait légèrement. Mais il se tenait très droit et, avec cette raideur, ses cheveux blancs en brosse longue et ce visage émacié, il aurait pu passer pour un ancien militaire.

Ils s'assirent à la terrasse d'un café, au soleil. Ils étaient les seuls clients. De l'autre côté de la rue s'étendait le parc de Bercy où, tout à l'heure, le sosie de Margaret – peut-être elle, dans une autre vie – poussait une voiture d'enfant vide.

«Une menthe à l'eau. Et vous?

— La même chose, dit Bosmans.

— Il vous faut un appartement d'environ quelle superficie?

— Oh... simplement un studio.

— Alors j'ai un grand choix, dans les parages, et de l'autre côté de la Seine.»

Et il désignait du bras, au-delà du parc de Bercy, les gratte-ciel du bord de Seine que Bosmans avait vus tout à l'heure pour la première fois.

«Ce sont de nouvelles rues? demanda Bosmans.

— Oui, elles datent d'à peine cinq ans. Moi-même j'habite là-bas. Je n'ai que le pont à traverser pour aller chaque matin à l'agence. Je ne vais pratiquement jamais dans le vieux Paris.

— Et dans le vieil Annecy?» demanda Bosmans.

Il nota chez son vis-à-vis un léger mouvement de surprise. Mais le buste restait très droit.

«Ah oui... vous m'avez dit... Vous vous souvenez d'un Boyaval à Annecy...»

Il lui souriait d'un sourire un peu affecté.

«Vous avez habité Annecy?

— Non, mais j'avais des amis là-bas qui m'ont parlé d'un Boyaval.

— Alors cela doit remonter à la nuit des temps.»

Le sourire se voulait beaucoup plus franc, plus amical.

«Au moins quarante ans», dit Bosmans.

Un silence. L'autre avait baissé la tête, comme s'il se concentrait pour faire une déclaration importante et qu'il cherchait les mots. Il la releva brusquement et fixa Bosmans de ses yeux gris.

«Je ne sais pas ce que vos amis vous ont dit... Moi-même j'ai très peu de mémoire.

— Rien de spécial, dit Bosmans. Ce Boyaval avait failli faire partie de l'équipe de France de ski.

— Alors, c'est bien la même personne.»

Bosmans fut surpris par la voix enrouée, le sourire triste, les traits du visage qui s'étaient affaissés. Il remarqua la peau grêlée sur les pommettes, comme s'il voyait maintenant les détails de ce visage à l'aide de rayons infrarouges ou ultraviolets. L'autre, pour se donner une contenance, avala une gorgée de menthe à l'eau et finit par dire:

«Mais non, je me trompe... Ce n'est plus du tout la même personne...»

Le visage était redevenu lisse, le teint avait pris de la couleur. Bosmans fut étonné de ce changement. Il pensa que son regard à lui avait perdu l'acuité des infrarouges et des ultraviolets. L'autre semblait chercher ses mots.

«Comme vous l'avez remarqué, monsieur, il y a plus de quarante ans de cela...»

Il haussait les épaules.

«Et quels sont vos amis qui habitaient Annecy?

— Une fille. Elle s'appelait Margaret Le Coz, dit Bosmans en articulant bien les syllabes du nom.

— Vous dites: Margaret Le Coz?»

Il tentait peut-être de se souvenir. Il fronçait les sourcils. Son regard était ailleurs.

«Et elle vit toujours?

— Je ne sais pas, dit Bosmans.

— Je ne me souviens pas d'une Margaret Le Coz», dit-il d'une voix de nouveau enrouée.

Et, de nouveau, les traits du visage s'affaissaient, la peau était grêlée aux pommettes.

«Vous voyez, monsieur, c'est un peu comme dans ce quartier — et Bosmans fut frappé par la tristesse de sa voix —, je ne sais pas si vous avez connu les entrepôts et le quai de Bercy... Il y avait des platanes qui formaient une voûte de feuillages... Des rangées de tonneaux sur le quai... Aujourd'hui on se demande si cela a vraiment existé...»

Il commandait encore une menthe à l'eau.

«Vous prendrez la même chose?

— Oui.»

Il se penchait vers Bosmans:

«Quand nous serons revenus à l'agence, je vous ferai une petite liste de nos studios disponibles. Il y en a de très spacieux et de très clairs.»

Il avait posé sa main gauche à plat sur la table. De la main droite, il avait pris la cuillère sur la soucoupe et, du manche, il tapotait la table entre ses doigts écartés. Bosmans ne pouvait pas détacher son regard des cicatrices sur le dos de sa main et le long du médius et de l'annulaire. On aurait dit que cette main avait été tailladée autrefois par de multiples coups de canif.


À peu d'intervalle — la même saison, un printemps précoce où il faisait aussi chaud pendant plusieurs jours qu'au mois de juillet —, Bosmans, de nouveau, avait vu apparaître ce qu'il appelait un «fantôme du passé» — ou tout au moins l'avait-il cru. Mais non, il en était presque sûr.

Le quartier où il s'était retrouvé ce soir-là ne lui avait pas donné une impression si différente de celui de l'agence immobilière de Boyaval. Mais quand même, il préférait le parc de Bercy, et de l'autre côté de la Seine les gratte-ciel et les immeubles étincelants autour de la Bibliothèque nationale où une fille qui ressemblait à Margaret — mais non, c'était Margaret telle qu'il l'avait connue — vivait une nouvelle vie dans des rues neuves.

Un jour, lui aussi aurait peut-être la chance de la rejoindre, s'il parvenait à franchir les frontières invisibles du temps.

Il avait donné une centaine de pages à taper – mais aujourd'hui utilisait-on encore ce verbe, qui évoquait le bruit monotone des vieilles machines ? – à une secrétaire travaillant à domicile. Tout était prêt, lui avait-elle dit ce jour-là. Il pouvait passer vers huit heures du soir, à son adresse, du côté de la porte de Saint-Cloud.

Il avait pris le métro. C'était comme du temps de Simone Cordier, quand il lui apportait chaque semaine les feuilles manuscrites. Et chaque fois, elle n'avait tapé que trois pages. Dans cet appartement sans meubles, où posait-elle sa mystérieuse machine à écrire ? Sur le bar ? Alors, se tenait-elle debout ou assise sur le haut tabouret ? Depuis, il avait écrit plus d'une vingtaine de livres, et on avait fait quelques progrès techniques : tout à l'heure la femme lui remettrait une clé USB et l'on obtiendrait un texte lisse, sans les O barrés d'un trait, les trémas et les cédilles de Simone Cordier. Mais qu'est-ce qui avait vraiment changé ? C'était toujours les mêmes mots, les mêmes livres, les mêmes stations de métro.

Il descendit à Porte-de-Saint-Cloud. Oui, il préférait les nouveaux quartiers de l'Est, ces terrains neutres qui vous donnent l'illusion que vous pourriez y vivre une seconde vie. Au contraire, l'église en briques rouges sur la place de la porte de Saint-Cloud le ramenait au passé et lui rappelait un épisode malheureux : il a douze ans, il est assis sur le siège arrière d'une quatre-chevaux, sa mère et le défroqué devant lui, ce dernier au volant. Il profite d'un feu rouge pour s'échapper de la voiture, il court jusqu'à l'église et s'y cache pendant tout l'après-midi, de peur que les deux autres ne le repèrent sur un trottoir. C'est sa première fugue.

À la sortie du métro, en fouillant la poche intérieure de sa veste, il s'aperçut qu'il avait oublié le bout de papier où étaient écrits le nom de la secrétaire, son adresse et son numéro de téléphone. Elle s'appelait Clément. Il se souvenait aussi du nom de l'avenue : Dode-de-la-Brunerie. Il ne la connaissait pas. Il demanda son chemin à un passant. Tout droit, de l'autre côté de la place, juste avant Boulogne.

Il s'attendait à une avenue assez courte, bordée de bâtiments de taille moyenne, et il espérait qu'il n'y aurait pas de codes aux portes cochères. Ainsi, chaque fois, il consulterait la liste des locataires, à la recherche de Mlle Clément. Mais les immeubles étaient à peu près de la taille de ceux de l'ancien quai de la Gare qu'il avait vus pour la première fois, le jour où il s'était rendu à l'agence de Boyaval. De grands immeubles neufs. Sept numéros pairs simplement: n° 2, n° 6, n° 10, n° 12, n° 16, n° 20, n° 26. Bosmans, en levant les yeux vers le ciel, pensa que chaque numéro contenait une cinquantaine de personnes. Des noms défilaient devant ses yeux. Jacqueline Joyeuse. Marie Feroukhan. Brainos. André Cocard. Albert Zagdun. Falvet. Zelatti. Lucienne Allard. Mais pas une seule Clément dans tout ça. La tête lui tournait. Les noms étaient des chevaux de course qui passaient sans cesse au galop sans lui laisser le temps de les distinguer les uns des autres. Roi de Cœur. Kynette. Bleu et Rouge. Mercury Boy. Enjôleuse. Ma Dorée. Une angoisse le prenait à la gorge, un sentiment de vide. Il ne retrouverait pas Mlle Clément parmi ces milliers et ces milliers de noms et de chevaux. Il avait hâte de quitter cette avenue. Le sol se dérobait sous ses pas. À quoi avaient servi tant d'efforts, depuis quarante ans, pour étayer les pilotis? Ils étaient pourris.

Il fut saisi d'un vertige en traversant la place. Il se répétait à haute voix le nom de l'église, là-bas, où il s'était réfugié un après-midi de son enfance pour échapper à la femme aux cheveux rouges – sa mère, paraît-il – et au faux torero. Sainte-Jeanne-de-Chantal.

Il entra dans un café et s'assit à la première table, sur une banquette de cuir rouge. Il s'imagina en train de boire une bouteille d'alcool au goulot, ce qui lui procurerait l'ivresse et la paix de l'âme. Et cette pensée le fit rire, tout seul, là, sur la banquette. Quand le serveur se présenta, il lui dit d'une voix mal assurée:

«Un verre de lait, s'il vous plaît.»

Il tâchait de respirer à intervalles réguliers. Sainte-Jeanne-de-Chantal. Cela allait mieux, maintenant. Il retrouvait ses esprits. Il aurait aimé parler à quelqu'un et rire avec lui de son angoisse de tout à l'heure. Enfin, quoi... à son âge... L'avenue

Dode-de-la-Brunerie n'était quand même pas la forêt d'Amazonie, non ? Cette fois-ci il était complètement rassuré.

Il se sentait même dans un état de légère torpeur. Il avait décidé de rester là, assis, jusqu'à la tombée de la nuit. Il n'avait plus rien à craindre. Sa mère et le défroqué ne patrouillaient plus depuis près d'un demi-siècle, dans leur quatre-chevaux, à sa recherche, avec leur pauvre cortège de fantômes.

Il écoutait, d'une oreille distraite, les conversations des rares clients aux tables voisines. Presque neuf heures du soir. Il vit entrer une femme d'un certain âge, les cheveux blancs coupés au carré, qui marchait avec raideur au bras d'une jeune fille. Elle était vêtue d'un pantalon noir et d'un imperméable beige. La jeune fille l'aida à s'asseoir à la table du fond et prit place à côté d'elle sur la banquette. La femme n'avait pas quitté son imperméable.

Bosmans la regarda d'abord comme il l'avait fait pour les autres clients : un regard qui ne s'attardait pas, un regard mobile qui se posait sur un visage, sur un passant derrière la vitre, et là-bas, de l'autre côté de la place, sur l'église Sainte-Jeanne-de-Chantal. La jeune fille tendait un agenda à la femme aux cheveux blancs, et celle-ci écrivait quelques mots de la main gauche. Il avait toujours été frappé par cette position particulière de la main chez les gauchers, le poing presque fermé quand ils écrivent. Était-ce cela qui réveilla un vague souvenir chez lui ? Il fixa son regard sur le visage de cette femme et, brusquement, après tant d'années, il crut la reconnaître. Yvonne Gaucher. Un après-midi qu'ils se trouvaient chez elle, lui et Margaret, la voyant écrire de la main gauche, il lui avait dit : « Vous portez bien votre nom. »

Des dizaines et des dizaines d'années s'étaient écoulées, depuis... Le fait qu'Yvonne Gaucher soit encore vivante, à quelques mètres de lui, et qu'il suffise de se lever et de lui parler — mais il ne se souvenait plus s'il l'appelait par son prénom — lui causait une sensation étrange. Il était incapable de marcher vers elle. De toute manière, elle ne me reconnaîtra pas, pensa-t-il. Et même si je lui dis mon nom et le nom de Margaret, cela n'évoquera rien pour elle. Certaines rencontres qui datent de votre extrême jeunesse, vous en gardez un souvenir assez vif. À cet âge, tout vous étonne et vous paraît nouveau... Mais celles et ceux que vous avez croisés et qui avaient déjà vécu une part de leur vie, vous ne pouvez pas leur demander une mémoire aussi précise que la vôtre. Nous n'étions certainement pour elle, Margaret et moi, que deux jeunes gens parmi tant d'autres qu'elle avait côtoyés de manière très brève. Et connaissait-elle même nos noms et nos prénoms à cette époque?

Elle se tournait de temps en temps vers la jeune fille avec cette raideur que Bosmans avait remarquée dans sa façon de marcher. Tout à l'heure elle lui tenait le bras, et elle s'appuyait sur elle. Son pas était très lent, la jeune fille l'avait aidée à s'asseoir sur la banquette. Elle est devenue aveugle, pensa Bosmans. Mais non, elle lisait la carte du menu. La vieillesse, tout simplement.

Si je n'avais pas ressenti cette espèce de malaise tout à l'heure, j'aurais le courage d'aller lui parler au risque qu'elle ne me reconnaisse pas. Peut-être habite-t-elle avenue Dode-de-la-Brunerie, parmi ces centaines et ces centaines de gens qui occupent les grands immeubles. Yvonne Gaucher. Mlle Clément. Voilà des noms qui n'attirent pas l'attention, des noms neutres au point que ceux qui les portent deviennent peu à peu des anonymes.

Il ne pouvait détacher son regard du visage d'Yvonne Gaucher. Il craignait d'attirer son regard à elle. Mais non. Elle parlait avec la jeune fille, et quelques mots parvenaient à Bosmans – surtout ce que disait la jeune fille, d'une voix très claire. Elle vouvoyait Yvonne Gaucher. «Vous gardez votre imperméable?» lui demandait-elle, et Yvonne Gaucher hochait la tête affirmativement. Son visage était recouvert de multiples rides comme ceux qui se sont trop exposés au soleil dans leur jeunesse. Bosmans se souvint de Boyaval et de sa peau grêlée aux pommettes. Mais là, c'est le contraire, se dit-il. Les rides s'effacent et je retrouve le visage lisse de cette femme quand nous l'avons connue, Margaret et moi.

Seule la voix le déconcertait, ou plutôt les rares paroles, qui étaient des réponses brèves aux questions que lui posait la jeune fille. Une voix rauque. Elle venait de très loin et elle avait subi l'usure du temps. Bosmans put capter une phrase entière : «Il faut que je sois de retour vers dix heures.» Elle habitait peut-être dans une maison de retraite où les pensionnaires avaient des horaires précis.

Le serveur déposa devant elle une grenadine et une tarte aux pommes. La jeune fille avait commandé un Coca-Cola. Elles échangèrent quelques mots à voix basse. De nouveau, la jeune fille lui tendit l'agenda qu'Yvonne Gaucher feuilleta comme si elle cherchait la date d'un rendez-vous. À cause du col relevé de son imperméable, on aurait dit qu'elle se trouvait dans une salle d'attente et qu'elle consultait l'horaire des trains.

« Il faut que je sois de retour vers dix heures. » Bosmans savait que cette phrase lui resterait en mémoire et que, chaque fois, elle lui causerait un élancement douloureux, une sorte de point de côté. Il ignorerait toujours ce qu'elle voulait dire, et il en éprouverait du remords, comme pour d'autres mots interrompus, d'autres personnes que vous avez laissées échapper. C'est idiot, il n'y a qu'un pas à faire. Je dois lui parler. Il se rappela la plaque de cuivre qui les avait intrigués, Margaret et lui, la première fois, et où étaient gravés deux noms : Yvonne Gaucher. André Poutrel. À cause d'eux, Margaret avait quitté Paris en catastrophe sans qu'il sache jamais ce qui était arrivé. Les jours suivants, il achetait les journaux et cherchait aux pages des faits divers ces deux noms : Yvonne Gaucher. André Poutrel. Rien. Le silence. Le néant. Il s'était souvent demandé si Margaret, elle, en savait plus long. Il se rappelait aussi ce que lui avait dit Yvonne Gaucher dès leur première rencontre : « André vous expliquera. » Mais André ne lui avait rien expliqué. Ou n'en avait pas eu le temps. Quelques années plus tard, il était passé devant le 194 avenue Victor-Hugo. Ce numéro était maintenant celui d'un grand immeuble neuf avec des baies vitrées. Yvonne Gaucher. André Poutrel. C'était comme s'ils n'avaient jamais existé.

Yvonne Gaucher feuilletait son agenda et la jeune fille lui disait quelque chose à voix basse. Mais oui, il n'y a qu'un pas à faire. Je vais lui demander des nouvelles d'André Poutrel et du petit Peter. *Le petit Peter.* C'est ainsi qu'ils l'appelaient. Margaret et moi, nous l'appelions Peter tout court. Elle me donnera enfin toutes les explications depuis le début, depuis l'époque lointaine de « celles et ceux de la rue Bleue… ». Mais impossible de se lever, il se sentait une lourdeur de plomb. Je n'ai pas assez de courage. Je préfère que les choses restent dans le vague. S'il s'était trouvé en compagnie de Margaret,

alors ils auraient marché vers la table d'Yvonne Gaucher. Mais
là, tout seul... D'ailleurs, était-ce vraiment elle ? Mieux valait
ne pas en savoir plus. Au moins, avec le doute, il demeure
encore une forme d'espoir, une ligne de fuite vers l'horizon.
On se dit que le temps n'a peut-être pas achevé son travail de
destruction et qu'il y aura encore des rendez-vous. Il faut que
je sois de retour vers dix heures.

La jeune fille buvait son Coca-Cola à l'aide d'une paille. Yvonne
Gaucher avait oublié la tarte et la grenadine et regardait droit
devant elle. Bosmans retrouvait le regard d'autrefois, cette
expression attentive et candide de quelqu'un qui, en dépit de
tout, fait confiance à la vie. À un moment, ce regard se posa sur
lui, mais elle ne semblait pas le reconnaître.

Des deux, ce fut André Poutrel qu'ils rencontrèrent le premier. Bosmans se trouvait dans la librairie des anciennes éditions du Sablier, en compagnie de Margaret. Il se souvenait bien du temps : un après-midi de froid, de ciel bleu et de soleil, le printemps de l'hiver, la saison qu'il préférait, et qui ne compte que quelques jours, à intervalles irréguliers, en janvier ou en février. Ils avaient décidé de se promener au parc Montsouris, et Bosmans s'apprêtait à accrocher sur la vitre de la porte d'entrée l'écriteau qui datait du temps de Lucien Hornbacher : « Prière à la clientèle de revenir un peu plus tard. » Un homme entra dans la librairie, un blond d'environ quarante ans, vêtu d'un manteau bleu marine.

« Je cherche un vieux livre dont je suis l'auteur. »

L'aspect de cet homme contrastait avec celui des clients habituels. Était-ce le manteau bleu marine, la haute taille, l'allure nonchalante, les cheveux blonds légèrement frisés ? Il ressemblait à Michael Caine, un acteur anglais qui tenait des rôles d'agent secret dans des films se déroulant à Londres et à Berlin. Il s'était présenté à Margaret et à Bosmans en leur serrant la main.

« André Poutrel. »

Et il avait dit avec un sourire ironique :

« Ce livre, je me suis aperçu que je n'en avais même plus un exemplaire chez moi. »

Il était dans le quartier, par hasard. Il avait voulu savoir si la maison d'édition et la librairie existaient toujours. Son livre avait paru quelques années après la mort de Lucien Hornbacher, quand les éditions du Sablier fonctionnaient sur un rythme ralenti, ne publiant pas plus de trois ouvrages par an.

André Poutrel avait accompagné Bosmans dans l'ancien garage qui servait de réserve et ils avaient trouvé deux exemplaires du livre : *Le Cénacle d'Astarté*. Les couvertures étaient défraîchies, mais comme aucun lecteur n'avait encore coupé les pages, ces deux minces volumes gardaient un air de jeunesse.

Puis ils avaient bavardé tous les trois. Bosmans avait répondu aux questions d'André Poutrel concernant les anciennes éditions du Sablier. Oui, son emploi était précaire, ainsi que l'avenir même de la librairie. Souvent, les après-midi se passaient sans qu'il reçoive la visite d'aucun client. Mais il continuait de monter la garde, là-haut, dans l'ancien bureau de Lucien Hornbacher. Jusqu'à quand ?

André Poutrel s'était tourné vers Margaret :

« Et vous, vous travaillez aussi dans la librairie ? »

Elle avait été congédiée la semaine précédente par le professeur Ferne et sa femme sans la moindre explication. Et l'agence Stewart ne lui donnait plus signe de vie.

« Alors, vous êtes gouvernante ? »

Justement lui, André Poutrel, avait un fils et il cherchait quelqu'un qui veille sur lui pendant la journée, et les soirs où il sortait avec sa femme.

« Si cela vous intéresse...

— Pourquoi pas ? » avait répondu Margaret. Et Bosmans avait été surpris par la désinvolture de sa réponse.

Il avait accroché le panneau : « Prière à la clientèle de revenir un peu plus tard » et ils avaient marché tous les trois jusqu'à une voiture anglaise décapotable, garée au coin de l'avenue Reille et de la rue Gazan. Avant d'ouvrir la portière, André Poutrel avait sorti de l'une des poches de son manteau une carte de visite écornée qu'il avait tendue à Margaret.

« Téléphonez-moi si ce travail vous intéresse... »

Il vit que Bosmans tenait à la main l'autre exemplaire de son livre, *Le Cénacle d'Astarté*.

« Surtout, ne vous fatiguez pas à le lire. C'est une erreur de jeunesse. »

Avant de démarrer, il baissa la vitre et leur fit un signe du bras. La voiture s'éloigna le long du parc Montsouris.

« Drôle de type », dit Margaret.

Elle jeta un regard sur la carte de visite et elle la confia à Bosmans.

Docteur André Poutrel
194 avenue Victor-Hugo
Paris 16ᵉ TRO 32 49

« C'est un toubib », dit Margaret.

Au téléphone, ce docteur avait donné rendez-vous à Margaret une fin d'après-midi en ajoutant qu'ils pouvaient venir « tous les deux ». Le 194 de l'avenue était un immeuble plus bas que les autres, une sorte d'hôtel particulier. À l'entrée, une plaque indiquait : *Docteur André Poutrel – Yvonne Gaucher. 2ᵉ étage.*

Ce fut Yvonne Gaucher qui leur ouvrit. Plus tard, quand ils échangèrent leurs impressions, ils tombèrent d'accord tous les deux pour dire qu'elle était bien différente de maître Suzanne Ferne. Ils imaginaient une confrontation entre les deux femmes. Impossible, pensa Bosmans, qu'elles se rencontrent jamais.

Une brune aux yeux clairs, les cheveux coiffés en queue-de-cheval. Elle portait une veste de daim et une jupe noire serrée à la taille et aux genoux. Elle tenait une cigarette. Bosmans et Margaret n'eurent pas besoin de se présenter. C'était comme si elle les avait toujours connus et qu'elle les avait quittés la veille.

« André reçoit des patients... mais cela ne durera pas longtemps... »

Et elle les guida le long d'un couloir jusqu'à une chambre qui devait être celle d'« André » et la sienne. Des murs blancs. Un lit très large et très bas. Aucun meuble. Elle les fit asseoir au pied du lit.

« Excusez-moi, mais nous sommes plus tranquilles ici... »

Bosmans remarqua sur l'une des tables de chevet un livre qu'il reconnut à cause de sa couverture défraîchie : *Le Cénacle d'Astarté.* Yvonne Gaucher avait surpris son regard.

« C'est gentil à vous de le lui avoir donné, dit-elle à Bosmans. Cela a beaucoup touché André. »

Il y eut un silence que Bosmans voulut rompre. Il finit par dire, avec un sourire :

« Il m'a avoué que c'était une erreur de jeunesse... »

Yvonne Gaucher paraissait embarrassée.

« Oh... c'était toute une période de notre vie... Nous étions imprudents... Enfin, André vous expliquera... »

Et elle se dirigeait vers l'autre table de nuit où était posé un cendrier. Elle éteignit sa cigarette.

« Vous verrez, dit-elle à Margaret, le petit Peter est un enfant très gentil...

— J'en suis sûre, dit Margaret.

— Vous avez l'habitude des enfants ? demanda Yvonne Gaucher.

— Nous aimons beaucoup les enfants », dit Bosmans.

Il avait répété cette phrase un peu plus tard, devant le docteur André Poutrel. Margaret, Yvonne Gaucher et lui se trouvaient dans une grande pièce aux murs lambrissés, où il donnait ses consultations. Il portait une tunique blanche, boutonnée sur le côté, et Bosmans se dit qu'il était peut-être chirurgien. Mais il n'osait pas lui demander dans quel domaine précis il exerçait la médecine.

« Il faut que je vous présente le petit Peter, dit Yvonne Gaucher à Margaret. Nous allons le chercher à son école. »

Puis, se tournant vers le docteur Poutrel :

« N'oublie pas ton dernier rendez-vous. »

Elle devait être l'assistante de son mari — mais était-ce son mari ? Ils ne portaient pas le même nom sur la plaque, à l'entrée de l'immeuble. Il lui demanda à quelle heure était ce dernier rendez-vous. À sept heures du soir.

Il les raccompagna jusqu'à la porte de l'appartement :

« J'ai lu votre livre, dit Bosmans à l'instant de sortir sur le palier.

— Vraiment ? »

Le docteur Poutrel lui lançait un sourire ironique.

« Alors, je serais curieux d'avoir votre avis. »

Puis il referma doucement la porte.

Sur le trottoir, Bosmans marchait entre Margaret et Yvonne Gaucher. Celle-ci était un peu plus grande que Margaret, malgré ses talons plats. Elle ne semblait pas souffrir du froid dans sa veste de daim légère. Elle en avait simplement relevé le col. Ils montèrent tous les trois dans la voiture anglaise de l'autre jour. Margaret à l'avant.

«Le petit Peter est dans une école, tout près, rue de Montevideo», dit Yvonne Gaucher.

Elle conduisait d'une manière à la fois indolente et nerveuse. Il sembla même à Bosmans que sur le chemin de la rue de Montevideo elle avait brûlé un feu rouge.

Je ne sais presque rien de ces gens, pensa Bosmans. Et pourtant, les rares souvenirs qu'il me reste d'eux sont assez précis. De brèves rencontres où le hasard et la vacuité jouent un rôle plus grand qu'à d'autres âges de votre vie, des rencontres sans avenir, comme dans un train de nuit. Il se créait souvent une certaine intimité entre les voyageurs dans les trains de nuit de sa jeunesse. Oui, j'ai l'impression que nous n'avons cessé, Margaret et moi, de prendre des trains de nuit, de sorte que cette période de nos vies est discontinue, chaotique, hachée d'une quantité de séquences très courtes sans le moindre lien entre elles... Et l'un de nos brefs voyages qui m'a le plus frappé, c'est celui que nous avons fait avec le docteur Poutrel, Yvonne Gaucher et le «petit Peter» – comme ils l'appelaient –, mais que nous préférions, toi et moi, appeler tout simplement Peter.

Impossible de mettre de l'ordre là-dedans, quarante ans après. Il aurait dû s'y prendre plus tôt. Mais comment retrouver maintenant les pièces manquantes du puzzle? Il fallait se contenter des quelques détails, toujours les mêmes.

Ainsi, il avait gardé, malgré ses déménagements, le livre d'André Poutrel: *Le Cénacle d'Astarté*. Une dédicace était imprimée sur la page de garde: «Pour Maurice Braive et pour celles et ceux de la rue Bleue.» Il avait parcouru distraitement le livre auquel ses quarante pages donnaient plutôt l'aspect d'une brochure. Il y était question d'occultisme et, d'après ce que Bosmans avait cru comprendre, André Poutrel, dans *Le Cénacle d'Astarté*, se faisait le porte-parole d'un groupe indépendant des Hautes Études ésotériques.

«Pour celles et ceux de la rue Bleue»... Décidément, tout finissait par se confondre et les fils qu'avait tissés le temps étaient si nombreux et si emmêlés... Le soir de leur première rencontre, Margaret et lui avaient échoué dans une pharmacie de la rue Bleue. Et vingt ans plus tard il avait visité l'appartement du premier étage, au numéro 27 de la même rue. Le concierge, un homme âgé, lui avait dit: «Vous savez, il s'en est passé de drôles de choses, ici, dans le temps...» Bosmans se rappelait la dédicace du livre.

«Vous voulez parler d'un M. Maurice Braive?

L'autre avait paru étonné qu'un homme jeune eût autant de mémoire. Il lui avait bien donné des explications, mais elles n'étaient pas très claires. Ce Maurice Braive réunissait des hommes et des femmes ici, dans l'appartement du 27 de la rue Bleue, pour pratiquer la magie et d'autres expériences plus répréhensibles «du point de vue des mœurs». La messe d'or et la transmission eucharistique, auxquelles il était fait allusion dans *Le Cénacle d'Astarté*? On avait fini par l'arrêter avec les membres du groupe. Il était étranger et on l'avait expulsé vers son pays d'origine.

Bosmans avait demandé, à tout hasard:

«Et un certain André Poutrel, ça ne vous dit rien?»

Le concierge avait froncé les sourcils comme s'il tentait de se rappeler les noms de celles et ceux de la rue Bleue.

«Oh, vous savez, le soir où ils sont venus les embarquer, ils étaient au moins une vingtaine ici. Une véritable rafle, monsieur.»

Le premier après-midi que Margaret avait ramené chez lui le petit Peter après l'école, Bosmans l'accompagnait. Ils étaient tombés sur le docteur Poutrel dans le vestibule de l'appartement.

«Alors, vous avez lu mon livre? Ça ne vous a pas choqué?»

Il avait un sourire moqueur.

«J'ai bien aimé, avait dit Bosmans. Je suis très intéressé par l'occultisme... mais je n'y comprends pas grand-chose...»

Il regrettait d'avoir pris ce ton légèrement ironique. Après tout, il s'était mis au diapason. C'était le ton qu'adoptait souvent pour lui parler le docteur Poutrel. Ce livre... une erreur de jeunesse, avait répété Poutrel en posant la main sur l'épaule du petit Peter. Il souriait. Il avait encore dit à Bosmans, sur le mode de la plaisanterie :

« Je suis soulagé qu'il n'en reste aucun exemplaire dans votre librairie. Il vaut mieux faire disparaître une bonne fois pour toutes les pièces à conviction. »

Le soir, à Auteuil, dans le bar de Jacques l'Algérien, Margaret lui expliquait que ses nouveaux patrons – ainsi les appelait-elle – ne ressemblaient pas du tout au professeur Ferne et à sa femme. D'après ce qu'elle avait compris, le docteur Poutrel était ostéopathe. Ils avaient cherché la définition de ce terme dans un dictionnaire et, quarante ans après, leur initiative paraissait bien candide à Bosmans... Comme si l'on pouvait fixer par une définition bien précise un André Poutrel, de la même manière qu'un collectionneur épingle un papillon dans une boîte... Le docteur avait avancé à Margaret son salaire du mois d'une curieuse façon : elle l'avait vu sortir de sa poche des chèques froissés et il en avait choisi un qu'un patient lui avait signé et sur lequel il avait rajouté le nom de Margaret en lui disant d'aller le toucher dans une banque, tout près, avenue Victor-Hugo. Et ce salaire était le triple de celui qu'elle gagnait chez le professeur Ferne. Apparemment, Yvonne Gaucher était la collaboratrice du docteur, puisqu'elle occupait seule un petit cabinet de consultation au bout de l'appartement. Les patients ne se rencontraient jamais dans la salle d'attente et ne risquaient pas de se croiser : on les faisait sortir par un long couloir qui donnait accès à l'escalier d'un autre immeuble. Pourquoi ? Par curiosité, elle avait emprunté ce chemin avec le petit Peter, et ils avaient débouché rue de la Faisanderie. C'était d'ailleurs plus court pour l'emmener à l'école.

« Le docteur m'a donné une liste de livres que tu pourrais peut-être lui trouver dans ta librairie. »

Et elle lui tendait une feuille de papier à lettres bleu ciel pliée en quatre avec leurs deux noms en caractères filigranés : Docteur André Poutrel – Yvonne Gaucher.

Selon Margaret, le petit Peter était très différent, lui aussi, des enfants du professeur Ferne. Elle se demandait s'il était bien le fils du docteur Poutrel et d'Yvonne Gaucher ou s'ils l'avaient adopté. Au physique, il ne ressemblait ni à l'un ni à l'autre. À l'école Montevideo, la maîtresse avait dit à Margaret qu'il était distrait pendant la classe. Il passait son temps à dessiner sur un carnet de moleskine, sans écouter les cours. Elle ne l'avait pas répété au docteur Poutrel ni à Yvonne Gaucher, par crainte qu'ils ne le grondent. Mais elle s'était vite aperçue de son erreur. C'était le docteur lui-même qui lui avait offert ce carnet de moleskine et elle l'avait vu, à plusieurs reprises, le feuilleter attentivement quand il était en compagnie de l'enfant.

Le petit Peter lui avait montré à elle aussi le carnet noir. Des portraits, des paysages imaginaires. À la sortie de l'école, il la prenait gravement par le bras et marchait ainsi, très droit et silencieux, à côté d'elle.

Des souvenirs en forme de nuages flottants. Ils glissaient les uns après les autres quand Bosmans était allongé sur son divan, au début de l'après-midi, un divan qui lui faisait penser à celui, jadis, du bureau de Lucien Hornbacher. Il fixait le plafond, comme s'il était étendu sur l'herbe d'une prairie et qu'il regardait s'enfuir les nuages.

Un dimanche, le docteur Poutrel et Yvonne Gaucher les avaient invités, Margaret et lui, à déjeuner avec le petit Peter dans une pièce de l'appartement que Bosmans ne connaissait pas. Une table de jardin et des chaises de fer assorties, de la même couleur vert pâle. On avait l'impression que la table et les chaises avaient été installées de manière provisoire dans cette grande pièce vide.

« Nous campons encore un peu ici, avait dit le docteur Poutrel. Nous n'y habitons pas depuis longtemps. »

Ni Margaret ni Bosmans n'avaient été surpris de cela. Après toutes ces années, Bosmans se disait que le docteur Poutrel, Yvonne Gaucher et le petit Peter semblaient s'être introduits par effraction dans l'appartement et l'occuper en fraude.

Et nous deux, nous campions nous aussi sans l'autorisation de personne. Pour quels motifs aurions-nous eu, dans nos vies, cette assurance inaltérable et ce sentiment de légitimité que j'avais remarqués chez les personnes bien nées, dont les lèvres et le regard confiants indiquent qu'elles ont été aimées de leurs parents ? Au fond, le docteur Poutrel, Yvonne Gaucher, le petit Peter, toi et moi, nous étions du même monde. Mais lequel ?

Yvonne Gaucher portait un pantalon noir étroit et des ballerines. Bosmans était assis entre elle et Margaret. Avec ses cheveux noirs en queue-de-cheval, elle paraissait à peine plus âgée que Margaret, et pourtant, l'autre jour, elle avait suggéré à Bosmans qu'elle connaissait le docteur Poutrel depuis l'époque lointaine de «celles et ceux de la rue Bleue»... Après le dessert, le petit Peter dessinait sur les pages de son carnet de moleskine.

«Il fait votre portrait», avait dit le docteur Poutrel à Margaret.

Le temps était beau cet après-midi-là. Ils avaient marché jusqu'au bois de Boulogne. Le docteur tenait Yvonne Gaucher par le bras. Peter courait devant eux et Margaret tâchait de le rattraper pour qu'il ne traverse pas tout seul l'avenue sans attendre le feu rouge. Bosmans était frappé par la grâce et la nonchalance d'Yvonne Gaucher, au bras de Poutrel. Il était sûr qu'elle avait été danseuse.

Ils étaient arrivés au bord du lac. Yvonne Gaucher aurait voulu faire une partie de golf miniature avec le petit Peter, là-bas, dans l'île, mais trop de monde attendait sur le ponton le bateau qui allait d'une rive à l'autre.

«Une prochaine fois», avait dit le docteur Poutrel.

Sur le chemin du retour, le petit Peter courait encore devant eux, mais Margaret avait renoncé à le poursuivre. Il se cachait derrière un arbre et, tous les quatre, ils faisaient semblant de ne pas le voir.

«Et vous, comment vous envisagez l'avenir ?» avait demandé brusquement le docteur Poutrel à Bosmans et à Margaret.

Yvonne Gaucher avait souri de cette question. L'avenir... Un mot dont la sonorité semblait aujourd'hui à Bosmans poignante et mystérieuse. Mais, en ce temps-là, nous n'y pensions jamais. Nous étions encore, sans bien nous rendre compte de notre chance, dans un présent éternel.

Bosmans ne savait plus l'âge de Peter à cette époque : entre six et huit ans ? Il retrouvait dans sa mémoire les yeux très noirs, les boucles brunes, son air rêveur et son visage penché sur le carnet de moleskine. C'est vrai, il ne ressemblait pas beaucoup à ses parents. Étaient-ils vraiment ses parents ? Et d'ailleurs, étaient-ils mari et femme, comme disent les préposés à l'état civil ?

Il se souvenait de quelques promenades avec Margaret et Peter, le jeudi, quand on ne l'emmenait pas à l'école Montevideo. Ils marchaient tous les trois dans les rues d'Auteuil, près de chez Margaret. Ou bien au parc Montsouris. Après que Margaret avait disparu, sans qu'il sache si elle était vivante ou morte, il pensait souvent à ces promenades.

Quel drôle de hasard d'avoir été réunis tous les trois, le temps de quelques après-midi... Au parc Montsouris, ils avaient décidé de surveiller Peter chacun à son tour pendant une demi-heure tandis que l'autre pourrait lire ou s'abandonner au fil de ses rêveries. Une fois, par distraction, ils avaient failli perdre Peter dans l'allée du lac. Pourtant, ils avaient déjà l'âge d'être des parents.

Ce jour-là marqua pour Bosmans la fin de quelque chose. Il se demandait souvent : mais en quelle saison était-ce ? Bien sûr, il pouvait consulter les vieux calendriers. À l'aide des points de repère qui lui restaient en mémoire, il finirait par retrouver le jour exact et la saison. Sans doute le printemps de l'hiver, comme il appelait les beaux jours de janvier et de février. Ou l'été du printemps, quand il fait déjà très chaud en avril. Ou simplement l'été indien, en automne – toutes ces saisons qui se mêlent les unes aux autres et vous donnent l'impression que le temps s'est arrêté.

Il cherchait cet après-midi-là dans la réserve les livres dont le docteur Poutrel lui avait écrit la liste sur son papier à lettres :

— *Histoire du groupe Kumris*, de Tinia Faery.

— *Annuaire des chevaliers de l'ordre du Cygne.*

— *La Femme, ses rythmes et les liturgies d'amour*, de Valentin Bresle.

— *La Fraternité d'Héliopolis*, de Claude d'Ygé.

— *L'Unité silencieuse*, de H. Kirkwood.

— *Les Rêves et les moyens de les diriger*, de Hervey de Saint-Denys.

Il entendit la sonnerie grêle qui annonçait l'arrivée d'un client dans la librairie.

Margaret, le visage décomposé. Elle avait du mal à parler. Tout à l'heure, elle se trouvait dans l'appartement, avec le docteur Poutrel, Yvonne Gaucher et le petit Peter. Elle était sur le point d'accompagner Peter à l'école. On avait sonné à la porte. Le docteur Poutrel était allé ouvrir. Des éclats de voix. Dans le vestibule, le docteur Poutrel répétait de plus en plus fort : «Certainement pas... Certainement pas.» Il était entré dans la salle de consultation avec trois hommes et il portait des menottes. Yvonne Gaucher se tenait droite, impassible. Le petit Peter serrait très fort la main de Margaret. L'un des trois hommes s'était dirigé vers Yvonne Gaucher, avait sorti une carte de la poche de sa veste, la lui avait tendue, en disant : « Vous voulez bien nous suivre, madame... » À elle, ils ne mettaient pas les menottes. Les deux autres avaient déjà entraîné le docteur Poutrel hors de la pièce, Yvonne Gaucher s'asseyait au bureau, surveillée de près par le troisième homme. Elle écrivait quelques mots sur une feuille d'ordonnance qu'elle tendait à Margaret.

« Vous emmènerez Peter à cette adresse. »

Elle embrassait Peter sans rien lui dire, elle quittait la pièce avec l'homme derrière elle, toujours aussi droite, aussi impassible, comme une somnambule.

Le soir, il accompagne Margaret à la gare du Nord. Ils sont passés dans la chambre d'Auteuil où elle a rempli à la hâte sa valise. Elle lui confie la clé de sa chambre au cas où elle aurait oublié quelque chose qu'il puisse venir chercher plus tard. Il ne se rappelle pas si elle avait pris son billet de seconde classe pour le train de nuit de Berlin ou celui de Hambourg. Le départ est à neuf heures. Ils ont encore une heure devant eux. Ils sont assis l'un en face de l'autre dans l'arrière-salle d'un café, boulevard Magenta, et elle lui montre le papier que lui a donné l'un des hommes qui ont emmené le docteur Poutrel et Yvonne Gaucher. Il faut qu'elle se présente le lendemain matin à dix heures quai des Orfèvres. Elle a dû montrer son passeport périmé qu'elle porte toujours sur elle et l'homme a noté son nom et le numéro du passeport. Bosmans tâche encore de la raisonner et de la convaincre de rester à Paris. Mais non, Jean, ce n'est pas possible. Ils savent des choses sur moi que je ne t'ai pas dites et qui sont dans leurs dossiers. Elle préfère disparaître plutôt que de se présenter demain devant eux. D'ailleurs, elle ne pourrait rien leur dire concernant le docteur Poutrel et Yvonne Gaucher. Elle ne sait rien. Elle n'a jamais rien su. Et puis, de toute façon, je ne sais pas ce que je sais. Elle est bien décidée, depuis longtemps, à ne plus répondre aux questions. Crois-moi, Jean, quand ils tiennent des gens comme nous, ils ne les relâchent jamais.

Il lui restait encore, après toutes ces années, une vingtaine de livres des éditions du Sablier qu'il avait entassés dans un grand sac de toile le jour où on lui avait signifié son congé. On allait construire un immeuble à la place de la librairie et de l'ancien garage qui servait de réserve. Parmi ces livres, les ouvrages d'occultisme qu'il n'avait pas eu le temps d'apporter au docteur Poutrel.

Enfoui dans l'un d'eux, il venait de retrouver une feuille d'ordonnance du docteur Poutrel. On y lisait ces mots à l'encre bleue et d'une grande écriture : « Chez Mlle Suzanne Kraay. 32 rue des Favorites, Paris 15e. » Malgré tout ce temps, l'encre lui sembla encore fraîche. Il n'était pas trop tard pour aller au rendez-vous. Gare du Nord, avant de monter dans le train de nuit, Margaret lui avait donné ce papier : l'adresse écrite à la hâte par Yvonne Gaucher et où elle avait dû emmener Peter, cet après-midi-là. Bosmans était resté un moment dans le compartiment avec elle. Dès qu'elle serait arrivée à Hambourg ou à Berlin, elle lui indiquerait son adresse et il viendrait la rejoindre. Le mieux, lui avait-il dit, c'était de lui envoyer un mot ou de lui téléphoner à la librairie du Sablier, Gobelins 43 76. Mais les années passèrent et il n'y eut jamais de lettres ni de sonnerie de téléphone.

Depuis le moment où on l'avait congédié et qu'il avait quitté pour toujours l'ancien bureau de Lucien Hornbacher avec son sac bourré de livres, il faisait souvent le même rêve. Le téléphone sonnait longtemps dans le bureau désert, il entendait les sonneries à distance, mais il ne pouvait retrouver le chemin de la librairie, il se perdait dans un dédale de petites rues d'un quartier de Paris qu'il ne connaissait pas et qu'il essayait vaine-ment de localiser sur un plan, au réveil. Bientôt, il n'entendit plus aucune sonnerie de téléphone dans ses rêves. L'adresse de la librairie du Sablier n'existait plus et les lettres de Hambourg ou de Berlin n'arriveraient jamais à destination. Le visage de Margaret finit par s'éloigner et se perdre à l'horizon, comme le soir, à la gare du Nord, quand le train s'était ébranlé et qu'elle était penchée par-dessus la vitre et lui faisait encore quelques signes du bras. Lui-même, dans les années confuses qui avaient suivi, il avait pris tant de trains de nuit...

Il ne connaissait pas cette rue. Pourtant, il avait fréquenté le quartier à diverses périodes de sa vie, et il était souvent descendu à la station Volontaires. Il se demandait pourquoi, après le départ de Margaret, il n'avait pas cherché à savoir ce qu'étaient devenus le petit Peter et ses étranges parents. Les premiers temps, il avait éprouvé une si profonde sensation de vide à cause du silence de Margaret... Et puis, peu à peu, l'oubli avait repris momentanément le dessus.

32 rue des Favorites. Cinq étages. Il restait là, sur le trottoir opposé, à contempler la façade. Il ne risquait pas d'attirer l'attention des passants. Un samedi après-midi. La rue était déserte. Dans une autre vie et un autre siècle, à quel étage était montée Margaret avec le petit Peter pour le confier à la dénommée Suzanne Kraay ? Chaque étage comptait cinq fenêtres, et celles du milieu de la façade étaient en saillie, au-dessus de la porte d'entrée. Des balcons, des terrasses, une corniche au cinquième étage.

Il frappa à la porte du concierge.

« Mlle Suzanne Kraay habite toujours ici ? »

Une femme, d'une trentaine d'années. Elle semblait ne pas comprendre. Elle le fixait d'un œil soupçonneux. Il lui épela le nom. Elle eut un mouvement négatif de la tête. Puis elle referma la porte de sa loge.

Il s'y attendait, mais cela n'avait aucune importance. Dehors, il demeura encore quelques instants devant la façade. Du soleil. La rue était silencieuse. Il avait la certitude, à ces instants-là, qu'il suffisait de rester immobile sur le trottoir et l'on franchissait doucement un mur invisible. Et pourtant, on était toujours à la même place. La rue serait encore plus silencieuse et plus ensoleillée. Ce qui avait lieu une fois se répétait à l'infini. De là-bas, du bout de la rue, Margaret s'avancerait vers lui et l'immeuble du 32, tenant à la main le petit Peter – le môme, comme elle disait.

C'était l'été à Berlin. Jusque tard dans la nuit, les tramways passaient en décrivant une large courbe au tournant de Zionskirchstrasse et de la Kastanienallee. Ils étaient presque vides. Bosmans pensait qu'il suffisait de prendre l'un d'eux, au hasard, pour rejoindre Margaret. Il aurait l'impression de remonter le cours du temps. Tout était plus simple qu'il ne l'avait cru. À Paris, il avait bien essayé de taper LE COZ, puis MARGARET LE COZ sur le clavier, mais cela ne donnait rien. Dans son demi-sommeil, des phrases lui étaient revenues en mémoire, comme celles qui vous poursuivent, par bribes, les nuits de fièvre : « Alors, vous êtes née en Bretagne ? — Non. À Berlin. » Sur le clavier, il avait associé MARGARET LE COZ et BERLIN. Une seule réponse au milieu de l'écran : MARGARET LE COZ — Ladijnikov Buchladen. Dieffenbachstrasse 16. 10405 Berlin. Telefon / Fax + 49.(0)30.44.05.60.15. Il ne téléphonerait pas. Il ne prendrait pas l'un de ces tramways vides qui passaient dans la nuit. Ni le métro. Il irait à pied.

Il était parti, au début de l'après-midi, du quartier de Prenzlauer Berg, un plan de Berlin dans sa poche. Il avait tracé le chemin avec un stylo rouge. Parfois, il s'égarait. En descendant la Prenzlauer Allee, il s'était dit qu'il pouvait suivre une rue, à gauche, et que ce serait un raccourci. Il avait débouché sur un petit bois semé de tombes. Dans l'allée centrale de ce cimetière forestier, une jeune fille le dépassa à vélo, avec un enfant sur le porte-bagages. Le long de la Karl-Marx Allee, il n'était pas vraiment dépaysé, malgré l'avenue trop large et les immeubles en béton, l'aspect de gigantesques casernes. Mais cette ville a mon âge. Moi aussi, j'ai essayé de construire, au cours de ces dizaines d'années, des avenues à angle droit, des façades bien rectilignes, des poteaux indicateurs pour cacher le marécage et le désordre originels, les mauvais parents, les erreurs de jeunesse. Et malgré cela, de temps en temps, je tombe sur un terrain vague qui me fait brusquement ressentir l'absence de quelqu'un, ou sur une rangée de vieux immeubles dont les façades portent les blessures de la guerre, comme un remords. Il n'avait plus besoin de consulter le plan. Il marchait droit devant lui, il traversait le pont de la voie ferrée, puis un autre pont sur la Spree. Et si c'était un détour, cela n'avait aucune importance.

En bordure du Görlitzer Park, des jeunes gens étaient assis aux tables des cafés, au milieu du trottoir. Désormais, Margaret et moi, nous devons être les plus vieux habitants de cette ville. Il traversa le parc qui lui sembla d'abord une clairière, puis un interminable terrain vague. Autrefois, ici, il y avait une gare, d'où Margaret était peut-être partie dans le train de nuit. Mais comment le savait-il? Tout se brouillait dans sa tête. Il suivait maintenant le canal, sous les arbres, et il se demanda s'il n'était pas au bord de la Marne.

Il avait franchi un petit pont. Devant lui, un square où jouaient des enfants. Il s'assit à une table de la terrasse d'une pizzeria, d'où il voyait le pont, les immeubles et les arbres qui bordaient le canal, de l'autre côté. Il avait trop marché. Ses jambes lui faisaient mal.

À la table voisine de la sienne se tenait un homme d'une trentaine d'années qui venait de refermer un livre au titre anglais. Bosmans lui demanda où se trouvait la Dieffenbachstrasse. C'était là, tout près, la première à gauche.

«Vous connaissez la librairie Ladijnikov?»

Il lui avait posé la question en anglais.

«Oui, très bien.

— C'est une femme qui tient la librairie?

— Oui. Je crois qu'elle est d'origine française. Elle parle allemand avec un très léger accent français. À moins qu'elle ne soit russe...

— Vous êtes l'un de ses clients?

— Depuis deux ans. Elle avait repris l'ancienne librairie russe, du côté de Savigny Platz. Puis elle est venue ici.

— Et pourquoi la librairie s'appelle Ladijnikov?

— Elle a gardé le nom de l'ancienne librairie russe, celle d'avant la guerre.»

Lui-même était américain, mais il vivait depuis quelques

années à Berlin, pas très loin d'ici, dans les parages de la Dieffenbachstrasse.

«Elle a toujours des livres et des documents très intéressants sur Berlin.

— Quel âge a-t-elle?

— Votre âge.»

Bosmans ne se rappelait plus quel était son âge.

«Elle est mariée?

— Non, je crois qu'elle vit seule.»

Il s'était levé et serrait la main de Bosmans.

«Je vous accompagne à la librairie, si vous voulez...

— Je n'y vais pas tout de suite. Je reste un peu ici, au soleil.

— Si vous avez besoin d'autres renseignements... je travaille à un livre sur Berlin...» Il lui tendait une carte de visite. «Je suis presque toujours dans le quartier. Vous transmettrez mes amitiés à la libraire.»

Bosmans le suivit du regard. Il disparut au coin de la Dieffenbachstrasse. Sa carte de visite portait le nom de Rod Miller.

Tout à l'heure, il entrerait dans la librairie. Il ne saurait pas très bien comment engager la conversation. Peut-être ne le reconnaîtrait-elle pas. Ou l'avait-elle oublié. Au fond, leurs chemins s'étaient croisés un laps de temps très court. Il lui dirait:

«Je vous transmets les amitiés de Rod Miller.»

Il suivait la Dieffenbachstrasse. Une averse tombait, une averse d'été dont la violence s'atténuait à mesure qu'il marchait en s'abritant sous les arbres. Longtemps, il avait pensé que Margaret était morte. Il n'y a pas de raison, non, il n'y a pas de raison. Même l'année de nos naissances à tous les deux, quand cette ville, vue du ciel, n'était plus qu'un amas de décombres, des lilas fleurissaient parmi les ruines, au fond des jardins.

Il était fatigué d'avoir marché si longtemps. Mais il éprouvait pour une fois un sentiment de sérénité, avec la certitude d'être revenu à l'endroit exact d'où il était parti un jour, à la même place, à la même heure et à la même saison, comme deux aiguilles se rejoignent sur le cadran quand il est midi. Il flottait dans une demi-torpeur en se laissant bercer par les cris des enfants du square et le murmure des conversations autour de lui. Sept heures du soir. Rod Miller lui avait dit qu'elle laissait la librairie ouverte très tard.

# TABLE DES MATIÈRES

# CRÉDITS PHOTOGRAPHIQUES

DIRECTION ÉDITORIALE
Françoise Cibiel

ÉDITORIAL
Emmanuelle Garcia • Jean-Louis Panné

MAQUETTE
Philippe Pierrelée

*Achevé d'imprimer sur Timson*
*par Normandie Roto Impression s.a.s*
*61250 Lonrai en avril 2013*
*Dépôt légal : avril 2013*
*N° d'imprimeur : 131387*
*ISBN 978-2-07-013956-9/ Imprimé en France*

247949